—— 阅读改变女性 · 女性改变未来 ——

简思 著

她不服，他来治

【全三册】

上部

青岛出版社
QINGDAO PUBLISHING HOUSE

图书在版编目（CIP）数据

她不服，他来治 / 简思著. -- 青岛 : 青岛出版社, 2016.8

ISBN 978-7-5552-3974-1

Ⅰ. ①她… Ⅱ. ①简… Ⅲ. ①长篇小说—中国—当代 Ⅳ. ①I247.5

中国版本图书馆CIP数据核字(2016)第099988号

书　　名　她不服，他来治
著　　者　简　思
出版发行　青岛出版社
社　　址　青岛市海尔路182号（266061）
本社网址　http://www.qdpub.com
邮购电话　010-85787680-8015　13335059110
　　　　　0532-85814750（传真）　0532-68068026
责任编辑　那　耘
选题策划　李文峰　崔　悦
特约编辑　崔　悦
版式设计　李红艳
印　　刷　三河市南阳印刷有限公司
出版日期　2016年8月第1版　2016年8月第1次印刷
开　　本　16开（700mm×980mm）
印　　张　49.5
字　　数　700千
书　　号　ISBN 978-7-5552-3974-1
定　　价　79.80元（全三册）

编校质量、盗版监督服务电话　4006532017
青岛版图书售后如发现质量问题，请寄回青岛出版社出版印务部调换。
电话：010-85787680-8015　0532-68068638

目录 （上）

CONTENTS

目录

CONTENTS

（中）

目录

CONTENTS

下

楔子 噩梦

每个故事都有开始，老套的故事也不例外。

老旧的小区，住在这里的大多是钢厂的老员工，为工厂辛劳一辈子，换了这么一个住处。

这里房子没有四周拔地而起的高楼小区敞亮，也没有高楼小区的视野，就连卫生似乎都比高楼小区差了一截，马路对面就是高楼大厦，马路这边就是被挡住了阳光的五层小楼。

据说马路对面那个小区，每天六点清洁员工就出动了，收拾好的垃圾会在七点之前全部运走，马路这边的小区呢？

明珠已经起了，不起也得起。

门板咚咚咚地响着。

“谁呀？一大早的就催命，疯了吧！”老二明兰踩着拖鞋，一脸不耐烦地打开房门，瞪着一双大眼睛，身上穿着一件已经有些发旧的睡衣。

明家有三宝，大姐明珠，二当家明兰，小妹明月。

外人都说这姐妹仨的名字完全就是取错了，老大的名字起得和长相有些不搭，倒是老二长得真是明眸皓齿，明珠两个字放在她的身上才是相得益彰，老大的名字给老二，然后老大老三对调，这就合适了。

明兰的手还没碰到门板上，明珠就从房间里冲了出来。

“别开门！”

明兰不耐烦地瞪了一眼老大，心想又怎么了。

她都要烦死了，她晚上都不能好好睡觉，老三总是哭总是哭，无论自己劝她什么，她就是哭个不停，真是窝囊。

她也不敢闭眼睛，生怕自己一睡老三就去跳楼。

明月？

哼！真是不知道她妈取名的时候，那天是不是阴天了。

砰砰砰！

“谁家啊，大清早的不让人睡觉……”

邻居拉开铁门，等看清楚站在外面的人时，自动收声，骂出去的那句话就卡在了喉咙当中，后面的男人却更快一步将她拽了回来。

“败家娘们一大早的开什么门，瞎了眼了！快去给我做饭。”

门板轻轻地带上。

女人想叫，男人捂着她的嘴，对着自己老婆摇摇头，他没有看清的话，怎么敢把她给拉回来，要出事了，要出大事了！

明珠那丫头胆子太大，现在好了。

惹火烧身。

“对面……”

“什么都不要说，我们得罪不起的，你想全家进火葬场吗？”男人压低声音，女人听见点点头。

不是她不愿意当这个好人，只怪她是个升斗小民，她得罪不起任何人。

天还没有凉透，隐隐的藏着一丝黑，刮着风，天气预报说今天有五级风，可能真的有吧。

明珠推着明兰回房间，明兰正想说话，推她干什么？

你那么关心你妹妹，你进去看啊？

“我……”明兰的话还没有说完，外面的人就直接撬门了，或者说直接登堂入室。

“把门关紧了，进去。”

“我不。”明兰皱着眉，她知道谁找上来了。

“进去报警，报警。”明珠死死地将妹妹推进了房间里，外面的人刚好进人，七八个男人，一看就不是什么好人，打头的那个看见明珠的打扮笑了：“才醒？”

“出去，这里是我家。我要报警……”

明兰的话还没有说完，带头男人身后的几个人就冲了过去，两脚踹开了房门，这道门对于姐妹仨来说应该算是特别坚固的存在，到今天她们才知道，原来这门也是柿子拣软的捏，人家两脚就踹开了。

“你们要干什么……”

明珠上前，男人比她高得太多，一把抓住她的头发，笑得很不友善：“臭娘们，起诉是吧？也不怕你妹妹丢人，她是个什么好货，现在好了，大家都知道她有脏病，小小年纪的……”

“我 × 你妈。”明兰的眼睛喷火，如果可能的话，她真想弄个原子弹把这些废料全部炸飞。

明月看清楚眼前的人，情绪又激动了起来，抱着头哭。

“明月，大姐在这里呢……”

明珠想去抱住明月，可惜她的头发被人抓在手里，对方一扯，明珠只觉得头皮一疼，生疼生疼的。

“得贱病的人在这里呢，今年你十五吧？可惜了，这么年轻以后谁娶你呀，一身的脏病，叫人都玩烂了。”

“我 × 你奶奶……”

明兰大声地骂着，可惜她也只能痛快痛快嘴，那男人叫人把姐妹仨拽到楼上去。

“大姐，大姐……”明月的双眼已经失焦了，不正常地喊着，“我活不下去了……”

“那正好，今儿送你们姐妹仨一起去见阎王。”

明兰突然就停了骂声，安静了下来，她毕竟还是个小孩子，现在就要去死吗？

“大姐救我……”

明珠的眼睛盯着她两个妹妹，她的头发都快要被人全部拽掉了，她咬着牙，愣是一声都没吭。

走廊里充斥着两个女孩子的哭喊声、救命声，但这栋楼里安安静静的，没有人出现。

二楼的人拿着手机，压低声音：“派出所吗？救命啊，我这里是……”

总算有人偷偷报警了。

明兰的双腿发软，对方就当她是死狗一样往上拖，明兰死抓着天窗的那个扶手，她不想死，她还小，她还没活够呢，她还没看着那个老不要脸的断子绝孙呢，她还没看着那个贱人倒霉呢，她怎么能死呢？

明兰的尖叫和明月的哭声交织在了一起。

远方有警车鸣笛的声音。

“赶紧扔吧。”

“从这里扔下去要是没摔死，回去我们也好不了的。”说话的人一直在磨叽，就说这里不够高，五层楼也有摔不死的人，换到对面十八层推下去，直接摔死。

“没时间了，推！”

“大姐救命啊，大姐救我……”明兰哭得眼泪鼻涕都是，她觉得自己要去卫生间，她不要死，不能死，她不想去死。

“大姐……”明月想哭，可觉得跳下去就解脱了，终于能解脱了。

明月站在那里，被人从后面一推就掉了下去，原来从高处落下去速度是真的很快。

明兰被人拦腰抱起，然后直直抛了下去。

男人的手推了明珠一下，姐妹仨几乎是同时被扔了下去，明月被推下去的时候没哭，她觉得死了就好了，再也不用听见那些声音，再也不用担惊受怕，只是她对不起大姐和二姐。

明兰尖叫着，就连对面楼上的人都能听见她尖锐的喊声。

明珠最先落地，砰！

下降的过程当中，她以为什么都不能做，只能等着去死，原来也并不是这样的，明珠也不知道自己哪里来的力气，推了明兰一把，踹了明月一脚，明月堪堪掉在别人家的晾衣架上，晾衣架为她缓冲了一下，而明兰则是对着一户人家的玻璃撞了进去，引起哗啦啦的玻璃碎掉的声音。

砰!

明珠就摔在了警车上，警察依旧叫着，里面的人都没有弄明白是怎么回事，吓呆了，天上突然掉下来一个人，然后砸在车上了，换谁谁不慌?

明珠躺在车上一动不动，楼顶的人已经没影子了，也不知他们都是怎么下去的，竟然没有和警察对上。

警车的声音可真大啊，那个灯转着，亮着，那个声音响着。

“救护中心吗？”

听见了警车的声音，这个时候大家才敢探出头，看着下面，看着掉在警车上的明珠。

明珠是他们看着长大的，人心都是肉做的，可是……

二楼。

“吓死我了，吓死我了。”四十多岁的妇人拍着自己的胸口，生活往往就是这样，你以为还有什么是那些人不敢做的？现在明家三姐妹被人从楼上推下来了，她当初就说不能闹的，不能闹。

“妈，明珠姐是不是死了？”

“你别乱看，别乱看知道吗？放学等你爸去接，不行不行，我和你姥姥打声招呼，你住到你姥姥家去，别回来了。”抱着女儿，就像是抱着得而复失的宝贝一样，声音却有点慌，“傻明珠，当初我就劝她了，忍了吧，谁让我们只是升斗小民呢……”

“闭上你的嘴，别人家的事情少提，警察如果问你，你就说什么都不知道，你有几条命够你乱说的？”

女人闭了嘴，是啊，明家已经死人了。

第一章 开端

明家有丧。

明兰对着母亲的牌位已经超过了一个小时，微微活动脖子，只听见嘎巴嘎巴的声响，唯一和眼下这个气氛不太相符的就是明兰这双眼睛。

一个字，美！

两个字，传神！

单看明兰的五官，并不觉得有多么的惊艳，偏于平顺，有失于轮廓感，但就是那双仿佛盛着泉水、亮闪闪的眼眸为明兰的形象加了不少分，那双眼睛就是柔情似水、眼含秋波的最佳注解，看着你的时候，仿佛有千言万语要对你诉说。

这双眼睛很美，但是……

今天是她母亲出殡的日子，那双眼睛很平静，没有任何发红的迹象。

明珠忙着处理家里家外的事情，联系车子，一会儿她们姐妹仨要到火葬场去，然后安顿母亲的骨灰。她是这个家里的老大，也只能由她来做这些事情，明珠语速并不是很快，和外面的人讲着话，有条有理。

“明珠啊，节哀。”邻居张姨端着饭菜，这两天明家三姐妹吃的饭菜都是经由她的手送上来的，当然不是白吃，明珠一早就算了钱的。

“张姨，麻烦你把饭菜送给明月。”

张姨点点头，端着饭菜进了屋子，正巧看见了偷偷擦眼泪的明月。

“明月啊，你大姐让我把饭菜端进来，快别哭了，吃饭吧。”

张姨心里叹口气，可怜这姐妹仨了，父亲不是个东西，妈妈现在又死了。

明月的眼睛哭得通红，每天都哭，白天想起来了白天哭，晚上睡醒了依旧哭。

明月擦擦眼睛，接过来张姨手里的饭菜，对方和明月说了几句就离开了明家，毕竟家里有丧事，无缘无故的谁愿意靠近，没事惹一身的晦气。

“二姐，吃饭了。”

明兰从地上站了起来，跪的时间太长，双腿有点发麻。

看着自己的双腿，她上手揉了一下。

抬起头对上明月的眼睛，明兰很想笑，还哭?

没哭够呢?

难怪人家都说女人是水做的，原来这话还真是不假。

“你吃了吗？”明兰随口问着，明兰是真的不喜欢老三的个性，小女孩一个，个性呢，像是个动画片里面的人物，什么动画片？忍者神龟嘛。

这个位置总是要有一个人跪着的，不是她就是明珠，明珠昨天就没怎么睡，明月压根指望不上，指望她哭比较现实，当容嬷嬷拿针扎紫薇时的心情也就如此了吧。

“我吃不下，我心里难受。”明月说着说着又开始掉眼泪了。

明兰不多说，走进客厅看到桌子上的饭菜，拿起碗筷快速地将饭菜送进自己的嘴里，她很饿。

她多久都没有好好吃饭了?

番茄炒蛋、高粱米，呵呵!

她这个姐姐，就算在这样的时刻也是细致到了极点，她和明月的肠胃有点小问题，为了迁就她们俩，明珠吃粗粮吃了好几年。

明月盯着明兰吃，她觉得二姐……

妈妈死了，她们都还没有报答妈妈呢，这是一件多么遗憾的事情，不然她为什么哭?她将来要考最好的大学，找最好的工作，要带着妈妈走遍全世界，但是现在这个人没了……

没了。

“你看我干什么？看我就能饱？”

明月紧盯着明兰，半晌，开口：“你都不难过吗？”

明兰咽下口中的米饭，可真香啊。

这样的天，能吃上一碗热腾腾的米饭，是多么幸福的事情。

拜那个死鬼老爸所赐，她们就没过过什么好日子，听说那个小三前阵子生了个丫头片子，老天爷可真是开眼。

“难过？难过什么？难过她……”明兰的手突然指向了摆在客厅中央桌子上的那张黑白大照片，“难过她为人家忙碌了一辈子，最后什么都没得到？难过她被人抛弃了，就连女儿的抚养费都争取不到？难过她离开了那个男人就活不下去，这么快就死了？还是难过我们三个的生活还不够惨？”米饭粒从明兰的口中喷出，喷在了明月的脸上。

大小姐，你是书看多了吧，自己有什么可难过的。

明月哽咽：“……你怎么这样说？那是妈妈。”

“我没说她不是，不过我理想当中的妈不该是这样的，谁离开谁都能活，就应该笑着看那对狗男女的下场，他们过得不好了，我也就放心了。”明兰咣当一声将手里的饭碗摔在了桌子上。

堵!

什么破饭，吃得自己这样发堵，这米是过期的吧。

明珠拖着疲惫的身体进门，一身的黑色，这种时候别人也不会上门。

“怎么不吃饭呢？”

明月拿着饭勺要给大姐盛饭，明兰将勺子抢了过去，挖了一勺米饭到明珠的碗里，米饭热气腾腾的，这样的天能吃上一碗热米饭真是一件幸福的事情，饭勺在饭碗的周遭走一圈，将饭碗周边逃窜的米粒全部刮到勺子上，然后重新倒入碗中。

“姐，吃饭。”

明珠接过来碗，看了一眼明兰：“你差不多得了，那是妈妈。”

明兰吃得最快，很快就下桌了。

“我的妈呀，你怎么就这样走了，我可怜的妈妈呀……”

明兰跪在蒲团上，双手拍着地面，不知道是哭还是唱，外人看的话，是哭得死去活来的。

明月又悄悄红了眼睛，明珠从自己的饭盒当中用汤匙挖了几勺茄子放进明月的碗中：“吃吧。”

“大姐。”

“嗯。”

明珠吃着米饭，也没怎么吃菜，脑子里想着她妈要安葬在什么地方，买个公墓吧，实在没钱，可骨灰拿回家中摆着似乎也不是那么回事。

“我一定要考最好的大学。”

明珠不断地给明月夹菜。

“嗯，我相信你能。”

她妹妹是块读书的料，书念得真的特别好，将来会有出息的。

明兰还在持续不断地号哭。

楼下停了一辆黑色的轿车，四个圈，男人推开车门，油光锃亮的皮鞋踩在地上，反手带上车门，他穿了一件黑色羊绒的半截大衣，里面也是同色的西装裤。

二楼。

“我说，你看，这是不是张鲁？”

说话的人仿佛发现了新大陆一般，可惜人已经进了楼，现在想看也看不到了，女人的八卦能力是很强大的，千万不要小看她们，看不见自然还有其他的办法，推开门装作要下楼的样子，和正上楼的人打了一个照面。

绝对就是张鲁，那张脸她不会认错的。

明家的大门敞开着，屋子里传出来明兰的哭声，听着是这样地悲戚。

张鲁站在大门前停顿了几秒，然后进了明家的大门。

“爸爸……”明月看见来人，不自觉地喊了出来。

刚刚还哭得死去活来的明兰，一转眼就和吊死鬼一样出现在了所谓的爸爸眼前，提醒着老三：“你爸死了，哪里来的爸，青天白日的难道还能诈魂不成？”

张鲁提醒女儿：“张明兰，注意你说话的态度。”

“我叫明兰，说话的态度？我是见什么人说什么话，见到人渣你觉得我应该拿出什么样的态度和你说？”

张鲁是强忍着才没有将巴掌挥出去，好好的三个孩子，让明慧给带的，全都给带上歪路了，离婚的时候他说孩子给他，可那个女人死活都不肯，无非就是想用孩子钓着他，这辈子眼界就那么一丁点，窝囊废！

她就不明白，自己对她的忍耐已经到了极点，厌烦到了极点。

明珠将口中的米饭嚼了嚼，吃了一口菜，放下筷子。

明兰的反应速度估计可以申请吉尼斯世界纪录，刚刚一副恨不得和世界为敌的太妹样、愤青样，接触到她大姐的一个眼神，立马又回到了地上，跪在专属她的蒲团上。

“我的妈妈呀，你死得真是冤啊，你看看抛弃你的负心汉，他还活着，你怎么就没把他给带下去呢？我的娘啊，你好苦啊，替人操劳一辈子，临了临了，还输给了一个比你年纪还大的老娘们，人家拼了老命还是生了一个丫头片子，哈哈……”说到最后真是没忍住笑了出来，大姐别笑二姐，那个女的估计也生不出来了，在数量上她妈获胜，质量上呢，她还是觉得她妈获胜了。

明珠咳了一声，示意妹妹别太过了。

原本就不是什么光彩的事情，说出来不只是眼前的人丢人。

张鲁的脸色由青转黑，转过头训斥明珠：“你的礼貌都叫狗吃了？看看你妹妹，还不嫌丢人！。”

明月想说话，可正准备张嘴，就对上了大姐的眼神，起了一身的鸡皮疙瘩，她抱着自己的碗筷立即进了厨房，吃过饭总要收拾的。

明兰一边哭，一边偷偷抬头看着客厅，嘴里的哭音不断。

“丢人也是丢我的人。”

明珠收拾着自己的碗筷，一脸的无所谓，进了厨房，打算要洗碗，明月说她都可以洗的，很快明珠又出来了。

做什么？

张鲁看着眼前的大女儿，过去从来都不知道她是这样有主意的，明慧是什么个性他太清楚了，当初死拽着孩子不放手，就一定有人在背后给她出主意，是眼前的她吗？倒是有心计，背地里让他吃了几次哑巴亏。

张鲁收敛了自己的情绪，开口：“你们妈都没了，以后总不能自己生活吧，跟我回去吧。”

到底是他女儿，养几个孩子，他还是养得起的。

明兰一下子蹿了起来：“× 你……”

明珠眼珠子波动了一下，稍稍向外动了动，明兰就仿佛被人定身了一样，低着头看着自己的手指，然后双指直抠自己的眼珠子，眼泪哗一下就喷了出来。

“就算是张草席也为你张家奉献了这么多年吧，你说扔就扔了，换个新的就算了，你换了一张比旧草席还破的。”明兰重新回到自己的专属位置上，头埋在地上。

“女孩子讲话别张嘴闭嘴就冒脏话，别人会说你没家教。”

明兰遇上了明珠，就乖得和猫一样，服服帖帖的，一声不吭。

张鲁倒是认真地打量了眼前的大女儿，以前真是没看出来，以前也没有过多的时间放在家庭和孩子身上，他现在瞧着明珠倒真是有点自己年轻时的样子，不愧是他生的，伪君子，骨子里藏着的都是虚伪。

“你是应该好好管管她了。”

“管谁？破草席？”

张鲁一听，这丫头本质上和老二一个样子，都是人渣，老大至少还愿意穿着文明的外衣。

“我和你妈的事，你们也不知道，大人的事你们也不用管，家里的房间已经都收拾好了，每个人都有自己单独的房间……”他做到这个地步也算是仁至义尽了，家里的女人也不是没有和他闹，终究是自己的孩子，他不能看着孩子在外面当孤儿，作为亲生父亲的他，还活着呢。

男人有男人的苦处，一段不幸的婚姻，他也懒得去讲，这些和小孩子无关，小孩子需要做的就是听大人的话，大人怎么安排，她们怎么去做就是了。

看明珠的表情似乎是动摇了，明月咬着自己的下唇，她不想回爸爸家。

妈妈死得有点惨。

肝癌，癌症当中死亡率较高的一种，这么快就去了，想着这个明月觉得自己没有办法接受所谓的父亲，尽管她愿意称呼眼前的人一声爸爸。

明兰是在看好戏，别人不了解明珠，她还能不了解？

别看着老大一副“我是好人”的模样，最阴最狠的就是她，渣中之王，有人不是给自己和明珠起了一个外号嘛，渣中姐妹花，她是小渣，眼前的这个是大渣。

张鲁见明珠有些动摇了，想想也是，跟着明慧她们能吃到什么？穿到什么？念什么样的学校？当初他不是没有争取，而是明慧那个死娘们脑子就是坏掉的，说什么都说不通。

他叹口气。

“我也不是没有错，我当初就应该打官司把你们要过来的……”

然后扔下她妈一个人，跑了丈夫，丈夫被一个老小三给勾搭走了，搭上孩子，辛苦了一辈子，最后什么都没剩下？

这肯定不是亲丈夫，后的。

明珠如此想着。

“她能接受我们？”明珠迟疑地问了一句。

张鲁：“我和她商量过了，情绪是有的，不过不要紧，相处时间长了你们就知道了，其实她人挺好的。”

明珠点头，看了一眼手表。

“你们俩要穿什么衣服去？”

明兰从地上起来，回了房间为自己添了一个帽子，明月则是裹了一件大衣，手里拿了一件，为明珠拿的。

张鲁觉得这个孩子很上道。

聪明的孩子就是不应该吃眼前亏，至少念完了大学，将来工作了，翅膀硬了，到那个时候再说翻脸也不迟，当然那个时候他有他的方法能让这三个丫头不敢折腾。

“人挺好？”明珠玩味地说着这三个字，突然点点头，“人应该挺好的，不好的话也没有什么值得你留恋的，到了这把年纪，青春已经掉渣得不剩什么了，二三十岁靠的是青春资本，她现在也就剩点青春回忆了。”

“张明珠，你给我站住。”张鲁喘着粗气喊着。

“我叫明珠，我妈姓明，您家的那个小的想姓明的话，估计有点难，不然我妈这骨灰还没送走呢，你掀开盖子和她商量商量？你吹一下，骨灰不飞就代表我妈同意了。”

张鲁的老脸一红，不知道是气红的还是气红的。

从火葬场出来，明珠看看天空，不知道老天爷是个什么样的感受，今天阴天，是为她们的母亲觉得悲哀吗？

用一辈子去呵护去疼爱去维护的婚姻，伏低做小、任劳任怨却依旧敌不过一个比自己年纪还大的女人，就这样青春、丈夫全部送到了别人的手中，是挺悲哀的。

老套的故事，张鲁年轻的时候个人条件就没那么好，长得还算过得去，瘦瘦小小的，本身有点才华，这样的人上了年纪所谓的气质开始慢慢展现，当那些王子都拥有了啤酒肚，谢了顶，他这样的就开始吃香了，男主外女主内，靠着女方的家庭慢慢发达了起来，人到中年最幸福的事情，升官发财死老婆，貌似他都经历了，真是可喜可贺呀。

噢，忘记说了，死的是他前妻。

张明珠？

明珠看着自己的脚，她有些讨厌这样的天气，这里到处都阴沉沉的，到处都是哀伤，漫天的灰尘，让她的皮鞋周围落了一层灰。

她是一只猪，她才会跟着那样无情无义的人回去。

但是这个抚养费，貌似应该要了。

不要，难不成她们都去喝西北风吗？

明月哭得视线有些模糊，下台阶的时候根本没注意脚下，整个人都是虚脱的，脚下一软就照着前面撞了过去，幸好明珠走在前面，用身体挡住了继续下滑的她。

火葬场是什么味？

反正不是什么好味，哭声倒是随处可闻。

“慢慢走。”

明月打着嗝，突然就这样了，她控制不了身体的反应，她觉得好难过，眼泪一滴一滴继续往下掉，打在地面上，打在脚面上，难过的情绪控制不住。

神经！

明兰虽不觉得自己妈死了是什么好事，但死都死了，能怎么办？剩下的人全都跳楼？那就成全了人家的心思，那个该死的娘们，巴不得明家都死绝了呢，她反正是不想死，不仅不能死，还要好好活着，活给别人看，她将来还要嫁得比谁都好，活得可滋润可滋润的那种。

“抚养费我们总该要的吧。”

玩什么骨气，该要的就得要。

明珠的视线离开自己的脚背，保持视线平衡，收回视线。

“是应该要，不过要有要的方法。”

张鲁回到家里，女人过来开门，屋子里孩子哇哇地哭着，张鲁觉得心烦，如果是个儿子的话，他倒是愿意听一听这哭声，他都有过三个女儿了，就算是眼前的这个是最小的，有什么分别？家产都留给她，和留给那几个丫头有差别吗？

姚可珍强撑着笑容，心里藏不住的埋怨，他们都有孩子了，那三个何必去看呢？

“回来了。”

向后看了一眼，却没有见到那三个小崽子，姚可珍的脑子快速转动着，张鲁出门的时候是打算去接的，可怜那三个小崽子没有妈了，现在却是他一个人回来的，这当中发生什么了？

她们不肯接受张鲁的好意是吧？

姚可珍几乎在几秒之内就将事情的来龙去脉摸了个一清二楚。

张鲁进了家门，黑着一张脸，绝口不提接那三个孩子回来的事情，姚可珍自然也就懒得去帮那三个小崽子搭梯子，不来最好，不花她的钱最好，大家就当作互不认识，互相不来往，挺好！

可惜姚可珍的幻想被一封法庭的传票打碎了。

明珠起诉生父张鲁，向其讨要生活费。

传票直接邮寄到了张鲁的工作单位，就这样明晃晃地打了张鲁的脸。

张鲁回到家中，将手中的传票摔在地上，扯着自己的领带，在单位他不好发脾气，但是回了家就不同了。

这个钱不是他不给，是明慧玩骨气一直不肯要，但是现在他不想给了，想逼迫他是吧？

和他玩横的是吧？

那就走着瞧。

姚可珍坐在沙发上，捡起来地上的传票，叹口气，看着张鲁一脸的同情：“这三个孩子，是恨不得所有人都看你的笑话，学校那是什么样的地方，这样的东西一来，多少双眼睛都在盯着看，要钱过来和爸爸说两句软话，难道爸爸会真的不管她们？之前想接她们过来一起住，她们是推了又觉得自己委屈了，既想要钱又想保持住自己的骨气，哎，怎么就和她们那个妈一样……”

“老子一分钱都不会给她们。”

张鲁思来想去，他这人最在乎的就是面子，如果明珠来求他，跪在他眼前，说她妈死了，没有了经济来源，她们姐妹仨活不下去了，他当父亲的，这个钱他会给的，而不是像现在这样，被人拿刀子抵在自己的脖子上。

“不然就给钱算了，现在笑话别人也都看了，都知道你的亲生女儿起诉你。”

“你有没有熟悉的律师？”

姚可珍强忍心跳，面上却不显：“你还真的要和几个小孩子打官司？算了吧，说起来也是我对不起她们妈妈，这次就当我还她们了。”

“我问你有没有熟悉的律师。”

“……有。”

明珠有个习惯，或者这就是强迫症，那就是她买任何的东西，家庭有任何支出，哪怕就是一毛钱，她都会写得清清楚楚，家庭记账本贴着所有开销的单据，能存在的单据，上面都有。

家庭开销固定为每天五元左右，一个月固定有四个星期天花费会超过一百块，这个是没有详细单据的，你去市场买菜，卖菜的人也不会为你提供单据。

明珠的律师陪着明珠特意跑到菜市场，菜市场的那些小商贩都很同情和气愤，不仅帮忙证明，还主动要求录像证实。

对方律师观点，首先，明珠三姐妹拒绝承认张鲁是她们父亲，对张鲁各种辱骂。

其次，三姐妹对张鲁的现任太太口出威胁，明慧女士过世以后，张鲁亲自去了明家，想要接回三个女儿，却被三个女儿拒绝，此后三姐妹对姚可珍进行了恐吓，张鲁、姚可珍夫妇要求赔偿精神损失。

明兰坐在庭下翘了翘唇。

人渣!

这样的话都说得出来，要求她们给精神损失费？脸可真大。

明月有些焦急地看了看律师，不是这样的，她二姐就是嘴快，她二姐说出去的那些话根本不能算恐吓，她们只是不想搭理爸爸而已，并没有对他进行各种辱骂，他们撒谎。

姚可珍一脸的得意，几个小崽子想和她斗？

她没有挑起战火，她们几个却将战火烧到了她这边，她若是不吭一声，是个人就当她是好欺负的了，什么叫抢？你握在手心里却没看住，我上了他的心怪谁？怪你自己没有魅力，没有本事，留不住人。

明珠的律师低声和明珠沟通着，明兰和明月都坐在下面，只有明珠一个人坐在律师的身边。

明珠方律师的观点如下。

亲情是无价的，即便是父女之间存在一些小摩擦，这些并不能作为张鲁先生不肯出抚养费的理由，明慧女士已经过世，作为父亲的张鲁有义务、有责任为两个未成年的孩子提供生活费，老二明兰口出恶言，虽然没有成年，但明珠应当承担一部分的责任，其他责任由张鲁、姚可珍承担，张鲁是明兰生父，姚可珍是明兰的继母。

“我当事人对姚可珍女士口出恶言，事出有因，皆因明慧女士与张鲁先生未离婚之前，张鲁先生便与姚可珍女士关系暧昧。”

“反对，反对对方律师提及与本案无关的事情。”

“这是记录我当事人这两年生活的家庭记账本，里面详细地提供了两个妹妹的所有开销，张鲁先生未尽到做父亲的责任，由于张鲁、姚可珍的种种行为，我方强烈要求对其进行心理鉴定。”

你们不是要精神赔偿吗？

那我就有权利提出来心理鉴定，真的疯了，我付你钱，用你付给我的钱再砸在你的脸上。

明兰喜上眉梢，对啊，你要精神赔偿我就给你赔偿吗？

就说老大阴起人来都是手下不留情的，偏偏惹到她的头上，现在可有的好看了。

律师压低声音，她打赢这场官司的把握很大，从现场场面上来看，她觉得胜利已经站在明家三姐妹的一侧了。

法院试着调解过一次，不过没有调解成功，明兰、明月愿意跟随大姐明珠生活，这其中确实存在不能调解的矛盾。

“原告方明珠已经提交证据，证明张鲁未履行明珠抚养费至十八周岁止，故该期间的抚养费被告应当支付，综上，对原告诉请被告在明兰、明月至十八周岁止，每月按一千元抚养费的诉讼请求，本院予以支持，依照婚姻法第二十七条第二款，第三十七条第一款，民事诉讼法第六十四条第一款规定，判决如下。

“被告张鲁自本判决生效之日起十五日内，按每月六百一次性付给原告明月 XX 年至 XX 年 5 月 7 日止抚养费玖仟陆佰伍拾元，从 5 月 7 日起至明兰、明月十八周岁的抚养费，被告每月支付每人一千元，于当月月底支付完毕。如果未按本判决指定的期间履行给付金钱义务，应当依照民事诉讼法第二百二十九条之规定，加倍支付迟延履行期间的债务利息，因原告家庭生活贫困，案件受理费免于缴纳，如不服本判决，可在判决书送达之日起十五日内，向本院递交上诉状，并按对方当事人的人数提出副本，上诉于上中市中级人民法院。”

赢了！

明兰握着拳头站了起来，张鲁和姚可珍两人输得灰头土脸，张鲁和自己的律师握手，律师也是为了这次案子费了不少的心思，他没料到明珠竟然准备得这样周详，还以为她就是个不爱吭声的孩子呢，原来狼就是狼，她不是土狗，闻到血的味道她就要开始吃人了，畜生就是畜生。

“真是有天理啊。”明兰大嗓门地喊了一句，明月扯着明兰的手，她觉得二姐不应该再继续说下去了，都已经要到了抚养费了，法庭也有替她们说话，大家都知道是怎么回事，就可以了，何必痛快嘴呢？

明兰看见眼前的两个人，忙笑。

“官司输了呀，官司呀天天输。”

明珠和自己的律师握手，眼角冷冷扫了明兰一眼，明兰立即收起了开屏的尾巴，老老实实地装自己的“十三点”，小嘴一抿，脸上带着疏离，仿佛刚刚的那个“三八”根本不是她。

她总是给人一种错觉，一种不是她疯了就是别人疯了的错觉。

张鲁的视线落在女儿的身上，落在这个冤家的身上。

“你可真行，起诉自己的父亲，觉得人丢得不够还是怎么着？”这个丫头叫他恨得牙根痒痒，却又没有办法教训她。

她的律师也讲，亲情是多少钱都换不来的，这话就是讲给了狗听，一点都没进入她的耳朵当中，她念的书都念到狗肚子里去了，把自己的亲生父亲当作仇人，你妈已经死了，你还为谁打抱不平呢？

明珠一脸正经，她只说正事：“抚养费我希望你快点给我，如果执意拖着不给的话，那我只好去你的学校要钱了。”

赤裸裸的威胁。

张鲁何尝听不懂，他的眼睛瞟着明珠的脸：“你将来打算学法律吗？”

他觉得这个孩子或许可以在这方面摸出一些门道，她够狠，像他的种，虽然他并不是十分喜欢这个孩子。

明珠的眼睛一动不动，好半天蹦出来几个字，却是和张鲁的话完全不相关的。

“我要回家做饭了。”

到点该吃饭了。

“行，你走吧，钱我会给你们的。”张鲁看着走出门的那三个丫头说。

“老公？”姚可珍喊着张鲁，却见对方并没有应声，又重复叫了一声，“老公？”

张鲁应了一声：“嗯。”

姚可珍盯着张鲁的脸，这亏他就打算这样吃了？不给自己找回场子？

“这钱是马上给，还是拖一段时间……”如果按照她的想法，自然是要拖的，拖得那三个小崽子没有脾气，给钱的人才是大爷，要钱的人就是孙子。

张鲁回看姚可珍：“你没听见她刚刚说的话？说我不给钱就到单位去要钱，还觉得丢人没丢够吗？”

明珠老妈，明慧女士，那就是个好女人吧，至少外人提起来都会夸赞一声，嫁夫从夫，没有自己的工作，没有自己的乐趣，全身心地围着丈夫打转，将青春和所有精力全部奉献给了丈夫，直到丈夫出轨，被迫离婚，离婚手续自己都不会办，对社会对生活就是两眼一抹黑。

真的说起来，可能外人看着张鲁这个人，那就是个零缺点的丈夫，哪怕和别人有点暧昧，这个时代这样的事情也是可以容忍的，男人嘛，最后回到你身边不就好了，当女人的哪里需要大吵大闹外带离婚的，仿佛女人就是男人的附属品，他出去花天酒地，他出去搞破鞋，完了回头他愿意洗心革面，你就得以千恩万谢的姿态迎接他回家，这就是世人眼中完美婚姻的诠释，外人觉得一个男人能赚钱，你嫁给他，也许这就是幸福的，事实呢？

事实就是，她妈明慧女士吐了不止一口血，忍到不能忍，你不离婚人家等着你早死，反正你离或者不离，最后人家没有任何的损失，要不要这口气，这口血你都要喷出来。

明慧最后吐出来这口血，她也死了，明珠是不打算让自己和下面两个妹妹继续吐血的，抱歉得很，她们的血不多，吐了会贫血。

张鲁想接她们回去，这话不一定就是虚情假意，亲生的孩子，就算是不喜欢也不至于就想往死里坑，回去以后呢？

老二是这样的脾气，点火就着，老三三棍子下去打不出来一个屁，个性这东西很要命，你改变不了的，如果她们仨跟着张鲁回去，张鲁和现任的太太恩恩爱爱的，老二看着那个老女人就会想起来自己妈是怎么悲惨死去的，老三这孩子有点单纯，那对夫妻对着老来女会不好吗？她就眼睁睁地看着，这口血早晚也得喷出去。

索性不如她带着两个妹妹生活，以前也是这样，有这个爹和没这个爹也没有什么分别。

抚养费这个事情，叔忍了婶也忍不了，就算是婶也忍了，她明珠忍不了。

要的就是这样的效果。

明兰早早就放学了，学校补课她一律不参加，原因很简单，自己回家一样学。

推门进来，闻见熟悉的味道，明兰嘴巴刁，嘴巴不饶人，但一年到头吃得很素没讲过一句，她捡明珠的衣服捡了两年没有任何的怨言，新的都是买给老三的，她更是一句废话没有。

菜包鱼。

这就算是好料了，趁着出锅盛上满满的一碗米饭，就着嫩嫩的生菜一裹一吃，那个味道，很赞的，她放下书包进了厨房。

“抚养费他给了？”

“还没呢，后天不给，就去要，只是这要是怎么个要法？”明珠手上的动作没有断过，嘴里的话不断，推老二出去掐这个尖并不是她所愿，可她亲自上，她有自己的顾虑。

没有一个当大姐的愿意把自己的妹妹培养成泼辣货，但这样的家，没有人强硬不行，老三是那样的个性……

“我以后打算上警校了。”

明兰眉头慢慢拧了起来，美人拧着眉头也是好看的，别有风情，换下校服穿了家居服，衣服还有点大，明珠不是胖而是肉结实，她是大头顶，她也不可能虚弱得一阵风来了就把她给吹走，她被吹走了下面的那两个就得去要饭了，明珠放在正常人家这都是体重非常达标的孩子，身高一米六九，体重一百零八斤，老二呢就偏瘦，腰才二尺，一米六五的身高，体重却只有九十斤，所以你想老大的衣服给了老二，她穿在身上是个什么样的状态。

明珠这姐姐当得也很有样子，衣服拣不好的穿，可着几件穿，争取给老二留下来的都是没上身过几次的，小的直接就给买新的。

“你不是对学医很有兴趣吗？上什么警校？”明兰是个受不得气的主，用脑子一想就明白怎么回事，学医三十岁以前就别打算赚到钱，家里还有她和明月要养活，她大姐能念书就很不错了，“我和他们没完。”

“怎么没完？喊打喊杀的，用用你的脑子。”明珠冷笑，“我将来真的考上警校可能也是要回来工作的，这一片的人都认识我，我不能将自己的脸扯破，你受委屈了。”

她才多大，就考虑到了以后的事情，包括工作之后可能会带来的影响，正如明兰所言，明珠心思很深，深得不见底。

明兰应了一声：“有什么好委屈的，我就乐意这样活，原本我就是这样的个性，撒泼不是谁都行的，换老三试试看，只会哭，人家一个嘴巴子就给打回来了，话也说不利索，别弄得好像你欠了我什么似的，这个出头鸟我愿意当。”

明珠私下指挥，她指哪里，自己就打哪里，明兰觉得这样反倒是省事，不用自己烧脑子，她们俩撑起来一个家，老三就好好念她的书吧。

姐妹俩相互对视一眼，感情默契也是这样培养出来的，守住这个家，守住老三，等她将来大学毕业了，嫁人了，这就不再是姐姐能管的事情了，就管到这里，以后看她自己怎么过了，在那之前老三就是她们俩的义务。

明月要回来得晚些，这孩子念书的成绩那叫一个好，智力有些超常，明珠现在是找不到门路，她想送明月去更好的地方，奈何巧妇难为无米之炊，加上明月太过于懂事，家里这两年发生的事情又太多，一件接着一件的，明月的个性也是问题之一。

明珠端着菜上桌：“明兰，吃饭。”

“来了。”

明珠将菜夹到明兰的碗里：“多吃点，吃饱了才有力气干架。”

明兰这是一脸的积极，扒了两口饭：“看我不作死他们。”

有些人觉得撒泼是不入流的做法，可对于一些人，惧怕闹出来一点影响的人来说，撒泼就是最好的解决方式，不巧张鲁就是后者。

家长口中别人家的孩子，是明月。

明慧和张鲁两个人，真的说起来，似乎家庭里没有这样的基因，两家从上到下地数没出过什么大人物，张鲁运气不错，明月的智商是高于普通孩子的。

老师表扬，学校关注，别人羡慕。

明月的班上就有这样的类型，小女生长得瘦瘦小小的，很乖很听话，成绩也很不错，才这个年纪就已经读书读到十点多，近视八百多度，那是班级里典型的书呆子，大家和她都过得去，到了明月这里，似乎情况就有点糟糕。

明月长相方面并不是美艳类型，偏乖巧，个子不矮，一头长发，穿着就是很单一的学生风，偏瘦，吃得不少，却怎么也不长肉，腰只有一尺六，她文静，成绩又好，自然就是男生眼中的第一人，班上长得最帅，最有人气的那个班长，对着明月说话也是轻声细语的，现在这年代孩子们也是早熟，是不是那意思，谁都能看出来。

可一个班里有好学生自然也会存在坏学生，如果你运气不是那么背的话，兴许那个坏学生她只是上课讲讲话，不服老师的管教，她和你不会有任何的冲突，如果运气不是那样好的话，就如明月。

到今天为止，明月都不清楚，自己是怎么得罪了姚可可。

同学刚刚从她这里问过了卷子上的题，不出意外明月的成绩又是全年级第一，学校的铃声一响，大家就恨不得立即离开学校，明月和另外的一个女生值日，要清扫以后才能离校。

“你真好，随便考考就是第一。”

值日的女生叹口气，她羡慕明月，羡慕死了。

长得好，也不胖，头发也好看，成绩又好，班上的男生都喜欢和她讲话。

值日的女同学和明月摆摆手，她家在西面，明月要走东面，两个人分道扬镳。

明月穿着深绿色的校服，低头看着路，平时都是从居民楼中间绕，绕出来走不超过十分钟就到家了，今天也和以往一样，出校门走了没有两分钟，就被人给拦住了。

明月认得姚可可，和自己同一班的，她怎么可能不认识？

“你站住。”

明月抬起头，她有点蒙，她和姚可可没说过话，姚可可成绩不太好，而且和年级里那些乱七八糟的人多有来往，明月她是个乖乖女，这样行事风格的姚可可她一定会避开的，对方也没打算和她交朋友，原本是井水不犯河水。

姚可可看明月不顺眼已经不是一天两天了，在她心里，明月就是个小贱人。

仗着成绩好，到处惹风骚，长成这副死样子，瘦得跟猴子似的，卖弄什么？

怎么看，怎么觉得她贱。

“同学，有事吗？”明月开口问。

姚可可冷哼，有事吗？

贱人。

一个耳光就抽了过去，把明月都给打蒙了，没等她说话呢，姚可可带着几个女生推着明月，你推推我推推，姚可可更是挥了第二个耳光，揪着明月的头发，向同伴要剪刀。

同伴从书包里拿出来剪刀，明月的长发就被剪了一刀，姚可可拿着剪刀对着明月的脸，明月害怕，她从来没遇到过这样的事情。

“你敢和别人讲，下次就不只是这样了。”

冷哼了一声，几个女生转身就走开了。

不就成绩好吗？成绩好有什么用，整天在老师的面前装，老师表扬，主任表扬，学校表扬，现在还不是她想打就打。

明月蹲在地上，哭了半晌，才慢慢站起来往家附近走，没敢直接回家，而是去了楼下的理发店，她这样回家，她大姐一定会找到学校去的。

她不想给大姐二姐惹任何的麻烦了，她们已经够烦的了，要养她，要照顾她。

有时候她也觉得自己活着就是浪费空气，她除了会念书，什么都不会。

明月爬上楼，掏钥匙开门，门板却被人从里面直接拉开了，明兰看到妹妹的头发，这早上出去还是长头发呢，怎么晚上回来就变成短发了？怎么回事？

“挨欺负了？”

就是因为太过于了解这个妹妹，所以才会得出这样的结论，好好的她不会一声不吭就去剪头发的，别的孩子能做出来这样的事情，明月不会，她是个出门一定会报备自己去哪里，每一分零花钱都会告诉姐姐们去向的孩子。

“没有。”

明月不会撒谎，眼圈里都是眼泪。

明兰一听这话，顿时是又气又恼，气的是自己和大姐都挺泼辣的，怎么到了老三这里，就这样窝囊呢？恼的是，她竟然还不讲实话。

“剪你头发了？”

明珠从屋子里出来，视线触及明月的头发也是眉头深锁，不过没有像明兰一样发火，而是让明月先吃饭。

明月低垂着头，明兰气得跳脚，想要马上冲到学校去。她是暴脾气，一看明月受气包的模样气就不打一处来，别人把我的头发剪了，我至少也得叫对方生活几乎不能自理。

“明天我和你去学校。”明兰道。

“我不吃了，我回房间看书去了。”明月推开椅子，转身就回了房间，看书写作业。

明兰想要追进妹妹的房间里，她就看不惯老三这种个性，怎么就和自己与大姐一点都不像呢?

“你吃你的饭，明天我去学校一趟。”

“我就是搞不明白，她成天和一个受气包似的……”在这个家，谁最幸福?不是明珠，不是她明兰，而是明月，新衣服给她穿，衣服是牌子货，鞋子也都是好的，就怕她在同学当中受歧视，结果呢?

明兰的眸子好像有团火燃烧着。

“她从小就是这样的个性。”明珠道。

第二天明珠去了明月的班级找班主任，老师似乎也没有料到：“什么时候的事?”

“昨天晚上。我妹妹的个性我了解，我不带她去理发店，她自己是绝对不会进理发店的大门的。”明珠知道明月的个性随谁，胆小怕事没主见。

老师点头：“我和明月谈谈，明珠你回去吧，交给我。”

明月是个好学生，而老师都喜欢好学生，班级里谁是那个坏的，谁是那个好的，她心里清楚得很。

明月课间被叫到办公室，姚可可已经在里面了。

班主任数落着姚可可，话说得有点重，语气里带了一些不屑，她觉得姚可可这样的孩子念书完全就是多余，每天上课就睡觉，下课就出去混，一个女孩子和一群社会上的男孩子搅和在一起，早晚要出事情。

姚可可看着进门的明月挑高了眉头，告状是吧?

“明月进来。”

老师对着明月招招手，说话的语气都温柔了几分，上次去四中考试的成绩才出来，全区第一名就在她的班，没有意外又是明月。

“你告诉我，是不是姚可可放学以后剪你头发了?”

明月的声音压得低低的：“……是。”

她天真地觉得如果老师出面说过姚可可的话，她就不会紧盯着自己不放了。

“行，我知道了，你出去吧。”

明月前脚回到教室，后脚老师就打电话通知了姚可可的父母来学校。

姚可可的家庭构造有些复杂，父亲在电话里直接就说了他很忙没有时间来，同学之间打闹是很正常的，让老师去找姚可可的妈妈，姚可可的妈妈电话是接了，老师说一句她能反问十句，完全不认为是自己女儿的错。

老师说姚可可和学校外的社会人士总混在一起，她妈在电话里就炸锅了：“没有真凭实据，你一个当老师的就张嘴胡诌，我到教育局告你去。”

这绝对不是吓唬人的话，第二天教育局就来人调查了，老师憋了一肚子的气，但没有办法，姚可可家里有关系，她也不能叫姚可可退学，这不是她一个人能说了算的，只能告诉明月，如果姚可可再欺负她，就来告诉自己。

姚可可这下更是肆无忌惮，打扫卫生的时候照着明月的小肚子给几脚，在明月的课本上鬼画符，这都算是轻的。

“可可，你们班老师找你了吧，我就说明月肯定会告状的。”

对一个人看不顺眼，需要理由吗？

姚可可抽着烟，吐出眼圈，她很早就学会抽烟了，她爸妈常年不在家，谁看得住她？

“贱货。”

放学铃声一响，大家收拾好桌面，明月心里有些忐忑，她不敢回家，怕姚可可堵她。

又不敢和老师讲，不敢和大姐二姐讲。

“明月，一起走呀。”班长喊明月。

他就喜欢明月，班里已经出了好几个班对，他也希望自己和明月能到一起。

明月低着头，轻轻点了点头，也许有人和自己一起走会比较安全。

一路心不在焉地回到家里，带上门明月才喘了一口粗气，还好没有跟来。

也许姚可可也不像自己所想的那么坏。

明月吃过饭休息了一下就回学校了，下午第一节课并不是班主任的课，科任老师觉得很奇怪，这个班没有谁她都不会觉得怪，但是明月没来？问了几声，没人知道，只能先上课。

姚可可懒懒地趴在桌子上，书本里夹着漫画。

第一堂课结束，班主任回到班里，问了几个同学，很奇怪，有人看见明月进学校了，但却没有来上课，人呢？

老师还头疼呢，明月家里没人，她俩姐姐现在肯定都上课呢，也没有手机，怎么联系？

“老师……”

班里的同学冲进教室，说有人在卫生间里发现明月了。

学校的厕所是那种瓷砖一长条，前面冲水一直冲到后面的，最后有一个洞，水一冲最后都是从这个洞消失的，明月光溜溜的被人绑着塞进去的，嘴上封的都是胶带，就卡在蹲坑的下面，她自己站不起来，又叫不出声音，头就朝着前面冲水的位置，上面都是粪便。

老师进去，看见明月的第一眼心一凉，上手去拽明月。

厕所里到处都是看热闹的女同学，都很纳闷，好好的上厕所人怎么掉下去了？

“别看了，都回去上课去。”

回去的同学肯定会讲，每个班都闹哄哄的：“明月掉厕所里了？”

没一会儿就传得人尽皆知。

班级上没人知道姚可可和明月的过节，姚可可上次也是放学以后找的明月麻烦，后来的那些小打小闹也都是背着别人干的。

明珠接到消息已经是放学以后了。

明珠现在愁的不是张鲁给不给那点生活费，愁的是明兰、明月以后的路，摆在眼前的路无非就是那些，让明兰和明月苦哈哈地过日子，到最后获得一点成功，这不是明珠想要的。

她妈和她爸当初之所以会离婚，感情破裂是一方面，姚可珍勾搭是一方面，还有一点不可抹掉的就是姚可珍的父亲。

正想着呢，有人敲门。

明珠站起来去开门，打开门站在外面的不是明兰，而是明月和小沈老师。

“怎么了？”明珠瞧着老三的脸有点不对劲，身上的校服也明显有些松松垮垮的，这不是明月的衣服。

发生这样的事情，小沈老师也知道明珠不会善罢甘休，却不能不劝。

她问了这么久，明月一句话都没有说，问她是谁干的她不吭声，什么都问不出来。

明珠却听得怒火中烧，发生在下午第二节课，为什么现在才把人给送回来？这么长的时间都用来做什么了？就如小沈老师所讲的联系不上她，她没有手机，可是她在哪里念书她是清清楚楚告诉过小沈老师的，为什么不来学校找她？

拖了这么久，打算把她的火气都给拖没了？

“明月我就先交给你了……”小沈老师打算回家，她怀孕了，不能太劳累。

她平时这个点都已经到家了，下午从三点忙到现在，她觉得有些累，她和正常人还不一样，她是个孕妇啊。

这件事情也不是她能管得了的，学校现在的态度明摆着就是想大事化小，小事化了。

“老师请留步。”明珠上前拦住了小沈老师的去路。

人她是好好给送到学校去的，学费她们也没有少交，进了学校保护孩子是学校的义务吧？怎么明月进了学校的大门，就出了这样的事情？她之前还特意和小沈老师打过招呼，有不良的学生恐吓、欺负明月。

结果呢？

“事情发生到现在都已经过去了三个小时，为什么现在才送明月回来？”

小沈老师半晌才道：“你家里没有父母，你又没有手机，联系不上你……”

“这些都不是理由，我是没有手机，学校也是联系不上我家里，难道小沈老师你不知道我在哪个学校？出事之后为什么不来学校找我？第一时间为什么我这个做家长的并不知道，学校是想包庇那个人渣吗？”

听着明珠一声高过一声的质问，小沈老师也有些动气，她家里今天有事情，她又是孕妇，明珠这样不依不饶，她能怎么办？

她不和明珠一般见识：“我知道你心里不痛快，可你拉着我说这些也没用，该说的我都说了，就算是姚可可打人，也要明月亲口承认才行，她现在什么都不说。好，退一步说，就算这件事情是姚可可干的，现在都已经放学了，你明天去学校找领导……”

明珠自有主张，她不放小沈老师离开家里，你们在可以解决的时间里不来找家长，专门挑下班的时间把孩子送回家里，不就想着将大事化小，小事化了吗？

“麻烦小沈老师给主任打电话吧，或者是打给任何一个能管这件事情的人，校长也行。”

“现在是下班时间……”小沈老师深呼吸一口气，“要不然我给你地址，你去找吧。”

明珠冷笑：“现在你给能负责的人打电话。”

“明珠，你这样就有些过分了……”小沈老师皱了皱眉头，都和明珠讲清楚了与自己无关，她怎么就逮住自己不放了呢？有什么事情不能等到明天？现在明月受惊是不是应该先安抚孩子？

明珠却有自己的盘算，就算是小沈老师挺着七八个月的肚子，她也没办法放过小沈老师，摆在眼前的就是这样的情况，学校怎么想的用脚指头都能猜到，人送回来，主动权就交到了她的手上，如果她今天看小沈老师可怜把人给放走，不要一个说法，明天再去学校闹，到时候就变得被动了。

这世道就是这样的，你有善心不见得就能得到善报，你为别人考虑，也许死的就是你自己，她不想死，她就必须推着别人去死，可怜别人之前还是先可怜可怜自己吧。

小沈老师的脾气也被明珠给激出来了，她现在要回家，明珠还不放人，想软禁她还是怎么着？

明兰也是才放学，噔噔噔地跑上楼想着吃饭呢，四点多她肚子就咕咕叫了。

一只脚才踏上台阶就听见了里面的吵吵声，明兰听不出来别人的声音，但是她大姐的声音她是听出来了。明珠的声音有些发沉，这是明珠不太高兴的前兆，老大这人越是不高兴声音越是沉稳，越是发低。

“你松开手，我怀着孕呢……”小沈老师怒视着拦着自己去路的那只手，何苦难为她一个挺着肚子的老师？

“麻烦沈老师给任何一个能负责任的人去一通电话，有人来换你，你就可以走，没人来，今天你就甭走了。”明珠轻声细语道。

小沈老师一开始是站在明珠一侧的，但是现在觉得这孩子完全就是不可理喻。

“明珠，你松开……”

明兰随手抓过来门后的棍子，这是真正的棍子，明慧死了，家里总要烧纸的，烧纸总不能用手去挑火吧？这样的东西拿进家门似乎又有些不吉利，所以就摆在门后了，有三根呢。

明兰将棍子握在手里，拉开门就进来了。

明兰一见明珠的表情就猜出来，估计老三又出事情了。

“老三挨打了？”

明珠只是讲了过程，明兰就彻底恼了，学校都是负责管什么的？

明兰照着小沈老师就要上手，别和她讲什么道理，什么尊敬不尊敬的，她明兰什么都吃，就是不吃亏。

小沈老师后退了一步，捂着心口，眼前的这俩完全就是土匪流氓，大的那个只是用嘴用动作，小一点的这个压根就是个浑蛋，她这肚子看不见吗？竟然敢上手？

“你们也别和我浑……”

小沈老师手机响了，她接了起来，是她丈夫，小沈老师一个女人，加上实在被眼前的这姐妹俩气得半死，和丈夫就说了，小沈老师的丈夫一听，叫妻子给他地址。

明珠就坐在门口，小沈老师坐在客厅里，房间里隐隐约约地传出来明兰对明月的质问声。

当明兰听见从明月的嘴里说出姚可可的名字时，真是有心冲出去给老师两个大嘴巴子，这就是让她们放心的结果？

小沈老师看着明珠堵着门口，碍于自己的年纪，只是在心里冷笑。

闹吧，我看你们能闹出来什么。

她最讨厌的就是遇上一点事情就没完没了大闹的，这个社会就是多了这些人才会越来越乱套。

明兰从房间里出来，脸上的表情很难看，和明珠两个人站在门外说话。

“报警吧。”

明兰想报警，让警察找那个该死的玩意谈，找学校谈，至于小沈老师就让她走吧，冷静下来想想，就一个班主任，你指望她能做什么？是她肚子里的孩子，人家会拼命，明月算是人家的谁？

这社会不就是这样薄凉的吗？

明珠却把整件事情看得分明：“报警，姚可可还未成年，派出所不可能管，就算管了也是以说服教育为主，你觉得对方能受到什么惩罚？学校的态度无非就是看我们家现在没有家长，能糊弄就给糊弄过去，批评教育一番，撑死叫对方给明月道个歉，这件事情就掀过去了。”

明兰双目微眯，表情有些阴沉。

这不是被骂两句，不是被对方推两下，而是对方恶意地扒光了明月的衣服，捆住了她的手脚，把人给扔进厕所里了，从身心两方面都给明月造成了极大的伤害，道一下歉就算了？

明兰的脸上难掩怒意。

未成年怎么了？未成年就可以随心所欲，想做什么就做什么？未成年就可以这样狠毒？

说狠毒都是轻的，这就是恶毒。

明兰觉得太阳穴突突地跳，视线落在小沈老师的身上，目光一转，忽然之间似乎明白了大姐的用意。

学校自然不想让学生的家长闹腾，但她们不能不闹，不仅要闹，还要大闹特闹。

“那老师怀孕了吧，别最后在我们家出事情了……”那就得不偿失了。

明珠的目光沉静，脸上有着一股子从容不迫。

“我只是在言语上逼迫她去联系学校的领导，我对她没有任何言语上的不尊敬，身体上更是没有接触，你也不要动手，学校不来人，她不能走，这件事情也不能了。”

正常家庭里的孩子出事情，难道做家长的不应该有这样的反应？

还是因为觉得她们小，觉得她们好欺负就使劲来欺负？

讲道理？

明珠心中不屑，她敢说她今天和人讲道理，明天学校要么一个记过，要么这件事情最后就不了了之，压下去了，她体谅别人，别人却不见得能体谅她。

小沈老师的丈夫很快就来到了明珠家，在楼下也是转了几圈，问了旁人才打听出来的。

夫妻俩都是老师，当丈夫的一进门，对着明珠和明兰就是一脸的淡淡笑容，事情是怎么发生的，明珠怎么不让小沈老师离开她家的，当丈夫的刚刚在电话里可是听得一清二楚的。

“沈老师现在怀孕呢，你们这样也不是办法，真的出事情了……”当丈夫的目光微转，他一瞬间就明白是怎么回事了，现在这样的事情不少，但说到底学校也是挺无奈的，老师教书育人，可碰上了混账学生，他们能怎么办？又不像是成人，偷了抢了，伤害人了，可以蹲监狱，在未成年保护这方面，很多地方都没有详细的规定。

明月这个事件，打也就打了，没有给她造成人身伤害，也没有致命，闹得厉害点，最后就是打人的一方出点钱解决解决就完了。

而且他多少听自己妻子讲过一些，姚可可的家人……不太好惹。

妻子就是接了一个烫手山芋，学校领导为什么不亲自出面？

说白了还不是觉得这家没有大人，欺负定她们了，谁让两相权衡，一方是有关系、有背景的，一方什么都没有。

你只能认倒霉。

没等小沈老师的丈夫说完，明珠就出声打断了对方的话：“学校现在不肯派出来一个人解决这件事情，我妹妹身上发生这么大的事情，既然是小沈老师把她给送回来的，那就说明学校是派小沈老师来解决的，现在什么问题都没有解决，我希望您能明白我此刻的心情。”

“你和他们讲那么多干什么？你们家的孩子被人弄成这样，是不是不追究？为什么放学才把孩子送回来？送回来就完了？我告诉你们，没完，今天她就别想走。”明兰的手指着小沈老师。

“我要走，你还要打我吗？”

小沈老师从椅子上噌地就站了起来，被明珠两姐妹弄得火气很大。

小沈老师的丈夫也是没料到，他讲这么多，对方还是不肯放人，他也没有那么多的闲话和两个孩子说。既然说不通那就别说了，他拿着小沈老师的包，拉着妻子的手就要往门外去，难不成她们还真能把他给打躺下？

小沈老师身材很娇小，可她丈夫一米八多的个子，一百七十多斤，明珠和明兰捏在一块都不是人家的对手。

“老师您硬要回家，我是拦不住，我又不能跳楼，马上血溅您一身，我只想给我妹妹讨个公道，学校没有诚意想解决这件事情。”

“你可以明天去教委……”

“那是明天的事情，我现在说的是今天，今天怎么办。”明珠的声音越来越低，“我没有办法，那我只有去砸您家的玻璃，叫您不安生了，我要的很简单，将心比心，如果是老师您的女儿遇到这样的事情，这就好比在心头割了一块肉，我要学校领导来解释清楚，过分吗？”

“你不用威胁我……”小沈老师看着明珠的目光都是厌恶的，她不知道这样的孩子到底是怎么长成的，眼睛里只能放那些没有涵养的东西。

小沈老师的丈夫却同意明珠的话，这原本就是学校和明家的事情，是，明月出事小沈老师不见得就一点责任都没有，可谁规定老师要时时刻刻看着学生？

可是现在他们是瓷器，明珠、明兰是瓦片，孩子容易冲动，他老婆怀孕，真有个意外，犯不上。

“你给主任打电话。”

小沈老师就不愿意打这通电话，她可以打，但是明珠这样讲话，这样霸道，这样威胁她，她就不愿意遂了明珠的心。

“你给主任打电话。”小沈老师的丈夫重复道。

小沈老师压着这口气到底还是给主任打电话了，主任接了，却推说现在已经是下班时间，有事情可以明天解决，她也很头大好不好？

“明月的两个姐姐现在拦着我不让我离开她家……”

小沈老师这边挂了电话，明珠立即对着小沈老师深深鞠躬，明珠压着明兰的头一起给小沈老师鞠躬。

“沈老师今天我让您受气了，说了一些不太恰当的话，请您看在我太着急的分上原谅我，我对您说的任何话都没有恶意，我的态度也并不是冲着老师您来的，您对我家明月的照顾我心里一清二楚，我们没有妈妈，爸爸不管我们，我是大姐，我就必须照顾好我的妹妹们，我对事不对人，再一次向您和您先生赔礼道歉。”

小沈老师那些没说出来的话也只能全部随风而去了，不然呢？

她要揪着明珠不放？明珠都讲了，对事不对人，这个家是什么情况她也是知道的，心里的同情不是一点半点，如果明珠一开始不是这样的态度，不是死活不让她走……

算了，她也知道学校的意思。

小沈老师的丈夫却盯着明珠在看，这是多大的孩子？一杯苦茶愣是让人满口苦味以后喝出来了淡淡的回香、甘甜，让浑身的毛孔都舒畅了。

10 月 26 日，注定成为明月生命当中难忘的一天。

26 日阴了一整天，昏昏暗暗的天空不见一丝阳光，就像是下雪的前兆，这雪一直到晚上六点半依旧没有飘下来。

明珠让明兰带明月去洗澡，头发上还有臭味，要是不洗，晚上睡觉都没法睡。

主任到底还是来了，她来了小沈老师还没走，她喜欢明月这个孩子，想留下来帮着解决。

“沈老师谢谢您，我就不送了。”

“我就没见过这样的孩子……”小沈老师真是一腔的热血被明珠浇了一个透心凉，就和丈夫离开了。

主任的说法很简单，明天学校会给明月一个说法，会叫姚可可的家长来学校，会给姚可可记过处分，姚可可的家长也必须给明月一个说法。

至于主任嘴里所谓的说法，也许是一句道歉，也许是对方买来一堆的水果登门，还有可能就是拿出来一些钱表示一下他们的歉意，当然了，还有可能就是对方玩无赖，你能怎么样？

明珠开口："我妹妹从小到大没和人起过一次争执，她很善良，从来不去恨谁，不去怪谁，自立自强，只是性格有些懦弱，打她两巴掌我都不会这样闹腾，她是被人扒光了给扔进了厕所里……"

明珠咬着后牙槽，有时候身体上的伤害随着时间的流逝很快就会得到修复，可眼下明月心理上受到的伤害……

主任看着明珠，觉得孩子就是孩子，她心疼明月，却更加心疼学校，为学校的荣誉着想，既不想让明月转学，因为孩子的升学率是要算在学校头上的，又不能活剐了姚可可，那只能在全校师生面前批评姚可可，给予她记过的处分，学校规定三次大过是要退学的。

她也是抱着想要解决问题的态度前来的。

"谁家的孩子都是亲的不是后的，这个家既然是我当，我就必须撑起来，欺负我妹妹，我不让。"

主任无语地看着明珠，觉得明珠有点不懂得借坡下驴的道理。

学校现在站在你们这一侧，明天自然会找姚可可的家长来谈，谈话的内容肯定会涉及赔偿的，这样不就好了？

"对于未成年保护法你也可以去找个懂法的人问问……"不是她欺骗孩子，你随便找个人去问，看看眼下这种情况是能起诉还是能叫对方怎么样，警察管这事吗？

就算是管了，你以为是能叫姚可可去蹲监狱，还是能给她判刑？

"我只问你，为什么出事情以后学校没有立即找到我？为什么学校没有把姚可可的家长找来学校，为什么拖了这么久才把我家明月送回家，学校负责任却对这件事情避重就轻？"明珠连珠炮一样开口，一句跟着一句。

主任气得脸色发紫。

"你要是这样说话那就是不讲道理，你找你家能负责的家长来说话，明月当时问什么都不说，学校怎么就知道是姚可可这么对待她的？送她回家，家里有人吗？送到你的学校能起什么作用？班主任沈老师亲自把明月送回家，怎么到了你这里，就变成了学校避重就轻了？"

"那好，明月现在都说了，我要求现在就见到姚可可的家长。"

"你这不是难为人吗？现在都下班了，我已经下班了，我现在不管这件事情。"她来这里不是应该的，而是抱着解决的态度前来的，如果这孩子这样说话，那就没有必要谈下去，叫她家能管事的人来谈，叫家长来谈，她面对也是面对家长，犯不上和一个黄毛丫头逞口舌。

啪！

明珠直接砸破了花瓶对着主任，该强势的时候她绝对不退缩，主任看着眼前的花瓶碎片暗吃一惊，她不信明珠敢把她怎么样，这些都是小儿科，吓唬吓唬她，她就怕了？小女孩终究是小女孩，只会玩蛮横的。

“我劝你冷静冷静，明珠，这件事情学校是站在明月一侧的，你不要这样不懂好赖。”

明珠的眸子闪亮亮的，里面好像有火在燃烧。

“你觉得我是在吓唬你，我不敢对你怎么样，我是个小孩，除了吓唬你似乎也没有其他的办法，可老师你应该听过一句话，兔子急了还咬人呢，如果是个不讲理的人站在这里和你讲话，你会不会也用这种敷衍的态度说话？”

“我不和你说，我讲过了，叫你家里人……”

主任压根没料到明珠竟然真的就出手了，上来对着她的面门就直接一拳砸了下来，揪着她的头发不肯放开。

明珠是不敢拿花瓶扎下去的，扎下去的成本太高，她吓唬人的姿态摆了出来，对方也看出来她不敢下死手，她退后了对方就会轻视她，干脆直接动手，什么长辈不长辈的，什么礼貌，此刻给我通通滚蛋，她打过人，之后肯定会把警察招到家里来，她要的就是这样的效果。

她要把姚可可的家人逼出来，不等明天，就要今天，就要此刻。

主任打了电话报警，鼻子也流血了，头发也被抓乱了，她真是第一次被人打，还是被个孩子打了，面子里子都没了。

主任是气急败坏，她现在生吃了明珠的心都有，明珠却闭着眼睛，现在正是按照她所想的发展了，过一会儿警察就会上门。

警察肯定不会管这些事情，这也不在警察管的范围之内，真的不是什么破事都要警察来管的。但明珠知道一点，她和民警刘叔叔的关系很融洽，这就是她要闹着打人然后等对方报警的原因。

刘叔叔是明珠最好的朋友的爸爸，正因为关系最好，明珠打人之前，就想起来了今天刘叔叔值班。

念头从自己的头脑当中闪过，然后毫不犹豫地出手，打完人达到自己的目的以后，头脑里沉着冷静地想着接下来自己应该说些什么。

片警来得很快。

主任捂着脸，等警察一进门就开始讲了。

她教过这么多年的书，就从来没遇上过这样的流氓，不是流氓是什么？

主任的嘴茬子也不是白给的，说得片警有些发晕，只见她上嘴唇不断地碰着下嘴唇，看得他眼睛疼。

同行而来的民警有两个，明珠她们也都不陌生了，第一是和老刘家的孩子是同学关系，第二毕竟是就三个女孩子住，如果有个万一，毕竟现在什么样的事情都有，派出所也是对这姐仨比较关心的。

“明珠啊，怎么回事啊？”刘叔叔开口问。

她打人她不否认，打就是打了，但为什么打她也得讲清楚。

老刘听了只觉得三观都被刷新了，这到底是什么样的人家能养出来这样的孩子？这就是流氓啊。

“我跟你说不着这些……”

“什么说得着，什么说不着，喊什么喊？”老刘阴沉着脸，目光带着一点狠。

当警察的就是这样，长年累月和各种人物打交道，有些人总说警察看着一脸的横肉，不讲理，那你说执法的时候和人讲道理能行吗？有些人就必须这样对待。

这事原本轮不到他们来管，但是碰上了。

“那学生家住哪里？”

如果在这附近的学校上学，家就应该是这附近的，至少户口肯定在这里，不然也不可能跑到这个学校念书。

明珠提着的那颗心放了下来，其实她也有点悬心，要是刘叔叔不管她还能怎么样？

倒是主任一愣，她觉得眼前的片警是闲的，她报警自己挨打了，结果他们现在有点跑偏吧？

滔滔不绝地和眼前的两个警察就辩论上了，可这两个警察也不是能被噎住的主，双方你来我往没几句，主任就彻底老实了。

由警察出面给姚可可的家里打电话。

老刘带着明珠出了大门，站在楼下走廊边上。

“怎么就动手了？”

如果说明兰打人，他觉得挺正常的，这家的老二个性冲动，哪一天真捅死人他都不觉得意外，明珠他是知道的，不该这么冲动。

“如果杀人不犯法，我可能就要杀几个人了。”明珠开口，打人她是一点不后悔，“明月现在达不到轻伤的条件，就算当时在学校报警，警察都不会管的，会交给学校管，事情发生这么久才把明月给送回来，就只这一条，我抽她，她一点不委屈。”

老刘略略抿抿唇，压低声音说了几句，能怎么样？出了事各方推诿，谁都找出理由，谁弱欺负谁。

里面已经联系上了姚可可的父亲，姚可可的父亲正在酒局上，根本不在意，孩子之间闹点误会，犯得着吗？话里话外透露着一种语气，别以为他家没人。

这边警察不肯退让，事情出了总要解决的。

姚可可的爸爸走不开，只能让警察给妻子打电话。

电话通了，姚可可她妈在朋友家打麻将呢，接到电话倒是一把推了手里的牌：“你别以为是警察就能怎么着，我现在要回家去看我女儿是不是受伤了，我家的孩子要是少一根汗毛，我和你们没完。”

警告似的挂了电话，拿起自己的包就往家里赶。就算是可可打人了又能怎么着，人打死了没有？打残了没有？

打残了她给出手术费，打死了她给报销，不就是要钱嘛，那些没钱的人就会借着一丁点的事闹腾，为的不就是钱。

姚可可压根就没把整治明月的事情放在心上，她知道主任和班主任问了好半天，明月都没敢吭声，不吭声那就对了，她怕谁啊？

姚可可就是烦明月，会念书了不起啊？成天在谁面前卖骚呢？

觉得全班的男生眼睛都盯着她呢是不是？她就喜欢班长，就不喜欢班长贱兮兮地去讨好明月，看看她那副死样子，和非洲难民似的，成天装十三点，不是家里穷吗？家里穷念什么书，早点出去工作那才是真的，她凭什么和自己坐在一个教室里，那就是个“绿茶婊”，是个贱人。

她如果继续在这里念下去，那就别怪自己手狠，玩玩嘛，优等生、老师眼中的大红人，怎么就这么弱呢？

打不还手，骂不还口的，活该，谁叫她天生就长了一张挨打的脸，她这是为社会除祸害呢，不然明月将来也是当小三的命。

姚可可的妈妈拎着包进了家，开了灯，叫了两声：“可可……”

没人回她，她拿着手机给姚可可打电话。

姚可可手里的手机可是最新款，才上市没有多久的，电话响了，不耐烦地接起来：“干吗？”

姚可可的妈妈在电话里大吼：“赶紧给我滚回来！”

又给丈夫打电话，警察都打电话来了，总要商议解决，结果两个人在电话里直接就吵了起来，夫妻俩平时没沟通，一言不合就开始骂，什么粗话都有。

一个削尖了脑袋想着怎么赚钱，怎么赌博，一个每天把自己打扮得漂漂亮亮的，醒了就约人打牌，对姚可可的教育，只能说是放养，有一丁点事就知道拿钱砸。

“电话那就是吓唬你的，现在的人啊，心眼都不正，就想着天上怎么掉馅饼呢，碰一下两下，他家的孩子打不过，就说我们的孩子打人了，不行你给扔点钱，买点水果。”

姚可可的妈妈挂了电话，觉得这样也就差不多了。

姚可可回家，她妈瞪了姚可可一眼：“你怎么打她的？”

姚可可辩驳，撒谎的次数多了，假话说得也和真的一样，最后眼泪汪汪地喊着：“我愿意当坏孩子吗？是老师把我分门别类了，别人都不和我一起玩，明月就是个小人，她讥讽我狗屁不是，她不就是学习成绩好吗？”

话说得跟真的似的，她在学校做过的让人愤恨的事一件没说，听在姚可可的妈妈耳朵里，感觉女儿无比委屈，顿时火冒三丈，老师老是说可可这里不好，那里不好的。

她是没给孩子交学费，还是对不起谁了？孩子被人这样欺负，老师提了吗？警察还给她打电话。

“穿鞋……”姚可可的妈妈扯着姚可可，一路上骂着姚可可，说姚可可就是个废物，人家欺负她，她不会欺负回去。

母女俩直奔明家，可不是为了道歉，而是为了要公道。

打车到了地方，稍稍打听了一下就找了上来。

姚可可撇嘴，明月家果然很穷，住这种难民营似的地方，难怪她总是吃那些猪都不肯吃的。

姚可可她妈领着孩子进门，这回人齐全了。

事情的经过都讲明白了，明珠要的就是一个公道，学校希望姚家拿出来态度，是给钱还是赔礼道歉，到这里结束就好，警察希望做家长的能管管孩子，照这样发展下去，以后就是个祸害。

姚可可她妈听得一肚子火，一个两个都指责她没有把孩子教育好，怎么就没人问问她的孩子受没受委屈呢?

嚷起来就没完了，什么话都敢说，又是老师收礼又是塞钱的，反正家里有钱，谁都不怕。

“行了，叫你来这里，不是为了叫你撒泼的，坐下。”

老刘的声音低沉有力，姚可可的妈妈却不怕，敢碰她一根手指头试试看，对方是一个男的，她是个女的，他敢难为她?

姚可可的妈妈语气一点不肯弱，老刘本来就是调解的，自家的孩子自家管，有话好说，什么事都好解决，结果真是碰到个泼妇。

两句话一说，就冲出去大喊警察打人，警察非礼什么的，这就是泼妇。

老刘也没怜香惜玉，三两下直接把姚可可的妈妈给按得蹲在地上：“老实点，你这是袭警知道吗？”

屋里就剩明珠和姚可可，姚可可一副无所谓的样子，完全不在意，她有什么好怕的，能枪毙不?

明珠有点累，折腾了一天，一家人都饿着肚子，眼前这就是个无头官司，指望学校指望不上，指望姚可可她妈能把事情看清，看来是不现实的。

明珠从椅子上站起来，两步走到姚可可的跟前，突然上手揪着她头发，这孩子一看也是经常打架，马上照着明珠的脸就回手。

下手挺狠，可惜遇上的是明珠，刚刚打主任那就是玩的，意思意思，真的打人不是那样打的。

明珠薅着姚可可的头发，直接拖到阳台那块冬天挡寒气用的玻璃前，按着她的头照着玻璃直接撞，然后再将人从门后拽回来，抓着她的头发继续撞。

“妈——”姚可可抓着明珠抓她头发的手，这会儿更多的是护住自己的脸，紧闭着双眼，怕自己变成瞎子。

“你给我住手，死丫头……”姚可可的妈妈疯了似的，她不能亲眼看着女儿被打。

刚刚和警察扭打时鞋子也掉了，她现在撕了明珠的心都有。

“住手。”老刘反应到底是快些，反手按住明珠，明珠没有反抗，老老实实地就蹲了下去。

跟随老刘来的另一位民警倒是看明白了，明珠这丫头就是故意的呀。

当教育民主被哄抬到一个不切实际的高度之后，教育就成了一个什么人都可以指手画脚的行业，教育的神圣外衣被媒体用尖刻的文字描绘成了一个令人望而生厌的黑洞。

近些年来，家长状告老师出手殴打、辱骂学生，各种官司口水仗，绝大多数的学校已经不敢轻易去处罚一个学生，哪怕这个学生无恶不作。更有甚者，有些地区，上级发文统一规定，彻底废除了中小学沿袭多年的最高处分——开除。

学校和家长之间虽然不像医患之间那样关系紧张，但向后者过渡还需要很久吗？

姚可可的家长就在这里，可她是个能讲道理的人吗？

姚可可本人未成年，她对明月的一切作为都不构成刑事责任，无非就是双方谈拢，对方道歉或者赔钱，但明月的心理谁来负责？

“我的手机呢……”

姚可可她妈就像是个疯婆子一样到处找自己的手机，穿着一只鞋，光着一只脚，她现在就要找人，无法无天了，当着她的面就想杀人，她要报警，她要告死这家人。

“我找警察……”

姚可可妈妈疯狂地叫着喊着。

“我的脸……”姚可可哭着，其实因为动作很快，过于迅速，惯性问题，反倒没有伤到哪里，受惊的成分更多一些。

主任也看傻眼了，她瞧不上姚可可的妈妈，因为这完全就是个泼妇，和这样的人沟通就是对牛弹琴，但是明珠下手也太狠了，这是要杀人吗？

事情似乎彻底远离了学校一开始想大事化小，小事化了的初衷，越闹越大。

闹到这个地步，警察也不可能不管，给张鲁去了电话，没有办法，毕竟张鲁是家长，至于明珠打人……

肯定以说服教育为主，事出有因。

张鲁今天回来比较早，姚可珍正从厨房端饭菜出来，只见张鲁接了电话，然后从桌前起身拿过来自己的羊绒大衣，一副要出门的样子。

姚可珍一愣：“不吃了？”

“我有事情，你先吃吧。”张鲁拿着车钥匙就急匆匆地下了楼，没有和姚可珍说是什么事情，这些事他不想讲。

张鲁的个性其实也大男人得很，我让你管的，你可以管，不想让你管的，我干脆就直接不说了。

姚可珍听见女儿哭，放下手里的盘子，她这把年纪带孩子就没有想象当中轻松了，这孩子总是爱哭，她觉得自己都得少活两年，但并不后悔生她出来。

她不怀这个孩子，张鲁怎么会那么决然地和明慧提离婚？

只是她运气不好，怀孕时候的反应怎么看都觉得怀的是个儿子，生出来却是女儿。

如果是个儿子，张鲁今天就不会对他和明慧生的那几个小崽子留情了。

不得不说，姚可珍算是很了解张鲁的为人，她是运气不好，她若真的能生出来儿子，那明珠姐妹仨对张鲁来说，屁也不算一个了，但可惜姚可珍生出来的是女儿，等待她的女儿成人，等待那个孩子做的事情，明珠她们姐仨可以更早做到，所以张鲁回头了，打算缓和和孩子们的关系。

血浓于水？

其实有时候亲情也要看发生在什么状况之下，有选择还是没有选择。

张鲁打开车门将羊绒大衣扔到了副驾驶的位置，开车到明慧生前居住的地方。

警察在电话里讲得也不是很清楚，乱糟糟的，他也没有细听，姚可珍就站在他身边，他也没让警察多说，好像是明珠把谁给打了。

张鲁下车将大衣穿上，这个天气凉飕飕的，看样子雪是降不下来了，因为下雨了。

他带着黑色的皮手套直接上楼。

姚可可的妈妈正在闹腾呢，打电话哭诉当中，结果张鲁一进门，也是吃惊，没料到场面弄得这样大。

但不管怎么样，明珠毕竟是他女儿，他得保住明珠才行，她忤逆那是她不懂事，只会动手，不动脑子，跟她那个死人妈一样，脑子里面装的都是木材，废料。

等看清姚可可妈妈的那张脸，张鲁赔不是的念头彻底放下。

“姐夫……”姚可可的妈妈对着张鲁叫了一声。

她这么一叫，现场的人也都傻眼了，这是什么情况？

原来姚可可的爸爸和张鲁的妻子姚可珍家是亲戚，还是近亲的那种，姚可可的辈分大，按照辈分讲，姚可珍需要喊姚可可妹妹，姚可珍得叫姚可可的妈妈二婶，但姚可可的父亲姚光年很能活动，现在也是溜须张鲁，他有用得着张鲁的地方，明明是他们夫妻更加年轻一些，虽然占着辈分，大手一挥，让妻子和他改口叫张鲁姐夫。

他们两家多有来往，姚光年一年到头没少往张鲁身上花钱，反倒是张鲁和明慧离婚以后，就没回去看过孩子，明珠她们姐仨也从来不去她爸爸那边，所以两方根本不认识。

姚可可妈妈这么一喊，楼里热闹了。正是下班的点，动静这么大人们都听到了，还把警察给招来了。

张鲁看着明珠蹲在地上，他就有点恼火，警察办案也没有这样干的，明珠多大的孩子，说蹲下就让蹲下，她是打劫了还是杀人了？

张鲁一直有个遗憾，没儿子命。不过没儿子有没儿子的活法，那就女儿当中拣强的来，四个女儿当中，非要选一个，那只能是明珠，不管个性还是什么的，跟他都像。

“我来看看，我是这家的家长，怎么了？”

姚可可躺在地上，捂着脸玩命地哭，她是什么都不怕，但她怕毁容啊，小姑娘家正是爱美的时候呢，不然也不至于三天两头看明月不顺眼。

姚可可的妈妈扯着女儿，刚刚已经检查过了，不知道是运气好还是怎么着，倒没伤到，就是鼻子那地方破了，虽然和张鲁家挂着这样的关系，她脸色也没有缓过来，冷声冷气地道：“姐夫，不是我不给你面子，这丫头欠削，当着我的面拽着我家可可的头就去撞玻璃……”

老刘把事情讲得很清楚：“既然都认识，你们两家就好好谈谈，有事再来所里，那我就先回去了。”

双方是亲戚，老刘把事情定为家庭纠纷，让他们双方自行解决。

张鲁何尝看不出来警察是站在明珠这边的，虽然他不清楚为什么。

事情他听明白了，孩子之间起了一点冲突，原本也不是什么大事，现在两平了。

明月被欺负，那明珠不也帮着明月追回来了？

张鲁看着可可的妈妈说："这事原本就是可可不对，都是同学，下这么狠的手。"

讲得好听点那是同学之间闹矛盾，讲得不好听点那就是校园暴力。

"姐夫你这话……"姚可可的妈妈脸色马上变了，压压自己的语气，她过去觉得张鲁人挺好，有学识有风度，不知道比可可的爸爸强多少倍，要么就说文化人不一样呢，可今天瞧着，他怎么就这么不是东西呢?

"我家可可和明月有点冲突,这我不否认,孩子之间打架,大人就没有理由掺和了吧？"

张鲁说话就没那么客气了，他也求不到眼前的人："明珠也只是个孩子，你也讲了，孩子打架大人不用掺和。"

姚可可妈妈气得涨红了脸，她嘴皮子不如人她知晓，这是指鹿为马："可可现在这样……"

没等她讲完呢，张鲁就打断了她的话："孩子打架是一方面，单方面的欺负这已经上升到道德品质的问题，她还这样小，现在就这么狠毒，长大了就可想而知，今天明珠打残她都不为过，我女儿也只是替她妹妹出口气而已，仗义！"

满嘴的夸赞。

主任觉得自己站在这里也不需要讲什么了，难怪孩子养成这样，爸爸都是歪的，这心都歪到太平洋去了。

姚可可的妈妈差点没把一口牙给咬下来，她恨不得现在就冲上去，抓花张鲁的脸，这样的亲戚不做也罢。可到底还是忍了下来，姚可可的爸爸对着张鲁成天低头哈腰的，也别说人家气焰大，气焰大也是别人给惯的。

"姐夫这事我没完，今天我给你面子。"姚可可的妈妈拉着女儿，她现在要带孩子去医院验伤，明天就去学校讨个说法，班主任凭什么让她女儿坐在后面？学习成绩不好就能让个子矮的坐到后面什么都不学?

这是歧视，这样的人根本就没资格当老师，就是个人渣。姚可可妈妈大声说着，只是她再大声也没用。

主任现在真是一个头两个大了，两家的家长都不讲理，原本她期望着，明月的家长和明月个性差不多，温温和和的，凡事都讲道理，一切都能商量是吧，结果一头豹一头狼就对上了，打不过的那个肯定会来难为她的呀。

"办事不考虑后果，武夫才只会动手。"张鲁对着明珠劈头盖脸就骂。

家里的闲人已经走得干干净净了。

不是真的入了他的眼，他才懒得多讲一句废话，就像是三女儿那样的，多一句他都懒得说，死不死的和他能有多大的关系，生死都是命运的事情，你不会还手，你不会反抗，弱肉强食，死了活该。

明珠对视着张鲁，也别说什么父亲女儿的，谁也没比谁光彩到哪里去。

"我是粗人，我是武夫，你是文化人，我妈可能是偷汉子才生的我，我怎么样干你什么事？"

张鲁瞪着明珠，脸上倒是真有些许的气急败坏，脸都绿了，看样子好像憋了很大的火气，用了很大的力气，张鲁才把火气压了下去。

“这件事我不会让她追究的。”

“她不追究，我追究。”

“你追究什么？你能追究出来什么？”这么多的例子，你以为别人都愿意咽下这口气？可咽不下又能怎么样？给你心理辅导几天，施暴者该上学人家还是上学，能人道毁灭吗？

能人道毁灭的话，第一个应该先把她给毁灭了，孽女，忤逆。

明珠直喷张鲁的脸：“我能追究什么？你找了你的初恋，玩了一把浪漫的婚外恋，我能追究什么？我妈净身出户，我能追究什么？人不要脸天下无敌，哈，张教授你说我说得对吗？”

张鲁脸上可真是什么色都有了，都齐全了。

他的脸皮狠抖了两下。

“你就痛快你的嘴吧，我说了这件事情就到这里，我会找她爸爸谈，她再敢动明月一下试试。”张鲁的声音有些狰狞，甩下这句话，扔下两万块钱转身就离开了。

两沓钞票摔在桌子上，明珠站在原地没动，阳台门附近一地的玻璃，家里到处是摔倒的桌椅。

澡堂子里，明兰拿着洗浴的东西，提着个篮子，拉着明月洗澡。

明月低着头，明兰的手指在她的头发上上上下下地活动，涂抹着洗发水，借着水流将泡沫冲了一地。

“活着就不会是一帆风顺的，谁都得遇上点事，看你怎么想，摊上事了也不用害怕，家里还有明珠，还有我呢，明月你是活得太一帆风顺了，从来没遇到过事情，我也挨过打……”

明兰没对家里讲过，原因也许是和明月相同吧，也许就是对方有神经病，那个女生和她以前是最好的朋友，后来因为一个体委下课就甩了她两巴掌，之后两个人就不说话了，对方倒是没有这样变态地缠着她不放。

“所以这事不只是你遇到了……”

明兰也懂，像是明月这样的孩子，你指望她反抗，那不现实，就说自己这样厉害，当初被抽了耳光她打回去了吗？

没有，她忍了。

为什么？

因为打不过，因为知道如果打回去，以后的生活就会没完没了，因为所谓的好学生是不会和坏学生起冲突的。

“我们可以转学，可以避开她……”

眼下能想到的就是这些了，避开也就安全了。

“我不念不行吗？”

明月的声音哽咽，她不想念了，真的不想念了。

她出去打工，她去赚钱。

这样不也是挺好的。

明兰却面无表情，只是摸摸明月的头发。

事情总会过去的，大姐以后再尽力帮你讨公道，以后的路还那么长，怎么可以因为眼前的路被堵住了就不走了？明月才多大，不念书以后能有什么前途？一个所有兴趣就是念书的孩子，她说不想念了，家里人能同意吗？

明兰有些时候觉得明月不懂事，家里的生活负担都扛在明珠肩上，就是她也多少有分担，唯独明月，有什么困难，有什么变故都不会讲给她听，以致她现在除了念书，别的什么都不懂。

明月是个书呆子，明兰苛责她的时候会想到她的年纪，同龄人谁这个年纪什么都会做？她不惹事，不嘴馋，不乱花钱，不叫家里担心，读书成绩名列前茅，不早恋不贪玩，这活脱儿不就是个乖孩子吗？难道这样还要从她的身上找各种不足？

别人家想要的不就是明月这样的孩子吗？

“你说以后要给姐姐们买别墅，买名牌衣服，买跑车，不都是你说的？你不念书，以后怎么赚钱给我们买？现在后悔了？”

明月吸吸鼻子，眼睛通红：“我念。”

当明兰带着明月回到家的时候，见到的就是满地狼藉，明珠还没来得及收拾。

“打起来了？”明兰又急又气，早知道她就不陪老三去澡堂了，还能给明珠当个帮手。

明月一听又哭了起来。

哭得明珠脑仁疼：“你回房间里去，事情都解决了。”

明兰收拾着地面，一边和明珠讲话，知道是张鲁来了家里，又顺带着讽刺了张鲁几句，难怪是他家的亲戚，和他一样令人作呕，以为这样，她们就感激了？

明兰狠狠呸了一声，没门。

姑奶奶我是爱恨分明，但这个错，他就得背负一辈子，她这人只知道什么叫因果循环，什么叫你做初一我做十五，以德报怨她不会。

收拾得也差不多了，感觉真是为明月头疼，她在澡堂里教了明月那么久，人家欺负你，你就还手啊，你敢还手下次她就不敢了，可明月根本不行，这孩子就是太懦弱、太软弱了。

看着明珠还阴着一张脸，明兰赶紧收住嘴，不是都解决了吗？还这副样子。

明珠的手搭在桌子上随意地敲着，敲着敲着速度就快了起来，明兰一听声音，心下有几分诧异，东西随手放到一边，马上就想溜之大吉，却没来得及。

啪！

明兰头都没敢抬，视线垂直落在自己的脚尖上，心口却有点疼，刺心地疼。

一抽一抽的。

明珠离开了椅子，回房间了，带上房门，从抽屉里找出来纱布缠着自己的手，手心疼，明珠盯着自己手心里的碎玻璃，攥了攥拳头，然后没事人一样将碎玻璃挑了出去，缠好。

明兰喘着粗气。

她……其实害怕明珠。

姐妹之间偶尔掐个尖，闹个别扭什么的都是常有的事，但在明家却从来没有发生过这样的事情，不是因为明珠劳苦功高，而是明兰和明珠对打过，最后败了。

那是挺久以前的事情了，因为什么明兰不记得了，错肯定是她的错，明珠从小到大都没发过什么火，脾气、秉性什么的都看不出来，明兰从小掐尖，从小就厉害，正面对上了，明珠差点扯破她的嘴，双手钩着她的嘴往两边扯，她是踢了也打了都没用，那时候明慧还活着呢，管不了，当时明珠的那种眼神……明兰现在想起来都觉得怕。

就是这么回事，愣的怕横的，横的怕不要命的。

其实自己和明珠也没有差几岁，女孩子哪怕差个三四岁，生活能有多少不同？大体都是差不多的，但是她从来就看不懂明珠，不明白她在想什么，不明白她想要什么，以及不明白她的处事方法，摸不着头脑。

明珠非常愤怒的时候，她就会像刚刚那样，特别愉快地敲着桌子。

明兰进明月的房间，明月正背着她偷偷擦眼泪呢，明兰真想大笑三声。

她妈可真是人才啊，生了三个，个个都基因突变。

老大呢，那就是个坑，你以为这是湖也许下一秒就是海，自己呢，也不是什么好东西，老三呢，倒是善良了，小白兔一只，可人们形容善良过头的，那叫二百五，那叫缺心眼。

姚可珍才哄睡了孩子，好不容易才不闹了，想消停消停，结果就接到了姚可可妈妈的电话,姚可可的妈妈在电话里又哭又号,毕竟都是亲戚,姚可珍觉得张鲁把事情做得太绝了。

姚可可不对，那明珠也不对，各打五十大板还差不多，怎么就是包庇的态度呢?

正想着，张鲁进门了，姚可珍正好就站在门口，他一推门进来就撞她身上了，顺嘴就说了出来："可可她妈给我打电话呢，你说你也真是的，孩子的事也跟着掺和，她刚带着可可从医院回来，说是已经开了证明，明天要去报案。"

张鲁突然发难，一脸嫌恶地问："你觉得特过瘾是不是？我的孩子蹲监狱了你脸上有光是不是？"

姚可珍一脸的委屈。她是觉得应该给明珠一点教训，但这是她和明家之间的恩怨，明兰指着她鼻子骂了多少次？骂了多少难听话？她就抱怨抱怨，怎么就冲她来了?

"我问你，她们姐几个的抚养费给了吗？"张鲁将大衣扔在手边，他坐在沙发上，姚可珍站在沙发前。

姚可珍理亏，张鲁之前说让给，可她阳奉阴违，就没给，像是要置一口气。

"你这是怎么了？回到家就冲我发脾气，吃饭了吗？"姚可珍脸色就没那么好了，但还是强撑着，笑盈盈地要上手来挽张鲁的胳膊。

"抚养费给了吗？"

姚可珍顿时觉得浑身都不舒坦了。

肯定是明珠那几个死丫头告状了。当着自己一身的傲骨，背后怎么就不见骨气了?

如果一开始她们就痛哭流涕，说妈妈死了，没有爸爸的钱活不下去，这口气她也就咽下了，可她们三个丫头是怎么做的?

老大看着不吱声，那就是个蔫巴坏，老二做什么她能不知道?

明兰跑到学校闹了几次，闹得她灰头土脸的，后来幸好是生孩子，让她淡出了大家的视线，不然她指不定怎么被人指着鼻子骂呢。

“我这不是这几天都忙嘛，没腾出来时间，我现在去送。”

张鲁从位置上离开，准备回房间，脸色也不是很好，有些怪怪的。

“你想送早就送了，何必在我面前做这么一出？”

砰!

姚可珍听得忍无可忍，气得自己的心脏都抖了。

说这话的是别人她也就一笑而过了，可说这个话的人是她的丈夫，她最亲近的人，她满心的苦味，捂着自己的心口，对着房门说：“我和你走到现在，我背负了多少的骂名，我没后悔过，这条路是我自己选的，人生错过了总要找到正确的路走，我现在走的就是正确的路，她们仨和我没有天大的恩怨，我也不至于和几个小毛孩过不去，我气的是她们给你难堪，她们让你难做人，她们对你没有尊敬，不要钱的时候对着你冷嘲热讽，现在要钱了，一边拿着你的钱，一边还诅咒你，我看了心里难过，我见不得别人这样糟践你，就算是你女儿也不行，却没料到我的这些维护，被你看在眼里就是一场笑话，我成了那个恶毒的后妈，我现在就去给她们送钱，我现在就去。”

姚可珍大衣都没有穿一件直接就出家门了。

十月末的晚上可真是凉啊，下了楼推开楼门，冷风吹到她的胳膊上，全身的知觉都被唤醒了。

站在楼门口，脑子冷静了下来，深呼吸一口气，已经看得见哈气了，这座城市还有几天就要准备全市供暖了，慢慢扭着脚踝又原路返了回去。

张鲁就在床上躺着呢，脸色还是那样，有些灰扑扑的，闭着眼睛，双手抱着头。

姚可珍开门进来，走到床边，给张鲁盖上被子，屋子里还是有些凉。

“你也别和我置气了，钱一会儿就给送去，这件事情我做得不够好我向你道歉，但是我的出发点并不是坏的，你回来就被叫出去，到现在饭也没有吃一口，你胃不好。”

姚可珍唠唠叨叨地说着，张鲁的眼睛没动，手却拉住了姚可珍的手。

只一个动作，就刚刚他污蔑自己那些，她都能不计较，姚可珍将另外的一只手覆到张鲁的手背上。

此刻离开家门的心情却与刚刚截然相反。

姚可珍一大早就上门了，打开车门，看着眼前的这栋建筑物，有些嫌弃。

捂着口鼻下了车，天色还没亮透呢，隐隐约约的灯光忽闪忽闪的，家里有上学的、上班的，这个时候也该起床做早饭了，楼下溜达的老头儿老太太，买早餐回来行色匆匆的路人，路面辨识度有些低，早上好像有点下雾了。

姚可珍爬上楼。

姚可珍敲门，明兰去开门，打开门看见外面的人自然不会有什么好话等着，明兰是尖酸刻薄出了名的。

“你……”

姚可珍不可能在大庭广众之下和一个孩子对骂，这样有失身份，她也丢不起这个人，但她对明兰的教养很不屑。

“钱我给你们送来了，可别以后又来闹。”

明兰一点感激都不带地从姚可珍的手里把钱拿了过来，顺带着狠狠斜了姚可珍一眼：“别说的比唱的都好听，这个钱是他该给的，和你有几毛钱的关系，你不过就是个跑腿的。”

姚可珍不好发飙，但明兰的嘴脸实在难看。

“你就缺教养。”

明兰淡淡地道：“我缺教养也没你缺的多，我看你是五行缺德。”

姚可珍憋了一肚子的气离开了明家，她有时候真恨自己怎么就不大嘴巴子地去抽明兰呢，打掉她的牙尖嘴利，不过也就是想想而已。

姚可珍一是怕自己的名声坏了，二是明兰压根就不是个软柿子，她敢打明兰，明兰一定会还手，能不能打得过都不一定，一个弄巧成拙，她又成学校的名人了，张鲁现在有个项目，学校的领导也挺重视的，和电视台也有一些关系，真的闹大了，吃亏的是他们，综合所有，姚可珍还是忍了这口气。

她就不信自己一辈子会憋着这口气，早晚明兰和明月都会成年的，成年以后还和他们伸手要钱?

小丫头片子，早晚有你吃亏的一天，我们等着瞧!

明兰将钱拍在桌子上，还真想一把火就给烧了，就要这个骨气，不过骨气不能当饭吃，想想就得了。

听着自己房间好像有响动，明兰踩着拖鞋回房间，就看见明月已经起了，桌子上已经铺好了，都是习题卷纸。

“起这么早？你再睡一会儿，六点我喊你。”

家里距离学校很近，明月六点四十五分从家里去学校就刚刚好。

明月轻声道：“我睡不着。”

明兰吐口气。

有时候吧，不是人活着心灰意懒，而是觉得日子就是这样过没意思，等到她真的过好的那一天，那对老不要脸的也许都下地狱去了，你说有什么意思吧。

明月的笔在卷纸上飞快地走着，她其实一起床脑子里就产生了一股子不想去学校的情绪，但她必须去，今天不知道怎么搞的，注意力总是分散，集中不够，明兰一边做题一边检查，错错错错，都是错的。

很快卷纸就在她的手中成了一团废纸，她捏着捏着，觉得心情好像得到了某种宣泄。

然后又把卷纸铺平，用手认真地铺平。

她总是拖后腿。

明珠、明兰送明月去学校，明月没出现的时候就有同学在议论昨天的事，毕竟闹得动静这样大，那些都是偷偷议论，等到明月真的进教室的大门了，议论声就大了起来。

明月和姚可可之间到底是怎么回事呀?

姚可可平时在学校接触的也无非就是一些成绩不好的外班人而已，她结交的那些社会人士大家都没看见过，事情一出来大家都说是姚可可干的，可姚可可这样做的理由呢?

明珠和小沈老师在走廊说着话，明珠道歉了，说昨天自己的态度不好，老师大人大量没和她一般见识。

小沈老师这口气就算是正式放下了。

“和他们家怎么谈的?”

怎么谈的不重要，昨天张鲁虽然说事情就到这里，可到这里结束不是明珠的个性。

“我想去教委。”

小沈老师觉得明珠这丫头可真是不怕把事情闹大，去教育局，你以为教育局的大门就是为你而开的?你说进就进?你说了人家就信?想想中间过程就挺麻烦的。

但让学校现在给个说法估计是不能实现了，早上开会也没听上面有什么动静，家长之间达成和解了，学校就不会再伸手去管了。

明珠和明兰离开学校的时候姚可可还没来上学，小沈老师给她家里去了电话，接电话的好像是她的爸爸，说可能孩子要晚一些来学校，等于是在电话里请了一个假。

“我和你一起去吧。”

“你去干什么?”

明珠瞪了明兰一眼。

明兰只觉得老大有时候说话真是恨不得噎死人，她去干吗?她去帮忙啊，多一个人总比少一个人强啊，拉拉自己的书包带子，得，当她自作多情，她去学校还不成吗?

明珠绕路去了一趟学校，家里发生这些乱七八糟的事，让她就此松手她不愿意，凭什么受了委屈就得缩回窝里自己偷偷舔毛?她又不是小狗小猫，来学校的主题就是请假。

老师自然是不能给假的，她说请假就请假，请假做什么去?

这个家是明珠在当，她是这个家里的家长，但是这种关系学校不承认。

“不能给啊，你回去上课……”老师苦口婆心地劝着，明珠讲了事情的来龙去脉，老师表示同情，但也仅止于同情，有什么好闹的?这样的事情最后都是不了了之，你现在的首要任务就是好好学习，将来考好的学校，然后活得滋润叫那些人看看。

明珠看了老师一眼：“不给假就当我旷课吧。”

明珠转身就出了老师的办公室，扬长而去。

“明珠……”老师的脸色有些气急败坏，气得嘴都有点发抖。想联系明珠的家长，可惜明家三姐妹的家长是明慧，现在人不在了，老师怎么找?任何资料上面都没有张鲁一丁点儿的信息。

明珠想过自己以后的人生该是什么样的，不出意外的话，她大学毕业以后也能有一份饿不死的工作，可摆在眼前的是，她清楚自己逃课会是什么样的后果，学校进行批评教育，或者直接开除她，杀鸡给猴看，最轻的最重的她都想过。

没书念呢，就意味着她以后的路不太好走，虽说现在靠的都是后门，学历其次，她连“其次”都没有了，未来可想而知。

但明月的事情就这样算了，不行，绝对不行。

明珠也从来没有去过教委，不过地方是死的，人是活的。

警卫拦着明珠，不肯让她进去，明珠也狠，和警卫套近乎，套出来领导的车牌，她不信领导就一辈子待在里面不出来。

明珠蹲了一个上午，蹲得自己头晕眼花，好不容易中午看见那辆车了，等车开出来，她去拦了。

明珠拍着车窗，里面的人将车窗降了下来，耐性也特别好，从面容来看是个好人，因为他全程都是笑呵呵地听着明珠讲事情的经过，听到愤怒的地方脸上的表情也严肃了起来，今天兴许就是个好天儿。

等到对方安抚住了明珠，升上车窗，他对着司机讲：“她怎么知道我车牌的？”

领导在车后座发了脾气，如果这样的事情也要他来管，他岂不是要忙死了？女学生之间闹点误会，也要闹到教委来，现在正是因为有了这些天不怕地不怕，恨不得事情闹大的家长，所以学生才会这样肆无忌惮。

明珠写下了学校的名字，写下了事情的经过，还有明月和姚可可的姓名，将字条交给了门警。

门警叹口气，他看着明珠远去的背影摇摇头，这样的事情多了，你以为对方真的会来拿这个条子吗？

明珠等了三天，却一点消息都没有，她递出去的东西就像石沉大海了。

她原本长得算是不错，周周正正的，可惜现在整天阴沉着一张脸，明兰都不敢靠近自家大姐。

想想就知道结果了，人家会管吗？

“难怪现在有这么多的人愿意找媒体，不闹大根本没人理你。”事情都是看两面的，不是逼到这个份上了，谁愿意大闹特闹？

教委把责任推给学校，学校呢推给家长，反正你们两家都和解了，学校也不管。

明珠的牙龈上火，这几天正疼着呢。

“今天晚上我去接她。”明兰一双水盈盈的大眼睛忽闪着说道。

小沈老师送是小沈老师送，明珠觉得不够安全，毕竟一个孕妇，真的遇上什么场面她也不见得能做什么，她和明兰就一人一天换着去接送。

姚可可那天回家以后被她爸给削了，不是打着玩的那种，让她感觉到了什么叫疼，而这些呢，都是托明月的福，都是她带给自己的，这事不可能就这样算了的。

可是最近找不到机会下手，那个死明月根本不出教室，厕所也不去了，成天躲在教室里装死人，放学又有老师送。

但这口气她咽不下去。

“金晨，你家里也在这边？”小沈老师问班长。

班长金晨点点头，一边回应着小沈老师，一边看着明月。

小沈老师一连送了明月小半个月，说实话她自己也是很累，尽到义务了，也不能总是这样接送下去吧？暂时她只能相信姚可可是长记性了，不敢难为明月了。

和明月打了招呼，她中午下课以后要去医院，这边要生孩子，好多事情要做，她真没有多余的精力再放在明月的身上。

“她难为你，你就和老师说……”

明月沉默了很久，最后哀求地看着小沈老师，小沈老师还是咬着牙拒绝了明月，她不可能每天和保镖一样跟着明月，明月也该为她着想着想吧，她现在整个人都是浮肿的，回到家还有事情要做，家里婆婆也对她有意见了，学校那么多的学生，如果每个都这样管，她也就不用休息了，加上身体原因，她确实觉得好辛苦。

“老师你别不管我。”

小沈老师送明月的过程当中，明月觉得很安全，从来没有过的安全，她坚信一点，只要小沈老师待在她身边，姚可可就不敢再欺负她。

小沈老师眉宇间流露出几分疲倦，真的疲倦得厉害。

“……你相信老师的话，她不敢了，放学你和同学一起走，你家里人也会来接你的，我让金晨送你回家……”

明月是什么样的表情，小沈老师不是没有注意到，手机不停地响，她接了起来向外走。

明月课间从来不喝水，一口都不碰，哪怕渴得厉害，为的就是不去厕所，她害怕学校的厕所，光是经过那附近她浑身的汗毛都会立起来，看都不敢看，惧怕。

下课了大家都在讲话，只有明月坐着，哪里都不敢去，拿着习题卷子做个不停。

“明月，老师喊你。”

班上一个同学走到明月的桌子旁边叫了明月一声，对方低着头，捏着自己的手，表情有些不自然。

明月问了一声，对方说是哪个老师，在几楼找她，明月起身就走了出去，因为是下课，走廊上都是人，明月觉得这样相对比较安全，也就没有多想。

喊她的人是她班上的，还和她说过话，没有理由害她。

明月顺着走廊下到二楼，那边的教室有点偏，明月走着走着，她就回头了，她不去了，她害怕。

光影阴沉沉的。

“拉住她。”

明月听见熟悉的声音，头皮觉得一紧。

她被几个人给拖进了放实验器材的房间里，明月不清楚为什么这个房间是开着门的，她被推进去，迎头就是各种拳头和脚，然后有手过来扒她的衣服。

“救命，你们放开我……”

明月被扒光了根本不敢动，只能蹲在地上抱着自己的身体，她不敢站起来，因为站起来就有窗户，外面也许就会有人看见她。

姚可可的话说得很难听，躲着她，她就找不到人了？

至于那个同学为什么骗明月，很简单的事情，不帮姚可可把明月喊出来，有麻烦的就是她。

“我告诉你，谁和你好，我就难为谁，我就和谁过不去，我看看她们是不是真心实意和你好，你应该感激我，我帮你测试她们是真心还是假意的。”

姚可可捏着明月的脸。

“你大姐不是很能打吗？拽着我的头去撞玻璃是吗？谁让你蹲着的，给我跪下。”

明月眼圈里的眼泪往外流，她不敢不跪，要不然这样拖着她出去……

姚可可笑了，说到底最后你还不是跪在我脚下了吗？

“把那个碗拿来。”

两个人端着一个碗就过来了，送到明月的眼前，明月身上都是被打过的痕迹。

“啤酒，你要是都喝了呢，我就放你回教室，你不喝呢，那就等着老师找来吧，反正我是不怕，我穿着衣服呢。”

明月知道有诈，她不想喝，可她不敢不喝，抖着手接，哭着说：“我喝。”

姚可可笑得真是开心，那不是啤酒，不过颜色和啤酒很相近，怎么样？尿好喝吗？

“像你这种人活着还有什么意思？我要是你，我干脆就死了算了。”姚可可蹲下，拍打着明月的脸。

“你放了我吧……”

投递在明月头顶的是两道恨不得穿透她的视线，她不是很风光的吗？全区的第一，全学校的第一，次次都考第一，才女！

呵。

“今天就和你玩到这里，马上就要上课了，如果被老师发现了，到时候你大姐再闹起来，明月我可就不敢保证，下次会不会当着全校人的面把你给扔出去，有本事你就告诉老师，告诉你家里。”

几个女生和姚可可一前一后离开了教室。

这一次明月没有告诉小沈老师，她默默忍了。

早上出门的时候，她大姐去教委了，明月知道结果，她如果再告诉她大姐，可能明珠会弄出人命来，明月不想看见这样的结果，她又不能告诉家里她不想念了，说了就等于告诉大姐二姐她又被欺负了。

但她想不到，她的退让，只会让姚可可更加过分。

第三堂课学校要求全部的同学都必须出操，前后二十五分钟的全校做操时间，明月和一个女同学一起值日，姚可可带着人进门，那个女同学原本想喊老师的，姚可可的同伴踹了她一脚。

“你想想后果，你不怕的话，就去告。”

明月的课本都被撕了，全都成碎片了，她呆呆地蹲在地上，姚可可扬了一地然后离开了，女同学等姚可可等人离开了教室才敢进来，却没有和明月说一句话，这个时候她只能明哲保身了。

上课老师收作业，明月的没交，老师倒是捺着性子问了一句："没写吗？"

老师知道明月的事情，觉得她可能心里有负担，没写他也能体谅，见明月眼圈里都是眼泪，想想还是叫她坐下了。

她一直都是好学生，作业什么的从来都不耽误。

"下次注意。"

有的同学心理不平衡也就几秒的时间，觉得好学生就是不一样，作业不写就不写了，原因都没有问明白，如果放在自己的身上呢，老师的脸色就不会好看了。

姚可可却在老师让明月坐下的时候脸色微变。

她记得她作业没交上去，老师是怎么嘲讽她来着，当时老师说她家里的学费就是白交，这话姚可可能记一辈子，那种嘴脸。

现在呢？

明月原因都没有说，老师什么也不问，是不是学习好，做一切就都是有道理的？

明珠冲上前，拦住前面的车，司机无语地看了一眼外面的女孩子，脸色一僵，怎么又是她？

"怎么又是你呀，我都和你讲过了……"

对方还是想以安抚的手段让明珠回去等消息，可事情已经过去三天了，明珠没有要到她想要的解决办法。

明珠的手扒着车门，她也不想弄得这样难堪，但她没有更好的办法。

对方完全就是敷衍的口气，和学校的想法相同，对这些所谓的坏学生没有办法，这是整个教育体系的问题，并非他个人或者教委就能解决的，同学之间起了冲突，自然是要学校老师进行调解的，找到他这里来，又想让他做些什么？

"我会给学校打电话的，你回去听消息吧。"

"我等了两天，却一点动静都没有等到，我知道全市有这么多的学校这么多的事情需要你忙，这对你而言不过就是一件小到再也不能小的事情，因为你的孩子可能一辈子都不会受到这样的对待，我的妹妹却每天要和对她施暴的女孩子待在一个学校里，她可能受到的不仅仅是言语上的羞辱，身体上的殴打，严重的是，她的心灵上会受到怎么样的伤害，我不清楚……"

对方明显就是没有兴趣将明珠的这些话都听进去，听了明珠的话，他不会有任何的感触。

"开车。"

车子不留情地将明珠留在了原地，明珠盯着那辆远去的车子目光变得阴沉。

屡屡碰壁，到底哪里能给她一个说法？

"你赶紧走，赶紧走……"门警从屋子里出来，对着明珠呵斥着。

他之前也不知道怎么让这个小丫头片子灌迷魂汤了，再这么下去，他工作都要没了。

明珠的整颗心都快要拧出水来了，声音更加冷："叔叔，我妹妹的情况你是知道的，你就当帮我一把，告诉我他家住在哪里……"

警卫气得直哆嗦，同情归同情，可怜归可怜，他一个月就赚这么一点辛苦钱，还是给人看大门的，现在就算是同情也轮不到他来同情了，同情不起，付出的代价太大。

"你赶紧走吧，还住哪里，我一个看大门的，我能知道领导家住哪里，大门对着哪里开？"

轰着明珠，他转身又回了屋子里，伸手把门卫室的门关上。

看了一眼教委的大门，明珠转过身，背对着那栋大楼。

那栋办公大楼是两年前新建的，只是瞧外表就够气派的了，内里什么样她是没见过，但没吃过猪肉她见过猪跑。

明月的这个事情到今天，明摆着就是没有进退路，无论明月曾经受到过什么样的欺负侮辱，现在就找不到一个地方能为她讨回公道的，去哪里，哪里往外推，明珠只觉得血一阵一阵往头顶涌。

来之前她也没觉得自己的运气就会爆棚，随随便便来一趟就能碰上个肯管事、肯解决事情的人，现在也不过就是把求助无门这一说法更加落实下来而已。

明珠走向车站，对面 605 路车很快就开了过来，她投币上车。

明兰放学紧赶慢赶地往明月的学校跑，可学校不同，放学的时间也不同，加上明兰比明月大，她功课现在也紧，老师压堂，下课铃声一响，她东西一收拿着书包就跑了，后面老师的脸已经气得黑得冒烟了。

"明月，回家呀。"金晨喊明月。

明月的脚没有动，她就坐在自己的位置上不肯动，金晨和她讲话，她不回答也不看金晨。

金晨呢，那就是个小孩，虽说对明月有点好感，但明月不搭理他，对他也没有好脸色，他没受过这样的气，干脆书包一甩，他不侍候了。

"有本事你就别走。"

出门的时候咣当一声摔了教室的门，大家都觉得这人今天很奇怪，班级里能磨蹭的也都收拾好书包准备离开了，明月还是坐着不动。

姚可可倒数第二节课的时候就不知道到哪里去了，老师也没管，即便明月知道姚可可人不在学校，她还是不敢自己走出教室的大门。

小沈老师前一节课离开的，好像是有事情，她又不是明月的谁，不可能分分秒秒围着明月转。

明兰进学校的大门还被拦住了，学校要锁门了，而且她身上的衣服一看就知道是外校的，不让她进。

"我来接我妹妹。"

门口的大爷就说，学校的学生差不多都离开学校了，都放学这么久了，反正就是不让明兰进就对了。

明兰这暴脾气，好说好听的你不给面子是吧？

对着看门大爷也是一通狂喷，学校里的学生受欺负，怎么就没见你们制度这么严格呢？合着各种制度就是为了给好人创造的是吧？

不管三七二十一就冲进去了。

明兰一路爬上楼，学校楼里还真有没出去的，都是班级里打扫卫生的，可能一边玩一边收拾，明兰找到明月的班级，教室门已经锁上了，她上手去拧，拧动几下。

锁门了？

这大冷天明兰愣是出了一身的汗，完了完了。

让她来接人，她人没接到，明月跑哪里去了？

“这个死孩子，你跑哪里去了？”明兰跺脚，刚要跑，听见教室里有什么声音，她的手不停地拍着教室的门，“明月，明月……”

明月一直躲在桌子下面，一开始教室里就剩她和打扫卫生的同学，那两个同学都是坐前面的，他们在收拾走廊，明月就蹲到桌子下面去了，如果她还坐在位置上，他们会赶自己回家的，她不走，人家就不能走，明月没有办法，只能躲起来。

躲起来，姚可可就不会找到她了。

明兰推门的时候她听见了，可是她没有吭声，一直到明兰说话，她才敢从桌子下面爬出来，她怕明兰走掉，所以想跑，结果被椅子绊了一下，整个人就摔在地上了。

疼却觉得安心。

自己是安全的，门外有二姐。

“姐……”

明兰搂着明月，她忍不住就想骂明月，可骂不出口，她的胳膊挎着明月的胳膊。

“回家啰。”

她想说明月笨，明月懦弱，可若是没有遇上这样的事情，明月她就是个乖小孩，她能埋怨明月什么？埋怨明月生下来就没有强壮的心脏和个性吗？

“今天她们难为你没有？”

明兰例行地问着。

明月想告诉明兰，可想起来姚可可的话，她姐如果再不去上学，可能真的会被开除，她大姐高中已经快毕业了，她不想惹那么多的麻烦，只要她不告诉任何人，姚可可早晚也会觉得她没意思的。

“……没。”

讽刺的是，姚可可这样的，想要被退学，难度还高点，明珠不去学校，违反校规那真的是很危险的一件事，说开除也绝对不是开玩笑的，运气不好，学校想要树立典型，她只能自认倒霉。

明珠已经很久没来她奶奶家了，原因很简单，她父母离婚的时候，她奶奶一句话都没讲。

老太太家是个小院，城市中央特有的一道风景，上中规划范围不是没有把这块算在内，但近些年房地产行业也不是很景气，这里又是市中心，每家占地面积又多，说动不起也不算为过，所以这里现在还保持着过去的样子。

下车之后要走长长的一条路，进各种胡同，然后走上几百米，就是她奶奶家了，独门独院，大门口贴着红色的对子，家里的砖头都彰显着年代的气息。

拴在门口的小狗乱叫，屋里走出来一个老太太，齐刷刷的短发，身上的衣服虽然不新，却干净利落，朝着大门看过来，等看清眼前的人，脸上的表情似乎有些复杂。

“明珠来了。”老太太心里颠来覆去半天憋出来这么一句，倒是有点手足无措的感觉。

明珠不愿意来，是打心眼里不愿意来，面色冷冰冰的。

“我求您一件事……”

明珠说着，老太太听了好半晌才给了一个动作，她看了明珠一眼，像是忍着说的：“我一个老太太，谁都不认识，同学之间打架叫明月退一步或者告诉老师和学校……”

明珠的脸色灰扑扑的，低着的那颗脑袋仿佛又矮了几公分。

“这件事不解决，我就没法上学，我得对我妈对她们俩有个交代，我还想念这个书，还想毕业以后找份像样的工作，如果我被开除了，那些对我来说就都成了虚幻……”

老太太听见明珠说她为了这件事已经好几天没上学了，可能会被学校退学后皱了皱眉头。

她儿子对不起明慧的事吧，她门清得很，为什么不管，为什么放任张鲁这么干，这家家都有难念的经，儿子总是亲的，儿媳妇再好也是外人，且……

“你也知道，我说的话，你爸不听。”

那是个有主意的，能听她的话，估计也坐不到今天的位置了，她都老了，到什么年纪做什么样的事情，每天不用为吃穿发愁她就觉得挺好的，她对姚可珍也没有多大的意见。

“奶，我求你了，没有人能帮我了，我走投无路了。”明珠低着头去拉她奶奶的手。

大丫头脾气犟，就单单因为她当初没拦着姚可珍进门便生她的气，不登家门。她认准的道，十头牛都拉不回来，自己呢，是认为即便是祖孙也是讲缘分的，怪她气她都好，不来看就不来看，不走动就不走动，也没什么。

姚可珍生的那个孩子，她从来没见过，抱过来一次她没给开门，平时就是通通电话，也不是为了谁，还是那句，没缘分就是没缘分。

老话讲，现实压不弯脊背，大丫头的脊背现在已经被压弯了。

“大丫头你也知道，这件事如果我帮你，我也很为难……”她说的就是她未来和姚可珍的关系。

明珠一听，脸更是沉得厉害，老太太叫住她，让她先别忙着赌气离开：“我就帮你这一次，我不是为了明月，我是为了你，以后再有任何的事我都不会管。”

“……知道了。”

以后再也不会求了，再难她都会咬牙挺过来的，明珠想。

明珠和来的时候一样，离开时也没声息，拴在墙角的狗对着老太太叫了两声，老太太走过去，摸了摸狗的耳朵。

“你看家，我出去一趟。”

老太太迈过门槛，出了大门，反手将门锁上，很快就消失在小胡同里。

姚可珍正哄孩子呢，听见敲门，过去开门。

看清来人，脸上闪过一抹惊喜。

这婆婆呢，对着她有点爱搭不理的，不过姚可珍礼数很周全，无论过不过节，过不过年，东西是东西，钱是钱，一样不少，准时给送上门，吃的穿的用的，一样不缺，可惜老太太一直对她就是冷冷淡淡的，说不怨恨那是假的，不过不生活在一起，她也就不想了。

“妈，您怎么来了？”

姚可珍赶紧找拖鞋让婆婆进门，对着门里喊张鲁：“老张，妈来了。”

等老太太进了门，姚可珍立马就冲进厨房里去了，今儿怎么也要多做两道菜，今天有喜。

还是大喜。

张鲁从书房出来，今天刚谈拢一个项目，他心里多少也是有些高兴的，能让男人觉得存在的价值就是事业上所带来的成功。

姚可珍将冰箱里的菜都翻找出来，和保姆打了招呼，让她今天加两个小时的班，没人看着孩子，她这饭就没法做了，张鲁在家向来是不管孩子的。

“妈，晚上就在家里吃吧，我多做几个菜……”说着又似乎想起来了什么，“还是出去吃吧，家里也没什么好菜……”她是觉得婆婆难得来这么一趟，当儿媳妇的，她这个梯子必须要放到底。

张鲁确实满意姚可珍的态度，他在不在乎他妈那是他的事，姚可珍在不在乎，那就是个大问题了。

“出去吃什么，你做吧。”老太太开口说了。

姚可珍进了厨房，一脸的兴奋，当初她就说，时间是一剂良药，早晚经过时间的洗礼，什么事情也都能看开、原谅了。

至于她和张鲁的事情，除了她过线了一点，她不认为自己有什么错。

张鲁脸上的表情淡淡的，似乎对自己妈的光临就没那么兴奋，请人进了客厅，两个人说着话。

“……事呢就是这个事，我不能不管。”

张鲁手里端着茶杯，他刚刚喝进去的那口差点喷了出来。

不能不管？

你要怎么管？

你能怎么管？

“我是不管，有本事你们去闹，闹出来成果我为你们鼓掌，闹不出来什么那就是闲的。”

老太太脸上闪过一抹哀求，说话的声音也放低了：“……不看明月的面子，看明珠，大丫头说她被学校警告了……”

张鲁笑，气笑了。

“她可真是我亲生的种，算计人算计到她老子的头上了，所以呢，你一听见她这么说就急匆匆地跑来求我，你知道我和那个打人孩子的爸爸是什么关系吗？你知道他能带给我多少的利益吗？既然她明珠那么有本事，怕什么被学校开除，有胆量做就要有胆量去承担，我说我不管就是不管，谁来求情都没用。”

张鲁将话直接说绝。

母子两人的关系有些令人觉得奇怪，当妈妈的好像是用人似的，坐在沙发上跷着腿的儿子好像是老爷。

“我都答应她了……”

“那是你答应的事，和我有什么关系？你能答应你去告，你爱上哪里告上哪里告去，我看看会不会有人管这件事情。”张鲁站起来，手指着大门的位置。

姚可珍听见他的吼声，从厨房端着菜跑出来，顺手放在桌子上，腰上还系着围裙呢，她见张鲁这样发脾气，下意识就劝了一句，毕竟婆婆还在这里呢，这样对婆婆，容易被别人诟病。

人家会指着你脑门说你对父母不孝顺的。

“你少说两句……”

姚可珍这话还没落地呢，老太太照着她就给了一耳光，一扫刚才的窝囊和懦弱。

“我和他讲话，哪里轮得到你跑出来，有没有家教？”

老太太好像被人上身了一样，一脸的蛮横，打出去的那一巴掌也是用了力道的，姚可珍真觉得窝囊死了，这简直就是个老巫婆，她是来帮她说话的，她发什么神经？还敢打她？

姚可珍也不是能吃亏的人，眼看着就要有动作，老太太却更快她一步。

“你别瞪着我，打了你的女人，怎么你还想打回来？有本事你打，也叫别人看看这个张大教授是个什么东西，自己的亲妈都敢打，还有什么是你不敢做的，就因为是她家的亲戚，放任自己的女儿被人欺负……”老太太说着照着张鲁的脸就打了下去，“你还是个人吗？我问你，你管不管？”

姚可珍的火气一下子就没了，原因？

张鲁这人特别要面子，有一个词用在他的身上就特别合适，叫睚眦必报！

就算是亲妈，他这个年纪，被巴掌打到脸上，还是当着姚可珍的面，他里子面子也都丢光了，姚可珍还起什么刺，现在只想赶紧躲，劝也不劝了，她真劝不了。

要么就说姚可珍精呢，有些事情能劝，有些事情不能劝。

她躲了，快速地就躲了。

张鲁的脖子上都是青筋，外人角度来瞧，觉得也许下一秒他就一个耳光抽回去了。

他知道他这个妈就是故意的，当着姚可珍的面故意这样做的，让他没有退路，让他不能不出手管，不然姚可珍也会狐疑的……

亲妈都发飙了，为了孙女的事情来质问，而且已经摆明了就是迁怒到姚可珍的身上，他当儿子的还能怎么做？嗯？

“你赶紧走，吃什么饭？”

老太太将脊背挺得笔直。

“你答应我这件事，我马上走，我不吃你家的米。”

张鲁气得脸色涨红，他很想对着眼前的人质问，不吃他家的米，他送过去的钱，姚可珍讨好她所买的那些东西，都去了哪里？

可脑中还尚存一丝理智，没有质问出口。

“这件事情就算是警察都管不了，对方未成年。”

“让那个孩子转学或者退学，明月不能继续和那个孩子待在同一个学校，张鲁我知道你有本事，你是大教授，别和我玩文字游戏，我没念过几年的书，我说的是让她转学或者退学，没说让明月离开现在的学校，你是名人，我就是一脚迈进棺材里的老太婆，你也不想我出去乱说话指责你不孝。”

张鲁挥手。

老太太换了鞋就离开了，张鲁在客厅里来回地走，屋子里保姆抱着孩子，一口大气都不敢出，她觉得家里的气氛似乎不是很好，姚可珍躲在厨房，还做什么菜！无缘无故地挨了一巴掌，将火关了，外面有什么动静，她也不会出去的。

张鲁走到客厅的餐桌前，姚可珍比较喜欢西式一些的布置，那个桌子上面有桌布，还有一些蜡烛和一套水碗，刚刚炒好的两道菜还在桌子上放着呢，只见张鲁一个用力。

哗啦啦！

蜡烛滚到一边，餐具摔到地上变成了碎片，地上的菜还冒着热气，一团糟。

第二章 逆风而上行

俗话说本事有多大，脾气就有多大，本事和脾气是成正比的，这话在张鲁的身上算是落实了。

张鲁找姚可可的爸爸不知道是怎么谈的，总之姚可可转学了。

明月受欺负的事儿，似乎也落下了帷幕。

张鲁开着车去了老楼，依旧是那一身，怎么瞧都有点意气风发的感觉，不像是这个年纪的人，看起来更加年轻，有所谓的书卷气，有些人念了很多的书，但你愣是从他身上瞧不出来一点的书卷气，张鲁这种人呢，让人觉着他全身都堆满了所谓的涵养、知识。

这车开着有点不太顺手了，他打算换车，换一辆更加适合自己身份的车。

抬头看看楼上，张鲁的眉眼当中闪过一抹厌恶，脸色阴沉得很。

如果说以前他有五分想把明珠她们接回去的心思，现在也已经绝了，用心计用到自己的身上来，好，他等着瞧，看看明珠的未来是不是闪瞎他的眼睛，看看这个硬骨头是不是真的就能抛弃他这个父亲的价值，不来求他。

咚咚咚！

只敲三下。

明兰踩着拖鞋过来开门，看清楚外面的人，张嘴就想来词，里面有声音响了起来：“你让他进来，倒水。”

明兰的嘴就差没扯到眼珠子上面去，叫她给张鲁倒水？

倒洗脚水吗？

她噘着嘴就回房间了，将自己的门板摔得震天响，她要让明珠知道，这些破烂事别找她，等张鲁死的时候，她倒是不介意给他坟上添一杯水。

“爸，喝水。”

明月倒好了水放在桌子上，规规矩矩站在一边。

可惜张鲁连个眼神都懒得放在明月的身上，明珠从厨房出来，才做好饭菜，明珠的手特别好看，骨节分明，手指修长，手里拿着毛巾擦了擦。

“姚可可明天就转走。”张鲁的眼睛阴沉沉地盯着明珠。

他等着看明珠会说一些什么。

“明兰你出来。”

明兰没有动，倒是明月有点紧张，立即去房间里喊明兰。

明兰脾气也犟，今天就算是打死她，她也不出来，她不和人面兽心的禽兽讲话，更加不能给他倒水。

“明兰，别让我说同样的话。”

屋子里面有明月低声劝说明兰的声音：“二姐，你出去吧，大姐生气了。”

明兰没有动。

明珠一贯都是淡淡的，她那天打人张鲁并没有见过，尽管张鲁清楚这是明珠装出来的，这不是她真实的个性。

说时迟那时快，明珠推门进了房间，张鲁待在外面听着，好像是动手了，但没听见耳光的声音。

确实没上手打明兰的脸，打人不打脸，明珠进了门，明兰还躺在床上，明月站在床边还劝呢，明珠看着桌子上摆放的明兰的照片，抓起来照着明兰的头就砸了过去。

明兰一下子从床上爬了起来，可惜晚了。

明珠拿着明月睡觉抱的那个娃娃按在明兰的面门上就死死地压了下去，两条腿压住明兰的身体。

“输了就得认知道吗？只会一味耍狠没用，有时候尊严和骨气就是用来扔的，你明白不明白？”

明兰的腿使劲踢着。

你有邪火别对着我发呀，我比你小，就活该被你打啊？

明月不敢上前，她就瞧着她大姐想闷死她二姐的架势不敢劝，她怕明珠，特别地怕。

眼泪嗒嗒地往下落。

明珠揪着明兰的头往床上摔，然后上手去扯明兰的嘴。

明兰觉得如果她的嘴很大，这绝对不是先天的，都是明珠给扯的，从小就扯她嘴。

“知不知道？”

明兰瞪着眼珠子，那双眼睛特别的美，亮得像钻石，勾魂摄魄，可惜此刻明珠的眼睛像湖泊，能直接淹死明兰。

玩狠，她真狠不过明珠，这是真的下手摔她，头已经疼了。

“知道，知道了……”明兰喊，心跳如擂鼓。

好久明珠才收了手，眼睛的焦距渐渐回笼，好似刚刚的那个人不是她一样，又恢复了一脸的镇定深沉。

“出来倒水。”

明兰用手背擦着眼泪，恨不得咬碎一口银牙，恨是真恨，恨意滔天。

“二姐……”明月喊她，明月特别怕明珠和明兰打起来。

明兰狠狠甩了一下自己的手，手磕在桌子边了，手收回来就拉门出来，进厨房去端水，出来将张鲁眼前那杯子里的水给倒掉了，重新准备倒进去。

张鲁坐在左侧，明珠坐在右侧。

“谢谢。”

明珠对张鲁道谢。

其实明兰对明珠有些失望，觉得明珠是妥协了，就算是张鲁把姚可可弄走的，但他是应该的，他欠她们的，这些根本不够的，帮个忙就应该对他千恩万谢了？

明珠变了，变得势利了。

人长大后面对的环境都会变的，她班里也有那些父母条件很好的，吃香喝辣，穿的都是名牌，可她明兰从来不羡慕，她觉得自己穿老大的旧衣服她活得堂堂正正，可是老大现在却一点一滴地在改变，未来她也许会对着张鲁叫声爸，管姚可珍叫声妈吧，因为这样，能为她的未来添砖加瓦。

张鲁的表情很平静，半晌喝了明兰倒的水，笑了笑：“你的教育方式倒是挺特别的。”

小孩子而已，打给他看吗？

想让他心软？

“和你奶奶关系很好？”张鲁问着明珠。

“好？”

亲奶奶和亲孙女，三四年也见不上那么一次面，能有多好？如果他认为这样叫好的话，那是挺好的。

“你记着，这是最后一次。”张鲁敲敲桌子，站起身，回头又看了一眼明珠，离开了明家。

明珠坐着喝水，明兰提着水壶站在一边，而明月躲在房间里。

胡同门口的那棵树已经开始凋谢了，一阵风刮落满树衰败的叶子，在空中飘摇，阴沉沉的天。

明珠的奶奶闭了闭眼睛，压下涌上喉咙的话，只是手不停地摸着那条老狗的头。

乖乖，人不能和命争啊！

锅里的热气飘了出来，明月动着筷子，姐仨今天涮火锅。

明兰扔了一盒的羊肉卷进去，明月则扔着青菜。

“你如果觉得我和明月拖累你了，那就拜托你多照顾我们两年，等我成年了，我也不会死乞白赖地抱着你的大腿不放，这个世界上谁离开谁都能活，你高中眼看着就要毕业了，毕业以后要工作要谈恋爱，我也都明白，人都是现实的，我和明月也不怨恨你。”

天要下雨娘要嫁人，拉也拉不住的。

话先提前讲明白，省得姐妹之间有心结，你明珠奔着康庄大道去的，我明兰绝不拦你，你求你的富贵梦，我求我的良心安。

谁都没错。

“愣着干什么？庆祝一下吧，那个讨厌的人终于滚出你的学校了，我们明月以后可不能再懦弱了，知道吗？”

明月咬着筷子，点点头，眼神却有点担心地看着明珠的方向。

之前大姐都把二姐给打了，现在二姐这样说话带刺的……

可明珠没有发火，没有动怒，离开了桌前，明兰逼着自己不去关注老大的动静，这就是她的心里话，她心里就是这样想的。

明珠慢条斯理地换了衣服，明兰都已经吃上了，她才重新回到了座位上，拿着筷子挑菜。

“明月多吃白菜，你肠胃最近不好，上厕所的时间太长。”

明月脸色一红。

埋头去锅里找白菜。

她小时候肠胃就不是很好，后来长大了，习惯养得也不是很好，以前蹲在卫生间里看书，一蹲就是多半个小时，后来想改也改不掉了，妈妈去世了以后，大姐就一直看着她，不允许她拿书本进卫生间。

明月咬着白菜，唇边溢出来一抹笑。

她的家，不能称作豪宅，可能就连豪宅的卫生间都比她家整个房子贵，家里也没怎么装修，东西堆得满满的，家里地方不大不小，墙皮有些地方已经脱落了，屋外的树长得太高，都有些树枝堆到窗边了，开窗子的时候需要用力，她家的客厅不像是客厅，不是用来招待人的，东西太多只能占据客厅的地方，桌子挤在墙的边缘，只能坐下三个人，脚下的不是地板只是水泥地，可明月喜欢。

明兰呢，是直肠子，气来气去，绝对不过天，甚至对明珠讲的那些话她说完就后悔了，只是嘴硬，不肯开口道歉，见明月笑，她也跟着笑了出来。

“姐，你吃肉。”

明月挑着肉夹到明珠的碗里，又给明兰夹了一点，自己扒着饭。

姚可可家的气氛就没有这么和谐了，姚可可的爸爸上手将老婆推到地上，拿着衣服转身就离开了，脚步有点急。

这家人三天两头这样，周围都习惯了。

屋子里姚可可的妈妈放声大哭，门外面姚可可的爸爸脸上都花了，一看就是被女人给抓的，迎面看到邻居，有些尴尬，招呼都没打就快速下去了，屋子里的哭声外面听得一清二楚、真真切切的。

姚可可就待在房间里，玩电脑呢，干架在她家里是经常的事，有什么好大惊小怪的，不用说晚上她爸肯定不回来住了。

她妈哭了一会儿，然后不知道电话打给了谁，先是哭的声音又高了一些，随后变得平稳了起来，最后就彻底不哭了。

“你就安慰我吧，除了能拿回来钱，他也没有别的用处了……晚上啊，行啊，打通宵，我管他去死……”

挂了电话，开始翻箱倒柜找衣服，扔得到处都是，一身漂漂亮亮地装扮好了自己，从包里拿出来三百块钱直接推开姚可可房间的门说：“你自己晚上买点吃的吧，妈晚上不回来了，你锁好门听见没，明天早上我回来送你去新学校，转学就转学吧，那破学校咱们也不稀罕，老师都是魔鬼。”

钱呢，就是她变相对女儿的补偿，这件事情她不认为姚可可错了，就算是可可的错，那明月的大姐更有错，但自己家的男人不问青红皂白就做出了决定，她打也打了，闹也闹了，闹不过，只能这样了。

孩子愿意拿钱去买什么就买点什么去。

姚可可她妈前脚才出门，姚可可的电话就打了出去。

“你来我家……能干什么，你说干什么？”

姚可可交了个男朋友，是某技校的，平时也经常打架，要不然也不会和姚可可混一块。

从人进门就腻上了，姚可可现在也不见得就懂什么叫爱情，她现在就是觉得交个男朋友特有面子，别人有的她也有。

男的呢，有便宜不占那是王八蛋，送上门的，至于惹出来什么祸，现在不是没事吗？等出事的时候再说出事的，这事有乐子，第一次过后摸索摸索就戒不掉，上瘾了

完事之后姚可可说到了转学，她就算走也不放过明月：“你要帮我做一件事情……”

姚可可慢慢说着。

男生瞥了姚可可一眼，他就是有点搞不明白女的，至于吗？当他是呆瓜呢，脑子一热，就干傻事？

“我不干，我劝你也别干，真的就像是你说的做成了，你以为她的家里人都是哑巴吗？不会找警察？”

姚可可闭闭眼睛。

孬种！

姚可可转学了，但每天放学还是会来十五中转转，转的原因自然明了，就是为了明月专程而来，可惜几次都遇上了明珠和明兰来接，姚可可也就没动。

一连二十多天，明月天天有人接，姚可可看得也有些腻歪，新学校自然也有新朋友，她觉得纠缠明月似乎也没有那么来劲了，加上心里想的一直实现不了，久而久之兴趣大减。

周遭就没敢做的人，难不成她亲自上？问题她是个女的。

看着身边这两个成天只知道花她钱的人，姚可可不屑，吃完这顿，大家就散了吧。

昨天回家她就被她妈给打了，说她成天惹是生非，不知道好好学习又逃课，说明月如何如何，让她向明月学习，她呸！

向明月学习被欺负吗？

吃完饭，姚可可在人民路附近乱逛着，她也没有进去过，也不清楚里面到底是怎么回事，只是刚刚听同学说，学校往前那条街就有很多的按摩店，她妈说里面做的不是正经的生意，有些大白天的还会挂着窗帘呢，据说都是挂狗头卖羊肉，姚可可不是愁没人接手明月吗，那店里的人会不会有兴趣？

转了好半天，进了一家店，这个位置有些偏僻，她也是故意找这样的店的。

店里的灯光有些纷乱，五颜六色的，前面坐了几个女的，一个穿着皮夹克的女人走到

姚可可面前问："进来干吗？"

姚可可爹着胆子："这里不是足疗店吗？"

"你要按呀？"

姚可可仰着下巴，将一百块钱扔到桌子上："按吧。"

说话的女人看着那钱觉得有意思，这小姑娘是吃饱了撑的来找她逗闷子的吧？难道她学校的老师没有教过她有些地方不能乱闯吗？

"拿着你的钱，赶紧走。"

一脸嫌弃地翻着白眼，倒是店里另外一个女的开了口："她想按你就给她按按呗，是不是姑娘？"

姚可可见对方不愿意做自己的生意就有点急："哎，我给你们钱了，你们这里要不要处女？"

"小朋友，这里是足疗店，不是什么乱七八糟的地方，赶紧走，别在这里逗闷子。"刚刚开玩笑的那个女的也不吭声了，因为有点摸不准这孩子什么套路。

"赶紧走。"

"走就走，当我愿意留在这里呢，哼。"看看穿的那衣服，一点品位都没有，难怪只能干这行，姚可可心里骂着。

"你刚刚那话是什么意思啊，姑娘？"门帘后面飘出来一声，突然出声还吓了姚可可一跳，然后从门帘后面出来一个光头。

姚可可后悔了，可为时已晚。

这一个晚上，姚可可不知道自己是怎么过来的，凌晨三点多，光头过来接她了，姚可可都已经傻了，只晓得蹲在地上，缩在墙角，畏畏缩缩地抱着自己的腿。

后来出门她也不知道自己要被带到哪里去，脸也肿了，头发也乱了，鞋子也掉了一只，嘴被人捂着，那种味道很不好闻，姚可可知道自己玩出火来了，如果可能的话，转学就转学，吃完那顿饭她就回家了，不爹着胆子前来，也不会出这些事情了，可惜这世间就没有卖后悔药的。

她以为在学校里难为难为别人，看男生之间打架，这些就足够厉害了，却没想到，人心险恶这句话的由来。

光头扯小鸡似的把姚可可扯了起来。

"回家记得不要跟你爸妈讲，不然我就弄死你。"

那光头最后又说了很多话，姚可可记不住，他们把她送回家，送到家门口看着她进门，进了大门姚可可坐在地上，浑身都是汗。

昨天就像是梦境一样。

她蹲在地上捂着嘴哭，那些人没进来，估计以为她家里有人，所以才会忌惮。

家里空无一人，她妈也许是昨天没有回来，也许是晚上又出去打麻将了，这一瞬间姚可可对她妈产生了极强的怨恨，她出事了，出事了，家里为什么一个人都没有？就知道玩玩玩，既然不能负责，生她出来做什么？

姚可可的爸爸推门回到家里，只看见姚可可在沙发上躺着呢，气不打一处来，劈头盖脸对着姚可可就是一通吼。

“怎么没去上学啊？我赚钱养活你们娘俩，我图什么？你每天就这样混日子，将来能有什么出息？我就纳闷了，人家生的是孩子，我生的也是孩子，怎么就差这么多呢？你瞧不上人家，你倒是学学那个明月，你哪怕考一次全年级第一，我立马就打板把你供起来。”

越是看姚可可越是觉得她没出息，书念不好，整天就知道逃学、要钱。

他两步上前，扯下姚可可身上盖着的被子，一巴掌就打了下去，心中的火抑制不住。

怎么就生了她这么一个败家玩意？

姚可可觉得疼，巴掌打到脸上，也不仅仅只是疼，还有尊严，一扫而光，她特别想反手推开她爸，但是她不敢，只能硬挺挺地忍受着，等到她爸打完了，那口气发泄出去了，就完事了。

“站着不许动，从明天开始你也别上学了，我一会儿就让你妈给你学校打电话，就你这样的念什么书，熊样。”

他拿起来电话，对着电话吼：“你死哪里去了？还知不知道回家了？”

过了半个小时，楼下有车响动的声音，然后几分钟之后门外有钥匙开门的声音，姚可可的妈妈进了门，脱着长靴，眼皮一挑，一瞧就是丈夫又发飙了。

“吃过了吗？”

“我吃什么吃啊，气都气饱了。”

姚可可的妈妈上前，夫妻两个人说了几句话，她爸的怒火就彻底消了，刚刚那些话也不过就是因为在气头上才说的，还能真的不叫姚可可念书？

姚可可今天没去上学和以前逃学不同，昨天她经历了天堂到地狱的跌落，她想告诉自己的父母，想让他们为她做主，但她爸回来一进门，不问青红皂白对着她就挥巴掌，还有什么好说的？

一口一个明月跑进她的耳中，姚可可恨得眼珠子都要出血了。

明月再好也不是你们生的，等她死的那天，她倒是想看看，她的父母会不会难过。

她突然产生一种冲动的念头，就特别想马上瞧见她父母悔恨的眼神，要他们承认错待她了。

最终她也没有和家里讲，倒是光头一连几天没有来找她，姚可可觉得那些人可能就只是为了恐吓她、吓唬她，心落在地上的同时又觉得愤恨，如果不是为了整治明月，她怎么会走到这个地步？

这些都是明月欠她的。

一连三天相安无事，第四天放学姚可可漫无目的地走着，前面停了一辆车，她不太认识车的牌子，可比她家里的那辆车瞧着都要好，车门一拉开，姚可可的脸就白了。

光头笑眯眯地对着她笑。

“妹妹，来，上车。”

……

姚可可缩在车角，光头问她话，问明月的消息，姚可可不敢不说。

“你有什么办法让她来店里？”

姚可可抖着唇：“她现在每天都有家里人接送……”

对面飞过来一巴掌，打得姚可可眼冒金星，疼，太疼了，这和她爸打她还不一样。

“你不是说她没有家人的吗？”

“别打我，她两个姐姐总去接她……”

等到姚可可下车的时候，和上车之前的气势完全不同了，一路小跑就溜了，那些人知道她家住在哪里，知道她在哪个学校念书，手上还有她的录像带，如果被她爸妈看见，她就死定了，怎么办？

让她把明月给带去，可她怎么带？

明兰就发现明月现在胆子小得很，没人来接，学校大门都不敢出。

大姐二姐能跟着你到高中，能跟着你到大学吗？好，退一步就算真的大学就在本城念，那大学毕业呢？

到时候你怎么工作，怎么谈恋爱结婚？

周末明月去学校附近上课，上课的时候是明兰给送到门口的。

“我中午就不来接你了。”

因为明月也耽误了不少她自己的事情，烦倒是谈不上，闹心多少是有点。

明月答应得好好的，上了两节课，第三节课的老师临时有事情不能来，就让大家先回去，等明天的课他想办法给补上一节。

明月背着书包，她就觉得后面有人跟踪自己，可回头也没有看见人。

金晨背着书包就走在前面，明月快走两步追了上去，金晨这火气还没过去，有些烦躁地瞪了明月一眼，自己就跑了。

沿着马路一直走，可她家又不在马路上，明月回头看看，也没有看见什么，快速进了胡同。

姚可可觉得有些烦躁，从车上离开，她觉得和自己无关，这都是明月自己的命不好，再说她付出的代价那么大，明月这算是什么？

好好享受吧。

明月原本就瘦，原本就弱，被人捂着嘴，瞪大眼睛，看着姚可可离开了车子，无视她的哀求，她被人抱在腿上，那人的手捂得特别严实，明月发不出来声音，只能呜呜呜地摇头。

姚可可下了车，整理整理自己的衣服，背对着车子迈开步子。

你活该！

都是你自找的，和我无关。

有时候呢，转眼间你会被送上天堂，可有时候呢，迎接你的也许就是地狱。

明月永远都想不明白，她只是胆小了一点，懦弱了一点，为什么姚可可就是和她过不去呢？

她应该好好地坐在教室里，写着卷子，听着老师讲题，她应该是老师和同学眼中的好孩子，她应该是……

令人窒息、黑暗的两个小时。

明月缩成一团，整个人缩在地上，她的视线也只能触及这个男人的胖脚。

“想死也得我同意，你家里还有两个姐姐是吧……”

男的坐在床边，压了压自己的气。这种小孩吓吓就得了，他也没打算弄死她。

“回去什么都别说，忍着，你要是说了呢，那倒霉的就是你，你也不想全校的老师和同学都知道你发生了什么事情吧？”男的用脚踢踢明月的脸，“我是不怕，我也不是女人，我怕什么呢，可女人就不一样了，如果大家都知道了，他们可怜你同情你，却也觉得你脏，你不听话呢，我就让人把你的照片贴到你的学校去，让所有人都瞧瞧。”

他捺着性子和这个小姑娘讲讲道理，等他觉得玩得差不多了，自然也就没人难为她了。

“人呢，得要脸，你家里如果闹，我怎么对你的，我就让别人怎么对你姐，知道吗？”

见明月不说话，他又一脚踹了过去，明月被踹到了椅子旁边，肋骨隐隐作痛。

“知……知道……”

那些人把她送到楼下，有人揪着她的头发警告她，然后她又挨了两个耳光，然后把她放下车了。

她的胆子已经被吓破了。

明月就蹲在楼下，蜷缩着身体，一动不动。

邻居看见她蹲在这里，来来回回溜了好几趟也没见她动，就纳闷地问她：“明月，是不是没带钥匙啊？怎么不回家呢？”

明月的脸还稍稍有些痕迹，抬起眼睛看着眼前的人，眼泪鼻涕流了一脸，自己也不知道用手去擦，完全傻了。

那人也问不出个所以然，就觉得这孩子有点不对劲，几个人站在一边小声地说，这孩子是不是受什么刺激了？

“明月去阿姨家坐一会儿吧……”

邻居阿姨靠近和她说话，她就尖叫，叫得对方瘆得慌，也不敢靠近，干脆不管了。

明兰下课有点晚了，挺高兴地往家里跑呢，看样子是有好事发生了，进了胡同往家里走，走了没几步看见邻居林奶奶出去买菜，打了一声招呼。

“你家明月也不知道怎么了，就蹲在楼下，谁靠近她就叫，你快去看看吧……”

明兰脸上的笑容碎了一地，赶紧往楼下跑，等跑到楼下看见蹲在一楼窗户下面的那个人，不是明月又是谁？明兰一肚子的火，× 他妈的姚可可，这次我和你没完。

靠近明月，明月就叫，不看来人就叫。

“我是明兰，我是二姐……”

明月上手去打明兰的脸，明兰用了力道把明月当小鸡似的给揪回家，把人扔进沙发里：“你看看自己那样，跟疯子似的号，有本事你就拿板砖拍死她，拍死了我替你坐牢。”

明月就觉得眼前一片血红，她看不清明兰的脸，放声号，却什么都不敢说。

明珠回家，明兰把过程说了些，明月躺在床上，拽着被子扯过头顶，隐隐约约地还能听见二姐在外面说话的声音。

“我怎么就有个这样窝囊的妹妹？问她什么都不说，肯定是又让人给打了，我就今天没去接她，和她也前后脚回来的……”明兰恨铁不成钢，气不打一处来，发泄了半天，摊上这样的妹妹，也不知道她上辈子是造了什么孽。

“行了……”

“你以为我愿意说她呢？你把你打我的那个劲用她身上，早就好了……”

不教育不成才。

半夜明月发高烧，明珠折腾了半宿，早上明兰去明珠学校替明珠请的假，可想而知老师会是什么样的脸色，一个学生说不上学就不上学，像什么话？

明月的高烧烧了五天才退下去。

明兰放学阴沉着一张脸进门，明珠说下楼去买点盐，家里没盐了。

明兰推门进了明月的房间，一把掀开她身上的被子：“还觉得不够是不是？还想病多久？还想躺多久你才满意？明珠一个星期没上学，你是不是就想看见大姐被开除？”

明月掉眼泪，可明兰一看见她的眼泪就特别想抠瞎她的眼睛：“除了哭你还会什么？”推着明月的头，一下跟着一下的，“你委屈是不是？你好委屈，你好无奈，你好无辜，除了哭别的你都不想，你压根就不考虑别人的人生，谁应该为你负责？不是我，不是明珠，我们俩对你都没有任何的义务，找你爸去……”

明兰开始翻明月的衣服，她不管姚可珍会不会对明月不好，爱咋咋地，明月是他女儿，叫他养去，有本事这病就一辈子不好。

“姐……”

明月去拉明兰的手，被明兰一巴掌就给推一边去了。

她受够了。

“我好，我马上就好……”明月坐在地上抱着明兰的大腿哭。

明珠进门就看见扔了一地的衣服，明月抱着明兰大腿，明兰也气哭了，她将地上的衣服都捡了起来放到床上，转身又进了厨房，过了几秒喊屋子里的两个人：“吃饭了。”

桌子上一点声音都没有，明兰嚼着口中的糙米，明月是硬往下咽，头低低地埋着。

等到晚上，明兰翻来覆去的，快要十二点才睡，满脑子想着一些乱七八糟的事，失眠。

明月确定明兰睡着了，她坐了起来，离开屋子进了厨房，拿了刀在手里，她二姐说得对，她活着就是拖累别人，眼泪啪啪往下掉，用刀比画着自己胳膊，她害怕。

死这个字做起来没有说出来那样简单，真的到了这种关头，明月怕。

她的手在抖，她看见人家杀鸡杀鸭都会害怕，全身抖得和筛子一样。

……

一大早的明月就去学校，自己提出来的，让明兰送她，走的时候和明珠要了二十块钱，说是想买点好吃的，嘴巴里没有味道。

明珠一点犹豫都没有就给了明月五十：“想吃什么就买什么，中午放学你二姐过去接你，等着你二姐知道吗？”

明月点头，转身眼泪又往下掉。

明兰中午去接她，结果明月没有在教室，正着急呢，明月一路小跑地跑了过来，明兰很是狐疑，这孩子胆子都被人吓破了，怎么还自己出学校的大门?

明月和明兰回家，明兰热饭，明月也不知道在房间里干什么，磨叽了半天。

“你赶紧的，我下午还得早点去学校。”

明月的小脸煞白，和精面粉似的，端着饭碗也不吃饭，唠唠叨叨地说话，说来说去就是那些，感谢明兰和明珠，最后明月捧着碗，眼泪噼里啪啦掉在饭碗里，低着头说：“我想妈妈了……”

明兰听闻感到不屑，想什么想，人都死了：“想也没用，吃饭！”

“是没用，可有妈妈我觉得好幸福。”

明月的这碗饭半天没吃进去，明兰的碗都刷好了，看着她眼神有些呆滞地盯着饭碗，整个人状态都有点不对，很迷茫的那种。

“明月……”

明兰推了明月一把，明月就吐了出来，吐了一嘴的沫子，明兰傻眼，再笨也知道现在不对劲了。

明兰连哭带号地去拍隔壁的门，最后是楼上邻居出来帮忙把人弄到医院的，出来得急也没有带钱，医院倒是挺人性的，没说没钱不能救，只是让家属快点把钱交上。

请邻居帮忙守在医院，明兰去明珠的学校，看门的大爷不让她进，明兰原本情绪就绷着呢，现在好了，等于有了机会，开嗓就哭，把里面警卫给哭蒙了，问她她姐在哪个班。

班上老师正讲课呢，每个人的书桌上面都是一摞的书，各种卷子，警卫敲着门，明兰也不等那人再说什么，直接站在门口就哭上了。

“明月吃安眠药了……”

明珠班上也是乱哄哄的，老师让安静了半天才彻底安静下来，她真是要被这家人给打败了，天天都是事。

洗了胃，明月的情况就稳定下来了，只是她的身体和脸色也没好到哪里去，和女鬼似的，眼下方全是黑青色，天天不睡觉，天天想得多，脸色能好吗?

头两天问什么都不说，之后明珠问她：“是不是姚可可……”

“没有，”明月打断明珠的话，“大姐，我不想念书了。”

只要她不念书，她就安全了。

明珠轻轻叹了一口气：“这个等你好了以后我们再说。”

明月哭了：“我就是不想念书了，我不知道和别人怎么相处，我不愿意去学校……”

明珠不禁皱了皱眉头。

没有姚可可的事件以前，明月并不是这样的，她虽然腼腆，但从来没有抱怨过学校不好，甚至是喜欢学校的，明珠将明月现在的情绪归纳为妹妹心理出了一点问题。

“可是不念书，你又能做什么呢？”

明月回答不上来，她也不知道自己不念书还能做些什么，她只是想躲在家里，谁都不接触，这样那些人找不到她，威胁不到她，她就安全了。

明兰和小沈老师一起来的医院，明珠从明月的嘴里问不出来什么，小沈老师回去班级问了那天中午到底发生了什么，有看见明月的，说那天她少上了一节课，他看见明月和金晨一起走的，小沈老师又去问了金晨，金晨说明月和他走得很近，他快走了几步，那之后就不知道了。

谁想问题都不会想到那上面去，小沈老师猜测也只有两种可能，第一就是姚可可又出现吓了明月，第二就是明月的心理出现了问题。

这种说法，明珠也没办法否决。

明月身体生病以后，心理又开始生病，没有其他的渠道，只能去看心理医生，钱也流水一样花出去，可明月越是看医生越是安静，现在几乎都没什么话对明珠和明兰讲，吃饭也只是吃一小口，每天有点风吹草动就跟受了惊吓一样，明珠觉得不对，找过心理医生，但医生说她真的尽力了，这孩子什么都不跟她说，总是哭，她目前知道的，去劝解去开导都不起作用。

事情就进了死胡同，没有更好的解决办法，心理医生只能继续看下去，效果却微乎其微。

明月的胆子却越来越小，走路现在头都不敢抬了。

大半年过去，明珠准备高考，晚睡早起的，自己也是很拼，想着高考以后，总算是能有点时间陪陪明月了，却没有想到出事了。

天气有些发闷，班里上体育课，老师带着学生在室外上课，正常跑步，明月跑得摇摇晃晃的，身体一歪就栽地上了。

“明月……”

同学围了过来，扶起明月，可能是中暑了，老师让明月回教室或者去树下面避避热。

一个女同学看着明月的裤子，快速脱下来自己的校服，系到明月的腰上。

“你例假把裤子都染透了。”

明月的视线看了过去，脸上的表情有些扭曲，她的肚子好疼，疼得受不了了，坠坠地往下掉，捂着肚子站不起来，扶着她的同学喊老师，体育老师一看这情况也感觉有些不对，赶紧把明月给送卫生室去了。

过了十几分钟，卫生室里面的老师快速地出来，带上门，打电话给小沈老师。

挂了电话，小沈老师觉得整个人都有点蒙，到底是她出现幻听了，还是世界玄幻了？

明月流产了？

“事情呢，就是这个事情……”她觉得很无力，自己班上的孩子，还是她一直看好的孩子，在她眼皮子底下竟然出了这样的事情。

明兰脾气不好，听完就冲病房去了，还住什么院，还不够丢人的？

“我问你话呢，谁的啊？”明兰扯掉明月身上的被子，孩子两个字她说不出口，简直就是荒唐。她天天接送，没有一天不去的，明月是怎么和别人……

明珠追了进去，扯住明兰的手，这事明显不对，明月的个性不可能会这样。

走到床边，刻意维持着轻声细语："明月你和姐姐说，是不是别人强迫你的？"

明月还是哭，还是不肯说话。

病房里就这样僵持着，明兰活撕了明月的心都有。

明月不肯说话，谁拿她都没有办法，倒是外面的医生推门进来："谁是明月的家长？"

明珠应了一声："我是。"

"这样，你跟我出来。"医生说着，她率先出了门，明珠和小沈老师跟了出去，医生犹豫了一下，还是说了："这孩子和什么人交往过，你们清楚吗？"

明珠沉默，小沈老师沉默。

"她有性病。"医生解释着，因为性生活不干净，感染上的，不过病人运气算是不错，因为她倒霉流产被送进医院，这不就检查出来了，趁现在治，年纪还小呢。

明珠脸上的血色退得一干二净的，小沈老师瞪大眼珠子，这么大点的孩子流产她就觉得够诧异的，现在竟然又扯出这个话。

"怎么……怎么可能？我妹妹……她还在念书，她胆子很小……"明珠慌乱地说着，这不可能，绝对不可能。

"你说我妹妹是什么病？医生请您重新说一遍，我妹妹怎么了？"明兰从病房里冲了出来，明月只是个小女孩，有些话不能乱说的。

医生重复了一遍，明珠跌在椅子上："我妹妹才十五岁，她就连女人都怕……从来没有交过男朋友，怎么可能？"

医生也被明兰气得够呛，这种事情她能胡诌吗？原本是想好好地和家属谈，结果来了两个半大的丫头，在这里胡搅蛮缠，做没做过她自己清楚，是不是冤枉你进去问病人就知道了。

明珠咣当一声推开病房的门，明月的手里攥着刀子，可能是之前一个病房别的病人留下来的，明月抖着手。

"明月你把刀放下。"明珠慢慢说着。

明月摇头，满脸的泪水："我完了，大姐我完了……你让我死了吧，让我死吧……"

"凡事有大姐，你先把刀放下来，我知道不怪你，你不会这样做的……"

明月静默片刻，突然声嘶力竭地喊了出来："是她害我的，是姚可可找人强暴我，他们一起强暴我……"

明月喊着，她跟疯了一样，歇斯底里地喊着，声音里透着绝望。

小沈老师眼珠子差点瞪了出来，明月现在讲的话，不仅仅是校园暴力的问题。

"我知道我知道，我们明月最乖，我们明月最听话了……"明珠靠近明月，明月手里的刀差点扎到她，幸好她反应快，抓住明月拿刀的手，被刀子在手背上划了一道。

明珠抱住明月，用手拍着明月的后背："你乖，大姐知道，大姐都知道……"

"大姐，你相信我，不是我的错……"明月激动地拉扯着明珠的衣服，迫切地需要说出满腹的话，使劲想证明不是她的错，她什么都没有做，她不是坏孩子，"你相信我，相信我……"

“明月你乖，大姐信你，大姐怎么会不信你呢，你冷静下来，听大姐说……”明珠按住明月的手，将妹妹抱在怀里，搂着她，试图将自身的能量传递到明月的身上去。

你是好孩子，你一直都是好孩子。

小沈老师没见过这样的场面，她觉得自己也解决不了，已经给学校打了电话。

如果明月讲的是真话，这就有可能涉及犯罪，而且明月口口声声咬定是姚可可害的她。

学校这头马上就重视起来，不过有一点，姚可可已经转校了，总体来说这是学生之间的私人恩怨，和学校没有任何的冲突。

还好，姚可可已经转走了，不然今天学校也摘不干净。

至于受害的学生，他们除了表示同情和慰问以外也无能为力。

警察接到医院报警，很快也赶来了解情况。如果孩子没有撒谎，事情的性质就严重了，肯定是要立案的。

了解完情况，警察去找明月录口供，明月哭了几回，慢慢地哭声降低，时间一点一点过去。

明月都讲了，明珠抱着她，她一边哭一边讲。

“那让病人好好休息吧，有什么需要配合的，我们会再过来。”

明珠喊明兰，让明兰陪着明月，她跟着警察走了出去，跟警察说要让明月换家医院治疗。

警察一愣，看着明珠的那张脸，他如果没记错的话，这个孩子是刚刚高考完？

冷静得让人觉得不寒而栗，没有悲伤，没有恨意，有的只是平静，病房里面的那个也是姐姐，你看看刚才发生的事情，那和疯了也没差多少了。

他表示理解，下次如果有需要，会派一个女警过来的，这样方便沟通，也不容易刺激到明月。

明珠送警察出医院的大门，两个人就站在大门口又说了一些什么，天空阴沉沉的。

出了这样的事情，自然不会等到第二天去叫姚可可，警察带着人上了门，姚家也炸锅了。

姚可可她妈接到学校的电话，说是姚可可被警察给带走了，立马就火了，她不相信她女儿能干出来什么违法的事情，警察竟然跑到学校去带走孩子，还有没有王法？

这次她绝对不会就这样算了。

出了这样的事情，明珠讲真的，她没怨恨过明月，明月就是这样的性格，改变不了的，怪只能怪她这个姐姐的当得不够称职，才会发生这样的事情，才会出了事情，她妹妹不敢和她讲。

警察已经联系张鲁了，不可能不联系的，事情太大了，明珠也懒得理会张鲁会怎么想怎么说。

当初她应该让明月转学的……

明月打了针已经睡了，明兰陪着她呢，明珠出来找车，等找到车就带明月回家，不在医院待着了。

明珠进了医生的办公室，问明月的病是不是能治好。

医生说这个是肯定能的，而且据她听说的那些，那个丫头是被传染的，去正规的医院，问题不大。

明珠坐在医生对面的椅子上，她好像和医生闲话家常一般，说要带着明月回家。

“现在就回去？”医生一顿，也好，能回去就回去吧，不过药得开，还有消炎的一些药，在家没有办法打，就在附近找个能挂针的护士，现在这样的多，年纪小还是要多多保重，保养起来，安慰了明珠一句。

医院的病人知道情况的，私底下议论都说明月毁了，可明珠不觉得。

“他们说以后都毁了，怎么就毁了呢？我妹妹年纪还小，以后有大把的时间、大把的青春，不会因为一件事而毁了的。”明珠慢悠悠地从椅子当中站了起来，在医生的注视下离开了。

明珠回了病房，车子已经在下面等着了，她背着明月，她抱不动，只能背。

背着明月出了病房，明兰跟在后面，没等她们走出医院呢，就有好多人开始看热闹，楼上楼下，能打开窗户的就打开窗户探头来看，嘴里说着什么，脸上的表情都很丰富。

明珠将明月放到车子里，三个人回家，到楼下就见张鲁和姚可珍在楼下站着。

张鲁见她们下车，推开车门，倒是姚可珍脸上的表情有点僵硬。

“我都听说了……”

明珠的眼珠子一瞪，看着姚可珍，那是一种极其轻蔑的目光：“你最好什么话都别说……”

姚可珍将嘴里剩下的话都咽了回去。

明珠走得很慢，姚可珍看看张鲁，张鲁脸上倒是没什么表情，姚光年已经和他通过电话，事情也都了解了。

“怎么发生的？”张鲁开口问。

明兰去厨房了，明珠不让她骂人，但是她看见姚可珍就浑身难受，受不了，索性躲开。

“警察不是都和你讲了，还想重新听一遍？”

“你最好别和我这样阴阳怪气地说话。”张鲁警告明珠。

这事不对，非常不对劲，虽然姚光年那边还没有给确切的消息，但是张鲁隐约之间察觉到一丝不正常。

“事情怎么回事还没查清楚，你先别急着下结论，这件事情你不要插手管。”张鲁打算为明珠出面，但这个面怎么出，还要看后续进展，打官司什么的，他觉得这种做法非常不理智。

明珠低垂着视线，脸上的表情冷冷的，她抬头看着姚可珍，然后开口说道：“过一段时间我要送明月出国，这个钱你来出。”

姚可珍听得无语，别说你现在用这样的态度对我，就算是你讨好我，我有什么义务送明月出国？我凭什么拿这个钱？

“我没钱，我也不出。”姚可珍低语。

“那我就让明兰去学校天天蹲着，把你的事迹宣扬宣扬，我也可以让明兰去XX大学门口蹲蹲，也许你父母的同事会对这件事情很感兴趣，虽然他们已经退休了，但还有很多人认得他们吧。”

姚可珍的脸一点一点变白。不过，这还没完。

明珠还在继续：“你的女儿年纪很小，为了表示一下我对妹妹的关心，我应该去家里看看她，或者你觉得她未来几年之内都不会出房间的大门，不然你就要当心了，我是瓦片你们是瓷器，真的撞到一起，我不怕破的，相对地我觉得很划算。”

“你威胁我？”姚可珍瞪大眼睛，诧异地看着明珠，然后视线转移到张鲁的身上，想让张鲁看清他生的到底是个什么怪物，这简直就是个人渣、流氓。

“你看看她，你看看你的好女儿……”姚可珍眼见着就要奓毛。

“你不想想，明月是个女孩子，真的闹起来对她有什么好处？别人用什么样的眼光看她？”张鲁开口，却不是骂明珠，也不是打明珠，反倒是有些好言好语地劝着。

“她还小，未来面貌还会有变化，她未来有十年二十年甚至更多的时间来抚平伤痕，她还有我和明兰，我相信法律的存在是为了让人信服的。”

张鲁皱着眉。

明珠的脾气很犟，她认准的事情八成也是改变不了的，但张鲁觉得这就是明珠的孩子气，因为她不明白，真的打起官司来会面对什么，不仅仅是明月，就连她和明兰都会受到来自各方的压力。

他承认自己是不想受影响，他的女儿发生这样的事情，会影响到他，至少舆论上会有说辞，他不喜欢。

他很爱惜自己的羽毛。

姚光年的提议，他觉得很好，至少姚家拿出来了态度。

姚可可被抓了起来，她什么时候见过这样的阵势，完全傻眼了，她心里打鼓，其实很怕。

警察一下一下地吓她，姚可可刚要脱口而出交代，那边她爸已经托了人带着律师来了。

问案的民警觉得有些可惜，他看着姚可可是要挺不住了，到底只是个孩子，没见过这样的阵势。

姚光年托了很多人，用了关系，这些关系不是用钱能补上的，他辛辛苦苦地维系，结果都砸在这个死孩子的手里了，他不找律师也不行，怕姚可可乱说话，到时候真的就有罪了。

他就是再想打死姚可可，也得等她出来再说。

律师和姚光年也是朋友，姚光年托的这个人关系挺硬的，愣是让他们进去了，问询暂时停止。

里面姚光年很快就对姚可可出手了，姚可可哭着都讲了，律师一听，如果姚可可承认这个事件是由她开始的话那就不妙了，性质一下子就变了，既然是朋友，他自然不能坑姚光年。

“可可这样说可不行啊，这样说等于是把罪都揽在了自己的身上，其实她和明月同学之间的关系，就是一点小纠纷，校园暴力有她的份，至于说强暴这件事，她也是受害者……”

姚光年那多精的一个人，马上就听明白了，可他怕时间不够，万一这个蠢货脑子不好使，被人一吓乱讲呢?

姚光年打了一通电话出去，然后姚可可一直自己待在里面，没有警察再进来，能有一个多小时的时间吧，然后姚可可就被姚光年带回家了。

进门就是一顿毒打，姚可可的妈妈又号又叫，冲着姚光年又撕又咬，闹得不可开交，姚光年将皮带扔在地上："我也不和你废话，你记不住我说的，到时候讲错了，你就等着进去改造吧，别以为是少管所就无所谓，那也不是什么好地方，出来你以后也玩完了，不是我女儿，我活剐了你。"

姚可可和她妈抱着一起哭。

这事也不敢和任何人讲，等到稍微晚一些，姚家人带着姚可可出现在了派出所，就案件进行了配合。

但是说法上和明月所讲的有出入，对不上。

明月的口供，咬死了当时补习结束她被人带上车，亲眼看见了姚可可从车上下去，但姚可可的供词是说她去找明月报复，结果明月拉她上车，她就被人给……

现在来追究大半年前的事情，多少有些棘手，想通过一些检查来说明一些问题，现在肯定不成立的。

明月的检查不需要做，医院已经给了出来，但医院不能指出这是不是她被人强迫的，只是确认明月有性生活，并且可能是因为不洁的性生活被传染了性病。

这简直就是泯灭人性的案件，受害者都是小姑娘。

这边店里该抓的人抓了，抓了进去，第三天人就给放了，至于为什么放了，没有给出来理由，随后姚可可翻供，指认明月是为了钱和她商量好的，反咬那个人一口。

整个事件的过程有些出乎人的意料。

只是期间有一件事发生，让姚光年觉得这件事被蒙上了浓重的黑色。

姚光年接了一通电话，生意上的一些事情，让他回家拿一些资料，他开车回家，开始翻箱倒柜地找资料，越是想找到越是找不到，整个人的脾气就上来了，火大得很，踹了沙发一脚，结果听见自家的门锁有转动的声音："回来得正……你们是谁?"

话都没能完整地说完，就被人给按在客厅沙发前面的红木桌上了，两只手被人掰到后面，脸贴着桌子。

"你们是谁?"

进来三个男的，一看就不是什么好东西，看穿着，看脸上的表情就知道了，甚至有个人掏出来一把刀对着他就走了过来。

姚光年真怕了，劫财劫色的，你吭一声，要钱我给钱，要色也只能说你太重口味了，那他也干啊，只要不伤性命，做什么都行。

那人一刀就扎了下去，姚光年差点没两眼一翻直接过去："好汉……有什么地方得罪的，我在这里道歉了……"

"我来呢，就为了一件事，你女儿在派出所里说了一些关于我的很不中听的话。"

姚光年脑子有点迷糊，对方抬起来手又要扎，他脑子一激灵，似乎有点明白了："……

我女儿都是胡说的，我们家马上和警察解释清楚。”

等那些人走了以后，姚光年强忍着疼痛，拿着电话马上打了出去，打给律师朋友，惹上不该惹的人了。

其实说白了，任何地方都是一样的，职场有职场的规矩，有些老板信风水，有些老板就喜欢嘴甜会来事的，但自身能力不见得就是最好的，放到这里来说也是一样的，被踢走的那个呢，现在错都推到他的头上来了，下面活动的这两个呢，其中就有一个和黑道沾点关系。

姚可可翻供，明家不可能不知道。

“你别拦着我。”明兰当场就疯了，这么简单的案子，你们都办不明白，她妹妹现在是受害者，姚可可撒谎，这还看不清吗？什么叫明月是为了讹诈？

姚可可现在的说法是，明月是自愿和那个男人好的，在警察这里这似乎有点说不过去，但姚可可解释，那个男人很有钱，虽然长得不好看，至于明月为什么会看上对方她也不清楚，也许是为了叫对方教训她吧，明月跟了那个人之后，她被教训了好多次，也许她被强暴的事就是明月指使的。

完全将案件给调了过来，矛头直指明月。

这些天明珠和明兰眼睛都不敢闭一下，生怕明月寻死。

“我不想活了……”明月双眼无神地看着明珠，到底还要受多少的侮辱，才能结束对她的折磨？

“你必须活着，必须活着，你会比姐姐更加长寿，你会比姐姐更加幸福……”明珠的手扣着明月的后脑，扣着的那只手一直在发抖。

从发生这件事情开始，明兰哭了不知道多少次了，明月就更加不用讲了，只有明珠，一滴眼泪都没掉过，她去请教了律师，因为家里这样的条件，所以她必须求助，然后还要和律师沟通，确定律师是不是真的想为她打这个官司。

接明月案子的律师是个不太出名的小律师，这也不是他们愿意接，而是所里甩下来的，请不起律师，就只有找他们了。

晏殊接的时候想法很简单，她需要一个机会，一个让自己出名的机会，就是这个案子。

她也记得自己第一次和明珠见面时，她按照流程对明珠进行问询，明珠突然打断她，盯着她看，然后说：“我知道你接这个案子，自然不是为了什么正义……”

这没有关系，她们各取所需而已，对于一个你不认识的人，面临这样的伤害，你觉得心没疼，这是正常的反应。

晏殊当时觉得有点不爽，还轮不到一个小女生来指责她，觉得她不好，那就花钱去请律师呀。

可回答明珠的话，似乎又有点跌份，她为什么要按照对方的思路去走？

明珠接着道：“这样的案件，会引起多方的关注，我希望律师是和我们站在一起的，只要我全家有一口气在，我们绝对不会改口，打赢了你就赢得了一线机会，至少也会少奋斗几年。”

少奋斗几年这是委婉的说法。

打这样的官司，势必会引起社会的关注，到时候越多的人关注案子，对律师而言，是坏事也是好事，把握得住机会，就有可能一跃龙门，把握不住机会，只能说你自己运气不好。

晏殊觉得挺无力的，对着一个小孩子无力。

她总不能对明珠说，我是同情你妹妹，才帮你妹妹打官司的吧？对外自然是要这样讲。

明珠所讲的每一句直击她的内心。

没有人不想往上爬。

她也会担心，自己付出辛苦，付出汗水，最后这些小姑娘因为承受不了压力而放弃，那就等于是打了她一巴掌。

女孩子发生这样的事情，被扯开，没有人比她更加清楚，会在社会上引起什么样的影响。

这个社会总是这么奇怪，明明是受害人，得不到安慰，得不到帮助，接受的却是周围人异样的眼光，社会的偏见，被最恶毒的话语攻击，遭受冷嘲热讽、风言风语，甚至为了证明他们是不同的，是高贵的，画出界限分明的分隔线。

人性总是两面的。

砰砰砰！

“谁？”

明兰站在门边问，门外的人不说话，她自然不会开门，她要把夹层锁上，外面竟然响起了开门的声音。

“你开错门了。”

门外的人手里拿着工具，跟在旁边的两个男人嚼着口香糖，明兰感觉有点不对，都说了认错家门了，怎么一直开？

“姐……”

明珠从房间里出来，明兰回头喊了一声，也不知道是哪个缺心眼儿的，都告诉他开错门了，还开。

“你回房间去，把门锁上，给公安局打电话。”明珠环顾着客厅的四周，好像是在找什么东西，明兰被她弄得有点蒙，这是干什么呀？好好地给公安局打什么电话？

“找错门了……”

明兰轻飘飘地说着，外面的声音却不对，那明显是转动门锁的声音，明珠进厨房拿了一个棍子。

“去打电话，就说家里有人闯了进来。”

明兰觉得大姐有些大惊小怪，但是明珠的眼珠子又瞪了起来，明兰只能慢吞吞地去翻找之前公安局那个人给留下来的电话，她才将电话接通，家里的房门已经被人推开了。

“谢谢了。”

两个男人对着开锁的人道了一声谢，那人没有停留，拎着东西马上就离开了，开锁也好，离开也好一直低着头，离开的时候倒像是有些解脱地跑了，跑了……

“出去。”明珠心里不安，事态严重了。

“哟，是个小辣椒呢。”那人自顾自坐了下来，后面的人一脸的凶神恶煞将门给带上了：“有没有水，给来杯水。”

明珠跑向窗边，只是想象和现实不同，救字都没喊出来，就被人给揪了过来，她手上的棍子挥出去，人家轻飘飘地就给接住了，房间里的明兰这才赶紧将房门锁上，她不是不想管明珠，这是下意识的行为，明兰捂着明月的嘴，对着明月摇头。

“你妹妹叫明月是吧，跑公安局报警说我大哥强暴她……”

明珠听见这句话，心中就是一跳。

最不想发生的偏偏就发生了，如果只是普通的案子兴许会很好结案，现在来看，八成是不能善了了。

“姚可可的说辞想必你们也都清楚，按照她的说法认下来，这里有一千块钱，拿着钱给你妹妹买点补品吃吃……”玩你那是看得起你，他大哥那是什么样的身份？

“人渣。”明珠咬着牙。

揪着她的那个人一记大耳光抽了过来，抽得明珠满眼都是金星，紧跟着就是一拳，明珠只觉得脸痛，具体哪里痛也感觉不出来了。

“别打别打，有话咱们好好说，一个小姑娘给点教训就算了，你家里就你自己在家呢？”坐着的这人听着动静不对，好像是有哭的声音，奔着明兰和明月的卧室就走了过去。

“有本事你就弄死我，弄不死我，我以后弄死你。”明珠的头还晕着呢，对着起身的人就撞了过去，抬起来脚就想踢，可惜她的这两下和眼前的两个人根本就不能比，那人的脸色也不太好了，揪着明珠的这个是没想到，她还挺禁打的，用原来明珠手里拿的棍子对着她两条腿就是一下。

“锁门？外面的这个是你们的大姐啊，不想让她活了？”

站起身的男人手推着门，开这道门对他来说难度不大。

明珠只觉得双腿已经没感觉了，那人松开她，她先是往下坠，然后趴在地上。

她没有喊出声，有时候人的心可以这样的强大，她这样不爱哭的人，眼泪都挤了出来，疼得眼前都发黑了，她却没有叫一声，她怕吓到明月，吓到明兰。

打明珠的这个可就没这么好的耐性了，举着棍子对着门咣咣就是几下，然后上脚去踹。

这只是家里安装的普通门板而已，它的作用是阻止陌生的人进去，偷看别人的隐私。

“救命，救命啊……”

里面的两姐妹尖叫地喊着，可是很快门就被踹开了，那人拎小鸡似的把明兰和明月都给拎了出来。

明兰和明月都已经坐在地上了，明兰平时再怎么强，她也就是口头上强，她已经快吓死了。

“我向你发誓，我如果报警，如果说话不算数，我死全家。”

发誓而已，死全家她也不认为这是诅咒自己。

男人哼了一声，小姑娘家家玩的，他不信这些的，如果发誓有用的话，还要警察和他们做什么？

“我要给你们点教训，这个钱呢你拿着，回头对警察把话说明白，这件事就算是到这里了结了，如果你们想继续玩的话，姑娘我可以告诉你，今天一时爽，明天全家进火葬场。”

“哪个是明月？”

明月缩着，浑身抖着，明兰也不说话，真到这个时候她不想替明月受罪，她不知道这些人想对她做什么，明兰抱着头，她怕挨打。

明兰咬着自己的嘴唇，明珠的脸色现在已经没法看了，她疼得钻心，趴在那儿一动不动，那双如墨一样漆黑的眼睛直勾勾地看着明兰。

明兰却避开了明珠的眼神，她继续缩着，那两个人都没说话，屋子里静悄悄的，只有明珠粗重的呼吸声，呼吸声调有些不一致。

“我们不敢了……”明兰抱着头，没人能看清她脸上的表情，“我们告饶了，我们马上就改口供。”

明兰怨恨明珠，怎么能不怨恨呢？老三是妹妹，我也是你妹妹，这些人是真的打她们，明珠就让自己承认是明月，她为什么不能替自己想想呢？你愿意出头装英雄你装啊，何苦拉着她呢？

明兰被人扯着衣服的时候，她觉得这辈子她最恨的人就是明珠，为了明月，你把我的人生给葬送了。

“我改口供，我自愿的，我拿了那个人的钱……”明兰喊着，“我自愿的，我贱，我拿了那个人的钱，我不高兴姚可可欺负我，我要姚可可付出代价……”

瘦子还想继续，倒是眼前的人拉了一把，这么大的动静，肯定有人听见了。

“吓唬吓唬得了。”

明珠趴在地上一动不动，明兰疯了似的就知道喊，明月晕过去了。

“姑娘，你知道吗？我就觉得你身上有股狠劲，我觉得你将来会成才，要么是最好的，要么就是最坏的。”那人说得漫不经心，一个小丫头片子愣是让他找到了点尊重的感觉，行。

“记住了，话该怎么说，不能说的别乱讲，不然下次就真的进火葬场了。”

两个人一前一后拉开门，瘦子踹了一脚门板，门板咣咣当当随风来回摇摆。

王永强是才进警队没有多久的菜鸟，一身的朝气和正气，出身不错，家里没有任何的负担，这个案件他用脚指头想都知道里面到底有什么猫腻，邪不压正，就算有个别人知法犯法，上面还会有更大的领导关注这个事情，他不信一手能遮天。

地区派出所将案件转移到了他的手上，当时地区派出所的负责人正好就是老刘，对方对明珠的家庭了解颇深，王永强也做了很多的工作，据他手头上的一些证据证明，姚可可撒谎，姚可可第一次的口供和第二口供是两种完全背道而驰的说法，是什么让姚可可改变了原有的供词？

那样的孩子，不应该受到社会的保护吗？

可社会就是这样，有人好办事。

上面将人提走了，并且释放了，就说明了问题，还有这个老K他也并不陌生，在本城很出名的，上一任局长上任以后，做的第一件事就是想将这个老K拿下，那是个能办实事的人，可最后呢？

现在被调去郊区分局当局长去了，这就是命，你不认不行。

接到报警，王永强进了明家，看见明珠以及被抬出去的明月，他的气愤到了极点。

明兰跟着明月去医院了，留下来明珠配合警方，将事情的经过讲清楚，任何一点细节明珠都没有放过，从她被打到现在已经过去了很长的时间，她的手和腿还是感觉很疼，钻心地疼。

“你放心，只要你妹妹的口供不变，我们会将他绳之以法的。”王永强安慰着明珠。

他感到耻辱。

因为案子已经接手，明家的三个姐妹竟然还会被人打成这样，这是藐视他们警察吗？

他很同情明珠，也很佩服这个小姑娘，她很坚强也很勇敢，他告诫自己一定不辜负她们的期望。

“我要警察保护，我们住到公安局也可以。”明珠出口。

先别说什么绳之以法，今天她才知道，如果别人想进入她的家中就是这样的简单，想进来就进来，她需要保护，她需要求救。

王永强心中一跳。

因为根本就没有这样的说法，要保护明月，就刚刚明珠报警的事情来说，她说人身受到了威胁，她也没有证据能表明跑到她家里来的那两个人就是老K的人，楼上楼下的邻居都问了，有的邻居倒是开口了，形容了长相，但这也不能说明什么。

现在的法律就是，需要明珠证明她说的话是真的，而不是警察去证明明珠所说的是真是假，更加不会提供所谓的保护。

你认为你受到威胁，就会有警察出动跟着你进行贴身保护，抱歉，你看的是电影或者电视剧，现实里这样的事情只能暂时归纳为入室抢劫，把家里收拾收拾，下次遇到事情再报警就是了，至于明珠所说的，可能有道理，但他们也需要时间去查证，查证的这个过程中，还是要她们自己待着。

王永强不可能说就把明珠几个人给接到公安局，更加不可能给接到自己家，如果这样的话，他家可能都要住不下人了。

“你多留心，如果有什么动静，向邻居求救，不要硬碰硬。”

“没硬碰硬我都被打成这样，不让我报警，我报了警，接下去会怎么样还用想吗？我只是不太明白，法律的存在不是为了保护好人的吗？我却没有感觉到，我遭到威胁的时候，没有人可以给我一个能解决的办法。”

王永强心里很不舒服，但还是走了。

明珠看着空无一人的房间，冷冷地看着。

姚可珍跑到医院来送钱，在医院里找了一圈，最后才找到病房。

明月躺着，明兰坐在明月的床边，她就是看不上明兰这丫头，刁钻又没教养，自己女儿若是这德行，她宁愿去跳楼。

“钱我已经交完了。”

明兰根本没抬头。

“你爱不爱听我都得劝你，你大姐胡闹你就陪着胡闹啊，明月是个女孩子，张扬出去能有什么好处？承认自己被……”看着明兰冒火的眼睛，姚可珍压下后面的两个字，“这有什么值得好自豪骄傲的？你打官司，如果这条路行不通，势必就要扯上媒体，不用我说你也看见一些新闻了，都是怎么报道的，到时候明月的脸被打了马赛克你以为别人就不知道是她了？你让她以后怎么做人？我的孩子如果发生这样的事情，我是恨不得别人都不要知道……”

明兰冷笑：“你不用在这里假惺惺地装好人，是你们怕被牵连吧，怎么，怕报纸上写着某知名大学教授抛弃发妻？老小三老蚌生珠？”

姚可珍冷冷地看着明兰，有时候她真想替明慧好好教训教训明兰，口无遮拦成这个样子。

“好，我不管，你们闹，明月将来就得死在你们的手里。”

“你慢点走，晚上我和明月要回家，把房间给我准备出来。”

姚可珍的整张脸有些扭曲，她说想过来住就过来住？她当她是谁呢？她倒要看看，她们怎么进自己家的大门。

明月等姚可珍离开，头从被子里钻出来：“我……不想告了。”

明兰真想大笑三声，有时候她也替明珠觉得悲哀，有她们两个这样的妹妹，真是倒了八辈子的血霉。

“明月你最好躺好，我真想抽你，不是现在，老早之前就想抽了……”明兰转手去掐明月的脖子，真是有一种冲动掐死她算了，留着她省得祸害家里，可狠劲还没下去，眼泪就淌了下来，“你弱，全家就必须都顾着你，我们受多少委屈吃多少苦都是应该的，只是因为我们是你姐，我们早出生几年就活该倒霉，叫你还手你不能还手，被人欺负就一直被追着欺负，被人伤害了，回家连一句话都不说，等到事情闹大了，你大姐今天差点被人杀了，你二姐我差点就被人非礼了，你说不告了，就因为姚可珍那老小三跑这里说一堆有的没的，你认为你两个姐姐就都是在害你是吧？”

“我没那么想……”明月开始有哭音。

明兰一个大嘴巴子就抽了过去：“你还哭，你还有脸哭，除了哭你还会什么？所有的事情都不用你扛，所有的出路都有人替你着想，只要你好好活着就行，就这样你还是觉得对你不公平是吧？”

明月捂着脸，不敢哭了。

“我问你，你告不告？事情是发生在你身上的事情，你不想告，就这样忍了，没问题，你都能忍，我当姐姐的有什么不能忍的，只是有一点，明月你决定了以后，无论将来发生什么样的事情，你别后悔，别讲你又不想活了，那你死了也是活该，你人生就该这样，你以为你弱你有理吗？你以为你是林黛玉吗？林黛玉她爸没了，她也什么都不是。”

明兰的声音拔高，说得没有留情。

下午的时候张鲁去了医院，准备接明月回家。

“你为了什么要接我们回去？”

“你们有什么值得我改变主意接你们回去的？不和我回去，还等着人砸上门呢？”

明月已经把东西都收拾好了，拎着包就等着自己大姐一句话，然后好跟张鲁离开。

“我觉得我们没有必要戴着面具说话，什么人给了你什么承诺？”明珠也只是猜测，她就是有这种感觉，觉得张鲁要接明月回家非常不对劲，姚可珍的态度明兰说得可是清清楚楚的，别说什么看着孩子可怜不可怜的话。

想当初她们三个还小呢，这个父亲都能狠下心任由她们去死去活，这样的人有心吗？

张鲁的脸色变了变，明珠的心继续往下掉。

她知道张鲁就是个人渣，但是没想到他渣到了这种地步，用小女儿的清白去换前程？

“你想送明月出国对不对？而且是能尽快走就尽快走……”

“这有什么不对？她留在这里，任由别人说三道四吗？一个女孩子身上发生这样的事情，值得庆祝吗？”张鲁避开明珠的话题，反问。

“姚可可她爸一定和你说了，姚可可为什么改了口供，他也和你承诺了什么，足以让你觉得这件事你还不亏是吧……”

明珠不知道张鲁和姚光年之间到底是什么交情，但姚可可的爸爸不可能不知道姚可可迫害了明月，张鲁一开始不出面不管，但至少态度不是这样的，现在突然转变，明珠觉得能让人变成鬼的东西，就是钱或者某种承诺。

这些钱或者这个承诺，让张鲁觉得他不算亏。

对她们来说也是。

“你觉得明月是为了钱出卖了自己……”

明月听闻浑身一僵，好半天她松开了拎着的包，又坐了回去，她觉得自己好像很容易被骗，好像就如二姐说的，她就是个傻瓜，想到这里明月苦笑了起来。

张鲁皱起眉头：“那样的人渣，早晚有天收，你和人渣过不去对自己有什么好处？”

“我没有撒谎，是姚可可害我，不是她讲的那样……”明月对着张鲁喊了起来。

“你现在就为了要一个公道，不要脸了吗？你以后还怎么念书，怎么进入社会？”

“我被人害了，最后却要我去承认我是为了钱出卖自己，只是为了换一个清静，爸爸你有没有想过，我是你的亲生女儿啊？你为什么不肯支持我去讨要公道呢？我要到了公道之后，你就不肯出钱把我送出去了？”关于出国这点明月坚信离开这里就好了，这是明珠对她的保证，明月对此深信不疑。

张鲁叹口气。

“你有没有想过，任何事情都是双面的？舆论也是。”

摆在明月眼前的就是两条路，如果她们仨一定要告，那他以后什么都不管，什么事情都不要来找他，死了那就是命，活着那就是运气足够好。

“你可真是个披着人皮的畜生。”明兰骂出口。

“这个畜生生了你们。”张鲁的眼神不变。

“别的我都不要求，明月我是一定要送她出国的……”

“你和我讲不着这些，有钱你就送，有本事你送，我现在要接你们回去，然后办手续你们仨都出国，读书的费用、生活的费用我都出，将来你们结婚我有能力我依旧会管，不跟我回去，那从今以后别来找我。”

“你给我滚……”明兰指着大门骂着。

这样的人应该生出来就扔进马桶里淹死，父亲这个字眼放在他的身上就是侮辱这个称呼。

明月抱着被子，头埋了进去。

张鲁看着明珠：“这件事情里面的复杂程度我没有办法和你讲清楚，你们今天受到的就只是个开胃菜，明珠你马上就要上大学了，你想想自己的未来，你想让你的档案上挂着明月的案子吗？”

闹到公开受理，对明珠的简历而言那就是一种灰色，还有一种可能就是，没等闹上法庭，她们就被弄死了。

明珠这么聪明的孩子，应该知道孰轻孰重。

明珠犹豫了一下，就是犹豫的这一下让张鲁看见了希望，他继续游说：“告完的生活也是这样，现在只是把未来的一步提前而已，还有大把的时间去抚平明月身上所受到的伤害……”

“明兰说得没错，你就是个人渣，你应该被送到屠宰场去，我很想知道你从这件事情当中得到了什么样的好处，尊敬的张教授，当你卖女求荣的时候，你的心会不会有那么一秒钟的羞愧？你就不怕你家那个小的将来得报应？也对，你这样的人是不相信因果报应的。”明珠将自己的背挺了起来，就像是一把利剑，“我怕疼，我怕报复，所以人家打我，我也会服软，我也会妥协，但我有骨气，我相信邪不胜正，我要为我的妹妹讨个公道，我相信黑就是黑，白就是白，我相信是人渣早晚都会被雷劈的，我要还我家明月一个公道。”

“听见没，还不滚，别留下来碍眼，滚犊子……”

明兰赶着张鲁出门，明月想这个时候自己应该说点什么，她没有自信，还是很害怕，还是想哭。

“我……要告，我……会告，我没有错……”眼泪滴答滴答落在地上，这是明月第一次明确地表明自己的立场，尽管她依旧在哭，可明兰却想亲亲她。

三姐妹，一条心！

“好自为之吧，但愿你做这样的选择将来不会后悔。”

张鲁整理整理衣服，依旧是一身的学者范，让明兰看得恶心想吐，有时候明兰就想，现在人的眼睛到底都在看些什么？渣男包装包装就成了儒雅的学者，张鲁不配，他根本不配，他就是个陈世美，他就是个畜生。

可惜的是，坏人活得更加滋润，应有尽有，好人呢？早就去见阎王了，就算以后张鲁过得不好又能怎么样？如果她是张鲁，她也会选择抛弃妻子，抛弃女儿，追求自己想要的生活，为什么不？

张鲁拉开病房的大门。

这个世界就是这样的，就算他是谁的父亲，他也没有权利去替谁做什么样的决定，给了生路你们不选择，那以后的死路就别挡在他的脚前，成长是要付出代价的。

明珠停顿了几分钟跟了出去，明兰和明月都没有动。

面对未来，只有一片迷惘，不知道该何去何从，打官司怎么打？现在避祸又该怎么避开呢？

明珠追了几步，追上了张鲁。

“明月不是你的女儿。”

张鲁转过脸，脸上的表情却十分难看，那是一种隐藏着的暴怒，想将明珠除之而后快的暴怒，抑或是一种羞愤。

明珠和张鲁之间隔着几米，他们不像父女，更像是谈判者，张鲁的脸色一直不对，明珠的表情也就那样，淡淡地说着话。

其实说蒙似乎又早就有预兆了，明珠心眼小，什么事情她总愿意回顾，从小到大的事情，昨天前天发生过的，一点点的事情能被她放到无限大，张鲁对明兰无感却不像对明月那样无情。

是的，彻底的无情。

这样就可以解释了，为什么张鲁会觉得送她们出国是一桩划算的买卖，因为受伤害的人是明月，是他不喜欢的小女儿，自己生的那两个呢，再不愿意管，终究是亲生的，借着明月的事情，又可以不用自己的钱，不算是违背了自己的心是吗？

明珠只觉得心中冰凉。

这到底是什么样的家庭？

她妈妈是那样懦弱、胆小的一个人，怎么会背叛丈夫呢？抑或是明月的出生时机不对？

脑子里杂乱无章地想着，推算着，却不能肯定。

好半晌张鲁脸上的表情已经都修复了回来，和明珠两个人就站在走廊的扶手前方，中间隔着两三个人的距离。

“你追出来想和我说些什么？”

明珠猜想，自己戳中了张鲁的软肋，他一定会反驳或者进行恐吓，结果他却避开了这个话题，难道她猜错了？

不过也对，她妈的个性她真是太了解了，根本不可能的。

明珠说：“我现在想联系一家媒体，我需要媒体的介入，我需要警察对我们进行保护。”

张鲁冷笑着：“你想要什么，你对着天空说，天空掉下来就证明有人愿意帮你的忙，或者你闭上眼睛，估计很快就实现了。”

“就算你不认，你终究是我们的父亲，一旦事情扯出来你也避免不了，是黑是红你自己现在还能选择，我知道你怕什么，你怕我不怕，你帮我，我不咬你，他们许诺不碰你，我也可以保证无论我怎么给明月要公道，我都不会损害你的名声。”

她如果没记错的话，姚可珍的父亲是某法学院的教授，教过那么多的学生，她不信自己找不到一个能全心全意为她们打官司的律师。

张鲁真想给明珠喂点耗子药。

禽兽不如的东西，别的没学会，倒是把威胁的手段学得淋漓尽致的。

“我不会帮你。”

“不，你会的。”明珠的表情坚定，莫名地她就觉得张鲁会的，只是让他联系一下媒体，并不是让他主动出击，能不能打，打成什么样都是她们三个人的事情，对张鲁来说没有一点损失。

张鲁的表情看不出来喜怒：“呵呵。”

张鲁掉头离开了，明珠心里咯噔一下子，也许是因为自己讲了明月不是他亲生的话，触怒了他，张鲁这人很要面子，今天被她这样讲，心里说不定已经恨死她了。

明珠的脑子有些乱，她得冷静下来好好想想，想想下一步，自己到底应该怎么做。

回到病房里，暂时最好的方法就是不要出院，医院里人多，人多眼杂，如果真的有人来医院威胁她们，这回证据就有了。

“在医院也不能待一辈子啊……”明兰发愁。

“他管吗？”明兰抱着一线的希望看着明珠，目光一动不动的，最后的希望还是放在张鲁的身上了，如果他不管，没有人能拿他有办法。

诅咒不会马上应验，真的去杀了他，也没有人敢，明兰最多也就是嘴上叫叫而已，她现在觉得无望了，没有退路，警察也指望不上，这些都是一开始想不到的。

明珠却显得格外平静，明兰一脸的焦虑，她着急，她当然着急，她怕下一秒就有人冲进来弄死她啊，她学不来明珠的镇定，也不想装镇定，没有表情有什么用？能解决问题吗？

“你陪着明月吧，他会管的。”

明兰追着明珠，但又不敢出病房的大门，她怕明月自己待着会出事，她也想劝明珠回来安静地待着，出去能想出来什么好办法？还是得从公安这边下手，是跪是求，一定要让他们帮自己。

不行她就光天化日上门口跪着去，迫于舆论压力，他们也会有点动作的。

明珠脑子里想过很多的办法，说实话和明兰所想的一样，办法就是没有办法，张鲁不肯管，警察这方面现在查来查去没查出来，她很被动，什么也做不了，她能靠的就是张鲁这个救命岛，不管岛上有什么总比死在海里强，他是她的父亲……

世间的父母最怕孩子做什么事情呢？或者换个角度，孩子用什么样的方式最能威胁得了父母呢？

答案就是一哭二闹三上吊，但张鲁这位父亲又似乎和正常的父亲不同。

穿过胡同，门里的老狗对着明珠汪汪叫着，似乎有一种“你敢踏进一步，我就撕碎你”的威胁。

“谁啊？”

奶奶迈着步子撩开门帘从里面出来，看见明珠的脸，眉头一皱，上次说好的，她也只能帮那么一次，她又来做什么？

“家里没收拾，你回吧。”

竟是不打算让明珠进门了。

“……我实在没有办法了……”明珠往地上一跪，讲着明月身上发生的事情，老太太的脸色明显就是一变。

奶奶沉思不语，好半晌看着明珠，没有劝她站起来，只是意味深长地看着：“没有办法你就来求你的奶奶了，可惜你奶奶就是个普通的工人，一辈子没接触过什么大人物，这次我是帮不了你了，你和你爸之间的事情我也不打算管，眼眶我都指望不上还能指望眼珠子吗？你们好也好，不好也好，这些都是命，我一个一只脚都迈进棺材里的老太太没有所求了。”

对这个孙女，她也没有什么好印象。这些年来，没有事情的时候，她何尝来过家中？

“奶奶，我以后给你养老。”

老太太笑了，笑得颇为讽刺，她是怕没人给她养老吗？

担心自己死了之后，身上都烂了，然后还没人发现是吧？

别人怕，她不怕。

人活着有能被别人拿捏住的弱点，才会怕，死了就是一抔黄土，哪里来哪里去，死了就什么都不知道了，没什么好担心的。

“明珠啊，你和你的爸爸是那么相似，现求人现交人。”一样冷血，一样没有良心，一样都是不能信的。

有骨气的孩子，就不会让你奶奶在这个年纪听见这样的事情，来伤她的心，狠毒的孩子。

奶奶转身打算回屋子里，明珠沉默了片刻，掏出来一把美工刀：“奶，你就不怕我死在这里吗？”

明珠的奶奶苦笑着，她刚刚夸明珠真是张鲁的好女儿，现在她要加深这句话：“你爷爷是个老实巴交的农民，你父亲却偏偏相反，你呢更胜一筹，你们这些孩子的心眼太多了，不愿意活，那就死，愿意死就死去吧。”

“好。”明珠声音一高，拿着美工刀对着自己的手腕就割了下去，真见血的那种。

她奶奶说对了，她心眼多，精于算计，奶奶的反应都在她的计划当中。

正常的老太太见到孙女往手上划刀子不管真假都会上前把孩子手里的刀给抢下来的，但是明珠的奶奶没有，她觉得气愤，抬脚想继续沿着前面的方向前进。

“奶奶你帮不帮我？”明珠又割。

不是不疼，她现在心疼自己一点，表现得不敢一点，不够狠一点，她奶奶马上就会让她滚蛋。

明珠她奶咬着牙，明珠划第四下的时候，老太太似乎是崩溃了，一路小跑跑到屋子里，给谁打电话呢，又是哭又是喊的，声音大得外面都能听得见。

明珠压着自己的手腕，她查过哪里能割，哪里不能割，现在这些不过就是伤，早晚都会有愈合的一天，只是皮肉伤而已。

一刀跟着一刀，她划下去的时候想的不是疼不疼，而是她觉得她奶奶距离崩溃已经很近了，要到了要到了……到了。

张鲁自己开着车过来的，倒是没错过明珠的好戏。

“你怎么就没死成呢？”

张鲁咬牙切齿贴着明珠的面说着，无所不用其极，好！好得很，用自己的小命来威胁别人。

明珠对着张鲁动动唇：“我伤害的是自己，威胁的是你，最后你还不是被我威胁到了？”

张鲁的胸口像火箱一样。

人渣。

他怎么能生出来这样的孩子？

父女两人在门外谈条件，很久之后张鲁离开了，院子里也安静了下来，明珠站在门槛前面，对着里面，她看不见任何人，里面有些黑，黑沉沉的，也说明了这个房子的房龄。

“对不起奶奶，我说过的话，就算数。”

明珠转身离开，屋子里的老太太扑在炕上，她到底是作了什么孽，养出来这样的儿子，养出来这样的孙女？

老太太捶着自己的胸口，她觉得堵得难受，她气明珠也恨明珠更加厌恶明珠。

明珠回了医院，自己上了点云南白药，然后将胳膊都包扎好。明珠相信，该河里死的井里死不了，好人才命短，祸害活千年。

推门进入病房，律师站了起来，她今天是来告诉明珠，她现在不能管这个案子了。

“你走吧。”她甚至都没有问理由。

律师看了明珠一眼：“明珠你将来也许成功就成功了，不成功……”

明珠给她的感觉是两种极端，要么是好人，要么就是个坏坯子。

“谢谢你，这一段时间辛苦你了。”

明珠送律师出门，律师给她最后的忠告：“有些事情你不了解，你跟这个人最好不要硬碰硬。”

“再见。”明珠道。

律师叹口气，该劝的她也都劝了，明珠还是一意孤行的话，也只能保佑她一切平安了。

可明珠从来没想过放弃。

姚可珍早上送孩子去孩子的外公外婆家，人才出楼栋，她自己都没反应过来，孩子就被人抢走了，整个人都蒙了，等反应过来才抖着手去打电话。

“孩子被人抢了……”

张鲁开口：“你先不要报警……”

“不报警我的孩子怎么办？”姚可珍的情绪已经有些控制不住，她觉得张鲁病了，不然怎么会说出来这样的话?

张鲁的表情阴晴不定，好一会儿才道："孩子我会要回来的，不要报警，不然你就等着你女儿的尸体吧。"

姚可珍心中惴惴不安，张鲁的话又讲不清楚，谁能来告诉她?

她提醒自己要相信张鲁，相信他。

姚可珍三四个小时就这样站着，眼巴巴地看着楼下，等到看见张鲁的车开了回来，从车上抱下来孩子，她门都没有锁，想要穿鞋，但那双鞋也不知道怎么搞的，绊她，她干脆就扔了鞋，光脚跑了出去，拥着孩子。

什么叫得而复失?

这就是。

回到家里，张鲁和姚可珍粗略地提了提，没有提全部，也只是说，那些人想吓唬吓唬明珠她们，不让她们闹，给她们点厉害看看。

"可……"姚可珍看着张鲁的脸，她觉得不对啊，那些人都是带黑色的，难道还搞不清他们家和明珠平时不走动的，关系不好?"就算是绑了我女儿，也起不到威胁明珠的作用啊。"

张鲁黑着脸："你和流氓讲道理?"

明珠拿到了陈滔滔的地址，去律师所找过，可惜等陈滔滔的人多了去了，有钱还不一定能见到，更加不要说她现在两手空空。

她试过去堵截，别说白天见不到人，下班以后就更加不用说了，连陈滔滔的车影子她都没见到过。

待在律师所大堂的第五天，有前台小姐闲着，看着明珠给她倒了一杯水。

"姑娘，你找陈律师到底有什么事情?"

"我想请他为我妹妹打官司。"

对方脸上的表情似乎明显扭曲了一下，过了许久才问明珠："你有很多钱吗?花不完的钱。"

金山银山的那种，家里会自动生长出来的。

"他很贵吗?"

"吗?把吗字去掉。"不是很贵，是非常贵，那就是个吸血鬼，陈滔滔比有些东西还邪门呢，沾上他，你就等着脱层皮吧。

"多贵我都请。"

前台小姐保持自己的微笑，一楼前台一水的美女，各种各样的，都不带重样的，身材好，脸蛋好，眼神也好。

"你都不知道规矩，还来请陈律师?"

"什么规矩?"这点她并不知道，这个律师所不能像其他的地方那样随意进入，楼梯的大门是指纹锁，需要指纹和脸型的扫描然后才会开启大门放人进入，电梯就更加严格了，明珠一不会解锁，二不懂高科技，楼上对于她来讲就等于是另外一个世界，只能采取老套的办法，守株待兔。

“拿三十万来，登个记。”

明珠看着前台的眼神都变了，三十万?

怎么不去抢钱?

她心思一转，收回目光：“可是陈律师如果帮我妹妹打官司，也许他会收获另外一些东西。”没有钱，那就只能用他想要的东西来诱惑，明珠相信是个人总会有弱点的。

前台的小姐整理整理自己的短裙，这回看也不看明珠：“回去吧，你没希望的。”

明珠的心里有些乱，见不到人，一切都等于白搭，这个人她必须见到才行。

高楼的二十八层，此刻有人晃着脚点着电脑的屏幕，随意地一点一点的，画面放大，似乎是某间办公室，修长的手指将声音放大，属于同事之间的闲聊，内容很乏味，又换了一层，最后扔开手中的鼠标。

坐在对面的人，深深吐了一口气：“我说，你这样不好吧？”

“哪里不好？”一张脸孔进入对面人的眼睛当中。对面的人沉默许久，然后问：“案子你看了吗？”

“不接。”

“可对方都把钱打进你账户了……”对面的人觉得这样未免有些卑鄙，不想替人打官司却收了人家的钱？他就真的不怕人家反过来咬他一口？这毕竟也属于违法的行为。

“你不说我都忘记了，我拿出去放贷了，应该追讨回来了，嗯嗯。”说罢点点头。

对面的人觉得自己的血槽已空，看着那双没有穿袜子的脚强忍着心中的暴怒，说出口的话却让人如沐清风：“这个人不太好惹，他是真的会去告你的……”

“那就让他去告，我直接免费帮他的对手打官司，义务的，免费的，又没说不让还。”男人笑笑。

今天的阳光真是柔和呀，清风徐徐，好天气，他怎么就突然觉得心中很安宁呢，嗯，应该去买个金钱龟回来，上次帮他看风水的老头儿怎么说来着？自己要不要去找他?

坐在对面的男人眼角持续地抽。

环顾整间办公室，挺好的一个地段，挺好的一栋大楼，从外面看至少还算是人模人样的，到了最顶层……

墙上挂着不和谐的有着荣华富贵、花开富贵、发大财、必定发、发发发等字样的锦旗，室内的摆件不是貔貅、招财树一类就是各种招财的，墙上简直就像最不入流的地摊，各种大发，特发。

曾经陈滔滔义务帮一户农家打官司，那场官司至少外界是不懂的，都以为没的打，一个有权有势，一个无权无势，最后他却翻盘了。

那家的女主人兴高采烈，满怀感激，就恨不得这辈子下辈子下下辈子，永生永世都给陈滔滔当牛做马，花了一千多块制作了一面锦旗，不是好的她不要，就算是花了这些钱也没有办法表示她的感激，锦旗上把陈滔滔写得大仁大义，那面锦旗送了过来，陈滔滔却连看都没有看。

当事人不太明白，就问陈滔滔的助手，当时陈滔滔的助手特别淡定地回答了一句这样的话："你去把这面锦旗退掉，这样的东西他也敢要一千，如果他不给你退，就打这个电话，换一面三十块最便宜的锦旗，上面写满八个发，或者大发各种发，稀里哗啦发。"

办公室的中央那写了八个发的锦旗接受着阳光的普照，可能也在想，今天是个好日子。

明珠用尽了所有的方法都见不到陈滔滔，只能去找张鲁给的第二个联系人——罗颖琳。

当初讲好的，张鲁给她这个地址，从今以后明珠和他没有任何干系。

几乎是没费什么时间和精力，明珠的电话打到罗颖琳的手机上，双方约在罗颖琳就职的电视台大门外见面。

罗颖琳前后问得很是详细，包括哪些警员接触了这件案子，明月受到校园暴力的学校，教委的态度，问题很是缜密，又跟随着明珠去了医院，最后她就离开了。

明珠心里想，恐怕还是要不成，因为对方的态度她觉得非常冷淡。

罗颖琳这方面确实遇到了很大的问题，台里阻止她去接触明月，几乎直白地表示，这个人惹不起，一旦罗颖琳真的报道了，就连她自身都可能会遭遇到危机。

她在电视台闹得也非常不愉快，和领导把话讲得很死，罗颖琳的脾气很犟，她和张鲁没什么接触，张鲁也是听自己的朋友提过罗颖琳，说这个女的有点不怕死的劲，什么她都敢爆，什么她都敢摸，属于胆子大那伙的，台里也不是没有收拾过她，怎么说呢，有些文人不太好弄，骨气傲气重于一切，在这年代，就存在这样的奇葩。

罗颖琳将明月三姐妹接到自己的家中，这件案子才算是正式进入流程。

"你们就暂时住在这里……"

将她们三个人安顿好了，她背着包又出去了，找自己的关系，无论如何她要让这件事情大白于天下，让该受到惩罚的人受到惩罚，明月都能站出来指认老 K，那她没什么办不到的?

她托了很多的关系，想着总有办法能引起社会的关注，她现在要做的就是这些，不是贸贸然，而是细细整理以后，对外公布一个女孩的血泪史。

当说客的人一个接着一个，但罗颖琳不肯退让，很快关于明月的新闻出现在了报纸上、网络上，因为知道放出来消息会引起怎样的震动，所以关于明月的消息做了处理，可即便做了这样的处理，却依旧难逃被议论被八卦的命运。

网络上开始出现大批量同情明月的人士，要求上中严查这个案件，要求教育局给出一个合理的解释，要求公安局给出说法，为什么嫌疑犯没有被抓起来，而是大摇大摆地跑到受害人的家中威胁，天理何在?

舆论开始发酵，各方声音从四面八方冒了出来。

姚可可现在不去学校，等待着出国留学，姚光年已经为她以后的人生重新制订了计划，只是这计划却不如变化来得快。

姚光年得到消息的时候，心里咯噔一声。

任由他怎么猜测，都没料到明家的这几个孩子竟然真的敢找媒体求助，现在怎么办?

“光年啊，一旦媒体介入这个事情会非常麻烦的。”可能会引起社会的关注，到时候一层牵着一层，姚可可就麻烦了，就连姚光年也许都会被人肉出来。

“是哪个记者？能联系上吗？”是人就一定有弱点，他希望对方也能给可可一个机会，事情持续闹下去，对可可和明月都不公平，对两个女孩子而言都是伤害，首先要考虑的不是该将伤害降到最低吗？

他希望明月的未来是万里无云的。

姚光年满嘴的大仁大义。

“这个记者不太好弄……”电话里的人苦笑，罗颖琳这丫头不好摆平，这个世界上就存在一些刺头。

罗颖琳亲自去了教育局，将明珠反映的情况和领导做了汇报，她就是好奇，为什么有学生的家长来教委找，教委却是视而不见呢？

教委的领导倒是没有推托，没有为自己找借口，而是承认自己的工作确实多有疏忽，明月的这件事情，他一定会追究到底的，学校的责任，班主任的责任，学生是在学校出事的，教委一定会给学生及其家长一个说法。

“当事人的姐姐向我反映，她当时来了教委几天，并且堵住过……”罗颖琳一字一句地说着，她希望教育局的态度并不是今天这样，并不是因为她的介入才引起重视。

领导脸上闪过一抹尴尬，说着明珠的年纪，实在和所谓的家长有些不同，没有引起重视是他们的工作失误，他们会进行检讨。

明月的学校几乎就是首当其冲，教育局的处分已经下来了，他们只能遵守。

学校转达对小沈老师的处分，小沈老师当时只觉得是晴天霹雳。

在这个事情当中，她不认为自己有错，她错在哪里了？

她是一名教师，并不是幼儿园的保姆，难道她要每时每刻盯着孩子吗？明月事件发生以后，她当时提出过要送明月回家，可学校说明月的家庭特殊，当时学校领导是制止的态度，其后姚可可几次三番挑衅，学校也没有对姚可可进行处罚，全部的过程当中，她很无辜好吗？

小沈老师当时就落泪了，谁能告诉她，她毕业的时候从来没有人告诉过她，原来她要从事的职业不是教孩子知识而是要看管住孩子，孩子有一点磕碰，家长出气的途径就是找老师算账。

退一步讲，明月出事之后，她送了明月整整半个月的时间，她扔着孩子，扔着丈夫、家里，她作为一个妻子、一个儿媳妇、一个妈妈，她对得起家人吗？可就是这样，最后倒霉的人依旧是她。

明兰知道的时候，觉得很是对不起小沈老师。

“颖琳姐，小沈老师是无辜的……”

罗颖琳正在敲着自己的笔记本，她已经联系了一位比较出名的律师来帮明月打这场官司，这些小细节她已经顾不上了，这是教育局做出来的处分，肯定会拿人来杀鸡儆猴的。

“明珠你来……”

罗颖琳和明珠沟通着，如果开打官司，明月只是会哭，这绝对不行，对方的律师也一定会问一些刺激明月的话，明月的情绪明珠一定要安抚住，她会尽量保证明月的安全。

明珠对陈滔滔一直没有放弃，可依旧还是接近不了，不要说陈滔滔本人，就连陈滔滔的办公室她都进不去。

事态越来越严重，引起各方的关注度越来越高，网上却出现了另外一种声音，有人将明月真实的情况全部放到了网上，对方匿名，声称明月的家庭贫困，是由念高中的姐姐抚养，家中的开销可想而知，而姚可可并不是明月案件中那个罪魁祸首，姚可可的家境良好，没有任何的理由这样迫害明月，姚可可也是一个不到十五岁的小姑娘而已，她的父母把她保护得很好，她有些天真、率性，为朋友能两肋插刀，姚可可和明月是同年同班的同学，两个人之间的矛盾源于明月的好成绩，姚可可的烂成绩，明月多次开口嘲讽姚可可，私下多次使绊子，使得全班同学孤立姚可可，实则是明月嫉妒姚可可的家世，她为了钱出卖自己的身体，搭上了K某，K某却不知道明月未成年，有人试图将K某推向受害人的位置。

有人发布就有人信，有人信就有人不信，舆论的风向有些变化，分成了两派，挺明月的一派和反对明月的一派。

罗颖琳和请的律师陪着明家三姐妹出现在公安局当中，接受案件的重新洗牌，闹大了现在有人关注，大家都在拭目以待，看看到底谁是披着羊皮的狼。

警察问询的话题还是那些，来来去去的，明兰听着觉得烦，觉得问的都是没营养的，就是不停地对扒明月的衣服都什么时间，什么地点，当时姚可可在哪里，是什么样的胡同，距离补课的地点有多远，还有当时有没有看见同班的同学，那天为什么会提前离开了补课班一一询问。

明兰不懂，可罗颖琳懂。

警方有警方的手段，问询都是有一套路子的，看似无关紧要，根本不贴边的询问，下一秒就会问出来案子的关键。

“……当时你知道是几点吗？”

明月的神色紧张，夹杂着无言的焦躁，身体发抖下嘴唇颤着，眼泪已经流成河了，她想喊，只有喊出来她才觉得舒服一点，她不告了，她受不了了。

明月的身体持续不断地摇晃，她的肩膀上突然搭了一只手，明月回头去看明珠的手，发生这样的事情之后明月就更加瘦了，原本就是怎么吃都胖不起来的小孩，不明就里的人还以为家里有人虐待她，现在看起来更加像是难民，整张脸的颜色发黄发暗，她的手拉着明珠的手一起抖。

“姐……”

明珠征求了警察的同意，低声安抚着明月，小声地说着话：“你不甘心对不对？你受到了侮辱对不对？你要让他接受法律的制裁对不对？你想让他去死对不对？”

明月的瞳孔慢慢地回聚，她胆小但不代表她不恨，她恨，她有漫天的怨恨。

“可以吗？”明珠对视着明月，明月抠着自己的手心，重重地点头：“我……可以。”

明月胆子小，情绪紧张，但不代表她说假话，所以无论警察怎么绕她，套她，问来问去的还是这些，包括一些微小的细节，只是有些问题问了她，她的脸色明显有改变，如果这时候进行测试的话，可能她的心跳会非常快，她……激动了。

明珠坐在明月的身后，罗颖琳的脸色阴沉如水，她一个外人听着都恨不得把那个人渣直接给剁了。

罗颖琳见过太多孩子出事之后家属的反应，可没有明珠这样的，她的脸上没有激动，没有愤然，没有，什么都没有，干干净净的，那双眼睛也平静得很。

……

“我现在可以带她回家了吗？”明珠牵着妹妹从位置上站起来。

笔录现在已经完成，接下去按照程序马上会审问老 K，公安方面还是拿出了态度，让明月回家好好休息，什么都不要多想。

“罗姐，请你带我妹妹先出去。”

罗颖琳狐疑地看着明珠，她要干什么？

明月不肯走，罗颖琳伸手牵她，她躲开了，她的脸贴着明珠的后背，小手揪着明珠的衣服。

“不用了，我就说几句话马上就走。”明珠将视线从罗颖琳的身上转回来，前后说话间隔不超过二十秒，前一句话声调没有任何的波动，后一句却带着一丝嘶哑。

“我希望将来再有案子发生的时候，你们会去问犯人他都做了些什么，详细地问，问到他崩溃为止，而不是询问当事人，当她犯了罪一样地问。”

明月的鼻子一酸。

明珠摸着明月的头，柔声说：“回家。”

明月的小身板依旧在抖，明珠紧紧地搂着她，带着明月出门。

“你知道我为什么一定要你告吗？”陪着明月等车的间隙，明珠抬起头看着天，问明月。

明月擦眼泪：“要……公道。”

明珠很想笑，傻姑娘啊。

“你之前一定怨恨过我，认为姐姐是坑你，把你闹上了新闻，闹得家喻户晓，闹得你以后可能没有办法继续待在这里，继续待在国内，闹得你，以后也不能好好嫁人。”明珠的声音很低，明兰看了一眼明珠，明月则是声泪俱下，她除了相信明珠，别的都不知道，也不想知道，她只知道大姐是不会害她的。

“明月你要记着，这不是一件毁灭的事情，这只是段人生的插曲，它不会影响你以后的生活、学习，总有一天你会忘记的，告他并不是怕他以后去祸害别的女孩，正相反，我恨不得他多祸害一些，让那些站着说话不腰疼的人去尝尝，哈，看，这就是你们认为不是罪的罪，这就是你们能帮着嫌疑犯去找借口解脱的事情，亲自放到身上来试试吧，我们没的依靠，靠那个爸爸靠不住，靠社会人士靠不住，你不靠自己，你就只能无声无息地活着，姚可可的爸爸和张鲁达成了某种协议，所以张鲁提出来要送你出国，那些人威胁过张鲁，所以他不会对我们施以援手……”

“他是我爸爸……”明月哭。

“你错了，利益、名声、前途放在前面，最后……你才是他女儿。”明珠突然闭上眼睛。

忍了换不回来平静，换回来的也许是毁灭，不忍换回来的也许就是涅槃。

“打完这场官司，无论是输是赢，你不会在这里继续生活下去。”

明月就是相信明珠的这句话，她才肯的，她似乎又不太明白，这一切都是真实的，为什么还会有输的可能性呢?

回到住所，安抚明月睡下后，明兰和明珠并排躺着，看着天花板。

明兰问：“我们会输吗？”

明兰等了五六分钟，都没听见明珠的回答，以为她可能不会回答了，或者睡了过去。

“如果我让你杀光姚可珍全家，你敢吗？”

明兰拥着被子突然坐起来，看鬼一样地看着明珠。

用一辈子、用未来去换一时解气吗?

杀人?

明兰保持沉默。

“能吗？”

“你总要表现得和英雄一样，你把我对比进了尘埃里，让我觉得我渺小到已经进了地缝当中，我那天如果真的被人强奸的话，你当时说要替我，我相信你这句话……”明兰离开床铺，光着脚踩在地板上。

她相信明珠并不是开玩笑，可那种时候她真的想让这件事情就此结束，她管不起，继续下去会拖死自己，与自己这种自私渺小的心态相比，明珠她就是个圣人，她就是个英雄，她就是个佩刀侍卫，让明兰觉得自己什么都不是。

姐姐的光环，英雄的光环，都是你的，你是神，你还需要我做什么呢?

为了你亲爱的小妹妹，你竟然要杀姚可珍的全家?

“我不能，我不能。”

明珠站起身离开床铺，走到明兰的眼前，她举起手，明兰一见她伸手以为她是要打自己，她觉得自己活得非常窝囊，大姐一个不高兴就打她出气，可能当她是那个扑克了吧。

闭着眼睛，咬着牙，明珠敢打她的脸，她就踹她，打不过也要打，打的就是一种态度，没人规定老二生出来就是为了给老大出气用的。

明珠的手贴在明兰的脸蛋上，这是一张好看的脸，她真的是这样认为的，老二长得好。

明兰感觉不对，睁开眼睛，明珠的手虽有些粗糙，但很漂亮，明兰以前就说过，其实她家的三姐妹各有各的优点，她是脸好看，明珠是手好看，明月则是脑子好。

“没有人会愿意为别人奉献自己的，就算是为了妹妹牺牲自己的命我也不愿意，我比你想的更加不堪，我的内心非常丑陋……”明珠轻声道，她不愿意让明兰、明月学她，学她什么?

“我只是需要你说谎话的时候不要让别人看出破绽，能做的我都会做的，毁了我一个就够了。”

明兰问她：“姐，你到底要做什么？你别胡来，我弄不了明月……”

明珠道：“我没那么蠢，我只是想要钱送明月出国。”

“可是我们没钱啊！”

“我们是没有，可姚可珍有。”

……

姚家内部装修古色古香，简洁雅致。姚可珍的父母皆是大学教授，家里书香气很浓，条件也一直很好。

她带着孩子回了趟娘家，自然会说到张鲁前妻那三个女儿的事。

明月的事她也分析过，但分析来分析去，明家的那几个小贱种个性都摆在那里，怕父亲误会张鲁不管前妻的三个女儿这件事，解释了两句：“明慧养的那几个孩子都是奇葩，都是白眼狼、无赖，您是没亲眼看见，对着我喊打喊杀的，对着她们爸爸也是张嘴就骂。”

她叹口气：“一个女孩子身上发生这样的事情，原本就够悲剧了，结果当姐姐的不想着把事情给瞒下来，反倒要到处嚷嚷，最后受伤的是谁，让她们自己想去吧，省得以为我张嘴就是故意害她们。”

等将来明月活不下去了，嫁不出去了，心里有阴影了，疯了，那她可得好好感谢感谢她那好大姐、好二姐，坑死她不偿命啊。

姚可珍的母亲为女儿端了一杯水，见女儿接过去一口气喝掉了，叹口气：“孩子带着是不是累？”

看着女儿的脸色也不是多好，当初她是坚决反对姚可珍生这个孩子的，养孩子太费精力，太费时间，可她坚持要生，那时候坚信自己能生个儿子，谁能料到……

“早上沈薇来过电话……”

沈薇是姚可珍和前夫所生的女儿，判给了姚可珍的前夫。

原本姚可珍没生这个孩子之前对大女儿照顾得还算是比较全面，现在有了这个小的，占据了她全部的时间、精力，她哪里还有心思管沈薇。

姚可珍摆手：“她觉得我偏心，我也没有办法，小的这个这么小，我和她爸离了婚，我自然要把重心转移到我小女儿的身上。”顿了一下，看着自己的父亲：“你知道明月的案子里牵扯到的人是谁吗？”

姚可珍的父亲倒着茶，不急着去接女儿的话，果然姚可珍又自顾自地说了下去。

“前段时间被调走的那个王局长，他上任以后就想把上中最大的一个黑字头的踢出去，弄了几回，最后是他收拾包袱滚蛋走人，屁股都没坐热呢，之前候选的两位和这个老 K 都有点扯不断的联系，现在上去的这个，就更加不用说了，那几个孩子估计是电视剧看多了，弄到最后就是她们家破人亡。”

不是自己家的事，说起来轻描淡写、头头是道。

客厅里三个人讲着话，外面用人领着姚可珍的女儿进来，孩子玩得一身很脏，要带着孩子去洗洗，看着门的方向好像有影子，用人招呼了一声："来了。"

"爸爸……"

张鲁将女儿抱了起来，和岳父母打过招呼，就带着孩子窝在沙发里说着悄悄话，孩子有说不完的话要和爸爸分享，两只小泥手也蹭在爸爸干净的衬衫上。

姚可珍见张鲁抱了一会儿孩子，脸上出现了不耐烦，连忙把女儿接了过来："爸爸累了，你自己玩去。"

"不嘛不嘛……"孩子还是要往张鲁的怀里钻，张鲁脸上的表情却是淡淡的，如果不是因为眼前有这两个人，刚刚那几秒钟的温馨都不会出现在这里。

"听话，不然妈妈要生气了……"姚可珍扯着女儿离开客厅，让用人抱着孩子吃点东西，或者带着孩子喝点果汁。

岳母和张鲁坐下说话："我和你爸的意见，明月的案子你和可珍不能掺和进去，一旦搅进去了，我们家的名声就毁了，她姓明，你姓张。"

张鲁只觉得可笑，但还是点点头："这个我心里有数，妈你放心吧。"

罗颖琳陪着三姐妹进进出出公安局，和律师来来回回地跑法院，加上媒体的推波助澜，整件案子等于摊到了大众的眼前，诡异的是热议了两天，网民似乎又发现了更加有趣的事情，更加令他们愤怒无比的事件，慢慢地就压了下去，明家三姐妹的官司才开始慢慢走上程序。

首先律师为明家三姐妹申请人身保护，提交了受到威胁的证据，这个证据采集的时候也是非常艰难，任罗颖琳是软硬皆施还是动之以情，晓之以理，都没人愿意帮忙。

就在罗颖琳求助无门遇到阻碍的时候，她接到了一个愿意做证的电话。

为明珠姐妹做证的是一个七十多岁的老爷爷，老人再三询问确定不会将自己暴露出去，做了这个证词，从天堂掉到地狱，从地狱见到阳光，几经冷漠，刻骨铭心，也许刻骨得比爱情更加入骨，这个世界滋生残忍，社会繁殖冷漠，却又横空一劈，暖，顺流而上。

成功申请到人身保护，罗颖琳对着明珠使眼色，这个世界上没有人该应当应分地来做这件事情，有人肯站出来，愿意站出来，就应该怀着感恩的心态。

老头儿在老太太的陪伴下缓缓地走着，两个老人似乎在说些什么。

"大爷大娘，我带明珠来谢谢你们……"罗颖琳准备了一连串感激的话要说。

可惜反应更快的是站在对面的老太太，老太太脸上没有高兴也没有波动，她看着明珠："不用谢了，我们也没做什么，有人来做也就不需要我们了，我也是瞒着儿女出来的，说实话心里也后悔，就到这里吧，不要和我们说话了，也请千万不要来我们家感谢，不要买东西来看我们，就当作不认识。孩子别总记恨着坏的，别像你爸爸那样活着。"

老太太和老头儿毫不留恋地就离开了。

迎面微风刮到脸上，细碎的发丝迎着风飞扬，明珠站着没动，一双眼睛目光坚定，没有倾国倾城，青涩难免，挺直着脊背。她短暂地看了两个老人的背影一眼，微微上翘的唇角快速落了回来：“我会一意孤行，明月会顺流而上。”

明家的三姐妹又搬了回来，邻居对她们也有关心，上门关怀关怀，送点温暖，似乎人性温情的一面又开始出现了，家中开始有警察出现，似乎安全系数就上升了一些。

网络是能让人上天堂也能让人下地狱的一种存在，你看不见任何的人出现，每个人躲在电脑后面，只是敲打敲打键盘，他们可以用手把你推上安全地带，却也能将你拉进阿鼻地狱。

突然有一种声音，质疑明月的声音，列举了一连串不合理的地方，甚至将老K送上了道德的高台，就存在这样一种男人，他没有为自己辩护过，他也承认和那个姑娘发生过关系，如果一开始他不去承认呢？

受到这样言论的影响，一些开始力挺明月的网友冷静了下来，开始重新想这件事情，却怎么都认为这个人讲得很有道理。这样浮躁的社会上，什么样的人没有呢？对比着那家三姐妹的态度，势必要将整件事情推到风口浪尖上，态度确实值得怀疑。

第一次开庭，并没有想象当中顺利，尽管去的路上明珠和明兰已经安抚过明月的情绪，但是到了庭上对方律师咄咄逼人，说咄咄逼人其实也是一种问询方式，不过人家专门找你疼痛的地方下手，目的非常简单，直接击垮明月的内心防线。

明珠坐在后方，明兰的指甲抠进手心，她有些不安。

起先还是正常地问询，对方的律师问明月一些问题，问着问着突然加重了语气语调，快速并且沉重地质问，他的声音高扬，明月不停地哽咽，眼圈都凹了进去，身体开始出现大幅度的动作，然后放声大哭，崩溃地喊着她没有，捂着自己的耳朵。

司法警察试图安抚明月，可明月整个人的情绪已经全然崩溃，现场彻底乱套了。

附近的司法警察试图控制住现场的局面，明珠却反手啪的一声就打了过去，打到了工作人员的脸上。

对比着明家这一方的乱套，被告人的一侧安静得可以，律师挑挑眉头翻着自己手中的案件记录，被告人则是安安静静非常有礼貌地坐着，对方似乎有条不紊地进行着一切。

鉴于明月情绪激动，只能暂时停止审理，先送人去医院。

明珠搅着明兰，缓步离开法庭，明珠的眼睛淡淡扫着前方，昏倒被救护车抬出去的人是她的亲妹妹，她亲眼在法庭上看着明月怎么一步一步被攻击，可她依旧这样镇定，似乎全世界都不能撼动她的决定。

有些媒体听到了风声，他们走出来的瞬间有很多的人围了上来，明兰一直没有抬头，明珠的衣服盖在她的头上。

“我们等等再出去吧。”罗颖琳说。

现在外面都是人，媒体抢的是新闻，大部分是不会站在受害者的角度去想问题的，问出来的问题大多尖酸刻薄，而明兰的情绪已经隐隐有些崩溃了。

“总要有个人出面。”明珠冷漠地说着。

用手推着明兰向前，明兰回头看着明珠，她的情绪还未平静，想说什么，最后还是跟着罗颖琳先离开了。

明珠一身黑衣黑裤，笔挺挺地站在原地，她的出现一下吸引了媒体的注意力，和律师一起被团团围住。

她似乎可以听见后面的人渣淡淡地拒绝采访，他的律师说着：“女孩子已经够可怜了，希望你们笔下留情,她的家人也是选择了不太恰当的方式,当事人年纪还小,还有未来……”

听听，这冠冕堂皇的言论。

对方现在用贱招，明摆着就是想拖。

明珠面对着镜头平静地说着：“……可能你们认知里的东西和我所认为的不同，既然他是个人渣，那就应该到他应该去的地方，比如火葬场，比如地狱。”

明珠的视线和身后被人拥着离开的男人相碰撞，那个人的视线阴沉。

前方不知道还有多远，才能到所谓的公道、公平，明珠却决定即使遗憾终身也要将官司打下去。

这次在庭上，明月明知道前面就是陷阱，对方为她设计了一个显而易见的陷阱，她还是义无反顾地踩了下去，一脚深陷了下去，她的情绪崩溃了，被抬出来的时候明月是真的不想活了，活不下去了，没有活着的意义，剩下的她就什么都不知道了，现在这些都是明兰转述给她的，属于明月的情绪该是崩溃的，该是抱怨的，该是消极的，该是不肯定的。

病床上的被子被明月紧紧地攥在手心里，五指抓皱了被单，死死地抓着，紧闭着的双眼用力闭，更加用力地闭。

她要告，她要告下去。

陈滔滔下了车进了大厅，见到他的人第一反应就是快速远离，能避开就一定要不着痕迹地避开，实在避不开了还坚持要避开的那种，那就是傻，他不在乎他手底下的人和不和他打招呼，但是他在乎别人拿他当瘟疫一样，他出钱，他就是老大，要的就是这种恭敬。

“陈律师早。”

陈滔滔连个眼光都没放到对方的身上。

能让他视线为之停留的，除了钱就是钱，当然换成金子也是可以的。

吃人不吐骨头渣子，这就是全体员工对陈滔滔的评价，如果谁和陈滔滔谈恋爱那一定是前辈子做了太多的缺德事，养条狗也不找他这种的。

陈滔滔身后跟着的人似乎一直在讲话，前后进入电梯当中，电梯门快关上了，突然外面冲进来几个人对着他就跪下了：“陈律师求求你救救我儿子……”

妇女抱着陈滔滔的腿开始磕头，砰砰砰，一下比一下重，她是将人生的全部希望都寄托到了陈滔滔身上，别人救不了陈滔滔一定行。

“还傻站着，把人拉开，你们都是吃闲饭长大的？”

那几个人被强制拖走，妇女的喊声响彻大堂：“陈律师求求你了……”

陈滔滔的好心情一下子就都没了，他觉得碰上这种事情就等于一只脚踩进了粪坑里，头顶上方的天空一下就被拉黑了。

“谁把人放进来的？”陈滔滔笑着问身旁的助理，助理皱皱眉，把人放进来的前台就被拎到了电梯门口。

“你是不是傻？”陈滔滔问眼前的人。

小姑娘初出社会，能力还是有的，但有点呆萌的感觉，试着和陈滔滔讲那人多可怜多可怜：“陈律师你就帮帮她吧，她儿子很惨的……”

陈滔滔重新进了电梯，助理跟着进来，准备刷卡上去，陈滔滔推开他，指着电梯门外的那位：“去办手续，滚蛋走人。”

傻子还出来上什么班，那么愿意惩恶扬善，你去当包青天呀。

“我马上打电话过去，这太不像话了，到底是怎么面试的，什么歪瓜裂枣都要。”助理感觉到陈滔滔的视线停留在自己的身上，立即表明立场。

陈滔滔进了办公室，助理跟着进来，他又推了几个案子，目前就是休息的状态，每天来这里就是散散心而已。

助理出去的时候，门外又有人进来了，双方打了招呼，助理转身将门带上。

“坐。”陈滔滔指着眼前的位置。

陶克戴刚从三亚飞回来，一口热饭都没吃上，就赶了回来。

“又炒了一个？”他回来就听说了，那姑娘在下面哭得梨花带雨，对于他们这样的老爷儿们呢，多少会有点怜香惜玉，但要是再让滔滔碰上，那姑娘就惨了，这家伙脾气差就算了，人性值向来都是负数。

陈滔滔没心情提闲杂人等，陶克戴也就直奔主题了：“刚刚的事情我听人说了，该着了，这个官司你必须得打。”

陶克戴说这案子的细节，也没什么好说的，不是这样就是那样，总之就是犯了法。

“我可以不当律师的。”陈滔滔砸了一个杯子。杯子从他的手上飞了出去，摔到地上砸得稀烂，这是火大了。

“进来吧，杯子掉地上了。”

陈滔滔的助理很快重新走了进来，快速地打扫好了战场又退了出去，他跟着陈滔滔这几年，碎杯子没少清理。

陶克戴强忍着笑，轻咳了一声：“他手滑。”

助理点头，表示赞同：“这天太热了，手心有汗，我的杯子也经常掉地上。”

“我不打谁爱打谁打去，有本事来咬我啊，叫那些老头子都去死。”

陶克戴的肩膀一耸一耸的，将手里的东西推到陈滔滔的眼前，这样的案子也不算少见了，女性员工被自己的领导强暴，强了五次，终于忍受不了告诉了自己的丈夫，丈夫将那个领导杀了，现在判了无期。

“那些老头子可是让你安安稳稳地坐在了这里。”

陶克戴将文件推了过去，起身：“下个星期如果没有意外的话，我会休息三天左右，提前和你打声招呼。”

“工资照扣。”陈滔滔头也没抬。

说到钱，他的反应永远都是这样快的，事务所里的员工也曾私下这样评论陈滔滔，说他是个钱串子，恨不得长一百只手去抢钱。

陶克戴摇摇头，早就习惯了，扣就扣吧。走出去没有多久，接到陈滔滔的电话，他换手拎着自己的包。

“你想怎么打这个官司？一审已经判了，是无期。”

“没有赔偿，十年。”

“十年？”陶克戴的手撑在自己的头上，陈滔滔就是陈滔滔，这样的大话也敢说，“但愿这次，你不会跳到桌子上对审判长进行侮辱了。”

“扣你工资。”

陶克戴笑笑，挂了电话，接下来又有的忙了，世人都说陈滔滔是个财迷，是个只认钱的卑鄙小人，但就是这个卑鄙小人帮着多少家庭讨回了公道？如果他愿意卑鄙到底，兴许下一次他再也不用帮那些他认为穷得要死的人打官司了。

陶克戴去见了这个案子的当事人吴哲，吴哲的情绪还算是稳定，直言不讳他是故意杀人，他只恨自己没有早早杀了那个人渣。

被告人吴哲不服一审判决，依法提出上诉，委托陈滔滔律师作为其二审辩护人，陈滔滔开始见被告人，开始全面阅卷。

陈滔滔挽着自己的袖子，现在已经是凌晨两点半了，他没有回到他那个高级的窝里，躺在他很贵很贵的被子里面感受着属于贵的那份温暖，而是坐在办公室里在为他的当事人找漏洞。

“陈律师，吴哲的母亲人在楼下，说是想见……您。”

“不见。”

陈滔滔出口拒绝，他是谁想见就能见的？

陶克戴离开自己的位置，都这个时间了，老人过来都没车了，说不定是走过来的，总要见见的，是不是出什么意外了？

事实上吴哲的母亲现在整个人也是蒙的，自己都不清楚手里提着这面锦旗是来做什么的，官司还没有打，她儿子的判决还没有下来，现在让她感激陈滔滔。

陶克戴看见那面锦旗就知道是谁干的了，目光转移到助理的脸上，助理一脸的莫名其妙，他什么都没有做。

“请帮我转交给陈律师。”

也没有说什么特别感激的话，其实心里也是觉得没什么希望的，人生无望了。

陶克戴拎着手里的锦旗，这锦旗做得有点意思，上面弄满了发，看样子至少得有几十个，陶克戴开玩笑地说了一句：“弄不好就有八十八个。”

大家也确实很累了，喘口气喝杯咖啡的工夫，真的就有人无聊地去数了数上面的发字，还真就是八十八个。

“好了，休息差不多就要进入正题了。”

七点多陈滔滔的脚横在办公桌上，身上盖着自己和梅菜干一样的西装外套，名牌，这是名牌。

手机振动，他接了起来。

吴哲的测谎没有通过，陈滔滔让吴哲反口，和阮新梅确定，事情发生之后，吴哲曾经警告过阮新梅的领导彭商几次。

是彭商不听警告。

陶克戴要和阮新梅把话讲清楚，他不是陈滔滔，利弊都要讲清楚，一旦出了漏子，倒霉的人是谁，你清楚我清楚，有些话不需要讲那么明白的。

吴哲翻供势必就要重新问询，陶克戴的作用呢，就是把会被问及的问题一一告诉吴哲，如果他够聪明的话，他也许会有一线的生机，自己笨那就怪不得别人了。

所以才有了陈滔滔接到电话，吴哲的测谎没有过。

吴哲案二审现场。

陈滔滔认为原审法院认定吴哲与彭商在本案的作用没有明显的主次之分，量刑明显不公不当。

其二，被害人对本案的发生存在明显过错，被告人是在被害人屡屡刺激而又不听警告的情况下才做出本案行为的。

二审花了足足两个小时，摆事实讲道理，陈滔滔那三寸不烂之舌说得舌灿莲花。

“综合以上本案事实和情节，原审法院判处上诉人无期徒刑的量刑实在太重，恳请二审法院全面审查本案，对上诉人减轻处罚，判处有期徒刑，也好让上诉人早日回归社会，重新做人，回报社会！”

吴哲的案子，是一个辩护成功的案例，最终由无期徒刑改判为有期十年。

“陈律师最近有没有看一个关于明月的案子……”

陈滔滔离开法庭，结果是他早就猜想到的，没有惊喜没有意外，尽管吴哲的测谎没有过，他依旧将这件案子拿了下来。

陈滔滔的脸上却没有一丝的兴奋，眼前的几个记者问什么的都有，刚刚问他什么案子的那个，他就特别想问她一声，她是不是傻？

他是雷锋吗？

什么案子他都接，那他早就累死了。

“对不起，陈律师要回所里了……”

陶克戴拥着陈滔滔走出法院，他那辆刺眼的车就停在附近，陶克戴低声说着：“最后一件了，如果你忍得住的话，我想接下来你会清闲很多。”

“你时间很多？”陈滔滔挑眉。

陶克戴摊手，转身离开，他的车停在陈滔滔的后面，他和陈滔滔的想法不同，他赚钱是为了养家糊口，为了老婆能走出去不愁没有钱花，孩子不愁家庭不好，陈滔滔赚钱是为了什么，他就搞不清楚了。

陈滔滔坐进跑车里，手指敲在方向盘上，他这车买了不到半年，不知道为什么他今天觉得特别亏，越想越亏，他可以接几十万几百万丝毫不费力的案子，帮那些有钱人戏弄戏弄那些没权没势的，依靠着他所学的将法律玩弄于股掌之中，轻轻松松地赚钱，然后继续买车，买金条，买什么都可以，他耗费了半个月的时间停留在这个案子上，他一毛钱都没赚到。

陈滔滔越想越觉得屁股下面有根针，扎得他坐立难安，他玩着手里的手机，不停地点着。

陶克戴和陈滔滔是顺路，跟在他的后面，见他的车开了出去，陶克戴慢慢启动车子，开到半路，见陈滔滔的车停在了路边，有个大长腿的美女走到车窗前弯着腰好像和滔滔在说些什么。

陶克戴来了兴趣，女朋友？

陈滔滔的私生活简直乏味可陈得紧，除了对钱有兴趣，其他都没兴趣，这回开窍了？

美女胳膊上挎着一个包，长得不好不坏，不能算是大美人，不过挺顺眼的。

美女瞪着自己的眼睛，她也没想到，自己叫辆车竟然叫来了一辆跑车？

这是怎么了？

这样的车都出来拉活、出来拼单？

“你走不走？”陈滔滔不耐烦地看着车窗外的人，他最讨厌的就是女人，磨磨叽叽的，如果不是顺路，不是为了赚点钱，你以为他愿意拉？

“走走走。”

美女开了车门上了车，没有多久，陈滔滔的车又停了下来，陶克戴亲眼看着前面的美女对着陈滔滔的车大骂出口，各种难听的话都骂了出来。

“装 × 你也像样点，开着跑车来拼单，你他妈的拿老娘当鱼丸涮呢，偷开别人的车跑我这里秀优越感来了，我告诉你……”

陶克戴推推自己鼻梁上的墨镜，摇摇头。

陈滔滔的车绝尘而去。

吴哲的案子还是引起了轰动，明月的律师手指点着报纸：“能把他弄出来，一切就都解决了。”

罗颖琳拧着眉头，她从来不相信什么大腕一类的说法，不过就是混的年头多些，关系多些而已，这个时候换律师，也很容易引起明月情绪上的波动。

这一次开庭不到十分钟，对方律师申请延期，这已经是第三次延期了。

“这样拖下去不是办法。”

律师何尝不知道，但没有办法，她阻止不了。

所以她才说要请到陈滔滔才是办法。

“你知道陈滔滔打的上一个案子吗？”当时她是听前辈讲的，听的时候觉得特别戏剧化，当律师的这样也可以？竟然对着法官大喷特喷，最后竟然什么事情也没有，据说陈滔滔的家世不一般，据说家里长辈都是大律师，积累了不少人脉，据说……据说的事情太多，不知道哪件事情是真的，哪件事情是假的，但有一件是真的就对了，陈滔滔是个流氓律师。

罗颖琳和明月的代表律师去过陈滔滔的事务所，可惜根本见不到人，这家事务所和一般的事务所完全不同，就差没有在脑门上贴着钱字了，而且这样敛财的行为竟然没人去告？

罗颖琳听说过一些陈滔滔的传说，不过都是一些不入流的，那样的人她也没有兴趣知道，这次是被逼到没法了。

就在第三次嫌疑犯申请延期之后，上中某家无良媒体突然报道了一篇文章，为了达到吸引人的目的，将标题一改，十五岁少女意外流产，到底是谁的责任，突然间铺天盖地的新闻向明家三姐妹袭击而来，坐在电脑后的群众开始恶意地揣测明月事件，恶语中伤、诋毁。

明月的名字被隐匿了，但知道详情的人都知道里面说的就是明月，明兰气得又是哭又是想去解释，可网络的力量有些时候比她想象的更加可怕，这次不同于第一次，翻江倒海的诋毁几乎逼疯明兰，明兰活到现在才明白，并不是人人都是清清白白的内心，这个世界上存在着很多生长在阳光之后的人，他们仅凭着只言片语就开始恶意揣测他人，随意地做着落井下石的事情。

幸运的是，明月情绪不稳定，这些东西都不会让她看，还会有很多的好心人来关心她，呵护她，她还能站起来，愿意走到法庭上去指证罪犯。

第三章 即使痛苦也要活下去

明兰现在深信，如果石头不砸在自己的头上，永远都是各人只扫门前雪。

“明月呢？”明珠从外面回来，明兰幽幽然抬起头，她就要被气死了，被那些乱说的人气死了，他们什么都不知道，却戴着批判的面具对明月横加指责。

“睡了。”

“你嗓子怎么了？”

明月的事情以后，明兰的例假就有些不正常，她自己也没注意到，好像明月从学校被送进医院以后她就再也没来过，她自己也觉得不是什么大事情，家里都要家破人亡了，来不来例假算得了什么？

“你说，我们活着是为了什么？”

有些时候不是她想不开，而是有些人逼得她想不开，这个世界太坏了。

明珠将手里拎着的袋子放到桌子上，这是给明兰开的药。

“再痛苦也要活下去，因为痛苦让我坚持下去。”

明兰不明白，也听不明白，明珠摸着老二的头，转移了话题：“一会儿把药喝了。”

明兰不知道这是什么药，也不清楚自己喝了以后能起什么作用，更加没有心思去追问。

明月其实没睡，而是看书呢，一页一页地翻看着，她看书的时候整个人都会冷静下来，会让自己的脑子稍作休息，手指翻着书页，眼眶里的眼泪却越聚越多，滴在书页上。

“哭了？”

明月擦眼泪，眼眶附近也都破皮了，总是擦总是擦，擦的次数多了就变成这样了，下意识地去遮掩，想对着明珠笑笑，唇角却难以牵起。

“没有。”

“和你二姐一起吃饭？”

明月摇头，说自己不饿。

她总是感觉不到饿，一天两天不吃也不会觉得不舒服，吃不吃对于她现在来讲也没有任何分别，明月捏着手里的书，她背对着明珠，突然开口说：“姐，我……”

明月的眼泪滴在手背上，她看书的时候脑子里一直有种隐隐的念头，她想弄死姚可可，豁出去了，她知道自己是讨不回公道了，她也知道这样做是犯法的，可她等不下去了。

“你说。”

明月闭闭眼睛：“我想让姚可可死……”

明珠听见了明月的话，脸上的表情没有丝毫变动，仿佛明月说的就是“今天天气好好”这样子，明月趴在桌子上，她的手抠着桌子，她情绪激动的时候，手一定要抓着什么，不然很容易就疯狂起来。

“我想弄死她……”

“然后呢？”

明月没想过然后，然后她被判刑，她去死怎么样都无所谓，她认了。

“没有人能帮我，我……”明月打嗝，然后突然从椅子上跳了起来，现在就有这样的毛病，她总觉得自己的身上有虱子，觉得哪里都不够干净，一想这个的时候在这个房间就待不下去，向外冲，这里不安全，这里不干净。

“明月……”

明珠追着明月到门外，明兰听见声音冲了出来，看着明月这样子，蹲在地上抱头哭。

她能有什么办法?

没有任何的解决办法，她妹妹……毁了。

疯掉就是早晚的事情。

“大姐，我不想在这里待着……”明月的鼻涕却比眼泪流下来得更快，不流眼泪是因为不想伤大姐的心，大姐讲的那些话她都听到了，可现在……

“你要姚可可死是不是？她死了你就安静了是不是？”明珠甩开明月的手，推开明月，转身就走，明月距离明珠的距离是最近的，反应也是最快的，抱着明珠的后腰，明兰也跟着抱着明珠的腰。

“姐……”

“姐……”明兰抖着音，明兰太清楚明珠的个性，让她出去，她就回不来了。

“明月你得记着，你不是谁的责任，你活不活那是你自己的选择，我想让你活着，你却觉得痛苦，你要知道还有比你更加痛的人，活着比死难多了。”

明珠的手掰开明月的手指，明兰没留神，就让她走了。

“明珠……”明兰破着音喊着，明兰伸着手去抓，想要把明珠给抓回来，你给我回来，你回来……

“你还没闹够是不是？活着觉得痛苦，那就去死，你去死吧，去死吧，你不是要去杀她吗？现在就去啊，现在就去……”明兰抓着明月的头发，反手几个耳光照着明月的脸就抽了下去，“我让你要死要活的，我让你一口一个活不下去了，我让你要杀人……”

明月被打蒙了，明兰最后一巴掌挥出去，自己也没有站稳，人向后仰，明月去拉她，明兰抬脚对着明月就踹。

“你大姐现在去杀人了，你满意了，你不敢的事情不代表别人也不敢……”

明珠敢的，明珠敢的……

明兰坐在地上，号啕大哭。

明月趺趺撞撞地追了出去，却已经看不到明珠的影子了，楼下根本没有她。

姚光年不放心姚可可，带着姚可可去找姚可珍，他有事，嘴里说着麻烦姚可珍，直接扔下姚可可快速离开，姚可珍想追都追不上。

姚可珍见到姚可可只觉得肠胃都堵住了，她不喜欢明家的那三个丫头，但也不代表她喜欢眼前这个狠毒的丫头。

姚可可没有丝毫悔恨的想法，犯了那么大的错，法律都奈何不了她，她还怕什么？她为什么要悔恨？那是明月那个贱人自找的。

看得出姚可珍眼里的鄙视，她故意扯起唇角，听过自己妈念叨姚可珍的事，大姐就别臭二姐了，你是什么好货？

“我可真感激你不是我妈，如果我妈去抢别人的丈夫，那我就剁了她，这样臭不要脸的事情也不是谁都能干出来的。”姚可可就是玩横的，她不管姚光年和张鲁、姚可珍之间是怎么回事，她想说就说，不忍着。

姚可珍的面皮气得抖了抖，却又静了下来，似乎理智回笼。

和一个小姑娘扯嘴皮子，没劲，她什么样的风浪没有见过，和这样的人讲得再多也等于白费嘴皮子，就好比明家的那个老二，有些人就是听不懂人话的。

姚可珍带着姚可可买了吃的回家，姚可可拎着袋子，两个人一前一后离开停车场，却没有看身后。

明珠手里也提着一个袋子，完全没有去看门岗里面的人，跟着那辆车直接进入。

姚可珍等了一会儿电梯，也不知道楼上的人做什么，电梯迟迟不下来，她没有耐性继续等下去，指着楼梯和姚可可说：“走上去吧。”

姚可可抱怨了一句，两个人就上去了，整个过程就只有两个人的脚步声，姚可珍掏出来钥匙开门，打开门让姚可可进去，姚可珍进去后刚要带上门的瞬间，姚可珍的身体预警响起，明珠站在了她眼前。

明珠？

脑子里危险的信号都没响起，姚可珍几乎也预示到自己有危险了，怎么预示到的她也不清楚，反正就是感觉不好，刚要带上门，关上门就不用怕了，身体的反应总是诚实的，速度却没有明珠来得快。

“明……”

那个珠字还未出口，迎头接住了明珠的一板砖，照着她的天灵盖就砸了下来，姚可珍只觉得耳边热乎乎的，下意识伸手就去摸，一手的血。

姚可可在看清明珠的脸以后尖叫，不可抑制地尖叫，她怕明珠的狠劲。

人就是这么回事，狠的怕不要命的。

姚可可上手去抓门板，她要关门，姚可珍她根本就顾及不上，也没有时间去考虑管不管的问题，直接舍弃。

明珠一脚就踹了过去，姚可可的这点力量到了她眼里就连屁都不算了。

姚可可胡乱间抽了明珠一个耳光，上手去抓明珠的头发，明珠却对着她的腹部狠狠几脚踹下去，姚可可觉得肚子疼，一抽一抽地疼，一旦感觉到疼了，就有了畏惧感，她想要逃，却还是晚了，明珠刚才拍姚可珍的那板砖直接敲到她后脑了，姚可可被明珠踹倒在地。

“听说你要出国了。”明珠平静地说着。

姚可珍只觉得不好，要完。

“救命啊，杀人了……”姚可可放声喊着，撕心裂肺地喊着。

“明月喊救命的时候你什么感受？”明珠薅起姚可可的头发照着墙面去砸。

砰砰砰！

那种声音听得姚可珍浑身冒冷汗，那不是耳光的声音，好像是骨头和什么碰触的声音，那声响不停地传进她的耳朵当中，一下一下地回荡。

明珠手里好像拿着什么，她单腿抵在姚可可的后腰，姚可可脑子现在已经不好使了，有东西勒到她脖子上的时候她才惊恐万分地看着明珠，伸手去拉，这就是人的下意识反应。

“你要干什么？”

“原不原谅你，那是老天的事情，我现在送你上西天。”明珠的语调沉缓，每个字拉开的时间都像是算计好了一样，语音有些上调。

“这是犯法的……”姚可珍喊着，明珠竟然要杀人。

明珠的回答，简单又粗暴，双手扯着鱼线，勒着姚可可的脖子，双手两面用力，单脚蹬在后面的墙上借力，脸上的笑容越来越大：“去死吧。”

姚可可的手死命地横在鱼线边缘，拼了命挣扎，明珠现在把她勒成这个样子，可想而知她的手成了什么样。

“明珠你冷静……”姚可珍的手捂着自己的头，她不想劝的，可事到临头真的在她眼前杀人，这……

姚可珍一直都认为冲动的是莽夫，杀人犯法，杀了她只是痛快一时，随后人生就彻底毁了，用陪葬的方式解恨，能做出来这样选择的人那就是个二百五。

电梯不知道什么时候下去的，当的一声门开了。

楼下几个保安正奔着这栋楼跑过来，刚刚接到业主的电话，说是听见有人喊救命了，他们自然要上来看看。

电梯门缓缓打开，姚可可已经在翻白眼了，明珠从后方挨了一记耳光，将她的身体打得偏了偏，低垂的睫毛倏然一动，视线和来人对视上。

张鲁对着明珠的面门又是一巴掌，紧跟着又一巴掌，将明珠打偏了几步。

姚可可蹲在地上喘气，努力地呼吸着。姚可珍只觉得心跳都要停了，她特别想抱着张鲁哭，你的这个女儿她就是疯子，是个神经病。

啪！

一连五个耳光，明珠没有还手，只是每次挨完打她都会将视线调整到张鲁的脸上。

“我要报警，我这里有人要杀人。”

张鲁拿着电话冷静地报警，姚可珍站在原地，她诧异地看着眼前的这几个人，就短短几秒间，好像一切都变了，姚可可彻底昏死过去了，明珠也躺在地上了，只有她一个人好好的。

电梯门再次打开，里面几个保安出来看见现场。

“这是怎么了？”

“我已经报警了，等着警察过来。”张鲁先是开声，然后质问保安，“我每年交物业费就是为了让你们混吃等死的吗？”

张鲁的火气飙升，他突然一发火把眼前的这些保安唬得一愣一愣的，还是有点能呵斥住人的架势，保安也不敢得罪，只觉得太阳穴跳得疼，今天不能善了，遇上硬茬了。

物业最怕的就是事多的业主，闹起来那是真的没完没了。

姚可珍看着地上的那块砖头，事情发展到现在，都已经超出她的接受范围了，她一直都认为张鲁浑身的那种气质叫涵养，叫知识，叫……原来也并不是的。

张鲁从房间里拿出来姚可珍的包，递给她一条毛巾，压低声音说着什么，保安已经抬着姚可可和明珠下楼了。

姚可珍瞪着眼睛，她手上的毛巾都红了一片。

“她拿着板砖照着我的头就砸，她是想砸死我……”

明珠这绝对是故意的，她今天来就是想杀人。

张鲁看着地面，低声对她说了几句话。

姚可珍感觉有温热的东西沾到自己的手上，顺着她的眼角流下，她的眼睛睁不开……那是多久之前?

明珠对着她说：“我要送明月出国，这个钱你出……那我就弄死你女儿……”

有些不太美好的东西不适合去回想，一旦回想的话，就没有办法忘记，有些经历铭心刻骨。

……

警察做着笔录，但做到后面，他们就没有办法了，这已经超出了派出所的管辖范围。

姚可可哭着喊着指着明珠大叫：“她要杀了我……”

她形容着明珠是怎么拿着一条线差点勒死她的，她不知道那是什么线，她现在就要求警察把明珠抓起来枪毙：“还问什么问，你们都是吃屎的吗？我家每个月交那么多钱的税，就养你们这帮白吃饱，抓了她去枪毙啊……”

警察问着姚可珍，当时到底发生了什么，在物业那边该问的已经都问了，这个小区也是有意思，监控到处挂着，竟然没开，白天就是摆着看的，晚上才开，自然什么也看不见。

明珠几点进的大门，门岗一点印象都没有，说白一点门岗也讲了，他当时也许是看电视，也许是在和别的业主讲话当中，真的就没留心，对明珠一点印象都没有，也没有人看见过明珠，能敲门的都敲了，要么就是敲半天才开门，说没见过不认识，要么就是打死不给开门，管你什么警察不警察的，三个字，不知道。

姚可珍半晌吭声了。

“……她当时疯了一样地去打我继女，两个孩子就打成一团了，我劝架当中还挨了一砖头……”

“不是，是可可不知道从哪里拿来的，这个孩子她的三观扭曲……”

姚可可听见姚可珍的话，照着姚可珍就要去抓，嘴里喊着：“我弄死你这个贱人……”

话说得就别提多难听了，姚可可这丫头心坏，心肠不好，但却不属于有心计那伙的，当着警察的面什么都敢说，不管是不是证实过的，反正她把在家里听到的就全部说了出来，姚可珍父母……姚可珍抢张鲁逼死前妻……

可说这些和这件事没关系。

张鲁出面提交了证据，姚光年行贿他，姚光年在张鲁的面前直言不讳地承认了姚可可所犯下的罪行，明月案当中的第二被告姚可可并不是清白的。

几份录音被搬到了台面上。

有些证据，只是在挥手之间，有些公道要之不得只能另辟蹊径，有些阴暗无关于道德，有些伤痛只能藏于心底。

明珠的神色自若，痛得太深以至于那份痛里面掺杂了一丝的愉悦，愉悦快速地柔和了她的五官，她唇角含笑。

她的表情看得人心肠百转，这到底是个什么样的怪物？

她在笑，她竟然在笑。

王永强见到明珠的时候，那个女孩子的脸蛋第一次出现这样柔和的样子，她总是特别冷静的那种范儿，像是五六十岁的大婶，好像经历过不知道多少场的岁月洗礼，可她明明就是个小孩。

“明珠，你觉得姚可可打了你，可信吗？”

下意识地他就不相信，只是现在没有证据而已，姚可可倒霉，找不到任何的人帮她做证，明珠身上的那些伤很好理解，可以是自己打的，也可以是别人打的，至于她继母为什么要帮她说谎，现在也查不出来。

姚可可人不能走，明珠却可以回家，王永强拦住明珠的去路，前面可能是明兰和明月的哭声，哭得很惨，明兰向来善于哭，伪装地哭，为了达到某种目的而哭，她已经锻炼成精了，明月的哭声更加直接一些，她是怕了，是悔了。

人生有三条路，一条是正确的前进路，还有一条就是另辟蹊径的邪路，最后一条则是两条的交接之间，晦暗不明，她今天犯了错却没有得到应有的惩罚，那来日她就可能抱着侥幸，抱着自己的小聪明走到邪路上去。

里面已经结束问询了，因为张鲁的证据，姚可可已经被拘了。

明珠表情不变：“借过。”

“是你打的姚可可不是吗？”王永强问。

“姐……”

明月哭成了一个泪人。

明珠走了几步，王永强的声音从后方又传了过来：“学着坏人你就真成了坏人……”

她回过头只是平静地道：“我没有伤害任何人，今天我站在这里，我是受害者，我很不喜欢警察。”

王永强只能看着明珠领着她两个妹妹离开，楼下有警察等着明月再去做一次笔录，毕竟姚可可现在不仅仅是殴打吓唬的罪名，还涉及强暴罪。而明月身边如果没有明珠，谁都弄不了她，只能等着明珠好了陪着去。

明珠站定在明月面前："还想杀人吗？"

明月摇头，眼泪被甩成一丝一丝的，说出去她就后悔了，她只是想想，她不敢。

"你记着，明月，人要为自己说出口的话负责，你一句不甘心的话，你大姐二姐就有可能直接去蹲监狱了。"

明月哭着点头。

明珠才要带着她们两个人离开，迎面就接了一记耳光，将她整个人都打偏了，左脚一歪，向左移动了几步，张鲁的手劲借着力道，一记耳光打得特别狠，狭窄的走廊上响起清晰的声音。

"我弄死你……"明兰上手去打张鲁的脸，她不管什么爸爸，这件事情以后，她的世界就没了三观，今天的事情不停地刺激她，明珠真的杀了人，就什么都没了。

这一家子就外人的目光来看，真是可悲可泣，亲生女儿挥着手去打父亲，什么长辈什么尊卑统统抛在了脑后，当父亲的对亲生的女儿说着无情的话。

"我生了你出来，还欠了你了？你要的我给你，明兰和明月走，你留下，以后你会遇上什么样的事情，是生是死那都是你自己选择的，既然你要做英雄，我就成全你。"

明珠嗤之以鼻，早就不要的情，丢不丢有何分别："我谢谢你。"

"呵呵，我承受不起你一句谢。"张鲁走了两步顿住，"当你有一天成为那个下水道里最肮脏的臭虫，他日看着别人风光，自己的生活却不能见太阳，我等着看，等着看你所谓的姐妹亲情。对你，我自然比对她们好，你不领情而已。"

"多谢关心，我爱她们，爱到她们现在要，我就能现在亲手把心挖出来。"

张鲁转身带着姚可珍就离开了，明珠抿着唇看着张鲁离开的方向。

姚可珍撒谎是必然，张鲁为什么突然又主动站了出来愿意帮明珠，这点她思前想后，可无论怎么想都找不到原因，看着张鲁最后打明珠的那个劲，是真的一点情意都没了，是有什么自己不清楚的？

张鲁提交的证据，使得姚可可的处境一下子就变得奇妙了起来，但是因为姚可可现在未成年，恐怕官司打下来，即便最后赢了，法官也会考虑姚可可的年纪关系而轻判，能不能判现在还不敢说。

"现在证据有了，能不能判？"罗颖琳觉得简直不可思议。

证据就摆在眼前，一告一个准的，怎么还会有第二种情况？

律师也是从自己所接触的一些案子角度出发的，这样的不是没有，鉴于犯罪人年纪的问题，有些法官是会考虑轻判的，给犯人一个改过自新的机会。

"如果我们能求到陈滔滔，获胜的概率会有多少？"坐在沙发上的明珠突然开口问。

律师回答："百分之一百，他会有办法让这个姚可可去蹲监狱。"

"你来打这场官司呢？"

"十五年以内，或者更短。"

首先姚可可的案子不适用死刑，那么最高刑即是无期徒刑，而后刑法又规定了对未成年人应从轻或减轻处罚，故以无期徒刑为最高的刑点从轻处罚，量刑应该是在十五年以下有期徒刑范围之内。

明珠再次来到陈滔滔的律师事务所，可惜还是见不到陈滔滔本人，上次已经开了一个了，杀鸡儆猴还是起了作用，同情别人就意味着自己滚蛋。

明珠和陈滔滔耗上了，白天晚上蹲点，与此同时受害人明月对北区法院提起公诉，北区法院受理以后认为被告人手段恶劣，所引起的后果严重，案情重大，会有可能判无期徒刑，案件需由中级法院审判，请求移送管辖，案子移送管辖时又出现了两种相左的意见。

中院所参考的就是明月律师所担忧的那些，综合所有认为本案不应该移送到中院来进行审判。

……

助理跟陈滔滔说，吴哲的家里人想上来谢谢他，上一次吴哲的家人并不清楚陈滔滔代表着什么，但是现在案子落幕了，陈滔滔为吴哲所争取到的，足以让这一家人看明白，他到底是个什么样的律师。

陈滔滔的脸很臭很臭，他用手指指自己的脸："你看见什么了？"

助理细心地瞧着，因为他不确定陈滔滔想让他去看些什么，简单地一扫而过，一脸的好气色，嗯，脸色非常不错，最近应该休息得很好，衣服也是他的品位。

"我瘦了两斤你知道吗？"

助理："……"

他哪里能看出来这两斤是从哪里掉下来的，他又没有长透视眼。

"是，陈律师为了吴哲的案子早出晚归，耗费了很多心血……"顺着陈滔滔的话说。

"我夜不能眠，我的自尊心和自信心遭遇到了毁灭性的打击，我觉得整个人就生活在黑暗当中，我的灵魂被锁在了十八层的地狱当中，多少次我想死却不能，看着美食却没有一丝的胃口，看着阳光却感受不到暖意，你能理解吗？"他捧着心口，现在还隐约能感受到那种疼痛，绞得他死去活来。

"我瘦骨嶙峋，我这样子比鬼又能强多少？"

助理心里翻白眼，那可强太多了，这样子的叫瘦骨嶙峋？他一直以为这词只会在一些饱受内心煎熬的人身上才会出现，原来容光焕发也可以用这样的词，长见识了。所以说了这么多，你睡不着的理由是什么呢？

"我打官司竟然不收钱……"陈滔滔真想找一个怀抱，不管是谁的，然后扑过去无声地哭出来。

助理就站在陈滔滔的身边，他鼓足了勇气才没敢将脸上的笑容释放出来，强忍着僵尸脸……果然还是为了钱，他就说嘛。

"那些人就是不长眼，偏这个时候犯案，他不犯错吴哲不冲动，也就没有这个案子了。"助理话音一顿，"最近下面有个小姑娘貌似是在等你……"

陈滔滔翘了翘唇角，声音极轻极轻："夜总会里的那种才是想见就能见到的。"

明珠知道这样继续守株待兔下去，自己也不一定能要到想要的结果，可堵不到陈滔滔……一个优秀的律师对一个案子能起到的作用她太了解，双手用力地紧攥着，因为用力过猛，手掌边缘白紫交加。

她知道每个公司都会有停车场，明显这家事务所也不例外，她能做的就是每辆车开出来之前，她就横在前面，如果她的命不够长，那么她只能提前去见阎王了。

被骂了几次，她像个鬼一样突然冲出来，在这样的时间，已经很晚了，加班的都盼着早点回家休息。

数不清第几次了，保安终于忍无可忍报了警。

拿着电话站在一旁，也许是电话繁忙没有人接听，也许是和警察方面有什么意见出入。

陈滔滔的跑车开出来的时候，明珠的眼睛被眼前的车灯一晃，她觉得就应该是这辆了，那辆车的车速很快，以肉眼来看，她冲出去被撞到的概率特别大。

明珠想，自己终究还是心太软了，咬了咬牙到底冲了出去。

陈滔滔车子的引擎声响着，明珠就站在他的车前，一动不动，坐在车子里的人没有骂没有动怒，只是静静地看着她，她和坐在车里的人对视，坐在车里的男人只是有些不耐烦地动动他修长的手指，意思简单明了，让她滚开。

“陈律师，我请你帮我妹妹打这场官司。”

这样的开始绝对不只是发生在明珠一个人的身上，这句话陈滔滔听得想吐，他既没同情心也没怜悯心，请问眼前这个和鬼一样的玩意是哪里冒出来的？想死？想死就去跳江，何必活着让别人做噩梦呢？

见明珠没有动，大灯照在明珠的身上，闪了闪，他才不管会不会闪到她的眼睛。

滚蛋，走开。

明珠感觉有光刺到自己的眼睛上，刺得她眼花，她只能闭上眼睛然后再次睁开，她不知道坐在里面的是不是陈滔滔，她只是要他和那些人一样，下车来骂她，和她说话。

“请你……帮帮我。”

陈滔滔降下车窗，他没有听清明珠说了什么，即便听清了也只会大笑三声，你让我帮我就帮，你以为你是什么？你又以为我是什么？

“滚蛋！”

陈滔滔的脾气不好，他都讲了，因为打了一场没有拿钱的官司，搞得他差点都活不下去了，好不容易重拾了活下去的勇气，又出来一个疯婆子找死，跳楼跳江不行，就卧倒在马路上，随便来一辆车直接就能把你撞成稀泥。

明珠跟着陈滔滔的车子一动，她不敢移步，生怕自己动的瞬间陈滔滔开车就走掉了，尽管她不确定车里面的人是不是陈滔滔，这也是他的机会。

“陈律师请你帮帮我妹妹。”

陈滔滔的脸上带着难得一见的隐约怒气，保安跑了过来，上去拉明珠，他就不明白，这姑娘是不是有病啊？有病也别连累他啊。

陈滔滔加足火力，想死是吧？我成全你，他咧嘴，多久没遇到过想死的人了，现在的这些人都是打着想死的幌子胁迫别人，从而得到自己想要的某些东西。

“我撞你一个生活不能自理，然后替你免费打场官司。”陈滔滔笑得极其畅快，身上的血液噗噗地往头顶上蹿，明珠还是一动不肯动，保安却躲了，他见车后退然后开了过来，他上有老下有小的，就算陈滔滔是在吓唬人，万一真的撞了自己呢？

陈滔滔踩油门，明珠站在原地，静等着他的下文。

就差那么零点零零一秒的时间，车子就会从她的身上轧过，陈滔滔的车却突然转了一个小弯，只听见轮胎和地面摩擦的声音，那种刮着地面的刺耳声响彻楼间，虽然是转了弯也几乎是紧贴着明珠的身体，他这次开了车门，几乎就是带着满满的恶意推开了那道门，车门撞在明珠的身体上。

“想死怎么不去跳楼？我觉得我楼顶的景色就非常不错，一下子跳下去保证你会死，绝对没有存活的可能，还是你觉得你长得很美，大半夜跑出来站在这里，别人就不忍心撞？家里没镜子吗？”

“陈律师我已经报警了……”

陈滔滔态度极其卑劣地调侃着明珠，从车子里拿出来一杯咖啡对着她的头顶就倒了下去。

“哎呀，我忘记了，这有点热。”

“睡不着是不是？”明兰喝过药，看着明月问。

明兰极其讨厌喝药，尤其喝中药，她一直都觉得明珠是个怪人，现在重要的就是把老三的事情搞定，然后把她弄走，把她留在这地方以后她没有办法活下去，她月经调不调有什么关系？还有精力来关注这些，也不知道是她心大还是她精力多，扩散得广。

明月摇头，睡不着也不会说是睡不着，那种全身都是虫子的感觉又来了，明月最会的就是不给别人添烦恼。

警察现在保护她们，眼看着就要到日子了，当初申请的时候也是有期限的，你不可能永远让警察只为你来服务，这个时间了，明月谁都不想麻烦，自己能忍就忍，明兰的态度则是反之，她们既然现在接受保护，她就要好好地用，她不能因为要方便别人就来委屈自己。

“穿衣服，二姐带你下楼去跑步。”

“我觉得你们最好是留在家里。”

值班的警察出言相劝，轮到这种工作也没有办法，现在的孩子是不是不太会体谅人？你们让警察保护的原因是什么？大晚上的竟然还要跑出去，觉得她是跟班？

明月听到警察的话，愣了愣，心头微微一颤，她最不会做的就是逆着别人的想法去做，伸出手去拽明兰的衣角：“我不想去了。”

“你是为了自己而活，不需要去看别人怎么说怎么做，自己舒心最重要，心情不好想下楼跑跑步发泄一下怎么了？你怕她？”明兰指着那个女警说着，“她现在是出任务，她的任务就是这样的。”

为别人考虑，这辈子你都自由不了，她承认自己活得自私。

"请你帮帮我。"明珠低着头，吐出口的气证明她还活着，被泼了一脸的热咖啡，不滚烫但热，顺着她的脸不停地往下滴，一滴一滴落在地面上。

陈滔滔觉得这是今年他听过的最好听的笑话，帮你？凭什么？你长得美？

"赶紧滚蛋。"不要逼他说更难听的话，大半夜弄得和鬼一样，找也要找个能欣赏你这种美的人懂吗？

零点零一米的距离，她是哀求的人，他则是被哀求的，零点零一米她需要一个优秀的律师，而他对她家的惨无动于衷。

"我什么都能做，都行。"

陈滔滔依旧是一贯的淡薄，事不关己，听见明珠这句话他忍不住问出口："你是不是觉得端出来一副可怜兮兮的样子，全世界都要同情你？你能不能做什么和我有什么关系，一百个人拦在这里，我就得帮一百个人，这个世界谁规定了要有这种职业，别人卖可怜我就得买？"

求人不如求己，这句话明珠深有体会。

她求过很多人，但每个人都告诉她，没有义务帮助她，她曾经真的想放手不管，可她不能不管。

她是死是活都随便，可明月还那么小，那么信任她，是她说一加一等于五，她都不会去怀疑的孩子，她威胁了奶奶，威胁了张鲁，把能威胁的都给威胁了，她用自己脖子上的这颗脑袋想尽了一切可以想不能想的方法，她用尽了卑鄙。

她也会觉得累。

明月总是哭的那段时间，每天到了晚上她就会陷入一种绝望的疯狂状态当中，所有负面的情绪全部纠结到了一起，所有的正面情绪遭到毁灭性的打击，痛苦、哀怨、无助将她困在深渊当中，找个没有人的时候，她一个人躲起来，那种煎熬几乎拖垮了她。

明月情绪最不稳定的时候，明珠抱着她，对着她说："告完姐姐会送你出国，出国后没有人认识你，人生就能重新开始。"

明月那么难过，那么怕疼的孩子，连死都不怕了，却对她点头，她依然相信她，为了这份相信她也不能辜负。

明珠的膝盖发软，她没跪过谁，明慧死的时候她没跪，家里没有家长自然也没有人来指责她，有记忆以来第一次对人下跪，是她拿着刀子去逼奶奶的时候，抱着某种目的，不择手段为了达到自己的目的。

"请你……帮帮我妹妹。"明珠的膝盖一点一点碰触到地面。

一直以来她觉得自己的膝盖太硬，这个世界上没有任何人任何事能逼迫她对着任何一个人下跪，下跪对她而言是一种不齿的事情，但是这一刻别说是跪，就是陈滔滔让自己去舔他的脚，明珠也会义无反顾去做的。

她来到这个世界上，等到死了以后，总要做到一件让她觉得自己没白来的事情，她不是为了妈妈，那样的人生她瞧不起，也不屑，所以这辈子她就算是狼狈到最后，也要将明月从那个坑里给拉出来，不白当她一次姐姐，不计较一切地去拉。

明珠不是不会哭，只是眼泪这种东西她不是很喜欢，靠着眼泪解决不了任何的事情。

跪在那里的身影，睫毛无法控制地抖着，良久……她低下了自己的头，双腿平跪，双手放在腿上。

“请你……帮帮我妹妹。”

她就跪在陈滔滔的眼前，陈滔滔看不清近在咫尺的人的脸，看不清属于她脸上的任何表情。

下跪的样子有很多，他也见过很多，没有一种能打动他，眼前的也是。

“如果你家里的条件不好，我想会有人帮你提出来建议的，官司任何律师去打都是一样的，你跪也没用，以前有个人来求我，在这里跪了几天，最后那场官司我依旧没有帮她打，好，今天我们有缘，想让我帮你，不是不行。”

明珠的心稍稍松了一点点，她紧闭着双眼。

“我打官司出名地只认钱，我不多收你的，你是为了要公道是吧，现在拿八十万过来，我立即就接。”

陈滔滔的视线扫着明珠，从衣服到鞋子，他觉得自己看人还算是蛮准的，累死眼前的丫头，她也拿不出来八十万，这样就不是他不帮，是你没钱，这个世界就是这样的，没钱你就玩不转。

你活该。

转身准备上车，又是一个无聊的夜，连个星星也看不见。

保安还在打电话，他觉得今天不把这个丫头弄走，明天他就不用干了，陈滔滔的脾气坏得出名，怪得出名。

他轻轻地转身，陈滔滔的鞋子是某个品牌的，那个牌子出了名地贵，鞋子的样子很好看，只是轻轻扫一眼就知道价格不菲，他的鞋底干干净净的，旧鞋也像是新鞋一样，这种人是生活在食物链的顶层的，他吃的、用的都是最好的一切，明珠的鞋子穿了三年了，在路边摊花了四十块钱买的，如果没有意外的话，这双鞋还会留给明兰。

明珠痛苦地用膝盖向前移动，她去抱陈滔滔的小腿，眼泪唰唰地掉，陈滔滔跑车大灯的光亮照射着前方，而明珠却跪在黑暗里，她的手紧紧地抓着陈滔滔的裤腿。

“请你帮帮我吧……”

声音里带着一丝挣扎以后的放弃，她的脸就贴在他的裤腿上，她的脸就卑微地直视着地面，她的脸距离地面只有几寸的距离。

“我说过了，跪在这里求我的人不只是你一个……”陈滔滔有些嫌弃地看着自己的裤腿，这条裤子以后他不会穿了。

“我什么都能做。”

“我不需要你为我做什么，只需要你滚蛋走人。”

保安终于把警察给叫来了，警察上前去拉明珠，他们只能先让陈滔滔离开，因为陈滔滔不好弄，也知道他是什么样的身份，和这样的人纠缠只会对自己不利，律师的那张嘴上下都带刀的，一个不小心就容易割伤自己。

“松开，赶紧给我松手。”

明珠不松，她的牙齿用力，警察上手去掰她的手，明珠还跪在地上，她的手指被人一根一根掰开，陈滔滔已经上了车，那两个警察扯着明珠，她的力气终究不够，看着他那双崭新的鞋子消失在她的眼前，带上了车门，视线没有多为她停留一秒，也许就像是他所说的那样，他见过太多比她还惨的人，他不同情也不怜悯。

牙根深处有丝丝的腥气，明珠推开警察，自己向前跑，陈滔滔的车子向前，因为警察已经把人给制服住了，他的前面不会出现任何的阻碍物，他没有任何的防备，陈滔滔内心也认为每个说想去死的人，都不敢死，真的想死不吭一声就直接挂掉了，心中所有的那种情绪叫作不屑。

明珠横过去的时候，她知道最悲剧的结果，甚至这种可能性的概率。

陈滔滔打着方向盘，整个人身体一僵。

就是死也坚持要死在他的车轮子底下是不是?

警察就没见过这样的孩子，不听劝，完全没有脑子。

陈滔滔的车灯被撞了，别的地方刮没刮到他不清楚，眼眸涌上寒意，她的这条贱命不抵他一个车轮子。

他抓起什么，推开车门就跳了下来，将自己剩余的咖啡都免费送给了明珠，他日夜不能眠，憔悴成了这样，出来还被一个神经病招惹，他实在忍不了了，几杯咖啡的盖子被他抠开随意地扔下去，统统对准明珠的头泼了过去。

"给你妹妹打官司是不是？"

"……是。"

明珠脸上泪痕没干又混合了四杯咖啡，她回答是。

警察也是没见过陈滔滔这样没风度的人，小孩子就是小孩子，她不懂事你也不能拿咖啡泼她，她刚才的行为是有些不当，可那咖啡还冒着热气呢，有钱就能这样糟践人?

"先生你这样干有点不妥吧？"

陈滔滔将最后一杯咖啡倒到明珠的头顶，他沉默半晌："你可以问问她妥还是不妥。"

明珠不哭反而笑了，叫自尊的那种东西现在在她这里荡然无存，她的双手紧攥："这是我和他之间的事情，我愿意的，不用你们管。"

人生的长短不是自己决定的，活着的质量却是自己说了算的。

人生比想象当中的往往还要残酷，不是每个人都是灰姑娘，不能认输。

人生的苦在于你清醒的时候，你知道那条路你走不完，心灰意懒的瞬间又被放回到了原点。

明慧死了，明月哭得不成人样，明兰嘴上发狠，偷偷也哭过几次，只有明珠一滴眼泪都没有掉，她告诉自己，即使再痛苦也得活下去。

……

警察已经离开了，陈滔滔靠在车上，随手将一张名片贴到明珠的手背上。

"我最讨厌的就是你们这种人。"

他准备上车，明珠却依旧拦在前面不肯让开，陈滔滔火大，都说帮你了，你还要怎么着?

"你……"

"我不信你。"

陈滔滔吐血，你不信我，你找我帮什么忙？你不信任这个律师，你来找他打官司，你脑子有病吧？

“呵，我今天也算是开了眼界了，都说小孩心思干净，这话放在你身上明显就是对这句话的侮辱，我都给你名片了……”

明珠不信。

人是有脑子的动物，说反悔就可以反悔，信誉值几个钱。

“那你想怎么样？”

“我不知道。”

陈滔滔：“……”

你蠢得还真叫人刮目相看呢。

“你想跟你就跟吧。”

他一个男的他怕什么？

明珠上了陈滔滔的车，她的腿有点疼，她也不知道刚刚撞没撞到，是的，她没感觉，也许是那一刻害怕了，也许是脑子不够用了，碰没碰到她也不清楚，觉得不是那么疼，但似乎又很疼。

“说说吧。”

陈滔滔见她一点反应都没，嘲讽地翘翘唇：“你妹妹，你那个倒霉的妹妹怎么了？”

明珠联系了明月的律师，明月的律师立即就赶了过去，她才躺下，说实话心里有事情也睡不踏实，当律师的见过很多的案子，也办了很多，输赢其实真不是他们能说了算的，尽心尽力不见得就一定会有好的结果，打官司打得都有点麻木了，明月这案子是因为罗颖琳拜托她，加上她是真的觉得这个女孩子太惨了，所以才接的。

接到明珠的电话，她立刻说：“……我马上就到，我没有睡。”

换了衣服赶紧下楼，拎着资料去车库取车，然后一路驶向陈滔滔的家。

陶克戴才把眼镜放到床头的一边，关了台灯，他老婆早就睡了，没有心情等他，明明白白和他讲清楚了，生气呢，短时间好不了。

手机的屏幕突然亮了一下。

这是他的习惯，不设振动，他是有家的人，设了振动容易惊吓到妻子，屏幕一亮就知道来事情了，比他反应还快的就是躺在他身边的女人，明明已经睡着了，眼睛却在第一时间就睁开了。

陶克戴拿起来电话，掀开被子，双脚才落地，后面的女人直接将被子扔到了地上。

“我……”

“接吧。”

陶克戴的妻子冷静了下来，生气其实就是一秒钟的事情，冷静下来，和他结婚的时候就知道过的会是这样的日子，她当初不是还觉得他很男人来的吗？想想叹口气，抓过一旁的睡袍给丈夫披上。

“去书房接吧，讲话声音小一些，儿子睡着了。”

陶克戴流汗，这样的天气给他披个睡袍……

“老婆，我怎么就那么爱你呢。”

“滚蛋。”

陶克戴的妻子又将被子给抓了回来，自己扔的含着泪也要将它给捡回来。

接起电话。

……

陈滔滔将手里的资料扔到桌子上，他家的每一件摆设都代表了一个字，钱。

“不是都能告了，还找我做什么？”

打得好判个十五年应该也不费劲，打不好十年八年的都是它，目的不就是把人送进去，那现在已经达到目的了，不是挺好？

明珠的手微微有些不受控制，抖了。

明月的律师讲着，姚可可只是判个十年八年的，明显她家里人是没有办法接受的。

“你自己都讲了，人家是有背景的，这样的官司打起来太耗力气，我干吗好好地去得罪别人，一个弄不好就烧我全家……”陈滔滔的声音带着惯有的淡薄，视线停留在那些纸张上，侧脸线条分明，“十五年的前提下你都觉得不满意，那请不请我作用并不是很大，依照目前所有的资料来看，大概就是在十年以下，五十万左右的赔偿，我觉得已经算是很不错了。”

明月的律师听到了推诿的意思。

“你想要的所谓的无期徒刑，你随便抓一个律师，也打不下来这样的案子，不信你去找。”陈滔滔的视线转向窗外，今夜有风，吹在身上凉丝丝的，他就喜欢住在最高层，欣赏着窗外的风景，尽管是一片黑色，“当然了，如果这里是你说了算的话，那刚刚的话我收回。”

明珠扯了扯唇角。

“我要姚可可被判无期，我要她家赔偿，我要那个男人被判死刑。”

陈滔滔哈哈轻笑了两声，嗓音清凉：“你想要的不少，还要钱，还要公道，要得太多。”

这个也不是很难，白天多想想，晚上争取做个这样的梦，这不就达成了，做梦来得快，还迅速，多好。

“找别人吧。”他双手一摊，“你不用用这样的眼神看着我。”陈滔滔的视线转移，对焦明珠的，她就像一条毒蛇一样，如果有可能的话，也许会吞了他，可惜她没有这样的机会。

我和你，你是求人一方，你是弱者，你求着我，这样的气他才没有理由受呢。

“我以为陈律师还能被称为一个人……”

“你也不用拿这样的话来激我，没用。”

陶克戴进门的时候所看见的景象就是这样的，陈滔滔闲闲地靠在沙发的椅背上，喝着什么东西，旁边的两个女人恨不得把他给吃了。

我 ×！

要么就一个女性朋友都没有，要么一来就俩，这俩的年纪也差太多了吧？玩得够花花的，这是谈钱谈不拢了？还是被人拿住什么把柄了？拍照片了？

“让我来是……”

陈滔滔语气十分冷淡："我想睡觉，眼前的这两位呢，缠着不肯让我睡，你和她们沟通吧。"从沙发上站起，再舒服的沙发它也比不上床。

"克戴招呼好两位小姐。"

……

陶克戴揉揉自己的眉心，他看着明珠。

"所以滔滔是答应了帮你打这场官司？"他声音一顿："那个人叫什么名字，你说给我听……"

明珠所能知道的消息有限，都是一点一滴从别人的口中抠出来的，真假她也不清楚，倒是陶克戴稍稍地在这个名字上面停留片刻，眼中闪过一抹极其复杂的情绪，不过一瞬间又消失得无影无踪。

"十年没钱，要钱时间更短……"

"我要的是姚可可完蛋。"明珠长长的睫毛一颤。

陶克戴心里摇摇头，无期徒刑不只是你用嘴那么说上一说，这个官司真的打起来，会很麻烦很复杂的，而且对方明显是未成年，想必她的律师也会从这点入手，所以无期徒刑的可能性基本可以忽略，如果是从金钱上多追究一些，这样的话他还是能办到的。

明珠要的是姚可可无期，可从律师的角度来看，这样的官司没的打。

姚可可涉嫌故意伤害，现在依法刑拘，目前被押在看守所，案子已经移交检察院审查起诉。

姚光年知道的时候已经来不及了，这一次不比前一次，他无论花多少钱，扔进去多少关系，他现在都见不到姚可可。

姚可可的妈妈饭也不吃了，觉也不睡了，就是揪着丈夫，让丈夫去救她可怜的女儿，坚持她女儿没错。

与此同时，姚可可的奶奶也打来电话又哭又号，跟姚可可的妈凑一块闹腾，姚光年也是一个头两个大，这个事没完，家里人都闹起来了。

别人不知道这案子到底是怎么引起的，姚光年能不清楚吗？

姚光年这头急得跳楼的心都有了，家里姚可可她妈就是死犟一句，姚可可是被明月害的，之前认定的事，现在对姚可可奶奶也说了个遍。

姚可可她奶奶听了以后气得浑身发抖，怎么能有这么混账的孩子呢？

"我最后问你一句，那个叫什么明月的，到底是不是可可害的？"

"妈你信吗？可可是胆子大了一点，可强奸啊，她认识谁？你儿子没和你说，明月惹上的那个是带黑色的，现在她家弄不过就把脏水往可可的身上泼……"

"你也别哭了，穿衣服，带着我去，带我找去……"

姚可可的妈妈和奶奶领着家里的人奔着明珠家就杀了过去，恨不得把明家的这几个不是人的姐妹撕成碎片。

姚家人找上门的时候，明兰心情正不好呢，网上那些事不关己的人，随意说着风凉话，什么难听话都说得出来，她和那些人刚刚骂了一架，想捅人的心思都有了，火还没散，外面有人敲门。

警察开的门，姚可可她奶奶仗着自己年纪大，站在外面骂的就不要说了，姚可可她妈连哭带号地闹。

明兰的火气噌地就烧了起来，她看着四周，将卫生间里装废手纸的那个桶拎起来拉开门照着老太太的头顶就砸了过去："× 你个……"

姚家来了五个女的，可能都是姚可可的长辈，年纪看着都不小了，见明兰一开门就开始砸老太太，自然不能忍这口气，加上先入为主听了姚可可她妈说的话，这都憋着气呢。

女警是挺厉害的，问题是现在两家的矛盾激化，拦不住，她也劝不住，没有办法，只能喊自己的同事，刚刚出去买烟了，就在附近应该不会走得太远。

"都停手。"

可没人听她的。

作为亲奶奶，姚奶奶坚信姚可可是无辜的，是眼前的这一家欺人太甚，她就算是豁出去命也要为自己的孙女讨个公道。

"是你孙女害我，是姚可可害我……"

明月不知道什么时候冲了出来，她想帮明兰，可惜还是不敢用力，她胆子小，反手就被人掴了一巴掌。

明兰的唇角却不由自主地弯了起来，眼中熠熠闪着光，付出多少其实不是不在乎，只求她能坚强一点，得不到回报有时候也是挺丧气的，打架不怕打不过，就怕不敢伸手。

等到男警买烟回来，将这些个女的都给拉开了，她们全部都负伤了，老太太伤得最重。

"你不用在这里号，号也没用啊，马上就来人了，跟着去做个笔录吧，自己家孙女都干什么了，搞搞清楚再来，不是仗着不懂就能随便乱打人。"

男警可没女警那么好欺负，一上来就是训斥的语气，全部制服。来闹事的全被带了回去，等姚家的这些人听明白了，个个都傻了，还说什么呀？警察这边都调查清楚了，还能说什么？

姚可可的奶奶想去拉明月的手："孩子啊，你和可可是同学，她学习不好也没碍到你，你孤立她，她脾气是不好打了你，你原谅我们家可可吧，你别这么害她，她还小……"

"我害她？我害她？"明月喊着，好像眼前的人变得模糊了，耳旁的声音越来越小，耳朵里充斥着轰隆隆的声音，她伸着手想掐死那个说她害姚可可的人。

到底是谁害了谁？她就只是念个书，这也有错？

明月攥着明兰的手，一直到昏过去都没有松开。

她放不下大姐，她放不下二姐，她不能早死，她得活下去，再痛苦也得活下去。

明月昏迷后从进医院开始低烧，无论用什么药，温度就是降不下来，医院也被弄得束手无策。

这两天估计是出事以来明珠和明兰最清闲的两天，什么都不需要去做，哪里都不需要跑，只要安安静静地待在医院就好，明月没有醒过，胡言乱语，眼睛闭得死死的，到了晚上就讲胡话，一开始喊明慧，喊了几声。

明月喊得最多的话是："我要活下去……我得活下去……"

走廊上有人讲话，有长长的黑影离开，陶克戴出现在病房的时候，明兰还在哭呢，鼻子哭得通红。

"还是出去说吧。"

陶克戴现在能拿到的资料，基本就是会呈到法庭上的最后的资料，想要姚可可判无期这个太难，就目前姚可可的行为，是不可能的。

他是想劝明珠和明兰后退一步，官司也要看怎么样去打，不能认准了就一条路走到黑，还有他之前联系过张鲁，这样的案子不可能不联系家长的，证据又是从张鲁的手中拿出来的，可张鲁的态度却大大出乎他的意料。

明珠和明兰很固执，不肯退让。

23号上午，明月案一审在上中北区未成年人法庭举行，庭审长达九个小时，这是一次不对外公开的审理。

姚家的态度倒是有点令人啼笑皆非，姚可可不认罪，但是姚可可的律师却替她认了这一切，姚可可的母亲在审理过程当中直接晕了过去，姓姚的也只有姚可可的父母出席，未见其他家人，其间姚光年替其女姚可可当庭道歉，但明家不接受，结果并没有当庭宣判。

这是这件案子发生以来明月情绪最为克制的一次，哭，浑身发抖，喊，但全程坚持了下来。

姚光年的态度几乎就是认了，对姚可可放手了，拿出来想解决的态度，愿意赔钱，愿意道歉，相对来说明家的态度有些不合作，拒绝接受道歉。

庭审结束，姚光年拦住明珠、明兰的去路，他不指望自己能和明月说上话。

“我对我母亲去家里闹表示歉意……”姚光年老了很多，头发也白了很多。姚可可做下的这些事情他都认，只是希望能在金钱上更多地补偿一下明月。

明珠拉着明兰离开，她对姚光年没有任何话要讲。

五号北区法院的判决出来，法院以故意伤害罪判处姚可可有期徒刑十年零一个月，明月获赔十一万九千余元，驳回其他诉讼请求。

“不服，我不服……”明兰以为是自己听错了，确定没有听错，站起身大声喧哗，她不服。

“不服……”

明月的脸色灰白，脸上的泪痕明显。

“我要上诉，我不服……”

罗颖琳简直不相信，这就是最后的判决？

明家表示不服，当庭表示要上诉，姚光年则是痛苦万分，走出法庭的时候差点摔了。

姚可可一方认了，并且指认的所谓帮手并不是明月所指认的那个。

“上诉获胜的可能性有多大？”罗颖琳问陶克戴。

陶克戴摇头，未成年犯罪分为两类，姚可可属于前一种，十四周岁到十六周岁，该年龄段的未成年人仅对故意杀人、故意伤害等八类罪名负刑事责任，以姚可可对明月所做的伤害，现在能判到十年已经不易。

明家不服一审判决，当庭表示上诉，二审委托陈滔滔律师为明月辩护。

陈滔滔拿着杯子，杯子里冒着热气，他的桌面上扔着一块又一块的手帕，他不太喜欢纸巾那些东西，觉得很脏，偏巧最近又感冒了，鼻子不太通气。

“你要怎么打？”

陶克戴还是觉得不好打，姚可可的家人态度已经拿了出来，几乎就是你提我就满足的地步，法院已经驳回了一次明家的诉讼请求。

陈滔滔的精神有些萎靡不振，身体靠在椅背上，眼睛恨不得下一秒就合上，揉揉自己的鼻子，该死的，他最讨厌的就是感冒，才想着，只觉得鼻孔里一热，抓过来一旁的手帕拧着自己的鼻子。

陶克戴推推他眼前的纸抽。

“这年代还有谁用手帕啊。”他表示无语。

手帕的造价比卫生纸要高多了好不好，这完全不符合他勤俭节约的本性，这是浪费。

陈滔滔将手帕扔到一边，按着内线，没过多久就进来一个人，这人陶克戴也不陌生。

“明珠……”

怎么跑事务所来了？竟然还跑陈滔滔办公室来了？

陈滔滔萎靡不振地指着眼前的这些手帕：“都洗了吧。”

明珠将被他扔了一桌子的手帕都捡走了，而陈滔滔右手边又多了一沓洗干净的手帕，等到明珠出去，他才喃喃自语地说着：“也不知道她的手干不干净。”

抓过一块手帕按在鼻子上又拧了拧，他的鼻子啊……

“还是去医院看看吧，都好几天了。”陶克戴劝他。

陈滔滔摆手，让那些庸医来治，都搞坏他的身体机能了，靠人不如靠己，多吃一些补充能量的食物就好。

眉心之下的那双眸子闪过一丝复杂不定的情绪，那双眼渐渐黑了下来。

“奔着检察院公诉二处去吧。”陈滔滔的眸色异样，平静地道。

陶克戴过了很久，平静地看着陈滔滔，他已经没有任何事情了，准备离开了，想走却实在又忍不住，终究还是脱口而出问了陈滔滔一句：“你嘴上说的比谁都狠，心比谁都软。”

“我觉得这话你不应该用在我身上，我只是恰巧觉得她有那么一点可利用的价值。”陈滔滔的嘴唇渐渐抿成一线，“出去把门给我带上。”

陈滔滔生平有两大爱好，数钱和爱惜身体健康，为了健康他什么都愿意尝试去吃，喝中药一类的就不用说了，各种调理身体的药膳他也是经常吃，只有你想不到的没有他吃不到的，爱钱这个毛病人人皆知，爱惜身体这个他得佩服明珠。

他帮明珠不是因为她可爱，也不是因为她好看，事实正好相反，他对这样心机深沉的丫头一丁点好感都没有。那个死丫头片子不知道从哪里打听出来的，他周遭的人没一个知道，行，冲着这点他帮了。

市检察院公诉二处的检察官王新忠办理过很多起未成年人恶性案件，虽然法律对这些未成年犯不会使用死刑，且会依法从轻或减轻处罚，但上中这几年来仍是出现十几起未成年人被判无期徒刑的案例，这些案子皆出自王新忠之手。

姚光年带着姚可可的母亲登门道歉，这是他们第十次登门，也是第十次铩羽而归。

紧跟着就有人写了一篇意味不明的报道，将姚可可的家人放在了弱者的位置上，作为一名没有切身感受到过那种被推到绝望地界的人，也许是会善良地表示，其实人都判刑了，对方家里也愿意拿出来诚意道歉，受害者是不是也应该接受呢？面对着两位和你父母年纪一样大的长者，跪在你的脚下，苦苦请求你的原谅，你的心怎么就可以那么硬呢？

明兰将报纸拍在桌子上，指责她不够善良是不是？

说她心硬，她就心硬了，爱咋咋地。

二审开庭，当庭出了结果，姚可可她妈是被抬出来的，被救护车给拉走的，她爸坐在地上也好久没站起来，明兰拥着明月离开法庭，别人觉得她们痛快了，可这种痛快是用什么换取来的？

明月揪着明兰的衣服，明兰撑着老三的手："可千万别哭，这样的日子别哭。"

陈滔滔称虽然目前的司法机关对未成年采取了很多的'温情'措施，如果符合条件不起诉、扩大非监禁刑使用比例等等，但是这些呢，并不能从根本上挽救未成年人犯罪。

"法律出于对未成年人的保护，对未成年人犯罪的打击力度较弱，这给一些未成年人犯罪打起了保护伞，发达的资讯使未成年人接触信息的途径增多，早熟已经成为普遍现象，立法机关应该考虑下调对未成年人追责年龄。

"犯人姚可可进入法庭，对着我当事人家属的方向鞠躬，她说她对不起，做了无法宽恕的事情，这句对不起也许会成为法官认定犯人已经有了悔意的参考，她破坏了一个青春少女原有的平坦的前进之路，她现在表示出了惭愧，她觉得她错了，她有忏悔的表现，所以理所应当她就应该得到宽恕，但是我当事人的回答却是——不，当姚可可指证我的当事人是为了钱陪睡，当她将整个案件黑白颠倒，如果我的当事人再懦弱一点，她就活不到今天等到法庭的判决了，我的当事人到死也绝对不会原谅，一审姚可可身上有着少年法保护，判了十年关进去最多七八年或许更短，如果有良好表现的话，一审判决下来以后，我的当事人明月是这样和我说的，她说她对司法很绝望，原来司法保护的是加害人的权益，司法看中的是加害人的人权，被害人的人权在哪里呢？

"我绝对不认同一审那样的审判结果，一旦你屈服于这样的审判结果，以后这个案子就会成为法官判案的基准，一审检察官对明月提出的控诉驳回，理由是犯人当时才刚刚满十五岁，思想尚未成熟，顾及被告的未来还有无限的可能性。"

一审当中姚可可的律师是这样为姚可可求情的，他声称姚可可出于家庭原因成绩不好，在学校人缘不好，学校和她的家庭皆应该负责，而明月又是老师眼中的红人，姚可可是因为嫉妒，想要得到家长以及老师的认可才会造成明月受伤害的遗憾，但纵容会导致更多的受害者发生悲剧，判她无期是告诉她，做错了事情就要负责，无关你的年纪，错就必须认。

姚可可一审的时候情绪算是波动得比较厉害，乍一听十年她觉得自己整个人生都交代进去了，她也不过就是和明月开了一个小小的玩笑，是她自己太倒霉，明月又没有死又没有残，就算是得了那病，不是说能治好吗？大不了她拿治疗费好了，为什么要判她刑？

慌张过后，姚光年的律师告诉姚可可，事情闹到这一步，判刑已经不可避免，只要表现良好，也许五六年就可以出来，甚至花花人情，用一些其他的手段，她会出来得更快，可姚可可恨明月。

重新来过一次的话，她依旧还会这样对明月的，绝对不会手软，甚至会让明月更惨，她想明白了，自己坐牢的这几年，她会时时刻刻地去诅咒明月，诅咒明月早点死于脏病，就让她治不好，就让她一辈子凄凄惨惨。

接受了判决，也就没什么所谓的心理波动了，第二次开审，姚可可抱着大不了老娘就把牢底坐穿的念头，很潇洒很大义凛然地坐在这里，她木然地对着明月及其家人道歉，因为律师要求她这样做，她说自己错了，她希望求得明月以及她家里人的原谅。

可是当判决下来的那一瞬间，她被判了无期徒刑，姚可可大声地喊着，她慌了，现在才感觉慌了。

不是一直告诉她，未成年人有未成年人法保护着，是绝对不会判她无期徒刑的，为什么现在就判了？只是强暴而已，又不是她去强暴的，她不服，她错了……

如果现在认错能够减刑的话，那么姚可可这是第一次认识到，她自己做错了。

面对着无期徒刑，她哪里还有之前庭上的潇洒？姚可可的妈妈一直被抬到救护车上都没醒过来。

姚家要上诉，这个家似乎处于风雨飘摇之间，凄惨得很，妈妈得知女儿判了无期就没起来过，父亲更是一夜之间白了头，社会上所引起的舆论也是非常强烈，这个判决到底该不该？

明家的姐妹安静得很，明月破例吃了一碗满满的米饭，她吃得很快，明珠、明兰给她夹菜。

明月的鼻涕突然流了下来，她似乎有点慌张，胡乱地抓着桌子上的纸巾擦着自己的鼻子，可动作有些晚，鼻涕已经碰触到了她的唇边，和眼泪一样，也是咸的。

明月觉得口中的大米太甜，甜到难以下咽："谢谢你们，谢谢……"

明月突然大哭了起来，哭起来就停不住了。

谢谢罗颖琳记者帮了她，谢谢罗记者肯帮她，她们之间没有任何的关系，她感受到了来自陌生人传递过来的温暖，谢谢陶克戴律师帮她，谢谢吴律师帮她，明月想要感激的人有很多，但是她嘴笨，她不知道该怎么样去表达。

真的很感谢，感谢你们愿意伸出援手，让她在感受着这个世界冷漠的同时又感受到了来自这个世界的温暖。谢谢。

"你别哭啊……"

明月这么一哭，明兰也忍不住，跟着就哭了出来，明珠拉着两个妹妹起身，对着在座的几个人鞠躬。

她们深深鞠躬，这鞠躬虽不能当钱花，不能抵钱，但感谢你们的大恩大德。

她们鞠躬，感谢你们让我们心里滋生仇恨的同时也滋生了一份感恩的心。

"这是干什么，快起来……"

罗颖琳就见不得这样的场景，女人就受不了这个，再给罗颖琳一次机会，她还是会帮明月，没有理由，她坚信正义一直存在，她坚信邪不能胜正。

陶克戴笑呵呵地让姐仨赶紧坐下吃饭，好好地吃顿饭，接下去还有的打，他得为这三个小姑娘鼓掌，真的挺有毅力的，竟然扛下来了。

他也不知道该对明珠说点什么，明珠可能要复读了，因为明月的案子，她没有办法走，她会不会后悔陶克戴不知道，这个世界上存在这样的人，他们奉献了，若干年后，回头来看，有些无怨无悔，有些则是悔断了肠子。

陈滔滔不待见这样的场面，没劲透了，感谢值几毛钱？

有时间说这些无意义的话，不如去赚钱，现在对着你千恩万谢的，一旦你站到她们的对立面你去试试，这样的人他见得多了，人性这东西吧，向来都是两面的，别把人想得太好，也别把人想得太坏。

今天的饭菜不合他的胃口，他戴上墨镜。

“你们的感谢我收到了，饭我就不吃了。”

“滔滔……”

陈滔滔向来不给任何人面子，上了车开车就绝尘而去，这样的地方他愿意纡尊降贵地进来，就算是给了天大的面子，你们愿意唱苦情戏谁爱看谁看，他没兴趣看。

陶克戴替陈滔滔解释着：“他还有事情要忙……”

不管真假，反正他给出陈滔滔离场的理由了。

相比较明兰的兴奋，明珠的情绪简直就可以用有些反常来形容，她不高兴，她脸上没有一丝丝的高兴，若一定要说有，可能就是刚刚判决下来的时候。

明兰不知道明珠在焦虑什么，依着她看，她觉得目前的形势大好，继续告下去，一定会将那个人渣拿下的，就是明珠这学业……

姚可珍擦着自己的手，知道明月的案子判了下来，也有些出乎意料，明珠也真是厉害，把陈滔滔给弄出来了。

这个陈滔滔她听她父母讲过，究竟有多厉害她不清楚，但从今天的案子来看，是有两把刷子，这样的案件竟然最后判了无期？

家里的电话响了，她快速接了起来，怕吵醒孩子，放到耳边。

“……”

过了很久姚可珍挂了电话，暴风雨就要来了，她唯一能做的就是提前将自己隐蔽好。

看看时间，怎么这么晚了，张鲁还没有回来？

拿着电话打给张鲁，先是通了，然后又被挂断了，再打就关机了。和谁在一起呢？就连她的电话都不肯接了？

姚可珍擦干双手，走到床边，脱了脚上的拖鞋，这拖鞋是她前阵子在商场里看中的，九百多一双呢，里外全皮，她就觉得莫名地好看，现在则被她买了回来，她掀开被子，躺了进去，觉得满足。

……

“你不要来告诉我这些事情，我没有兴趣知道，她本事大得很，我也没有这样的孙女。”老太太指着张鲁叫他滚蛋。

张鲁的面皮有些发紫，明显是怒火攻心了：“我不来告诉你，你怎么能放心呢，你当初告诉明珠那些不就是为了让她来威胁我的？！”

老太太指着张鲁的鼻子：“我做过就是做过，没做过就是没做过，你也不用拿话来激我，我一个老婆子活到这把年纪，我也没指望有人给我送终，死了就席子一卷，把我扔到外面，你欠了我的也好，我欠了你的也好，咱们都扯平了，我也不用觉得自己对不起谁，她怎么知道的，不是从我口中知道的，我还要我这张老脸……”

“你也就是我妈，不是我妈的话……”

“你可以不用把我当成是妈，你没这样狠毒的亲妈，我也没这样的儿子，咱们以后桥归桥路归路，我不吃你家一口粮，滚出去。”

老太太咳了一声，张鲁转身就走，她差点就摔地上了，活活被气得，她觉得自己上辈子一定非常不善良，不然的话，怎么会有这样的儿子，这样的孙女。

老太太一天都没吃一口饭，心口堵得厉害，家里大门紧闭，她和那些邻居也从来不走动，外人都形容她是一个古怪的老婆子，家里人轻易不来探望她，过年过节永远都是孤孤单单的，养了一条老狗。

老太太躺在床上，手揉着心口的位置，那个位置绞痛，而老狗趴在床下乖乖地守候着老人。

“老王，我这心口最近发闷，你看我需要吃点什么才能缓解缓解……”

现在已经十一点多了，他却了无睡意，脑子格外清晰，怎么整？

电话那头的人似乎说了什么，隐约能听见笑声，陈滔滔披着睡袍横在沙发上，手边扔着遥控器，光着的那两只脚套着拖鞋在椅子上晃来晃去，整个人横在沙发与椅子当中，这都是什么节目？看来看去也看不出一点名堂，关掉。

“都这个时间了，我怎么还这么精神呢……”

“滔滔啊，脑子里装的东西多自然就会干扰到你的睡眠……”

“哈……”陈滔滔干笑着，他脑子里装的东西太多了？也对，他满脑瓜子装的都是智慧。

“送她走？现在？”明兰问明珠。

老大到底是怎么了？神志不清了？才打赢了官司，看见希望了，现在让明月离开这是打算做什么啊？就算是走，也要一切都准备好了吧，什么都不了解，就把明月扔到国外去，不是等于让她去死吗？

明兰眼皮都要睁不开了，她现在想睡觉，之前都没睡过一个好觉。

“明月不上庭，谁告那个人？”

明兰踩着拖鞋就回房间里去睡了，因为这个胜利她是彻底放下心了，觉得天还是蓝的，人间还是有正义在的，之前路上所见皆是黑色，搞得她认为自己的人生都是黑色的，可一步一步踏了出来，才知道还有那么多的白色，不坚持到最后，也许就没机会见了。

陈滔滔吃了一些药躺下了，数到第二百五十四只大灰狼，眼皮渐渐地向下，脑子里的东西似乎也渐渐模糊了起来，真好，马上就有入睡的感觉了，再接再厉，他的耳朵能听见来自四面八方的声音，但他的眼睛已经睁不开了，好兆头。

铃铃铃……

一阵刺耳的铃声将他从梦境当中拉回了现实，那些好不容易培养出来的睡意顷刻之间全部离他而去，陈滔滔的手脚有些僵硬，他死赖在床上没有动，但脑子已经清醒了过来，非常清晰。

电话铃声持续不断地响着，是的，他的电话就是最原始的铃声。

好不容易那刺耳的声音终于断了，几秒以后又响了起来。

“没吃药吗？”

“陈律师我想送我妹妹出国……”

如果明珠站在陈滔滔的面前，他一定会继续赏她几杯咖啡的，有意思没意思？大晚上的不睡觉有病吧？

直接拔了电话线往一旁一扔，抓过被子继续睡觉。

就说小孩子想一出是一出，全世界都是你家开的，打电话之前眼睛不会对准钟表去看看，现在几点了？你妈你爸没教过你要尊老来着？

四个小时以后，有人砸门，陈滔滔一个小时以前才勉强入睡的，是的，好不容易他睡着了，这到底是谁？

抓着枕头狠狠砸了几下，光着脚去开门。

拉开那道门，话还没有出口，映入眼中的就是陶克戴焦急的脸，陈滔滔的心头掠过一丝什么，很快就捕捉到了，又很快地一闪而逝，下意识地清楚……

“……被送进医院了，生死不明。”

从那么高的楼层扔了下去，恐怕是活不成了。

就是一夜之间的事情，从明月赢了一场官司到家破人亡前后不到七个小时。

有媒体报道了这则新闻，起的标题爆人眼球，深夜三少女楼顶失足，全民津津乐道，一大早就有新闻可看，有热闹可看。

“看那个新闻了吧，现在的孩子啊，你觉得三个少女晚上不回家跑到楼顶干什么去了？”

早上的公交车上，每个人都很忙碌，现在科技发达了，人人手中一部手机，每个月花点流量钱就可以看尽天下的新闻，想看哪一国的就看哪一国的，以至于大家都忙着刷微博，刷微信，刷一切能刷的。

有些也就是看那么一眼，随即翻篇，有些则是嘲弄地说着，也许是分钱分不均了吧，也许是一对三呢，现在的少女还能叫少女吗？

太阳照常升了起来，风也停止了。

明珠一直在动手术，情况到底怎么样了，没人告诉明兰，明兰也不敢问，她怕她一问医生说明珠救不活了，到时候怎么办？

从楼上被扔了下去，扔下去了……

发生这么大的事，不可能一点影响都没有，只有明兰坐在手术室的外面，没有看见明月，罗颖琳跟着医生进进出出，她今天真是花光了自己身上所有的钱，她的积蓄都扔了进去，填了一个无底洞。

联系张鲁的时候，张鲁所有的态度都是拒绝的，拒绝来看明珠，拒绝为明珠出任何的钱，明珠奶奶那边罗颖琳又实在不愿意去，告诉老人家你孙女被人从五楼给扔了下来吗？

罗颖琳第一次刷卡之前，她的朋友按着她的手。

“你想清楚了，你现在掏出去的是自己的钱，救的是别人，这样的事情我们可以募捐，可以号召大家都行动起来……”每个人都献出一点爱心，这个钱就够用了。

罗颖琳迟疑了一下，自己的手盖在朋友的手背上，然后缓缓拉开了朋友的手。

“我舍不得我自己的钱，我的钱也是辛苦赚来的，可是摆在我眼前的是一条命，我是一名记者，我有属于记者的理念和信仰，我救的是一个宁愿放弃合理索赔也要追诉公道，不需要出名，不需要道歉，不需要借助媒体炒作，需要的是用她自己的生命，推动这个社会的风气，未来让每一条生命都能得到最起码的尊重的人，这样的人，我需要她活着，我需要她醒来告诉她，这个世界除了黑还有白。”

明兰抱着陶克戴的大腿哭，双腿跪在地上感激陶克戴，她现在真的好需要钱，需要好多好多的钱。

她甚至不知道要用多少钱才能保住明珠的命，她浑身都是血。

“起来吧。”陶克戴拽着明兰起来，他刚刚从包里拿出来了一些钱交给了医院。

明兰坐在椅子上，她突然想起来，昨天睡觉之前明珠就是一副心神不宁的样子，原来她已经感觉到了，这个傻子，你有什么为什么不能和我讲呢?

是胜利冲昏了她的脑子，她忘记了，她们面对的是什么样的人，明月已经不可能继续告下去了……

医院就是这样，有生有死，从里面有些能被安全地推出来，家属哭泣的声音那是喜极而泣，感激老天爷将人留了下来，还有些是属于离别的哭泣，哭泣着那个人离开了这个世界。

其实明兰心中已经有了最不好的打算，她抠着自己的手，有很多很多的警察过来她也感觉不到，她现在也没有骂人的力气。

很多的警察都堵在手术室的门口，好像也有什么大人物出现坐镇，大家围绕在一对看起来年纪很大的老头儿老太太周围，有个年轻的女人扶着年纪大的，年轻的女人一直在哭，年纪大的哭声不大。

里面有护士出来，和那个大人物交谈了一番，然后大人物起身，缓缓地走到老人家的面前。

他讲，出事以后已经请了最好的医生，可还是没救回来。

刚刚没怎么哭的那个上了年纪的老太太先是有些不知道对方在讲什么，然后等到听清了没救回来，人跟着就后仰。人活一辈子，你觉得最幸福的和最不幸福的各是什么呢?

对于她而言，最幸福的就是一家人可以坐在一起，最不幸福的就是她的独生子现在死了。

明家的案子发生以后，当时最早到达现场的那辆警车里的警察追了出去，身中十二刀，牺牲了，人跑了，现在还没有抓到，但上面已经下了命令，一定要将犯人缉拿归案。

事有两面性，百姓说起警察，有些真是咬牙切齿，见过很多不负责的，报警却叫不来警察，叫来了也不负责，反正什么样的都有，于明兰而言，她讨厌警察这种生物，留给她太多负面的印象，她甚至是痛恨的，可今天一位警官因为她们牺牲了，他们萍水相逢，他们并不相识，他今年才刚刚三十九岁，他的孩子还那么小，他的妻子、他的老父母是那样可怜，他就那样走了，挨了十二刀之后走了。追出去的一瞬间，他没有过犹豫，因为他是人民警察，他要保护人民的安全。

老太太哭得昏天黑地。

独生子……

唯一的儿子……

家里的顶梁柱。

弱小孙女的父亲，他就这样扔下上有老下有小的家走了，也许他会得到一些荣耀，比如烈士，可这却是他用一条命换回来的，有个声音在问，值不值得？

罗颖琳不愿意看这样的场面，她又不能不和明兰讲，明兰应该知道的。

明兰过来的时候还不太能走稳路，她的胆子都已经吓破了，她现在没胆，脸上的伤很轻，只是胳膊错位了，其他都还好，明兰走到老太太的眼前，她蹲在地上哭，她知道自己哭什么，也不清楚自己在哭什么："对不起，对不起……"

张鲁回到家中，径直回了房间，姚可珍不敢发声，医院的事她已经知道了，明珠的情况她也知道，按道理她是应该过去一趟的，只是张鲁这态度，加上她的立场也是非常尴尬。

"我要睡觉，晚饭不吃了。"张鲁交代姚可珍一句，和衣上了床，姚可珍顺手将房门带上，屋子里可以听见她和张鲁的呼吸声。

张鲁躺下没有多久，就有人来敲门，虽然之前发生了姚可可和明珠的事情，物业也并没有引起太高度的关注，小区的大门依旧开着，外面的人也依旧可以随意进出，明兰来了。

姚可珍站在门口问是谁，门外的人却不吭声。

"谁呀？"

姚可珍试着想从门眼的位置看看站在外面的人，外面的人却提前一步用手挡住了门眼。

姚可珍心里一紧，她想到了一些不好的，回身立即就要去打电话，站在外面的明兰出声了。

"我是明兰。"

姚可珍站定脚步，心情大起大落，她以为是……心脏现在还怦怦怦乱跳着呢，稳了稳，又狐疑，明兰来家里做什么？

报丧？

推开门，话却噎在嘴边，她总不能开口问，是不是明珠死了。

"我姐之前和我说已经和你打过招呼，送明月出国，无论去哪个国家，能送走就行。"明兰低垂着视线。

这是她和姚可珍交锋以来最为冷静的一次，没有谩骂，没有嘲讽，更加没有高声。

"明兰……"姚可珍试着和她讲道理，我不欠你们任何的东西，你让我出钱我就出钱，你有没有考虑过，我的钱是从哪里来的？就那样理所应当地伸手要吗？

"你不给也行，家破人亡我也体会到了，我用一死换你和你女儿一死，我心里也觉得平衡了。"明兰心中不肯定的那一块终于落地了，是啊，原来就是这样的心情。

"你给我走。"姚可珍指着外面，一个两个的都学会了威胁是不是？

明兰揪着姚可珍的头发，举高自己的巴掌，她什么没尝到过？死的滋味都尝了，巴掌就和面片一样地落了下来，啪啪啪地落到姚可珍的脸上、头上等地方。

姚可珍从来没有和人动过手，她认为动手的人都是教养低下的，她不屑。

不屑的结果就是她被打得很惨，满脸的痕迹，被明兰用指甲抠得一块一块的，张鲁站在客厅中央看着明兰打姚可珍，他没有出声，没有动气，更加没有恼怒。

……

明兰拿着手中的单子，灵魂似乎有些出窍一样对着姚可珍行礼："谢谢您，谢谢您。"

刚刚打姚可珍的人是她，那架势就恨不得打死她，现在对着她深深鞠躬说谢谢的人也是她，姚可珍怕死她了，她拿出来钱买个消停，这次以后就真的没有任何的联系了。

"你不用谢我……"姚可珍捂着自己的脸，她不耐烦地看着明兰，"你用你妈发誓，从今以后我们再无半点瓜葛……"

"好……"明兰举起来自己的手。

用明慧发誓？

她一点都不在乎，一个死去的人而已，她在乎的是现在还不确定生死的那个，这个世界上哪里有那么多的因果循环。

明兰从楼上离开，她没有认真地看过这个小区，也没有心情欣赏这个小区到底有多尊贵，据说住在这里的都是文化程度高的，有钱的，不然也买不起，听说很贵的，别看位置不是最好的。明兰一步一步地离开，她去坐公交车，然后回医院。

明珠，我能做的我都做了。

姚光年是从朋友的口中得到消息的，他还没有起床，朋友的电话就打了过来，问他有没有看新闻报道。

姚光年坐了很久。

姚可可再不好那都是他的亲生孩子，他承认姚可可有错，但这个错绝对不可以用无期来偿还，他已经愿意给予金钱上的弥补，他登了那么多次的门，他一直以来都是站在明月一边去想问题的，可是现在姚可可被判了，并且法院驳回他的上诉，姚光年便重新来看待这件事情。

都是可可的错吗？

学校有没有责任？老师有没有责任？明月就一点责任都没有吗？

可可打她，她就像木偶一样站着任人打吗？被打了为什么不告诉家里，为什么不来告诉他和可可的妈妈？如果她早早就说了，事情会发展到今天这个地步吗？

他的女儿也被人强暴了，现在又判了无期，可可今年才十五岁，不是明月毁了可可的一生，毁了他们这个家吗？

可是听到这样的消息，他似乎又笑不出来。姚可可的妈妈生病了，不知道什么病，反正三天两头病歪歪的，夫妻两人的感情就更不要说了，总是吵，没完没了地吵，她怨恨姚光年，姚光年看见她也觉得浑身都疼。

"明家的那三个小崽子被人从楼顶给扔下去了。"姚光年淡淡地说着，仿佛口中说着今天的天气很不错一样。

他不觉得伤心，也不觉得难过，只是在平静地叙述一件事情而已。

“该。”姚可可的妈妈解恨地说着，她突然觉得身上来了力气，她想去看看这个新闻，原来老天爷是开眼的，对这些得理不饶人的也会惩罚，她强撑着力气去看，等看到那个新闻，看了一遍又一遍，看得满脸都是眼泪。

她觉得太高兴了，怎么就能这么高兴呢？

可是高兴的情绪很快就被悲伤遮盖了过去，她的可可啊，她才十五岁，她以后……没有以后了，她可怜的孩子。

“她在里面好好的，表现良好的话，无期也会变成有期的……”姚光年弯着腰。

他的腰有点直不起来，不知道是暂时的还是永久的，姚可可的律师是这样说的，即便现在判了无期，将来也还是有希望十五六年或者十四五年被放出来的。

姚光年想，十四五年以后那是什么样的光景？

明家家破人亡的话，他家不也等于破了吗？

案子尘埃落定，判决了以后，还有多少人会关心关在里面的人？

里面的人出不来，外面的人谁愿意进去，家属愿意掏这个钱的谁还会吭这个声？家属不管的自然也不会饿死你，不过就是正常犯人吃什么你就跟着吃什么罢了。

不是所有的监狱都是这个样子的，但姚可可所在的监狱却是这样。

姚可可她妈将消息递了进来，姚可可好半天都没有任何反应，进来以后就知道了很多的现实，现实就是她现在是犯人。

她的身边就站着狱警，有些话她不能对她妈说。

“我做错了事情，我现在认真改造，希望我有一天能出去好好孝顺妈妈……”

姚可可的眼中闪着泪光，她知道怎样去哭、去说能让她妈的心更加疼一些，从而能更加卖力把她给捞出去。

明月全家都被扔下楼了？

为什么不早点把她们弄死呢？

如果再早一些，她就不会走进这里来，她们怎么不早点死呢？

陈滔滔相信人性本恶，他从来就不相信有什么悔改之心，如果这个人愿意后悔了，那绝对是现实让他无路可走，没有路可以走了，他才愿意改过自新。

他接手明月案的第一天，他一眼就看进了姚可可的骨子里，她有依仗，现在有，未来也会有。

七年以后。

本年度最热的一场女子网球决赛，现场沸腾着加油声、助威声，看样子还是有好多的人喜欢网球的。

赛场上两位女选手进入胶着状态。

第一排位置前面的超级席位零零散散地坐着八九个人，坐在最边上的男人倒扣着帽子，戴着墨镜，手里拿着一个瓶子似乎在饮水，他的头顶上方有人举着黑伞，举着伞的人手中也拿着和男子一样的瓶子，不过却没有喝。

“一会儿让人送你回去。”

女子睫毛半垂，笑了笑："算了吧，让人看见也麻烦，你还不放心我嘛。"

男子的手拖着她的，将她的手握在自己的掌中央，温柔地笑笑，似乎对她所说的表示同意，他把女子往自己的怀中拉近一些，免得太阳晒到她。

那场比赛似乎真的是很热门，之后几天的报道中不停地出现。

上中市北区刑警大队。

"那场球打得真是……"晚上六点整，有几个女同事闲聊着，突然有人手中的鼠标一顿，画面停留在球员以外观众席上，锁定屏幕然后放大，手快速地动着，"看看……这人看起来眼熟吗？"

另外一个吃饭的女同事默不作声地看了过来，只是微微地停留了一眼，回头继续吃自己的饭。

动着鼠标的那个人却笑了："我还以为我们这里是什么声色场所呢，空降兵就算了，还这么张扬。"

打死她，她也不信这是明珠的男朋友，有这样的男朋友来上什么班？难道为了正义吗？你以为是小学生喊话吗？事实上她不止一次看见明珠和一位看起来比较有身份，当然也有年纪的中年男士约会。

"干自己的活，少说闲话。"

"我是为你不平，我们是怎么进来的？她呢？"她们是靠着自身的能力走进来的，可某些人靠着一些不光明的手段就大摇大摆地走进了刑警大队，和这样的人共事她当然不开心。

"好了。"李然将剩下几口的饭快速扒了扒，手指点动着轻薄的键盘，这个时代进步了，只需要一个网络，内部的网络就可以连接上属于他们的庞大的资料库，浏览归类，找到自己想要的东西。

外面突然有脚步声传了进来，李然还没有反应过来，就见一队人从办公室的门前快速闪过。

"……目前伤亡情况？"

"没有伤，只有死……二十多名路人以及……"因为发生歹徒抢劫伤人案件，现场交通拥堵，司机扔下车纷纷逃命，又正值下班高峰，根本就没有办法继续进行作战任务，死亡人数不断上升，支援过去的一个队长，带着哭腔对着对讲机向上级汇报工作，请求支援。

案件已经引起了上面的高度重视，上中从来没有发生过这样的事件，武警已经赶赴现场，却无机会靠近，现场一片狼藉，又要考虑到行人的安全，歹徒枪法极准，以道路护栏以及车辆为自己掩护。

"狙击手赶来还需要一些时间……"现在歹徒已经射击了近两百发的子弹，这样下去所引起的后果不堪设想。

"现在伤亡情况这么严重你还和我说这些？"报告的人眸光略微下移。

"我试试。"明珠突然出声，前面的领导愣了愣，看着明珠的眼中多了一抹冷淡以及不明意味的含意，倒是明珠没有受到任何影响，接到上级点头的指令便离开。

双方开火交战了一阵之后，歹徒被困在了中央路附近，中央路距离火车站只有很短的距离，如果歹徒转移进火车站的话那才是大患。

上级焦急地等待着事件的最新一步进展，持续下去，明天的新闻就有的看了，这种时候还净给他添乱，哪里跑来一个女警还要试试，试什么？试着去送死吗？

更让他觉得愤怒的是，歹徒竟然以低姿快速前进，利用地形地物，在几十名武警和警察的逼近之下仍然可以狂奔，他丢脸丢到姥姥家去了。

发一枪死一人，想到这里，领导的手捏成一团，竟然捏碎了手中的对讲机。

一分钟后，歹徒倒地身亡，明珠进入中央区的高楼从背后向歹徒射击，歹徒中枪毙命。

武警、警察快速围堵上去，证实歹徒已死。

“你们都是干什么吃的？竟然就让一个犯人站在路中央对着路人和我们的人进行射击……”竟然还是弹无虚发，领导的头上青筋全部暴了出来，捂着自己的胸口向后坐了下去，“那个叫明珠的我想见见她。”

刑警队的领导去找明珠的时候，人已经下班了，据说回家了。

“浑蛋，这个时候她还有心思回家？”

明珠接到电话还是那个劲儿：“我到下班时间了，今天我不值班。”

“明珠，领导让你回来。”通话中的声音十分冷漠，就没见过这样不合作的，成天玩另类，怎么就分到自己手底下来了？

是听说过一些有本事的都挺傲慢的，可他没在明珠的身上看出来什么所谓的本事，当然今天的事情能说明她的枪法还算是不错。

“我现在要去吃晚饭，挂了。”

明珠将手机扔到一旁，她才不管电话那头的人是不是在跳脚，出手很果断。

明珠开着自己的宝马回家，她的这辆车为她招惹了不少的流言蜚语，家庭好的也有见过，但毕竟人都讲究低调，不上班的时间开开也就得了，竟然直接开到了队里，够嚣张的，只是看这一件事情就能猜到明珠的脾气，比如好大喜功，比如喜欢显摆，比如张扬、高调一类的词距离她八九不离十。

摆在车前面的屏幕晃了晃，可能是别人发给明珠的照片，是黑白色的，男人的侧脸，线条分明，白色的衬衫、黑色的西装、黑色的领结，照片就只有侧脸而已，男人饱满的唇角向上，头发二八分，明珠的眸光比先前暖了几分，点着屏幕。

“现在在做什么呢？”

有纸张轻微摩擦的声音，然后那个屏幕灭掉，里面传出来男人低低沉沉的声音：“看文件。”

“每天都这样忙，小心累死你。”

男人微哼：“一起晚餐？”

明珠甜腻腻地笑着：“今天不行，我还有事情要做。”

“随你，挂了。”

明珠笑笑，她喜欢他的爽快，喜欢他的自知之明，他永远都不会烦她，他是个很好的情人。

明珠开着车快速上了高速，朝着前方奔去，不到一个小时的车程，直奔目的地上了机场高速，明珠的车才堪堪停稳，电话铃声响了起来。

她眉心下方那双眼眸起了细微的变化，接了起来：“喂？”

“大美女你人呢？千万不要告诉我，你没有来接我们，这样就未免太没有爱了，我们好不容易回家一趟……”电话里女子爽朗的声音传了过来。

明珠的唇角上扬，视线稍稍向后：“我到了。”

明兰出现在车前，她欢脱地跳了出来，想要给自己姐姐一个惊喜，她穿长筒靴配短裤、露着锁骨的毛衫，戴着硕大的墨镜以及帽子：“Surprise！”

明珠推开车门下车，迎面两个人同时扑了过来。

三个人抱成一团,明兰足够引人侧目,很多人的视线都聚焦了过来:“看着好像有点眼熟……”

因为戴着墨镜和帽子，看不太清她的脸，但又觉得好像是挂在嘴边叫不出来名字的那个，好像是个演员。

与明兰一起的那人长发及腰，脸蛋红扑扑的，长长的睫毛一眨一眨，看着明珠不说话。

明珠张开双臂，给了她一个大大的拥抱：“欢迎回家，明月。”

七年时间说长不长说短不短，上中有了翻天覆地的变化，拔地而起的高楼，绚烂时尚的建筑，就连道路也宽广了很多。

这样大的变化，让明月觉得自己对这座城市是那么陌生。

外面的景色在车窗前一闪而过，明月只是看着，睫毛动着，和过去似乎没有太大的区别，她永远都是这么安静。

“现在回家吗？”明兰问明珠。

“回你的家？”明珠的眼眸一贯冷淡。

“不是吧，不请我们去你家参观参观？知道你有心爱的男朋友，我们可能会妨碍到什么，九点之前我们自动消失。”明兰举着自己的手。

她原本就长得好看，现在更是一颦一笑都让人觉得移不开眼睛，这个世界上就存在一种女人，她不是最漂亮的那个，但她是最让人移不开眼睛的那个，同性也会被她吸引，觉得她就是好看，让人有的只是舒服感而非嫉妒感。

明珠道：“你们去不方便。”

明珠打着方向盘，等到了地方，车子停妥，明兰才发现有点不对。

“我住酒店。”明兰呛声，一回来就不顺心，她是故意的吧？把她和明月送到这里来算是什么意思？

“下车，有钱烧的。”明珠率先下了车，她的车没有开进去，而是停在了对面的路口。

明兰坐在车上没动，倒是一直没有吭声的明月盯着车镜中的自己说：“我想去看看奶奶。”

明月开了车门，双脚落地，明月的腿还是那样细，她身高一米六五，但体重没有过百，出去胖得最厉害的时候，明兰都变成了一个球，她才勉强过九十。

鞋底踩到地面，整个人踏实了下来，明月对着明珠笑笑，上前挽住自己大姐的手臂。

一步、两步、三步……

明月记得她离开的时候，她憎恨这座城市，发下誓言永远都不会回到这里，七年以后她再次踏上了这片土地，却没有了七年之前的慌张恐惧。

路旁的银杏树随风一摇，上面的银杏噼里啪啦地掉在地上，行人路过可能就会一脚踩碎，长长的一条路，黄黄的叶子。

有扣门板的声音，里面的老太太正在烙饼，今天是她的生日。

这附近的人都知道这家住着一个脾气古怪的老太太，从来不开门，偶尔出去买些必要的东西，家里养了一条狗，那条狗看起来已经很老了，偶尔一些小孩子顽皮爬上墙头，就会看见那条老狗趴在外面的地上晒着太阳。

老太太偶尔会搬个小板凳坐着晒太阳，头发花白，也从来不染，看着年纪就更加大了，好像没有亲人，这附近已经动迁，很多过去的老邻居都签了字拿了钱搬走了，还有些是金钱上没有谈拢不肯搬离，还有些则是外地的人临时住的房子，不要房费，什么时候拆他们再另找房子住就是了，这片就只有这个怪老太太不肯搬，给多少钱也不走。

持续不断的叩门声音，明月的手钩着那个门环，门环轻轻地扣着门板，当当当的。

门里的老狗也不叫，似乎对这一切都无动于衷。

“是不是没有人？”明月看着明珠问道。

“你敲。”

明月得了明珠的话继续敲着，过了三四分钟里面才有声音传了出来：“家里没人。”

明月难得被奶奶的话逗得笑了出来,她觉得很有趣,没人的话,那现在发出声音的人是谁呢?

“奶奶，我是明月。”

里面的人听见声音，身体一僵，手扶着墙壁，似乎要用力才能站稳，转而抓起一个板凳对着门板就砸了过去：“滚。”

木板凳砸在门上发出挺大的响声，明月被吓了一跳，她以为里面的人没有听清，重复道：“奶奶，我是明月。”

“你走吧，我不想见你。”

明月有些不知所措，因为里面的人已经明确表示了不想见她们的意愿，继续敲下去似乎也不是很好，但她想看看奶奶。

咣当！明珠一脚踹开了门板，带头就走了进去：“进来吧。”

庭院当中的老狗突然蹿了出来，对着明珠叫着，似乎随时都能扑上来一样，明珠也没有做什么，眼睛看了看那狗，那狗立即消停。

将明月和明兰的行李摆在院子当中，明月脸上闪过一抹尴尬，她没料到她大姐竟然直接踹门，这和私闯别人家有什么分别?

“你……”

“你们住这里吧，我还有事我先回去了。”明珠放下行李就离开，留下院中的三个人外加一条老狗大眼瞪小眼。

“你们这是混不下去又来找我了，我告诉你们，我什么都帮不上，我没钱，什么都没有，走。”奶奶指着大门。眼前的人她一个都不想看见，都给她走。

“奶奶……”

明月忙里忙外，挽着袖子，把奶奶的被子拆了，洗了晒出去，尽管现在天已经黑了，手里拿着抹布到处蹭着，一头一脸的汗，屋子里的窗子也都被推开了，里面有太浓的药味，呛得明兰压根不愿意进去一步。

年纪大了，身上会产生一种奇怪的味道，再加上药味，就更难闻了。

明兰用手来回挥着，里面一阵一阵往外刮，她就纳闷了，那个伟大的张教授不来看他妈吗？不给请个保姆吗？还是保姆也弄不了这个老太太？有福不会享。

明月收拾起来就停不住手了，这是个小能手，家里很快就出样子了，她奶奶的被套都被她给洗了，明月有些尴尬地看着手中的被子，完了，闯祸了。

晚上她奶奶睡觉盖什么？

老太太从明月的手中抢回自己的被子。

“没有地方睡，打算睡我家是吧，我告诉你赶紧走。”老太太一脸的不待见。

“奶奶我有地方睡……”

“那就走。”

明月突然间觉得没有办法沟通，她能想到的是彼此坐下来，慢慢地说说这七年，她长大了，很多事情以前无能为力现在则不同，她想改变一下，可对方根本就不给她一丁点的机会。

明月找着自己的包，刚刚不知道放到哪里去了，她放在什么地方来着？

明兰看着她那个傻样子，将包砸了过去，明月没脾气地捡了起来，上手拍了拍，将灰尘拍掉，拉开包包的拉链，从里面掏出来几沓卷成团的钞票然后放到桌子上。

奶奶只是看了一眼：“这是什么？想用这些说明什么？”

她不认得这是哪国的钱，猜着觉得也许这是钱，隐隐不安的那颗心似乎落了地，这些东西从侧面能说明一个问题，那就是这几个孩子过得还不错，没有要饭，没有犯法，没有走上不归路，这样就好了。

她已经对她们操不起任何的心了，帮不了谁，也管不了谁，如果她们活不下去的话，那只能去死了，她起不到什么作用。

明月看着自己的脚尖，她没有错过她奶奶眼睛当中一闪而过的泪光，她觉得自己似乎看透了老人的心，她嘴里讲的和心里想的完全不同。

“奶奶，我们没有走邪路，我和二姐……”

“你别和我讲这些，我也没有兴趣听，你爱待你就待，找到地方赶紧给我滚。”

老太太带着那条狗又返身回了房间。

“谁稀罕待在这种又旧又破的地方，满屋子的味道，你以为我们鼻子不好使呢？现在就走。”明兰抓着自己的包和行李，回头问明月：“你走不走？”

“我不走。”

明兰的手指比着明月，行，你翅膀长硬了，不走拉倒，没你我还不能活了。

她拖着行李很快就离开了这里，倒是明月里里外外地收拾，家里的锅碗瓢盆都彻头彻尾地洗刷一遍。

今天上中发生这么大的事，绝对不是轻描淡写就能翻过去的，相关部门的领导今天晚上都有的头疼了，上面以及上上面的电话都打了进来，批评的声音几乎将他淹没，领导吞着救心丸，消停了大半辈子，今天竟然出了这样的事，他这是好日子过到头了，他得为这件事情负全责。

下面的人个个低头不说话，派出去那么多的人，警察死了那么多，百姓也死了那么多，怎么交代？

头疼死了，个个都为头上的乌纱祈祷，丢了还是轻的，这无能的表现算是扣在头顶了，竟然让一个歹徒直接给挑衅了，这不是儿戏吗？

领导从椅子上站起来："我从来不知道我们的工作做得是这样地……丢人。"

领导身边的人小声说着，将事情的来龙去脉都讲了，说起来有些戏剧化，那人是当兵出身的，甚至死之前他都是，这人喜欢儿子，但是之前的政策他不符合，妻子怀孕七个月被拉去引产，孩子没了大人也没活过来，他闹事的当天正巧二胎的政策出台。

"您还是去医院检查一下吧。"身边的秘书劝着，领导心脏不好，如果这样下去，非常危险，唇色都发白了。

领导摆手，上面已经下了命令，这件事不会到这里截止，要彻查，那些自然不归他们管，但是今天无能的表现他总要负全责的。

"那个明珠……"

秘书点头，说人已经在办公室里了，领导快速回了自己的办公室，还未进门就听见电话铃声响起，他深呼吸一口气推门进去。

门被推开的一瞬明珠从沙发上起立，站得笔直。

领导去接电话，脸色越来越差，手撑在自己心口的位置。

好半晌挂了电话，坐了下来又吃药，将视线停留在明珠的身上，他的桌子上放着明珠的档案，里面记录得足够详细，也足够惊艳。

"你当时不怕吗？"

屋子里特别安静，只有领导刚刚说话的声音，明珠的站姿很漂亮，领导抬起头看了她一眼："你当过兵？"

"是。"

"为什么要当警察？"

他等了半晌见明珠没有回答，想着她也许是不愿意回答，他也只是突然想问问。

过了好一会儿，明珠终于开口，她说："当警察后悔一个月，不当警察后悔一辈子。"

"后悔一个月？"这话他还是第一次听见，翻着翻着，他抬头对上明珠的眼睛，"你是上中人？"

明珠沉思了一会儿，缓缓出声："我是上中人。"

领导将资料放到一旁，目前来看的话，完全看不出来眼前的这个人到底是怎么回事，不过他记住了："你先出去吧。"

明珠开着车到了西城区，她手里提着几个袋子，确定自己的身后没有任何人，快速进入楼内。

三楼的灯跟着亮了起来。

“你总是买这些东西，吃饭了吗？”

女人让明珠坐，屋子里写作业的孩子跑了出来，拉着明珠净说一些没有边际的话，显然明珠来她很开心，买的都是她喜欢吃的。

“最近忙不忙？”女人问着明珠。

“还不是就那样。”

仿佛又回到了七年前，坐在抢救室的大门口，她握着婆婆的手，领导走了过来，说她丈夫负伤后已经全力抢救，但人没救回来……

耳边似乎还能听到婆婆撕心裂肺的哭声，还有她的丈夫是因为谁而死的。

视线模糊，又清晰，她对上明珠的脸，那个时候这个孩子还在手术室里抢救，她的妹妹蹲在地上抱着自己的大腿，时间过得真是快啊，她从不知道该怎么对孩子去讲她的父亲过世了，一转眼孩子都这样大了，而明珠却成了警察。

“以后我可能不会来了，我妹妹已经回国了，未来就由她来代替我……”

女人握住明珠的手，她神色有些紧张，有些不安，她的脸看起来苍老极了，眼中的酸涩还没有收回：“你不来看我不要紧，你说这些话是什么意思？明珠你只是个女人，女人的一生就是嫁个自己喜欢的人，找个能疼你一辈子的丈夫……”她胡乱地说着。

明珠却只是笑，眼睛里都是笑意：“师母我最佩服您的是什么，您知道吗？”

女人一愣。

明珠一直这样喊她，称呼她为师母，久而久之她也真的以为自己就是她的师母了。

“您丈夫去世，您却将正面的精神能量传承给了您的孩子，您憎恨警察这个职业，却又认为警察这个职业是神圣的，一位母亲的伟大看的并不是她留给孩子多少金钱，多少房产，而是精神上的传递，是一种信仰上的传承。有人问我为什么要当警察，我说当警察我后悔一个月，不当警察我后悔一辈子。”

女人就呆愣愣地坐在沙发上。

出事之后她公婆就都不能干活了，唯一的儿子离开人世那是怎样的一种打击？

她将老人接到了身边，两年以后两个老人相继离世，原本身体那么好的两个老人，如果不是因为独子没了绝对不可能走得这样快，她婆婆是大字不识几个的农村人，离开这个人世前拉着她说的最后一句话却是：“……我骄傲生了这样的儿子，将来让我孙女小丁也当警察……”

看了看长满老茧的双手，她捂着自己的脸，乱乱的头发，乱乱的家里，她突然放声哭了出来。

丈夫过世她都不敢哭，怕公婆伤心，怕吓到女儿，可是今天……

“妈，你怎么了？”

小丁诧异地看着母亲，孩子还小，不明白自己母亲为什么会突然放声痛哭。

她走到母亲的身边，伸出手去抱住母亲，试图让母亲感受到一丝的温暖，你还有我在你的身边。

“将来，你要当个好警察。”

丈夫过世之后，他们单位对她娘俩照顾有加，不要说过年过节，平时小丁和她的生日他们都会想着，默默地照顾了她们七年，是啊，到了该站起来的时候了，她不能被邪恶打倒，她要顽强地活着，活给世人看。

明珠单位的领导犯了心脏病进了医院，人是被抬出去的，会议室里安静得可以。

很值得反思的一个问题，警察为什么不如匪？哪里出了差错？

这是对他们整个系统的侮辱。

领导被送进了医院，上面源源不断的电话持续打下来，这件事情不会善了，即便他要为事件负责，可歹徒都死了。

早晨的上中就像笼罩在夜幕之下的游戏场一样，街上三三两两走过行人，快速地移动，昨天发生的事情新闻上有报道，不过却只用简短的一句话概括。

局里，市局开了通宵批评会，大家一夜未睡，不是因为值班，不是因为办案，而是被批评了一夜，作为警察的价值到底在哪里？

整个过程的录像已经出来，队长看过，照他说，这是不信任造成的。

当时附近值班的民警赶过去，死得最早的就是那些警察，冲上去就用威严的脸去吓唬歹徒吗？歹徒手里拿的是什么，那是能要人命的玩意，警察也是血肉之躯，抵得过真枪实弹吗？

副队长李然弯了弯唇，这种时候说话，就等于被架在火上烤，所有人心里都明白原因，为什么没人说？

领导需要的是宣泄，而他们所需要做的就是听。

“明珠……”副局长的双手砰的一声重重捶在桌子上，全部的人都在反思，她在做什么？

明珠收了手，停止敲击键盘，转而将视线移了回来，定格在副局长的脸上。

“我问你，你在做什么？”

有人低头，唇边向上轻扯，你看就是有不怕死的人，无视领导，该给她一点狠狠的教训。

倒是副队长李然的眼珠转了转，随后开口：“明珠手里有个案件需要总结，我让她今天之内……”

里面一点的声响都没有，出乎意料地倒是副队长为明珠求情了，从明珠进入刑警队以来，要说看她最不顺眼的，副队长李然也应该算是其中的一位。

“你别以为自己就很优秀，别以为自己立了功……”

明珠的唇边悄然浮现一抹同情，这话听进耳里应该让她有点什么反应呢？

最后的结果就是明珠写检查，写就写，又不是没写过。

队里依旧每天发生各种各样的案子，明珠似乎那一次出头之后被队长遏制了继续嚣张下去的风头，开始老老实实做人，至少有些人的眼中所看见的是如此。

上下班她依旧开着她的那辆惹眼的宝马车进出，不同的是九二九案件发生以后明珠被调到了公安局技侦支队当起了支队长。

“太宇，过来坐，坐坐。”

刚刚专注于工作的人抬起头，看着门外进入的人，热情地起身，招呼着进来的人坐，他提着暖瓶，却发现里面没有热水了，而此刻桌子上那个属于他的杯子当中还冒着热气，总不好用自己喝的热水给客人倒吧？他打开门想喊自己的秘书。

“王叔，不用客气。”坐在沙发上的男子轻轻开口。

和这样的天气似乎有些不太相配，他一身的白，白色的西装、白色的裤子、白色的衬衫，太过于干净。

“小李也不知道跑哪里去了。”说完话他一拍头，忘记了已经到了下班的时间，好像下班了，是他自己忘了时间，只能返身回来，带上门看着眼前的人。

“怎么有时间来我这里坐？”

无事不登三宝殿，徐太宇应该挺忙的吧，忙着赚钱。

“我是为了明珠而来的。”徐太宇直接开门见山。

倒是眼前的人脸上依旧保持笑呵呵的姿态，却被徐太宇的话弄得有些混乱，他是不太了解这些小年轻儿的情感归属问题，明珠？不是他想到的那个明珠吧？他亲手提拔上来的几个技侦队的队长之一？

徐太宇强调：“是支队长。”

“支队长，为了她来的？为了她什么而来的？”

提到明珠两个字，徐太宇的眼眸当中就会闪过浅浅的光，对于他这样的人来说已经算实属难得了，也不过就是弹指之间他整个人的情绪便平静了下来，不再受外界的一丝影响。

他惯着她，惯得她无法无天，惯得她天不怕地不怕，或者她生来就是这样的脾气，他欣赏着自己对她的惯，全世界只要她还怕他一个人，他就觉得还好，不是无药可救，可惜，最后不是自己想的这样。

徐太宇和明珠在一起四年，他不敢说自己挖心挖肺地去爱她，但是呵护两个字却逃不过，他不知道是自己练就了明珠的胆子，还是她天生如此。

算了。

徐太宇在里面坐了不到十分钟，起身告辞，富家公子哥是什么气度?

坐在里面的人用自己的大茶缸喝着滚烫的茶水，浑身难受的感觉终于一点一滴淡去，他觉得自己和徐太宇坐到一起，他就被迫成了粗人。

这个明珠长什么样来着?

他都忘记那张脸了，记得当初好像是她开的枪击毙了歹徒，能让徐太宇专程跑这么一趟，来承认他和明珠谈过恋爱，有点意思。

明珠调过去以后简直就把南区给搅了个稀巴烂，她办事不按照规章制度，你想挑她错又抓不到痛脚，反正对于一些老同志来说，瞧不惯这样的新生代，处处彰显着不同。

回到局里，交接完工作，该回家的回家，该休息的休息，明珠的办公室大门紧闭，大家也都以为她是回家了，局里没看见她那辆车嘛。

“哎哟，这回我们局里可来了一位天天出风头的人了。”

局里有很多人都看不惯明珠的空降，如果实力真的那样强的话，他们心服口服，一个二十七岁的女刑警，你觉得她能优秀到哪里去？要不是有后台，她能蹦跶几天？一个才从学校毕业了几年的菜鸟，嘚瑟什么？

回来的人脸色就没有太好的，有谁是容光焕发的？可明珠就是，可想而知她跟着过去是干什么去的，享受着出差的待遇，出去观光了是吧？

有些人满腹的牢骚，却不敢说出口，怕为自己惹祸。

此刻的明珠在自己的办公室里盖着大衣直接就睡了，办公室里的大衣不够长，半截脚脖子就在外面露着呢，局里都是中央空调，开得死冷死冷的，困得实在不行了，眼睛也睁不开，只能选择将就。

明珠的脸色好第一是因为这是天生的，第二就是因为她洗过脸补过妆，如果被别人知道了，恐怕又会以这个为起点攻击，她不喜欢自己满脸的油花，不喜欢自己脏兮兮看起来没有精神，只是因为她是个女人。

明月这期间给明珠打过很多通电话，可惜明珠都没有接，最后没有办法，明月选择语音留言。

“大姐，我不是要故意打扰你休息，我是想和你说，今天我陪着奶奶去了医院做了全身检查，奶奶身体很好，你放心吧，二姐接了一部戏，女三号，她生气也不会气太久的，你也不要担心她，我给你买了好多新衣服，有时间的话就过来拿一下吧……”

明月给明珠语音留言都过了两天了，明珠一点消息都没给回。

明月叹口气，她躺在院子当中，地上什么都没有铺，就这样躺着，看着天空，已经很晚了，她想休息一段时间，她将自己的职业归纳为自由职业，自由职业的好呢，就是时间自己说了算，她想几点起就几点起，想几点睡就几点睡，自给自足，当然了，以她目前的情况养全家的话还是很轻松的。

明月奶奶准备关门，晚上的风大，她上了年纪吹不得风，看着那个孩子穿着一身的白就那样躺在地上，且不说这地上脏不脏，这个时间这个温度就这样，有病吧？

她发现明月有点问题，行为状态和一般人不一样，吃饭和吃猫食似的，吃着吃着有时候扔下筷子就跑了，一顿饭她能吃一天，有时候她能吃好几天，神神道道的。

当年的那件事她清楚，所以几次话到了嘴边她又咽了回来，她不喜欢是不喜欢，却不会拿刀子捅人的心，这种事情她干不出来。

关上门，她爱怎么样就怎么样吧，就当房子租给她一间了，明月奶奶劝着自己，她是眼不见为净，这就只是个房客而已。

躺了一会儿，明月的手机响了，她从地上一股脑地爬了起来，满脸欣喜地去接，等看清楚上面的号码，小脸都垮了，是她的经纪人打给她的电话。

明月是怎么红起来的她自己都觉得莫名其妙，小时候她没学过画，大了是学了，但也达不到大师的级别，就一幅画她就突然火了，红得发紫，她的作品都卖得很好，听经纪人说还有出大价钱买来收藏的，她从来不露面，外面的人说她神秘，有些人说看了她的画总是能看见淡淡的哀伤，她的画就没有一幅是带着喜悦的。

经纪人在电话里狂喷明月，她都休息这么久了，都没有动笔，有钱不赚王八蛋听没听过？

“噢。”

“大小姐你噢什么噢？你不是说你最大的梦想就是让你的家人过上好的生活吗？”

明月咬唇：“可是我大姐现在过得很好，我二姐过得也非常好……”

“钱这种东西怎么会够呢？当然是越多越好，你没见那些富豪，每天头脑里想的都是我怎么去赚更多的钱……”

“喂喂喂……”

“您拨打的电话已关机，请稍后再拨。”

明月躺在地上，她突然间觉得心情好好。

明兰今天有巴掌戏，副导演已经提前和她沟通好，就没遇上过这么木的演员，几次都不过，各种 NG。

明兰挨了今天的第五个巴掌，她的脸已经有些发红了，打她的那个就连打都不会，她是真心想和导演喊，让我抽她吧，让她知道知道什么叫演员，她这一天的收获，估计写篇日记的话，标题应该会写成女三号的一天。

当年事情发生后，明珠在床上躺了一年半，这一年半她是怎么过来的她们不知道，大姐不允许自己给她打电话，更不允许她们回国，在国外的生活也没有所想的那样轻松，什么都要靠自己，想让远在家乡的姐姐放心，不要操心，所以日子再难过都咬牙撑过来了。

那么长时间，明珠只给她们打了一通电话，她说了那么多，明兰记住了其中一句，她说：“我们要相依为命，我放不下你们我才能走到今天……”

明兰脑海里想着明珠说的那句话，当初追求她的人那么多，不乏大牌导演，更有真心想要捧她的，可惜并非良人，潜规则早已风靡娱乐圈，更有一夜成名的例子让人眼红，因为明珠那句话，她忍了。

叹口气，明兰又重新站位，算了，老娘还是一步一步叫观众爱上我，歪门邪道就不搞了。

家教严啊，没办法。

睡梦中的明珠被电话惊醒，身上的衣服掉了下去。

10 月 4 日省内发生了一起震惊当地的恶性抢劫案，位于沧州大道和淮海路交界处的沧州信用合作社的两名保安和一名值班人员死在了工作岗位上，金库内二百五十五万多现金被洗劫一空。

“是，我马上就来。”

明珠甩甩自己的头，试图让自己更加清醒一些。

“人都到了吗？”

有人回答着该来的都来了，有些则是干自己的活，专心地分析着案件，上面让在最短的时间破案，总要拿出来一个章程的吧。

她手底下有多少人她还是清楚的，目前来看，人数不够，问题出在哪里了？

上面交代他们破案，却没交代让她做别的，等到副局接过明珠递过来的东西，明显一愣，这是什么？

大致看了一眼，和案子没有关系，她这个时候就不要来添乱了，赶紧破案才是关键。

……

副局拿着文件摔在桌子上，上面要求最短的时间破案，已经成立了专案组。

过了五六分钟，随着一道摔门的声响，李然缩回自己的头，看着明珠大步离开副局的办公室，副局办公室有什么东西重重地摔在地上。

李然的目光注视着那道熟悉又不熟悉的背影，她的心头产生了一些此时不该产生的情绪……

真……他妈的解恨。

明珠对着副局提出来要求从严治警，她手底下有四个长期不上班的，这是什么情况？所谓从严治警就应该直接开除和辞退这些不干实事的人，拿着工资休着病假，谁给的权利？

例行会议之前，领导喝着自己十块钱一袋泡出来的茶水，他也尝过好的，几千几万的都尝过，就这么点爱好，辛苦工作一辈子，难道几万的茶他还买不起？不过喝到口中之后觉得不过如此。

“那个叫明珠的……”

秘书见领导对这个人很感兴趣，提了几次，说完他自己回头就忘了，总是说想见见，可惜一直没机会。

秘书处世圆滑，以防领导哪天再提起来，把明珠的情况了解得十分清楚。

据说那个明珠把南区都要给掀翻了，是个极具个性的女人。他用词概括，应该是很强势，当然了，南区传回来的消息可不是这样的，而是说人很嚣张，目中无人，经常和领导顶着干，没有纪律。

“……之前好像把副局给气得够呛……”

“老朱？”领导似乎格外有兴趣，老朱这人就是太过于死守旧规，新社会就应该是新气象，现在的人怎么能和他们那时候一样？

不过能把老朱气到的人，他觉得有点意思：“说说看……”

“……据说提出来要从严治警，清除队伍当中的害群之马，将关系户、违法违纪的人开除或辞退……”

秘书心里叹着气，太过于锋芒毕露，能被安插进去的自然后台强硬，清理得了吗？到时候得罪谁都讲不清的，不知道这人是故意的还是本性如此，但他只能评价这人，处世上面修炼得还不够，不够圆滑。

领导含了一块糖，刚刚喝了茶水，现在吃糖，也说不出来这嘴里的味道都是什么样的了，马上就要开会了，咔吧咔吧地将糖咬碎咽了下去。

“虎。”

秘书心里揣测着这个虎字是什么意思，领导讲话，下面的随从人员脑子就不能停歇，要不断地去想，领导讲出来的这话是什么意思，属虎的虎？虎，首先是个大属相吧，但是本城有些土话，摊上这个虎似乎就不是正面的夸奖了，比如虎了吧唧的，这话到底是正面还是反面的呢？

明珠被调过去他心里清楚得很，领导当时也就是那么一激动，人就给调了，应该是不认识的，可不认识为什么好几次这个名字从领导的嘴里讲了出来呢？

好奇！

案件现场所有痕迹都较为清晰，明珠亮了证件进了屋内，跟随着她而进的人拧着眉头，久久不语。

1 号人物应该就是罪犯的主要目标，晚上信用社金库的钥匙就在他的手中，其余死者分别为 1 号的老母亲、女儿、侄女。

“……3 号死者身上的伤痕明显，应该是被锤子一类的硬物击砸致死，并且死者在去世以前遭受过性侵。”

“……明珠……”

身后的同事推了推明珠，明珠缓过神来，目前对杀人手法和目的所能掌握的有限，要破案还需要掌握更多的线索和证据。

事后有本城媒体报道了这件案子，引起关注的是凶手残忍的行凶手段以及警方的无能，凶手并没有马上被抓住，渐渐地关注的人的视线便转移开了。其实真的查起来，还是存在一定难度的，人莫名其妙地就消失了。

局里也是顶着各种各样的压力。

明珠闭着眼睛休息，有人推门进来。

“说。”

推门的人看着她，好半晌才挤出来一句话，说是一〇四案死者的妻子又来局里闹了。

几乎就是几天以来，坐在下面不肯走，叫他们一定要给一个说法，其实真不是他们不给说法，但一点线索都没有怎么抓人？

“这是这个月的第几次了？”

来人苦笑：“今天是 13 号，来过十一次了。”

明珠将自己的衣服挂了起来，抓了抓头，交代来人帮她去送个文件。

“下去见啊？”

“干你的活吧。”明珠漫不经心地说着，她从楼下顺着楼梯向下，有警察上楼对她点点头，窗外偶尔一闪而过的光照在她的肩膀上，反射着五彩斑斓的颜色，如同梦境一般，衣服的颜色和制服又似乎驱散了迷离，让眼前变得清晰。

死者的妻子就坐在门口，开始还有人劝一劝，可这都两个多月了，一来就是一天，好话歹话都说遍了，谁还劝？

“门口冷，坐里面吧。”明珠上手想要拉她起来，也不知道是谁设计的，板凳就在门口，那两扇大门关不紧，外面的风就时不时地飘进来，夏天当然好了，冬天就冷了。

“不用你装好人。”

女人扬手就要打，明珠的动作快她一步给拦了下来，眼中那一丝的柔和消失了。

“我若是你，我绝对不会在这里做这样的事情。”

“你别跟我讲这些，我告诉你也不怕，我全家都死了，我还怕什么？破案破案破到今天都没有进展，杀了人他就逍遥法外，你们警察都不给我一个说法，我女儿……”女人提到自己的女儿突然痛哭了出来，她过去哪里敢和警察呛声？能不惹事尽量不惹事，活到现在她还有什么指望？丈夫、婆婆都死了，最惨的是她女儿，才十二岁啊！

“回去吧。”明珠说着。

“……你不得好死，我诅咒你不得好死，你们拿着纳税人的血汗钱只会蹲在这里，连个案子都破不了……”女人喊着，这些人都是没有心的，躲在风吹不到雨淋不到的房子里，冬天有暖气，夏天有空调，上班可以随意地玩手机和电脑。

明珠算了算时间，让人赶紧走，转身上了楼，到点要开会。

会议室里还没开会呢，大家闲聊两句，针对刚刚那死者家属说的那些话，要么就说当警察的上辈子一定是折翼的天使，成天跑来跑去，有危险你上，没事了你后退，完了人家还跑到你的地盘上来吐你口水，诅咒你早死，这职业是多么悲剧啊。

“还是做个文职最好，轻轻松松的……”

是啊，哪里像他们，危险他们来，升职就和他们没有多大的关系了，干一辈子到头，能不能留住这条命还是两说呢，人家上面也不是说拦着你升职，而是你学历不够啊，成绩不够啊。

外面是说学历没有多大的用，可搁在这里，你不是硕士你好意思升职吗？好意思用脑子去想这件事吗？

上面的，玩了命地进修往上考，下面的呢，当一个普普通通的警察得了，哪里还有那么多的梦想。

“喂喂，到期了……”

有同事从门前经过，手里捏着纸和笔，大家停止了唠叨，开始掏钱。

“给。”

每个人上交同金额的钱，揣钱的揣钱，合钱包的合钱包，明珠进入会议室，正好将人堵在了里面。

“头儿，我们这是……”

有人起身解释，明珠是新来不久的，虽然也待了一阵子，但这事都几年了，她不知道也是情有可原，别闹误会。

话还没说完呢，就被身边的人给扯了回来，身边的人脸上挂着淡淡的表情。

“忙完了？我们要准备开会了。”明珠的脸上挂着疏离的笑。

“完了。”

明珠拍拍自己的手："那就打起精神来吧，接到了匿名举报的线索……"

和发布出去的人物照片非常吻合，只不过人现在并不在上中。

在座的警察早就习惯了这样的节奏，现在就看队长要带哪些人过去蹲点了，知道了大概的方向想要抓住人并不是那么容易的，运气好的话，能一击即中，弄不好的话，可能你蹲多少天都是白费力气。

跨省跨市，17 号上中一〇四案主谋在云海火车站被抓获。

老百姓看到的新闻是这样的，上面也没有多提，犯人终于在两个多月之后被抓住了，是件值得开心的事情。

可其中过程艰辛，没有参与其中的人，永远都体会不到。

局里的女警很多，不说老的，就说这些新的，达不到这个程度，反应比干了十几年的老鸟都快，不太对劲啊，别到时候搬起来锅砸了自己的脚。

"……我就不过去了，你们吃，我工作有些忙，没事不要经常联系我，还有你什么时候回去？"明珠举着电话，电话是明月打过来的。

明月原本回来只是短暂地休假，她陪着明兰去试戏，明兰那戏不到三个月就拍完了。

好容易一块，就想姐妹仨聚一块吃顿饭，结果明珠不来。

不知道为什么，明月就感觉她大姐非常不喜欢她主动打电话，她知道当警察可能会有点危险，那难道所有当警察的就都不和家里的人联系了？不结婚不生孩子？

她想要出口反驳，可已经习惯了，大姐就是大姐，大姐说的话，错的也是对的。

明月吸吸鼻子，说："我暂时没打算回去。"

明珠心中微微有些涩然。

自己亲手养大的孩子，看着她一步一步走到今天，她就敢说自己付出的比明慧都多，这个孩子有多听话她是最知晓的，现在这孩子和她说，没打算回去。

她有的是办法让明月马上回去，但没有开口，负责了你未成年以前的人生，我不能再负责你以后的人生，以后的路自己走，想想又觉得怅然，其实她七年之前就松手了，让明月自己独立行走，她也做得很好。挂了电话，推门进了审讯室。

"交代了吗？"

"没有，拒不交代，冥顽不灵。"胶着了两天，上面批了押着犯人到作案现场绕一圈。

"今天终于能回家睡个好觉了……"

到点明珠下班，一〇四案死者的家属已经知道凶手被抓了回来，又来闹了几次，哭着喊着的，也许她只是想发泄发泄憋在心里的伤痛吧，或许她是想亲手杀了那个人。

看见明珠，扑了过去，拉住明珠的手。

之前她对明珠的态度她记得非常清楚，当时真的觉得心灰意冷，觉得人生都没指望了，尽管现在依旧是这样的心情，可凶手抓到了，她想和明珠说一声感激。

拉着明珠说了很多的话，又是哭，说了些什么自己也有些混乱，记不清记不住了。

"回去吧，法律会给他应有的惩罚。"

女人抬着头看着明珠，惩罚吗？

就算是杀了那个人，她的丈夫、孩子、婆婆就能回来吗?

那个女人蹲在地上放声痛哭，明珠留给她一个背影，很快就离开了，开着她那辆价值不菲的宝马车。

“真是心凉啊。”

后面的警察劝着女人起来，你待在这里也没用，还是回去吧，看着明珠车子离开的影子，心里觉得就算是身手好其实也不能说那就是个好人，用上中的土话来讲，牛哄哄的，眼睛里都放不下人了，她的下巴在天上，是看不见别人的。

第四章 你管的闲事真多（上）

明珠的车缓缓地开出局里，映在车窗上的影子停了停，良久她才开着车离开。

回到家肚子饿了，叫了，她才发现自己的家中就连一点米都没有，晚饭成了难题，她的胃已经发出了信号，告诉她，它觉得非常不舒服，明珠用手按按自己胃的附近。

“知道了，马上就喂饱你。”

她转身去拿大衣，准备去楼下附近的超市随便买点什么，先吃了让自己不饿才好。

家中的门铃响了。

叮咚！叮咚！叮咚！

标准的三声，此后没有再按。

明珠突然觉得自己有些焦躁，情绪来得很快很强烈，她在门口伫立，站在外面的人似乎也不恼，安安静静地等待着她来开门，也似乎算准了她一定会开门。

手扶着门的扶手，让心情平稳下来，让自己安静下来。

咔！

开了大门。

站在外面的男人提高自己手中的东西。

“你怎么过来了？”

明珠退开，让站在外面的人进来，男人的眼眸当中飘过几许笑意，笑意又很快消失，长腿迈进屋内，他在门口地毯的位置停住，看看明珠的地板。

“就这么进来吧，我都没有擦。”

才几天没回来，也不知道哪里冒出来这么多的灰尘。

男人固执地站在原地，唇角一寸一寸向上。

该死的！该死的。

几经挣扎以后，明珠只能认命地去找拖鞋，她的家里没有男士拖鞋，她也没有带男同事回家的习惯，找到以后将她穿的三十六号女士拖鞋啪的一声扔到男人的面前。

男人要换拖鞋，自然就会露出来他的袜子，只是一个很细微的动作，优雅。

明珠抑制不住开口："请你从我的眼前消失吧。"

真的受够了。

如果说这个世界上存在一种男人叫她无力抗拒，说的就是眼前的这种，她幻想中的梦中情人长什么样他就毫无偏差地长什么样，只是一个换拖鞋的动作就让她浑身觉得发麻，他穿的是枣红色、提拉米苏色……哦，抱歉，她对颜色分辨得不是那么清楚，但是他那该死的脚能不能不要出现在她的眼前?

她喜欢的手掌他有，她喜欢的男人穿着他有，她喜欢的脚他也有……

男人穿着她的三十六码拖鞋明显有些小，还有半截的脚踩在地面上，他好笑地看着自己的脚，然后视线再次转移到了明珠的脸上。

"吃饭吧。"

"徐太宇，你知道分手的男女该是什么样的吗？"

站在身后的男人眼中那闪闪点点被驱散开，眼底只剩下清晰："我认为至少我们还是朋友。"

有个偶像，梦中男神一样的男人跑到你眼前来说我们是朋友不是吗，你该如何反应?

如果换成别的女人说，巴不得让他滚得远远的，没有任何前科的前提下，明珠会骂那个人一声贱人，贱人就是矫情嘛，精品摆在眼前，竟然不屑一顾，夸张了吧，可这事放到她的眼前，她深呼吸一口气："有事？"

"没事就不能来看看你？"徐太宇说得轻描淡写。

"我以为这样的话，一辈子都不可能从你的嘴里说出来……打算什么时候结婚？"明珠问。

徐太宇却不屑于回答这样的问题，他的视线在屋内转了一圈，魅惑诱人的长腿朝门口走去："明珠，你是个不太可爱的甜心。"

他的唇角浅浅弯出一抹弧度，慢吞吞地推着门。

门被带上，明珠笑笑，她原本就不是什么甜心，也当不成甜心。

扒拉开他拎来的袋子，从里面找到能吃的东西。

这人就是龟毛，以前是这样现在还是这样，吃饭总是有汤，她最讨厌的就是喝汤，明明可以五分钟之内就结束的事情，他一定要拖到多半个小时以上。

停在楼下的司机见徐太宇从里面走了出来，快速下车，拉开车门，徐太宇坐了进去，司机为他带上车门。

"徐先生，现在就回去吗？"

"等半个小时。"徐太宇开口。

徐太宇低头处理着手中的文件，半个小时头也没有抬过几次，半个小时一到司机再次开口询问。

"徐先生，已经……"司机面有难色，他不愿意一次一次地问出口，只是如果过了半小时，自己没有尽到提醒的责任，那就是他的过失了。

"走吧。"徐太宇合上手中的文件，神色如常，车子掉头离开，离开之前他的视线停留在某一层良久。

警车押着犯人在一〇四案的作案现场绕了一圈，有很多的人跑出来看，据说是犯人抓到了，都想看看长什么样，怎么就能干出来这样心狠手辣的事情，这是三条人命啊，然而犯人却没有被带至现场，只是坐在车上缓缓绕了一圈现场。

犯人自始至终也没有抬头，也许他是没有勇气，到了这种时候才清醒自己做了什么样性质的事情，也许是其他的情绪。

被害者的妻子哭倒在了现场，外面声声的哭喊、咒骂持续不断地传入车上人的耳中。

犯人在铁的事实面前终于低下了罪恶的头颅，交代了一〇四案的全部事实。

据犯人交代，他是急于想要发财改变自己的命运，他也有过较好的日子，可惜生意失败以后没有调整好自己的心态，一味地去指责社会的不公平，从而对社会产生仇视的变态心理，才导致他走上了这条犯罪之路。

闭庭以后很多旁听的群众咬着牙觉得这就是活该，自己作死，怨不得别人。

因为判了死刑，似乎争议不大，这件事情随后也就翻了过去，一审以后杨国兴没有上诉，而后被核准死刑，执行了枪决。

明珠离席，她走出去没有多久，听见有人出声。

“请你等一下。”

明珠试着走了两步，后面的人还是在喊。

“前面的那位女士请等一下。”

明珠回过头，她不确定对方是不是在叫她，狐疑地转过去，对上那个人的视线，明珠的淡定似乎刻在了脸上。

王新忠是作为一个群众来旁听的，他看着前面的人觉得有些眼熟，为什么觉得眼熟，当时那个案子是他判的，他记得特别清楚，陈滔滔对着他上蹿下跳的。

那个犯人叫什么名字他已经忘了，他却记得当时受害人的名字，叫明月。

过去那么久了，一般人早就忘了，他其实也应该会忘记的，只是因为陈滔滔……

“过来旁听吗？”

明珠回答道：“是啊。”

“这个案子和你……”王新忠笑呵呵地说着，说到半截也觉得自己似乎问得有些过了界限，准备转移话题，他今天这是怎么了？

“人是我抓的。”

王新忠倒是一愣，是警察吗？

“好啊，真好。”他笑笑，越过明珠身旁的时候他顿住脚，“我记得七年以前有个叫明月的案子，最后不了了之了，只是判了一个女孩子无期，事后同事之间说笑，我们打赌那一家的孩子以后会做什么，毕竟受了那么深的伤害，有些人会说将来会不务正业吧，毕竟三观都被扭曲了，现在我放心了，灾难能击倒你一时，却不能击垮你一辈子，姑娘我今天话多了，很高兴遇见你，再见。”

王新忠离开。

明珠望着他的背影，她沉默良久，是把自己给认出来了吗?

其实王新忠没有认出明珠的脸，但是他记得她的表情，明珠坐在那里，就好像是几年以前，两张脸融合到了一起，仅此而已。

“看杨国兴的案子了吗？”陶克戴揉着自己的眉心。

陈滔滔摇着自己的脚，陶克戴叹口气，他还坐在这里，是否能对他有些尊重?

陈滔滔继续晃动着，他将手里的文件扔到桌子上：“没看见我的新袜子？我觉得酷毙了……”

陶克戴淡然出声：“是新的袜子吗，没有留意到……”

陈滔滔熄火，想和他讨论讨论时尚，结果这人……算了，不懂美。

“看与不看有什么区别？”

陶克戴想，幸好那个人是杀人抢劫，不然只一条强奸罪，恐怕不知道要掀起来多少风浪。

“这个案子你应该知道是谁办的。”

陈滔滔的神色和以往没有任何不同，倒是眼中的冷意不加掩饰地增加了许多。

“明珠你记得吗？”

陶克戴蛮有兴致地说着，他想陈滔滔不会不记得的，明珠去当兵这中间和陈滔滔……

陈滔滔却打断他，忍俊不禁道：“你到底想说什么？”

陶克戴觉得陈滔滔这脾气发得有些怪，自己说什么了？他就是觉得见到故人的感觉挺不错的，那孩子竟然当了警察，明珠那孩子竟然去当警察了!

想当初他们还打过赌呢，不是因为无聊，而是这孩子身上那种阴霾的感觉太浓，百分之八十的可能性都觉得她不可能走正路，多邪门的一个丫头啊，整个事件她从头扛到尾，那个年纪的孩子，真的遇到这样的事情不疯也得傻，她呢，哭都没哭过，特别冷静地一步一步带着她两个妹妹往下走，挺可怕的。

如果明珠变坏了呢，他倒是不觉得奇怪，明珠变好了，才觉得奇怪。

“我想说，杨国兴的案子是她办的，我师妹和我说明珠是个女中豪杰。”

女中豪杰?

陈滔滔捂着自己的脸，他牙疼。

陶克戴一见陈滔滔捂着脸，立即从椅子上起来：“我那个……还有事情，我就先走了。”

陈滔滔脾气糟糕，全事务所上下都知道，你讲他的坏话让他当面撞破，那当时的场面一定非常可怕，其次可怕的就是他捂着脸，牙疼扭曲的时候，陶克戴跑了。

陈滔滔咬着自己的牙，觉得越来越疼了。

女中豪杰?

哈!

他啊，他陈滔滔人生当中难得发了一次善心，她住院的医药费都是他掏的，掏出去的那些钱啊，能买多少的好东西？他拿出去理财能赚回来多少的利息？他救了那个死丫头。

她全家都跑国外去了，是他，是他……

陈滔滔手里捏着杯子，用的力气几乎将杯子捏碎，是他管了她一年半，并且给了她前途，面对恩人，她说什么来着？那是好几年之前的事了，明珠的脸他记不清，但是明珠说的那些话，他死都忘不了。

送她走的那天，明珠说有些话想单独对他说。

陈滔滔抬起自己的下巴，他的目光有些不怎么真心地放到明珠的身上，现在要下跪了吗？

按电视剧的演法，她现在应该下跪磕头，感激自己救了她，救了她全家，他们是完全的陌生人，跪下给他舔鞋子也是应该的，他无缘无故地付出了多少？

他有多贵，她知道吗？

她赚一辈子钱都还不起。

陈滔滔等着明珠对着他下跪，然后他就可以嘲讽她，膝盖对于她来说就是用来换钱的，他最瞧不起的就是用膝盖换钱的，遇到什么事情，膝盖一软，一跪，就合着全世界都对不起你，你一跪，别人就应该替你解决问题，说那些臭氧层子有什么用？

谈点有用的，比如钱什么时候还给他？

利息怎么算？

陈滔滔的唇角都准备好了弧度，就等着她跪了。

明珠的眸光落在陈滔滔的身上，良久，陈滔滔觉得自己的尿都要等出来了，她还没开口的打算。

行，他明白了，玩此刻无声胜有声是吧，就打算用沉默掩盖过去，绝口不提还钱的事情，他就说帮这些人都是亏本生意，就不该帮，天底下那么多可怜的人，他帮得完吗？

就当自己打发要饭的。

“你……”

“你不要开口说话，拜托千万不要开口和我说话。”陈滔滔刚吐出一个字，明珠就打断他，明珠眼中的冷意渐渐加深，感激？

对着眼前的人她一点感激都没有，有的只是耻辱。

她没三观，她三观就是碎的，怎么样？

第一次明明白白地给人下跪，那种求人的滋味……

她应该感激陈滔滔的，可她能记住的就只是当时跪下去的滋味，明珠捏着拳头：“钱我会还给你，利息我也会加给你，请你这辈子再也不要出现在我面前，你……让我觉得恶心。”

啥？

陈滔滔差点没一口老血喷出去，她说什么玩意？

他拿着钱，花着精力，花着时间，联系人脉帮她，她刚刚说什么来着？

谁让谁恶心了？是说她让自己恶心了吗？

她还挺有自知之明的，他都被恶心坏了。

这个忘恩负义的小人，这个人渣！

“你是傻吗？谁救的你？”

陈滔滔眼中的怒火差点喷了出来，直接把明珠化为灰烬，这个挨千刀的。

这个渣！

“你用你的行动来告诉我，原来人也可以这样做的。”

陈滔滔现在脑子有点乱，非常乱，他不想让别人来拉他，他想放大招，他要骂人，闲人走开。

原地就他和明珠两个人，四周空无一人。

“你他妈……”

“明月的案子你接了，但是我不感激你。”

陈滔滔控制不住自己的情绪，真是玩了一辈子鹰，他现在被这个死鹰给啄瞎了眼睛，丹田涌上来的都是火，熊熊燃烧的大火，他脾气原本就不好，这是谁都知道的。

啪！

他的耳光刚抽出去，他发飙是有理由的，随之他自己也挨了一记耳光，这记耳光是明珠抽回来的。

她挺拔地站在原地。

“我瞧不起会打女人的男人，这样的男人压根就不配称为男人，你的所作所为完美地诠释了你确实也不是个什么男人。”

明珠的禁忌，就是男人动手，她瞧不起那样的人，那时候的心态，她被人从楼顶扔了下去，她在床上躺了一年半，她有些愤世嫉俗，也许算是好赖不知吧，也许是因为陈滔滔逼着她下跪的那一幕太过于清晰，那是她脑海里忘不了的事情，总之那时候的明珠是这样说这样做的。

陈滔滔捂着自己的脸，脸色明显沉了又沉。

他是谁啊，他是陈滔滔，他才不会为了一个死丫头记恨这么久呢，那种没有感恩心的死丫头就让她见鬼去吧，他现在心情很好，非常好，他能跳舞能唱歌，他的身体柔软得能做韵律体操，是的，他很开心。

陈滔滔脑中传达着他最后的想法，他是开心的，他已经忘记那件事情了。

可是脑海里那个死丫头的脸一下子就清晰了起来，刚刚还是模糊不清的。

啪！

杯子直接捏碎了，他的手抖着，怎么记起来了？

他是开心的。

他咬着牙继续微笑，秘书推门进来，送过来陈滔滔要的文件，见自己老板的脸狰狞成这个样子，脸上的表情非常僵硬，咳了一声。

“我是怎么了，哎呀，我胃疼，我得去看医生……”

啪！

陈滔滔原本是想拿着钢笔来稳定心情的，结果钢笔从中间被他给掰断了，喷了他一脸的墨水，他还在微笑。

“我很开心。”那张脸好像打多了肉毒杆菌，表情已经不能自主了，僵硬得都快结冰了。

一〇四案终于告破了，随之为明珠带来的却不是夸奖，而是训斥，一个案子拖了这么久才能结案，她这个支队长的能力让有些人表示不满。

如果按照她之前所讲的，从严治警的话，首先治理的就该是她自己，她是走了谁的门路爬上来的?

“不要以为有后台，就能在这里站住脚跟。”

这话传出来明珠也仅仅扯了扯唇，放空话而已。领导闹情绪，有时间玩小脾气，不好意思，她忙得很，一堆的案子等着去破，一堆的事情等着去解决。

倒是有人在上面的会议上提到过这个事情，有意想要打压，但大领导的态度有些不明，话题不往这上面去兜，其他开口讲话的也要考虑考虑大领导的儿子就在下面的分局，适当地退出联合，待下一次寻找机会再一击即中。

“这是什么会议？一个支队的支队长都被拿到了会议上来说，你们倒是很有时间，去关注一个名不见经传的，有这个时间好好想想九二九。”

事情是过去了，谴责的声音也小了很多，但这不代表这就过去了，有这个拉帮结派的劲儿不如想想怎么去干实事。

说起来也是奇怪，好久都没这么热闹了，一个小小的支队长竟然让上面的人跟着起伏如此之大，到底是她能力太优秀了，还是她真的太嚣张、太过格了?

回到办公室，下班之前又接到匿名举报，举报的内容自然是和明珠挂钩的。

将匿名举报信扔在桌子上，他就不明白有举报的时间干点有利于局内发展的事情不是更好？信上写的问题可就严重多了，说是明珠通过下访群众，中饱私囊。

秘书看看时间，又已经过了下班的时间，他敲敲门。

“还不走吗？”

“走，先看看这个东西吧。”领导将匿名举报信扔到桌子上，他的手在举报信上点了点。

“您信吗？”

领导一笑：“要是实名的我也就信了，叫人去查查，别冤枉一个好人，咱们也不能放过一个坏人。”

上面来人查，自然不会瞒过大家的眼睛，有人心里偷乐，这次有人要倒霉了，即便击不垮她，给她一点教训也是好的，才上来多久就被查？树大招风这几个字就是专门为她而写的。

有些则是觉得胡闹，这能查出来什么?

全局上下都知道明珠开的是好车，拎的是好包，家里住的位置是绝好的，她不管是交了多少的男朋友或者她男朋友岁数多大，这样的人她能缺钱吗？这不是乱来吗?

小张和明珠走得较近，他觉得自己的想法很踏实，他不想往上干，也不认为自己能干上去，上班就是小来小去，有危险他稍稍靠后一点，他还年轻，家里还有老婆孩子，死了就什么都没了，没危险正常上班他也是有良心的人，不会耍威风不会难为谁，因为自己身上也没什么特权不是，他是挺佩服明珠的。

这真是个汉子，白天是男子汉，晚上是女汉子，抓人他跟去了，反正当时他是最慢赶过去的一个，那服务百姓也有很多方法的不是，比如跟着明珠下访，他觉得自己干得就挺好的。

所谓的查，自然要从外界查起，明珠接触过的那些。

陈年的烂案，沉水的案子，好不好查她都查，而且她办公室的电话、信箱都是对外公开的，将上访变成下访。

不能说所有的案子都会办得令所有人满意，可满意率现在达到了百分之八十以上。

“明珠啊？那真是个好警察……”

一个大妈对着暗查工作的人员说着，明珠替她办了实事，所以她特别感激明珠，觉得如果警察都是这样的，那么就不会有那么多怨声载道的人了，有些时候他们有些事情想要去解决，可不知道该怎么解决，去报案了，警察说不归他们管，一脚又给他们踢了回来，有些则是要公道难。

“看着心冷，对着你也没有什么热乎气，但人好。”

她第一次看见那姑娘的时候，就觉得她是来闹着玩的，说什么下访？你信吗？这就是骗人的吧，要配合电视台做节目吗？摄影机在哪里呢？需要他们千恩万谢，她不干。

暗访来暗访去，暗访回来的结果就是这样的。

又有线索，说是明珠的属下每个月都会交一笔去向不明的钱，这是……

从上面下手。

就这么一查，搞得支队很多警察有意见，脾气好的自己忍了，解释清楚就好了，脾气不好的，反正哥们我也没打算往上爬，我连句话都不能说了？

有人直接找到了副局长，直接反映。

每个月一集的钱是他们帮助本市贫困学生的，当然帮助的对象是真的家庭有问题，不是穷得念不起书的他们都管，那他们管不起，这个重大的责任还是交给上面来担吧，开工资前夕，一人拿出来五十，不收多，五十封顶，不会影响自己的生活还能帮助到别人，流传下来的传统也就一直这样了，怎么帮助人还帮出来问题了？

审查的人：“……”

小张笑着说：“这次可搞得太难看了，查来查去，最后这钱竟然还是大家救助贫困生的，这脸打得……”

明珠转头看着窗外，唇角稍稍向上。

她自然知道这钱是用来做什么的，上一次开会之后她就知道了，有些人嘴巴很严，有些人的嘴巴却很松，上面查她的时候她也没紧张，穿小鞋嘛，能理解，干掉挡在自己眼前的人，换她她也会这么干，等到有人提到这个钱，下来查的人曾经问过明珠，明珠当时装傻，她说自己不清楚，她越是说得含糊，那些人就越会认为她心虚，这样不就查了。

她带的人，都是什么脾气秉性她还能不知晓？

有人找领导撒气去了吧。

别以为只有领导才能给下属气受，你要知道这个世界上就存在一种人，大不了老子就得罪你了，那样的人他什么都不怕，他只是一根筋，懒得参与那些乱七八糟的事情而已。

明珠的睫毛微微动着，举起来自己的杯子喝了一口热水。

天气不错。

上中市 B2 小区。

“我要报案……”

系统接到报案，说是 B2 小区群众举报，有男人打女人，打得特别厉害，这……是家务事呀。

接线的工作人员试着解释，对方不太理解，她看见的画面有点严重，当丈夫的都拿着刀子威胁了，这还不能报警吗？

她就管报案，不管别的，与此同时，听见外面的吵闹声越来越大。

男的就和疯狗似的，指着前面的人，谁劝骂谁，指着劝架的人问：“你和我老婆什么关系？”

没有关系，为什么你要帮她说话？你还看她？

这就没完没了地骂，说得劝架的人就是个色狼，他过来劝就是为了多看女人的身体两眼，劝架的这个嘴皮子不溜，他好好地劝架怎么就变成他的不是了？

这样的人你和他讲不通的，隔壁是新搬来的，总是打架，貌似都是男的在打女的，这女的也不知道上辈子倒了什么霉摊上这么一个玩意，还和他过，离婚赶紧走吧，不然早晚死在他手里。

大家都不出来劝了，男的又开始动手，那是真打，往死里打，一点都不留力气的那种，女的被打得躺在地上哼都哼不出来一声了，一开始还能求饶，慢慢地就没动静了。

“报警没有啊？”

几个邻居实在受不了这样的场景，再打就死人了，看不下去。

一连接到五六通的电话，这边终于派了附近的民警过来。

警察上了楼，好不容易给盼来了，不然躲在屋子里的人都觉得提心吊胆的，生怕外面的人直接把他老婆打死了。

“怎么回事？”

警察来了一见这样的场面，出声训斥，这似乎有点过了。

将丈夫手里的刀给抢了下来，当场批评教育，这拿了刀那性质就不同了，夫妻吵架有这样吵的吗？各种教育，男的显得特别老实，对着警察点头哈腰的，女的就抱着警察的大腿。

“求求你们带我走吧，我犯法了……”

警察也头疼得很，这样子抱着他，他都说不明白的，再说只是夫妻之间的矛盾，他们来了也只能进行调解，这不是说得好好的嘛，以后不会了就好了，彼此都给对方一个台阶下。

其实他们也瞧不起打老婆的男人，但没办法，没这个规定啊，解决不了。

男的眼珠子对准妻子，妻子突然又是哭又是喊的，警察也没招，但还是走了，当丈夫的把妻子拉回家，等到警察走远了，他站在走廊上大声开骂。

“我看今天谁敢管老子的闲事，报警你们报啊，别让我知道，知道了我饶不了你们……”后面附带一句脏话。

就开着大门，走廊骂街完毕回到房间里，没过五秒钟就听见了女人的求饶声，一声之后就没动静了，倒是男人的动静越来越大。

刚刚劝架的男人拿起来电话，他老婆快速从厨房冲出来，按住自己丈夫的手。

“你还觉得麻烦不够大？”她指指隔壁，“就那样的，一看就不是个好东西，跟那样的人我们磕得起吗？”

家里又有老人又有孩子的，为这事遭报复也犯不上，刚刚都报警了，警察来了也没解决什么，你再报警有什么用？

男的平时有点磨叽，爱讲大道理，一讲就能讲好几个小时，他自己爱说家里人都不爱听，一听就头疼，他儿子就说他和唐僧一样，就是为了折磨自己的。

男的扒拉开妻子的手，斜眼看自己老婆。

“你也是个女人呢，这时候不管什么时候管？我瞧着你平时还挺有良心的，在街上看见要饭的你还总说不管是不是真的，能帮助到一个人你也觉得安慰了，这个时候怎么就这么心狠了？再打就给打死了……”

他老婆撇嘴，吐了丈夫一口：“就你是好人。”

按在电话上的那只手却离开了电话，她也不是心不好，那你说遇上这样的邻居愁人不愁人吧，你是住在这里的，人家是租房的，真的害你一下就跑了，你上哪里去找？

流氓能不惹就别惹，危险啊。

“我要报警……”

接线员一愣，询问警察没有过去看吗。

男的解释来是来过了，可现在又打上了，这样打下去会打死的。

接线员将电话转移到了刚刚去过的警察手里，警察捺着性子说，这就是家庭纠纷，他们去了也只是调解，他们去没用的，人家两口子是合法的夫妻，结婚证他们都看了，没办法管。

明珠开车开到附近，车子出了一点问题，打给了车行，车行让她靠边，马上派人过来，明珠从车上下来，今天走得急，身上的警服也没有换，旁边就是一家便利店，她打算进去买瓶水喝，有点渴。

一个穿着线裤的男人过来买盐，一扭头看到明珠的制服，他问：“……你是警察吗？我要报警。”

男的一看见明珠就不放了，吧吧吧地就说上了，警察不能这样啊，该管你就得管，该出手时就出手，你不能因为没死人就不管。

“哪里？”

男的以为自己得说半天呢，实在是被刚刚的警察给气着了，怎么就那么横呢？好好说话都不会，难怪大家都对警察有意见。

“我问你是哪个门，几层？”

男的报了小区，报了单元和楼层，自己进了便利店里，老板明显也认识他，这都是熟客。他先躲一躲，不然现在上去，谁都知道是他做的了，这和他无关的，是警察自己跑上去的。

“我得回去了。”待了一会儿待不住了，他得回去看看这警察管没管，他可记住她车牌了，开宝马的警察，不管是不是个好警察，要投诉。

明珠上楼就听见男人低吼的声音，由远至近。

“我问你话呢，你别给我装死，你和隔壁的是什么关系？他还跑出来看你，你平时就卖骚了是不是？”

随后就是手掌拍打的闷声。

“给我松手。”

明珠跑到门前，就见男人揪着女人的头发，女人现在眼睛都直了，不知道是被打的还是怎么了，满脸都是血，身上没有穿衣服。

对于明珠这样的人来讲，这是绝对的侮辱。

“你谁啊你，我们夫妻俩吵架和你有什么关系？”

男的一见来的是个女警察，气就有些不顺了，刚刚来了两个男的，他没有办法，装孙子把人给送走了，现在来了个娘们也想在他这里逞威风？他直接要对明珠动手。

明珠反手将男的扭着肩膀按在墙上：“抱头蹲下。”

男的还在抵抗，手脚被制服住了，嘴还不闲着，还想扭动开，不给这个女的一点教训，她就不知道怕字是怎么写的。

“蹲下。”明珠一脚踹了过去，哪里疼她踹哪里，男的一疼一挣扎力气貌似找了回来，脚就要向明珠使力气，明珠打的都是他的肌肉。

“警察打人了，警察闯进我家打人了……”

看热闹的这个时候都出现了，纷纷指责，这样的就应该关起来，打老婆算是什么本事？娶老婆就是为了打的？

“别看热闹了，看看地上的人。”

明珠回头就是一句。

她的语气不好，这和她的工作有关，脸上的表情也不温和，群众一看就觉得这女的看起来挺横，和刚刚离开的那两个警察一样，警察都是这个德行。

明珠对身后的人确实也没有什么好印象，人就在地上躺着呢，没有人过去检查一下，光七嘴八舌地议论，可没人上前。

“有没有男的，还是这里住的都是女的。”她的声音不大不小，却可以让附近的人家都听见，都能听清楚，说的不是别人，就是你们。

爷们得有点爷们的样子。

有两个男的是楼上下来的，自己家老婆拉也没拉住，还有几个是老婆陪着一起过来看的，让明珠去检查，那女人衣服没穿，他们没办法下手，只能帮着明珠按住施暴的人。

明珠打电话叫救护车。

“我看你们今天谁敢……谁要是敢动她一下，我就弄死你们……”

几个男的竟然没按住他，或者是因为女的马上就要被抬走惹怒了他，突然来了力气，转身伸手就拿刀，几个男的也没怕他，有一个就抱上去了，男的拿着刀一脸的凶狠。

“谁敢过来？”

四周都安静了，那几个男的也停住了脚步，当老婆的开始拽人，要将自己当家的拉回去，这就不是开玩笑了。

“放下。”

明珠拔枪进行警告。

走廊上看热闹的人瞬间能跑的就都跑了，现在不跑，等着被伤到吗？

这要出人命了，就说闲事不是乱管的。

明珠进行警告，男的明显也没把她的警告放在眼里，你敢开枪？

他是知道的，说是警察开了枪回去以后就被处分，现在这是居民楼，是小区，她敢开枪吗？

“贱 ×× ……”嘴里又是不干不净地骂着，女人就不配被当成人看，就活该跪着生活。

“我再说一次，手里的刀放下。”

男的笑了出来，他拿着刀在面前的人脖子上划了一刀，突然推开自己身前的人，对着明珠就砍了过去，死娘们我弄死你，你个贱货，去死吧。

砰！

开枪了。

这回附近的警察不想来也不行了，男的躺在地上抱着自己的腿鬼喊鬼叫的，一直喊自己要死了，明珠一脸的淡定，女的已经被急救给抬走了，抬走的时候整个人已经昏迷了。

警察到达现场，一看明珠这衣服，再一问，竟然是自己人，但开枪啊？

两个人交换一下眼色，这回她麻烦大了。

明珠这下更加出名了，当然这个名气是在局内。

可她本人就和没事人一样，该上班上班，好像不太懂得今天迎接她的会是什么。

早上新闻就出了，标题是，女警居民楼内开枪，开枪是否合法化。

前不提后不提，直接掐头去尾来这么一句，上中本市的报纸都还没有刊登，因为具体详细的信息他们还没有拿到，为什么开枪，开枪的女警是哪里的，前后原因没调查清楚，结果有人捷足先登了。

早上在车上，就有人议论着这事。

“当警察的吧，管你三七二十一的，想开枪就开枪了，就说枪不能乱配的……”

“就是啊，这些年闹出来多少的新闻，给他们枪就是为了杀人方便点吧，闹点什么小误会就直接动手……”

这新闻很有误导性，什么都没说清，到底是因为什么没人知道，知道的就是开枪的是个女警，开枪的地方是居民楼。

倒是昨天经历过的，都被询问了当时现场情况。

当时现场唯一的证人给的回答比较正面，他肯定明珠举枪之后两次进行口头警告，那个人是拿着刀砍了过去，她才开枪的。

这不需要说什么谎言，看见什么就是什么，他挺服的。

“谁让你开枪的？”

明珠站着，前面问话的人拍着桌子，已经拍了几次，每次都很大声，明珠不知道他生没生气，她只是觉得那个人的手会很疼。

“当时警戒的目标对我进行暴力袭击，并且存在胁迫他人生命安全的隐患，以暴力方法抗拒，我依法履行职责，袭击警察，危害我的生命安全，并且开枪以前我两次进行口头警告。”

上司被明珠气得差点脑中风，这个时候你和我耍嘴皮子是不是……

这么多年，都没见过说开枪就乱开枪的，明珠这样的还是第一例，这只是一场小得不能再小的家庭纠纷，说出去笑掉别人的大牙。

“你不是很能打吗？”

明珠立正，想也不想：“他拿着刀对着我砍过来，已经威胁到了我和他人的安全。”

“你回去写检查。”

明珠转身出门。

局里一下子就炸锅了，这是真英雄还是逞英雄呢？

自己人看法都分为几类，有的同意开枪，不然枪是摆设吗？危险的时候就和对方用身体去对抗？他们是超人吗？还有的觉得这个事件小到不能再小了，明珠开枪这不是儿戏嘛，瞧着吧，外界说不定要怎么说呢，原本就被人盯着，这回更好了。

媒体采访，全局上下进行封口，没人敢接受任何的访问。

媒体和网民追着不放，一定要警局给出一个结论，一个说法，系统分工不同，对外公布所有的消息，以最简短的话概述通报，至于局内会怎么解决，这还要等。

等到事情完完整整地被报道出来，一开始叫嚣给一个说法的似乎语气也有些不太坚定了，除了一些觉得这样的情况下开枪依旧不合法的人叫嚷着，多数人都已经冷静下来了，然后开始出现不停点赞的人。

正面的消息开始多了起来。

“就应该这样嘛，听说这种事情报警警察都不管的，真是的，真不知道婚姻合法化后家暴是不是也合法了……”

事件的女主人公依旧住在医院里，伤得不轻，好消息就是身体情况良好，随着她的身体康复，然后整个事件还原了出来。

她和丈夫结婚时间不长，说不清丈夫第几次动手了，第一次动手打她，她回家和父母说了，父母劝，毕竟离婚不是什么好事，有什么问题坐下来解决，当时男的是签了保证书的，保证以后不会再打老婆，可他说话不算数。

两个月后女人接到同学和丈夫过去的同事的电话，和她要钱，她才知道自己丈夫早早就不上班了，被单位开除了，而他给她的家用都是从他过去同事还有同学手里借来的，因为这些电话，整个事件就穿帮了，女的给过他机会，可他还是不肯上班，他认为老婆赚钱比他多，伤到了他的自尊，当妻子提出来如果不上班就要离婚，他第二次打了老婆，这一次自然就没上一次那么容易解决了，丈母娘和丈人同意女儿离婚，他就打开了对妻子施暴的开关，他威胁妻子，敢和他离婚他就弄死她全家，事实上他也确实就是这样做的，对着妻子的父母大打出手，打得两个老人躺在地上，逼着妻子一家对着自己磕头认错。

女的一开始往亲戚家躲，可每次他发疯到处找，找到以后就打亲戚，后来谁也不敢收留她了，她报过警，求助过，但是没人帮她，她去过家暴中心，结果那些人竟然劝她，试着开导她，这次她打算走得远些，领着父母，离开上中总行了吧，于是乎出现了开头的那一幕。

当事人专门提出她想见见明珠，想要感谢明珠，她认为是明珠救了她。

“我要谢谢她，如果不是她，有可能我就会死在那个人手里。”

她这次一定要把这个婚离了，不会再沉默。

明珠去医院见过这个女人，比自己想象当中的要精明一些，她之后有想过，如果自己救的是一个顽固不化的，好了以后为自己丈夫讲情的，认为她错的，这种概率也挺大的，这个世界上什么样的奇葩没有，做好了准备，来了以后却发现和自己所想的有点出入。

女的说不仅要离婚，她还要起诉，起诉丈夫对她进行身体伤害。

“我也知道这样的案子不一定就能打赢，或者打赢了对他也不会起到什么警示，但我一定要告，我要用自己的事件告诉那些挨打的女人，有些错可以忍，有些错不能忍。”

不能因为遇上人渣就妥协低头，要反抗，要找机会去反抗，离开这个人渣，以后还会有好日子等着她们去享受，不要怕这样的威胁，在保护自身的前提下，想办法报警，一定要报警，哪怕有警察对你置之不理，也一定要坚持报警。

“谢谢有你这样的警察，谢谢。”

当事人的感激有多美妙，那另外一个当事人的母亲问候明珠的妈，就有多强烈。

那个打老婆男人的亲妈，一看就是保养得比较好的，骂人连骂半天都不会口干，指着明珠的鼻子，问候完了她全家，让明珠等着。

“我不会这样善罢甘休的，我一定会告，我要向上面去告……”

她一定会把这个女人的名声弄臭的，当警察的谁规定你可以乱开枪的?

她就不信找不到说理的地方了。

可惜较为讽刺的是，明珠开枪事件局里调查了很久，也让她写了检查，并且对她进行了批评，最后通报开枪合法，也就等于说，对外她没有任何的责任，对内领导认为这样的做法欠考虑，给予警告。

至于被打的那位，不好意思得紧，老婆肯定是不打算和他过下去了，让他见鬼去，法院判决以后，女的再次起诉，起诉前夫暴力伤害，这些事情明珠自然不会关注。

“你下次还敢开枪吗？”

小张问明珠，他觉得她以后不敢了，如果是自己，下次恐怕心理都会有障碍吧，上面的态度也是清清楚楚的，这次你走运，下次就不见得会有这么好的运气了，还是别赌了。

“有的男人只有捏碎了他们的蛋，他们才会晓得，现在不是古代，不是男权世界。”明珠淡淡地道。

明珠的检讨报告递了上去，随之递上去的还有一份她认为应该需要进行改革、保护的反家庭暴力服务。

副局长摔了检讨报告。

“她这是做检讨呢，还是来教训我呢？”

简直就是无法无天，一点组织纪律都没有，随心所欲想做什么就做什么，下一次你看看自己是不是也会这样幸运，还什么开通反家暴服务台，全方位、多层次、多渠道的快速反应机制。

啪!

副局长的头顶都要冒烟了，而递上来这份报告的人准备继续下访。

“我刚刚从副局长门口路过，里面的声音……”

她又做了什么事情？

有靠山就是不一样，做什么事情都敢挑衅着上司的威严来，上司不喜欢你做什么，你就偏要做什么，你家里是做什么的，求照顾。

明珠笑笑，她知道自己递上去的东西最后一定是进了垃圾桶里，不过不要紧，早晚有一天会被摆上台面的。

她就是一根针，哪里需要就往哪里扎，狠狠一针下去，起到作用就好，其他的随缘。

明月从网上下载了那条微博，然后打印出来，亲手将它贴好，上手摸着。

“奶奶，我大姐是个好警察。”明月回头看着自己奶奶说着。

老太太冷哼一声，送给明月一个白眼：“你到底什么时候走？赖在我家怎么就那么不要脸呢？”

明月对老太太笑：“奶奶，我可以加房租的……”

她不说照顾，她说加房租。

明珠开枪事件没有立马烟消云散，别人讲话你封不住他的口，每个人心中都会有所谓的正义定论，有些则是认为开枪完全不合法，对方没有伤害任何旁人，怎么能说开枪就开枪，也不过就是开个玩笑而已，虽然现在那个当老婆的闹离婚，但当时他们是夫妻关系，两口子吵个嘴还用警察开枪？是不是有些过了？

要是警察个个都这样闲得没有事干，对着人开枪就打，这不乱套了？

打妻子是不对，但人家的家务事，你就清楚里面没有别的东西？没搞清楚你就贸然加人，这是警察的不对，是谁给了她权力拿着枪就可以这样开的？群众将安全交付给这样的警察，能放心吗？

支队倒是安安静静的，从上到下。

首先是上面才查过，查得大家心里都有些不爽，有功根本和他们不沾边，有错貌似就一定出在他们的身上，这有些歧视人吧？

看着明珠扭头歪脸的人现在倒是觉得这个支队长有点意思。

小张对着明珠分享着自己最新得到的消息，他这人就是嘴贫点。

念过以后盯着明珠瞧：“您这以后升职就别想了，五年以内甭想。”

别说门了，就连窗户缝都不会给你留。

小张说这话的目的，他就是想看看明珠家的后台，能不能让她逆袭，把上面的那些都给干掉。

明珠停下手里的动作，她翘翘唇，点了点头，一脸的谨慎和戒备，小张瞧着怎么她有点服气的意思了，这和事件才闹出来的时候她的态度完全不一样啊，这就被人制服了？

“说这话的人，我觉得是男人。”

小张反问："为什么？"

明珠道："大概有些男人认为打女人可以体现他的男子气概吧，有些则是认为结婚就像保护纸，有了这层保护纸，我怎么打她，都是我的事情，并不犯法。"

小张心里碎碎念，队长这是明显的女权思想呀，他就没这么想过。

"开会。"

该开会她就来开会，该抓人该办案她就办案，有时间就领着自己的人下访，一家一户地走访，多少年积累下来的案子都去查问。

四点四十五分，接到报警，连线当地支队，有人报案，说自己被强暴了。

等到警察赶到现场，女的裹着被子，男的已经没有踪影了，女的哭叫着，说是住在隔壁的邻居强暴她。

警察简单地问了问，随后去敲开了隔壁邻居家的大门，迎面就遇上一张怒气冲冲的女人的脸，应该是嫌疑犯的母亲。

嫌疑犯的母亲配合警察录了口供，两家住得这样近，是邻居，又一起住了几十年，两家的父母相识并且平常关系很好，两个孩子目前正在恋爱阶段，结果就出了这事。

嫌疑犯的母亲大声嚷嚷着："我也不知道她这是打算做什么，明明是她自己同意的，不然我儿子怎么进的她家？掉过头就说强暴，强暴这话是能随便乱讲的吗？你觉得我家给的东西不够，你可以提，何必用这样的方式呢？"

从警察进入案发现场，女的只是用被子裹着自己，并没有任何人需要她配合做什么检查一类的，甚至警察还让她先穿上衣服。

女孩的父母赶了回来，叫警察有些惊讶的是，女孩的父母承认他们的女儿和邻居的儿子是在恋爱。

"我没有和他谈过恋爱，不要把你们的意愿加到我的头上来，他强暴我……"女孩指着男的就开始大声喊着。

女孩的母亲伸出手去打自己的孩子。

"你还觉得不够丢人……"嚷嚷嚷，还报警，把警察给弄来，你明天是不是想上报纸，想上电视台？这种事情怎么可能一个巴掌拍得响。

裹着被子的女孩，突然扔开了被子，对着自己的母亲大吼。

"你到底是谁的亲妈？"

现场乱作一团。

警察该问的都已经问了，双方父母的意思这就是一场误会，孩子心情可能不好，就胡乱打电话，乱说，哪里有什么强暴，都是小年轻儿自愿的，他们会私下解决，这眼看着都要结婚了。

"那好吧。"

警察走了。

警察竟然走了。

可惜还没有走几步，明珠上来了，这案子其实也轮不到她来，只是刚刚上面和下面通话，让上来一个女的，毕竟受害人是一个女孩子，而上去的警察都是男性，怕沟通起来会有刺激性。

“已经解决了。”

两个警察对着明珠说着，这都是小事，既然两家能解决，又没有出什么伤害、死人的事情，就可以结束了。

“怎么解决的？”

明珠伸手要与案件有关的记录，可上去的警察竟然一个字都没有写。

“跟我上去。”

两个人相互看了一眼，感觉到明珠的气焰了，两个人也觉得特别憋气，人自己的家人都说能解决了，你还跟着掺和，那好，你有本事，你上去，你解决，看你怎么解决。

上面的女孩子手里拿着刀对着自己的母亲，她妈都要气晕了，指着女儿的脸，哭诉着自己到底做错了什么，叫孩子能拿着刀对着自己威胁。

“你们给我滚，我没这样的父母，滚……”

女孩的情绪看起来有些不稳，倒是对面的邻居嘴里还骂骂咧咧的，认为女孩就是想增加筹码，这样的人他们家也不敢要，你情我愿的事情，睡完你就变卦，变脸比翻书还快，强暴？强就强你这样的？

她呸！

“警察，都分开站。”

明珠进入屋内，劝着拿着刀的少女：“不想死，想告他，就把刀收起来，现在配合我的工作。”

突然出现这么一个人，现场的人都有点傻眼，警察不都说完事了嘛，这是家务事，怎么又回来了？怎么添乱没完呢？

“警察同志，你看这都是家务事……”女孩的母亲试着开口。

一个女孩子嚷嚷着自己被强暴，是多光荣的事情吗？就算是真强了，现在人家愿意娶，这件事就应该压下，好好地解决，原本他们就是要结婚的，强什么啊。

“你闭嘴，靠着墙站好，还有你们，回来。”

明珠指指嫌疑犯和他的母亲，嫌疑犯倒是想回来，他妈扯了自己儿子的手一下，横眉冷目对着明珠，这是警察还是土匪？

“我们都说没有事情了，报警就是个小玩笑，我们愿意负责道歉，怎么还没完了？是警察就能乱闯别人的家？是警察就可以威胁我们？”

“靠墙站好。”

嫌疑犯的母亲被明珠按在墙上，这仿佛就是捅了马蜂窝的前奏。

有些女人她很会利用自己的身份，一哭二闹三上吊玩得很溜。

门外的两个警察都傻眼了，没见过这么办案的，行，闹吧，最后看你怎么下台。

明珠打着电话：“……对，现在就赶过来，我需要你为当事人检查。”

还在号哭的女人突然就不哭了，瞪着眼珠子，压根就没想到，这警察想把事情闹大。

那少女此刻才把刀放了下来，她不是没有羞耻心，当着父母当着外人就愿意不穿衣服，只是她今天要为自己讨一个公道，她绝对不会接受和解，绝对不会。

“……我能穿衣服吗？”

明珠隔着墙答：“因为要保留你身上的痕迹，所以暂时不能穿，你把衣服披上。”

此时少女在屋内，而明珠和双方的父母都在客厅。

“你还想让她闹？闹了我们两家的颜面都往哪里放？是你们自己说两家能结亲多好，我们家现在是愿意的，她这是什么态度啊？”嫌疑犯的母亲突然开口。

“你闭嘴。”

明珠却没有拦住嫌疑犯的母亲继续说下去，现在不说清楚，等到真的尾巴越来越大，就难以收拾了。

“房子、车都写你女儿的名字，怎么还不满意呢？”

之前双方谈的部分没有提到这个，现在这样讲，只是为了告诉对方一个信息，他们家愿意将房子和车都写未来儿媳妇的名字，给他们一个安心。

女孩的母亲情绪上变化得很快，刚刚还不敢说话，现在直接开口喊了。

“就是误会，只是个误会，我们没有要报警……”

里面的女孩听见自己妈的声音，绝望两个字她现在是体会到了，伸手想重新去拿那把刀，她觉得活着为家里争取这样的条件就是便宜父母了，你们不拿我当女儿看，我也不拿你们当父母看，我死了你们就什么都得不到了。

拿着刀的手有点抖，外面那两个警察只觉得这回这戏是演大了，原本没什么的，你坚持要闹，这回好了，已经拿刀了，这要是人死了，你这工作也就干到头了。

明珠靠在门上，只有她能看见里面的一举一动，包括少女现在做的动作。

“如果你不想告，那么就把你母亲的话听进去，如果你想告，就不要听。”

少女愣了愣，然后点头，她不听。

事情接下来的发展就不是外面的人随便喊两声就能打断的了，开始进入正常的程序。

现场勘验，有无物品证明当事人抵抗防卫，或是否有击打的痕迹，现场是否有遗留的凶器、血痕、精液、毛发、唾液以及其他组织纤维，拍照、绘图记录提取有关物品，受害人身体检查，这些工作结束，当事人被带离。

嫌疑犯被带走。

当事人名叫姚雨晴，今年二十岁，江州大学学生，家庭关系，父母及一弟。

据姚雨晴说，她和家里的关系从年初就一直不太好，家中父母重男轻女，她念了大学弟弟却没有念，这是事件的导火索，父母认为女孩子书念那么多没用，念到高中毕业嫁人就很好了，她弟弟小她一岁，弄大了别人的肚子，现在要结婚。

“你弟弟要结婚？”

问询的民警一愣，这并没有达到法定的结婚年龄。

姚雨晴满嘴的苦涩，她爸妈想的方法就是让女方将孩子生下来，孩子当几年的黑户，到了法定年纪两个人就可以结婚登记，那个时候孩子再光明正大，反正生不生都已经生出来了，到时候管的人还能怎么样？

把孩子给掐死吗？

“没有手续这生孩子……”能生吗？

他妻子现在还没生呢，就各种跑手续，手续不全，去哪里生啊？

“有地方就能生。”

姚雨晴见过家里很多这样的事情，她有几个堂嫂那几年都是躲回娘家去生，娘家住在比较偏远的地方，生完回来孩子就直接成黑户，现在二胎允许生了，之前的黑户自然也就变成了明户，和那样的人讲法律讲道理，他们都是不听的。

“你不喜欢他？可是你的父母说你们要结婚了……”

姚雨晴哭着讲述了当时发生的事情，她母亲打电话骗她回来，说是她父亲摔了，要不行了，她才从学校赶了回来，等到回家母亲就开始各种利诱，一开始说什么她爸爸的病情不稳定，需要很多很多的钱救治，可家里没有这个钱，但对面的陈叔叔相中她了，觉得她又斯文又听话，愿意让儿子娶她。

一开始姚雨晴是真的哭得人有点蒙，父母好不好，现在都到了生死的关键时刻，还能记恨吗？

她提出来想见她爸，这也是情理之中的反应，反倒是她妈一直推诿，姚雨晴觉得有点怪，如果她的丈夫此刻面临着生死的关键，她会这样拉住女儿没完没了地讲钱钱钱吗？

她反复提出想要去见见自己的爸爸，但她妈总是会找借口推掉，反正就是不让她见，一来二去她就起疑了。

想要走，但是她妈不但不让，还把对面邻居家的儿子给带过来了，试着和女儿讲清楚，嫁给这样的男人你就赚了，他家就他一个儿子，以后所有的一切都是他的，你辛辛苦苦念书，将来毕业还不是要找工作？你就确定自己能找到更好的工作？既然不能，绕这么一个大圈子干什么？

她觉得两个人很配，很早之前两家也都说好了，只是姚雨晴一直不愿意，邻居的妈妈就提议他们离开，给孩子单独相处的机会，让他们谈谈，姚雨晴她妈后来去了便利店，去买水果了，想着女儿总能想明白的，然后就发生了这个事情。

警察都无语了，听着这怎么不像是亲妈呢？

嫌疑犯坚决否认，他只是说姚雨晴是自愿的，他提出来了两个人结婚以后，他给姚雨晴家五十万作为彩礼。

“那现场有争斗过的痕迹，你怎么解释？”

男的选择沉默。

他似乎脑子没有那么灵活，或者进了这样的地方有些害怕，只是咬定自己没有，对于警方提出来的异议完全解释不了。

明珠接替了眼前人的工作，继续问询着。

“我能告他吗？”

姚雨晴只想知道，自己都这样豁出去了，能不能让对方接受法律的制裁？

“你就没想过闹开了对自己不好？”明珠问她。

发生这样的事情以后，大多数的女性都会保持沉默，因为对女人而言，有些事情承受不得，闹开以后所展开的也不是自己能控制的，这个社会远远没有像包容男性那样来包容女性。

男人出轨大家会说浪子回头，只要你愿意回头，还是美事一桩，轮到女人了，发生强暴，上至单位下至邻居所有可能认识你的人，都会对你的以后产生某种极坏的影响，无论是已婚还是未婚的。

姚雨晴抬起头，这是她被带进来之后第一次抬头。

“做错事情的人不是我，是他，我受了委屈为什么不能说？”

明珠眼中一闪而逝的温柔。

“你很勇敢。”

明珠站起来离开。

姚雨晴当天离开了警局，找了一家旅馆暂时休息，住酒店她没有这些钱，旅馆也是再三和警察交代了名字以后入住的，一晚三十块，地方不大，那个地方光线昏昏暗暗。

明珠叫来了当时接手办案的两个民警。

“凭什么？”两个警察一脸的愤怒，他们不是临时打工的，什么叫他们明天暂时不要来上班了？这样的话你说了就算？

“是谁教你们这样办案的？”

办公室里争吵声不断，明显明珠压不住他们，很快那两个警察就离开了，剩下明珠一个人坐在里面。

“赌十块钱的，我敢说她斗不赢。”

这简直就是儿戏，可能当时过去的民警是有些程序不太对，但这样的事情也没有明确的章程，最后这样了结，貌似无功无过，当然如果发生这个事情的是自家人，那就另说了。

“呵呵，这个不好说。”

里面坐着的那个，是拿自己当太阳，她说一别人就得跟着说一。这样的案子也不是没有发生过，最后双方握手言和，男的一方赔一些钱就是了。

姚雨晴联系了自己最好的朋友，没有提及发生在自己身上的事情，只是说她母亲的做法让她伤心。

闺密在电话里劝着她。

“早就和你说了，离开你那个家，你爸妈的三观有问题，有一天他们为了你弟弟把你卖了我都不奇怪……”

“……你能给我打点钱吗？我现在需要一点周转的钱，我身上没钱……”

“行啊，马上就打，雨晴，不是所有的父母都是这样的……”

闺密并不清楚姚雨晴身上发生了什么事情，她是站在自己的角度来劝姚雨晴，她家也就她这么一个孩子，她父母都当她是掌上明珠，女孩子怎么了？

她爸就说女儿更好，女儿是小棉袄，冬天贴着，不知道多暖和呢。

姚雨晴不知道该怎么和最好的朋友说刚刚发生过的这件事情，她只能捂着嘴哭。

晚上九点十分，有人敲响了住在旅馆里姚雨晴房间的大门。

“谁？”

“你开门……”

姚雨晴的愤怒达到了极点，现在站在外面对着她说话的人竟然是她的母亲，可她妈怎么知道她住在这里的？她只是对警察讲了而已。

“雨晴你开门……”

姚雨晴的母亲一直不断地说着，她给女儿分析这个事情，嫌疑犯的母亲已经找她谈过了，现在姚雨晴不追究，他们马上拿出来五十万给姚雨晴家，当然姚雨晴闹，他们也不怕，在外面可以找关系平复这个事情，到时候她儿子也只不过就是走个形式而已，姚雨晴家还得不到一分钱。

明珠在外面办案，接到姚雨晴的电话。

她来到旅馆，姚雨晴的父母见到她还起了争执。

“那是我生的孩子，我亲生的，不信你随便查，也不是买来的，我自己的孩子我替她做主怎么了？”

可能是因为妻子的情绪激动，姚雨晴的父亲突然对着明珠就动了手，明珠也不会白白挨打，她是警察不是奴隶，制服住男的，女的也不哭了，直接收声。

“我要去投诉你，警察打人。”

这话明珠听得耳朵都长茧子了，不知道这种病是不是能遗传。

先动手的人是他们，等你出手自卫，他们就说警察打人。

将姚雨晴带回局里，明珠给她倒了一杯热水，该下班的都已经下班了，留下来的都是值班的。

“吃饭了吗？”

姚雨晴摇头，哪里有心情吃饭，她现在……

明珠出去没有多久就拎回来了两盒泡面，吃饭还得打电话叫，她觉得太麻烦了，也觉得眼前的人肯定也是吃不下的，喝点热汤在这样的天也是好的。

“我只是告诉了你们我住在哪里……”

姚雨晴哭。

警察都不能信，还能信任谁？

“你妈找你说什么了？”明珠问她。

用手挤着榨菜，她办公室里一堆的榨菜，平时忙得累了没时间不愿意动，就泡个方便面配一包榨菜，还挺好的。

姚雨晴顺着自己的心口，不然她真怕被父母给气死，她妈跑过来就是为了和她说，让她和那个男的结婚。

明珠把叉子插在盒子上，等着里面的面泡软。

“他家条件特别好？”

姚雨晴说是的，到底是做什么的，她也不清楚，明明条件那么好却住在这里，一直没搬过，她不愿意的原因很简单，第一她不是个摆设，她有自己的想法，第二那个男的……有病。

“有病？”

“癫痫病，发病的时候好像就不住在这里了，不知道把人带哪里去了，病好了再给带回来，我亲眼看到过。”

明珠将叉子拿了下来，指指姚雨晴面前的面桶。

“能吃就吃两口，不能吃就喝点汤。”

“姐，我能叫你姐吗？”姚雨晴突然开口。

有些话她不能对别人讲，但是她可以对警察讲，她也不知道为什么信任明珠，明明她的脸看起来是那么冷，和所有警察一样，看起来特别横。

也许是因为她帮了自己，在那样的情况下帮了她，她相信她是个好警察。

明珠一笑：“你最好别这么叫，弄得好像我和你之间有什么似的，你就算喊我大姨我能做的我做，不能做的我也帮不上。”

姚雨晴苦笑着，也许这个笑话真的太好笑了，她忍不住想笑，但她此刻的心情却不允许她笑。

她掀开泡面最上面的一层，眼泪唰唰地掉。

“你是我见过的碰到这样的案子最坚强的一个，我见过的那些……”明珠缓缓地说着。

真的是最坚强的一个，没要死要活的，全程自己很明白自己在做什么，自己为自己负责，凡事看两面，很多人看的就是最不好的那一面，担心这个担心那个，最后也就不了了之了，这姑娘是真的特别勇敢、坚强。

姚雨晴低着头，眼泪还在流，眼睛涩涩地疼。

“我不站出来，以后还会有人遇上这样的事情，我想用自己的事情给她们提个醒，有些错不能原谅。”

明珠连汤带面将一整桶泡面都吃光了，她将叉子扔回桶里。

“所以我说你很勇敢。”

姚雨晴在局里睡了一夜，因为人是明珠给带回来的，也只能暂时这样了，等到第二天，副局长办公室就接到了明珠的举报。

举报的事件很简单，首先那两个警察不按照规章制度办事，其次警察帮着嫌疑犯骚扰当事人。

副局长现在蛋都要碎了，恨得。

就没见过这么……事的下属。

事事都有你，事事你都要出头，又怎么了？

因为明珠举报，他还特意问了问，当时是有些办得不妥当，但也没有大错，怎么到了你明珠的眼里，就不配当警察了？

“叫明珠来我办公室。”

他不知道上面到底是怎么选人的，选出来这么一个愣头青，简直就是愤青，什么事都有她，她当自己是超人，当自己是救世主呢吧？这不是生错地方了嘛。

明珠进了办公室，很快外面也传开了。

“和副局对着吼……”

这样的事情，见得多了其实也有些麻木了，人呢，都是随着环境而变的，如果你工作的环境当中人人都是自保的状态，那就是枪打出头鸟，谁出头谁死，如果人人都是出头鸟呢？

作为女人，听见这样的事情受到的冲击要比男人来得强烈，特别还是当事人完全无辜的情况下，什么叫弱势群体？

“你不处理，我就上告……”

“有本事你就告，别以为自己有后台，你就无法无天……”

“出去……”

砰！

副局气得半死，从来没有人敢这样过，他也是从下面干上来的，他当初也没敢这样对待自己的领导，他该夸赞明珠，还是该说她缺心眼呢？还是她心眼很多，已经算计了很多？

这样出名出头，你能出多久？

刑警大队那边很快也得到消息了，大队长扯扯嘴角，他就知道会这样的，他不认为明珠是为了出头，二百五她是当之无愧的。

倒是李然，找大队长有些事情讲，最后提到了明珠。

“要是人人都这么缺心眼那就好了，体制之内是有些事情人人不提，久而久之大家都相安无事，外头的人指着我们的鼻子骂……”

连带着好的警察也被骂，这年头当警察更难。

看样子支队那边是热闹起来了，以后有的看了，不知道她能不能扛到最后，希望她的有力家庭能为她撑到最后一秒，把那些不好的都给干下去。

这些话她也只能在心里想想，她还要继续干下去的，她没有明珠那靠山家庭。她回馈社会的方式就是——任何一个案子绝对不敷衍，查到水落石出，让犯罪的人伏罪。

领导吃着糖块，特意叫进来自己的秘书。

“老朱今天来哭诉了？”

说是哭诉，不过就是例行汇报，在会议上可是把明珠单独地拎出来了，话讲得不是很清楚，但想知道的现在估计也都知道了。

这老朱，明明忌惮明珠身后的力量，他摸不清，现在还不敢下死手。

所谓的死手，自然就是找个理由把明珠开了，以明珠现在的所作所为，就冲她和领导对着干，是完全有可能被踢出局的。

领导的秘书，从领导手中抽走糖果。

“血糖该高了。”

领导坐正身体，就吃两块糖，血糖就高了？

“副局气得脸都青了……”不是装样子，而是真真切切地被气到了，讲话的时候整个人的状态都是紧绷的。

领导的手点在桌子上。

“我倒是觉得她做得没什么出格的，只是说开除这个有点严重。”

他也不能开这个口，说把哪个警察开除，如果这样就开除，那估计就乱套了。

注入新鲜的血液自然有好处，只是不能一竿子打死，旧的血就全部放出去，会死人的。

“她是按照正确的办事章程来的，而那些都是不按照正确章程来的，但是现在这个章程没有明确的规则，所以谁好谁坏倒是讲不清了。”

秘书听着领导的话，提出来：“不然我让她的上司把她叫过来？”

领导摆摆手，哟，他快要到时间吃药了。

其实太宇来的时候，他对这个姑娘特别有兴趣，徐太宇没开口之前，他是真的不知道明珠这人，但提起九二九他能想起来明珠是谁，但脸已经记不清了，也查过明珠的背景，所谓的背景就是她没什么背景。

“别了，见不见不重要。”

也见过这样的热血，可惜最后都随波逐流了，但愿她是个例外。

有人敲门，秘书站起来，看着来人，来人对着他笑呵呵的。

“永强来了，快进来。”

领导可没抬眼去看眼前的人，秘书给王永强倒了水就出去了，很有眼色地退了出去。

“吃饭了吗？”领导开口。

“吃了。”

领导不说话，王永强简单地说明自己的来意，他也不想来的，父亲也不愿意让他来这里走动，但是他接了太后的命令，来监视领导吃药。

“吃过了我就走了。”

“你那个妈啊……”

领导站起来，找着自己的药瓶子，倒了两粒就着水就服了下去，对着王永强挥挥手。

“你走吧。”

总来这里晃也不好，虽然这是他儿子。

王永强笑呵呵地站起来，转身准备出去，看着儿子的背影，领导突然开口：“永强……”

王永强站住脚，回头看着父亲，一脸的不明：“怎么了？”

“我记得七年以前你负责过一个案子……”

王永强似乎有些不解，七年前他负责的案子也挺多的，指的是哪一件呢？

“你后来问过我，说群众的安全受到威胁，但是我们的规章制度就是这样的，不能马上起到保护作用。”

王永强点头，这话他是问过的，那时候年轻，刚工作，一腔热血，有时候也会冲动，现在上了年纪，自己稳定了下来，很多事情去看又是另外的角度了。

章程拿出来就是为了让所有人按照章程规则去办事的，如果跳出这个框框，那自然就乱套了，他现在能理解了。

“如果摆在你面前的还是这样的问题，你怎么办？”

王永强觉得自己的父亲今天很怪，怎么办?

当然还是要按照规章制度办了，不然还能怎么办？达到一定的程度自然保护令就下来了，资源有限，现在人手也不够，不然还能怎么办?

领导对着儿子挥挥手。

“去吧，去。”

等儿子的身影彻底离开他的视线之内，领导盯着大门出神很久，他想是不是自己的教育出了一些问题呢？他儿子看问题，只会从一个面去出击，他和所有的警察都没有任何分别，当然了，这也许就是熬资历，熬人脉，平平稳稳地上升，不出事最后退休。

他摇摇头。

连个女人都不如啊，我的儿。

人家没有背景，都敢打着“我背景很强大”的旗号，你一个有背景的，怎么就不敢呢?怎么就一点魄力都没有呢?

副局真的要“动”明珠了。

处处出格的行为，这样的人他没有办法让她继续留下来。

原本她就并非专业对口的学校分配来的，又是这样的年纪，分配过来干的每一件事情都在突破他的底线。

单说昨天的案件，明珠认为自己的同事不够尽责，那请问怎么样的才叫尽责?

开除这个是绝对不可能，无论怎么看不惯，明珠的言行现在还没上升到恶劣的程度，也只能将她调走，这个自己还是能做到的。

明珠昨天没离开局里，和姚雨晴屋内屋外一起休息的，她办公，姚雨晴休息，至于姚雨晴睡不睡这不在她看管范围之内，一大早副局上班，把明珠叫进了办公室。

“你先把手里的工作放放，等待通知。”

“等什么通知？”

“当然是调走你的通知，明珠你不要跟我在这里玩口舌之争，你这样的下属我管不了，你家里背景多强我也不知道，我管不了，你就去一个管得了你的地方。”

明珠没有说话，副局翻看着自己手中的资料，过了有三四分钟，他啪的一声将手中的资料摔在桌子上，摔了一个开花。他指着桌子上的资料：“你只是个支队长，你不是局长。”

下访？还真想得出来，你有什么资格？副局长现在脑浆随时都能迸发出来，这何止是越权，这更是对上司的一种藐视，她竟然敢!

“调走我，我等着上面的命令就是了。”

副局抓着手中的钢笔，他上了年纪其实不应该总是动气，但他脾气一直就不好，好的话也不会到今天为止他还是个副局，他的手捏着钢笔，脸色铁青。他的眼睛不大，脸却有点肿，脸色长久以来都是这样，嘴唇是黑紫色，长期熬夜的人就是这样的。

副局长重新坐稳，他劝着自己，年轻人没有分寸，他何苦为了这样的年轻人气坏自己，可是一想起来这件事情他就想拍桌子。

副局拿起来杯子，喝了一口水，这口水是勉强喝下去的，不然他怕自己一会儿又暴跳如雷。

明珠笔挺地站着，她还是那样，脸上的表情换都没换。

“我和你讲这么多也是白说，我这里庙小容不下你，你该换个更大的地方。”

“我以为我当警察是为了保护人民生命和财产安全的，是为了让人人都知道法律面前人人平等。”明珠双手微微动了动。

“难道不做那些出格的事情，你就不是为了让所有人知道法律面前人人平等了？”

明珠答：“法庭判多久，法庭判不判那是法庭的事情，我的责任就是接到当事人报案以后，调查清楚整件事情的来龙去脉，确定她所讲的话的真实性，将犯了法的人缉拿，危及社会和群众生命安全的，直接消灭。”

副局真的要一口老血喷出来了，继续说下去，他一定会死在她的手里。

“你出去吧，我和你没什么好讲的，等着调令吧。”他什么都不想说了。

副局长突然觉得心累，就连生气的力气都没有了，他喘着气，心也平静了下来。

多少年前也曾有过这样的人不像明珠此刻是用嘴说，直接用行动表明了他想当个好警察的决心，可什么样的警察才是好警察？

“副局一定觉得我是个处处不合群的人，是处处彰显着自己与众不同的人。”

“难道不是吗？”

明珠清浅的眸内浮上嘲讽：“什么样的地方就有什么样的风气，这个风气就看人想怎么去推动，早晚有一天别人会理解我们这一行。”

副局垂下眼眸。

在他的眼中，明珠也不过就是一个普通的警察而已，他见过很多比她优秀、比她有本事、比她敬业的人，最后都没了。

“警察有问题，问题并不全部来自警察内部，还有外界所给予我们的。”

当个警察被限制的东西不是没有，相反被限制得很多，缠在身上犹如麻绳一样的东西越来越多，束缚着你，公平地讲，这个世界大家都在变，你不能要求警察不变。

你可以在瞬间成为英雄，也可以瞬间成为一个罪人，这些缺失对社会影响却不大。

“上个月上中死了三个警察，你知道吗？”

副局没有去看明珠的表情，他自顾自地说着，死的那三个都是缉毒警察，因为之前办过一个较大的案子，得罪了一些人，不过一些媒体让他们不太恰当地曝光了，他们被人恶意报复伤害，死得是那样惨。

“没事了，你出去吧。”

副局所有的情绪都稳定了下来，他现在似乎也没有想调走明珠的欲望了，有些东西说出来，真的就觉得舒服了，他现在需要做的就是平安度过，熬到退休，拿到属于自己的福利待遇，然后给儿女带带孩子，没事下下象棋，就够了。

有人猜着明珠可能要被踢走了，结果她现在还安安稳稳地坐在这里办案。

嫌疑犯的母亲一再否认，只承认这是一场误会。

两个警察在里面询问嫌疑犯，他就死咬，自己喝了酒，之后的事情记得不是特别清楚，他和姚雨晴已经要结婚了，他是打算娶姚雨晴的，这只是一场误会。

“怎么样？”

女警问着里面的人。

“不交代。”

女警冷哼着，看外面当妈的德行就知道里面的人底气是从哪里来的了。

上梁不正下梁则歪啊。

明珠和女警进入，换人问询，问来问去的话都是那些，警察问案有警察的方式方法，也不光是外界所猜测的那些，粗暴的，生硬的。

“姚雨晴的生日你知道吗？”

嫌疑人有些累，他坐在这里很久了，神情有些疲惫，状态也不是很好。

“不知道。”

“马上就要结婚了，不清楚未婚妻的生日？”女警问。

嫌疑犯答：“你问问现在的有些孩子，可能连父母的生日都记不住，我这也不算什么。”

“你和姚雨晴谈恋爱了？”

嫌疑犯回答是的，并且日期和姚雨晴父母、嫌疑犯父母所说的相同。

“姚雨晴当时为什么和你动手？”

嫌疑犯回答：“我喝了酒当时脑子也不是特别清楚，记不得了，可能因为彩礼的问题吵了几句。”

“姚雨晴的父母和你父母关系很好？”

“我们是邻居，认识很久了，我从小也是和她玩到大的。”

来来回回一个多小时又过去了，女警看了明珠一眼，明珠点头，女警拿着一份单子：“你有癫痫病？”

嫌疑犯的情绪似乎有些变了，看人的表情当时就有变动，很明显的变化。

“没有……”

“那这家医院出示的证明就是假的了？”

“你们到底要问什么，都已经问了这么久……”

“姚雨晴的生日你知道是几月几号吗？”

“我都讲过很多次了，有些孩子都不清楚自己父母的生日，她只是我的未婚妻，我记不住犯错了吗？”

“你喝了酒，她喝了吗？”

“我不知道……”

“那你的癫痫病你不知道吗？”

“我要见我的父母……”

“当天喝的是什么酒？”

“半杯气泡酒，够没够……”嫌疑犯吼了一声，然后里面彻底就安静下来了。

警察带着他不停地兜圈子，各种兜圈子，而且问话的速度越来越快，越来越快，后面他的情绪抵抗得厉害，说话也是越来越快，脑子没有时间去考虑，这些都是问过五次以上的。

“喝了半杯气泡酒你就喝醉了？什么牌子的这么厉害……”

嫌疑犯知道完了，说错话了。

……

陈滔滔刚处理完一个案子，回到事务所还没进门，就有人冲了过来。

“陈律师吗？”

“我不是，你找陈律师呀？”陈滔滔微笑，一脸无害。

姚雨晴有些蒙，不是说他就是吗？可他现在说自己不是。

“我是南区支队明珠警官……”

陈滔滔咬咬牙：“明珠？我不认识。”

说完越过姚雨晴就准备上楼，姚雨晴拽着陈滔滔的袖子死也不肯放手。

陈滔滔原本和警察的渊源已经结束了，不巧刚刚在法庭上嘴贱病又犯了，结果他就又得为这些没钱打官司的人义——务——帮——忙！

咬咬牙，他矢口否认好几次，可惜没用。

带着姚雨晴回到自己的办公室，将自己扔进椅子当中。

“说说吧……”

姚雨晴说着，前后都说了，这姑娘一滴眼泪都没掉，讲的好像是别人的故事。

“我怎么看着你都不伤心呢？”

姚雨晴听闻道：“错的人不是我，为什么我要伤心，要寻死觅活？我要亲眼看见他被抓起来，被送进去坐牢。”

陈滔滔睫毛半垂。

他是挺欣赏这样的女人的，总比那些遇到事情哭哭啼啼的来得好，自己都瞧不起自己，没人瞧得起你。

“当时就报警了？”

姚雨晴点头，当时她脑子里也曾闪过犹豫，但最后还是报了警，她现在回想起来，真是感激自己，感激自己报了警，感激自己遇见了明警官。

姚雨晴的案子过了不久就落幕了，可能这个小小的案子很快就会被其他的事件取代，而对于她自己而言，她迈出了勇敢的一步，她遇见了一个好警察，她为自己讨到了公道，将犯了法的人送进了监狱当中。

姚雨晴拿到了赔偿，也要到了公道，没打官司之前，她只是想要公道，至于说赔偿她已经决定舍弃了，她清楚这样的官司打起来，如果自己想要钱的话，还想要公道就会很难，但是陈滔滔的本事让她看见了光明和正义。

原来律师和法庭也不是有些人口中所讲的那样，白就是白，黑就是黑，如果以后身边的人遇上这样的事情，她会告诉她们鼓起勇气，为自己讨个公道，不要怕。

姚雨晴的父母就惨了，国家没有断绝关系这一说，就算是断绝关系也没有地方，没有人承认，但是国家也不能管儿女对父母尽孝不尽孝，姚雨晴现在明显就是和父母拉开关系，钱自己收着，未来的打算慢慢去想，她还有那么久远的未来。

“雨晴，这钱妈帮你收着……”

姚雨晴的母亲不知道第几次找到学校来了，那么多的钱，这个死丫头她拿着做什么？自己会帮她去理财，将来等她出嫁的时候给她一点。

给她一点？

姚雨晴有手有脚，为什么要让父母来帮她理财，难道她不会吗？还是她傻？明显是有人想将这个钱充当为父母的钱，然后等你将来出嫁，我高兴我就赏你两个子，我不高兴你就一毛钱都别想要。

姚雨晴隔着门看着自己的妈，她的表情很冷淡。

人这一辈子真是什么坎都要过的，什么都会碰上的。

她为难的时候，她的父母为了钱，为了脸面，宁愿不管她，让她不要闹，现在判决下来了，她获胜了，她得到了正义的支持，拿到了赔偿，他们又来到她的面前，她送给他们一个大写的服。

人可以傻一次，却不会永远都傻。无论她妈怎么和她伸手要钱，她就是一个没有，十个没有，有我也不会交给你，后来她妈还闹了一次，不知道是想不开还是被人撺掇的闹上了法庭，这个钱的来路还需要问吗？

官司自然是打不下来的，明知道女儿手里攥着钱，就是享受不到。

夫妻俩辛辛苦苦地工作，满足儿子的一切要求，儿子呢，搞大了别人的肚子自然要负责的，孩子生了下来，这些琐事用钱的地方就多了起来，儿子可不管父母是不是辛苦，我要买的，你们就必须拿钱，不拿钱，我就甩脸色给你们看。

给儿子买了新款的手机以后，这个月的生活费都没有了着落，姚雨晴的妈妈只能再去找女儿。

姚雨晴和父母拉开距离之后，时间会冲淡一切，双方的关系越来越淡薄，她毕业以后有了一份不错的工作，母亲上门威胁。

“我知道你现在谈男朋友了，那天我在你家楼下看见了，你要是不给我钱，我就告诉他，你曾经被强暴过……”

姚雨晴冷笑着，人都说父母是伟大的，就是这样伟大的？

真是亲妈啊。

“你告吧。”

姚雨晴的母亲见女儿这样狠心，抓着女儿的手要跪下，想装可怜骗取女儿的一点同情，可惜她这人脑子有点笨，可怜不是应该上演在强硬之前吗？她那样狠毒的话都说了出来，现在玩可怜，不是等于告诉姚雨晴，你妈我就是一条毒蛇吗？

“你弟弟都结婚了，你当姐姐的总不能看着不管吧，我要的也不多，就一套房子，如果你手里宽裕的话……”

这个死丫头片子，她自己吃香的喝辣的，就扔着家里人不管，看着我和她爸爸累死累活地赚着辛苦钱，白眼狼！

姚雨晴推开她妈的手。

“他结婚也是我的责任？好，最后一次。”

当妈的一听，眼睛里立马堆满了笑意，只要肯管就好，不拿出来一个让她满意的数目，这绝对不是最后一次，威胁是可以无限使用的，只要她有男朋友，她想结婚，她就会怕的。

姚雨晴从自己的兜里掏出来一把硬币，大概有五六个。

她将那些硬币扔在地上，冷眼瞧着自己母亲。

“这是最后一次。”

转身离开，她缓缓笑了出来，脸上有泪。

老天爷是公平的。

姚雨晴的母亲没敢相信，那个死丫头就真的敢这样对她？

是谁供她念书的？是谁生了她，养了她？

“你想不认我和你爸，除非你把身上的骨头和肉都还给我们……”

脑海里突然想到了孙子最近在看的动画片，不是就有一出吗？

后来？

每个家庭都有不同的悲欢离合，姚雨晴的弟弟被她父母那样养着，最后能好？从父母的身上压榨不出来钱，心思自然就动到了别的地方去，没有就抢，抢自己亲姐的。

结交了一些社会上的不良人士，策划绑架自己姐姐，谁知道天意弄人，准备绑的那天为民路附近恰巧有人抢劫，抢劫犯啊，不开眼的，逃跑过程当中把姚雨晴的弟弟给撞死了，人被撞出去几十米远，当场就咽气了。

姚雨晴换了工作，去了别的城市，结婚了，生了一个漂漂亮亮的女儿，丈夫不帅但很贴心，女儿听话，自己和婆婆偶尔也有些争吵，不过两个人都是没什么心眼的，转身就忘了，她过得很幸福。

至于她那爹妈？

儿子被撞死了，撞死他们儿子的又是才出狱没有多久的人，人家家里不肯拿赔偿金，犯人又被抓了回去，没有任何的赔偿，媳妇那么年轻肯定是要走的，孩子扔了下来，老两口现在可劲儿地惯孙子，孙子要什么给买什么，凡是和自己孙子有冲突的都是别人的孩子不好，看眼珠子一样地看着孙子，生怕看不见的范围别人欺负了自己孙子。

不懂事的孩子之间起了冲突，老太太冲出去将人家的孩子喂了一嘴的沙子，人家父母自然不能轻易饶过，起诉，赔偿。

“本台最新报道……”

电视上播着新闻，某居民区发生爆炸，好像是瓦斯引起的，A 户炸了却没有一人伤亡，当时全家都在，隔壁 B 户老两口却当场死亡。

“明珠曾经带着你们下访过？”

下访的问题再一次被提了出来，却不是上面揪着明珠的脚不放，一定要给她穿一双小鞋，而是来自下访过程当中的一个家庭，提出抗议，警察骚扰自己的正常生活。

这个世界存在一种最毒的仇恨，莫过于人心。

“那个警察不知道怎么搞的，来家里说些有的没的，我们不想得罪警察，也不想和警察打交道，她来到我们家……”

她的儿子死于一场事故，她觉得当时的判决并不公平，她所遇到的警察她认为有违于这个行业的标准，他们冷漠，他们不屑，他们体会不到她活到这把年纪失去儿子的痛，她不喜欢警察，甚至厌恶警察，她讨厌上门的那个人，因为你是警察就可以乱闯别人的禁区吗？

“又？”

女警问着里面的人。

明珠的事情已经平息了很久，最近没见她起什么头，外省跑了几十趟，去办案的，又有什么事情？她是没有听到消息，还是明珠又偷偷干的？

局内一开始吹的风较为强烈，抵触的风，不接受的风，渐渐地这种风也减缓了下来，有些事情不赞同是不赞同，却不会反对，不喜欢明珠的人一大把，不喜欢她的个性、外貌，一切一切的人更是很多，但落井下石的没了。

就是莫名地没了，议论声音小了，每个人都认真地工作着。

所谓暗访再次开始，开始没有几分钟就被刘大同打断：“我不明白为什么上面对我们这样不信任。”

有点事情你们就查，下来各种查，有这种时间，你们去查查投诉的人好吗？他们是耗子吗？没搞清楚就摆出来一副他们犯了错的态度，每天累死累活不算，自己的体系都不相信自己人，什么叫骚扰群众？一点屁大的事情就用放大镜去看，真的那么在乎群众的声音，你们下来查案，你们查吧。

“你坐下。”

刘大同并没有坐，他当了警察以后也没什么好后悔的，这份工作是自己所选的，他只要对得起自己的初心就好，没指望升职，也知道升职机会绝对不会落在他这样的人身上，他不会送礼，不会拍马屁，不会讲违心话。

“我没什么好说的，愿意处分就处分，一〇四案子就是在走访的过程当中发现线索的，你们认为骚扰这就是骚扰吧，我有案子，我很忙。”

刘大同从里面离开，外面大家你看看我，我看看你。

这叫什么？有什么样的头儿，就有什么样的下属，都跟着学，就只差摔门了。

这一个小队就没一个人指出来明珠的行动有任何问题，好不容易碰到个笑面虎，周格安是这个小组当中年纪最大的一位，今年四十六岁了，可能进入社会太久，太极打得很好，问什么回答什么，该说的他不说，不该说的他也不说，就带着你们兜圈子。

“我觉得这事吧，应该当作好事来看，现在这样的二百五太少，好不容易出现一个，你们给吓跑了，以后就没二百五了。”

调查组：“……”

这原本就是越级的行为，调查组将报告交了上来，领导上午就收到了，他翻开看了看，然后又扔回桌上，压着没办，他认为里面有个人讲的一句话还是对的，端起来大茶缸子慢慢地啜饮着茉莉花茶，十块钱一袋的那种，深呼吸一口气，好茶！

领导压着不批，下面去办的人心里画魂，这还是有后台，几次了？领导明摆着就是护着那个支队长，得！

十一点零三分，正德小区有人报警。

周格安带着人出动，刘大同扫了一眼，没看见明珠，他觉得自己算是了解明珠的，她向来都是亲力亲为的，不会因为是小案子就不动，不符合她的个性。

“头儿呢？”

周格安笑呵呵地打着岔子：“怎么？没有明珠，我就带不动你们了？”

“倒不是那个意思。”

周格安指指里面，会议室里面有三个人睡得颠倒，会议桌上四仰八叉地躺了一位，另外的两位女性都窝在椅子当中睡了，里面的人已经几天没有好好休息过了。

刘大同点头，一行人出动。

小案子，没有流血没有伤人，更加没什么危险。

现场的老人尤其多，七十多的、九十多的一眼扫过去来了不少，这是老年聚会吗？

简单地询问，街道负责人无奈，只能进行说明，这国家对老兵有优待，上面会通过街道办发送一些钱，因为老兵的功绩摆在这里，这些老兵也不是随便抓出来一个就算的，都要通过重重的审核，是有资格享受这些待遇的，结果不知道消息是怎么放出去的，或者可能是老兵的儿女透出去的风声，开始还好，后来就乱套了，来了一堆的老人，来领钱。

说是国家要给他们发钱了。

街道办的负责人解释了，有些一听不是给自己的，这就是一场误会，说两句也就离开了，但有这么十多位老人死活也不肯走，不给他们钱就不行。

现场的警察开始驱散人群，语气很硬，有些怕的也就散了，可就是有不怕的。

有的老人是全家都来了，儿女陪着，一个老头儿挺着脖子，看样子至少要九十了，嗓门倒是很大：“我也是老人，国家给当兵的钱，怎么不给我们钱？我们活到这把年纪也不容易……”

街道办拿着钱说是给老兵的，谁知道是不是给老兵的，要给就一起给。

警察全部进入办公室里，有些人对警察会有敬畏之心，有些人却是不怕的。

“都说得这么清楚了，闹什么，都出去。”

“警察都是这个样子的，你横我们就怕你吗？你叫我们走我们就走？道理不讲清楚，我们不走！把钱分明白了！现在的警察都是这样，都是乱来的。”

里面的人驱散不出去。

周格安好脾气地试着和老头儿讲理，老头儿一脸的不讲理，不给我钱，我就不走，你敢发钱我就敢抢。

不知道这是谁灌输的观念，他也许是认为自己年纪大，九十多了，谁碰他一下，他躺下别人就得负责，谁敢碰他？

街道办的工作人员就是因为这个才报警的，现场来的这些不讲理的老人年纪都偏大，他们都得罪不起的，碰了一个也赔不起，现在就是这样的社会现状，只能叫警察来。

警察强硬地驱逐，劝不出去，道理讲不通，而且发现一个挺有意思的事情，那就是老头儿不讲理，他家里人也都是讲不通的，警察让街道办发钱，这边老头儿就真的上手去抢。

“把人带回去。”

刘大同抓着老人的手，这已经上升到抢了，带回去再说，结果就是因为这么一句。

周格安就知道不妥，他觉得大同这个性有些过于强硬，还没等他说话呢，老头儿的家属就闹了起来，旁边连带着三四个老人围攻刘大同，现场乱成一团。

最后老人是被带回来了，他们家属嚷嚷着要找媒体，有些放了狠话。

“警察就都是这样的，不分青红皂白乱抓人，我老爹都九十多了……”他坐在门口放声大哭，不管谁拉就是不肯起来。

九十多岁的老头儿他不讲理，他闹，他妨碍公务，他抢钱，你能拿他怎么办?

带了回来，老头儿突然往地上一躺：“我的心脏疼啊……”

你明知道他是装的，可万一他真的死在局里了，你解释得清楚吗?

明珠是最先醒的，离开位置，她的衬衫扣子解开了几颗，睡觉的时候都扣着不太舒服，她一动小猫也跟着动了，睡了不到两个小时，他真是没有力气站起来了，头都要炸了。

“头儿……”

“你睡吧。”

明珠套上外套走了下来，下面老头儿的家属还在闹，乌央乌央的，哭声喊声，还有的就要上手去揪办事民警的领子。

“我要死了……”

明珠走到老头儿的身边，蹲下听了听老人的心跳，她这么一弄，所有人都安静了，不知道她要干什么，老头儿的女儿是最先反应过来的，尖叫一声。

“警察要杀人了……”

……

请了医生过来，查看过说是老人心脏没有问题，但医生也是这个态度，现在没事不代表以后没事啊，你这样扣着人不放，真的出问题，你就摊上大事了，这个时候别犯犟，教育教育就得了，和这样的人讲不清楚。

明珠是谁劝都劝不住，这人就是死犟死犟的，周格安摇头，这样下去早晚都会吃亏的。

明珠落笔，写着案子的分析，外面该请进去教育的都给请进去了，无论老的小的，她都不管，出了事她扛着。

这事肯定有风声传到副局的耳中，副局今天的反应有些怪异，点点头表示自己听过了，对面的人待在原地，这种反应?

“出了事她能扛住。”

再教育也总有教育完毕的时候，明珠的本子上密密麻麻地写着字，她破案这方面有些弱，幸好有整个团队，弥补了她的弱点。

“头儿，你的咖啡。”

小猫已经灌了三杯黑咖啡，不知道是不是总熬夜的原因，竟然特别喜欢咖啡的味道，不喝身体就好像有点不舒服一样，灌下去整个人就清醒了过来，咖啡放在明珠的桌上。

不过那杯咖啡没喝成，而是泼在了明珠的脸上。

老头儿的女儿进来撒泼，看见桌子上有东西就直接扬了过去。

“你叫明珠是吧，我记住你了，我不会善罢甘休的。”

“你不善罢甘休之前，请你再接受教育几个小时。”

明珠叫人把她带走，我们不训斥你，不打你，不吓唬你，就是教育你，对着警察的脸泼咖啡，犯错了知道吗？

“就因为她是警察，我泼了你们就拘留我？”

女的大喊大叫。

面前坐的女警不急不慢，她等女的都吼完了，补充一句：“这不是拘留，这是教育，你的错不是因为你泼了她，当然道德方面我们可以谴责你，你的错是大闹办公地点。”

每个人的工作不同，有些人嘴皮子溜，有些人会卖萌，有些则是抓贼她不行，但是她说服教育是强中手，能不重复地念叨你几个小时，一直念叨得你想发疯，不想听你也得给我听着。不到时间，就是不肯放人，外面的人再闹，那就都进来吧，反正天塌下来压死个高的，明显个高的那个就是明珠。

他们只是服从命令，明珠的职位比他们高。

“看见我不叫人？”张鲁也有些意外，会在这里看见明月。

明月变化倒是挺大的，他已经七年没有明兰和明月的消息了，他也乐得清净。

张鲁依旧是那副模样，有些时候老天爷是不公平的，有些人经过岁月的洗礼，身上沉淀下的就只剩一股朝气，张鲁明明都已经老了，却看起来容光焕发，也许男人和女人是真的不同，有些人注定越老越有味道。

明月看着眼前的人，情绪没有太多的变化，只是眸光略略移开。

“奶奶，有客人。”她对里面喊了一声，然后自己就回房间了。

七年以后遇见自己的父亲，是喜悦还是苦涩？

明月离开的时候，没有人来送她和明兰，两个小孩子互相依靠就这样出国了，对外面世界一切的不了解，对外面世界的茫然和害怕使得她们就像是被驱逐离开了家乡，能有的依靠就是当时躺在医院病床上的人。

荒草丛生的青春，那些发生过的，明月有些记得，有些记不得，好的她封存下来，保留在心间，不好的密密麻麻地刻在骨头上，那些都是她的自尊。

她的笨，有些人欣赏，有些人对她则是从未心疼。

她的妈妈叫明珠，她的爸爸也叫明珠。

明月趴在床上，拉起被子盖过自己的头，她告诉自己要坚强，不要为了这样的人生气伤心，可封存的记忆随着张鲁的出现全部出现了裂痕。

奶奶出来的时候脸上还带着那么一点笑意，等见到来人她的目光变得冷沉。

这个世间，最毒的诅咒，莫过于有缘无分，亲生母子，有缘无分。

“看样子，我不太受欢迎。”张鲁打趣地说着。

“你来干什么？”

张鲁看着自己的母亲，他试着缓和声音，过去的都过去了：“过几天是你八十八岁的寿辰。”奶奶听了这话目光却比之前更加疏离几分。

八十八岁大寿吗?

她三十五岁守寡，一手一脚带大儿子。八十一岁让亲孙女跪在院子里拿着刀逼着她去出面，那个孩子的眼神到现在她都不会忘记，狼崽子，八十一岁和儿子决裂，这七年当中他狠下心不来看她这个母亲，她也觉得没什么好遗憾的，有缘无分而已，明珠也好，张鲁也好，见不见的她都不遗憾，不觉得不圆满。

老太太的嘴唇抖了一下：“你走吧。”

“妈……”张鲁叫了一声。

老太太回了自己的房间，她的房间多了很多东西，都是明月买的，这个孩子她不喜欢，她却不管自己喜欢不喜欢，强硬地每天打开她房间的窗子让太阳照射进来，陪着她坐在院子里晒着太阳，陪着她吃素。

很讽刺。

世间最浓的感情应该是血在血管里流淌，流下来的那个叫作传承，不是你的家人身上不会流着你的血，最淡的该是陌生人之间，可是她和自己的亲生儿子有缘无分，和自己的孙女有缘无分，她却和一个没有任何血缘关系的孙女……

奶奶擦掉脸上的眼泪。

明月感觉有人推门，下意识地坐了起来，抱着被子。

“你什么时候回来的？和你二姐一起回来的？”

张鲁自顾自地进了明月的房间，拉过一旁的椅子，坐了下来，望着明月问出口。

明月低垂着头，见她不说话张鲁也不着急，就稳稳当当地坐在那里。

过了几分钟，明月回答：“是。”

“你好像对我很陌生，我记得你们姐妹仨当中，你是脾气最好的，最愿意开口叫我爸爸的……”

明月嘴唇微微抿着，她的双手隐藏在被子里，双手钩着，这是她紧张的表现。

“当初说好的，送我和二姐离开，以后我们再也没有任何的关系。”明月抬头，直视张鲁。

张鲁明显一愣，神情上起了细微变化，厌恶的情绪似乎越来越重：“你拿着我的钱出国念书，念完书你对自己的爸爸说，我们没有任何的关系？”

他的手指点了点腿，真是个好孩子呢，果然是明珠教出来的好孩子，一个一个的都是她的复制品，小畜生变成了大畜生。

“那个钱……”明月掀开被子，从床上跳了下来，她不认为自己欠张鲁的，“那是我姐用命换来的，我欠我姐的，我不欠你的，我们那么困难的时候，那个时候爸爸在哪里？我觉得活不下去的时候，爸爸在哪里？我们被人拖到楼顶，爸爸在哪里？被人扔下去的时候爸爸又在哪里？如果不是我大姐，我和二姐都死了，我大姐差一点就死了，那个时候爸爸在哪里？

“我有个生了我的妈妈，她叫明慧，我有个养大我的妈妈，她叫明珠，叫明兰，我的爸爸叫明珠，叫大姐。”

张鲁的眉头不可察觉地拧着，脸上的表情越来越冷：“明珠把你们教得真好，是非不分，眼中完全没有长辈，真是一群狼崽子。”

明月与张鲁对望：“这个世间最毒的仇恨就是我们成了你的女儿。”

明月的睫毛轻轻地眨着，心疼她的人从来都是她的两个姐姐，学会了舍弃，学会了坚强，一年一年地长大，她认真地活着，认真地喘着气，不是她心中的伤都彻底痊愈了，而是一次一次她体会到相依为命这几个字，心中密密麻麻的伤痛被她一次一次地修正成了勇气，成了活下来的勇气。

那么悲惨的过去她都承受了过来，这个世界上还有什么是她惧怕的？

不是你，更加不是那些恶势力。

“好，真好。”张鲁慢半拍地站起来，他看着明月，久久不语，没有马上离去，过了十几分钟，也许是更长，他缓缓迈着步子走了出去。

明月今天的心情不怎么好。

奶奶明显也是如此，午饭没有吃，晚饭也没打算吃，感觉不到饿。“奶奶，你要过大寿了呀？”明月问自己奶奶。

她是真的不知道，她不知道奶奶的生日，也不知道奶奶具体多少岁了，以前走得不近，她也不知道妈妈如果活着今年该多少岁了，她知道明兰多大，知道明兰的生日，知道明兰来例假的日子，也知道明珠的生日，知道阴历阳历，知道明珠的血型、明珠的星座。

奶奶冷哼：“过什么大寿，盼着自己早点死吗？”

“生日嘛，总是要过的，热热闹闹地过，全家人都在一起。”

“全家人？想要热闹你就滚出去，不要赖在我的家里烦我。”说着老太太就火大了，正好找到了借口，门板啪的一声就摔上了，有了理由晚饭可以不吃了，被不孝的孙女给气的。

初一。

张鲁来过的第二天，明月买了飞往杭州的机票，一大早拎着行李就赶飞机去了。

奶奶其实早就醒了，她这把年纪觉很少的，三四点起就只能看着门等着天亮了，她听见了明月折腾的声音。

走了好。

明月悄悄带上门，她怕吵醒里面的人，出了大门拿着手机拨出去一个号码。

“对的，七点请你到家里来，帮我照顾我奶奶几天，我要出门。”

明月交代好请的保姆她就拎着箱子离开了，别人叫她艺术家，她二姐说她就是脑子轴，睡个觉吃个饭也许想到什么，就莫名地消失，等回来的时候，混得和鬼一样，她身上好不容易长出来的那点肉又都没了，她姑且把二姐的形容当作嫉妒。

保姆推门进来的时候，老狗冲了出来，对着她叫，她捂着心口，吓了一跳。

“你谁？”老太太冷冰冰地问出口。

“我是明月请的保姆……”保姆说着，明月请了她来照顾老太太几天，过几天明月回来她就走。

回来?

不是走了吗?

“谁让她回来了，回来也不给她开门，死赖在我家……”话是这样说，她眼中的情绪明摆着就是柔缓了嘛。

保姆不管这些，她脾气很好，人长得白白胖胖的，老太太不让她干活，她就说她一天收明月两百块钱，如果不干活也行，那她就干拿工资好了。

“我没吃饭呢。”

保姆笑。

“您有个这么好的孙女，她是做什么的，工作应该挺好的吧。”保姆和老太太聊着天。

看样子不像是差钱的人，可样貌太年轻了，就是个小孩，父母有钱吗?

“她是画画的。”

奶奶过了很久说了起来，老狗趴在她的脚边。

“是画家啊，难怪呢，看起来气质就和一般人不一样……”

明月的个性和小时候多少有些区别，但是你说变化大，那也说不上，不过她疯起来的时候，是真疯。

下着大雪的天气，她要泛舟，船家说这样的天气很冷，湖面上倒是没有什么风，不过一片白茫茫的，有什么好看的?还要待在船上几天，他觉得自己碰到疯子了。

“我给你三千。”

“这不是钱不钱的事。”

“五千。”明月说。

船家：“……”

“一万。”

船家有点心动，但晚上也睡在船上，他会冷的，会冻死的。

“两万……”

“成交。”

船家回家拿了被子，穿了很厚的大衣，拎了很多吃的和很多的热水，遇上疯子了，还是个有钱的疯子。

船家的老婆就说，不能为了赚钱不要命，这人就是个神经病。

“那也是个有钱的神经病。”

不赚白不赚。

有钱不赚是傻蛋。

小女生看起来年纪那么小，这是遇到什么挫折了，自己跑出来找刺激?

你说自己一个男的，她也不怕，不过也对，估计看着他年纪大。

“姑娘，你这穿得有点少……”

明月觉得心热，特别热，她现在不能多穿，只是穿了一件薄薄的羽绒服。

明月要求船家不要开口讲话，不要和她讲一句话，船家闭上嘴，就说这姑娘看着神神道道的，是不是脑子有问题啊？

明月坐在船舱里，这船简陋得很，天上飘着雪花，她就穿这么一点，拿着画板和笔，哭。

眼泪哗哗的，手里的笔不停，船家现在真有点想跳湖的想法，这是干什么呢？

画画的？

他也算是长见识了，都说艺术家脑子和一般人不一样，精和傻之间就隔着一条线，那谁分得清你是精还是傻？

哭，不知道哭了多久，脸都哭干了，他吃了饭，喝着热水，想着年轻人肯定挨不住，不到晚上就会提议回去了，到时候回家泡个热水澡，老幸福了。

结果……

船家觉得自己都要冻成人干了，带了多少衣服外面也冷啊，都要被冻成石心了，那姑娘中间有一段时间发神经将羽绒服都给脱了，她一脱衣服他就清醒了，第一怕遇上讹诈的事情，第二怕她想不开。

好不容易不哭了，开始笑。

待在船上两天，明月只是喝水，她不吃东西，不睡觉，手冻得又红又僵。

从船上下来，直接就进医院了，不进医院才怪呢。

船家找到她手机上能联系到的人，电话打过去。

明兰得到的消息就是，她妹妹发神经进医院了，差点就烧成肺炎了。

怎么跑杭州去了？

船家才无辜呢，以为自己这钱是打水漂了，明兰问明白了就让他走了，该给的钱她也没往回要。

明月这身体啊……

原本就又瘦又不好，自己还不爱惜，说是有灵感就玩命，那种时候她热血沸腾了，感觉不到冷，感觉不到饿，感觉不到茫然，明兰体会不到，她就是觉得老三的脑子有点不好，可这个脑子不好的运气还算是不错吧。

明兰熬夜过来的，接的上一部戏，拍得很辛苦，完了等后期的时候，都给剪了，人家不差给她的这点钱。

坐在椅子上，拉着明月的手，头一下一下地点着。

在国外的那几年，明兰和明月就是这样过来的，明兰生病的次数不多，倒是明月总是生各种病，生病了一开始她不安稳，明兰就只能拉着她的手，渐渐地养成习惯，不拉还不行。

明兰身上穿着薄薄的毛衣，医院的温度有些高，她的头发乱糟糟的，眼眶下方的黑眼圈很重，明月打了针睡了一觉，身体也暖了过来，人也清醒过来了。

“我渴了，姐……”

明兰被她给喊醒了，忙起身去倒水，坐到床上喂着明月喝，让她靠着自己。

“有本事啊，玩浪漫呢？这个天你跑到湖面上去，撑着一把伞，你觉得自己老牛了是不是？”

明兰一句跟着一句不停地训着明月。

明月的嘴唇一点颜色都没有，她看着二姐呵呵地笑着，她抱着明兰，自己笑着，不知道为什么那么开心。

“你少来这套，以为抱我，我就不说你了，你多大了？你哪天自己把自己给玩死了，我都不意外，你别画了，听见没有？”

“姐，奶奶的生日在初一……”

“她过生日和我有什么关系？”明兰记恨自己奶奶。她奶奶不是真的想帮她们，是老大拿着刀子去逼的，老大也是个傻子。

“大姐觉得欠了奶奶的，我要替她偿还，我自己也觉得欠了奶奶的。”

“那是她活该，她生出来一个禽兽不如的儿子，害我们有了个禽兽不如的爹。”

明月说自己身体现在这样，她是准备不成了，所有的东西都要靠明兰去准备，明兰嘴上说着不管，还是准备上了，等明月好了一些，就带着她回了上中。

老宅很热闹，挂起了灯笼，处处红红火火的样子。这个家早就和原来不同了。

最先感受到不同的自然是邻居，之前给人的感觉还是一个苍凉的老房子，现在怎么搞得有点像是有权势的府邸了？

老太太带着老狗坐在院子中央，看着那两个丫头忙来忙去，指挥着别人干活，家里家外都已经收拾得干干净净的了，买了年货，也不知道怎么就那么爱吃鱼，买了一堆的鱼，现在的鱼价格多不靠谱啊，不过就是图个吉利而已，那些迷信她一个老人家都不信，反倒是这两个小的信得紧。

吃年夜饭的时候，明兰出其不意地扔给老太太一个特别大的红包，可能是特制的吧，不然没见过这种尺寸的，里面装了不少的钱。

老太太不冷不热的，明兰也是相同的表情，只有明月最开心。

紧接着大年初一又是奶奶的生日，家里张灯结彩，多做出来的饭菜送给住在附近的邻居，人人有份，沾沾喜气，接到的人家都说着恭喜的话，现在住在这里的，都是条件不好的，条件不好突然接受到挺丰盛的菜，觉得很奇怪，听说是孙女为奶奶过生日，觉得现在的年轻人，像这样的特别少，可真是好。

“新年快乐。”

“新年快乐。”

奶奶在房间里，老狗睡得四仰八叉的，她的手蹭着脸，那双满是皱纹的手，好像橘子皮一样。

时间匆匆，她大年初一的生日，因为紧挨着除夕夜，她有多少年都没有过过生日了，自己不去重视，后来也没有人重视了，张鲁和姚可珍倒是没断了给她钱，每年过年之前都会给一笔，不管她要不要，但是年初一似乎是个很容易被忽略的日子。

年三十晚上明珠没有回来，据说是值班，大年初一初二也没有回来，说是有案子。

初三一大早，明兰起床就有点阴阳怪气的，不太高兴。

给明珠打电话，人压根就不接，好啊。

“我晚上就走。”

初三晚上十一点二十九分，明珠进的大门，奶奶已经盖着暖暖的被子睡了过去，说要走的明兰也没有走，一直等到了现在，嘴上一直嚷嚷着，却没见动。

明月煮了长寿面，特别简单的面，里面就只有一点葱花，她的厨艺似乎也没有多么好，明兰做饭也不行，姐仨没一个厨艺好的。

明月小脸红扑扑的，端着面进来。

“够迷信的了。”明珠不信这些，吃长寿面就真的能长寿？

明兰出口讽刺：“做了你就吃吧，你非要显示一下自己和别人不同？你永远都搞另类，家里等着给你过生日，你跑得影子都见不到，不知道这警察局是不是离开你，他们就都不办案了，怎么的，过年加班工资给几十倍啊？”

明珠不屑于和明兰辩论，在明月期待的眼神下，还是拿起了筷子。

“下回可别做了，我还年轻着呢。”

“好。”明月答应。

明珠确实肚子里也没有什么食物，吃的不是冷的就是凉的，面条没什么味，却是热的，有她妹妹的爱心在里面呢。

面前的两个妹妹就罚站似的，傻愣愣地站着，也不知道坐，明珠不知道她们俩又要搞什么，专心吃自己的面。

明兰和明月双双跪在明珠的面前。

“大姐生日快乐。”

“大姐生快。”明兰简短地说着。

明珠吃进嘴里的那些面条差点喷出来，她呛了一口，猛烈地咳嗽，这是搞什么呢？

她是死了，还是怎么着了？

她指着明月，是想让明月起来。

明月用膝盖向前走了两步，她握住明珠的手。

“我和二姐那七年都是跪你的照片，大姐不在我们的身边，却在我们这里……”明月摸着心口的位置。

她们相依为命，她们有缘有分，春去秋来过得倒也安稳，陪着她们的是时间，数着一分一秒，密密麻麻的都是爱，岁月可以拉远她对父爱的渴求，却不会拉远她对大姐的想念。

“起来吧，我们家不兴这个。”明珠唇边弧度淡然。

做的时候没指望你们来报答，现在依旧不求，只要你们把自己的日子过好了，别再拽着我的后腿我就知足了，我能管你们一时管不了一辈子。

明兰从地上起来，她原本也没指望明珠有多感动，老大这心肠就是石头做的。

“下次也别拜照片了，我距离死估计还有点远。”

“都和你说了，到了她嘴里，什么深情就都变了。”明兰翻着白眼。

“姐，生日快乐。”

明珠这面吃不下去了，一停顿一喷，还能有什么胃口。

明兰看了看明珠身上的衣服，就闹着要给明珠换一件，她行李箱里就有，嘴上说的是自己不穿的，其实就是专程买给明珠的。

小时候她们姐仨的衣服都是明珠买，不管好看不好看，你穿也得穿，不穿也得穿，还是一件一件轮下来的，现在呢，变了，变成了老二老三买衣服给老大穿，说的是自己新买的，穿不下了，觉得穿身上不好看，给你了，其实都是新的。

“我换什么衣服啊，我还要回去睡觉呢。”

“先换了再睡。”

明兰拽着明珠，扒着她身上的警服，才换到半截，明珠的手机响了，明月将手机递给明珠，明珠接了，把刚脱下来的毛衣又穿了回去，套上制服就走了。

火车站那边有人报警，疑似发现了拐卖孩子的。

明兰无语地拿着衣服，看着她跑没了影子：“是不是警察都这样，还是就我大姐这样？图什么？”

以前觉得老大很精，现在一看，估计精的灵的那部分都透支光了，成傻蛋了。

“我大姐是个好警察。”明月说。

“什么叫好？就是缺心眼外加二百五，脑子不清醒，你觉得对得起天地良心，人家觉得你是沽名钓誉。”

“二姐，你真世俗。”明月一脸的嫌弃。

明兰将衣服扔回床上：“这年头你给我找出来几个不世俗的。”

明月也只是笑。

明珠赶到现场，人已经被按在原地。

被按在地上的人抱着头，旁边的女警抱着孩子。

邱洛洛今天值班，转线接到电话就赶了过来，很快就将人制服，原本那人也想挣扎，后来知道邱洛洛是警察就不动了，乖乖地配合。

火车站里有条不紊地进行着播报工作，该上车的上车，该等车的等车，没有受到多大的影响。

报案的是个姑娘，姑娘说自己看见穿着深蓝色羽绒服的女人给怀里的小孩喂吃的，原本孩子闹腾得厉害，喝了以后就不哭了。

在火车站抓住人的时候简单地问了几句，抱着孩子的女人说话含含糊糊的，然后又叫来一个男人，说辞更是漏洞百出，以防万一，就把人都带了回来。

回了局里，让几个人坐好，准备录口供。

给三个人录口供，姑娘所讲的和在车上所言并没有太大的区别，倒是那一男一女，男的说女的怀里的孩子是他儿子，他和女人是夫妻关系。

“身份证。”

明珠问着眼前的人，女的明显就是一副心虚的样子，是自己的男人她心虚什么？

男的咬着牙不说，这边等不到他的回答，男警对着男的恶声恶气地说着，这样的嫌疑犯他见得多了，你以为你不说就完了？

女的估计也是初犯，很快就哭着交代了，孩子是她的孩子，不过是她买来的孩子，男的是孩子的亲生父亲，也就是卖主。

她结婚几年一直没有生养，和丈夫商量了之后决定抱养一个孩子，可抱养也得有小孩让他们抱，打算去孤儿院领养，家里的亲戚七嘴八舌说孤儿院里的孩子都是身体有毛病的，那样的孩子不能要，又说即便孤儿院的孩子健康，领养手续也非常麻烦，后来别人说亲戚当中有一家孩子不要了，她就来了。

几乎现场的警察都觉得男的也许不是这孩子的父亲，哪里有亲生父亲卖孩子的，或者即便他是亲生父亲，但孩子的母亲一定不知道。

结果却是出乎所有人的意料。

是亲生的没错，现在嫌疑人说不是卖，而是赠送。

赠给人的孩子还不止这一个。

这对夫妻没有工作，生过三个孩子，现在三个孩子都不在身边，女人肚子里还有一个呢。

“讲得那么好听，一个孩子你给别人，三个孩子你还给别人，现在肚子里的这个是不是也要给别人？”

男的一副“我自己生的孩子，我愿意给谁就给谁”的态度：“我的孩子，我就是打死你们也管不着……”

明珠手里的笔顿了顿：“联系联系医院，看看医院有没有记录，确定一下她几次生育的时间。”

女的感觉事情要不好，她就嚷嚷着说道：“我就是想生个儿子，生了女儿送给别人不行吗？我也没有收她的钱，我想给孩子一个更好的生活条件不可以吗？”

双方死咬着不放的结果就是，警察也没有这个权，如果双方牵涉到金钱的交易，警察可以没收且罚款，但现在女的男的以及准备收养的那一家，一边说是就想再生个儿子，有这个女儿养不起，一边说是生不出来孩子想收养一个，法律上也有类似的规定，受重男轻女思想而出卖亲生子女或者收养子女的，可不作为犯罪处理，情节恶劣的以及以赢利为目的的才能重罚，但这个情节是否恶劣现实当中根本就没有明确规定，实践中的判定标准也大不相同，有关部门没有出台相关的司法解释以及解决方法，那么接下来就导致任何机关都没有办法对此做出决断。

加个拐加个卖，警察好办，现在你是明知道对方就是卖孩子，可惜没证据，怎么办？

处罚以后放人。

你没有权力，没有资格扣着人不放，哪怕你晓得转个身这孩子可能又被赠予别人家中了。

放人吧，说服教育，人家听没听进去，你也不清楚，答应孩子绝不遗弃，抱回去自己养，这样的话谁信？

只是不管信不信，警察都不能把孩子抢下来自己养，该说的说完了，最后只能放人。

明珠打算回家睡觉，拎着车钥匙，上了车准备出门，看见一个女的，见到她的车就和受惊了一样立马沿着旁边的小路走了，一边走还一边回头，明珠开着车离开，在街上绕了一圈，又开车回来，果然见那个女的还在。

看样子有四十多，这天挺冷的，还有风，那女人穿得也不多。

中年妇女就看着那道门，想想还是想迈着腿回去，可走了一步又觉得不行，门岗注意她很久了，见她也没有什么举动，就没多问。

“有事吗？”

女的摆摆手，掉头就走。

门岗还觉得怪呢，没事你跑这里来做什么？

女的走了几步又回头，明珠转着方向盘横在女人的前面，女人一直回头，所以撞到车上了，她大惊失色，满脸诧异地看着明珠。

她不认识明珠，明珠又突然拦住她，她自然是怕的。

她知道有人用身体去讹诈车主的，难道现在也有车主来讹诈走路的行人？

“要报警？”

中年妇女的第一反应竟然是摇头，快速说着不报警，可马上她的双眼微微黯淡下来：“同志我……”

话说了一句又吞了回去。

明珠让她和自己回局里，中年妇女看着那道大门良久，她似乎还是犹豫的表情。

“如果你是真的有什么事找警察，我不建议你这样犹犹豫豫，如果你只是因为没事想站在这里看看，那我不建议你进去。”

中间妇女咬咬牙：“我想报警。”

中年妇女坐在椅子上，说话磕磕巴巴的，她没有实证，就感觉好像有点不对，详细地讲述着。

事情不算太复杂，中年妇女的女儿上了一个补习班，今天有其他孩子回来跟她讲那老师对她女儿做了些什么，可没证据，她只是自己猜测，可她现在不管，这事将来可能演变得更严重，自然也担心冤枉好人闹出大误会。

明珠和邱洛洛去中年妇女家见了孩子，小姑娘十四岁，问了也只是低头不说话，只是她两只手来回拧着揪在一起。邱洛洛试着引导，好半天丁丁哭了出来：“……他总是摸我，他不让我说。”

明珠觉得屋内有些冷，而这个冷与温度无关。

丁丁愿意讲出来，接下来就好办了，补习班的老师课后会以帮丁丁多讲一点为由，将孩子单独留下来，他没有更进一步侵犯丁丁，最严重的一次丁丁说也就是推高了她的衣服，然后动来动去。

邱洛洛的唇角就连动的力气都没有了，她完全不知道自己该说些什么。

丁丁的妈妈抱着女儿哭，她都听见了，这简直就是畜生啊，她女儿才多大？

丁丁的爸爸也很快赶了回来，他赶回来第一件事不是问发生了什么，而是斥责自己的老婆：“没事你瞎报什么警？”

等到听丁丁的妈妈哭着说完，丁丁的爸爸进厨房就要拿菜刀：“我剁了他……”

丁丁的爸爸抱着头，她妈妈只是哭，丁丁和邱洛洛待在卧室里。

“我听孩子讲，家里的条件是不是不是特别好？”

丁丁妈妈说，自己从来没当孩子的面讲过这些话，她要什么自己都给，她和同学之间的差距自己也尽量不让它拉得太远，可能是为了让明珠相信她的话，她拿着丁丁的鞋说：“这是我上个星期在商场里给她买的，是打折的，可打折以后也四百多……”她真不知道孩子为什么会这样认为，是因为自己的家很破吗？

明珠的目光转移到丁丁爸爸的脚上，看了几眼又转移到了丁丁妈妈的衣服上。

“平时家里吃饭，我是指三口人的晚饭，桌子上有什么好菜是不是你们几乎都不太碰的？或者妈妈不碰，让爸爸和孩子吃？”

丁丁的爸爸猛地抬头，他看着明珠，不太明白明珠为什么知道，家里确实就是这样的。

孩子的妈妈也不解，这能看出来吗？

“我看你的脚上袜子都是带补丁的。”明珠指着丁丁妈妈的脚说着。

丁丁妈妈因为是在家，所以穿的拖鞋，她傻愣愣地看着自己的脚，不太明白这和孩子认为家里穷有什么关系。

“有的孩子呢，可能会早熟，这个早熟我指的是关心人、心疼人，有些小孩只会伸手要钱花，有些孩子则是会注意，家长的一言一行都会给孩子一种无声的倾诉，妈妈的袜子都是补了又补的，爸爸也没有新衣服穿，家里有什么菜都尽着她吃，也许她夹给妈妈，妈妈还会说这个她不喜欢吃，我那个年代母亲都是那样的，现在的小孩更精一些。”

明珠之前有看过丁丁的本子，正反两面她都用了，这是个很节俭的孩子。

她心疼父母，心疼这个家，是这样的孩子，她就会注意到父母所有的对话，父母每个月的工资，对钱她会敏感一些，补习班的补课费又居高不下。

“这种人就应该判死刑。”丁丁的爸爸攥着拳头说着。

明珠的想法却没这么乐观。

至于原因，谁都知道。

有了丁丁的口供，明珠和邱洛洛去找课外补习的老师，里面有很多的孩子正在补课。

“有什么事情吗？”

“我们找杨雄。”

“我是，你们……”眼前的人看起来斯斯文文的，年纪应该在三十五岁以上，看外表什么都看不出来。

明珠她们现在没有证据，只能请杨雄配合，等到孩子们都离开了补课室，明珠讲明了来意。

“一个孩子的谎话也值得信，我是可怜她，所以延长时间为她补课，她竟然这样说我。”杨雄的眸光略略下移，而后又抬起头对视上明珠的目光，好像他很失望一样，讲谎话就是一个不太懂事的孩子。

“有别的孩子曾经见过，你推高了丁丁的衣服……”

杨雄冷着脸，语气变得有些冷：“那别人还看见我杀人了呢，是不是我现在也是杀人犯了？谁看见了？”

“走一趟吧。”

杨雄被带了回来，人手不够，自然就要把人叫回来，开始挨家走访那些补习生的家。

不走不知道，一走吓一跳，有些孩子一开始什么都不说，等到慢慢地追问下去，才知道前后一共有五个女生受到侵犯，而且五个女孩相同的地方就是个性温顺乖巧。

好在不知道杨雄是没找到机会，还是身体有问题，他只是摸摸、蹭蹭。

杨雄认罪的态度良好，且和那些孩子所讲的吻合，猥亵行为还不构成犯罪，根据治安处罚法第四十四条，处以十五日拘留。

这样的结果一出，所有的家长都不干了。

“你们警察是不是吃屎的？”

其中一个女孩子的父亲和警察直接就起了冲突，警察也试着去解释了，因为法律就摆在这里，不是所有事情都是警察说了算，毕竟要依法办事。

可对于身心受到刺激的父母而言，这样的话就是推卸责任，为什么现在这样的人这么多，那就是因为警察不作为。

倒是杨雄这边很是安静，他笑着，看着外面，他的眼中飘过一抹得意，现在抓了他能怎么办？判他？

法律可是写得清清楚楚的。

丁丁的妈妈带着其他孩子的父母拦住明珠。

明珠没有下车，她没有打开车窗，只是示意他们离开，不要挡着自己。该说的都说清楚了，法律横在这里，她无能为力，她不过就是个小警察而已，她能有多大的权势改变？

明珠的动作激怒了一些家长，他们情绪一激动控制不住，抬脚上去就踹车，甚至有孩子的妈妈拿着手里的袋子去砸明珠的车玻璃。

有人不知道掏出了什么，在明珠的车上划了几道。

明珠推车门下车，脸上的客气全部消退。

后面的位置被划得更厉害。

……

“那群人不是走了吗，怎么又回来了？”女警纳闷，自己出去一趟送点资料，怎么这些人又全部回来了？

“把头儿的车给划了，现在正处理呢。”

需要赔钱，划车的人很明确，明珠也没打算放过那人。

孩子的事情现在无解，因为所有的证据，法律都摆在这里，确实无能为力，但明珠的车，对方是一定要赔的。

有媒体介入，几个家长联合起来见了那记者，第二天事情就见报了，很多的家长觉得看着很解气，终于也能有人来制服住你们了，叫你们嚣张，叫你们霸道。

新闻标题：警察开豪车放言：碰了我的车，不出维修费别想走。

第二天见报的就是这样的新闻，上面点名点姓将明珠拉出来，事件前后写得非常清楚，当然这是一方的言辞，可惜读者不会去追究前后，看过之后的感悟，一个支队长开宝马？

上面自然是要追究下来的，首先这车就不该开，多少人反映过了？对明珠要进行严肃的处理。

事实上也是真的处理了，处分随之而来。

邱洛洛看了报纸，觉得无语，真的特别无语，处分？早就想到了，上面的人是不会听你辩解的，事情调查清楚，归根结底还是将明珠开的这辆车作为重中之重。

现在谁感激你？

当初真不应该帮，别人她不清楚，她们为丁丁那事做了多少工作？就因为达不到他们的要求，就将警察直接当成仇人。

上头领导对下面，是干了好事不嘉奖，一犯错，恨不得整个南区通报批评。

邱洛洛的话没说完呢，外面说有人找明珠："是其中的一个家长……"

明珠去见了，那家长是来澄清的。

当时她也去了咖啡厅，但她说得很清楚，明警官是个好警察，是法律有漏洞。她还是感激明珠，至少没让事情闹到无法收拾的地步。

报道一出来，她就试着联系那记者，那记者电话里答应得好好的，可至今都没有动作。

"真的对不起，我的本意并不是这样的，我只是以为记者知道了以后能帮助我们……"这位家长满脸的愧疚，她不是特别能表达自己的心思，但这件事情她不认为明珠有错，给她带来这样的影响，她觉得过意不去，如果需要她出面对明珠的领导解释的话，她是愿意的。

"为什么你不怪我？"明珠觉得奇怪。

五个家长，其中一个是非常抗拒这个事情，压根就不愿意来配合警察工作，剩下三个现在都恨她恨得要死。

"我不想卸磨杀驴，经历得多了就容易明辨是非，我是恨警察不作为，但不是恨你，什么该恨什么不该恨我心里都清楚，其实对记者我也是心存疑虑的，没想到还真的就碰上了一个不靠谱的……"家长苦笑。

七年之前她看过一个报道，那个记者扭转了她对记者的恶劣印象，让她觉得这个世界上也有好记者，当时事情闹得好像挺严重的，都没什么人去管，最后那个记者站了出来，那个官司打赢了，后来据说打官司的那一家三姐妹从楼上掉了下来，就没后续了，总会有别的新闻去替代那个旧的。

轮到自己才发现，原来她不是幸运的那个。

家长离开明珠的办公室，邱洛洛又跑了回来。

"头儿我和你说，我待在基层的这几年，真是什么样的事情都见过了，经过无数次的证明，卸磨杀驴的都是这些所谓的老实人，你看他们可怜，生活在社会的底层，赚着微薄的工资，养着全家，一出事无比可怜，可知人知面不知心，掉过头就能捅你一刀，最关键的是他们不认为自己这样做有什么错。"

经历得多，就看得明白，谁可怜谁啊。

∽∘ 第五章 你管的闲事真多（中）∘∽

陈滔滔的车被人刮花了，刮得……很花。

以至于他有半天都没看明白，这是自己的车？

找到物业，物业的头儿连颠带跑地赶了过来，这个小区别人他不认识，陈滔滔他熟，这人挺邪门的，好像很有钱的样子，原本以为是个富二代，后来打听据说是个律师，是个流氓律师，就是那种为了钱，什么官司都能替人打的人。

物业这些人每天聚集在一起做什么？说说笑笑，八卦八卦时间好消遣，这个陈滔滔自然有人认得。

“简直就是个钱串子，没有钱请不动他，出口就要三十万，什么道义道德在他眼里就是狗屁，替杀人犯辩护，替强奸犯辩护，之前不是有人来小区门口砸鸡蛋、泼猪血嘛，那就是他招来的……”

小区因为多了一个陈滔滔，这种狗血的事就时常发生，不是有人来哭闹，就是来泼血，猪血、狗血、鸡血、人造血浆什么都有，大家也联合起来和物业闹腾过，不能因为这样的人就打扰到大家平时正常的生活，这是个危险人物，万一哪天哪个人想不开，连累到他们怎么办？物业是一个头两个大，结果他们也只是上门试着说说，陈滔滔转身就把警察给招来了，后来物业的人就都不惹他了，惹不起惹什么？

人家有门路，你也说了，是个流氓律师，惹不起只好躲起来。

陈滔滔的车被划得有点不忍入目，车身上都是划痕，物业的人就说，可能是谁家的小孩子不是故意的，没说出口的他还觉得这是陈滔滔自己弄的呢，也不能就都推到物业的身上吧？

“我也不是故意的，我撞死你，你就活该咯？”

物业主任黑了脸，和一个律师讲道理，他承认这无异于拿着鸡蛋磕石头。

但他打量陈滔滔的这一身，白色的衬衫、白色的西装裤、粉色的西装，领带的粉比西装的粉要深一些，西装双排白色的纽扣，看着可真像是个人啊。

这小区长得像样的小伙不是没有，但就没陈滔滔这样会收拾的，会收拾的品位不如他，然后也没有他好看，要不没有他高，要不没有他这份气势。

穿得人五人六的，每次一开口就要流氓。

“那也得先证明这车是在小区里被划的……”就一句话，这可捅了马蜂窝了。

等到小区物业的处长出现，亲自带着人去调监控，监控调了出来，谁家的孩子划的就一清二楚了。

那孩子的家长也找到了，孩子的家长一口一个不是她家孩子干的：“我家小孩才三岁，哪里有力气划车？”

等到物业的监控拿了出来，家长又开始狡辩，小孩子不懂事，能怎么办？

“等你将来有孩子，你就明白了。”

陈滔滔脸色平和，温和地笑了笑：“我不需要等将来再明白，我现在就可以让你们明白……”

陈滔滔在二十八楼跷着脚，他的脚就是不太喜欢离开他的办公桌，陶克戴拎着文件进门。

“已经办妥了。”

物业和那个小孩的家长都愿意赔钱，物业肯定不会主动的，这样的人你就得逼迫他们，逼迫他们表态。

陈滔滔吃着杧果，一片一片地把皮扒了下来，咬了一口。

嗯嗯嗯，就是这个味，这个味不错。

“好吃？”陶克戴多嘴问了一句。

前一次秘书给买的不合陈滔滔的心，被他喷得狗血淋头，这次买的不错，应该给些补偿吧。

跟着陈滔滔的人不见得就能发大财，时不时还得折进去一些钱，谁让老板是个超级小抠门呢，但能学到一身的本事，你待在他身边几年，等到磨炼出来了，再出去跟着任何人干，你都能独当一面。

陈滔滔不声不响地吃完一整个杧果，一根一根地擦着自己的手指头。

物业的态度一开始是极其不配合，首先没有这方面的文件，没写过车子在小区里被划了，物业也要承担责任的，陶克戴愣是翻找出来有关的条例，拿物业费里所包含的一些细节推敲，物业是争不过吵不过，打不过闹不过，陈滔滔有钱有时间，有人有闲，他什么都有，如果你不怕，你愿意扔钱，我们对着扔，就把这场官司长长久久地打下来，物业了解他的底儿，这次就算物业倒霉，不然还能怎么办？

提出和解了。

陈滔滔没吭声，陶克戴就知道没有这么轻松，这人最难搞了。

得寸进尺说的就是他。

“赔偿的金额我不满意。”

陶克戴叹气：“其实真的纠缠下去，我们浪费的时间和精力……”不划算的，加上现在人家愿意对着你低头，就翻页算了，对待别的住户，你看看，肯定没有这样的待遇。

“你是第一天认识我？”陈滔滔唇边微翘。

“我知道了。”

继续谈下去，朋友都没法做了，陈滔滔就是这样小气又自私的人，他可以随便去踩别人的脚，但别人的脚踩到他的脚面上试试看。

物业这方面得到陶克戴的答复真是火大了，赔偿我们愿意赔了，额外还已经道歉了，还想怎么样?

这样那就打官司吧。

“好的，那就打吧。”

陶克戴挂了电话，物业那头处长的牙差点没咬下来。

混账东西。

流氓啊。

原本不是一件大事，陈滔滔愣是把它变成了一件大事，反正有人会帮他料理，整个团队都在运作，你没看错，他就这样任性。

陈滔滔开窗晒着自己办公室里的那些“发”，省得发霉了，要是受潮发霉那就是要走下坡运了，这种事情绝对不能发生的。

他撇撇嘴：“谁还不是小公主似的。”

物业也从来没见过这样的，不讲道理，就是玩蛮横的，青天白日就直接耍流氓，自然不会真的就闹上法庭，后来还是物业方面出人，亲自上门道歉，并且提高了赔偿额。

陈滔滔是得理不饶人，让人在外面站了五六分钟，当时来道歉的物业人员是个女的，原本想着女的来，他不好意思发飙，没想到就愣是让人站在外面半天。

没节操，没同情心，没道德，没义气，所有你能想到的字眼都可以堆到他的身上，任何一种丑陋的字眼配合陈滔滔的形象只有两个字：完美!

陈滔滔语气特别不好。

女员工离开陈滔滔家，当时就哭了，觉得被羞辱了，谁出来工作都不易，就遇上这样的人了，不就是有两个破钱嘚瑟吗?你以为自己是谁?

难怪还单身，这样的人，谁敢嫁给他?

惹祸的那个孩子家长后来赔钱赔得特别痛快，没有原因，知道这人自己得罪不起，对方又是当律师的，之后知道物业的事情，没少嘲笑物业，遇上无赖了知道不?和那样的人你能讲出来道理?

“都不是我儿子划的，就讹诈我，没有办法，我和这样的人也扯不起，他差钱我就给他钱，以后我见到他我绕着走……”

然后整个小区就都知道陈滔滔的为人了，领着孩子的家长都会告诉孩子，你就是来划你妈我、你爸爸也不能碰那辆车，碰一次就倾家荡产啊，这比扶老人还可怕呢。

家里用人打电话回来，说是女儿出事故了，要马上回去，暂时要请假。

“你请假，我怎么办?”陈滔滔看着电话问道。

“陈先生，我真的很抱歉，我就这么一个女儿……”用人知道这雇主难缠，小区里的人都说他不是东西，她也知道，可现在没办法，实在不行就赔钱。有得就有失，当初来的时候给这么高的工资就该想到的。

“我吃饭怎么办?”

用人在电话里哭，她真的不知道该怎么办，可她现在就要走。

“走走走，走吧，你走的这阶段我得扣你工资啊。”

用人一惊，没料到他会这样说，让她舍弃这份工作她也舍不得，特别是如果女儿那边要用钱的话，她上哪里找这样的人家去？一切还是要等先过去看看再说。

“陈先生你吃饭怎么办？”

“凉拌。”

他是个生活白痴，不是白痴和白痴也相差不多了，自己又懒，又挑剔，家里的用人走了，他又不想出去吃，为了不饿死自己，也只能亲自去超市买些果腹的东西。

行走在超市里，不说回头率百分百吧，但至少是个女的见到他都会偷偷地用眼睛看。

没错，他就是长得帅得掉渣，天生的。

买了泡面，蹲在货架那里，捡进筐里然后又拿出去，吃泡面很容易伤身体，他是个养生小狂人，又放了回去，可只有泡面是最简单的，水冲一冲就能吃，将水弄开，他相信自己还是有这个能力的。

买了半天，纠结了半天，就站在货架前一步没动，倒是有导购过来上前推荐，没说上几句话就自动离开了，因为陈滔滔浑身都写着我很挑剔，我不好弄的字眼。

买任何东西他都是这样纠结，觉得全都不健康，他走过的地方都冒着黑烟。

拎着空筐准备出来，他是真的想要买东西吃，但最后一样也没买下来而已。

明珠推着车，几乎就是和陈滔滔相反，明珠买东西觉得差不多就行，各种往车里扔，车里很快就堆起来了一座小山，她拿着钱包准备出去结账。

因为没有无购物通道，所以陈滔滔必须从结账的地方离开，哪怕他没有买任何东西，这家店就是这样奇葩。

明珠掏着卡结账，被后面的人撞了一下，冷飕飕的脸回头。

陈滔滔原本是打算说句对不起的，但一见是她，眼神比刚刚冷了几分，是别人他就道歉了，至于眼前的人，哈，别想。

这小丫头片子的脸，到现在他还记得很清楚呢。

“看我干什么？”

“我以为站在我后面的是个人。”

“我是人，就是不晓得你是不是人。”

莫名其妙两个等着结账的人就掐上了，掐得大家有些摸不到头脑，也没见他们起什么冲突，这是怎么了？

结账的员工快速地接过明珠的卡，她可不想让人在自己的工作岗位前打架，女的看起来就不好惹。

明珠提着自己的袋子，陈滔滔尾随在她身后，也不能说是故意的，出大门就这么一条路，他不走这条也不行。

“前面那个女的，你好像欠我一句谢谢。”

明珠连个屁都没留给他，出了大门准备上车，副驾驶的门突然被人拉开了，陈滔滔挤了上来。

“下去。”

明珠的表情已经起了细微的变化，唇越抿越紧。

“我偏不。”

“我再说一次，滚下去。”

……

局里，刘大同就劝明珠忍了眼前的气，没办法，这事闹大了，到时候有人乱写，上面又该发话了，况且你才被处分过。

明珠的眉头挑了挑，刘大同和明珠做同事也这么久了，自然明白她的为人，按着明珠，他们一会儿就要去治丧，算了，就当被狗咬了一口。

南区今天死了一名警察，特别普通的警察，他的身上也许没有那些所谓的光荣事迹，已经下班了，在回家路上碰到抢劫的，抢劫的是个孩子，看样子就不大，抢劫动机还不清楚，追了几条街，然后当场被捅了六刀。犯人被抓到后承认抢劫，因为没钱买某名牌的手机，他只能出来抢，看见警察追他，就挥刀子了，他没想杀人，他不是有意的。

当时被捅后就被送进医院了，南区的局长已经联系了医院里最好的医生，可惜刚刚传出来消息，人还是没救活。

明珠和几个下班的同事去了那个同事的家里，那警察今年三十七岁，女儿七岁，父母和妻子都哭成了泪人，孩子没在。

“他就一个人，他怎么就不躲呢。”妻子哭得死去活来。

据说当时现场还有个交警，交警没动，案件正在进一步调查当中。

妻子就哭，已经没有精力管现在谁来了，她应不应该说什么话，她就是不理解，用一条命去换取一个包到底值不值得？她宁愿自己出钱赔给被抢了包的那个人，事件发生以后，丢包的人找不到了，现在想为这个警察申请烈士，但没有最关键的人证。

“我们每个月拿着这点工资，凭什么就要给命啊……”

很现实的问题，遇到事情，死人了，别人觉得事情闹大了，没影子了，就连包都不要了。

当时现场很多的人都听见了女的尖声喊着，自己被抢劫了，还有几个男的也帮着抓了呢，就是没这个冲上去的警察跑得快，女的现在消失得无影无踪了，包里没有任何线索。

上中日报介入，在报纸上刊登了寻人启事，希望那名证人能出来帮着做个证，家属答应不追究任何的责任。

过了七天，一点消息都没有。

死的人心凉了没有，可能活着的人不知道，但活着的人亲眼看见了这个社会的冷漠以及人性。

人性它是个很玄妙的东西，所有人都在用嘴巴讲，做人应该如何如何，人性很复杂，很美妙，当然也很丑陋。

那个失踪的女人一直没有站出来。

陈滔滔将报纸扔到桌子上：“我得给他一个大写的服。”

他搞不懂，你说这些人就真的不怕吗？

反正如果是他的话，他怕，他怕死，更怕遇上这样的人，救了这样的人，他怕自己会从棺材里跳出来。

陶克戴与陈滔滔对望一眼："也不能这样说吧，人有好有坏，那警察自然也有好有坏的，这是个负责的警察。"

陈滔滔冷笑："负责就把自己的命扔出去了，人性本恶。"

陶克戴不想和滔滔起口舌之争，自己也说不过他："我说不过你。"

陈滔滔睫毛动了动："你知道我帮的那些人为什么不会掉头给我一刀吗？那是因为他们心里清楚，是我陈滔滔才能让他们有生机。"

陶克戴翻白眼，别人心里是不是这样想，他不清楚，但他知道，论卑鄙的话，无人能及陈滔滔。

不过想想也是，真的，陈滔滔帮过的那些人，就没这么忘恩负义的，现在的人啊，真是越来越叫人看不懂了。

"明珠，我在你前面的车上。"

明珠挂了电话，出了局里大门，径直过了马路，停靠在马路边上的车在她上车以后，启动离开。

守大门的不可能看不见，他又不是瞎子。

全局的人都说这个明珠，私生活有些不检点，他倒是没什么机会看见，这次不就瞧到了，那样的车家里没钱也买不起吧，年轻的靠着自己赚不到这些钱，那什么样的人才能买得起这样的车呢？

守大门的浮想联翩。

明珠上了车，司机启动车子，后面的人将标书上的标价划了，填上数字，合上手里的文件。

"好久不见了，明珠。"

坐在车上的是个女人，是个很优雅雍容的女人。

"夫人，好久不见了。"

被称呼为夫人的女人笑了笑，明珠这丫头一贯和她保持这样的距离，好像瘦了一点。

"在局里工作是不是不太舒心？"

明珠被车载到了一家酒店，一家她自己是绝对不会进入的酒店，被她称作夫人的人走在前面，和身旁的人说着话，好像很忙的样子，她对明珠歉意一笑，今天的事情确实多了一些。

等到里面的服务员将门推开，里面的人停止了讲话声。

很大的圆桌，圆桌中央摆着鲜花，鲜花含苞待放，屋子里隐隐弥漫着香气，夫人和周遭的人打着招呼，搂了搂明珠的肩膀。

"我家的这个孩子，平时不太会与人相处，如果她惹了麻烦的话，请你们多多担待，我这里就拜托了。"

她一起身，坐着的人全都站了起来，热热闹闹地说着话，这些人明珠一个都不认得，稍后从他们的话中倒是听出来了一二。

她不认得他们，他们却似乎都知道她。

“明珠很优秀的，九二九事件我们都看到了她的神枪法。”

明珠心里翘起唇。

接下来就是各路都在夸赞她的人，还有人说起了之前局里对她的处罚，都怪那些记者，闲得没事标题党，等到回去，他就好好地让人调查调查，不能这样乱来，因为媒体乱写，为了给媒体交代，就这样冤枉自己的人，这样能行吗？

大家正说得热闹，明珠突然站了起来。

“夫人我不清楚你为什么会带我来这里，我和徐太宇已经分手，抱歉，我还有事，我先走了。”说罢拎着自己的包就出去了，留下一群傻眼的老头儿。

夫人一口一个她家的孩子，谁也没有多想，想着这也许是亲戚，小孩子有梦想就想当个警察，家里也只能鼓励了，过几年也就够了，明珠不说，他们哪里猜得到？

夫人低笑着，倒没有因为明珠突然离席脸上有一丝一毫的愤怒，反倒是一脸的包容，摇摇头：“她就是这样的脾气，喜欢直来直去，我是反对她当警察的，可惜我也不清楚她为什么就认准了一定要当警察……”

在座的人哪个不是人精？不管是不是前女友，这样帮着铺路谁敢不给几分面子？

“我是希望她能嫁给我儿子的，可惜明珠拒绝了我儿子的求婚……”夫人笑呵呵地说着，服务员快速地为在座的人倒满了红酒。

信息量有点大。

“这个官司一定是你喜欢的。”陶克戴将文件推了过去，坐在对面的陈滔滔弯了弯唇。

法院借贷方面的纠纷特别多，担保人倒霉这是常事。

陈滔滔接的就是这样的案子，难度不大，担保通常分为一般保证和连带保证，前者是主债务人吃干抹净之后的补充责任，后者是直接要你负全部责任的完全责任。

毫不费力地就打了下来，担保人需要负完全责任。

“你不得好死你……”判了下来，就有人呼天喊地，指着陈滔滔诅咒，生儿子没有屁眼啊。

这个社会上怎么会有这样青红皂白不分的人？这样的人没有三观没有道德，怎么可以当律师？

陶克戴收拾好东西，原本是尾随着陈滔滔准备离开的，见走在前面的陈滔滔停下了脚步，心里暗暗叫着不好。

陈滔滔的暴脾气不光是嘴损，有时候动作也狠，法官他都砸过了，不然也不会总是有这么多莫名的案子等着他接。

陶克戴快步走上前：“下午还有个客户要见，大客户。”陶克戴加重大客户三个字。

能为你带来很多很多利益的那种。

“你刚刚说我什么？”陈滔滔走到了诅咒他的那个人眼前，那女的哭得很是狼狈，要多惨就有多惨，起先陈滔滔走了过来，她一脸的惊愕，随后就要上手去抓花陈滔滔的脸：“你为了钱，你没有三观。”

陈滔滔自动过滤掉女人的话，骂他这种事情其实就是不痛不痒，他还见过能两个小时里不带重复骂他的呢，那又怎么样？也不过就是嘴皮子溜点而已，他一脸嫌弃地躲了一下。

女人的口水飞溅了出来，差点喷到他，陈滔滔后退一步，人模人样地整理整理自己的衣服，一脸的盛气凌人。

陈滔滔指指法官的位置："你觉得我是人渣，他也是人渣？"

女人现在有什么不敢骂的，她什么都没有了。

"你这种还有被当成共同借贷人担保人的，被坑的我见得多了去了，你妈没告诉你，给人担保是要承担责任的吗？要担保一定要写清楚，什么你都不清楚，你就给人当了担保人，怪我聪明还是怪你笨？"

"我要杀了你……"

陶克戴拽着陈滔滔离开，都已经那么惨了，你就别落井下石了。

陈滔滔上了车，还是一脸的无语："我就不明白，怎么就有人不搞清楚这个事情之前，就敢去做，出了事情就哭，有病。"

"所以你故意接这个案子？"

"让她长长记性。"

陈滔滔开着车离开，后面的女人一脸的怒容，追着车跑，恨不得将陈滔滔碎尸万段，别人的错，现在要她来埋单，她还不起可能就要拍卖她的房子。

回到事务所，正巧楼下有人问询，也是担保的问题，现在只要求陈滔滔给指教指教，如果让他少拿点，他宁愿给陈滔滔这三十万。

"先生，卢律师请您上去。"

出的价码不同，所见的律师自然就不同，提供的服务也不同。

陈滔滔上了电梯直接到顶层，秘书推着办公室的大门，陈滔滔脱了西装，秘书将他的西装挂了起来。

"这是刘先生刚刚送过来的。"

那位刘先生不知道从哪里听到的陈滔滔这样的癖好，送过来写着八十八个发的画轴，肯定是花了心思的，明明那么俗气的东西愣是被他搞得好像很高雅的样子。

"拿去后面丢掉。"陈滔滔看都没看一眼。

秘书一脸的平静："是。"

既然觉得刘先生那样的人是人渣，你还帮他？

被人天天问候祖宗，这样真的好吗？

果然人家追到事务所来了，天天闹腾，认准了陈滔滔，报警也报过，但是警察也不能天天蹲在楼下不走，高层肯定不会被伤及，下面的员工就惨了，有些下班开着车出去，被人倒一桶的粪，有时候是血，洗车的钱事务所还不给报销。

陈滔滔的会议室里，高管们正在开会。

"……这都一年了，年都过了，今年什么福利待遇都没……"

陈滔滔冷哼："那就减一减你们的工资，我给你们发福利，国外你们随便选，精品游一个月我也给得起。”

说话的人直接就不吭声了，扣工资然后发福利什么的，这不等于是脱裤子放屁费二遍事嘛。

“……现在借贷方面的纠纷真是太多了，我之前的同学还找我借身份证，唉……”

“不是吧老卢，你同学不知道你是律师？”

被称为老卢的律师腼腆地笑笑。

一个小时以后会议就散了，各回各的办公室，有活就加班，没活就回家。

“又来案子了。”陶克戴挑着眉头，他当初看的时候就和对方讲了，这样的案子陈滔滔肯定不会接的，可对方还是让他试试。

试着往前推了推，陶克戴脚底抹油就想离开：“那没有事情，我就先回去了。”

“你等会儿。”

陈滔滔拿起来文件，翻看着，很快的速度翻看了几页，脸上的表情凉飕飕的，陶克戴心一沉。

“我不接。”

陶克戴说：“可是前一次你侮辱法官……”

“我不管，要打你打，要么就让她去死。”

陶克戴劝着：“你也别这样，好歹我们也是妈生的，看在都是妈的分上……”后面的话自动自觉地消失。

家暴案件，原本家暴也不是没的打，如果挨打的人是奔着离婚去的，这些都好解决，可偏偏就有些挨着打，喊着我好可怜，完了死不离婚。

陈滔滔没有接，这样的人不是请不到他出马，可以的，你用钱砸死他，他是绝对可以毫无自尊地帮你，前提是你要有花不完的钱，但明显这个案子里的女人没有。

陶克戴接了，他和对方磨叽了很久，劝说女人离婚，结果人家各种哭诉，自己怎么为了孩子，怎么为了这个家，如何如何辛苦，但就是不肯提离婚两个字。

“那你想让我帮你做什么呢？”

陶克戴摘下眼镜，他是真的不明白，既然你不想离婚，那还闹起来做什么呢？

“……我很辛苦的，我什么都不吃，都留给他们吃，我只是想让他尊重我一点也不行吗？”

陶克戴笑笑，他能帮助当事人离婚，却不能让别人的丈夫不动手，如果他真的管得了一个男人的话，那么那个人是他儿子，而不是眼前当事人的丈夫。

陈滔滔去超市买吃的，无功而返，上了车绕啊绕的，原本打算出去吃一顿算了，哪怕不健康，吃饱了就好，总比挨饿来得强，结果纠结归纠结，最后还是空着肚子准备回家。

开车到吴文桥附近，差点碰到了一个女人，女人怀里抱着一个孩子。

“对不起对不起。”女人对着陈滔滔不停地道歉。

陈滔滔准备喷毒的嘴慢慢地经由上翘变成了直线，过马路要小心一些的。

手机响了，他就任由手机响着，一路开到家，拿着手机看了看。

是南区局里的电话，他唇角掀起弧度。

“你过来局里，有事找你。”

陈滔滔冷笑："你叫我过去我就过去，我认识你吗？"

明珠静了静："陈检说我可以打这个电话找你。"

陈滔滔脸上的笑意消失，他妈的他妈的，他揉着车里的纸巾，揉成一团一团的，然后狠狠踩到脚底。

"我还没有吃饭，你们管饭，先说好，我这人嘴挑，不是什么猪食我都吃。"

"洛洛，你进来一下。"

邱洛洛已经准备下班了，听见明珠喊自己，又返身回来。

"新买的大衣？"

邱洛洛一脸的喜气：哎哟，头儿还看见我新买的衣服了？

"好看吧。"脸上就写着呢，快夸我，快来夸我。

"好看。"明珠道，试着扭扭自己的脖子，只听见嘎巴嘎巴的声响，"我记得你会做饭是吧？"

局里的同事都夸邱洛洛手艺好，长得娇小手艺好，腰软易推倒，这是大家打趣她的话。

"是啊，怎么了？"

"帮我个忙。"

陈滔滔过来局里的时候，大部分该下班的已经都下班了，拎着车钥匙，一身的骚气……呃，时髦气息就走了进来。

"你和他怎么认识的？"陈滔滔说的是陈检。

明珠起身，没一会儿就从外面带进来一个人，陈滔滔看着这人面熟，就是他在吴文桥附近差点碰到的那个女人，说起来还真巧呢，脸色试着缓了缓，又恢复了一身的气质、一身的优雅和一身的风度。

女的有点记不得陈滔滔了，她糟心的事情实在太多。

讲着事情的经过，她和丈夫是相亲认识的，婚后就跟公婆一起住，房子是婚后贷款买的，她生了一个女儿，孩子现在六个月大，孩子没满月她就带着孩子离开了丈夫家，丈夫一次都没来看过孩子一眼，更加不要说给什么钱了。

"所以呢？"陈滔滔做倾听状，磨着牙，就等待着女人说出来一句不中听的话，他直接发飙翻脸。

女的语气十分冷漠："我要离婚。"

陈滔滔唇边的笑痕扩大："能不能告诉我，为什么孩子没满月，你就带着孩子离开公公婆婆家了？"

女的摇头："我是真的和他不太了解就结婚了，当时觉得自己年纪大了着急，现在才知道，真的不能急，宁愿一辈子嫁不出去也千万不要随便乱找一个，我公公经常打我婆婆，我婆婆就是一副奴才的样子，就连我前夫……"

女人不愿意称呼那个人为自己的丈夫，念过书的人，怎么可以对自己的母亲动手？但她嫁入的就是那么一个奇葩的家庭，家里的男人只要不高兴就可以对女人挥巴掌，她闹了，她婆婆竟然说她不像话。

更加离谱的是，她嫁出去的大姑子回来哭诉，丈夫对她动手，亲爹娘竟然说什么嫁出去的女儿泼出去的水，就是这样的命，只能忍，等孩子长大以后就好了。

“什么叫孩子长大以后就好了？我生下来也不是为了挨打的，我要离婚，我什么都不要，我女儿现在还没有上户口，他家把孩子的出生证明藏了起来……”女人的情绪有点激动，和那样的人生活在一起，她真怕将来自己都会变成一个奇葩。

值得庆幸的是，她的父母非常支持她。

“你是说，婚房是婚后购买的？”陈滔滔的眼中闪过一抹精光。

“是婚后买的，我什么都不要，什么房子和钱……”

只要能让她离婚就行，她已经上诉过了，可对方就是死拖着。

蠢女人！陈滔滔扯扯自己的唇角，他不明白的是，属于你的，为什么不要？玩骨气吗？

“应该给你的，你就应该要，我觉得你应该变更一下你的起诉要求。”睫毛翘啊翘的，陈滔滔说，“首先去申请一下评估房价吧。”

女的有些蒙。

倒是她父母很快就上道，对着陈滔滔千恩万谢的，又感激明珠，其实女人的妈妈也是抱着侥幸的态度来的，之前明珠下访的时候她见过明珠，倒是没有给明珠什么有价值的消息，不过记住了这人。

真的没想到，这样的事情不归她管的，却帮了他们大忙了。

他们回去没有多久，女人的妈妈拎着保温桶，手里提着两袋子保养品，塞给明珠。

“你一定要收下。”这并非收买，而是她为了感激，真的觉得这个警察人真好，自己运气真好。

“这个不行，我要是收了，上面知道了，我就跑不掉了。”

女人的妈妈一听，就说她谁也不会告诉的，现在没人，明珠收了就她们知道。

好不容易把人给送走了，明珠吐口气，回头却看见幽灵一样的人倚靠在门板上，晃悠着他的脚：“受贿呢？”

明珠斜了他一眼。

有些人只要开口，别人就有想挥拳头的欲望，陈滔滔就是这类人。

“检点些，真收了别人东西，小心我举报你噢。”陈滔滔呵呵地笑着。

女人按照陈滔滔所讲的，陶克戴在一旁辅助，申请了评估房价，很快评估报告就出来了，报告评估七十万。

这就是要平分的节奏了？

男方家中。

“怎么有人这么不要脸啊？这房子是我们家的，和她有一毛钱的关系吗？连个儿子都生不出来，贱货。”当婆婆的一听要分自己的房子，马上就跳起来脚骂。

公公吸着烟，好半天不说话。早知道当初就让他们离了就好了，还要什么一口气？

男的差点让这份评估报告给气死过去，他坚持不肯离婚就是因为咽不下这口气，他就不明白了，嫁给自己这样的三好男人，怎么还有人不满足？电视剧看多了是不是？你以为李敏镐能娶你这样的？你长什么熊样？

现在可好，这个不要脸的。

一家三口一商量，房子肯定不能平分，找证据吧。

婚前买给女人的首饰，凡是为女人花过的钱，什么吃饭看电影一类的钱都有记录，男人有个小本子上面记得清清楚楚的，他还留着那些东西的票根呢，也不怕法庭不把这些当证据，当时微博每天干了什么都写着呢，日期是对得上的，不怕她不认，婚后自己买给她的衣服，一条一条都做成表格，银行也有记录，还房贷的钱都是从自己的卡里打的。

“明天你去她单位闹去。”

女的原本没想这么闹腾，不想闹的原因就是知道这一家素质低得很，她也知道自己心眼不多，真的打官司闹起来，纠纠缠缠的，她就想快刀斩乱麻。

结果她婆婆准时准点到了她单位门口，真是刷新了人类的三观。

“……她不知足啊，勾三搭四的，在屋子里穿着背心勾引自己公公，这个不要脸的，我儿子是研究生啊，她就是个本科生她有什么不知足的？我儿子就是高富帅，她是个什么东西？还评估我家的房子，谁允许的？她为什么过不下去了？那是我们家不要她了，要不起这样的恶妇啊，天天在家里打我，婆婆她都敢动手，你全家都不得好死啊……”

女的都要被气吐血了，孩子她父母带着，为了不给父母增加负担，她早早就出来工作了，尽管父母心疼她，一直不赞同。

自己的选择自己负责，养孩子也不能一辈子只靠父母。

女方的公司同事都比较开通，看到泼妇骂街就知道对方素质如何，领导知道后还安慰了她，表示让她不要受影响，好好工作。

开庭之后，法庭上也是非常热闹，那婆婆嘴上压根就没把门的，陈滔滔就等着她闹，闹得再大点才好呢，这一家奇葩简直就是各种秀智商下限。

“你说什么？”

陶克戴见陈滔滔的嘴动了，却没听清他说了什么。

“我说他们一家就应该多读点书。”

人丑就该多读书嘛。

男的各种指责女人不要脸，只认钱，那公公也跟着骂人，骂完人还要打人。

“你没有想说的？”陈滔滔看着自己的当事人。狗咬你，你不能咬回去，但是你可以喷毒。

“我肚子是怎么大的？全程你们家有没有人问过孩子一句，问问孩子好不好？有吗？我原本是想，我不好是我不好，孩子和你们还是有血缘关系的，我真是可笑。”

法庭最后判了，房子一人一半，还贷是每个月走男人的工资卡，可女人也有掏，她的工资卡上明明白白地定期都会转到一个账户当中，那个账户恰巧就是她丈夫还贷的卡。

平分！

男方每个月要付给孩子抚养费。

“陈律师谢谢你。”女人很是感激地对着陈滔滔鞠躬，她觉得已经精疲力竭。

打赢这场官司，她没觉得轻松，只觉得累。

女人在父母的拥护下走出了法庭，男方的母亲就追着女的骂，各种骂，然后还对着陈滔滔的车子吐了口水。

然后又闹到了派出所。

“我不接受和解。”陈滔滔翻着白眼。

民警觉得自己都要疯了，陈滔滔说他的车被人吐了一口，这就好比一碗米饭上面被吐了一口痰，还吃得下去吗？赔钱。

民警看看那车，再看看眼前的中年妇女，就算是把她给卖了，她也赔不起啊。

“我知道了，你和那个小贱人就是一起的，你们算计我。”妇女躺在地上打滚，民警吼了几声也没有用。

“三八你够了……”

“你骂我，我和你拼了……”

结局就是，陈滔滔被人抓乱了发型，他抓掉了那个女人的一把头发，连头发根一起拽下来的，他可没有什么不打女人的习惯。

“警察我不活了，你们包庇他啊……”

警察也无语，这样怎么管？

一个律师和一个家庭主妇打了起来，当着他们的面，家庭主妇先动的手，完了她还没打过人家，虽说男人不该打女人，但现在这情况有点不一样吧？

打官司，陈滔滔就等着呢，他不怕。

老女人没有办法，也只能逞口头上的威风了，除了骂人她也不会别的。她动不了陈滔滔一根毫毛，她想起诉陈滔滔根本没有这个机会，明的玩不过，阴的玩不过，她要郁闷死了。

陈滔滔的当事人拿到房子钱，倒是没有费太多的功夫，因为有陶克戴跟进，男方不想给的话，他会想办法从男方的嘴里掏食的，中间过程自然不顺，不过过去就好了。

拿到钱后，女方和她父母带着孩子搬了家，这座城市说大不大，说小不小，有本事去找吧。

至于去难为陈滔滔？

那就是个随时等着碰瓷的，谁碰得起？

向来都是他给别人气受，没听说别人能给他气受的。

“头儿，我上次做的饭你送给谁吃了？”邱洛洛一脸的好奇。

没让她看到人，真是可惜了，头儿都开口求了，她不好意思推诿，但知道送给谁吃了不算是过分吧？

“我吃了。”明珠回了句。

邱洛洛才不信，眼珠子转了转，其实大家派她过去是想打听打听明珠的八卦。明珠最近有点火啊，据说上面的领导都很照顾她，这家世背景的强大，现在就开始起作用了？

她听说过一些流言，觉得不靠谱，但八卦这种东西，嚼一嚼最后肯定不会碎，越嚼越有味道，传说当中的老头儿，你快出来辟谣，四十多岁的人也不能叫老头儿吧。

“我听说过几个版本，到底哪个才是你男朋友？”洛洛对着明珠眨着眼睛，看在我给你做了一餐的分上，告诉我呗？

“工作吧。”明珠斩钉截铁，邱洛洛一脸的丧气，就知道问不出来什么的，还没走两步呢，明珠笑问，“真的想知道？”

“想。”邱洛洛又冲了回来，不想谁问啊。

“我什么都不知道。”

邱洛洛差点摔在地上，含着一泡泪下楼，可恨，太可恨了。

“问出来什么了？”

“你觉得我能问出来什么？”

局里也不是没有大牌，但知道的消息很有限，只是听家里的大伯提了那么一句，说明珠来历不简单，能让她大伯这样说的，那肯定背景挺强的。

大家正在讨论传言不可信，相处这么久了，就算是看明珠不顺眼，但她那死个性，强出头的个性，应该不至于泡什么老男人来抬高自己的身价，觉得她没有那份心思，现在不是有什么“绿茶婊”吗？明珠任何一种都算不上，就是装，事事显着自己。

正说着呢，有人来找明珠。

是个中年人，是个穿得很好看，很有涵养，看起来很有风度的中年男人。

“找明珠啊？”

邱洛洛指指楼上，说什么来什么，刚刚还说没有呢，现在人就自动出现了。

头儿，你真的这样有心计啊？

“那男的看起来就很有钱的样子。”

外面传进来了，开的车非常豪华。

果然人不可貌相啊。

明珠看着眼前的人，眉头蹙了起来。

“不欢迎我？”

“没有，请坐，喝点什么？”她这里什么都没有，问过后才想起来，好在对方没有让这份尴尬延续下去。

“我喝水就好。”

明珠为对方倒了一杯水。

“夫人让我带她转达一句对不起，她知道你不喜欢那样的场合。”

明珠的神色由明变暗，她真是有苦说不出。

首先攀关系不是她想攀的，其次这件事情怎么看来，受益的人都是她，无权无势是她，结交权贵也是她，人家原本可以不用纡尊降贵地去那样的场合，这些所谓的领导，还不至于被她看进眼里。

“这样说，好像是我占了便宜还卖乖，我确实不太喜欢这样的方式。”

来人开口：“你要明白，如果你的身后没有人罩着你，很有可能你早就出事了，放在你身上的任何一件事情，真的被有心人放大来说，你都是出格的。”

做个合格的警察，明珠身上的言行处处都是出格的，体系内，她绝对不是一个好警察。

“夫人这样，让我觉得很困扰。”明珠的眸光闪耀。

来人失笑，他真的没有见过这样的女人。

说她傻吧，她比任何人都精，说她精吧，大好的机会摆在她的眼前，她不珍惜。

“我就是来替夫人转达这一句话的，她不希望你对她有任何的成见，这是她让我带给你的，记得泡水喝，你的嗓子容易上火。”

来人点了点自己带来的包裹，他没见夫人对任何一个人这样有耐性过，包括她亲生儿子，不过太宇也不是需要别人关心的类型。

来人准备离开，走了几步，他突然又回头，脸上闪过一抹纠结，最后还是问出了口：“这句话是我自己想问的，还有人比徐太宇更好吗？”

他一直想不通的是，眼前的这个女人，她何德何能，长得又不是那么美，又没有那么大的魅力，到底哪里来的底气？

这个世界上一定存在比徐太宇更好的男人，但那些男人都不属于你，徐太宇却曾经属于你，真实的，可以握在手中的，为什么放手了？

为什么不试着去抓住呢？

如果真的有一个比徐太宇更好的备胎，那么他不会认为明珠傻，只会认为她很明智，为自己找了一个更好的。

等了几分钟，看样子是等不到自己想要的答案了，转身离开了。

谜一样的男人，在局里引起了不大不小的议论，这到底是谁？

明珠下班，回家的路上，有个人的车停在路中央，她下车去看了看，然后发生了一件令她觉得啼笑皆非的事情。

五点四十九分她开车经过吴文桥附近，六点三十分她坐在附近的派出所里。

不是她报的警，是男人报警的。

是个挺年轻，看起来还不错的男人，至少长得不错，穿得也很不错，人模人样。

男的录着口供：“她的车碰了我……”

各种指责的声音，明珠也不吭声，她就低着头，那个男的夸夸其谈，各种说，反正就说是明珠的错。

民警问了半天，大概也知道前后经过了，因为明珠不说话，问她什么都不说，男的眼中闪过一抹得意。

“不说话吗？”警察看着明珠问。

明珠忍俊不禁：“首先，我是警察。”

她这话一说出来，现场的人都愣了，民警和当事人都愣了，男的随后就有点急，警察怎么了？警察你们就能互相包庇？

“其次，我的车上有行车记录仪，是不是我碰了他，看看就知道。”

男的愣住，犹如惊弓之鸟一般，刚刚的得意一闪而逝，眼睛里都是恐惧，没料到对方的车上竟然有行车记录仪，他闹的时候几次确定明珠的表情，因为她一直不讲话，他就以为她是憋屈，只能认了。

查看过以后，确定他的伤和明珠无关，民警的脸色就变了，年纪大的讹诈就算了，你这样年轻，有腿有脚，人模人样的，怎么也干这样的事情啊？

男的脸色微微有些发红，他是真被人给碰了，不过那人跑了，他没抓到那人，原本想抓个倒霉鬼呢。

“你可以走了。”

民警让明珠走人，明珠从座位上站了起来，她的视线淡淡地扫过那人的脸上，那目光里都是不屑。

“有些脸面是自己挣的。”

小伙子有些颓然地低着头。

他心里在想什么，明珠肯定不知道，她知道的是，就因为有这样的人存在，所以这个社会好事越来越难做了。

如果有老人摔了，扶不扶？她会扶，但前提是她会为自己做好所有的准备，不会留给别人冤枉自己的机会，她的同情心并不太泛滥。

之前街道办给老兵发钱的那次，九十多岁的人她也给扣了，不会因为年纪她就对谁手软，大家一样都是人，不能因为你多活或者少活两年你就和别人不同，人人平等，这句话不是喊口号。

“我要和你计较，我现在找律师过来。”明珠开口说着。

派出所里的警察都傻眼了，原本是诬陷就算了，解释开就好了，结果现在这警察说她要继续闹下去？

民警劝着，这都几点了？影响他们了，差不多就得了。

“什么叫差不多？就是因为你们没有惩处的手段，惩处得不够狠，这个教训不够毒，下次他还敢继续犯。”

是不是第一次她不知道，也不想知道。

陈滔滔在家里吃面条呢，好不容易从陶克戴的嘴里知道一家店，让店里送上门的，才吃了几口，电话就响了。

他接了起来。

“我现在人在XXX路派出所，你马上过来。”

陈滔滔扔开电话，喊谁呢？

我是你家的狗？

电话摔在地毯上他又上脚踢了一下，还想踹的时候，想起来风水大师可是和他讲了，最近自己不能动气，动气就是动财，财运会跑的，他很开心，很开心。

电话又打了回去。

“你不是警察吗？怎么还进派出所了？”

陈滔滔好奇，看着明珠不好，他就大大的好了。

“来了你不就知道了，我等着你保我出去呢。”明珠挂了电话，直接关机。

陈滔滔原地走着，去还是不去？

她说保她出来？

那就是闹事了？

按照那个死丫头的脾气倒是很有可能，可去了，自己多没面子，她算是哪根葱，他陈滔滔以后还要不要行走江湖了？

可不去，就不知道发生什么事了。

“克戴，你去一趟XXX路派出所……”

挂了电话，陈滔滔捏着自己的下巴，没办法，每天都比昨天聪明一点，没谁了。

陶克戴讲完全部经过。

陈滔滔将金鱼从浴缸里捞了出来，又死了一片，他五天前才买回来的二十条，目前浴缸里幸存的鱼数目为零。

全部死光光。

陶克戴拧着眉头，他觉得有些人不能养鱼就不要养，这和杀生有什么分别？

“给你看风水的大师就没说，你这屋子里养不了金鱼？”

陈滔滔一愣：“他倒是没说，你不提醒我，我都没想起来，你认识靠谱的？”

陶克戴赶紧摆手，他环顾陈滔滔的家中一眼，只觉得尾巴根……有点疼。

陈滔滔最奇葩的是他喜欢金子，本来喜欢金子的人多了去了，偶尔有些人喜欢收集金条、金币一类的，那也是为了增值，陈滔滔喜欢的就有点另类，他喜欢庞然大物般的金子。

比如他家卫生间里的那个金马桶。

没错，能刺瞎人双眼的闪着金灿灿光芒的马桶是纯金的。

讲起来这马桶还有来历呢，他的这些金子肯定就不是正道来的，都是别人上赶着送到他手上来的，怎么化金为马桶，这也是需要智慧的，首先他需要拿出来足够等量的金子，然后送到能打造的地方去。

陈滔滔那是一颗心当成饼干用，怎么讲？

把饼干掰得稀碎，能数出来有多少渣滓，他就有多少心眼。

打个金马桶带了五个人去店里看着，让当面打，就是怕店家私下偷偷藏了。结果那店家心眼也是转得快，你不就认为我会偷吗？是的，我现在不仅要偷，我还要正大光明地偷。

结果带来的那五个人，都是干这行的，他找得很齐全，所有最精端的手艺都是玩得炉火纯青的，这点猫腻不稀得看，一看一个准。

马桶打好了，陈滔滔翻脸了，店家最后还赔了他钱，贪下来的金子也都还了回去。

陈滔滔喜欢自己半睡半醒之间，去一趟卫生间都能感到惊喜，钱所带来的那种惊喜，睡着了都能笑出来的感觉。

“她让你告，你就告？她给钱了吗？我告诉你，可不能打折。”

明珠准备告诬陷她的那个人，以讹诈的名义，对方当时就傻眼了，他只是想拽住一个人陪着自己一起倒霉而已，哪里能想到，这人这么认真？社会新闻上演的不都是，最后搞清楚就得了，没说需要负法律责任啊？

陶克戴笑笑。

邱洛洛和刘大同走访附近的居民，其实主要是针对妇女，头儿对家暴似乎关注得很，老百姓身上能有多大的事？家暴这块确实本地有些严重，泛滥，挨打不是应该的，不是忍忍就过去了。

邱洛洛自己是女人，自己的妈也是女人，她没有办法不站在女人的角度替女人说话。

“家暴一定要报警。”

附近的小区，街道划成片地跑，其实也挺好，局里有车，不然他们也是待在屋子里没什么事情，最近轻松得很，划分不同，工作性质就不同嘛，出来跑跑，活动活动腿脚。

女人挨打并不是应该的，男女平等，谁也不是谁的奴隶。

“姑娘，一看你就没结婚吧，等你结婚你再说这样的话吧，两口子过日子哪有不磕磕碰碰的，那舌头和牙还总干架呢，动手了日子就不过了？孩子不管了？怎么就那么自私呢，金子做的，还碰都不能碰了，只要差不多，给赔礼道歉就行了。”

邱洛洛笑笑，不是她不解释，而是爱讲话的大妈太多了，和你侃起来，几个小时都讲不完，她哪里有这么多的时间和对方侃？

等到他们上车离开，一些大妈聚集在一起，觉得说的是废话。

“没事找事，看看还开着车来呢，反正油钱也不是他们出，花着国家的钱，每天也不干点正事，竟撺掇人离婚了。”

邱洛洛所讲的家暴，不仅仅体现在殴打一项举动上面，还有辱骂、经济控制等很多种，而大多数受害者都是女人。

下午四点二十分，接到报警，说是有人碰瓷，刘大同赶往事故现场。

老套的节目，某大妈躺在地上，小姑娘翻着白眼，大妈哀号着，附近聚集了一圈的群众。

“这姑娘也是的，把人碰了，你也不把人扶起来，有你这样的吗？”

这四周都是充满正义的人，不同的声音指责着姑娘，看这姑娘的穿着打扮以及开的车，应该是家境很好的吧，莫不是第二个我爸是李刚？大家正在说，刘大同来了。

“怎么回事？”

姑娘指指前面的老太太：“我就不明白了，有手有脚的出来碰瓷，讹诈来的钱花起来就不觉得心慌吗？我的车距离她还有二十多米呢，她就躺下了，我当时就应该撞死她。”

姑娘的脾气也是不小，一肚子的火，穿得好，开好车怎么了？靠自己本事赚来的，不偷不抢，怎么现在流行劫富济贫了？有点钱就该死啊？

那大妈趴在地上就是不起来，姑娘也是说一句喷一句，刘大同看着不远处的监控对着大妈咧嘴一笑。

“没关系，是不是她撞的你，看看就知道了。”

那大妈脸色变了几变，转而似乎又来了底气，不知道是曾经成功讹诈过，还是她真的被撞了，说看就看，调监控吧。

刘大同带着两个人去了监控中心，这要查起来也不是多难。

监控镜头放大，在什么路上什么岔口发生的，也好找，一找到，那姑娘的腰板挺得更直了。

那大妈一看，还真的有监控，立马嘴里就不喊疼了，换了一副嘴脸："那是别人碰的我，行，我就不追究你了。"

姑娘指着大妈的脸直接开喷："老不要脸的，你还不追究我，死不要脸是不是？你是缺这点棺材钱是不是？就是因为有了你们这样的人……"

大妈就哀号，哀号自己命怎么苦怎么苦。

"这就走了？"刘大同看着姑娘问着。

姑娘一愣，不是她撞的，她还留下来干什么？她还要回家呢，这都几点了。

大妈一见刘大同的语气，以为自己有的缓和了，警察不也怕这一招，哼。

"你告她啊。"刘大同说着。

"能告呀？"姑娘一脸喜色。

大妈则是一脸的菜色，这是警察吗？

"我要投诉你。"

大妈被带了回来，罚款，她不肯合作，死活不掏钱，不掏钱也没什么，那就待着吧。

待了一会儿，她就起幺蛾子，这里疼那里疼的。

"装的，你管她那么多呢。"

见没人搭理自己，又跳了起来，大声地骂着："我明天就去找记者曝光你们……"

局里没一个人怕的，怕什么？真的找到记者，被曝光的也是明珠，有明珠扛着呢，哪个领导不给明珠面子？你告吧，现在这样倒是好执法，轻松方便。

明月半夜睡不着了，好像外面有什么召唤她一样，想了想，还是套上了衣服，想出去散散步。

她知道这习惯不好，但养成了就很难改变。

"你上哪里去？大半夜不睡觉，你出去干什么？"奶奶是老年人，开着电视她能大睡特睡，但关了电视她立即就醒，明月一动她就醒了。

"我出去散散步。"

"这几点了？"

目光里都是不赞同，好像是在说明月好好的一个姑娘不学好，半夜出门，就算是你出了什么事都怪不到别人身上，那就是活该啊。

明月坚持要出去，奶奶磨叽半天，说自己要出去买点盐，明天做饭没盐了。

"她做饭不合我胃口。"

口是心非。

明月请的这个阿姨做菜那是真讲究，家常菜的味道烧得不要太好，明月这都胖了五斤了，要知道想让她长胖有多难。

阿姨那也是真的很费心思，现在晚上也住在这里，晚上有时候就给明月加餐，加几餐都是有的，明月喜欢吃香辣锅，阿姨就时时刻刻都能让她吃到，随时能吃到自己想吃的，加上心情也放松，这肉就容易长。

一老一小一前一后走着。

前面那个神经病一样的人，嘴里絮絮叨叨的，奶奶的嘴都要扭歪了，她一直都觉得明月精神不正常，只是没有办法开口。她总不能说明月是因为那件事以后变成这样的吧？

那件事谁都没有提过，她也不至于就多这个嘴。

走出去老远，十二点多了，奶奶走得慢，明月走得稍稍快些。

“去哪儿啊？”突然蹿出来一个男的，能看见脸。

明月吓了一跳，本能地捂着耳朵开始尖叫：“啊——”

“死娘们，给我住嘴。”

“你干什么的，滚。”奶奶对着那人就喊，一路小跑过来，把明月护在身后。

想都没想，很简单的道理，明月年轻，她年纪大，她什么都不怕。

“把钱拿出来。”

明月还在叫，奶奶就恨不得一板砖拍过去，该，活该！

还有脸叫呢。

奶奶就回头表示一下自己愤恨的工夫，前面的人“啊”了一声，再扭过头一看，脸上的褶子仿佛又多了一些，都跟着直抽抽。

明月手里不知道什么时候多了一根长长的玩意，那人直挺挺地躺地上了，看情况有点不对。

“别叫了，你再叫把人给招来了。”奶奶按着明月的手，“你这是什么东西？”

“电棍。”明月回答。

“哪里来的？”

“买的。”

奶奶拉着明月的手，这就准备往家里走，没人看见还不走，还等别人送大红花啊。

这要是爬起来和你玩硬的怎么办？

奶奶的脚从躺在地上的人鼠蹊处踩过，结实的一脚，躺在地上的人又抽了抽。

“赶紧走，以后不要晚上出门，你一个小丫头，打也打不过的，到时候就被害了。”

躺在地上的人如果此刻是清醒的，想必他一定会想跑，对奶奶此刻说的话，他一定会喷血，小丫头？到底谁看起来更弱小一点，是他好不好？

“别怕。”奶奶搂着明月。

明月浑身发抖，奶奶以为她是怕。

明月其实不是怕，她是紧张，第一次对人出手，需要给点勇气鼓励鼓励自己。

其实她和明兰都挺彪的，明兰曾经带着她大半夜出去乱晃，就是为了帮她建立点自信，明兰找对象专找同类人下手，她觉得国外的人不好弄，首先身体条件就差一大截，说起来也是满满的回忆，那些年在国外，她们姐妹俩也没少为自己的同胞铲除祸害。

回到家，阿姨不知道什么时候醒的，还给明月做了一份小烧烤，都是她喜欢吃的。

“晚上吃那么多，白天还能吃进去吗？一点都不注重养生。”

明月的肠胃其实一直都不太好，有时候也经不起她这样糟践，不过她觉得今朝有酒今朝醉，不吃不喝明天就挂，那更加可悲好不好。

陈滔滔表示今天是个好天气，全事务所上下都很卖力地工作，他这个当BOSS的应该拿出来点钱，给大家一点惊喜。

消息传下去，老员工似乎淡定得很，淡定得叫人有些蛋疼，有福利，有奖金，还有可能是欧洲豪华游，怎么都不激动呢？

公司新招了不少人，新来的都表示激动，那份单子上写的可都是大菜啊，老板说了人人有奖励。

老牌的律师对这些都不感兴趣，陈滔滔时不时也会抽风，表示要请，要怎么样怎么样的，结果最后呢？周扒皮的名字不是浪得虚名，他与周扒皮差不了多少，扣上一个西瓜帽他就是活脱儿的周扒皮。

陈滔滔的秘书立在他的面前，脸上的表情碎了，节操也碎了一地，捡都捡不起来。

这人到底是哪里来的？

有时候他真想喷他一脸。

好半晌淡定地开口："老板，现在买不到一块钱一条的内裤，袜子次的都要十块钱三双了。"

他没这本事，买不到老板要求的十块钱买十条的内裤。

陈滔滔说了，全公司都有奖励的，是的，一等奖和末等奖都是一样的，一块钱的内裤。

亏他想得出来！

可老板就在眼前，他心里不爽也不能表现出来，还要微笑。

"袜子也有一块钱一双的，怎么内裤就没有？"

"老板，这个真没有。"

"这个可以有。"

秘书含泪，袜子和内裤是一回事吗？

好，他一条补两块钱的。

这一天天的，怎么就那么抠？

"老板，你知道人生最不幸的事情是什么吗？"

陈滔滔抬眼："人死了钱没花了。"

秘书点头，原来老板什么都知道。

"那你也应该知道，人生最最不幸的事情是什么，出去。"

秘书心里默念着：人活着钱花没了。

他默默地转身出去，默默地带上门，默默地回到自己的位置上，然后默默打开淘宝，默默搜索着最便宜的内裤，公司也是这么多人的，每个人都贴，他也贴不起。

等到礼物发放了下来，老员工都习惯了，新员工则是表示自己的眼睛已经瞎了。

老板送给员工内裤，这是骚扰吗？

送也就送了，你倒是送点高级货啊，这是什么玩意？

两手一拉，内裤竟然碎了，这是纸做的吗？

哪个缺德带冒烟的想出来这种奖品的？

“姓名？”

“丁野。”

“年纪？”

“二十六。”

“职业？”

“无业。”

“知道为什么被抓吗？”

叫丁野的人低下了头，不肯再说话。

“说话。”邱洛洛抬头看过去，这个时候知道不好意思了？之前干什么去了？二十六岁的年纪还无业，也好意思？

“欠了信用卡债。”

邱洛洛扔下笔，她就佩服这些人，脑子里面装的都是豆腐吗？你欠银行钱是不用还的吗？没说不能欠，问题是你得有偿还的能力，眼前的这位欠三家银行一共十五万，银行催款过后，还不起想躲，结果就成现在这样。

邱洛洛和大同交代了一声，把人带走，银行是肯定要起诉的，现在就看孩子的家里怎么解决了，有钱就给还上吧，没钱就等着被判吧。

中午有案子，就没出去吃饭，一盒盒饭吃得底朝天，他们还好点，周格安那浑身上下的味，才从外地赶了回来，休息的时间都没有，马上还得走。

“老周洗个澡吧，十分二十分的不至于没有吧。”

邱洛洛捏着鼻子，这味道真是太酸爽了，当年嫂子是怎么和你结的婚？

周格安努力用鼻子嗅嗅自己胳膊上的味，他是真的闻不出来了，这些天给他蹲的，人都要蹲迷糊了，就没睡过一天的好觉，现在觉得脑子里都是糨糊，一晃就咯噔咯噔地响。

“哪有时间啊，这样你就嫌弃了，你就庆幸你是个女人吧。”

“你这是性别歧视。”邱洛洛两三步追了上去，拉住老周，老周有点不明白，干什么？他赶时间呢，那边接到消息，说是又看到人了，他得马上赶过去，头儿在楼下车上等着呢。

“我让人帮你们买了点吃的，带着走吧。”

“行了，心意我领了，谢谢妹子，哥走了。”

邱洛洛不敢拉，怕自己会误事，周格安走到门口，正好小猫拎着一手的东西回来，赶紧递了过去。

“有消息了？”

“走。”

两个人上了车，车上明珠盖着大衣睡觉呢，明珠身上的大衣是周格安的，怕她感冒，又不好叫醒她，自己一个糙老爷们不怕，明珠那到底是个女的啊。

“有什么吃的，给我来一口，我是真饿了。”

早上就往回赶，结果才下车没多久，那边又来信，之前蹲了七八天，每次都差一点点，对方就好像有人通风报信一样，邪门得很。

小猫拿着汉堡和豆浆，老周这年纪的人喝不惯咖啡，从来不碰那玩意，提神有自己的法宝，那就是烟，要么洛洛就说他身上有味呢，七八天没洗澡的味，头油的味以及他抽了那么多烟的混合味，别提那个味道了。

老周大口咬着，司机开着车，小猫看了明珠一眼，似乎在犹豫是把大衣脱下来给她披上还是自己穿着，车上温度不算低，盖多了一会儿下车她反倒容易感冒。

老周也不知道这都是什么玩意，反正有的吃比没的吃来得强，他家的小子挺喜欢吃这些东西的，也不知道哪里好吃，还不如吃口热乎乎的面条带劲呢，配上一头大蒜，那就更好了。

余光看看明珠，这是要叫她还是不叫啊，不叫到了车站也得喊她起来。

“有吃的？”

“头儿你起来了，洛洛叫的外送。”

小猫递给明珠一杯咖啡，明珠坐了起来，头发乱得不成样子，再爱干净也没办法，这样的天，成天蹲守，蹲守的地方条件不能选，她觉得自己的头发丝都已经被那些东西熏得不能闻了。

她将大衣还给周格安：“谢谢了。”

“客气。”周格安收回自己的大衣披上。

反正就是这味，大家谁都别嫌弃谁。

明珠接过咖啡喝了一口，胃隐隐地抽疼。

这几天吃饭也没有个点，有时候一天吃一顿饭都是正常的，饥一顿饱一顿，一整杯咖啡喝下去，觉得人才有精神了一些。

“他们人呢？”

小猫说，已经出发了，估计会比他们更快到的。

明珠咬着汉堡，手试着揉着自己的胃，动作倒是挺隐蔽的，别人也没看见。

局里的车把他们送到车站，一个案子没破，又有案子发生了。

下了车那边的车过来接，快速开到案件发生地。

抛尸。

就作案手法来说，没什么特殊的，周格安和对方打着招呼，对方介绍着目前的情况，够狠的，分尸然后扔到荒郊野外，附近的村民上山打猎，虽然现在不允许，收获还算是可以，下山的时候被一个编织袋给绊倒，打开就看到了里面的东西。

“人呢？”

警察指指一边的人，周格安走了过去。

现场倒是有些轻微的轮胎痕迹，但是不巧，正好昨天下过雨，所有的痕迹冲刷得都差不多了，现在没有办法判定是什么类型的车，估计还是要送回去，让更加专业的人来试着看看，能不能分辨出来。

“身上有没有线索？”

“什么都没有，连件衣服都找不到。”

周格安在现场原地试着转转，有人好奇，他转什么呢。

“没什么，就随便看看。”

因为是两个地方两个局合作，互相不太熟悉，加上每个人办案的手法不同，对方就没有多问。

二一五象山抛尸案，线索不是很多。

法医试着将死者的尸体拼了回去，首先能证明死者为女性，其次死者的面容比较清晰，也就是说，头、脸的位置凶手并没有破坏，为什么？

会上大家也是争议得比较多，说什么的都有，倒是明珠他们仨安静得很，就听着对方辩论了。

案子发生了就得破，没有线索就得去找线索，全方面出击，很快就有人报案，说是自己的女儿失踪了。

领着报案的人去见了见，那人当时就晕了，法医和警察把人给抬出来了。

过了五六分钟，女人起来先是喊了一声，然后就是哭，中间差点又晕了过去。

“是你女儿吗？”

面前的女人目光呆滞，扶着她的男人点了点头，男人到底要比女人坚强一点，不过一瞬间也像被击垮了一样：“是我女儿。”

“名字，年纪？”

“吴若，二十岁。”

“为什么现在才来报案？”

吴若的爸爸用手擦着脸，他哪里知道孩子会遭遇这样的事情？他做梦都想不到的事情，孩子念书，平时也不和他们住在一起，电话也不是天天打的，真是想不到的事情。

吴若今年二十岁，家里条件非常好，父母是做生意的，家产也有几千万，就这么一个独生女，父亲没有外遇没有小三，母亲是家庭主妇，长得漂亮，又多才多艺，当时可以去更好的学校，她自己说，是舍不得父母，所以才留在上中，想父母的时候可以随时回家看看，是个特别恋家的孩子，和父母的关系特别好。

“我早知道，我就让她远走了……”

警察询问了半天，吴若都和谁起过冲突，从她父母嘴里得到的消息是，她没有什么男朋友、比较好的男性朋友，至少家里这边就是这样的情况。

很快警方将注意力转移到了吴若的学校，既然不是家里，她平时所接触最多的就是学校里的同学，会不会是同学之间有什么事情最后才令她被抛尸的？

警察出现，学校才知道了吴若的情况，根据老师形容，吴若和她父母口中所讲的那个孩子差不多，是个特别出色的孩子，很懂事，又善良又活泼，成绩又好，吴若一个寝室的同学也都说吴若平时和人没起过冲突。

一个寝室四个人，除了吴若还有另外三人。

据说同学 A 之前和吴若闹了点不愉快，摆了臭脸，同学 B 和 C 吞吞吐吐地说着。

明珠去食堂找到了同学 A，同学 A 听到这个事情的反应不像是作假，她不是先伤心而是觉得诧异，似乎是觉得警察和她开玩笑呢，等到诧异之后就是有点害怕，她不明白警察来找自己做什么。

“你不用怕，我们就是例行地问问。”

同学 A 还是紧张得不行，试着和明珠解释，她那天不是和吴若吵架，而是她心情不好，和家里生气，所以看见谁都黑脸，吴若当时劝了她两句，她就火大了，人生气不都是这样的嘛，越劝越火，她就觉得吴若多事，刺了吴若两句，然后吴若就离开了，那以后她就没看见吴若了。

三个女生都询问过了，吴若没有男朋友，没有走得近的男性朋友，情杀这种可以排除了，应该是不太会有机会的，私生活真的非常简单。

明珠仰躺在椅子里，闭着眼睛，她真是有点扛不住了，多少天眼睛都没闭上了，头疼得厉害。

所有能排查的都排查过了，你说怎么就那么巧，之前就下了那场雨呢？

山里的雨下起来还非常大，有价值的东西都没了。

从时间上来说，吴若的同寝室同学应该没什么作案的时间，那段时间三个人都不在寝室内，之前正好就是学校放假嘛，都外出过，都归家很晚，寻常出门，谁能有证人。

明珠侧翻身，周格安拿出来烟，看了她一眼，叹口气，到外面去抽。

工作的时候不来一根，怎么提得起来精神啊。

他就觉得女的别干这样的工作，会熬老的，坐坐办公室那样的工作多好，不操心，拿着饿不死的工资，享受国家的待遇其实也挺好的，至少说出去这是一份永远不会丢失的工作，多好，你看看这明珠弄的，大好的青春，你不去谈恋爱，成天就和他们这些男的一起厮混，难怪连个男朋友都没有。

外面传的那些周格安不信，他觉得自己看人还算是蛮准的，就明珠这个性，叫人蛋疼死了，上了年纪的能看上她什么？和她一起工作就算了，你让他和她谈恋爱，他还不愿意呢，别看明珠年轻，这女的不好侍候。

明珠睡了三个多小时，醒了拿了衣服抓着小猫就出去了。

“干什么去啊？头儿我要去洗澡。”

小猫好不容易给自己找点机会，这能早点回到住的地方，住的地方有热水，能洗一洗就行了，他要求不高，他一个堂堂美少年，现在胡子拉碴的，真的很影响形象。

去了同学 A 的家里。

同学 A 一见警察来了，当时差点没哭出来。

她父母不太明白警察找到家里来是什么意思。

“孩子做什么了？”

两个人对看一眼。

“你要是不相信我说的话，你可以问我妈……”同学 A 就问自己父母，是不是几号那天她和父母吵架了，然后吵得挺厉害的，听她这样说，不明所以的会怀疑她是不是在试图掩饰。

同学 A 的父母点头，记得太清楚了，这孩子脾气犟，死犟死犟的，他们俩呢，平时说孩子嘴上也没有个把门的，忘记孩子大了，不是小孩子了，你怎么说她都不会伤心，当时闹得挺不愉快的，孩子在电话里就说了，毕业后就马上结婚，结完婚就离他们远远的，说远香近臭。

明珠摆手："我不是来问这个的。"

"真的和我没有关系，十四十五号我出去玩了，我也没有证人啊……"

她当时是自己出去玩的，吃饭，逛街，看电影，她上哪里能找出来证明自己去过这些地方的人？因为是情人节，所以上中那几天到后半夜都是有人活动的，不像平时一过九点，整座城市就安静下来了。

"你能不能给我讲讲，吴若是个什么样的人？"明珠问她。

同学 A 的父母一听小猫说了经过，也就不拦着女儿配合警察了，这要是自己的女儿被害了，他们得哭死，好好的学生，怎么就发生这样的事情了？

同学 A 回忆着，真的没有特殊的，好的就那些，什么懂事啊，开朗啊，挺有才的，学习好，家庭好，和父母关系好，奖学金年年都拿，据说男生对她印象也都挺不错的。

"你再想想。"

"真没有了。"同学 A 摇头，她真的什么都不知道。

明珠问了半天，见实在没有进展，也只能离开，准备离开的时候，同学 A 送明珠他们出门，她突然说了一句："其实老天爷对吴若挺好的。"

明珠停住脚步："怎么个好法？"

同学 A 一愣，然后就说，不是有那样的例子嘛，反正脑子聪明，学什么都快，然后总熬夜皮肤还好，人还精神，也没有近视眼，反倒是她这种不怎么碰书的人，近视的度数比较高。

"她总是睡得很晚？"

"对，有时候我睡不着也会怨她，有光我就不容易入睡。"

"那其他的两个同学呢？"

同学 A 一愣，怪肯定大家都怪过，不过没有争吵过。

明珠和小猫离开同学 A 的家中，两个人下了楼，明珠站定脚步没动，小猫看向她。

"你不会怀疑是剩下的两个人做的吧？"

"不是没有理由的。"

"说说看。"

"你刚刚听了那些得到的信息是什么？"

小猫掰着手，他正常听，觉得这是个很得老天照顾的女孩，做什么都是事半功倍，人漂亮又有才艺，大家对她的评价都不错。

"她同学刚刚说她总是熬夜看书，眼睛还是好的，自己却是个近视眼。"

小猫不明白，这又怎么了？能说明什么问题？

"吴若的这三个同学和父母的关系都不是特别好……"

警方暂时将嫌疑人锁定在了同学 C 的身上，为什么锁定在她的身上，是因为调查以后发现同学 C 从小到大成绩也是非常好，可以说是那种特别出类拔萃的人，如果没有吴若的出现,同学C的大学生活还将会是一路风光下去,可惜有了吴若,两个孩子的家庭截然相反,吴若出生在生意家庭，同学 C 呢，却出生在农村，草根家庭。

警方在吴若的寝室发现一本日记本，但上面的日记少了六篇，而且这六篇并不是一起被扯下的，而是前三篇被扯了下去，后面那三篇又被拽了下去，这个好解释，也许是为了怕有人看见日记本上后面的字痕，当然现在也只是推断。

那日记本上有两个人不同的指纹，吴若的是在其他页面找出来的，而另外一个人的指纹，不知道说是同学 C 的不幸呢，还是什么，她当时手上也许是有汗，不然警察也不会将怀疑的矛头指到她的身上。

她动过吴若的日记本？还是吴若邀请她一起看的？

日记这种东西，是私密性比较高的，吴若有没有可能邀请同学 C 一起看呢？

同学 C 被警察请了回来，同学 C 的家里自然也就知晓了，同学 C 上午十点零一分以犯罪嫌疑人的身份被带回局里进行盘问，她矢口否认，晚上二十二点十五分同学 C 的父母带着律师以及一位重量级的人物出现。

双方交涉了很久，警察这方面自然是不同意放人的，现在犯罪嫌疑人已经锁定，他们相信只要给他们足够的时间，这个案子就可以破了。

但是迫于压力，只能放同学 C 回家。

这下大家都可以回去洗澡了，回去好好地睡觉了，周格安抽着烟，吐着烟圈，他办案的时候几乎每天都能抽掉三包烟，可惜抽这么多也没用，人家说领走就给领走了，为什么？

警方的证据确实不够，现在记者跟着掺和进来，现在不可能把人扣在这里，扣不住，说不过去的。

“老周，你觉得犯人是谁，将你的感觉告诉我。”小猫问着老周。

老周抿抿嘴，他可不敢说，自己也是乱猜的，就是有一种感觉，但明摆着这是不成立的，说出来也只能笑掉大家的大牙，也许这是他太久没有休息了，搞得神经衰弱了，他晚上要好好休息一下。

“我能不能见见丁野，我是他爸爸。”局门口站着个老人，看样子年纪不小了，穿得很破，外面正下雨呢，他的裤腿挽着，举了一把有点旧的伞，不太敢看她的眼睛。

“谁？”邱洛洛看着眼前的老头儿。

邱洛洛想了半天才想起来丁野是谁，欠信用卡的那个？

看看眼前老者的打扮，丁野说自己今年二十六岁，那他爸的年纪也没达到老的状态才对啊，但他看着像七十。

邱洛洛叹口气：“进来说吧。”

老头儿收了伞，进了门，自己拿着伞往脚上放，他是怕伞上的水流到地上，让人家不高兴。

“大爷，你把伞放在一边的桶里就行，别放脚上。”

老人是过来询问怎么样才能减轻儿子丁野的罪名，他不知道什么是信用卡，对这些也没有概念，他儿子现在欠了钱，他努力帮着还就是了。

“大爷，你知道你儿子欠了多少钱吗？”

大爷点点头，一脸的苦涩，他已经借了钱，准备在这边问清楚，就去银行了，有多少先还多少，希望将孩子先带回去，或者试着尽量减轻处罚。

那大爷很快就从局里离开了，骑着自行车去的银行，也不能一次性还清，丁野这案子也不算是特别，就是各种办卡，各种借，然后逾期了很久，也不知道他都买了什么东西，更加不知道，他如果有机会看到自己的老父亲这个样子，会不会有一点点的伤心？

邱洛洛也觉得，有时候她心疼类似丁野父亲这样的人物，可转身她就会想，为什么不让丁野进里面蹲着去呢，他有本事花，没钱还，那就给他一点教训。

晚上下班回家，她和自己妈妈说了一句。

"等你结婚，等你有了孩子，你家孩子这样，你试试看，能不能忍心。"

邱洛洛的妈妈说，是因为邱洛洛还没结婚，还没生孩子呢，所以可以这样狠。

邱洛洛扒着饭心里冷哼着，才不是呢，是因为我三观比较正，看多了这样的事情，那个丁野也许以后出来了，他还是欠个没完没了，二十六岁的人智商都已经成熟了好吧。

"怎么记者还跟着掺和进来了？"

记者今天就来采访了，把他们弄得很是被动，破案过程当中最怕的就是这帮人，不管三七二十一先给你写一大通，把警方弄得很尴尬，还没有证据证明同学 C 杀人抛尸了，现在警方也是怀疑，记者这么一弄……

明珠的电话响了，这边领导正头疼呢，她直接就接了，没有起身，没有出去，而是坐在位置上接的。

"……"

大家也不觉得奇怪，查案过程当中这样的也多见，又不是平时开大会。

"可以去抓同学 C。"

明珠举着手机，刚刚是同学 B 来的电话，她说她见同学 C 偷过吴若的零食和化妆品，被吴若抓到过，放假之前两个人闹得不是很愉快，这种不愉快，只是不说话而已，吴若请了她和同学 A 一起出去吃了饭，唯独没有邀请同学 C。

警方将同学 C 再次带了回来，同学 C 的父母开始找媒体，很多家媒体直接介入。

对媒体，他们并不擅长应对，只能将这项工作交给上面的公关，自然有人擅长做这些的，于是乎，警察内部的公关开始运作，记者问来问去就是这些，我不方便回答，这个并不清楚，这个要等案件结束以后才能公开，总之不论你问什么，他们就是各种带着你绕。

某硕大的标题，看看我们 XX 家的警察们，一问三不知，问什么都不知道，无端将人强制拘留，北上广不相信眼泪，贫民比不起富二代。

跟帖的人有很多，也很热闹，大家议论的也很多，说什么都有，骂警察的，理智型的都有，反正官方的回答还是那样，要么我就卖萌，要么我就避而不答，无论你怎么骂，无论你在我的下面盖多少层楼。

这如果谁回答了，那就该被处分了。

明珠不是讲过，对外声明都是有通告的，这个东西谁的嘴都不能乱说。

所以网民们恨不恨也只能如此，规章制度就是这样的，谁跳出格，谁犯错。

同学 C 的家里人倒不是说闹腾，只是在媒体面前哭诉，同学 C 的父母都是农民，家里条件很差，是真的差的那种，家里兄弟姐妹好几个，同学 C 一直以来都是优异的，他们也很同情吴若的事情，但这与自己的孩子有什么关系？公安将孩子给扣下了，之前已经发生过一次，他们不懂法，不知道现在谁能站出来帮帮他们。

记者媒体跟着呼吁，希望有好心人、热心人站出来帮助同学 C 一家。

警方现在把人给扣了，又不出来交代详细的细节，又没有说握有同学 C 杀人分尸的证据，凭什么？

同学C的父母不敢和警方对着来，他们换了一种方式方法，通过媒体发出自己的声音，同学C小时候有多优秀，有多乖，有多懂事，家里条件多么不好，可吴若的家里条件多么好，因为有钱，所以现在警察可以不管三七二十一就把人给扣了起来，就因为他们没钱吗？

同学C的家人简直就是媒体头条的常客，一些记者恨不得将自己浑身的热血都抛出来，看的人也觉得热闹，慢慢地热浪大了起来，有些声音就开始增大了。

而警方这里，同学C就是否认，她没有偷过吴若的零食，更加没有用过吴若的化妆品。

“那这些东西，你怎么解释呢？”

明珠将袋子里的东西扔到桌子上。

这个同学也算是比较坚定的了，无论怎么问，被带到这样的地方问，她还是不承认，这是在寝室里，从她的行李里找出来的，以她家的条件买不起这样的东西吧。

袋子里的东西明珠看过，可能一般的警察分辨不出来真假，但她看得出来，她能看懂真假是因为，她过生日的时候，明兰和明月一人送了她一个，恰巧重复了，原本是想让她们拿回去一个退了，挺贵的东西，可两个人谁都不愿意收回去，最后明珠只能收了双份。

两万多的一个包，你哪来的钱买的？

袋子里的化妆品全是名牌，化妆品都是用过的，看用过的痕迹，用的人应该经常化妆的，同学 C 貌似不化妆的吧，这是她的？

这是同学 C 进来以后，第一次脸上出现了惊慌的表情。

“这些都是我的，我打工赚的，这样也不行吗？我就不能用名牌吗？”

“那这个包呢？”

“这是假的，淘宝上买的。”

“我敢确定这个包是真的，你说淘宝上买的，有没有记录？”

“找不到了。”

明珠失笑：“专柜的柜姐不一定能认出来，但卖这个东西的地方全市就这么几家店，倒是可以查出来吴若买没买过这款包，你说在淘宝上买的，淘宝上的卖家会不会蠢得把真的当成假的卖给你？现在你又拿不出证据证明这是你买的。”

吴若家里很快给了回答，吴若的妈妈记得那个包，有一次孩子回来就说，包丢了，还挺不高兴的，那包是她买给女儿的，她记得很清楚，明珠将图片给吴若的母亲看了，吴若的母亲变得很激动。

因为那包上的貂皮兔子也是她买给女儿的，她女儿就喜欢这些小玩意。

绝对就是吴若的没错，怎么可能那么巧，同学 C 又都买了这些。

包上有的痕迹，和同学 C 行李里找出来的都符合，警方现在依旧没有对外公开，但是媒体已经将警察翻了同学 C 行李的事情公布了出来，说是不尊重人权。

现在同学 C 偷吴若的东西已经得到了证实，而且有证人看见了她离校以前和吴若发生了争吵，也许就是因为吴若发现了什么。

警方通知同学 C 的家人，将偷东西的这些事情都说了出来。

同学 C 的父母是坚决否认的，否认自己的孩子会偷盗，否认自己的孩子就是杀害吴若的凶手。

同学 C 的父亲出现在媒体面前，苍老的一张脸，又瘦又老，一看就是个庄稼人，穷人，他脸上的颜色告诉了别人他生活的不易，他坚决不相信女儿会偷别人的东西，他也不方便去评价死者。

就因为这样的东西见报，吴若的家人才第一次面对媒体，那之前他们全家都很安静。

吴若的母亲谴责同学 C 的父亲，这位母亲年轻又美丽，只是随便弄一个发型，为了不让自己披头散发出现，随便穿了一件衣服，她没有精力去打扮自己，很久都吃不下东西了，睡不着，天天抱着孩子的照片哭，即便是这样，媒体依旧将她和同学 C 的父亲放在了一起。

一边是高高在上的有钱人，一边是又穷又没有说话权的农民。

吴若的妈妈不会骂人，她只是质问同学 C 的父亲怎么可以这样无耻，东西出现在你女儿的行李里，难道是我的孩子为了冤枉她吗？

说完这一句话，她就进了医院。

吴若的父亲依旧不接受媒体采访，他不想将心头的伤扒开给大家看，他只想等警察早日结案，到时候就什么都说清楚了。

案发现场警察又仔细地去查了查，这次有了收获，找到了有价值的东西，这次同学 C 就别想跑了。

等到媒体狂轰滥炸以后，警方这边确定了，并且已经从同学 C 的嘴里得到了最终的答案，她不承认也不行，这才对外进行公开，此时案子已经过去了几个月，警方也被大众骂得很惨。

这案子发展到现在，已经没什么可值得多说的，被翻案的可能性微乎其微，并且同学 C 已经认了。

吴若的父母来过一次局里，不是为了感谢，只是想了解一下经过，想看看同学 C 的笔录，想知道吴若到底是怎么死的。

同学 C 说没动吴若的头和脸，就是因为当时怕了，一如当初周格安所猜的，开始动手的时候，她非常冷静，她拿了吴若的包，吴若过了很久以后发现了，找她质问，她说那是自己在淘宝买的假货，吴若不信，两个人当时都不愉快，然后吴若带着同学 A 和 B 出去吃饭，没有叫她。

C 说自己不是差一顿饭，她觉得吴若是在羞辱她。

因为吴若家庭条件好，她就瞧不起自己。

明珠当时抬起头问同学 C："你偷了她的包、化妆品以及一些零食，被她发现了，而且你们吵过架，她请同学出去吃饭，还能带你吗？"

同学 C 不说话。

她说自己对吴若没有嫉妒，她的家庭也很好，父母很恩爱，对她也很好，满嘴讲的都是自己多幸福多幸福，然后又说吴若的家里有钱，她爸在外面有小三。

"吴若和你讲的？"

"有钱的男人想想就知道。"

即便是这样，同学 C 的父亲依旧坚持自己的女儿是无辜的，拒绝对吴若的家人道歉，他不止一次地公开表示过，同学 C 没有偷东西没有杀人，吴若的死和同学 C 无关。

吴若的父亲辗转打听，打听到了陈滔滔，陈滔滔不好请，而且陈滔滔贪婪，他要请陈滔滔就一个目的，将有罪的人送进去，他不在乎钱，哪怕全部的身家都给陈滔滔也可以。

陶克戴扔过去文件。

"看过了吗？"

"很好打。"陈滔滔没有动手。

对他而言，这个官司打起来也不算很难，他知道他的委托人想要的是什么，他也清楚，自己应该会在一审拿到什么样的结果，以及全部的民众对这事的看法。

那些鸡零狗碎的案子就不要来找他了，他是律师，律师！

陶克戴没忍住笑了："上次人家付了你五十万……"

"他给我八千万，那也是家庭纠纷。"对他而言，没什么挑战。

"吴若的家人要求的是无期徒刑？"陶克戴翻开看了一眼，他觉得应该不会，所以才用了一个疑问句，毕竟女儿惨死，还被分尸了，打开之后，挑了挑眼皮，果然这案子符合陈滔滔的口味。

"是死刑。"

无期徒刑还找他打什么打？明月那种案子他都可以打成无期徒刑，现在是杀人分尸啊，好不好："叫她家把钱准备好，我是不会打折的，但是我可以赠送服务，包他们满意。"

呵呵，又可以数金条玩了。

陶克戴站起身，他永远都搞不清陈滔滔是正是邪，焦点是少女可怜好不好？才二十岁，结果陈滔滔却……唉，他去贴出金额，希望对方能承受得住。

人世间最毒的仇恨，莫过于你随意出口的一句话，却成了他人心尖上凝结的血。

吴若的家庭条件是真的很好，不能算超级有钱，但也绝对是不缺钱的那种，吴若的母亲身体不太好，生了吴若以后就没再要其他孩子，吴若的父亲是将女儿既当儿子又当女儿去养的，吴若既是他的女儿也是他的儿子，是这个家未来的顶梁柱，多么好的一个家，多么好的一个孩子。

吴若的死，是媒体强硬地将观众拖入场，大家畅所欲言，有些会替同学 C 求情，从自身出发，学校也有那样的学生，仗着家里有两个钱，自己姓什么都不知道了，没有做亏心事，好好的，为什么同学 C 会把吴若给杀了？同寝室还有两个同学，那两个同学怎么没有被杀？

吴家谢绝任何记者的采访，对于记者来说，从吴家的身上挖不到任何有用的料、任何有价值的新闻，甚至吴家的人就连电话都不肯接听，套话也套不到。

从吴家无处下手，那就从同学C家下手。

顷刻间，不知道有多少的媒体在对这个案子进行报道，很多所谓的专家冒了出来，你不能否认有些人很有威望，你也不清楚他站出来讲这些话的目的是什么，难道是和吴家有仇，想要借机再捅吴家父母两刀吗？

他们公开表示，这样的案子，不应该判死刑，呼吁废除死刑。

然后就跳出来很多人，都在为同学C求情，都说活久了，什么奇葩你都会遇上，现在这话被证实了。

“我觉得同学C就是冤枉的。”

还有的阴谋论，觉得死掉的那个，也许是要把同学C杀死，结果同学C为了自卫，才将对方弄死的。

这样的新闻不胜枚举，网络时代，只要有心，就不可能接触不到这些。

吴若的妈妈半夜被医院的救护车给拉走了，吴若的爸爸自从女儿死后，公司也不去了，每天就待在家里陪妻子，好不容易看着她睡着了，多久了她才闭上眼睛一会儿，这样熬下去，人会熬垮的，说句不好听的，恐怕同学C还没审判呢，孩子的妈就跟着去了。

就去卫生间这一会儿的工夫，等到他觉得有些不对，都五分钟过去了，人还没回来，他过去卫生间一看，妻子就躺在里面了，手机在地上扔着呢。

吴若的家很大，很漂亮，富丽堂皇，装修风格偏欧式，曾经这个家有多幸福，现在就有多荒凉。

“怎么搞的呀？”

吴若的奶奶随后在女儿的陪伴下也来到了医院，孙女死了，她跟着就病了，好不容易从床上爬起来了，也是天天哭，哭儿子、儿媳妇命苦，哭孩子命苦，她之前还去家里安慰儿媳妇了，说家里的这些侄子侄女将来都是他们的孩子，她要给吴若讨个公道。

老太太是特别敞亮的一个人，吴若没了，她就和儿子商量了，等儿子觉得将来哪天合适，就都捐了，留点生活用的，老吴家没有为了钱上前卖好的，谁敢这样，她就打死谁，反正她也是将死的人了。这好好的，人怎么就没了！

吴若的爸爸蹲在门口，抱着头。

“你倒是说话啊？”

吴若的外公外婆赶了过来，老人家身体都不怎么好，都因为孩子的事情，受到了打击。

怎么问，他就是不说话，老太太这脾气很急：“你可得挺住了，你要是挺不住，你媳妇就挺不住了，若若的官司还没打呢，得看着她死了，我死了才能闭上眼睛。”

吴若的爸爸手里捏着那部手机，一个大男人蹲在地上放声哭。

看了之后特别堵心，他不是故意想去看，因为掉在了地上，他打了电话叫救护车，然后捡起来手机，就看见了那样的话，说是让同学C来给他们当孩子，还说同学C是无辜的。

他不能接受，警方已经对外公布了详细的过程，为什么还会有人认为是吴若的错？

他养了这么多年的孩子，他的好女儿，枉死还要受人议论，他觉得心好疼。

但是互联网这个东西，你没有办法的，至少吴若家是没有办法去控制每个人说出口的话的，言论自由。

深夜，某高档小区。

罗颖琳已经睡了，睡得迷迷糊糊当中，听见有人敲门，很轻微的那种敲法，她自己睡眠浅一些，是那种职业带来的后遗症，因为不管睡没睡下，电话来了她就得出门，很细微，很小声，她没有理睬，这个时间能是谁?

敲错门了，认错门了，这也是常有的。

躺回去，门外的动静消失了，然后过了一会儿，大概也就两三分钟，突然罗颖琳就听见了钥匙串的声音，有人在开门。

的的确确就是开门的声音，这个她不会听错的。

她猛地从床上坐了起来，竖起来耳朵继续听。

“谁？”

对方还在开，她突然出声，出声是为了警告外面的人，家里是有人的，你开错门了，赶紧离开。

外面开门的声音越来越急，稀里哗啦的声音，看样子很多的钥匙，是钥匙和钥匙碰触到一起后特有的声音。

罗颖琳光脚下地，快速将房门的安全锁拧上，里面的门保险拉上，返身回到床边打电话报警：“喂，我这里是……”

门外的人突然吭声，是那种很弱很虚的动静，这样的时间，叫人听起来有些毛骨悚然。

“姐，你开开门吧，是我。”

罗颖琳一愣，叫她姐?

她现在看不到站在外面的人，她也不会将里面的门打开去看，深更半夜的，太危险。

“你谁？”

对方说是她家的亲戚，罗颖琳不认得，她平时工作忙，到处跑，这里去那里去的，亲戚有事她从来不去，尽管亲戚总是说颖琳当了大记者，就瞧不上她出生的家乡了。

有事都是她父母去的，这个亲戚她倒是听说过，听她爸妈讲过。

罗颖琳不解，就算是亲戚，现在已经过十二点了，现在流行十二点串门?

是她太久没出去见世面了，还是怎么了?

拿着电话拨给她爸，这人是她爸这边的亲戚，问问到底是怎么回事，她爸让来的吗?

问清楚了，省得一会儿警察来了闹笑话。

罗颖琳的警惕性非常高，就算是这种时刻，她依旧坚持等警察来了再说，哪怕只是一场误会。

电话通了。

嘟嘟嘟。

响了几声，没有人接，她按掉重新拨打，还是没人接，人呢？

报警中心已经联系了最近的警力，警察已经出动了。

罗颖琳打了三次，她爸都没接，她以为老人家可能是按到什么键了，她爸的那个手机动不动就听不到声音，动不动就收不到短信，他总不承认是他碰到了什么键，埋怨是手机不好，可是给他换了各种各样的牌子，别人用都没有事，轮到他就总出问题。

她放下电话，等着警察来，外面的人还在说话。

“姐，我是罗力啊，你给我开开门，我晚上没有地方住才过来的，你让我睡一夜。”

罗颖琳冷笑，她认识他是谁啊！

很快罗颖琳的手机响了起来，她快速接起，是她爸爸。

“给我打电话了？怎么了，闺女？”中气十足啊，伴随着哗啦哗啦的声音，不用想就知道是打麻将呢，她老爸就这点爱好。

“爸，你让罗力来我这儿了？”

罗颖琳的父亲一愣，他这不有休假嘛，才带着妻子回乡下见见亲戚的，他是老派的人，总觉得出来也不能忘记自己的家乡，时时刻刻都得记挂着，一回去就要花好多钱，给亲戚们都带点小礼物。

但罗力……他记得那孩子，可怎么会跑到颖琳家去呢？而且还是深更半夜的。

“没有啊，我都没告诉他你住在哪里，怎么了？”

罗颖琳她爸一听就觉得有点不对劲，旁边人喊他出牌，老爷子直接将桌子就掀翻了：“打什么打，颖琳你把话说清楚，怎么了？”

“他现在在我家门外呢，刚刚敲了敲门，我没回声，他就用钥匙开门了。”

“这个小兔崽子，他怎么知道你住哪里，怎么会有你家的钥匙？”

“这得问你了，你有没有说过我住在哪里？我家的钥匙，你看看还有吗？”

罗颖琳她爸很快骂了一声，说叫司机马上开车回来，让女儿别怕，他看见那个小兔崽子打断他腿，不管是为了什么，偷钥匙，大半夜去他女儿家干什么？

罗颖琳就怕自己爸爸着急：“行了，问清楚就行，我已经报警了，你别着急回来，别上火，没事，我自己弄得了。”

很快警察就来了，把人给扣住了，在外面敲门。

“罗颖琳？是不是报警了？”

罗颖琳和自己爸爸交代了一声，挂了电话就出去了，少年被制住了，一个劲儿地让罗颖琳和警察说，他们是亲戚。

“我和他是亲戚没错，但我不认识他，再说我家的钥匙是他从我爸的身上偷来的。”

“姐，我就是淘气……”

“你要是三岁我信你这话。”

罗力被带回了派出所，警察从他身上找到了一些不属于串门该带的东西，这样的警察也见得多了。

“你这亲戚可不是来串门的，他是想打劫。”

打劫的目的非常明显，罗颖琳无语，虽然早就猜到了，但是被证实的那一刻，她真有点担心自己的老爹了。

罗颖琳她妈早就对丈夫家的那些亲戚有意见了，她公婆死得早，丈夫说是吃百家饭长大的，长大以后这不是本事了嘛，就年年回去，回去就回去吧，做人得知道感恩是不是，她不是对农村人有任何的看法，她就是觉得这些亲戚闻名不如见面，真的见面了，心里的那些好印象就都打消了。

特别敢说话，有的干脆就说了，能不能让她儿子当官，有的说盖房子没钱，家里这些年钱也没少折腾，她说多了伤夫妻感情，说少了伤钱，谁的钱是天上掉下来的?

现在好了，看清楚了?

这就是你所谓的亲戚，好人肯定有，可有些时候，立场变了，身份变了，人的心态就会跟着变的。

万古不变的道理。

他就是随意说了一下，主要也是觉得女儿自己有本事，不靠家里，就提了提，谁能想到会这样?

真真是气死他了。

罗颖琳她爸对着罗力就是一脚。

“冷静啊，这里是派出所。”

警察喊了一嗓子，当着警察打人，还能不能行了?

“我是欠了你们的，还是该你们的?”罗颖琳的爸爸指着他。

这些年他花了多少钱?村里修路他掏钱，村里建小学他掏钱，谁找他借钱他有没有说过一个不字?半夜摸过来要干什么?

“我踹死你，你要干什么，你要干什么啊?你还带着刀，你想杀人吗?”

罗颖琳闭着眼睛，她是真的没想到老罗的脾气还这么暴，平时看着挺温和的一个人，总是笑总是笑的，这动起来腿脚还挺灵活的，这下不用担心他老人家的身体健康了。

很快一家三口就出派出所了，罗颖琳她妈可是全程一个字都没说，也没有数落丈夫，按说抓住机会了，还不得好好发泄发泄，但她没有。

“你都多大的年纪了，还要踹死人家，警察是摆着看的呀，和这样的人生气不值得……”

“我是气……”罗颖琳的爸爸捂着胸口，就有点想不明白了，钻牛角尖了，他认为自己能做的都做了，他的钱来自社会，他想做点好事，求个将来老年无病无痛的，给孩子也积点德，你说怎么人就都是这样的呢?

扔了那么多钱出去，就没有一个人感激他?

还想过来抢劫他女儿?

他回去的时候，还一家给了五百块钱，虽然说钱不多，但每家都有的，还有礼物。

脸上的表情有些纠结，罗颖琳她妈赶紧给丈夫顺着气。

“就那点钱你还花不起了，你就当扶贫了，花完还带算计怎么没得到别人的感恩，你花钱的时候也没打算要别人感激你，这钱花得值得，至少我们良心不是黑的，至于别人，咱也别要求，颖琳你车呢？”

罗颖琳说自己坐警车回来的，她没开车过来。

罗颖琳她妈招手打车。

就说丈夫心太脆弱，你看小小的事情就给刺激成这样了。

多大的事。

等到警察找到罗力的家人，罗力家人过来求情，罗颖琳的父亲是连门都没给开，这是他女儿谨慎，不谨慎可能小命都没了，没什么值得原谅不原谅的。

罗力的父母回到村里。

“这是怎么了？”

罗力的妈就哭，罗力他妈在附近都是出了名的，罗力上面有两个哥哥，一个哥哥离婚了，另外的一个跟老婆回娘家那边了，平时就算是过年过节都不回来。

罗力妈解释了，罗力想去找罗颖琳帮个忙，找个工作，想要在上中市待下去，结果罗颖琳那个死丫头一点亲情都不念，罗颖琳她爸妈也就是装出来的和善，心里瞧不起他们是农村人，罗力现在被抓起来了。

“就算是不帮忙，也不可能把罗力给抓起来，是不是罗力做什么过激的行为了？”

罗力妈否认：“我儿子能做什么过激行为，他们不肯帮忙就算了，还落井下石。”

这个村能有多大，信的不信的，说什么的都有，有些看得明白的，心里估摸着罗力说不定干什么了，得罪人家了，有些就认为罗颖琳她爸现在有钱了，颖琳她爸倒是没什么，但是你看颖琳的妈妈，还有罗颖琳回来过吗？

不回来不就是瞧不起他们嘛。

罗颖琳工作结束，和同事约好了一起去喝杯咖啡，她好久都没吃到过甜味的东西了，找不到幸福感了。

开车下班，等红灯变绿灯，灯变绿之后，就见有几个人追着跑，跑的速度还挺快的，很多车都按了喇叭，这要是碰到了算谁的？

罗颖琳的车开得较慢，她清清楚楚看见了一男一女追着两个人就冲了过来，女的当时在她车上碰了一下。

那张脸她绝对不会认错的。

是明珠！

罗颖琳降下车窗：“明珠……”

后面的车按喇叭，她的车横在这里，已经妨碍了别的车通过，罗颖琳没有办法，只能开着车往前走。

明珠穿的是便装，身后还有个男的，罗颖琳心里乱糟糟的，她总有一种特别不好的感觉。

明珠……明月……

年代久远得，仿佛一瞬间她就又回到了七年前，七年前的那场悲剧……

罗颖琳当时赶过去，明珠已经进抢救室了，她和警察闹着，警察也无能为力，明兰的哭声，现场的乱套，那是第一次她这样近距离地见证了一场死亡，说是被人从楼顶给扔下来的。

罗颖琳都没有办法去想，那样的情况下，还有多少存活下来的概率，她掏空了自己的存款，她和父母借了钱，然后为明珠组织了捐款，过去她不屑做的她都做了，那些钱是几年以后有人送到台里来的，似乎清楚她还在这里工作，清楚她就是那个罗颖琳，她私人的钱，都还了回来，她不知道是不是明珠、明兰、明月当中的谁给还回来的。

她对明珠的记忆还停留在，那个肆意和人斗的女孩子身上。

罗颖琳开车绕了回来，可惜都过了五六分钟，人早就没影了。

但愿她不是抢劫吧。

如果说下班高峰期有人借机抢包这样的新闻很多见，如果抢包的那个人是明珠，她似乎也不觉得很意外。

顺着条理去生长，貌似明珠也应该如此。

罗颖琳收回神色，远远地又望了一眼，返身上车，准备离开。

那一幕她一直没有办法忘记，推了朋友的约，朋友在电话里发了脾气，是谁约的谁？我把老公、儿子都抛弃了，结果你还这样对我？

“真的对不起，我得去查一件事情。”

罗颖琳问了自己很多的朋友，看看有没有人知道七年之前案子的受害人去向，得到的答案皆是否定。

开着电脑，也无心去写稿子，恰巧朋友来电话，说是在南区采访警察呢，让她也过去。

罗颖琳开车赶到，朋友和前面的警察起了点冲突。

“我们没有带记者的习惯。”

刘大同试着解释，晚上有行动，最近这晚上的治安就不是特别好，超市停车场已经出现了多少例被抢被挟持的事件了？上面火大了，要求他们赶紧解决。

他们又不是特种部队，还带着记者和摄像机去拍摄，可眼前的记者不好打发，上中电视台的，又得到了上面的许可。

“你们领导都已经同意了。”

刘大同挠挠头：“上面只是说不反对，但也没说同意。”

“你把你的头儿叫下来，我和她说，我和你说不着。”

刘大同没有办法，上去叫明珠，明珠和小猫刚刚抓回来一个，出去办事正好遇上飞车党抢劫的，也算是对方倒霉，遇上大黑脸了。

明珠在局里多了一个外号，大家背地里都喊她大黑脸、黑炭，估摸着这家伙以后就打算向包青天学习了，明青天啊。

“叫她哪里来给我回哪里去。”

明珠的声音从楼上传了下来，记者上了楼，拉着罗颖琳推开了门，罗颖琳觉得时光有些恍惚。

过去明珠是受害者的家属，她是个记者，七年以后她仍旧是个记者，明珠却成了警察。

罗颖琳的同事还在和明珠辩论，拍摄了以后可以播出，让大家多加小心，以及真的遇上了，应该如何反应。

“你和我说这些都没用，我们是去出任务，不是出外景，生怕别人不知道我们去抓人是吧？到时候谁保护你？”

罗颖琳没有直接叫明珠的名字，并非她不敢肯定眼前的人，她能百分百确定，她是明珠，明月的姐姐，她只是认为如果有人不太愿意想起来过去的事情，自己似乎不应该揭人家的伤疤。

上面打来电话，明珠摔了电话。

刘大同一见情况不好，拉着罗颖琳的同事和罗颖琳准备下楼。

“罗颖琳。”

罗颖琳和明珠对望，只有她们两个人。

“好久不见。”

罗颖琳就说，过去她不喜欢明珠，现在她依旧不喜欢明珠，就明珠刚刚摔电话的举动……倒是挺符合她的个性的，没想到她竟然当警察了。

“你那个同事最好别让人发现了，不然我和你们没完。”

罗颖琳和她的同事，外加三个男的，跟随着警察出发。

大型的超市一般都有停车场，停车场呢，都有监控，所以大部分人都认为停车场很安全，其实不然，现在那些人就将目光对准了停车场，当然目标是比较容易下手的单身女青年。

一个月竟然被抢了五次，不是同一个地点，警方布控。

明珠穿得很……闪亮。

貂皮大衣、长靴，脖子上挂着某牌子闪亮亮的项链，手里提着手包，九点多晃晃悠悠地开着宝马去了中山路某家大型连锁超市，进了停车场，明珠锁了车，然后从停车场进入超市内，此时她的身后已经有了人尾随，一般人是感觉不到的，当然等你感觉到，罪犯也就撤了，这意味着被发现了。

推着购物车，买了一些东西付钱，付钱的时候是用的银行卡，从超市离开，然后进入停车场，超市的进出口此时人还是蛮多的，但是停车场的人不多，停车场也太大，很快就没人了。

明珠上了车，然后落了锁，准备开车离开。

“这就走了？她锁车门干什么？”

罗颖琳的同事无语，你锁了车门，犯罪嫌疑人就不能把你拦下来，那你们怎么抓人？人家什么都没做，就跟着你，这样也有罪吗？是不是有点牵强啊？

“你闭嘴。”邱洛洛送了对方一个白眼，不知道就什么都别说，别发表意见。

明珠的车才启动，突然有个男人上来拦截，拍着她的车窗。

“你下来，你看看你的车把我的车刮成什么样了？我等你半天了，赶紧下来……”

对方挺横的，一脸的凶狠，看样子车应该被划得挺厉害的，语气都不是那个味了，明珠降下四分之一的车窗。

“啊？”

“啊什么啊，你赶紧给我下车，你看看我的车，我等你半天了，怎么赔吧……”

明珠坐在车里，犹豫再三，之后还是开了车门，跟着男人下去，就下去没关车门的工夫，有人就过来拽了她的包要跑，明珠看见，对面的男人拉着她的胳膊，上脚上手准备有所动作了，明珠的膝盖微微提高，照着男人的鼠蹊处就踹了过去，好像慢动作回放一样，接连几次，对方拽着她的手就跪在地上了，那边警察也追了出去，很快人就给按着带了回来。

“带回去。”

停车场里还有其他的女人来取车，看傻眼了，这是什么情况？

这女的干什么的？怎么这么多的人？

“晚上尽量不要一个人出门，上车以后尽快落锁，如果有人敲车窗最多降下四分之一的车窗，不认识的人不要随意下车，马上报警，或者鸣笛叫停车场的保安。”

那两个人傻愣愣地点了点头。

把人带回局里，两个人就交代了，如果今天明珠被制服，她包里的钱不够，那么就会逼着她拿出来银行卡，去提款机取，然后放人，他们不伤人。

“不伤人你们还挺骄傲的？”

对方不吭声了。

明珠交代邱洛洛一声，她就准备下班了。

“走吧。”

明珠的车才要开出局里的大院，罗颖琳就蹲在路边等她呢，敲了敲车窗，明珠推开门。

“蹭个顺风车。”

明珠一路向西，罗颖琳其实想问问明月的情况，但又不好开口，她怕自己问出口，明珠会认为她这是故意在提醒她怎么样，但她真的挺关心明月的，不知道明月现在好不好。

“你想问明月吗？”

罗颖琳点点头。

明珠按了号码出去。

“我认识的人？谁啊？”

明珠开车载着罗颖琳去了胡同，罗颖琳都没敢认明月，变化太大了，明珠那是真的一点没变，就是大了而已，明月已经真的从少女变成大人了。

“这是明月？”

明月记得罗颖琳，但印象有些模糊了，说出来名字她想起来也许会比较快。

“罗颖琳。”

明月看着罗颖琳一开始有些腼腆，罗颖琳觉得还真是没变，这姑娘还是这样的个性，说句话就红了脸蛋，但是坐了半个小时以后，她对明月的印象就改观了，明月能说，只是看她愿不愿意说。

话很多的，一句接着一句的，也喜欢笑，说着说着就会笑出来。

真好！

她只能感叹一句真好，真的很好。

罗颖琳曾真的以为明月走不出那道枷锁，结果她不但走了出来，还变乐观了……

奶奶却斜眼看了明月两眼，明月平时并不是这样的，她绝对不能算是一个开朗的人，今天活泼得有些过了头。

“你姐怎么去当警察了？”

明月摇头，她也不知道，但是她大姐就当警察了，还是个好警察。

明月一说，罗颖琳就知道了，之前报纸报道的那个新闻上面没写名字，当时她还说呢，这个警察开枪开得好，配枪给你们就是为了先保护自己然后保护群众的，你说人家拿着刀，你们就空手空拳地和人对峙，有病吧，执法能力被剥夺在罗颖琳看来，这就是弊端。

好不容易出现了一种这样的情况，自然不能让她受到处罚，特别这还是个女警。

竟然是她啊。

明月对她姐那是真真的崇拜，就是一句玩笑话，她都要认真地去辩驳，她姐并不是那样的人，她姐很优秀，很了不起，她觉得她姐是最好的警察，让她对警察这一职业都改观了。

那么难的时候，警察完全就指望不上，现在她却能安心了，至少如果再有那样的人，不会孤孤单单地站在原地了。

“我是开玩笑的，果然是你姐的好妹妹。”

罗颖琳拿回家几幅画，都是明月画的，她也没当回事，人家好心好意送的，她不好不收，自己对这些又没有研究，倒是她爹妈对这些比较感兴趣。

她爹妈问谁送的，她也只说是朋友。

罗颖琳爸爸的一位战友对这些略通，加上儿子是从事这方面工作的，两家的孩子都是大龄，是不是凑成一对?

反正他带着儿子来是这意思，结果这个死小子……

老头儿看着自己儿子，自己儿子的眼睛就差被贴到画上去了。

“叔叔，这画是买的吗？”

罗颖琳爸爸呵呵地笑着，他觉得这孩子挺有意思的。

“不是，是我们家颖琳的朋友送的。”

颖琳就不喜欢画，也是，她从小就没有这个艺术细胞。

“叔叔，这画值钱……”

罗颖琳她爸就看，他还真的没看出来哪里值钱，眼前的年轻人一一帮他做着介绍，说这画卖出去那就发了。

罗颖琳爸爸给女儿打电话，他女儿在外面跑新闻呢，中午吃饭时才想起来，给回了一个。

“你那是什么朋友？今天家里来客人了，指着墙上的画和我说值好几百万……”

罗颖琳意外：“不可能，就是个小孩送我的。”

罗颖琳她爸也觉得不可能，她女儿当记者这些年也没发过财啊，有时候还得蹭他们一点，突然送个这么贵的东西，他有点害怕啊，就怕她是不是收了谁的好处，答应人家什么了。

“你可别骗我。”

“逗小孩呢，我还骗你。”

罗颖琳得到消息之后，晚上回家把画给收走了，她得找个人去鉴定一下，难道……摇摇头，觉得不可能，明月离开才几年，不可能的，自己想多了，巧合吧。

“不是说送给我的，怎么还往回拿？”罗颖琳她爸手里拿着菜刀，颇有一副“你敢动我的画，我就和你拼命”的架势。

“你把刀放下，这是干什么。”罗颖琳的妈妈无奈地看着丈夫。

“爸，我可是你亲闺女，你看准了，照着这里砍，千万别手抖，我要是没了，就没人继承你的家业了，我还有事先走了。”

罗颖琳比比自己的脖子，然后硬将画摘了下来，她发现自己爹最近似乎有点返老还童的架势，对着自家人还举刀，他要是把刀架在自己脖子上她还能相信一点，砍了她嘛……

小时候她摔一下，她爸都心疼得不得了，说挣钱就是为了给她花的，她要是有个什么意外，那钱就都白挣了。

罗颖琳爸爸跳着脚。

“罗颖琳，你这个不孝女。”

罗颖琳妈妈给女儿打掩护，等女儿跑了赶紧关门。

“你还帮她。”

“我生的孩子，我不帮她，我帮谁。”

吵完，有人上门，邻居过来坐坐，就在斜对面，都是独栋嘛，特殊级别的才有这样的待遇。

罗颖琳她爸最遗憾的事，至少挂在嘴上最遗憾的就是他没生出来儿子，对方和他做了几十年的战友，还能不知道他什么脾气？

“那个死丫头，偷了我的画就跑了。”

“看不上，那就把这个死丫头给我，我接回家当女儿养。”

罗颖琳她爸马上脸就寒了。

“你喊的这个词我怎么听着这么不顺耳呢？”

听得这么刺耳呢？

对方老战友笑：“不是你先喊的死丫头，我才喊的。”

“那是我女儿，我的小棉袄，我怎么喊都行，我老婆子喊我死鬼，怎么你也跟着喊死鬼啊？我告诉你，别打我家颖琳主意，谁爱生儿子谁生去，我千辛万苦才生出来这么一个闺女，我疼都来不及呢。”

“不是你自己讲的，遗憾没有生出来儿子？”

“我那是谦虚明白不？我怕自己太高调惹你们嫉妒恨。”

“得得得，将来都没有传户口本的，我们还嫉妒？就嫉妒你这个？”

罗颖琳爸虎着脸：“谁告诉你我家没接户口本的，我告诉你，我就满足我家生的这个闺女，爱咋咋的，我就稀罕她，看不见她我就想得心肝疼，我将来钱都给她。”

对方笑笑。

“那钱也是老赵的，和你有什么关系？”

“我说你是来找打架的吧？慢走不送，门就在那里。”

罗颖琳她妈端着茶出来，就发现客人没了，问丈夫，好半天丈夫别别扭扭地说了，叫他给气跑了。

“为什么呀？”

“看他不顺眼，真是什么山猫野兽都敢议论我闺女，那是我掌心里的小公主，是女王，我都舍不得说，他一口一个死丫头地叫着，下次看见他绕路，他从门前经过就一盆水泼出去。”

罗颖琳妈无语地摇摇头，她嫁的这个丈夫啊，自己这一辈子是没愁过，净笑了。

罗颖琳的报道出锅，带着一种浓浓的骄傲，她觉得自己成功地做了一位有良心有良知的记者，将一个少女拯救了过来，现在这个少女成为了警察，这是她人生的幸运，也是明珠的幸运，更是有些群众的幸运。

那幅画送到懂画的人那里，目前还没得到任何的结果，罗颖琳喝咖啡呢，说是有人找她，狐疑地接起电话。

是一位市民的来电，罗颖琳原本真的以为对方是想给自己一点什么线索的，结果却不是。

她身上的遭遇，在别人身上也发生了。

“我不知道你们记者是不是就连真话都不敢写，警察好？我来告诉你，我的家人去报警以后，警察都做了什么。”

一样的流程，大半夜有人撬门，家里男人比较多，如果就她一个人的话，她吓都要吓死了，就这样外面的人还继续动作了一会儿，持续撬门，全家都拿着工具，生怕下一秒贼人就闯了进来，结果那贼砸了玻璃嚣张地离去，这一夜她压根就没睡好，早上去了西区派出所报警，警察是怎么回答的？

“警察当时就对我说，是我家，我爸、我老公、我儿子可能得罪了谁，仇家上门，不然不会这样的，我老公是一棍子下去都打不出来一个屁的人，我爸今年都快六十了，我儿子才满月，笔录也没给做，只是我一个人在说，他们敷衍地问了问，就让我回家了，我就不明白了，是我身份没有你们大记者来得重要，还是怎么着？警察不是应该保护市民安全吗？职责和责任是什么？就随便说说而已的吧？”

对方的情绪显然非常激动，罗颖琳没有机会插话。

“你们记者会查吗？”

觉得这样的事件不够轰动吧，也许还会怕得罪了谁，或者调查来调查去，最后不了了之。

罗颖琳是真的去调查过，走访过，西区上面的领导说已经处分下去，下次不会发生这样的事情，说都这样说了，罗颖琳还能怎么办？

南区的治安目前来看，还算是可以，警方几次蹲点，先是扫了停车场作案，然后扫火车站小偷，现在火车站外面都是冷冷清清的，你打击在门口偷窃的，他们干脆就买了站台票混进火车站里面作案，火车站的站警和警察合作，如果火车站发现有小偷出现，墙上都贴着硕大的报警电话，有事情请找警察，请找站警，初步来看所得到的效果还算不错。

可这样的做法也招到了一些人炮轰，小偷就是小偷，他就是贼，死性不改的，你们把火车站抓干净了，他们就要转移目标，开始入室抢劫了，不知道哪里冒出来的奇葩理论，看的人都已经没有兴趣去发表一些言论了，因为觉得浪费口水。

局里就是这样，不管早晚，随时都有可能会出现报案的人。

明珠晚上值班，和刘大同一起值班。

“头儿，我就想问一个问题，我好奇很久了。”

“我觉得你最好还是不要问。”明珠写着材料，她要交的各种材料太多。

上级需要她对自己做出来的一些行为进行解释，说白一点，有人投诉她，投诉到了上面去，上面领导对她颇为照顾，但这是流程，不是每件事情那些领导都能拦截下来的，明珠在南区这片毕竟没什么熟人。

“你不觉得委屈吗？”

“你觉得委屈吗？”明珠抬头，活动活动自己的脖子，活动完以后继续写。

刘大同摇头，但他和明珠不一样，他没有家庭背景，自己这辈子就这样了，他和老周他们是一样的，自己未来四五十年什么样都能看到猜到，他只会办案，不懂世故，也不想去懂。

“你为什么当警察？”

刘大同记不清，为什么当警察？

可能是小时候受到的影响吧，最困难的时候其实人家也就是伸出手帮了他一把，后来心心念念就想当警察，当得好不好自己也不清楚，混日子呗，保护老百姓也轮不到他，他就是自己工作的区域有案件，尽量地及早破案，伸出手去摸摸自己深处的良心，良心是好的，那就好，不求升官发财。

“那你觉得我这样的人出现，并且和你们相交甚好，你们心理上会不会觉得这个系统并没有想象当中的冷酷？”

“这是当然。”

可以说头儿起了一个特别好的带头作用，她是个挺好的支队长，尽管一开始大家对她议论颇多，但渐渐地接受下来，那些也都成为了工作的一部分，说累其实还真挺累的，习惯成自然，可能就是这样。

说什么精神上不空虚了，那都是骗人的，什么叫精神上不空虚？天天待在局里，不干活，熬点下班，那样空虚吗？他们精神境界可没那么高，只不过现在干了，发觉除了累还是累，但感觉还好。

他可不想自己儿子将来长大，人家问，你将来想做什么啊，他儿子开口说，绝对不当警察，因为警察不干正事。

“那你说说吧，我是个什么样的头儿？”

刘大同慢慢地细数，他觉得明珠特别有人格魅力，刚开始接触怎么瞧着都觉得她有点装，他看不惯这样的人，后来发现，其实有的人可能天生就长了一副欠揍的模样，时间长了，他真的被明珠给吸粉了，别人崇拜明星，他崇拜明珠，一个女人，真的这样的女人叫自己折服。

夸夸而谈，明珠一边听着，一边写报告材料，被人夸的感觉还是挺不错的。

“不过也不排除，头儿你心眼缺了点……”

刘大同跳开。

报警中心电话转了进来，刘大同和同事出警，赶过去以后现场有些混乱。

是两口子打架，屋子里的地上都乱套了，看样子也没少摔盘子什么的，女的一脸瘀青，披头散发的，光着脚，男的被警察拦下来了还要挥拳头，警察把男的按住，女的突然跳起来，指着男的开骂。

“我真是倒了八辈子的血霉嫁给你,这次我绝对不会就这样算了,警察他打人可以拘留吧？”

女的抓着刘大同的手臂，咬牙切齿，她这次一定不会再忍了，离婚!

“他动手，你追究，这在我工作的范畴之内。”

女的当时心里就微微有点不太舒服，这警察来了以后，也没说对她表示表示什么安慰，说话的语气也没多柔软，因为自己半夜报警害得他必须出来了?

“现在你要追究是不是？”

刘大同询问着，如果追究，那么现在就带人回去，如果不追究，你们还想好好过，那这是你们之间的私事，他不想多管，不是他冷血，他的工作是警察，他的执行能力很不错，但他没有所谓的英雄主义情结，不会帮任何人分析这个事情是怎么来的，怎么发生的，以后要怎么避免。

“我要追究。”

刘大同将夫妻俩带回局里，男的拘留，女的做了笔录，此时的时间为后半夜两点零八分，追究的话，需要有医院的病历，女人去了医院，刘大同做着笔录，然后请女人签字。

她如果不离婚，她就跟别人姓。

“你们是警察，如果你们不管我的死活，我下次就会死在他的手里，他是想打死我，我必须和他离婚，你们也必须让他承认他打了我，而且一定要追究他的责任，拘留他，不能因为我们是夫妻就不管，我马上就要和他离婚了。”

等待的过程当中，警方对男的进行询问，男的倒是挺配合的，承认了自己的所作所为，也不认为打老婆就是多大的事情，这是他们两口子的事，他愿意打，他老婆愿意挨，警察这似乎就有点多管闲事了。

女的等待的过程当中，脸上的恨意渐渐抹平，慢慢地转化为平和，可能恨的瞬间已经过去，所谓的感情开始复苏。

有些后悔了自己刚刚的冲动，如果不是警察来了之后是这样子的，她也不会这样冲动，哪家夫妻不吵架，床头打架床尾和这不是很正常的事情，有人来劝劝，她的火气也就消了，可偏偏来的不是灭火的，而是添火的，她才气得一发不可收拾。

她偷看了刘大同两眼。

“同志……”

“怎么了？”

“他……他知道错了吧？”

刘大同答：“他知不知道错，我不清楚。”

女人有些犹豫，真的不过了?

自己都这把年纪了，离开这个男人她还能怎么样？家里还有孩子，就算是看在孩子的面子上，自己也应该给他一点教训，只要他以后不犯，那就不追究了。

“其实他平时对我也挺好的……”

女的开始说丈夫有好吃的也会先让她和孩子去吃，这不就是爱的体现，他就是太爱喝酒了，喝多了就这样子，理智就都跑光了。

“拘留就算了吧，这个有点严重。”

刘大同听明白了。

其实南区、北区、西区、东区的办案流程都是一样的，为什么夫妻之间打架，警察不愿意管，祸根就在这里，真的当警察以后，他见多了这样的事情，有时候一些话说出口是不合适的，但心里会觉得，该，你就是活该。

“拘留必须执行，出来以后你们好好过就行。”

女的不干了，这拘留也不是什么光彩的事情，她追究拘留她丈夫，那她现在不追究了，凭什么还拘留她丈夫？

这不是不讲理吗？

“你们教育两句就得了，只要你们保证他以后不会动手，吓吓他，说是以后他再对我动手，他就犯罪了，对，下次不仅会拘留，还会坐牢，你们警察不都会吓人的嘛。”

刘大同沉默，并没有什么话想说的。

前前后后折腾了多少个小时，她哭诉完以后现在果然走了很多人的老路，并不是他就盼着所有人都去离婚。

这份工作是他的责任，有人报案他就必须处理，他现在处理了，不认为自己有错。

“我家孩子要是知道因为我她爸被拘留了，孩子心里怎么想我？他怎么想我？我公公婆婆怎么想我？就因为一点小误会，我就这么狠，再说这要是有了污点，我们以后怎么办？”

刘大同转移视线，他现在开始不想和这个女人多说一句话，也不想听她说任何的话。

女人还在说他们一家活得多么辛苦，多么辛酸，丈夫平时真的很累的，喝酒也许只是为了排遣心头的郁积。

“不是谁都能像你们一样，说当警察就当警察了，坐在办公室里，出警还有配备的车，我们家什么关系都没有……”吧啦吧啦。

“别拘留了，我不追究他的责任了。”

“大姐，我们接到报案，违法了我们就得追究，你现在和我讲这么多的困难也没用，你回家等吧。”女人没有料到警察是这样的，很显然，她觉得自己承受了打击，而这份打击比刚刚她丈夫对着她实施家暴来得更加猛烈。

“你们不是警察吗？警察不是应该帮着老百姓办事的吗？怎么就这样冷血无情，就希望别人家庭破裂，我都和你讲了，我的孩子是个女儿，今年都十四岁了，女孩子原本就容易走歪路，你让我和他离婚这不是想逼死我女儿吗？”

刘大同没有话讲，眼睛里都是漠视，甚至有些轻蔑。

女人恨不得捂住自己的心口，表示一下此刻自己心灵的脆弱。

为什么警察是这个样子的？

闹，哭，指桑骂槐，倒是没有明目张胆地骂，也是因为如果真的明目张胆地骂，直接就办她了。

第六章　你管的闲事真多（下）

“我要找你们领导。”

“领导现在没上班，明天再来吧。”

刘大同坐在自己的位置上，女的闹了很久，似乎觉得闹不下去了，回了家。

可回家以后，新的问题又来了，她要怎么和家里人解释？

和自己父母倒是好说，和公婆怎么讲？因为我你们儿子被警察拘留了？

她和丈夫人情来往多的时候，工资也是不够花，都是公婆贴补的，而且老人对她特别好，她要是敢这样说，那公婆以后还会贴补她钱吗？

不贴自己，那钱不就贴别人身上去了？这可不行啊。

越是想越是觉得自己报警的时候不冷静，警察也是，平时就没见他们干过什么好事，一点不懂得通融，非逼得别人家破人亡才行。

好不容易等到早上，孩子起床。

“妈，你昨天又和我爸打架了？”

家里的孩子缩头缩脑地问着，她爸喝酒喝多了就会这样的，后来就没听见声音了，可能就不打了，再后来她就睡了。

当妈妈的侍候女儿上学。

“没打架，我和你讲，以后毕业了千万别去当警察，警察都是不管事的，什么都指望不上他们，还无缘无故地把你爸给拘留了。”

孩子这个年纪，对拘留也不是很清楚，事情是她爸不对，总是打人，但是她妈现在说和打架无关，是警察拘留她爸。

目送孩子去上学，然后给公婆打了电话，这话她已经想了一个晚上，不能对公婆说实话。

公婆再怎么样也不至于相信外人，不相信自家人。

“……就是啊，妈当时我们俩打架，有人报警了，警察来了之后不管三七二十一就把他给带走了，说要拘留，我都说不追究我老公责任，他们就是不肯放人，我怎么求他们都不行，当时和我讲话特别横，我现在算是体会到了别人说的，警察就连正眼都不给你……”

这婆婆一听，你说婆婆贴儿子家钱，不止一个儿子却紧着这个儿子贴能说明什么问题?

这个儿子受宠啊，受宠的话，一听儿子没有原因地被拘留了，和老伴立马赶往南区。

找到警察，值班的警察。

“同志我想请问一下，昨天晚上的案件……”

警察查了一下表示确实有这个案子，老太太说:“他们小夫妻打打闹闹的，现在和解了，我儿媳妇也不追究，你们就把人给放了吧，都关了这么久，他也得到教训了。”

办案的警察就说案件已经受理，录入了警务平台，现在没有办法取消。

受害人已经写了材料，白纸黑字要求从严惩处，公民有权通过公安机关保护自己的人身权利。

“妈，我没写。”

女的当场就反口。

警察也不多言，写没写东西都在平台上呢，这不是你张张嘴就完的事情，这样的事他见得多了。

“同志，你看我儿媳妇说没写，你们却说她写了，那也得让我们看看吧。”

这东西到底有没有?

“你现在和我说这些都没用，东西不能给你们看，证据已经入卷，觉得不满意可以在收到行政处罚决定书以后去法院行政复议。”

“你们警察就是这样办事的，要逼死人啊，我要投诉……”

刘大同正好回来，他要准备下班了，女人却纠缠上他了。

倒是没上手，对着刘大同直接就吐上口水了，闹得沸沸扬扬的，局里的人都在看着呢。

好不容易把人给拉开了，刘大同回到家睡觉，八点多回的家，十点半接到副局的电话。

领导进行问询，将昨夜的事情都问了一遍，过了一遍，然后说了一句，办案流程是没什么错的，刘大同做的全对，刘大同觉得自己的眼皮耷拉着，更加困了，那就可以挂电话了?

“但是……”

一听见但是两个字，刘大同的睡意马上就飞得一干二净了，他突然不困了，就这么神奇。

给单位抹黑了，如此的法治社会、和谐社会，因为他，现在两个老人家外加一个女的表示要集体上吊，要求南区给一个说法，领导不得不重视，他不想让南区明天上微博热议，不想自己管辖的这片出这样的问题，只能这样解决。

“好，我会写报告的。”

这样的报告，不仅仅是他，很多他的同事都写过，这就是为什么后来有那么多的人宁愿选择简单办案，不该管的坚决不管，你没有强大的势力，你一斗不过家属，二斗不过现在的键盘侠，更加斗不过集体单位的荣誉这面大旗，所以委屈只能委屈你，你也只是写一份报告而已，并没有对你进行处罚。

刘大同重新躺下，抓过来被子，其实早就习惯了，盖上被子接着睡。

“醒了？”

刘大同的老婆进屋子里找自己的包，她到点要去上班了，饭菜都已经热好了，放在加热盘上，一会儿他醒了吃不会凉，天天回来睡得跟死猪似的，今天这是怎么了？

“我睡了，你路上小心。”

“嗯，我走了，你好好睡。”

“老婆……”刘大同喊了老婆一声，他老婆站住，眼看着时间要来不及了，要说什么呀？

“有话快说。”

“我爱你老婆，谢谢你嫁给我。”

刘大同的老婆喜滋滋地离开家里，有些时候吧，她觉得自己一定是脑子抽筋了嫁给他，你看这过的是什么日子啊？需要他的时候，他永远不在家，她也会偶尔羡慕，看看人家也是当警察的，完全不一样。

但也就是想想，觉得嫉妒了，自己安慰自己，钱自己能赚，他不是每个月也开工资嘛，他们条件也挺好的，有些人生下来就注定往上爬，有些人就是嘴笨但是心好，她家大同虽然不会甜言蜜语，但她哪次生日她老公没给过礼物，如果下班早了，他哪次不去接自己了，哪次出门回来不给自己带礼物，工资卡不都在她手里嘛，买衣服都是可着她买，再说，往道德上讲，往精神境界讲，她觉得她家刘大同挺了不起的，那就是个好警察，别人提起来大同没有人骂，那些局长啥啥啥的又能怎么样。

刘大同说老婆谢谢你嫁给我，这是他此刻心情的真实写照，他是真的感激自己老婆，选择了自己这样一个不会玩嘴炮不会往上攀爬的废物。

刘大同和明珠借报告，明珠是写这些的高手。

“被领导说了？”

大同也不当回事，万箭穿心，习惯就好，练出来了。

“所以和你借个模板，照着写。”

“赶紧出去，看看你脸上的油，没洗脸就来上班了？”

刘大同被训得一愣一愣的，伸出手摸摸自己的脸，真的有油？信以为真地去洗了脸回来，明珠递给他一份已经抄写好的，直接交上去就好。

“谢谢头儿。”

有时候他觉得，能像明珠这样任性也挺好的，上面那些老家伙都给她护航，多好，做一个对得起良心的警察。

吴若的案子一审已经判决了下来，判处死刑，原本大家都满意的剧本，写完了挺好的，没想到突然生变。

首先是王新忠再次被提了起来，七年之前的明月案，那个判了无期徒刑的姚可可，这次被判了死刑的同学 C。

媒体掀起了新一轮的热浪，先是不知道哪里得到的消息，说是吴若的家里人花了一千万请到了流氓律师陈滔滔，同学 C 的关注点被压了下去，王新忠也跟着突然大热了起来。

当时明月案判决完毕，社会舆论掀起了议论高潮，很多人讲，姚可可有罪，但绝对没有达到无期徒刑的地步，从未见过这样判案的，青少年犯罪原本就是从轻发落，姚可可只是走错了一步，当时王新忠也是接受过几家媒体的采访，他个人的观点表达得很清楚，后来很多人闹，上面也有插手，但还是坚持了原判，这一次依旧是他，再一次因为一件案子成了小紫人。

说是有一种很奇怪的现象，那就是陈滔滔似乎特别喜欢和王新忠出现在同一个法庭上，这是为什么？

王新忠几乎就是对陈滔滔盲目地崇拜着，只要陈滔滔说，他就愿意判，陈滔滔那一千万……

说得是不够明白，但还需要更加明白吗？

是说，那一千万当中王新忠有没有瓜分？

此时小紫人王新忠骑着他的自行车，去接女儿放学，他陪着女儿去练琴，女儿学习胡琴，还算是比较有天分，孩子特别大方健谈又开朗，还没有到上课的时间，孩子和父亲做着沟通。

王新忠不会把自己的小孩当成是小姑娘，而是将她当成一个独立体来看，有时候他也会问女儿一些案子的看法："你觉得爸爸是不是特别喜欢陈滔滔呢？"

他自己也怀疑，是不是真的有这样的事情，大家都这样说，虽然他心里是真的喜欢陈滔滔。

"我觉得爸你做得很好，一审判决出来之前，同学C的家人没有对吴若一方有任何的歉意，没有公开道歉过，而且坚持无罪辩护，他们坚信同学C是无辜的，而那天吴若是要带同学C出去并伤害她，你和妈妈告诉我，做错了事情就要认，自己做出来的选择，含着眼泪也得咽下去，这才能被称之为一个人。

"其次我觉得陈滔滔没有错呀，打官司收钱天经地义，还有对方律师提出来的那些为同学C请求宽大处理的点，我觉得相当糟糕，说同学C不是一贯凶残，不是一贯凶残都这样，如果是一贯凶残岂不是一整个寝室她都要杀光了？还有什么让她去给吴若家里人当女儿，我听到之后好气哦，真想送他们五毛钱的特效，把他们轰一轰。"

王新忠看着其他的孩子已经进去了，他让女儿进去上课，他坐在外面等。陈滔滔一律不接受采访，过去他就讨厌这些苍蝇，不管好的不好的，他一概厌之。

陶克戴头都大了，结果出来了，就热闹了。

"我才知道，你拿了一千万的律师费。"

事实上陈滔滔收费真的很黑，在他这里绝对就没有什么所谓的市场行情，至于你愿意告，你爱上哪里告上哪里告去，他不怕，吴若的案子他没少收钱，可媒体喊出来的这一千万，他很想问问，如果不够的话，是不是大家集资然后打到他的账户里来？

"你和吴家的人提前打好招呼，这个时候，估计对方就会上门道歉了。"

对方既然选择上诉，就一定会登门。

陶克戴点头。

吴若的妈妈在医院里躺了一个多月，开庭的那天她勉强从床上下来了，在法庭上，同学C压根就不承认她是故意杀人，说自己只是和吴若开了一个玩笑而已，吴若死亡是意外，吴若的母亲当时又进了医院，生生被气得。

她不知道这个世界上，怎么会有这样的贱人，分尸，抛尸，竟然说是开玩笑？

她女儿死得太惨，想起来她就会不停地哭，一直睡不着，她的孩子那么好，现在一个人是不是特荒凉？真的有心想结束生命，干脆就下去陪着女儿算了，为什么活着？是因为她要撑着看到最后的判决结果。

吴若的爸爸也是好多天没有睡好了，闭上眼睛就会梦到女儿，怎么可能梦不到呢？

医院外面吵吵嚷嚷的，他也没有多留心，可能有什么其他的病人住了进来吧？

结果病房的门被推开了，然后同学 C 的父母带着浩浩荡荡的一群记者推门而入，一进门同学 C 的父亲就对着吴若的父母跪下。

他不说同学 C 有罪，而是请求吴若的父母出具一份谅解书，有了这份东西，法庭会考虑对同学 C 进行宽大处理，也就是说，他们想要上诉以后，二审时同学 C 能免除一死。

吴若的母亲手上还挂着吊针，她用尽全身的力气喊了一声："滚……"

那一声里包含了一位母亲的愤怒，她彻底被眼前的人激怒了。

她的孩子被人分尸，现在凶手的父亲要求他们出具谅解书，她恨啊，恨他们就这样出现在自己的面前，她恨不得将他们全部给毁灭掉。

"你们出去……"

吴若的父亲没什么好脸色，他不想回答记者，也不想和同学 C 的父亲对话，没有必要，他想说的话在法庭上都已经讲完了。

可是显然记者不是这样想的，他们希望吴若的父亲能和同学 C 的父亲坐下来谈谈，认真地，友善地谈谈。

"你们走不走？"

吴若的父亲情绪激动，站在走廊里喊着人，很快吴若的亲戚哗啦啦地跑了过来，将记者和同学 C 的父亲驱逐走。

某些记者想要的料，现在有了，如果两方冲突得更加厉害，同学 C 父亲的做法更加卑躬屈膝一点的话，新闻话题更足。

你看，那边是有钱人的高等病房，这边却是农民的贫穷。

吴若的父亲被气得够呛，当着妻子的面也不敢表现出来，妻子情绪又开始出现崩溃，家里人都在围着妻子，可怜岳父母都这把年纪了，整夜整夜地守着他妻子，就生怕妻子想不开，自己老母亲也是不停地说着，看不到那个人被判死刑，不能闭上眼睛。

晚上吴若的妈妈打了镇静剂，睡了过去，吴若的爸爸坐在外面，他在病房里待不住，觉得热。

孩子没了以后，他就多了这毛病，稍微热一点都不行，浑身都是汗。

胃拧劲地疼，他用手按压着自己的胃部，大家都没怎么吃饭，在医院陪病人也不好陪，还麻烦大家，他现在也顾不上麻烦不麻烦了，多个人说说话，也能缓解缓解孩子妈的心情。

手机响了，是短信进来了，他不想看，还是老太太原本安慰着他，见他也没打算要看，怕公司有什么事情找儿子。

这个家都垮了，因为那个死丫头把家给弄垮了，那个挨千刀的。

拿起来看了一眼，老太太站起来，举起来手然后就整个身体都软了下去，直接栽地上了。

字，她还是认得的。

上面说同学 C 今年才二十岁，一个花季少女如果判了死刑就没以后了，可怜可怜她的父母，说是同学 C 社会经验不足，才会有这样的事情出现，你要注意，人家的用词是出了这样的事情，而不是进行赔罪。

对媒体对有些心善的人来说，可能吴家做出来的种种反应，大家都会认为他们不够宽容，但是对吴家来说，这就是一种挑衅，这是一种往伤口上撒盐的做法，是在拿刀子活生生地放他们的心头血。

吴若的奶奶被气得病了，吴若的家里人都不太明白，这个社会为什么会有人站出来帮着同学 C 去讲情，难道真的是他们不够宽容吗?

这是第一次同学 C 的家人带着媒体上门，随后几次都纠缠在医院里。

吴家不肯接受记者采访，所以没人知道，吴若的妈妈如果再被这样气下去，可能命不保矣。

记者不停地报道出来那些，不停地指责他们不够宽容。

罗颖琳来到医院的时候，吴若的家人听说她是记者，当时情绪很激动，罗颖琳真是来了不知多少次，最后才采访到了吴若的爸爸。

吴若的爸爸虽然没有一夜白头，但是头发也白了一半，神情很憔悴。

“阿姨的身体还好吧？”

吴若的爸爸说目前没什么危险，她就是心病，所以起不了床。

也不爱吃东西。

吴若的父亲第一次在记者的面前开口，他表示自己绝对不会原谅同学 C，并且对同学 C 父亲所做的那些行为进行谴责，或者对方是想看见他的妻子随着女儿的脚步而去，他只能这样想，不然一而再再而三地来医院闹，在镜头中对着他们又是跪，又是求，却绝口不提一句孩子错了，只说无心之过?

杀人，分尸，这是无心之过吗?

讲到这里吴若的父亲情绪很是激动，不能因为你们穷，养个孩子就说不易，难道吴若是土里长出来的?

这个孩子也是花费了他们夫妻全部的心血，一点一点看着她长大的，网上还有些人说吴若喜欢穿名牌，吴若的父亲不太明白，为什么会将注意力集中在这些事情上面?

吴若的穿着并不突出，学校里有穿得比她还好的，那个包是她妈妈送给她的生日礼物，原谅?

何为原谅?

罗颖琳并没有去提，有些网友提出来让同学 C 给吴若父母来当孩子的问题，因为这样的问题势必会让吴若的父亲情绪更为激动，这种问题她也不耻，更加不屑。

所有的问题都很客观，是站在一个媒体人的角度去发问的，是什么促使她来做这样的一场访问，是因为外面那些铺天盖地的同学 C 有多么可怜的报道，罗颖琳想为公道发声。

访问很快就结束了，结束的时候吴若的母亲表示想见见罗颖琳。

罗颖琳蹲在床边，因为吴若的母亲没有办法起身，她站着角度太高，双方对话有些不方便。

“谢谢你……谢谢你的良心……”吴若的母亲放声痛哭。

罗颖琳采访完毕以后，没有觉得轻松，相反她觉得很难过，肩上的责任更加重了，想做一个好记者的想法更加坚定了，她愿意将公平、公正带到大众的视线之内。

罗颖琳走出医院，和医院病房里的温暖不同，外面刮着风，风刮在脸上，刮在身上，刮在头发丝上，她上了车，录像没有上去，家属其实并没有拒绝录像，罗颖琳却要求录像不要上去。

“回台里。”

车子疾驰了出去，罗颖琳的头微微贴在车窗上，感受着车窗上的凉意，一丝一丝的，丝丝入心，成为一个合格的记者，为了那些相信她的人。

母校邀请陈滔滔回校，邀请函已经进了正阳律师事务所的大门，经由二转三转终于到了陈滔滔的秘书手中。

秘书此时却是一脸的难色。

陈大律师是个非常要面子的人，这样的东西送到他的眼前，他一定会去，但他去之前会让别人先脱层皮，说白了就是他那点扭曲的自尊问题，不送到手里没用，因为过两天一定会有人亲自前来，陈滔滔作为那个学校最出名的人物，他跑不掉。

“陶律师，救命！”

陶克戴没有伸手去接，而是谨慎地盯着秘书手里的东西：“是邀请函吧，这个东西还是你亲自送进去为好。”

炸弹他可不敢接。

秘书一个头摇得两个大：“我用我的人格保证，绝对不是邀请函。”

陶克戴笑笑，用人格保证也没用，他当律师这么久了，他什么都不信，他就相信自己。

“陶律师拜托你了，我肚子疼，我得请个假……”秘书一溜小跑就跑没影了。

陶克戴看着手中的炸弹，视线落在办公室的大门上，头突然有点疼。

陈滔滔的办公室里，有位大师坐在他的对面，说今年陈滔滔很顺。

“可是我觉得我有点不顺，事情越来越多。”

“事情多，钱才多，财气主动上门，好兆头。”

大师嘴上这样说，可心里抹了一把汗，他是瞧着陈滔滔有些犯小人，调一调倒是可以，他自己的运气和地位已经摆在这里了，再倒霉还能倒霉到哪里去，说出来都是一些不痛不痒的。

陶克戴推门进来，立即就笑了出来：“有人让我交给你的。”

陈滔滔意外，接了过来，什么时候这种活需要他来做了？

挺精致的……看到正面的字，他淡淡地笑了笑：“噢，你看我这记性，又到了校庆的时候了。”

他现在特别想光脚踩在桌子上，然后手里拎着斧头发飙，校庆找他做什么？

“我那个手头还有事情，我先走了。”陶克戴借机赶紧溜走。

办公室就剩下陈滔滔一个人，他的身体靠在椅背上，来回摇着，晃着，身体舒服地跟着摇摆。

带过他的老师没有一个人会说陈滔滔是个好学生，每个他都结过仇，他就是这么任性的男孩！

可能他的校友也不太喜欢他吧，他的学校也不喜欢他，他敢说如果他上一秒被媒体炒臭了，下一秒他的学校绝对会封口去提陈滔滔是这里毕业的，等价利用嘛？不喜欢他，却喜欢他的不失败。

陈滔滔毕业之后很长一段时间，几乎就是活在四面八方的谴责声中，很多认识的不认识的都求到了他的头上，他拒绝，他冷嘲，他冷眼旁观，他没后悔过，谁愿意当那个伪善的人，请便，请不要拉上他一起。

校庆应该是什么样的？

《何以笙箫默》电视剧当中那种？

陈滔滔学校的校庆有些火药味，尽管学校对他的名声、对他的道德感、对他的人性表示怀疑，却还是挂出来了宣传，硕大的横幅挂在这里，久别重逢的师哥师姐们都忙着做什么呢？

有点成绩的恨不得全身上下贴满“我现在很牛”的字条，混得好的自动组成一团，混得不好的自动又组成一团，并且逐渐向好的那队融入，男人之间攀比的不是金钱、社会地位，那就是女人咯。

陶克戴的手扣着自己的左眼，他有点不敢直视眼前的人。

“你是去参加校庆，不是去参加葬礼，要不要穿一身的黑？”

跟乌鸦似的，看着就晦气。

“这种天气，黑色的才符合我的心情，真的很像去参加葬礼的？”

陶克戴点点头，特别像。

陈滔滔换了一件米黄色的衬衫，衬衫领子的位置加了一条围巾，陶克戴总是见他这样穿戴，人长得高怎么收拾都是好的，看起来格调立马被拉升了很多，他在考虑自己是不是也要这样学着穿？

“我看你这时尚报告没少看。”

陈滔滔不解，陶克戴指指他的脖子，陈滔滔扯扯自己领口的围巾：“这个？时尚？”

“这样穿的也就你一个。”

“脖子的位置容易出汗，加一条围巾，衬衫只要在家里洗就好了。”

如果衬衫的领子太脏，他又不能穿着一件领子发黄的衬衫，那就只能送到洗衣店去洗，你要知道，洗衣店洗一件衬衫那是很贵的，家里的用人是免费提供此项服务的。

陶克戴从沙发上栽了下来，怎么会有这么抠的人？

他赚那么多的钱，他要怎么花？

“你还能再抠一点吗？”

陈滔滔斜着眼睛：“下次用公费给公司买台缝纫机，年终奖的礼物，就从缝纫机上出好了。”

不是说淘宝上最便宜的内裤都不止一块钱了嘛，他现在找到一种更加省钱的捷径。

陶克戴撑着脸：“就算是买了缝纫机，总要有布的吧？弄一些蕾丝，弄一些花样，这个钱就远超买便宜货了，这次你可没有省到。”

可惜陶克戴低估了陈滔滔的能力。

“我发的是奖品，发的是心情，没人要求别人卖的内裤是什么面料的我就要提供什么样的，那和普通的有何分别？正常的面料大概二十块一米吧，去早市买些布头，五六块钱一大块，能做十多条，合下来成本不到一块一条……”

陶克戴已经吐沫子了，他现在什么都不想说。

被陈滔滔打败了，这样的东西你不如不发，自己留着吧，真的没人想要。

陈滔滔伸手将一条黄金链子扣在衬衫之外，陶克戴这次是真的栽地上去了，咚的一声。

陶克戴是律师，职业就是这样的，久坐，加上运动不多，体重已经有些超标了，摔这一下子，摔得他肝有点疼。

“你弄这么粗的链子要做什么？”

生怕别人不知道你是暴发户吗？

陈滔滔弄了一条特别粗壮的黄金链子，还特别扣在衬衫外，生怕别人看不见似的，真是暴发户的气势一览无遗。

“我要不是心疼装牙还要花一份钱，我就把牙都换成黄金的。”

……

有些人明明不太恰当的穿着，映入某些人眼中，大脑系统会自动定格，可能这是今年最前沿的流行趋势，一打眼觉得有些突兀，再打眼觉得就不那么另类了。

陈滔滔把他那辆骚包的车停好，在停车场转了一圈，确定没有人的车比他的更加好，才趾高气扬地离开停车场。

这样的场合姚可珍的父母自然是要出席的，很有名望的两名教授，旗下弟子无数，成才的无数，但要说最出名的，那估计就是陈滔滔这个流氓律师了。

“姚教授和师母在那边，滔滔过去打个招呼吧。”

陈滔滔装自己眼瞎，旁边的校友见他不动，自己挪步过去了，和姚教授夫妇打着招呼，很多同学特别激动，感激老师那时候对他们的悉心教导。

怎么说呢，虽然成功不一定就是因为他们，但与他们的教育是有关的，师生情原本就是一种有些奇妙的缘分嘛。

姚可珍的父亲黑着脸，老爷子看起来好像大病才刚刚出院一样，姚可珍的母亲和说话的同学笑笑，拉着丈夫转身，找了一个清静的角落。

“你这样黑着脸，大家都会发觉的。”

“我难道就连这点自由都没有？”

所有的学生都在和他打着招呼，陈滔滔那个没规矩的竟然视而不见。

“你不要这样，和那样的人生气犯不上，且由着他嚣张嘚瑟，早晚有他吃亏的一天，人不可能一辈子都走运的，这个社会抬起来一个人，踩下去一个人的例子还少吗？”

不知道是不是妻子的劝解起了作用，至少姚教授此刻的脸色好看了许多。

所有人都在说，滔滔你怎么不和姚教授打声招呼，陈滔滔坚持不肯过去，最后姚教授夫妇和学校的一些校领导反倒是朝着陈滔滔走了过来。

“滔滔啊，现在本事了，架子也大了，你不过来和你的老师主动说句话，我和你的老师只能主动走过来了。”姚可珍的母亲微笑着。

陈滔滔锋利的视线落在师母的身上。

“师母说一句话真是飞出来无数根钢针，差点没扎死我，全校都知道我那些年和姚教授相处得并非愉快，甚至姚教授当年放言，我陈滔滔这个律师当不久。”

唇边露出浅浅的嘲讽的痕迹，这话他记得很清楚。

师母站定在原地，愣了好几秒，而后才反应过来。

“师徒哪里有隔夜仇。”

她笑了笑想要打圆场过去，脸色已经变了，这个陈滔滔永远都是这样。

“我觉得有些仇还是隔一辈子的好。”

姚可珍的母亲没有办法继续谈话，原本是想借着这次机会，好好和陈滔滔将这点恩怨解开，她现在需要陈滔滔来帮她一个忙，也只能陈滔滔来帮，结果对方却不软不硬地给了她一巴掌。

气氛很是尴尬，大家赶紧插话，争取将尴尬的场面圆过去。

陈滔滔好不容易今年答应进了大礼堂，姚教授是拂袖而去，姚师母也叹了一口气。

舞台上的陈滔滔坐在椅子上，拿着一个话筒，有人问他，同学 C 的那个案子，判了死刑他心里有什么想法，陈滔滔看着提问的那个人，是个很漂亮的小姑娘，他先是反问：“你可怜她吗？”

小姑娘点点头，有点语无伦次，她自己也经历过被同学欺负，所以觉得事情要看两面，如果吴若不是先高调地排挤了同学 C，也许同学 C 就不会犯傻。

陈滔滔的手捧着话筒：“你是考进来的吗？”

下面的同学已经乱糟糟地开始出声，有些不太安静，校领导就知道不能让这些学生自由发挥，不然最后就不会变成这样。

女生点点头。

“我给你两个建议，第一你放下话筒朝着大门走出去，永远不要出现在我的视线里；第二我奉劝你，不要去当律师，如果你当了律师，不知道会害死多少人。”

女生一开始对陈滔滔真是慕名而来，再怎么说，她都觉得外人嘴里说的那个陈滔滔并不可信，你说他卑鄙还那么爱钱，那为什么受害者还愿意找他？这不是因为他有本事嘛。

有本事的人就像站在天上，那些凡人是看不懂他的，所以他和自己一样，一定都是寂寞的。

“我以为师兄和我一样，因为优异被人排挤，我们的世界都是寂寞的，现在我明白了，为什么外界对你的评价是那样不好。”

陈滔滔答：“我是寂寞，但我不二。”

下面哄堂大笑，礼堂里的笑声和掌声很快就将刚刚的那些不愉快都盖掉了。

陈滔滔总体来说，其实他是个会招人讨厌的人，嘴不太好，非常容易得罪人。

他念书的时候，脑子就非常聪明，跳了不少级，大学又是保送上的，可以说他没有熬夜看过一本书，没有熬夜背过一个单词，天天放学就是玩，而且从小到大他都是当最大的那个官，陈滔滔讲，不是所有律师要多少当事人就会给多少钱的，倒是他要到了。

“那师兄你是怎么要到的？”

“因为只有我一个人要价高，大概他们觉得价钱高的比较好用而已。”

姚可珍的母亲看着从台上下来的年轻人，她心中不以为然。

“师母怎么会在这里等我？”陈滔滔一副大惊小怪的样子。

这一家人最是鸡贼了，没有事情不会找到他的。

“还没交女朋友呢？”

陈滔滔呵呵地笑：“如果师母有合适的，倒是可以介绍给我。”

姚可珍的母亲却不接话，她可不愿意接这样的烫手山芋，陈滔滔这样的家庭背景，这样的人格人性，她敢说女人嫁给他，一点便宜占不到的，第一次在一个人身上清清楚楚地理解，什么叫宁愿烂在菜地里，也绝对不压价格便宜卖。

“我一个老太太哪里认得什么漂亮的小姑娘，赏个脸一起吃顿饭吧。”

陈滔滔挑眉，请他吃饭呀？

“师母，我听说……那家挺好吃的，我也不挑嘴。”

师母笑呵呵的，吃顿饭而已，这个钱她还是花得起的，不怕你去，就怕你不去。

“好呀，师母请客，走。”

陈滔滔和老太太过去的时候，已经有了包房，陈滔滔进大门的时候，两旁的服务员明显愣了一下，似乎有些不太明白，看起来如此优秀的男人为什么脖子上挂了这么粗的一条项链，这是今年的流行风吗？

“欢……欢迎光临。”

迎宾小姐引领着客人往里面去，说是包间已经预订好了，推开门为两位客人服务，只见里面坐着一对夫妻。

“这是鸿门宴？”

陈滔滔笑呵呵地走了进去，师母叹口气。

“师母想请你帮个忙。”

“师母，我想先请你打住，我这人吃饭有个毛病，吃饭不谈工作，谈工作不吃饭，你看……”

是让他吃呢，还是让他吃呢？

姚光年马上就上道了。

“先不谈这些，陈律师你看看想吃点什么？”

陈滔滔一点都没把自己当成是外人，他就说这个老妖婆是抽风了才请他吃饭，原来是为了这个。

眼前的人他还不至于认不出来，虽然已经过去七年了。

那个姚可可的爸爸是吧。

陈滔滔说到做到，他就只是吃，不吭一声，倒是姚可可的妈妈哭了几次，强忍都没有忍住。

“我家的孩子就是有错，这都七年了，她们家什么恩什么怨都报过了，就因为这么一点小事法院就判无期，这以后杀人的怎么判？”

这些年她和姚光年两个人一直奔走，特别是姚可可进去三年以后，走动得更加频繁，孩子有错，现在他们愿意认，但什么错需要孩子付出这么久的青春岁月？

当初对明月那只是开个玩笑，再说对明月进行伤害的人也并非可可不是吗？

陈滔滔倾听着，思考着，倒是姚光年悬着的心放了下来，他怕陈滔滔马上搭话，怕陈滔滔马上离开，只要他愿意坐在这里，他就能有点把握，他愿意给钱。

陈滔滔放下筷子以后，想了想说："不介意我去一趟卫生间吧？"

陈滔滔去卫生间的过程当中，叫住服务员，服务员再三确认："都是打包的对吗？"

"对。"

包厢内。

"您一定要帮帮我们。"姚可可的妈妈拉着姚可珍母亲的手大哭。

这些年她逢年过节就往对方家里跑，为的是什么？

张鲁和他们的关系已经臭了，也没有办法挽回了，毕竟是因为张鲁，姚可可才被关进去的，这个仇不会不记得。

姚可珍的母亲叹口气："可可当年也是胡闹了一点。"

但判也不至于判得那样重，偏偏遇上的人是王新忠，也是造化。

"她知道错了，她今年二十二岁，就是现在出来，都可能适应不了外面的社会了，她真的得到教训了，以后不敢了。"

姚可珍的母亲拍拍对方的手："等他回来，看看他怎么说。"

陈滔滔回来，听了一会儿姚可可母亲的哭声，又听了姚光年的叙述，说是监狱那边罗列了很多姚可可可以减刑的证据，姚可可表现得非常好，已经达到了减刑的标准，只是这减刑的年头让他们有些不开心，想要更加提前一点。

外面的服务员敲门，手里提着袋子："这位先生，您打包的菜。"

陈滔滔嘴角大大地裂开。

"不介意吧。"

姚光年根本无心去管这些事情，愿意打包你打多少我都给你埋单。

接下来你对我女儿有点什么章程没有？

"那今天谢谢款待了，我走了。"

陈滔滔的嗓子当中仿佛有被人逗过以后的笑声，虽然就只有一下，声音非常轻，但那一丝的笑声传进了姚光年的耳中，他明白了，自己被人耍了。

"你……"

"下次就不要约我吃饭了，我的时间很宝贵的。"傲娇地摊摊手，他也不是每天都这样有时间的，提着袋子就快速离开了包厢。

姚可珍母亲的脸色已经成了酱菜色。

陈滔滔拎着袋子直接开车去了南区。

"明珠呢？"

"找我们头儿有什么事情？"

邱洛洛值班，和明珠同样的班，不过明珠出去了一趟，还没有回来呢，她给陈滔滔做过一次饭，但不认得这个人。

“把她叫回来，就说她男朋友我来这里和她谈分手了。”

邱洛洛的脸上明显有一刹那的惊愕，分手？

男朋友？

信息量太大了。

往楼下跑的时候，一眼没看准，一脚踩空就直接滑了下去，那种疼又没有办法张扬，可是她真的很痛。

这就是八卦的代价。

“怎么了？火急火燎的？”

“头儿的男朋友来了，要和她谈分手……”

小猫上楼看了一眼，不巧他认得陈滔滔，当时陈滔滔来局里咄咄逼人，好像这家伙是个律师，明摆着就是和头儿不认得的。

“洛洛，别去了。”

邱洛洛哀怨地又爬了上来，她用眼睛瞪陈滔滔：“你不老实。”

还骗她。

最可恶的是，她竟然上当受骗了。

“请你们吃。”陈滔滔跷着自己的腿。

自然不会有人领他这份情。

明珠回来上楼，看见他情绪上也没什么波动，好像他就应该出现在这里似的。

“清场吧，我们谈谈。”

里面就只剩下了他们两个人。

“不吃点东西？”

“我和你之间没有这么熟悉。”

陈滔滔冷哼：“用我的时候，说什么我是小甜甜，现在不用我了，就一脚将我踢到了一边……”

明珠打开门，准备让他滚蛋，他们之间的关系没熟悉到，可以扯这些没用的事情，她很忙。

“姚可可可能要出来了。”

明珠蹙眉。

“你皱着眉头也没用，当年判的时候，这个案子就引起了很多人的关注，你知道我们的刑法……”陈滔滔耸耸肩，有时候就是这样，他今天坐在那个地方也不是一无所获，姚可可真的表现好的话，是会减刑的，而且恐怕上面会支持她减刑，当初判的时候，因为社会媒体全部聚焦，也承受了很大的压力，既然判了，就不能反口说王新忠有任何判得不对的地方，青少年也是要给予严厉的惩罚让她知道犯错之后的代价的，但这些年都过去了。

“我以为至少会关个十年。”

原来七年就已经到了极限。

陈滔滔惊讶，他以为明珠会跳脚，不过也对，现在当警察了，对一些法律常识也应该有了一定范围的了解。

“今天姚可可的父亲请我吃饭，那些是我从酒店打包回来的，没动过筷子……”

陈滔滔从椅子当中站起身，掸掸身上并不存在的灰尘，准备离开，他过来就是为了讲这句话。

时间有时候真是快，伤疤逐渐痊愈，不好的那些似乎也渐渐地即将浮到水面上来了。

“那年你为什么要帮我？”

明珠坐在椅子上，盯着陈滔滔的背影问。

她不是不欠陈滔滔的，只是这种欠，夹杂着太多的东西。

陈滔滔整理整理自己的西装外套。

“不知道，也许是看你可怜出新高度了吧，毕竟一边跪我，一边恨不得杀了我的没有几个人……”

门夹杂着最后一丝的光被带上，隔绝掉屋内与屋外空气的流通，陈滔滔快速下楼，上了自己的车，开车离开。

桌子上的手机响了，被明珠按了回去，她看见了上面的号码，却没有心思去接。

老宅这里开发商再次派人前来当了代表，合理的范围之内，只要老太太提出来价格，他们是会满足的，她都这样大的年纪了，太过于贪心不好。

奶奶目不转睛地盯着天空，微眯着眼睛，白天她就会这样无聊地躺在摇椅上盖着厚重的毯子悠悠闲闲地望天。

“我听说我家的这点地方，可以起两栋楼。”

谈判的人：“……”

难道就因为你家的地方能起两栋楼，我就要给你两栋楼吗？

“我要五套一百三十平方米以上的房子。”

老奶奶闭着眼睛，她已经从别人的口中得知了，大概他们都得到了什么好处，将来在这个位置大概会盖出来什么样的房子，她知道得很清楚。

对方点头，如果只是这样的话，那没有问题的，虽然比别人家多，但只要她肯搬，现在就可以签字。

“我还要一个数。”

双方洽谈得不是很愉快，对方花了很多的心思和老太太进行沟通，这样真的有些强人所难，你这样大不了他们就不要这个地方了，你最后夹在楼群里，也是暗无天日的，四面都将你家包围了，这样对你有什么好处？

可惜老人家是油盐不进，是个特别犟的老太太，无论你和她说什么，她就是提自己的要求，要么就别谈。

晚上十一点左右，明月托着下巴，看着自己奶奶：“不会吧，现在都法治社会了。”

怎么可能白天谈过，晚上就过来威胁警告？

奶奶怪异地呵呵地笑着。

大概是下半夜一点吧，家里大门突然就传来咣当一声，明月已经睡着了，今天不知道怎么回事就是特别困，她是被吓醒的，心到现在还发慌呢。

家里有贼，所以她害怕?

不是，是被雷管给崩醒的。

外面的人才下车，做这样的事情也不是一次两次了，一个老太太和一个中年妇女、一个年轻女孩子，还收拾不了她们了?

才到门口，手里都拎着棍子，准备翻墙进去，只是砸大门能吓到谁?

要的是吓人的结果，最好吓死那个老不死的，对着她睡觉的玻璃狠狠一砸。

结果正准备翻墙呢，你说月黑风高的夜，一个老太太半夜不睡觉，一头雪白雪白的头发，站在院子中央，手里拿着一个什么玩意，邪门得很，几个准备翻墙进去的人揉揉眼睛，合计是不是撞到邪门的东西了。

然后没搞清楚到底是什么呢，咣当一声，都摔地上来了。

耳朵震得当时就听不清了，那个声音……

奶奶是将炮仗放到了钢管里，你就想那个威力，当时墙上的都突突了，墙外的人都趴地上了，他们不是做坏事不怕，而是没遇到比自己更加坏的，来之前满打满算，这算是个啥?

弄啥嘞?

奶奶揉揉自己的耳朵，这帮王八羔子，不是为了招待他们，自己至于现在还耳鸣呢吗?

这一下子，所有住在附近的人都醒了，明珠他们也出动了，不需要有任何人报案，这么大的动静都能听到。

等警察进了院子里，明月没有开口去喊明珠，奶奶也没有用正眼去看明珠，刘大同却忍不住对着老太太比大拇指，你可真有本事，这样的年纪，你还有什么不敢干的?

“看清有贼了？”

“你说什么？”

你问什么，她就不停地问你什么，明月说自己奶奶耳朵背。

警察也没招，怎么处理吧?带回去?

真是活久了什么都见到了，不过批评教育是一定的，大半夜不睡觉，你这容易把别人给吓到。

那些人回去，好几个进医院的，去看耳朵去了，当时声音太大了。

开发商这边都傻眼了，这是什么老太太?

简直就是土匪啊。

才上了你家的墙，你就放炮了?

回来的人是这样说的，说开炮了，显然他不信，这是什么世道，谁家会有大炮?

有人一路小跑，在他耳边说了几句，原来是钢管和炮仗。

算你狠!

第二次派代表去谈判，老太太干脆就说了：“我家有记者，上面也有管这些事情的，不信你们就动我一下试试看，我就在这里住着，动得了我，把我老太太人请走。”

代表也是狐疑，这是真的假的啊?

不知道她家上面有什么关系，但是记者他看见了，去的当天，记者的车就在外面停着呢。

这有点烫手，不太好弄。

难道就没人怀疑明月和明珠之间的关系？

一个叫明月，一个叫明珠，姓这个姓的人恐怕不多吧……

可警察这边却没一个怀疑的，为什么？

因为明月的身份证上写的名字是，张月。

一个叫张月，一个叫明珠，双方又没有说过一句话，有什么联系？又没有调户口出来，就算是调出了户口，依旧和明珠沾不上一丝的关系。

她出国的时候，就是以张月的名字出去的，明兰的户口本上写的名字是张兰，至于为什么？

明月和明兰都是反对的，可这是她们没有被扔下楼之前，明珠就已经跑了很多次户籍处，改的。

至今明兰只能认为，这是明珠嫉妒她和明月的名字好听，张兰？能听吗？

“奶奶，你都要崩聋我了，我这两天耳朵还有回音呢……”

家里的保姆对老太太佩服得五体投地，她必须给老太太一个大写的服。

“当时离那个东西最近的人是我。”奶奶不急不慢地说着，她还没聋呢，谁能聋？

她现在不想住在这里，毕竟对某些人来说这个地方不是很好，她不喜欢明珠那个狠毒的死丫头，但是觉得她的做法没什么不对的，那样逞英雄狠毒的丫头，没有什么事是她不敢做的，别以后把自己的两个妹妹都给连累死了。

奶奶很快拿到了钱，拿到了自己想要的东西，得说这里面有罗颖琳一些功劳。

张鲁接到自己妈的电话，良久以后，他挂了电话。

老太太请他出来签个字，放弃继承权，也就是说，动迁以后所得的所有，她将毫无保留地赠送给明月，这个赠送之前，必须有张鲁的签字。

张鲁淡淡地说着，姚可珍捂着自己的肚子。

她有些岔气。

姚可珍是真不缺钱，但问题得看这个钱怎么个缺法，她是什么工作？如果家里有了一千万那才不对劲呢，可现在老太太没死呢，就说要把钱给明月，凭什么？

明月出国的钱还是她掏的。

分也得是平分吧？

不给她没有关系，总得给她女儿吧？

事实上，谁见到钱，很多很多的钱，都是会激动的。

姚可珍回了一趟娘家，想请母亲帮她出出主意，她现在没有办法和张鲁说。

怎么说？

这些年张鲁和老太太闹得根本不走动，她也不像是过去那样总上门，双方的感情就冷淡了下来，现在老太太动迁有了钱，她提出来去争，张鲁怎么看她？那个死老太婆怎么看她？

她就不明白了，给谁不好，为什么要给明月？

可怜她以后照顾不了自己吗？

明月回来，张鲁没有说，姚可珍根本不知道，她也不知道明月现在就和老太太住在一起，她以为是老太太可怜孙女，怕孙女以后没有可依靠，毕竟发生过那样的事情，谁会娶她？

姚可珍的母亲头也没抬地问着女儿：“张鲁就由着他妈做这样糊涂的事情？”

这简直就是奇葩。

“他就是不由着能怎么办？打官司？”

这还真的说到点子上了，过去明月发生那些事情的时候，姚可珍说的是什么？张鲁不能官司缠身，会影响到他的形象，那现在就更加不能和亲生母亲去打官司了，不然会被大家的唾沫淹死的。

成也萧何败也萧何！

“这钱你们是有权利分的。”

姚可珍从母亲这里得到的无非也就是法律层面上的东西，他们官司不能打，不能大不孝，婆婆不会主动给，现在怎么办？抢吗？

姚可珍等孩子放学，带着孩子去了老宅，手里提着水果。

“叫奶奶。”

孩子对老太太认生，从来没见过的人，现在让她叫，孩子有点胆怯，特别奶奶这样子……又是个怪脾气的老人家，不可能会得到孩子的眼缘的，孩子看了就想往后躲，她怕。

她觉得眼前的人好可怕，不像姥姥那样，她揪着姚可珍的衣服不撒手。

“你这个孩子，妈……”

“过来分钱？”老太太嘲讽地开口。

姚可珍面上一红，被讥讽的：“妈，你不让我进去坐呀。”

“我家的大门你最好还是别进，这么多年了，你们过你们的日子，我过我的，咱们互不干预，我家这是要动迁了，这房子是我老头子一砖一瓦盖起来的，是他凭本事买下来的，你没有资格分，她更加没有资格分。”

老太太看都没看姚可珍的孩子，她对明珠是这样的态度，对明兰是这样，甚至对明月也总是这样冷嘲热讽。

姚可珍觉得自己的心脏有点疼。

说她什么，她都能忍，但是说她的孩子，她就不能忍，一样都是你孙女，怎么能这样说话呢？

孩子不来看你，是她不愿意来吗？还不是你不允许她来。

“妈，你这样……”

“是我做得难看还是你做得难看？你们这些文化人，越是文化高，心里的弯弯绕绕越是多，我拿着绳子绑住孩子的腿不让她来了？七年了，以前她不知道自己有个奶奶，现在也不需要知道，记住自己姥姥是谁就得了，回去吧。”

姚可珍站了几秒，孩子扯着她的手，两个人就回去了。

回了孩子姥姥家。

不分就不分，不要就不要，她也不是指着这个钱去买棺材。

姚可珍赌气地说着，她对谁这样低声下气过？

“你傻吧，那个老太太她就是故意的，故意激怒你，她知道你要面子，你亲口说出来不要了？”

“没有。”

钱够花就好，她家张鲁也很能赚钱，不要就不要了，何苦这样将面子送到人家脚底板下面去踩？

她受不了。

姚可珍的妈妈训着女儿，这是你应得的，她不给你，那是她的不对。

“妈，就一笔钱直接切断她和张鲁以后的关系，我也认了，她老了病了别指望我们养着她，我认了。”这钱，她不要。

“可珍啊，这可不是意气用事的时候，你不要你的那份，但是孩子的那份你不能替孩子决定。”

姚可珍的父亲凉凉地开口。

一句话说到了点子上，刚刚姚可珍的脾气就上来了，就是不要了，只要不和那个老太太打交道就行，但她爸一句话指到了关键，她可以不要，但孩子呢？

孩子是姓张的，是老张家的孩子，凭什么不给？

姚可珍真是没有料到，有生之年竟然还能看见这三个小崽子，竟然……

应该说是两个，明兰没出现。

明月安安静静地窝在椅子里，一脸的苍白，不健康的虚弱白，像是墙上的一抹影子，姚可珍压根就没认出来这是明月，但不是明月又能是谁？

那个只会躲在她姐姐背后的丫头，只会哭哭哭的明月，现在就这样安安静静地坐在她的面前，她有些恍惚。

正厅开着大门，今天阳光非常好，也没有什么风，一点也不冷。

明月穿了一件复古带毛边的深色棉袄，小姑娘爱俏，正是青春大好的时候，胸口还挂了一条链子，看做工看样子不像什么好东西，似乎就是理所应当的现状。

倒是门口进来的那个，姚可珍侧着视线去打量。

明珠过去就一身的匪气，姚可珍可不认为那叫霸气，明珠的鞋跟不高，稳稳当当地进了门，落座，似乎察觉有人的视线不停地扫在自己的身上，一双无波的眼眸冷淡地迎了过去。

她当初威胁姚可珍那可是真的，七年之后再次见面，她脸上竟然就连一丝的慌张都没有，也是，过去她就认为都是别人欠她的。

姚可珍上上下下地打量明珠，而后看到明珠所穿的那双鞋上小小的标志，她就说嘛，现在这些丫头敢回来了，肯定其中有一个是混出来样子了。

这是嫁得好了？

明月端着茶杯送到明珠的面前，明珠没接，她就觉得用茶碗喝茶麻烦，她也不喜欢茶。

“给我白开水。”

语气就像是吩咐自己家的下人一样，至少姚可珍听着就是这个感觉。

明月没动，而是开口："这是杧果乌龙茶，你以前说还能喝的。"

明珠不耐烦地和妹妹对视几秒，然后接了过来，明月转身和姚可珍对视了几秒，她没有开口。

不知道自己应该说些什么，她原本就不是很擅长说这些场面话。

"妈，你今天叫我来……"姚可珍不解，难道就为了让她见明月和明珠？

难怪老太太一个劲儿地要把钱都留给明月，这孙女说不定是怎么哄得她呢，借着张鲁和老太太的关系不好，进行挑拨了吧？

"你给明兰打电话，她到底回不回来？"

老太太张嘴。

明月拿着电话打给明兰，姚可珍的视线从明月的手中离开，连部最新款的手机都没有，看样子就如自己所猜的那样，现在的孩子哪个不喜欢高科技？明月的手机是一百九十八充电话费送的诺基亚砖头机，这样的手机现在去买，恐怕都不好买到了，她却用得有滋有味的。

"姐……"

咣当一声，明兰拎个箱子出现在门口。

一脚照着门板直接就踹了上去，她才不管别人愿意不愿意，戴着墨镜，拎着箱子进了院子。

明兰解着自己脖子上的围巾，拿了下来扔到桌子上，嘴里喊着自己都要渴死了，明月给她茶，明兰喝了一口，有些嫌弃，喝哪门子的茶，玩什么高雅，这一天天的，真是。

姚可珍如坐针毡。

为什么？

明珠和明月没有让她太难受，明珠嫁得好又能怎么样，明月还不是就这样，她走的时候自己就猜到了，但明兰一出现，她就像是一团太阳，只要她出现，别人的目光就不可能转移开，天生就有一种男女都会喜欢的女人的长相，看着就觉得舒服，明兰就是这种女人。

年轻、漂亮，所有最美好的词都可以用到她的身上，可姚可珍自己呢？

她保养得好也得遗传好，遗传好也得后天心态好，她遗传不算是最好，后天保养也起不到什么大作用，再加上当年被明珠她们气得，加上不知道是不是因为中年生了这个孩子，她觉得身体大不如从前，过了四十岁简直就是一天一个模样，有时候看着镜子，自己就唏嘘，自己是真的老了，她的头发必须要用染发膏才能盖住白发。

一个这样美好的明兰站在她的眼前，刺得她眼睛疼。

张鲁有四个女儿，她觉得自己的女儿是最好的那个，一直这样认为，可不得不承认，她生的孩子就偏偏是样貌最不突出的，她和张鲁都不难看，但孩子偏偏就截取了他们俩身上的缺点。

姚可珍有些坐不住。

"你去把律师叫出来……"

姚可珍抬头，有律师？

朱律师笑呵呵地从里面走了出来，他看了半天的电视剧了，说是让他先坐着，他估计外面也许会大掐一会儿的，不是后妈和前妻的孩子们嘛，理解理解，到了争财产的时候，人脑袋干成狗脑袋也正常，人之常情。

老太太的意思还是那个意思，而且压根就不需要姚可珍的同意。

“你先别说话。”姚可珍打断律师，转头去看自己婆婆：“妈，就算是从法律上讲，我和张鲁也是有继承权的，您这样一意孤行，我们可以反对，真的要打官司，虽然我们不愿意丢人，但上了法庭我相信还是会有人愿意站在我们一边的……”

真逼急了她，她真的会用法律解决的。

明珠就好像没她什么事情似的，她是来签字的，签同意放弃继承权的字，明兰进后面屋子换衣服去了，明月不吭声，律师眨巴眼睛，等着她们自己商量完毕。

“我知道你敢和我打官司，也知道你们不怕这件事闹大，可你们怕不怕有人会提出来，为什么张教授七年都没有过问过他的母亲，他母亲的房子一拆迁，他却急着和多年不联系的母亲打官司呢？”

明珠的唇角扯着一丝一丝的弧度。

这一家子说白了就没一个好东西，包括她自己。

姚可珍仿佛被人掐住了喉咙，她为什么不敢去打官司，丢人这些是其次，张鲁七年没有进过他母亲的家门这是事实，真的被人搞出来新闻，他们很容易被搞臭。

“我也不能代表他的意见，我不要是可以的。”

张鲁如果打算要，她没有办法。

“我签！”

人不知道什么时候来的，就在门口站着呢，还是那一副斯文败类的样子……明兰看过去，哎哟，老天爷对他多么厚待，多么照顾，还没老呢，越来越年轻了，这样的人想找个二十岁的老婆也好找吧，明兰轻飘飘地想着。

手里拿着一个大苹果，咔吧咔吧地咬着，又甜又脆的。

“张教授，好久没见了，身体还好吗？生出来小儿子了吗？”

张鲁直接无视明兰，姚可珍站起来，叫了一声：“老公……”

你要想好了，这个字你不能签的。

“妈，过去我对不住你，可是我为什么会这样做，你我心知肚明，你是我妈我没有办法改变这个事实，我给了您台阶下，但是您似乎不太喜欢我给出去的台阶，也好。”

“纸拿来，我签字。”

朱律师一愣，奶奶让他将东西送到张鲁的手边，签了字还需要去做一次公证，不然签了字将来也是有的官司打。

朱律师解释着，等大家都签了字，就可以出发去做公证。

“签吧，没有时间看年代大戏。”明珠在纸上几笔写完了自己的名字，她对眼前的这些人都无感，让她对着张鲁和姚可珍，她宁愿去局里加班，尽管没人给她加班费。

对眼前的人也谈不上什么恨不恨的，没什么感觉。

签了字去做了公证，明珠要开车离开，明兰就有点叽歪。

她回来一趟也是挺费劲的，你以为她没有工作啊？就不能陪她一起吃个饭？你看别人烦，看见我也觉得烦？

“你和谁一起吃饭不是吃。”明珠坐进车里，她压根就没打算和明兰一起吃饭，没有时间，也没有那个心情。

“你真是越来越怪了，有没有人说你是个奇葩啊？你这样的能嫁掉才怪呢，我说真的姐，你完全就是有病。”不合群的病，小时候对她们还挺照顾的，挺喜欢她们的，怎么长大了见到她们就恨不得绕着走了？

不就是欠你一条命嘛，你用不用时时刻刻地都用行动来提醒我这些？

姑奶奶不侍候了，姐也是很忙的。

不吃就不吃，谁稀得和你一起吃。

“二姐……”

“我说错了吗？你不觉得她奇怪？你是不是恨不得全世界的人都知道，你明珠是个圣母，大圣母，你等着拯救地球呢，全世界都等着你去救援，和家里人多待一秒的时间都没有。”

“二姐……”明月插不上嘴，明兰的语速很快，一个字跟着一个字的，压根不给明月开口劝的机会。

眼见着现场就要乱套了，明珠从车上下来，她那张脸怎么看都像是要打人的样子，明兰后退一大步。

“你要干吗？”明兰狰狞地盯着明珠。

可能是小时候她姐打她打得多了，现在明珠一这样，她潜意识里就认为她要和自己撕。

“你要和我谈恋爱吗？还是你打算和我成家，一起过日子？”明珠问明兰。

明兰一愣，这是什么意思？

谁要和你谈恋爱？有病吧，还和你成家。

“我干吗要……”

“没事就找个男的去谈谈恋爱。”

明兰：“……”

明珠回了车里，姚可珍和张鲁站在一旁，明珠的那辆车牌子闪眼得很，他们又没有瞎掉自然看得见，这是真的混好了。

姚可珍撇撇嘴，不要这些钱也好，将来等老太太不能动了，到时候再来找她试试看，看看那时候她会不会管。

明珠这回可有的依靠了。

明月弯着腰，掏出来一张黑色的银行卡，递给明珠。

“姐，密码在后面，你可以任意刷，想买什么就买什么，我和奶奶过一段日子就搬走了，等确定去哪里会给你发短信，我知道你担心我们，其实现在不会有人想报复我们的。”

她没惹到过谁，将来也没这个机会。

“知道了。”明珠收下了卡，开车就离开了。

明月盯着她姐的车尾巴一直到再也看不见才收回视线，张鲁和姚可珍已经离开，明月招手拦车。

“我说好妹妹，你怎么没弄个黑卡给你二姐我用用？在外面的那些年，是你二姐我给你当老妈子的……”

明月笑笑：“你有钱嘛……”

明兰挑着眉头，她有钱？

她是不缺钱，但问题是她也没有很多的钱好不好？她只是个跑八线的小演员好吗？

明兰是最口不对心的人，明珠的钱包里，有三张卡，一张是自己的工资卡，一张是明兰的附属卡，另外的一张是明月的。

吴敏是陶克戴老婆的表妹，最近家里有些事让她十分头疼，吴敏的妈妈最近迷上了投资，不但把家里的老底都砸了进去，还动员了亲朋好友一起投资。

吴敏仔细一问什么投资，就觉得不靠谱，什么样的投资投进去一万块钱，一天的利息就有一百多？

这事还是隔壁张阿姨跟吴敏的妈妈说的，她也投了一万，而且天天能取到一百块钱，真金白银拿到手，哪里还担心什么其他的？

一来一去，吴敏的妈妈四十多万就都扔了进去。

吴敏和她爸两个人都劝不住。

吴敏她爸最近脸上的笑容越来越少，投资自己家的钱还好说，没了就没了，至少没外债，现在所有亲戚的钱都拿了出来，这四五十万，他们是什么样的家庭？一旦这些钱都折了进去，就完了。

吴敏她爸郁闷了就喝两口小酒，晚上吴敏回来得晚，她妈现在天天心思都不在家里，又跑去亲戚家说去了，一个月亲戚那些钱的利息她妈拿了五六万，有了这五六万她更加坚定这是真的了，不然平白给她这么多钱？

“闺女回来了。”

“怎么喝上酒了？”

“爸心里有点郁闷。”

“爸……”吴敏走了过来坐下，“你是不是也怕？”

吴敏她爸叹口气：“一辈子都没赚到过这么多钱，就这几天突然来了五六万，我是有点怕了，你妈现在走火入魔拉不住了。”

今天吴敏她妈去的那家亲戚家里非常有钱，他怕妻子和人家借，她满心认为自己能帮到所有人，借钱然后拿出去投资，完了回头赚了利息她多多地给，比银行高，她原话是这样说的。

“爸，你没劝过妈吗？”

“我劝有什么用？”

吴敏的爸爸摇摇头，现在人都走火入魔了，说什么都没用，拉不回来了。

“你想帮我妈吗？”

吴敏的爸爸放下酒杯，能帮？能劝住？

他打算听听女儿有什么主意。

“我给我表姐打了电话，我表姐说让你和我妈离婚，房子你坚持要。”

吴敏爸爸的手一抖，旁边的酒杯就给推倒了，不可思议地看着自己女儿，什么？

离婚？

离婚这种事情，在吴敏的爸爸看来，这就是一件非常丢脸的事情。

给他生了孩子，因为跟着他过日子生了大病，好不容易手术之后好了起来，抛弃妻子？

他做不出来。

他只觉得这个孩子有点陌生，那是你亲妈，你怎么能说出这么狠毒的话呢？

吴敏实在也是被逼得没有办法了，她给自己表姐去了电话，陶克戴在电话里说得很清楚，现在人家鱼钩钩着鱼，是绝对不会撤走鱼竿的，等大票的钱投进去后，小钱别以为能跑掉，这个世界上有聪明人，但有人比你更聪明，将来会发生什么事情都猜得到，留着房子至少还能换点钱还债。

吴敏的爸爸自然不干，离婚？离什么婚？

为此跟吴敏生气了，觉得女儿没良心，自己养出来这样的孩子，他觉得特别难受。

吴敏哭着给自己表姐去电话，先是被自己妈说她算计家里的钱，现在她爸又认为她没有良心。

陶克戴和妻子四点多上门的，陶克戴提前下班的，妻子说这个忙他必须得帮，买了一些水果就登门了，吴敏的爸爸挺热情地招待着，等到表姐说出来了这事，吴敏的爸爸先是觉得难堪，家里的事情这孩子就和别人讲，生怕别人不知道似的。

陶克戴的妻子就说，陶克戴的同事有很多都帮着打过这样的官司，最后真是一毛钱都追不回来。

坐在家里和吴敏的父亲谈了两个小时。

吴敏的父亲犹犹豫豫，觉得听着有道理，也有点吓唬人的意思，他想再劝劝，让妻子现在把钱拿回来。

吴敏她妈这次借到钱了，借了五十万，她和吴敏爸爸这些年从未向人开口借过钱，这亲戚和他们家关系也好，非常相信她，陪着去银行转账的。

吴敏爸爸一听，这前前后后一共扔进去九十万了。

“你明天要是不把钱取出来，我们俩也别过了。”老头儿壮胆喝了酒，借着酒劲就把话说了出来。

这下可捅了马蜂窝，吴敏她妈顿时就闹腾起来，她就觉得人到中年，不会莫名其妙地提离婚，肯定就是外面有人了，她去吴敏爸爸的单位闹了一通，闹得所有人都知道了。

吴敏她妈年轻的时候是个非常体贴的人，可一场重病过后就变了，有病的人心娇，加上后期丈夫什么都包办，什么都听她的，脾气就养成了，现在丈夫说要离婚，她自然认为这是威胁自己，最后认定，吴敏的爸爸在外面有了小三。

本来吴敏她爸那话就是吓唬她，逼她把钱取回来，结果吴敏她妈彻底把他原本并不坚定的心给闹死了。

有些男人在家里怎么打他脸都不要紧，但是出门必须得给他脸。

吴敏她爸当即就搬了出去，房子他宁愿不要也要离婚。

吴敏她妈一边恨得牙根痒痒，一边觉得不是因为她投资的事，她没拿到钱丈夫怕解释得通，可她现在拿到钱了，丈夫怕，是不是就有点说不过去了？

离！

就真的和吴敏她爸去离婚了。

吴敏她爸去办手续之后躺床上三天没起来，备受打击，过了一辈子啊，他都没看透这个人。

离婚了，自然这些借的钱就和他无关了。

女儿开始考试，没想到考得还挺顺利的，竟然就考上了，还是比较好的岗位，成了公务员。

吴敏考上公务员的一个月后，她妈被抓了。

吴敏她妈一把眼泪一把鼻涕地对着明珠哭。

"你们要把那些人抓回来，我的钱都被他们拐跑了，我一百多万啊，我家所有亲戚的钱……"

原本七天给利息，后面改成半个月、一个月、两个月，她拿利息拿到了十多万，然后投进去一百六十多万，等她去拿利息的时候，发现那个公司已人去楼空。

跑回家去找隔壁张阿姨，张阿姨已经称病躲了起来，她自己投进去两万块钱，但是拿利息拿了一万多，等于说折了八千多进去，吴敏的妈妈借了所有亲戚的钱，张阿姨哪里还敢留在家里，躲到娘家去了。

吴敏的妈妈在局里大吵大闹，上蹦下跳的。

"你们去抓，你们不是警察吗？把人抓住，把钱拿回来，拿不回来我就死给你们看，我可是有病的人，我身体不好……"

明珠没瞧出来她哪里不好。

街道的宣传栏上，电视台不都播过这样的事情吗？为什么就信天上能掉馅饼呢？

对眼前的人，说实话，她一点同情都没。

投自己的钱也就算了，还到处借钱，把能借的钱都给借了。

明珠做着笔录，查？怎么查？

现在人跑了，哪里那么容易查的？

做完笔录，让她回家等消息，吴敏的妈妈撒泼，坐到地上，死活不肯起来。

"你们不抓人，我就坐在这里不走，你们都没良心，我一个老人家，我辛辛苦苦地攒这么一点钱，现在钱被骗了，你们是警察啊……"

这样的十天半个月估计就会来一两个，看的次数多了，也就麻木了。

天上掉的不是馅饼，天上掉的是铁饼，砸到谁，非死即伤。

吴敏得到消息，下班回来看自己妈，这个钱卖了房子，剩下的她背，未来十年以内也能还清。

吴敏是抱着这样的心态回来的。

“你回来干什么？”

“妈，你脸色这么不好，是不是心脏不舒服？”

可吴敏的好意她妈压根不领情：“回来看我热闹的？我用不着你来可怜，我要饭也要不到你家门口。”

说着就将大门摔了过去，吴敏几次登门她妈都是这样的态度，就连她爸回来她妈也是这样对待，还口口声声说，是他们坏了她的财运，如果不是丈夫提出来离婚，她怎么可能这么倒霉？

这个世界上，不会存在永远包容你的人。

债主都追到门上找了吴敏的妈妈，她被逼得没办法，就去吴敏单位闹了两次，吴敏向自己表姐、同学还有朋友前后借了十二万替她妈还债。

估计是她拿出的十二万让她妈认为她有钱，后来又来单位闹腾了几次，闹得吴敏对自己妈彻底死心了。

吴敏的妈妈都被人打过几次了，打她的都是以前家里的亲戚，拿不到属于自己的钱，就只能来找她。

好在女人打的那几下撑死就是疼，她仿照别人打她，对着吴敏动手：“我生了你，养育一个孩子多少钱呢……”

吴敏的脸被打得通红，她不知道有多少同事在看热闹，母女之情，到了最后，竟然用钱来衡量。

吴敏的爸爸见妻子变成这样，看着她每天生龙活虎地来找闺女麻烦，他闺女好不容易考上的公务员，现在全单位有几个不知道她家里这些破事的？孩子还没结婚，以后找对象，人家会怎么说？

吴敏调走了，她爸跟着她一起离开了。

这个世界上，没有后悔药。

吴敏的妈妈就是没有机会吃下后悔药。人到中年，似乎就剩下健康快乐了，然后棋差一着，自己走了一步最臭的棋，起了贪念，觉得自己很聪明，要比别人聪明一点点，最后掉进了坑里。

这个债，她自己还不完，房子卖了她要住在哪里？她不理解，她都这么惨了，为什么丈夫和孩子不肯和她站在一起扛风雨？

她当时虽然生气离了婚，但想着的是，以后自己赚了几十万的利息，还是会分给他们的，你看这个世界上，男人靠不住，自己生养的孩子也靠不住。

吴敏和她爸的生活从吃的上面省，因为欠了外面很多钱，一点一点地还，就这样都没还清，处男朋友的时候因为她的家世，人家会担心她妈随时找来，总是到了最后一步就分手。

结婚的时候她爸甚至都拿不出来钱给她买点什么，还是她表姐说那个钱以后慢慢还，她也不差那些，出嫁那天吴敏趴在表姐的腿上哭得眼睛通红。

单身和结婚是两码事，结婚以后，日子一点一点地过了起来，丈夫能吃苦，她也能吃苦，两个人攒了一些钱，她爸帮着他们带孩子，吴敏的丈夫后来用钱做了生意，条件渐渐地好了起来，生意一点一点做大，吴敏爸爸的生活也跟着好转了。

她爸六十岁的这天，她给他过生日，远远地看见了一个老女人从酒店的橱窗前走了过去，看样子过得非常不好。

吴敏问她爸："爸，你还想跟妈一起过吗？"

吴敏她爸摇了摇头，都过去这么多年了，什么感情都淡了，这么大年纪，带带孙子孙女享享天伦之乐就知足了，想了下，又说："如果你手里有钱的话，替她还一些吧，就当是我们欠她的。"

他自己如果有能力，一定不会麻烦女儿的，女儿出嫁了，还有姑爷，很多事情都变得不一样了。

吴敏和丈夫直接说的，她有私房钱，但不够。

"按照爸说的去做吧。"

吴敏拿着那些钱交给表姐，表姐替她转交给了吴敏妈妈。

吴敏的妈妈现在很苍老，身体不好，又没有人照顾，自己不愿意动，时不时就对付吃上一口，那些钱最后也没有追回来，这些年她是想还，可哪里有钱？自己领的那点退休金，一到领退休金的日子，家里就会来人催债，最后也剩不下多少。

"这是吴敏让我转交给你的，她说欠你的，她都还清了。"

吴敏的妈妈抖着手打开了那个信封，里面装着一张卡，吴敏表姐也不愿意和眼前的人多说话，站起身，说自己到点要去接孩子了，背着包就离开了。

吴敏表姐是看着吴敏怎么一步一步从那个深潭里挣扎出来的，她不知道身后的那个人会不会为自己当初的贪心后悔，不去贪，可能她还有一个美好的家庭，她的女儿会安安静静地坐在办公室里，会非常快乐地嫁给自己喜欢的人，过着幸福的生活，会省略掉中间吃的那些苦。

可惜有钱难买早知道！

明兰跟自己的经纪人瞪着眼睛，对峙。

经纪人脸色发黑地将剧本扔到了她的手里，气结无语。

原本是想介绍她去参加一些酒局，就是陪陪人吃吃饭，又不用干别的，吃顿饭兴许就能混上女三女二，那么傲气有什么用？长得好看也得会利用美色才行。

明兰手里拿着暖炉，这样的天离开这玩意她能冻死，等会儿她得跳水，你没看错就是这样的天，她得拍落水的戏码，真是够了！

正做心理建设呢，面前突然多了个杯子，她头也不抬地开口："又干什么？不是告诉你了，我家小妹……"说半天没人理，她抬头一看，表情有点诧异，随即冷了下来，"你怎么来了？不是挺忙的，不是忙着当大圣人吗？"

"我从酒店点的，估计还热着，不想吃？"明珠笑着说。

"明珠，你就是两面派你知道吗？我前天就只是说了一句我想和你一起吃顿饭，你鼻子不是鼻子，眼睛不是眼睛的，现在又跑过来干什么？"明兰冷哼，别以为她没有脾气，她脾气大着呢。

她伸手拧开盖子："加了糖没有，我可是吃不胖的体质，不怕吃糖的，我的脸上镜就是最好看的。"

明珠递给她一个汤匙，也是路上买的，明兰接了过来，抽了出来，送进嘴里还别说，心暖。

"看完我了，你可以走了。"

"我明天休假，陪你两天。"

明兰瞅她一眼，没说话。

很快就轮到了明兰，说实话以前明珠对演员这个行业不太感冒，觉得名利那些东西来得快，去得也快，人心容易浮躁，特别是明兰这样的个性，很冲动，很容易吃亏。

她当姐姐的应该对老二说声对不起，曾经她觉得老二就算是当了谁的第三者她都不觉得诧异，因为这完全就像是明兰可以做出来的事情，结果她进这行这么久了，依旧还只是个配角的配角。

看着明兰演戏，她觉得很容易被她带进去，人美，演技也很好，明兰是自己的妹妹所以她不说演技特别好，但她看的那些她觉得都不如明兰。

明兰被人从湖里拉了上来，有人跑了过去给她披上衣服，让她赶紧去换衣服，明珠脱掉自己的大衣给她也披了上去。

"不用，别弄湿了你衣服。"

"你不用陪我了，我姐陪我就行。"明兰和工作人员说着。

明珠陪着她进去换衣服，明兰快速地换掉湿漉漉的衣服，明珠帮着她吹头发。

"总拍这种戏，身体都搞坏了，女人怕凉。"

明兰抬眼："我对自己好着呢。"

她没事的时候都会去看看中医的，反正以前总是去看病，后来混熟了，有病没病的就多学一点照顾自己。

"明姐，大哥下戏了，想请你和你姐姐一起吃个饭。"

明兰笑："我可没有这么大的面子，和他一起吃饭我不屑。"

对方的脸色有些不太好看，没见过这样不上道的，难怪一直红不起来，就这德行，这辈子别想红了。

和明兰同剧组的大哥大概半年前闹了一次出轨风波，和一个女演员被狗仔拍到，拍到了之后，他的妻子和他一起站出来对着公众道歉，依着明兰看，这种事情没什么营养，他依旧演他的戏，不缺戏，每部戏的片酬还很高，崇拜他所诠释的角色的追星族多了去了。

"这话说得可够硬的了。"

明兰轻声解释着："他出轨也不是一次两次了，现在的观众宽容，只要肯出来道个歉，粉丝群维护得好，到时候一堆的人跑出来说，谁没犯过错，把下一代年轻人的三观都给带歪了。"

她不想多讲，觉得观众也是贱，这样的人不看就好了，非得去看，依着她看，就因为明星的工作特殊，社会给予你这样高的回报，是不是你也应该回赠社会一些，正面的，正能量的？她如果是导演，再大牌，你身上有很严重的污点，也不用你，全民抵制。

明兰带着明珠去买衣服，说是给明珠买，其实也是一种心理上的补偿。

明珠明明就是最大的那个，她也有工作，也能赚钱，但明兰喜欢自己为明珠花钱的那个过程，以前小那是没有办法，现在长大了就想力所能及地回报。

“你觉得我有机会穿这些？”

明珠看着那晚礼服，叹口气，她现在穿的有时候都会被诟病。

记得有一次办案吧，对方认出来了她鞋子的牌子，给她上了很久的教育课外加冷嘲热讽，首先怀疑明珠的工资是不是特别高，其次觉得警务人员不应该穿戴一些名牌，名牌和你的工作不相符，再次觉得明珠这样的人，有点虚荣。

“买了不穿挂着看，心里也高兴呀。”

明珠拿着那件衣服到试衣间去试，她只是试穿不会让明兰买的，隔着一道门，明兰站在外面，又看中了一款包，又想给明珠买副墨镜，开车的时候换着戴，她虽然不像明月那样来钱来得快，但拍一次戏赚个几万还不算太费劲。

“你和老三都没欠我什么，就算是欠，也都还清了。”

明兰慢慢地转开头。

明兰在外那几年有个特别好的朋友，两个人很说得来，什么都能说到一块去，后来却掰了，因为对方看不惯明兰对着明珠时的这副奴才样，对方将明珠虚构成了一个非常有心计的姐姐，觉得明珠就是故意这样做的，她拿着所谓的救命恩，要挟着两个妹妹，明兰对自己的家庭部分保护得很紧，任何人不能说她家里人不好，说明月不好也不行，就因为这个事情断绝了来往，朋友当时非常生气，和明兰说，你和你姐早晚会闹掰，因为钱!

明兰的副卡在明珠的手里，明月的副卡也在明珠的手里，但那两张卡明珠几乎都没怎么动过，有些感情解释得太清楚了吧，她觉得那就不是姐妹情了。

她没钱的时候她可以伸手和大姐要零花钱，没理由地要，等她条件好些的时候，她也可以没理由地给姐姐零花钱。

明兰觉得每一天她都过得很充实，很高兴，她似乎没有太多的烦恼，今天也是一样。

带着明珠去买衣服，带着明珠去自己经常去的馆子，和老板娘介绍着这是自己的姐姐。

“我说难怪呢，看着这么像。”

像?

看过明家三姐妹的人，就没有说她们像的，一人一个样，其中明兰的样貌最突出，看过的人会怀疑，是不是明兰的妈妈怀着明兰的时候心情最好，吃得最棒，所以生出来的孩子这样明眸皓齿、美艳动人?

剩下的那俩不至于难看，但和老二一对比，那就是天上地下。

明兰送了明珠进去，而后想起来要加份燕窝，又特意跑了出来，老板娘和明兰也认识很久了，说了一句：“你姐姐看着有气势。”

明兰点头，笑眯眯地说：“我姐当警察的。”

“难怪呢。”

明兰返身回来，上了榻，盘着腿，冬天她就喜欢来这里，因为足够暖和，从脚趾暖和到心窝。

姐妹俩闲话家常，明兰说得多，明珠也就听听，鲜少回话。

明兰想起来那天看见张鲁，脸蛋仿佛是冒着臭气的臭鸡蛋，有些扭曲，她是个挺直接的人，梦想就是希望张鲁有朝一日倒大霉，可惜现在瞧着，对方似乎过得很不错。

“你说他怎么就没生点什么病呢？”

“吃饭的时候，别病呀病的，你总是盯着他看做什么？还是你想从他身上获得关注？”

“我没这么想，那还不允许我幻想幻想？妈现在要是活着……”不说别的，她和明月就可以带着母亲天南海北地飞，你说想去哪里去不得？可她妈就没这份福气，早早躺地下了。

明珠一脸平和：“姚可珍也没你想的那么好过。”

明兰听着这话很诧异，怎么不好过了？有小四出现了？她爸不是喜欢儿子吗？难道又有人给他生儿子了？

“你知道什么，说来听听。”

听见张鲁和姚可珍的生活不好，她也就安心了。

明兰兴高采烈地等着呢，明珠已经放下了筷子：“婚姻不像表面看见的这样简单，你心态不好，明兰，那是和我们没什么关系的人，你不要将心思都集中在看他怎么倒霉上。”

明兰觉得意兴阑珊，原来感情没破裂啊，她就认为姚可珍过得挺滋润的。

明珠看着明兰失望的样子，也没再说话。

可能张鲁会和姚可珍白头到老，可最后，谁知道呢？

姚家。

姚可珍的母亲正极力隐藏心里更多的不满，不冷不热地对张鲁开口：“这件事情你做得有点鲁莽，你母亲这样做，丝毫就没有考虑过可珍和孩子。”

这种不满从姚可珍的父亲退休以后更为明显，张鲁的翅膀已经渐渐地硬了起来，逐渐不受控制，想想几年前他来到家里，就算是不愿意听她说这些，也还是要恭恭敬敬地坐在这里听她把话说完。

张鲁笑了，抬起头对着丈母娘的视线，姚可珍的妈妈心头不禁一沉。

“妈，我七年未进我妈的门，打官司我的脸面还要不要了？爸妈的脸还要不要了？不怕别人说，堂堂大教授为了钱，脸面都不要了？”张鲁站起身，抓过一旁沙发上的大衣离去。

“你……”

姚可珍的母亲指着大门，姚可珍的父亲推推自己鼻梁上的眼镜。

“他现在翅膀是真的硬了。”

家里没有任何能约束他的，女儿难道还能找到更好的？可珍都多大年纪了，外孙女也不能没有父亲，张鲁该得到的也都得到了，上中最有名望的教授，这不是他当初所期盼的，只是有些偏离了轨道。

张鲁都走了，姚可珍又没打算不跟他过，赶紧带着女儿开车回家。

家里没一点吃的，一看就是没做，张鲁躺着没动，姚可珍怀孕的时候，他满心期望儿子，做饭的次数最多，然后就没然后了。

“我马上做饭。”

姚可珍挂上衣服，女儿回了房间去放东西，她怕张鲁不高兴，她妈因为这个钱没少说话，可事情都过去了，还能怎样？

张鲁对姚可珍的话没有任何的反应，只是躺着的方向换了换，背对着姚可珍。

姚可珍做好饭菜，去叫他吃饭，张鲁拽着枕头，闭着眼睛好像睡了过去，半晌突然出声：“你妈现在一定觉得那个钱是我故意不要留给那三个的，你那个家，以后我是不能登门了，你体谅就体谅了，不体谅我也没有办法。”

姚可珍站在原地，站了几分钟，又悄无声息地带上门，夹在两边受气，她现在算是体会到了。

明月没拿那钱，说是给她，大家也都同意给她，她是以她奶奶的名义存进了银行，存了以后老太太就来劲了。

她知道现在她活着一切都好说，等她死了，这钱明月想提出来，那就费劲了，现在什么都需要证明，逼着明月将名字换成了明月。

“你是真傻还是和我装傻呢？”

她不管是真傻还是假傻，既然说给了，就别虚伪地说不要，给就拿着，她看不惯明月这样子，一摔门老太太回了房间，留明月在原地傻站着。

明月这头准备搬家，那头明珠已经从明兰那儿回来，去局里上班了，她休假的这一天局里还是那样，大事小事不断。

早上九点零五分，有人来报警。

说是报警，其实也是什么证据都没有。

“我家里人投资了一个什么理财，据说日息是百分之六点八，还说和什么合作了，背景很强……”

邱洛洛看着眼前的人：“所以呢？按照你说的，那月息就是百分之二百零四了，你家里找的这个理财的是散财童子吧。”

“我知道这是骗人的，可他们不信，我能报警吗？”

想着警察去管一管，家里就不会将钱都投到这些不靠谱的事情上面去了，这样的事情，最近局里见得太多。

警察说的他们都不信，说多了认为是断他们财路，出了事情就埋怨警察监管力度不够，到底怪谁啊？

刘大同又让人投诉了，次数一多，也就习惯了。

201医院儿科门诊报警，说是有人对医生大打出手。

警察赶到现场的时候还在打呢，好多人围观。

过去一问，才知道怎么回事。

一个奶奶抱着孙子去挂儿科急诊，说是自己孙子烧得厉害，急得不行，医院走廊上都是家长和孩子，谁不着急？都着急就只能排队，按照顺序来，耐心等待。

结果这位奶奶就愣是要插队，让别人去后面排，说别人的孩子病都不重，她家孩子病得特别厉害。

当时医生特地看了一眼，如果真的很严重，出于人道精神也只能让了，看了以后他认为就是发烧，让这位奶奶带着孩子在后面排队。

结果这位奶奶就说了句得罪所有带孩子看病的父母的话：“他们哪里有我孙子重要?那些都是治不好的，你先治我孙子。”

这就完全闹起来了，谁家的孩子不宝贝？有这么说话的吗？就算开始想让的，现在也坚决不让了。

可老太太死活不肯排队，跟别的家长干完，和医生掐，等她儿子来了，直接对医生下手，听自己妈说的，医生见死不救，非让他们排队，孩子都烧抽了，不给看。

“孩子抽了？”明珠看着眼前愤愤不平的男人问着。

打人的人满嘴都是道理，他觉得医生就该打，这些人拿着钱不干事，打他都是轻的，这要是耽误他儿子的病，他和这个医生没完，一定闹得他出名。

“孩子不严重，我能激动吗？”

“把腿放下，别当在你家里呢。”明珠沉声道。

男的见明珠这语气，一身的横气这才少了些许，不过还坚持说是医生不对。

医生做好笔录，自己也是憋气得特别厉害，以后千万不能让自己的孩子学医，现在当医生有什么好啊?

“我能走了吗？”

医院还那么多孩子呢，能早点回去就早点回去吧。

“你不追究他的责任了？”

医生一愣，不就是罚点钱让对方和自己道个歉吗，还怎么追究?

“故意伤害罪，你可以追究的。”明珠转头对着医生说。

医生明显有点消化不良：“我追究，我当然追究了。”

打人的男的和他家里人就不干了，这警察怎么回事啊?

男的妈就号上了，又是要找记者又是要找电视台。

“你先别哭，哭着打电话说不清楚，打吧。”明珠做事有自己的底线，你哭你闹，你打了人。

那老太太拿明珠没办法，因为明珠比他们还要横，这种纸老虎遇到真老虎，当然怕了，所以当刘大同接手之后，就直接投诉刘大同了。

刘大同吃着午饭。

“以后公立医院里的医生都是摆设，私立医院各种要钱，那时候就有人知道问题严重了。”

“就算错了那时候他们也不会认为是自己错的，相反他们会认为他们是无辜的，是别人拖累了他们。”

“也对。”

接了投诉就肯定会受理，结果一查，说这话的人不是刘大同，而是明珠。

“你说了这话没有？”

明珠也没打算否认，否认也没用，说了就是说了。

“说了。”

副局多余的话都没说，叫明珠转身出去带上门，该做什么你应该清楚，反正你都没打算继续升职，就这样混吧，你的前途你的未来，当然了，你那个有本事的家也许还可以拉一拉你，不然就是这样的小事，你在领导的眼里，你的行为也为你的未来抹了一笔黑。

明珠起身：“我想说句话，不知道能不能说。”

副局摆手：“你要是觉得不能说，还是别说了。”

“有很多人不理解，说警察现在怎么都这样了，我觉得是体制的问题，体制制度没有告诉我们什么可以去做，却告诉了我们什么不能做，条条框框地说了出来，但群众又希望我们能去管能去查，群众和局内的制度是相冲突的，要么就夹着尾巴装孙子，要么就黑着良心什么都看不见，要么就一辈子只能做个小警察。”

大家一样地工作，谁不想升职，可首先系统内部对我们立了一堵墙，这一堵墙就已经将大多数的普通人排除在外。

“也许我是嫉妒我的领导们。”明珠转身出去带上了门。

出门将刘大同叫过来，说清楚和他没有什么关系，按照刘大同的意思，他都懒得解释，反正现在不就是最坏的，他也没打算和人比，拿份工资就得了。

晚上准备下班，抓了几个人回来，联系家属，等到家属跑进来的时候，刘大同认出来了。

这不就是半个月还是一个月之前报警的那个人？说是高利息的那个？

“他们这是诈骗啊……”

有人哭，结果这被指责诈骗的人哭得比别人还惨呢，反复强调一点，她也是受害人，所以她骗人没有什么不对，就算有不对，警察也应该先找到犯法的人，她儿子报了警，警察却没受理，这是警察的问题，警察应该负全责。

对着法盲，能说什么？

对有些人道理是讲不通的，比如眼前的这位，哭得跟什么似的。

责任都推到警察身上，她认为这样说就能走掉，但别人骗没骗她，这是之后的事情，现在是她骗别人，这是犯罪。

到了下班的点，邱洛洛准备回家，摇摇头，早就习惯了，赚钱的时候她肯定想不到分警察一点，但是出事了钱没了，就想让警察背，什么人啊！

好在家属还算是能讲通，事情严重了，该说该做的你们看着办吧。

明珠也准备走了，换了衣服出了局里，那家人缠着她半天，问到底怎么能不往严重了发展，明珠指指自己的手表：“我到点该下班了，明白？”

一脸的不合作，一脸的不屑，家属也是被逼得没有办法了，和无头苍蝇一样，急得团团乱转，想着问问警察，你不是办这种案件的吗，结果人直接给你一张冷冰冰的脸。

强忍着努力挤出来一丝笑，不敢得罪啊。

只能放明珠离开。

明珠的车送去检修了，今天要坐车回家，刚出大门口，斜对面马路上停着一辆车，那司机才下车，这边一辆蓝色的跑车直接开到明珠的眼前。

“上车。”

陈滔滔推开车门。

明珠看了一眼，直接上车了，带上车门，车子很快离开。

马路对面站着徐太宇的司机，眼睁睁地看着人被接走了。

现在怎么办?

“开车吧。”

坐在后面的徐太宇轻扯着嘴唇。

司机上了车，徐太宇的电话响了，他温和地应着：“好，我马上就到。”

车缓缓开了出去，汇入车流。

“前面左转。”明珠开口。

“你以为我是跑过来给你当司机的？”陈滔滔白了明珠一眼，德行。

“那我们没什么好讲的，请你把我送到小区门口。”

陈滔滔的唇角忍不住上翘，真是不要脸呀，使唤他?

正常一点，要点脸的女人不是应该说，前面停车，把我放在路边，认识他几天就让他送她回家，脸呢?

“你欠我一个人情对吧？”

明珠的语气十分冷淡：“我不欠。”

“要点脸行吗？”

“和我一起去死，帮我个忙，你选一项吧。”

陈滔滔开着车晃晃悠悠的，时不时踩踩油门，他就是个任性的 boy 怎么了?

“你妹妹认识老周吧……”陈滔滔快速地说了一个名字。

陈滔滔三大喜好之一，沉香。

他玩沉香玩得很疯，沉香这个东西高级一些的也是特别烧钱。

“不认识。”

陈滔滔唇角翘翘，对着马路牙子就撞了过去。

砰!

砰砰砰!

他不断地倒车，前进，倒车前进。

明珠觉得有些人蠢，他还非得要闹得全世界都知道，他脸上现在就写了两个英文字母，他知道吗?

“你的车，我不会觉得心疼。”

陈滔滔肉疼，不是这个点。

“你让你妹妹介绍我和老周认识，你们欠我的，一笔勾销。”

“我不欠你的。”

“明珠，七年前如果没有我，你应该过的是另外一种生活，别让我后悔曾经做了一件好事，别让我认为你就该死，你和那些人没有分别。”

一样恶心，一样贪心。

明珠推开车门，推了两次才推开。

陈滔滔看着自己的车，隐隐地觉得肋骨有点疼，刚刚他是失忆了还是怎么了？不然为什么要去撞车？

手支撑着脑袋。

啊，想起来了，他出车祸了！

陈滔滔嘴里所说的那个老周，几代家中就是从事这个行业的，现在从事沉香高级定制。

现在的好香，已经越来越少了，不像是许多年前，有那种特别纯、特别好的香，陈滔滔以前玩香不是为了收藏，而是为了享受，现在则变成了收藏。

陈滔滔是从杂志上看来的，说是有一种工艺，错金。

通俗点来说，就是类似于将金搓成金碎，然后和沉香融合，看起来比较漂亮。

可就是这样的工艺，不是谁都能做的，他有大单子，也得有人有本事去接才行。

明珠欠他的，恰巧她小妹妹有这方面的人脉，那就不怪他了，物尽其用，想当初他是没指望她们来报答自己，但受人滴水之恩，应当涌泉相报，他相当同意这句话。

明珠现在也只是还了他一滴水，还欠他一桶的水。

他当时是说，帮他这一次，就当偿还他了，随便说说不行吗？

谁告诉你，讲出口的话就必须做到的？

嘴长在他的身上，他愿意怎么说，就怎么说，有本事来撕他的嘴啊。

就这样愉快地决定了，只是自己高兴不尽兴，拿着手机发短信给明珠。

明珠拿过手机看了一眼，又将手机扔了出去，脸上的情绪波动不大，手里拿着遥控，看着新闻，很快手机响了起来，她也接了，以为是陈滔滔，结果不是。

“姐，陈律师的这个定制钱我来出吧。”

明月觉得自己欠陈滔滔的这辈子都还不清。

一副错银的墨镜，只是镜腿的位置用了沉香，当然也分香，差不多这样一副眼镜做下来也要几十万到上百万不等的价格，现在陈滔滔要错金，你就想这个价格去吧，陈滔滔相中的沉香又是那种高级货色，现在市面上都很少见的。

“为什么要你出？”

“他帮过我。”

“还清了。”

明月：“……”

她觉得不是这样算的吧？陈滔滔当初算是救了她的命，她有现在，说是因为陈滔滔其实也不算过分，有些东西钱是还不清的。

明珠又交代了明月几句，就挂了电话。

她捏着手机，看着手机上的短信。

“你还了我一滴水，还欠我一桶。”

明珠的唇角翘翘，我怕我还了，你不敢收，有命你就等着吧，等到那一天的，我会一次性都还给你的。

胜利社区街道已经大力宣传，本周末将会有本城最牛的律师亲临现场，为大家普及法律知识，如果有感兴趣的九点可到XXX……

陈滔滔黑着脸进了现场，还别说，群众的欢呼声还是很高的，居委会办事处，门口站满了人，来的这些人肯定不是广告吸引来的，来的都是老头儿老太太，平时闲得要死，据说有个律师来这儿，那就过来看看，正好家家都有觉得憋闷的事情。

陈滔滔第N次甩脸色，街道主任脸僵硬得都可以掉渣了，她就没见过比这人说话更直接的，还最牛呢，难怪会被派下来弄什么法律普及。

这事不是要求的，而是有人主动联系，问她这片要不要做个普及法律知识的节目，结果就把这人给招来了，也不知道是哪个大学毕业的，毕业以后日子也是不好过吧。

“律师啊，我家……”大妈说得很气愤，她之前被自己兄弟给骗了，完了就去派出所把自己兄弟告了，她当时就是气不过，后来都和解了，结果警察还是把人给抓了。

“如果我是警察，我连你一起抓，抓的理由就是你妨碍公务。”

大妈：“……”

怎么能这样呢？律师不是为大家服务的吗？嘴里说出来的话怎么就这么不好听呢？看看你那一脸的倒霉相，一看就是平时也打不到什么官司，跑街道来装大尾巴狼来了，哼！

陈滔滔想掀桌，觉得自己坐在这里，就是对智商的一种侮辱，什么屁事都来问他。

“还有多长时间？”

陶克戴控制住自己唇角想要上翘的趋势，认真看了看手表，这才开始四十分钟。

“说是让你坐满七个小时。”

陈滔滔耷拉着脸，反正他就是这样服务的，不愿意听回家去。

大爷走到前面，看样子好像很着急的架势，陶克戴想着，如果再不来一个靠谱的，陈滔滔可能就真的会掀桌子破口大骂了。

陶克戴很认真地等着大爷问出口。

大爷可能是法制节目看多了，之前看了一段，觉得有些不太理解，想让陈滔滔帮着分析一下，为什么法律是这样的，他认为的法律却是那样的。

A强暴了B，B报复A，把A的弟弟给杀了，法院判了B死刑，他觉得是A错在先。

陶克戴喘口粗气，手放在唇边掩盖似的咳了一声。

“他强暴你，你不杀他，你去杀他弟弟，不判你死刑判谁死刑？下次记住了，要杀就杀犯罪的那个。”

街道主任一听，这不对劲啊，这是什么律师。

警方接到附近居民的匿名报警，说是一个女人从七楼掉了下去，被几个男人给抬回楼里，后来又运走了，报警的人不清楚这是发生了什么，但还是报了警。

明珠带着七个人过去，楼下四个人守着，老周、大同还有她上去，顺利拿下三个人，刘大同的后脑还挨了一下，倒是没什么大碍。

三名嫌疑人被抓。

接到的情报属实，屋内还有个重伤的女人，女人见到警察的时候情绪非常激动，拉着警察的手不肯松开，似乎是怕警察不管她。

现在已经被送到医院，情况有些不太好。

医生详细地说着，女的应该是从高处掉了下来，而且运气不太好，高位截瘫。

警察录着口供，又是出来打工落入虎口，被逼卖淫的事。

一共两个女人，一个女人跳楼，落下终身残疾，还有一个直接死了，而且，还被那些人私自火化了。

当天晚上，南区警局会议。

副局长老朱倒是难见的铁腕作风，提出查到底，看看害群之马还有多少，全城开始展开调查，从娱乐场所开始。

局长看了一眼老朱：“老朱啊，不要出了事情就从娱乐场所查起好吗？他们也是交了税的……”

全城有多少家娱乐场所？不能因为接到一个没有具体信息的线索就全城乱搞，这样明天他们南区警局就要出名了，南区这些开娱乐场所的，哪个背后没一两个靠山？

局长主张查，老朱则主张现在出击全市进行横扫。

“从现在收到的情报来看，这个团伙是以非法拘禁、故意伤害、财务控制、人身控制、精神强制组织逼迫妇女卖淫……”

上面的会议开了很久，最后的决定就是行动暂缓，暂时推后。

其实哪里有问题，心里是门清的，不过有人庇护而已，这次闹的事件这样大，竟然敢私自火化人，这是多大的胆？

明珠顺路将老周送到楼下，自己开着车经过吴文桥然后又掉头转了回来，她的车驶向医院的方向。

跳楼的女人见到明珠以后显然情绪依旧非常激动，她想知道自己提供了情报，是不是那个窝点就被端掉了？

她对自己的以后觉得茫然，出来打工原本是为了赚钱，现在什么都没赚到，竟然高位截瘫了，让父母来照顾她吗？拖累家里吗？医院让她通知家里人交钱，可是这个钱她交不出，她没钱。

“你们去端了他们的点了吗？”

明珠拉过来一旁的椅子，她平静地坐在受害人的面前。

“你所说的那个团伙负责人你有没有见过？”明珠一点一点地问着，“你有没有见过大老板？”

受害人说自己从来没见过，但是她听别人提过，说老板是个女人，很漂亮很年轻的女人。

明珠再也问不出来什么更有价值的信息，起身准备离开，受害人去抓她的手，却没抓到，明珠回头看着她，她站着，受害人躺着，受害人问明珠："你们会把他们绳之以法吧？"

"为什么要跟不认识的人走？"明珠开口。

女人捂着脸哭，她从家乡出来只是想找一份工作维持温饱，能养活家里，找工作又不像想的那样简单，她们很容易就信人了，最后被人骗了。

受害人想要的回答明珠没有给她。

她出了医院，开车离开。

三个小时以后，明珠从某个别墅出来，车在无人的道路上开得飞快。

庄园里女主人披着睡袍，揉着自己的太阳穴，用人上手帮她揉着，她的表情得到了舒缓。

"您才吃了药，才躺下，这些事情也轮不到您来管。"

女主人摆摆手，手指上戴着硕大的宝石戒指："替我打一通电话出去……"

用人点头，快速按照夫人的交代去办。

"是我呀……是这样的，我决定在民乐街沿线建熟食品市场……我家未来的儿媳妇心肠好，总是和我讲环卫工冬天也很辛苦的，如果我建了这些熟食品市场，里面提供……"

给清洁工专门提供投放热水一类的服务，哪里有免费不断的热水？长年累月下来水电费也是很大一笔开销。如果是类似批发市场一类的，效果则大不同，附近清扫的环卫工就可以进去喝上一口热水，吃上一口热饭，也算是做了好事。

电话那头的人似乎在讲着什么，夫人侧着头，手撑着自己的头。

很快挂断了电话，用人上来，说是车已经备好了。

"夫人不换衣服？"

夫人看看自己身上的睡袍："事有轻重缓急，总要让人知道我很急的，我急着想做一位有良心、有良知的市民。"

用人扶着夫人下楼，很快夫人上了一辆车，然后车子沿着明珠离开的方向驶去。

上面的会议来得很急，命令下达到南区，接到指令，休假的下班的都要快速回到岗位上来，大清扫活动开始。

南区局里的警察陆续开了车出去。

对于上中来说，这个夜注定不平常，所有的娱乐场全扫。

有几家经理缠着明珠要个说法，能当经理的嘴皮子也都溜，一套一套的，可惜明珠不买账，这些自然交给老周去办。

原本这活也不归南区来管，谁知道发生了什么，上面竟然大半夜下了命令，那他们只能去做。

正如局长说的那样，家家都有背景，警察还没到，人家已经听到风声，早有安排了。

明珠他们一无所获，横扫了一夜，却是白忙活。

回到局里，开会，从六点开到八点，副局宣布散会，他别有深意地看了一眼明珠。

丫头片子，挺有本事的，把上中都要给搅翻了，冲这点他算是服这丫头了，家庭背景够硬，不知道把谁给请出来了，多几个你这样的，不愁警队没精英。

“你那车是宝马吧，挺贵的？”

明珠想想：“是挺贵的，一辈子都赚不到那些钱。”

“怎么样，送送我吧，让我的屁股也感受一番宝马的奢华。”

明珠笑，两个人从局里离开，该回家的都回家休息去了，该上班的继续上班，搅了一场，抓到的都是根本不值得一提的小人物，虾米粒子。

老朱请明珠去吃豆腐脑，配着火烧。

“来四个。”

老朱带着明珠进了一家豆腐坊，豆腐坊里一股子豆子的味道，里面稀稀拉拉地摆了几张桌子，来这里吃饭的几乎都是上年纪的，想来也是，小年轻儿对这些也不感兴趣，他们的选择多种多样。

老板娘系着白色的围裙，穿着雨靴，戴着套袖，拿了四个火烧放进大碗里，给老朱端了过来。

“这是你女儿？”

老朱笑笑：“可不敢当。”

“不够再要。”

老朱直接上手拿着火烧咬了一口，火烧很酥，一口的豆沙味，他就喜欢这个味道。

明珠却没有动眼前的火烧和豆腐脑。

“怎么不吃？觉得不对胃口？”老朱咔吧咔吧又咬了两口，呼噜呼噜地喝着豆花。

明珠一脸的笑意：“有什么话您还是直接说吧，不然这饭我没有办法吃。”

老朱突然笑了出来：“觉得我是想攀你高枝？”

“您不是那样的人。”

“那你说说我是个什么样的人？”

“好人。”

臭丫头片子！

“你认识我多久，就知道我是个好人，给你两句好话，你就认不清谁是坏人了，看样子我对你还是太好了。”

明珠拿着火烧咬了一口，吃得满嘴喷香，倒是没客气，这回轮到老朱停了嘴，刚刚不是说不敢吃吗？自己说什么了，她就又敢吃了？

“我知道您是想和我交个朋友……”

来个忘年交。

老朱送了明珠一个白眼，我和你一个丫头片子有什么好结交的？你长得又不好看，臭丫头。

吃过饭，老朱似乎就有点用过即扔的意思，摇摇晃晃地自己就回家了，叫明珠该哪里玩就哪里玩去。

明珠的这一队，放假的全部归队，假期暂时全部取消，吃完了早饭，她拎着袋子，又回到队里，开会。

摸到线索，就去蹲点。

邱洛洛这些天从商场经过了无数次，想起来都想吐，刘大同在附近的停车场停了一个月的车。

那个集团很有章法，很有头脑，这应该是让受害人感觉最不幸的吧，落到这样的人手里，可想而知。

桌子上的电话响了，明珠接了起来。

“干活。”

全体出动。

警方在这一片终于查到了几个点，有所收获。

明珠晚上下班去了中心附近的面馆吃面，正好接到明月的电话，电话是明兰的身份证办的卡。

明月说家里都安排妥当了，她现在和奶奶挺好的，阿姨就准备一直请下去了，因为她厨艺实在差得很，说过两天她可能要飞一下，问明珠需要带些什么，列个清单给她。

和老妈子一样，唠唠叨叨地说了半天，明珠看着自己眼前的面，面都凉了，可见她妹妹有多唠叨。

门口有两个人在吃饭，其中一个男的说话很张扬，说隔壁茶楼的内幕，口无遮拦地说着，这个点客人也多，但大家都在说自己的事，吵吵嚷嚷也没什么人注意，明珠坐得近，听得很清楚。

明珠一直盯着那茶楼呢，前两天邱洛洛还特地跑去喝了杯茶，那男的说的有些带有吹牛成分，但有些确实是真的。

“这就跟家族似的，知道她哥哥是谁吗？我告诉你，这一家子都是人才啊，你看他妹妹的店都开在这附近，一年年租是多少呢？”

明珠撂下筷子准备离开，立起来大衣的领子，手都已经要碰触到门扶手上了，突然听到一个熟悉的名字。

“老 K 知道吧，七年前不是闹了一个非常大的新闻，说他强暴女孩的那个……”男的口水喷得到处都是，说其实那事和老 K 没什么关系，人有大把的钱，想找什么样的找不到，至于强迫一个小女孩吗？

听的人也就一笑了之，这样的人物都活在传说里，他当故事听就行。

男的讲到兴头上，突然头顶一凉，被人倒了一脸水，他盯着眼前的人：“谁他妈的活腻歪了？”

明珠看看自己手里的水瓶子，刚刚买的，一瓶水都倒了下去。

“我没注意到你坐在这里。”

一脸不真诚，说得很横。

“……”

男的叽歪，不打算放明珠走。他朋友就劝着，可能不是故意的，有时候太使劲了，拧着盖子然后水就溅了出去。

“不是故意的，你不会说句道歉吗？你妈没教你这些？”

“没教。”

男的揪着明珠的衣领子就火了，再然后派出所来人把他们俩给带走了。

了解了事情的经过，这样的事情，至多也就是差个道歉的事，说句对不起就得了，教育明珠错了就道个歉，别仗着自己家里有钱就怎么着，看见那车了，都是家里惯的。

男的和警察也没有叽歪太久，就离开了，倒是明珠，直接往那里就一坐。

片警心里冷笑，这样的见多了，教育两句，训两句，就让她走了。

明珠站在派出所门口，手里捏着钥匙摇了摇，掏出手机打电话。

明月正尝着排骨汤，这时手里的手机响了，顿时被吓一跳，正好汤也入口了。

只觉得舌头发麻，然后就是木木的感觉，烫了。

“烫了吧，赶紧漱漱口……”

阿姨拿着碗给明月接冷水，明月摆摆手，表示自己没事，电话接了起来。

“姐……”

光着脚在地上走来走去，她非说这样走有气息，至于是哪里来的气息，别人也不知道。

不是才挂了电话，她姐从来不会短时间之内这样重复地给她来电话，明月觉得好惊喜。

比天上掉馅饼都觉得欣喜。

“嗯，吃饭了吗？”

“还要等一小会儿，汤还没好呢。”

明珠问明月房子找的是什么样的，装修是什么样的，明月仔仔细细和明珠讲着屋子里的构造，她去买了多少东西，和奶奶折腾了一趟又一趟，家里铺了什么样的地砖，又给奶奶弄了暖炕，现在技术挺发达的，要什么有什么。

明珠捏着手机，她转过头看着天空，明兰给她发过照片，她看过，很认真地听明月讲。

“姐，你吃了没有？”

“吃了。”

明月琐琐碎碎地交代，让明珠不要什么都吃，想吃什么去订好的，她有钱，花不完的钱，她自己又没有什么想买的东西，两条牛仔裤她就可以穿过四季，上衣大多是衬衫，她一年一千块置装费都花不了。

“姐……”

明月觉得自己大姐今天很怪，虽然平时她也很少说话，但今天……

“你工作上是不是遇到什么难事了？”

被人误解了，被人骂了？

明珠抬着眼眶，她将手机移开自己的耳边，而后又贴了回来。

“担心你自己吧，我挂了。”

明月看着已经挂断的电话出神，不过想想也是，她还是操心自己吧，她姐不需要别人操心。

拍戏间隙，明兰和一个还算能讲上几句话的朋友出去吃饭，一边吃一边侃着，从导演说到演员，从男的说到女的，谈着谈着话题一变，就变成了例假多少，例假能否定期准时来的问题。

“我是吃了藏红花，又看过了很多的医生，吃了很多中药，现在吃黄体酮……”

女人多少都有这方面的问题，聊到也不奇怪：“我是小时候例假家里没人注意过……”

“明兰，你挺正常的？”

“嗯，按时来按时走，来的时候我好好侍候它，量不多不少。”

“一看你妈妈就特别关心你。”

妈妈？

明兰突然想起来了明珠，那时候家里那样难，光是一个明月搞得大家都恨不得去跳楼，当姐姐的嘴上说得再狠，心里也是着急的，她记得自己有一段例假就不正常，明珠带着她去看中医，那时候她觉得明珠有病，什么是大事，什么是小事，例假不来无非就是紧张、压力等方面的问题，她妈妈就算活着，估计都注意不到这些问题。

明珠又带人蹲点，白天不方便上去，就挑了晚上，就怕动静太大，引起别人注意，这一片摸来摸去倒是摸到了一点有用的消息。

上面的房子绝对有问题。

周六，上午九点半左右，市中心的一条街还是这样热闹，逛街的人很多，附近几家影院也比较集中，最近有部大制作影片上映，附近聚集的人群较多。

几辆警车快速从中央路附近包抄，驶向中心金融街。

“有警察。”

对方的人员也是训练有素，里面的人快速出来上车，来不及上车的，有人带着从后面跑，可惜晚了。

“怎么回事啊？”

有人跑，有人追，满大街的警察，人群有些躁动，路上的行人纷纷躲让。

大多被逮住，女的都抱着头蹲在地上，男的直接上手铐，还有跑掉的，后面有人追。

警察上门，查封。

南区这下热闹了，抓回来的男的几乎都是看管，死不承认，什么都不肯交代，倒是女人有些怕了，加上多数不是自愿的，很快就交代了，这样的生意不是她们愿意做的，而是被人逼着去做的。

好多人痛哭，觉得警察抓她们，现在也是解救了她们，她们要回家，要回去见亲人。

“里面还没交代呢？”

邱洛洛摇头，一个一个都玩硬气呢。

人都关在里面，一排都扣在暖气管上，一个挨着一个挂着，高度卡得很奇妙，蹲不能蹲站不能站，就这样半蹲半站才最痛苦。

不交代，那就熬，看谁能熬过谁。

刘大同坐在椅子上，开始审问其中的一个，据说是监管当中的头儿。

这边忙得热火朝天，明珠也没闲着。

明珠敲门，里面的人问外面是什么人。

“开门，收卫生费的。”

里面的人觉得奇怪，不是交过了？

还是打开了门，嘴里念念有词，似乎对要卫生费非常不满意，等到开门，警察呼啦一下子就将她按住了，然后快速地冲了进去，屋子里传出叫声，喊声。

房子的格局很宽阔，有三百平方米左右吧，屋内的装修很豪华，老太太颤颤巍巍地坐在沙发上，一头花白的头发，她似乎不太明白眼前所发生的一切，冲进屋子里的这些人都是谁？

屋子里有三个小女孩，先后都哭了出来，最先被按住的人是这家的保姆，警方要找的人就在房间内，已经被制住了。

家里三个大人，三个孩子。

“知道我们为什么抓你吗？”

女人抱着头，蹲在地上，她对上明珠的目光然后快速闪开，点了点头，明珠核实身份，然后将人带走。

这个集团的头脑，是个二十九岁的女人，脸蛋很漂亮，看起来二十多岁，她要是走在街上，没人能想到她是干什么的。就是这样一个女人，她的团伙前前后后逼迫一千多个妇女卖淫，有计划、有规律，形成庞大的集团，控制所有失足女。

人被扣在椅子上，对她的待遇还算是比较好的，灯照着她的脸，几个灯对准她的脸部。

被抓的还有保姆，她就是给人家做饭带孩子，一个月赚点工资，她不知道这家的主人都是做什么的，女主人也不可能跟她讲这些，警察一说，她就傻眼了，怎么都没想到。

那个上了年纪的老太太是嫌疑人的母亲。

“知道不知道你女儿是做什么生意的？”

老太太脸色镇定，很是沉着，摇头说自己不知道，不清楚。

女人的丈夫没抓到，所有的窝点都找遍了也没找着，要么跑了，要么躲在某个地方。

从警方暂时的审讯来看，这一千多个女人，真的让明珠觉得有些可悲，里面竟然有三百左右的人都是被骗来的，发现有问题想离开已经晚了。

有的痛哭流涕，说这样的事情不是她们愿意干的，是有人逼着她们干。

从家里搜出来了一些账册，账册上面清清楚楚地写了每个人每天的次数，上面没有名字，只是有代号，全部的账目都有。

从审讯当中来看，这些女的大部分讲的都是实话。

女老大坐在椅子当中，警察问她什么，她要么就点头，要么就摇头，该交代的都交代了，只是将家里人撇得很开。

说自己的父母，包括丈夫都不清楚她做了什么。

“在这里玩情意呢？你躺在他的身边，你做什么的他不清楚？你丈夫不清楚他跑什么？”

女老大只是低头，不肯作答。

这边按照手续盘问，那边有人带了律师上门，说是要将老太太接走，女老大犯事，老太太是无辜的，老太太只是给女儿带孩子，她是被蒙在鼓里的。

“来的是什么人？”

“不清楚，好像有律师。”

警察最讨厌的就是律师，因为讲不清楚，一般的群众百姓，你说几句就差不多了，他们对你会有个敬畏的心理，但是律师这种行业的，他们嘴皮子太溜，相关法律知道得太多，条条框框讲不过他们。

老 K 人没有下车，而是律师和其中的一个人进了局里，律师就是来接老太太回家的，老太太年纪大了，受不了刺激，你们查案归查案，但是没有必要玩死人吧，无辜的人也扣着不放?

明珠抬头：“不能放。”

“可人家带了律师。”

普通人家，很少会有人带着律师来局里，就目前的情况来看，恐怕这个老的扣不住，最后罪名都是落到那个小的身上，她自己一口咬定了，罪都是她犯的。

“我们是按照手续办事情，不准放。”

刘大同站在原地，他不知道按照哪个手续办的，现在没有真凭实据啊，而且那个老太太一直说她心口疼，现在放回去她也不敢跑。

“还站着干什么？”

刘大同从楼上下来，老周看见他的脸就猜到结果了，他要去卫生间，路上撞上大同了，他就猜到会这样的，明珠蹲守了这么久，她见了兔子还能撒口?

看着吧，这次又要惹麻烦了。

老 K 坐在车上，他妹妹被抓了七个小时以后，他才赶回来，出事的时候他人在外地，临时买的机票，回来以后就开始联系相关的人，可惜对方给他的回答就是，这个案子是南区单独办的，其他区没有办法插手。

好不容易南区的人联系到了，对方支支吾吾地推，说现在总局都在看着，这件事没有办法，只能慢慢想法子。

“你儿子出国，你儿子结婚，用的都是老子的钱，现在你跟我说慢慢想辙？我就这么一个妹妹，要是折在你手里，我就让你去死，后天就是你溺水死的新闻！”

……

律师跑了出来，他见不到相关负责人，各种推，他知道这是警察的一贯手段，就是为了不让他见到人，他已经进行了投诉，可短时间之内，投诉恐怕起不到好效果。

拉开车门。

“……现在见不到老太太，警方说老太太也是嫌疑人之一……”

律师很快又关上车门，然后跑了回来，明珠就是死卡着不肯放人。

到了下班时间她没走，按道理来说今天抓了这些人她不下班也是在情理当中，不下班的另外一个目的，她等着有人来提这个所谓清白又毫不知情的母亲。

三个孩子已经被接走了，明珠当时是亲自去的家里抓的人，她看着嫌疑人家里挂着硕大的照片，三个女儿和爸爸妈妈搂在一起，多幸福的一家，却不知道这一家的幸福是用了多少女人的血泪换来的，良心能安吗?

晚上八点零九分，上面下了命令，让明珠放人，放犯罪嫌疑人的母亲。

“头儿，放还是不放……”

小张多圆滑的一个人，他不直接得罪明珠，没说这是上面直接下命令了，要求放人，而是对着明珠询问，你说放人我就放，你说不放我就不放。

明珠正在写这件案子的报告。

“谁让放人，叫他亲自来，不然我就没听见。”

审讯室那边今天有饺子吃，邱洛洛买了几袋，大家辛苦了这么久，好不容易把人都给抓回来了，这会儿还都没吃饭呢。

老周扔掉自己手里的烟蒂，邱洛洛皱着鼻子。

“我这天天呼吸到的都是苦溜溜的味道，我没死在雾霾下面，估计要死在你这里了，少抽点吧。”

老周也不搭话，只是盛好了饺子站在一边吃，他没打算休息，晚上等着看大戏呢。

不单是他，多少人都在看小辣椒是怎么把局里给炸得天翻地覆的。

“明珠，吃饺子。”

“来了。”

明珠从楼上下来，刚刚她才和老朱摔了电话，老朱不是让明珠放人，他是问明珠扛不扛得住，你扛得住你就别放人，你扛不住你就放人，就这两个选择，上面问下来，他也是推。

实际上，老朱和自己的领导也直接扛上了，领导讲得有情有理。

“和我讲这些没用，要是一个普通人今天肯定走不出局里的大门，她和普通人没差别，明珠那头犟驴我也管不了，不然你直接给王局去电话……”

老朱一推三六九，那对待群众都是这样的，今天抓的这个也是群众，不到六十岁装什么老人，什么叫心脏难受，心脏有病怎么没见她身上带药。

真犯了病，到时候有犯病的解决方法，现在就是一个，放人不可能，除非上面直接下来人提，签字画押，这个人你带走。

老朱咣当一声挂了电话，多少年没这么解气了？

有气你撒不到我的身上来，接下来咱们就看看，是你本事大，还是那个丫头片子的本事大。

南区这回估计要出名了。

明珠咬着饺子，上面也没人来提，看样子也是不敢，对于这里面的弯弯绕绕明珠不懂，也没打算懂。

律师站在她的眼前，她坐着吃饺子，一口一口吐着热气往嘴里送，热乎的最暖心。

“给我来点醋。”

邱洛洛将装醋的袋子拿了过来，对面的律师试着和明珠摆事实讲道理，可惜无论讲什么，眼前的人那就是个浑不吝，完全不听，只按照自己的章法办事情，被扣是正常程序，她不管律师不律师的。

“警察做事情也得讲法律吧。”

“你说你是律师就是了，证件呢？”

对方将自己的证件递了过来。

“她做什么生意你也知道？你为这家服务的，不可能不清楚吧。”

律师的脸色有点僵。

“你家的人做的任何事情你都能知道？”

“我知道。”明珠回答，将证件扔回桌子上，真的是扔，一种很轻蔑的态度，完全就是不把你放在眼里的架势，“现在我们是依法拘留，你有说法找地说去，人今天你带不走，以后能不能带走，那得看案子的进展，一般人抓进来有嫌疑的，就出不了这个大门，她和一般人没有差别，明白？”

意思是在她这里特权行不通。

律师知道一些警方的态度也就是这么回事，可自己和一般的人不一样，他大小也是律师，第一次被人这样对待，明珠是吧，他记住了。

人扣留在局里，谁也没能带走，吃完饭接着干活，继续审问。

老太太说自己不能挨饿，想要点吃的。

人是明珠审的，要吃的？

“你女儿做这样的事情你是知道还是不知道？”

老太太的脸涨得有点紫，她以前听说过警察会虐待人，这次算是体验到了，难怪现在人们都骂警察，简直就是无法无天的恶棍。

“我说过了，我不清楚她做的都是什么生意。”

“你连她做的什么生意都不清楚，她这样有钱，你不会怀疑吗？”

老太太被问了这么久，整个人情绪有些焦灼，她也没有让人这样问过，水都不给喝，就不停地问问问，她现在脑子发胀。

“我女婿有钱不行吗？”

“都是你女婿的钱？”

“是。”

“你女儿是家庭主妇吗？”

“是，我女儿就是带带孩子。”

这是没机会串供吗？

“你女儿开了三家店，三家店工商那边登记的名字都是她，你待在你女儿家帮着带孩子，现在你又说她自己带孩子，可是上午你说你女儿开的店做的都是正经生意。”

老太太不吭声了。

很简单的道理，儿女做什么的她不见得不清楚，不过这些与她无关，她只是安享晚年，孩子也只是每天上班下班回家而已，在家里不会讨论这些，至于她做了什么所谓缺德不缺德的事情，这个世界上有些人有了成就，有些人天生被骗，那是因为她笨，她活该，她活着就该是这样的命运，可怜谁？

“我想吃饭。”

“想想就得了。”

很快第二轮审问又开始，老太太就喊头疼，一点都不配合，刚刚还有回答，现在则是抗拒回答任何问题，明珠将灯托了起来，完完全全照在她的脸上，老太太觉得刺眼。

“你们到底要干什么？你们警察是不是要逼死人？”

外面听着里面的动静，今天换个人也许就把里面的人放了，因为上面都来了电话，说明外面的话已经递了进来，有些事情装糊涂即可，可现在情况不同，有个背黑锅的人在，这口锅她背了。

“老实点。”

那些抓回来的女的还要解决，无辜的肯定是要放的。

邱洛洛不觉得自己需要同情谁，她总感觉会被骗的总有原因，她只同情里面的一个孩子，才十三岁，说是本市的，接客都两年了。

从电脑里调出来档案，其家里人报过警，不过一直没有找到，警方辗转才联系上孩子的家人。

警车送孩子回家，原本以为丢失的孩子找了回来，家长该欣喜的，可是欣喜过后呢？

家长抱头痛哭，如果知道孩子会离家出走，会遇上这样的事情，她宁愿自己憋屈死，也不会数落孩子，让她受这样的罪。

当妈妈的心现在就等于被人拿着刀子从胸口里给挖了出来，已经感觉不到疼了。

“老天爷啊，你怎么不让我死了呢，我后悔啊，我后悔啊，我当时就不该说那句话……”

邱洛洛回到车上，对着窗外叹口气。

“累了？”

“心累。”

养孩子不容易吧，当父母也不易，她现在都怀疑自己未来能当一个合格的妈妈吗，现在孩子心娇，要自尊要颜面。

不是每个家长都了解孩子的内心，全国每年有多少孩子因为和家长置气，就离家出走的，邱洛洛就特想知道，他们踏出家门的时候，知道要面对的是什么吗？

那孩子妈妈后悔的哀号声阵阵传来，凄惨久久凝结在空气当中，本该是欢喜的，可这样的结局又怎么欢喜得起来？

局里，明珠等到半夜也没等来提老太太的人，第二天一大早，却等来了自己停职的消息。

悦讀紀
ENJOY READING ERA
文化品位
优雅生活

简思 著

她不服，他来治

【全三册】

中部

青岛出版社
QINGDAO PUBLISHING HOUSE

第七章 人美如画的前任

“原因呢？”

“原因问你。”老朱看着明珠说道，然后一脸玩味地摊摊手——你有办法解决的，这都不是事儿。

顺藤摸瓜，女老大一家的情况都已查清楚，说白了没一个好人，只是现在被按在这里，她翻不了供。她那个有名的哥哥，或许别人不认得，但是明珠绝对不陌生。

当年明家差点被灭门，那个幕后黑手，明珠一直不敢忘，也不能忘。

到底是怎样的缘分，让这个人再次出现在她面前？

明珠没有动，她就坐在办公室里，哪儿都不去，爱谁的命令谁的命令。

女老大坐在她的对面。

十点十一分，有人来提人，说要换个地儿审问。

“手续。”

对方拿出了手续。

“不能给你们。”

同一个系统的人，讲话做事风格都是一样的，明珠霸道，还有比她更霸道的。

“你看清楚了，这是手续。”

“看清楚了，但是人不能给。”

“人我们是一定要带走的。这事不该你管，也轮不到你管，你不过是一个支队长而已。”

“那就看看我能不能管。别的区不能管的，南区就能管。”

里面剑拔弩张，外面的人都竖着耳朵。

“摔杯子了。”

“谁摔的？”

“不知道啊！有没有看见谁摔的？”

……

“你这工作是要干到头了。”

明珠的长睫毛微微颤动，她抓起桌上的电话，拨了个号码出去。

过了很久。

“伯母，我想请您帮我一个忙……”

挂了电话，明珠仍坚持不肯放人，想抢人就试试看。

精致的复古电话键上，漂亮的手指按下了一串号码。

“是我，我想请你家老陈帮个忙……”

十一点整，上级下达指示，检察院出动，同时要求南区秉公办事，一切按照正常程序办理。

与此同时，某位局长接受调查。

整个南区即将重新洗牌。

消息飞快传出，电视、报纸纷纷报道。

明珠在南区已经被神话了。

她爸就是那位某某某，她妈就是那个谁谁谁，她跟她妈姓，此番只是来基层磨炼一下，难怪进来时就不同凡响。

得出这样的结论，一切就说得通了，千万不能得罪她。

还有人认为明珠的了不起在于她那个中年男朋友，那个男的身份肯定不低。

无论是哪一种，现在没谁了，别说南区，恐怕整个地区都是她最大。

老朱没忍住笑了，并且是痛痛快快地笑了出来。他觉得挺有意思的，这场风刮了过来，南区的霾被吹散了，以后看着吧，南区的天只会越来越蓝。

接下来，通缉女老大的丈夫。

明珠能回家却没有直接回家，她出了公安局大门，有车跟了过来，车窗降下，她上了车，车绝尘而去。

车后五百米左右，有人打着电话：“她出了大门就上了车，车牌是……”

“伯母，谢谢你！”明珠喊人。

夫人眸光轻轻扫过她的脸，唇角忍不住上翘，面上多了一分暖意：“能帮上忙我挺开心的，不过从今往后你进出就要小心了，尽量不要一个人走。”

毕竟双拳难敌四手，你在明，人家在暗。

“我的提议还算数。你知道我很喜欢你，我认为自己会是个非常好的婆婆，徐太宇的个人条件我也不觉得很差……”

明珠轻声道：“夫人，我和徐太宇早就分手了。”

夫人平静了好一会儿才接着道：“有时候我真怀疑，是不是因为你总拒绝我，拒绝我儿子，我才觉得你和别人不同，而你看出来我喜欢你，所以你善加利用？你是个很聪明的女人，我从来不否认，包括你主动接近徐太宇。对于自己想要的，我不认为这是错。”

初恋是否就应该不同一点儿呢？

她的思绪回到那一年，她的儿子从华山回来，从来没有那样笑过，仿佛将隐藏了几千年的阳光硬从黑暗中拽出来，一时间耀满了天空。

对于明珠是怎么去华山的，又怎么在华山吸引了徐太宇的目光，她不想追究。明珠就算真的用了某些手段和方法，她也不认为有错，结果才是最重要的。

她唇边的柔和一点点散去，唇角的弧度渐渐回落，只是一瞬间，眼中的暖意全无，眸光似出鞘的利刃。

“如果你是我的女儿，我对你的爱会随着时间一点一点增加，可惜你不是。仅有的那点爱意，也许会随着时间渐渐消失，最终变成厌恶。

“徐太宇是我的儿子。”

明珠在自己家的小区门口下车，车离开后，她转身进了小区。

外面的人没有跟进去，他们只是想要明珠一个人的命，冲进去闹起来，动静太大，目标太大。

明珠刚睡下便接到电话，有了女老大丈夫的消息，需要她带着人马上赶往外省，车正朝她家开来接她。

明珠快速穿衣，收拾行李。

她下楼的时候，天还未亮。

大同打着哈气。

车内散出烟味儿，有烟味儿就一定有老周。

“一大早就抽烟。”明珠关上车门。

老周举举手中的香烟：“给自己提提神。”

随后，老周告诉大同，香烟是最好的提神工具。

大同笑笑，心里想着，既然那么好，你就自己抽吧！

车上了高速公路，明珠闭着眼睛休息，大同给老婆发着短信，老周则是一根接着一根地抽烟，谁都没有注意到后面几辆车追了上来。

突然，其中一辆车迅速超过了明珠他们的车，司机还没反应过来，后面另一辆车便猛地撞了上来，明珠他们的车便冲着防护栏撞了过去。

明珠仍处于半睡半醒间。

老周最先反应过来，迅速护住了明珠——不管明珠是不是他的上司，首先她是女人，是弱者，男人的职责就是保护她们。

“怎么了？”司机喊了一嗓子。

“开车。”大同喊道。

车门被撞瘪了一大块，车头撞在防护栏上，已经熄火，根本来不及倒车。

那几辆车像是疯了一样又撞了过来。

大同闷哼一声，他的腿被撞到了。

如今三面夹击，没指望了。

陈滔滔开着车上了高速。

他不清楚自己为什么要早起，傻乎乎地开着车去外省，有病吧？扭头看看罪魁祸首，他满眼飞刀子。

陶克戴无视陈滔滔的目光。

陈滔滔惹祸不断，他的免费官司才会不断。上级让他们去外省，又没有提前通知，买飞机票已经来不及，这个时间段的高铁票也都卖光了，除非他愿意站着。相较于坐普通的火车或者站着，他觉得陈滔滔应该更享受开车。

砰!

陶克戴一愣，什么声音?

“你听见没有？”

这个时间，高速路上的车不是很多，陈滔滔的车性能又好，他将车开得很快，监控不到的地方，速度都要上天了。

陶克戴看了陈滔滔一眼：“是枪声。”

陈滔滔淡定地掏出手机：“对！我要报警，XXX 高速路上发生枪战……”

打完电话，陈滔滔停下车——这个倒霉劲儿，这种事怎么被自己赶上了?

“就停在这儿?”陶克戴问他。

“不然呢，你打算去送死？”

“我是说，我们不掉头开回去吗？”

陈滔滔皱眉，高速路上的疯子不少，他可不想被撞成馅饼。

明珠的脑袋贴着车门，屏着呼吸。

如果对方拿枪对着车乱开一气的话，估计她早就去见阎王了。

她身体慢慢向后转，脸蹭到老周身上，脚顶着车门。

老周立刻明白了她想做什么：“别冲动。”

明珠看着老周：“怎样都是死，赌一把吧！”

老周还想再劝，明珠已经双脚用力将门踹开了。

明珠刚滚下车，就有子弹射了过来，车门上响了几声。

地上有血，不知道是谁的。

有车冲了过去，然后是女人的尖叫声，再然后安静了。

陈滔滔的车慢悠悠地开了过来。

陶克戴看着前面地上躺着两个人，不知道是活着还是死了。

车牌显示是警车，车里的人应该就是便衣了。

等车靠近，陶克戴看清了地上躺着的两个人中的一人：“好像是明珠。”

他想推开车门，陈滔滔却按下了他的手：“你干什么？”

陶克戴指着地上的人：“是明珠。”

“你下去能做什么？你是学医的？你能救她？”陈滔滔的眼珠儿又黑又亮，目光冷冷地看着地上的那个女人。他一直以为她很有本事，能上天的那种，原来牛皮也会吹破啊！

“好像没人了。这样不好吧？”陶克戴觉得既然已经没危险了，见死不救不像男人。他没有英雄情结，就是觉得这样不好，能救就救，救不活也不怪他们。

陈滔滔手指敲着方向盘。

陶克戴先下了车,哆哆嗦嗦地来到明珠身边,扫视现场确定没有危险才问道:“你还活着吗?”

明珠躺的地方有血迹。

听到声音，她睁开眼，狠狠盯着陶克戴。

“妈妈，妈……”旁边车里的女孩儿已经情绪失控了，不知道给谁打着电话。

后面的车没有办法通过，只能停下，以为是车祸，也帮着报警。

“叫救护车。”明珠开口。

“你受伤了吗？”陶克戴不知道自己能帮她做点什么，正如陈滔滔所言，他不是学医的，不懂这些。

陈滔滔那双崭新的皮鞋出现在明珠面前，差零点零一米就踩到明珠的脸上了。

他居高临下地看着躺在地上的人，觉得陶克戴的问题太白痴：“死了没？”

陶克戴诧异地看着陈滔滔，都这样了，这么问不太好吧?

陶克戴扯了扯陈滔滔，暗示他完全没有必要起冲突——明珠的眼神不太友好。

“警察，哈！”陈滔滔耸耸肩，真是个好警察，托她的福，自己见识到了警察的风采：“你现在的样子看起来非常像一种动物——犬，丧家之犬。”说完，他还认真地点了点头。

“滔滔……”陶克戴克制地叫了一声——真的过分了。

连带司机，四个人都进了医院，好在都没有生命危险。

很明显，如果那些人想要他们的命，他们根本没有生还的可能，这只是警告而已。

原本他们得到消息，发现了女老大的丈夫，打算去抓人，结果他们出了事，人自然跑了。

明珠受伤住院，家里人都不知道，局里也没人知道她家人的联系方式，便一直由局里人照顾她，嫂子弟妹们汤汤水水的没少喝，出院时还多了五斤肥肉。

出院后，明珠回到局里正式上班。

开早会的时候，不知道谁拉了彩带，弄了一地，大家的情绪倒是都挺高的。

“欢迎归队。”

明珠笑了笑，似乎女老大的事情就这样过去了。

局里依旧每天都有群众带着鸡毛蒜皮的小事上门来，她依旧开着自己的那辆车，看似一切都没变，其实早都发生了变化。

明珠正在浴室洗澡，水哗哗地流到地上，然后顺着地砖流向下水道。

有人极有耐心地按着门铃，半晌后，咔哒一声，门开了，紧接着又咔哒一声，门被关上了，地板上多了一双穿着黑色袜子的脚，犹豫了一下，最后还是迈进了屋里。

明珠开了空调，屋子里很暖。

浴室的水声突然消失，明珠抓过一条毛巾随意地擦了擦自己的头发和身体，然后套上睡裙直接开门走了出来。

走到客厅，眼前的人映入她的眼帘，依旧是熟悉的气息。

“我以为你会害怕。”

“我以为这里是我家。”明珠淡淡地说道。

“你不想我吗？”男人突然抱住她，下巴抵在她的肩膀上，修长的手指握着她的腰。

“我认为不想。”

男人闷声笑了起来，似乎她的回答让他感到愉悦。

他的唇贴着明珠的耳垂：“你的身体告诉我，你想我，想要拥有我。”说着，他把她推到墙角，勾起了她的下巴。

吻落下来的时候，她却躲开了，吻落在了她的脸颊上。

男人向后退了一步：“明珠。”

“嗯？”明珠抬头看着他。

“就因为她？”

明珠笑了，耸肩，推开他，离开了墙角。

她一直觉得自己不是一个柔弱的女人，感情里同样如此：“只是对你腻了。”

男人笑了一下，他是第一次从女人嘴里听见这样的话，尽管他没接触过几个女人，但据他所知，有很多女人把他当作梦中情人，这足以证明他的魅力。

明珠问他：“你笑什么？”

“你其实可以告诉我，你很不爽我是这样现实的男人，我明明可以自己得到的，却非要从一个女人手上获得。你可以认为我藐视女性，我爱你就应该和你结婚，毕竟我母亲那样喜欢你。”

他即将订婚，然后结婚，结婚后或许会生一个孩子，紧接着就是夫妻分居，或是感情冷淡，以离婚告终，能想到的画面都在他的脑海里。

情这种东西，对于有些男人来说，失去了，还是可以从其他地方找到的。

明珠的目光很平静，没有愤怒，没有不屑，更没有自作聪明。

“我喜欢的就是那样的你。人性都是不完美的，曾经就是那些吸引了我。”一个人活着总要有些爱好，也许是逛街，也许是吃美食，抑或是和朋友聊天，那些明珠都不爱，她觉得自己有点怪癖。

徐太宇看着她，似乎等着她下一句话。

既然喜欢的是那样的他，现在走的又是什么套路？欲擒故纵吗？

他能为她提供的，她觉得还不够？她不肯张嘴提条件，他怎么知道她在想些什么？

“过去你让我着迷，现在你却让我冷静。”

直白一些就是，她迷恋这个人的时候，想睡他，想对他好，愿意适当地服软，展现一点点属于女人的风情，而今天面对这个男人的时候，她的心里已经激不起任何浪花。

徐太宇不会和她结婚，早在她见到他的第一眼时，她就知道了。

明珠的话让徐太宇有一秒钟的挫败感。一个女人站在你的面前对你说，你对她没有任何吸引力，对于任何一个男人来说都是一种侮辱。

徐太宇向后退了几步，和明珠保持一段距离：“我一直认为自己是最好的。”无论是他的脑子，还是他的身体。

明珠道：“也许吧。”

徐太宇的眼中不经意间流露出一丝笑意。

他绅士地在她表示不愿意的时候走到门口，穿上鞋子。

门边放着一个袋子，某个品牌的专属袋子。

“明珠……”

明珠站定在门口，打算去关门，对上了徐太宇的眼神。

“有些东西有了开头，就会有延续。”

明珠关上门，听见了门外徐太宇的笑声，他离开前说的最后那句话她也听懂了，这样的生活大概是很多女人梦寐以求的吧？

明珠将袋子扔进更衣间，然后盯着镜子中的自己，好像想透过镜子看到一些什么。

M跑了以后，警察例行询问老K，问了几次，回答都是不清楚、不知道，还说如果他妹妹跑回来求助，他一定会五花大绑将人送过来。

明珠下班和同事一起去吃饭。

啤酒喝多了就会勤跑卫生间，明珠推门进去，里面有点不寻常的声音，她带上门，旁边的隔断板突然发出砰的一声响。

“有人……”

“有人怎么了……”

如果女卫生间出现了男人，你会怎么样？

明珠不在意地笑了笑，尽管眼神依旧冷酷，推开门出去了。

吃完饭九点多，大家分手，各回各家，有老婆的哄老婆去，有老公的哄老公。

洛洛絮絮叨叨地说着：“有时候觉得成家真烦，女人结了婚什么自由都没有了，完全成了老妈子，可寂寞的时候觉得身边有个人也很不错，想抱就能抱，就是可惜买男人不合法，不然买回来一个，高兴的时候我让你抱抱，不高兴我就拿着鞭子抽你。我需要你，你必须马上出现在我眼前，我不需要你，你就给我滚天边去，老娘多一眼都不想看见你……”

司机是一个大叔，忍不住笑了起来，觉得现在的年轻人真有意思，这想法好，他支持。

“姑娘，我支持你，争取早点买一个回家。”

洛洛拍拍车座后背：“是吧？我也觉得我这想法挺好的。”

洛洛原本想让司机先送明珠回家，结果到她家的路程比较近，明珠让她先下车，她也就直接下车了。

“往哪里开？”

明珠说了一个地方。

司机大叔将明珠送到地方，明珠给了车钱，然后下了车。

这里到处都是年轻人，更加准确地说，都是谈恋爱的年轻人。

徐太宇临走的时候说，有些事情开了头，就会有延续。这句话，她觉得没有任何语病，反而心里总隐隐有着一种冲动。

一个年轻的男人搂着女朋友，经过明珠身边的时候不小心撞了她一下，头都没抬，不太真心地说道：“对不起。”然后又忙着和女朋友说说笑笑去了。

一阵风吹来，明珠裹紧了大衣，任由风吹乱了她的头发。

陈滔滔和陶克戴慢慢地在街上逛着。

陶克戴不停地看手表，满腹牢骚。

他一个结了婚的男人和另一个男人在这里压马路，他一点都不喜欢，希望通过肢体动作让陈滔滔看出他很想回家。

“你想回家吗？”陈滔滔的眼睛黑得像没有星星的夜空。

“不太……想。”

“那就是想了？”

陶克戴呵呵地笑道：“我这么早回去做什么，看那个黄脸婆啊？我宁愿站在这里吹着冷风看年轻小姑娘。”

嘴上这样说，身边走过去那么多年轻漂亮的小姑娘也没见他盯着去看，反而是小姑娘看着他们比较多。

“不过说真的，你就不想谈个恋爱吗？”

身体空太久，小心发虚。陶克戴往陈滔滔的腰上瞅了瞅。

“不想。”陈滔滔斩钉截铁地说道——女人代表着麻烦。

陶克戴：“……”

这时，陶克戴的手机响了起来，妻子问他是不是已经下班了？

陶克戴故意大声地说，今天自己陪陈滔滔加班。

陈滔滔脸上却是一点内疚的表情都没有。

他来这里什么都不肯吃，觉得什么都不够健康，那么请问他做什么来了？吸烤羊肉串的油烟吗？怪物！

陈滔滔走了几步，来到一个卖糖葫芦的人面前，问：“多少钱一串？”

那人见陈滔滔的打扮，好像不缺钱的样子：“十块。”

陈滔滔笑了笑，看着架子上插着的糖葫芦：“这是白糖蘸的吗？”

那人说：“是的。”

“你这是现蘸的吗？”

那人说：“也能现蘸。”

“糖是什么牌子的？”

那人的脸顿时有点黑了。买不买？不买就靠边，怎么这么多话？一个老爷们跟娘们似的，磨磨叽叽的。

“你买不买？”

“问你糖是什么牌子的？山楂是不是新鲜的？里面的籽抠出来了没有……”

“你有病吧？大晚上的来捣乱是不是？一个大男人有意思没意思啊？”那人直接发飙了。

陶克戴扯了扯陈滔滔：“这里的东西，你都不能吃，别问了。”

陈滔滔觉得也是，都有点脏，没有办法入口。

“陪我去吹吹风吧。”

陶克戴觉得自己上辈子肯定做过什么恶事，不然老天爷怎么会派陈滔滔这个奇葩来折磨他。

今天气温不高，大概零上三度。陶克戴穿了一件羊绒大衣，里面是西装，平时他不会这样长时间地站在外面吹风，有点扛不住，再看看眼前这个人，心里暗暗叹气。

找个女人回家抱着，你稀罕她的时候让她出现，不稀罕她的时候叫她滚蛋，不是挺好的？女人能带给你很多乐趣，何必孤家寡人约一个老男人来桥上看风景呢？多孤单，多可怜。

陶克戴背着前面的人给自己发短信，很快他的手机响了起来。

“啊……那我马上回去。”

陶克戴说他老婆脚扭了。

陈滔滔看着他几秒，突然笑了出来：“你刚刚发短信我看见了。”

陶克戴：“……”

和陈滔滔待在一起的每一秒都是痛苦的。

陈滔滔站在桥边看着河水。这时候要是有卖河灯的就好了，五颜六色的河灯漂浮在水面上，一定非常诗情画意。

明珠不知道从哪里买的河灯，下了台阶，来到河边。

一般人肯定是下不去的，都被附近的管理人员拦住了，就怕发生危险，但明珠还是偷偷下来了。

她蹲在最后一级台阶上，点燃蜡烛，看着河灯晃晃悠悠地漂走了。

陈滔滔伸手截住一盏河灯，然后掏出口袋里的钢笔，可能是力气太大，笔尖一下就穿透了河灯里的那张纸条。纸条上已经有了字迹，估计是哪个嫁不出去的女人写的，想要个男人，呵呵。

陈滔滔想着，你怎么不上天呢？还等着天上掉男人，这得多空虚？

几个大字很快写完，陈滔滔满意地将河灯放了回去。

他刚才在附近转遍了也没看见有卖河灯的，也不知道这人是从哪里买的。

陈滔滔所求的事情，用脚趾都能想到。

他拍拍手，站起来，往台阶上面走，打算回去。

明珠从另一头走了上来，没有意外的，两个人撞上了。

“哦，原来是你想要个男人。”陈滔滔挑着眉头，淡淡一笑。

都说女人到了三十如狼似虎，看样子不是假的。

明珠立刻知道问题出在哪里了。她在上游，他在下游，他无耻地伸出了他那只令人作呕的手。

陈滔滔穿了一件长到脚踝的皮衣，站在风里，衣摆随风轻扬着。

“要不我给你介绍一个？”陈滔滔好心地说道。

明珠停住脚步，看着陈滔滔，觉得看他一眼都是施舍。

陈滔滔对视着她。

他就是这么帅！

看上他了？不好意思，他没看上她。

“把你自己介绍给我？”明珠唇角上翘。

这个女人真邪门。

陈滔滔拧着眉头，踩上了最后一级台阶，想要离河边远一点，再远一点。

他刚想开口，明珠突然无声地笑了起来，视线又落到他的身上，刚刚的表情却不见了：“我好看吗？”

陈滔滔：“……”没见过这么不要脸的人。

他看着明珠离开，一阵风吹了过来，他觉得有点凉，打了一个喷嚏，离开桥边。

直到上了车，他都不确定，刚刚她是不是在调戏自己。

她喝多了？还是刚才那是一个和她长得很像的人？

他认为自己和明珠之间的关系，没和谐到她可以随便问自己她是否长得美一类的话题。

最后，他强硬地得出一个结论，那就是明珠死不要脸，她天生就是这样的人。

明珠回到家，换了拖鞋，将灯全部打开，屋子里顿时通明一片。

打开电话答录机，明月来过电话，向她报告最近的生活情况，说自己很好，叫姐姐不要担心。

明珠伸出手，又听了一次。

“姐，我最近……”

听完，她起身去洗澡。

莫名其妙地，她脑海里浮现了陈滔滔站在桥边的样子。她喜欢男人穿皮衣——长的皮衣，不过她没有对任何人讲过这件事，至于为什么会有这样的喜好，她也不清楚。

啪！她伸手关掉了水龙头。

她只能将今晚不正常的情绪归纳为空窗太久了。

人可以不结婚，但恋爱还是需要谈的。

躺在床上，平常很快就能入睡，今夜却翻来覆去，她能清晰地听到钟表秒针走过的声响，哒！哒！哒！

他站在背光处，可能有点冷，嘴唇颜色偏淡，风吹着他的大衣……明珠抓过一旁的枕头按在自己的脑袋上，她现在需要马上入睡，明天还要上班呢。

可那张脸……那张脸不断出现在她眼前。

完了！明珠听到了自己剧烈的心跳声——她的心曾经跳过。

陈滔滔也没睡着，很遗憾，他失眠了。

他不是因为明珠的反常失眠，而是最近不知道怎么搞的，就是睡不着。无论几点钟，躺在床上闭着眼睛，明明一片漆黑，就是一点睡意都没有。

晚睡的危害在他的脑子里过了一遍，他的意识却无动于衷。

好不容易要睡着了，身体却突然一抖，好像掉下了山崖般，彻底清醒了过来。

抓过一旁的闹钟，他躺下的时候不到十点，现在才十点半，长夜漫漫，他要怎么办？

抓着自己的头发离开温暖的床，他拿起电话打了出去。

“……你试着放松心情，不要有压力。你最近的压力一定很大……”

放屁！他有压力？他有什么压力？谁能给他压力？

“你喝一杯牛奶，很快就能入睡，或者你数绵羊……”

这些陈滔滔都试过，根本不行。

“失眠这种小事你都解决不了，还当什么医生？”

听筒那端的人倒是没有动怒，他做陈滔滔的私人医生很久了，陈滔滔的脾气他比任何人都清楚。

“你先让自己冷静下来……”

“我冷静什么？我现在睡不着。”

对方叹了口气：“你真的不打算谈一场恋爱吗？”

有些时候，阴阳调和还是比较重要的，身体沟通比语言沟通更加丰富而有益。

陈滔滔表情淡淡的，他现在跟人讲睡眠，人家和他讲女人。

挂了电话，他还是一点睡意都没有，索性披着睡袍推开了自己的藏书阁。

他家的书很多，除了与工作有关的，其他各个领域的也都有。

越看书，他越冷静，越冷静越克制，越没有睡意。

一大早打车去了事务所，他浑身散发着低气压，满脸写着“近我者，死”！

陈滔滔的太阳穴突突地疼——一夜没睡，能不疼吗？

“给我冲杯咖啡。”

助理将咖啡端进来，然后快速地闪了。如果今天没有事情，他可不打算进来踩雷。

陈滔滔一天都很烦躁，做什么事情都感觉不顺，火气很旺，原本的正常开会，最后变成了“屠宰场”，没有一个人敢吭声。

大家屏住呼吸，老板说怎样就怎样，他们没意见。

陈滔滔手撑着桌子站起来，转身离开，只剩下椅子转了又转。

“他今天怎么了？”

“谁知道呢！”

陶克戴察觉到陈滔滔的烦躁有些反常，却不能过问，有些事情问了会要命的。

“克戴，你过来一下。”

陶克戴拿着文件走到陈滔滔的办公室门口，助理投给他一个保重的眼神，示意里面是见火就着的炸药桶。

陶克戴敲了敲门。

“进来。”

陶克戴静静地坐着，陈滔滔却在等着他说话——他的意见呢？

“为什么不说话？”

“你最近的压力是不是很大？”

陈滔滔将桌子上的文件合上。

为什么每个人都认为他有压力？他有吗？压力是什么东西？

陶克戴看着他道：“滔滔，你已经很久没有这样焦躁过了。”

陈滔滔摆手：“我知道你要说什么。我最近失眠得厉害，整夜整夜睡不着……”人睡不着，脾气自然会暴躁。

陶克戴叹了口气：“没去看医生吗？”

“他和你的说法一样，说我压力过大。他说的那些方法我都试过了，估计只剩下吃安眠药了。”

“或许你应该给自己放放假。”

“你觉得我每天来到这里很累吗？”

陶克戴低下头，又不肯说话了。

“说话啊！”

烦躁得很，看谁都不顺眼。

“滔滔，找个女人吧，觉得不好可以分手。”

感情这东西原本就是你情我愿的，谁和谁能白头到老，谁和谁是天生的缘分？

陈滔滔无语地扯扯唇。

一群神经病！没有女人他就不能活了吗？他像是需要女人的人吗？

突然，他脑袋里冒出一张大脸来，一点都不好看的一张大脸。不是他故意说反话，是真的不美，不具有美的因子。

“我好看吗？”

陈滔滔突然伸出手拍了过去。

陶克戴吓了一跳，从椅子上跳了起来，他以为陈滔滔是冲自己来的。

他看着陈滔滔——都到这种地步了吗？

陈滔滔的手僵在半空。

这些年，勾引他的女人不少，明珠是最不够分量的一个，他就是要女人，也犯不着要一个最低等的。

“滔滔，你听我的，休息一段时间，最近你不要接案子了。”

当金钱已经买不到快乐了，这钱真的可以暂时不赚了。

“我明天开始休假。”

下班高峰期，接到指挥中心的电话，老周赶往吴文桥附近。

死了一名交警，才二十七岁。

司机说那个交警咄咄逼人，一时冲动他就踩了油门，结果把人撞飞了出去。

酒精检测证明司机喝了酒。

现场目击者说是司机要逃跑，交警去拦，司机驾车将交警撞飞了出去。

老周该问的都问了，将文件扔在桌子上：“现在以自我为中心的人太多了。”

你踩了我一脚，我就得弄废了你。这样的人自己死就得了，偏活着去祸害别人。

司机也不大，二十五岁，两口酒下肚，忘记了自己是谁，看来是大片儿看多了。

明珠递给那位交警哭泣的母亲一包面巾纸。

“我想知道，他能被判刑吗？”

明珠翻看多方口供，首先是酒驾，然后是故意伤害，又涉嫌逃跑，肯定是要被判刑的。

这时，从外面跑进来一个人，不知道是死者的什么人，先是和死者的母亲抱头痛哭，然后一边哭一边骂，最后拧着鼻涕压低声音和死者母亲说着什么，似乎不想让明珠听见。

死者的母亲哭得死去活来。她好好的儿子就这样没了，竟然有人劝她接受赔偿，不追究对方的刑事责任。

到了下班时间，明珠背着包已经出了大门，想了想又绕了回来，弯腰写了个电话号码推到死者母亲的面前。

有些事情你并不擅长，就叫擅长的人伤脑筋去吧！

她一直认为拿赔偿是理所当然的，不原谅也是应该的。

“这是律师电话，你们可以咨询一下。”

深夜，陈滔滔从事务所回家，开车拐向小区，见小区门口站着一个人，看背影，应该是个女人。

陈滔滔将车缓缓停下，不是为了泡妞，而是他要刷卡才能进入小区。

停车的工夫，他看清楚站在那里的人是谁了。

明珠看了他一眼，没动。

陈滔滔刷完卡开车进去，停好车，觉得奇怪，她住在这里？不然，她站在他家门口做什么？

这时，手机响了起来。

看着屏幕上的名字，陈滔滔拧着眉头，接了起来。

“没看见我？”

“看见了怎么样？”

“不邀请我进去坐坐？”

陈滔滔只觉得头疼——她有病吧？

“你谁啊？我请你进来坐？”

见过不要脸的，没见过这么不要脸的。

“我来这里是为了见你。”

陈滔滔：“那你站着吧。”挂了电话。

他拎着包从车上下来，关上车门，认真地看了看自己的车。如果明天早上他的车出一丁点问题，他就找物业去，把今年交的物业费都抢回来。

明珠站在街口，被风吹了一下，倒是觉得凉快了许多。

陈滔滔换了衣服，穿得很单薄走到门口，看着悠闲地站在外面的那位，不知道的还以为她是过来吹风的，颇潇洒。

“明珠。”

明珠扭头看他。

明珠跟着陈滔滔上楼。

陈滔滔一脸的不耐烦。

倒是门口的警卫一下子来了精神："看见没有？"

"当然看见了。你说那个女的是他女朋友吗？"

陈滔滔住在这里这么久，就没见他身边飞过一只母苍蝇。他是什么德行，大家有目共睹，谁家有姑娘也不可能送上门给他糟蹋啊，除非是后妈。

"会不会是……那个？"

若真是女朋友，也不会扔在门外不让进来吧？你知道的，现在有一种特殊职业，是银货两清的。

陈滔滔开了门，甩掉脚上的拖鞋，光着脚踩在地毯上。

"你找我做什么？"

无缘无故的，不会跑到他家来串门吧？交情也没有这样深啊！

"我想泡你。"明珠漫不经心地说道。

什么玩意儿？是他耳朵坏了，还是这个女的得神经病了？

"你吃药了吗？"

"你不觉得我挺好的吗？"

"你哪里好？"

"我哪里都好。"

"主动送上门？嫁不出去了？没人要了？这么惨！没人要的我也不会要，我又不是收破烂的。"

别怪他嘴毒，是她自己送上门来听他说难听的。

"想娶我的人多着呢！"

"那你送上门？"陈滔滔一脸的傲娇。

说贪恋他的美色就直说，他不会怪她的，毕竟自己是全宇宙最帅的男人，花痴不是她的错。

他看着明珠，只见明珠的眼睛湿漉漉的，像是一潭深水。

他总觉得这人在桥边那天看起来就有点不对劲，怪怪的。

陈滔滔下楼的时候穿得不多，他一直坚持认为即便是冷也要耍帅，要风度不要温度。身上这件衣服领口有点低，明珠的目光就黏在他身上，让他觉得非常不舒服。

等人靠了上来，她的手扶到他的胸口，他觉得更不对了。

那天在桥边，明珠就觉得他身上突然有种特殊的力量吸引着她。她不喜欢病鸡一样的男人，她想确定一下，那种感觉是不是真的。

她踩着他的脚背，咬了一下他的耳朵。

脚面上多了一双女人的脚，陈滔滔没有动，很不美妙的感觉，压抑、克制、冲动……

推开她？留下她？

没等他想清楚呢，明珠已经退开，无声地笑了笑："我就是来做这个的。"

陈滔滔：“……”

他真的没见过比明珠更不要脸的女人了。

最可恨的是，他竟然起反应了。

“这是给你的。”

陈滔滔拿出五十块钱，递到明珠面前。

明珠没接钱，抬起头盯着他：“你的钱和你的人一样……闷骚。”

她就这样走了，搞得陈滔滔火很大，洗完澡上了床，在床上滚了几圈都睡不着，只好抱着枕头坐了起来。

那个死丫头不是挺高傲的吗？今天她吃错东西了？

又失眠了一夜。

第二天，陈滔滔红着眼睛进了事务所。

他点了一夜的眼药水，不但没让眼睛觉得舒服一些，反而更难受了。

助理看见陈滔滔，第一反应竟然是后退两步——这是红眼病吧？会传染吧？

明珠昨晚睡得非常好，今天打算去商场给明月买两件衣服。

那丫头舍不得往自己身上花钱，虽然能赚钱了，还是要姐姐操心。还有明兰，嘴上总是说这不缺那不缺的。

明珠乘电梯来到商场二楼，挑了几件适合明兰和明月的衣服准备去付款，却见一个男孩儿和一个女孩儿拉拉扯扯的，最后那个男孩儿气急败坏地拔刀伤人，被明珠制服在地。警察很快赶来，把人带走了。

事情很简单，女孩儿和男孩儿是同学，校内网认识的，男孩儿追求女孩儿，女孩儿不同意，今天逛商场遇见，一语不合，男孩儿就动了刀子。

女孩儿的父母很快来了，男孩儿的母亲也来了。

男孩儿的母亲说原本就是一场误会，解释清楚，道个歉就行了，并且拿出了三万块钱作为精神赔偿。

女孩儿的父母没要三万块钱，只要求对方管教好孩子，别再纠缠他们的女儿。

至于男孩儿，没伤到人，法律拿他也没办法，更何况他家里有钱有势不好惹，只能放了。

男孩儿很嚣张地看着明珠，他记住这个女人了，等着。

“你干什么呢？”男孩儿的母亲训完儿子，按着儿子的头向明珠道歉，“你是个好警察，我为我儿子的所作所为感到羞愧，对不起，给你们添麻烦了。”

态度多么好的母亲，让人看了会觉得她摊上这样的孩子也是没有办法，然而局里的人都清楚，这孩子可是犯过大事的，捅死过人，只是后来死者家属撤诉了。

“这姑娘早晚得死在他手里。”洛洛说道。

看着吧，早晚的事儿！头儿的话都说得那么明白了，女孩儿父母还是不追究。

很快，女孩儿和男孩儿又有了新进展。

光天化日之下，男孩儿带着刀追杀女孩儿，被明珠及时拦下了。

当时，明珠在看锅具，举起一个十多斤的大勺砸在男孩的脸上，男孩儿住院了，鼻梁粉碎性骨折。

男孩儿的父母把明珠告了，说如果不严惩明珠，他们会继续闹，闹到有人管为止，这是警察还是杀人犯啊?

老朱将明珠叫来，该批评就得批评："你可真会惹事儿啊！就那么巧，让你碰上了？"

第一次是巧合，老朱信，第二次还是巧合，他就不信了。

明珠挑着眼皮："我说是巧合，你不信，我也没有办法。我也纳闷呢，我怎么每次逛商场都能遇上这种事情？"

"出手也没个轻重，把人砸傻了怎么办？"好在只砸碎了鼻子。

明珠笑了笑："我冲着他鼻梁砸过去的，没冲着头砸。"

"写检查！赶紧出去。"

连续两次闹着玩？傻子也不信了。

女孩儿的父母这回彻底怕了："他连续两次要杀我的孩子，这样证据还不够吗？"

女孩儿的父亲不会吵不会闹，只能默默地站着。

女孩儿的母亲哭了几次，但警察只是让他们回家等消息。

"我们带她回家也保护不了她，你们是警察啊！"

然而，警察不可能接到这样的案子就去保护一个人。

女孩儿扭头去看明珠，而明珠并没有看她，她只能跟着父母先回了家。

男孩儿的父母很快开了证明，说男孩儿神经方面有问题。

"神经病啊？那就倒霉了。"

法律规定，神经病杀人不犯法，女孩儿只能认倒霉了。

洛洛摇摇头，女孩儿惨了，明珠也惨了。

领导已经懒得指着明珠的鼻子训了，训了也没用，何必浪费口水，加上这事，全南区都认为明珠没错，要是处分她，以后还怎么执法？再遇见这样的事情，管不管?

倒是有记者针对这件事情写了一篇报道。

陈滔滔看着报纸，突然有什么东西一滴一滴地落到了报纸上。

"你流鼻血了。"陶克戴扯了一张卫生纸递给陈滔滔。

是屋子里太干了吗?

陈滔滔闪了一下，他很不喜欢这种抽的卫生纸，或者说所有卫生纸他都觉得脏。仰起头，他试着让血流得不要那么快。

他有内线，知道写这篇报道的记者和明珠关系不错。

罗颖琳嘛，之前对着他鼻子不是鼻子、脸不是脸的那个。

莫名地想起那个晚上的情景，他的身体不由晃了一下，捂着鼻子的手湿漉漉的，鲜血狂涌。

"怎么了？流这么多血……"陶克戴紧张地问道，然后说："叫救护车吧？！"

陈滔滔真想把自己流出去的血收回来，然后喷陶克戴一脸。

流个鼻血就要叫救护车，开什么玩笑？

陶克戴找来毛巾压在陈滔滔的鼻子上："你最近吃什么上火的东西了？"

陈滔滔闭着眼睛，脑子却不肯安分，一幕又一幕，跟电影片花似的闪过。

他今天流这么多血，吃多少补血的东西都补不回来，得少活好几秒呢！

好不容易止住了血，陶克戴去清洗手上的污迹。

陈滔滔躺在椅子上，心想：他要什么样的女人没有啊？他是不稀罕要！做人得有格调，不能好的坏的都往自己怀里拉。

陶克戴擦着手上的水，返回来："是不是还失眠呢？你这情况可就严重了……"

"你说一个女的跑到我家撩我，什么意思？"

陶克戴眼珠子瞪得和牛的一样大——撩他？谁？谁这么有魄力？不知道陈滔滔是干什么的？不了解他的个性吧？不然就是鬼上身了！这么多年，就没见一个打算把他收了的女英雄。

"谁？干什么的？多大年纪？"

要么是那种小朋友，要么是花痴的灰姑娘，要么是条件特别不好的。

陈滔滔瞪了一眼陶克戴，没有一丁点想说下去的欲望了——他抢手着呢！他是陈滔滔啊！

"我说差不多你就收了吧！能看上你的，肯定也不是一般人。"

陈滔滔可能是因为流了很多血，脸色有些发白，直挺挺地躺在那里，也不敢起来，生怕下一秒又会喷血。

下班后，陈滔滔打算让陶克戴陪他转转，不能总是工作，他也需要休息，结果陶克戴跑得比兔子都快，下班就没人影了。

陈滔滔上车后，打开手机看了一遍，愣是找不到一个能一起吃饭的人。

不是他人缘不好，而是和他一起吃饭容易胃下垂。坐在那儿五个小时，他都点不出来一道菜，等你饿死了，他还在那里嫌弃这个不够营养，那个油太多。

陈滔滔开车回家，快到小区门口的时候，车速缓缓降了下来，最后停在了小区门口。

他觉得自己浑身的血液都是沸腾的——有人挑逗他，他心跳加速，也能理解吧？！

刷了卡，慢悠悠地进了小区，他的眉头却纠成了一团，他不明白，明珠的三观在哪里呢？

回家坐了不到二十分钟，他下楼去买啤酒。嗯，晚上总是失眠，喝上一两杯，就容易好眠了。

"来接我？"明珠问。

陈滔滔："你不觉得自己现在的样子很……"

"饥渴？"明珠翘唇，"我觉得你的身体对我有吸引力。"

陈滔滔："……"

身体有吸引力？你不如直接说你看上了我的钱，我也许会更加欣赏你。

他有的是钱，女人看上他的钱也没什么，主动送上门的，她也绝对不是第一个，她却说得这样冠冕堂皇，看上他身体了？

"我不可能和你结婚。"

玩是玩，结婚是结婚，有些话得讲清楚。有些女人，比如眼前这一位，以前看着很高傲的样子，如今再看，也不过如此。

当然，换个想法更好——以身相许，过去报恩都是这样报的。

明珠淡笑一声，然后两个人一前一后进了小区。

明珠是十点多离开陈滔滔家的，没用他送，也没和他招呼一声。

陈滔滔还是那副死样子，原本就等着看呢，她要是不走，自己就踹她出门。

他躺在大床中央，颇像被人用完扔掉的破抹布。

屋子里开着灯，他却睡着了，睡得很香，脑子里没有浮现任何东西。

明珠踢掉鞋子，进了门。

她手里提着一个盒子，已经打开，里面有个带血的洋娃娃，她随手扔进垃圾桶，然后泡了一碗面——都什么年代了，还玩这个？

电话响起，是明兰打来的。

明兰最近很出名，谁都知道她拍的全是烂戏，演的都是十八线的小角色，只是指着她就是叫不出名字而已。

想起大姐，她打个电话随便问问，就挂掉睡觉了。

明珠吃完面条，盖上被子就睡着了。

第二天，陈滔滔上班，容光焕发。

其实，他有些后悔，自己的品位太差，就算是随便抓，也不应该抓明珠这样的。现在，明珠贴到自己身上了，想要扯下去就难了。

如果今天晚上回家，她还在小区门口等着，他就喷她一脸。

刑警大队。

“这不是明珠的男朋友吗？你看新闻！”

徐太宇订婚了！本年度最好看的戏码，灰姑娘和公主抢夫，没抢过？

人人都希望灰姑娘最后能嫁给王子，可现实版的王子给了灰姑娘一记耳光。

“李然你看，这回有人可要丢脸了。”

李然没兴趣看这样的新闻，那些有钱人不在她的世界里，她对明珠的个人生活也不感兴趣，但是就本职工作来说，明珠干得不错啊，现在哪个局不知道她？只是，如果和徐太宇谈过恋爱的话，明珠是怎么认识徐太宇的？她怎么就没机会认识一个有钱人呢？

老周对八卦新闻更不感兴趣，谁是徐太宇他不知道，也不想知道，有钱人的世界离他太远了。

大同觉得这纯属谣言，要说明星和大款谈恋爱还比较靠谱，而明珠那张脸和她的个性……他再次摇了摇头。

陈滔滔去见了医生——睡了两天好觉，又失眠了。

医生看着他问道：“你是说你和一个女人发生关系后，睡得很好？”

陈滔滔的脸有些僵，非常不情愿地承认了，事实就是这样。

“那你现在打电话给她。”

陈滔滔抬头看着医生，这是要干什么？

他以为那个女的贴上他是有目的的，现在却不敢肯定了。那天之后，她再也没有联系过他，不知道她想干什么。欲擒故纵？第六感告诉他，不太像。

让他主动联系明珠？不，他是有格调的人。

徐太宇揉着眉头，订婚宴搞得他有些疲倦，尽管不需要他做什么。

好不容易坐下来喘口气，他不禁又想起了明珠。

他认识明珠的时候，她热情又开朗，后来这些都渐渐消失了。

两个人在一起的时候，她没提过结婚，没提过见家长，但他能感觉到她喜欢自己，而现在……视线落在自己的手上。明珠曾经很喜欢他的手，能一动不动地看上一夜。她说遇上喜欢的东西，是一件幸运的事情。

徐太宇的助理似乎猜到了他在想什么：“明珠小姐……你就不怕她变心吗？”

徐太宇轻轻地牵了牵唇角：“她不会的。遇上比我更加优秀的人的几率几乎为零。”

她是个特别挑剔的人，她的心，你永远摸不透。这样的女人，说好听点叫有个性，说不好听点就是难弄。自己和她在一起四年，徐太宇相信自己相当了解她。

“你订婚的事情，媒体已经大肆报道了。”任何一个爱着你的女人得知这样的消息，心里都不会太好受吧？

他有些看不懂徐太宇的感情，说爱吧，他和明珠已经分手，并且分得很果断，说不爱吧，他似乎仍记挂着明珠，或许是因为明珠的欲擒故纵？

“她不会看这些新闻的。”

她会将这样的新闻归纳为垃圾信息，多一眼都不会关注。

他做过最浪漫的一件事……徐太宇想起来，手撑着头，那个丫头……真是不解风情啊！

陈滔滔的手机响了一下，他抓起来看了一眼，脸上的笑意一扫而光。

是陶克戴的来电，说家里今天做了很多好吃的，问陈滔滔要不要过来。

“我忙着呢！”陶克戴很快挂了电话。

陈滔滔看着手机，弄不明白那个女的什么意思，这是撩完就撤了，拿他当痒痒挠呢？真是想得开，私生活够开放的。

找到明珠的号码拨了出去，很快被人按断了，陈滔滔不信邪地又打了一次，还是被按断了。

他盯着手机看，什么意思？

明珠等人接到线报，说是发现了 M 的丈夫，连夜赶了过去，几天后终于把人抓住了，至此，逼迫妇女卖淫的两名主犯都已抓获。

“大哥，上次就应该弄死那几个警察。”

“弄死他们有什么用？”律师坐在一旁说道。

如果M的丈夫将罪责都揽到自己身上，M的罪就会减轻一些，蹲个七八年也就出来了，总比蹲一辈子强。

老K叼着雪茄。

算他聪明，他家里人都在自己手上呢，他揽下罪责，自己会好好照顾他家里人的，毕竟也是自己妹妹的家人。

“怎么被人盯上的？”

这件事情有些奇怪，M在这里也不是一天两天了，为什么以前没被警察盯上，这次却栽了，还折了一个自己人进去？

现在是敏感时期，也有可能是动作过大，被查到了。据说有警察蹲点，蹲了几个月，最后老窝被掏了。

“哪个警察？”老K吐着烟圈，他想知道那个警察是谁，活腻歪了是吧？

那人凑了上来，贴在老K耳边说了两句，老K脸上的笑意渐渐淡了下去。

真是反了天了，一个小小的支队长？她不去破案，瞎抓什么？还是个女的？

“大哥，要不要……”

让一个人消失还不简单？

明珠刚从外省抓捕M的丈夫回来，陈滔滔的电话便打了过来。

明珠正和老周、大同一起吃火锅呢，她起身指了指外面。

“晚上见个面？”

明珠的眼睛黑黑的，看着外面的夜景：“好啊！”

“我家你家？”

“你家吧！”

陈滔滔勾起一侧唇角，挂了电话。

明珠和老周、大同分手，大同说要送她，她没让，伸手准备打出租车，突然后面有人撞了她一下。她回过头，那人用什么东西捅了她一下，动作很快，推开她的身体，就想离开。明珠的睫毛动了动，突然上手，和对方厮打在了一起。

大同和老周开车走了一段路又折了回来。

大同瞧着好像是明珠和人发生争执了。

“我下去看看！”老周推开车门跳了下去，和明珠一起将那人制服了。

“抢劫的？”真是没长眼睛，你抢谁不好？

明珠捂着自己的腹部，深吸一口气：“人你带走吧，我得去医院！”

明珠上了车，让大同送她去医院。

老周看着地上的血，这才知道，明珠被捅伤了。

捅她的那个人交代，说是想抢劫，遭到了明珠的反抗。这完全是屁话，明珠的包他都没动过，过来就是为了捅这一刀的。

“我命还是挺大的。”

同事来医院看她，因为明珠家到底是怎么回事儿谁也不清楚，他们花钱似乎不太好看，就都买的水果。

见明珠能吃能睡能开玩笑，伤得不是太重，大家都放了心。

等人都走了，明珠喘了口气，她这身体的恢复能力太强了。

陈滔滔在家里等了明珠一个晚上，结果被放了鸽子。陈滔滔从来没被人这样耍过，面子、里子都放不下来了。

明珠听见手机响，接了起来。

“我不管你怎么想的，咱俩到这里拉倒……”

“别介呀！”明珠睫毛向下，随意地说道：“我被人捅了，所以过不去。你要是不信，亲自来医院看看？”

陈滔滔半天没说话。她让自己过去看她，是想把关系升级一下？他可没有这样的打算。

“明珠，我是帮过你，但没想让你这样偿还，是你自己主动贴上来的，我们也算不上是谈恋爱……”有些话现在讲清楚，总比以后混乱得好。

陈滔滔心想，他就当一回正人君子，如果明珠翻脸，那就到这里结束，别继续下去了，她玩不起。

“没人和你谈恋爱，我说过只是喜欢你的身体。要不要过来确定一下？不来的话，我就挂电话了，被人捅一刀也挺累的……”明珠声音平淡，说自己喜欢陈滔滔的身体时，仿佛在说她喜欢吃冰淇淋一样。

陈滔滔开着车按照明珠说的医院名字到了医院门口。

医院附近都是卖水果、花圈一类的商铺，他觉得自己空着手进去不太好。

“想买点什么？”

“苹果怎么卖？”

老板娘说八块钱一斤。

陈滔滔拧着眉头，这么贵？这种苹果也就三块钱一斤，太贵不买。

“香蕉呢？”

“四块。”

“今年香蕉不是特别便宜吗，怎么还卖这么贵？”

老板娘笑呵呵地说，也得看是什么香蕉，这是进口的，好吃，和一般的不一样。

不一样？哪里不一样？还不都是香蕉。

“给我来三根就行了。”

老板娘无语地看了陈滔滔片刻。

这人穿得人模狗样的，竟然这么抠门，三根香蕉，亏他说得出口。

老板娘根本不想卖给他，不过看见有几根散的，卖了就卖了吧！

拎着袋子进了医院，陈滔滔按照明珠说的楼层找到了她的病房。还别说，真被人捅了，住院呢。

他推开病房的门：“吃饭了吗？”

“你要请我吃？”明珠看着他问。

陈滔滔冷哼着，他是自己没吃饭，看看她吃了没有，要是没吃，让她请自己吃一顿。

“买给你的。”

明珠盯着香蕉，笑了。她现在这种情况，可不敢乱吃东西。

“确定我没撒谎？”

陈滔滔眯着眼睛看着她：“你和我现在算是什么关系？”

“炮友吧！”

陈滔滔皱着眉头，似乎想反驳，反驳的话却说不出口——一个女人活得比你还要洒脱的时候，你还能说什么？

“你可真想得开。”他嘲讽地掀了掀唇角。

人家是爱情来了才能上，你这是没爱情一样可以上，是吧？

“我一向想得挺开的。”

“那你之前那样对我，是装出来的？”

明珠闭上眼睛，有点累。

护士进来给她挂点滴，见病房里有家属，交代陈滔滔如果挂没了，按墙上的按钮，护士就会过来，并且要提前按，千万不能等点滴彻底没了。

“你交代她，我不是她家属。”

护士多看了陈滔滔一眼，就算不是家属，这样说话……

护士只能重新交代明珠一次。

“没，之前看着你觉得和蛤蟆也没什么分别。”

陈滔滔起身，觉得没有继续听下去的必要。

“现在你又和一只蛤蟆那个？”

“现在我觉得你很有魅力。”

“有没有人夸过你，你不要脸的功夫已经修炼到了顶层？”

“你是第一个这样夸我的。”

“我有什么地方吸引你了？”

明珠笑道：“你的身材很好。”

是真的好，用手感受一下，内心就会平静很多，觉得血液又流回身体里了。

陈滔滔嘲讽地背对着明珠离开了。

他身材是不差。

不是女朋友的人住院了，他应该有什么表示？陈滔滔表示关他什么事儿？带过来三根香蕉，走的时候留下了三个香蕉皮，这就是他的态度。

明珠睡不着，不是在想陈滔滔的身体——她现在这样还能想那些，她就成神了——而是她被人捅了一刀，伤口处隐隐作痛。

老周打来电话，说怀疑的人，大概明珠也猜得到了，以后得小心一点了。

群众说，我们有危险，你们警察都不能保护我们，而现在有警察做了示范，她有危险，也得自己扛，不然呢？叫一群警察来保护她？

明珠想下床去卫生间，拉扯到了伤口，痛得额头满是冷汗。

病房里也没个护理的人，同事以为她家里会有人来，也没留下一个。

拖着吊瓶从卫生间出来，她一路走到护士站："有护理吗？"

"你怎么出来了？"

明珠笑了笑："没事儿，小伤！现在能找到护理吗？"

护士说可以，马上帮她联系，让她先回病房："你最好不要走动。刚刚怎么不说呢？"这样来回折腾，对伤口恢复不好。

医院的看护来得很快——不是在这个病房，就是在其他病房，刚护理完一个——看模样不是很大，三十多岁："是找看护吧？"

和明珠将价格谈好了，对方收拾了一下屋子，然后和明珠聊天："是什么伤？"

"刀伤。"

看护一愣，这是打架还是怎么了？有点好奇，不过没好意思问，只问明珠饿不饿。

明珠一副爱理不理的样子，闭着眼睛，没睡着，也不回话。

"胳膊难受吗？要不要我给你接一个热水袋？放在下面舒服一点！"

明珠仍没有回答。

"我还没有吃饭，我先出去买点儿吃的，很快就回来，行吗？"

过了几十秒，明珠答："可以的。"

看护离开了病房。她看护过那么多人，明珠最不一样。哪里不一样？最不爱说话，不知道是瞧不起自己，还是伤口痛的关系。

看护去医院的食堂打完饭就跑了回来，赚什么钱她心里非常清楚。

她经过护士站，听护士说，明珠是个警察，被人捅了。她心想：警察啊，公务员，难怪住的是单间，住院不但不需要花钱，还能赚点钱。

看护原以为晚上明珠不太容易睡着，伤口会疼，结果明珠压根没折腾过，看护睡了一个好觉。

明珠不能随意翻身，因为会牵动伤口，只能保持一个姿势，这样一直躺着会很累，整个后背都要碎了，加上伤口抽抽地疼，根本没有办法入睡，而她不喊不叫是觉得没必要。从小到大养成的习惯，靠谁都不如靠自己，告诉别人疼，伤口依旧会疼，不会减轻一点。

早上，看护出去买粥，护士和她打招呼："昨天没睡好吧？"

看护说昨晚睡得特别好，那个女的不折腾人，什么也不要，就是话少，脸色冷。

回到病房，看护问明珠要不要自己喂她，她现在没有办法下地。

"扶我起来，我要去卫生间。"

看护觉得这是开玩笑："你不能去卫生间，你正常应该接尿管的。这样的伤这么折腾，伤口什么时候能愈合？"这不是玩命呢吗？

"扶我。"

看护和明珠对峙间，护士长进来了，特意过来看一眼："你这情况不能自己去卫生间啊！请了看护就在床上解决。自己一个房间怕什么，大家都是女的，怕谁看你？挺过这几天就好了。"

医生、护士甚至看护都这样说，可明珠不听，她的身体、她的命，她不配合，别人也不能强行要求她怎么样。

八点半，护士交完班，来给明珠挂吊瓶。

中午，局里领导过来看了看，说了两句安慰的话。

捅伤明珠的人抓到了，可就是不交代，暂时也只能按照抢劫处理了。

上午十点多，一对老夫妻去局里找明珠。

“住院了。”

“什么病？”

“受了点伤。”

那对老夫妻非得问个明白，把洛洛搞得莫名其妙，最终只能实话实说了。

老夫妻来到医院，找了半天才找到明珠的病房。

老太太提着一个袋子，里面用毛巾裹着什么东西。

老夫妻推门进来，看护正玩手机呢——明珠几乎不用她做什么——扭头看向门口：“找谁？”

“明警官是住在这里吧？”

明？她照顾明珠一个晚上了，连明珠的名字都不知道。墙上贴的名签是上个病人的，不知道明珠的名签是被她自己扯下来了还是怎么样。吊瓶上倒是有名字，可惜挂得太高，看不清楚。

“这是怎么了？怎么受伤了？”

明珠睁开眼睛，看着眼前的人，觉得伤口更疼了。肯定是局里的人说了，不然不可能找来。

老太太坐在床边哭了，可能是上了年纪容易掉眼泪吧。

“疼不疼啊？”

“你们怎么来了？”

老夫妻和明珠没有任何亲戚关系，怎么认识的？

之前，上中强拆的风还是挺厉害的，明珠的奶奶被强拆，她没出过什么力气，靠的是罗颖琳，而眼前这对老夫妻的家差点被强拆，帮助他们的人是明珠。

有人不领情，有人感激涕零。

这个社会盛产冷漠，也滋生温暖。

明珠办案不是为了他们，这点谁都懂，但能有这样一个警察，为了这件事跑前跑后，感激的绝对不只是他们两个人。邀请她去家里吃顿饭吧，她从来不去，说给她买点什么吧，她也不要。

老太太从袋子里拿出一个保温桶，说是自己熬的汤，多喝汤对明珠的伤口恢复有好处。

“回去吧！你们在这里，我也休息不好。”

看护撇撇嘴，她不知道他们是什么关系，但明珠的态度，真是冷冰冰啊！

好说歹说，老夫妻终于走了。

明珠闭上眼睛继续休息。

过了一会儿，明珠的手机响了起来，看护帮她拿过来。

是那个两次差点被捅的女孩儿杨小娟的母亲打来的电话，说自己天天担心那个男孩儿跑出来捅她的女儿。

"明警官，你人那么好，帮帮我们吧！我们想要告他，可警察把他放出来了。"

杨小娟的母亲不能理解，已经两次了，警察还是把人放了，是因为对方家里有钱吗?

她不知道的是，明珠的处分还没完，她把对方的鼻梁骨打折了，对方要打官司，那样的话，明珠这警察可能就当到头了，除非法官认定她出手没有任何问题。

局里想和对方和解，毕竟明珠是局里的人，真的打起官司，不管因为什么，首先会牵扯到乱执法的问题。

"她现在还上学吗？"

杨小娟的妈妈说，哪里还敢上学，和学校说明了情况，现在就待在家里，她和孩子的爸爸分别陪着孩子，不敢离开。他们的生活已经被打乱了，不工作就没钱，没钱怎么生活?

杨小娟的妈妈想，能不能派几个警察保护杨小娟，可惜不管是南区还是上中其他地方，都不会这样做。

明珠住院四十多天，好得差不多了，杨小娟也安全了四十多天。就算警方之前对这件事极其关注，可是四十多天都没有发生什么事情，继续关注下去的可能性非常小。

杨小娟的妈妈只信明珠，若不是明珠，她的女儿已经死两次了。对方是个疯子，她没有别的办法啊!

明珠出院后回到局里上班，就像看护说的，她住院的确没花自己一毛钱，还赚了很多，单位有补贴。

老周让杨小娟的妈妈回去，任何地方都一样，不可能派人去保护杨小娟，只能下次出事你来报案。

"我等明警官。"

老周扔开手里的笔："她刚回来上班，之前住了四十多天的医院。"意思很明显，明珠管不了。

杨小娟的妈妈还是不肯走，死活要等明珠。

等到明珠，依旧没有更好的解决办法，明珠能告诉她的，也就是尽量躲避着那个男孩，往人多的地方去，不要自己一个人走，放学的时候，让关系较好的男同学送她回家。

杨小娟已经对上学有了心理阴影，她不想读书了，觉得没有办法读了。虽然有些可惜，但总得有命活吧。

事情过去了一个月，杨小娟的事情大家似乎都忘记了，她自己却吓出了神经病，完全不能放松下来。

这一天，男同学送她回家，她有些出神，总觉得后面有人跟着自己，回头看了一眼，然后拔腿就跑。

男同学还没搞明白怎么回事儿，就见后面有人追杨小娟。

杨小娟掏出手机，想要打给明珠。明珠说了，什么时候打给她都可以，有危险就告诉她。

“接电话啊，接电话啊……”

杨小娟快要崩溃了，明珠为什么不接电话?

送杨小娟的男同学见有个男的追杨小娟，然后有个女的扑了上去，男的手里不知道拿着什么东西，嚷嚷着要弄死谁，他觉得自己终于有机会英雄一把，没有跑，而是上前帮着那个女的把男的制服了。

“好样的。”

男同学挠挠后脑勺。

“这是硫酸？”他闻着味道很像，然后问：“你谁啊？”

“警察。”

这是男孩儿第三次被抓到警局，可男孩儿的家人又拿出精神证明，别说他现在只是朝人泼硫酸，就算他杀了人，也是不犯法的，国家对精神病人的责任不追究。

男孩儿的母亲抬头看着明珠，是你总出现在杨小娟的身边吧？你能保护她一辈子吗?

她觉得这个警察特别讨厌。

明珠愉快地笑道：“是不是神经病，验验就知道了。”

对方的脸一沉。

无论男孩儿的母亲怎么申请外界介入，公安局的鉴定都已经开始做了，得出来的结论和男孩儿家人拿出来的证明完全相反。精神病？什么地方开的证明？是不是拿着这张纸，他杀多少人都不犯法?

这次，男孩儿不但跑不了，连他谋杀的案子都得重新调查审理。

案子是由明珠亲自办理的，人抓了进去，判刑是肯定的，并且不会轻。

男孩的家人对明珠不依不饶，因为是明珠把他们的儿子送进了监狱。

杨小娟原本是可以作证的，毕竟她家报警这么多次，可是最后关头，她家又退缩了。

退缩的理由不清楚，也许是觉得人抓了起来，又是重罪，即便她不站出来也没关系，或者是其他压力，活在这个世界上总会有这样那样的压力。

老周说，这个职业开了一扇天窗，让他们看尽了人性的善恶。明珠刚工作几年，等时间久了，她也会变得麻木。这样的人多着呢，人家回头可以为自己找到各种借口，迫于这样那样的压力，而不得不……

杨小娟在电话里跟明珠说对不起。

“你一定对我失望了……”她其实想说，她也是没有办法，她斗不过那家人。

出事儿的时候想的是自己的委屈，事情过去后，想的就是自己的生命安全，自己的生活不受打扰，即便没有她的证词，警察也能追究那个男孩的责任。

“希望以后有人需要你帮助的时候，你能伸出自己的手，那样就好。”

明珠挂断了电话。她对杨小娟没有失望，也不憎恨，更加没有过多的感情。

上中新一期的日报，刊登了一位名人的专访，一位很成功的女商人。

她和她的独子徐太宇都是大众热议的人物，前不久，徐太宇订婚，好多姑娘都喊着梦碎了。

她说，全市每个角落都会安装监控系统，这个钱由宇宙集团买单，做好事儿再也不用怕被冤枉了。

“看看人家这气魄。”

有钱就是好，大手一挥，做的都是有益于大众的事情。

先是解决环卫工吃冷饭的问题，其次抨击老人讹诈事件，一时间，宇宙集团简直将好感刷到了极致。

装了监控系统，是不是撞了人，一看监控就知道了。

“这是什么？”陈滔滔双臂抱胸，看着明珠拎着的袋子。

“我没吃饭。吃完，让我休息一下。”

陈滔滔瞪了瞪明珠，当他这是什么地方，吃饭？慢慢的，是不是就要住进来了？她别弄错了自己的身份。

“伤好了？”

明珠对着他笑，眼睛黑黝黝的，有点亮。

嗯，这样看来，她也不算太丑。

陈滔滔一脸的嫌弃：“你怎么命这么大呢，几次都死不成，你属猫的？”

明珠懒得理他，光着脚进了厨房，快速翻找着。

他家的厨房真漂亮，可惜有用的东西不多，找了半天才勉强找到一个能用的盆。

“你怎么不穿袜子，你的脚脏不脏？”

明珠抬起眼皮：“你上次摸我脚也没见你嫌脏。”

陈滔滔被噎了一下。那种时候和现在能一样吗？再说他什么时候摸过她的脚？

他只是觉得明珠有些做法他挺欣赏的，至少不会在他家里过夜这点挺好的，他们的关系也算不上多好。别说他渣，明珠也没好到哪里去，她也不是良家妇女，玩不起就别出来玩不是？

他见她快速地往盆里倒着什么，然后拿着汤匙挖着吃，吃相真是难看，难以入目。

这种女人……她如果会抠脚，陈滔滔不会有任何意外，她就是个粗俗的女人。

“就这一次，以后不要再来我家吃饭。”

不知道明珠吃的是什么，嘴巴红红的。

她想来就来了，睡完就走，从来不过夜，平时也不会和陈滔滔多联系。

她吃完饭，过来亲陈滔滔，一嘴辣椒味。

陈滔滔很想告诉她，赶紧走人，却被她堵住了嘴。

这个女人是个接吻高手，只是个嘴唇，却能让你感受到别的情趣，最后他也就忘记说了。

明珠从地板上捡起自己的衣服，一件件穿上，然后拎着自己的东西离开了。

陈滔滔想要睡觉，却发现自己又失眠了。他脑子里过了很多东西，最后想着，下次要和她说，让她去医院检查一下身体，这样对她、对自己都好。尽管他们之间总是隔着一层，可是薄薄的，陈滔滔还是不放心。如果这个世界上，这样的女人多了，恐怕社会就彻底乱套了。

明珠已经很久没去过桥边了。

陈滔滔就像黑糖话梅，她不太喜欢吃，但有些时候莫名地就想嚼一嚼，然后她真的嚼了，发现味道并没有自己想的那样差，反而能填补一下自己空虚的内心。

回到家冲了澡，扯过被子，她很快就睡着了。

陈滔滔想联系明珠，明珠根本不接电话。

陈滔滔将手机扔在桌子上，发现自己郁闷了。她拿自己当什么？她想找自己的时候直接就来了，自己想找她的时候，她永远都不肯接他的电话。

陶克戴推门进来。

他是有话要和陈滔滔说，顺便还可以八卦一下。

“我听说一件好笑的事情……”

陶克戴对明珠真是佩服得五体投地。

他的一个客户对他说，徐太宇之前有个女朋友，经常带着出入公共场合，后来分了，应该是男方家里不同意。

徐太宇？

陶克戴觉得明珠差点就当了灰姑娘。

陈滔滔淡淡地接话：“传说也不见得就是真的。”

陶克戴看了他一眼：“绝对真，比珍珠都真，她确实和徐太宇谈过恋爱，是徐太宇唯一承认过的女朋友，徐太宇订婚都没提过他未婚妻一句……”

男人爱谁，嘴上有没有挂着就知道了。

“照你这样说，我们天天念叨着罪犯，就是爱他们喽？”

陶克戴笑了笑，这不是强词夺理吗？

陈滔滔此刻非常不爽，双手敲打着键盘。

徐太宇的秘密女友？

徐太宇、明珠？

在网上根本查不到与徐太宇和明珠有关的资料，看样子被藏得挺深的，可外界依然有人知道。他不甘心，继续查找着，查了半天，依旧没查到自己想要的信息。

原来被人甩了，所以来找他？

他磨了磨牙。

这样的女人他也不要，他凭什么捡别人扔掉的？可现在提出来，不就等于说他输不起吗？

“输不起”三个字刺激到了陈滔滔，他就没有输不起的时候，他是陈滔滔啊！

明珠某些方面特别合他胃口，尽管这是他用来攻击明珠的把柄，可他现在心里痒痒的——女人和女人还不同呢！

待终于联系上了明珠，他原本想说让她出示一份体检报告，最后也懒得提了。

陈滔滔年少的时候喜欢过哈雷，家里也有几辆，现在身份不一样了，很少会骑。明珠不知道从哪里翻出来的照片，问他是不是有这车，然后就变成了下面的情景。

她拧着车把手，陈滔滔勾着她的腰坐在后面。她是上中人，哪里人少，她非常清楚。

她哪里是警察，完全是个不要命的赌徒——赌命的。

“好车。”

陈滔滔上下打量着她：“有什么是你不会的？”

明珠接话：“很多，飞机我就不会开，有机会要试试。”

她喜欢极限运动，觉得很有意思。

以前当兵，别人都觉得苦，她却认为是挑战。大冬天穿着背心负重跑，男的女的都一样，她觉得很刺激。很多事情克服掉，就不会觉得有多难。

她住院的时候，医生说下尿管，她说不要，医生说不能去卫生间，她还是一样去。明珠觉得自己的命真的很贱，你越是忽视它，它越是康复得快。

“给你个窜天猴儿，你都能上天。”

陈滔滔之后又载着她转了一圈，他不能被女人比下去，论技术，她差得远了。

“我就喜欢这样的男人。”

“呵……”他优点多着呢，可惜不能一一向她展示，不然爱上他，他就麻烦了，他没兴趣玩爱情游戏。

两个人在一起三个多月，和谈恋爱半毛钱关系都没有，却分享着彼此最神秘的东西。

他们没一起吃过一顿饭，没跟对方说过一句甜言蜜语，陈滔滔更是没给明珠买过一件礼物，明珠也从来没有主动打电话向他交代自己的行踪。

进了十一月，天气开始冷了。

今年的第一场大雪，足足下了两天两夜，孩子们忙着堆雪人、打雪仗。

局里领导说从周五晚上到周末，所有人都到华仕山庄泡温泉，可以带上家属。

领导们自然是不屑带家属的，好像容易被人诟病似的，甚至有些领导根本不会出现，说是他们出现大家就玩不好了，其实人家是不稀罕来。

雪下得非常大，路上所有车都减速慢行，平时一个小时就能到达的地方，今天开两个半小时也不见得能到。

明珠是值班结束后赶过去的，已经晚上七点多了。

一辆大奔横在马路中央，好几个人在后面帮忙推车。司机是个女的，不知道是不是新手，车就是发动不起来，后面推车的人都累得半死，看来雷锋不是那么好当的。

“还大奔呢，一点劲儿都没有。”路人无语道。

推了半天车，身子都要冻僵了，可这车不过去，后面的车都别想走。

明珠帮忙推完车，回到自己的车上。

大奔开了没几步，又停了。

正常情况下，她九点就可以到达目的地，现在已经十点了，她还没到，若是泡完温泉再回来，估计都后半夜了，她也不打算去了，觉得没意思。

这时，手机响了，明珠接了起来。

“去哪儿？”

她看着车窗外：“你眼神真好，能看见我？”

“我看见你车牌了。”

明珠说：“华仕山庄，送你一程？”

“我自己有车。”陈滔滔同志黑着脸，公司聚会就安排在这破地儿了，他的车却坏在了路上，已经联系了人，着急也只能明天修了，“不过，你要是顺路，就捎我一程吧。”

明珠冷笑：“我不跑活儿。”

“跑活儿”三个字似乎刺痛了陈滔滔的神经，他敲着车窗。

明珠看着他，手里的电话没挂断：“你跑着去吧，或者打车。”一脚油门车就开走了，留下陈滔滔叫天天不应，叫地地不灵，这个时间根本打不到车，出三百都没人去，更何况叫他出三百他肉疼呢。

“克戴，我不去了。”

陶克戴说，之前已经说好了，你不发任何福利，大家也习惯了，但活动总是要来的。

来你妹！我能飞过去吗？

明珠和陈滔滔一前一后到了华仕山庄。

陈滔滔乘黑车来的，黑车果然够黑，跟他要了五百块。

“明珠……”他喊明珠。

明珠回头。

“她是警察。你开黑车的是吧？”

黑车司机在心里默默地骂了一句，坐不起你就别坐，哥把你送到地方了，你和我整警察？

“警察怎么了？”

“你不知道开黑车是犯法的？”

司机指着陈滔滔的脸：“你给我记着！”

陈滔滔摇着头下了车。

“还能再不要脸点吗？”明珠问他。

“能啊！怎么不能？”省钱要紧。

明珠冷笑，你怎么不抠死？

明珠对泡温泉不感兴趣，倒是后面的滑雪场吸引了她的注意力，可是负责人说现在太晚了，给多少钱都不行，容易发生危险。

“你们晚上不做生意吗？”

服务员说做：“可这两天雪太大了，如果出事情……”他们还要派人去找，很麻烦的。

“要不我给你们签个字据？”

最终，明珠还是去了。

明珠雪滑得非常好，很有野性。

过了一会儿，大同过来找明珠，叫她一起去吃火锅，看到明珠滑雪的样子，不禁感叹道：

“真帅。”

明珠想了想：“我还有更帅的一面。”

刘大同：“……”他已经结婚了，这样好吗，“能不能谦虚一点？”

明珠又想了想：“我真的很棒。”

大同：“……”

吃完火锅泡温泉，没一个女的敢和明珠一个水池——比基尼。

大家都是良家妇女，虽然有想穿的心，可毕竟现场还有男同事，这样穿出来，回去一起工作，怎么好意思？好像故意卖弄性感似的。

结果，明珠就这样穿出来了。

好多人张着嘴，不知道该说什么。

就你能露，你怎么不去卖肉啊？

明珠入了水，双臂横在两旁，头向后靠在池壁上。

认识的人没一个过来的。

等大家都散了，有人慢慢入了水，直到温泉将自己淹没。

“我好看吗？”明珠根本没睁开眼睛，问道。

陈滔滔无意识地蹙着眉头，这女人勾搭男人的本事……

“呵……”

“笑什么？”

陈滔滔将毛巾扔了过去。

卖弄什么啊？你身上有的，别人没有？

“笑你，怎么不去卖肉呢？”

明珠站了起来，歪着头看着陈滔滔，走到他眼前，挨着陈滔滔又坐了下来，然后扔出去一个东西，看样子是比基尼的上半截。

陈滔滔觉得有什么东西滴在水面上，顿时整个人都不好了。

他仰着头，却发现不知道她什么时候上岸了，衣服也穿上了。

明珠淡淡地笑了笑。

“你笑什么？”陈滔滔恼羞成怒。

明珠转过身，潇洒地往前走着，一边走一边摆手，似乎和他说再见。

“不过如此。”

陈滔滔坐在原地好半天，一句话都说不出来。

他记得她第二次进他家的时候，说的就是这句话——不过如此！

陶克戴出来散步，平时他都睡得比较晚。

陈滔滔让他帮着拿下手机，他无意间扫了一眼：“嗯？你怎么还有卖肉的电话？市场的猪肉不新鲜吗？”

局里安排的都是两人一间房，明珠和洛洛睡一间。洛洛自认起得算早的了，可明珠没在房间里，她摸了摸明珠的被窝，早就凉了。

大同、小猫都是年轻人，晚睡可以，早起就有点难。

老周起得比较早，第一件事儿就是点上烟，站在走廊看雪景，白茫茫一片，真好看。

不远处有人在跑步，老周不禁多看了一眼，不是因为对方穿得少，而是职业习惯。他首先注意到的是对方的衣服，军绿色的背心和军绿色的裤子，是明珠。

嘿！老周觉得明珠和现在的年轻人不一样，身体素质也是真好。

其实明珠拿得出手的不只是这些，当兵时，她曾经带着三个南瓜跑出了沙漠。那时，当地有个监狱，犯人跑了都没人追，因为能跑出沙漠的人很少。这么多年，没人打破明珠创造的这个记录。

明珠的体能算是好的，冬泳、跑步、骑射都玩得转。

公安系统大比武，她拿了第一回来，这是南区有史以来第一次大比武拿到如此好的成绩。

做领导的脸上有光，老朱升了。

不想提拔下属的领导不是好领导，不管是公还是私，老朱都想提拔明珠。

资料备齐，递交了上去，却在半路被退了回来。

有知道明珠身后有人的，有揣着明白装糊涂的，想升职，明珠的关系网还没拉到某些人身边去。另外，从履历上来看，糟糕得可以，她完全是个不定时炸弹，说不好啥时候就炸了。

过去提拔人才看的是实力，现在则是看这个人的资料，有没有闯过祸，简单点来说，就是看这个人的身家够不够清白。明珠显然不够白，争议太多，于是被压下了。

本局的人都以为明珠能往上升，毕竟这一年来最出风头的人就是她，无论是警民关系，还是破案方面，样样拿得出手。

等最终结果传达下来，局里异常安静。

大同看着那份名单，本局最年轻的正科级已经产生了，是个坐办公室的。

周一上班，接到指挥中心电话，说是荣华街附近的一个银行被围住，有很多人在闹事，明珠等人快速出动。

现场有些乱，群众的情绪特别激动，运钞车被围在中央，动弹不得，银行里也挤满了人。

“你们可算来了。”

银行经理介绍整件事情的起因和经过。

有个人在他们银行贷款，还款总是推后，银行就决定终止贷款，那人便煽动员工，说他不发工资是因为银行不给他贷款，搞得那些员工特别激动，双方起了争执。

别的都算了，围着运钞车，是犯法的。

警察从车上下来，群众还是不肯散开。

“还我工资。”

拉横幅，喊口号，围着运钞车不让离开。

“这是犯法的，赶紧散了。”

有些人听了这话有点怕，毕竟警察都出动了，可是被不怕的人一煽动，担心自己走了，工资没有自己的份，便一个也不肯离开。

老周喊得嗓子都冒烟了，也没人听。

银行的人一看，这样不行，警察太少，又接着打电话。

随后，武警来了，将围着运钞车的人分散开。

“叫警察来也得给钱。”有三四个年轻一点的人，直接和武警起了冲突。

“这是干什么呢？”明珠看着眼前的情景问道。

老周叹气：“该说的都说了，这些人还是闹，怎么办？”

明珠推开车门下车：“谁领头抓谁！”

老周沉默不语。这里有警察、有武警，怎么都轮不到他们出头，明珠这一动硬，问题就都砸到她头上来了。

“抓人。”

那些人见警察来硬的了，也上了手。

情绪这东西，有时候就是一激就爆，场面更乱了。

老周看着眼前的一幕，觉得明珠这辈子都别想往上升了。

有个男的闹腾得特别厉害，把大同伤到了。

大同最多是对人冷淡一些，根本不敢动手，不然更讲不清楚了，没动手，领导都让他写检查呢。

明珠冲着那人的左腿踢了一脚，那人立刻跪了下去。

“警察打人……”

“带走！”

带头的人全被带走了，这场闹剧才终于落幕。

老板也傻眼了，赶紧把其他员工带了回去。

其实，他要的就是这种效果，天天带人来闹，他看银行还要不要开门。

没过多久，就有人来局里闹事儿了。

带头闹事的那个男的被抓，有人立刻告诉了他老婆，说他无缘无故地被警察带走了，还被打了，于是他老婆冲进局里又嚷又骂，要求放了她丈夫，不然她就躺在地上不起来。

最后，这件事惊动了领导。

领导说话讲究技巧，家属来闹，首先是安慰，然后讲明白道理，那样做确实是违法的。

“那警察打人怎么说？”那人的老婆咬着这点不放。

一般情况下，明珠的行为就算有些过激，领导也应该认为是正常执法，可领导首先考虑的是警队形象，和那人老婆打官腔，说一定会给她一个说法。

所谓的说法就是接到了投诉，又开始调查明珠的执法行为。

明珠不认为自己有错。

她不说这话还好，一说就真的犯错了。

领导原本已经打算放过她了。搞突出、搞个人主义，虽然明珠在最近的大比武中拿了第一，为南区争了光，但不代表你所做的一切都是对的。做事情完全不用脑子，事情明明可以简单化，你却用了最不该用的手段。

“你回去针对这件事写一个详细的报告。”

“我没这个时间，我手里还有很多案子。”明珠不写。

出了事情就写报告，没有实际意义。

“明珠……”

老朱接到电话，对方就和他谈明珠，谁让明珠是他手下的。

按照老朱过去的脾气，真就和明珠对上了，而他现在修身养性，养花了。

他正拿着水壶浇花：“火气别那么大，我让她写报告。”管他是谁写的，写完交上去就是了。

“这简直就是没有纪律。”

“她就那样，我也管不了。她背景大着呢，你说怎么办？”

老朱踢皮球，有本事你就把人弄出去，不然我也没有办法。

王局很快收到了调查组的报告，他依旧压着没看。

调查组的负责人得不到批复，只能亲自过来。他要一个说法，是不是明珠有后台，就不能动她？之前那枪开得就有问题，如果警察都这样干，那还得了？

“坐吧！”

王局沏着茶，又是一大茶缸，他觉得这个味道美极了。

“这个明珠，眼里根本没有领导，这样的人就是警队的祸害。她原本就是走了后门，我们之前招的人……”

王局扭头看他，看得他心里发毛，这是什么意思？

“你觉得上次她开枪错了？”

“怎么没有错？在居民楼里……”

王局喝着滚烫的茶水，长出一口气，可能是太舒服了。

“一个警察连自身安危都保证不了，谈什么保护百姓？”

“对方并不是真的要捅她，而是吓唬吓唬她……”

咣当！王局手里的茶缸摔在桌子上，刚刚还有很多话要说的人彻底闭上了嘴巴，吓了一跳，他再傻也知道王局是护着明珠的。

“我看你倒是和那些喜欢闹事的人很像。什么叫对方没有捅的意思？什么叫明珠过激开枪？这样的话，是不是你要跑到媒体面前去说？”

“我……”他当然不会当着媒体的面说，他又不傻。

“我看你们真是工作太清闲了。这样有办法，下次就直接派你们去处置，还省了警力。”

对方面色发窘。

他觉得现在可真是背景的天下，明珠是宇宙集团的什么人？女儿，还是徐太宇的小三儿？依他看，小三倒是有可能。

王局怕，他不怕，这样张扬，难怪嫁不出去。

陈滔滔盯着手机。

他忘带钥匙了，物业又没有他家的钥匙。

物业很靠谱，但他们绝对不敢收陈滔滔的钥匙，他家能不经过最好了。

找物业等于白搭，那么高，物业不肯出人帮他开门，他只能蹲在家门口。

他没有朋友，只有伙伴，所谓伙伴都是公事才会凑到一起。

找老陶？陶克戴在三亚谈业务呢，不可能马上飞回来。

保姆放假回老家了，怎么办？

陈滔滔还穿着睡衣，身上也没钱，好在带了手机出来。

明珠正在泡澡，听见手机响，抓过来看了一眼，按掉。

按掉了？陈滔滔盯着手机屏幕，再打。

明珠直接关机。

陈滔滔送明珠到过她家附近，于是打车去了明珠家，让司机在小区外面等着。

“五分钟我就出来。”

司机让他快点，这个时间活正多呢，他最多等十分钟。

陈滔滔去物业那里打听明珠家在哪栋楼以及楼层和门牌号。

“这是怎么了？忘记带钥匙了？”物业工作人员有些好奇。

陈滔滔登记完自己的信息，电梯他上不去，正常人会怎么做，直接走楼梯？

陈滔滔同志返身回去，让物业工作人员跟着他进电梯帮他刷电梯卡。

“那么高的楼层，要我爬上去吗？你们物业就是这样的服务态度？”

他噼里啪啦说了一大堆，物业有点不愿意了，拉下脸来，勉强把陈滔滔送进了电梯。

“喂……”陈滔滔上了楼，按着门铃。

明珠听见门铃响，没动，舒舒服服地窝在沙发里，吃着柚子。这个柚子蛮甜的，明月在网上给她订的，据说半个月送一次。

叮咚，叮咚……门铃声烦死人了。

陈滔滔见没人给自己开门，干脆砸门：“我知道你在里面呢，给我出来……”

明珠打开门，陈滔滔要进去，明珠的腿横在门上：“这里是我家。”

“我没带钥匙，我现在进不去门。”

明珠点点头：“和我有关系吗？”

“你借我待一夜，明天我就走。”

明珠笑了笑。

陈滔滔以为能行，毕竟他俩也不算是陌生人对不？

“干我屁事？”

陈滔滔要往里硬闯，明珠不让他的脚碰到自己家一砖一瓦。

“明珠……”

徐太宇从电梯出来，看见的就是这样一幕。他蹙着眉头，原本不想开口的，但是明显眼前的这两个人没有注意到他。

明珠用眼角余光看他。

陈滔滔认得徐太宇，突然笑了出来。

原来今天约了人，明珠你够本事的，打算一拖二吗？床够大吗？

这样想着，他突然伸手圈住了明珠的脖子："前男友来了，怎么不请人家进去坐？"

明珠给了陈滔滔一脚，陈滔滔捂着某个部位满地乱跳，不过他进门了。

明珠和徐太宇站在外面，徐太宇似乎对进门的那个人一点兴趣都没有，只是盯着明珠看："我今天来得不是时候？"

明珠说："以后你来的每一次都会不是时候。"

"就他？"

明珠的眼睛亮晶晶的，是他最喜欢的样子，她可能刚洗完澡，头发还是湿的。

"就他。"

"我不明白，你和我分手是因为什么，如果你想要名分，我说过的，我能给你。"坚持要，他会给。

是她自己说的，她不在乎那些，然后就和他闹分手了。她耍脾气自己还顺着她，给她时间将自己的情绪整理好，她就是这样回报自己的？

人会走错路，一时想岔了，他不觉得是什么大错，是可以被原谅的。那个人只要是明珠，自己就能做到原谅。

她想要什么？

"明珠，不要和我耍脾气。"

"我当时和你说得很清楚，即便不是我提分手，你也会提，你舍不得我做你的情人不是吗？"

徐太宇喜欢她，她也喜欢徐太宇，可这个世界上，有很多比喜欢更加重要的事情，对他是，对自己也是。

"所以呢？你是在用他气我？"

徐太宇忍不住笑了出来，确定这不是开玩笑？

"我迷恋他，就像当初我迷恋你一样。华山上那么多男人，我却一眼看见了你，我想当你的女朋友，便喊了出来。我就是这样的女人，没有操守，没有三观，没有下线。我们这四年分享了彼此最好的东西，我和你在一起并不是贪图你的家世，不是贪图你的钱，而只是贪图你这个人。"

徐太宇眸子里的笑意转瞬即逝。

"我的性格就是这样。可能会有人骂我水性杨花吧，我和你分手，却借用你家的关系网……"

"明珠……"徐太宇警告她。

他不喜欢听见这样的话，即便是她说的也不行。

有些话可以随便说，有些话不能乱说。人的性格都是天生的，不存在对与错。她是雪山上的那抹艳红，是他血管里流淌的鲜血。

徐太宇就是徐太宇，他站在这里就像是一幅画，懂艺术的人会觉得他是天价，甚至给他标个价都是对他的侮辱，而不懂的人，只会觉得这幅画太有距离感、太神秘，不是一般人能买回家去的，买了也不知道该挂在哪里。

“你先让他离开。”徐太宇坚持。

明珠平静地道：“他没有带钥匙，我原本没打算给他开门。”

她不想给谁难看。

“那好，你去我那里。”

“和你未婚妻一起喝茶吗？”

徐太宇的脸色越来越阴沉：“你曾经和我讲过，如果你坐在我的位置上，你不但会娶她，甚至还会一拖三、一拖四。”

明珠点头，坐在什么样的位置上就办什么样的事情，明明是谈个情、结个婚就能解决的问题，为什么不去做？难道怕人家占便宜？

她认为男女两情相悦是最重要的，至于那个悦到底是诚心还是不诚心，她觉得无所谓。如果她是个男人，就当最风流的，伤的是谁的心她不在乎。

“那你现在推开我？”

“你这么聪明，我不信你猜不到我接下来想说什么。”

徐太宇笑了笑，没有嘲讽，没有不屑，将手中的袋子递给她。

“暂时我不会打扰你。明珠，你记住，不要侮辱自己，每个人的人生都需要自己的肯定。”

陈滔滔偷听人家讲话，听不清就找来纸筒，贴在门上听。

每个人的人生都需要自己的肯定……陈滔滔在心里重复着徐太宇的这句话。

他觉得门外的这个男人太恶心了，难怪明珠会甩他。又不是哲学家，这样文绉绉地说话，害他掉了一地的鸡皮疙瘩。

不过这样看来，她还是有点眼光的，觉得他比门外的那个人好吧？

摸着下巴，也是，他这样出色的男人，人世间能有几个？抓到他，就哭去吧，感谢老天爷去吧！

明珠用力推了两下门，将陈滔滔推到一边去。

陈滔滔手里还拿着纸筒呢，往后退了一步：“我没偷听，我是光明正大地听。”

明珠冷哼了一声——真够不要脸的了。

“甩掉富豪的心情如何？”

虽然他认为自己很优秀，可如果自己是女人，有徐太宇这样的男人，他也会抓着不放，毕竟有钱嘛，嫁入豪门是每个姑娘的梦想，梦就要成真了还踢开，傻啊？

“你体力特别好是吧？”陈滔滔冷笑道。

前情人才走，你就迫不及待地打算和我做点什么？行啊！

楼下听着楼上的动静有点不对劲，砰砰的，这是摔跤呢？

“我上楼去看看。”

“你上去干什么，还不让人家出动静了？你就遇上这样的邻居了怎么办？别找事儿了，省得自己不开心。”

要是喝多了，还容易吵起来。遇上这么没有道德的邻居，忍吧！

明珠的腿勾住陈滔滔的脖子，将人锁在地上。

陈滔滔健身，体力也不错，并且他是个男人，男人的力气天生就比女人大，当然这种情况要放在女人身上，而此刻打算摔死他的这个明显不是女人，她就是个纯24K的爷们，比他还爷们的爷们。

陈滔滔以前总认为，女人力气小是天生的，现在他收回这个想法。

明珠将他推出去，关上了门。

某娱乐场所最近生意惨淡得很，原因是警察总上门。

“不知道，这条子就和我们过不去了。”

特殊场所肯定会存在特殊服务，来这里玩的人都是门清儿。警察见天地来蹲点，抓了两次，现在那些人都不敢来上班了。

“哪里的警察？”

“南区的。”

“要不要和大哥打个招呼？”

负责人摆摆手，M进去还没弄出来，这点小事儿就别让大哥心烦了。

明珠带着人推开包房的门：“身份证。”

女的拿出自己的身份证，警察盘问和男的是什么关系，女的说是老婆，男的也说是自己的妻子。

“结婚证带了吗？”

女的翻白眼：“你出来唱歌带着结婚证？”

局里这面通过身份证号查找，很快就查到了，根本不是夫妻。不是夫妻，你们两个人在一个包房里，还衣衫不整，请问在做什么？

明珠让人去搜女的包，女的这才慌了。

“头儿，五零二有点问题。”

明珠跟着小猫去了五零二包房。

“警官，发生什么事情了？我们这可是合法生意。”一个白脸的男人看着明珠。他觉得明珠面熟，好像在哪里见过，一时想不起来。

明珠捏着手里的东西，已经联系了缉毒组的同事，不是他们的活儿没必要抢。看看，这三天两头地来扫场子，竟然还有这种东西。

白脸男人突然一笑，他想起来了：“明……你妹妹的病好彻底了吗？据说性病不太好治，当初玩得那么开……”

包房里静悄悄的，几个人抱着头蹲在地上。

一个黑脸男人站在白脸男人身后，搞不清大哥突然说什么性病，谁啊？认识的？认识就好办了。

啪!

“头儿……”

小猫和大同一左一右拉住明珠。

小猫压低声音："我们正在执行公务，头儿……"

白脸男人捂着自己的头，满手鲜血，他被明珠开了瓢。

"警察打人，警察拿酒瓶子砸我！快，报警，找媒体，看看我们的警察同志是怎么执法的，快……"白脸男人一脸奸笑，明显是想激怒明珠。

明珠的手微微抖着。

大同觉得情况不妙，他极力压着明珠的肩膀。

"头儿……"

"人呢？"

黑脸男人贴在白脸男人耳边说："马上就到，已经在路上了。"

老周瞧着事情要闹大，赶紧道："该上车的都上车。粉是从这里找出来的，其他的先不要说。"

白脸男人特别淡定地坐在沙发上，捂着自己的头。血出得有点多，当了警察也会敲头，知道打什么地方能让他见血。

"东西出在这里我认，但不是从我身上搜出来的。在谁身上找到的，你们追究谁的责任去，我只是这里的负责人而已。现在是警察打坏了我的头。这个警察和我有旧怨，我怀疑她执法的合理性，我认为她这是公报私仇。"

老周滑头，这人比老周更滑头，他就是要等记者来，将这件事闹大。

"上中这地儿说大不大，说小也不小，这些年没见你，躲哪里去了？你那小妹妹也回来了？我记得你们家老二长得特别好……"

"别废话。"小猫将人扣了起来。

白脸男人脸上的笑容越来越大。不用他费劲了，能动手打他就更好了。

明珠的妹妹，他们这些同事都没听明珠提起过，此刻却从白脸男人的三言两语中听明白了，所以小猫有动作了。

小猫的行为肯定不妥当，但老周和大同都没有吭声。

"解开。"

"头儿……"

明珠定了定神，将白脸男人手上的手铐解开了。

大家都明白，这事儿绝对不是一个人的问题，可……

白脸男人捂着自己的头，盯着明珠，脸上的笑容很轻佻。

"你笑什么？"明珠推开小猫，刚刚是她冲动了。

"出去把人带走。"

记者很快到了现场，警察拒绝回答任何问题，将人一一带回了局里。

老朱这晚也没休息，有记者将电话打到他这里来了。有时候他挺佩服记者的，从哪里弄到他电话号码的？

"打人？这件事暂时不方便公开，局里会尽快调查清楚。

“我没有什么可说的，是她的错逃不过，不是她的错也不会背……我想我这样的回答算不上是袒护。”

老朱挂了电话，已经没了睡意。

不用想，明天媒体报道出来，他就惨了，明天有会议，估计他又要当典型了。

原本以为自己的上级阴沟里翻船对自己来说是件好事，谁料到，他这黑锅越背越重。

自从明珠到南区来，他就没过过好日子。

“大半夜的不睡觉，干什么呢？”

老朱让媳妇儿先睡，他得把明天需要的资料弄好。

白脸男人微微笑着，看着明珠：“你妹妹现在好吗？我记得她那时候可脆弱了。”

大同准备接明珠的班，这人自从被带进来就一直试图刺激明珠，何况他自己也说了是有旧怨的：“头儿，我来吧！”

“你替她？你替不了她，她本事着呢！七年前的明月案知道吗？”

明月案？每一年社会上都会发生无数案子，就算之前知道，现在也是一点印象都没有了，毕竟过了七年那么久。

“现在不扔人下楼了，改成卖粉了？”明珠做着笔录。

白脸男人一脸认真，他太清楚了，今天即使把他抓了，警方也不能拿他怎么样。

“这黑锅我可不背，是客人不守规矩，难道他们进门之前我还要搜身？我可没有这样的权力，我又不是警察，想对谁敲瓶子就可以对谁敲。”

“店的老板是谁？”

“是我。”

白脸男人回答问题非常谨慎，虽然嬉皮笑脸的，该小心的地方他比任何人都小心，完了还能顺带刺激一下明珠。

“你二妹嫁人了吗？没嫁的话，我有很多兄弟都是单身。我觉得你也挺好的，过去我不是对你不错嘛……”当初真不应该手软，现在留后患了。这个丫头是想报仇吗？就凭她自己？

白脸男人很快就配合警察做完了笔录，抓住的那人也承认了自己的罪责，跑了的两个人，警方正在追查。

白脸男人出了警察局的大门，整理了一下自己的衣服，回头看了大楼一眼——当初真应该斩草除根。

“去XX路XX街……”他觉得自己的记性真不错，竟然还记得明珠的家在哪里。

不查不知道，一查就清楚了，老大的妹妹就是这个警察抓进去的，绝对是她。

“二哥，咱们不能这样放过她，放过她等于和自己过不去，这生意以后还怎么做？”

“你是说她现在不住在那里了？”

调查结果说是七年前就不住在那里了，房子卖掉了。她和生父、继母关系一直不好，户口本上只有她自己，干干净净。

白脸男人这回明白了，以前他就说这丫头有胆量，可惜了。

“上次那个兄弟折在她手里了。”捅人却没捅死，虽然警察知道这是报复，但那个兄弟咬死了说是抢劫，警察们也没有办法。兄弟的安家费已经送了过去。

“晚上我找几个人……”收拾一个女的还不容易，这次不仅要她的命，还要……呵呵。

“你现在动她，不是搞得所有人都知道这事是我们做的？”

“那就先等等。”黑脸男人觉得很有道理，难怪都说二哥脑子是最好使的。

“等什么？还得选个日子送她去死？别人知道又怎样，我们做的就是这行。在上中，谁敢招惹大哥，就要承受招惹的后果。”

白脸男人扭头去找老 K。

“明珠？”老 K 早就不记得这一家人了。

这些年，他祸害的小姑娘不少，明月不是第一个，也绝对不是最后一个，不过现在这社会好就好在有些姑娘可以用钱买。他是开娱乐场所的，姑娘没有一千也有八百，强迫这种事情根本不需要。

他脑子里压根没有关于明珠的记忆。

白脸男人说起扔人下楼，老 K 也没想起来，等说到告他的那个女孩儿，老 K 立刻想起来了，这些年不长眼的也就那一个。

“还没死呢？”

“当警察了。”

白脸男人说小妹就是被这个明珠抓进警局去的。

老 K 转着佛珠的手停下，过了很久，将佛珠戴回手腕上。

“把她家里人给我找出来。”

找？怎么找？这个明珠压根不跟人来往，妹妹们到哪里去了也查不到，应该是去国外一直没有回来。要是弄死她爸和她后妈，估计她会拍手笑，等于帮她除了心头大患。

没有家人，没有朋友，孤身一人。

老 K 冷笑，总会想到法子的。

每个周五下午，姚可珍都会接女儿回娘家，孩子和姥姥的关系非常好。

母女俩高高兴兴地往停车场走，突然从旁边冲出一个男人拽住了她的包，她下意识地伸手去抢。

“妈妈……”孩子突然大喊了一声。

不知从哪里又冲出一个男人，扛起孩子就跑了。

“救命，救命啊……”姚可珍喊得撕心裂肺，被抢走的是她的亲生女儿啊!

报了警，又打电话告诉了前夫，姚可珍仍急得不知如何是好。

现在街上那么多要饭的孩子，不是没有手就是没有脚，要是女儿被抓去……姚可珍想想就觉得可怕，不停地给张鲁打电话，一通接着一通。

张鲁说自己马上赶回来，姚可珍依旧追命地打。

“我说我知道了！”

“怎么办啊？孩子被人抢走了！我报警了，可警察现在还没找到呢……”姚可珍说话没头没脑的。

她现在谁都怀疑，想着自己这段时间和谁结仇了，谁看她不顺眼，疯了一样让张鲁去找孩子。

“挂了。”

“张鲁，张鲁……”姚可珍抱着电话喊。

姚可珍的父亲见女儿情绪失控如此，让妻子把她按坐下来，你就是喊破喉咙有用吗？

张鲁回到家，听完了事情经过，只是坐着，一脸淡定。

“我看你是一点都不急。”姚可珍的母亲率先怒道。

她瞧张鲁不顺眼不是一天两天了，特别是这几年，张鲁的架子越来越大，过河拆桥，忘恩负义。

“妈，您希望我怎么着急？我出去能找回孩子吗？这不是普通的抢孩子，而是专门奔着我们家的孩子来的。”

姚可珍的母亲不听，她今天非要将这些年的气吐出来不可，憋在心里难受：“任何一个丢了女儿的父亲，我想都不会像你一样冷静。”

“说我不急，那着急的您怎么也没见满大街去找呢？”

“张鲁，你和谁说话这样没大没小的？”

“谁和我说话我就和谁说话。我知道妈您看不起我，可我不是无知的小子，您把闺女拉回家，让她和我离婚。”张鲁起身拿着自己的大衣就要走。

他现在是鸟枪换了大炮，别说姚可珍的面子，就算是她的父母，一样该不给就不给。脸面这东西是相互的，没有人会哈腰被你踩一辈子，觉得我不好，你就把人带走，别过了。

“张鲁……”姚可珍喊丈夫。

她妈是担心孩子，才说话过激的。

姚可珍也明白，她妈这么多年欺负张鲁，张鲁早就起了反抗的心，这一天早晚会来。

最近不太安全，除了接二连三地在明珠身边发生车祸，连她收到的礼物都越来越丰富，后来她索性不去取了，电话号码换了几次，总算安静了下来。

换了手机卡给明月打电话，她叮嘱明月和明兰不许回上中。

明珠下班开车路过吴文桥的时候，信号灯刚变，一起车祸就发生了，她后面的一辆车和从旁边开来的一辆车狠狠撞到了一起。

其中一辆车很快开走了，另一辆车横在马路上，很危险，车里面的人不知道正给谁打电话。

徐太宇的助理拿着手机：“徐先生正在开会，你先不要挂，稍等。”

徐太宇离开会议室，准备去机场。

助理快速跟上，递过手机。

“有人跟踪明小姐。”

明珠惹的祸不小。

“你们跟好她。”徐太宇的声音淡淡的。

将手机交给助理，他快速进了电梯，然后飞行三个小时抵达目的地，接着开会。

他每天的安排都差不多，别人用来享受生活的时间，他则全部用到了工作上。

徐太宇推掉了饭局，回到酒店休息。

助理和他确定了明天的行程，然后转身带上门离开了。

他站在窗前，看着下面。

他以前没爱过人，明珠是第一个，他是从她身上学会爱一个人、疼一个人的，他把所有温柔都给了她。

明珠和他谈恋爱的时候应该也很幸福，她的身体反应、她脸上的笑容能够证明。明珠不喜欢笑，却经常对着他笑。

徐太宇舔了舔嘴唇。

有点糟糕。

如果她像其他人那样，能够用物质左右就好了，可他喜欢的就是她的与众不同。

现在，他却讨厌她有个性，看得到，碰触不到。

所有人都能低头，徐太宇却不能，事业上是，感情上也是。

有时候徐太宇会想，如果是自己提出分手，可能现在的心境会不同，这个女人根本不会停留在他的脑海当中。女人分很多种，能爱的，可以爱的，能上床的，只能看着的。

他的未婚妻……与其说是未婚妻不如叫路人甲，不过是个能给他助力的人而已。

周一上班，明珠就没闲着。

二院报警，一个产妇坚持要顺产，医生说胎儿情况不好，建议剖腹产，家属不同意。顺产过程中，胎儿窒息，经过医生抢救，母女平安，可产妇家里人坚持认为这是医疗事故。

“医院不赔我们钱，我们就不带孩子走。”

产妇的婆婆不管医生怎么说，也不管是不是她坚持让儿媳妇顺产的，反正孩子生下来的时候出现了问题，医院就必须负责。

产妇又是哭又是嚎，不给一百万没完，要找记者，要打官司。

医生劝产妇，说她刚生完孩子，这样对身体不好。

“我身体能好得了吗？我孩子生下来就没气，不是你们的错是谁的错？”

医院肯定不会赔偿。

闹来闹去，产妇出院，把孩子扔医院，不管了。

医院打了无数次电话，让产妇来接孩子，医院怎么给你养？

“不给赔偿，你们就替我养到十八岁吧。”

医生苦着脸问明珠：“这算是遗弃罪吧？你们能管吗？”

之前报了几次警都没用，警察带着孩子上门，人家不接。

明珠：“地址。”

医院给了地址。

根本不抱希望了，遇上极品人家了。

第八章 你欠我的多了去

明珠和大同按照地址找到那户人家。

婆婆开门听说明珠抱着的孩子是她孙女，马上变了脸色。

“我告诉你们，想这样送回来没门啊！医院害我孙女出生就断气，不赔偿，别想让我们接回来。”

“你们把孩子扔在医院属于遗弃。”

“你别吓我，什么遗弃不遗弃的，这是我和医院之间的事情。”

婆婆说什么都不肯接，还抓过菜刀堵在门口，谁敢把孩子抱进来，她就砍谁。她是不会砍人，但是万一伤到孩子怎么办?

“孩子的父亲呢？”

“你谁也别找。”婆婆蛮横地道。

明珠觉得有意思，起劲是吧？她又把孩子抱走了。

第二天，孩子的父亲就被拘留了。

警察局通知那家人，孩子的父母涉嫌遗弃，请孩子的母亲去南区警局自首。

一家人都傻眼了，警察凭啥抓人？这是不是不合法?

他们找了记者。

这名记者和明珠也有渊源，上次白脸男人的那篇报道就是她写的。

“又是你。”

记者也觉得这样的事情完全是民事纠纷，怎么就上升到犯罪的地步了？拘留的理由是什么?

明珠一字一句地说着理由，然后当着这家人的面将孩子的母亲也抓了起来。

“你们凭什么抓人？天老爷啊！”婆婆坐在地上大哭。

明珠一点反应都没有。应该有什么反应？来到这里的女人似乎都会一哭二闹三上吊。

“别在这里哭，这是警局，没有事情就去外面服务大厅等着。”完全是训斥的口吻。

记者录了音，并且放到了网上。如果你不了解整件事情，只是听明珠被录音的部分，肯定会觉得这警察真横，就差让人直接滚了，这是人民警察？感觉像是土匪呢！

可惜没引起热议，因为南区警局对媒体工作组发声了，将整件事情写得很清楚，然后面向公众发布信息。

接下来，不仅是拘留，可能这对父母会面临坐牢的问题，因为法律条文写得清清楚楚，这是很严重的遗弃罪。

作为记者，这肯定不是她想要的结果，她想要人们的点击，想要越来越多的人骂，可还没掀起浪花，就被压了下来，这个警察有背景是不是？上一次打了人，这个警察一点处分都没有受？她记得很清楚，之前在居民区开枪的也是这个警察。

那家人原本态度很强硬，认为自己所做的一切都没有错，加上有记者推波助澜，他们更觉得形势对自己非常有利，却没想到警察局的态度空前绝后地强硬，说不仅现在拘留，以后还有可能判刑，他们就有点急了。

他们把孩子接回来不就行了？这就是误会一场。

“这样做，等于承认了自己的错误，不但一点好处没有，你儿子和儿媳妇这牢也坐定了。”记者道。

婆婆不信警察，不信别人，信记者的话，问记者自己该怎么办。

星期二，他们就举着横幅站在南区警局门口抗议，吸引了很多媒体。

罗颖琳来了解了详细情况，就没兴趣了。

她觉得现在的媒体人可真是，不管香的臭的都往自己的身上揽，也不怕弄脏了自己。

婆婆哭诉说明珠上门对她动手了，这样一来，事情的性质就完全不同了。

明珠有动手的先例，白脸男人的事情也被拿了出来。

记者很清楚，警察局肯定不会提娱乐城里有粉的事情，这种事向来是捂着不对外公开的。

记者堵了明珠几次，明珠都没有发声——局里要求她闭嘴，不该说的一个字都不能说。

“明警官，我带了当事人的父母过来……”

婆婆缠着明珠那叫一个不讲理，各种谩骂。

记者的摄像机隐藏了起来，她今天想拍的就是明珠动手。

她得到消息，这位明警官的妹妹——一个十五岁的少女特别开放，为了钱，跟了一个男人，掉头说那个男人强奸她。

警察一个月工资多少？

明珠开着宝马，脚上的那双鞋是名牌吧？她记得自己从时尚杂志上看见过，那双鞋很贵的。

这些钱你是从哪里来的？什么时候警察的待遇这样好了？还是你的钱来路不正？

老话儿怎么说的？有什么样的姐姐，就有什么样的妹妹！

“我问一个私人问题，你们的工资很高吗？

“明警官的妹妹是靠陪睡发家的，难不成明警官在局里这样横着走没人管也是因为……”

明珠伸手指着记者，没有更进一步的动作：“你说话最好小心点。”

记者在心里打了个响指，她要的东西终于拍到了，咱们走着瞧。

明珠这段日子不太好过，局里让她写检查，写不完的检查，那个记者还纠缠着她不放。

明珠下班后没有开车，局里说她的车太惹眼，要求她暂时不要开。虽然车是明珠自己的，但因为这车被人提起了很多次，社会影响不好啊！

大众的反应也是两面。

有些人觉得随便，人家家里条件好不行吗？喜欢什么车就开什么车，不至于还受限制吧？

有些人则认为，警察代表着公正，警察开宝马，影响非常不好。

少数人认为这名警察就应该彻查，年纪轻轻这样蛮横，还有那么多次前科。买宝马的钱哪里来的？是不是从人民身上搜刮的？

明珠走出警局大门，向左转，准备过马路去坐公交车。

突然，她脖子一凉，下意识地击出一拳。

徐太宇一愣，她的拳头已经击到他的胸口了，但他仍坚持着将明珠脖子下方的衣扣扣上。

明珠看见是他，拧着眉头："你不应该这样出现在我的身后。"

徐太宇的手摩挲着她的脖子："你以为是谁？"

这样站在这里，被人看见，被人拍照，就真的讲不清了，她可不想和一个有未婚妻的男人有牵连。

"你的车呢？"

徐太宇笑，以前他们谈恋爱的时候，明珠总会迫不及待地上他的车，分手以后这好像是第一次。

"没有。"

明珠的眉头皱起，她不相信。

徐太宇是不会一个人出现在这里的，一定有车送他来，而且还会是几辆。

明珠扫视附近一圈，却没看到，停在哪里了？

"最近有记者跟着我。"她提醒徐太宇，她现在很麻烦，如果被记者拍到了，一定会乱写。

徐太宇比明珠高很多，他认为这种居高临下的感觉才是最美妙的，他喜欢看明珠着急。

被拍到了，也绝对不会有人写出来，这点他非常肯定。

他伸手拉住明珠的手，她的手还是那样柔软。

明珠想要挣开，却听他道："不是要找我的车吗？不找了？"

他修长的双腿迈动着，任谁看见，都会认为这样的男人是明星吧？

这时，东南方向，几辆黑车缓缓地开了过来。

他单手揽着她的后腰，从一辆车前经过。

陈滔滔停下车，拿着手机，想打给明珠。

她最近也是够倒霉的了，他今天过来，就算是……算是什么呢？反正绝对不是心疼明珠，"心疼"这两个字还用不到她身上。他觉得自己帮她吧，有点说不过去，也没什么交情，勉强算是个床伴，过于主动，显得他多那个似的。

这电话打还是不打？

纠结的时候，他抬眼，就看见从自己车前走过去两个人，男的搂着明珠，明珠的目光扫过他的脸，他确定她看见了自己。

很快，她坐进了停靠在路边的一辆车，然后男人也优雅地坐了进去，最后车消失在了他的视线里。

陈滔滔突然笑了，眼睛里闪着光，觉得自己像个傻子。

他看着手机，将明珠的名字删除——一开始就应该这样。

他现在理清了两个人的关系，他们什么也不是，她死不死和自己没关系。过去他亲眼看着明珠受伤无动于衷，现在依旧可以。有些女人比你想象得奔放，明珠明显就是这样的女人。她靠近他，不就是为了给那个男人看吗？

陈滔滔曾经问过自己，她是太有个性了，还是缺心眼啊？徐太宇啊，自己是女人都不会松手。

她非但不傻，她还很精，她把所有人都抓在掌中玩弄。

陈滔滔发动车子离开警局，回了事务所。

记者带着那家人进了王局的办公室，她今天就是来向王局提出质疑的，警方这样办案真的没有问题吗？

王局笑呵呵地说："记者啊，记者是份好工作。这样，我和你单独谈。"

记者愣了愣，不过她觉得也没什么，难道还能吓唬她？

她安抚了一下那家人，然后跟着王局进了另一间办公室。

王局给她倒了一杯茶，她眼尖地扫见了那茶的名字，当然也清楚这茶有多便宜。

呵！为了做给自己看吗？这样大的领导，这样的茶，喝得下去吗？

"我就是想知道明珠这样的警察，所有过激行为，是谁在为她买单？"

王局依旧笑着："录音吗？我知道你们记者很喜欢录音或者偷拍，而我觉得我接下来说的话不太适合被录。你想想，明珠是个警察，警队的规矩我不说你也清楚，没有人不怕记者，可她的背景你清楚吗？"

车开的方向不对，明显是要出上中。

明珠扭过脸去看徐太宇。

这样一个男人坐在身边，很难说没有一点想法。完美，极品！不爱他也会希望将他攥在自己手中，郁闷沮丧的时候看一看，说不定心情就好了。

她没见过徐太宇有失风度的一面，或许这样的一面永远都不可能出现。

徐太宇握着明珠的手，明珠没有躲没有避。

司机一直开，上了高速。

"你不问去哪里？"徐太宇开口。

"嗯。"

"明珠，我最后一次问你，想清楚了吗？想清楚和我彻底分开，你会面临什么吗？我和我的母亲不会再为你提供一点帮助。"

"嗯。"

徐太宇握着明珠的那只手紧了紧，笑了笑：“你是个太有个性的人，可能没有人告诉过你，太有个性会和这个社会不相容。”

“嗯。”

徐太宇看向窗外，快速闪过一棵棵光秃秃的树木。

“好，我知道了。”

他伸出手敲了敲司机的椅背，司机将车停靠在了路边。

徐太宇坐着没动，那双黑而长的眼眸直视着前方。

明珠推开车门下了车。

带上车门，车从她的身边飞驰而过。

明珠给陈滔滔打电话：“现在有时间吗？”

陈滔滔抿着嘴唇：“没有！怎么了？”

“我现在在高速路上，回不去。”

陈滔滔笑道：“回不来呀？那就爬回来，滚回来，要不然就别回来了。你打这通电话之前一定没有过脑子，你是我的谁？我现在很忙。”说完，直接挂断了电话。

明珠看着手机笑了笑。

明珠和住在高速路附近的村民说好，送她到能打到车的地方，她付钱。

之前那个补课老师猥亵学生的案子被人提了起来，其中一个学生家长起诉。

记者一连三篇报道，直接将明珠推到了风口浪尖。

学生被老师猥亵，几名家长联合控告，警察为什么置之不理？

上级领导原本都持大事化小、小事化了的态度，夫人请吃饭的目的大家都懂，明珠是有人罩着，可报道一篇接着一篇，迫于压力，上级开始彻查。

前后两个案子，明珠被架在了火堆上，拯救她的人却没有出现。

原本就不是未来儿媳，更不是女儿，这种情分能维持多久？或许是她抓住了徐太宇的什么把柄，徐夫人不得已才出面保了她。她以为有了护身符，嚣张成这个样子，惹怒了徐家，徐家便对她置之不理了。

明确了徐家的态度，就好办事儿了。

负责彻查此事的是祝永安，他了解了具体情况，又和学生家长深入沟通，认为明珠这个黑锅背定了。

“头儿，上面的电话。”

洛洛感觉事情不妙，今天局里的气氛都有些不同。

明珠接过电话，上级要求她马上过去，将整件事说清楚。

明珠的解释祝永安不听，觉得明珠当警察无疑是优秀的，可她已经被喜悦冲击过头了，忘了自己应当承担的责任。

解释已经听过了，接下来就回去等结果吧。

“老朱今年提交过提拔你的资料，却被市局打了回来，你知道是什么原因吗？”祝永安看着明珠问。

明珠很冷静地说道："领导觉得我行事出格。"

祝永安挑着眉头："明珠，有些事情别的警察都不去做，不是他们不能管，而是凡事都有个界限，你越界了，所以你成了靶子。上中从来没有过女公安局长，你也绝对不会是例外。什么是该要的，什么是不该要的，我想不需要我来告诉你。这件事情引起的反响极坏，局里一定会从重处罚，回去吧。"

原本南区警局对遗弃婴儿那件事的态度很强硬，一定要追究孩子父母的责任，可某个法律专家跳了出来，说这是医院和孩子父母的纠纷，警方没有权力这样做。什么是遗弃？他们并不是不要孩子，只是事情没有解决，他们能有什么办法？

上级跟记者、家属沟通后，狠狠扇了明珠一个耳光，也等于是打了整个南区的耳光。

二院的院长和老朱都去找了王局。

这是很明显的事，那家人就想讹钱，这口气没法忍。

"我刚对外界说拘留是因为父母遗弃孩子，老祝就冲着我的嘴巴来了，我现在还能说什么？我们就不该管这件事，让他们两方去掐，掐死一个少一个。"王局示意老朱坐下，他转得自己头疼。

"这是什么话？如果都这样，社会不乱套了？

"老祝的话是什么意思？局长您帮我翻译翻译。我们和二院接下去有合作，现在可好了……"

王局一愣，什么合作？以权谋私？

老朱冷笑一声："眼见快到年底了，上级要求打击偷盗，原本我们是有新方案出台的，现在也不要搞了，惹了麻烦一身腥，自己洗都洗不掉。管闲事儿还不如做一个摆着看的系统，这样大家都轻松，我觉得很好。"

王局笑道："老祝做的就是这种工作，他总要秉公办事，如果群众反映情况，他只当没有听见，岂不是说我们公安系统专制？你该明白的，他们调查归调查……"

最终，南区警局的做法很果断，将遗弃婴儿的父母送到了检察院。

所有人都以为这次南区警局扛不住了，却没想到结果是这样的。

那个婆婆抱着记者的大腿哭："当初你不是和我说，只要闹，他们一定会放人吗？"

南区警局的态度就是这样，用法律说话。

明珠的问题上级在查，现在不接受任何媒体的采访，你想见她也难，出去执行公务了，至于她这个队长有没有资格当，一切等上级的调查结果。

至于老师猥亵学生那件事，也已经调查清楚，法律确实是这样规定的，不是警察不办事，真的要追究，你往上面追究去吧！

晚上，老周和大同出去巡逻。

快到年底，小偷多了起来，要有应对措施。

大同说："最近这工作不好干啊！工资没见涨，福利待遇都取消了，大半夜的我们还得三个小时巡逻一趟，怎么不累死我们呢？”

要啥没啥，还要让他们干出热情来，这靠谱吗？

接下来，由警局牵头，在各街道社区，将如何防范各种类型诈骗、如何避免意外发生、如何避免财产损失、有危险如何报警等宣传单都贴了出去。

警察的说法简单粗暴，除了自己的父母、配偶和孩子，谁都不要信，当然，有些时候连父母、配偶都不能信，具体情况具体分析。

火车站的扒手有一种特殊群体，抓到了人，你却不能拿她们怎么样——孕妇。

对待孕妇，有法律规定，打不得，骂不得，唯有教育，可惜教育完了，人家该干什么还干什么去，有什么办法？

南区的警察局长够狠，人抓回来不准放，和二院合作，每天都有医生来为孕妇检查身体，该拘留你就给我在里面待着，就是这么硬气。

南区这片安静了，其他区就有看法了。一个城市的同类职业还要分三六九等？取消福利是上级的决定，你们这样做岂不是搞特殊？其他地方的警察多眼红啊？

老朱原本就是个黑脸，听着各个分局的领导质问他，他就纳闷了，经费没要上级出，是自己局里合理规划的结果，看看一个个跳脚的样子。

“我的手下每天晚上三个小时巡逻一次。”哪个区的人做到如此了？

老朱觉得和这些人说话费劲，这个不行，那个不许，你们不做，别人都不能做。南区的事南区自己解决，完了他们东西北看着南区都来气，有本事自己做事啊！

领导们在会议上互掐，跟斗鸡似的。

这件事没过去几天，社会新闻出了一条，有意思的同时，又觉得悲哀。

西区接到报警后，警察出动，可到了现场不但没将人拿下，还被对方袭击了——警察拔枪警告，但没敢开枪，结果枪被抢了——之后又有警察赶来，才将那些人制服。

老朱将报纸扔在桌子上。

和他说他南区不够好？放屁！

老子的人，敢拔枪就敢开枪。

警察的威严在哪里？这样发展下去，还要警察做什么？

别说什么暴力执法，警察不暴力，和你涮火锅呢？

姚可珍的女儿还没找回来，不过她接到了对方的电话，没说赎金，问的都是和明珠有关的事情。

姚可珍和明珠根本不亲，签完放弃财产的同意书后，她就再也没有见过明珠。

对方先是吓了姚可珍一通，然后问：“你和我讲实话，我还你女儿。你知道的，我们这样的人……”

“你们不要伤害我女儿，我女儿还小……”姚可珍急道，“明兰是个演员，演的都是一些不入流的角色。明月现在和她奶奶住在一起……”

姚可珍现在顾不上别人，她也不管奶奶是否有危险，有什么说什么，只希望对方信守承诺，放了自己的女儿。

“喂，喂……”姚可珍对着电话喊，而对方已经挂断了电话。

她不吃不喝坐着哭，整个人都要崩溃了。

听见有人敲门，好像是女儿在喊“妈妈”，姚可珍想都没想，便跑去开了门。

女儿被送回来了，不过对方要明兰和明月的照片。

“我真的没有，我和她们的关系一直不好。”

“你不是说老二是个演员吗？哪个？”

对方打开电脑让她查，她查到明兰的照片后让对方看，但是明月的照片她真没有，只能去形容。

问户口，她也不清楚落在哪里了，现在在哪个城市生活，她也不知道。

“总有电话吧？”

姚可珍咬咬牙，最终还是给老太太打了电话，只是不清楚那个电话老太太还用不用了。

“喂？”是明月的声音。

“明月，我是姚可珍，你和奶奶现在住在哪里？”

嘟嘟……

明月挂了电话。

“喂……”姚可珍喊着。

有人抢走她手里的电话，再次拨打出去，对方却关机了。

姚可珍抱着女儿，无论如何，她都不能让人再把孩子带走，除非她死。

对方也没有为难她，了解了一些情况就离开了。

姚可珍等人走了，把门锁上，给张鲁打了个电话：“明珠搅得整个上中都不安稳；老K的妹妹被明珠抓了，罪很大，恐怕没个十几年出不来；明珠又带人搅了老K的场子……”

姚可珍恨明珠没完没了地缠着她，害她女儿被抓两次。她们怎么不走远点呢？怎么不死干净点？一次又一次，没完没了的。

明月接到姚可珍的电话，其实并没有多想，挂断是因为不管姚可珍出于什么目的，她都不能将自己的地址告诉姚可珍。

挂断了电话，她觉得应该跟大姐说一声。

明珠嘱咐过她，不要打她的电话，所以她写了封邮件。

很快一个陌生号码打了过来：“不要给她地址，不要告诉任何人地址。”

“姐，是不是……”明月顿了顿，猜到了什么。

大姐不让自己和她主动联系，不让自己待在上中，姐姐在上中的时候，也从来不回奶奶家，一切都表明了。

“事儿都过去了，我……”也活下来了。她不想追究，也不想让大姐去追究，活着比什么都强。

明珠说：“明月，把你脑子里的东西给我清理干净。你觉得我有多了不起啊，我不要命了？”跟着挂了电话，抬头：“怎么说？”

眼前的人对明珠微笑：“陶律师在楼上等您。”

陶克戴觉得真是稀客。

明珠问的是杨雄的事情。

陶克戴看了看她。说实话，当时放人确实是没有办法，根据孩子们讲的内容，杨雄早就为自己留好了退路。

陈滔滔经过陶克戴的办公室，见门关着，里面好像有人，便问陶克戴的助理：“里面有人？”

助理说：“是，有个警察。”

警察?

明珠问清楚后，准备离开。

陈滔滔推门进来，不太爽的样子。

“明珠来问一些事情。”陶克戴主动说了一句。

大家都是旧识，陶克戴看了一眼时间：“一起吃个饭吧？！”

“跟这样的人有什么好吃的？”

明珠看向陶克戴：“我还有事情，谢谢你了，陶律师。”说完，转身走了出去。

陈滔滔跟着不见了影子，他恨不得追着明珠的脚去踩：“装不认识呀？”

明珠看着挡在自己面前的人，不知道他想干嘛？

没记错的话，上一次通话，大家已经将关系理顺清楚了，她不是死缠烂打的人。

“相中克戴了？克戴老了，你也下不去口。再说你看中的不是体力吗？可能他没有办法满足你的要求。我就好奇，有什么是你不敢做的？送上门来当第三者啊？”

“滚。”

陈滔滔：“我不滚，你打我呀？”

砰！

南区警察局。

大同撑着头，实在张不开嘴去问。

陈滔滔气得跳脚：“我和你没完……”

老周太阳穴突突地疼，问明珠：“你真的动手打他了？”

要是被媒体知道，说不定又会渲染成什么样子，还真的敢下手。

明珠斜了陈滔滔一眼：“你有没有说过，让我打你？”

陈滔滔的脸上开着一朵朵黑花。

男人的体力天生就该强过女人的，结果他栽明珠手里了，不是身体疼，而是面子疼。

这个仇结大了。

“我没说过。”

“你还真是个男人。”

“我是不是男人你不知道？”

“我不知道。”明珠目光冷冷地扫着他。

陈滔滔在这里闹也没用，因为明珠吃准了他没打算大闹，不然不会来南区，来她的地盘。

从警局出来，明珠走在前面，陈滔滔走在后面。

他刚才买了几个鸡蛋，说是眼睛疼，外卖送过来的。

送外卖的人都傻眼了，跑到警察局来叫外卖，可真是个人才。

啪！

明珠的后脑勺挨了一下，紧接着又挨了一下。

她停住脚步，回头去看：“你有病吧？”

陈滔滔乐呵呵地道：“我要是没病，送上门的我就要？牛吃草还得挑挑呢！”

明珠瞥了他一眼，似笑非笑：“你有损失了？我不明白你现在的行为是什么意思，上次不是在电话里已经说得很清楚了？”

“不清楚。”

“你需要我向你道歉？”

“我陈滔滔什么都做，就是不做第三者，你让我觉得恶心。”

明珠微微皱了皱眉头：“我知道了。”

“徐太宇订婚了吧？现在你走的是你后妈的老路？”

“我和徐太宇的事情，首先不是你想的那样，其次也轮不到你来管，再有，陈滔滔，我喜欢你的身体，但是讨厌你的人，非常讨厌，非常！”

陈滔滔黑色的眸子紧盯着明珠，那这样说就不是第三者了？是他缠着你？

“我们之前说好的，什么关系都不是，你打电话让我去接你，越界了。”

明珠觉得嗓子眼有点痒。

有台阶，下还是不下？

明珠看着他：“陈滔滔，我不希望你和我同时进警察局三次，这个人我丢不起。”

这个台阶，我下！

“我和他，谁更好一些？”

陈滔滔觉得所有分了手的前男友、前女友，对前任的印象都不太美好，不然就不用分手了。

依他看，徐太宇对明珠不像是一点情都没有，那就等于说，明珠认为自己的外在条件更胜前者，是这样吧？

明珠沉默了好一会儿，唇角上翘：“你问的是哪个方面？”

陈滔滔扭开头，算了，这样没有营养的问题，他也没有兴趣知道了。

“徐先生，明小姐最近……”

徐太宇看着手中的资料，似乎已经忘记了明珠这个人，依旧西装笔挺，侧颜缩放在电脑上都可以当背景。

“跟着她的人都回来。”

对方似乎没有听懂，回来的意思是不用再保护明珠了？

“徐先生，是转为更加隐蔽的……”

“我是说从今以后，她的安全问题不需要你们插手了。”徐太宇修长的手指按掉通话键，然后接通内线让助理进来，没过多久，他就离开了办公室。

助理将电话递给徐太宇。

“徐先生……M－400升级完毕，已经解决了防空有余、反导不足的问题。”

徐太宇对助理说了一句什么，助理快速按着手机上的数字键，然后递到徐太宇的面前。

徐太宇进入电梯，电梯下行，片刻后，叮的一声抵达地面。

电梯门打开，已经有人等在外面，跟着徐太宇一路走到车旁，然后提前两三步跑过去为徐太宇打开车门。徐太宇上车后，其他人上了后面的车，一行人快速离开。

徐太宇讲着电话：“我是徐太宇……”

关于徐太宇订婚的事情，之前媒体大肆报道，毕竟富二代嘛，而后不知道怎么搞的，和他相关的新闻删除得干干净净，好像这个人从来没有出现过一样，网上他和他未婚妻的照片也都不见了。

明珠坐在电脑前，眼睛盯着某个地方，脸色被荧光屏晃得有些暗沉。

女子监狱。

今天是姚可可被放出来的日子，她在里面蹲了整整八年。

今年她二十三岁，年轻吗？

“可可……”姚可可的妈妈早早就来到门口等着。

车上放着新衣服，离开这里了，属于这里的一切都会被扔掉，他们不稀罕。

姚可可听见有人喊自己的名字，下意识地回了一句：“到！”这是在监狱里面养成的习惯。

尽管她妈妈已经用了全部关系和金钱，她在里面的日子依旧不是很好过。她现在觉得自己的人生灰突突的，没有一丝阳光和希望。

姚可可的妈妈听见女儿喊“到”，眼泪唰地就落了下来。

如果不是明月她们，可可怎么会被害成这样？

“快把身上的衣服换掉。”

姚可可任由妈妈扒着自己身上的衣服。

这身衣服也是她的，不过跟不上潮流了。

焕然一新后，她竟然有些不习惯，反倒是她妈妈脸上终于有了一丁点喜气。

她没想到当年那个案子会引起那么大的反响，那么多人都认为判重了，可她的孩子还是在里面蹲了八年，而她的心每天都好像被扔到了煎锅里。

“你爸在前面等着我们。”

因为她要给女儿换衣服，亲生父亲也要避嫌。

“你想吃什么，想去哪里玩，告诉妈妈。”

她急于补偿女儿这八年里缺失的一切，只要女儿开心，她花多少钱都愿意。

路上，她告诉姚可可，家里换了房子，刚装修好，就等着她住进去。她的房间特别大，早上太阳晒进来，暖暖的。过些日子，她要送姚可可去学车。

“喜欢什么车，奥迪还是奔驰？你告诉妈妈，妈妈买给你。”

姚可可的声音突然变了：“明月……”

姚可可的妈妈说：“她也没好到哪里去，被人扔下了楼，谁知道现在是活着还是死了。这个人和我们已经没有任何关系了。她就算活着也好不了，不疯也得神经病。她害你，自己先体会到了什么叫报应。”

姚可可盯着车窗外，沉默不语。

姚光年看见女儿，心里说不出来是什么滋味，高兴谈不上，笑也笑不出来。

许久后，他道：“以后好好的，做事情不要过激。”

“女儿才出来，你就触她霉头。”

姚可可的妈妈和姚光年没说上两句，两个人又要吵起来，倒是姚光年呛了两句，突然觉得疲惫。

孩子没出事儿之前他乐于赚钱，孩子出事儿以后，赚钱的心思就淡了。说句不好听的话，他觉得自己后继无人，不是没想过找个人再生个孩子，可提不起兴趣来。一个孩子他都养成这样，生十个八个能如何？娶妻要娶贤，可惜这句话他明白得太晚。

姚光年不吭声了，姚可可的妈妈却仍不停地数落着丈夫。

“你们不知道明月的下落吗？”姚可可问道。

“你还想怎么样？还没闹够？还要打听她？觉得不解气？”姚光年淡定不了。

过去的事儿翻页就好了，结果她一出来就迫不及待地想要知道明月的情况。

姚可可也不知道自己为什么要打听明月。她在里面蹲的这八年，完全是靠着恨明月坚持下来的。她想着自己要减刑，要早点出来，看看明月生活得怎么样，知道她生活得不好，自己也就放心了。

姚可可回家后，她妈继续惯着她，早上不起也不喊她，给她花不完的零花钱，每天陪着她去逛街，只要女儿目光一扫，不管多少钱的东西，通通买下来。

然而，姚可可觉得很迷茫，不知道自己能做什么。按照她现在的资历，恐怕只能去干又累又辛苦的工作。她去超市收银，干了两天就被她妈拽回家了。

她妈妈哭得死去活来：“超市给开的那点钱还不够你买双鞋的。你告诉妈，你打算干什么，我都满足你。”

姚可可说自己想开个店，她妈便掏钱给她开了店。

她每天准时去店里，砸的钱多，生意也还不错。

现在最困扰她的一件事情就是，她不知道快乐是什么，赚到钱也高兴不起来。

有人看上了店里的一件衣服，试了试，觉得特别合适，只是价格有些高。

“老板娘便宜点吧！”

“不讲价。”

对方看着姚可可，一脸不敢置信："你是姚可可吗？"

姚可可的官司一出，学校里顿时炸开了锅，因为判了无期，那些小太妹都消停了，谁也不想当姚可可第二。

姚可可看着对方："你认识我？"

对方噼里啪啦地说了一通，她的身材有些变样，第一个孩子都出生了，她觉得好神奇，竟然会看见姚可可。

"哦。"姚可可对这个人的印象很淡了。

"我们班星期六有聚会，你来吗？"

"明月参加过吗？"

对方说："那件事儿之后她就出国了。之前有人在商场里看见过她，不过没敢过去打招呼。明月现在好像生活得很不错，据说她拿的卡是黑色的……"

姚可可得到的信息是明月出国了，有钱了，现在生活得很好，还回上中来了，可是她这八年过的是什么样的日子？

姚可可开着车去了明月家的老楼。

这栋楼看起来更旧了，楼门口堆放着垃圾，楼门也不知道跑哪里去了，可能是被人卸掉了。

姚可可凭着记忆上了楼，伸手敲门。

里面的人问了一句："谁啊？"

姚可可继续敲门，直到里面有人推开门，问她找谁。

"我找明月。"

"神经病，这里没有人叫明月。"说完，那人咣当一声将门关上了。

姚可可傻愣愣地站在门口半天，才慢吞吞地下了楼。

上了车，她一动不动地趴在方向盘上，许久。

明月回上中，是来看小丁的。明珠不再去看小丁母女后，照看小丁就成了明月的任务。

她看过小丁后，打算临走前见明珠一面，她很想大姐。

她站在路边给明珠打电话。

"喂？"

"姐！"

明月站在警局附近，没有太靠前，她知道明珠非常反感她出现在别人的视线内。

道边停着一辆车，车上有人打着哈气，光头粗脖子，脖子后面有文身，正无聊地打着电话。

"谁让你来的？"

明月听着电话里大姐发飙的声音，解释着，她马上就要走了。

"姐，我就在门口呢！"

明月没等来明珠，却等来了陈滔滔。

陈滔滔让她上车："上次那香的事儿还没谢谢你呢。"

明月上了车，坐着不动，好半天才问陈滔滔："我姐最近是不是惹了谁？"

不回来看看，她不放心。

“惹谁？她当警察，能不惹谁吗？”陈滔滔随意地调侃着。

明珠再次越界，不过看在明月上次帮他的份儿上，这次自己不和她计较。

“不，她去找老K了是吗？”明月的眼神就像刀子，原来也可以这样锋利。

陈滔滔以前觉得明月就是小白兔，现在却觉得既然姐姐是狼，那么妹妹根本不可能是小白兔，看看这双眼睛，淬了毒般。

“你说的什么我不知道，要不你给她打个电话问问？”

“我大姐现在和你睡在一起，你们却不是男女朋友对吗？”

陈滔滔张嘴，想解释吧，这件事情又真的没有办法解释。

“以前我看过一些八卦新闻，说我姐和徐太宇在一起。徐太宇那么好，我姐为什么不要他？她就没打算结婚。”

明月的双手握在一起，有点抖，目光落在自己的腿上。

“我和徐太宇比，差在哪里了？你这样说不好吧？”

“我大姐记恨一个人，就会记恨一辈子……”

陈滔滔打断明月：“你大姐就是个放得开的女人而已，她没有你想的那么了不起，她当警察也绝对不是要为你报仇。她年纪轻轻的，难道不怕死？你不怕死吗？”

这句话像棍子一样敲在了明月的头上，她似乎清醒了一点：“我们走了以后，我姐好吗？”

明珠的消息，从来没有人告诉她们，她和明兰也问不出来，明珠不想说的，谁也撬不开口。那些年联系的次数实在少得可怜，有时候她会想，是不是明珠怨恨有自己这样的妹妹。

“没什么不好。徐太宇她都泡到了，我也被她泡到了，你觉得有什么不好？”

“你不要玩弄我大姐。”

陈滔滔差点开着车撞到马路牙子上去。

小姑娘，你虽然年纪轻，但不能这样信口开河啊！什么叫我玩弄你大姐？谁玩谁，还不一定呢。

“你现在最好闭上嘴巴，不然我不敢保证会不会将你踹下车。”

陈滔滔送她到高铁站，用自己的身份证买了车票，然后亲眼看着她离开。

明月下车后打电话向奶奶报了平安。

她和奶奶的相处方式特别搞笑，奶奶总是一脸嫌弃她的样子，电话里也只冷冰冰地说一句“知道了”，就会马上挂断。

明月去了医院。

医生问她：“药有坚持吃吗？”

明月点头。

“我怕……”明月的双手握在一起，手心满是汗，很怕。

她可以不记得过去的事情，却不能不记得明珠被人从楼上推下去的那一瞬间。这样的事情，她再也不想经历了。有些委屈，她能忍下去。

医生劝明月，也许事情并没有她想象的那样糟糕。正因为她家困难的时候没有得到过警察的帮助，她姐姐才想当个好警察，可以理解。

“是这样的吗？”

“我觉得你想的事情有点多。你自己也说了，最近有些失眠，是不是因为姐姐的事情？很多事情，我们都应该往好的方面去想。”

明月渐渐地松开了交握的双手，是这样的。

“药你还是要按时吃。你现在吃饭正常吗？”

明月点头。家里的阿姨做菜特别好吃，她吃得很多，只是长肉很慢。

医生送明月出了医院的大门，拍拍明月的肩膀。

明月身上发生过什么事情，她没有细问过，但也能猜到一点。

“你姐姐就像你说的，那么有主见，你要相信她。你是妹妹，担心这种事情还是让她来做比较好。”

明月笑了笑，这样听来也对，一向都是大姐操心她们的。

“你那个妹妹我给送走了。明珠，你欠我的人情多了去了。”

“知道！晚上见，拜。”明珠挂了电话。

陈滔滔：“……”

明珠刚刚和他说话，轻声细语了？是他听错了，还是她利用了自己以后，感到愧疚了？

陈滔滔听见有人按门铃，过去开门。

明珠没有他家的钥匙，他也没打算给她。

“什么？”他挑着下巴，对着明珠手里提着的东西问。

“盒饭，吃吗？”

陈滔滔的嘴唇抖了抖。他是健康养生出了名的陈滔滔，她用这不知道什么油做的盒饭，就打发他了？

“你那个妹妹怀疑你要报复别人，还说让我别祸害你。”

陈滔滔觉得明月说的就是这个意思，他听着心里非常不爽快。

“真的不吃？”

“我说的话你听没听见？”

明珠走进屋里，打开饭盒，拿出方便筷子，掰开就吃上了。

炒菜她觉得不如盒饭，一荤三素刚刚好，吃得饱饱的，又满足了自己的口腹之欲，完美！

“听见了。她说她的，我觉得你好不就行了。”明珠吃了一口饭，还没咽下去，抬头看着他。

陈滔滔觉得自己的魂儿有点抖。

不知道是不是因为总面对她一个女人，他觉得自己的审美观都颠覆了。

陈滔滔看着她动来动去的嘴，觉得浑身疼，那双眼睛无时无刻不在勾引他。

“你吃的什么菜？”

明珠这种人，一看就是上不了台面的，不就一份盒饭嘛，吃得这么香，大口大口嚼着，还发出吞咽的声音，她没吃过好饭吗？

陈滔滔晚餐也没吃，觉得吃什么都不对胃口。

油汪汪的一片，好像有茄子，好像有……那是什么？

“鱼段、茄子、凉拌海带、菜花……”明珠一边吃一边回答他，夹了一点海带丝送到他的嘴边，“这个没油，试试？”

明珠买了两盒，可陈滔滔似乎只对她手里的这盒感兴趣。

她拿着水瓶喝水，用眼角余光看着他——不是不吃吗？不是觉得不健康吗？

“都是油……”陈滔滔一边吃一边嫌弃，觉得调味料放得太多，将食物原本的味道都盖住了，可以说这是他吃过的最不健康的菜。

米饭煮制的时间不够好，已经稀烂了，差评。

等他放下筷子，饭菜已经见底了，明珠吃了一多半，剩下的竟然都被他吃了。

陈滔滔盯着饭盒，似乎想将饭盒看出一个窟窿来。

明珠叫他：“陈滔滔！”

陈滔滔回看她。

明珠双手托着他的脸，踩着他的脚背亲了上去，就像亲小狗一样亲着他。

“陈滔滔，你很有意思，你知道吗？”

陈滔滔没有伸手扶她的腰，他们的关系原本就和恋爱中的男女不同，他只是适当地弯了弯腰，让自己的嘴唇能被她轻易碰触到。

他不喜欢明珠这个人，但喜欢她身上这股霸道劲儿。

明珠跳到他身上，动作很灵活，所以有些事情做起来，两个人配合得比较好。陈滔滔有时候会想，也许她是用功夫征服了自己。嗯，是这样的，没错，只是因为这个。

他家的床垫子据说很贵，可依旧会发出声音，咯吱咯吱的。

卫生间的玻璃隐约映出两条腿，哦不，是三条腿，慢慢地又变成了四条腿，两种截然不同的线条，其中两条腿比较白一些。

四条腿纠缠在一起，一会儿又变成了两条。

陈滔滔随手将用过的东西扔进了垃圾桶。

明珠扣着衬衫的扣子。

陈滔滔看了一眼墙上的钟表，已经十一点了。

“晚安。”

她毫不客气地踩着陈滔滔的脚背，捏了捏他的脸，然后拿着自己的包和衣服转身离开。

陈滔滔想说的话没有说出来，又躺回床上。

明珠不用香水，他却能闻见自己床上有淡淡的属于她的味道。

他将被子、床单和枕头全都扔到了卫生间的浴盆里，然后光着脚回到了床上。

明珠上了车，对着后视镜整理了一下自己的仪容，开车离去。

她从来不在陈滔滔的家里过夜，无论多晚，都会离开。

陈滔滔半梦半醒间，电话响起，他一惊，醒了。

他睡眠很有问题，所以一般睡觉时都是关机的，这是怎么回事儿？

是陶克戴："……这个是大客户，真的大客户……"

半小时后，陈滔滔出现在事务所，冷冰冰的脸上写着"我非常不爽"。

一个女人戴着墨镜，她今天来就是想问问，如果丈夫和别的女人生了孩子，那个女人可以继承她丈夫的财产吗？

陈滔滔的眼睛黑而沉，抬头看着女人："你想问的，不是离婚你能拿到多少钱？"

女人背靠着沙发，从她的坐姿来看，她应该没把这件事情放在心上，或者说她更在乎的是，别的女人生出来的孩子是不是也会分到她丈夫的钱。

"为什么我要离婚？我也有孩子，离了婚岂不是给人家腾地方了？"

陈滔滔看着她，不知道为什么，突然想到了明珠。

现在的女人，要比想象的狠得多，一个个都是黑寡妇啊！

女人走了没多久，陶克戴又为陈滔滔带来了一个大客户。

陶克戴在陈滔滔的耳边低声说："刚刚走的那个女人是他老婆。"

见没见过这样的夫妻？都来找律师，老婆关心的是，我老公的钱会不会被外面的私生子瓜分，老公的意图则非常明显："我想离婚！"不仅离婚，还不想把钱给老婆，所以他现在想要转移财产，可能的话，留下一些外债给妻子，然后妻子不认也得认，到时自己再出面帮她了结这件事情，也不枉夫妻一场了。

陈滔滔背靠着椅子，来回晃悠着，同时转动着手中的笔，好像表现杂技一样。

"我收费很高的。"

"陈律师，律师费你不需要担心。"

打！为什么不打！谁给的钱多，我就帮谁打。

男人和陈滔滔谈到所谓的第三者，肚子已经很大了，眼见就要生了。

"跟我一场，我不能辜负她。"

男人说第三者多么无辜，是他背叛了家庭和婚姻，可过不下去的理由有很多，摸一双手摸的时间太久，慢慢地就和摸自己的手没什么分别了。

陈滔滔的语气分外冷静："你倒是把'人渣'这两个字诠释得很充分。"

男人只是笑笑，大家都是男人，陈滔滔的这句话他只当是夸奖了。这样的事情，早晚你也会遇到的，女人嘛，总是旧的不如新的。

后来，男人还带着那个小三来见过陈滔滔。

"陈律师看我老婆的肚子，一定会是个男孩儿吧？"

陈滔滔掀掀眼皮，他又不是算命的，他怎么会知道。

原本一切准备就绪，就等着起诉，故事该是以女人净身出户结束，可惜有句话叫作"天有不测风云，人有旦夕祸福"，男的在公司上班的时候死了，死于脑溢血。

当时，小三已经被推进手术室，准备生孩子了。饱受疼痛的同时，脸上挤出一丝笑意，她相信自己生完孩子出来后，迎接她的会是另外一片天空。

原配接到电话——她现在还是男人合法的妻子，自然会找到她。

男的没什么亲人，还没来得及转移财产——已经和陈滔滔打过招呼，准备今天开始转移，结果挂了。

原配知道这件事情后，摸了摸女儿的脸。

“妈妈！”

“乖女儿。”

她原本还想为了孩子和他对付着过呢，只要他不做得太过分，这口气她忍了，可惜……你说老天爷怎么就那么长眼呢？

原配找到了陈滔滔，其实她已经看明白陈滔滔是个怎样的人了，就算之前没看清，现在也看清了。

陈滔滔将东西都拿出来给她看，律师费加倍，原配没有任何犹豫地点了点头，她现在最不缺的就是钱。

眼前这个律师，有奶就是娘。和他讲良心吗？钱说了算。

陈滔滔告诉原配这个钱怎样转移，才能让小三生了孩子，也一毛钱都分不到。很简单的道理，这钱我怀疑你们早就转移走了，我现在还欠一屁股外债，你那个私生子要不要也替我还一部分？

美丽、温柔、让男人找到了第二春的小三，生完孩子觉得胜利在望了，她生的是个儿子。

她住的是专业医院的高级病房，她妈妈陪着她，还专门请了一个护工。

“你找谁？”

原配是带着保镖来的，有钱什么人都能请到。

“我是云大庆的老婆。”

小三的妈妈立马不吭声了，原配找上门了，这是知道了？

小三的妈妈还算有自知之明，没有闹腾。

小三见到原配，可就没那么客气了：“来看看我的儿子？”

“生了儿子？”原配真想笑。

小三一脸张狂，她生的是儿子，眼前这个女人的老公马上就会娶她，而这个黄脸婆很快就要下堂了。黄脸婆这么老了，也没有男人会要，以后的生活就是在柴米油盐当中虚耗着，真是太可怜了。可怎么办呢？她也无能为力。

“是啊！孩子长得特别像大庆。”

原配摘下墨镜，小三往后躲了一下，她以为原配要打自己，待确定原配不是要对自己动手后，她又挺直了脖子。

原配扫了一眼病房，据说在这里生孩子很贵，十万起价。

想当年她生孩子那会儿……算了，她也不愿意回想。

“像大庆就好，大庆也留了个后。”

小三一脸警惕，好像哪里出岔子了，是不是她不想离婚，还想把自己儿子抱过去养？

“你这个不下蛋的老母鸡别妄想抢我儿子。”

原配唇角向上："我是不下蛋，但鸡是你。我今天来呢，是要告诉你，云大庆死了，脑溢血，死在公司里。但是公司的账面上没有钱，我怀疑被你们私下转走了，等你出月子后准备打官司吧！我家的钱，拿了多少你给我吐出来多少。"

小三的妈妈一听就急了。死了？真的死了，还是她故意这样说的？

小三揪着原配，她不听这些。她知道眼前这个女人恨她，恨不得把她生吞活剥了，她说的一个字自己都不会信。大庆昨天来看自己时还好好的，她是气疯了吧？

"请你滚出去！"

原配回头看了自己请来的两个保镖一眼："动手吧。"

两个大男人便把小三从床上抬了下来。

小三的妈妈哀求原配："她才生过孩子，你不能这样，你就当可怜可怜她……"

原配看着她："她抢我丈夫，抢我的钱，还让我可怜她？"

小三都要气疯了，这里是她的病房，凭什么这个女人说进来就进来，谁敢动她试试看："妈，报警！"

原配发话："扔出去。"

陈滔滔不给她看那些东西还好，她现在已经够宽容的了。

小三满嘴难听的话。你知道的，有些男人被人一哄，嘴上就没个把门的，什么都能说，比如自己老婆在床上怎样。

"站住！"

小三以为原配怕了，结果原配将小三身上的病服剥了下来，直接将人扔到了外面。没打你，没恐吓你，我就是让你接触一下冷风，好好清醒清醒。

医院的人自然是要出来劝的，这是产妇，你们不能这样闹。

"大伙都别忙着下结论，这是家事，她偷我丈夫的那天就该知道自己会有什么样的下场。"

小三儿啊？众人指指点点的。

原配算是出了这口气。

折腾到派出所，警察也拿她没有办法的。你说她犯罪了吗？当然没有！

小三的这个月子根本不用坐了，马上去了公司，知道云大庆是真的死了。

她妈就哭，这才生了孩子，那边就死了，钱也没了，这孩子岂不是什么作用都不起？

不但没有捞到任何好处，还把自己的青春和未来搭进去了，突然觉得好亏，她的命怎么就这么不好呢？

小三找上门，她儿子是有权分家产的。

"债还剩不少，既然他这么小就懂得体谅我这个当大妈的辛苦，就分一部分债务给你们。"

"你少唬我，公司账上的钱都哪里去了？"

原配冷笑，一记耳光抽了过去："你问我钱哪里去了？你不是和云大庆商量着转移财产，然后让我擦屁股吗？"

小三看鬼一样看着原配，她是怎么知道的？

小三又去找陈滔滔，可惜见不到陈滔滔，因为见陈滔滔一面也是要花钱的，而且这个钱多得离谱，她现在拿不出来。她知道这件事一定和陈滔滔脱不了干系，是他害了自己。

自己和他无冤无仇，他为什么要这样对待自己？

陶克戴摇摇头。小三已经在事务所待了好几天了，她就算是等死，也见不到滔滔的。

原配坐在陈滔滔的对面，她已经将尾款全部结算给了陈滔滔："陈律师。"

"嗯？"陈滔滔看向原配。

"希望我们永远不见。"

陈滔滔笑了笑，他就说女人翻脸比翻书都快，死了老公，她竟然一点都不伤心。

原配从事务所出来。

小三站在外面骂街，等看清楚从里面走出来的人，她揉了揉眼睛，是她看错了吗？

随即，小三冲了上去："你是不是和那个律师有不清不楚的关系？"

原配看着眼前疯狗一样的女人。温柔？贴心？懂事？年轻？

高跟鞋照着小三的小腿踹了过去，然后上车离开。

南区警局现在很尴尬，提拔年轻警员，自然是选年轻力壮、工作能力最强的，可任何人和明珠比起来都差些火候。

大家闲聊的时候，就说明珠肯定是个女权主义者，因为对于升职她好像没什么反应，对妇女家庭暴力这方面就格外上心。

民生街道。

街道办的工作人员挨家挨户上门普及，如果遭遇家暴请报警。

刚开始自然没效果，都说男人打女人是家务事，夫妻过日子哪有不打架不吵嘴的？后来宣传得多了，就陆续有人站了出来。

经过各方努力，反家暴方案已经开始运作了，并且初见成效。

很多女人甚至男人都在为反家暴出声，有些人却觉得这就是儿戏，这个女警察真是没事找事，闲得无聊才整这些没用的吧？

指挥中心接到报警，大同和老周去的现场，受害人没带回来，因为进医院了，施暴者被带了回来。

打老婆的男人叫武磊，解释说他和妻子之间纯属误会，夫妻过日子，舌头碰到牙了，就吵了起来，妻子脾气也很大，他就动手了，没真打。

"你还没真打？你如果真打，就把人打死了。"

武磊垂着头："我们俩就是闹着玩呢。"

"你这闹得也够厉害的了。"

大同将事情经过详细记录下来，然后将笔录本推到武磊面前，让他确认后签字。

陈小涛的头皮被武磊割开了一段，送进医院的时候别提多狼狈了。医生听说过家暴，不过只是动手打人，这拿刀划头皮是什么概念？

陈小涛的工作非常好，公务员，人长得不美但也不丑，个子也不矮。丈夫呢，各方面都不如她。她和武磊是相亲认识的。她原本不想嫁，母亲一天到晚唉声叹气，父亲看见她就骂，那个家让她觉得窒息，当时真的是认为离开了家，一切都会好起来。

第一次挨打她就跑回娘家不想过了，没有办法接受丈夫动手，可她爸妈把她劝了回去，这都不知道多少次了。她一提离婚，她爸就拉着脸，她妈就哭。

陈小涛将详细情况都和警察说了，她不管丈夫会不会受到影响。

警察走了没多久，陈小涛的母亲来到医院，进病房看了女儿一眼，觉得她状态挺好的："出院吧！你住在医院多丢人！你爸一天没吃饭了，他说太丢人了。"

邻居间避免不了互相比较，你家孩子怎么样，我家孩子怎么样。全楼没一个离婚的，如果自己女儿开了先例，这脸就丢大了。

陈小涛摇头："妈，他这次拿刀划我的头皮，下次也许就要我的命了。"

陈小涛的母亲盯着女儿的头看了半晌："他当时可能是太生气了。夫妻过日子哪有不打架的，不打架的都过不到老。你原谅他，给他一个台阶下，他以后还能不顺着你吗？"

"妈，这次我不会听你的。"

陈小涛态度非常坚决，和父母讲，自己有手有脚，工资不少，以后就不麻烦父母为她操心了，至于离婚以后的事情，她自己承担，绝对不会回家哭诉一句。

陈小涛的父亲坚持认为，女儿赚的钱多了，内心就膨胀了，已经不知道自己是谁了，以后有她受的。她单身的时候，有几个男人看上她了？

陈小涛想申请拒绝武磊靠近自己，可法律上没有这样的规定。

明珠拿着笔正在写什么材料，站在她面前的人说话声音不大："他总是来骚扰我。警官，我要怎么做才能不让他找我？"

明珠抬头："这方面的法律你是知道的，没有。"

陈小涛点头，就因为知道，她才来求助的。再这样下去，她不敢保证自己这个婚离成之前还有命在。

武磊这样的男人，什么事都做得出来，他自己烂一辈子也就算了，搭上她的命，她不干。

"他怎么你了？"

陈小涛说只要她下班，武磊就会出现在她身边。她去过同事家住，去过警察局躲，可每天这样东躲西藏她也很累，特别是她家里人给她很大压力。武磊亲自上门，对着她父母又是跪又是哭又是抱大腿的，结果她父母竟然答应原谅武磊了。

明珠的嘴唇动了动。原谅了？这对父母的心也是够大的。

"我们不可能派人每天跟着你。你应该清楚，这样的话，我们就别工作了。"

"我明白。"

陈小涛明白，是因为看过有关明珠的报道，她觉得这个警察有良心，潜意识里认为明珠不会不管。

"下了班你可以来局里坐坐，暂时也没有更好的办法。"

陈小涛想也只能如此了。

她每天上班从警局走，下班直接到警局，局里有人有想法，但她就是个无助的女人，能眼睁睁地看着她的生命受到威胁而不管吗?

好在她会做人，厨艺还不错，大家跟着吃了不少好菜好饭，就是睡觉的地方简陋了点。

洛洛和陈小涛聊天得知，陈小涛没结婚之前是想念博士的，可惜被她父母拦了下来，觉得女孩子念那么多书没用。

“怎么会没用啊？我要是博士，我爸妈脸上都会开花的，绝对恨不得拿个板儿把我供起来，光宗耀祖啊！那你以后还念吗？”

陈小涛点头：“念。”

陈小涛离婚以后，武磊跟了她大半年，这段时间，她几乎天天警局上班、下班警局，南区的警察和她都特别熟，觉得这真是个不错的姑娘。

“我可听说了，你们局出了个二十五岁的正科。”陈滔滔解着袖扣，他是突然想起来这件事情的。上午接了一个电话，对方正好说到了这个。

明珠钻进他怀里，脸贴着他的胸口。

陈滔滔抬着手，他还没换衣服呢。

“我说话呢，没听见？”

“很奇怪吗？”

“我只是觉得没有你，可真奇了怪了。”如果自己是明珠的顶头上司，肯定会提拔明珠的。

明珠笑了笑，坐在床边。

“我也觉得我自己挺好的，我还给局领导写了一封自荐信，认为我能当个副局长之类的。”

陈滔滔的衬衫扣子解开，看看她，用眼神示意她现在可以过来了。明珠走了过去，陈滔滔就敞开怀抱着她。抱着一个人的感觉挺好，很温暖，比抱着抱枕舒服多了。

“我牺牲大了。你遇上了我，就偷着笑吧，上辈子你一定积德了。”

明珠也不和他争辩，他好声好气，自己也乐得配合。

“你觉得我能当上公安局长吗？”

陈滔滔的下巴抵着她的头顶，她用的不知道是什么洗发水，味儿还挺好闻的。

“我觉得你一定短命。”

陈滔滔不是开玩笑的，他认为一个人过于有抱负，过于有想法，特别还是个女的，命肯定长不了。人活着都是先为自己，后为他人，愿意牺牲自己的那种叫雷锋，换个词儿他就不说了。

“算命的说过，我命长着呢。”

陈滔滔更加用力地搂了搂她：“给你算命的那个人，一定是个江湖骗子，不作数的。我看看你的手，这小短命……”

陈滔滔说明珠的生命线满是岔子，明摆着管的闲事儿太多。

明兰没有通知明珠一声就回上中了。

她之前拍戏一直很忙，和明珠也没通过几次电话，这次买了蛋挞直接送到了警局。

“我买的蛋挞收到了吗？”明兰举着电话，看着警局，问道。

其实她非常想进去看看，可明珠不让，就好像明珠做的工作是地下的一样。

明珠担心什么，她知道，不过觉得不可能，那么多年过去了，明珠过于小心翼翼了。

明兰离开警局，就被人跟上了。

“有个女人看起来很眼熟，好像是个明星。”光头摸着脑袋说。

真的很眼熟，名字在嘴边，可就说不出来。

白脸男人打开手机，一张一张看着。

这个明珠真的和家里人一点不走动？她那两个妹妹凭空消失了？

“你这拍的都是什么？”

光头看是他刚刚拍的明兰的照片，身材好，脸蛋也好，多看两眼正常。

“有个女明星来过警察局，不知道是不是报案的。是不是被潜规则了？”光头干笑着说。

白脸男人关了手机，吩咐了句：“好好盯着她。”

光头往外走。

“你等一下。”白脸男人却突然出声。

光头转身走了回来：“怎么了，二哥？”

“拿来。”

白脸男人将手机重新打开，找到明兰的那张照片，然后放大。脸拍得不够清楚，他不敢确定。

“她叫什么名字？”

光头说自己没记住，这人演过好多电视剧，不过都是打酱油的，上网一查就知道了。

白脸男人觉得太眼熟了，如果没看错的话，应该是明家的老二。

当年，他兄弟看见老二的时候就想做点什么，不过没有现在这么美。

明兰？

明兰等明珠下班，她以为大姐看见自己，怎么着也得露个笑脸吧，却没想到等明珠看清站在自己眼前的人后，眼睛里射出一把把刀子，恨不得把明兰活剐了。

“谁让你回来的？”

明兰吃软不吃硬，你好好地和我说，什么事儿都没有，你却对着我发脾气，我可不喜欢。

她和明月回来以后，明珠一直这样。事情已经过去七年了，七年时间足可以淡化很多事情，明月也不住这里，怕什么？

“马上走！”

“你有病！”明兰的脾气直接上来了。

她就是想回来看看大姐，想让明珠感受到家的氛围，她和明月不是一直都这样做的吗？

“我说过，让你们不要回上中。”

“我已经是成年人了，明珠你能不能不要总把别人当成孩子来看？我知道你是大姐，也没有人不把你当大姐看。你谈恋爱，我们不知道对方是谁，甚至都没见过他。你家我这是第一次来，明月都没来过。我们七年没见了，从国外回来，你就把我们俩扔到了那个老太婆家里。”明兰也觉得委屈，我们都对你好，你却不觉得我们好。

“我现在没有办法和你们说。”

“你永远都是这样。”

明兰抓起自己的包，拿着大衣，转身就要走。不让她回来，她以后不来就是了。

“我送你。”明珠穿上衣服跟着明兰下楼。

“你怕什么？”明兰问明珠，惹谁了？

“我什么都不怕。”

明兰扭着脸，她是强行被明珠送走的，不容反抗。

明珠不让看，明兰只能绕路去看明月。

明兰拽着易拉罐的拉环，打开以后喝了一口啤酒。

“大姐我是一点都看不透。”

明月坐在一边，奶奶已经睡了。

明兰嘎吱嘎吱地嚼着鱼皮豆，像嚼着明珠一样。

“大姐会不会去找老 K 了？”

明兰手里的鱼皮豆掉了一地。

老 K 这个名字已经刻进了她们的骨头里，谁都不会忘记。

明月觉得这种可能性非常大，尽管当时医生安慰她，但那些话她后来想想还是不对，大姐一开始可能就想做点什么，所以把她和二姐的名字都改了。

“不会吧？”明兰脑子有点蒙，但觉得这种可能性应该不大。

“我觉得很有可能。”

“明月啊……”明兰扫了明月一眼。其实她脑子一点都不如明月转得快，这些年也懒得用脑，她觉得都要生锈了，但有一点，明月的情况和别人不同，她是绝对不能让明月回想起过去的，“你瞎说什么呢？大姐现在是警察，按照她的个性，不可能不惹人的。她担心别人报复她的家人，这不是很好理解吗？”

“那你刚刚说你一点都看不透大姐。”明月反问。

明兰：“你就一定要我说得这么明白吗？你二姐我现在的工作和动脑子没什么关系，成天演这些破烂戏，我的脑子就是摆着看的，事情是这个事情，但不一定要理解。我是她妹妹，不是她爱人，理解这种事留给她爱人去做吧！”

“大姐和陈滔滔在一起。”

啥？明兰直接摔倒在地。

据说大姐和一个有钱人谈恋爱，怎么扯到陈滔滔身上了？

明兰对陈滔滔的印象非常不好。

人遇到困难的时候，就会记住所有对你不好的人、不好的事，陈滔滔就在不好的那部分当中。

“陈滔滔追的明珠？”

“大姐追的陈滔滔吧？”

明兰已经不知道该用什么样的词儿来形容自己此刻的心情了，明珠想干什么呀？

“明珠告诉你的？”明兰抿抿唇，为什么明月知道，她却不知道？

“我能感觉出来，她的状态不一样。”

明月也说不上来，她只需要看一眼，想一想，就知道明珠和陈滔滔的关系。

明兰喝了两罐啤酒，明月已经睡了，她跑到阳台，将门关紧。

“到了？”

“明月和我说，你要报复老K。”外面刮着风，可能是有些冷，明兰的脸色越来越白，“明珠，你最好不要骗我，你的行为已经让我和明月坐立难安了。”

“我和他有点冲突，但不是报复。”

明珠简单地说了说，细节没有讲。

她干的这份工作，工作内容不能讲，不过省略的那部分，明兰也明白了。老K就是个毒瘤，明珠非要将这个毒瘤割掉不可。

“你为什么去惹他啊？”

“我不会拿自己的性命开玩笑的。”

陈滔滔听见这句话，无声地翘了翘唇。是谁被人捅了一刀，进了医院，一个照顾的人都没有，可怜兮兮地躺在那里？

明兰想说什么，话到了嘴边又咽了回去。她认为即便是姐妹，你也不是她妈，不能替她决定未来。明珠有自己的喜好，已经成年并且有独立思考的能力，她在做什么，她很清楚。

“姐，你别拿自己开玩笑。你愿意当警察，愿意帮助人，要是小事我们就帮，真的豁出性命的那种，你就靠后吧，你没有九条命的。你自己也说过，活着才能有一切。我们姐仨现在生活得多好，老三这么有出息，我也挺好，你也不错。你想做个好警察我也不拦着你……”

明珠的太阳穴疼。

突然，有手贴了上来，凉凉的。

陈滔滔的手揉着她的太阳穴，她这才觉得舒服了一点。

明兰啰里啰唆地说个没完。

谁活得好好的愿意去送死？她当然知道自己没有九条命了。

好不容易挂了电话，陈滔滔贴在她的耳边：“你妹妹挺像个老妈子。”

明珠平静以后推开陈滔滔的手。

陈滔滔耸耸肩，不用就算了，他的手艺好着呢，和人学过的，她能享受到，是她的福气，结果还不领情。

“太阳穴不疼了？”

“不疼。”

说不疼的人，太阳穴又猛地跳了两下。

陈滔滔贴着她的后背，那双冰凉的手又落到了她的太阳穴上，轻轻按着。

“陈滔滔。”明珠叫他的名字。

“嗯？”

“如果你哪天准备结婚了，记得要提前告诉我。”

陈滔滔抿抿唇：“好。”

明珠和陈滔滔关系复杂化这么久，这是她第一次在陈滔滔的家过夜，也许是因为她今天有点闹心，也许是天太黑了，说不出原因。

明珠走进卫生间，目光落在那个金马桶上，觉得某个人的品位真是太奇葩了，掩盖不掉的铜臭味，生怕别人不知道他喜欢金子似的，他的床怎么没打个金的？

陈滔滔进来方便，也不怕她瞧。

“男人有像你这样喜欢金子的吗？”

陈滔滔答：“等你过了三十岁，再看看你能不能斩钉截铁地和我说，你不喜欢金子。上了年纪就是这样的。以前觉得金子俗，一过三十，莫名其妙地觉得金子好看起来了。”

明珠冷笑：“你没过三十，也一身铜臭味。”

明珠的目光向下，是的，陈滔滔更年轻的时候她也见过，她只觉得此刻自己的膝盖隐隐作痛。

陈滔滔拧开花洒，拽明珠过来，怕她着凉，这样的天，还是冲着热水比较暖和。

“你知道我喜欢你什么吗？”

明珠笑而不答。

“明珠，我就喜欢你恨我的这个劲儿，你恨我的人却喜欢我的身体。”

说完，陈滔滔捧着她的脸就吻了下去。

头上淋着热水，两个人挤在一起不够分，他和她的身体都有一多半在热水外面。他的血是热的，他的唇却是冰凉的。

陈滔滔拽着明珠，让她更靠近自己一些。

突然，陈滔滔用力将明珠抱了起来……

明珠的头发湿漉漉的，站在床边，吹着头发。

陈滔滔用浴巾擦着自己的头，身上的睡袍松松垮垮的，一副慵懒样儿。

陈滔滔有值得炫耀的资本，他往这里一站，明珠的目光就移不开了，黏在了他的身上。

陈滔滔侧头擦了几下，似乎耐心用尽了，将浴巾甩到地上。

“给我吹吹。”他都有替她服务，她是不是应该投桃报李？

“你健身吗？”

陈滔滔挑眉。

“我是生出来就这样，天生的完美。”

明珠笑了笑，有些人，这辈子你都别指望会谦虚。

她吹好了头发钻进被子里就睡了。

过了没多久，床垫动了动，他也上了床，很快进入了睡眠状态。

说来也怪，他以前明明怎么困都睡不着，现在上了床还没想清楚，眼皮就睁不开了，主动往明珠身上靠，倒是省了安眠药的钱。

“看着眼熟。”明珠推开办公室的门，后面的人跟了进去。

可不眼熟嘛，老熟人，陈小涛啊！就是那个被丈夫家暴，头皮都被划开的陈小涛，婚离了，工作也换了。

“妇联？”明珠笑了笑。

陈小涛倒是一脸坦然，她来到这里是为了和明珠商讨妇女保护方面的一些事情。

曾经，她差点死在丈夫手里，现在一转身，她为广大妇女服务了。

换这份工作的时候，她的父母又闹了一场，认为她有病，可她不后悔，等真的工作起来，她竟喜欢上了。

陈小涛收拾好自己的东西。

“你……”明珠叫了她一声。

“嗯？”陈小涛回头。

“你们是给妇女做工作，学着三从四德？”明珠觉得自己就是个奇葩，她信自己不信老天。

“不，我们的工作是为像我一样的女人讨说法。”

明珠点了点头，看着吧，但愿不是一句空话。

有些事情警察也无能为力，比如眼前——

当妈妈的拉着孩子进了警局。

妈妈比较紧张，一辈子也没犯过事儿，进这种地方总觉得浑身不舒服，可被逼到这个份儿上了，她不得不来。

明珠本来已经下班了，听说是校园暴力，便停了下来，跟做笔录的警察说了句：“人我领走了啊！”

民警一愣，赶紧点头。领走吧，这事还真没法管。就是扒了衣裳拍照片，还都是孩子，怎么管？

明珠夹着包，回头看那个妈妈：“傻站着干什么？上来。”说完，踩着高跟鞋上了楼。

领着女孩儿的那个妈妈有些发愣，怎么看都觉得明珠不像管事儿的。

刚刚做笔录的民警提醒：“上去吧，这是我们头儿。”

明珠推开办公室的门，顺手开灯，将包随意地扔到一边，坐下，问：“怎么回事？”

女孩儿不吭声，明珠把她妈妈撵了出去，女孩儿才断断续续地说，一开始是和她要钱，她没给，便骂了她，骂得很难听，第二次就是昨天，放学后带着人扒她衣服，还拍了照片。

女孩儿咬着下嘴唇看了看明珠，然后小声说，这话她当着她妈的面都没说。

打她的那几个女生一开始没打她，只让她去陪人睡觉赚钱，说能赚很多零花钱，能买好多东西，她没同意，想马上走，她们就把自己围住了，最后才打的她。

“之前为什么不说？”

女孩儿说觉得她们就是想打自己出气，因为没从自己身上要到钱，至于她们所说的陪人睡，她觉得就是吓唬自己的。

“你还手了吗？”

女孩儿摇头，六个人打她一个，她打不过，她也没学过打架。

“下次有人打你，你记住，不能不还手。你一个人肯定打不过六个，你就盯着一个打，别给打死了就行。”

女孩儿错愕地抬头看着明珠。

明珠给陈小涛打了个电话。

陈小涛也已经下班，不过还是赶了过来，详细了解了情况，然后安慰那个妈妈，说该找学校还是要找的。

陈小涛说，这事绝不是殴打同学那么简单。为什么会提到陪人睡赚钱？背后的人是谁？只是吓唬同学，还是真的在做这样的事情？

问女孩儿知不知道那些学生家的地址，女孩儿摇头，表示自己和她们不熟。

陈小涛和明珠一起去找学校的领导，下班时间学校没人，不过好在看到一个老师，要到了校长电话，然后查到了那几个打人学生的家长的联系方式。

几个施暴者的家长听说这件事后压根不信，觉得自己家的孩子可乖了，而且就算欺负同学也没什么，顶多等自己家孩子回来收拾一顿就得了。

还有的家长觉得小孩子们打打闹闹，不算什么事，警察闲着没事干才找上门来的。

陈小涛做的是教育工作，前前后后讲了半个多小时。

最终，几个家长表示愿意道歉，不然还要怎么样？

“我们平时对她也是疏忽了。孩子交给学校，学校没管好，我要追究学校的责任。”话题一转，有家长特别激动地表示自己明天要去教委告，这件事全赖学校。

“你家孩子可不只是这点事，她强迫同学陪人睡觉赚钱，这是什么罪，你们清楚吗？”

那名家长脸色一变，打人他们可以认，逼迫同学去卖淫不能认，这多大的罪名啊，警察也不能乱说。

她噼里啪啦地说了一通，让明珠向她道歉。

这时，那个孩子开门进来，这名家长立刻对孩子使眼色，那孩子转身就跑，只是明珠的动作更快，三两步追上，就把人按墙上了。

“你这是干什么？”当妈的不干了，她女儿就算打人还有他们教育呢，警察这是做什么？

明珠把人带走了。

陈小涛傻眼了，真没见过这么粗暴的，完全不按照章法走。

刑警大队。

“我的天啊，估计明天早上警察又要上头条了。”

家长上网闹腾去了，说警察把她的女儿抓走了，关键词——上中，南区警局。

王永春把手机扔到一边去。有人让他看，他看了两眼，就笑了出来。

“我觉得南区这回又要出名了。”

王永春靠着椅背，闭着眼睛休息，眼睛有点疼：“她没有你想的那么不堪。”

他和明珠共事过，那个女人怎么说呢，做事情看着好像很冲动，但脑子不笨。

上级一看闹到了网上就让放人。

老朱一脸茫然：“啊？我不知道啊！什么都不知道，回头问问。”挂了电话，他说了一个字：“屁！”什么都没搞清楚，就忙着放人？

明珠在打人的女孩这里没问出什么来，但是从其他学生身上找到了突破口。

关于拘留打人的女孩，警局一直不肯公开解释原因，孩子的父母就联合媒体各种闹腾，什么样的新闻标题都用过了。

明珠穿了一件高领的黑色毛衣，侧身坐着。她审了两天，对面的人眼见就要崩溃了。

上级给的压力都堆到脖子了，让她审不出来就放人，外面那些人叫嚣得更是厉害，说法律不健全，拘留多少小时就该放人，还在审什么？对外不公布具体情况，他们怎么了解？到底犯了什么罪，你们这样对待一个孩子？

老朱拿着电话，各种打官腔，反正人现在不能放，马上就要有收获了。对外公布？抱歉，暂时也做不到。

上级催得他头疼。

昨天没睡好，或者说自从明珠来了，他就没睡过一个好觉。

女孩两天没睡，迷迷糊糊的：“我说……”

终于交代了。

老周和大同带人去抓捕，然而托媒体的福，人早跑了，这么大的新闻还看不见？

外界一直要警方给理由、给答案，现在给了，不但要抓人，还要立案，这哪里是校园暴力那么简单，还牵扯到了错综复杂的社会关系。

之前来报案的那个母亲带着孩子再次来到南区警局。

她当时只是想试试看，没料到真的有人管，更没料到这件事背后竟然隐藏着这样大的黑幕，太可怕了，这是中学生吗？这简直就是毒瘤。

她是来道谢的，如果不是明珠，她不知道后面会发生怎样更可怕的事。

她请明珠吃饭，明珠却一脸淡淡的表情，怎么都不去，最后她只能放弃。

明珠看了眼女孩儿，说：“如果再有人难为你，记得还手。人多也不用怕，按照我说的，盯住一个打，但是别给打死了，打死你要负责的。”

女孩儿点点头：“我记住了。”

女孩儿的母亲抱住女孩儿：“有话你也不对我说。妈不会表达，就想着多赚点钱让你生活好点。你也听警察阿姨说了，如果我有什么地方你觉得不对，一定要和我说，外面的世界比你想的乱多了。”

“知道了，知道了。”

明珠拎着电脑进了陈滔滔的家，他家的钥匙上次给了她，她是为了案子过来的。

陈滔滔下班回家，看见门口多了一双鞋，也没感觉意外——她不来找自己，自己也要去找她。

“我找你有事情要说。”

陈滔滔光着脚踩在地板上，没有穿拖鞋，心热，被她气的。

没事儿也要给自己找点事情，他现在成什么了？简直就是警察局的垃圾桶，什么案子都找他，他很累的，他很贵的。

明珠的视线落在他的脚上，看着他一步一步进了厨房。

明珠不清楚觉得这人很棒的时候，是不是连他的脚趾都会认为很好？

陈滔滔的人品不怎么样，可这副皮囊真是令人移不开眼啊！

“你给我找的活儿？”

明珠清清喉咙：“当事人不上庭可以吗？”

“可以倒是可以，但我就是不爽，明珠大小姐，你知道我打一个官司收多少钱吗？你知道我要是接了这个案子，得赔掉多少钱吗？我的每一分每一秒都是很贵的。这样的案子，什么样的律师不能去打？”

陈滔滔嗓子冒烟，极度缺水，举着水瓶往嘴里灌。

他一脸不爽，视线不经意间落在了明珠的电脑上。她可能来很长时间了，开着电脑。

“这不是我帮你找的事情，是检察院。”至于你和检察院之间是怎么回事，我不清楚，我就是个小警察而已。

明珠关上电脑。

人已经回来了，该问的也都问了，她现在可以撤了。

“别走，有事情要找你妹妹帮忙。”

陈滔滔的喜好除了挣钱、养生就是玩沉香了，刚刚他已经和明月联系过了。

那些东西明珠听不懂，也不愿意听，盖着被子睡了。

陈滔滔就是个神经病，非要开着窗户睡觉，屋里的这点热乎气都被放出去了。

陈滔滔抱着胸，站在明珠跟前。

他是故意把窗户打开的，想知道她这样吹一夜风，明天会感冒不。

确定她已经睡着了，他摸了摸下巴，进了书房。

明珠是被冻醒的，觉得有风吹到自己身上，睁开眼睛，窗户还开着呢。

“有病！”

她光着脚下床将窗户关上，然后没过多久，哐当一声，她就摔门离开了。

陈滔滔在客卧睡得特别香，不知道梦到什么了，唇角一直向上。

明珠回到家，人也清醒了，不用睡了。

她打开电脑，想找部电影看，培养一下睡意。

电脑屏幕很久没擦过了，她也懒得去擦。电脑能用就好，何必天天擦呢，擦那么干净也没有人夸奖你。

陈滔滔这个神经病把她的电脑桌面换掉了，原本是徐太宇的照片。

明珠觉得虽然分手了，她对徐太宇也不留恋，只是一种对于美的欣赏，所以留了下来，偶尔看看。现在她的电脑桌面换了一张黑白照片，一个男人的侧脸。

她冷笑着，哈着哈气，用纸巾将屏幕擦了擦，想将上面的所有污迹都除掉。

手顺着照片，一点一点摩挲着，他的鼻梁，然后是他的嘴唇……

这张照片很称明珠的心，怎么看都觉得兴奋。她算是明白了，为什么有些人愿意把偶像的图片放在电脑屏幕上——准备工作的时候看上两眼，别提多幸福了，确实多了一点动力。

她对陈滔滔的评价依旧是人品不怎么样，身材却是一级棒，尤其是他的脸、他的腿。

陈滔滔当然清楚自己的好容颜。事实上，他认为明珠找了他，不管是不是谈恋爱，都占尽了便宜。有多少女人认为和他共度一夜是遥不可及的梦想，可那些女人还没主动出击呢，明珠先占上了。

她应该一天三炷香地感谢她的八辈祖宗，她走了什么狗屎运，自己才能将目光落在她的身上，这和中了五百万没什么区别。

“晚上见。”陈滔滔的唇边闪过笑意，慢悠悠地手一扬，将手机扔到一边去了。

这是他第一次主动邀约。

明珠挂断电话，刚将手机放好，洛洛拿着一个快递包裹，看了一眼名字，确定是明珠的，推开门走了进来：“头儿，快递。”

明珠的快递从没在局里接收过，这是第一个。洛洛也觉得奇怪，买什么了？

明珠接过来，一屁股坐在桌子上，用剪刀拆开，里面是一个精致的盒子，盒子里是个手机充电座。

她看了一眼快递单，上面只写了自己的名字和局里的电话，谁发的货却没写。

谁给的？明月？

明珠蹙着眉头，应该不是明月，明月知道她不喜欢这种事情，不可能将东西寄到局里来。

洛洛瞥了一眼：“挺好看的。哪里买的？”

明珠拉开抽屉将手机充电座放了进去，然后将包装袋扔到了垃圾桶里：“没什么。”

洛洛见她不愿意说，自觉地离开了。

头儿的家事一直捂得很紧，不过现在大家都知道了，头儿的家里没有想象的那么厉害，至于之前为什么会有那样的传言，谁知道呢。

明珠也没多想，下班前几分钟，手机响了。

她看了眼来电显示，是她以为这辈子都不会再联系她的人，毕竟他是那么骄傲。

“明珠，我的车在外面，等你。”

明珠回了一句：“好。”

她拎着包出了警局大门。

大概一百米处，有人为她打开了车门。

车子很快离开。

徐太宇在打电话。

明珠看着自己的脚。

他没看她，只是伸手从一个纸袋子里拿出一沓照片放在二人中间。

明珠一张张照片看着，气得脸都变了颜色。

她和明兰说过很多次了，明兰偏偏不听，还是去了她家，只那么一次，就让人抓到了。

血液忍不住地往头顶冲，手握得紧紧的，因为身边有外人在，她才没有发飙。如果此刻明兰站在她眼前，估计她早就一个耳光抽过去了。

明珠上车十几分钟后，徐太宇终于挂了电话。

“你妹妹被人跟踪了，我觉得应该和你讲一声。”徐太宇抬眼看着明珠。

明兰的职业太引人注目，不过幸好不是大明星，现在需要做的就是稳定。

“是那伙人？”徐太宇脸色阴沉地问她。

“靠边停，我要下车。”

司机听见了明珠的话，却没有动，直到徐太宇敲了敲椅背，车立刻停靠在了路边。

“明珠……”明珠推开车门的一瞬间，徐太宇开了口，“有些时候有些事情，不是你想扭转就能扭转的。”

现在她没有任何靠山，一个男人都不见得能跨越过去的障碍，她更加跨越不过去，而他的力量可以将她保护起来。他知道有些感情会散，但是散之前，她应该估量一下，什么才是对自己最好的。爱玩没有关系，要记得回家的路。

如今，他依旧没有办法心甘情愿地将名分安在她的头上，她也不见得愿意舍弃自己的一切。

明珠扭头看他。

她一直觉得徐太宇好看，脸好看，身材也好看，此刻瞧着依旧是。

“谢了。”

明珠过了马路，似乎在给谁打电话，发脾气的样子。

司机听着身后的动静，不敢回头去看。

徐太宇的脾气看似温和，没人见过他发脾气，也没人见过他大声说话，却莫名地让人觉得很有压力。

“和明珠小姐谈恋爱的是一个律师。”

徐太宇笑了笑：“开车吧。”

明兰觉得明珠的电话来得莫名其妙，劈头盖脸把她一顿骂。不就回去过一次吗？自己的亲大姐，住在哪里都不能知道？

“有人跟上你了。”

“跟着我干什么？”

明兰说，她就是个小明星，跟着她能挖出什么隐私？她既没被人包养，也没给谁生孩子，请问她有什么好跟的？

“你是不是想被人从楼顶再扔下去一次？”明珠的语速很慢，却让明兰出了一身的冷汗：“你手头暂时没有工作吧？”

明兰说没有，她接的广告已经拍完，有个剧本她看过但不想拍，当时还被人家嘲讽半天，说她一个三流的演员，还想接什么戏。

“那天你离开上中，去没去过明月那里？”

明兰手心满是冷汗：“我马上给明月打电话。”

明珠顿了顿：“有些事情你知道就好，不要告诉她，不要回上中。”

“你说过你不想拼命的，那你现在是在做什么？我们都逃了出来……”

“明兰。”明珠的语气更凉。

“知道了。”

明兰挂了电话，咬着自己的指甲——她有心事的时候，就喜欢咬指甲，这是她自己都不知道的习惯——明月怎么不接电话？

明月和奶奶说好了，她要出门一段时间，去处理一些事情，奶奶和阿姨在家，她也放心。

明月背着包，离开家。

“明月？”

明月扭头，没回应，因为有防备的意识，可惜还是无用，她都没来得及喊一声，就被人捂住了口鼻，挣扎的动作很快停了下来，瘫软的身体被人接住，抱着下了楼。

明兰着急找明月，愣是没想到给奶奶打一个电话，过了好半天才想起来，拍了脑门一下。要么人家都说，长得太美，脑子就不够用，智商都就饭吃了。

“明月已经走了。”奶奶的语气不好。

明兰觉得有点不对劲，可想想又认为不可能，明月的手机是不是坏了？

“姐，明月不接我的电话……”

徐太宇的心情非常好，莫名其妙地好。

司机偷偷地透过后视镜看了他两眼。他弄不明白有钱人的想法，看着好像徐太宇挺喜欢明珠的，可说分就分了，分了以后，断了保护明珠的人，现在又主动上门，搞不懂啊搞不懂。

手机响起，徐太宇没接，脸上的笑容却越来越灿烂：“有没有好听的歌？”

司机一愣，歌？什么歌？

车上从来没放过歌曲，司机怕拉低了徐太宇的品位，他不是喜欢听演奏会之类的吗？那种东西，司机觉得听下名字都想睡觉，太高雅。

明珠刚走到马路对面准备去取钱，手机响了。

“姐……”是明月的声音。

明珠深呼吸了一口气：“你在哪里呢？你二姐给你打电话，怎么没接啊？”

明月看着旁边的人，还是有点受惊，虽然这人说认识她大姐。

她压低声音：“我出门的时候有人捂我的嘴……”然后她就不知道了，现在身体都是软的，意识还不清楚。她不知道这人是不是要绑架她，她只能强装镇定。如果是要钱的话，她大姐会想办法的：“说是你的朋友。”

“你把电话给徐太宇。”

徐太宇从明月手中接过电话。

明月的脸还有些惨白。

他们正往医院去。

明珠往医院赶的时候遇上堵车，从来没觉得这个城市这样堵过，一分一秒都是煎熬。手机响了几次，明珠看也没看就挂了。

明月躺在床上打着点滴，昏昏沉沉的。

明月住的这层一个病人都没有，徐太宇向来不喜欢有陌生人闯入他生活的空间。

他一只手握着一个夹子，一只手拿着一个核桃，慢慢地夹着。

明珠乘电梯上来，走路的速度和姿势都有些变化，一看就是着急了。

徐太宇捏着核桃，核桃肉很快就完整地掉了出来，这也算是拿手绝活了。

“来了。”

明珠站在病房门口看了里面一眼，那颗快速跳动的心这才恢复平稳。

她没有推门进去，而是回身对徐太宇说：“这次我欠你个人情。”

徐太宇今天心情很好，说欠未免有些客气，情分在这里摆着呢。

“看起来，那些人比你想象中要聪明一些，你妹妹太好绑了。”

明月身上没几斤肉，随便来个女的都能敲晕她。看样子，明珠应该没和她讲过什么，是担心妹妹害怕？这可不像明珠，她是什么都不怕的。

能查得到的东西他都知道了，费了这么大的力气，改姓也只是安慰自己吧？想找，总会被找到。

“明珠……”

徐太宇觉得没有什么话是不好说出口的，任何事物都有存在的价值，包括他的婚姻，包括明珠。明珠也懂，也愿意去理解，可现在他俩之间……

他能承诺的都是和她息息相关的，可说出口，有些事情的性质就变了。他不能心安理得地让明珠去当第三者，尽管感情上来说，他觉得明珠不算，凡事都有先来后到。

徐太宇突然想起来，之前母亲和他之间简短的谈话。

“别人家呢，是婆婆不喜欢儿媳妇，进门就难。我们家呢，我那么喜欢她，她最后还是没能进我们家的门。”

可是娶明珠，他要放弃的东西太多，他不愿意。

这个世界上，除了爱情还有很多东西对他来说是重要的。他喜欢明珠，却不能为了她，放弃唾手可得的东西。如果他要娶明珠，任何人拦着都没用。

女人的一生当中，有很多很重要的东西，一个太太的名分，徐太宇觉得不值一提。

他的一切都可以留给明珠的孩子。

没有谁对不起谁。

“我喜欢你。”明珠抬头去看徐太宇。她真的很喜欢他，要多喜欢就有多喜欢的那种。过去看一眼，心情久久无法平静，现在则是内心稳如直线，情人也可以变成朋友，“我能理解你的世界，也认同。分手不是因为你不能给我一个明确的位置。我跟着你，依旧可以得到很多人得不到的。”

钱、权，都清清楚楚地摆在眼前。夫人那么喜欢她，明珠相信不是一丝真感情都没有。除了一个徐太太的名分，她什么都不缺，她可以过得比任何一个女人都好。

她没有什么三观，但是插足别人婚姻这一点她确实反感。也许应该感谢姚可珍，是她成功地让自己对第三者这个身份感到恶心，尽管后来她也知道了，姚可珍的命没比她母亲明慧女士好到哪里去。

分手只是分在了正当时。

“如果你想查，应该知道我现在和一个男人……”明珠没继续说下去，有些话不需要太直白。

徐太宇的手指按着自己的眼皮，他的眼皮一直跳，这种感觉让他觉得很不爽。

他放下手中的夹子。

有钱有势有貌的徐太宇用夹子只是为了给她夹核桃，该高兴吗？

明珠的视线落在那些核桃上。

过去她爱着他的时候，不认为这种事情会让一个女人产生幸福感。只是核桃而已，她不管其中包含了怎样的意义。她心的硬度都快赶上钻石了。

“那以后要怎么办？”

消耗着他的感情，利用着他的权势，他能忍受多久？

下一次换回来的，也许是最不堪的结果，想好了吗？

徐太宇突然起身，看着自己的手。

旁边有人送过来一块手帕，他擦了擦。

他之前一直盯着自己的手，感觉有些脏了。明珠没开口之前，那种感觉很淡，她开了口后，那种感觉一下子就变深了。

“是福不是祸，是祸躲不过。”

“这次谢谢你。”

徐太宇笑了笑：“我没打算用这些让你对我感恩戴德。”

“我知道，可我还是要感谢你。”

“我总以为有一天你会后悔的，而我的心也没有想象的那么软，我不清楚我还能伸手管你几次，毕竟你是这样扫我面子，我不太开心。一次两次就当乐子了，次数多了，未免有些打脸，我现在脸已经被你打青了。”

明珠沉默。

徐太宇起身：“好好照顾你妹妹吧，我走了。核桃记得吃，补脑的。”

想想她做的那些破烂事儿，为的那些破烂人，徐太宇摇摇头。

按照他的看法，这个世界上的每一个人都有存在的必要，然而活得好与不好，与他何干？穷人有穷人的命，死了那是没命活。为那些人费心，太不值得，太浪费他的时间。

宇宙集团一年不知道要做多少善事，可徐太宇从来没有看过其中任何一份资料。这只是一种换取，我用我的金钱换取我需要的社会好感，至于别人活得好与不好，我不需要负责不是吗？

明珠推开病房的门，走了进去。

病房很大，很干净，桌子上的花瓶里插着鲜花，她站在门口都能闻见那股淡淡的花香。床头摆着两个饭盒，饭盒下面好像还有东西，她伸手碰触了一下，类似于玻璃板，手碰触上去才能感觉到温度，应该是保温的。

明兰和明珠站在走廊说话。

明兰觉得奇怪，虽然她姐担心明月，但包下来一整层，也太夸张了，就算是她也没有这个魄力。老三不算，老三的钱来得太快。

明兰时而盯着明珠看，时而又像想着什么，时而满脸焦急，最后所有表情都随风而去。

明月被明兰带走了。

上车的时候，明月的意识还有些恍惚。

“二姐……”她软绵绵地躺在明兰的怀里。

因为这个，列车长特意过来问了问，可能怕明兰是人贩子吧。

明月解释了一句：“是我二姐。”

列车长微笑服务。

明兰记住这趟车了，也记住这个人了，她是不会忘记这个大仇的。

“阿嚏……”

陈滔滔觉得自己下一秒就要冻成狗的时候，明珠的电话打了过来：“我今天不过去了。你没下班吧？”

陈滔滔约的是八点钟。

明珠被明月这么一吓，现在只想回家躺着，什么男色摆在眼前也没用，不想看。

陈滔滔原本还挺美的，穿得也不多，为了展示自己的好身材嘛！站在江边快一个小时了，慢慢地，姿态由最初的风流倜傥变成了鼻涕淌淌。

今天至少得零下十一二度，他是为了迷惑明珠，才拿着手机笑着回话，然后听明珠说她不过来了，脸色一变。早上说好的，她回答的也是好，现在这是玩他呢？

陈滔滔的暴脾气眼见着就要控制不住，他很想问候明珠家祖宗十八代，安慰自己。也许她发生了什么大事，又被人捅了两刀呢？捅三刀呢？捅得稀巴烂呢？能打这个电话，已经很尊重他了。

陈滔滔满脑子明珠身上被捅了无数个血窟窿的样子，如果真的是这样，自己就原谅她了。

“你出什么事儿了？”

此时，明珠已经躺下了，一句废话都不想说，觉得他很烦：“我要睡了！挂了！”

嘟嘟……

陈滔滔看着手机，脸一阵青一阵白，然后一阵黑，头顶都要冒烟了。他咬了咬后槽牙，狠狠地将手中的花揉得稀巴烂，使劲砸在地上。

桌子上铺着宣纸，陈滔滔拿着一支毛笔，快速地写了几个大字。

屋子里的温度有些高，他穿得比较少，锁骨清晰而性感。

有人开门，然后在门口换了拖鞋。

“这屋子里怎么这么热？”这是什么味儿？熏香了？

来人进了屋子，只觉得热气扑面而来。

他纳闷地去找陈滔滔，人没在？

卫生间隐约有水声，陈滔滔八成是在卫生间。

看着桌子上铺开的宣纸，他都不知道陈滔滔会写毛笔字，好奇地走了过去。

毛笔好像被人从中间按了下去，毛花瓣状奓开，跟羽毛球似的。写几个字能把笔用成这样？

再抬眼去看陈滔滔的大作……他右眼竟然跳了起来。

左眼跳财，右眼跳……

纸上的字不知道是人写出来的，还是猴儿写出来的，一个大大的“死”字，旁边还画了几把刀，是想让谁去死？

卫生间的门打开了，陈滔滔走了出来。

“叫我来，是哪里觉得不舒服？”

陈滔滔将浴巾扔到地上：“我胸口闷，喘不上来气。我应该吃点什么药？”

刚才就这样了，必须要长叹一声气，他才觉得气儿顺一些，不然就发堵。

“胸口发闷？感冒了？家里的温度有点高……”

他问陈滔滔刚刚去哪儿了，陈滔滔说哪儿都没去。他问陈滔滔是不是生气了，陈滔滔却满脸狰狞地看着他问：“我像是生气了吗？

“我那个……”

什么事都没有，叫他来干嘛？

他想说还有事情，却被陈滔滔强行留了下来，陪着陈滔滔品尝鸡蛋的原始味道。

陈滔滔家鸡蛋的味道确实与普通的不太一样。

“哪里买的鸡蛋？明天和你家里阿姨说一声，送我点儿。”

陈滔滔眼睛一眯。好吃？你知道多少钱一斤？这是吃虫草的鸡下的蛋。

这顿饭，陈滔滔要求他不能吃得太快，也不能吃得太慢，每种菜都要吃，并且是什么调料都没有的原始味道。

吃完饭，陈滔滔躺在椅子上，地上扔了一堆东西，他实在看不过眼，开始替陈滔滔收拾屋子。

有些话，他实在不知道该不该说：“你应该找个女人，不行的话，我小姨子……”

“你那小姨子，长成那样……”

得，朋友都没得做了，他这真是自讨没趣。

什么话从陈滔滔的嘴里说出来，让人听了以后都想杀人：“一个男人，这把年纪了，连一次恋爱都没谈过。”

一只拖鞋冲着陈滔滔飞了过来：“是，你谈过一次恋爱，还被人骗了、利用了。哎，连女人的手都没摸过。你知道怎么摸女人的手吗？”

他真怕陈滔滔这样单下去，早晚单出问题来。

“滚蛋！”

他巴不得早点滚，马上走了。

陈滔滔只穿了一条裤子横躺在沙发上，小腹的线条……

他连女人的手都没摸过？哈，本世纪最大的笑话！更大尺度的也有，说出来吓死你。

明珠的手机响了下，短信的声音，她本来就没睡着，伸手拿了过来。

是视频邀请，点开，人鱼线……

明珠喜欢有线条的男人，但线条不能太多。

大长腿……

最后是陈滔滔那张脸，满脸的不可思议。

“怎么发到你那里去了？好了，不打扰你睡觉了，晚安。”

直接关机，解气！

从沙发上下来，他进了浴室。

他家除了浴室就没有大块的镜子，因为看风水的人和他讲，他家不适合装很多镜子。

看着镜子里的男人，要什么有什么，他都要爱上自己了，浑身都是优点。

他叹了口气，自己这样优秀，别人得多有压力？见过他这种真男人，别的男人还能将就吗？

眼睛眯着，他瞬间觉得自己足以秒杀全世界的男人。

可惜了，这样好的自己，竟然便宜明珠了。

陈滔滔拎着垃圾准备下楼去扔，进了电梯，一位成功人士瞥了陈滔滔一眼，觉得这人真奇怪，是来这里做客的吧？

可怜的，没住过高档小区，不知道垃圾放在门口是有人收的，也可以打电话叫人上来收，还特意跑下去扔垃圾，年轻的时候也不知道赚钱。

陈滔滔觉得上了年纪的人也不知道保养，好衣服穿在身上都穿不出感觉来。看看这个老男人，臀在哪里呢？小腹那么高，怀孕几个月了？自己和他站在一起，哼……

他踩着凉鞋出了电梯，直接去倒垃圾。

身后的成功人士看着陈滔滔脚上的那双凉鞋，摇摇头。这是哪里来的乡下土狗，穿成这样就进来了。现在的年轻人可真是的，不管什么季节一通乱穿，还认为自己很帅很时髦，世风日下啊！

陈滔滔觉得后面的人一定被自己脚上的凉鞋震到了。这是明年的春夏流行款，知道吧？不是有钱就可以买到的，得需要地位，地位！像他这种真男人才敢穿这样有个性的鞋子。

楼下有妈妈带着孩子玩呢，看见陈滔滔下来，恨不得拿根绳子把孩子拴起来——危险逼近。

“咱们回家，不玩了啊！”

炸弹来了，还玩什么？

陈滔滔的事迹已经在整个小区传遍了，比如他是个流氓律师，比如他讹诈，比如他一点同情心都没有，比如他出钱招女网红……

有个女的，偶尔晚上会来他家，神神秘秘的，穿着那么高的高跟鞋，样子也看不清，应该是网红。不是说了嘛，越是这样的男人，越喜欢那样的女人。

陈滔滔返身准备回家，意外地看见了一个人——一个他已经猜到会出现的人。

明珠跟着他一前一后进了电梯，电梯里只有他们两个人，两个人都没有说话。

电梯上行，叮的一声抵达最高层。

陈滔滔迈开步子走进屋里，明珠紧跟了进去。

门口扔了一地的衣服，战况很激烈。

过了很久，陈滔滔躺在床上，明珠去完浴室也躺了下来，觉得今天真的很累。

她背对着陈滔滔，陈滔滔从后面抱住她，第一次抱，之前的那种抱不算。

哦，原来抱人的感觉是这样的。不是说会和过电似的吗？怎么没电呢？

他伸出手指推她的后背。

“别闹。”

明珠睡得迷迷糊糊的，感觉有人在摸她的脖子。

睁开眼睛，一张脸顿时映入了她的眼帘，她拽着床单坐了起来：“你要干什么？”

她睁眼的瞬间，陈滔滔的两只手正以打算掐死她的姿势向下。

“我给你盖被。”

“你不是睡觉有什么毛病吧？”

明珠后悔自己事先也没了解清楚，他是不是有特殊嗜好啊？

明珠穿好衣服就走了。

陈滔滔一个人坐在床上看着手机，时间显示是半夜两点半。

陶克戴睡得迷迷糊糊的，听陈滔滔讲完了这件事情。

确定陈滔滔是单身，这种事情也不可能发生在自己的身上，他说：“不用劝了，离婚吧！不然女的早晚会死在这个男人的手里。”他觉得这就是想掐死老婆，不然伸手做什么？

“姐……”

明月躺着，她的经纪人都要疯了。

当初就应该请两个人来保护明月，或者让她住到更安全的地方去，住在这里怎么能行啊？差点出了人命。

在电话里跟明月说了半天，又对着明兰各种喷。

经纪人性格直接，藏不住话，她也不是故意对明兰说这些的，纯属是为了泄愤。

明兰的小脸啪就变色儿了：“你是她亲姐，我是她亲姐？”

经纪人闭嘴，彻底没有话说了。

明珠正在上班，洛洛说有人找她，等人进来了，她眉毛都拧到一起了，觉得对方很有可能是找错人了，因为她根本不认识眼前的人。

“头儿，说是找你的。”

明珠问："你们找我？"

来人是一对夫妻，看样子都是五六十岁。

女的见到明珠就问："你是张鲁的大闺女吧？"

"找谁？做什么？"明珠的脸上没有一丝温和的表情，说出张鲁也不能怎样。

"明珠，我们是你堂伯、堂……"

女的话还没说完呢，就被明珠打断了。她不管眼前的人是谁，来警局认亲戚?

"有事说事。"

明珠眼神锋利，可能是以前经历过一些事情，也可能是职业和天生的个性，面部线条刚硬，一脸不屑。

女的问："明珠啊，你结婚了吗？"

"出去。"

明珠声音一变，男的却来劲儿了："一看你这样子就是没嫁出去。都这个年纪了，在我们那儿，早当妈了。"

"他爸好好说……"

警局的人都探头往里面瞧着——从来没见过头儿的家人，今天冒出来两个说是她亲戚，得好好看看。

女的安抚住丈夫，然后问："明珠啊，你是不是结婚了？"

明珠没有回话。

对方见她这样子，觉得可能已经结婚了，又道："那生孩子了吗？"

"让你们出去听见没有？谁的亲戚找谁去。"

这两个所谓的亲戚，她压根没有印象，就算有，也是张鲁的亲戚，不是她的。

"明珠，你不能这样说话啊！我们今天来也是为了你好。咱们注重的是啥？不能没有后对吧？你这……"

最后，这两个人是被明珠撵出来的。

外面看热闹的人自然散了，不过活这么久，还真是第一次遇到这样的事情。一直知道奇葩多，却没见过这么奇葩的。上门给明珠送孩子来了，被撵出去，孩子扔下就跑了。

明珠压根不管，谁的孩子谁管，别想指望她。

明珠摔了电话，过了没多久，张鲁就来了。这是父女这么多年第二次见面，表情都非常不友好。

"人是你招来的，你自然能解决。

"我压根不认识那两个人。孩子在外面扔着呢！你家的亲戚你弄走。"

张鲁冷笑："是来找我的吗？"

明珠一脸平和："我妈和你离婚这么些年，她也死了这些年，你觉得你们老张家的亲戚，我认识几个？"

"求人一张脸，求完一张脸。"张鲁淡淡地说着。

他变脸快，也绝对没有明珠快。他很好奇，基因突变吧？明慧那种女人怎么会生出这种没心没肺的怪物呢?

“出去吧！”

明珠不愿意跟他多谈，什么父亲，她脑子里压根没这个词儿。

那个孩子，张鲁没领走，明珠也没管，该怎么处理就怎么处理。

晚上，大同值班，觉得自己真倒霉，孩子直接落他手里了。

明珠下班后直接开车回了家。

九点多，大同打电话让她回局里一趟，说是孩子的父亲还有孩子的爷爷奶奶来了，要见她。

明珠赶到局里，上了楼。

那一家子只差了一个妈妈，跟三堂会审似的。

大同识趣地出去了，别人的家事还是少听为好。

“我们把孩子送到你这里来，是为了你好，怕你绝后。”

明珠看着眼前的三个人，将车钥匙扔到了桌子上。

孩子的爸爸首先看了一眼明珠的车钥匙。

“你信不信你再说，我抽你？”

孩子的爸爸冷声道：“警察要打人吗？”

明珠上楼后，有人跟了上来。

陈滔滔看着眼前的几个人：“怎么的，还威胁上了？你们都是流氓吗？给未婚的女人送孩子防止她断后，谁想出来的奇葩主意？”

孩子的父亲硬气地说：“大家亲戚一场，我也是为了她好……”

陈滔滔撸撸袖子，依着他的意思什么都别说了，直接上手就完了，看是要一对一地打，还是都上。

“她未婚你不知道？她还没结婚，你就说她没后，这话我怎么听着是诅咒呢？”

“看她这样也生不出来……”

陈滔滔对着眼前的人就是一拳。他可不是为了明珠打的，实在是他听不下去了，早点结束战斗吧！他宁愿在马路上走一圈，也不愿意和这样的人说话，拳头有时候就是道理。

老头儿、老太太见儿子被打，肯定是要上手的。

陈滔滔掐了一圈，最后把人都掐地上去了。

他不管老的少的，碰他了，他就削。

男的躺在地上，叫嚷着要报警。

“他说要报警！”陈滔滔看向明珠。

这事儿他们到哪儿也讲不出道理来，第一明珠没有动手，第二谁不要脸一看便知。

最后，还是张鲁来了，他家的极品亲戚，他得领走。

明珠之前让张鲁把孩子带走，他没管，现在闹成这样，他貌似也没打算动怒。

明珠看都懒得看眼前的人，这一天就跟演猴戏似的。说真的，她一点都不生气，不认识有什么好生气的？也不郁闷，平时处理的案件，比这个奇葩的还有，再说陈滔滔出手了。

张鲁看看明珠，目光又移到了陈滔滔身上：“你打的人？”

陈滔滔直接把明珠拉到了怀里："叫他们以后把嘴巴清理干净。什么叫没后？没后的是他们，把孩子都扔了。"

明珠其实不需要别人替自己撑腰，她没那么脆弱，不过陈滔滔这样做……她突然觉得有人罩着的感觉挺不错的。

张鲁听见"没后"两个字，眼神变了变。没后的人是他啊，他在乎这个。

等张鲁带着人走了，陈滔滔还搂着明珠，一副哥俩好的模样。

明珠扭头看他，陈滔滔这才放开了自己的手。

知道男人是用来做什么的不？就是用来耍帅的！这种时候他出场得个一百分，小意思。

随后，他又对着明珠摇摇头。

"你摇什么头？"

陈滔滔不由得说："你爸看见我了，这是见家长吗？他可别误会。"

他俩的关系没有外人想的那样亲近。

"我父母双亡。"

陈滔滔跟着明珠下楼，觉得"父母双亡"这个词儿好狠。她亲爹前一秒才出现过，这个不孝女后一秒就让亲爹进了火葬场。

一起回了陈滔滔的家，陈滔滔有工作，明珠也有工作，各忙各的。

明珠先上床躺下了，随后陈滔滔也上了床。

床上支了一个小桌子，他啪啪地在笔记本电脑上打着字。

他做什么明珠也不好奇，电影看完准备关电脑睡觉，却觉得肚子饿了。

陈滔滔正在整理文件，听见旁边有咔吧咔吧咬东西的声音响起，扭头一看，顿时不淡定了。

他最讨厌别人在他的床上吃东西，有些东西有特殊的味道，有些东西则会掉渣儿。

"你下去吃。"陈滔滔开口。

明珠看了看自己手里的几颗蚕豆，搬着电脑下了床，在屋子里找了一圈什么，然后裹着大衣下楼了。

她出去，陈滔滔一眼都没看，他忙着呢。

过了十几分钟，明珠拎着袋子回来了，买了一些吃的。

地板上摆了一排，鸡爪子、卤蛋，还有两罐啤酒。她把靠垫放在自己身后，喝一口吃一口，别提多快活了。

陈滔滔敲键盘的速度越来越慢，声音越来越轻。他的头皮有些发麻，他认为一个人专注的时候，旁边的人发出这样的声音，真的特别讨厌。

"我看天儿也不早了，要不你回家吧！"

明珠朝他扔了一罐啤酒。

陈滔滔的脸有些扭曲，不要往他的床上扔东西。

下了床，他伸脚踢了踢明珠的大腿："你是女人吗？"现在几点了？要脸的女人都在减肥好吗？

"干嘛？"明珠抬眼去看他。

陈滔滔冷哼，算了，算了，我还能和你说什么呢，原本你也不是个合格的女人。

他坐在明珠的身边，往她的电脑看了一眼。

赌神？这都什么时候的片子了？

“周润发，帅吧？”

明珠就喜欢赌神时期的周润发，要貌有貌，要身材有身材，风流倜傥，怎么看怎么帅。

陈滔滔喝了一口啤酒：“那么胖的脸，哪里好看了？”

“这叫圆润，叫有福气。”

陈滔滔抓了一把蚕豆吃。

明珠将鸡爪子推到他的面前。

她买的这点东西，很快就解决了。

吃的时候陈滔滔没觉得有什么，看着明珠吃，他的胃口莫名其妙地好，可早上睡醒了，就不是他了，无比后悔。

鸡脚？他竟然吃了鸡脚？老天来道雷劈死他吧！

陈滔滔难得早起，五点多就醒了，坐着看着明珠。

明珠是他见过最污的女人。“污”这个字是什么意思？从字面来看，就是不好的。女人不是应该这个不吃那个不吃的吗？他瞧着就没她不吃的东西。

他换了几次姿势，思考着如果现在自己掐死她，要负什么样的法律责任。

晚上下班的时候，他顺手从公司拿了一份鸭脖回家，这是公司同事出差带回来的。

公司每一个律师出差，都会给大家带小礼物回来，慢慢就形成了风气，当然陈滔滔除外。

陈滔滔不吃鸭脖，不是吃了会怎样，而是觉得这种东西不顺眼，他以前从来不碰，昨天却开了先例，吃了鸡爪。

将袋子放到车上，人跟着坐了进去，没一会儿，袋子就从他的车里飞了出来，然后车很快离开了停车场，可是开出去没有两百米，车又倒了回来，车门打开，他将扔掉的那袋鸭脖捡了回来。

张鲁脸色铁青，姚可珍没敢说话。

人是她招来的，可谁知道她只是客气一下，对方竟然真的上门了，现在孩子扔在她家了。

“这……”姚可珍见那个孩子泣不成声，她也闹心。

“你惹的麻烦，你自己收拾。”

姚可珍只能给亲戚家的儿媳妇打电话，毕竟孩子的妈妈没跟来，这件事她知道还是不知道？

孩子的妈妈接到电话，说自己不知道，在电话里一顿哭，哭得姚可珍更心烦了。

第九章 流氓律师陈滔滔

南区警局接到报案后查找一周，都没找到失踪的马先生。

第八天，马先生的亲弟小马先生到警局报案，怀疑马先生已经遭遇不测，凶手是他大嫂，也就是马太太。

“他们夫妻的关系非常不好，经常吵架……”

因为地方传统观念，他们家非常在乎儿子，有没有儿子，决定在这个家的位置。他大哥、大嫂结婚十八年，只有一个女儿，而他大哥在外面养了一个女人，他大嫂也很清楚。

明珠带人又去了一趟马家。

马太太说丈夫失踪后，她和女儿搬到了别的地方居住。

屋子里空空的，之前警方来的时候并不是这样的，好像被洗劫了似的。

鉴定科的工作人员开始搜寻线索，在屋子里找了半天，并没有发现尸首。

“头儿，有发现。”洛洛喊明珠。

卧室的窗帘和地脚线上有血迹。

然而，鉴定科能化验出血型，但因血点实在太细，没有办法证明这血是否属于失踪的马先生。

南区警局。

马太太坐在椅子上，警察问什么，她就回答什么，很冷静，条理也很清晰。

问了一个晚上，依旧问不出有价值的东西。

“你觉得是她杀了自己的丈夫吗？”洛洛觉得不太像。

她认为，马太太对丈夫是真的失望和伤心了。

马太太自己也有讲，夫妻关系变成这样，她不可能还爱马先生。他在外面养了一个女人，就是为了给他生儿子的，等真生了儿子，哪里还有她的位置。

正常人是不会引起警方注意这些的，这对她很不利。

两天后，马太太亲口承认是她杀害了自己的丈夫。

事情到了这里，似乎应该落下帷幕了。马先生的母亲和弟弟要追究马太太的责任，并且聘请了陈滔滔打这场官司。

然而，马太太的女儿来到警局，说她母亲精神有问题。

警方为马太太做了精神鉴定，结果确实如孩子所讲，马太太患有精神分裂。

之后，多方面采集到的信息证实，马先生对马太太非但没有尊重，反而轻则辱骂，重则施暴。

这起谋杀案意外地进入了很多人的视线，受到了广泛关注。

陶克戴真是怕什么来什么，这个案子被大众关注成这个样子，陈滔滔去打，还能落好吗？

“陈律师，我就想知道，法官会判她有罪吗？”

马太太的精神鉴定报告一出，马家人顿时不淡定了，法院会不会考虑到那个女人的病情从而轻判？

陈滔滔转着椅子，“现在不好说。”

马老夫人哭了出来：“杀人就应该伏法，说她精神有问题就精神有问题？怎么就那么巧呢？”

她怀疑为那个女人做精神鉴定的人也许收了什么好处，做了假的报告。

陈滔滔也很头疼，他刚刚得到消息，对方律师打算往误杀的方向打这个官司，法院恐怕也会考虑这一点。如果只是误杀的话，以马太太现在的精神状况，她甚至可以不用坐牢，直接入精神病院接受无期限的治疗，而马家人绝对不可能接受这样的结果。

“多少钱我都出，请您为我儿子讨回公道。夫妻感情再不好也不能作为杀人的理由。现在连尸体都找不到。她不说，我们怎么去找？”

这点警方也没有办法，问不出来。地毯式地搜索，可就是找不到。

陈滔滔点头：“我知道。你们先回去，等我的消息。”

马老夫人起身，在小儿子的搀扶下离开了。

马太太一方的律师拿出来的东西足以叫大众心软。丈夫婚内出轨，马太太身上伤痕累累，马太太和马先生的亲生女儿出庭作证，都表明这是个凄苦的女人。

这些陈滔滔都信，可杀人就是犯法。

案子前后审了几次，目前来看，法院方面是向误杀倾斜的，警方又找不到尸体，就凭马太太曾经说的自己杀死了马先生，不足以定罪。马太太精神有问题，她那样说，也许只是她幻想下的无意识行为。

最终，法院宣判的结果，却和大众所希望的背道而驰。

当时很多人不明白，一个精神分裂、长期遭受家暴、丈夫婚内出轨的女人，辛辛苦苦带大了孩子，她的丈夫失踪，就认为是她杀的？尸体都没找到，就急着把人判刑了？

外界闹腾得非常厉害，陈滔滔这下更出名了，人送“上中一霸”。

凡是经他手的案子，好像法院都能和他达成一致的想法。

吴哲案再次被提了出来，那是故意杀人，却愣是被陈滔滔找到了对吴哲有利的证据。

诸如此类的案子还有很多。

律师代表的究竟是正义还是为钱服务？

外面都要骂翻天了，事务所的案子却是越接越多。这是早就预料到的结果，只是名声不太好而已。

明珠的头都要疼死了。

警方找不到尸体，对死者家属无法交代，对大众也无法交代，可是能找的地方他们都找了，并且提审了马太太十几次，就是没有结果。

“我看过一个叫简思的作者写的小说，印象特别深刻。头儿，你说有没有可能是人给藏墙里了？”或者天花板里？往往这些地方都是不会想到的。

明珠看着洛洛：“以后别看这个作者写的书啊！还往哪里藏？”

马先生家的每个角落都查过，没有线索，一个大活人就这么消失了。

警察到处盘查，包括马先生的公司员工、马太太家附近的居民，连菜市场都去过。

说起来，邻居们才觉得晦气呢！

马先生死了，不知道被扔到哪里去了，你让他们还在这里怎么住？

“要杀人就去别的地方杀，搞得我们这里人心惶惶的。

卖鱼的大妈听说有警察来盘问，就多嘴说了一句：“这样的女人不易，不是万不得已，怎么可能下这样的手？她丈夫对她那么不好……”

明珠和小猫到附近的五金店排查，最终有了突破。

有个老板娘看到明珠拿着的照片时，说照片里的人在她家买过锯子，而这人不是马太太而是马太太的女儿。

警方把马先生的女儿请了回来，对待小姑娘明显比较客气：“你在北区的XX街买过锯是吗？”

小姑娘开始咬着嘴唇不吭声，但毕竟还是孩子，心理防线很快就被击溃了。

她不知道那个东西最后哪里去了，是她妈妈让她买的，当时没说，是因为她想保护妈妈。

其实这孩子挺聪明，她想到了，只是不愿相信而已。

明珠和小猫去监狱见了马太太，马太太依旧不说，非常冷静。当初，警方请她去警局协助调查时，她就是这样淡定的表情，后来她被判刑，依旧是这副模样。

“我什么都不知道。你们是警察，有本事你们去找。”拒不合作，拒不交代。

人死了是你们说的，她现在不承认自己杀人了，反正她是精神分裂，有医生的鉴定报告。

这段时间，南区警局的人都没放假，连夜开会。

能找的地方又找了一遍，因为洛洛说的那句话，马先生家的墙请专人来查看过，就差把房子拆了，可依旧毫无所获。

“如果你杀了人，分尸以后，你会把人扔到什么地方去？”

陈滔滔一口水喷了出来，他看看手机屏幕，这人没病吧？胡言乱语什么？

“埋起来。”

“埋在哪里？”

明珠的唇角上翘，她和陈滔滔几乎同时出声。

家附近，最危险的地方也是最安全的地方。

警方拦上警戒线，在楼下挖。

附近的业主都很好奇，站在自己家窗前看，这是挖什么呢？

有人曾经见过马太太挖坑埋东西，不过记得当时马太太说埋的是她家的宠物狗。

老周捏着鼻子。

要不说这女人狠起来也没谁了，男人千万别婚内出轨，不然死了都不全乎。

整个小区都震惊了，因为警方挖出来一些东西，而这些所谓的东西可能就是马先生。

这里的房子还能卖吗？谁会买？

警方鉴定科的专家经过鉴定，从小区里挖出来的那些东西，确实是马先生。

马老太太一听说，直接昏了过去。

到这里，这件案子算是彻底破了。

“人找到了？”陈滔滔闲闲地问她。

“到时候会对外公布的。”警方的事情没有必要让你一个外人知道得清清楚楚。

陈滔滔讥讽地翘着唇角：“哟，这是用人的时候叫我‘小甜甜’，不用人的时候叫我‘陈先生’。”

明珠饶有兴致地问他：“我什么时候叫过你‘小甜甜’？你甜？你是酸的。”

“我甜，我浑身都甜。就你们那点本事，找个尸体找了这么久。”

“你有本事，你来。”

明珠正在刷牙，想到什么，抬起头看着陈滔滔：“听说你现在身价更高了，不只上中的人认识你，全国人民都知道你了？好多罪犯的家属都想找你打官司翻案？”

明珠一脸嘲笑，毫不掩饰的嘲笑。

他的名声不仅在老百姓当中不怎么样，在警察眼里，他也不是什么好鸟，他的那些丰功伟绩，大家心里都清楚。

就说这次的案子吧！原本马太太是可以跑掉的，那个时候尸体没被发现，加上精神方面确实有问题，结果呢？都怀疑他是不是和法院的哪个人认识，不然他打官司怎么不败？

一个人不败一年两年，甚至五六年都不奇怪，他却是压根没败过，不败神话？

“愿意笑就笑吧，反正你们女人的笑点就是这么低。万箭穿心也不是谁都有的待遇，你想穿还没机会呢。”

明珠点头：“难怪你这么不要脸。”已经修炼到家了，炉火纯青。

陈滔滔站在马桶边，突然尿不出来了。两个人在一起这么久，该瞧的、不该瞧的都瞧了，也没有害羞不害羞的，可他现在隐约觉得那个地方有点疼。

明珠吐掉口里的水，冲了一下牙刷，离开卫生间的时候，双手在他的屁股上擦了擦，嚣张地离开了。

“你恶心不恶心？”

这是女人吗？你就这样走了？不洗手了？太恶了。

陈滔滔是没见过明珠更加凶悍的一面。挖马先生尸体的时候，她正和鉴定科的人一起嚼着面包。鉴定科的那个女法医比她更猛，见尸体挖出来了，赶紧吞掉最后一口面包，然后开工干活。

大同他们从小区回来后，都直接清肠子了，一点不饿，吃不进去。

“你不洗手？”陈滔滔从卫生间走出来。

明珠瞟了他一眼，这个男人就是事儿多。

“我将来如果被谁谋杀了，可不希望你用你的这双手碰我。”

明珠点头：“嗯，等你被谋杀后，我一定会帮着你老婆找到你的尸体。”

陈滔滔很想把脚上的拖鞋扔到她的头上去。

这个月份的天气真是怪，之前还漫天大雪呢，现在突然降雨了。

雨点敲打在玻璃上，把明珠敲醒了，醒了就睡不着了。

陈滔滔像抱布偶一样搂着她，大腿横在她的身上，明珠觉得被压得难受，把他的腿推下去，结果没过多久，他又压了上来。

陈滔滔动动嘴，不知道梦见什么好吃的了。

明珠一脸嫌弃地推开了他的脸。

早上六点，雨下得有些大，看样子今天的交通又要瘫痪了，这样的天气下雨，过不了多久就得结冰。

明珠对着自己的笔记本电脑不知道在看什么。

陈滔滔对她的东西从来不感兴趣。

他们都不会过问对方的事情，那属于越界。

陈滔滔光着脚踩在地板上，他今天有点忙，还要选衣服、换衣服，时间可能不太够。

“你不能出去买点吃的回来？”陈滔滔从衣柜前探出头，对着外面喊。

他的更衣间里，手表、手提包、鞋子都分门别类地放在一起，装领带的格子摆在中间的玻璃台下，一共五层，每层三十小格，另外还有他的墨镜、西装，都摆放得整齐又有规律。

明珠只当没听见，谁饿谁去买，别想使唤她，她饿了也绝对不会找他。

她来陈滔滔这里，半夜饿醒了，不管是一点还是两点，都是自己拿着钱包下楼去买吃的，也没见他有过绅士风度。当然，明珠也没指望他有绅士风度，他原本就是个流氓。

陈滔滔呢，从来没有担心过这样的问题，就算有人跟踪明珠，也是那人比较倒霉。真的遇上强中手了，明珠的身体也挺硬的，挨一刀两刀，估计死不了。

陈滔滔套上衬衫，选着领带：“明珠……”

“自己管自己，我不是你妈。”

明珠从冰箱里找出最后一片面包，这是她以前买的，扔在冰箱里半个月了，她看了一眼，没长毛，应该没有多大关系，这种东西不都放防腐剂嘛，吃不死人的。

找出陈滔滔家的煎锅，倒了一点黄油，然后将面包放了上去，用手按着——面包有些发卷。

陈滔滔这么豪华的家却没有面包机，他将面包之类都归为不健康食品。

原本他是多么纯洁的一个人，敢说自己的血液都是清澈的，现在被明珠这条脏水河污染了。

明珠咬着面包片，还挺好吃的。

“什么味儿？”他家为什么会有这种东西？

明珠拍拍手，已经吃完了。

陈滔滔的脸有点抽搐，这里是他家，能否照顾一下他的感受？

“那是黄油吗？”他一脸震惊地看着煎锅，为什么在他家吃这种东西？

雨仍在下，陈滔滔拎着伞，明珠跟在他身后出了电梯。

明珠昨天没有开车过来，这就说明她需要走很久到车站去。

怜香惜玉？她也得是块玉才行啊！

陈滔滔撑着伞走到自己的车旁，坐了进去合上伞，然后开着车慢悠悠地从明珠的身边经过。看着她举着一本杂志在雨里跑，他莫名地觉得浑身的毛孔都舒展开了，心情怎么就这么好呢？他不禁大笑起来，有人变成落汤鸡了，有人今天要生病了。

明珠下班后直接去了陈滔滔家。

电梯里还有一个女人，看起来五十岁左右，跟着明珠走了出来。

明珠进屋后关上了门。

女人皱着眉头，看了看面前的门牌号。是她太久没来，他换新家了？

陈滔滔也刚下班，从电梯里吹着口哨出来，等见到外面站着的人，手里的包顿时飞了出去——嘚瑟大了。

“妈……”

陈滔滔的母亲捡起儿子扔飞的拎包：“你还住在这里？”

如果他住在这里，那刚刚进去的女人是谁？

陈滔滔想着，明珠这个点儿应该没下班吧？那个工作狂应该不会这么早回来的。

推开门，他一眼就看见了摆放在门口的女鞋，一脚踢到了一边去。

“妈，进来吧！”

陈滔滔的母亲站在门口，盯着被儿子踢飞的鞋，表情有些严肃。

“明珠……”陈滔滔喊明珠。

明珠没应声，谁理他！

“你交女朋友了？”印象非常不好。

她不喜欢明珠，难道是儿子的女朋友？最好不要！

“哪里是女朋友，是我请的保姆。明珠，我喊你，你听见没有？”

明珠走了过来，三个人互相望着。

“这是我妈。今天的卫生不用打扫了，你走吧。”

陈滔滔的妈妈伸出手，拦住了明珠的去路。

“我不知道我儿子为什么硬说你是保姆，不过他没有把你介绍给我，我认为他和你就不是认真的。我的态度我想你应该很清楚，我不喜欢你，不管是作为保姆，还是作为别的什么人，请你从我儿子的家里出去。”

不要以为她瞎，保姆会穿成这样？女孩子要有女孩子的矜持，她养女儿绝对不会让她住到男人的家里去，这是不自爱。

陈滔滔的眼角抽搐着：“你回去吧！今天不用打扫了。”

“我不干了。”明珠拎着包经过陈滔滔母亲身边的时候，停下脚步，“我不知道这样的儿子有什么让你觉得骄傲的，他给的那点钱都不够打发要饭的。这么抠的男人，我也是第一次瞧见。”说完，她瞪了陈滔滔一眼，离开的时候，鞋跟还在陈滔滔的脚上碾了一下。

陈滔滔的脸都绿了，还得强撑着微笑。

“别往家里招这样乱七八糟的女孩子。”

“妈，我都和你说了，这是保姆……”

陈滔滔的母亲挑着眼角看着儿子。

很快，屋子里就飘满了菜香。

陈滔滔偷吃，他妈瞪着他。

她和滔滔的爸爸几年都回不了一次家，对这个孩子亏欠得太多，他从小是跟着保姆长大的。

“吃饭吧。

“我爸这次没回来？”

“他回不来，那头很忙。这些和你也不能多说，过两天我也要回去。”以前她总想让儿子去当兵，毕竟家里都是军人，他也应该走父辈的路，而现在看，她这个母亲没尽过什么责任，他高兴就好。

陈滔滔点头，就是不知道他家老头儿又研究出什么导弹了。

“男孩子到了年纪是应该考虑成家的问题了，但刚刚走的那个不适合你。”

陈滔滔无语：“妈，你怎么和她对上了？她就是个无关紧要的人。”

“是不是无关紧要你心里比我清楚。妈不要求你找个门当户对的，我也知道时代不一样了，做父母的要开通，你的事情你父亲也顾不上，但女孩子还是应该找个本分的。”

陈滔滔撂了筷子。

就算他八岁那年，也没指望父母能为他做什么。

一次重感冒，他烧得东南西北都分不出来了。他想喝水，家里的小保姆睡着了，他自己烧的热水，倒水的时候浇了一脚。

母亲见儿子撂了筷子，也就不再说了。

她并不是一见面就想说这些不开心的事情，只是希望滔滔能懂得，什么样的人可以当老婆，什么样的人只能玩玩。

“我听说了最近你打的那个官司。”

当母亲的，儿子就算再不好，她也认为是最好的。那些骂声她不但没有听进去，反而认为陈滔滔相当出色，让她感到骄傲和自豪。

后来警方找到了那个人的尸体，不就说明她儿子的判断力足够强吗？

“哦。”陈滔滔没了谈下去的心情。他的工作不愿意让父母关注，他也从来不会当着父母的面提。

“妈妈为你骄傲。”

陈滔滔笑了出来。

他妈还以为他是被夸得高兴呢，毕竟不管他多大，都是她的孩子，却不知道，陈滔滔其实是嘲讽。

为他骄傲？骄傲他只认钱吗？

他当时也不确定马太太是不是把马先生杀了，之所以要打下去，理由很简单，他要赚这笔钱。

什么道德，什么三观，什么人性，他从来没有。要来做什么，增加负担吗？

他妈现在竟然说为他感到骄傲，自己的家庭教育果然不同凡响。

陈滔滔的母亲原本打算睡在儿子这里，陈滔滔却已经穿好了衣服，拎着车钥匙：“酒店订好了吗？”

她的脸僵硬了一下，然后勉强点头。她没有订酒店，原本想多陪儿子两天的，现在看来，她还是叫人来接自己吧！

她交代陈滔滔，要注意天气变化，要保重身体。

她下次回来说不定是年前还是年后，也有可能是几年。

陈滔滔站在门口拥抱母亲，然后送母亲进了电梯。

电梯门关上，他揉揉脖子，转身回了家。

陈滔滔的母亲下了楼，出了小区，外面已经有车在等她了。

有时候她也觉得滔滔是不是在怪自己和他爸爸，但她认为自己的儿子不是那样小家子气的。每个人的人生都不同，他们作为父母为滔滔带来的，可以说是别人家的孩子一辈子都求不到的。

“老陈，我现在就回去。”

对方说让她快些回来，程序上出了一点问题，需要她处理。

陈滔滔站在窗前，看着外面，目光游离。

陶克戴从陈滔滔办公室出来的时候，脸色有些发青。

平时总是笑嘻嘻的陶律师都一脸土色了，可见陈律师今天的风抽得有多凶猛。

“还抽风呢？”陈滔滔的助理小声问着。

被自己的委托人咬了一口，别人可能不会觉得怎么样，可里面那个人叫陈滔滔。

陈滔滔静坐着，突然扯了扯领带，觉得脖子被勒得特别紧，喘不上气来。他终于将领带扯了下来，狠狠地摔在地上，隔着厚厚的门板，从外面都能听见咣当一声。

穷鬼，这些死穷鬼，他就说这些人不值得帮。

陈滔滔喜欢帮有钱人打官司，因为无论真假对错，越是对自己有利，他们越是知道该怎样说，而穷人就不同了，他们有过剩的同情心，有过剩的犹豫不决，甚至有随时翻供的可能。

检察院打来电话，打不进陈滔滔的办公室，是他助理接听的。

助理站在门外，深呼吸一口气，敲门："陈律师，检察院打来电话……"

陈滔滔保持了多少年的不败记录被破了，输在一个同情心泛滥的女人身上。

"叫他们去死。"

办公室一片狼藉，看样子陈滔滔这次是真的生气了，砸了这么多值钱的东西。

陈滔滔的小气不仅体现在他给员工礼物上，他十分生气的时候，摔东西也只拣便宜的摔，而这次连电话都摔了，电脑也砸了，可见火气之大。

"检察院的人还在等您接电话。"

"这样的人就应该被打死。下次如果让我替这样的人打官司，我直接替老天铲除祸害好了。"

陈滔滔再次摔了电话，心情非常不美丽。

开车回家的路上，突然想起那个让他心情不美丽的人，陈滔滔撞车了。

安全带扯住了陈滔滔的身体，他先是深呼吸，而后捶着方向盘，用力捶着。

陈滔滔的委托人是个挺可怜的女人，被丈夫家暴很多年，之后丈夫和小三跑了，什么都没给女人留下，除了老人和孩子。女人坚持了这么多年，现在想离婚，可实在不知道丈夫不在这婚能不能离成。法院找到陈滔滔，原本不是什么大事，分分钟就搞定了，也是陈滔滔倒霉，才帮着忙活完，递交了材料，女人的丈夫回来了，带着一身病，夫妻俩和好如初了，妻子要撤诉。

陈滔滔坐在车里磨着牙。

一个又一个女人让他觉得不爽，现在他看哪个女人都觉得不顺眼。

为什么世界上会有女人这种生物呢？厌恶！

回到家将门摔得哐哐响。

一连五天明珠都没有过来，陈滔滔觉得也许这是女人的通病。他和明珠一不是夫妻，二不是恋人，即便他妈的态度那样，可明珠有什么生气的立场？

明珠还真不是因为生气，而是去外省蹲点抓人了。

很久以前一个诈骗案的主谋抓到了，不过可惜这人逃跑了六年，押解回来后，诈骗的十多亿只剩下了六千多万。

新闻一播，被骗了钱的群众全都登门讨债了。

可是，六千万怎么分呢？有拿到钱的，自然有拿不到钱的。拿到钱的喜气洋洋，拿不到钱的则在警局门口等着。

立案后，检察院很快以集资诈骗罪起诉张潇予，而后公开审理，上中市中院一审判处张潇予死刑，剥夺政治权利终身，张潇予表示不服，提起上诉。

南区警局也没闲着，因为有人接了张潇予的案子——大名鼎鼎的陈滔滔律师。

"他可真是香的臭的都接。"

外人没有办法理解陈滔滔的想法。这样的女骗子，多少人因为她倾家荡产，死罪都是轻的。

警局和陈滔滔沟通过，陈滔滔的态度嚣张得不行。

明珠去市局开完会，刚走到一楼大厅，陈滔滔和他的助理不知道从哪里冒了出来。

“明珠啊，这次你……”

因为天气冷，有些老同志就喜欢喝热水，说话的这人刚接完热水——一楼的角落有饮水机——站直身体，水杯也不知道怎么搞的，里面的水冲着明珠的脸就溅了过去。

明珠和说话的老同志之间的距离非常近。

陈滔滔直接插到了明珠和那个老同志之间，用后背挡了一下，反正他穿得多，也感觉不到所谓的烫，拉着明珠往旁边移动了两步。

“接热水的时候要小心些。”陈滔滔放开明珠，面色不悦地盯着那个毛手毛脚的老同志——接个热水都不会吗？

老同志有些不好意思，他是真没注意：“抱歉啊！我也没有注意。”

明珠摇摇头，她也没有被烫到，反倒是陈滔滔怎么跑这里来了？

陈滔滔的助理觉得今天太阳打西边出来了，陈滔滔刚刚是英雄救美吗？也不算是吧！依他看，就算那水溅到女警察身上，应该也无大碍，他实在不能理解陈滔滔的意图。

陈滔滔回到办公室，将西装挂在椅背上。

张潇予的案子他要打成无期徒刑，难度很大，受骗群众也会强烈抗议，不过不要紧，别人的死活和他没有关系。

后背有点疼，他也没放在心上。

晚上七点到家，明珠正在他家门口站着呢，手里提着一个袋子，看样子是买了吃的。

“来干什么，做客？”陈滔滔开着门，问道。

明珠跟着他进门，将东西放到门口的柜子上。

“张潇予的案子你想打成无期徒刑？”

陈滔滔打了一个响指。

这点上，他确实稀罕明珠，脑子活，知道他的想法。

“你不是已经猜到了？”

明珠突然贴住了他的后背，伸手将他的衬衫揪出来，然后摸了进去，凉凉的。

“这是什么意思？这个时间跑到我一个单身男人的家里来，又摸我的后背……”说着这话，他的唇角却抑制不住地向上。

和她说声对不起，把她劝回来？不好意思，陈滔滔从来没想过这样的问题。你愿意走就走，我绝不留你，而你愿意回来，我开门欢迎。

明珠看着他的后背，过了好几个小时已经好多了，不过还是有红色的痕迹。

陈滔滔爱美，身上的衣服永远是那两件，冬天、夏天对他来说没什么分别。当时他和助理走了，明珠看着地上的水，猜想可能烫到他了，自己于情于理都应该来看看他。

她的手停在他烫到的位置：“疼？”

“红了？”陈滔滔的脸沉了下来。

他的皮肤多么珍贵，竟然被烫红了。

“上点药就好了。”明珠将他的衬衫放下来，“我出去买药膏。”

明珠转身的一瞬间，陈滔滔伸手将她拽进了自己怀里。被人关心的感觉还是挺好的，尽管他不缺关心他的人。

“你家里有药膏吗？”明珠问他。

陈滔滔却没理她，只想抱着她，柔软的身体，感觉真好。

那点小伤算什么。

“没事儿。”说是没事儿，却乐得享受明珠的服务，真是第一次见这丫头……

说到“丫头”两个字，他觉得自己喊不出口，他一直认为明珠不算是女孩儿，哪怕她十一二岁的时候也不像，她这辈子和“女孩”两个字无缘。

为她受的伤是肯定的，她嘴上没表示，却又是弄饭又是端茶倒水的，这种感觉还不错。

他突然觉得她也没那么不可取，也许就是这点吸引别的野男人吧！

越是有钱人越是奇葩，就像徐太宇，好不容易遇到一个正常的女人，自然恨不得扑上去。

柔软……他竟然能在明珠身上想到“柔软”两个字，真是稀奇。

明珠将买来的菜都倒了出来。她不会做饭，也没兴趣学，装盘更是不美观。只要能倒进盘里她就满足了，至于弄个造型之类的，她做不到。

菜都是买来的，但是一样也不差。

“吃饭。”

陈滔滔坐在桌前，看着他家这张高大上的桌子配这些菜……

“米饭也是买的。”他笑了笑，果然是明珠，白夸了。

你能叫女人吗？连米饭都不会做，你还能做什么？

“不想吃？那给我。”

陈滔滔一脸嫌弃，这个菜不好，那个菜脂肪高，那个不知道用的什么油，不过还是吃了，吃完饭就差跷二郎腿装大爷了。

感觉真的不坏，吃完饭，工作完毕，回到床上，还有人等。

明珠的脸摩挲着他的后背，他真是有点……怎么说呢，她这个人挺开放的，今天也不知道是哪根筋抽了，他有点不习惯。

明珠伸手抚摸着陈滔滔的后背，感觉就像一件艺术品。

有些人喜欢逛街花钱，有些人喜欢吃甜点解压，明珠就喜欢漂亮男人的身体。如果他是个标本就好了，放在她房子的暗室里，等到每天半夜十二点她进去欣赏欣赏。

她去抓犯人的那几天，别提享受了，眼睛闭上都要随时保持警惕。那番辛苦对于她来说都是小事，不过辛苦过后，是需要慰藉的，而她的战利品就是陈滔滔的身体。有了它，吃多少苦都值得了。

陈滔滔还以为明珠是在担心他的伤，他当时只觉得疼了一下，问题应该不大。

她今天这样子，自己真的不习惯，她不是……爱上自己了吧？

想到这里，陈滔滔起了一身鸡皮疙瘩，千万不要。

“明珠，你以后别给我弄饭了，咱俩的关系也没近到这个地步。”他抓住她的手，认真地看着她。有些话宜早不宜晚，早说早清楚。

明珠沉默不语。

她看后背看得好好的，他的脸突然扭了过来，害得她什么情绪都没有了。他的这张脸太有破坏力了，能不能遮起来或者抠掉？要不戴个面具？

明珠的手贴着他的胸肌，还好伤得不太严重。他怎么能用身体去挡热水呢，应该用脸，反正他长什么样对自己来说都是那样。

陈滔滔的气息有些乱，很想搞清楚，明珠是不是爱上他了。如果是的话，就到这里打住吧！多合适的人，他也不能强留，不然会变成祸害。

只要看着她的眼睛，他就能确定她的心。

陈滔滔的手摸到台灯开关，突然屋子里一亮。

明珠顿了顿，僵硬着表情，随后穿上自己的衣服离开了。

陈滔滔躺在床上，觉得哪里好像有点不对。

心头突然一跳。

这个死丫头片子，她一直不喜欢自己，突然就和自己好了，并且每次都关着灯，什么意思？她是在缅怀谁呢，还是拿他当谁的替身呢？

他咬着后槽牙："明珠……"

明珠回到家，洗洗就睡了。

可惜了，原本应该挺美好的一夜，最后变成这样。开心丸起不到开心的作用，要来何用？

二十一日，注定又是不平常的一天。

西郊水库发现两具尸体，一男一女。

男的穿牛仔裤，双手被反绑，全身上下一百多处大大小小的伤痕。女的更加惨不忍睹，身体全裸，左眼球爆出，下颚粉碎，全身五百多处伤痕，表情痛苦。鉴定科的工作人员初步得出结论，应该是先奸后虐打，打了很长时间才死亡的。

被害人已经确定了身份，是男女朋友关系。

两位死者的家属都很激动，希望警方早日找出凶手，可警方一点线索都没有。

女死者的母亲坐在明珠的办公室里，情绪沮丧，她是个大学教授，却和张鲁完全不同，浑身透着"涵养"两个字。

"还是一点线索都找不到吗？"

明珠摇头。

一个多月过去了，仍是一点线索都找不到，最终很有可能是人死了，却没有结论。

女死者的母亲捂着脸，努力站了起来，手离开脸的时候，已经没有眼泪了。

这时，明珠桌子上的电话响起，是法医打来的。

明珠无奈地对着女死者的母亲摇摇头。

现场已经反复勘察了十几次了，没一点可用的信息，这案子也只能这样了。

"很累？"陈滔滔问。

明珠想从陈滔滔这里得到一点帮助，毕竟上次就是因为他无意中的一句话破了案子。

可惜这次没那么好运了，陈滔滔帮不了她。

看着她眼窝下面的青色，他也挺佩服自己的。明珠长得好看吗？只能说不丑，绝对算不上漂亮。明珠这样的女人，不是他吹，他一划拉一大堆，那自己到底为什么要和她睡在一起？

保姆炖的汤，陈滔滔端着碗喝了一口，他最近需要补补气血。

随后，他递给明珠一碗。

“破不了案。”

“有人生有人死不是很正常吗？”

找不到就是找不到了。

庸人自扰。

对不起谁？

先想想自己的工资，对得起工资就好！

陈滔滔想起了张潇予的案子，他已经成功翻案了。张潇予诈骗的那些钱的流向她彻底交代了，他咬着那几个人不放，成功逆转，不过外面的骂声似乎更大了。钱是铁定追不回来了，他却拿到了属于他的律师费。那些人喊他什么？流氓律师，只认钱不认人？他唇角向上扯了扯。不向钱看，难不成他向良心和道德看？

“说了你也不懂。”

“看不看片子？”

陈滔滔难得有兴致，将窗帘全部拉上，看电影没有气氛怎么行。

明珠挨着他坐下，抱着他的胳膊，过了一会儿，又躺了下去，躺在他的腿上，最后她睡着了，陈滔滔自己看着电影。

第二天中午，明珠收到一个包裹，里面都是犯罪类型的碟片。

她觉得这不像陈滔滔的性格，但是她敢肯定这些碟片都是陈滔滔送过来的。

“你让人送的？”

陈滔滔正在吃午饭，和所里的同事顺便开了一个小会，里面的人继续吃吃喝喝，他拿着手机走了出来：“嗯，看看吧，也许对破案有帮助。”陈滔滔看着外面，一脸平和。

“谢谢了。”

陈滔滔收了电话，返身回到包间。

有人打趣他：“陈律师，不会是和女朋友通电话吧？吃个午饭都不消停。”

哈哈，八成又是哪个倒霉鬼要给陈律师送钱来了。

“床伴，不是女朋友。”陈滔滔唇角露出一丝笑容。

谁能信他的话！想当初吴哲的案子是怎么翻供的，不就是因为玩了一个语言陷阱？

承认得这么爽快，还床伴？陈滔滔的身边就没留过女人，他看女人的眼神都是厌恶的。

明珠翻了很多资料，看了很多影片，可惜这些都不能为她带来灵感。

两名死者的家人拿出三十万作为悬赏，只要提供的线索有价值，钱就可以拿走。

三个月过去了，期间发生了无数大大小小的案件，有的破得很快，有些则慢一些，这个案子却仍是毫无头绪。

“头儿……”大同说有人报警。

明珠接过电话，对方一再确认，真的有钱拿吗？还有，自己讲的话，警察不会透露给别人吧？

明珠带着人去见报警的那个人，开的是她的私家车，不是警车。

报警的人说，他听见一个孩子炫耀说杀了人。

“你怎么知道他说他杀的那个人就是死者？”

大同无语，这简直是开玩笑，谁杀了人会对外嚷嚷说自己杀了人？

报警的人低垂着头，说那个孩子说，自己脚上穿的鞋就是死者的。

大同一愣，快速记录着。

警方没有对外公布细节，男死者确实没有穿鞋，当初他们以为是被水冲走，或是被人毁掉了。

“那人长什么样子？”

报警的人说话含含糊糊的，而且精神状态太差，除了那双鞋，再没有提供有价值的信息。

明珠想了想，问：“咱们局里有会催眠的人吗？”

老周一脸无语，这是开什么玩笑呢？

“你们看着他，不能让他离开。”

明珠联系王永春。

她一开始就是被分给王永春的，现在找不到办法，只能求助他。

“催眠师？”王永春撑着头。

催眠师不能乱找，而警方认证的催眠师一个也没有。

“人看住了，不要让他跑了。”

王永春带着人赶了过来。

报警的人行为有些奇怪，王永春刚开始也觉得这人是不是有某些方面的爱好，而后来医生否定了他的想法。

“滔滔，可能需要你帮我一个忙了。”

催眠方面的人，陈滔滔有办法找到。

陈滔滔正在整理自己的书柜，将一本书放在桌上。

“不帮。”

警察破不了案，想借助平民的关系，不借。

“你来和他说……”王永春将电话塞到明珠手里。

陈滔滔这人他也摆不平，只希望明珠能让对方改变心意。他并不知道明珠与陈滔滔之间的关系，现在任何人站在这里，都会被他抓过来当“壮丁”。

明珠接过电话。

陈滔滔落在桌子上的手动了动，是明珠，他不会听错的：“你欠我一个人情。”

明珠停顿了一下：“陈滔滔？”

“人我可以帮你们请……”

陈滔滔有个朋友是做催眠临床学的，不过人在国外。

明珠将电话还给王永春。

王永春闭着眼睛，想着陈滔滔不会管的，管了也会狮子大开口。

“他说可以帮我们。”

王永春瞪着眼珠子看着明珠。是他耳朵坏了，还是明珠的嘴坏了？

陈滔滔一本正经地坐在椅子上，手里捧着一本书，没看几眼，光唉声叹气了。

亏了！亏大了！

请人从国外飞回来，机票钱得自己搭不说，还有误工费之类的，他怎么脑子一热就答应了呢？

陶克戴吃着饭，接了陈滔滔的电话，听笑话一样听着。反正这样的事情绝对不是陈滔滔能做出来的，天下人都缺心眼，陈滔滔是五行多心眼。

“这还需要说吗？男的为什么一听是那个女的就帮了，心里有她。”

陈滔滔闭着眼睛，觉得内心平静了，慢慢睁开：“克戴啊……”

陶克戴点头，他正吃鸡腿呢。

“你的智商抠出来放在秤上也就二两。”

什么事情都能想到爱不爱上面去，他这是为了公义，他也是有妈生的，是吧？！

“人我帮你请了，你们要让他帮忙查案？”陈滔滔问明珠。

上中查案从没用过催眠术，大众的接受度，还有上级的力挺度，都要考虑。

明珠想了想：“我觉得这个报警的人有点问题。”只是希望借助一些手段引出一些线索。

明珠翻过资料，其他地方有过这样的案例。

用催眠术协助破案，真是闻所未闻。老朱抓着头发，觉得自己能不能熬到平安退休的那一天都不好说。

催眠报警人后，之前一问三不知的事，竟然都说了出来，关键还和警方现在掌握的证据对得上。

洛洛觉得太神奇了，可惜没有亲眼看见催眠的过程。

根据报警人的描述，嫌疑人的样貌很快画了出来。

催眠师对着明珠摊手，他已经完成了工作，可以离开了。

“抓人。”

全城搜捕。

嫌疑人被抓住，审讯后顺藤摸瓜，又抓到三个人，且都是未成年人。

四个被抓孩子的家长听说自家孩子涉嫌杀人，只觉得是不是搞错了？

“头儿，家属又来警局闹了。”

“不用管他们。”

目前为止，还没有问出什么来，不过其中一名少年穿的鞋，被证实是男死者的。

这样的结果令人毛骨悚然。

四名嫌疑人被分开审讯，警察轮流问话。

和老周换班后，明珠睡了不到两个小时，办公室的电话响起。

明珠从长椅上坐起来，伸手去接电话。

“头儿，交代了……”

被抓的第一个也是年纪最小的嫌疑人已经供认，法医那边也有最新消息，女死者体内的精液和其中一名嫌疑人的完全吻合。

案子破了。

“这报告要怎么写？”小猫头大，第一次动用催眠师，怎么写？

明珠敲了敲桌子：“你放在我这里。”她来想办法。

局长室，明珠站在老朱面前。

“所以呢？”

老朱的脸色很不好看，做警察这么些年，就没遇到过比明珠更能忽悠人的。你给我这样的结论，让我怎么和媒体说？怎么和群众说？怎么和领导说？这不是搞……迷信吗？

“事实就是这样。”明珠说得理所当然。如果不是催眠报警人得到线索，现在还是个无头案。

老朱瞪着眼，抓着笔，两个小时写了不到五十个字，急得直挠头。要不说，高位不是这样好坐的，他就是个副局长的命，不然怎么一屁股坐在局长的位置上就傻眼了。

最后，老朱原封不动地把明珠的话上报给了王局，颇有些破罐子破摔的意思。怎么办上面看着办吧，怎么对外公布，上面也看着办吧！这么大的事情，他只是个南区小小的局长，实在没办法了。

王局低头看着手里的报告，只觉荒唐。

“今年各区选拔的科级干部中有明珠吗？”

资料调出来，明珠没在名单上，道理很简单，她的资历不够，中途被刷了下去。

全区的例行会议结束后，王局难得让大家多待一会儿。

“你们都看看，觉得我们应该如实地对外公布案件结果，还是捂着不发呢？”

全票认为这就是笑话，再看名字，又是明珠。

王局捏着报告，这个催眠师是可以承认的，只是上中从来没有这样办案过，但人应该向前，不能后退。

王局点头：“我们上中的所有警察中，办案出格的属她明珠了，而我今天就是想说说这个明珠……”

如今可用的人太少，纸上谈兵一个顶俩。警局需要创新，需要突破，打破旧局面的却是个女警。

南区警局对外公布西郊水库一案详情，报纸用了整整一个版面进行报道，并且上中在网上的点击率达到了七亿多人次，说什么的都有，而南区的警察该做什么还是做什么，根本不在意外界的声音。

接手这件案子的法官又是王新忠。

开庭之前，有人专门找他谈话，关于未成年人的话题，又提到了当年的姚可可案。

王新忠笑了笑，杀人犯法，这是谁都懂的道理，他既然做了这行，就不怕被外界诟病。

他一直认为不管年纪多大，每个人都要为自己的行为负责，哪怕是十岁的孩子。犯了错改正，那是小错，杀人就得偿命。

明珠和洛洛一起逛街，顺便买了一顶假的短发。

局里有要求，出警的女警必须是短发，因为长发很容易成为别人攻击的点。

洛洛做指甲，明珠随意地逛着。

来到一个柜台前，她一眼就看到了一个皮夹，男式的。

“这个拿出来，我看一下。”

售货员微笑着，将皮夹拿出来递给明珠。

明珠觉得很好看，问了价钱，七百多块，有点贵，不过她还是开口：“开票吧。”

售货员点头,特意找了一个漂亮的纸袋将皮夹装上,纸袋上面还贴了一朵小花“好了,给您。”

等洛洛做好了指甲，她们就各回各家了。

明珠给明兰打了个电话，明兰正在进修，让明珠不要担心，她会注意老三的。

她暂时不打算接戏，刚好有个相熟的导演，之前承诺会给她一次机会当大反派，现在这个导演正在筹备那个新戏，不过可能两年后才开拍。这是个很自负的导演，他希望接自己戏的演员能安心下来，认真地研究剧本，等于说叫一个演员两年不要接戏。

明兰觉得甚好，这段时间正好可以避避风头。

陈滔滔进门，明珠正在敲键盘，头也没抬地说了句：“你的礼物，鞋柜上放着呢。”

陈滔滔不太好奇所谓的礼物，因为她不可能送自己二十斤黄金。

没有伸手去碰，他就是这样的不差钱：“你留着吧。”

“好啊！”

陈滔滔拧着眉头，见明珠答应得这么快，他倒是对礼物来了一点兴趣。

拆开包装，这什么牌子的？没听说过。

里面有价格标签，七百？呵呵！可真是下本钱了。

他请朋友飞回来这一趟花的钱……就说不能帮这些穷人，这东西他没兴趣。

顺手又扔了回去。

“你用吧，我不太喜欢。”

款式不喜欢，价格不喜欢，和她给人的印象是一样的。

“不打开看看吗？”明珠问他。

陈滔滔脱了鞋子，斜了明珠一眼。

“七百块，你送给我？”

他从头到脚，到底哪里像能收七百块钱的礼物的了？

说白了，陈滔滔同学就是嫌这个礼物不够贵，拒收。

明珠走到他身前——她觉得样式还好，男士的钱包不都是这样的吗——冲陈滔滔伸手："你的钱包拿给我。"

陈滔滔盯着她的手，心想：要偷他的钱吗？

"你要干什么？"

"拿出来。"

陈滔滔将钱包递了过去，一脸骄傲。看见没？这种货才配得上我。

明珠对牌子不了解，不过应该是个大牌。

"不要就算了。"她将陈滔滔的钱包递还给他，然后展示了一下自己送的这个钱包里装了什么。

明珠知道陈滔滔喜欢钱，便装了二十张百元新票在钱包里，多少是个意思。既然他觉得这礼物不合他心意，那就算了，她收回。

"等等……"陈滔滔看见钱包里的钱，眼神立刻变了，"不是空的呀？"眼睛都要笑没了。

他第一次觉得这个女人挺好的，至少比自己印象中好那么一点点。

"你不是不要吗？这个钱包才七百块钱，配不上你……"

"我现在又要了。"钱包不值钱，可里面装的是厚厚的钞票啊！

陈滔滔拿着钱包回卧室换衣服去了。

他觉得自己的自尊，钱是买不到的，因为那些人都是拿支票来砸他。下次如果有人想要他的自尊，请拎着现金来砸他。

将钱包里的两千块钱收了起来，他觉得自己这是要发啊！进财了，好兆头。

晚上没事情可做，想到最近不是上映了一个不错的片子嘛，自己可以请明珠去看。

"看电影？你和我？"她像是看电影的人吗？他看起来也不像。

最后没去看电影，变成了吃韩国鸡排饭。

明珠似乎对带颜色的食物非常感兴趣，叫了一个不知道是什么的锅，里面通红的。

陈滔滔是拒绝吃这种东西的——我怎么知道这里面的辣椒是真辣椒还是色素。

"不吃？"

明珠一口一口地吃着，吃完了鸡排，又往锅里倒了一碗米饭，然后一拌，味道别提有多赞了。

陈滔滔咽了咽口水，真的这么好吃？

刚刚他还态度坚决地说不健康不想吃，现在突然说要吃，会不会有点不要脸？脸面重于一切，他可是千万小滔啊！

之前有一场官司，媒体报道他收了一千万的律师费，从那个时候起，陈滔滔就在自己的脑门上贴了个标签——千万小滔。

他眼睛直直地盯着明珠手里的勺子。这个死娘们，怎么不邀请自己一起吃？如果她邀请他，他就吃。

明珠能感觉到他死死盯着自己，也清楚陈滔滔有些话听听就算了，而这些饭她本来也吃不完，可愣是全都硬塞了下去，就是不肯给他留一口。

“你还挺能吃的……呵呵。”陈滔滔的脸有点扭曲。

“先生，是刷卡还是现金？”

明珠喊人来结账，结果服务员冲着陈滔滔走了过去。

“我和她只是姘头的关系，我凭什么帮她结账？”

呃……

周围吃饭的人听见陈滔滔这话，都抬头看了眼他，又偷偷去看明珠。世风日下啊，这种话都能说出来，不要脸。

“多少钱？”明珠掏钱付账。

两个人回去的时候，打了两辆车，既然要算，就算清楚一点好了。

明珠的车在后面，等她到了小区门口，陈滔滔乘坐的那辆出租车的司机过来和明珠要钱：“你家姘头说他没带钱，你会付。”

明珠：“……”

明珠和大同值班，接到报警，快速赶往现场。

群众举报，看到了公安部门通缉的要犯。

犯人正准备驾车逃跑。

明珠跑到一个高台上，等车子开过来，她迅速跳到了车顶。

大同看得一身冷汗，他从来没有见过比明珠更加彪悍的女人。

最后，车撞到了墙上，明珠被甩了下来，幸好练过，反应迅速，没有受伤。

她单腿压着犯人：“抱头。”

大同过来将人扭到车上。

大同真的想说明珠两句，抓人有很多种方法，不需要这样玩命的。就算这次抓不到，早晚都能抓到，不是吗？可这些话他说不出口，不然显得自己多渺小啊！

明珠又立功了。

大同说这件事情和自己无关，他什么都没做。

夸奖明珠的话，他也不想说了。有些人的好，早晚所有人都会亲眼所见。

因为这件事情，明珠的关注度又提升了一个级别，四区会议，她作为南区代表最后发言。

明珠说，南区现在的治安确实好了很多，主要在于南区的警察不会接到报警不出警，不然会被扣除全年奖金。群众对警察有要求，那警察自身呢？能否提高警察的待遇？

老朱觉得头很疼，这是和谁叫板呢？你这样夸南区，岂不是说其他三区都是废物？

“后生可畏啊！”

福利这块，并非没有人存在意见，但社会关注度太高，不得不掐下去一些，加上有些人知法犯法，有灰色收入，搞得所有人都很被动，所以，暂时还是没有办法解决。

“嘴炮玩得挺好的。”

明珠客客气气地，然后认真地点了点头，她嘴炮确实不弱。

老朱叹口气，垂头丧气地离开了。

“你笑什么呢？”陶克戴无语地看着眼前的人。

陈滔滔莫名地笑了出来，这是笑他呢？陶克戴满脸狐疑。

“没什么。”

“你不会是谈恋爱了吧？”

陶克戴心中叹气，他还没有找到合适的机会和陈滔滔说，也怕说了陈滔滔会奓毛，可早晚陈滔滔都会知道的，那个人已经回国了。

陈滔滔只是查看了一下自己的账户，心情便突然美妙了起来，他又可以拿着这些钱出去放贷了。

人世间最痛快的事情，就是钱生钱。

一个月明明可以轻轻松松赚到百万的人，却因为利息而高兴得抑制不住兴奋，这就是陈滔滔。

如果丢了五毛钱，他会肉疼一晚上，成功地诠释了什么叫越有钱越抠门。

陶克戴原本想把这件事告诉陈滔滔，话到了嘴边，还是咽了回去。还是等人出现的时候再说吧，不然可能会自讨没趣。

陈滔滔高高兴兴地收了利息，准备回家，才启动车子，拿起手机看了一眼，脸上的笑容便消失了，只剩下木然。

谢璐回来了，高调且张扬地回国了。

依旧是那张脸，风情万种。

谢璐和眼前的人握着手。

这个同学结婚多年，加上工作繁忙，又没有时间和精力去健身，已经大腹便便。

“大美女，还是那样漂亮。”

谢璐笑：“已经老了。”

“你还老？我们班如今能看的也就你和陈滔滔了。陈滔滔他……”说话的人似乎想起了谢璐和陈滔滔的过往，觉得自己真是嘴欠。

“陈滔滔还那样？”

同学笑：“你不知道，他现在可了不得。你谢大美女也是有魅力，离开这么多年，他愣是没找女朋友，为你守身如玉……”

谢璐看着远处，似乎被勾起了回忆。

她和同学摆摆手。

她接了一个案子，不准备回去了。外面转了一圈，发现还是国内好，何况这里还有她舍不得的人。

陈滔滔，好久不见！

第十章 请叫我明珠大人

陈滔滔不知道吃了什么，肚子刀绞般疼，他实在忍不住，紧急停车。

明珠的身体往前冲了一下："做……"

陈滔滔解开安全带，推开车门："肚子难受，我去一下卫生间……"话没说完，夹着屁股往路边的卫生间跑，若非逼不得已，他一点都不想进去。

明珠坐在车上，过了大概三分钟，电话响起，叫她立即赶回局里，有案子。

吴文桥附近刚刚发生了一起抢孩子事件，孩子父母报警，朱局将这次的指挥权交给了她。

陈滔滔蹲在卫生间里，咬着手帕，他快要被熏晕了，白眼一个接着一个地甩。

方便完，陈滔滔提着裤子推开门，看了眼前的人一眼。

对方刚刚亲眼看见陈滔滔从路边那辆跑车上下来，从头到脚都写满了"有钱"，贼眉鼠眼地打量着陈滔滔。

陈滔滔拧开水龙头洗手。

"抢劫。"

陈滔滔真的很想问问这个人，你出门的时候大脑没有带出来是吧？在这里抢劫？

"把钱拿出来。"

陈滔滔看看这个人手里的刀，这是他带着准备在卫生间里削苹果用的吧？

他实在不喜欢这种地方，慢吞吞地将钱包掏了出来，慢慢地打算递过去。

"快点！"明珠进了卫生间，她根本没管这是男厕，只想告诉陈滔滔她必须马上走，站在外面说不清楚。

她话刚说完，就见一个男的拿着刀，陈滔滔一脸扭曲地掏着钱包。

"钱包拿过来！"那个人打算上前去抢。

他的话刚说完，就被人用什么东西抽了一下后脑，凉凉的。还没来得及回头去看，啪的一声，又有东西抽到了他的脸上，他手里的刀也掉在地上了。

"我有事情要回局里，这人你看着办吧。"她现在顾不上这个小毛贼。

陈滔滔点头，明珠就离开了。

躺在地上的人刚刚看清楚了明珠的衣服，没敢起来厮打。和警察厮，自己又不是疯了。

现在警察走了是吧？

有人要倒霉了。

陈滔滔从卫生间出来，深呼吸一口气，得，外面的味儿比里面还大呢！

“站……”

抢劫的人“住”字还没说出来，陈滔滔回手一拳，打得他眼冒金星，直挺挺地往后倒去。

滔滔活动了一下手腕，打人都觉得脏，一身便宜味，他出拳都对不起自己的拳头。

报警，然后等着警察来。

明珠赶回了局里。

监控录像显示，孩子是在被母亲领着过马路的时候，突然被人抢走的。

光天化日之下竟然抢孩子，难道上中的警察都是摆设？

“要在最短的时间内把孩子找回来。”

明珠等人得到线索，出了上中，奔赴邻省。

晚上七点多得到可靠消息，说孩子已经被带走了，要再到下一座城市去追，于是他们买了高铁票，奔赴下一座城市。

凌晨三点，明珠等人赶到茂西村，埋伏在嫌疑人的住处周围。

“一定要保证孩子的安全。”

小猫从后窗跳了进去，突然安静的村庄响起一声吼叫，划破了夜空：“有警察——”

孩子被安全地带了回来，孩子父母自然是千恩万谢，老朱却头疼明珠没把合作单位放在眼里，这把当地的警察当成什么了？

他被质问得头疼，好在救出来的是上中人，这才勉强为自己人的行为找到一点说辞。

对方在电话里对老朱说，你的手下真英勇，带着那么几个警察就敢跟嫌犯开厮，这是没出人命，不然大家都吃不了兜着走，她以后也不用当警察了。她到底是怎么毕业的？

老朱撇着嘴，心想：你的人当时傻站在那里，还好意思说我的人怎样怎样，有脸吗？

老朱觉得这个案子应该交给打拐办，和他们刑侦科没啥关系。

一查起来，事情还挺严重，整个村的人都参与拐卖妇女儿童。

顺利移交后，打拐办请明珠同行。

当地武警出动三百多人，将茂西村围了起来。

全村开始清理，被拐妇女愿意回家的给送回家，愿意留下的留下，至于人财两失的，那是自作孽。

村里人叫着骂着，一双双狠毒的眼睛恨不得将明珠瞪死。

这件事情结束后，明珠需要提交报告，而她不认为自己有错，错的是谁，有眼睛的人都清楚，如果开除她，只能说明不允许警察做实事。

这样一顶帽子扣下来，加上罗颖琳几次跟踪报道，省内省外都很被动。

王局那个老狐狸压根不吭声，其他人也只能保持沉默。

事情没闹大，不久就安静了下来，并且这一年的提干名单中，明珠赫然在目。

三天前的晚上，夫人打了一通电话出去。她的意思很简单，上中需要好警察，明珠的办案方式挑不出一点错来，她是为群众服务，不应该受到处分。虽然自己儿子和明珠没有关系了，但明珠的动向她还时刻关注着，一旦有了为难之处，她还是会出头的。

上级也特意打了电话过来，询问事情经过，明珠的行为他们并不赞成，但是认为也不存在多大错。

有多大力量就办多大的事情，本省的人办不了，叫一个外省的女警办了，自己回家好好想一想。

综合各方的意见，然后有了明珠的提名。

陈滔滔打了抢劫犯，和抢劫犯一起进了警局。

“谁让你出手打人的？”办案的民警脸色不太好。

这个抢劫犯进来一脸的血，脸都肿了。

陈滔滔想着，自己接触过的警察有没有好脸色的？结论是没有！包括明珠在内，都是这副死样子，好像警察不这样就能死似的。

“你最好不要和我这样讲话。”

他不管坐在他面前的人是谁，他这人最不能受气，一受气脾气就不太好。

直到陶克戴来了，陈滔滔脱下衣服，扔给陶克戴：“扔了。”

那么脏的手碰了他的衣服，没办法穿了，会有穷的细菌。

陈滔滔惯有地嚣张，办完了事情还不肯走，他认真地看了看眼前这名警察的工作牌，然后打电话。

投诉电话不是摆设，我不管你们和别人讲话是什么样子，反正在我这里行不通。问话就问话，别和审讯犯人似的，我是受害者，明白？

问话的警察见过嚣张的，没见过这样嚣张的，不禁有点冲动，被旁边的人拽住了。

旁边那名警察笑呵呵地说，警察一般都是这样，因为没有办法笑嘻嘻的，可能给陈滔滔造成了错觉。

“我也算是警姐夫，我家那位嚣张就算了，她是活在刀刃、枪口下的，你们这些小拳小脚还是谦虚点好。”

他认为自己说出口的话一定是对的，别人怎么想，不归他管。

陶克戴问他：“警姐夫？”谁啊？

“吓唬他的。哈，吓死他了吧？哈哈……”

“衣服真的不要了？”陶克戴望着他的车尾喊。不是精打细算吗？这衣服挺贵的，这样就不要了？

明珠的胳膊缠了一圈纱布，不过出了医院，纱布就不翼而飞了。小伤而已，弄这么搞笑干嘛？还让她住院，住院数绵羊吗？

南区现在可热闹了，每天都有固定的跑步、对打时间。局长说了，身手都不行，你们还是警察呢，能天天拔枪吗？把学校里学的那些都丢掉了是吧？

南区出了名能打会打的就是明珠，虽然没有交过手，但是大比武的结果已经说明了，那个奖不是靠关系就能拿下来的。

明珠能打，不是天生的，而是从挨打练出来的。

她永远不会忘记，自己躺在地上，被人一棍子接一棍子地敲在腿上、手上的那种无力感，那是真疼啊！而比疼更加致命的是怕，怕命运，怕坏人。

“头儿，大同说想和你比试比试……”

明珠正在写报告。难怪当领导的都不靠身手，根本没机会，用的都是大脑。

“和我对打？”

“体能。”

有人觉得明珠是真强，打人的时候就像母夜叉，这种女的娶回家，容易家暴你。

有人则认为这是夸大，女人就是女人，能有多强？哪怕她一米八，也不是汉子。

明珠拍拍手，正好累了，出去看看。

大同是典型的“白斩鸡”，文质彬彬，长相清瘦，看起来力量就不是很强，不过他的俯卧撑比较标准，明珠却一屁股坐了下去。

“继续。”她坐在他的背上，好在大同没丢男人的脸，这点对他来说小意思，何况头儿也不重。

“你坐在我的背上。”

明珠单手撑地，姿势唰地一下到位，一看就是练过。架子是有了，内里呢？

大同觉得点到即止就好，他的体重能和明珠一样吗？明珠怎么说也是个女人。

“坐。”

什么叫叹为观止？活到今天，算是开了眼界了。

明珠的三根手指撑地，大同坐在她的背上，单手俯卧撑。

她是一边喊口号一边做，口号起，身体起。

给别人当头儿，有时候也要适当地表现一下自己，让他们明白，做她的手下，其实是有道理的。

明珠想，她绝对不是一个谦虚的人。

警方联合社区开展安全普及活动，着重放在青少年离家出走上。

前些天又有女孩儿离家出走，家长来报案，警察只能帮忙找人。

女孩儿存心想躲，天王老子都找不到，家长就到警察局闹腾，说警察不作为。两个月后，女孩在外地被找到，当时跟三个男人在一起，遍体鳞伤。

家长向媒体哭诉，当时帮忙找孩子的明珠就成了罪人，媒体一报道，明珠自然被骂了个狗血淋头。

陈滔滔觉得明珠的职业很可笑，亏她那么拼命。

明珠忍着小腹抽痛，喝了几口热水，依旧痛。

上个月来例假的时候，她正在办案，大半夜带着人满山搜寻犯罪嫌疑人，天气凉，又没有休息好，这个月就来劲儿了。

好不容易下了班，想回家躺一躺，王新忠却来找她，有个案子需要她协助调查。

一起酒驾，竟然冒出来两个司机，本来找到当时的监控录像一查便知，但录像却没了。

死者家属认为肇事车辆的司机是一名警察。

检察院根据目前掌握的情况，认定有人串供，为了让某人免于处罚。

私下见面，王新忠是希望明珠有什么说什么。

从现场证据来看，死者家属所讲的应该是对的。

“抱歉，我去一下卫生间。”

明珠起身去了卫生间，包还在椅子上。

陈滔滔开车过来，路上有些堵，所以到得比较晚。

这个案子是他接的，异议也是他提出来的。

陈滔滔走进来，带着一身凉气，他和王新忠打着招呼，视线却聚在那个包上，他直觉这个包的所有者是明珠。

他坐到了明珠旁边的椅子上。

明珠叹口气，她永远不懂，为什么大姨妈这种神奇的东西要出现在女人身上，还一个月一来，太辛苦了。

她跟服务员要了一杯热水，走回来看见自己的位置旁边坐了一个人。陈滔滔的脸，她也许会模糊掉，陈滔滔的背影，她却是太熟悉了。

讨论了大概两个小时，王新忠先走了。

陈滔滔见明珠在玩手机，这是不打算走了？

“不走？”

明珠跟陈滔滔回了家。

她家什么都没有，陈滔滔家好在有个贴心的保姆。

明珠甩了鞋：“我不吃了，好累，要睡觉。”她一边往里面走，一边脱衣服，走了一路，扔了一地，然后爬上床，拽过被子躺下了。

陈滔滔拿着刀，打开手机，百度蛋炒饭的做法。

家里没有凉饭，他只能现做。水可能放多了，米饭有点黏。黄瓜片切得太厚，油开了直接把鸡蛋扔了进去，然后将黄瓜和米饭也扔了进去。最后，饭依旧是稀的，黄瓜片是生的，鸡蛋和正常炒熟的也不太一样。

他觉得自己这样聪明的人，做什么肯定都是可以的，吃了一口，将盘子连带勺子一起扔进了垃圾桶。

走出厨房，他转身又回来，将锅也扔进了垃圾桶，还踹了垃圾桶一脚。

忍着火气打电话叫了外卖。

陈滔滔坐在客厅里慢悠悠地喝着汤，看了看卧室，走进去，扔了几个暖水袋到床上。

明珠转头看他：“好像有饭味儿。”

陈滔滔不屑地瞅了她一眼：“你这个狗鼻子，这也能闻到？你等着我给你叫饭吃呢？

干脆饿死算了！AA。”伸手和明珠要钱。

明珠的手拍在他的掌心：“有没有我先吃后付钱的方法？”

陈滔滔眼中的冷意更甚：“打白条？”

明珠吃得不多，吃完又回去躺着了，脸也没洗，牙也没刷。

陈滔滔掀开被子上床，一秒钟就弹了下来，惊恐地盯着自己的被窝，这是着火了吗？

他放了六个热水袋到床上，现在被子里的温度特别高，他一个火力壮的男人，怎么可能受得了。

明珠出了一身热汗，腹痛已经消失了，舒舒服服地进入了梦乡。

陈滔滔抱着被子，他今天真的没有办法睡在这里，这么脏的女人，简直就是个猪啊！

“你还能被称为女人？”

你要是女人，全世界讲究一点的男人都可以当女人了。

陈滔滔从柜子里拿出五床被子，都是保暖性特别好的，他自己都没舍得盖，给明珠都盖了上去。

关心明珠？心疼明珠？不，他是为了报仇，报明珠打白条的仇。

我不热死你，也压死你。

进了次卧，他将被子扔到了床上。

卫生间里，水雾弥漫的透明玻璃内，陈滔滔光着脚踩在地上，水顺着他的小腿向下，人鱼线、马甲线统统一览无遗，身材是真的好。

洗完澡，神清气爽，他裹着浴袍，有一种禁欲的性感。

明珠觉得快要热死了，更觉得自己身上有千斤重，睁眼看见自己身上的被子，怎么这么多？

下了床，感觉凉快了一些，她又饿了，把桌子上的菜用微波炉热了一下，然后回到卧室，从钱包里拿出一千块钱扔在了桌子上。

这就是她的回答。

她不仅不抠，还非常大方。

推门进了次卧，看见陈滔滔只盖了一条毛毯，他可能真的是火力太壮了，睡得很安稳。

“谢谢。”这是她欠他的，说出来就两不相欠了，何况她还付钱了，至于他有没有听到，就不归她负责了。

明珠洗了脸、刷了牙，又躺下睡了。

陈滔滔醒来的时候已经早上七点多了，听着屋子里没什么动静，心想：这是昏死过去了？被棉被压死了？如果真的死了，自己是弃尸还是抛尸呢？

捏着下巴认真地想着，他推开卧室的门，明珠已经走了。

“走了不会把被子叠上？你就这样走了？”

陈滔滔看着卧室里一片脏乱，心里发堵。

最讨厌明珠的就是这点，你没长手吗？你能算是一个女人吗？

来到客厅，看见桌子上的一千块钱，他一点都不含糊，找了一本书压了起来。

陈滔滔如果捡到钱，或者从别的地方占到便宜，他就会这样做。

他书里夹了很多这样得来的钱，所以明珠的这一千，他收得一点负担都没有。什么让女人花钱就不男人、让女人用钱砸脸丢人了，他觉得面子这种东西，在金钱面前是完全可以退让的。你拿出一百万，我让你骂一个小时，没问题啊！

他叫了外卖不是吗？他昨天还扔了锅和盘子，这些不是都应该明珠买单吗？昨天的暖水袋还没和她算钱呢！

明珠上午十点多收到短信，扫了一眼，提醒她电费和水费都不足了，让她补交，她以为是诈骗短信，也没往心里去。中午吃完饭想起这事，查了一下，她家的电费和水费都还剩很多，这是发错了吧？

陈滔滔和眼前的人说："对，就是这个号码，以后欠费就发这个号……"

他的手机欠费也直接发给明珠，这回明珠看明白了，因为上面带有手机号。

人活着，总能遇上叫你开眼的人或事，比如陈滔滔。

要论不要脸，他可真是登峰造极了。

明珠没给他交话费。陈滔滔的电话费和普通人肯定不同，他的业务摆在这里。

助理问他，是不是该给他交手机费了，因为陈大律师没有精力去管这些琐事。

"以后不用交手机费了，我被人包了，她替我交。"

助理以为这个"包"是接了谁的官司，对方愿意出这份钱，那他就不用操心了。

陈滔滔打电话质问明珠："你为什么没去营业厅给我交手机费？"

明珠拧着眉头："你的手机费和我有什么关系？凭什么我要给你交？"

"明珠，真的要让我和你讲讲，你为什么应该给我出这个钱吗？你欠我的……"我有一百种理由让你知道你欠了我多少。

"有病。"

明珠自然不会给陈滔滔去交这些费用，她觉得"得寸进尺"这个词儿用在陈滔滔身上刚刚好。

陈滔滔认为，你既然睡了我，就有义务为我的生活买单，现在想睡完就跑？没门！

明珠下班的时候，陈滔滔开着车在警局门口等她。也许在一般人的眼里，这是专程来接她下班的，可实际上呢？

明珠拉开车门上了车，陈滔滔说自己足足等了半个小时，然后开始讲为什么这些钱该明珠出。

明珠不说话，第一是真的不想说，听着都累，第二是自己压根插不上嘴。

"我睡了你，所以我要为你的一切买单，你从哪里得出这种奇葩结论的？我逼迫你了？我只是诱导而已。你自己愿意上这条船，只能说明你定力不够，其次人品很渣。"

"我人品渣？是我去你家门口堵着，主动送上门的？"陈滔滔脸不红、气不喘地说道。

"能提出这种要求的，至少得是男女朋友吧，我们算什么？"

"……"陈滔滔不想再说下去了，因为他感觉到了丝丝危险逼近。

明珠是在和他要身份吗？要他承认她是自己的女朋友吗？不，并不是的！

为了一点点钱，让自己和她的关系更进一步，对他来讲有点吃亏。

慢悠悠地开着车，陈滔滔还在想，自己还能找出什么高大上的理由让她出血，就听见明珠叫他停车："停车。"

陈滔滔踩了刹车。

这是干什么？

明珠推开车门，往岸边跑去。

陈滔滔瞧着她的背影，这是准备跳河吗？

他跟了上去。

水里有两个人，看样子是落水了，女的一直在扑腾、尖叫，男的一看情况就不妙。

陈滔滔闲闲地瞧了一眼，有人落水了，和他有什么关系？

这样的天儿，如果跳下去……不好意思，他是律师，冷静摆在第一位。

明珠脱了衣服。

陈滔滔拉住她："你有病吧？现在什么天儿？"

明珠声音低沉："我是个警察。"说完，跳了下去。

她水性不错，朝着男的游了过去。

女的呛了不知道多少口水，觉得自己要命丧在这里了，却看见有人跳了下来，下意识地伸手就想去抓明珠。

明珠游到男的身前，用胳膊勾住了他的脖子，想带他上岸，却不料那个女的突然发疯似的往明珠身上扑。面对死亡，她只想活命，现在这个人不打算先救她，她只能自救。

男的下沉，明珠赶紧拉住了他。

"你在这里等着，他的情况更不好……"男的嘴唇已经发紫，再耽误下去，兴许性命不保，"你松手。"

女的死也不肯松手。

明珠呛了几口水，勉强道："你不要动……"

女的却一脚蹬在了明珠的小腿上，明珠的小腿抽筋了。

明珠真想打晕她。

陈滔滔站在岸边，在心里骂了一句脏话，脱了衣服跳了下去。

两个人救人就比较容易了。

明珠带着男的到了岸边，女的被陈滔滔带了上来。

陈滔滔不知道被她蹬了多少脚，上了岸她就开始哭，玩命地哭。

"三八，你够了。"陈滔滔对着她大吼一声。

明珠探了探男的的呼吸，然后开始做人工呼吸。

救护车来得挺快，人被抬了上去。

明珠和陈滔滔披着毛巾坐在车上。

女的给家里打着电话，夸张地讲着自己刚刚的经历，让家里人来医院。

陈滔滔特别想给她一拳，没见过这么烦人的人。

男的情况严重一些。

医生从男的手机中找到了他家里人的联系方式，家属很快赶了过来。

明珠一直以为这两个人是情侣，结果却叫她吃惊，压根不认识。

女的和男朋友分手了，不知道哪根筋抽了，要自杀，跳进河里就后悔了，喊救命。

男的从河边经过，不会水，仍跳了进去，结果差点死在女的手里。

女的指着明珠，说明珠故意杀人。

“死三八，你说够了没有？看见你的脸，我就想踩死你。里面那个还在急救。你既然要死，怎么没死成呢？还要别人豁出性命救你。怎么就不来一道雷劈死你呢？”

女的怕陈滔滔，不敢再胡说八道。

男的父母赶到医院时，男的已经被推了出来，医生说没有生命危险。

听说儿子没有生命危险，那对父母提着的心这才放了下来。

“谢谢你救了我的儿子。”男的母亲拉着明珠的手，感激地说道。

“等他醒了，你们要告诉他，不会水，不要随意往水里面跳。”

那对父母不停地点头。

明珠刚打算离开医院，女的母亲找上来了，对着明珠指指点点。听说明珠是警察，她更嚣张了。既然是人民警察，为什么那样危急的情况下不救自己的孩子？我们纳税，难道就为了养你这样的人？自己的女儿是弱者，为什么一定要先去救那个男的？

“我家就这一个孩子，如果没了，你知道会对我们家造成多大的伤害吗？”

明珠拧着眉头，她没有理由站在这里说教：“让开。”

女的母亲捂着胸口倒退一步：“你这是吓唬我吗？对着我凶？你还想打我是吗？”

明珠不会和她起任何冲突，因为没有那个必要，何况她稍稍过火，后面就会有一大堆事情等着她。

“我要报警，这里有人欺负我。”

报了警，警察来了，陈滔滔的律师团也出现了。

陈滔滔可以骂别人一千句一万句，但是不允许别人骂他一句。

女的母亲的脸都发青了：“我不活了……”

耍赖？

陈滔滔讹诈她，说自己身体不舒服，于是各种做检查。

女的要被带到派出所配合调查，陈滔滔不去，因为他身体非常不舒服。

女的父亲也赶来了，见欺负不过，只能服软，再说这事儿原本也是他老婆不对，他就想大事化小，小事化了。

“和解？做梦！”

他陈滔滔的字典里就没出现过这两个词。男的就得听着你骂，任由你打，不还手？

原本只是个小到不能再小的案子，结果弄到第二天早上，警察的脸也变色了。

没见过这样得理不饶人的，但是没办法，人家做的一切都合法。

最终，陈滔滔让对方狠狠地出了一笔血。

不是不可以欺负人，但是要看你欺负的是谁。

“已经结束了，他已经离开了。”民警对明珠说。

这个女的也不容易，在这里坐了一夜，摊上这样的亲戚也没有办法。穿得人模人样，但是太能闹事儿了，精力真足。

陈滔滔打着喷嚏，在心里诅咒着明珠。

就你傻乎乎地往水里跳，将来都有可能生不出孩子来，那水多冷啊！

“去医院。”

陈滔滔让司机调头。是啊，那水太冷了，他别冻病了。

到了医院，他身体这么好，哪里这么容易就生病了，不过还是灌了一点中药。陈滔滔坚信没病可以防病，没事儿喝两口。

他悠闲地躺在高级病房里，弄得好像多虚弱似的。

陶克戴跟着忙了一晚上，早上还得去上班。

陈滔滔没出现，事务所自然有人好奇。

“陶律师，陈律师怎么没来？”

“生病了。”陶克戴有气无力地说着。

他才像是生病的人呢，一夜没合眼，现在还要工作，反倒是闹了一整夜的人，跑到医院装病号去了，哪里讲理去？

“进来。”陈滔滔听见有人敲门，猜测不是陶克戴就是明珠。为什么是陶克戴，他就是个爱操心的命，至于明珠，他觉得她应该有话要对自己讲。

进门的不是陶克戴，但是陈滔滔也没猜错，是明珠大人。

明珠拎着一个袋子，里面是一小把香蕉——皇帝蕉。

“我没事儿。”

如果不是她的话，他怎么会在这样的天气去跳水，他又不是活腻了，还被贱人气了一个晚上。

陈滔滔讲话真是寸步不让，明珠之前听着“贱人”这两个字，目光就不停地往陈滔滔身上扫，觉得这词儿用在他身上无比恰当。

明珠坐了不到十分钟就离开了，背影很潇洒——嗯，她一贯很潇洒的。

陈滔滔拿起拖鞋照着明珠的后背砸了过去，差点就砸到明珠了。

明珠回头看了一眼，踢了踢那鞋，还特意抬脚在上面蹭了蹭，然后走了。

病房里，留下了明珠吃剩的香蕉皮。

是的，她买来的那串皇帝蕉她自己都吃了，留下一个袋子和一堆香蕉皮。进来不到十分钟，一句话没讲，看了他不到十分钟，各种目光，各种表情。

这是来报仇了？因为她住院的时候，他把自己买的香蕉都吃掉了？

陈滔滔看着地上那只拖鞋，干脆连另外一只也脱了下来——别人踩过的鞋，他怎么可能还会穿！

下次，你就是挂在医院，也别指望我去看你。

十一号晚上五点以后，上中的交通仿佛瘫痪了，前方的车纹丝不动。

明珠开着车堵在路上，动弹不得。

后面那辆车里的人一边打着哈气，一边打着电话：“要不我找个机会捅死她算了。”既然只是要她倒霉，死岂不是最好的办法？

电话那端的人叫他不要轻举妄动。有些时候，死是解脱，老大的妹妹、妹夫现在都待在监狱里呢，这个仇没那么容易了结。

老K没让任何人再去动明珠。弄死她，不是做不到，他只是觉得这样不好玩。

抄他的家是吧？盯了多久？不就因为她妹妹的事吗？

抓了明月又让人跑了，没关系，早晚会找到的。既然明珠那么心疼那两个妹妹，就送她们当一次万人睡。那个老二不是明星嘛，刻了光盘散发出去，也算是为艺术献身。

这时，有人骑着摩托车敲明珠的车窗，然后伸手掏出一个信封，贴到了副驾驶的前方车玻璃上。

“徐先生说这是他送给您的礼物。”那人说完，开车走了。

徐太宇很高冷，但他是个特别浪漫的人。

“您”，就凭这一个字，明珠知道骑摩托车的人没有撒谎。

她和徐太宇在一起的时候，他的人都称呼她为“您”，他不喜欢别人对她有一点不尊敬，也许是有钱人的想法和普通人不同吧！

徐太宇送了明珠一份礼物——一张彩票。

他不像是会玩这个的人，送给自己又是什么意思呢？

徐太宇做了一件对于没钱的人来说非常疯狂的事情——炫富泡妞，他包下了一个彩票全餐。

彩票全餐的意思就是包下一期彩票的全部号码，这期双色球的奖金是500万，而徐太宇花了3400多万。

明珠对彩票不了解，更不知道还有包全餐这种事情，她得出的结论——这就是徐太宇中的，他脑子一直很好使。

此时，徐太宇正在酒店最高层和未婚妻用餐。

他的未婚妻长相甜美，努力找着共同话题。她挺喜欢徐太宇的，毕竟条件摆在这里，不过她更喜欢男人对自己主动。

她知道自己会成为谁的太太，恋爱可以随便谈，结婚不是她说了算。

徐太宇看着窗外迷人的夜色。

“你今天心情不错。”未婚妻笑着说，唇角一直上扬。

她的心怦怦直跳，她敢说徐太宇如果对她用点心，她绝对会沉沦。

就算双方是利益交换，娶她当老婆并非很亏吧？

“是不错。”

未婚妻已经没有兴趣吃了：“你是对所有人都这样一副表情呢，还是专属于我？”

徐太宇收回视线，抬了抬手。

身后有人走上前，递给他一个牛皮纸袋。

未婚妻觉得有些好笑。

她手上戴着的硕大钻戒是徐太宇送的，这回又是什么礼物?

“我先回房间，有些事我们心照不宣就好，偷吃要记得擦干净嘴巴。”

未婚妻的脸唰地一变，抓起桌子上的牛皮纸袋打开，映入眼帘的都是她和一个男人的照片。

她的前男友是个模特，身材很好，虽然处在那样的圈子里，但是个性保守，和她恋爱已经五年多了。说分手，她也舍不得，可争不过家里，只能偷偷和前男友保持联系，好吧，还有上床的联系。

但她和徐太宇还没有结婚不是吗？结了婚，她会乖乖地当一个好太太、贤内助的。

听他的口气，应该是没打算对自己追究。

她耸耸肩，既然是这样的话，大家打平。

正想着这件事，手机响起，随后她很快离开了酒店。

是前男友打过来的，又喝多了。

夫人将照片摔在了桌子上。

徐太宇愿意娶谁，她都没有意见，但是这样的女人进她徐家的大门？她实在无法理解儿子的想法。

调查的人心里攥了一把冷汗。他为夫人服务，自然拍过明珠，不过那些信息都被徐太宇拦截下来了。自己的未婚妻不去保护，保护别的女人，还是一个和别的男人同居的女人，不知道怎么想的。

徐太宇出现在夫人的面前。

夫人撑着头，将照片扔了一地：“这就是你要娶的女人？”

照片里，女人和男人抱成一团，在楼下就亲上了，她怎么看怎么恶心，这就是自己未来的儿媳妇?

你可以谈过恋爱，可以和别人有过身体接触，但不能已经订婚了，还搞出这些事情来，她丢不起这个人。

“她会处理好的。”

徐太宇不冷不热地说着，坐在一旁，好像这件事情和他一点关系都没有，目光从照片上离开。

“处理好？怎么处理好？我可不想将来我的孙子出生，还要先验 DNA。”

她承认徐太宇比自己想象中要狠，她都不在乎的事情，他却坚持要做。有时候她也怀疑，儿子喜欢明珠并没有那么深，她照顾明珠、帮助明珠，就是想让儿子的内疚减轻一些，现在看来是她想多了。

“你们男人想事情和女人永远是两种思维，我只能说，任何一个女人都不会感激你出钱给了她多少所谓的浪漫。你娶谁我没有任何意见，只要你不后悔就好。”

也许到了他四十岁的时候，遇上二十岁的明珠，明珠身上又没有这么多的棱角，他会更加幸福。

“家里不会给你任何压力。我一直认为婚姻的形成，是两个人互相喜欢。你娶明珠我也会同意，前提是她不做那份工作。”

她只提出这一条要求，任何做她家儿媳妇的人，都不能抛头露面地在外面工作，还是那句话，丢不起这人。

徐太宇喝了很久的茶，然后起身从家里离开。

如果没有意外，他仍然会和这个女人结婚，然后生养一个孩子，至于说以后的事情，以后再说。

明珠看着自己手中的彩票，她刚刚查过，这是本期的中奖号码，一个数字都不差，也就是说，这张彩票价值五百万。

还给徐太宇？抱歉，她不是视金钱如粪土的人，她就是个俗人。

捐了？抱歉，她也没有那样博大的胸怀。

手里突然多了这么大一笔钱，怎么花呢？

没等明珠想明白怎么花，陈滔滔出事了。

谢璐这次回来，就没打算避开陈滔滔。她想：那件事情都过去那么多年了，他见到自己就算是有气，也不至于把自己怎么样吧？她希望能破镜重圆。如果他的气性大，对自己来讲也是好事，因为爱得深，才会忘不掉，不是吗？

谢璐不知道陈滔滔住在哪里，但是清楚他的事务所在哪里。

自然不会有人请她进去坐。

“我是他的老同学，想见见他。”

陶克戴在电话里听了半天声音也没听出来是谁。

谢璐脸上没有一丝尴尬，打趣着陶克戴：“陶大律师真是贵人多忘事，我是谢璐。”

陶克戴手里的电话差点扔在桌子上。

谢璐？知道她回来了，但是没料到她竟然会找上门，有病吧？她做了什么，她不记得了？就算她不记得了，陈滔滔那么小心眼的人，能忘得了吗？

“哦，是谢璐啊！有什么事情？”

谢璐的唇角向上挑了挑，撒娇的语气：“我才回国就来拜码头。老同学，你打算让我站在楼下和你说话吗？”

“这个我真无能为力。谢璐，你和滔滔的事情闹那么大，我认为他不会想见你，请你以后不要出现在这里。”说这番话，他是为了谢璐好，陈滔滔的心眼真的不是很大。

“呵呵……这么严重啊？已经是过去的事情了，我都不介意了，他还介意着呢？”

陶克戴不想和谢璐废话，很快找了借口，挂了电话。

谢璐没有离开，而是坐在车里一直等到陈滔滔的车出来。她没有看见陈滔滔，事实上一片漆黑什么都看不到，她只是觉得车牌很像，据说现在的陈滔滔很张扬、嚣张。

陈滔滔下车去买鸭脖，他是不吃这种东西的，只是看见了，就顺便买了而已。

“两盒鸭脖子、两盒鸭舌，再给我来两盒鸭翅，还有鱿鱼和藕。”

给了营业员钱，陈滔滔打开后备厢，打算把东西放进去。

“滔滔……”谢璐没有任何预兆地出现在了陈滔滔面前。

陈滔滔拿着手机，是打给明珠的。

他买了这些东西，她一个人待在家里做什么，来他家啃啃啃。他以前工作的时候烦家里有别的声响，现在不是习惯了嘛，那她就过来吃呗，他听着声音照样能工作。

陈滔滔转头，脸上挂着冷漠的表情。

谢璐？！

“你叫什么来的？我忘了。”陈滔滔话出口。

谢璐脸上却露出了笑容，她敢说陈滔滔不可能不记得自己的名字，是故意这样说的。

“看着像你。记得你从来不吃这些东西的。”谢璐的目光在他的手上扫了扫，这是有女朋友了吗？

“我和你熟吗？”

一个打算叙旧，一个一点想停留的意思都没有。

很快，店门关上了，附近的路灯也暗了下来。陈滔滔不喜欢深夜还逗留在外面的感觉，再说明珠可能已经到他家了，会以为自己骗她呢。

“别挡着路。”

陈滔滔坐进车里，谢璐咬着唇仍努力对着他笑。陈滔滔关上车门，启动车子，刚准备离开，谢璐突然叫了一声，然后拍着车窗：“有人抢我包……”

陈滔滔的车开了出去，谢璐以为他是去帮自己追包了，结果陈滔滔的车经过抢了她包的人身边，竟然直接开了过去，然后没影了。这个地方这么黑，他就这样丢下自己走了？

不好意思，陈滔滔就不是一个正常的男人，不走寻常路，不按理出牌。

陈滔滔恨谢璐，出轨就出轨，劈腿就劈腿，这都不算什么，问题是谢璐为了得到出国的名额去陪教授睡，还正好被他堵到了，他觉得太脏了。

你去睡教授不是不可以，但你不能和我保持男女朋友关系，这对他而言，比打了他一巴掌更让他觉得难堪。

抢包？就算是强暴他也管不着，爱找谁找谁去。没有人告诉过你，再回来我也不要你吗？

陈滔滔带着一肚子火进了家门。

明珠正躺着想她的彩票问题，一夜之间突然发了的感觉还挺不错的。

“接过去。”陈滔滔叫明珠。买给你的，你就应该接。

明珠接住，往袋子里面看了一眼，这是买给她的？太阳打西边出来了？

“……我杀人了，我要报警……”

明珠赶到现场的时候，一个女人正抱着一个孩子哭。女人的头发乱糟糟的，握着孩子手的手不停地发抖。

有人躺在血泊中。

“人是我杀的。”女人说。

明珠进门的一瞬间就知道了，杀人的是那个女孩儿。她见过各种各样的眼睛，漂亮的、带着神秘感的，女孩儿的眼睛则很干净，想不通她怎么会杀人。

罗颖琳接到通知，让她去采访一个十三岁女孩儿，这个女孩儿杀了人，她猛地一听，以为又是那种家里惯得不像样儿的孩子闯了祸。

电视台的车进了南区警局，罗颖琳向警察了解情况，做记录的手顿了顿。

杀人的孩子叫江绮雯，父亲江福海，曾经坐过牢，母亲李小翠是个普通女人。

江绮雯是当地附近出了名的好孩子，从小学习好，不让父母操心，分担家务。

杀人的原因和她父亲江福海当初坐牢的原因如出一辙。

她放学回家，看到李小翠正遭受江福海的暴打，便红了眼。

大同推门进来，递给明珠一份材料，是对江绮雯一家情况的调查结果。

江绮雯拿过很多奖，得过很多奖金，甚至她还用她的奖金养着她的母亲。她母亲李小翠有非常严重的肾病，只靠江福海挣的钱有些难。

“你知道杀人是犯法的吗？”

明珠只是想问问她，杀人的那一瞬间，她为什么没有退缩。

江绮雯戴着手铐坐在椅子上：“我知道，我也知道哪怕是自卫，我也一定会蹲监狱。她是我的妈妈，我不能看着她出任何事情。”

大同摇摇头，走了出去。

傻孩子，真是个傻孩子。

明珠刚要起身，江绮雯叫住了她：“警官，我没有选择，不是他死就是我和妈妈死。人是我杀的，我不后悔。”

明珠用手托了托自己的胳膊，觉得有点冷，身体不太舒服。

没有选择，只能知法犯法。

所有人都在讲，为了一个人渣搭上自己的未来不值得，可没得选择，是多么悲哀的一件事情。

李小翠一个劲儿地说人是她杀的，和她女儿没有任何关系，请求警察彻查。

“人是我杀的，孩子是无辜的。警官，我求求你了。我女儿是个特别好的孩子，你看她瘦瘦小小的，怎么可能杀人呢？人是我杀的，求你们，抓我吧……”

大同最看不得这样的场面。

任何事情，你做出了决定，就要承担一定后果。

罗颖琳对警方的态度感到不解，这件事情怎么看都是正当防卫，小姑娘不应该负刑事责任的。

“我找她的母亲了解过情况，江绮雯确实是在不杀对方或者不致对方重伤，对方就不能停止犯罪的情况下自卫杀人的。”罗颖琳对明珠说。

“你和我讲这些什么用都没有，我只负责调查案子。她杀死了对方后，又连续捅了十几刀。”也就是说，江福海已经死亡的情况下，江绮雯依旧在捅刀。

明珠的表情淡淡的，仿佛一切都和她无关，也对，关押在里面的人不是她的家人。

罗颖琳说："我以为你当警察是为了……原来是我多想了。不是每个被帮助的人，都会转身去帮助其他人的。"她对明珠非常失望。

明珠不应该积极地帮助江绮雯寻找生机吗？她明知道这个孩子是无辜的，没有选择，被逼得走投无路，为什么还这样一副事不关己的态度？因为关在里面的人并不是明兰或明月？

"我是警察，不是青天大老爷。"

"可是这个社会需要一个包黑炭。"

罗颖琳说完离开了。

明珠看着她的背影，很久。

"请我吃饭？去这么高级的地方，你受贿了呀？"陈滔滔调侃明珠。

别人都说他人品渣，他觉得相对来讲，他要比明珠好一些。明珠能赚到多少钱？那她现在所吃所住的就全部来自她的两个妹妹，花得还真是不手软。

别人啃老，她这是啃妹。

明珠已经订好了包间，陈滔滔准时到达。

"这里面的人呢？"

请他来吃饭，主人没有出现，这是几个意思？不会是涮自己吧？

陈滔滔突然紧张了起来，看着服务员："菜还没有点好吧？"

如果明珠不来，他就赶紧离开，别指望他花一毛钱。

服务员说已经点好了，刚刚客人还在呢，也许是有什么事情出去了。

正说着话，明珠推门进来了。

漂亮！

陈滔滔用眼角余光瞟着明珠的衣服，平时她穿得也不差，但没隆重到这种地步，简直就是盛装出席。

明珠脱下大衣递给服务员。

陈滔滔眼前一亮，露背装啊？整个后背映入他的眼帘，衣服只到臀部往上一点点。明珠没有穿内衣，这点他还是看得出来的。她的口红很艳，这个颜色……

陈滔滔喝了一口水，觉得自己都要逃跑了，她想干什么？

这个女人，越是表现得对你不一样，越是容易坑死你。

"咱先说好，今天只是吃饭，对吧？"

如果有别的要求，抱歉，他无能为力。

明珠笑了笑："当然只是吃饭。不为了吃饭，找你做什么？"

陈滔滔不动声色——涮他？

"你穿成这样……"陈滔滔伸手指指明珠的衣服。穿成这样只是为了一顿饭，别说骗不了他，就是二百五也骗不住。

"女人总要对自己好点。"明珠让服务员上菜，她已经饿了，一整天都没好好吃一顿饭。

陈滔滔不动声色地打量着明珠，总是觉得前方有坑，她在等着自己主动往下跳。

这样的席面，看来是下血本了。

“我胃有些不舒服，不能吃太多。”

事实上，陈滔滔除了喝水，根本没碰桌子上的任何一道菜，尽管这个席面看起来挺诱人的。

明珠已经领了那五百万，戴着面具去领的，存在了她的银行账户中。她真的是觉得开心，难得自己也成富豪了，所以特别奢侈地吃这一顿。

她当然知道陈滔滔心中的小算盘。

吃得差不多了，明珠拍拍手叫服务员结账。

陈滔滔觉得结账才是高潮，他就等着明珠对自己眨眼睛，或者提出什么要求来，结果这个女人把卡递给服务员，大手一挥：“剩下的是小费，我今天过得非常愉快。”

服务员对着她微笑。

“不走？”

陈滔滔的屁股没有动：“你在车上等我，我肚子有些不舒服。”

明珠笑笑离去。

“先生，请问有什么可以为您服务的？”

“能打包吗？”陈滔滔开口。

“啊？”服务员不太明白地看着陈滔滔。

陈滔滔实在受不了眼前人的蠢样子：“我说打包，将这些打包，通通打包。”

服务员微笑着：“好的，先生，请稍等。”

服务员将菜分别打包，然后弯腰恭送陈滔滔离开。

她今天算是开了眼界了，男的吃完饭打包的原本就不多，这种别人请客他来打包的就更少见了，可惜了那张脸和那个身材。

明珠将视线从陈滔滔手中的打包盒上移开。

“哦。”

“你哦什么？”

“今天我们局里接到一个案子……”

陈滔滔只是负责听，不负责给任何意见。在他来看，犯法的人都有委屈，都有不得已，可要是人人都去杀人，都是所谓的自卫，这个世界就乱套了。小怎么了？小就有道理了？

他等着明珠开口求他去办这个案子，到时候他一定会对着她说一个字——不。

明珠只是提了提，就没往下说了。

不过，这个案子，陈滔滔到底没跑掉。

第十一章 抢钱小达人

案宗已经送了过来，上面的意思很简单，只要陈滔滔能令人认同江绮雯的行为属于正当防卫，江绮雯所面临的就是轻判或者不判。

陶克戴以为陈滔滔会发飙，毕竟他上一次又扔了鞋。

“什么案子？”

陈滔滔头都没有抬，他还有别的事情在忙。

陶克戴简单地说了说，陈滔滔一听就知道是明珠昨天说的那个案子。

“放一边吧。”

陶克戴觉得这个孩子挺无辜的，但是陈滔滔原本就没什么良心，与其等着他去可怜别人，不如等着天上掉馅饼来得快。

放一边吧？这是接了？

陈滔滔不仅接了，而且晚上大家都没得睡，连夜开会，会议室里弥漫着浓浓的咖啡香气。

助理已经第五次订咖啡了，幸好附近有二十四小时营业的咖啡店。

挂了电话，没过多久，咖啡店的老板亲自过来送咖啡。

“还开会呢？”

助理和他结算钱，一边点了点头，他都困得不行了。

“什么案子？”咖啡店的老板还挺感兴趣的。

陈滔滔的领带扯开了一半，端着咖啡喝了一口，叫自己的助理进来：“怎么是焦糖玛奇朵？”

陶克戴说这是自己点的。

“你都那么胖了，还喝这么甜的？给他黑咖啡。”

陶克戴揉揉太阳穴。

如果可以的话，他真不想和陈滔滔一起工作，觉得窒息、压抑，好难过，好难受。

陈滔滔捏着鼻子走进了江绮雯的家，真是有够破烂的，他从来没见过这样的地方，完全颠覆了他的世界观。

陈滔滔一脸的不适应，陶克戴则是一脸的汗颜。他认为陈滔滔这样有些不礼貌，每个人生活的环境并不是自己能选择的，也并不是所有付出都会有正比例的回报。他真的好想让陈滔滔将手拿下来，这样显得很没有家教。什么样的家庭能养出这么奇葩的人来？

李小翠顾不上陈滔滔一脸的嫌弃，说着自己的女儿如何如何好："律师，你能不能救救我的女儿？"

陈滔滔冷着一张脸，居高临下地看着她。

李小翠长得很好看，即便老了，也遮挡不住美貌，可想而知年轻时候是什么样子。

"你想让她不负任何责任吗？"陈滔滔的声音有些刻薄，他不想和眼前的女人解释什么叫作"正当防卫"，"你女儿致人死亡，属于防卫过当，明白？"

陈滔滔高冷地讲着那些对他来说无比熟悉的字眼，李小翠却被他说得有些发蒙，不太想要这个律师，因为他看起来非常不好说话。

案发现场陈滔滔也看了，拍了很多照片。

陈滔滔正准备离开，警察上门了，是老周和明珠。

老周见到陈滔滔有些意外，这样的家庭应该请不来他，他是怎么过来的？

明珠以为他会装作不认识他们，看都没看陈滔滔一眼。

"明珠……"陈滔滔叫住明珠。

陶克戴去外面打电话。

陈滔滔说："上面的意思我清楚，但是做起来太难。"

以目前的情况来看，江绮雯防卫过当是铁定了，他能做的就是尽量减少她待在里面的年头。

"每个人都要为自己的行为承担后果，无论当时是什么样的情况，犯法就是犯法了。"没有侥幸。

明珠抬头淡淡地看着他："何必跟我说这些？"

陈滔滔突然收起了脸上的笑容："我以为你很想知道。"

"何以见得？"明珠认真地盯着他问。

自己脸上写了？

陈滔滔伸手，明珠以为他要做什么，躲了一下，陈滔滔却突然将脸凑到她面前，对着她眨了眨眼睛："第六感。"

明珠推开他："带着你不靠谱的第六感给我滚蛋。"

陈滔滔和明珠差点贴上脑门的一幕老周看见了，他觉得自己不应该多心，但是从任何角度来看，都绝对不是简单的认识能做出来的举动，换个人，估计明珠早就将对方扔出去了。

老周和明珠从江家离开后，江绮雯的老师和同学联名写了一封求情信，江绮雯家的邻居也都向警察求情。

老周觉得这就是胡来。

求情信根本起不到任何作用，这些年办过的案子当中，不乏江绮雯这样的情况，可同情归同情，法律是不讲人情的，该怎样还得怎样。

死者家属要求李小翠赔钱，甚至公然提出，只要她愿意出钱，他们可以出一份原谅书。

陶克戴擅长的工作就是打动人。您的儿子做了那样的事情，难道你们不会心里不安吗?

家属挥着手:“你不要和我说这些，她杀了人就得负责。是不是我觉得谁做的事情不对，就可以杀了谁？想要我们原谅不是不行，给我们钱，我们就原谅。”

陶克戴还在努力说服，陈滔滔听着却觉得腻歪。他原本就认为去死者家里赔罪是最要不得的，跌面子，是陶克戴坚持要来的，现在好了。

“走了。”

陶克戴还想继续说，死者家属突然激动了起来，因为陈滔滔说了一句话。

“你将来一定要生个女儿，然后一定要你的女儿遇到这样的事情，到时候我会免费帮她打官司。”

死者家属揪着陈滔滔的领子。

“你敢碰我一下试试看。”陈滔滔激他。

对方的火气蹿了上来，真的动手了。

最后，陈滔滔不肯和解。

陶克戴都要头疼死了，什么事情不能做，陈滔滔非要去做。

明珠出警，有人报案，说南街路上撒满了钱，路人已经抢疯了。

事情是这样的，不知道运钞车哪里出了问题，突然钱都飞了出来，路上的人便开始抢。由于抢着捡钱的人太多，现场的警力根本压不住，无论警察喊什么，他们都不肯停下捡钱的手，甚至已经有人跑了，只能求助南区警局支援。

武警已经出动，但是距离有些远，到达的时间会晚一些。

南区警局派出五辆警车，到了现场一看，不管老的少的都在捡钱。银行门口站着提枪的安保，经理不停地喊“这是犯法的，这钱你们是带不走的”，可根本没有人听。

明珠和银行的人短暂交流了一下，这件事只能交给警察来做，跑掉的也没有关系，全都会找回来的。

“你们不要存有侥幸心理，现在把钱交给银行，不会追究你们的责任，如果不交……”那她也没有办法，这确实是犯法的。

警察上前阻止，有人喊警察打人，明珠走过去，几下就将那人按在了地上，然后两名警察过来按着他的脑袋直接带上了警车。

开了这个头，其他人便害怕了，乖乖地把钱交了上来。

明珠指挥着现场，井然有序。

武警很快到达现场配合明珠等人维持秩序，银行开始数钱，警察则根据监控寻找拿着钱跑掉的人。

事情结束后，各路媒体自然都进行了报道，如果运钞车出了问题，钱撒了出来，到底应不应该去捡?

警方已经给出答案，这件事情没有任何商讨的余地，不可以这样做，做了会被拘留，会被罚款。

老朱这次威风了，直接把记者都灭了。法就是法，难不成法律是摆在这里看的？不是只有杀人才叫事大。

老朱把明珠叫进自己的办公室，这件事，他认为明珠办得还是蛮漂亮的。

别的区的人去了，控制不住现场，明珠到了就控制了下来，尽管她做事情的方式、方法一贯激进，不过冷血有冷血的好，值得表扬，但也就在办公室里夸夸，如果外界有议论声，还是要写检讨的。

“有典型就要树立典型。现在缺的是什么？缺的就是人才。她敢出色，我们就敢用。”会上，王局力排众议，将明珠推到了最前方。

不管外界的议论声是什么样的，南区的破案率提高了，治安良好，口碑也渐渐提升了很多，他就没有理由不抬举明珠。

往年选出来的警界形象代表都是外在形象比较好的，为了方便推广，今年的提案已经递交了上去，形象代表定下来了，现在说不用了？

“这个明珠，我承认她很优秀，可她的形象不太适合，办案过于暴力。”

这不是他说的，是群众讲的。

不够冷静，用酒瓶子砸过人，开着宝马进进出出，私生活非常不检点……无论哪一条，都足够否定她的出色。

“别的也就算了，公务人员首先形象一定要良好。男的就不说了，一个女人和很多男人牵扯不清……”又是中年商人，又是宇宙集团的公子，外界会认为我们执法人员和富商勾结，警界形象会大打折扣。

王局不吭声，其他人则纷纷点头。

原本区和区之间就存在隐形的竞争，南区这么一出风头把其他区的人搞得颜面尽失，现在抬举一个女人，以后岂不是要把他们的天都踹下来了？

女人上位，背后肯定离不开男人。宇宙集团嘛，全世界都知道了。

老朱敲敲桌子：“你们给我解释一下啊，她床上就算躺了一百个男人，和她破案有任何关系吗？”说完，他又摇摇头，“人要脸树要皮，可对老百姓来说，是需要一个形象特别好的不管事的，还是需要一个能解决事情的人，我觉得这才是问题的关键。她未婚，谈了几个男朋友，不是当领导的能去管的。”

他给明珠打的分数是九十八，当然，别人不认同，他也能理解，毕竟上中从来没有出现过如此强的女人，不试着压制一点，可能以后真的上天了。他也相信，明珠这样的人，你给她一个窜天猴儿，她一定会上天炸给你看。

“脸面都不要了，还要什么？私生活不检点，那就是问题。”

大家争论个不停。

这样的事情原本就不该拿到这样的会议上来让大家浪费口水，不合适就是不合适。

老朱跟在王局的身后走进办公室，带上门。

“缉毒那边的人想见见明珠。”

老朱一愣，不是要挖人吧？

之前已经有不少人吹凉风，觉得明珠窝在他这里是大材小用。

出名了，你们都来争，人才是培养出来的，不是靠抢的。

“他们盯上老K好几年了……”

很多事情没有办法拿到表面上来讲。虽然上面的人换了几轮，可老K依旧在上中坐得如此之稳，几次波动都没影响到他分毫，就知道背后的力量还是没有清理干净，贸然出手只会以失败告终。

老朱知道很多年前，王局还挺年轻，带着一腔抱负来到上中，可惜屁股都没坐热，就被人踹到分局去了，那时候的形势……

随后上台的人，与老K之间有什么金钱交易，你没有按住，就不能说。

后来，王局回来了，一直不动声色，老朱以为只能这样了，被踹出去，也许明白了其中的利害，没料到王局在这里等着呢。

“可明珠……”

王局知道明珠家里的事情。当年那个案子所有人都知道是谁做的，可惜没有办法去捉拿嫌疑犯，最后只能不了了之了。

老K最近很火大，陆续有几个场子被扫，消息得到的比较晚，等警方到的时候再想消灭证据已经来不及了。

这些该死的警察，闲得没有事情做了是吧？

“这几个月损失惨重……老大，这样下去不行。”

“现在要你来告诉我不行？”老K一脚踹翻了眼前的桌子，难道这些他不清楚？

白脸压低声音：“我昨天去看了M……”

M被关进去，短时间是别指望出来了。能托的人都说案件性质过于恶劣，谁都不敢伸手来管。老板就这一个妹妹，怎样也不能叫M吃苦。明珠做的这件事情，他们迟早是要报仇的。

“她的那两个妹妹找出来了没有？”他就不信，有心去找，会找不到。

白脸摇头，明珠这个死丫头，和她的妹妹们都不联系，没有办法顺藤摸瓜。

“她那个继母不知道吗？不知道的话，就给她女儿的脸开开花，开了她就知道了。”

“大哥，她和那几个丫头的关系特别不好，她不可能撒谎的。”

“电话她也不打？”

白脸恨不得钻进地缝里去。明珠的家里，他们该装的都装了，就是一点线索都没有，没见她和外界打过电话，可能她的警惕性很高，一点缝隙都钻不进去。

“一个警察就把我们逼到这样的地步。”老K呵呵笑着。

老K要明珠死得很惨，至少是那种痛不欲生的，直接了结明珠太便宜她了。

这天上午，大同和老周出警。

大同是局里比较年轻的警察，有干劲，有什么样的头儿，他就跟着走什么样的路。

现场的两个人起初只是闹矛盾，其中一方拿出刀来吓唬另一方，等警察去了，另外一方可能觉得有警察保护，不断地刺激对方，结果，最不愿意发生的事情出现了，大同被捅了一刀，捅的位置有些要命。

老周给局里去了电话，联系了大同的爱人。

老朱给总局去了电话，总局联系了当地最好的医院，将最好的医生请了过去，朱局亲自坐镇。

大同的父母和老婆是一起进的医院大门，当时两位老人家看起来还算镇定。

别人都说当警察危险，以前也没觉得，还认为工作挺好的，现在想想，平安比一切都重要。

医生进进出出的，两位老人克制着自己的情绪，不想给领导增加负担，可心是揪着的，毕竟就这么一个孩子。当妈的恨不得躺到地上去，心里太热，没有办法冷静下来，可她还要顾及脸面，因为这里还有大同的领导和同事。

老周一直出去抽烟，来来回回的，满身烟味儿。

明珠是下班后过来的。

她特别憎恨这地儿，进来就会想到不好的事，眼前的场景何其相似啊。

她坐得远远的，静静地等待着。

医生终于从里面出来了，说伤得很重，但人救回来了，被捅的地方就差那么一点点就完了。

老朱松了一口气，不知道该庆幸什么。

陈滔滔开车回家，由于下雨，路面湿滑，路上有些堵。

信号灯一变，前面的车动了起来，他紧跟着动。

也许是有人着急回家，趁着最后两秒往前快跑。

平安街出事了，连环车祸，撞死一个人。

家属到达现场闹了起来，车辆不能经过，堵得死死的。

陈滔滔进了医院，车撞没撞到先不说，他脖子歪了，虽然是小伤，扭到的，但是……

陈滔滔歪着脖子看着医生。

医生让他忍着疼，明天情况就会好很多的。

强行过马路的人当场死亡，司机的情况也非常不妙。

死者的女儿哭得泪人似的，对着司机的家属大打出手。

司机的家属没有办法报了警。

明珠出警。

“干什么呢？分开。”

死者的女儿揪着司机的家属不肯松手，哭得都要抽过去了：“你赔我妈的命……”

明珠上去将死者女儿的手拽开，死者女儿又要扑，明珠一眼横了过去：“人不是她撞的。”

交警队的人也在这里，其实责任在谁身上是明摆着的，但是没办法，死人了，如果想好好解决，只能用金钱了。

司机的老婆一听，她男人在里面是死是活都不清楚呢，拒绝谈钱。

没过十分钟，医生说人没救回来，也死了。

双方家属当着警察的面又打起来了，最后都被带回了局里。

明珠将雨披放在一边，鞋都湿透了。

做笔录时，双方又掐起来一次。

“坐下，都坐下。”老周一喊，暂时把场面控制住了。

洛洛递给明珠一盒饭——正要吃饭，明珠出警去了，耽搁这么久才回来。

是茄子饭，油汪汪的，不过饿的时候很对胃口。

明珠拿着勺子大口地吃着，一边看着手里的名单，差点噎死自己——陈滔滔？是她认识的那个陈滔滔？

陈滔滔给陶克戴打电话。

陶克戴出差了，短时间回不来，问陈滔滔怎么了，需要什么？

陈滔滔觉得说没人照顾自己，很跌面子，他难道就陶克戴一个朋友吗？事实上，就是。

他脖子有问题，连床都不敢下，万一严重了呢？也许他身体哪里充血，一会儿喷出来怎么办？医生说没事他就信，他还是陈滔滔吗？

可是，肚子一阵一阵地叫，告诉他，饿了，饿了……

不能跟陶克戴说明真相，同样不能叫保姆过来，不然别人住院，一个病房都挤不下朋友，自己住院就冷冷清清的，多没面子。

手机里看了一圈，他在明珠的名字上面点了点，想着算了算了，可饿得前胸贴后背了，最终还是拨打了出去。

“喂……”

陈滔滔问明珠知道今天平安街出车祸的事不？绕啊绕，绕了一圈也没绕到重点。

“你在现场？”

明珠吃饭的声音传进陈滔滔的耳朵里，他以前特别讨厌别人吃饭发出动静来，多恶心人啊，现在不知道是不是饿得，他忍不住吞了吞口水。

“明珠，你要下班了吧？顺路来一趟医院吧。”

“你生病，我去医院做什么？有人探望你，容易误会的。”明珠闲闲地说着。

陈滔滔一口老血哽在嗓子眼。不来就不来吧，算了，他挂了电话。

明珠吃完饭，下班，开着车转了一圈，最后还是去了医院。

陈滔滔躺在床上，饿得胃疼。

桌子上有很多传单，都是附近的小饭店送过来的，可是别忘了，陈滔滔是这个不吃、那个不健康的人。

明珠出现在病房的时候，陈滔滔觉得自己的世界瞬间明亮了起来。

女人就是嘴硬心软，她其实是爱自己的吧？

陈滔滔飞着大白眼心里想着：哼，你对我好也没用，我绝对不会把你转正的，只是一通电话不代表什么。

“吃晚饭了吗？”

陈滔滔鼻子一哼：“刚刚很多人来看我，我让他们把东西都带走了，别什么香的臭的都往我的病房里放，我格调没有这么低。”

明珠点点头。

“我买了一份，你吃吗？”

陈滔滔捂着自己的脖子，脖子上戴着白色的护颈，他没有办法利落地坐起，跟一具僵尸似的。

“看在你的面子上吃一口吧！”

明珠刚刚在警局吃了，但是感觉没吃饱。她坐在桌子旁边，打开饭盒，红红的一片，脱骨鸡爪，加了不知道多少辣椒。

她从兜里摸出一头蒜扔给陈滔滔。

“你要干什么？”陈滔滔只觉得手脚发凉，千万不要是他想的那样。

他捏着大蒜，瞪着眼睛盯着明珠。

“吃啊！吃了就开胃了。”

“给我滚蛋。”陈滔滔突然一嗓子。

是人吗？干嚼大蒜吗？没有味道吗？

“不吃就不吃，生气做什么？生气伤肾。”

陈滔滔：“……”

伤你个头！

一盒鸡爪子啊，想想他就浑身起鸡皮疙瘩。

“徐太宇就是因为你吃这些才和你在一起的？”

“陈滔滔……”明珠放下饭盒。

有些玩笑能开，有些事情最好不要提，你的生活我不碰触，我的生活和你也无关，你没有资格对着我指手画脚的。

陈滔滔冷哼道：“我提徐太宇怎么了？若要人不知，除非己莫为。”

吱！病床和地面摩擦，发出极其刺耳的声响，在耳朵里久久不肯散去。

陈滔滔的病床被明珠一踹，他的身体跟着向后动了动。

“你现在是对我出脚是吧？”

……

明珠拿着衣服离开了病房。

一个护士贴着墙站着，她原本是来给陈滔滔送东西的，愣是没敢吭声。

里面的一男一女真是让她开了眼界，大打出手，完了，女的离开了，男的那嘴……

明兰以前最讨厌的就是明珠总扯她的嘴巴，她现在觉得自己嘴大都是明珠害得。

陈滔滔的嘴差点让明珠扯门外去。

他自认是个君子，君子哪能和小人动手呢。

“你站着干什么呢？”

陈滔滔扭着脖子问护士。

他自己都没发现，他的脖子能动了，动得利落，这样的角度扭曲，他都没有感觉到疼。

护士说她是过来送东西的。

“送完了你就走吧，戏还没看够呢？”

护士将手里的东西放下就跑了。

陈滔滔看着桌子上的饭盒。他就说嘛，这女的脾气太冲、太暴，以后绝对嫁不出去，留在家里当老姑娘，或者上山去当尼姑吧！

他端起饭盒，往嘴里送着鸡爪炒饭，一口接着一口，突然胃口大开，越辣越想吃，越吃越觉得胃口好。

“你说和我翻脸有什么用？这是我包容你。我算是够有耐性的了，长得又帅，身材又好，教养又出色……”

护士长过来给陈滔滔送药，刚进门就看见陈滔滔坐在床上正用脚点着手机，手机屏幕上写的是“明珠”两个字。

你不好，你不好，都是你不好。

陈滔滔给事务所的人发了信息，他现在觉得空虚、寂寞、冷，谁住院会一个来探望的人都没有？

第二天，陈滔滔的病房简直要被挤炸了，就算有人有事情不能来，礼物也一定会送到。

这个老板最小心眼了，你少花这点水果钱，他出院了可是会秋后算账的。宁得罪君子，千万不要得罪小人，何况是这个小人当中的小人。

“老师，我想见见您。”

姚可珍的父亲见了谢璐，谢璐想要回国发展，需要他提供一些帮助。

“你是我的学生，我自然会帮。”

姚可珍的父亲回到家里，姚可珍的母亲接过丈夫的衣服。

“谢璐回国了，今天请我吃饭，想让我帮她牵牵线。”

姚可珍的母亲觉得这名字有点熟悉，谢璐？实在是想不起来了，但应该是个很出名的人，毕竟能让她觉得熟悉的学生不多。

“就是当年被陈滔滔打的那个女孩子。”

一说陈滔滔，再说打人，姚可珍的母亲就记起来了。

女孩儿不管怎么样，都不能动手去打，况且打得还那么严重。他当年想拿到出国名额，让女朋友来勾引自己的丈夫，结果呢？

说起这事儿，姚可珍的母亲就觉得现在的孩子真是搞不懂啊！

要说教过的学生当中，如今混得最好的自然非陈滔滔莫属。

那姑娘倒是可惜了，摊上这样的男朋友。

谢璐买了鲜花和一些吃的，向护士打听陈滔滔的病房，因为这几天有好多人来探病，护士就告知了。

陈滔滔正在睡觉。

谢璐进了病房，将东西放在一边，坐到了病床前。

谢璐好久没这样看过陈滔滔了。

你问她后不后悔？后悔这东西是虚无缥缈的。

陈滔滔当初和她是男女朋友，却不肯对她说实话，后来她听别人说，才知道陈滔滔家里非常富有。

“谁允许你进来的？出去。”

陈滔滔刚睁开眼睛，就被眼前的人恶心到了。

谢璐连忙起身：“我过来看看你。”

“谢璐，难听的话我也不想说了，咱俩怎么回事儿你比我清楚。”

谢璐的贝齿咬着下唇，眼睛水汪汪的，他直接判了自己死刑，一个解释的机会都不给她。

“滔滔，不做情人，我们就不能做朋友吗？”

陈滔滔冷笑着：“这话你糊弄糊弄别人就算了。我是多缺朋友？你从我这里想得到什么？任何东西你都别想，我们早就桥归桥、路归路了。”

谢璐不明白，就算有什么，也都是过去的事了，别的男人都能原谅她，为什么陈滔滔不行？男人不是该对女人多些包容的吗？

“别用这种眼神看我，我不缺爱，也不至于和前女友藕断丝连。自己做的事情就要自己负责。”

“我说过了，当年那件事是一场误会。”谢璐急于解释。

陈滔滔只信自己的眼睛，什么叫一场误会，脱了衣服躺在一起聊天吗？

谢璐是怎么对学校解释的？所有人到今天都认为是他脾气暴躁，对女朋友大打出手，事实呢？谢璐比任何人都清楚。

当初，她说陈滔滔动手是因为出国的名额给了自己而没有给他，所以他污蔑老师和她。

“不是所有人都吃你这一套。美女我见得多了，就你这样，要胸没胸，要个儿没个儿，你凭什么让我回头？这口草总得是新鲜的吧？打了几胎跑我这里找平衡来了？”

谢璐眼泪唰地掉了下来。

陈滔滔讲话太不留情面，太缺德了。

事实上，以前仗着年轻，谢璐先后和几个男人同居过，等上了年纪，混到一定地步，发现自己走了歪路，便想着回头，有些男人对初恋不就是不容易忘怀吗？

有了谢璐对比，陈滔滔觉得明珠真是个女人，是怎样就怎样，对了胃口就说对胃口，别端着一张可怜兮兮的脸。

现在想起他了？晚了。

他不愿意和谢璐多说，觉得恶心。

为什么一些女人向上爬总离不开男人呢?

看看明珠，学学，富豪都能踹了，换了谢璐能吗?

谢璐哭着出了病房，她不想走，可留下来说不准陈滔滔的嘴巴还会更毒。

有时候感情就是这样，他越是嘲讽你，越是对你不好，你越是想回头，可能本身就是受虐的体质吧。

陈滔滔躺在病床上给明珠打电话，约晚上见。

闹不愉快是不愉快，毕竟现在彼此都认为短时间之内还是适合待在一起的。

“老地方见。”

陈滔滔难得大方一次，竟然买了一束百合。明珠开门进来，他指了指桌子上。这是他第一次对女人献殷勤，虽然是被气得。

“喜欢这花儿吗？”

明珠扫了一眼，是粉百合。

“是隔壁死了病友吗？这个颜色不方便送进去，就送给你了？”

明珠觉得太有这种可能性了，陈滔滔是什么样的人，她用脚趾分分钟就想透彻了。

陈滔滔的脸瞬间黑了，和下水沟的颜色一样。

“你不说话的时候是真好看，一张嘴就完了，你还是当哑巴吧。”

明珠回头：“我不吭声，怕你没兴致。”眼睛不停地往他身上瞄，陈滔滔一哆嗦，他就吃这套。

明珠讲的是实话，她一出声，他就有点受不住，觉得浑身都痒痒的。可恨。

明兰进修的这段时间，认识了一个男人。

不知道是不是因为从小缺少父爱，男人是个儒雅的富商，年纪却可以当明兰的父亲，甚至比张鲁还要大些。

明兰投入得很认真，也能感觉到对方是真心待她，无论多忙，都会抽出时间陪她，陪着她逛街，陪着她看电影，甚至陪着她进修，感情正慢慢升温。

明兰想要一个家，一个属于自己的家。

一个女人的一生，她认为最为完美的就是嫁一个自己爱的丈夫，生几个孩子，然后过着相夫教子的生活。

她事先并没有和明月打招呼，等明月知道的时候，不禁有些发愣。

奶奶冷笑着，看明兰像女主人一样招呼大家，收回了视线：“傻子。”

一个男人爱一个女人，是什么样的目光，她最清楚。

姚可珍觉得自己很幸福吗？愚蠢的女人。

“奶奶……”明月开口，她刚刚听见奶奶在冷笑。

她也不知道怎么搞得，大姐、二姐和奶奶的关系都非常僵，大姐和奶奶总不见面还好，二姐几乎见面就掐。

“你这个姐姐，缺父爱缺得狠了。”

年纪不是问题，身高不是差距，问题是……

老人经历过的事情多，看东西比较毒，明兰能把他带过来，说明交往有一段时间了，那么这么长的时间里，对方有没有认可明兰的身份？如果自己是个四五十岁的男人，有个小姑娘送上门，不要白不要，年轻的谁都喜欢。

明兰和明月一起去洗手间，明月在里面将门锁上。

“做什么？”明兰擦掉口红，打算补妆。

镜子里面的女人是真漂亮。

“你们要结婚吗？”

“当然要结婚了。”

“他向你求婚了？”

明兰耸肩，她觉得还没到时候，到了，自然就会求婚的。

“顺其自然。”

明月摇头：“我觉得你想和他结婚，想走进婚姻的殿堂，想要一个家。”

她二姐嘴巴硬，心里想的，却总是碍于面子，不愿意表达出来。

“小丫头，你懂什么？女人不能提这事儿。”

“可是你不提，他永远不提呢？”

“怎么可能？”

明兰没有将明月的话放在心上，补好妆搂着妹妹出去了。

明月想和明珠提这件事，但又怕自己提了以后明兰会有想法，结果根本不需要她提，明珠就知道了。

事情是明兰自己捅破的。

徐太宇的一个远房姨妈创立了一个服装品牌，举办时装秀，这样的场合原本徐太宇不会出席，偏巧他母亲得了风寒没有办法前来，只能由徐太宇代劳。

“怎么不把未婚妻带来？”姨妈笑着说。

“她忙。”

这话说得有多假，忙？再忙还能比徐太宇忙？年轻人的事儿她也是搞不懂。

“挑两件衣服吧，姨妈我送的。”

今天的衣服都是最新款，交情好的才能拿到一两件，对徐太宇自然要例外。

她其实是想帮徐太宇的未婚妻选两件，那人虽然没怎么见过，但是她知道风格很小女人，看起来和徐太宇很配。

“帮徐先生拿一号、三号款。”

“那不适合她穿。”

姨妈一愣，然后一笑。就说小年轻不可能不恩爱的，这不就表现出来了？一个女人穿什么样的衣服他都要插手去管，可见爱得有多深。

“好，你自己挑，喜欢哪件拿走哪件。”姨妈拍拍徐太宇的胳膊，她还要去招呼其他客人，不能一直留在这里。

徐太宇只挑了一件，还是风格特另类的，看起来像一件制服，但不是制服，衣服领子是最高级的小羊皮，衣身则是羊毛，袖口的金线是一针一线绣上去的，不会脱色，不会断线。

徐太宇过了一会儿就离开了。

他离开不久，他的未婚妻来了。

给人家当未婚妻，自然要学会看人下菜碟。这个姨妈，她听说过，据说和徐太宇妈妈的关系很不错。如果只是一个普通设计师，她也犯不上纡尊降贵地来捧场，而给未来婆婆面子就不同了。

有人在姨妈的耳边说了一句，姨妈一愣，太宇不是刚走吗?

她笑呵呵地过来打招呼，心想：那件衣服绝对不是送给眼前人的，一看就知道了。

“太宇刚走。”

“是吗? 我和他只差了一步而已。”未婚妻甜甜地笑着。

订不订婚对她来说没影响，她该过什么样的生活还过什么样的生活，婚后她和别人断了就是。

那件外套很快出现在了明珠的桌子上，她看了看包装袋，准备打电话的手又收了回来。

江绮雯的案子开庭了。

江绮雯是个好孩子毋庸置疑，可她防卫过当也毋庸置疑。陈滔滔的观点是，如果没有所谓的防卫过当，现在是不是死者站在这里，江绮雯躺到了棺材里?

明珠是作为旁听出席的。

小猫今天不值班也来了。

怎么说呢，接手的无数案子中，最可惜的就是这个孩子。

有些时候，你会认为法律对于未成年人的保护让人无法淡定，可有些时候，又觉得《未成年保护法》的存在有合理性。

江绮雯对自己所犯的罪行供认不讳。

李小翠哭着拿出孩子得到的证书、奖状想给法官看，让他们知道自己的女儿有多优秀。

陶克戴摇摇头，一点责任不负，现在来看希望渺茫。

法院综合所有情况，做出的判决是江绮雯要去未成年犯管教所三年。

三年。

李小翠直接躺在了地上，虽然知道这样的结果已经是最好的了。

江绮雯最终去了很远的地方，李小翠都没有办法坐火车去看望她。

第一个来看她的人，她根本没有想到。

“警官。”她不知道该喊明珠什么，对方是警察，她是犯人。

明珠带了一些吃的给她。

这个地方明珠很熟，曾经的几年她就是在这里度过的。磨难有时候让人心碎，有时候更能激励人心，只要你的心是向上的，日子就不会太差。

“我给你带了一些书。你妈妈说你成绩很好，希望你能好好地在里面改造，不要荒废学业。”

对于犯人，大多数人都是戴着有色眼镜的，江绮雯很幸运。

“谢谢您！”

之后，江绮雯和明珠一直通信，这个孩子比她想象中要坚强。

明珠合上信，真不知道自己这样做是好还是不好。

等江绮雯从管教所出来，外面的世界她该怎样接受？是否能经受住别人不一样的眼光？

以她现在的学习成绩看，三年后恐怕也是数一数二的，到时继续读书，同学们会怎么看她？

“头儿……”洛洛推门进来。

明珠和洛洛赶到案发现场。

小区里围观的人特别多，据说有个孩子将弟弟从楼上扔了下来，家长疯了一样去找，然后警察来了。

在可能跌落的地方，没有找到孩子，家长觉得会不会孩子命大，掉到哪个楼层了，要不要每层都去问问？早一秒钟找到，孩子就多一分活下来的希望。

最后，孩子是在树林里找到的。

救护车来到现场，医护人员对孩子进行抢救，孩子已经没有生命体征了。

把弟弟扔下楼的女孩儿今年六岁，这样的行为很令人不解，调查结果更是叫人无语。

六岁的孩子，思想还没有成熟仍然处在听学的阶段。

邻居奶奶帮媳妇带孩子，嘴有些碎，加上重男轻女的思想，总会对自己的孙女讲，你妈妈要给你生弟弟了，将来你就什么都得不到了。

女孩儿妈妈曾经说过邻居奶奶，不过因为年龄关系，没好意思说得太深，只是说她家男女平等，要两个孩子，是为了让孩子有个伴儿，没有邻居奶奶的那种想法。

邻居家的女孩儿今年五岁，和这个把弟弟扔下楼的女孩儿玩得非常好，邻居奶奶总偷偷地逗孩子：“你家里的财产将来没有你的，都是你弟弟的了……”

这一天，还是这样的对话。

女孩儿的妈妈让女孩儿看着弟弟，她要出去将快递送过来的东西搬进来，东西还蛮多的，就这么一会儿工夫，等她进了屋子，问女孩儿，弟弟呢？女儿指着外面，说扔出去了。

明珠做着记录。

“你既然知道她总对你女儿讲这些话，为什么还让孩子跟她接触？”

这样的人，不该是直接赏她两巴掌，以后大路朝天各走半边吗？

孩子的妈妈哭得撕心裂肺。大家都是邻居，自己也曾出言阻止过，谁能料到邻居奶奶私下还会对自己孩子讲这些？

“洛洛，你过来替我。”明珠录得有点烦，让洛洛接手。

邻居奶奶在隔壁，也哭蒙了。她只是说说话，这也犯法了？

“因为你随意讲的话，有人丧命了。”丧命的是个两个月大的婴儿，你心里能安稳吗？

邻居奶奶的家人来到警局，对这件事表示歉意，不过他们觉得自己不需要负什么责任，毕竟孩子不是他们扔下去的，过过嘴瘾可不犯法。

可那对夫妻却无法理解，儿子被害死了，警方却不管。

洛洛耐着性子解释，这是你自家孩子把弟弟扔下楼的，不是别人扔的，法律上真的拿别人没办法。

“没有天理啊……”

老周躲出去了，听着闹心。当妈妈的也有问题，明知那个老太太是什么人，还让孩子与其接触。

“要哭回去哭吧！你刚刚问我，换成是我，会怎么做？我现在告诉你，我一巴掌把她打出去，要什么面子？”洛洛生气地说

街道办接到警局通报，压根没敢相信，这是什么事情？

因为出了这样的事情，要尽快进行针对性的普及教育工作，警方的通报来得很……街道办的人看了几遍，立刻深入各个小区开展工作。

现在人的素质参差不齐，有些人觉得随口一句，不会对别人的生活造成什么影响，作为家长则要非常警惕。

最终，那家人带着老太太和孩子灰溜溜地搬家了——邻居总打上门，在门口摆满了花圈，半夜在走廊烧纸，实在住不下去了。

即便搬离了，那个老太太还是没得到教训，毕竟死的不是自家孩子，时间一久就忘了。

去了别的小区，对别人家的孩子习惯性地还说那样的话，后来被人家孩子姥姥捉个正着，当场打了起来。那家人条件好，不在乎赔那点钱，就是把人狠打一顿，让她别对自己孩子扯一张破嘴。

陈滔滔出差，从自己所住的酒店到机场不是很远，大概四十分钟的路程，下午三点十五的飞机。

出差似乎要买些特产的。

特产?

他沿着步行街往前走，来到一家店前。

店面不是很大，排队的人可不少，五六分钟后，终于排到了陈滔滔。

“哪种比较辣？”

店员做着介绍，陈滔滔点着，这个来五盒，那个来六盒。

来一趟外地，回去空手不太好吧？他只是做了一件大家都会做的事情而已。

“先生，在这里结账。”收银员喊陈滔滔，“先生，一共是九百九十八块。”

陈滔滔从钱包里拿出钱递了过去。

晚上六点，飞机安全落地。

陈滔滔到了家，明珠就开荤了。

“给我一杯水。”明珠吸吸鼻子，越辣她越想吃，越吃越来劲。

陈滔滔倒了一杯凉开水放在她面前。当时那个店员说的，吃辣的千万不要喝温水，不然会辣死的。

明珠双手捧着杯子，即便这样，杯子上也沾到了酱汁。

“你就不能有点吃相？”

“我要到点了，晚上值班。”她吃完这一口就得走。

陈滔滔挥挥手。

“不是为了江绮雯我也懒得找你。”

像是谁愿意知道你去哪里似的。

明珠突然低下头，坏心肠地去吻他。

陈滔滔很少碰辣，但明珠不知道，他说不吃辣，有时候那种别人都吞不下去的辣，他吃得可香了，就比如眼前这些东西，辣得明珠直抽抽，陈滔滔却已经干掉了两盒。

明珠看着他眉头越拧越高才离开：“再见。”

陈滔滔对着她后背扔过去一只拖鞋。

等明珠走了，他工作到十点多，想睡觉，却睡不着，躺了半天，最后起来将冰箱里的两盒鸭脖子拿了出来。

陈滔滔这样的养生小达人，不管科学给出什么样的答案，鸭脖子上面是有淋巴的，所以他从来不碰、不吃，长这么大第一次吃还是明珠勾引了他。

戴着手套，他一边啃着，一边吸气，辣得很过瘾。

明珠到了警局，将两盒鸭脖子扔到桌子上，多少是个意思，她不吃独食。

“家里有人去外地了？”

陈滔滔喝着水，他朋友过来给他送点东西，进门的时候鼻子动了动。

“都这个点儿了，你还来？”

医生就笑：“都这个点儿了，你还没睡？我闻着怎么好像有鸭脖子的味道？”

果然在桌子上找到了装鸭脖子的盒子，跌破眼镜啊。

陈滔滔啊，他竟然吃鸭脖子？

“你这……”

“东西送到了，赶紧滚。”

医生双手扒着门：“我就说一句，就一句。陈滔滔，你谈恋爱了是吧？”

“滚蛋！”

明珠昨天晚上差点挂了，她追嫌犯追得太狠，对方也不管杀人犯不犯法了，手里攥着铁棍，做好了埋伏。明珠先是头挨了一下，然后被对方用绳子勒住了脖子，吸进去的空气越来越少，脸已经紫了。

好在小猫及时赶来，开了枪，救了明珠。

“你能不能听见我说话啊？头儿？头儿……”小猫的声音都变了，觉得明珠是不是被捅哪儿了？

明珠被他喊得心慌。她什么事儿都没有，就是想多喘两口气，这点愿望都不能满足她？

老周听见枪声，带着人赶了过来。

“我活着呢……”

老周说去医院看看，明珠说自己没事儿，把嫌犯扔车上，她试着走了两步，突然眼前一黑，膝盖一软。

检查结果——脑震荡，休息一段时间就好。

洛洛扒着橘子皮：“要是打傻了怎么办？”她真的想劝劝明珠，有必要这么拼命吗？

洛洛念叨得明珠脑仁儿疼，她现在只想让洛洛赶紧消失，不要再嘟囔了。

“等你死的那天，换回一面锦旗，划算吗？”

明珠拉着洛洛的手：“你一会儿可以离开吗？”

洛洛甩开明珠的手：“局里领导让我留在这里照顾你。我认真的，头儿，命才是最重要的，其他一切都是虚假的。用生命换成绩，不值得……”

局里领导怎么对你，大家都清楚，你再勇敢，再厉害，依旧升不上去，这就是现实。

“我做这些不是为了升职。说句吹牛的话，我对那些不在意。”明珠的眼神没有半分认真，好像说出口的话只是为了缓和气氛似的，“升职有什么好的？有些人结婚生子没错，可我觉得我的人生应该有点不同才是。可能装得太久，找不到做凡人的感觉了。”她最后自嘲道。

陈滔滔站在病房门外，翻着白眼，持续不断地翻着——装得太久，小心早晚有雷劈你。

陈滔滔接了一个案子，是他主动接的，也不知道那人和他什么仇什么怨，他打定主意要弄死人家。

陶克戴以为那人杀了陈滔滔全家，不然他为什么这样？

“这人和你有私仇？”

陈滔滔撇撇嘴：“他长得太猥琐，看他就不顺眼，算他倒霉。”

他昨天一整夜都没睡，失眠得厉害，吃了一片安眠药也没有办法进入梦乡，早上脑袋昏昏沉沉的，加上阴天，他觉得更不爽了，仇恨全世界的人。

陈滔滔离开法院的时候，不知道从哪里拿出一把粉嫩的雨伞，撑开。

陶克戴当时正要下台阶，抬头一看，扑通一声踩空摔下去了。

美少女战士的雨伞，一个大老爷们撑着……

陈滔滔，你是不是想死？

“陈律师，我女儿的案子就真的没有办法了吗？”中年妇女满脸期待地看着陈滔滔。

只要能打赢，她倾家荡产也愿意。

中年妇女将皮箱打开，把钱全都堆在桌子上："这些够不够？不够的话，我马上回去凑。"

陈滔滔扫了扫箱子里面，态度有了一些变化："案宗我仔细看过，倒不是不能打……"

中年妇女眼睛一亮："陈律师，我求求你，你要多少钱，现在就告诉我。"

陈滔滔觉得谈钱有点俗，不过这项比较俗的业务会有人和你谈的："你想要你女婿无期？"

女人点头："我知道不可能判他死刑，只能要他无期。"

陈滔滔联系明珠，他知道妇联那边有个人欠明珠人情："……我需要她帮我。"这个案子比较复杂，需要妇联做一些证明。

明珠顿了顿，然后说："我没有道理帮你。"

陈滔滔撇嘴："没关系，那就让她丈夫出来吧，反正一审已经宣判了，三年缓刑四年，里外也没有任何损失，不过是带个案底而已。"

陈滔滔挑着眼皮，双脚搭在桌子上晃悠着。

你忍着，千万别帮我。

陈滔滔觉得看一个人要从长久来看，明珠的一些作为和语言将她的本性暴露无遗，她恨自己是女人，总想尽最大能力去保护女人。

明珠出院回了警局。

案子是在南区发生的，当时做的笔录以及证据还有后来找到的线索都在，她慢慢地翻看着。

"你怎么来上班了？"

老周买饭回来，推门就看见明珠在翻案卷。

"已经好了。你来得正好，这个案子当时是谁负责的？"明珠研究了一晚上，每个细节之处都推敲过。

老周看着她："你又管不该管的。"

"那什么事该管，什么事不该管？这些事情又没有一张图表，我也不能照着去做。"

明珠不可能亲自将资料传真给陈滔滔，除非陈滔滔申请，不过陈滔滔自然有办法拿到这些资料。

"老周……"明珠叫住老周。

老周回头看她："什么？"

"你觉得这案子判得服众吗？"

老周叹口气，服不服众是检察院的事情，不归他们管。

"两起案子，一前一后，相同的情况，结果却完全不同。"明珠道。

老周小心翼翼地说着："我讲真的，明珠，你真应该生活在唐代。"

"我生活在现代，但我不认为我生错了朝代，正确的事总会有人去做的。"

陈滔滔接手的这个案子是最近闹得沸沸扬扬的老公泼妻案。

妻子被硫酸大面积烧伤，现在人还在医院，可能以后都没有办法独立生活了。

丈夫说当时两个人闹了小矛盾，他喝了酒，头脑不够清醒，最后酿成了祸事。

接手之后，陈滔滔和陶克戴进行调查，当事人以及身边亲人、朋友、同事甚至邻居，所有细枝末节都不放过。

陈滔滔站在法庭上，将自己搜集到的所有资料呈现在法官面前。

这个案子的判决结果很有争议，陈滔滔要做的就是，证明凶手根本不是喝了酒以后无意识当中对妻子出手，而是蓄谋已久。

至于凶手是不是真的蓄谋已久，他就管不着了。

“他泼了妻子高浓度的硫酸后，没有立即报警，因为他不想有人救妻子，他想要妻子死，他想要得到妻子的家产，因为他妻子是独生女，他想逃避法律的制裁……”

“你胡说，你胡说……”嫌疑人突然大喊，他怕陈滔滔这样说会误导法官，他不想让陈滔滔说这些对自己不利的话，“反对……”

陈滔滔默默地看着嫌疑人，淡淡地说道：“法官大人，我说完了。”

陈滔滔坐下，递给陶克戴一个东西。

陶克戴打开以后看了看，然后诧异地看着陈滔滔，似乎有些不理解，陈滔滔却不看他。

对方律师努力要将此案说成是由夫妻之间的小争吵、妻子不孝顺，引发的。但对方律师的话却站不住脚，因为陈滔滔从多方面获得的信息表明，妻子没有脾气，对谁都是客客气气的，所有人对她的印象都非常好，而正是她脾气太好了，遇上那样的白眼狼婆婆和小姑子以及丈夫，才会遭此厄运。

这件事足以说明一个问题，嫁人、娶老婆都好，门当户对是很重要的。

陈滔滔转动着手中的笔，听对方律师说着，突然起身：“法官大人，我这边有新的证人要出庭。我刚刚接到了我当事人家人的传话，我的当事人就在门外，请法官大人允许她出庭作证。”

姑娘被泼了以后，话都没有办法讲，也没有办法写字，这才造成了一审的判决。

嫌疑人一脸惊恐，他的妈妈更是慌张。不是说人都要死了吗？怎么站起来了？怎么还要出庭作证？如果她出现了，岂不是对自己的儿子一点不利？不行啊，不能让她出现。

法官经过商讨，允许当事人出庭。

所有人都盯着门口。

万万没想到，竟然会把当事人推到法庭上来，陈滔滔你果然有两把刷子。为了赚钱，你都不管你当事人的生命安危了，伤成这个样子能出现吗？不怕感染吗？

对方律师摔了手里的笔。

算你狠，陈滔滔。

门开了，走进来的却是陶克戴，他快速回到了自己的座位上。

戏弄法官。

“我刚刚看错了字，非常抱歉，法官大人，请原谅我的无礼。我要说明的是，当大家看向门口的时候，是不是已经认同了我的说法，这是蓄谋已久的故意杀人不成变成了故意伤人……”

“我反对……”

陈滔滔不管对方反对不反对，他的嘴皮子特别溜，继续讲着自己的话，继续逼着犯罪嫌疑人。

嫌疑人大声否认，现场已经乱套了。

陶克戴抹了一把脸，又来了，又来了。

他递给陈滔滔一只鞋，陈滔滔对准嫌疑人的律师砸了过去，然后大声道："这就是我方的态度。"

他该讲的都讲了，然后扔了鞋，砸了人，成功地将对方激怒了，嫌疑人的妈妈破口大骂。

陈滔滔静静地整理着材料，等着法官的判决。

其实他认为怎样都很亏，对方坐一辈子牢又能如何，毁掉的却是女人的一生。这样的杂碎就应该直接判五马分尸，完了喂狗。

一不小心，他竟然将这些话讲了出来……

"陈滔滔律师，请你注意自己的言行。"

陈滔滔想，骂都骂了，不如多骂两句。

这哪里是法庭，这是菜市场好吗?

受害者的家人都停止了哭泣，瞪着眼睛看着陈滔滔。说实话很解气，尽管解气也不能解决任何问题。

嫌疑人的家人则是一个个像要噎死的样子。

法庭宣判，结果就是："……无期徒刑……"

前面和后面说了什么，没有人去在意，他们想听的已经听到了。

嫌疑人的妈妈一屁股坐在了地上，怎么是这样的判决结果呢？一审明明说她儿子是不需要坐牢的，不需要坐牢的……

嫌疑人的律师也很无奈，这样都能输。

"又胜了一次。"陶克戴起身将东西装好。

"你站住。"陈滔滔叫住对方律师。

对方本来就憋气，讲了一些不太好听的话："陈律师，我劝你得饶人处且饶人。将来你要是对你太太动个手指被判个无期徒刑，别怪没人帮你打官司……"

陈滔滔似乎被戳中了某个点，脸色不大好看，还握了握拳头，被对方看到了。

"陈律师，现在是不是特想打我？"

毕竟是当律师的，一张口话就不好听，何况还是刚刚输了官司的人。

更因为是当律师的，知道陈滔滔不是能随便动手的人，说话也就更加肆无忌惮，句句挑衅："有本事你打呀？"

陈滔滔当然不会随便动手，嫌脏，消毒水好几块钱一瓶，贵着呢。再说，他随便起来就不是人。

洛洛活了这么久，第一次见到这么贱的人，贱得自己一句话都讲不出来。即便如此，她还是想给陈滔滔拍拍巴掌，大呼一声"干得好"。

可惜，她现在上班，只能瞪着眼睛："把你脚拿下来，你以为这里是你家炕头呢！"

明珠吃完饭回来，同事说她的老熟人来了。

明珠两口吞掉手里的冰淇淋。局里的暖气不知道怎么搞得，今天特别热，心火旺，一个劲儿地往上拱。

“谁？”

“那个律师。”

明珠见到陈滔滔，问洛洛：“笔录做了吗？”

洛洛摇头，陈滔滔根本不配合：“他说一定要你回来才能说。”

明珠拉过椅子，叫洛洛帮自己倒杯水：“凉的。”

洛洛说知道了。

陈滔滔不停地眨眼睫毛。

对方律师算是看明白了，这是认识吧?

原来警局里你有人。有人怎么了？警察也得依法办事，我看今天谁敢向着你。

明珠最不喜欢什么？最不喜欢的就是别人到了这里，把自己当大爷看。

“讲讲吧。”

“好啊！”陈滔滔特别配合。

“你打他了？”

陈滔滔继续眨着无辜的大眼睛：“是他让我打的，当时好多人都听见了。他说你来打我呀，有本事你来打我呀，我好想你来打我哦……”

“陈滔滔，你放屁！后面那句我没有说，而且我说的是反话，你听不出来吗？”

陈滔滔回过头露出一抹灿烂的微笑：“我这人就是太傻，别人说什么我信什么，要不你让警局判我一个二百五的罪吧！我妈说我这人太实诚，什么人的话都信。下次你说反话提醒我一句，是不是好点呢？”

对方都要气出白沫子了。

明珠给陈滔滔录完口供，伤也验了，达不到拘留的程度，只能口头说服教育，然后放人。

陈滔滔嘚瑟，当律师也要样样在行，怎么能把人打了还验不出伤来，他是很清楚的。

“你和他认识才这样帮他……”

明珠将案卷送到对方面前，他的体检报告也在这里呢，叫他看个清楚。

“这里有投诉电话，你尽管打，或者你换家医院，开个证明，证明你身体不好，不过这个病绝对不是他打一下，就马上能体现出来的。”

明珠只差告诉眼前的人，体检报告上写着性功能低下这点，肯定和陈滔滔无关。

律师差点气抽过去。

陈滔滔低头摆弄着自己的手：“见过自曝丑闻的人，没见过这样自曝的，这种事情都拿出来说，啧啧啧……”

明珠走到陈滔滔跟前，顿了一下，意味深长地看着他，心说，你也不是什么好饼。

陈滔滔抬头看着明珠，眨了眨眼睛，突然说：“我今天还没吃药呢，觉得自己萌萌哒。”说完这句话，他往地上一倒，装作昏迷不醒。

知不知道什么叫讹诈？他现在表现的这出就是。

陈滔滔的事务所。

“陈律师又住院了？”

“据说是对方律师把他打进了医院。”

大家觉得这消息不靠谱。陈滔滔被人打？他不把别人的脸抓花就不错了。

陈滔滔躺在病房里，吃着进口水果，指挥陶克戴：“一会儿别人买来香蕉你给送下去。”

陶克戴眼睛眯着，你怎么不抠死呢？

陈滔滔说现在买水果太亏，先和店铺借，一会儿还上。这种事情也就他张得开嘴，陶克戴觉得自己丢不起这人。

“就当我买来探病的。”

陈滔滔耸肩，只要不让他出钱就好。

他之前出差花了那么多钱，得想办法赚回来。

很多同事来探望他，知道他吃进口的水果，病房里堆了一堆，他一个人也吃不了：“克戴，拿回家一点。”

陶克戴觉得这人终于良心发现了，还没等痛哭流涕呢，陈滔滔的小算盘打得啪啪作响。

“就算你一千块钱好了，这好几箱车厘子呢！”

陶克戴一口老血吐了出来——原来是卖给他的。

陈滔滔和他的当事人住在同一家医院。打官司的钱他早就收了，收得人家都要倾家荡产了。

陈滔滔在医院里溜达了一圈，然后办理了出院手续。

再住下去，自己会亏得吐血的。

怎么办？心口好闷、好痛，好无奈、好心疼，滴血了。

中年妇女来到医院财务室。

财务人员说刚刚有人交了一大笔钱，可能几年都用不了，那人他们不认得，说是中年妇女的朋友。

“不可能。”中年妇女说绝对不可能。亲朋好友当中，她家的条件最好，只不过孩子弄成这样，家里也被拖垮了。

另外，医生说国外有家医院对她女儿的病情非常感兴趣，也许将来会有奇迹发生。

“谢谢你们了。”

之后，事情进展得特别顺利，有好消息传来，说这个受害女子的脸能恢复八成，并且能走路能说话，尽管声音会变一些。对于一个母亲来说，只要孩子能好好活着，她不在乎这些。

上飞机之前，她突然给医院发了一份传真，问财务室的人，交钱的人是不是传真件上的这个男人。

“就是他。”

中年妇女握着电话，流下两行眼泪。

保佑陈律师健健康康，无病无灾，如果有灾有难请降到我的头上。保佑陈律师好人一生平安，家庭、事业双丰收。

陈滔滔有个毛病，喜欢在银行里刷手机，觉得这样安全。他拿着两个手机刷啊刷，感觉有人一直盯着自己，他转头就见银行外面有个男人站在那里，直勾勾地盯着他的手机。他动了动，打算干嘛？

“走了。”

明珠办完银行业务起身，两个人一起出了银行大门。

那个男人一直跟着他们。

陈滔滔神秘一笑，他的钱都揣在外衣兜里，是刚刚故意放的，他感觉有人将手伸了过来。

“小偷……”

大街上有个女人在追一个上了年纪的男人，其他人表示没看明白，这是怎么了？情债吗？

追出去一段路后，明珠将那个男人按在了地上。

“怎么回事儿？”

“不知道，好像是警察办案。”

“现在女警都这么猛了？”

“那是，可别小瞧了咱们娘子军……”

家里的娘子对于私房钱看管得也是很严的，实行统一政策，坦白从严，抗拒更严。

陈滔滔拍拍手，突然觉得自己的格调被提升了。明珠就像是他口袋里的机器猫，只要他一个口令。谁让那人偷偷看自己的手机，还要偷自己的钱了，该！

滔滔想过去，但是走路要走很远，怎样才能缩短距离呢，只能翻越栏杆了。他走到栏杆前面，看看高度，觉得自己的大长腿应该没问题。

他一条腿刚跨过去，明珠已经将人拎了起来，拽着走过来。见陈滔滔跨在栏杆上，动作特别滑稽地准备翻越过来，她唇角向上一扯，翻越栏杆可是违法的。明珠上脚勾了一下，然后拽着那个男人奔附近的派出所去了。

陈滔滔捂着……他倒吸了一口气。他现在没有办法动，痛感都集中到了那个地方，他只想静静。

过路的姑娘有些纳闷，这人在这儿耍流氓呢？穿得人五人六的，这是找不到女人了？丢不丢人？

陈滔滔现在没办法从栏杆上下来，他抖着脚，试着垫高，那个地方可不能再碰了，再碰会要人命的。

只见他抖个没完没了，想将跨过去的那条腿拿下来。

交警实在忍不住，他刚刚听说有人在这儿耍流氓，光天化日的，这是做什么呢？

“同志，你这样不太好。”

真的想磨，就回家磨去，在大街上这个样子多难看，脑子有病吗？

陈滔滔冒着冷汗。明珠，你给我记住，你欠我的！

“有什么不好？”陈滔滔的腿动了一下，结果又碰到了，他现在好想把栏杆踹倒。

陈滔滔被请走了，理由是扰乱社会和谐。

他大老爷似的坐在椅子上，瞪着民警："我哪里扰乱社会和谐了？"

民警说："你刚刚的行为就算。"

等陈滔滔黑着脸从派出所出来，打电话给明珠："你在哪里呢？"

"准备回家。"明珠开着车已经准备回去了。

陈滔滔磨牙："明珠，我请你吃饭吧？吃大餐，你现在开车回来。"

"我一点都不相信你说的话。我觉得你让我回去，是因为刚刚你卡在栏杆上觉得丢人，现在想要拿我发泄，我又不傻。"

陈滔滔咬着后槽牙，心想：你可以笨点，没人嫌弃的。"不会的，怎么会呢？我原本约你出来不就是要请你吃饭吗？"

不说还好，一说，明珠直想翻白眼。

陈滔滔在银行算了半天利息，说请她吃饭，却是请她在银行坐了两个小时。明珠太了解这人了，他就是想从她的身上占便宜。

"姐不和你玩了，你自己耍去吧，拜拜。"

"明珠，明珠你给我回来……"陈滔滔对着电话大喊。

谁允许你先挂断电话的？你这个该死的女人，你怎么不走路摔死呢？

一个小姑娘从陈滔滔身边经过，见他又喊又叫的，别是精神病人吧？慢吞吞地往旁边移了移，自动将陈滔滔划为危险分子。

"你离我那么远做什么，我能吃了你吗？"陈滔滔回头对着姑娘喊。

小姑娘愣是迈开腿几秒就跑得不见踪影了。如果她妈看见，一定会觉得很欣慰，不必再为她的体育成绩伤透脑筋了。人果然都是有潜力的，逼一逼，谁都行。

"夫人……"

车门打开，夫人弯身上车，车缓缓离开家。

前面的人讲了几句话，然后将手机递给了夫人。

"夫人……"

夫人的意思简单明了，上中是她的家乡，为家乡做点什么她愿意，其次上中南区警局的明珠是她喜欢的孩子，如果有可能的话，希望对方能够好好提携一下。她听说有个分片局长的位置空了下来，虽然她也清楚明珠的资历不够，但……

"她只是个很有想法的孩子，做事情不会计较得失，行为有些时候会莽撞，但是个好警察。"夫人的目光移向窗外。

尽管明珠的身上有许多不足之处，但她认为明珠能锻炼出来，上中也需要这样一位女局长了。

对方不知道说了什么，夫人只是笑着。

资历这种东西，放在男人身上就不会被人议论，换成女人，就都没有办法接受，是吗？她就是要抬举明珠，要捧着明珠，要叫明珠身上贴着自己的标签。

明珠不知道上面的风浪，照旧做着自己的事。

夫人是个雷厉风行的女人，既然想要推举明珠，绝对不只是说说而已，关系网快速撒开。

南区警局有人听见了风声，传得有点邪乎。

老周压根没信。这怎么信？明珠没后台、没靠山，加上越级太多，一想就是根本不可能的事情。再一个，女人站得太高，流言蜚语就会多起来。靠的是什么？是自己出色的成绩？难道只有你最出色吗？

“当然，我很出色。”明珠耸耸肩。

没有办法，就是这么强。

洛洛又说：“头儿，我说的不是这个。现在都传，你可能要调到松山分局……当局长了。”

明珠摸摸下巴，觉得当局长也挺好的，不过这种事情听听就算了，哪一次靠谱了？能传出来的就都不是真的。

如果真的能当局长，之前她应该得过很多奖，来侧面证明一下她的优秀，奈何除了靠实力拿到的奖，其他一无所获。

“出去左转，然后门带上。”

洛洛说自己讲的是真的。

全局都认为不可能的事情，等明珠接到通知，直砸得她头顶开花。

产房传喜讯——升了！升得莫名其妙。

南区警局炸了锅，明珠再出色，今年也只有二十八岁，能破格提拔她，简直是……后面的公关能力……什么公关能力？

一直谣传明珠给徐太宇生了个儿子，徐家肯定不会薄待她的。

老朱这里也不太清静。

一些同志有想法、有情绪是一定的。

老朱熬了这么多年，熬到上面的人走了，他才有机会坐在这个位置上。

他就讨厌这些叽叽歪歪的人，站起身：“这是上级的决定。”

沙发上坐着一个四十多岁的男人，他真的没有办法理解这项决定。一个女人去当局长，还未婚，将来结婚生孩子、照顾家庭，选她当局长的领导脑子出问题了吗？

不是他一个人不服气，而是大家都不敢说而已。外面传言满天飞，明珠靠的是谁？不就是徐太宇吗？可徐太宇和明珠算是什么关系？这是公开力挺小三吗？

要让人们把嘴巴都闭上吗？不能讲一句真话吗？

如果换个领导，走一遍形式，讲讲官话就算了，可眼前坐着的人是老朱。

“你说的别人是谁？”

男人一愣，讲了一些人的名字，哪一个不比明珠更有资本？

“他们或许哪一个都比明珠有资本，但是我个人认为上级做的决定没有任何问题。”

你只是坐在办公室里动动嘴皮子而已，这是没有办法改变的，如果觉得委屈，请找上级。他这里不是心理开解室，也没有那么多的时间。

明珠走马上任。

她自己都没有想到，她这辈子竟然能当官，还是个挺大的官，高兴，怎么不高兴，不过高兴没两天，工作一忙就忘了，事情太多。

外界对她的质疑、各种不肯定，明珠懒得理会，有这个时间不如补个觉。

她是上中市第一位女公安局长，尽管是分局的。

明珠上任以后，将自己的工作尽量公开透明化，这样做只是为了告诉大家，如果有困难请你来找警察。当然，她也只是个人，不是神，很多事情想要尽力办圆满，结果却和当初预想的有些出入。

姚可珍将报纸扔在桌上。

上面没有明珠的照片，但新闻稿里提的这个人，她不陌生。

谁能料到，那个死丫头竟然会有今天。

心里隐约有些不舒服，至于为什么不舒服，她说不出来。

自己的孩子还小，短时间内……说实话就算将来有出息，也没有办法超过明珠，明珠真是走了狗屎运。

她的女儿因为明珠姐妹被绑架了两次，她自己也被威胁，她是不可能希望明珠越来越好的。别看她平时活得滋润，其实一直提心吊胆的，生怕女儿再被人绑架。

姚可珍的母亲说：“就没人有意见？”

简直胡闹，这不是等着人去打脸吗？一个二十八岁的女局长，生怕别人不知道她是靠关系爬上去的吗？

姚可珍询问过前夫，据说外界质疑的声音也没拦住明珠上任。

姚可珍一只手的指甲抠在另一只手的手背上：“……她都没结婚，也没生孩子，或许生过了……”

这件事传得沸沸扬扬的，至于是怎么传出来的就不得而知了，说是明珠给宇宙集团的徐太宇生了一个孩子，而这宇宙集团的背景原本就过于神秘。

姚可珍的妈妈听女儿如此说，觉得可能性很大。

除非明珠有特别强大的靠山，不然她没有办法不走寻常路。

小时候看明珠眼珠子一转一个心眼，她就觉得这孩子不简单，心机太深。徐家了解她的过去吗？打骂自己的继母、威胁逼迫自己的亲生父亲、挑拨父亲和她奶奶的关系？

张鲁和朋友一起吃饭。

这位朋友和张鲁不经常联系，关系却是非一般地好。

他看见报纸上的报道，明珠这个名字印象太深，他不认为会有第二个明珠。

那孩子小时候他见过，怎么说呢？她即便真的是那个女局长，他也不觉得意外，哪怕她现在成了流氓头子，他都不会意外。

酒足饭饱谈起明珠。

“你养了个好女儿。”

张鲁却绝口不提明珠。

明珠的事情他知道得很多，即便不想听也会长了翅膀一样往他耳朵里飞，姚可珍那个女人总是想通过各种消息来确定明珠在他心里的地位。

当初明珠威胁他的时候他就说过，她从今往后与他再无半点关系，她发达了，他不借她的光，她死在他家门口，也别指望他给她收尸。

松山区最近丢车问题有些严重，并且应该是有计划、有指挥的团伙作案。

明珠进入刑侦队，和刑侦队的人每天工作在一起。

早就听说新来的局长是个女的，大家都觉得肯定有来头，却没料到，这位女局长不走寻常路，刚走马上任，就亲自上阵捉贼，环境比较艰苦，男同事还好说，她这身娇肉贵的也行？

明珠两个多月没回家，也没联系过任何人，跟着这些男同事摸爬滚打，终于确定了窝点。

警察四面包抄，终于将这个窝点端了。

趁热打铁，连夜审问，这伙盗车贼竟然和老K集团存有千丝万缕的关系。明珠冷笑着，还有没有老K不涉足的地方？

只是现在没有办法将帽子扣在老K头上，没有真凭实据，他可以随便推出个替死鬼。

“不是装牛，她是真牛。”老曹对明珠的评价，直接竖起了大拇指。

他不管这人来头怎样，有本事他就服气。

“你是人是鬼？”

陈滔滔瞧了半天才瞧出来眼前站着的女人是谁。

和乡下大妈似的，是警局混不下去了，没饭吃了？

陈滔滔拿着钥匙，打开门。

没饭吃就进来吧！他还能让她吃个饱。

消失了这么久，终于出现了？大局长，你好忙啊！

他现在算不算是局长的秘密情人？地下情人？

“你怎么搞成这样了？”陈滔滔进门换了鞋。

“还能认出我来？”

陈滔滔大白眼飞着，你化成灰我都认得你。

“你这是毁容了？”

脸怎么搞得这么黑？

“最近没涂保养品。”

“……”那也不至于这么老啊！瞧着像是三十多岁的人呢！

“你吃了吗？”

“不吃了，一会儿就得走。怕你多心，过来和你讲一句，这些天忙着查案子，没办法过来……”

“你几点走？”陈滔滔问她。

“干嘛？六点。”

现在是五点三十五分，陈滔滔让她等等。他想打电话叫外卖，可是外卖送过来也来不及了。想给她弄点吃的吧，他又不会，他连自己都照顾不了呢！冰箱里因为她这段时间没来，他就没再让保姆买那些乱七八糟的东西，翻来翻去，只翻出来两袋方便面。

“吃面吗？”

“你煮？”

不是明珠瞧不起陈滔滔，他这种人，呵呵，看看就好。

陈滔滔觉得明珠这是在侮辱自己的智商，泡个面有什么不会的，小瞧人呢？他今天还就要给她煮一个看看。

明珠吃了一碗泡面，拍拍陈滔滔的肩膀：“突然觉得自己真幸福，有的睡又有的吃，服务太好了。等我开工资了，都给你。”

陈滔滔踹了她屁股一脚：“赶紧滚，穿得跟农村老娘们似的，不要说你是来的我家，赶紧滚滚滚……”

清楚自己就算问，也问不出什么来。他有什么资格问，有什么立场问？陈滔滔挑着她剩下的面条往嘴里送，站在窗前看着她走出楼门。

我的明珠局长啊，你可得把这个第一坐稳了，坐踏实了，别半路掉链子。

等明珠的身影彻底看不见了，他才收回视线，打电话给保姆：“明天买点菜，包点饺子吧，放在冰箱里。”

保姆不明白他怎么想起吃饺子了，他从来不吃这种东西的，说把面和馅和到一起，不就图省事吗？

“好的，包什么馅的？”

“多包几种吧。”

也许自己什么时候饿了呢！饿的时候有东西吃的感觉真好啊！

松山远望街有群众举报，有人收黑钱。

想在这里摆摊必须交钱，不然就会惹麻烦。当地派出所查过几次，最后都不了了之了。大家觉得，谁来都一样，没法解决。

明珠一连几天都在这里摆摊，不必刻意装老，只让自己憔悴一点就行了。少睡点，衣服找不适合自己的穿，效果立马就出来了。

“你打听打听，不掏这个钱你就别在这块儿做这个生意。上午收是上午收，现在收的是下午的。”

明着耍无赖，可是来这里摆摊的，谁敢惹事？只能乖乖掏钱。

然后，那伙人奔着明珠走了过来。

明珠没说不给，只说第一天出摊，还没卖钱呢。

“你可不是第一天了……”对方说着，照着明珠摊上的东西就开始砸。

“你们这和抢有什么分别？”

“有分别，我们这是合法的。”

明珠摆摊三天，将这些人的情况了解了个大概。这些人最后都会将钱交到一个男人手里，那个男人三十出头，据说是某某的儿子，而那个某某有个小三在这条街上开美容院。

几个男的拎着棍子，指着明珠破口大骂：“臭娘们，你知道这里是谁的地盘不？”说完，冲着明珠就要挥棍子。

明珠直接动手。

“行动，局长给暗号了！”

……

在这里做生意的人都亲眼所见，听说是个女局长，亲自下来蹲点，还真是头一次遇上这样的事情，局长不都是坐在办公室里的吗？

“假的吧？”

不敢相信啊，这是拍节目吧？局长怎么可能到这里来呢？再说也没有女局长啊！

警察需要他们作证，这才知道还真是个女局长。

明珠到松山后打响了第一炮。

矛头直指某位副局，他的儿子跑到那里要钱，靠的是哪棵大树？你这个当父亲的据说每天晚上出去吃吃喝喝？

“这是污蔑。”

是不是污蔑，有证据。

明珠和王局直接摔了档案袋，看看吧，这就是我们的好同志。

找中间人，愿意出点钱把这件事情摆平，明珠愣是理都没理对方。我不管你是退休了还是下地狱了，干了不是人干的事情，麻烦马桶下面蹲着去，自然有人收拾你。没人收拾也不要紧，她就是当事人，她站在这里好了，让所有人都看着她没有办法下咽。

这种事情呢，按理来说也就是提前退休，那些钱还回来就好了，毕竟不能因为最后的一跤直接否定人家过去的成绩。

“他做出过什么成绩？”明珠在局里的会议室和对方掐了起来。她口才也很厉害，也许是跟陈滔滔相处太久的缘故。搜刮民脂民膏吗？不是说领导需要注重自身形象吗？现在搞出一个小三算是怎么回事儿？现在所有人都知道你一天给小三几千块零花钱，你好富有呀！

“这种事情只是猜测……”

“这不是凭空猜测，我有确凿的证据，我为自己说过的每一句话负责。”

“明珠，你不能这样讲，外面传你那些……”

明珠翻着白眼，大大地翻着，为的是叫每个人都看清她的动作。

“我一没偷二没抢，不明白为什么有这么多人关心我的生活作风问题。”

“刚刚不是你说人家生活不检点吗？”

“我是说他生活不检点，但我和他不一样。我一没结婚，二没介入别人的婚姻，我和谁谈恋爱，我床上有几个人，是我自己的事情。”

“你这话简直是强词夺理。”

看看，这说的是人话吗？

一个女人说什么，床上有几个人是她自己的事情，这不等于变相承认她私生活糜烂吗？有这种思想的人，能……

“好了。”

“呵……”徐太宇笑出声来。

司机透过后视镜看了他一眼。

他平时很少笑，就算是礼貌的微笑都特别少。

徐太宇捏了捏眉心，这像是明珠会干出来的事情。

他突然有点头疼，她搞得别人都烦了怎么办？

“徐先生……”坐在前面的助理将手机递给徐太宇。

徐太宇基本没有空闲时间，一连几通电话都是找他的。

助理看着徐太宇刚刚看过的那个网页。

据说松山区出了一个女包青天，这说的是谁，还用想吗？

搞不懂。

徐太宇挂了电话，声音微微低沉：“我要的资料呢？”

助理将一个档案袋递了过去。

徐太宇慢慢打开。

比想象中让他惊讶一些，不过只是一秒钟而已。

他轻轻开口……

陈滔滔开车回家，到了小区门口，伸手去刷卡。

这时，有人跑了过来：“陈滔滔先生？”

陈滔滔翻着眼睛：“你是谁啊？”

“我是徐太宇先生的助理。徐太宇先生就在后面的车上，能否请你移驾？”

“会说中国话吗？不会说请你滚蛋！移驾？移你个头。”

助理的脸上依旧保持着微笑。

“陈先生……”

“我不需要你来提醒我是一位男性。”

陈滔滔整理了下衣服，对方以为他要下车了，伸手准备去开车门，陈滔滔却甩甩头发：“他是残疾人吗？不是残疾人，想找我谈话，不是应该自己走过来？他是我祖宗？”

助理脸上的笑容龟裂。

助理跑回去，很快，徐太宇下了车。

走路有风？陈滔滔不屑，不就是刮风了嘛，自己走下去，风一吹更好看。

比自己好看？他觉得还是自己的长相更符合国人的审美标准。

徐太宇比他高？长那么高做什么，又不是电线杆子，也不是长颈鹿，看起来多奇怪啊！

比他会穿？陈滔滔的目光在对方身上唰唰唰地扫了几遍，然后快速总结——这人一身暗色，给人一种很压抑的感觉，装什么盲人？

徐太宇坐到陈滔滔车的副驾驶位置。

陈滔滔觉得今天自己做的最错的一件事就是傻了吧唧地在这里伸手刷卡，叫徐太宇看笑话了。

“徐先生找我有何贵干？”

清亮的声音传入他的耳中：“你并不适合明珠。”

陈滔滔皱了皱眉，挑高眉头：“你大爷的，跑这里来就是为了告诉我这一句？”

徐太宇的眉头微微纠结，他向来不喜欢爆粗口的人，觉得没教养至极。

“陈先生，我会对你进行补偿的。”

他的声音和他的人一样冷，自从他坐进陈滔滔的车里，陈滔滔以为自己的车结冰了呢！他现在算是明白了，自恋是一种多么不可救药的病——向来是他拿钱去砸人。

挖挖耳朵，陈滔滔嘴角轻轻一扯：“你刚刚说什么，我没听清，你再说一次？”

眼前这个穿着西装、打着领结的人，跑这里来说笑话吗？

徐太宇浑身透着高冷的气息，他坐在那里不动，令人觉得触手不可及。

“你这是参加了什么晚宴，喝多了跑到我这里撒酒疯吗？别以为你打个领结就能乱说话。补偿我？用什么补偿我？”

用命吗？

你的命值钱吗？

陈滔滔四处看着，想找点东西，却又不知道该找什么。

徐太宇不去看陈滔滔，能坐在这里，他已经有了谈的诚意。

“明珠的个性有点糟糕。”

没人护着，命不会太长，这点不是猜测，而是一定。

“以我的能力，是可以替她扛下一些事情的。”

“我还以为现在和我讲这些话的人是明珠她妈呢！”陈滔滔降下车窗透透气。和这样的人坐在一起，胃觉得难受，他是她妈还是她的家人？

“陈先生。”徐太宇开口，并第一次直视陈滔滔。

“我叫陈滔滔，别和我陈先生来陈先生去，我就喜欢别人喊我名儿，我名儿值钱得很。这个话题，你没有资格在这里和我谈。”

不礼貌地请徐太宇下车，陈滔滔一脚油门开进了小区，将后面的人甩得不见踪影。

原本以为自己够拽的了，现在竟然出现了一个比他更拽的人，这让他的心情很不愉快。

什么东西？一个前男友，跑到现男友家里来示威？

她个性有点糟糕？放屁！他觉得明珠的个性好极了。

因为一个报警人的关系，明珠和罗颖琳碰了头，聊了几句。吃过饭，明珠给小丁买了些吃的用的，罗颖琳替她送了过去，明珠直接回了陈滔滔那儿。

她自己的家几乎不回，倒不是贪恋陈滔滔什么，只是习惯成自然。

进了门，鞋子一甩，上了床抓过被子蒙头就睡。睡了不到半个小时，局里打电话来找她，她衣服一套又出去了。

明珠自从调到松山，天天加班，凌晨一点前都没正儿八经地在床上睡过。

后半夜，明珠强打精神打车回到小区。

黑暗里，陈滔滔瞪着眼珠子，听见开门以及扔鞋的声音，就猜到是谁了。

明珠带着一身汗味儿上床。

“你起来，好歹洗一下吧？”

陈滔滔离开床铺，能不能别这样就上他的床？换件衣服、洗个澡能累死你啊？是女人吗？

明珠眼皮都睁不开了，话没说两句，直接睡了过去。

陈滔滔拿着枕头，真的很想压下去，捂死她算了。

女人活到这个份儿上，真是够可以的了。

他终于躺下，却觉得明珠的呼吸声不对，像是喘不上来气，他赶紧坐了起来，伸出手摸了摸她的脑门，果然有点热。

第二天，明珠醒得很早，是被冻醒的。

床上放了三床被子，陈滔滔体热，盖一床被子也要将脚伸出去放放风，难道是给自己盖的？

明珠下了床来到客厅。

陈滔滔刚关上门，好像和什么人才说完话，手里提着一个袋子：“醒了？正好吃饭吧！”

明珠衣服已经穿好了，用手机订好了早餐，是送到她单位的。

“我不敢吃你的东西，欠说不清的人情。我走了。”

明珠穿上鞋关上门就离开了，走得云淡风轻。

陈滔滔一手提着袋子，一手拿着两盒药，随后，咣当！

保姆推开门，愣了一下，一地的稀粥和药片，这是被人抢劫了？

粥是她早上送过来的，陈滔滔说要吃，药也是她买来的，这怎么弄一地？

叹口气，赶紧干活吧！这地板就得收拾一个多小时，陈滔滔爱干净。

中午吃饭闲聊，说着说着就说到明珠身上了。

“局长今年二十八了吧？”

“好像是，怎么了？”

“我听说她没结婚。”

另一个人诧异地看着她，好好地怎么八卦到局长身上去了？

“女的二十八就能当局长？”

说出来她怎么就不信呢？现在说是男女平等，可是平等吗？女人和男人竞争，要高出几个层次，才能轮得到，他们的这位局长这么有本事没瞧出来呢！

女人能用的本事，要么是身体，要么是嘴，可是有几个女人溜须拍马就能升官的？开国际玩笑。

“一个女人一生出不出色，我觉得要看她嫁的男人怎么样。男人征服世界，女人征服男人。再能干又能怎么样，也没有男人心疼你。”

明珠原本正睡觉呢，吃了药有点迷糊，可是今天这暖气不知道怎么搞得，热得她一身汗，她就跑出来睡，结果听见了这话。

说她坏话的那人眼睛瞪得老大，心想；这下惨了。

明珠套上衣服，走到她身前站住：“你说女人的天职是征服男人？”

另一位同事拉着这个人，叫她不要再说了，她却依旧愤愤不平的，心想：你就是靠后门升上来的，比我高级到哪里了？我说这话不对吗？

“生而为人，有些人改变自己，迎合丈夫、迎合家庭是一种生活方式，也有人想要看到更远处的风景，除了做母亲、做妻子，还想成为更优秀的人。任何人都没有资格评判你的人生，同样你也没资格去评判别人的人生。对了，我未婚。”明珠笑了笑，走了两步又回头：“嗯，你们也没有记错，我今年二十八，很年轻、很漂亮，不是吗？”

呕！一个想吐，一个却紧张得笑不出来，不确定明珠这样说是什么意思。

明珠拿着小镜子看看自己的脸，觉得自己长得真的很不错。对着镜子里的人眨眨眼睛，上中第一位女局长，是有点叫人惊讶，但她也算是名副其实不是吗？

有人报警遭到毒打，警车开进旅游区。

松山有个小别沟风景度假区，挺出名，很多人会专程过来游玩。只是当地人有点野，经常发生打砸抢事件。

今天，一名男子带着全家来小别沟玩，到了中午，正准备吃饭，事情就发生了。

不知道什么人拦住了他们的车，然后将他拽下车，上手就打，直打得他发蒙，不知道自己做错了什么。

打他就算了，对他八十岁的老母亲也下手，甚至举起孩子就往地上摔，只能报警。

警方到了现场，看见的却是另外一番场景，打人的都躺地上了，叫嚷着被打了。

明珠扫视了一圈，被打没被打是能看出来的。

“站起来。”

“警察,他们打人,打得我不能动了,我要赔偿。”躺在地上的一个男人开口就说要赔偿。

“你起来。”明珠的语气很不好。

这时，村民越聚越多，手里都拿着东西。这是要干什么？没听懂！打人了要赔偿？

“我和你说，他打我了，我要赔偿。”躺在地上的男人瞪着眼睛。

被打的那家人说他们要回去，不在这儿待了。

年轻女人抱着孩子哭：“警官，救命啊……”

她的孩子当着她的面被摔，她要带着孩子马上去医院，一分钟都不能耽搁。

“走什么走？我看看今天谁敢走。”

老曹也在这个地方吃过亏，依他看，双方真的动起手来，明珠这个局长也讨不到半点便宜。这是你的管辖区域，还怕事情闹得不够大吗？把人平平安安地送出去就行了。以后尽量别来这边旅游，全国那么多地方哪里不能去？

村民们的情绪被挑了起来，眼见着就要跟警察动手。

老曹把那家人带上车，躺在地上的那个男人站起来冲着明珠就是一拳。

竟敢对警察出手？明珠一脚将男人踹了出去。

“都看热闹呢？”

她一出手，村民们彻底怒了，逮住警察就往死里打。

“打死他们……”

老曹觉得事情不妙，要是有伤亡，明珠的责任就大了。

几分钟后，来了五十多名武警，这是明珠临时借的。

武警有防暴装备，一个多小时才将场面控制下来，把带头闹事的全部带走了。

今天的松山警局有些热闹。

人是抓了，可抓了又能怎么样？罚款？拘留？最后还不是要放人。放人出去后，这种讹诈的事情就能绝根？

明珠进小区，和陈滔滔一前一后。

他今天没开车？好巧!

“嗨！”

陈滔滔甩了一记大白眼给她，然后两个人一前一后上了楼进了屋子。

陈滔滔回来收拾行李，随后也没和明珠打一声招呼，带上门就走了。

明珠听见关门声，站在窗前看着他拖着行李箱的背影。

这人真是叫人摸不透，这是叫人煮了？不然为什么是刚才那副冷淡的表情？

明珠接到大同打来的电话。

大同带着老婆去度假，偏偏他姐夫出车祸，家里有个才一岁多的男孩儿，现在没人管，他只能求明珠帮忙。

“你想都不要想。”

“头儿……”大同快哭了。

明珠看看自己拉着的小子：“你能自己走吗？”

小孩儿的腿都是软的，不敢朝明珠伸手，觉得这位阿姨有点吓人，他想找妈妈，妈妈哪里去了？

明珠将他抱起来，倒是不沉，只是她没抱过谁，感觉怪怪的。

这么大的孩子能折腾死人,明珠好不容易把他哄睡了,觉得世界上最可怕的生物就是小孩子。

她不能一个人难受，索性给陈滔滔发了一条短信，当成发错了按了出去。

“床伴出差，迄今未归，我则被人家老公折腾一夜，好累哦！”

陈滔滔眨着眼睛，确定自己没有看错，是明珠的手机发来的。

这个不要脸的，和谁发短信呢？

明珠懒洋洋地接起电话：“喂……”

“别人老公今年有五岁没？”

明珠笑了出来，她还以为他猜不到呢！

陈滔滔觉得这点事，脑子转个弯就猜到了。想看我会不会生气？别说是别人的假老公，就是真老公，他也不拦着。

随便你飞，最后只是你损失了而已。

“姐，我想让你和他见一面。”

“见谁？见那个年纪能当你父亲的人？”

“明珠，我只是觉得应该让我家里人见见我心爱的人。”明兰的火气有些冲。

她原本想好好说话的，是明珠非要这样讲的，能不能尊重她一点？

“他和你不合适。”

因为是妹妹，沟通起来才这样费劲。换了别人，她才懒得管。

她让徐太宇帮忙打听过对方的底细，明兰根本不是人家的对手。

“你见都没有见过……哦，对了，你前男友挺有本事的。”明兰的语气明显不对。

你通过徐太宇查我的人是吗？你宁愿相信一个外人，也不愿意相信你的妹妹？你谈恋爱，我们过问过吗？你告诉过我们吗？你和陈滔滔现在是怎么回事儿，我们问过吗？为什么到了我这儿，你就要对我指手画脚的？

“明兰，你最好不要这么跟我说话。”

“那要怎么说话？我得捧着你，感激你一辈子？你永远用我的恩人、我大姐的派头压我，是吗？”

“你现在出去呼吸一口气，回来再打给我。”

明珠挂了电话。

明兰出去呼吸了一口气，那个男人正巧进门。

“怎么了？不多穿件衣服。”

说着，他给明兰披上了衣服。

他和明兰约好了晚上去看歌舞剧，提前过来接她。

他就像一缕阳光，给了明兰温暖，她很苦恼，为什么大姐不站在她的角度替她想想呢？

“你应该理解你大姐，正因为你是她亲妹妹，她才会关心、在乎你。”男人讲了很多话，慢慢地让明兰的情绪淡定了下来。

“晚上我不去了。”

“心情不好，那就不看，我去给你做些吃的。”

明兰再次打电话给明珠。

她希望明珠能尊重自己的选择。这个人是她喜欢的，她清楚他的所有事情。

“你希望我尊重你，那我就尊重你。”

明兰原本以为自己需要花很长时间说服她，没料到明珠这么快就服软了。

明珠给明兰考虑的时间，也给自己考虑的时间。

明兰这孩子易冲动，喜欢一个人的时候，恐怕旁人说什么也不会听进去，她现在越讲这人不好，明兰越会和自己对着干。

明兰挂了电话，脸上终于见到一点笑意了，挽着男人的胳膊：“还是去看吧，我现在心情又好了。”

“好啊，你说了算。”

他宠着明兰、疼着明兰，将明兰放在心尖上，他送给明兰很多漂亮的衣服、昂贵的珠宝，但是打动明兰的其实并非是这些。

晚上他说要送给明兰惊喜，明兰打扮得很漂亮。

“也许你二姐我很快就要嫁人了。”

明月也以为二姐要被人求婚了，替姐姐高兴：“恭喜你，姐。”

明兰美滋滋地挂了电话，补了妆，从洗手间出来，却看见她的男人和一个五十多岁的女人在聊天，两个人看起来像是旧识。

“带着小女朋友来看歌剧？”

女人的手放在男人的胳膊上，或许是朋友之间会有的举动，可看在明兰的眼里，觉得很不舒服。

“好好藏着吧！我见过她，长得真是漂亮。”

“再漂亮也不及你。”

女人笑了笑，男人都爱说动听的话，她如何比得过一个年轻的女孩儿？两个人分开，女人进了洗手间。

明兰看了她一眼。

女人认出了明兰：“我和雷格生是几十年的朋友。小姑娘，我劝你一句，别陷得太深。”

深情款款的男人总会让女人一脚踩进去，他的情是真的，他的意也是真的，可这个人……小姑娘想要的不多，有个人疼、有个人宠就很好，那样的话，雷格生是个很好的情人，除了年纪大一些，但是……

“你和他是朋友，现在却对我讲这样的话，合适吗？”明兰抬着下巴问。

对方似乎没料到她会这样说，突然笑了笑：“你可以回去对雷格生说我刚刚和你讲了什么。你叫明兰？”

女人擦擦手，认真地端详着明兰的脸蛋，真是漂亮。

有些女人的脸天生就是资本，自己如果是个男人，也会愿意倾尽一切去疼爱她的，毕竟能用钱买来快乐还是很值得的。

“不想知道我是怎么知道你的名字的？我和雷格生既不是情人也不是分了手的夫妻，为什么他对我是这样的态度，不好奇吗？”

“我不知道你莫名其妙地对我讲这些是要做什么。”

“小姑娘，回去多打听打听雷格生之前的那段婚姻，也许你就明白了。”女人说完，耸耸肩，优雅地离开了。

洗手间外有个帅气的男子等着她，递过手包，两个人挽着胳膊离开了。

明兰觉得这个世界上真是什么人都有，她有资格对自己讲这样的话吗？

她走到转角，雷格生在那里等着她。

“我刚刚遇见了一个非常奇怪的女人，她说了一些奇怪的话……”

雷格生没有解释，只是冲明兰笑了笑，然后揽着她进入歌剧厅。

这个世界上的爱情千奇百怪，有的一头已经连上了电线，只差烧爆了，另一头却加了隔电板，仍旧一锅温水。

陈滔滔解着领带，已经不知道第几次走神了，大家都在看他，陶克戴狐疑地等着他说话。

“滔滔……”

室内明明温度刚刚好，他就是觉得热，空调关掉又觉得冷，反反复复，自己也不知道折腾了多少次。

“陈律师……”

陈滔滔将领带彻底解下：“我身体有些不舒服，你们开吧。”

眼见这人大步流星地离开了，剩下的人面面相觑，这是什么意思？

陶克戴推开陈滔滔办公室的门：“身体不舒服？”

一大早见他就这样，心不在焉的。

“心慌。”陈滔滔扫了一眼陶克戴。

天知道他为什么会这样，明天又不是他的死期，可他对什么事情都提不起兴趣。

“心脏出问题了？”陶克戴有些紧张。

“我和一个女的同居。”

陶克戴一口水喷了出来，要不要来这么劲爆的消息？

“那人你认识的，明珠。”

陶克戴这下不淡定了：“你搞明珠？”

陈滔滔扯着领子：“你现在需要搞清楚一个事实，不是我搞她，是她搞我。”

“她怎么搞你？”

“你想不到的，之后就发生了。”

“因为她心神不宁？”

“是也不是。”陈滔滔给的答案模棱两可。

他自己也不知道，心烦得很。

原本就不是男女朋友关系，大家也说得很清楚，但是……

“我觉得你是心理不平衡。”陶克戴认真地分析道。

以陈滔滔的个性，非常有可能发生这种事情——因为徐太宇插入，陈滔滔想较劲。

他叹口气：“原本就认识，以后若真的有什么不好，不容易撇清。”

讲出去容易落话柄，人家会认为你当初帮明珠，就是图她什么。

陈滔滔现在关心的不是这些问题，他烦的是这个女人完全不需要你，不需要你关心她，不需要你呵护她，更加不需要你对她有一点安慰，而你死不死、活不活，她也不关心，她来你家就是为了睡，明白吗？为了睡他才会来，懂吗？

“各取所需，这不是挺好的？”

“你见过别的女人这样吗？”

这个世界上人太多，没见过不代表没有，有些女人就是离不开男人，有些女人就是不把男人当回事儿。

他瞧了眼陈滔滔，问：“你觉得她不关心、不看重你？”

如果陈滔滔是这么想的，那完了。

单是看明珠的脸就能猜到她的个性，这么放得开的人，如果对滔滔有意思，不会表现得这么无动于衷的。

再有，他也不是帮徐太宇说话，实在是起点太高，最好的尝过了，这个……这个……

“你爱她？”

陈滔滔翻着白眼：“我爱她什么？只是她这样对我，我感觉不舒服。”

女人应该是什么样的？他需要的时候出现，他不需要的时候滚蛋。现在成什么了？完全反过来了，没把他当回事儿。

陈滔滔晚上去医院开药，心口难受，回到家喝了药，苦涩涩的，觉得心口更闷、更难受了。打电话，她压根没接过。这都多少天了，一条短信也没有，去哪里了也不清楚，这算什么？

光着脚穿着睡衣拎着车钥匙下楼，他开车去松山。

车开到半路，其实他也后悔过，但就是想过去看看，你忙死了是吧？于是一脚油门又踩了下去。

到了地方，陈滔滔从车上下来，感觉凉风从脚脖子一直往上窜，浑身凉。

“找谁？”

“找明珠。”

“局长？”

值班民警说局长办案去了。

陈滔滔听到这句话，证实了自己心中所想，提着的那颗心不知道是落下来了还是又揪上来了。

“同志，那里你不能去。”

值班民警拦着陈滔滔，不让他进明珠的办公室。

随便哪个人都能进局长的办公室？这不是开玩笑吗！拿他们当摆设呢？

明明那扇门在他触手可及的地方，他却连推开门进去的权利都没有。

陈滔滔从警局出来回到车上，在车里坐了很久，慢慢地，凉意满身。

第十二章 恋爱中的蠢男人

不知道这位女局长大人又办了什么重案要案，五十多天失联。

第五十五天，明珠终于出现了，陈滔滔却在咖啡厅里和一个女人见面呢——相亲。

女人一句话都不肯多讲，陈滔滔感觉超级无力。你长嘴巴是为了摆着看的吗？这么不爱说话你还结什么婚，你干脆出家当尼姑吧。

随后，他又将陶克戴喷了一通。

自从陈滔滔说打算结婚，陶克戴已经介绍不下十个姑娘了。

能说的，他说人家长了一张嘴就嘚嘚嘚，别的什么也不会；长得甜的，他嘴损说人家是卖笑的；职业是律师的，他说同行没有办法相处；老师，他嫌弃人家安静；不安静的，他嫌弃人家话多。

陶克戴真是没辙了，心想：你还是继续单着吧。

陈滔滔这样的人就得单身一辈子，只能和自己过。

瞧谁都不好，那你自己找去。

陶克戴很无奈，他真的再也没有人选了。

陈滔滔送都没送人家，结账的时候和人家 AA，那姑娘眼珠子瞪得老大，没想到他这么极品，最后气得干脆请了这一顿。

真不知道哪里找来这样的男的，再好她也不稀罕嫁，太跌份儿了，这叫男人吗？

言情小说当中，男女主人公也许会因为这样的相遇，彼此留下难以忘记的印象，可惜女方已经将陈滔滔从头发根嫌弃到脚后跟了。

陈滔滔开门就觉得不对，门少了一道锁，就是说家里有人。

他家里能来的人，用脚趾想……

明珠正在吃面，听见声音，头也没抬：“你冰箱里的，我吃了。”

陈滔滔只扫了她一眼，没吭声。

明珠以为这人的小气劲儿又上来了，立刻说：“会跟你算账的，付你双倍。”

陈滔滔看着摆在门口的鞋，弯下腰，拎了起来，然后往外面一扔。

明珠喝着方便面的汤看着他，这是心情不好？

陈滔滔从浴室出来，只围了一条浴巾。

明珠走到他身后，看得出来她真的很高兴，却没瞧见眼前的人脸黑得和煤块一样。

屋子里黑漆漆的，窗帘没拉，最高层也没有人能看见，长椅上叠着两个人。

陈滔滔声音冰凉："明珠，我能让你快乐是吗？"

"是。"

陈滔滔拧着眉头："我现在算是明白那句话了——谁为你盘的长发，谁解的你的内衣，可真是够污的。"

明珠看向他，傻子也知道情况不对了："你这话什么意思？"

"聪明如你，需要我帮你解释？你拿我当什么呢？当药丸，想要高兴的时候，吃一粒嗨一嗨？你可真想得开！女人都活成你这样，估计世界就乱套了。"

明珠穿上衣服。

这话说得太酸，没劲。

"合就在一起，不合就分开。"

"女中豪杰，我得为你鼓掌。睡多少男人脏的也不是男人，而是你。"

"你也就这么点见识了。"明珠穿上最后一件。

解释多了吧，浪费口水。不高兴在一起何必强求呢，现在分开刚刚好。原本也不算是什么关系，不至于为难。

明珠伸手开门，然后是关门的声音。

陈滔滔砸了家里的花瓶。

那个花瓶很值钱的，而他平时生气最多也就摔摔卫生间里的卷纸，摔散了也不需要维修费。

保姆一推门，腿一哆嗦。

她觉得自己必须马上给陈滔滔去一通电话，家里的花瓶不是她碰碎的。

陈滔滔坐在办公室里。助理推门进来，顿时一哆嗦，太冷了。这么吹下去，身体能好才怪呢，也不知道陈滔滔刮的哪门子邪风。

"吃药了。"

陈滔滔一口干了碗里的药。

他不是爱上明珠，不是舍不得明珠，他只是不喜欢这种相处方式。好，他承认这种事情放在男人身上没问题，可明珠不是男人，她是个女的，是个女人就需要注意流言蜚语。她现在这样的行为方式不叫霸气，叫乱来。

谁给她的勇气？徐太宇是吗？

明珠睡多少个男人，徐太宇都会接受是吗？他就不嫌脏吗？

可真是感天动地的爱情啊！真爱啊！怎么就不来个窜天猴儿把他俩一起送上天呢？

陈滔滔觉得喉咙非常不舒服，他已经折腾一个早上了，突然喉头一酸，吐出来一看……

“我吐血了……”眼珠子瞪得老大，他吐血了？

助理一看情况不好，赶紧打电话叫救护车。

今天上中出了一件搞笑的事情，陈滔滔去医院检查，怎么都没检查出来他吐过血，原来他吐的是药汁。

“你说我眼睛瞎了？好，就算是我眼睛瞎了，他眼睛也瞎了？”

助理说是的，他也看见是一堆红的，像是血。

医生无奈地摇摇头，说陈滔滔那个手帕掉色，他吐了一口药出来，因为还带着余温呢，手帕就掉色了，搞得他们以为是血。

医生安慰陈滔滔：“放宽心吧，谁吐血也轮不到你吐血。”

别人都吐干了，你陈滔滔还是好好的。

陈滔滔做了一系列精细检查，结果说他很健康，身体各项指标都非常好。

事务所这边，大家都当成笑话了。

“我吐血了……”

“快来救救我呀……”

反正今天陈滔滔不在，大家可以敞开了说。

真在乎他的那条命啊！

“我们陈律师啊，就是为了刷新下限而存在的。”

“好了，小心他什么时候回来听见了，你们就有好果子吃了。”陶克戴叹了口气。

有时候，他也觉得陈滔滔过于刻薄，事务所上下就没有一个人没让他剥削过，即便是大堂的小妹。不好的结果就是，人人都等着看他笑话。

如果陶克戴只是个打工的，他也可以只看笑话，但他还是陈滔滔的朋友，好笑之下，又觉得有些心酸。

陈滔滔体验了一把挥金如土的感觉，买了很多东西。

松山警局，明珠没在，警员接了快递。

“这么沉。”

快递员说是一箱子化妆品。

他也好奇，警察现在都搞团购了？这么大一箱子，差点累死他。

明珠出去接了一个电话，是关于老 K 的。

老 K 牵涉了太多违法的事情，他上面一定有人为他撑腰，看来事情比自己想的要复杂太多。

“明局，你的快递。”

明珠拆开箱子一看，这么大的手笔，不应该是徐太宇，因为徐太宇从来不送她这些东西，都是直接送钱的。

明珠捧着箱子："你们分了吧。"

SK-Ⅱ，真货假货？这么大一箱子，哪里弄来的？太夸张了吧？

陈滔滔觉得自己讲话不当，给了明珠一个台阶，可他还是低估了明珠，这件事情她压根不会放在心上。原本就是一个无关紧要的人随意说的一句话，她不会当真，但一起玩，估计没戏了。

明珠在松山这片口碑已经很不错了，毕竟亲自参与了很多案件的侦破，群众基础比较好，虽然人冷了一点。

老百姓都认为，能干实事儿比什么都强，不需要笑面虎，我们就需要能解决事情的人。

龙山动迁，动静闹得有点大，松山的警力几乎都压在这儿了，绝对不能发生奶奶家以前那样的事情。

对于开发商来说，其实这钱他们给得，是中间人不想叫下面的人得，能压榨就压榨一些，压榨下来的自然进了他们自己的口袋。村委会的人也好，更上层的人也好，钱这东西不咬手，人人都喜欢。

你恨她不识相，但是拿她没辙，想除掉她又没有那么大胆，大小也是个局长。

这样的结果，受益人首先感激的一定是明珠。

总有老乡送吃的过来，警察们肯定婉言谢绝，但是有时候推不掉啊！最厉害的一天，送了八盘饺子，每个人都吃到了，以至于现在看见饺子就反胃。

明珠不喜欢做报告，但不代表她不能说，她说起来的时候，估计别人只能闭嘴听着。

眼前的老乡已经夸了她五分钟了。

明珠撑着头："没有事情就出去吧。"

老乡没听出来别的意思，她来就是为了感谢局长的。

明珠说自己出去倒杯水，然后就没影儿了，叫别人去处理。

如果没有事情，她是不愿意和这些人接触的，一来不认识，二来也不想培养感情。

老乡说自己是来感谢局长的，但是局长这态度……也知道人家是当官的，瞧不起他们这些老百姓，唉声叹气地离开了。

事情已经做完了，态度如果能再好些，会提高个人声誉，可惜这恰恰不是明珠想要的。

王永强是被放下来锻炼的。

为什么选松山，王局有自己的考虑，他是真的希望永强能再强一点。

"那地方那么远，你说你爸，也不知道整天都在想什么。"

当老伴的不能直接对老头儿说，只得和儿子唠叨，王永春今天算是遇上了。

"哎呀妈，我爸就喜欢永强，让他去是为了锻炼他。"

"锻炼什么啊？我自己生的儿子我不清楚？你们哥仨要说能往上爬的，还是你大哥。"

说到这个，她也想叹气。老大两口子简直精得不能再精了，和自己也耍心眼，虽然不影响什么，可有时候她也觉得堵得慌。

"妈，我队里还有事儿呢，我得走了。"

“永春啊，你今年都多大了，你不打算结婚了？”

王永春往外跑，说自己真有事儿，来不及了。

上了车离开家，他才喘了一口气。

家里有一个大龄剩男没结婚，做父母的估计都头疼死了，偏偏他家出了俩。他不结婚就算了，永强是怎么回事儿?

晚上给弟弟践行，说起结婚这事儿。

“我不是不婚，是没碰到合适的。”

“什么叫合适的？”

王永春觉得自己是过来人，没结婚纯属是年轻的时候不懂事。当初谈了一个，家里不同意，非逼着分手，说什么门不当户不对。他当时就撂了话，让他分行，他以后就不找了。他爸妈都没当回事儿，可是打那儿以后，他真的没找。

前女友早就结婚了，孩子都很大了。

他也不是恋着过去不放，只是一个人习惯了，对女人也没想法了。

他至少有个缘由，永强呢?

“首先得谈得来吧？大嫂那样的我也不敢要。”

“你小子就挑吧！小心以后找不到了。”

王永强笑了笑，找不到就当光棍吧。

“给明珠当手下，感觉怎么样？”

王永强的脸上什么表情都有，错综复杂。

他当警察的时候，明珠还是个孩子。他当警察这么些年，明珠也当警察，结果她现在横在他头上了。

他也知道明珠比自己强，很多事情就她敢做，但是……

“她如果没有背后的力量，能坐到这个位置？”

王永春倒着啤酒，觉得老三最大的问题就是想得太多。

明珠背后有力量，但她懂得借力打力。她资历没你高，却是你的上司，你要听命于她。

“嫉妒？”

王永强摇头。嫉妒还真谈不上，不过感觉怪怪的，有点汗颜吧。

王永春放下酒瓶：“你拖到现在不结婚，别告诉我是为了明珠。”

明珠家的案子当初就是他弟弟办的，也算是留给他弟弟莫大的记忆了，那样惨烈的程度……要是有点什么，也说得过去。

永强白了他一眼。能不能说点着调的话？他和明珠八竿子都打不着的，他又没恋童癖。

“姓名？”大同做着笔录。

姚可可有点发蒙，她和朋友出去玩，朋友为了叫她高兴，弄了一点东西吃，吃完了，她就在这里了。

大同一句一句问着，姚可可脑袋才清楚点。

那些人该交代的都交代了，全都咬住姚可可，说是她买的东西，让大家吃的。

“放屁，明明是他们……”姚可可原本都想自己扛了，结果那些人先咬上了她。

姚光年来接姚可可，脸已经气得发紫。

他对姚可可一句话都懒得说，觉得早就应该和随便哪个女人生个孩子，省得被眼前的败家子气死。

“你高兴了？被人耍着玩，挺好的？你出来以后都干什么了？”

“我不需要你来管。”

姚光年在警局门口就对着姚可可动巴掌。他总是告诉自己要冷静，但是他冷静不下来，一看见女儿这张脸，他就想发火。

打完，姚光年就后悔了。

可可这孩子其实不坏，就是性格有问题，不能逼她，但是道歉的话他讲不出来。

姚可可将脸凑到姚光年的面前：“今天你打死我，算你本事。不敢打死我，你就是孬种。”

姚光年开车离开，扔下姚可可站在警局门口。

姚可可的妈妈私下不停给钱，姚可可要的钱也越来越多，拿着二十万出去，不到一个月就花没了，都花在那些所谓的朋友身上了。

她和这个社会脱离了八年，所谓的亲情她压根感受不到，她觉得最有意思的事情就是和狐朋狗友一起待着。

姚光年恨老婆，恨不得掐死她。没有她，女儿也不至于变成这个样子，如今这孩子就没人能管得了。他恨不得明月来给自己当女儿，要天自己都给她。

姚可可花钱大手大脚，她妈妈给的钱有点跟不上。她给的钱女儿怎么花她都没意见，可外面那些人算是怎么回事儿？

一说姚可可，她就七个不服八个不忿。

给钱就给钱，说那么多干什么？你当初没护住我，搞得我进去，搞得我和社会脱离，现在只是要你一点点补偿，怎么就那么多废话？

姚可可说要开饭店，她妈拿钱给她开了，没过几天，饭店里的东西她都卖了，又过了一段时间，连饭店都兑出去了。

便宜兑出去的，只为了换钱。

你说她是傻吗？可她觉得自己是仗义。

姚可可的叔叔、婶婶要是在路上见到她，都当她是陌生人，不搭理。一旦搭理上了，将来就容易惹祸上身。孩子养成这样，将来杀人放火也不奇怪。

姚可可的姐妹、哥弟，没一个和她有联系。家里大人怎么告诉的，孩子就怎么听，加上都年纪大了，该念书的念书，该成家的成家，顾不了她。

她妈给钱她就花，那没钱的时候怎么办？就得想办法去搞钱。

派出所已经通知她父母好几次了，她妈妈每次来接都说得好听，可是一见自己不给钱，孩子就出去偷，她更不敢不给钱了。

她不知道自己到底应该怎么对待这个孩子，她对可可还不够包容吗？

想和女儿坐下来好好聊聊，可惜姚可可没有时间，着急出去玩。

当妈的在家里难过至极，姚可可在外面花天酒地。

她爸妈现在就是死在她眼前，她也不会觉得伤心，反而会觉得挺好。

死了还不好？死了，钱就都是她的了。

什么爸爸、妈妈，都是虚的，谁管她了？

“明月住在哪里，真的不知道吗？”

姚可珍说不知道，姚可可的妈妈不信。

她觉得孩子最大的问题就出在对明月事情的纠结上，让可可知道明月过得不好，也许可可就不会这个样子了。

姚可珍看怪物一样看着姚可可的妈妈，打断她的话，“你们家恨她完全恨不到，谁该恨谁？”

“你怎么帮她讲话了？”

“不是我帮谁讲话，做人也不能太奇葩吧？”

姚可珍送客了。

这件事自然不会对张鲁说，说了也没意思。

张鲁下班之前接到了一个电话，听完，脸色有些阴沉。

他开车去了松山，找了半天才找到警局。

“找局长？”

“我是她父亲。”

明珠听警员说她爸来找她，有点恍惚，差点说她爸早就死了，突然想起来，人好像还没死呢。

“叫他进来吧。”

张鲁推门进来。

明珠的办公室干净整洁，没有想象中的大。

“有事儿说事儿。”

“明月不是你妹妹的事情，你是怎么知道的？”张鲁开口就扔出来一个炸弹。

明珠手里的笔顿都没顿：“她是我妹妹，不过不是你女儿而已。”

“你奶奶告诉你的？”

“说猜的你又不信。”

“明珠，我在问你话，你不要和我兜圈子。”

她是神吗？这种事情怎么可能猜到？

明珠抬头，总算抽空看了她爸一眼：“我妈那个样子不可能有偷人的胆。看看你对这个家的态度，你恶心她，连带着恶心我们。明月出事情的时候，姚光年提出要送我们仨出国，你觉得划算，因为她不是你女儿，你的两个亲生女儿送出去说起来还是你占了便宜，这符合你的性格。既然明月不是你的女儿，你不说又搞得好像姚可珍第三者插足似的，那就说明这件事情让你觉得没面子。你怀疑是奶奶告诉我的，所以你和她之间的关系都要断了。结果只有一种——我妈胆子小，遇上什么事情，忍了或者没及时做出决定，再不然就是她想栽赃到你头上。”

按照张鲁的性格，可不是就会被恶心死。

第三者的事情，不管是不是真的，姚可珍也不是什么清白的东西。

“那个人打电话给我，要封口费。”

明珠耸肩：“和我有关系吗？”

“你觉得这个钱应该我出？”

“不然呢，我掏？他愿意出去讲就出去讲，我又不怕。我有什么觉得好丢人的？随便。”

“传出去，明月能活？”

明珠的目光转了回来。

她最佩服的就是一个人能这样无耻，不过好在他的这点优秀基因都遗传到她的身上了。

“她一辈子也听不见。你不介意别人说你戴绿帽子，我自然更没关系，不是我偷人，也不是我被人偷，谁爱讲谁讲去。谁死谁活都是命，半点不由人。活不下来就去死，不想死又怕丢人，那就好好捂着。”

张鲁点点头，他这一趟果然白来了：“你可真是你妈的好女儿，她死了你也不想给她一个清静。”

明珠的表情柔和了些：“别拿这些来要求我。张教授，我现在告诉你，别人不敢做的事情，我敢做。”

“你妈要是活着，看见你变成这样，你说她是觉得欣慰呢，还是觉得自己生了一个奇葩？”张鲁现在真的对这个话题非常感兴趣。

他真的很想知道，如果明慧活着，此刻脸上会是什么样的表情。

“她已经死了，看不见了。”

张鲁开车回去。

有些事情认定了，就没有办法改变，比如他认定自己的母亲将这些事情告诉了明珠，明珠拿着这件事情来威胁他。怎么可能会是猜到的？他不信。

眼见着到年关了，不太平的事开始屡屡出现。

警方能提醒的已经提醒了，至于防范意识只能靠群众自己。

警方友情提示，被偷了东西并且知道是谁下的手，除非能完全制服对方，不然不要追击，请及时报警，因为有些人被逼急了是会下狠手的。

松山上岛是商业区，白领们普遍加班，九点以后下班很正常。

上岛西区有一家大型超市，很多人喜欢下班以后来这里采购。

超市的停车场，上中南区警方曾经配合电视台做过一次节目，监控设施齐备，就是为了预防抢劫事件发生。

吴小鸥下班已经过了九点半，开车去了超市。

买完东西出来时，她跟家里人打了个电话：“买好了，马上就回去。”

标准的白领装扮，踩着细高跟鞋，手臂上挎着包，向自己的车走去。

已经走到车前，没等拉车门呢，突然被人从后面电击了一下，浑身一麻，之后的事情她就不知道了。

一辆车开了过来，两个男人快速抬着吴小鸥上了车，绝尘而去。

车里人打着电话，已经联系了下家。

吴小鸥家人苦等不到，眼见着已经十二点多了，只能报警。

警察做着笔录，询问各方面的细节，比如夫妻感情，有没有吵架之类的。

就算是被绑架，总得来个电话要钱吧？可到现在为止，一个电话都没接到。

警察赶往超市，调监控，找线索。

技术人员一点一点倒着监控视频。

突然，吴小鸥的丈夫激动了起来："那是我妻子……"

很明显是被人电晕抬上车的，这就不是无故失踪。

松山警局立即成立专案组，明珠任现场指挥，展开行动。

联系交通部，调出当天的所有视频寻找线索，任何细节都不放过。多名警员连夜查看视频，确定了车行驶的最终方向。

三天后，明珠和局里的干警们顺利把吴小鸥救了回来。

过程中自然少不了凶险，但这些他们是不会说的。人家要的只是结果，至于过程几乎没人关心。

明珠又穿回了那身警服。

吴小鸥住在医院，警察已经做了笔录，她知道的都说了。

其实她知道得很有限，她一直被绑着，眼睛蒙着，嘴巴堵着，就算让她看，她也记不住走过哪些地方，那座城市她太陌生了。

吴小鸥的母亲给警局送来一面锦旗，明珠收下了。有些金还是需要贴的，这能证明她的成绩。

出院后，吴小鸥一家人想要当面感谢明珠，结果明珠压根没时间见。

在她管辖的区域，除了吴小鸥，又有一起类似的事件发生，必须要引起高度重视了。

简直是无法无天，拐卖妇女不成，直接开抢了是吧？严打！

明珠说得出来，就做得到，结果搞得所有人都很累，却敢怨不敢言。人家是顶头上司，这样的事放到哪里都不会有人说明珠瞎搞，那就只能努力跟着干了。

她没来这里当局长的时候，大家工作都很轻松，她来了以后，就只剩下呵呵了。

新年的头一炮，过了一月，单位发放福利，好歹有了点安慰。

无论做哪种工作，都想被公平对待，在乎的不见得是单位发东西的多少，而是一种大家有我也有的心情。

眼见着就要过年了，他们也是人，是普通人，是俗人，回家也能有个交代。

这一年到头能休假几次？换回来啥了？现在至少换回来这个了。

该加班还是要加班，没有办法，吴小鸥的事情敲了一个警钟。当局长的还加班呢，下面的人就更加不要指望休息了。

整个松山警局的人，如今都处在一边高兴、一边被扔在火上煎炸的复杂心情当中。

还有一件事令他们觉得振奋。明珠的脑子可能真的有点问题，她提拔人全都从基层寻找，这让警员们看见了希望，毕竟不想当将军的士兵不是好士兵嘛！

一旦人有了梦想、有了追求，实现的过程当中所产生的苦和所谓的累，推推也就平下去了，扛过来了。

明珠有明珠的脑回路，她又没有对外公开，别人来问，她自然也不会承认，至于被人抓到把柄，到时候再说。

王局的态度是默许的，那就好。

王永强推门进来。

“还没走呢？”

“明珠……”

王永强就说这些东西会成为明珠未来的绊脚石，因为关系好，他才会来跟她说。

上级都不敢做的决定，她却敢做，的确让跟着她的人安心了，可后果呢？他们这行，最该做的就是听从命令，而不是搞特殊化，不然有一天怎么死的都不知道。

王永强觉得焦心，他想了一下午，觉得明珠的做法太过胆大。

“你来就是为了说这个？我要下班了，好几天没好好睡了。”明珠拎着东西就要下班。

她觉得王永强太磨叽了，这么一点事情，她听着都觉得累。

“明珠……”

王永强见她跑了，气不打一处来。

他这是为了谁？他这样了解明珠的人，都对她的做法有意见，更不要说别的人了。

他认为明珠被提拔上来，就是一个错误，早晚会有人替这个错买单。

陈滔滔等在楼下。

这该死的天，雨淅淅沥沥地下着。

这是冬天，冬天好吗？

雨刷在车窗上来回地刷着。

陈滔滔坐在车里，看见明珠的车出现，他按了一下喇叭。

明珠压根没在意，小区的大门打开，她开车进了小区。

陈滔滔跟在后面也开了进去。

“明珠……”陈滔滔喊她。

这该死的天，弄了他一头雨水。他的头如果淋了雨会头疼的，雨水多脏啊！

陈滔滔拧着眉头，往明珠的方向跑。

“找我有事儿？”明珠狐疑地看着他。

“你跟我装是吧？”

“我跟你装什么？”她现在很累，要回家休息，没有闲情逸致和别人拌嘴。

“我们俩的事情还没完呢。”陈滔滔的脸有些扭曲。

明珠看着他，觉得任何一张好看的脸扭曲起来都挺恐怖的，不过也从侧面说明了一个问题，那就是陈滔滔应该没整容，不然做这么大幅度的扭曲动作，估计脸皮都要掉下来了。

“我跟你有什么事儿？”

“明珠。”陈滔滔冷下脸。

“那你说吧。”明珠道。

“我们俩之间，你到底想怎么样？”他问她。

明珠不明白他的意思，“怎么样”是怎么样？

“分了呀！”这还需要说吗？

陈滔滔直视着她：“我同意了吗？”

明珠觉得这人可能是自我感觉太良好，或者……

不管因为什么，被人指着脑袋骂了半天，然后继续和他好？再说他俩压根就没好过。

“你爱同意不同意，和我没有关系。”

“徐太宇找过我。”

明珠点点头，转身打算上楼。

陈滔滔咬着后槽牙，他这样的反应都该怪徐太宇，她不想多知道一点吗？是徐太宇来干涉他们的生活。

他伸手拉住明珠的手，明珠已经有点烦了。

“他找不找你，那是你俩之间的问题。”

“徐太宇让我离开你。”

偶像剧看多了。

“陈滔滔，我和你之间，说白了，就是个睡的关系。对了，你那天和我说女人不应该这样。”明珠站定，“每个人的活法不一样，我就是这样的女人，我不认为我活得有问题。别人眼中的我是什么样的，我不好奇也不想知道。你一不是我丈夫，二不是我男朋友，咱俩说到底，不过是个床伴。你未婚，我未嫁，我不认为这是什么出格的事情。”

男欢女爱，天经地义。

喜欢的时候就认真地去喜欢，不喜欢了，这些事情又何必在乎呢。

喜不喜欢，都是看感觉的。

“我困死了，要上去睡觉了。”

陈滔滔还是没撒手，但是让他道歉，他也不想。

刚才那些话原本就是不理智的情况下产生的，谁都有头脑不清醒的时候，再说这问题明珠也应该负责。

“我也上去。”

明珠看着他。

“没人和你谈结果，原本就是睡的关系，现在还是睡的关系。”

陈滔滔搂着明珠。对啊，这才是解决之道，说那么清楚做什么。

明珠觉得很不对，但她现在没力气反驳和反抗。确实原本就是睡的关系，现在依旧是睡的关系。

节操这玩意，说实话，她确实没有。女人一生当中应该有几个男人，是一个最好，还是两个最佳，又或者三个以上就叫作风流？自己活得快活，何必在意他人的看法呢？

一觉睡得特别美，可能长时间没好好休息过，一闭上眼睛，觉得做的噩梦都是香甜的。

两点多醒了一次，嘴巴有点干，可能因为外面下雨，暖气供得太足。

“给我杯水。”

陈滔滔听见了，但是他不确定明珠是不是跟他要水。怎么确定他醒着呢？就算他醒着，凭什么他去给她倒水？

内心纠结着，他将杯子递给明珠。

明珠接过来喝了两口水，翻身又睡了过去。

“你真好。”

陈滔滔喝完了她剩的那口水。

他真好？他一点都不好。

陈滔滔回到床上，这才想起来，自己为什么要给明珠倒水？他还给明珠花过钱，这是要不得的。原因想了无数个，最后他总结为，他是个男人，不应该在乎这些。

养条狗，你还得喂它点狗粮呢！他就暂且把明珠当成小狗吧。

贴着她的后背就睡着了。

他今天也没有低声下气，双方达成友好共识，这不是挺好的？

他好久没睡好了，今天是第一个安稳觉。

陈滔滔早上起得有点晚，从床上爬起来，觉得整个人都活了过来。

“桌子上有吃的。”

明珠已经换好了衣服，准备去上班。

“你做的？”

陈滔滔脸上是挂不住的喜气。

一个女人对一个男人沉沦的开始，就是她变得小女人了，即便是明珠这样的女人。

“买的。”她哪里有那个时间。

买的也是给他台阶下，陈滔滔认为自己来对了。

他什么都没有做，明珠就讨好他了，这就是女人的小伎俩，想要哄住男人，要先哄住他的胃。

“我还以为你不吃呢。”

特别是像包子这种东西，陈滔滔向来不会碰外面卖的，他觉得……为了不影响胃口，明珠就不说了。

她买两屉原本是想带单位一屉，刚才没吃饱，十个小包子还不够她塞牙缝的呢。

“你不是给我买的？”

明珠挑挑眉，你认为是，那就是吧。

两个人相处图的就是双方愉快。

明珠开车到包子铺又买了一屉，到了办公室全部消灭光，然后开始工作，至于陈滔滔，压根没进过她的脑子。

陈滔滔对于明珠来说，就像她众多早餐中的一个选择，没有这样，她还能吃别的，绝对饿不死，但是对陈滔滔来说，明珠……

他一天的心情都很不错。

他网上测试了一下，说他交往的人爱他爱得不行，这点完全符合他如今的情况。

他还是不想娶明珠，但是待在一起又挺愉快的，怎么办？

“不爱我，为什么要给我买早餐？我上次讲话那么难听，她竟然当作根本没发生过这事儿。也是，她又不是绝色美女，我可是天上掉下来的……”天上掉下来的馅饼啊！能遇上自己，明珠应该烧高香的。

又睡了这么久，她就算对自己有意思，也是能理解的。

笑嘻嘻地开始了新一天的工作。

他这样态度温和，大家都摸不着头脑，这是中奖了吗？

“克戴，过来坐。”陈滔滔指着面前的位置。

陶克戴坐了下来。

“你说一个女人对你献殷勤，怎么解释？”

陶克戴挑眉，怎么解释，爱上你了呗，很简单的道理。

“她对你做什么了？”

陈滔滔显得不愿意多谈，丢了一点鱼食到鱼缸里，背对着陶克戴：“哎，我也很困扰。早上买了早餐，一大早就去买了，回来还生怕我不爱吃，问我吃不吃包子。昨天晚上……”陈滔滔挥挥手。

陶克戴觉得浑身都酸透了，像是吃了酸梅子一样的感觉。

陈滔滔的这个劲儿，是在显摆吗？

“哦，可能她太喜欢你了。你条件这么好，我要是女人，我也喜欢你。”陶克戴恭维地说着。

真话总是伤人的，假话却能安慰人。

真的有诚意，她就亲自包给你吃了好吗？

还有，他什么时候开始吃外面的包子了？

“对了！”陈滔滔突然开口。

陶克戴抬头：“有事？”

“谢璐……”

陶克戴正准备离开，没料到这个名字会从陈滔滔的口中说出来。

陈滔滔是个很记仇的人，他可以负别人但别人不能负他。

谢璐的那一刀捅得实在狠。

一个在乎面子又小气又记仇的人被别人背叛了，结果可想而知。

“她来找过我两次。”

陶克戴来了兴趣，觉得谢璐的脑子肯定被驴踢了，回来就回来，往陈滔滔身边贴，一点好都占不到。

“女人就是一种神奇的生物，混得不好了，回头想来找我，我是垃圾回收厂吗？”

陶克戴心里一叹：“没想明白吧？”

“她脑子有坑，觉得天底下所有男人都能被她攥在手心里玩弄。我们的老师依然健在，怎么现在不肯爬到床上去换资源了？”

“不理她就是了。”

“你转告她，或者找个中间人转告她，如果她再出现在我面前，可就不是她被抢，我冷眼旁观了。”

陶克戴：“……”

“局长……”

明珠才进办公室，屁股还没坐热呢，就来人了。

第三人民医院开战了，又是医闹。

明珠赶到第三人民医院，医院已经被看热闹的群众围住了，连楼梯都被堵得死死的，再往里走就听见了一片喊叫声。

“警察来了……”

看热闹的真是不嫌事儿大，围了一层又一层。

产妇刚生完孩子躺在地上，家属情绪比较激动，不许任何人碰产妇。

“刚生完？”

老曹点头，他也不敢强行上手，现在怎么做，就看明珠和医院方面了，这个责任一般人背不起，随时都会有危险发生。

家属见来的领导是个女的，压根不想和警察谈，他们锁定的目标就是医院。

这孩子他们不想要，为什么医生坚持让他们要呢？医院是不是因为之前和他们有过一点争执，现在故意报复？

院长接到电话，也赶了回来。这名躺在地上的产妇，怀孕的时候医院曾经建议她流掉孩子，因为她的情况非常糟糕，肝硬化晚期，怀孕期间一直在看病用药。医生列举了很多可能会出现的后果，但她和丈夫坚持要这个孩子，如果是个儿子呢？

医院劝过几次，实在没有办法沟通，现在孩子生了下来，情况比当初预想的还要糟糕，产妇表示不要孩子了，家属也让医院将孩子处理掉，然后就闹成了这个样子。

产妇能活几天都不好说，现在躺在地上，真是没有办法上手。

“把人抬进去。”

产妇哭喊着：“我不进去！不给我一个说法，打死我也不进去。这样的孩子要我们怎么养？发育都未完全，我要他干什么？”

医生听了无语，当初可是什么都说明白了，也劝了，结果夫妻俩都不听，他们有什么办法？

“家属怎么回事儿？就看着？赶紧把人抬进去！”

家属站着不动。

这孩子不处理掉，谁养？只会拖累他们一辈子。

明珠上前，产妇冲着她就挥巴掌，她躲得快，巴掌才没落到她的脸上。

“抬进去。”

警察上手，家属又闹了起来。

家属说当初医生根本没和他们沟通过，现在孩子生下来这个模样，不是坑他们吗？

家属拦着不让警察动产妇，产妇在地上打着滚，场面实在不好看。

医院方面也有难处，孩子已经生下来了，难道把孩子杀死？

现在不仅是孩子的问题，这家人明显是想讹钱。

好不容易把产妇抬了进去，没过半个小时，警察和医生一起与家属沟通时，病房传来消息：“产妇进了急救室。”

真是怕什么来什么。

现在麻烦的不仅是医院，连今天当班的警察都跑不掉。

医生和家属谈后续的事情，这个孩子他们会想办法处理，家属有什么想法都可以提出来。

产妇的丈夫很快回过神来，这是说，医院不仅能处理掉那个孩子，还能赔钱？

“我老婆现在是生是死都不清楚……”

产妇家属提出要两百万，医院定在四十万，因为差距太大，暂时没谈拢。

“她要是死了，这个责任是不是就大了？”

产妇的婆婆并不是盼着儿媳妇死，但儿媳妇得了这病，医生都说了，不定什么时候就死了，现在死还能为这个家带来一些好处。

产妇的丈夫哭了几声，脑子里乱乱的。一开始是伤心好不容易生了个儿子，结果这儿子还不如不生呢！之后是伤心老婆可能要死了，毕竟这么多年的夫妻，感情肯定是有的。随后，另外一种念头浮上心头，死了，就能拿到很大一笔钱了。

他的心开始发麻，家里也不是特别有钱，老婆如果死了，事情就可以闹大，就可以换回来很多钱……

不不不，他不是为了钱，他只是不想让老婆遭罪而已。她走了，自己可以用这些钱更好地照顾女儿。

对，就是这样没错。

“妈，你说什么呢？”男人低下头，不敢让母亲看他的眼睛。

产妇的婆婆看了一眼急救室，亲家在急救室门口呢！她收回视线，擦掉眼泪：“不是妈心肠恶毒，医院现在肯出这笔钱，如果她这个时候出事情了，就能算到医院的头上……”医院这种地方，永远不缺医闹。

“……我听说你们家的儿媳妇因为医生和警察，现在要死在急救室里了？”

……

不知道怎么谈的，也不知道哪里来的人，突然，急救室门口打了起来，好在有警察在这里，事情才没有闹得一发不可收拾。

“你去把他给我按住。”明珠指着一个人，对一名警察说。

刚才她没见到这个人，这是哪里跑出来的？

产妇母亲是后来的，有些情况不太了解，就算了解，她的女儿现在急救室里，她也无法冷静下来。

“都住手……”

“局长……”

产妇的母亲不知道哪里弄来的瓶子，照着明珠的头就砸了下去，然后指着明珠：“你们害死我女儿……”

明珠捂着头，一手血。

“把人带回去。”

明珠简单地包扎了一下，坐车回了警局。

医院又派出人和产妇家属谈，愿意将赔偿金额提高到九十八万。这个数字是怎么弄出来的，不太清楚。产妇的家属不肯接受，他们要三百万。

最糟糕的是，产妇没抢救回来，死了。

医院打算再退一步，最后双方讲好一百九十万。

老曹已经猜到会是这样的结果，因为某些案子，哪怕到了法院，法院判无罪，出于人道精神，也会让赔一些钱，毕竟对方家里死人了。

打明珠的产妇母亲现在被扣押着，不管是不是死了女儿，动手就是犯罪，何况还是殴打执法人员。

医院打算忍气，有人没打算忍。

陈滔滔的同学给陈滔滔打来电话，只是随口一说，原来那家医院的院长和他有点亲属关系，据说松山的警察局长都被打得头破血流。

“打算这样赔钱？”

“不然怎么办？就算官司最后打赢了，医院的名声还要不要？现在可是死人了。”

要是没死人，无论多大的错误，判的年头都不会太长，因为对方家里死人了，只能妥协。

“有钱可以给我。”

“你肯接？”

“你知道松山警局的那个女局长是谁吗？”

对方纳闷，自己没讲那个局长是个女的，陈滔滔是怎么知道的？

“动我的人，他们得承受得起后果。”

“你的人？陈滔滔……”

陈滔滔接这个案子不是为了赚钱，更不是为了什么道义，只是为了明珠。死者家属找到媒体，将这件事情夸大渲染后，到底谁对谁错，公众都没搞清楚，公说公有理，婆说婆有理。

警方当时只对外说有警察被袭击，至于砸破了脑袋，是肯定不会对外讲的，视频之类的更不会对外公布，而陈滔滔就不同了，他原本就没有三观，视频他是从正常渠道得到的，然后对外公布，事情经过都在这里。

风向开始扭转，几乎一面倒地指责死者一家人。

这个样子还要孩子，不是找死吗？

生了孩子，得到了你们想要的儿子，为什么不肯养？生之前，医生说的话都当耳旁风了？你想生就生，想不要就不要，医院你家开的？还有，生完就闹腾，家属竟然对执行公务的警察动手？

死者丈夫抽着烟，觉得事情闹下去，对谁都不好，他现在就是想拿到钱，至于外界怎么讲，他不管。

死者婆婆意识到不对劲儿，这和当初那个人跟他们讲的不一样："不然，四十万就四十万吧。"

带头医闹的人已经被警察刑拘了起来，这对母子根本没有主意。现在到处是骂他们的声音，说他们靠死人发财。

事情的确是这样，但他们不能承认。人早晚都是要死的，死在医院，就是医院的责任。

现在他们愿意谈了，医院却不肯谈了，这场官司，他们打定了。

庭审是对外公开的，来了很多人，大家安安静静地来到法庭，就想亲眼看看，这死人的血馒头好吃不？

整个事件脉络清晰，审理后，当庭宣判，医院无过错。

死者婆婆哭声很大，表示要上诉，可惜被法院驳回了。

这个案子在上中引起了轰动。

这些年，医闹成了无解的难题，这起案件终于给了医院底气。

媒体又报道了这件事，写得较为正面。

死者父母坚持认为医院害死了女儿，可是现在不仅医院不肯给他们一个说法，连老百姓都认为他们的孩子死得活该，他们也试着去解释，但根本没人听他们解释。

"又来了？"

死者父母又来到了松山警局。

当时因为死者母亲对明珠动手被抓了起来，错过了和医院谈判，这件事情，警察不需要负责任吗？

"局长，那两个人又来了。"

"叫他们在外面等着，没有事情，警局也不是他们家的会客室。"

法院已经判了，判决书上面写得再清楚不过。

"可是这……"

警员有些头痛，毕竟死了女儿，现在这样疯疯傻傻的，你撵她出去，再出什么事情，警局责任就大了。

明珠下班时，死者父母还来纠缠，明珠裹着大衣进了车里，对方拍着她的车玻璃，她也没理，开着车离开了。

死者父母闹了很久，写了很多投诉信，上级也不是没有追究明珠，但追究不起来。

明珠的代理人是个律师，发生的一切清清楚楚地写在纸上。

明珠被敲破了头，她没有义务对对方摆好脸色，警局是安慰所吗？

上级最后只对明珠的态度进行批评，让她写检查。

明珠啃着鸭舌，倒吸着气，喝了一口汽水，她觉得吃辣的要配汽水才够味。

陈滔滔坐在书桌前，手里拿着笔正在鬼画符。他写了很长一篇，原本是写检查，写着写着就变成了批评。这样子交上去是肯定不行的，除非明珠不打算干了。

用词要严谨，重新写。

“还没写好呢？”

陈滔滔抬头：“你以为写个检查这么容易？”要烧掉很多脑细胞的。

明珠将手里的鸭舌直接塞进他的嘴里，捏了捏他的脸。

“我自己来吧。”

刚刚见他挺有兴致的，她就没拦着，她还不至于写份检查也要别人代笔，这是对自己工作的不认真。

陈滔滔靠在书桌上：“下次你挨打了，给我打电话，我帮你打回去。”

“可别，我发现你挺暴力的。”

陈滔滔拿过盒子，鸭舌是他特意网购回来的，可能是买给自己吃的吧。

他递给明珠一口。

“不管男女老少，碰了我，我就得碰回去。”

“你觉得这事儿挺光荣的？”

“我觉得没什么丢人的，我这人就这样。”

明珠送了他一记白眼。

低头写着，她随口问了他一句：“你买的鸭舌？”

陈滔滔一顿，淡淡地道：“公司有人出差，带回来的。我说不要，可是都放我桌子上了，我又不好送回去，好像我瞧不起人家的礼物似的。”

明珠没有认真听，她忙着呢，那句话也是随口一问，根本没过心。

晚上十点上了床，明珠闭着眼睛。

陈滔滔从后面贴上来，身体跟小火山一样，火力壮嘛！

“睡了？”

明珠懒得回答他，都认为我睡了，还问什么？

“我们聊聊吧。”

明珠：“……”

大晚上不睡觉瞎聊什么？她和他有什么好聊的？

明珠的神思越来越散，眼见着就要去见周公了，陈滔滔却突然抓了她一把痒。

“说说话吧！”

明珠闭着眼睛，这人今天抽风？

“现在十点多了。”

“十点还早着呢！”陈滔滔坐了起来，拿过笔记本，“你几点出生的？”

“不知道。”

明珠不是敷衍他，而是她的确没记住。

“明珠……”陈滔滔拉下脸来。

“你睡不着？”明珠也坐了起来。

她来这里是为了睡觉，不是为了和他闲聊的，她明天还要上班呢。

“我……”

陈滔滔看看她，又躺了下来。算了，睡觉吧。

他有些时候特别烦明珠这样，可之前闹过两次，以后的台阶他自己也不清楚该怎么找，只能安慰自己，原本也不是男女朋友，只是个睡友，别在乎太多。

整个晚上他都没睡，不停地想：踹她下去，踹她下去，还是踹她下去?

他现在看明珠非常不顺眼。

五点整，明珠被踹下了床，砰的一声。

陈滔滔听见声音，从床上跳了起来：“怎么了？”

明珠微微一笑：“我掉下床了。”

陈滔滔：“……”

不是这个时间，这不是他想要的时间。

明珠没买早餐就离开了。

她离开后，陈滔滔又砸碎了一台电视机。

他最近破财，家里总是有东西摔坏。

进了办公室，他又开始出神。

从小到大，和他待在一起时间最久的就是保姆，后来保姆嫁人离开，他就一直一个人生活，明珠现在就好像他家当初那个保姆一样。

他明知道不该这样下去，可他就是控制不住。

不是缺爱，他认为这就是一种习惯。

一个人的家冷冷清清的，尽管明珠没什么用处，他也死烦她。

他真的和明珠不合适，她浑身都是缺点，尽管他承认自己也不全是优点。

分开吧，分开吧。

脑子里不断地响着这句话。

是个爷们就该把距离拉开。

他撵过她一次，贬低过她一次，最后都是自己把她追回来的。

陈滔滔猛地一拍办公桌：“我哪里是去追她回来！我追了吗？我没有，我也不是习惯她。”

死鸭子嘴硬，说的就是他了。

一千种理由认为不该在一起，就应该马上冷静地提出来，两个人赶紧桥归桥，路归路，可就是做不到。

一堆工作，他都带回了家。

家里的拖鞋换了新的，他下班后去商场买的。那双赠品他觉得不太适合摆放在自己家里。他这么有品位的人，如果让人看见他家里竟然有这样没品位的拖鞋，会被嘲笑的。

明珠进门的时候，拖鞋整整齐齐地摆在门口。

她换了拖鞋就进了卧室，换完衣服去洗漱，压根没注意自己脚上的新脱鞋。她累了一天，特别想洗个澡休息一下，或者看个电影，不然就静静地躺着不说话。

陈滔滔叫了外卖。

门铃响，他把钱付给对方，然后关上门拎着盒子，一样样地摆开。

“明珠，吃饭。”

“你吃吧，我躺会儿。”

陈滔滔吃到半截，明珠踩着拖鞋出来了。

客厅的灯光暖而柔和，家里有他，还有另外一个人，懒洋洋地穿着睡衣、踩着拖鞋坐在他的对面，拿着筷子夹菜，不知道为什么，他好像回到了过去。

陈滔滔四岁的时候就学会了自己吃饭，坐在客厅里对着很多空椅子吃，五岁依旧这样，后来六岁、七岁、八岁……十八岁、二十八岁，依然是他一个人在用餐。

吃着吃着，他就吃撑了。

他讨厌听见别人嚼东西的声音，觉得恶心。

他和明珠这样一起吃饭的次数很少，大多数时候都是她啃着鸭脖子喝着啤酒，他在一旁围观，讽刺她，后来……

对面的人变成了五六岁的陈滔滔，这面是现在的陈滔滔，不太一样的脸，却是一样的吃饭姿势，一样的面部表情，一大一小，一黑白，一彩色。

“喝点汤，这个汤不错。”

明珠盛了一勺汤给他，然后起身好像去找什么。

汤碗放在陈滔滔的眼前，里面的排骨汤一荡一荡的。

他握着筷子的手顿了顿。

不能因为对方身上的某些不完美就否定他的好，明珠也买过早餐，尽管不是她做的，可也并不是每个女人都会做饭的。

明珠想看的片子家里找不到，穿上衣服，问他要不要去电影院。

陈滔滔正在洗碗，他没办法接受厨房脏乱成一团。

“好啊。”

最近气温降得厉害，此时外面还下着雪，据说有些几十年没下过雪的地方都落了雪花。

他手里拿着外套，明珠穿得也不多，两个人一前一后进了电梯。明珠挽着他的胳膊，头贴在他肩上。

电梯里还有别的人。

她向来不在意别人的目光，想做就做了。

“冷吗？”

陈滔滔握着她的手，她好像体寒似的，身上永远是那种死人的凉。

“还好。”明珠给他整理了下衬衫领子。

站在前面的人从反光板能看见后面的两个人腻歪，起了一身的鸡皮疙瘩。要腻在家里腻，到外面弄成这样子给谁看？

陈滔滔没去开车，他俩撑着一把伞，到小区门口打车。半天都看不见车影子，明珠就靠他怀里，汲取着他身上的温度。陈滔滔让她靠着，画面感倒是挺强的。

偶尔有人抬头看一眼黏在一起的两个人，大都会认为，肯定是念书的时候就在一起的，不然女的颜值怎么会比男的差那么多。一般工作以后，很少有男人愿意选择颜值比自己低一些的女人，大多数都想娶个天仙。

站了半个小时，冷风直往骨头里钻，陈滔滔都想放弃了。

好不容易来了一辆车，却被后面的人抢了。

又等了十多分钟，才又来了一辆，明珠抓着陈滔滔的手就往车前跑。

司机问他们去哪里。

“XX电影院。”

司机向后看了一眼，觉得这对小夫妻真够闲的，这样的天去看电影。

陶克戴是被老婆逼着来的。

孩子送到岳母家去了，老婆闹着要来看电影，他只能陪着。演的什么他也不知道，电影院太暖和，他一进来就打瞌睡，一会儿就睡着了。

等灯光亮了起来，他想这下可以回家了吧？

“不走吗？”

他老婆看着后面，拉低他的身子。

“干什么？”

看见谁了，这样的表情？

“我看见陈滔滔和一个女的在亲……”

可真是世风日下啊！

她老早就看见了，因为今天看电影的人只有十多个，那两个人坐在最后面，电影演到半截就开始上演少儿不宜的画面。亲就亲吧，亲两口得了，现在还亲呢，也不怕嘴亲肿了，不知道现在是和谐社会吗？得拉窗帘。

陶克戴想要回头，他老婆按着他的脑袋，死活不让回。

明珠给陈滔滔擦擦唇角，她买的这个新唇膏都贡献给他了。

“这是什么牌子的，有毒没毒啊？”

陈滔滔一脸嫌弃。出个门也要擦口红，真是搞不懂女人。

明珠的口红都是特别重口味的颜色，要么是闪死人的亮粉，要么是吃死人的大红，要么是深深的姨妈色。他吃得多了，渐渐也知道哪个是多少号，闻见气味便能猜出牌子来。

“有毒你还亲。”

陶克戴两口子缩在一边，好不容易等明珠和陈滔滔出去了，他老婆坐了起来。

“这是不恋则已，一恋就情深了。”

看陈滔滔那副骨头都酥了的样子，可能是没见过女人，实话实说，她觉得没有自己好看。

不过，她觉得稀奇，这女的得多有手腕，才能拿住陈滔滔，毕竟陈滔滔的自身条件和家世摆在那里。

不是恶意猜测，就是碰上了，感慨两句。

陶克戴没见过这样的陈滔滔，只觉得不太好。

明珠这丫头——不能说丫头了，这女的有点邪门。

明珠挽着陈滔滔进了一家店。

陈滔滔说想买衬衫，让她帮着参谋一下。

“试试别的颜色。”

明珠坐在沙发上跟大爷似的指挥着。

陈滔滔换了几次。其实什么颜色他都能驾驭，问题是哪个颜色能更加令自己出彩。

“陈先生好像比上次见瘦了一些。”陈滔滔是这家店的老主顾，店员将衣服递了进去，笑着说。

“嗯。”

明珠指指他现在穿的这件：“就这件吧。”

陈滔滔刷完卡，拎着袋子和明珠一前一后出了店。

明珠接了一个电话就走了，说有事情，公事还是私事他也没问。

这个时间回家也是一个人，他便到处瞎转悠。

经过某家珠宝店，他停住了脚步。

“欢迎光临。”

陈滔滔微微弯着腰，看着柜台里面的首饰。

“我看门口海报的那个手镯，这里没有呢？”

“先生，那是今年的新款……”

说得直白一点，那个手镯非常贵，如果客人决定要买，需要先付全款，他们再联系公司发货过来。

“不如先生看看我们店里的……”其他款也都很漂亮。

“那个能预定吗？”

“可以的，不过需要全款。”

陈滔滔点点头。

柜员见他没掏钱也没任何动作，以为他只是问问，便卖力地介绍着其他首饰。

陈滔滔转了一圈，喝了一杯温水，打算将杯子放在柜台上，旁边的柜员快速上前，将杯子接了过去。

“那就全款吧。”

柜员愣了两秒钟，微笑着点头。

“这款的价格为……”

陈滔滔将一张黑色银行卡放到柜台上。

“先生，请稍坐片刻。”

陈滔滔等待过程中，柜员又端了一些吃的放到他面前，不过他没有动。

陈滔滔从珠宝店出来，又去买了几双鞋。

回到家，果然明珠还没回来，他拎着袋子进了衣帽间，挂好衣服。

雷格生很喜欢明兰，是真的宠。

如果可以的话，这样的女人陪着他过下半生也没什么好委屈的，但是……

年轻的女孩子有朝气，活泼、漂亮，就像一朵慢慢绽放的花朵。换了别的女孩子，可能恨不得抓住他的钱袋子，明兰却不同，他也知道明兰想要的是什么。律师合上文件，看着雷格生：“雷先生？”

雷格生摆摆手。

明兰现在大部分时间都在学习，日子过得安宁且平淡。

她逛街累了，来找雷格生。

“怎么过来了？”雷格生的眉头微微皱起。

他最不喜欢的就是公事和私事分不清的人，长得再美也一样。

雷格生的冷落让明兰有些失望。

“正好经过这里，来看看你。一起吃午餐吧？”

时间也差不多了。

“我还有事情要忙，你去吃吧，刷我的卡。”

明兰努力笑了笑。

刷我的卡？不知道有多少人说她和雷格生在一起就是贪图他的钱，只有她自己知道她不是，她不屑于和任何人解释，理想中的爱情也不是这个样子的，不是用钱来……

过去的雷格生总是会体贴地避开这些让她会多想的字眼。

她站在原地没有动。

雷格生中午真的有约，抬头看看明兰：“还有事情吗？”

“没有了。”

明兰有一瞬间特别想问问他，她的心思他真的不知道吗？

明兰找了一家酒店喝下午茶。

她给明珠发短信，告诉明珠，她给她买了一些衣服，也给明月买了。她自己一件都没有买，她认为自己天生丽质，穿一条牛仔裤都会刺瞎别人的双眼，没办法，样貌是天生的。

听见后面有人在聊天。

“看见了吧？就是她。”

“她啊！演了几部戏的女四、女五吧？奇怪，长得这么好看，却不红，是不是只能摆着看啊？”

“你可别酸。”

“我有什么好酸的？我又没有恋父情结。如果真的是把她当成未来的太太，昨天我过生日，为什么没见她呢？”

不巧，坐在明兰后面的正是雷格生唯一的女儿。

她对明兰倒是有些意见，年轻漂亮的女孩子和一个能当自己爹的人交往，你说不是为了钱，谁信？反正她是不信。是不是为了钱，其实和她也无关，她父母早就离婚了，她只是客观地来讲这件事情。

明兰不红又不是她一个人说的，至今明兰都没有在一部戏里当过女一，长得再好看，估计也就是个空架子。这样的女人很多呀，靠脸蛋吃几年青春饭，巴不得有个人赶紧把她娶回家，生个儿子，就齐全了。

“不过，你不讨厌她吗？”

“有什么好讨厌的？他交往过的女人没有十个也有八个，我讨厌得过来吗？我就是觉得她一脸傻气，啧啧……”

明兰把手里的叉子放回了盘子里。

她都听见了，也全都听懂了。

那两个人坐了没多久就离开了。

直到明月打来电话让她回去一趟，明兰才回过神来。

明兰和奶奶的关系一直好不起来，可能是因为明兰的性格当中也有记恨的成分，所谓的感激并不能抵消奶奶曾经对她们的漠视，她和明月不一样。

“买给你的。”

明月对穿的要求不高，笑着收下了，不过也不知道什么时候才能穿到身上。

“……小孩子别问这些。”明兰不喜欢明月总问她的事情，这让她觉得很烦。

坐在对面的奶奶突然冷笑了一声，明兰就好像被踩到了尾巴的猫一样。

“你笑什么？”

明月赶紧站了起来。她最怕奶奶和二姐一言不合就开掐，这种事情已经不是第一次了。

“他能娶你吗？”

明兰拿起自己的包。

她就觉得今天来这里是个错误的决定。妹妹是亲的没错，这个老太太可不是亲的，人家一早就和她们撇清了关系。

“我的事情还轮不到你来管。该你管的时候也没见你吭声，现在在我面前装大爷？”

她妈日子不好过的时候也没见她说句话，说到底，她就是个现实的老太太。

明月心思单纯，她的那些钱给了明月是为了什么，明月现在缺钱吗？她心里比任何人都清楚，算盘打得也比任何人都响。

“人家享受的是你的青春。你脑子转得快吗？娶你？你觉得你们有共同语言吗？他刻意宠着你，可是别忘了他大你二十多岁，老狗看见小狗还会动真情呢。”

“奶奶……”

“你知道？你知道那么多，那你知道你养了一个禽兽不如的儿子吗？我们姐仨去死的时候也没看见你。”

奶奶沉默不语。随便你怎么说。我和你讲你蠢，你偏要拐到别的事情上面去。

“二姐……”明月拉着明兰。

明兰只是咽不下这口气，凭什么说她和雷格生没有共同语言？见过他们相处吗？没有见过，凭什么信口开河？

“你现在是好了伤疤忘了疼。她算是你哪门子的奶奶？你要死要活的时候，她跑哪里去了？”

“二姐我……”

“就你心肠软，你管吧。”

明兰拎着包下楼，气呼呼地上了车。

回到家，她的气也没顺开，将东西扔进沙发，想起奶奶的那张脸，她的胃就不太舒服。她觉得有些人情欠了是逼不得已，明珠当初就是权宜之计，还真的管她一辈子？她有儿子、有孙女，用得着她们管？

她们可真是闲得慌，她妈死的时候的样子都忘记了？

明月也是个小白眼狼，和你奶奶好去吧！

气得胃疼，明兰一直躺在沙发上没起来，谁知道晚上胃疼得更厉害了。

她打电话给雷格生，半天都没人接。

她跪在地上，双手揪着沙发垫，怎么还不接电话，接电话呀，她要疼死了。

雷格生的手机在桌子上震动了几次，朋友示意他可以接电话，他笑笑，说是无关紧要的电话。

明兰一通接着一通地打，没想到踩了雷格生的雷区，他到底没有接。

明兰疼得实在受不了了，跌跌撞撞地跑到外面打车，上了车就缩成一团，好在司机心肠不错，把她送到医院以后又帮她办理了入院手续。

阑尾炎，小手术。

明兰醒过来以后，感觉刀口有点疼，不过还能忍受。

护士进来给她挂针。

“醒了？联系家里人了吗？送你来的司机吓得半死……”

护士说她的手机和钱包都放在抽屉里了。

“我觉得你好面熟，是不是在哪里见过？”

女人长得美，看着也是一种享受。这样的姑娘将来一定不愁嫁，而且一定会嫁得非常好。

明兰想要起来，护士按住她，问她想要什么，然后将手机和钱包放到了她手上。

明兰看着手机，一个未接电话都没有。

现在是后半夜两点多，雷格生没给她打过电话。

她顿时心灰意冷。

她过去觉得一张好看的脸蛋比什么都顶用，并且因为这张脸她的确受益不少。和雷格生在一起后，她努力学习他喜欢的东西，可每一次自己开口，就好像闹了很大的笑话一样。她已经这样大了，欠缺的东西是无法在短时间之内补齐的。

打电话给雷格生，他依旧没接。

雷格生对明兰确实感觉到厌烦了。她是个女孩儿，需要别人呵护、体贴，而他刚开始觉得新鲜，慢慢就产生了抵触情绪，没有办法和她讲到一起去。

明兰住了一个星期的院，出院后，一个月都没有联系雷格生。她想要双方冷静一下，想清楚他们两个人之间的关系。也许给了他时间，他就会明白，她想要的是什么。

然而，有些感情并不是她想的那样，一个月后，她没有料到的事情发生了。

八卦杂志拍到了雷格生和女秘书一起回家的画面。

“不会的……”

怎么可能呢？那个女的看起来比她老多了，今年得有四十了吧？雷格生应该选择自己这样年轻的才对。

明兰打电话过去。

“你好。”非常客气的开场白。

“好久没联系你了，没想我吗？”

一双手从他的肩膀上移开，指指手里的东西，然后出去了，留给他一个独立的空间。

关于分手这件事情，雷格生也觉得很抱歉。年轻漂亮的女孩儿带给他很多欢乐，他应该提供给她一些补偿，这是应该的。

“分手？”

明兰非常意外。

发生了什么事情导致他要分手？她不联系他，只是为了彼此冷静一下。

“是杂志上的那个女人？那是瞎写的吧？那个人今年有四十多了吧？”

雷格生觉得漂亮的东西还是摆着比较合适。

他的女秘书今年四十六了，年纪不小，还有过失败的婚姻，但是她的人生是丰富的。有些人天生就该生活在一起，有些人不过是个插曲。比如，此刻明兰喊出来的话，她认为自己非常年轻，年轻就是资本吗？雷格生同意年轻就是资本，可你的资本还欠缺了一些。

他提出补偿，明兰不要。

她在手机那头歇斯底里，雷格生觉得头很痛。

明兰不明白，为什么一个女人横在了自己的前面？明明一切都好好的，可现在什么都没有了。

她给明珠打电话，明珠倒是有些意外，本以为需要更长时间。

“喝酒了？”

明兰满嘴胡言乱语，她觉得活着太累了，人生没了希望。

“他说得也没错。有些女人让人觉得轻松，有些女人让人累。”

“我让人觉得累吗？我哪里让人觉得累了？”明兰喊。

明珠将电脑声音关小，倒了一杯啤酒，坐在地毯上，倚着沙发和妹妹通话。

明兰哭得鼻子都红了，失恋啊！人生第一次恋爱就这样告终了。

“我不好看吗？”

明珠回答：“你好看，真的好看。”

“那我连一个四十多岁的女人都比不上？”

明珠觉得重点不是这个。

雷格生那样精明的男人，人生阅历一定非常丰富，而明兰的人生简单得可以。有些男人喜欢单纯的女孩子，有些男人则不会。

“白长了一张好看的脸，早知道就和你换换了。”

心好疼啊！

怎么这么不甘心呢？她哪里不好？

明兰只看见了自己一身的优点，不敢相信自己被人甩了，并且对方还想拿钱砸她。

“……为什么不要？”

明兰就是要这个志气，她不稀罕他的钱。

明珠翻着白眼，人家会感激吗？这点钱对人家来说根本不算钱。

她的这个妹妹啊，看着好像挺精的，实则就是个天真的小孩子，脾气一上来，什么都不管不顾了。

明兰有些沮丧，拍戏拍不出名堂，结婚没戏，最让她恨的就是，年轻貌美都不顶用。

人生似乎到这里止步了。

朋友打电话约她去喝酒，她去了。

明兰特别郁闷，对方开解她，递给她一样东西。

“试试看，以后就会快乐了。”

明兰看着眼前的东西：“这是？”

朋友说，生活在这个圈子里，竞争如此激烈，还是需要一些外力刺激的。人就是人，哪能时时刻刻都和上了马达一样呢？

明兰喝多了，但脑子还是清醒的，推开了。

不行，不行！有些错可以犯，有些错不能犯。

从酒吧离开，明兰打车到半路吐了，赔了司机钱，下车。

脚踩着雪，嘎吱嘎吱地响。

“我怎么就这么不顺呢？”

看着别人红，她其实好羡慕。有些前辈真的是靠实力，没什么可说的，可有的就是靠运气。明兰自认接到他们那样的本子，一定会比那个谁演得还好，但是……

“不公平啊，不公平……”

她觉得活得怎么这么辛苦呢？长得美还不够，得有个天才的脑子才行！

她正自暴自弃着，路边有个老奶奶推着一辆三轮车，车上堆满了废品。老奶奶看起来有八十多岁了，行动有些迟缓，脸冻得通红，戴着一顶帽子。

这样的天气，这么晚了，还出来捡废品？

“奶奶，这都几点了？”

她叫别人“奶奶”很顺口，叫自己奶奶却总觉得难以启齿。

老奶奶冲明兰一笑，牙齿都快掉光了，满脸皱纹：“姑娘，你长得真好看。”

明兰点点头：“嗯，我是挺好看的，可好看没用。”

老奶奶没再说话，一直用力推着车。

明兰蹲了十五六分钟才站起来，老奶奶已经走出去很远了，她跑了几步追上去，帮着推车。

老奶奶认为明兰这么漂亮的姑娘真是少见，心肠还好。

“心肠好？我心肠才不好呢！我一看见我奶奶就觉得烦。我男朋友嫌弃我没内涵把我甩了……”

送奶奶回到住的地方，明兰算是开了眼界了。

房子？就是个木板搭的窝棚，这风刮得强点，估计都能吹散架了。

老奶奶想好好谢谢她，明兰已经没影了。

她把自己身上所有的钱都给了老奶奶，多少是个心意。

想想老奶奶，再想想自己，她突然觉得活着真好。

她有房子，有赚钱的能力，有家人，对比之下才觉得自己如此幸福。振作起来，明天开始好好工作，认真赚钱！

“所以半夜三更的你打电话给我，就是为了告诉我，你找到了心理平衡？”

明珠讲着电话，陈滔滔自然没得睡了：“谁？”

“哪个野男人在你床上呢？”明兰知道是谁，她想说明珠两句，话到了嘴边又吞了回来。老大个性就那样，不管活成什么样都不让别人管，奇葩。

“老几？”陈滔滔睁开眼睛问明珠。

“老二。”

陈滔滔抬起头，说了一句：“老二，我是你姐夫啊！”说完，抱着被子和枕头去客房睡了。

“姐夫你个头！”明兰气道，“你和明珠领证了再和我称姐夫吧！我姐夫多得是。”

刚刚失恋，就有人在她这里秀恩爱，她不管，一定要叫他们秀恩爱死得快。

陈滔滔进了客房，把枕头和被子一扔，趴到床上就睡着了。

明兰又哭了一场，说坚强，可一想起来就……她输给了一个四十多岁的女人，怎么都不甘心，早晚雷格生会想起她的好的。

明珠点点头，好不容易挂了电话。

如果她是男人，一定娶明兰这样而不娶自己这样的。

明兰说失恋了需要一段时间平复心情。

明珠认真想了想，她和徐太宇分手以后……

睡着了。

明珠睡得很安稳。

今年的雪格外大，放眼望去，白茫茫一片，连明珠这么不怕冷的人都套上了毛衣。

四点多接到报警，有驴友被困在距离松山半个小时车程的山上。

明珠派人找了熟悉山上情况的附近村民，村民说天都黑了，加上今天的气温是今年以来最低的，达到了零下三十五度，找起来难度太大。

明珠恨不得将困在山上的那些人一脚踹下来。选择这样的天气登山，觉得特别潇洒是不是？潇洒就自己下来，不要让人去救。

除了明珠是女人，其他全部是男性。

山上雪大风大，走了两个多小时，腿冻麻了，手指和脚趾都冻僵了，终于确定了那些驴友所在的方位，将人解救了下来。

回到警局，没等警察教育呢，家属先不乐意了，觉得警方行动力太差，怎么不派直升机上去？这么冷的天，人都住进医院了。

“你也知道今天是零下三十五度？这样的天气爬山，搞得自己下不来，你们还要怪我们？你以为直升机随随便便就可以出动的？你以为不要钱？”

家属就说电视上都是那么演的，被困了，来救援，还谈什么钱。

警察和这样的人说不通，等下次找个机会试试，看看到底要不要钱。自家人作死，害得别人辛苦了几个小时，这些都看不见？

陈滔滔开车快到警局了，给明珠打电话：“我快到你们局门口了。”

明珠叫他等着自己，这个时间早就过了下班时间，一路小跑。

陈滔滔见跑出来的人是她，推开车门，调侃她穿得跟熊似的。

“冻死我了。”明珠觉得自己脚趾现在还冰凉呢。

陈滔滔调高了车内空调的温度，把自己身上的衣服一件一件脱下来披到她的身上，最后脱得只剩一件衬衫了，然后给明珠搓着手。

“我就对你特别服气。有人上去不就行了？什么事情好像没有你就办不成，你能不能像点女人？”

“没办法，不去不行。”

这人救下来还好说，要是没救下来，问题就大了。

陈滔滔弯腰去搓她的腿，她平时穿得不太多。

“每天就穿这么点，早晚把你冻成老寒腿。你脚冻了没有啊？”

说着，腰彻底弯下去，把明珠的鞋脱了，触手一片冰凉。

他握着她的脚，想把手心的温度传递过去，见效果不是那么明显，干脆一把扯开了衬衫。

“你干嘛？”

明珠一脸惊愕，觉得还没到这地步。

陈滔滔拽着她的脚放在自己腿上，拉开衬衫将自己的身体贴上了她的脚心。

明珠：“……”

真的太不习惯了。这样子搞得好像……怎么感觉那么怪异呢？

“看着好像长了一个聪明的脑瓜，实际上里面装的都是铁锈。合着就你一个警察，就你是警察……”每个月挣那么一点工资，谁表扬你了，还是谁感激你了？二百五！

明珠听着他嘟囔，视线却一路向下。

如果让明珠形容一下她此刻的心情，她没有任何感动，相反，她觉得瘆得慌。这样的陈滔滔让她觉得害怕，她特别想推开车门，跟他暂时分开一会儿。

陈滔滔觉得捂得差不多了，放开她的脚，发动车子，嘴里仍念叨个没完。

他今天过来接明珠，其实是想让明珠看看他的新车。

之前看中的那款他买下来了，看看这才叫人生呢！他是想要炫耀一下，结果自己给忘了。

开到小区里，停好车，陈滔滔开车门，明珠拽了他一把。

“滔滔……”这是她第一次喊陈滔滔的名字，“你……”

如果动了感情，最好现在就分开，她一开始目的就非常明确，她承认自己不是个好人。

“我想你是误会什么了。明珠，我们俩这样相处，我不能把你当成陌生人，毕竟养条狗还会产生感情呢！”陈滔滔薄凉地说着，控制着自己讲话的速度和语气，说服明珠，同时也说服自己。

“我们每天睡在一起，玩在一起，我不想结婚，你也不想结婚，说得难听一点我们只是床伴，说得好听一点，是不打算有未来的男女朋友，我知道你担心什么。”

明珠笑了笑，说开就好，这样彼此都没有负担。

陈滔滔和她一前一后进了电梯。

到达陈滔滔居住的那一层，明珠正准备抬脚出去，后面的人突然开口：“你离开徐太宇是不是因为他正好给了你离开的借口？你知道他爱上你了。”

陈滔滔一针见血地指了出来。

他遇上了一个渣女。

陈滔滔开门进了屋子，指指明珠的脚：“你最好买点药膏擦一擦。”

“我从来没认为我是个好人。”明珠将包放在一旁，看着陈滔滔，“感情这种事也没办法解释。”

“我今天做的事，是不是让你误会我想拿你怎么样？”

明珠笑而不语。

“你给了我开心，我还你开心。当个好情人，我自认还是可以做到的。我们俩之间有的也就这些。”

从她开始叫早餐、叫外卖、陪着他去看电影，偶尔也会对着他撒娇，流露出小女人的情愫，到现在他只是偿还，别提情不情的，“情”这个字太神圣，不适合放到他们身上。

陈滔滔进了书房，视线落在桌上的盒子上。他觉得为了不让误会产生，这种东西还是不要乱送为好。他打开抽屉扔了进去，锁上了。

明珠停止敲键盘，抬头看着陈滔滔的书房，出神良久。

陈滔滔从书房回到卧室的时候已经很晚了。明珠在浴室里泡澡，觉得终于舒服了一点，才披着睡袍回到卧室。

陈滔滔已经睡了，卧室的灯关着，她掀开被子躺了进去。

陈滔滔下意识地过来抱她。

明珠回抱他。

这是一种信号，双方都懂的信号。

陈滔滔觉得各方面都不合适，偏偏这一点该死地合适。

“这么晚洗澡？”

“工作到这么晚？”

明珠没捅破，她说的某些话一定会让他觉得不爽，现在她给了台阶，就看他打不打算下了。

“尴尬，回来早了，觉得自己好像丢了面子。”

陈滔滔呵呵地笑了笑，笑声传进她的耳中，肌肤贴着肌肤，温度开始升高。

第二天，陈滔滔走得比明珠早，家里的气氛委实有些怪异。

“滔滔……”昨天晚上的事情，她没什么好后悔的，而陈滔滔今天早走，一定和这个有关系，但有些话不说不地道。

“嗯？”陈滔滔站定，表情淡淡的，也许就像他说的，感觉尴尬了。

“婚姻这种东西不在我的预想当中。”她知道自己活不长的，不想有放不下的事情，不想拖累别人，也不喜欢别人拖累自己。

她看了陈滔滔一眼，心中有些忐忑。

陈滔滔却笑了笑，点头：“我没打算和你结婚，你的工作……我曾经说过，你一定命短，英年早逝。”

“放心吧。”明珠点点头。

警局来了一对婆媳，哭得一把眼泪一把鼻涕的。

老太太的儿子死于心梗，报案原因是家里银行卡上只有四千块钱，可儿媳妇陈红说，应该有两百多万，那现在这两百多万哪里去了？

她老公胡康安搞民间借贷，利息比银行高很多，但是钱都借给谁了，陈红不清楚，唯一知道的是借给自家二叔五十万，可是老公一死，人家不承认了，因为没借条。

陈红嫁给胡康安二十年，财政大权一直由胡康安掌着，陈红觉得只要两个人感情好，没外心，谁管都一样，结果，胡康安的墓地都是借钱买的。

陈红去二叔家要了两次，都被二叔赶了出来。

婆媳俩没办法，只能来警察局。

警察听了只能咂嘴，这事不好解决。她们没借条、没证据，甚至借给谁了都不知道，根本没法立案。

“警官，你帮帮我们吧，真是没办法了……”陈红拽着老曹的手哀求。

她和胡康安这辈子赚的钱都借出去了，要是拿不回来，她和孩子以后怎么办啊？

陈红说着，就要往地上跪。

老曹扯着她："你别这样。大姐，你起来，你跪也没办法，你回家再好好找找。"

民间超出利率部分的借贷原本就不受法律保护，就算拿出借条，人家也可以说是假的。

"警官，你不帮我，我就只能去死了。"

老曹听得头疼："可是我们也没有办法。"

"我想见见明局长。"老太太突然来了这么一句。

老太太突然想起来邻居说过，松山的警察局长是个女的，能办实事。

老曹一愣，见局长？

他很想对她们说，就算见到局长也没有办法，局长不是孙悟空，凡事得有证据才行。

明珠出去办案刚进警局大门，就听说有人在等她。

"等我？"

明珠推开办公室的门，婆媳俩跟着进来，她挂好大衣转身给她们倒水。

"局长，我们不渴。"

"喝吧。"明珠将杯子摆到她们面前，"你们找我什么事？"

陈红一边哭一边说。

明珠听完皱着眉头，这件事情就像老曹说的，什么证据都没有，根本没法管："没有证据是不行的，我们办案不能只听一面之词。"

老太太也哭："局长，他们都说你是包青天在世，你行行好，帮帮我们吧！"

警方肯定不能立案，但也不是一点办法都没有。

"你们去找这个人。"

明珠在纸上写了个名字和电话号码，递到老太太手里。

然而，老太太不想要这张纸："局长啊，你救救我们吧！下辈子我当牛做马报答你。"

"老人家，你听我说。"明珠耐着性子解释着，然后当着她们的面给陈滔滔去了电话。

"这种事情还查什么，叫她们直接去死不就完了？做事情不带脑子，是自己家的钱吗？去向都不清楚，还不如找根绳子吊死呢。"陈滔滔翻着白眼。

明珠顿了顿："滔滔，就当我欠你个人情。"

陈滔滔有些意外，皱了皱眉，想说你的事儿和我有什么关系，想了想，出口的却是："你让她们打车过来吧，打车费我付。"

陈滔滔挂了电话，摇摇头。简直就是神经病，有那么多钱不去赚，自己在这里搞这些乱七八糟的。

陈红和婆婆打车去了陈滔滔的律师事务所。

前台已经接到通知，在门口等着，看见有车过来，立马跑了出去，抢着把车费付了。

"姑娘，不用你的。"老太太推拒着。

前台说没关系，然后按电梯键送她们上楼。

两个人不敢进陈滔滔的办公室，气场太大，警察局是为老百姓办事的地方，这里不是啊！

"请进吧。"

陈滔滔的助理给两个人倒了水。

陈滔滔让她们把知道的都说出来，两个人说了一通，陈滔滔的白眼就没停过。

他很想指着大门，叫她们哪儿凉快哪儿待着去。

“也就是说，没有借条？”

“没有。”

“他曾经说过借给二叔了。”陈红道。

“你亲耳听见的？没有听错？确实是你丈夫亲口说的？”

陈红见他这个架势、这样的语气，又不那么肯定了，神情很是紧张：“我不知道……”

陈滔滔真想问她，你知道什么？知道吃不？知道睡不？没心没肺。女人活成你这样，干脆挂树上别下来了！

转着手里的笔，陈滔滔摆正姿势：“你丈夫的原话，你记得吗？”

陈红在陈滔滔这里坐了五个多小时，陈滔滔都把她问蒙了，同样的问题，她的回答前后矛盾，对不上茬。

陈滔滔揉着太阳穴，喝了一杯咖啡，实在无法平复自己内心的焦躁。

叫她去死！他现在只有这种想法。

明珠被前台拦了下来。

她举了举手里的咖啡：“我想见陈律师。”

“抱歉，没有预约，不能见陈律师。”前台小姐非常有礼貌地道。

陈律师的预约已经排到后年了，恐怕没机会让你见。

陈滔滔揉着太阳穴，很后悔管这破事儿。

突然，手机响了起来。

他接起：“嗯？”

“我买了几杯咖啡，但是我上不去。”明珠站在大厅打着电话。

陈滔滔叫助理下楼接明珠，也没说是什么关系，前台小姐还以为明珠刚刚没和她说清楚，想着这是有预约？

陈滔滔闭着眼睛。

明珠推门进来。

“来了。”

“很头疼？”

陈滔滔睁开眼睛，看了看明珠递过来的咖啡，伸手拿过一杯，喝了一口，是他喜欢的，算她有良心。

“不好做？”

“也不是太难，就看她们的运气了。运气好，这钱我能帮她们追回来，运气不好，就没办法了。”陈滔滔指指头顶。

他头疼不是因为事情难办，而是觉得人活成这样也是难得，满脸写着蠢字。

明珠走到他身后，伸手给他按着太阳穴。

陈滔滔闭着眼睛，时不时地喝口咖啡。

他不会矫情地打趣明珠，说明珠欠了他人情。这种事情，大家心知肚明就好，他愿意帮，就没什么欠不欠的。

“可能需要你帮点忙。”

陈滔滔让陶克戴去陈红所说的她老公存钱的银行。

按照陈红的说法，钱都存在了银行，然后一笔一笔借出去的，并且胡康安似乎格外专一，银行只用一家。

明珠表明身份，银行经理听了事情的具体情况，有手续当然愿意配合。

陈滔滔想要两年前的监控，时间虽然长了一点，但还是能找到的。

“对，这是我丈夫。”陈红看见丈夫的脸，捂着嘴哭了出来

“这人是……”

“是我老公二叔胡荣。”

胡康安把钱交给了胡荣，胡荣可能图省事，又在这家银行存了起来，监控里，好像还跟柜员说了什么。

经理指着其中几笔转账记录，说：“你看这几笔钱都是之后转账的。”

陈滔滔跟着陈红回家。

陈红找东西是真不仔细，最后还是她婆婆找出了胡康安取钱的各个款条。胡康安是个特别细心的人，生活账本上面密密麻麻地写着家里的各种开销。

“他从来不要借条的吗？”

陈红摇头，她真的不知道，可能有，也可能没有。

陈滔滔又跟这对婆媳去胡康安的二叔家。

“你们又来做什么？”

胡康安死了，胡荣一家和陈红就彻底不走动了，不但不走动，现在都变成了仇人。

“赶紧滚出去！给你点儿脸了？觉得我爸妈年纪大了，好欺负是吧？”胡荣的儿子胡彪一边说，一边推陈红。

陈滔滔把陈红拉到了自己身后。

“你谁啊？”

“律师。”

陈滔滔用眼白夹对方，长得真丑，穿的衣服真难看。这腰，一圈肥膘啊！

陈滔滔往里面去，胡彪自然要拦着他。

陈滔滔看着胡荣：“你是胡荣？胡康安的亲叔叔？”

胡荣拧着眉头，有些紧张，看样子来者不善：“彪子，去报警！”

“不用报警了，XX年3月12号上午九点十七分，你和胡康安在繁荣新乡的XX银行出现过，还记得吗？”

“我不知道你说的是什么。”

“不知道？那好，等着打官司吧！”

陈红想问陈滔滔，不是他说官司不好打，而且也不值得打吗？

胡荣冷哼："打就打。"

陈滔滔点点头："你没有借胡康安的钱？"

胡荣觉得陈滔滔是在诈自己，看看陈红的神色就知道他们根本什么都找不到。就算银行有人记得又能怎么样？他还记得那天他在家里睡觉呢。

"没有。你们来了一遍又一遍，说过多少次了，哪有侄子死了，就来叔叔家讹诈的？你们良心不要太坏。"

陈滔滔笑："你觉得自己特别聪明是吧？胡康安转给你的那些钱，银行都是有转账记录的。"

胡荣眯着眼睛——记录能证明什么？

胡荣的老婆有些怕了，是不是查到什么了？都请律师了？

胡彪有些怀疑地看着父亲。

前些日子，他爸给他买了一辆车。按照他家的条件，这车是买不起的，哪里来的钱，父母说是赚的。爸妈说的话，有什么好怀疑的。现在看看眼前讨债的人，他的眉头拧了起来。

"亲侄子死了，借的钱就跟着去地下了？你也算是个人。"陈滔滔冷笑着，"打官司？你知道打官司，你面临的是什么吗？"

"你别吓我，我可不是吓大的。就算有转账记录，又能证明什么？那些钱我早就还给他了。"

他只要咬死还了，谁能证明他没还？

陈滔滔咬着牙："你和你老婆都没有稳定工作，听说你儿子还有十天结婚，你给他买了一辆车，钱哪里来的？"

"你管我哪里来的？我借的不行吗？"

"和谁借的？"

"你管不着。"

陈滔滔将自己的手机递到陈红手里："打电话报警。"

这时，胡康安的儿子从自己的小学课本里翻出了他爸塞在里面的一些签字并且画押的单据，一笔一笔记得非常清楚，包括还钱的所有记录，而这些人当中，之前没有一个承认跟胡康安借过钱，胡荣耷拉着头从警局离开。

陈红快要把陈滔滔的手握碎了，以表示她对陈滔滔的感激之情。

"前面的人，等一下……"

胡荣一家站住。

"我给你们相个面吧！"

胡荣的老婆拉着胡荣，心想：这男的油嘴滑舌，还想说什么？以前听说，律师说一加一等于三，别人也得信，今天一见，可不就是这样吗？律师的那张嘴不是好惹的。

"怎么，现在躲着我了？刚刚你不是挺有气势的？"

胡彪憋着火，他现在也不敢拿陈滔滔怎么样，心想：他追着没完没了的，是不是有些过了？自己认了还不行？

"你——彪子，拿死人的钱买车开的感觉怎么样啊？"

“我不知道。”

“别说不知道，你家有没有钱你不清楚？你就没有想过这钱的来路？还不是认为能踩就踩平了？我说到你的心坎了？”陈滔滔伸手搂着胡彪，一副哥俩好的样子，胡彪眼见着就要暴怒，陈滔滔又加了一句：“我给你看看面相，五行你缺了点东西。”

“缺什么？”

“五行缺德带冒烟。敢做就敢当，嘴里说着不是故意的，心里还不是想占这个便宜？我懂！大家都是男人……”

等到村里的人得到信，一家一家都慌张了起来。

钱是好的，可无缘无故，谁想跟警察打交道？

“陈律师，他们要是仍不还我怎么办？”

陈红看着陈滔滔，她还是怕要不回来，自己一个女人，也不能打不能杀的。

陈滔滔恨不得一掌拍死她。明珠那时候为了让自己帮她妹妹，什么都敢做，甚至杀人放火她都敢。陈红这前怕狼后怕虎的，能干吗？

“不给你，就想办法让他们给你。”

陈红懦弱做不到，她婆婆却能做到，不给钱就带着干粮往欠钱的人家一住，遗照一摆，白天哭，晚上磨刀。

晚上磨刀是陈滔滔教她的，横的怕愣的，愣的怕不要命的。

“我的儿啊，妈也不想活了，你晚上出来让妈看看吧……”

“这钱还他们吧！”

何必弄个追债的住在家里？现在邻居谁不知道，丢死人了。当初就说把钱还了吧，家里的臭娘们非说不会被发现，现在好了，地上有个洞都恨不得钻进去。被左邻右舍说三道四，一辈子堂堂正正做人，现在名声都毁了。

“她这样，我还得拖两天。”女的叫嚷着，她就不信了，有本事你住一辈子。

胡康安老娘半夜十二点起来，喝了一口凉水，喷到磨刀石上，然后开始磨刀。她不仅磨刀，还去人家孩子的房间磨。

“妈……”孩子都要被吓傻了。

“我给你钱，滚滚滚……”

女的回屋里把钱拿了出来，冲着对面的人一扬，不是要钱吗？

胡康安老娘扯嘴一笑，也不知道怎么搞得，她的牙齿都是红的，又是在这样的时间，看着令人毛骨悚然的，男的赶紧把钱捡了起来，完完整整地还了回去。

这钱原本第二天就要还的，谁料到第二天胡康安就死了，造化弄人，有些亏心事就是不能做。

胡康安的老娘拿着钱，大半夜的给儿媳妇送钱去了，婆媳俩抱头痛哭。

这要钱的滋味可真不好受，明明借钱的应该是大爷，可这大爷不但没装成，还差点成了要饭花子。

这钱，不能乱借。

事情解决了，明珠和陈滔滔都清静了。

陈红为了表示感谢，特地包了包子给明珠送去，非要她收下，当然也有陈滔滔的份儿。

明珠下班提着肉包子，开车去陈滔滔家，他正在家里躺着呢。

“什么声音？”

明珠听着咕嘟咕嘟的水声，煮什么呢？

“水。”

“水里有什么？”

“还是水！”

“煮水喝？”明珠脱了鞋，陈滔滔指挥她：“厨房有做好的汤圆，你煮了吃。”

“我吃这个。对了，陈红让我转交给你的。”

陈滔滔一脸嫌弃，肉包子？当他是狗吗？

“说是感谢你的，怕你有别的想法，你不会真的有吧？”

陈滔滔瞪眼睛：“我是那么小心眼的人吗？送我肉包子，怎么不送我金包子。”

小点儿的也行啊！这算是什么谢礼？不值钱。

晚上陈滔滔没有睡好，因为觉得自己做了一桩亏本生意，只收到一些肉包子，心都在滴血。他黯然神伤地对着窗外，揪着玫瑰花瓣，越揪越觉得自己疯了，揪下来的花瓣塞了自己一嘴，他现在好想骂人。

“你大半夜的不睡觉，坐在这里吃花瓣？”明珠出来喝水，看见这人穿着睡袍蹲在这里，塞了一嘴的玫瑰花瓣。没看出来呢，他还有这喜好。

陈滔滔将玫瑰花瓣嚼了嚼，直接吞了：“你管我。”

陈滔滔最近过得有些节省，车也不开了，早晚坐公交上下班。从他家到事务所没有直达车，中间需要换乘。按照他的算法，坐公交都弥补不了他的损失了。

按照收入来算，他的钱就是再有十个陈滔滔也是一辈子都花不完的，可是他越算越有危机感，干活拿钱是他的本分，现在干活不但不拿钱，自己还要贴车马费。

桌子上放着计算器，他越算越头疼。

“你这一大早的算什么呢？”

陈滔滔只顾低头算账，哪有心情搭理陶克戴，按着计算器啪啪作响，脸上的表情越来越扭曲。

中午，助理打来电话，说陈滔滔的家里人来找他。

“我家里人？”陈滔滔点点头，“叫他们去死。”啪，挂了电话。

冒充谁不好，冒充他的家里人，他家里有闲人吗？算一算，他奶奶都快一年没见了，哪里来的家里人？

没过多久，助理的电话又打了进来，没等陈滔滔说话，先报了他的家谱，陈滔滔一听，名字都对得上，真是家人？家人也没用。

进来两个人，对着他微笑，将带来的东西摆了一桌子：“都是不值钱的，给你带点尝尝。”

陈滔滔的视线落在那些所谓的特产上。上中特产什么他没吃过，竟然买了上中特产来看他？

对方也知道亲戚不好高攀，特别是陈滔滔这样的亲戚，但实在是没有办法了，不要脸也得贴上门，希望看在亲戚的份儿上，他能搭把手。

对方笑着问："你爸妈身体挺好的？"

陈滔滔平时也没机会见他们："挺好的吧。"

这得问他妈，他不大清楚。

对方尴尬半天，到底开了口。

这个人叫刘旭东，陪着他妈来的。

他有个妹妹叫刘潇，心眼太实，打工的时候认识了一个男朋友叫陈皓，长得白白净净的，比刘潇要好看很多，家境也不错，并且是大学毕业，而刘潇只是个高中生。

因为家庭以及学历，刘潇对陈皓特别好，能顺着的地方都顺着。

陈皓和家里人说了他俩的事后，他妈妈死活不同意，理由是刘潇长得不好看，将来要是结婚生孩子了，会拉低孩子的颜值。

本来家里人不同意，两个人努力一下，说不定就过去了，结果，刘潇这个缺心眼的引狼入室，把自己所谓的好姐妹吴茜介绍给陈皓见过，人家两个人勾搭到了一起，要不是被公司一个大姐看见了，刘潇恐怕会一直蒙在鼓里。

刘潇之前流产过一次，在这关键时刻又怀孕了，她想把孩子生下来。没房子，租房子也愿意。只要陈皓能跟她结婚，她什么都不管。

陈皓一个头两个大。刘潇对他好是真的，百依百顺，要什么给什么，可这些东西吴茜也能给，而且吴茜比刘潇漂亮得多。

刘潇的性格有点偏激，在结婚这件事上闹得也很厉害，如今陈皓的心自然是偏向吴茜的。

刘潇作了很久，什么话都听不进去，就是要结婚，而陈皓不想和她结婚，最后自然不欢而散。

陈皓妈妈本来就不喜欢刘潇，陈皓又在她面前表明了要和刘潇分手，于是她直接去见了刘潇。

"我儿子说要和你分手，你却拿孩子威胁他，你电视剧看多了吧？"

她压根没相信刘潇是真的怀孕，现在的小姑娘精着呢！

刘潇气得直哭，怀孕这种事情还有作假？

"你有证据吗？难怪陈皓要和你分手，看看你的样子，还没变成他老婆呢，就管上他的生活了。你说你怀孕了，那好，你愿意生就生，生完了和我们家一点关系都没有。"

刘潇想过找陈皓出来好好谈谈，毕竟这么长时间的感情了，可陈皓躲着她，倒是接她电话，但就是不承认他和吴茜有什么，说得斩钉截铁的，刘潇没办法，只能跟家里人说了。

按照她妈的意思，这孩子打了，咱们认了，不然还能有什么办法？

刘潇想不开，半夜上吊，被她妈发现了，不然她就死了。

她妈实在是被刘潇折腾得够呛，想起陈滔滔，便带着儿子刘旭东来找陈滔滔了。她想问问，能不能给刘潇讨一个说法？

绕了这么大一个圈子，陈滔滔才算听明白了。

他问："你女儿和他同居是不是自愿的？"

老太太说是自愿的。

"自愿同居，自愿怀孕，现在闹分手……"法律管不了这事，可能道德方面会有人拿出来说说，但是你抓住他出轨了吗？现在不也是猜测吗？

"滔滔，看在咱们是亲戚的份儿上，"老太太拱拱手，她今天算是脸都丢没了，可女儿要死要活的，她也没有办法，"就不能告他个什么吗？"

把陈皓弄进去，陈皓怕了，就会和刘潇把这婚结了。

陈滔滔挑挑眉头，觉得老太太就是来搞笑的，谈恋爱要分手还要弄进去？

"我真帮不了，无能为力。"这种事情，说白了只能看个人的道德修养，别的办法都没用。

"让她把孩子打了，重新找一个。未来怎么样，谁都说不定。"看在亲戚的份儿上，难得陈滔滔多讲了一句。

"可她想不开啊……"老太太捂着脸哭。

要是能让她把孩子打了，还说什么？可这孩子死犟，非要生。

在陈滔滔这里得不到任何想要的答案，老太太和刘旭东只能回去。

刘潇现在都瘦得变样了，觉得自己是不是应该相信陈皓和吴茜真的没有什么，是不是自己闹了他才提分手的。

刘潇打电话给陈皓，陈皓劝她："刘潇，咱俩真的不合适。这孩子你生下来，最后坑的只能是你自己，你还没结婚呢……"

"我们结婚吧。"

"结不了。"

"我知道，我知道，你是怪我冤枉你。陈皓，我保证我以后不会这么做了。我就是听顾姐说，说吴茜和你一起吃饭……"

陈皓出了一身冷汗。

他打死也不能承认，反正都要分手了，不想再伤刘潇的心。

你爱信就信吧，咱俩是肯定不可能了。刘潇，你往开了想，你以后肯定能遇上更好的男人。"

"我不要，我就要你！陈皓，我求你了，你回来吧！我一切都听你的……"

刘潇哭得太惨了，加上确实还有感情，陈皓便有点动摇。

吴茜见陈皓动摇，立马采取人盯人战术，最后干脆主动献身了。

吴茜和陈皓一睡，等于堵死了所有陈皓想回头的路，只能分手。

刘旭东回到家，见刘潇脸色苍白地躺在床上，赶紧送医院抢救，原来是吃了安眠药。

刘旭东找上门，可惜陈皓没在家，陈皓妈妈没让刘旭东进门。

老太太不是省油的灯，说话很难听。

刘旭东咽不下这口气，下楼找到一块砖头，对准二楼的窗户，哗啦啦，玻璃碎了，随后他把一楼的玻璃也砸碎了。

陈皓妈妈报警，砸了玻璃就赔吧，要不还能怎么着？

刘旭东因为陈皓妈妈坚决不让儿子娶刘潇，口口声声说刘潇长得丑，一下没忍住，把陈滔滔搬出来了。打官司就打，谁怕谁。

“我怕你？还打官司！打官司丢人的也是你妹妹。现在的小姑娘啊，见别人家里条件好就主动往上贴……”

刘旭东把陈皓的妈妈打了，就在警察局，而且在警察面前。

陈滔滔停好车，他就说自己和松山也有解不开的缘分。

刘旭东出手的确不对，但也有情可原，这点小错还不至于打官司，至于对方不肯原谅，那是对方的事情。

刘旭东气道：“我妹妹和你儿子待在一起后，已经流产一次了，这次再把孩子打掉，她以后要是不能生……”

“和我们家有什么关系？是她自己犯贱，她活该。”

警察训斥陈皓的妈妈，差不多就得了，嘴巴别太毒，你儿子也没干什么好事。多么光宗耀祖啊？你这么大声、这么理直气壮地喊？

陈滔滔把刘旭东带走了。

“我就觉得憋气，我们就这样认了？”

“不认你想怎么样？孩子要是真的生出来，你确定她不会后悔？确定她自己能养？打算一辈子不结婚了？你要知道，带着一个孩子和打过孩子是不一样的。”

陈滔滔送刘旭东到了医院。

原本他没打算进去，但是已经到门口了，想想还是进去了。

刘潇还是那句话，死也不肯把孩子打掉。就算她今天吃安眠药有影响，是个傻子，她也生。

陈滔滔进门时听到的就是这句话，他没忍住，嘲讽地翘起了唇角。

“是个傻子你也肯生，你怎么不上天呢？你怎么没死成呢？”

刘潇妈妈没敢吭声。她其实有点怕陈滔滔，可能是觉得人家有钱有势吧！要不是想为姑娘讨一个公道，她压根不可能觍着脸去找陈滔滔。

刘潇不知道陈滔滔是谁，也没有任何反应，反正她已经决定了。

“我来帮你分析一下。你现在觉得很痛苦，人家不肯承认，你就怀疑了。我如果是你同事，就什么都不告诉你。全世界就你最了解这个男人，了解来，了解去，把自己的闺密介绍给自己的男朋友了，这么傻的事情是你亲手做的，你怪谁？现在还要给人家生孩子，那就生吧，以后你就别打算好好嫁了，好男人干嘛要你一个拖油瓶的？你以为你是灰姑娘，还是言情小说里面的女主人公？因为你惨，你就会翻身？你睁开眼睛看看外面，还有比你过得更惨的。你的这点聪明，都用来折磨你家里人了。

“不是我看不起你，你要生这个孩子只是赌一时之气，将来呢？孩子不是你生出来就完了，你要对他的人生负责。你能负什么责？你怨恨他的父亲……”

“陈皓不是那样的人。”刘潇还在为陈皓辩解。

陈皓如果和吴茜在一起了，就算承认了，她又能怎么样？直到现在陈皓都没承认，说明那件事不是真的。

“你赶紧找根绳子吊死算了，你活着就是浪费空气。”

陈滔滔看着眼前的两个人："她是你们的家人，但要分什么事情，就这种脑子不好使的，叫她马上去死，下次别救。"

刘潇最后还是把孩子打掉了。

她的情绪一直不对，无法从失恋的阴影中走出来，时不时地还会给陈皓打电话，陈皓依旧会接。

刘潇在电话里哭："孩子我打掉了……"

陈皓提着的心终于落下来了。

他和吴茜要结婚了，双方家长都见过了，婚期已经定了。

刘旭东给刘潇介绍了相亲对象，刘潇打电话给陈皓，故意刺激他，说自己要结婚了，让陈皓恭喜她。

"恭喜你。"陈皓在电话里说。

"你以为我离开你，就找不到别人了？陈皓，我要嫁人了，你祝福我吧，你欠我的。"

陈皓原本真的认为自己欠刘潇的，可刘潇三番五次这样，他也烦了。结婚就结婚，谁不打算结婚似的，有什么好炫耀的？刘潇的孩子已经打掉了，他们现在互不相欠。

"祝福你。"

"陈皓，你这辈子都别想过得舒坦，你这样对我……"

"你有完没完？刘潇，我忍你好久了。我们已经分手了，你每天打电话骚扰我，我也接了，你让我祝福你，我也祝福了，你还想怎么样？"

刘潇就哭，玩狠的，没几秒钟就装不下去了："陈皓，我没打算结婚，我是故意气你的。"

她觉得自己说得跟真的似的，陈皓也许就会回头了。

陈皓叹口气，他就猜到是这样。

"之前我没敢说，怕你多想。顾姐说的是真的，我和吴茜在一起了。我们的双方父母都见过面了，也定了婚期，五月份我和吴茜就要结婚了。"

刘潇再次想寻死，但没死成，当天警察在她家这片抓嫌犯，犯人翻墙进了她家院子。

"你谁？"刘潇冲着窗外的人喊。

那人见情况不对，调头刚想跑，被紧跟进来的警察按住了。

刘潇从屋里出来看见明珠，问："警察同志，始乱终弃的男人能不能抓起来？"

"姑娘，这个我没有办法。"明珠准备离开，不经意间瞧见她手里攥着的东西，眼神变了变，开口补充了一句，"死很容易，活着才难。"

活着你才能感受到生活对你的怜爱，死了就是成全，成全了别人的恶毒用心。

为了一个男人要死要活，不值当。

第十三章 明月的小幸福

刘潇失恋一两个月后还是难过，好在没再想过去死。她试着劝自己，一定要站起来，不能叫人看笑话，她得活出个人样来。

刘潇离职了，她不想看到吴茜那张脸。

她跟她妈要了陈滔滔的电话，想跟陈滔滔借钱。

陈滔滔挖着耳朵，一个八竿子打不着的远房亲戚，张嘴就借钱，还真敢呢！

"我没钱。"

刘潇说自己写保证书，写欠条，可无论怎么说，陈滔滔就是无动于衷。

刘潇一根筋，一定要和陈滔滔借钱，缠得陈滔滔想骂人。

刘旭东没有办法，妹妹这样，总比去死好吧？现在至少有活着的希望，于是把家里的房子抵押给了陈滔滔。

"我家的房子据说要动迁，您是贵人，这样的事情想要知道就有途径知道。我不知道这房子值多少钱，但是我以十万的价格抵押给您。"

刘旭东算过，这房子盖的时候就花了十多万，就算不动迁，陈滔滔也亏不了什么。

刘潇一直以来都只想过稳定的生活，陈皓一脚踹了她，让她加速成长起来。

通过别人介绍，她做起了专柜团购，刚开始自然没有人家说的那样光鲜亮丽，都是一步一个脚印慢慢摸索出来的。之后，一传十，十传百，渐渐有了稳定客源。订单多的时候，刘潇连觉都不睡地连夜打包，忙不过来，她妈和她哥都帮她一起弄。

同时，她学着打扮自己，从不会化妆到游刃有余。年轻女孩儿不怕折腾，渐渐就折腾出潮流了。

刘潇慢慢把钱还给了陈滔滔，要回了自己家的房子，总算能吐口气了，总算能把腰板挺直了。

这天，刘潇去做头发，不经意间扭头看见窗外吴茜和陈皓的妈妈抱着一个孩子经过。这两个人，她估计一辈子都不会忘记。直到今天，她还恨陈皓，不可能不恨。

吴茜和陈皓结婚后不久就怀孕生孩子了，公婆对她很好，只不过当初刘潇对她说，陈皓爸妈要给他们换房子，在本市最好的地段，她和陈皓结婚后问过一次，婆婆说压根没有这事儿，她这才知道陈家的条件根本不像刘潇所讲的那样。

吴茜抱着孩子，往美发店里面看了一眼，待看到刘潇时，脸上的表情可就精彩了。

这家美发店是全市最好的，价格也是最高的，烫个头发至少需要三千多。据她所知，刘潇家的条件一般，怎么会跑到这里来弄头发？

刘潇的脸和过去也不太一样，吴茜觉得她肯定是整容了，然后去做了不干净的事情，不然哪儿来的钱到这么高级的地方？

虽然这么想着，可看看刘潇的穿着打扮，再看看自己，她的心里还是有点泛酸。

刘潇后来结婚了，嫁了一个离过婚的男人，倒不是故意找的，而是那人对她很好。她一直怀疑自己的身体有毛病，又不敢去医院检查，结婚半年后才怀孕，提着的心这才放了下来。

原来生活并没有对她冷酷到底。

松山区的上广医院是本市最好的医院，专家多，遇到大病难病，老百姓都愿意来这里看，而需求多了，麻烦事也就有了，那就是一号难求。

姚晓光已经来上中好几天了。

在本地，她带着母亲去了很多家医院，一直不能确诊，前后花了五六万，要不是实在扛不住也不可能跑到上中来。

她把母亲安排在旅馆里，自己跑来挂号。

这时，后面走过来一个男的，往她前面一插。

“大家都排队呢，你干什么？”姚晓光指责这个男的。

其他排队挂号的人都没吭声。

不吭声的原因有很多，首先这种敢插队的，一般都是本地人，强龙不压地头蛇，出门在外谁都不愿结怨，其次对方膀大腰圆的，一看就不好惹。

一个大姐就说：“算了，算了”。

“你再吱一声？”男的转过头看着姚晓光。

“我吱声怎么了？排队挂号，怎么就你加塞？医院是你家开的？”

就因为这句话，男的掉过头对着姚晓光的脸就是一巴掌。

紧接着，又过来几个男的，一起打姚晓光。

旁边的人一看不好，赶紧叫医院的保安，又有好心人报了警。

明珠带着人赶到医院时，挂号大厅里早就安静了，人都在保卫科，医院工作人员说事情已经解决了。

“人呢？”

明珠问保卫科的负责人，负责人说是一场误会，已经解决好了。

“我问你人呢？你和我讲这些干什么？”

负责人带明珠去见了一个女的，不过不是姚晓光。

明珠看着保卫科的负责人：“她就是姚晓光？”

负责人拉着明珠想解释。

平时来医院的便衣他都认识，今天来的这人他却没见过，语气这么硬，还不好沟通。

“这是误会。”

“身份证。”

明珠可没给对方面子，让那个女的出示身份证。

负责人的脸拉了下来：“讲了半天，怎么就不听呢？你的领导是谁？我认识 XXX，你知道不？”

“给 XXX 打电话，让他用跑的，马上给我过来。”明珠转头吩咐老曹。

负责人一看这架势，不对劲儿啊，这人是谁啊？

那个女的把身份证拿了出来，根本不是姚晓光。

保卫科负责人说的那个便衣来了，结果也不认识明珠。松山挺大的，不见得人人都知道明珠是谁。虽然知道有个女公安局长，但是知道名字不知道模样，看到明珠就问：“你谁啊？”

老曹亮明了身份，对方立马蔫了。

堂堂公安局长，这样的事情用得着你来管？

姚晓光被那些男人打了一顿，医院工作人员出面当和事佬，让她算了，还说帮她挂号，可她觉得自己说的话是出于一个公民应有的权利，排队挂号不是医院定的规矩吗？既然是，为什么她提醒别人不能插队挨了打，医院的人竟然维护打人者？

有好心人偷偷告诉她，警察来了，就在保卫科呢，她就找了过来。

她一出现，保卫科的谎言自然破了。

负责人这回坚决否认有人插队，说那人只是离开了一会儿。

“把挂号大厅的监控调出来，就知道是不是离开一会儿了。”

明珠做事一根筋，黑就是黑，白就是白。这么多男人打一个女人，你们医院保卫科就是这么解决的？这些人是你家戚还是什么？事情闹大了，上面派人下来，说可能存在插队的情况，但医院没有办法，总不能天天有人站在这里监视着吧？警察都解决不了的问题，何况他们医院呢。

姚晓光大声地指责医院。

别以为这只是插队问题，那人肯定认识医院内部的人，她听本地人讲，这就是黄牛。

平时大家都不敢惹，她今天惹了，虽然挨了打，但是她相信还是有公理的，制度是为了让大家遵守的，不是用来破坏的。

医院负责人想大事化小，小事化了，给姚晓光挂专家号，并且承诺那几个人会对姚晓光进行赔偿。

“我不要你们的赔偿，我就要一个公道，怎么回事儿就是怎么回事儿。警官，我是带母亲来看病的，可这里是医院吗？”

如果警察也不管，她就没有任何办法了，只能带着母亲离开了。

医院负责人乐呵呵的，一副很想解决问题的样子。

是不是黄牛，大家心里都清楚，谁和谁勾结，也是心知肚明的事儿。

管不了？那就看你是想管还是不想管了。

别人不管的事，明珠管。别人不敢管的事，明珠敢管。

第二天，明珠陪着姚晓光给她妈妈看病，刚走出医院，就被人围住了。带头的人姚晓光认识，正是昨天插队后打她的男的。

“你倒是挺厉害。怎么不叫警察了？”

话刚说完，男的就扬起手来要打姚晓光，然而手没等下去呢，便觉膝盖一疼，单腿跪在了地上。

“大白天的就寻上仇了？你们这是流氓还是黑社会啊？昨天没打够本？”

“警官，你搞错了吧？我们是来和她道歉的。”

姚晓光说对方不是来道歉的，是要打她，语言恐吓自己。

明珠也够狠，医院不是说没有办法控制吗？我来帮你们想办法。在挂号大厅里摆张桌子，墙上写上举报电话，所有人都可以打匿名电话，一经查实一定严办，松山区的警察局长就在这里坐着呢！

这可真是闻所未闻。

局长这官衔，不至于没有事情可干吧？还是个女局长。很多百姓以前不知道，这回算是开了眼界了。

“我们松山算是出了一个负责的人。”

不管男女，只要你管事，我们就觉得你好。

明珠坐在这里，等于是打了医院的脸，医院负责人和上中市公安局沟通过，但鉴于明珠的个性，这又是她的正常工作，上面也没有办法说什么。

有困难找警察。

现在，黄牛插队的现象几乎没有了，看样子不仅仅是做做样子而已。

十三日晚七时四十分左右，松山北家店村发生一起杀人案。

北家店村头，两家面馆挨着，其中一家生意火爆，另外一家则生意惨淡。生意火爆的那家门口摆了一面穿衣镜，为了方便顾客出门时整理衣物。

生意不好那家的老板觉得这家的镜子不能这样摆，把他家的财气都照没了，就去找这家的老板娘，让她把镜子搬走，结果那天太忙，客人左一个喊，右一个叫，老板娘顾不上和他多说，嘴里应着明天就搬，便去照应客人了。

生意不好的这家老板火气上涌，觉得生意火爆的这家是故意的，看见桌子上的啤酒瓶，抓起来狠狠地照着墙壁一砸，然后对着老板娘的后背一捅。

事情发生在一瞬间，理智都扔到一边去了。

巡逻的警车正好经过。

“怎么都往前面跑呢？”

警车慢慢停了下来。有人拍警车的玻璃，语无伦次地喊：“杀人了！杀人了！”

老曹下车。

“老曹。”

车里的警员喊了一声老曹，里面的人肯定有武器。

老曹进了面馆，见碗啊、面啊、汤啊的到处都是，桌子也都翻了。

地上蹲着两个女人，捂着嘴不敢哭。

“你故意放面镜子摆在外面，坏我家的风水是不是？”

生意好的老板真是欲哭无泪。之前也没打算摆这镜子，是家里的穿衣镜不想要了，他老婆节省，觉得扔了挺可惜的，不如摆在外面给客人照一照，谁都不是故意的，再说也不觉得摆面镜子就怎么样了，谁能想到因为这点事儿就杀人啊？

“我来和你们说，你老婆还爱答不理的。”

老曹从后面扑过去，然后和另外两名警察一起把嫌疑犯按住了。

到了年底，就怕出这种事情，出了就是你这个当领导的失职，这个责任明珠担了，不担也不行。

明珠闭着眼睛靠着椅背休息。

临近年关，任何人的假都不给，值班轮着来。

有同志抱怨，上面张张嘴，下面几个小时出去巡逻一趟。站着说话不腰疼的人讲，不就是开车出去兜兜风嘛，能有什么影响？巡逻也不能走形式，最近不是发生了几起绑架案，又发生了杀人案嘛，警惕性都得提高。

“人家是局长，动一动嘴，我们这些小兵就得在这里死扛着。”

局长值班不？局长巡逻不？

老曹扒着碗里的饭，巡逻一圈回来已经饿了：“你还别说，她真值班，现在还没走呢。”

没办法，摊上这样的局长了。

全局上下谁不知道这位局长就是一个女疯子，想从她身上找到一点错处，太难了。

以前总说当官的没有样儿，现在有样儿的来了。

发牢骚的人冷笑，值班？那都是做给别人看的。一个小丫头片子，破格提拔到这样的位置，得靠着多么硬的关系，家里没有人，你信吗？反正他是不信的。

八点三十分，明珠办公室的灯依旧亮着。

八点四十分，她的办公室来了几个人。

女人进来话都没讲，抱着明珠的大腿就直接跪地上了。

九点整，明珠临时成立零一零特别行动小组。

快要过年了，很多人都喜欢晚上带着孩子去超市转转，准备年货，谁能料到，竟有人明目张胆地抢孩子。

“找！把松山翻过来，也得把孩子找到！”

值班的警员听说这事，心想：哎，咱们局长又开始耍威风了。当领导的就是这样，坐享其成。

被认为坐享其成的人正坐在警车里，身旁都是松山各片的负责人，并且都是明珠从基层提拔上来的，一个电话全部到位，临时召开紧急会议。是的，就为了一个孩子、一个普通人家的孩子。

从孩子被抢到被追回来，前后不过两个小时。

前面一辆车被警车别在路边，几名警察按着几个人的头，另有一名警察将孩子从车里抱了下来。

“局长，是这个孩子。”

明珠点头，让人抱着孩子赶紧送回去，估计家长已经急疯了。

孩子的家长恨不得把警察供起来，他们以为孩子再也找不回来了呢！

“陈局……”

老陈让家长赶紧带着孩子回家，以后不管去哪里都得把孩子看住了。

“应该让媒体过来做个采访。”多好的宣传机会。

警察也需要正面形象，省得天天被骂不作为。老陈笑了笑，这些虚的他没有兴趣，再说就算采访，他算哪根葱。

“还别说，我就佩服我们这女局长。”

他是明珠一手提拔上来的，打心眼里感激明珠。千里马也得有伯乐识，不然一切都是白搭。

别说靠不靠关系，位置摆在这里，不见得谁坐上来都是现在这样。

明珠开着车进了小区。

陈滔滔还没睡呢。

几分钟前，他接了一个电话——一个令他不太愉快的电话。

“还没睡呢？”

明珠将钥匙扔到鞋柜上，鞋脱在一边，光着脚进了浴室。

洗完澡出来，她见他还在原来的位置上坐着没动。

明珠拿毛巾擦着头发，不经意间回头一看，门口摆着一双陈滔滔的鞋，扭扭歪歪的。陈滔滔在这方面很注意，他的鞋很少会这样出现在地上，今天这是怎么了？

“听说你们抓了几个人贩子？”

明珠觉得这消息传得真快，她前脚才抓，他后脚就知道了。

“这个案子的主审是王新忠。”

明珠挑眉，一切还没进入诉讼程序呢，主审就定了？

“是惯犯，会判死刑。”

上级打算大力度打击，也是好事。

明珠听了“死刑”两个字倒是没有太惊讶。法律规定什么能做什么不能做都是清清楚楚的，你做了不能做的事，去死也没什么好讲的。

这件案子在上中引起了轰动，各方的反应倒是一致，认为死刑判得好。这样的王八羔子就应该判死刑，看以后谁还敢抢孩子、拐卖孩子。

王新忠在上中是个人物，也是争议颇多的人，他经手的案子很多连同行都觉得判得无法理解。

这一天，他骑着自行车去接女儿放学——他就喜欢骑自行车。看见女儿从学校出来，他对着她摆手，脚还蹬着车蹬，下一秒就被撞飞了出去。

电影里演人被撞飞，人会慢慢飞起来再落地，而与电影里的特写镜头不一样的是，王新忠瞬间就飞了出去，连人带车摔在地上，随即那辆撞他的车从他身上碾过，飞驰离去。

“爸……”他女儿大声喊着朝他跑去。

附近的家长有的在大声喊，有的掏出手机来报警，有老师喊着学生不让过去，这很危险。

“叫救护车，叫救护车啊……”

他女儿摸了一手的血，还没长大就要面对如此残忍的事情。

她能感觉到父亲的呼吸是那样弱，她拼命地喊着爸爸，可爸爸一点反应都没有，甚至眼睛都没有睁一睁。

医生在里面抢救，孩子坐在外面的地上，任谁拉都不肯站起来。

最后，医生给的结论打碎了一家人的希望——死亡。仅仅两个字，却操控了一个家庭的喜与悲。

王新忠下葬那天，陈滔滔去了。

天气很好，晴空万里。

王新忠的妻子没有出现，据说情绪非常不稳定。

“节哀。”

陈滔滔觉得自己很滑稽，和一个小女孩儿讲节哀。

王新忠的女儿对着陈滔滔回礼，是个很有礼貌的孩子，并且有着这个年纪不该有的沉稳。

“我听我爸提起过你，无数次。”

陈滔滔自嘲：“说我什么？说我是个卑鄙小人？”

孩子摇头：“他说你是个好人。”

陈滔滔笑都懒得笑了。竟然说他是个好人？他距离“好人”这两个字太远了，当好人也太累。

“那你爸的眼睛一定非常不好。看见没，这就是做正直人的下场。以后千万别做这些危险的行当。”陈滔滔吊儿郎当地说着。

孩子却摇头：“不是当兵就是当匪，当匪总会有怕的，那就当厉害的。”

陈滔滔认真地瞧了瞧这个孩子。

兵匪？很多年以前，有个死丫头片子当着他的面也曾经说过这样的话。

“以前有个人对我说过类似的话。”

“那现在呢？”

“现在啊……现在当警察了，一个挺了不起的警察。”

参加完葬礼，陈滔滔回到家，将身上的衣服都脱了下来，装进一个袋子里，然后打电话叫保姆来拿去洗了，他不太喜欢那个味儿——悲伤的味儿。

他换了一套衣服，进书房准备找些资料，拉开抽屉，瞧见他上次订的那个手镯，拿出来戴到自己的手腕上，笑了笑，又扔回了抽屉里。

依旧有很多人骂陈滔滔，骂他将来生儿子没有屁眼，骂他就是个貔貅，却没有人能改变陈滔滔做事的风格，他依旧是那个心狠手辣的抢钱流氓大律师，打着他的招牌似乎都能耀武扬威。

说到改变嘛，还真有。

陶克戴说对方指名道姓地要陈滔滔打这个官司，至于律师费，对方说不在乎。

陈滔滔把资料拿过来翻看了几眼，又扔了回去："谁愿意打谁接。"

陶克戴眼睛瞪得老大。

不接？这钱给得可是完全符合你的风格，案子也不存在难度，为什么不接？嫌钱多？

"对方要的可是你。"

"我又不是摆着卖的，他要我就得给？"

是一个强奸案，陈滔滔看见这两个字就直接否了。

"你什么时候这么有良心了？"

他打官司向来不问对错，只看钱多钱少，不然能有那么多人骂他死认钱？

陈滔滔合摊手："我到底是个人，也会有后代的，不能总叫人骂我生儿子没屁眼，我只是想给自己积点德而已。"陶克戴觉得真是稀奇，你陈滔滔抠得恨不得一分钱掰成两分花，现在说要积德？

"明珠怀孕了？"

换了别人，陶克戴觉得陈滔滔会让对方去死，明珠就不好说了，那姑娘邪性。

陈滔滔挑着眼皮看着陶克戴："你怎么跟中年妇女似的？你看我的口型……滚！"

陶克戴从陈滔滔的办公室逃出来，助理见他笑嘻嘻的，问他有什么好笑的事情。

"也没什么好笑的事情，就是陈滔滔的心变软了。"

助理听得云里雾里，什么心变软了？陈滔滔？

"你进来一下。"陈滔滔按着内线。

助理进去没多久就出来了，觉得陶律师的眼睛一定是瞎了

心软？谁心软？

今年的年终奖没有，往年也没有，这倒是没什么稀奇的，该给的钱都在工资里了，不然大家早就跑光了，何必忍受你这个奇葩。

问题是这个奇葩老板年年要搞年终奖，每年都是挨骂的份儿，背后都骂他陈扒皮，可能就他一个人不知道。

今年的年终奖更奇葩。

社区大妈将一个箱子抱了过来，她还有点不舍，觉得这样也算以权谋私，可没有办法，偶尔请律师来社区普及法律常识，人家都给面子，再说这些安全套原本就是免费发放的，可是不知道老百姓不喜欢便宜货还是怕质量不好，根本没人来取，这回便宜陈滔滔了。

助理将一箱子安全套作为年终奖发了下去，整个事务所都要冒烟了，人人心中的火都被烧了起来。

现如今，再破的单位也能发点带鱼啥的，好点的单位则直接发购物卡，瞧瞧他们这高端大气上档次的事务所发的新年礼物——免费的安全套，一人一把。

陈滔滔不但把安全套发给员工，他自己也拿了一堆回家，不用白不用。不要看不花钱，

越是这样的质量越好。街道办发的计生用品，如果搞出人命，那还了得?

陈滔滔家的客厅里有一个浴盆，过去一直作为摆设。当初装修的人不知道怎么想的，可能认为挨着窗户泡澡是件特别浪漫的事情吧！陈滔滔从来没在这个浴盆里泡过，今天却怎么瞧这浴盆怎么顺眼。

十点多，他做完手里的事情，把屋子里的灯都关了，红酒摆在一旁，坐在浴盆里欣赏着外面的美景。

浴盆较小，不知道设计的时候是按照什么比例来的，他的大长腿放不下，小腿搭在了外面。

明珠进了小区，结果电梯出问题，正在维修。

维修工人问明珠是几楼的。

“顶楼。”

维修工人苦着脸，说现在无法乘坐电梯，只能走楼梯，希望明珠理解。

“哦。”明珠推开楼梯间的门，慢慢地往楼顶爬去。

以前坐电梯没觉得陈滔滔住得高，现在一爬楼梯，觉得可真高，住顶楼的人是什么心态?

开了门。

“陈滔滔。”明珠对陈滔滔的身体向来没有免疫力。爬了这么多层楼梯，原本觉得挺辛苦的，进门就有这么大的福利，顿时觉得也没有那么辛苦了。看看那两条腿……

“叫我？”陈滔滔回头看她。

明珠笑了笑：“你好像从来没有用过这个浴盆，今天这是心情好？”

好长时间没认真地看他了，主要也没机会，白天上班，周末加班，现在想想，自己真是糟践了精品。

精品就是精品，应该供起来认真地观赏。

“还不错！你吃了吗？”

现在吃没吃不重要。

陈滔滔坐在浴盆里，明珠给他捏背。这人的肉真硬啊，掐都掐不动。

“我也不是那么累，不需要你按。”

陈滔滔在心里冷哼着，别以为我没看见你的样子，都要神志不清了。

怎么会有这样的女人，瞧瞧男人的身体，就神魂颠倒成这样，那你要是遇上个暴露狂，对着你什么都脱了，你还不得喷鼻血?

“没关系，我也不是很累。”

明珠的手没闲着，上下揩油。

这种感觉不要太好。

陈滔滔说什么，她没有听清，也懒得听清。她脑海里自动将陈滔滔的脸部打上马赛克，欣赏的就是他的身体，完美!

陈滔滔鼻子里喷着气。不是太累？那就按吧!

他都说不用了，她还贴上来。女人要矜持，这样太掉价了。

欣赏着身体曲线，最后欣赏到床上去了。

陈滔滔抱着明珠，美滋滋的，觉得自己的美色就是这样令人着迷。

古代不是有红颜祸水吗？他现在也差不多。

“你还不睡？”

明珠哪里舍得睡。

陈滔滔提议去游泳吧！既然睡不着，那就做点费体力的事情。

“你别穿长的泳裤。”明珠只有这一个要求。

陈滔滔：“……”

将拿出来的长泳裤默默地放了回去，然后从抽屉里抽出来一小块布料，却觉得好像哪里不对。

大半夜的，小区保安正在巡逻，听见水声，过去一看，两个神经病正游泳呢！

“下来。”陈滔滔的脸色很臭。

明珠的泳衣只有两块布料，他欣赏一下也就算了，可刚刚保安进来的时候，她还稳稳地坐在椅子上，不觉得羞啊？

“我不会。”

陈滔滔脚下一滑，差点直接淹死在泳池里。

你在水里比我都勇猛，你和我说你不会游泳？就算是撒娇，也没见过这样撒娇的。

陈滔滔走到泳池边把明珠托了起来。

“就这么喜欢我这一身皮？”

“喜欢。”明珠捧着他的脸，低下头轻啄着他的嘴唇。

陈滔滔没羞没臊地大声笑了出来，笑得眼睛都没了。

“那是！不看我是谁。”谁的身体能让你如此着迷？我陈滔滔啊！

明珠和他聊着天，突然想起来今天的那个安全套有点不对，因为家里的计生用品都是她买的。

这点上，她觉得也没什么，AA挺好的，算得清楚，百利无一害。

“换套了？”

陈滔滔正在显摆他的神龙甩尾，听见明珠这话，一下没甩好，直接扭腰了，身体速度沉了下去。

明珠一头扎下去，把陈滔滔拽了上来。就说人不能嘚瑟，嘚瑟大了吧？

陈滔滔扶着自己的腰，有点疼。

他特意买了一个漂亮的盒子装那些安全套，明珠是怎么发现的？

他忘了明珠的职业。

接下来肯定不能游了。

明珠走在前面，已经走出去老远了，也没见他动。

“怎么了？”她又走了回来。

“叫救护车吧。”

陈滔滔觉得脸皮这东西有些时候是可以不要的，比如现在。

救护车把他拉去医院，检查结果比较理想，只是扭伤，需要静养一段时间。

陈滔滔被拉进医院的时候只穿着泳裤，值班女医生没得睡，脸色难看点也属正常：“这把年纪了，做什么都得悠着点，扭了老腰就不合适了。”

明珠没忍住，笑了出来。

她觉得这个女医生的嘴真够毒的，没有一句是陈滔滔爱听的。

果然，陈滔滔爹毛了。

什么叫这把年纪？什么叫做什么都得悠着点？扭了老腰？谁的老腰？

“我今年二十三。医生，你多大？”

明珠无语地摇摇头，不要脸的劲儿又上来了，不是说女人才在乎年纪吗？

医生看鬼一样看着陈滔滔，觉得这人真是奇葩。

懒得和他争执，该交代的交代完，医生转身离开了。

明珠看他躺在那里，动一下面部就扭曲，可怎么能保持一个姿势不变呢？

“要不我扶着你侧躺？”

滔滔勉强点点头。

明珠扶着他换了一个姿势，他依旧没有睡意，闭着眼睛数绵羊吧！

明珠在旁边的床上已经睡着了。

陈滔滔数绵羊，数着数着，实在扛不住了，脚尖勾着脚尖，他想去卫生间。

“明珠……”他叫了一声。

明珠一点反应都没有。

陈滔滔心里真是什么滋味都有。他都这样了，她还能睡得着？

陈滔滔像个乌龟似的，从床上爬起来觉得用了一个世纪那么久。

进了卫生间，他一屁股坐下去，发出咚的一声。

陈滔滔愤恨地想着，你过来接我，我也不回去了。

这么大的动静，他不信明珠没听见。

明珠真的没听见，她睡熟了。

卫生间里的人坐了很久，坐得屁股都要长茧子了，最后忍着疼扶着墙站了起来。

回到病房，看着明珠大睡特睡，他只恨身边怎么没硫酸呢？

“不知道你方不方便见我，听你妈妈说你谈恋爱了。”

陈滔滔额头青筋直跳。

对方在电话里却话音一转：“你觉得你妈和我这是干涉了你的私生活，可是滔滔，等你有了孩子就会体谅做父母的心情了，尽管他们并不是合格的父母。没有人会对你的生活指手画脚，可我们是亲人，不是吗？”

陈滔滔忍了忍，最后那口气消失不见了。

他的奶奶问他是否有时间，想见他一面，那就见吧！

一个不太正常的家庭，有着不太正常的亲属关系，明明是血亲却又相隔甚远，至少对于陈滔滔来说，他觉得和任何人都不亲。他和钱亲源于他对钱的喜爱，而家里人，他不知道应该拿出一种怎样的态度，是谦虚的还是装腔作势的。好在没有人要求过他，大家互相安好。

两个人一同吃了饭，老人家关心起孙子的感情问题。

“听你妈说，有女人进出你家，你坚持称对方是保姆。”

她孙子就不是个会找年轻女保姆的人。

有人说随便起来就不是人，但前提是得学会随便。

陈滔滔的性格别扭得很，小时候穿一双不顺眼的袜子，都会闹上几天情绪，就像他自己说的，心眼太小。小的时候，家里人也没有机会在意他性格好不好，等长大了，再指手画脚也晚了。

陈滔滔皱皱眉：“是女朋友。”

奶奶笑眯眯的，有女朋友就好：“做什么的？”

“警察。”

“这工作好。”有正义感。

陈滔滔唇角止不住地上翘，试图掩饰自己脸上嘲弄的表情。

他认为按照他家里人的想法，应该会叫他找个门当户对的，电视剧里不都是那么演的吗？他奶奶这会儿夸着，是不是接下来就要说“但是”了？

“漂亮吗？”想知道孙子喜欢的姑娘是什么样的。

陈滔滔的喜好太无常了，她觉得应该是镶了一嘴金牙的姑娘吧，因为这样会让他觉得有安全感。

“不漂亮，一般人。”

“一般人好，不招风。”

这个世界上哪有那么多漂亮的，只要脑子够用就行。

陈滔滔冷笑，他等着呢。

“没打算结婚吗？”

陈滔滔的声音更冷：“我俩就没打算结婚，她是不婚主义，我随她。”

怎么样，够有个性吧？一个女的不提结婚，这就是重罪了吧？

“能让我见见她吗？”

“见了之后呢？”陈滔滔稍不留神，心里的话就出口了，有些尖酸。

他奶奶倒是很淡定，她认为陈滔滔没直接掀桌子就是涵养够好了。小时候的滔滔讲话也这样尖酸刻薄，总是试图挑起他爸爸和长辈们的火气。对比邻居家乖巧听话的儿子，他似乎糟糕得很。

“我不会说不该说的话，就算是你妈妈也没有权利干涉你的私生活。我只是觉得我应该见见她，哪怕你们不结婚，这也是我们家对姑娘的尊重。”

陈滔滔也不知道为什么，他对着他妈都能淡定下来，唯独面对他奶奶的时候，总是想翻脸，或许是因为这个老太太总是端着一张笑脸，总是一副好像所有事情她都能理解的样子。

陈滔滔给明珠打电话，讲得很清楚，我奶奶想见见你，爱来不来。

祖孙两个人之后便相对无言。平时很少打电话，没有什么可说的，又做不到没话找话，只能这样干坐着。

明珠推门进来："我来晚了？"

"没晚。孩子，坐吧！"

奶奶似乎对明珠格外感兴趣，不是偷看，而是光明正大地看，长相正如滔滔讲的，一般人。

"你叫明珠吧？"

"我是。"

奶奶问明珠有没有吃饭，明珠表示还没吃，奶奶让服务员给明珠上了一份。明珠吃东西已经养成了习惯，速度很快，大口嚼着，不粗俗，只是不够优雅。

奶奶的视线却没有离开明珠，端起杯子喝着茶。

账单是奶奶结的，陈滔滔动都没有动。

明珠抢着买单，被奶奶按住了手："我们家的人都有点忙，可能一年到头都见不上一次，还是奶奶请吧。"

车在外面等着呢，她得回去了。她不太习惯这里的温度，也不习惯这里的气氛。

坐进车里，她还拉着明珠的手："多吃饭，注意身体，不要生病。"

明珠直起腰来，回头看看陈滔滔。不对劲啊，这是你奶奶还是我奶奶？

她的脸都要笑僵了，她自己的亲奶奶，她都没这样笑过。

"你可别告诉我，你要哭。"明珠调侃陈滔滔。

见面都没说几句话，亲不亲，一看就知道了。

陈滔滔勉强扯出一记比哭还难看的笑容，弯着腰低着头往她肩膀上靠。

明珠笑，伸手拍着他的脸："姐姐在这里呢，有伤心事就说，我给你做主。"

做人有时候真是憋屈啊，有话却不能讲。

讲什么？讲他家里人怎么奇葩？

"你奶奶看起来挺好的。"

"装得。"

"这么说自己奶奶不好吧？"

"你还不是一样。"

两个人都没开车，也没打算打车回去，那就只能漫步了，这样的天儿顶着呼呼的北风倒是有点意思。

"明珠啊，你说我们把革命友谊升华一下怎么样？"陈滔滔突然开口问。

他已经猜到明珠会如何回答了，不要紧，就当是开个玩笑好了。

明珠抬眼看他："怎么升华？升华到哪个程度？"

"别当床伴了，升华为男女朋友吧，当夫妻也成，但是不要生孩子。"陈滔滔语气沉沉地道。

走了两步，明珠笑了："我们和男女朋友也没差什么了。夫妻恐怕不成，不是说你不好，而是你也说过，我一看就是个短命相，和我待在一起就挺委屈的了，要是结婚后我挂了，你不就变成鳏夫了？还是别了。"

"挂了就挂了。你死了，我顶着鳏夫的名头，也不用娶了。"

"合着你这是拿我当挡箭牌呢。"明珠打趣他。

陈滔滔抓着她的手，看着前面："咱们俩相处这么久，说一点感情没有那是骗人的，你不想结婚是害怕什么我也懂。我陈滔滔也不是什么好鸟，遇到了觉得合适能睡在一起，暂时没打算换人，那就一直睡下去吧。"

"我还以为你要说，我们结了婚，会方便开展工作呢。"

她未婚一直饱受诟病，似乎所有人都在等着她结婚以后工作重心转移。如果陈滔滔敢把工作作为理由，她直接抽他两个大嘴巴然后转身就走，但他没提，至少这知心，他占了。

"那些都是俗人，一人一个活法，我自己都管不过来，我还管他人？没人约束你，也不会逼你生孩子，没有比这买卖更划算的了。"花钱睡换成白睡，说到底亏的还是他。

陈滔滔的话讲得很慢，听不听在她，同意就去扯证，不同意也没有损失。有些话不能讲，讲出来味道就变了。事儿就是这事儿，心就是这心，愿意要就拿起来，不愿意要扔地上踩两脚，只要她痛快。

"我可什么都不会干。我这人比较笨，学什么都慢。"

生活能力很差，性格也差，处事更差。她这人没什么道德观，她认为好就是好，认为不好就是不好，活在以自我为中心的地带，带着一点女权主义。

陈滔滔嗯了一声，原本也没指望她，他要是没破产还请得起保姆，那就用保姆，用不起保姆那天，就是离婚的日子。

"那成吧。"

陈滔滔眼皮一跳，这个答案真没想到，他还以为明珠会拒绝，换作自己也会拒绝的。

他刚刚提出来就是感慨一下，也没发自内心，那现在……那结吧！

不知道别人结婚是什么样的，反正他们结婚和不结婚没什么差别，只是找个时间一起去拍了照拿了证。别人结婚都笑得恨不得满脸淌蜂蜜，他俩却都冷着脸，照相的时候，摄影师以为这是在拍离婚照。人家有讲究的给工作人员送点喜糖啥的，他们是压根没准备。

"我打车回局里，你呢？"

"不顺路。"陈滔滔要回事务所，不是一条道。

"那走了。"

陈滔滔招手，出租车开了过来，等他打开车门坐上去，明珠的那辆车早就没影了。

结婚的感觉，喝白开水一样，慢慢品也品不出白糖水的味儿。这一趟仿佛是来签了一纸合约，签完了就和他没有关系了。回到事务所，结婚证往抽屉里一扔，和他的那些文件混在了一起，开始工作。

明珠也没闲着。

银行工作人员报案，说有人拿着刀在银行里闹，已经伤了一个人。

警察在外面喊了半天，那人同意谈话，但是进来的警察不能带枪。

"我进去吧。"老曹说他进去，这种案子他有经验。

"我来。"明珠把大衣脱了，这样方便对方看清楚，她的枪下了，没带任何武器。

"局长，那人情绪比较激动，随时会有危险，还是老曹……"

"不用，我去。"

说话的人眉头一皱，这要是谈不拢，伤了明珠，让他们的脸往哪里放？她在外面指挥就得了，进去冒这个险，犯得上吗？

明珠进门，对方让她举起手来。

“你举手，你要是带枪……”

“我什么都没带。”明珠说着，转身配合，抬起胳膊，包括腋下都让对方看清楚。

地上有人躺着，看样子是伤了腿，流了不少血。

“你是领导吗？”

“我是，我是松山区的局长。”

“女局长？”对方根本不信，“叫你领导来，你出去吧。”

一个女的跟着掺和什么啊，要杀也得杀男的。

“你有什么话可以对我讲，我是明珠，松山区的公安局长。”

那人眼皮一挑；“你真是？”

“我是。”

“我不信！局长送死来了？”

“无缘无故的，你杀我做什么？”明珠笑了笑。

对方的脸皮抖了抖，将手里的刀抵向怀里的人：“我告诉你，我已经没路可走了。”

他说包工头跑了，自己的钱追不回来，又没有地方讲理去，没有关系，告状也处处碰壁，寻思死就死吧，找几个人陪着自己死也值了。

“就为了一口气，连自己的命都不要了，这样还值得？”

“你知道什么？你们这些当警察的能明白我们的苦吗？你们轻轻松松地喝着茶坐着办公室，赚着国家给的钱，啥都不用担心。”

“明不明白不重要，现在你只是伤人，就算追究起来，你的责任也不会太大，杀了人就不一样了。这个年纪上有老下有小，自己眼睛一闭，家里人怎么样就都看不见了。”

那人手里的刀贴近了被他挟持的人的脖子，已经见血了。他觉得警察的话不能信，她就是为了抓住自己才这么说的。

“我告诉你了，我是松山的公安局长，有事情你来找我，不能给你解决是我的错，你杀了人我就没有办法管了。”

“你就是哄我。”

“是不是哄你，就看你信不信我。你信我，我无需说再多，你不信，我讲再多也无用。”

“你以为我不懂，我来的时候已经查过了，就算我不杀人，也轻判不了。”

里面谈了什么，外面的人不知道，被挟持的这个人压根也没听进去。

又过了一会儿，被挟持的人出去了，那人出来自首。

警察将人按在地上，那人的视线一直没离开过明珠。

“你答应我的。”

“我答应的就算数。”

警察把人推上车，那人的脸死死地贴着车玻璃，看着明珠的方向。

如果再早一点……可惜哪有那么多的早一点，错已经铸成了。

有些时候，明珠也对法律抱着怀疑态度，该判重的往往轻得令人不敢置信，能判轻的却重得让你觉得法律不讲一点人情。

明珠承诺帮他就一定会帮，她找了陈滔滔，因为知道一审不会判得太轻，果然一审判了十年。

“她骗我，她骗我，她说我不杀人就不会判这么重的。”

没等陈滔滔帮忙，那个人死了，死得很惨，留了一封信给明珠。

“这信就不要看了吧？！”

这是法院判的，和他们没有任何关系，该陈述的他们已经陈述过了，法官觉得不应该轻判，就有不应该轻判的理由。

“看吧！”

明珠打开信，看了很久，然后慢慢地将信纸放在了桌子上。

陈滔滔和同事出去吃饭，不知道哪里来的老道，到底是不是老道他也分不清楚，那人和他要两块钱：“你家里有灾，爱人有性命之忧。”

陈滔滔原本都打算掏钱了，听了这话，把钱又放了回去。别说两块，就算是两千也不是事儿，问题是这样说话让他觉得不舒服，觉得被威胁了，而他什么都吃，就不吃威胁。

同事让那人赶紧走，这不是触霉头吗？

“我们陈律师还没结婚呢，哪来的爱人，你这也太不靠谱了。”

老道只是笑。

陈滔滔挥挥手，让他赶紧滚蛋。

“这人是能蒙就蒙，能骗就骗啊！要不是知道陈律师没结婚，这钱我都会替陈律师给了。”就图一个好心情。

陈滔滔端着酒杯笑了笑，有些事情不能太信。

明珠下班时，有人拦在门口，说是张楚亮的老婆，也就是那个死了的农民工的妻子。

“你是明珠吗？”对方的声音有些弱，一看也是老实人。

她说她丈夫只是伤了一个人，他们也愿意赔钱，怎么会判那么重：“两三年我们都没什么可说的，可是十年啊……”

她没念过多少书，但也知道这是一点希望都不给，主动自首的也不行？

明珠看了她一眼，也觉得很遗憾。她说帮他，也准备帮了，却没料到他那么想不开。

女人拉着明珠哭了好半天，嘴里念叨着：“我听别人说他是你劝服的，你说能帮他……”

明珠动动嘴，想要解释，可是解释什么？事情已经变成了这个样子，解释再多也没有用了。

“我们平头百姓谁都斗不过，受了委屈也只能自己忍着，算自己倒霉，就算死了也会有人说我们的命贱不值钱，这个世界就是这么不公平，说什么人人平等……”

明珠觉得这话有点不对，想反驳一句，可不等她开口，对方就狠狠捅了她一刀。这一刀用尽了全身的力气，女人脸上也没有害怕的表情只带着同归于尽的决绝，她根本来不及躲闪。

女人紧接着从身上掏出一个小瓶来，明珠意识到她的目的，伸手想去阻止，可对方的速度太快，几口就喝了下去，然后开始呕吐，没一会儿就躺在地上不动了。

谁都没料到会在局里发生这样的事情。

张楚亮的妻子当场死亡，救护车赶到的时候已经没有生命体征了。

明珠动手术需要家属签字，可是明珠的家人一个都找不到，危急关头，只能别人代签。

“逞英雄，现在好了！那种情况下就该避开，她还非要去见，都不知道自己是谁了。她不是猫，没有九条命。做出一点成绩，就觉得自己和别人不一样了。亲民？呵呵。”

都是做给上级看的，现在好了，戏没做全，人要挂了。

讲风凉话的大有人在，一不是你明珠的亲人，二不是你的亲信，看不惯你这样的领导。

医院。

“家属没在吗？”

在场的警察也很抓瞎，人人都有家属，偏偏明珠没有，没有人见过她的家人。

只能联系南区警局，可南区警局的回话是不清楚——老周、洛洛都已经下班了，没有一个认识的人在。

明珠在里面抢救，不知道会怎么样。这一刀捅得狠，可见对方就是想要她死。

翻找明珠手机的通讯录，好不容易找到一个，打电话过去，好像是个律师。

“我是陈滔滔。”

陈滔滔刚刚散了局，难得今天喝了点酒，还以为她下班要晚点，没料到这就来电话了。

被风一吹，人就清醒了。

“这里是医院，你认识明珠吗？”

同事上了车，见陈滔滔站在一边打电话呢，降下车窗和他告别：“那我先走了。”

车动的瞬间，陈滔滔伸手去抓车，车又停了下来。

“去医院。”他砰的一声摔上车门。

没见过这么邪门的事情，刚刚吃饭遇上个不知道真假的道士说了些乱七八糟的话，结果她进了医院。

“我是她丈夫。”陈滔滔说。

在场的警察介绍着情况。

“能死吗？”

旁边的人一听，眉头一皱，没见过这么不会讲话的。

人现在里面抢救，伤得很重，会有生命危险，他竟然问会死吗？这是什么玩意儿？难怪从来不提自己的丈夫，这是要离婚了吧？

不是有那种夫妻吗，结婚只是为了结婚，一点感情都没有，勉强一起过日子，连普通人都不如。

医生也没见过这么问话的，好半天才接上茬儿。

“……伤到了子宫，恐怕以后……”医生讲会有这种可能，希望家属理解。

“我没问你这些。命能保住是不是？”

“是。”

“有口气不就行了，说得这么严重，搞得好像马上就要挂了似的。”陈滔滔的语气变冷。

人渣！

在场的医生、护士以及明珠的同事都是一样的感觉。就算是人渣，也至少得带着所谓的面具讲话吧？这人完全不顾及，难道觉得医生吓着他玩呢？

陈滔滔的同事知道他是什么样的人。

这样看来，这婚姻应该是不得他意，可是结都结了，就算盼着明珠死，也不能当面这样说啊！

这是家事，别人也不好管什么。

人没有推出来，说是需要观察。

这样的气氛谁能留下来，该走的自然都走了。

陈滔滔的同事刚出医院就给陶克戴打了个电话：“陈滔滔瞒得可够紧了，结婚都没知会一声，他老婆差点死了让我们赶上了。”

陶克戴越听越心惊，知道陈滔滔刻薄，但也不至于如此刻薄啊！

陈滔滔看起来挺不是东西的，可心还是很柔软的。

结了婚，一点信儿都没有，这是愿意还是不愿意呢？

也不对啊，结婚得去登记，他哪天请假了？

“真的假的？”

陶克戴对陈滔滔结婚还是抱有怀疑态度。你说他和谁同居了倒是有可能，男人嘛，但是结婚他觉得不像是陈滔滔会做的事。

“我还能蒙你？你是没看见，医院全是穿制服的。他当着那么多人的面，质问医生还有一口气在，弄得好像挂了似的。你是没看见那些人看他的眼神。”自己都不好意思说认识他，简直不是人啊！

陶克戴挂了电话，他只能装作什么都不知道，现在是谁过去谁送死。

不过，结婚了？

陶克戴的老婆分析，能让一个男人恨到如此地步，肯定是用了心计。这很好解释啊，假装怀孕之类的，现在被戳穿了。

“不会吧……这太狗血了。”

“狗血的事情太多，是你没遇到过而已。”

陈滔滔坐在医院观察室门口，腿上放着笔记本电脑，倒是挺忙的，电话也打个没完没了，好像都是与官司有关的事情。

“……你付钱，我负责解决后患。”

护士换班，聊起明珠来：“女人这辈子，真的不要找太有本事的人，找个知冷知热能心疼你的比什么都强。你看那些外表好看的，根本不顶用，这边还没咽气呢，就盼着你赶紧去死了。”

不是她阴谋论，她真的怀疑那个警察的丈夫是不是买了保险，老婆死了，马上就能拿到一大笔钱，现在这样的不是挺多吗？

“我刚才听他打电话时还笑呢，好像是个律师。”

长得很帅，大个子，仪表堂堂，是让小姑娘们看见就忍不住尖叫的类型，可长得再好，心不好也是白搭，什么叫徒有其表，这就是了。

“现在的男人没得看。”各家有各家难念的经。

小猫赶来的时候手术早就做完了，他认识陈滔滔，走过来一屁股坐下：“我能不能问问我头儿的情况？什么时候结的婚？”

“没多久。”

“一点消息都没得到。”

陈滔滔慢慢道：“原本也没打算让人知道，今天这是电话打我这里来了。”

小猫盯着陈滔滔，这话是他听的顺序有问题，还是陈滔滔讲的有问题？怎么有点别扭呢？

“医生不是说了吗，只是可能。现在医学这么发达……”他试着安慰陈滔滔，他知道一般男人都很看重生育问题。

陈滔滔听了一会儿，才翘着唇角问小猫：“她能不能生也不是多大的事儿，原本就不像个女人，现在不过是更加不像了而已。”

小猫心情有些纠结，他觉得陈滔滔的心情好像很好的样子，眉眼都舒展开了。

小猫坐了一会儿就离开了。

人还在就好，有些事儿他一个外人不能跟着掺和。

可能是他多想了，那人原本就这样，不太招人待见，可说话的语气让人听了不爽。这是小事儿吗？命差点就没了。谁老婆差点挂了，也不可能是他现在的表情吧？

陈滔滔工作了一晚上，明珠一晚上也没推出来，第二天早上仍没有要推出来的意思。护士跟陈滔滔解释，还没完全稳定下来，家属不用太着急。

护士和陈滔滔交代完，有单据要找家属签字，结果家属没了。

“明珠家属？”

陈滔滔去食堂吃饭了，一碗小米粥，一个花卷，一个鸡蛋。

陈滔滔吃饱了回来，护士找他签完字，他的手机响了。

“我在呢！对对对，你打车过来，能找到吗？是京华粥店斜对面的那个，对对……”

陈滔滔说着，冲护士笑了笑。

护士觉得这男的长得真好，能嫁给他，就算立马死掉也很幸福了。

陈滔滔带着人进了主治医生的办公室，详细情况了解了，确实是昨天医生讲的那样，不过这命真挺大的。

主治医生心想这家人还有家庭医生，倒是挺谨慎的，不过就算没人来问，他们也不会敷衍。

陈滔滔送朋友离开。

“你把心放回肚子里，有事儿给我打电话，我先回去了。”

开车离开，他心想，滔滔也吓够呛吧？自己认识他这么多年，给他看病这么多年，他就没送过自己，看看现在还站在原地呢，陈滔滔都学会客气了。

车没开出多远，手机响了，他按下接听键，陈滔滔的声音从电话那端传了过来……

他回道：“晚上我过来……没事儿，没事儿，没什么耽误的。”

“克戴，我在医院，有事儿就来医院找我。”

陶克戴捂着电话听筒，然后松开了手。还真有事儿要找他，不过不是很急，能等。但是，现在陈滔滔说可以去找他，陶克戴重新掂量这句话。

不管之前他听到的是什么样的传言，作为陈滔滔的朋友和同事，他必须走这一趟。

“我也是才听说的，明珠受了点伤，过去不会打扰吧？”

陈滔滔的电脑开着：“没什么打扰不打扰的，人现在还没推出来呢。”

陶克戴一惊，现在还没从 ICU 推出来呢？这是不是情况不好啊？

“也不好空手过去，我买点东西吧！她现在能吃什么？”

陈滔滔嗯了一声：“随便吧！她什么也吃不了。”

陶克戴中午下了班和另一位同事一起去了医院，在医院附近买了个水果篮，最高级的那种，拎着也好看。

“来了！进来坐吧！”

陶克戴将水果篮放在一边，看了看陈滔滔，黑眼圈都出来了，一看就是一夜没睡，什么态度还用问吗？

“医生怎么说的？怎么进医院了？”

陈滔滔说：“她那人正义感太强，当自己是超人，不怕死，没死在坏人手里，差点死在她愿意信的人手里。危险期过了，我让老白过来看了看，说是没事儿，好好养着就是了。”

两人显然都知道老白是谁，既然老白说了没事儿，肯定就没事儿了。

“竟然遇上这事儿，好在命大。负责任也没什么不好，现在就缺少这样的人，我挺佩服她的。”

“要不我帮你找个看护？”

“用什么看护，她推出来也不能吃喝。”

陶克戴坐了不到十分钟，老白来了。

原本上午有手术，他推给别的医生了。平时就算了，这种时候他得给兄弟宽心去。和明珠的主治医生又聊了聊，这次他还进去看了一眼，陈滔滔并没有进去。

“放心。”老白对陈滔滔说。

之后，老白和陈滔滔又聊了一会儿就回去了，下午手术排满了。

“下班后我过来。”

“兄弟，谢了。”

他不来，自己不安心。

“小意思。”

老白上了车，顺路送陶克戴。

陶克戴说应该让陈滔滔进去看看，看了也就放心了。

老白看了一眼车后。

“我认识陈滔滔这么多年，就没见他出来送过我，今天早上是第一次，刚刚是第二次。”他开着车出了医院大门，上了公路，“我和医生说了，别让他进去看。”

挨了一刀，衣服都没穿，旁人看了也就算了，能感觉到心疼的人千万别进去看，不然自己受不住。

他对人家的感情生活不好奇，但是充分尊重。让我来就说明那里面躺着的是老婆，不是外人。

陈滔滔包了一个单间病房，里面有一张床，有电视，还有独立的卫生间，外面是个小客厅，有沙发，还有个小阳台。

白天他在这里工作，晚上就睡在这里。

病房有些老旧，墙皮都掉下来很多。床单、被罩，医院的清扫工换过，但是就算换过，也不知道有多少人盖过。他晚上不盖被，只盖了件自己的大衣，那床他也没沾，实在太困了，就两把椅子一并，反正也能睡。

第二天下午，明珠被推出来时，已经清醒了，但是不能动。

病房内外站满了她的同事，并且全都穿着警服。

陈滔滔觉得她人缘也不见得那么臭，勉强还可以吧！

怕打扰她休息，过了午休时间，大家陆陆续续都离开了。

洛洛坐在病床旁，是专门过来照顾她的。

明珠拧了拧眉头。

陈滔滔往床边一靠：“疼？”

明珠的眉头又舒展开了。

是疼，不过没有必要对他讲。

那个女人当时就死了，她并不知道，想问问那人怎么样了。

“死了。”

明珠看了陈滔滔几眼，然后动动眼睫毛。

哦，死了。

“洛洛，回去吧。”

明珠不留人，洛洛想要留下来也不行，明珠的脾气一般人劝不住，依着她的性子连陈滔滔都不用，她自己能行。

“你也回去吧，我没事儿。”

陈滔滔一本正经地说：“我要是走了，你那些同事得骂死我。你做手术那天晚上，我打了个电话联系工作上的事情，不知道有多少人拿眼刀子剜我，恨不得把我削成一片一片的。咱俩的关系已经公开了，我必须留下来。我没侍候过人，要是侍候得不舒服，你就忍忍吧。”

明珠没忍住笑了出来，结果伤口又疼了：“这里你睡不了。”条件太差。

让他坐会儿还行，叫他留下来，不等于要他命吗？

“谁说睡在这里了？等你睡着我就回去。”

明珠也就没再赶他走。不比上一次，这次伤得太重，她根本不能下床，下了导尿管，由陈滔滔护理。你说他洁癖吧，他也都挺过来了，做得还挺顺手。有些事情真没做过，但是他一学就会。

照顾别的病人可能有点麻烦，这个病人简单得很，不和你聊天，也不会缠着你问东问西，什么都吃不了，一天到晚就是躺着，打各种吊瓶。

陈滔滔坐在旁边工作，早中晚各出去一次买饭。

明珠没从ICU推出来的时候，老白一天过来三次，等明珠推了出来，他一天过来一次，并且都是晚上。后期明珠好多了，他干脆不来了。他是真忙，时间都得靠挤。

明珠进医院后睡眠很好，到点就睡，不想乱七八糟的事情，陈滔滔走没走，她真不知道，早上醒来他就在了。

陈滔滔晚上都是在椅子上将就的，半截腿耷拉在外面，衣服也滚得没型了。

时不时能听见她发出微弱的声音，都是无意识的，因为疼。有些疼没有办法，不能总吃止疼药，加上明珠比一般女人要坚强，一片都没吃过。

明珠六点多醒了，陈滔滔端着水盆进来，拧了毛巾递给她。

“脸有点干啊！”

勉强还有点人样，这样继续下去就不好说了。

明珠不敢乱动，陈滔滔挤了点洗面奶用毛巾一揉，上面都是泡沫，再次递给明珠。

“没那么讲究。”

明珠觉得住院就别这么讲究了，还洗什么脸啊，擦擦就得了。

陈滔滔拿着毛巾在她脸上揉了一圈，然后在水里一涮，再在脸上走一圈，就算洗干净了。

他打开面膜的袋子，拿出面膜往她脸上一敷。

“太矫情了。”

住个院搞得好像出来度假似的。

“看看你那老树皮的脸吧。”

明珠伸手摸摸：“挺好的。”

明珠跟陈滔滔要手机，怕一直没跟明月和明兰联系，那两个丫头瞎想。

明珠对谁都不在乎，除了她的两个妹妹。

她打电话问了问明月的情况。

明月那是真乖，出门之前一定会和奶奶说，到了时间就打电话告诉一声，任何事情都不让家里人担心，也不会胡来。

明珠肯定不能讲自己被捅进医院了，只说今天放假，自己在床上躺着呢，聊了一会儿就挂了。

“到底是亲妹妹，和干的不一样。”

明珠送他两个大白眼，那能一样吗？“你回去吧，我没事儿了，请个看护就行。”

他在这里，她心里还有负担，欠了他人情似的，将来不知道怎么还。

如果陈滔滔进了医院，她肯定不会陪床，她没时间，也侍候不了人。

“这是用完了就扔，我发现你现在对这个可拿手了。”陈滔滔鄙视她。

他不走，明珠也懒得说了。

中午，护士过来给明珠扎针：“明天换只手吧，这只有点肿了。”

扎了好几天，总是一个位置，可不就肿了，护士是怕明珠觉得疼。

“没事儿。”

护士说让家属看着，她回去吃饭了。

明珠盯着吊瓶看：“她刚刚吃菠萝了。”

“你属狗的？人家吃什么你都知道。”

“菠萝的味儿大。”明珠道。

“你这是想吃了？”

“想吃也白搭，医生不能让吃。”

陈滔滔冷冷地看着她：“给钱。”

“干吗？”

“给你买个菠萝闻闻。”

“我衣服兜里呢！我不能吃啊？”

“买了我吃。”

陈滔滔掏明珠的衣服兜，兜比脸还干净，只有五块钱。

陈滔滔拿着五块钱在她眼前抖：“好意思说兜里呢，就五块钱？没钱就别装大爷，卡呢？”

明珠说包里呢！

陈滔滔从她包里翻出几张卡来：“还挺富有的。哪张是你的工资卡？”

“下面的那张。”

陈滔滔拿着她的工资卡下楼去了，医院里有自动提款机，他将她的工资都提了出来，卡里只剩下六十多块钱，如果不是因为提款机提不出来，陈滔滔这些也不会留，出去转一圈，买回来一个菠萝。

买就买吧，菠萝去了皮的卖得太贵，他觉得差得太多了，还是自己去皮比较划算。

他拎着一个菠萝回到病房，明珠一看就知道是怎么回事儿了——抠得。

她就少说了一句话。

算了，买都买了，还说什么。

陈滔滔给菠萝去皮，却不知道为什么那么难弄，用刀去掉表面一层，还坑坑洼洼的，根本不能吃，这叫什么玩意儿？

干脆从中间切开，然后切西瓜似的切成一片一片的，啃着吃，聪明不？这脑子，没谁了。

“闻闻得了！要不你舔舔？”

明珠瞪他，他是觉得她没吃过菠萝吗？

“你工资卡里的钱我都提出来了。”

明珠点头，人家在医院侍候自己，还能白伺候？这符合陈滔滔的作风。不过这么长时间赚这点钱，不知道他脑子里是不是有泡：“都提了吧！”

“还用你告诉我，都提光了，卡先放我这里了。”方便下个月继续提。

“花女人钱，你也好意思。”

陈滔滔打开一个袋子，方便放他啃完的菠萝皮：“有什么不好意思的，不好意思顶饭吃？现在讲究男女平等，谁付出了谁拿钱。亲夫妻明算账，不能乱。”

“还一套一套的，你就说你抠死得了。”

“我这叫会过日子。知道为什么有那么多人日子过得不好不？就是因为家里的女人太能花了！摊上一个败家娘们还指望发家？”

明珠闭着眼睛，准备睡午觉了：“发家也不是从这点钱上抠出来的，能赚才能花，花得多才能想办法去赚。你那种抠抠地攒，发不了财。”

明珠睡午觉，陈滔滔也跟着睡，不然睁着眼睛干什么。

下午，护士过来看了看。

她觉得这两个人挺有意思的，别人都说陈滔滔不好，她瞧着挺好的，油嘴滑舌，各种俏皮话看着就开朗。

明珠躺在床上，有人正坐在床尾给她修脚呢。

“这是修脚呢？”护士疑惑地问。

太奇葩了，老婆的脚脏了你就给洗洗嘛，弄什么修脚的来？

“她这脚都要长毛了。”陈滔滔道。

明珠有点不爽，请人修脚，男师傅的手艺多好，你却请个女师傅，还请个这么大年纪的，看着得有八十岁了。明珠甚至担心对方一个看不准，把她脚趾当肥料剪了。

这个女师傅是陈滔滔千挑万选出来的，年纪 OK，身材 OK，模样 OK。

等师傅收手，陈滔滔付钱，明珠瞪着他：“怎么不去洗浴中心请个男师傅来？”

陈滔滔冷笑，还洗浴中心呢，你知道得可真够多的，这是平时没少去啊？胃口咋就那么重呢？年轻、漂亮的你都喜欢？你喜欢也没用，躺床上都起不来，望梅也止不了渴。

“这附近的洗浴中心有个老师傅，男的，五十多岁，要不下次我把他请过来吧。”我就给你找又老又丑的，丑得没有底线的那种。

明珠一听，算了，还是女师傅吧。

晚上，明珠还没睡呢，陈滔滔就锁上了门。

因为是单间，这个时间，护士基本不会过来了。

锁门就锁门，他脱得这么干净干什么？

“我洗个澡。”

洗澡脱衣服很正常，可是在病人面前脱，是不是不太好？

陈滔滔洗到一半探出半截身子：“我换洗的衣服放哪里了？”

“柜子里呢！”

陈滔滔旁若无人地走了出来，从柜子里拿出衣服放在门口，又进去洗了。

再怎么说她也是个女人吧？在一个女人面前内裤都不穿一条，是不是不像话啊？她现在抱恙到这种地步，他还走来走去的？

终于，水声停了，人走到门口，这是准备穿衣服了。

“你穿条内裤过来一下。”明珠叫他。

陈滔滔头发湿漉漉的，踩着他那双性感的拖鞋走了过来。

明珠稳了稳激动的心情，伸手摸摸他的腰腹，凉凉的。陈滔滔打掉她的手：“你洗手了吗？”

明珠白他，别以为自己不知道，他一会儿还得进去冲。他的身体贴着她的床了，按照他的个性，一定不能忍受。

“要不晚上你陪我睡吧。”

陈滔滔立刻后退了两步。

差不多就得了，你一个病人，想什么呢？你给我两千块我也不能干。

“别想。”

把脑子里的东西挥掉，别以为他陈滔滔是能用钱收买的。

“我给你一万。”

“哈，真有钱。你说你妈要是活着听见你说这样没羞没臊的话，会不会宁愿当初生完你，直接把你扔马桶里淹死？”

他是能用钱收买的吗？

“你给我一万五，我就干。”

明珠冷笑，真是有底线：“五百，爱干不干。我这样什么也做不了，陪我躺躺我就出五百，我亏死了。”

“一万。”陈滔滔觉得这人怎么能说改就改呢？刚刚还夸你像富二代一样潇洒，现在就装上穷二代了？

“不用你陪了。”所谓日有所思夜有所梦，梦里还不花钱呢，随便看。

“五百就五百。”陈滔滔麻溜儿地爬上了床。

“你要是不会讲话就好了，或者是个白痴。”

明珠觉得如果是个白痴，她会嫁得很高兴的。

陈滔滔冷笑：“你还想我怎么样？觉得我不够痴你就给我一锤子，弄不好我就痴了，饭都要你喂。”

真弄个傻子和你结婚，你试试过一段日子，会不会还这样讲。

明珠闭着眼睛：“我就这么一说，其实你也挺好的。”

“你不用灌我迷魂汤。拿人钱财与人消灾，收了你五百块，我就会给予五百块的服务。”

“钱钱钱，满嘴离不开钱，俗人。”

“我俗你不俗不就得了。你爱的是我的身体，和我的灵魂也没关系，你就当我是一个路过的人渣，不过你是人渣中的战斗渣，咱俩半斤八两。”

明珠笑，她渣不渣的话听多了，也习惯了，她是笑陈滔滔的大实话。一个不缺钱的律师，为了这五斗米就把自己卖了，她都觉得他可怜，想要疼疼他。

“我这身体残，可嘴没残啊。”

“这五百块钱还什么都包括了？还提供这服务呢？额外给我加二百啊！”

陈滔滔一脸嫌弃，抬起她的下巴就啃了下去。温柔的事儿要温柔地做，浪漫的事儿需要浪漫地玩。接吻这种事儿，说不好听点就是嘴皮子对嘴皮子，我的口水换你的口水，讲得唯美浪漫一点，那叫心灵和心灵的沟通。

明珠心想，给你加二百五。

纵然再像汉子，她还是个女人，这浪漫不管是故意而为还是刻意营造，至少让她感受到了体贴，而这种体贴是发自内心的，不是用钱能买到的。也许她和他之间不是爱情，是别的情，但总占了一个“情”字。

有时候明珠会想，她活成这样，还有什么遗憾？所有好的她都得到过，小时候老天爷欠她的都加倍补偿给了她，她比太多人幸福。

陈滔滔又去冲澡了，明珠没猜错，他是觉得皮肤贴上了，很不舒服。

明珠的尿管撤了以后，他就不在医院陪她了，毕竟他也有事情要做。

他这人财迷，嘴巴损，脾气不怎么好，他也从来不认为自己是个好人，但在一起了，就会尊重对方。男人也好，女人也罢，该说的会说，该做的会做，需要的时候就出现，不需要的时候就离开。

明珠好不容易出了院，自然要回陈滔滔的家。

她是自己回来的，没让人送，陈滔滔也没去接。

进了屋，她看见桌子上压着一张纸条，旁边摆着几个盒子，盒子里装的都是他之前买着玩的小物件。

明珠拿出一个手镯戴在手上，这东西她猜不出价格，不过应该不会太贵，这才符合他的个性。

“不打算摆酒？”陶克戴问陈滔滔。

陈滔滔眼神凉凉地看他：“我干了这样一件亏本事儿，你还让我摆酒？傻兮兮地给别人敬酒？谁配。”

陶克戴无语。也是，在你心里，估计谁也没资格让你敬酒。

“登记了？”

“你猜。”

陶克戴：“……”

他现在清醒了，想了想，叫老婆的不见得都是亲老婆，女朋友也有这样喊的，明珠这是亲的还是干的？

“这样，我和你赌一把。”

“赌多少？”

陶克戴伸出一巴掌，他说的是五万。

“你结婚了。”

“五百就五百，给钱吧！”

陶克戴掏了钱。

陈滔滔说的这个数字，怎么感觉和他对不上呢？五百就给打发了，这太不符合他的性格了。这是还没登记？搞不清楚啊！

“陈律师心情不错？”

“挺不错的。你老板最近心情应该挺好，人都变了。”

陶克戴拍拍对方的肩膀，变得更好沟通了，变得善良了。

助理进去以后，陈滔滔又开始作妖了。

他充分展示了什么叫吸人血，什么叫流氓律师。他能打，也能打赢。更能让别人受气，前提是你把钱给我准备好了，没钱自己玩去，没时间和你扯。

“看起来挺可怜的……”

这案子打赢了，对他的名气提升也有帮助。

“可怜的人多了去了，每个我都帮，我早破产了。名气我还需要借助外力提升吗？我陈滔滔三个字还不够响亮？”

助理从里面退了出来。

有些时候，他真的觉得里面的人是恶魔。

对他来说轻而易举解决的事情，他却永远都用钱来衡量。

刚刚陶律师说什么？说陈律师善良？“善良”这两个字根本和他不贴边。

恶毒，狠毒，坏蛋，没有良心，没有三观，没有道德感。

陈滔滔捂着鼻子打了一个喷嚏，紧跟着又打了两个。

他开门探出头：“你在心里骂我。”

助理摇头，反正也没抓到，就不承认。

“你说我恶毒、狠毒，还说我是坏蛋，没有良心、道德和三观，对吧？”

助理浑身的汗毛都竖了起来，看鬼一样看着陈滔滔。

“这个月奖金扣了。你没骂错，我就是这样的人。下次骂我记得回家再骂。”陈滔滔关上了门。

助理欲哭无泪。

陈律师是个小人，毫无疑问的小人。

陈滔滔下班开车去菜市场，转了一圈也没买到什么。他还是对菜市场里的菜下不去手，总有一种刁民要害朕的隐隐担忧，可晚上也不能不吃，家里还有一个病号。

保姆在厨房里做手擀面，一边擀一边在心里骂娘。

想吃手擀面为什么刚刚不说？她离开的时候问了半天，是他说什么都不用准备的。她都快要到家了，他一通电话打过来，她又穿过半个城市赶了过来。

她一个当保姆的也没有车，住的地方又离这里很远，而且她真的问了好几次，因为明珠在家里歇着呢，她觉得肯定要吃饭的，结果陈滔滔那个死人，说他能搞定。

明珠咬了一口苹果，趴到陈滔滔的怀里。

“你家保姆恨不得吞了你。”

手擀面就手擀面吧，他非得吃细的，这边都要弄好了，他心血来潮，问保姆："能不能换成抻面？"

拉得细细的那种，加点青菜就可以煮了，健康又方便。

保姆手里的手擀面一下没拿好，全部从中间断开了，明眼人一看就知道是用力过猛扯得。她好想把这些面条扔到陈滔滔的脸上去，却只能微笑。

"明珠说你好像很生气，因为我让你改做抻面？"陈滔滔看着保姆问。

保姆一口老血哽在喉头，还必须装作开心的样子："做不了，我没学过做抻面，手擀面和抻面是两回事儿。"

"要不我上网帮你查查怎么做？"

保姆的脸皮抖了几抖："真的做不了，陈先生，我没学过。"

"那算了，还是吃手擀面吧！"

保姆将手里的面条硬是捏成了面团，此刻的心情已经没有办法形容了。

"为了钱陪着我，现在知道烦了吧？"

奶奶歪着头，卫生间的椅子上放着水盆，明月拿着水瓢一下下地将温水浇到奶奶的头发上。

奶奶讲话就是这调调，听久了也就习惯了，刀子嘴豆腐心。

"嗯，好多钱，花不完的钱。"明月笑嘻嘻地说着。她没说谎，真的是很多钱，花到下辈子都有富余。

老太太的头发被水湿透，抹上洗发露，明月伸手认真地抓挠着奶奶的头发。

不是没带老人去过洗发店，那个椅子看起来很高级，可是奶奶躺下去很不舒服，回来念叨两次，说不想再去了。

"我们一会儿要去商场买衣服。"

冲干净头发，明月递给奶奶一条毛巾，等奶奶擦得差不多了，明月用吹风机给她吹干。

以前奶奶十来天才洗一次澡，明月回来后就不一样了，隔两天给她洗一次。

"这两天总让我洗澡，你是觉得我身上有味儿，嫌我埋汰？"

换作明兰早就吵起来了，明珠也不可能这样管她，偏偏现在站在她眼前的人是明月，没脾气。

"干净一点，自己也觉得舒服，我还一天一洗呢。"

确定奶奶身上干透了，她把衣服给奶奶准备好，帽子、围脖也都给戴上了。

她先下去把车开过来，奶奶再出去，不然刚洗过头怕吹风。

奶奶进了电梯，里面有个年轻人，背着一个书包，对奶奶笑着说："那是您家吧？没锁门呢。"

奶奶回头一看，可不是，门开着呢。

要是这样出去了，谁进了她家就坏了，不是怕丢钱，而是明月那些东西用钱都买不来。

上了年纪，就必须服老。

奶奶锁了门回来，年轻人用脚挡着电梯门，等她进来，脚才收回去。

"我没见过你，几楼的？"奶奶问。

这个老太太可能是长期不和别人接触，冷冰冰的，你从她脸上找不到一丝和善，一看就是特别不好相处的人。面相上来说，明珠有些像她。

年轻人说自己是十八楼的。

“住那么高。”

“嗯，我喜欢高。”

两个人一前一后走出了电梯、

奶奶等电话响了，才推开大门出去。

她现在会玩的手机软件很多，微信、微博，都是明月教她的。她自己也不发，学了只是为了看明月发，等于实时报到，她去了哪里，做了什么，只要打开手机，她全都能知晓。

明月推开车门，奶奶上了车，坐在后面，她不习惯坐副驾驶。

明月开车去了商场：“奶，你试一下，看看大小。”

明月跟个小秘书似的忙前忙后，给老太太选衣服。她舍得给两个姐姐花钱，舍得给奶奶花钱，唯独舍不得给自己花钱。

把老太太打扮得像贵族老妇人，明月又陪着去买首饰。

上了年纪的人，你给她买金买银买钻石都不合适，加上奶奶就喜欢珍珠，最后便选了一套珍珠首饰。

买完东西去喝咖啡。

有些东西奶奶没见过，但她勇于尝试，第一次也许会弄出笑话来，之后便熟练自如了。

明月出门，到了机场打来电话报告，下了飞机立马又打来电话报平安，到了酒店再跟她视频。

明月每一分每一秒做什么，奶奶都清楚。

奶奶每天掐着时间下楼，好几次遇上十八楼的那个年轻人，看着年纪不大，长得很顺眼，她觉得这样的男人好掌握。

明月的性子，绝对不能找个太精明能干的，得是她能管住的。

偶尔她拎东西下楼，对方还会帮她拎一下，怕她累到了，能敬老的人心肠不会差到哪里去。

老太太看着今天的天气挺好的，就跑楼上去了。十八楼一共三户，都关着门。

她知道那个年轻人的家和她家在同一侧，打量着大门。

隔壁有人推门出来，被她吓了一跳。

“啊哟，我的天呀，吓死我了，怎么在走廊站着呢？”

出来的是个六十多岁的老太太，来这里帮女儿带孩子。

奶奶问她对这个年轻人了解不?

“不太了解，我是过来给闺女带孩子的，平时就下楼转转。他好像上班吧，早上出去，晚上回来。”

奶奶回了家，左思右想，不行，还得想办法。

别人谈恋爱会自己找，明月像是会自己找对象的人吗？不是自己瞧不起明月，靠她自己的话，估计这辈子都别指望嫁出去了。有时候没个性真不是什么好事儿。

金晨下班回来，外面正下着雪，落了一身的雪花。

这房子是他刚买的，和邻居都不熟悉。

他一路从外面走进了小区，没有车，买不起。

他才工作，这房子也是贷款买的，没用家里掏钱。其实家里是能掏出来钱的，不过他觉得父母的钱是父母攒了一辈子，留着养老的，年轻人还是靠自己为好。公交车很方便，去哪里都有直达的，还环保，多好。

进了楼，电梯里面走出来一个人，是十六楼的老太太。

“奶奶，出去呀？外面下雪了。”

奶奶看了金晨一眼：“下雪了？”

“嗯，下得挺大。”路滑，一个老人家稍不留神就容易摔倒，能不出去还是不出去吧！

“你自己住啊？”

金晨一愣，怎么话题突然转到自己身上来了？

“嗯，我自己住。”

“不是这里人？”

“我是上中人。”

奶奶之前就觉得他的声音听着熟，可能他在外面念书时间长，声音有些变了，没想到还真是上中人。

“结婚了吗？”

金晨失笑，他终于听明白了，这是打算给他介绍对象吗？

“没结呢！”

“有对象吗？”

“没有。”

还真没有。

“我有个孙女……”奶奶说着，说得很含糊，她可没把明月卖了。

金晨真料对了，不过真要给他介绍对象，他觉得也行。

明月拖着行李箱走出机场。

她的经纪人刚打来电话，说钱已经打进她的账户了，请她记得查看。

有钱人的生活是怎么样的？明月算是个有钱人，她不经常查看自己的账户，偶尔查看一回，里面就会多个几百万。说这话不是炫耀，而是有时候老天带走一部分，就会补偿更多给你。她没死成，活下来了，并且活到补偿的这部分了。

理财她不拿手，钱一般都是那样放着，她需要花钱的地方特别少。

出了机场，她招手拦了一辆出租车，回家。

打开家门，她听见里面有人说话。

“奶奶，家里有人吗？”

是谁？

金晨站起身来。他下来给奶奶送点上中的特产，他妈叫人捎过来的。

“你进来吧！是楼上的邻居。”

明月提着皮箱进门，看了一眼金晨，点点头。

她奶奶这样的个性能交到朋友真是不容易。

金晨认出了明月。

他们曾经一个班，做过几年同学，怎么可能认不出来，何况他还暗恋过明月。

后来出了那些事，他也不知道到底是真的还是假的，反正当时学校里炸开了锅，估计没有人不知道。

明月的记性没那么好，至少她不记得金晨。原本念书的时候，她对谁也没有好感，除了书本，后来出了事，她就更是和谁都没有联系了。她从小到大朋友都不多，可以说活得很孤单。

明月踩着拖鞋去倒水喝，脚上的袜子是两色的。

年轻人常接触，慢慢地，谈天说地就变成了谈恋爱。

明月觉得金晨挺好的，主要是奶奶喜欢他。

“我喜欢他有什么用？我能嫁给他啊？现在是问你喜欢不喜欢。你脑子里面装的都是豆腐吗？”明月觉得奶奶觉得金晨好，她就跟他处处，结果被奶奶一顿训。

金晨爱干净，至少一个男孩子的房间收拾得井井有条的。饭做得差了点，几乎都靠买。说话办事都很靠谱，算是很讨人喜欢的那种。

小姑娘就没有不想谈恋爱的，被一个人喜欢，被一个人每天捧着，绝对不是一种糟糕的经历。

金晨下班后会来明月家吃饭，他不会做，但能洗碗，偶尔和明月出去看场电影。谈恋爱就是一个磨合的过程，她喜欢的片子他看不懂，有时候他看得津津有味，她已经困得眼睛都睁不开了。

明月和明兰提起金晨，明兰觉得这名字有点熟悉。

明兰记起来了，明月的家长会都是她和明珠去开的，班上有个男生就叫金晨，错不了。

明兰不反对明月谈恋爱，但是恋爱对象是一个知道明月过去的人，想想都觉得可怕。将来吵架，对方要是口不择言地提起明月过去的事，明月会崩溃的。

明兰和明月说，她要过来一趟，见见金晨。

人是见到了，明兰不知道对方是真傻还是装傻，她又不能提起这件事，总不好问他是不是明月的初中同学吧？可是不问她又不放心。

“你在这里纠结什么呢？”

奶奶认为明兰没有看人的眼光。

明兰又不能和她讲，甚至连明珠都不能告诉。告诉有什么用？能解决吗？

“你中学在哪里念的？”明兰问金晨。

金晨说自己是在二中念的。

明兰心想，可能是自己记错了吧，也可能叫这个名字，但不是这个人，明月没上过二中。

不久之后见了金晨的家长。

他爸妈都是非常和善的人，特别喜欢笑，他妈笑得还特别大声，一看就是那种没心眼的人，对明月也很满意，觉得一看就是乖乖女，特别听话的那种。

金晨妈说，双方家长都见过面了，孩子相处得也挺好，那就结婚吧。

奶奶嘴里的那口茶呛了出来。

“她奶奶，你别觉得我这人说话没有分寸，我是觉得啊，他俩也处了一段时间了，应该都觉得对方挺适合自己的，明月对我这个未来婆婆也可以放心，我肯定不给她找事儿。我家没有女儿，来我家，我就把她当成亲闺女养了。”

“明月，你的意见呢？”

明月没有意见。

姐妹三个人当中，最想嫁人的是明兰，可惜她好不容易有了目标，却没能走到最后，而最没有男人缘的明月是最先结婚的。

不是自由恋爱，也没爱得天昏地暗，她甚至到现在连爱是什么都没搞清楚，但和金晨的相处很愉快。

两家人都觉得结婚不是件小事，肯定要征得明珠的同意。

明珠有点吃惊，才听说谈了一个男朋友，现在就要结婚了？

明珠给明月打电话，觉得是不是应该把速度减慢一点？谈几年恋爱，然后水到渠成地结婚？

“姐，我想结。”

她其实对结婚这件事有些抵触，又怕错过这一次就没有下一次了。她有很多担忧，甚至总是问自己，她这样算不算骗人？

“那就结吧。”明珠尊重她的选择，即便这个选择错了。

金晨的妈妈真的是个特别爽利的人，该准备的准备，该出钱的出钱。

最后没有大办，金晨说他俩旅行结婚。

当妈的不理解，好不容易盼到儿子结婚，她还想多办几桌，把亲朋好友都请来呢。

金晨说他不喜欢大宴亲朋，他妈不高兴也只能认了。

两家人一起吃顿团圆饭，明珠来了，这也是金晨的家人第一次见明珠。

金晨妈好奇，妹妹叫张月，姐姐叫明珠？张明珠？

明珠拉着明月在一边说了一会儿话就走了。

她来去匆匆，家里人肯定不能挑她，金晨妈有些不愿意，不是觉得不看重她儿子，而是认为明珠不看重自己亲妹妹。一辈子就这么一次，前后出现不到半个小时，这是亲姐姐呀？就算不是一个姓，怎么说身上流的也是一样的血吧？

据说她们的爸爸从小就抛弃她们了，妈妈早就死了，明月这孩子怎么看怎么可怜。

“看看我们俩像不像？别人都说我们像娘俩。”

金晨妈大大咧咧的一个人，那是真爱笑，几乎时时刻刻都能听见她的笑声。她对明月也是真好，不像婆婆，倒更像亲妈。

明月和金晨结婚以后，金晨爸妈来这边住了半个多月，每天饭菜做好，衣服洗好，就连明月的袜子、内衣内裤都给洗。她觉得也不是什么难事，当初娶的时候就说了，当成亲闺女养的。

明月不好意思，和她讲了几次，她也没当回事儿。

明月给他们买了衣服，转身她就会买比这个价格更高的，或者直接拿钱给儿子、儿媳妇。她和丈夫一个月一万多块的工资，怎么花都够用了，孩子不啃老，他们也不能啃孩子不是。

她让明月多多打扮，趁着年轻多穿，不要算计钱不钱的，不然等老了再穿就来不及了。

全小区的人都知道，这对婆媳和亲娘俩似的。金晨妈喊明月有时候直接叫"老闺女"，不知道的可不就认为是亲女儿了。

婚姻生活比明月想象的简单，结了婚和没结婚似乎也没有分别，她照顾奶奶，公婆和金晨从来没说过她一句，甚至全家都对奶奶特别好，别人所说的婆媳是天敌，她从没感受到过。

"哪个好喝？"金晨妈拿着单子问明月。

她这个土包子第一次进咖啡厅，对这里很好奇。

明月和她头挨着头，小声介绍着。

"要不妈，咱们时间多，就一样来一杯，看看有什么不一样。"

"行啊！"每样都喝了，觉得都不好喝。怎么会有人喜欢喝这东西呢，一股子中药味儿。

她和儿子不能说的话，和明月都能讲。问儿子点什么，有时候儿子不耐烦，问明月就不会了。要不说女儿是妈的小棉袄呢，可惜当初她没生出女儿来。

"金晨，你过来帮我看看。"金晨妈玩斗地主，斗着斗着就没有分了。

金晨正在工作。

他妈一上午叫他四五次了。

说实在的，对明月奶奶他比较有耐心，可能是因为那不是自己的亲人不好直接拒绝吧，又或者像同事说的，结了婚对妻子的家人会莫名地更好一些。

"儿子……"

喊了两声，儿子没喊来，把儿媳妇喊来了。

明月把自己的账号、她姐的账号，还有奶奶和金晨的两个账号，都借给了婆婆玩，婆婆不在这边的时候，她就天天帮着得分。

结了婚，明月的资产状况就藏不住了，不过金晨真的是个不错的男人，老婆的钱是老婆的，他的钱也是老婆的，他不会多想，只知道要脚踏实地地努力挣钱。

金晨的第一辆车是明月买的。他喜欢车不？是真喜欢，没有男人对车不感兴趣。出于经济考虑，他觉得不买最好，其实公交车很方便的，但明月考虑的是，这车他们夫妻是不是养得起，养得起，那就没有问题。

明月买了车，金晨妈转身就拿了十万块给明月，并且是背着儿子给的。

给钱的前一天，老两口商量这钱的事儿，金晨爸倒不是和儿媳妇分心眼，只是觉得儿媳妇之所以是儿媳妇那还是外人，这钱怎么也得让儿子知晓，毕竟这个社会有太多儿媳妇翻脸就不认人的。

“你一个男人，想事情比我还娘们，给大闺女不就是给儿子了？”

夫妻不能分心，什么你的我的，大闺女拿这个钱不是应该的吗？她就觉得明月贴心。

金晨知道这件事，还是他爸多嘴讲的。

金晨对他爸说：“给就给了，给她不就是给我了嘛！”

他爸解释说自己没有别的意思，只是觉得这钱你应该知道。

晚上吃过饭，家里就剩他俩了。

金晨合上电脑爬上床，搂着明月，这日子过得不要太爽了，老婆被窝热炕头。

慢慢习惯对方的生活方式，慢慢熟悉对方，慢慢培养感情。

“笑什么呢？”

明月想起婆婆说她有点彪，不过上中说女人彪不见得就是不好的意思。她从小没妈，结婚后多了一个爸爸和一个妈妈，一开始多有不便。她自己的爸爸那样，面对金晨爸时就很拘束，对着金晨妈也是这样，总有一种畏惧感，做什么事情都怕自己做错，不是怕责骂，就是一种担忧。

这些担忧，最后都被金晨妈化解了。

金晨妈从来不说明月的不好，走到哪里都说我儿媳妇比儿子都亲。

老人就是老人，孩子就是孩子，她分得很清楚。

两个人半夜睡不着跑楼下去堆雪人，金晨负责堆，明月负责看。

“你把手套戴上。”

天冷，还下雪呢，晚间至少零下十五度，明月这小身板，金晨有点担心。堆出来的雪人不太好看，就是个意思。

金晨给明月暖着手。

“没见过这么丑的雪人。”

明月结婚，明珠也担心过，不过没听明月打电话来抱怨，应该是比自己想象中要好得多。

陈滔滔开门进来，见明珠盯着手机看：“等你妹妹的电话呢？”

识趣点吧，小年轻才结婚火热着呢，哪里有你这个老人家说话的机会。

“有点担心。”

“这个不需要担心，你家除了你，都是正常人。”

最该担心的人是你，你都没有事情了，你妹妹更不会有事情。

明珠躺在沙发上，手机响了，她以为是明月，结果一点开，是徐太宇。

明珠站起身，拿着手机进了卧室。

陈滔滔在客厅喝水，见她鬼鬼祟祟地推门进了卧室，扭头看了他一眼，然后将门关上了，明摆着不欢迎他了，那他就不能死不要脸地进去。

陈滔滔解着西装扣子，不知道在想什么，不过从表情来看，应该是没想好事。

十点整，两个人准备上床睡觉。

明珠在卫生间洗澡，陈滔滔蹲在床边，认真地盯着明珠的手机。

她的手机有锁，密码他不清楚。

他认真地想了想密码应该是什么。明珠的生日？不不不，她这样的人是绝对不可能用自己的生日做密码的。她的工资卡密码？陈滔滔觉得也不应该是。手机这样私密的东西，密码应该是出生年？提示错误。

明珠从卫生间出来，上了床，扯过被子盖住自己，然后将手机拿过来解锁看了一眼，放到一边睡觉。

后半夜两点半，明珠睡得很沉，床上躺着的某个人突然睁开眼睛，小心地掀开被子，然后轻手轻脚地下了地，拿起明珠的手机，又轻手轻脚地离开了卧室。

陈滔滔之前将明珠的手机擦得很干净，也就是说，如果她按了密码，他现在认真地看看指纹就知道了。拿着扩大镜，他的唇角不停地往两侧拉，他就是个天才。

然而过了几分钟，他笑着的脸马上臭了下来。

手机屏幕上满是指纹，也不知道她按了多少下。

明珠翻个身，陈大律师大半夜的不睡觉去当贼了？明显你没有当贼的天分。想知道她的手机密码？多简单，四个零！

陈滔滔被眼前的这个手机恶心坏了，又轻手轻脚地将其放回了明珠的床头。

第二天早上起床，他故意拿着自己的手机给明珠看。

“我手机从来不用密码。”

明珠点头，你这样的人也不需要用密码。

“所以，你是因为好奇我手机的密码，才大半夜不睡觉，偷偷拿走了我的手机研究？”

陈滔滔脸上的笑容碎成一块一块的——她不是睡了吗？

“我拿的是我手机。”

明珠点头。

“我手机后面有你的指纹，你不是擦得很干净吗？”

陈滔滔：“……”

“你想在我的手机里看见什么？”明珠问他。

“我……”

“我觉得这并不是一件有趣的事，你认为呢？”

明珠穿上警服就离开了，留下陈滔滔在原地唉声叹气。

背着他和前男友通电话，他连问都不能问，这丈夫当得有点憋屈。

直截了当地问，好像自己很在乎她似的，而他只是好奇他们讲什么了。

下楼坐进车里，他刚启动车子，便有电话打了进来，他赶紧接起：“……你去死，马上去死。”

电话是谢璐打来的。

她接了一个官司，多少和陈滔滔有点关系，她希望陈滔滔能高抬贵手放她一马，何必难为她一个小女人呢！山不转水转，早晚有一天这份人情她会还上的。没想到陈滔滔叫她去死，说好的分手以后大家还是朋友呢？

陈滔滔不清楚谢璐的想法，他是话说得不够恶毒，还是态度不够明确？外面的世界那么大，她为什么要回到这个小地方来让他觉得恶心呢？走得远远的不好吗？

现在犯罪率这么高，怎么就没人杀了谢璐呢？车祸也不少啊，怎么就没有长眼的车把谢璐撞个生活不能自理呢？

陈滔滔阴着一张脸进了办公室。

谢璐现在就是不要脸皮，就是要回到这里生活，根本不怕别人说，也不在乎过去发生了什么。她该联系陈滔滔依旧联系，能增加感情。能将旧情捡起来她就捡，捡不起来她也和陈滔滔套着关系，对自己有利。陈滔滔能拿她怎么样？

陈滔滔不见她，她就将东西送到了楼下。

"送给陈律师的，就说是谢璐送的。"

陶克戴没敢把东西拿上楼恶心陈滔滔。

谢璐最近的动作有些频繁，在外面甚至打着陈滔滔的名号，做法实在叫人不耻，不过另一方面来说，她倒是挺豁得出去，可见外面的生活并非想象的那么美好。

"谢璐，你打算怎么办？"

"我能怎么办？我打她？"

人又没有站到他的面前来，他能如何？她就是故意恶心自己，他能有什么招？

"她是不是从你这里得到了什么，觉得还有希望？"陶克戴觉得有这种可能，不然一个女的，这样死乞白赖的真搞不明白。

陈滔滔扯了扯自己的领带："我没见过女人？"

"谢律师，谢谢您了！听说您是陈律师的师妹？"

谢璐笑了笑："算是吧，不过他不大喜欢我，也许是因为我太令他讨厌了。"

一个美女笑呵呵地说她和陈滔滔的关系不好，可他听到的是，陈滔滔和谢璐很多年前是男女朋友。

请谢璐是因为她便宜，请陈滔滔的价码太高，不过现在谢璐已经证明了她的价值，就是不知道这背后有多少是陈滔滔使的力。

唱本里的戏码不就是这样的吗？有些爱是带着恨的。

悦讀紀
ENJOY READING ERA
文化品位
优雅生活

简思♥著

她不服，他来治

【全三册】

下部

青岛出版社
QINGDAO PUBLISHING HOUSE

第十四章 陈律师的太太

周一局里的例行会议，就松山本地的安全问题展开讨论。

“我们已经加派了人手，现在每天晚上要巡逻，白天也要巡逻，接到报警就要出警……”

有人提出意见。他们都是人，又不是孙猴子，从明局上台以来，说实话过得很辛苦，上上下下都不轻松。接到报警不出警，单位就会处分，但是警察就这些人，松山这地界也不小，以前晚上接到报警才出警，现在变成两个小时巡逻一次，就是铁打的人也受不了。他也知道明局以身作则，可总要听听下面的声音吧?

就不提得到的工资和付出的对比了。

因为现在是年关，出行的人多，商场和市场几乎人贴人，这种时候小偷几乎防不胜防，真想全抓，警察累挂了也抓不过来。

反扒组组长也对自己的工作进行了汇报。不是偷懒，是真的没办法，蹲点也只能选择部分地点，想全松山都蹲满警察不现实。他知道局长要求高，对自身要求也很严格，但就目前的形势来看，哪个城市都存在小偷，他们这里的犯罪率已经降低了很多。

“商场路口都有警车停留。”

这是目前唯一能做的。

不可能商场里也派人去巡查吧，那么多的商场，那么多的超市，现在除非能给警察队伍再变出几万人来，没有几万有几千也行啊，不然大家都没招。

“有车能顶什么用？”

毕竟小偷是在商场和公交车上作案。大概的难题明珠也了解，但是既然选择了这份职业，就得为百姓的安全财产负责。

会议结束，两名警员并肩从里面出来，明珠已经夹着文件离开，她走在前面，鞋跟踩在地上发出规律的咚咚咚的声音。

“看见了吧，我们的大局长多体谅群众。”

呵!

“别说那么多废话了，干活吧。”

不服气也没用，弄不倒她，就得听她指挥。

有时候他们觉得提拔女人上来就是上面最错误的决定，做出来的指示令人啼笑皆非——大家都卖命干活，看看是不是你干了别人就体谅，最后局里的警察没落好，群众负面的声音依旧很大。

整吧。

明珠裹着大衣上了车。可能是因为到了年关，公交车站排着长长的队伍，前面交通岗堵了一大截的车队，五六分钟都不见车动一步。

年轻人叫嚷着现在过年没有年味，老人们却乐此不疲地买买买，在新一年来临之际把能买的都买到手，此时正三三两两、一群一伙地站一起聊天。前方公交车进站，大家就一窝蜂地往上挤。

明珠也跟着人流上了车，她选择站在车的后半部分，台阶之上。

车上很拥挤，几乎是人贴人，背着包的人紧拽着自己手里的包。有个小姑娘站在靠近车门的位置，穿得很时髦——穿了一双露着脚踝脚面的毛毛鞋，光着脚，外面裹着大衣，上面看起来很暖和，不过看那一双白脚还是会让人产生些许寒意。

她捏着手机，手指快速地按着键盘，偶尔语音聊天。身后的人靠近她，因为车上实在太拥挤了，一停车就听见有人抱怨，她也没在意。靠近她的两个人是一男一女，女的撞了小姑娘一次，小姑娘瞥了撞到自己的人一眼，不过没动，身后的人紧贴着她，她也没觉得有什么好奇怪的，毕竟车上的人多没办法。

后面的男人拿出长镊子，不知什么时候已经将小姑娘侧背着的包划开了，此时正将镊子伸进去夹钱包。这一切，附近的人都没发觉。

钱包被夹了出来，反扒队队长已经发现目标。他们做反扒的需要练就一双火眼，长期和这些扒手打交道，扒手换了哪些新技术他们都是一清二楚的。

钱包顺利到手，人往门口走，准备下车。

车子依旧晃晃荡荡地前行，司机一会儿猛踩一脚油门，车上的人晃来晃去——这样的日子，出门就是遭罪。

反扒队队长靠近那名男子，从后面将人按住。

“你干什么？”

其实男的已经感觉不对了，今天点子很背，被警察给盯上了。

好好的，不是警察，谁会多管闲事？

女的和男人悄悄拉开距离，恰逢公交车停车，男人甩动着肩膀，使前面两个人纠缠上，后面突然杀出来一人，对着警察的后背就是一下子。前方被制服的男人借机准备逃离，堪堪从警察的手里挣脱，才准备迈开步子大跑，后面明珠就从台阶上的座椅位置跳了下来，对着他就是一脚。

“谁挤我了？”前面的人嚷嚷着，挤什么挤？

警觉的人更加用力拽紧包，知道这种时候非常容易发生丢失物品的情况。

前面的人没有起跑好，膝盖软了一下，就是这一下，错失了逃跑的机会。

车上的人也看明白了，这是警察在办案，觉得警察总算是有点用，至少还能看见他们抓个贼。

有些警察和贼的关系比较模糊，至少就管片来说，有些警察就等于是万金油，如果家里人在他管辖的区域丢了东西，这东西是可以找回的。至于究竟是什么关系，那就需要别人去猜了，没人会傻到承认和贼是一伙的。

这个世界上有好人就一定会有坏人，有坏人就一定会有中间人。

通过中间人，双方接触一下，坏人的要求很简单，马上要过年了，得叫他手底下的人有口饭吃。

“真的把我们逼急了，也不见得你们就能捞到好处。在你的管辖区域出了事情，吃不了兜着走的人还是你。”

出了事情，就会影响前途，上面不会管你做出多少优秀的成绩，只会看你的错处。

“我们松山来了一个狠角色，她要大干，我们能有什么办法？”

上面不停地施压，甚至亲自下来参与，就是借他几个胆子，他能干什么？还能打了自己的饭碗？

“女的？”

“别小看这个女的，一张嘴和刀子一样，上下一碰，我们就只能这样干，不是我想一网打尽。”剩下的话就不需要言明了，难道我愿意在我的管辖区域出事？

可是，没办法。

要么你们出手弄死她，要么就被她弄死，反正就这两种结果。

“靠着男人上来，就老老实实地在床上待着得了！一个女的整天削尖了脑袋和男人争场子，松山的男人都死绝了？”

“她家里有什么人？”

眼前的人一笑：“想问候她家里人的不止你一个，不过可惜，这位局长家里关系干净着呢。前些日子才知道她有个丈夫，其他的不清楚。”

“我就好奇，她是打算这辈子不生孩子还是怎么样？不然她将来生孩子，会生一个死一个，呵呵……”

这样的干法，早晚全家死绝。

陈滔滔下班开车出来，到小区门口附近时车子好像出了点问题，他连忙停车。

他下来看了看，用脚踹了踹轮胎，踢的过程中听到后面好像有人走动的声音。陈滔滔一贯警觉，毕竟他得罪的人不在少数，很多人都想把他剁了喂狗，他小心得很，毕竟自己的命是很金贵的。

“你认识明珠？”

“啊？”陈滔滔模糊不清的脸上满带着疑问。

对方认准这是陈滔滔，就拿着东西准备上手——没打算要他的命，就是给他一个警告，给他老婆一个警告，所谓强龙还不压地头蛇呢。

陈滔滔避开对方挥过来的东西："我跟你讲，最好不要和我动手，君子动口不动手。"

门口的警卫见情况不好马上就报警，不过他没出来——这明显是寻仇，他退休了才来这里多赚一份工资，不是为了拼命，关键时刻性命要紧。他能做的事情，就是报警。

陈滔滔的举动显得有些滑稽，人家摆明了就是要修理他，他还说什么"君子动口不动手"。

这时，有人开车经过，车子飞一般进了小区，根本没有多做停留。

"你这是奔着我老婆来的？"

能给他招祸的人就不用说了，明珠大人嘛。

"知道还问什么？"

对方抡着棍子对着陈滔滔就砸，准备砸完就跑——他看准了陈滔滔是个软脚虾，穿得西装笔挺，这样的人平时坐在办公室里吆三喝四的，哪里能比得上他们，迫于生活，什么不做?

陈滔滔手里握着不知道什么时候解下来的皮带，照着对方的下巴就是反手一抽。他的力气很足，皮带很有韧性，在空中甩了两个圈，最后一下落在前面人的下巴上。这一下子抽上去，只听见一声清脆的啪的声响。

然后，皮带迎面照着对方的后脖子抽了下去，再然后是手，反正不是打在他的身上。陈滔滔连续抽了五六下，对方的手已经有些扭曲，看样子是被抽得很惨。陈滔滔是不会心疼的，眼前站着的别说是个男人，就算是个女人，他也照抽不误。

"你是来吓唬我的，还是打算做了我？"

说着，啪的一下子，陈滔滔又抽到对方的耳朵上。

门岗里的警卫跑了出来，劝陈滔滔道："再打下去就出人命了。再说，制服他就好了，剩下的交给警察吧。"

"你还活着？我还以为你死了呢。"陈滔滔抬眼看着警卫问了一句。

然后，他摘下自己的手表放在车盖上。警卫以为他总算是不打了，结果陈滔滔拎起来那人又照着他的鼻子连续打了两拳。

他不是没有战斗力，就看对谁了。

"你觉得我是软脚虾是吧？这两拳是替你妈打的，养大你不是为了让你干这些的。"

说完，陈滔滔回到车盖旁边，优雅地套上自己的手表——脚底下躺着的那个人是贱命一条，他的手表很贵的，溅上血就没有办法戴了。

警察来得很快，把两个人都带走了。

最近有几起案子，有些人抓住罪犯以后就直接上极刑。前几天就有一个人，抓住小偷直接把小偷的腿给打折了。

"你把腿放下。"

附近的派出所里，陈滔滔跷着腿。他看起来就不像是个好人，脸上表情直白地写着：我就不好弄，我就矫情，你敢动我试试，我有钱。

警察素来不太喜欢这样的人，过去办案过程中，没少接触这样的。

“有错也不能给打成这样吧。你的腿放下，像什么样子？”

陈滔滔眼睛一挑，定格警察，反问：“我给打成什么样了？”

眼前的人脸上都是皮带抽的痕迹，加上天冷，现在都是红痕带瘀，别的地儿就更不用说了，单看这张脸，做得还不过分？凡事有警察，谁准你自己动手的？要是都这样直接动手，社会不乱套了？

“会说话吗？”

“我还真不会，要不你教教我？”

警察晾着陈滔滔，不能沟通那就别沟通了，有本事你坐着吧。

陶克戴腋下夹着包出现在派出所，他发现自己来派出所领陈滔滔的次数逐渐增加了。进了派出所了解了情况，陈滔滔不会说人话，他会。

详细的情况解释清楚，虽然动手了，但是当时形势所迫，对方是早有准备，这是报复。

“你看他这样，他大小脑发育不完全，他老婆是个警察，在松山那边办案，得罪了不少人……”陶克戴不管怎么样，说话很温和很客气，满脸堆着笑，至少让人一看，气顺了不少。

值班民警摇摇头，这样的家属，早晚都得拖累死家里那位，这是什么态度？别以为有两个钱就了不起。多余的话他也不说了，原本就是正常问案，毕竟这人出手狠了点，不管是出于什么原因。

“我……”

陈滔滔想要说话，陶克戴的声音盖过他：“是是是，他这人这里……”说着，陶克戴指指陈滔滔的脑袋。

过了没一会儿，他就把陈滔滔给领出来了。

“打得是有点狠。”

“我是算计着打的，小伤。”陈滔滔不认为自己有什么错，对方可能是要吓唬他，也可能是要搞死他，他不出手也许现在躺在医院里的人就是他。

两人又闲聊了几句，陶克戴就上车走了——他家不在这附近。

陈滔滔溜溜达达地进了小区，门岗看见他迅速低下头。他甚至觉得，也许明天自己就得丢工作了。事实上他真不太喜欢陈滔滔，觉得这人鼻孔朝天，针对物业也好，针对业主也好，保不齐明天会因为自己今天没作为就让物业换年轻的门岗了。

“陈先生……”门岗突然叫住陈滔滔。

陈滔滔听人家说了老半天的话，还是那一脸不用眼睛瞧人的架势。有些人看见他就会觉得不好搞、事儿多、眼睛长在头顶。陈滔滔就是典型的这种代表，让不熟悉的人首先厌恶他三分，花痴的不算。

门岗求完情就后悔了，说那么多做什么，不干就不干，另找就是了。

陈滔滔进了电梯，整理了下自己的头发。到了自家所在的楼层，他出了电梯直奔家门，紧接着开门进去。

“没下班呢？”

“嗯，你睡吧。”

明珠就两句话，直接挂了电话。

她现在天天忙，晚上九点回来都算是早的。陈滔滔翻着白眼，现在才几点他就睡？

他也没有和明珠说自己遇上了什么事，把工作做完，喝了半瓶啤酒，就对着窗子欣赏夜色——赚钱就是为了享受，有些时候他站在家里的窗前往下一看，幸福感就油然而生。

明珠夜里十二点多才进的家门——每天松山发生的大事小情很多，就算是不睡，估计都解决不完。

干了这行，她就没想过什么减肥不减肥的事儿，哪里有力气去减肥？好在她也没有胖起来，天天运动倒是助消化了，饮食却越来越不健康，吃饭不定点。

进门后，明珠站在门口缓了口气——她也是动完手术没有多久的人，这次伤得比上次还严重。

不是不累，也不是不辛苦，就是习惯了什么事都自己扛，跟别人说，指望别人安慰吗？

这样想着，明珠直了直腰。

陈滔滔恰好从浴室出来，头上顶着毛巾，光腿踩着拖鞋，看见她说：“回来了。”

明珠脱了鞋，进了屋子里。陈滔滔看着她那样，心里骂了一句脏话——不是好话。

他觉得明珠就是个“傻帽儿”，“吃力不讨好”说的就是她这种人，现在的形势就不是一个人能扭转过来的，你累死也没用。

明珠进了厨房，拧开火。就算不怎么会做饭，简单煮个面，把速冻的饺子扔进去或者蒸个东西吃，她还是会的。她很感谢自己出生在这样的社会，什么都能买到。

从冰箱里抽出来一袋包子，反正是小猪的，她也不知道里面是什么馅的，蒸了再说吧。明珠盯着火站着站着，突然身体有点不舒服，觉得站不住，反正水也还没开，又有地暖，索性坐在地上歇会儿。

她只是想歇会儿，没想到睡过去了——她这几天睡得不好，加上有些奔波，体力消耗得很干净。

地上真的很暖，暖着暖着她就进入梦乡了。不一会儿，炉子上的锅冒着热气，水已经大开了。

卧室里的陈滔滔还纳闷呢，这人还没吃完？

明珠就这么个习惯，不死在别人手里，她身体也不带好的，等着瞧吧，看他算得准确不。

这么想着，他就往厨房走，探头去看。厨房里开着灯，暖洋洋的，玻璃外面是黑色的，明珠在地上坐着，靠着橱柜闭着眼睛，很安静。

安静得……陈滔滔很想把锅里的热水都浇到她头顶去。

他关了火，瞧瞧她，回屋抱来一床被子扔在门边，关了灯踩着拖鞋又回了房间。他又看了一会儿文件，才关灯睡觉。

明珠睁眼时都三点多了，从地上起来，她洗了一把脸就上了床，主动去抱陈滔滔。

陈滔滔就像每个青春期少女床上会摆放的那个洋娃娃，不过少女摆的是假人，明珠摆的这个是真人。

“少贱，离我远点，我热。”陈滔滔突然出声。

“我冷。”明珠还是贴着他——他身上温度刚刚好，可能是没盖被子睡觉，有些凉凉的——她就羡慕陈滔滔这身体，这样的气温竟然也可以不盖被子睡觉，而且还不会生病，真是好身板。

“你……”陈滔滔就想问她，她有点女人样没有啊？

别的女人都在做梦遇上个王子什么的，然后自己变成王妃。瞧瞧她这日子过得寒酸的，王子跑了，这一辈子活到头回头来看，到底经历过什么啊？

别的女人能讲出来一堆段子，明珠呢？

这些话陈滔滔没有讲出口。这样的话不是他这个身份该说的，这样的话也轮不到他来讲，立场陈滔滔懂，因为懂，所以即便再想说，他也不能开口。

“我饿了，你还吃吗？”陈滔滔下了床，明着是为了躲开她，讲出来的话却有些口是心非。

“陈滔滔，你知道你现在做什么吗？你爱上我了吧，被我的人格魅力所折服了，所以对我这样好？你怕我饿就直接说，我不会骄傲的。”明珠打趣他。

陈滔滔一副快要吐出来的表情：“我爱你？爱你还不如去爱一个男人，男人都比你好。吃不吃？别废话。”

“吃，给我来五个。”明珠豪迈地道。

闻言，陈滔滔脚下一软——是个女的都会为了表示自己在乎身材而少吃吧？现在这个时间张嘴吃五个，上辈子是猪托生的吧？

这女人力气比他大，吃得比他多，比他虎比他猛，估计给她安个喉结贴点汗毛，她就是个十足的糙爷们，比自己还像爷们。

“你是我大爷。”

他上辈子一定是欠了明珠不少，不然这辈子为什么眼睛就被眼屎给糊住了呢？要是没糊住，他干吗要和明珠这样？

说不欠她的，他自己都不信。

陈滔滔家里的这点事他还没研究明白呢，就用可怜的智商去蒸了包子，然后端着盘子回被窝里——陈滔滔竟然可以在被窝里吃东西了，真是令人震惊。

“用微波炉转一下更快。”明珠咬着奶黄包说。

陈滔滔身体一僵，心想有些人活着就是为了得寸进尺。他递给明珠一个盘子，盘子里有培根和香肠。

“没筷子吗？”

陈滔滔将手里的叉子比量着明珠的脖子，一副凶狠的样子：“吃就吃，不吃滚出去。”

明珠用叉子叉着香肠，送进嘴里，嚼着，很香。

“我这男人不仅是个名牌，还是个实用的，身材又赞，活儿也好。”

陈滔滔端着杯子，闻言一口咖啡呛在喉咙里，讲话能不能不要这么粗俗？

于是，他拿小眼刀子飞她：“谁是你男人？”

“你呀。”

明珠笑嘻嘻地把满嘴的油往他嘴上蹭，陈滔滔真的要发飙了，擦干净嘴巴，才勉强让她亲一亲——这样太脏了。

吃完她就睡了，入睡还特别快，好像刚刚清醒的人不是她。陈滔滔喝了咖啡现在不困了，坐在床上数着星星，窗帘里面的一层拉开一个角，这样就方便看清外面了。

今天的月色可不怎么好，就那么一条，听着身边人匀称的呼吸声，陈滔滔叹口气，他刚刚干吗嘴贱去喝什么咖啡？现在睡不着该怎么办？

没睡好的结果就是黑眼圈有些严重，起床气非常重，脑袋生疼。陈滔滔刚将头藏进被子里，明珠就扯开被子。

“滚！”陈滔滔在明珠扯开被子的一瞬间吼了出口，他现在心中装着火山，随时都会喷发。他拽回被子又躺了回去，要继续睡，头好疼。

“你今天不去上班了？”

明珠问他，那人没回话，她就趁刷牙的工夫站在床头看他。

陈滔滔被人盯着睡不着，告饶道：“我昨天几乎就没怎么睡，你别折磨我了。明珠你行行好吧，不是每个人都像你一样……”

吃饱了就能睡，睡饱了还能吃。他这种高级人类，每天活着有很多压力，各种释放得出去和释放不出去的压力，活得很辛苦，活得很艰辛。

陈滔滔现在就是想矫情。

作为一个人，他真的觉得活得好辛苦。

失眠痛苦，赚钱痛苦，今天比昨天少赚了依旧痛苦，丢了一毛钱也会痛苦，亏本了还会痛苦，觉得自己昨天手贱地喂饱她还是很痛苦。

他后悔，非常后悔，他为什么要那么做，他就应该什么都不做的，他不是谁的保姆。不应该是这样，虽然双方也可以互相谅解什么的，但不该是这样的，不该啊。

他不是一个好男人，不是啊。

“吃早餐吗？我给你做。”

明珠所谓的做，就是把冰箱里的速冻食品扔进锅里，或者买，她都拿手。

“你走吧，别磨叽了，我想再睡一会儿。”

于是，明珠刷完牙洗完脸就走了。但是，她一开门出去，陈滔滔就醒了，迷瞪瞪地坐起来——他现在发现了自己比失眠更为严重的一个问题，那就是他不困，感觉不到困。

无论他晚上睡得多晚，早上到点儿就醒，而且即便这样也不会觉得困。

陈滔滔无奈地掀开被子，光着腿和脚进了浴室里，专注地看着镜子：“今天又帅了。”

不过，就算是再帅几百倍，他也兴奋不起来——他的幸福阈值现在变高了，看见钱都兴奋不起来了，这情况有些不妙。

欣赏自己的脸十分钟以后，陈滔滔开始洗脸。

然后，他开始换衣服，只穿着内裤站在镜子前，欣赏自己的身材。不是他自夸，真的是个女人遇上有这样身材的男人，天天舔脚底板都会觉得幸福的。这样想着，他左右摆着姿势，对着镜子飞飞媚眼。

陈滔滔心想，男人长成他这样，叫别人怎么活啊，脑子又好，脸又好。

一边乐不可支地想，他还一边做着各种各样能体现出来力与美的结合的动作。

好半天之后，他才收了动作套上衬衫和西装，又啧啧了几声："什么叫穿衣显瘦，脱衣有肉？说的就是我了。"

光线打到他的腹肌上，结结实实的几块，闪闪的，带着星星，从头发丝到脚底跟就没有一处不精美。

陈滔滔进了电梯，仍旧不放过欣赏自己颜值的机会——凡是有"镜子"的地方，他都愿意照照，看见自己的脸，那些晦气就会一扫而空。边欣赏，他边扭着自己的腰——最近坐的时间有些过长，这样可以让他紧张的腰肌松弛松弛。

他正在扭呢，电梯门开了，外面站了一个女人。电梯门一开，她就往后狠狠退了一步。

她主要是被吓到了，一大早的就看见了容易长针眼的事情，一个男人在这里扭水蛇腰能看吗？

直到电梯门关上，她也没有走进去——遇上这样的人，她宁愿多浪费一点时间，也不着急抢这一秒，里面的人看着就很不着调，别看穿得人模人样的，是那个吧？

娘里娘气的。

陈滔滔黑着脸，看着电梯门关上了。

你误会了。

他很想开口解释，毕竟对方的表情已经说明了一切。

并不是你所想的那样，这都是误会，误会啊。

徐太宇和未婚妻同时出席母亲的生日宴会，夫人显得有些意兴阑珊——她原本对自己的准儿媳也很欣赏，虽然她更欣赏明珠，不过对方是无辜的。可是，自从知道了准儿媳那点不干净的事儿后，她的脸色就没太好过。

"妈，生日快乐。"徐太宇的未婚妻推开休息室的门，甜甜地笑着走向未来婆婆——在未来婆婆这里，面子功夫还是要做全的。

夫人想起了让人跟着她拍到的那些照片。

她真的不能理解，一个女人竟然一点不在乎自己的名声，和徐太宇订婚后还在外面和一个男模不清不楚，一个月里被拍到四次两人通宵在一起。

"放着吧。"夫人正眼都没放到那礼物上，人她都不在乎，还会在乎这一份礼物？

"妈，你心情不好吗？"

"没有。"

意识到夫人的冷淡，徐太宇的未婚妻有些无奈，该做的她已经都做了，那就该陪着徐太宇去演戏。

她很爱自己的男朋友，但是她没办法脱离家里，道理很简单，没有卡她活不了，她也清楚自己是什么德行。她试探着点过徐太宇，如果他愿意的话，她可以收心，毕竟当人家未婚妻要有点未婚妻的样子，可徐太宇给出来的答案模棱两可。

她是女人，是需要人陪的，那个男人拿她当全世界。

宴会结束后夫人乘车回到家里，接了一通电话，然后狠狠摔了电话。

“我妈呢？”

家里的用人指指楼上，她其实很想提醒徐太宇，夫人的心情非常糟糕。

徐太宇的皮鞋踩在地毯上，直奔母亲的房间。

夫人倚靠在床上，她有点累，今天这样的场合就是应酬，应酬的存在是必须的。

可是，应酬得让她觉得很不爽，这种不爽已经有很多年没有了。

“雅若在做什么你清楚吗？”

“可能在回家的路上，可能去了酒吧，也可能飞国外购物。”

“既然你不知道，那我现在来告诉你她在做什么。刚刚宴会一结束，她就和那个男模一起回了她的公寓……”

徐太宇抿着唇，他是知道的。

“如果你要和她结婚，那么我绝对不能接受她继续现在这个样子。打电话给她，说我要见她。”

“妈……”

“打电话。”

徐太宇看了母亲半晌，然后拨了电话——他用态度告诉了他的母亲，即便他的未婚妻是这样的，他还是要将这桩婚姻继续到底。

夫人何尝不是在试探，既然他舍弃明珠选择雅若，既然一定要和雅若结婚，那她现在的样子是绝对不行的。

“雅若，我妈想见你。”

闻言，席雅若从床上坐了起来，这个时间要见自己？

“我让车过去接你。”

席雅若动了动嘴，不过没有说出反驳的话——她没有反抗的权力，徐太宇已经拿出来他想要她那样做的态度，那她就得识时务。

“你回去吧，以后别见了。”席雅若看都没看躺在身边的人，尽管前一秒他们还在浓情蜜意。

她舍弃不了自己富足的生活，她没办法去过贫穷的日子，就当她自私吧。

说完，她就走进浴室，并把浴室门上了锁。外面的男人似乎在喊着什么，声音有些哽咽。

席雅若和一些玩得很开的富家女有些不同，她从初恋到现在只谈过两个男朋友，这个男朋友谈到现在，对方呵护她，体谅她，哪怕她订婚，他宁愿给她当没有名分的第三者，她欠他的，还不清。

很久之后，家里彻底安静了，席雅若从浴室里出来，换了衣服，整理了头发，然后下楼。徐太宇的车已经到了，她平静地坐了上去。

车子启动，她发出最后一条短信：以后不要来找我了，找个好女人吧。

她说过，如果徐太宇需要她做一个本分的妻子，她可以做到。

夫人叫了席雅若来，却没有见她，据说已经睡着了，真的假的她清楚得很。不一会儿，徐太宇就从楼上下来了。

这个男人长得好，一身的优雅，可她对徐太宇……想到这儿，她翘翘唇角，算了，现在说这些又有什么用呢?

“我妈希望你能做个合格的儿媳。”

席雅若点点头，从今开始她会配合徐太宇，和他做一对至少外表看起来非常相配，很开心的夫妻。

“我和他说清楚了。”

徐太宇经过她的身边，没有停留，双方都清楚，他并不在意的。

席雅若说这些也不是为了讨好他，既然这桩婚姻必定成行，她又何必闹腾？算了，就到这里吧。

嫁一个冷冰冰的丈夫，每天他脑中都在精准地算计着，也许是算计着别人，也许是算计着什么事情，这样的人，她也不觉得他会爱人。

你能想象徐太宇爱过一个人吗?

就算是爱过，和她也是一样的，大家都是可怜人，金钱的奴才。

很快，席雅若就开始上烹饪课——虽然学不见得是为了做，只是需要偶尔一展手艺，然后美美地接受丈夫的赞美。她也安下心来和婆婆接触，想调解好未来的婆媳关系，有时陪着母亲看看画展，买买画，偶尔和徐太宇挽着手臂出席一些应该出现的场合。

挺好的，真的挺好的。

某天，席雅若和婆婆一起喝茶，她感觉得出来，她婆婆不太喜欢她。她和徐太宇的婚期越来越近，这可不是个好兆头。

夫人看看坐在眼前的人，表情淡淡的。之前席雅若主动提出来要陪她来打球，她只是淡淡地笑了笑。

有些事情已经成定局，不会发生任何变化，就像是一些既定的程序，改动一个数字出现的偏差，可能让很多人直接破产。

“妈，你是不是不大喜欢我？”席雅若问。

“只能说你不走运，我更加喜欢另外一个人。”

派出所内，一个中年妇女坐在椅子上做笔录：“……之前我听别人说，银行都是可以破产的，那钱放在银行不安全……”

民警停笔，心里默默叹口气，又问：“放在银行你不放心，哪里还能放心？”

“我们那块儿，之前银行就黄了。”

做笔录的民警屏息片刻：“好了，我知道了，你回去等消息吧。”

“我的钱什么时候能要回来？”中年妇女显然比较关心这个问题。

“第一，银行不存在关门大吉，我所说的银行就工、建、中等等，银行选错位置也要挪地方，不存在关门一说；其次，你这钱能不能追回来，现在不好说，如果有后续消息，我们会联系你的。”

“你们不抓他们吗？现在抓，我的钱还能追回来。”

“这不归我们管。”

“你们警察就是这样，只会推脱，我们的钱都给你们发了工资，你们是公务员，工作轻松……”对方吧啦吧啦就开始抱怨上了，现在他们的钱被卷走了，谁都知道现在追才能降低损失。

“你可以走了。”民警没什么耐性地说。

社会宣传，街道宣传，天天说天上掉馅饼不要相信，不要相信！结果，这些话都喊给空气听了。

等人离开，两个值班的民警聊天，不知道蠢人都被他们给碰上了，还是来的都是蠢人，就这么三天报警的已经超过二十人了。

“这些老头老太太，什么都信。”

另外一个值班民警笑道：“现在可不只是老头老太太信，很多年轻人也信，被洗脑了。”

某财富公司卷款跑路，前后硬撑了不到一年，之前传播的力量很强劲，现在人去楼空，能抓住的人也赔偿不了什么。

明珠喝着水，盯着屏幕——这已经是第四杯了。火车站这边因为临近年关的关系聚集的人较多，一部分警力没有办法执行公务，局里就从其他地方抽了不少人手过来帮忙，确保火车站安全。外面停着警车，里面警察盯着屏幕，有全方位探头在监控，下面时不时有便衣溜达，编班进行现场暗访。

“吃咸了？”另外一个值班的人看看明珠，将杯子递给她——这个时间喝这么多水对肾脏不好。

“嗯。”

明珠在这里，没一会儿外面又来了几个人——这个世界上最不缺的就是拍马屁的人，他们手里提着东西进来，已经是下班的时间了，又回来值班。

“局长……”

明珠闻言抬头，和明珠一起值班的人就找了个借口到楼下站里站外溜达去了。

他这人嘴笨，知道坐在一边的人是谁，不过他不乐意去拍马屁，对着明珠点头哈腰的，他觉得脸面放不下。

对进门的人，明珠有印象。

“不是已经下班了吗？”

“我过来看看，局长都加班，我回家也没有什么事情可做。”那人脸上堆着笑意。

明珠将杯子放在一边：“该下班就下班，不需要这样。如果需要你们加班，我自然会讲的。东西你拎走。”

其他的话，难听不难听的她就不打算说了。

她非常反感这样的行为，想往上干，那就拿出来真本事，而不是通过这些事情在领导面前刷印象分。

对方依旧在笑，人家也没有过激的行为，自愿加班，她还能说什么？

一大早，明珠在会议室里主持例行会议。每天磨磨嘴皮子，这些东西说来说去就是那样，不过她现在坐在这个位置上就不能不说，形式也好什么都好，必须要走。

正在开会呢，有人来电话，说是有人在派出所大门口静坐抗议。

“抗议？”

“被骗了钱的人……”

派出所的警察出动了，可现场一没有身体接触，二没有骚乱，警察也没有办法，只是劝大家都回家去，说这个问题上面已经在着手处理了。

处理？别人拿着钱跑了，过着醉生梦死的生活，现在人跑哪里去了都不确定，怎么追？

之前几起类似的案件，人抓了回来，钱也没有剩多少，分下来每个人能拿回多少？

“永强还没回来吗？”王永强的母亲目光扫着门外，说好下班就回家吃饭的，这饭都做好半天了，也没见他回来。

“吃饭吧。”

领导发话了，全家就坐在了一起。

领导的几个儿子工作都在一个体系内，不过分工不同罢了。王永强是最小的那个，他上面大哥干得出色，深受领导的重视和喜爱。

“爸，我怎么听说你之前调了一个女的去XX支队？”大儿子伸筷子夹着菜问。他一身的儒雅，是拿笔头的，平时每天待在办公室，进出都有自己的车。

领导看了一眼大儿子，视线停留在大儿子的毛衣上：“你这衣服不错，不便宜吧。”

大儿子王永辉笑笑，是不便宜，四千多一件呢，说是羊绒的，是不是他不清楚，不过穿在身上穿着穿着就习惯了。

二儿子王永春死命扒着饭，饿死鬼投胎一样，脸比大儿子的黑了不少。饭还没吃两口，他的手机就响了，接起来听了几句，就要离开。

“饭也不能好好吃完，什么事情就非得你出现不可？你都下班了。”当大哥的开口训斥弟弟。

一家三兄弟，那两个和他好像不是一个妈生出来的，又蠢又笨，老二就是倔驴一个。

“爸，我得赶回去，我不吃了啊。”

“什么事儿连个饭都吃不消停？”大哥又问。

“还是我们系统的人吗？不能说。”老二直截了当地说。

王永辉冷笑着，说不过他，保密就好好地保吧。

王永春套上警服就离开了——他身上的御寒大衣都是局里发的，里面的衣服也有些不够服帖，看样子也是几天没顾得上换了。

领导夫人叹口气，全家吃个饭就这样难，不是这个有事儿就是那个有事儿。

“爸，你应该管管永春和永强，他们俩在下面就总这样……”

闻言，领导放下了筷子。领导太太一听丈夫放下筷子眼睛就是一跳，对着儿子挤眼睛，示意儿子别再说了。

“我怎么管？”领导直视着大儿子。他今天也是想洗耳恭听，看看这位大红人有什么办法能让他两个不上进的弟弟一路水涨船高。

“你和下面交代一声，谁能不明白？我在旁边敲敲边鼓……”

固守成规有什么用？谁会感激你？别人知道了也只会说，这是装出来的，不过就是秀给别人看的。儿子都不能因为父亲身在高位受益，说出去岂不是笑掉别人的大牙？

他不是已经上来了？老二老三只怪他们自己蠢，老实地当警察，谁会感激你们？

老太太摆着手，示意他别再说了。

老大就是自己生出来的，不然她也很纳闷，王永辉到底像了谁？她和老头子都是那个年代过来的，绝对没有这么多心眼子，老二老三也闷呼呼的就只会办案查案。

领导欣慰地看着王永辉：“现在的人都聪明了。”

从老大利用他的关系那天，他就知道，不过他能怎么做？现在聪明的人太多，会想方设法地去钻漏洞。

“你回去吧。”

王永辉闻言一愣，他这饭还没吃完呢。

“回去吧，你爸让你回去。”老太太也说。

王永辉站起来，他妻子拿着衣服抱着孩子，他还想对老头子说两句。

就这脾气，他真搞不懂自己的父亲，再有几年你也该退下来了，退下来以后除了固定的工资你还能享受什么？为何不在能享受特权的时候去动用自己的特权呢？

他生硬地拽过妻子手中的衣服，对着老太太抱怨：“妈，你也得说说我爸，他这脾气……”

然后，王永辉一家三口都离开了。

他自己干得好，妻子工作也好，是某幼儿园的教师。那是全市最好的一间幼儿园，全上中的人都知晓，那个幼儿园不是谁想去就能去的，也不是有钱就能去的，没钱你当然想也不要想。他妻子年轻漂亮，妻子的娘家人也都跟着受益了。

“永辉说的那个女孩子……”

领导拍桌子：“怎么着，你觉得我这个年纪还能干出点什么不要脸面的事情？”

老太太心里那个委屈啊，不是就不是，她也没问这个，就是好奇，吹胡子瞪眼睛的和谁拍桌子呢？

抗议，将冷漠进行到底的抗议。

“我说这水怎么是烫的啊？”领导喊着，叫他怎么吃药？

老太太也不吭声，知道领导脾气过去怒气也就散了，他就这脾气，在老婆面前可能更加敞开心扉一些。

“我这不是都道歉了吗？”老太太嘀咕，心想你这心扉也敞得太开了。

“徐太宇之前来过我办公室。”

王永辉负责处理派出所门口的集体静坐抗议这件事情，听说外面静坐的人都是有组织的，就气不打一处来——有些人总能刷新愚蠢的底线，让人开开眼界。

“现在也没有闹，只是静坐……”

“静坐还觉得脸面上好看呢？”也不想想这是哪里。

就是没人闹才难办，如果有人闹直接拿下就好了。王永辉有些头疼，看着窗外，事情处理得圆满那就是他的本事，处理得不好上面的人是不会怪罪他，不过他的前途就麻烦了。

“公安局那边来的人是谁？”

“是松山的明珠。”

王永辉闻言眼睛一亮，明珠？

这个明珠和他家里的关系比较复杂，几乎一路是他父亲提携上来的，因为这事儿王永辉没少背后抱怨父亲。他有今天靠的不是父母而是自己，他如果不能钻营，现在就和永春、永强一样，还在下面蹲着呢。

“叫她上来。”

不一会儿，明珠就进了王永辉的办公室。她不认识王永辉，没有见过，也没有打过交道，这是第一次。

王永辉先自报家门，然后问明珠：“对楼下的人要怎么办？”

“不能动用武力，这样传出去不好听，不能发生纷争、不能有人受伤这是前提，要在这些前提下，让人散去，你是负责人，办法由你来想。”

“现在场面没有任何冲突……如果只是静坐抗议的话，那没有办法了，就让他们坐吧，不会有记者前来报道的，他们坐到晚上也就散了。我们会留警察在现场停留，晚上就散了。”

“如果明天他们还来呢？”

因为他们的无知、他们的愚蠢，现在要别人负责吗？

这样的人就该排成一排直接去吊死，死了就都干净了。王永辉心里这样想着，非常不屑，白日梦就是给这些人说的。

王永辉道：“冲动就是分分钟的事情，拿下那几个带头的，这些人自然就折腾不起来了。”

明珠没有立即回话，她打量着王永辉。她对王局也不是很熟悉，打过几次照面，说过几次话，没什么交情和深入的了解，但多少可以看得出来王局的为人，这王局的儿子……明珠觉得是个当官的人才。

这话不是褒奖。

这个事情上面会解决，但是何时解决，不是被人掐着喉咙来逼，上面怎么办事的，还轮得到外面的人指手画脚？为你们的愚蠢埋单吗？

现场静坐的人倒是很安静，也许认为以这样的方式可以将钱追回来，却不知这里面的门道很多。

人跑了，跑到哪里不知道，真的确定方位，能不能抓？怎么抓？抓回来又是怎么样的状况？一切都是未知数。

最近陈滔滔又接了个案子，他最烦这种一蠢就是蠢一家的事。

方磊他妈一把鼻涕一把眼泪地哭着。

坐在对面的陈滔滔无动于衷，觉得可怜？他怎么觉得这是自找的呢？

所有的底线都给她破坏掉了，从她放下婆婆身份的那一天，今天的一切就已经注定了，有些架子不能端，可有些架子必须端。就单说这离婚协议签的，脑子进水了吧？

事情一点都不复杂，方磊追了于蓝一年多给追上了，婚检过后就结婚了，结果于蓝隐瞒了检测出大三阳的事。

结婚以后于蓝很少做家务，长得美就是资本，偶尔还吹吹枕头风。自古婆媳就难相处，更何况于蓝还傲气，对公婆就是爱理不理。方磊他妈也有些看不上这个儿媳妇，家不收拾，不孝敬老人，也不关心丈夫，唯一感兴趣的就是花钱。

“我和老头子每个月的退休金都给他们花了，这么长时间就一次没忍住说话冲了，她让我上门道歉我都去……她骗我儿子假离婚，说她妈拿一百万让她换大房子，然后家里把房卖了，卖房钱到手后她掉头就跟别人结婚了……孙女跟她一样有大三阳，她当初就没一句实话，方磊也被传染了……”方磊他妈低着头哭，又悔又恨。

于蓝和方磊离婚以后，她娘家确实填了一百万给女儿换了一个大房子，可没方磊什么事，卖房子是方磊自己签的字，离婚协议也是方磊自己签的，官司是打了，不过各方面查来查去，法院判了方磊败诉，孩子现在都会讲话了，他们也没见过孩子几次。

他们家原本都是打算忍的，结果因为于蓝隐瞒病情，这才闹大了。

陈滔滔转动着手里的笔，他看着这个老太太哭得可上瘾了，那就哭吧，倒是她身边坐着的男人一脸的颓丧。

几年的时间没完没了地牵扯，爱过也恨过，现在只剩下刻骨铭心的恨了。

“你们现在想要回来房子的一半？”

“我只要当时卖房的钱，她这是骗我。”

陈滔滔继续转着笔，平静地说：“这件事情你自己要负很大的责任。”

方磊点头，说：“有一阵我真的都想放弃了。”

“那现在怎么又不打算放弃了？”

没钱花了？

“她又怀孕了。”

闻言，陈滔滔手里的笔掉在了桌子上，忙问：“刚刚不是说已经离婚很久了吗，这是你的孩子？”

“是别人的孩子，所以我怀疑，她早就和别人在一起了。”

不然当初为什么那么坚决地要离婚，还骗他的房子？

方磊问：“官司能不能打？”

陈滔滔说："可以打，打打看吧。"

卖房的中介是有档案的，当时卖了多少钱，钱打进谁的账户里写得明明白白，现在的问题就是，怎么证明方磊是被骗的。

靠嘴巴？

陈滔滔自认他嘴巴再厉害，也不能只凭着一张嘴耍流氓。证据，关键是要证据。

官司打起来，方磊拿不出什么有利的证据，相反于蓝家里拿出来的证据较多，不过于蓝没有出庭而是她母亲代替女儿出庭。

"他们根本就不是假离婚，是真离婚，当时方磊和我的关系非常生硬，他指着我鼻子骂我……"

于蓝的妈妈大声说着，说这个女婿怎么和她过不去，他妈怎么难为自己的女儿，她女儿是被逼得没有办法，这才离婚的。至于方磊所谓的现在于蓝住的房子，购房款里有他一部分钱，这就是扯淡。

"我分三次给我姑娘拿出来的这笔钱，然后买的这个房……"于蓝家动迁过，确实拿得出来这些钱，方磊的那些记录则显得有些牵强。

法院联系过于蓝，于蓝的态度非常坚决，说她和方磊离婚就是因为感情破裂，不存在什么因为隐瞒大三阳的问题，结婚以前她就说过的。

"你现在怀孕了对吧？"

于蓝看着陈滔滔："我离婚了不能找了吗？"

于蓝怀里抱着孩子，孩子有点闹腾，坐在她身后的男人伸手接过孩子。这是于蓝的丈夫，现任丈夫，他对于蓝的孩子特别好，孩子让他抱，并且喊了"爸爸……"

孩子一口一个爸爸叫着，有人问孩子话，孩子就说爸爸对她特别好，她就喜欢现在的爸爸。

方磊坐在一边，眼泪都要下来了。

方磊他妈擦着眼眶，说这官司不打了，看着自己的孙女叫别人爸爸，叫得这样亲热，你说他们这是为了什么？仅仅是为了钱吗？

之前她还想把孩子的抚养权给争过来。

因为孩子太小，也许是妈妈和姥姥教了什么，所以她只认现在的爸爸，对自己的亲生爸爸没有一点感情，陌生，且不想和方磊一起生活。

"陈律师，谢谢你，这个官司我不打了。"

方磊认了，就当他花钱买一个教训吧。

陈滔滔这边费着老劲，现在当事人还来拖后腿，他就特别想爆粗口，你玩我呢？

"为什么不打？"

方磊不说话，他妈也不说话。

"因为孩子的态度？"

陈滔滔不屑，他这人就是极品，就是渣，别说什么亲情不亲情的，既然你们家这样教，以后也是没打算让孩子回来，那就一拍两干净，该我出的钱我出，不该我管的，一毛钱的我都不管，官司不仅要打，还得打赢。

方磊缺少的就是能证明当初于蓝提议假离婚的证据，不过最近也有了眉目。

于蓝的二姨站出来，说明了真相。方磊这孩子她是知道的，错的人是于蓝，不管这中间是怎么回事儿，做人不能这样。加上方磊将房子卖出以后的所有手续递交法院，卖房子的钱是直接打给于蓝的，她没有进行合理分配。就算是夫妻房产也是需要进行合理分配的，现在是他个人婚前的财产，卖掉了，钱却直接进了于蓝的账户，是真离婚还是假离婚，他不纠结这个问题。

于蓝的大三阳结婚以前是否有告知，这没有办法去追查，毕竟都过去那么久了。

官司打得有些费力，不过好在结果还算是不坏，方磊的房款追了回来。虽然钱拿到了，但是他也高兴不起来，离了婚和前妻闹这么一场，撕得脸皮都不要了，孩子现在喊别人爸爸，他的心里难受。

“陈律师，谢谢你。”

方磊的妈妈也高兴不起来，有什么值得开心的？

孩子闹出来有母体遗传的时候，方磊就去检查了身体，不过万幸的是，他虽然被传染上了，但是治疗得及时——人生也许就是这样吧。

后来方磊又结婚了，结婚之前他和姑娘明说，他被前妻传染过乙肝，但是治好了，如果女方不放心的话，可以一起去医院检查。经历过于蓝一事，他认为有些事不能瞒，两人想过一辈子，就必须要坦白。

这是做人的底线，也是道德的底线。

方磊这次找的女人也是二婚，前一次的婚姻不太幸福，没有孩子，结婚很短的时间后就离婚了，工作很好，人也长得不错。

两个人再婚以后，日子过得非常不错。现在的妻子和他母亲关系也比较好，是个进退有度的人，做什么事情都很有分寸，结婚一年后给他生了一个女儿。也许是为了弥补对大女儿所欠缺的，方磊对孩子的事情几乎都是亲力亲为。

二十五年以后，方磊和妻子还在工作，最近有些事情让他觉得头疼。

那就是他大女儿的事情。

那孩子他总是见不到，于蓝一开始让见，不过总是改地方，说这个地方不安全，那个地方不方便，各种折腾他家里人。后来干脆家里人一商量，那就别看了，人家摆明了是不愿意让你看，每个月给抚养费就好。所以，一直到大女儿现在这么大，方磊都没见过她几次。

孩子现在要结婚了，来和父亲要钱，要得理直气壮。

方磊看着眼前坐着的大女儿，问：“你妈有没有和你说过我和她为什么离婚？”

大女儿显得有些不耐烦，当然有说，都是她爸的不对，加上这些年继父对她特别好，她和亲生父亲也没什么感情，来要钱是为了不便宜他。

方磊叹口气，心想应该是说了，而且说了不少。

“你长到十八岁，我一直有给抚养费，作为一个父亲，我觉得我已经做到了该做的一切。我现在是不缺钱，但这个和你却没有任何关系。我知道你和你的继父关系很好，孩子，你也别在我面前耍什么小聪明，你的选择我尊重，也觉得正常，但是咱们和一般的父女关系本就不同，你结婚我不会出钱。”

大女儿一听，果然被她妈料准了，脱口而出：“将来你小女儿结婚，你也不出钱吗？”

“我出，因为她是我养大的。”

“真是我妈说的那样，你就不配当一个父亲！”

“孩子，你别忙着指责我。我承认我不是一个合格的父亲，我的心能装下的东西太少，我也不指望你能理解原谅我。你可以对任何人去诉说，我这个做父亲的对于你结婚无动于衷，我一毛钱也不肯出。”

没有谈下去的必要了。

大女儿结婚结得有些寒酸——她妈这些年做生意亏了很多钱，她下面还有个妹妹，她没挑父母的不是，毕竟父母将她养大了，她就是不能理解这个亲生父亲。

方磊的小女儿出嫁，可谓是风光无限——他和妻子工作都非常好，做了这么多年，也有涉及一些生意，赚了不少钱，就这么一个女儿出嫁，自然要好好地打点，能给女儿买的都买尽了。

就因为小女儿风光出嫁，大女儿哭诉，亲生父亲对她不管不顾，对那个小的却宠爱有加，一样是女儿，怎么分别这样大？做父亲的心是不是能如此之偏？

小女儿和大女儿是一个单位的，平时跟姐姐抬头不见低头见的，她也觉得尴尬，想要辞职不做了。但辞职之前，有些话她要说。

“这些年陪在父亲膝下的人是我，父亲生病时伤心难过的人也是我。父亲对你寒心并不是因为你母亲，而是你。你就是你，你的态度、你的行为让父亲寒了心，别拿亲生不亲生来做文章。

“你一直都知道自己有这个父亲，却拒绝和父亲见面，这么多年了，你也这么大了，你小的时候你的母亲能拦得住你，那你大了呢？你的心里认同你母亲的言辞，只是因为你的亲生父亲现在有钱了，你只想从他的手里捞一些钱。如果我是爸爸，我也会寒心。”

“你少讲这些冠冕堂皇的话，你妈控制我爸的钱……”

小女儿打断她：“我真为自己有这样的姐姐感到悲哀，我妈和我爸是过了一辈子的人，他们夫妻关系好难道这是错？你总是从你的角度出发，那好，我今天就告诉你，我就是亲的，钱我都拿了，你高兴也好，不高兴也好，随便去讲，爱对谁讲就去对谁讲，随便。”

“我家就是有钱，有钱也不给你，爱咋咋的。”小女儿又补充道。

这下，小女儿也不打算辞职了，她又没有对不起谁。

之后，大女儿和小女儿每天工作在一起，她羡慕妹妹的生活，嫉妒记恨，却对亲生父亲没有任何办法，她只能不和亲生父亲走动，更加倍地对继父好；小女儿却生活无忧，她不羡慕谁，也不嫉妒谁，人生能看得清最好，看不清她也没有办法，她不是缺爱，也不缺姐，话说清楚，谁也别和谁套关系。

小女儿渐渐升了主管，全公司上下都知道她父母恩爱，她父母的事业很成功，她也乐于说起自己的父母；大女儿的日子却越过越不舒心，最后她离开了公司。从那次以后，她再也没有和亲生父亲联系过，她觉得她爸早晚都会后悔的，不是现在，死的那天也会想明白的，是他亏欠了自己这个亲生女儿。

“陈律师结婚了，太太是什么样的？”

难得有人八卦陈滔滔，正巧他下来办些事情，站在一旁的老鸟心里翻着白眼，你敢问陈先生的太太什么样？

陈滔滔站定脚步插嘴：“问我呀？”

“是啊。”小姑娘点头，“不只是我，大家其实都好奇。能被陈律师认可，一定非常优秀吧。”

旁边的一二三四自动屏蔽姑娘的话，没人好奇，就只是你好奇而已。

“你们需要窜天猴儿才能上天，她自己就能上天。”

闻言，小姑娘没忍住，笑道：“这样说是个很有能力的人喽？难怪陈律师之前一个女朋友都没谈，原来是没遇到合适的，命定这种东西真的是不好讲的。”

“她和你撒娇吗？”

陶克戴很快就下来了——他听见别人说陈滔滔在楼下和姑娘八卦呢，这就不像是陈滔滔能干的事情，怎么突然之间走亲民路线了？

“撒娇啊，不会撒娇的女人算是女人吗？”

“真的撒娇，不是假的？陈律师可别骗我们看不见，为了自己的面子。”

陈滔滔将手里的文件放在桌子上：“我老婆撒娇一般人都学不来，和你们讲讲？”

大家一听，这是有戏啊，他自愿讲的，看来爱情的魔力真是大呀，竟然让陈滔滔转性了，都竖起耳朵准备听。

陈滔滔先是一副准备说的样子，然后将脸上的表情整理了整理，又说：“还是算了吧。”

“让我们听听吧。”

“真说？”

“真说。”

陈滔滔找了一个舒服的姿势，问：“你有男朋友吗？”

小姑娘点头，她只是看着年龄小而已。

“你平时怎么和他撒娇？”

姑娘说无非就是让他喊两句好听的，拽拽胳膊，各种给好处，谈恋爱不就是这么回事儿嘛。

“我家的也是这样。”

“喊。”讲了和没讲也没区别。

“老公帮我买点吃的吧，好老公，亲……老公老公我爱你……”陈滔滔掐着嗓子仿佛学着明珠的声音。

站在陈滔滔身后的陶克戴无语地摇摇头，他这得活得多不真实，明珠能这样？倒过来还差不多。

“陈律师还挺有派的。”

“我让她再喊两句好听的，我老婆会说，我数三个数，你去不去？给你惯的，还来劲了是吧？”

大家没忍住，都笑了，看样子他这是找到克星了，不过听陈滔滔这样形容，似乎是个非常逗笑的人。

“我们这边的女人都是这样的。”

“是，不熟的时候小鸟依人，熟悉以后就是大鹏展翅。”

还别说，形容得还真贴切。

“你们吵架吗？应该不吵吧，也没有时间呀。”

年轻一点的才结婚的，可能吵架的次数多些，上了年纪直接升级成冷战了，谁还不是公主咋的。

“吵架都是我的错，因为打架打不过。”

这下陶克戴都没忍住，笑了出来，这个他还真信。

“陈律师的老婆是做什么的？这么猛？”

大家对陈滔滔的话也就信一分，一个男人说自己打不过女人，这样的话明显就是为了逗笑。难得陈律师今天走亲民路线，大家捧着一点就是，至于是不是真的，那是人家两口子的生活。

“警察。”

陈太太的职业出乎所有人意料之外。

首先，警察这职业可能有些人会认为很风光，但是现在大部分人都认为公务员是份不太好的工作，养老比较合适，有点野心的人谁去当公务员，毕竟这工资上就是天差地别。其次，按陈滔滔的条件，真的可以找到更好的，只能说缘分来了。

不一会儿，陶克戴和陈滔滔一起进了电梯里，陶克戴咳了一声，问他：“真的打不过？”

“我还能骗你？她摔我就跟摔儿子似的。”

笑笑过后，就该好好工作了。

陈滔滔以前不允许别人触及自己的私隐，开玩笑也不行，他觉得没必要和外人报告自己的私生活。现在他倒是希望别人来问问，毕竟他结婚了，不再是单身狗了。

必要的时候，秀秀恩爱也是必须的。

下班后陈滔滔去接明珠下班，不过没接到人，人家出去执行公务了，执行的是什么公务也不能告诉他。他无功而返，就开着车直接回家了。

晚上十一点整，明珠才进家。

“冰箱里我记得有冷饭，往锅里加点水，帮我煮点粥。”

明珠交代他，陈滔滔冷眼旁观，拿我当用人呢？

“不管。”

“我们互惠互利，今天你帮我，改天我帮你。”明珠站在浴室门前探着头说话，衣服已经脱了——她被人泼了一身脏水，必须得先洗澡。

“我可以不用你帮。”

“陈滔滔，今天你似乎又帅了。”

“继续。”滔滔点点脚，心想说点好听的我就帮你。

“三个数……”

陈滔滔悲哀地发现，自己白天所说的话晚上变成现实了，于是任劳任怨地踩着拖鞋去热饭。好在明珠的嘴也不挑，这哪里是粥？就是水泡饭，米粒是米粒，水是水的。

“我白天和人讲，晚上你就把我讲的变成现实了。”

“讲什么？”明珠抬头看他，这个酱瓜很好吃，不知道哪里买的。

“结婚了嘛，总要说说新婚生活。”陈滔滔一脸喜气，仿佛自己终于能娶到老婆了。

明珠点头表示理解，也许他的工作也是需要成家的，这样来看他当初说结婚就是有预谋的，大家的出发点都不纯粹，打平了。

吃饱喝足，明珠就脱衣服睡觉了，也没陈滔滔什么事了。

警方接到某明星私人医院报警，说有人闹事。

警察赶过来时，里面还在闹个不停。

一个穿着病人服的年轻姑娘挟持了一个医生，看到警察进来，姑娘立马就扔了手里的刀子，举起双手：“我投降啊，你们别把我当成罪犯看，我是为了自保。这破地方就没什么人身安全可讲，我差点就被她们给害了。”

这是警察来得快，不然说不定会发生什么事儿呢。

那姑娘进了警局的大门，四仰八叉地坐在椅子上，打了一通电话出去，完了特别配合警察的工作，让说什么就说什么。

这是什么害人的破医院？人躺到手术台临时加钱，女孩不同意，医生和护士竟然要给她推针，姑娘身体素质好给掀翻了，然后就拿了手术刀挟持医生逼迫人家报警。

医院那边自然矢口否认，一个没做过，两个没做过，是病人自己想多了，他们开的是医院，如果这样干，以后谁来看病？

但是这话，没几个人信。

本地有几家私人医院，闹过不少乱子。也有人去那家医院闹事，不过后来都被压下来了，没办法，有钱能使鬼推磨。

双方都不肯承认自己有问题。没一会儿姑娘的男朋友来了，他长得特别高大，至少得有一百八十多斤，姑娘长得挺漂亮的，又瘦又美，两个人站在一起，恐怕就是美女与野兽了。

“你也知道现在你拿不出来证据，对方又愿意与你私了……”

“这还是我错了？他们说私了，我就得感恩？”

姑娘脾气那叫一个暴，一听警察这样说，直接就表示要找领导。值班的警察说找领导也没用，现在的情况就是这样。

后来，她还真的找到领导那里去了。

“这是医院吗？简直就是火葬场。我这是不好骗，如果好骗呢？之前拿出来一份什么知情同意书让我签字，上面写着是我自愿手术的，对于手术的不良后果，医生没有任何责任。这样的医院是谁让他们开的？嫌人口多了？”

外面吧啦吧啦的讲话声不绝于耳，明珠拎着文件正好路过，探头看了一眼，问:“什么事儿？”

“投诉。”

明珠进去看了一眼，这个都是按照规章制度办事情的，这样的医院肯定有问题，但不归公安部门管。

“好，我们都知道了。”

那姑娘现在也不打算把孩子流了，这么折腾一圈，回家就生，这就是缘分了。

“你们这样的态度，这个不归你们管，那个不归你们管，管了也许下次就能少出一点事情，不管是没有你们什么责任。我自己也上班，也知道不属于自己的部分不该多管……”

说完，人终于离开了。

“看看，还批评上我们了。”明珠转过来看了一眼笔录上面的字，“私人医院？”

“嗯，私人医院。之前闹过不少次事故，不过能开医院的也不差钱，用钱摆平了。”

对于这个，警察就真的无能为力，其实每个部门都有监管不到的地方。

“不知道现在的孩子都怎么想的，嫌医院的费用高？”

报纸上、电视上、网络上，都说小诊所、私人医院不能去，说过多少次了！可还是有这么多人去，其中也有看事情看得很明白透彻的，不知道究竟怎么想的。

如果家长知道了，恐怕都要伤心死了，不反对早恋，不反对谈恋爱，但前提是能否保重好自己的身体？

才经过这件事情，接下来的周二，又是那家明星医院，有个女孩子从楼上跳了下来。警察到时，已经晚了，她摔得全身多处骨折，被送到相应的医院去了，据保守估计，治疗费用应该不会太少，八万以上，没有封顶，具体还要看严重到什么地步。

为什么跳楼？

医院要钱，说是已经做了手术，女孩子没想开，就跳下去了。

明珠和同事站在门口，家属就拦着不让进：“还有什么好问的？你们警察什么都不管，这医院的存在合法吗？”

才十七岁的孩子，以后都完了，家长恨不得哭死，可千金难买早知道。

那个医院的存在，真不是警察能说了算的。

好在家属只是情绪上的发泄，很快就让明珠他们进门了，小姑娘也已经醒了。

录完口供，明珠站在病床前问她：“我就想问一句，你为什么跳楼？”

发生这种事情不是应该先报警吗？跳楼能解决什么问题？

孩子回答不上来，她也不清楚自己为什么跳楼。或许她自己都不清楚跳下去可能会发生什么样的后果，只因为那家医院和她要那么多的钱，她没有办法，就跳了。不过，她现在后悔了。

为什么觉得没有后路呢?

因为她才十七岁，她怀孕了，如果被家里人知道，她就完了。

“就算是家里人打你骂你，他们都是亲爸亲妈，还能拿你怎么样？”

自己就做了决定?

明珠是真的一点都不可怜眼前的孩子，敢犯错就得为自己的错误埋单，什么小不小的那都是借口，搞到今天这个样子，值得吗?

你就那么轻轻一跳。

罗颖琳拿到新闻了，她写稿子的过程当中，电话响了起来，她侧耳接听。

对方先是问她是罗记者吧，又说她自己是医院的法人，现在出了这样的事情，她也觉得很难过，但是事情发生就发生了，后悔也没用，只能尽力补救。

罗颖琳耐心地听，听着听着就听到主题了——对方愿意拿一些钱，将这个新闻买断。

她听说写故事的有买断这种方式存在，原来新闻也是可以买断的。

“这个我做不了主。”说完，罗颖琳就挂了电话。

她看着自己电脑上的新闻稿子，看了半晌只笑了笑，她觉得一会儿就应该有人来找她谈了。

果然没有多久，头儿就下来了，找她说，换个新闻，用其他的新闻顶上去。

“不报出来，你觉得以后去那家医院的人会少？”

“你报出来能起什么作用？该怎么样还是怎么样，没有脑子的人永远都没有脑子。”

这样的新闻看得多了，压根就没有所谓的同情，谁同情谁?

“我找台长去说。”

“颖琳……”

头儿将罗颖琳看得清清楚楚的，当个好记者一个月你能拿到多少钱？能不能让自己买个房子买辆车？任何职业任何岗位都是一样的，这样的年代，没有雷锋存在，如果有的话，请叫他们傻子。

“这样的事情即便你不做，也会有人做的。”

“那至少不能是我来做，我当记者是有底线的，我的良知还在。”

对方想了想，肯定是说不通罗颖琳了，不过这报道最后还是被压了下来。

一个十七岁的花季少女，不管她犯了什么样的错，至少不应该是这样的结局。

少女的家人要打官司，最后转着转着就转到陈滔滔的手里来了。

她的家人要求很简单，赔偿。

陈滔滔问：“只是赔偿？”

“还有道歉。他们这家医院应该关门。”孩子的母亲始终不明白，医院是有钱就可以开的吗？在她的认知里，那不是谁想开医院就能开的，上面不审核吗？如果审核了，他们有资格开吗?

这完全就属于诈骗。

“我劝你说话要三思而后行，有些话不是随随便便能讲的。”陈滔滔转着笔淡淡地说。

这样的问题不只是存在于私立医院当中，公立的一些医院也有类似情况，检查是为了让人多花钱，开那么多的药能不能用上，是不是滥用，关他们什么事情?

“陈律师，我不太会说话……”孩子的妈妈见陈滔滔的脸一直绷着，就不敢乱说话了，怕得罪陈滔滔。

按照陈滔滔的分析，官司呢，能打，绝对能打。不过打了以后，赔了钱也就只能这样，下面反映情况，上面也要有人肯管才行。

有些时候陈滔滔还是挺怀念王新忠的，他的死亡对于一些人而言，绝对就是一种损失。

官司打了，按照陈滔滔之前所说的，明星医院对受害者进行了赔偿，并口头道歉——这个道歉也绝不是法人亲自来做的，登报抱歉之类的，就别奢求了。

之后，陈滔滔特意去了医院。

“陈律师，你快请进。”

陈滔滔进了病房，扫了一眼躺在床上的人，并没有产生什么同情之心。相反，如果不是因为某些原因，他压根就不会接这样的官司。

“我帮你打这场官司不是因为看你可怜，而是我没得选择。别人逼也好，威胁也好，你是要对自己的行为负责的。如果没有打这场官司，如果没有打赢，你现在会怎么样？如果你的伤再严重一点，你这辈子就只能躺在床上度过了。别拿年纪小来说事儿，谁都年轻过，我要是送你一个字，那就是活该！”

孩子的家长不敢对陈滔滔怎么样，他说的这些话吧，其实挺有道理的，就是听起来不怎么顺耳。

还有，不是说一个字吗？活该是两个字。

听了他的话，孩子一直哭一直哭。

陈滔滔带上车门，看都没看站在车外的人，玩出格玩另类他们一个顶俩，出了事情就变成了年纪小，十七岁够大了，还小。

“怎么在这里哭呢？”

某银行大堂里，有个女人一直哭，哭得所有人都莫名其妙，客户经理正好路过，就过问了一句。

女的二话没说，对着他就跪下了。

情况说起来简单，实际上很复杂，眼前跪在地上的女人需要一些资料来证明自己的丈夫名下有大量资产，结婚证也带来了，能证明他们是夫妻关系。

女的哭着说:“他现在要和我离婚，隐瞒资产，孩子他也不打算要，还有一笔债留给我……”

她就是想求银行帮她出一份资料，让她和丈夫能平分财产，她怀疑丈夫已经将钱都转走了。

“如果你不肯帮我的话，那我就只能去死了。”

“这个事情我没有办法，银行有银行的规定。”

客户经理果断拒绝，跪着也没用，哪怕把地跪烂了，还是什么作用都不起。

女的一直哭，别人看着都觉得可怜，劝着客户经理说："能给就给了吧，不然眼睁睁看着她去死吗？现在负心的男人太多了。"

"这种事情，你应该去找律师。"

女的苦苦哀求，也起不到任何作用。

后来刘洋接了这个官司，因为他有自己的渠道，能拿到银行的贷款资料。

事务所开会的时候，女人给刘洋来电话，当时陈滔滔让他在会议室里接，大家就自动变成休息了，陈滔滔也听了那么两句。

不一会儿，刘洋就挂了电话——这个官司眼看着就要开庭了。

陈滔滔淡淡地说："那个官司，你最好还是别打。"

刘洋一愣，问："怎么了？"

"对有些女人，不如不帮。"

反正陈滔滔是不太喜欢和一些女人有来往，你帮了她，回头她就给你一刀，完了她受伤了，就说自己可怜，你还怎么忍心和她计较？但对于陈滔滔来说，他不但要计较，他还得落井下石，扔下去几块石头直接看着对方咽气才行。

刘洋也没有把陈滔滔的话放在心上，就那么一听，毕竟这是他的官司，陈滔滔也不会伸手来管。

他打这场官司，说起来还挺有戏剧性的。

打着官司，法庭上男的要和老婆和解，声泪俱下地认错，女的就心软了。

可能有很多女人都坚信，半路夫妻不如原配夫妻，感情不一样。现在不是还有些宣扬这些的新闻嘛，出轨的丈夫患了重病回来，原配好心收留。

女的一看丈夫这样，不知道想起什么来了，反正不管自己的律师怎么劝阻，愣是同意和解了。

"对他这样的人，你能信吗？"

刘洋嘴皮子都要磨破了，他不是因为怕输官司，这个女的一看就玩不过对方，他是怕她吃亏。

"我的丈夫，只要他回头，我就信他。"

刘洋气得鼻子都要歪了，心想那你信吧，自己也没有什么别的办法了。

原本输了官司刘洋就够不开心的了，结果事情还有后续。

女的和丈夫和解，回头就告诉丈夫这资料是从哪里得到的，男的转身要告银行。

"你们银行可以随意泄露客户的资料？"男的今天就是专程来银行找碴儿的，这样的事情竟然发生了!

"这样，你冷静下来……"

银行自然是要劝，不能让男的告，毕竟原本就是他们的错。说到底还是刘洋心软，女的拿到资料有点不放心，求了刘洋很久，刘洋还是说了实话，他年纪轻嘛，有点单纯，还没混老成呢。

最后，银行答应男的给他很大的优惠政策，然后会开除透露消息的人。

人家和刘洋有交情，所以帮了刘洋，现在害得自己饭碗都丢了。

刘洋接着对方的电话，好半天后才挂了电话，抹了一把脸。

最后呢?

刘洋之前的那个女客户也没找到好处，还是离婚了，依旧是净身出户。原因很简单，丈夫转移了财产。

这个世界上就存在这样的二百五女人，经历过一次，她还能被骗一次，同样的水坑，她就能摔两次。

“找哪位律师？”

“我找刘洋。”

女人背着一个包，她和丈夫已经离婚了，不离不行。但是现在她想问问律师，能不能把属于自己的那一部分财产给追回来？

前台打电话上去，刘洋正好没有客户，就让她进去了。

等到刘洋看清眼前的来人，他那口气久久都没能咽下去。

他的同学现在和他等于绝交，就因为这样一个外人。他们是好心办了好事儿，得到的结果呢？

“刘律师，你帮帮我吧。”说着，她就对着刘洋一跪。

曾经就是这一跪，让刘洋产生了怜悯，可现在刘洋看着跪在地上的女人，他终于明白了陈滔滔说的那句话。

踹她几脚都是轻的，他恨不得按着她的头将她扔进海里。

“我没什么好帮你的。”

女人苦苦哀求，说她现在过得有多惨，她和孩子什么都没分到，还欠了一屁股的钱，刘洋人那么好，怎么忍心不管她呢？

“我帮你打官司没收你钱吧。”

女人点头：“我知道刘律师是个好人，你这次也一定会帮我的。”

“我问你，你和你丈夫和解，回头和他说了资料从哪里要来的吧？”

女人理直气壮地说：“那客户经理开就开了，不过是个外人，只要刘律师没受到牵累不就好了。”

刘洋冷笑：“那个人是看你可怜才帮你，你试试看，现在会不会有任何一个人站出来帮你。就是因为你这样的人多了，才会让这个社会变得冷漠。”

女人不信，又说：“刘律师，我知道你有途径有办法，上次能拿到，这次也一定可以拿到。那是属于夫妻的共同财产啊。”

“我没有办法。就算有办法，我也不会替你打这个官司。”说着，刘洋看看时间，马上要到午饭时间了，他要出去吃饭。

他没有办法去学陈滔滔，但是他现在就特别想告诉眼前的人，想死就赶紧去死，快点死。不过，他相信，这样的人，是舍不得死的。

然后，女的就在事务所的外面跪着，进进出出的人也只当她是透明的——这里经常会有人来跪，愿意跪那就跪吧。

陶克戴端着杯子，他觉得第二个陈滔滔也许就要产生了。

善良着善良着，慢慢就带了毒，不等你靠近，就喷了你一身的毒。

刘洋只当没看见，可怜别人？他还没有时间来可怜自己呢。

可怜之人必有可恨之处。

有一天晚上，陈滔滔把刘洋的这段经历当成笑话一样讲给了明珠听。他们俩工作的共同性就是经常会遇上这样的人，陈滔滔遇上的还算是少数，明珠遇上的绝对就是大多数，多奇葩的人都有。

明珠的脚蹬在陈滔滔的小腿上，给他做着按摩。

“我说你能敬业一点吗？”

“手忙着呢。”明珠理所当然地说。

脚就脚吧，他也不是那么挑剔的人。

说起来已经是年尾巴了，事务所里的人应该一起吃个饭，全家齐上阵，他自然是要带着明珠出席的，现在要确定明珠的时间。

“大家都带家属，既然都知道我结婚了，我不带着你去，也不像那么回事儿……”陈滔滔解释着，不是他想带，而是规矩就是这样，他只是遵从游戏规则，不是明珠有多出色。

他吧啦吧啦说了一大通，明珠就跟没听进去似的，她忙着按手机呢，脚丫子在他的腿上蹬啊蹬的。

“你听见我说话了没？”

“听见了，知道了，时间地点你发到我的手机上。”

明珠没有问什么，去就去吧。

陈滔滔这一肚子的解释，最后只能化作一腔气体排放出去，不然呢?

问都不问，好做派。

“说好了，别到时候放我鸽子。”

“到时候再说吧，如果没有事情我肯定到。”

给面子嘛，她懂的。

像这样的事情，明珠觉得不是很费力气的，她都愿意去做——陈滔滔对她不错，她认为也得对他不错，她做得也挺好，当然可以更好，人和人相处就是这样。

如果赶上执行公务那就没有办法了，强求不得。

“你如果需要我帮你做面子，我也可以的……”

“不用。”明珠马上就拒绝了，他们系统没什么场合需要携家属出席。

陈滔滔无语地动了动嘴，自己竟然说要为她做面子，还被她这么干脆地拒绝了，呵呵。

讲好的事情，陈滔滔这头亲自和助理确定的地点，他是花了心思的。当然，他没有浪费很多时间，但他还是尽心了，以往根本就没有这种情况。

大家知道他要携夫人出席，都很期待，不管这人多抠，多不靠谱，但工资很靠谱，而且能看见一直好奇的陈太太也挺好的。

早早晚晚的该出现的都已经出现了，陶克戴带着老婆，特意没有带孩子，其他已婚的都带着老婆或老公，有对象的也都把对方给带来了，有人埋单嘛。

他们全部翘首以待，等待着传说中的陈太太出席，想看看小鸟依人和大鹏展翅的分别。

晚上八点开始，陈滔滔发给明珠的短信也确实是这样说的，他再三确认，也敢说明珠一定收到了，因为她当时还回了自己一个标点符号。

七点五十五分，该来的人差不多都已经到了，陈滔滔还想着大人物就是要最后登场，他老婆怎么说也是个局长。

陶克戴私下和陈滔滔说："她是不是忘了？你再打个电话通知她一声吧。"

陈滔滔胸有成竹，他相信明珠，明珠说来就一定会来。

"不需要。"

八点整，明珠没有出现。等到八点半，虽然大家热闹得厉害，但不能再等下去了。

陶克戴说："不行就再等等，可能有什么事情绊住脚了。"

"不等了，我们先吃吧，她可能路上堵车。"

堵车可真是个好借口。

原本挺热闹的气氛，一下子就僵下来了，谁都不敢乱说，是不是不来了？

陶克戴的老婆对他悄声说："打通电话多好，问问人在哪里呢。"

陶克戴拍拍自己老婆的手，就他认识的陈滔滔看，这等于是被打脸了。这么多人面前，不出现怎么不早说呢？

陈滔滔手放在桌下，攥着自己的手机，长按着关机键。然后，他不动声色，谁敬酒就喝，来者不拒。

明珠有案子，连夜就出去抓人了，她哪里有时间过来？她想要联系陈滔滔，但是这个时候电话不能打，要避嫌，规矩在这里呢，她也不好有出格的举动。

好在这案子破得很快，天亮明珠就回家了，手里提着早餐。

昨天的事情是她错了，她言而无信。

陈滔滔站在浴室里刷着牙，看见她推门进来，脸上也没有什么表情，淡淡地扫了扫明珠的脸。

"昨天的事儿，和你说声对不起，我昨天有任务……"

运气就这么背，她也不想赶到一起的。要不然让她请客一次，帮他把面子找回来？

陈滔滔要带着她去见他的同事们，所包含的意义明珠懂，就是因为懂，她才觉得对不起陈滔滔。

"我理解，意外嘛。"陈滔滔吐掉口中的水，拿毛巾擦了擦嘴然后扔到一边，"你买的早餐？"

"特意买给你的，你喜欢吃的……"

"你自己吃吧，我还有事情，要先走一步。"

说完，陈滔滔换了衣服，很快就离开了家。

他没什么好生气的，没有时间来，他懂。

意外嘛，谁想发生这些？他也懂。

他都懂。

明珠将早餐扔在桌子上，叹口气，这回错误大了。

陈滔滔进了事务所，今天所有人的反应和昨天都有点不一样，屏住呼吸，尽量降低自己的存在感。

陈律师找的这个老婆肯定是特别有个性的，都说好了，这样的场合竟然没出现，平时就算了，这等于打男人的脸啊。

他太太做什么的大家都知道，可能忙吧，也许是当时发生了什么案子。

“我觉得陈律师的脸都是臭的。”

整个上午，陈滔滔脸上就没见过阳光，说话越来越刻薄，没办法，谁都不愿意进去看他的脸色。

助理听着里面的声音，眉头一跳一跳的。他觉得陈律师的心情何止是不好，简直糟糕到了极点。

“训人呢？”陶克戴突然出现，问道。

助理点点头：“也许是因为今天太阳太大了吧。”

陶克戴叹口气。他老婆昨天回家，就说陈滔滔的这个老婆真有个性，说不来就不来了，连个电话都不打，一点面子都不给，如果她是个男人，她也一定觉得脸面都没了。

“陶律师不进去了？”

陶克戴摇摇头：“都这样了，我还进去做什么？”

办公室里，陈滔滔单脚蹬在后面的墙上借力，脸上的笑容却越来越大：“去死吧。”

这天，席雅若和朋友一起喝下午茶。

朋友问：“你家徐太宇最近还忙呢？”距离婚期貌似更近了。

朋友就羡慕席雅若，女人这一辈子能遇上那样的男人，简直死了都值了。

席雅若放下手中的杯子，盯着窗外幽幽地叹口气。是啊，就要结婚了，结了婚她就再也没有自由了，以后出门也是徐太太，死了还要刻着徐席雅若，真是够悲哀的。

“他什么时候不忙过？”

“我怎么听着你这语气有点不以为然呢？”

席雅若皱皱眉：“我的这个未婚夫，高冷，太高太冷了。”

年纪轻的经不住这样的诱惑，没准看上一眼就被他迷死，可她现在已经不年轻了，知道有些外界看着好的不见得就是真的好。

“高冷有什么不好的？拜托，现在就流行这款好吧……”

依着她看，徐太宇全身一点缺点都没有，这样的男人神仙一样的，席雅若还有什么不满足的？

席雅若淡笑：“你们认为好那就好吧。”

两个人一个月见了三次面，两次是在他的家门口，他都没打算邀请席雅若进门，席雅若也没打算进去参观；另外的一次是他准备出门的时候，在车上见了他一面，三次加在一起不到二十分钟。

喝过下午茶，她晚上要去陪徐太宇听音乐会，这叫投其所好。

席雅若到了地方，发现早就有人在门口拿着票等着了。席雅若等徐太宇到八点半左右，徐太宇的助理来电话，说他有事情要忙着处理，要推后半个小时。席雅若只是淡淡地点点头，习惯就好了。

徐太宇不是假忙，也不是骗席雅若，他就是真的现在突然有点事情要做，一通接着一通的电话。

没想到，原本说要推后半个小时的人，却准时出现在了音乐会的门口。

他只淡淡地说："进去吧。"

两个人坐在一起，席雅若偷偷打着哈欠，她不喜欢听这样高雅的东西，觉得浑身都提不起力气。坐在身边的人是什么表情，她也没去看，偷偷地闭着眼睛，差点就睡着了，倒是坐在一旁的徐太宇听得很认真。

席雅若总结，这样的男人，他哪怕精神开了小差，也绝对不会被你抓到，活成这样也不知道累不累。

音乐会结束，她被他送回家，他连车都没有下。

"再见。"

席雅若越来越想前男友，疯狂地想念，迫切地想要见到他——那才是个活生生的人，能让她感觉到温暖、快乐、幸福以及失望，而在徐太宇身边，她体会不出任何滋味。

徐太宇的车向前开，司机不清楚他现在是准备回去，还是要去哪里。

他给徐先生开车，知道他非常忙，大部分时间都是飞来飞去的，详细的情况他不了解，可能有钱人都是这样的吧。

"明珠，我想见见你。"

明珠说了什么，徐太宇沉默不语。拿着电话挺了很久，他才开了口，声音寒冰一样凉："我要结婚了，就想在结婚之前见见你。"

闻言，明珠只觉得身上有点凉。

她和徐太宇在一起的那些年，从他的身上几乎感觉不到什么温暖，那时候她年纪轻火力旺，就希望尽管他是冰块，一直被她抱在怀里焐也会有融化的时候，但徐太宇是个太过于冷静，太过于克制的人。

其实，真的计较起来，是她渣了。

谁都有资格指责徐太宇克制，他的克制用在了所有人的身上，却独独没有对她这样。

"现在是九点，我大概十一点下班。"

"我过去找你。"徐太宇的语气非常平静。

"徐先生……"司机还在等待徐太宇的最后指令。

徐太宇风尘仆仆地赶了过来，只是为了一个人。

说徐太宇爱明珠，那是真爱，他所有的温柔都倾注到了她身上；而说他不爱她，似乎也可以成立，明明可以不需要联姻，他却依旧选择了最便捷的方式。

松山警局，明珠换了衣服准备下班，看了一眼手表。

这人一定会来,对于这一点,她没什么疑问。因为徐太宇这人说到就一定会办到,很少会反悔。

明珠的电话响了起来，她挂了电话就出了警局。徐太宇的车停在斜对面，她缓缓地走着，地上拖着长长的影子，路灯的光色有些温暖，给稍显凉薄的氛围增添了一抹暖色调。

明珠开门上了车，车子很快就离开了松山。

“我要结婚了。”

“恭喜你。”

徐太宇笑笑，这是明珠会有的反应，如他所料，她没觉得有什么好伤心的，毕竟她一直看得透彻。

“不觉得伤心？”

“对你的选择，我觉得我应该支持。”

作为朋友她应该全力支持，祝福他婚姻幸福，或者结了婚以后，继续发展其他的感情。

毕竟他有这样的条件，不是吗？

“明珠，你现在的男人能满足你的想象吗？”徐太宇开口问。

他见过那个男人，真的不是特别优秀，用他的目光来看，和自己完全就是两个极端。还是说明珠就喜欢那样的款？他看不清楚她。

“我听说你们女人中间流行一句话，说一生当中应该有两个情人，一个温暖了岁月，一个惊艳了时光，他是哪个呢？”

“一个萝卜一个白菜，没有可比性。”

“呵呵。”徐太宇轻声笑出声。

果然是明珠的回答啊。

“没有什么想告诉我的？”

“我和他结婚了。”

如果说他想知道关于她的什么事情，那一定是这个事情。因为，这个男人惊艳了她的时光，让她觉得幸福过。

“因为爱情？”

“谈爱情太过于奢侈，我觉得可能是对胃口吧。”

徐太宇嗯了一声，她结婚不结婚对他没有任何影响，这种事情对他而言不算什么，只有想要不想要。

“是不是觉得我现在这样子，有点难看？”

明珠摇头：“我们在一起几年，在我的心里你和别的人也是不同的，我和你分了手可以做朋友，而我和他分开朋友都当不成。”

眼前的这个男人，她曾经渴望拥有，渴望和他躺在一张床上，可是有些感情不好说的。谁辜负了谁，这个问题太高深，她现在没有办法解答，就当是她欠了徐太宇的吧。

徐太宇淡笑："是不同。"

至少席雅若不会干扰到他的情绪，他选择席雅若没有后悔过，也没打算悔婚，却对明珠有一点不舍——她如果没有个性的话，拜倒在他的金钱下，拜倒在他的个人魅力下，那样也许他就不稀罕明珠了。

婚姻是坟墓嘛，如果缺了利益在其中，维持下去的过程太过于辛苦，他没有信心能否坚守到最后。

"其实我觉得，就算我们两个人都结了婚，保持一段关系也很不错。"徐太宇将想法轻轻吐出口。

他这人其实也没有什么三观，看待事情也不需要存在道德观，喜欢，结婚了仍和另外的人保持一段不算干脆的关系，又怎么样呢？

"你不会的。"

徐太宇抬起头，目光深邃且柔和，明珠说对了，他不会的。

"你现在住在哪里？我让司机送你回去。"

"那你呢？"

"我下半夜的飞机。"

"找个地方坐坐吧。"

徐太宇选择的地方有些另类，不是咖啡厅或会馆一类的场所，而是北大桥。

桥上点着灯，横架在水面上，看起来倒有点浪漫的气氛。不过这样的深夜，谁会跑到桥上来？被抢劫了，被怎么样了，叫都叫不来人。

司机停好车，看着那两个人上了桥。

徐太宇的身姿儒雅，明珠的步子大，和斯文贴不上边，平时工作要求的就是速度。

"工作上有没有什么棘手的？"

"还好，我自己能处理。"

"我现在明白了，为什么会有人得不到也愿意去找个替身，你值得的。"

要的就是一种感觉，一种情怀。

陈滔滔在家等明珠没有等回来，就自己先睡了。他以为自己会睡不着，结果躺在床上闭上眼睛就睡着了，而且睡得很安稳。

明珠回来得有点晚，没有立即上床睡觉，而是开着窗子吹着小风喝了一杯啤酒。

她也不知道自己为什么放弃徐太宇，或许其实就是自己给自己找借口，嘴上说着"你做的一切我都懂，我都能体谅"，但是她太容易三心二意了，新鲜度就能维持这么久，她觉得厌倦了，所以离开得毫不犹豫。

这也许才是最真的真相。

明珠把脚横在椅子上，慢吞吞地喝着杯子里的啤酒，有点凉。

喝完啤酒，她洗了脸，没有回房间，而是在客厅里对付了一夜。

如果她说出来，恐怕会有一堆的女人喷她，觉得她不够惜福，会认为她这是矫情大了。

双手放在头后，她抱着头闭着眼睛，慢慢就睡了过去。

徐太宇的婚礼按时举行，婚礼办得很隐蔽，据说出席的都是亲朋好友。而且，就算是亲朋还要分几等，只邀请了不到五十个人，所以媒体没有拿到任何资料。只是稍后宇宙集团向媒体公布了新人的照片，女的美男的帅，看起来般配极了。

新婚的第一夜徐太宇没有回来，他有工作要忙，没有这么多时间，扔给席雅若一张卡，让她自己逛逛，想要什么都可以买。

“我能不能问一句话？”

席雅若只想搞明白，她就算是等，也要有个底线吧，需要她等多久？还是他就打算这样生活？她必须知道这个答案，才能妥善地安排自己以后的生活。

“你说。”

“我是需要等你，还是不需要……”

徐太宇沉吟片刻：“找你自己喜欢的事情去做吧，做得隐秘一点，不要出岔子。”

席雅若一听就明白了，她真不知道该夸这个男人大方，还是该夸他够豪爽，她如果闹出孩子来怎么办?

“只有一点，我们生不出孩子来那就是没有缘分，我不希望搞出来别人的孩子冠上我的姓氏。”这是底线。

闻言，席雅若耸耸肩。

席雅若和男模前男友又复合了，明知道没有结果却不能不如此，活着一天快乐一天吧，她也没有其他追求。至于徐太宇想怎么样，随便，就算是过了明路，她也不会怎么样的，既然他是个大方的丈夫，那她就是个体贴的妻子。

有钱的日子总不会过得太难的。

徐太宇的生活一直比较规律，但他最近作息时间有些混乱。秘书正等在门外，其实已经到了时间应该叫他起床，但是他才躺下不到两个小时，昨天他根本就没怎么睡，不停地有电话打进来。

“已经到时间了，车子就在楼下等着呢。”

徐太宇的婚姻生活外界是关注不到的，能关注到的都是宇宙集团放出去的消息，他贴身的秘书和助理才是了解这一切的人。

秘书打着电话，过了五六秒钟，里面的人接起了电话。

“嗯？”

“徐先生，您现在必须起床了……”

秘书和助理两个人始终跟随着徐太宇进出，徐太宇开会的时间，秘书才有机会喘口气，手里捧着咖啡，随时待命在门外，因为有事情徐太宇会马上吩咐他去做。

跟着徐太宇的时间长了，有些时候他真希望徐先生和明珠小姐能在一起，因为遇上一个喜欢的女人，至少心情是放松的，而徐先生这样的人，没时间找乐子，平时工作又这样严谨，很辛苦的。

不是男人，所以才为男人讲话。

“不是我说你，姐，你活得太潇洒了，也真矫情。”

明兰躺在沙发上叹着气，人比人真的会气死人，一直以来都是她心心念念地想要嫁人，结果明月都嫁人了，她还在家里剩着。

明珠一边拿着电话听，一边喝着汤。

“这是什么声音？明珠，你也差不多点。”明兰觉得无语。

她听不得别人喝汤的声音，和前任在一起时就养成了这样的习惯，女人还是要活得女人一点吧。

“臭毛病这么多。”

“我这不叫臭毛病，你的那个才是。霸道总裁爱上我的现实版，你不要给我。”

贴着面膜，踢着腿，其实明兰看起来一点都不胖。

和明兰接触过的年轻男性有不少都对她抱有好感，不过她一个都没看上。她对三十岁以下的男人几乎都没感觉，无论长得多好、条件多好的，她的系统就是自动忽略。她其实心里多少也明白，就是因为小时候的环境所导致，可嘴上不承认。

年纪大怎么了？年纪大的会疼人，她就喜欢年纪大的。

可惜那个年纪大的人不要她了，她想起来一次就会被伤一次，反正是怎么想都想不明白，她到底输在哪里了。

一直到现在，明兰就是没有办法看透。她认为自己的本钱很足，输给长得比自己美的人她愿赌服输，但输给一个年纪能当她妈，长得又没有她好看的人，她死了都不甘心。

掀开脸上的面膜，扔到一边去，她又贴了一张。她玩手机的几个小时里，就是不停地换面膜，失恋的人可以任性。

“你现在睡眠还不好？”明珠问她。

明兰和前任分手以后，睡眠就出了点问题，药也吃着，就是不见轻。她只对明珠讲了，因为在明珠面前，她也不怕失败，毕竟从来都是输家。

“勉强两三点能睡，现在能睡到七八点。”

“慢慢就好了。”

“明珠，我失恋了啊，你就不怕我自杀吗？”

“你舍不得死。”

明兰翻着白眼：“我是舍不得死，我就是死，也要带上他。”

“有年轻力壮的你不喜欢，偏去喜欢什么年纪大的。上了年纪的人，身体功能退化得厉害。”

“你好恶心，这是当姐姐的该和妹妹说的话？”

“赶紧去睡觉，哪里有那么多的面膜给你敷。”

明兰大笑，这个明珠就管不着了，她有个有钱的妹妹，给她买了好几箱，一个晚上敷一百张也负担得起。

“你还没下班呢？这个时间还吃饭，肥死你。”

不按时吃饭，身体也受影响。

姐妹俩胡侃着，最后明兰又绕了回来，像老妈子一样唠叨明珠，要注意身体，年轻力壮的是好，别潇洒过头，伤身体。

明兰挂了电话，家里开着电视机，屋子里没有点动静她能疯。

如果明月是自己住的话，她一定毫不犹豫地搬过去和妹妹同住，偏偏妹妹的房间里还有个老太太——那个和她处处犯克的老太太。

她还是想结婚，非常想结婚。

明兰想结婚，也付诸行动了。

因为休息了这么久，她一部戏都没拍，她之前积攒的那点热度也就散得精光了，现在别人看见她，不过就是认为她漂亮而已，她演过什么，估计没几个人能记住了。

她的行动就是去相亲。

相亲就是结婚的最佳途径。

明兰戴着眼镜，门外进来一个老男人，明兰嘴里的水都喷了出去。紧接着，她用纸巾捂着嘴就连忙跑进了卫生间里，因为她确定进来的人是来找自己的——她是喜欢年纪大的人，但不喜欢头发都没剩两根的人。

现实和想象差得太多，难道自己一辈子都嫁不出去了？怎么自己的婚姻就这么不顺呢？

明兰出门的时候撞了一个人，她用手遮着脸，说了一声对不起就离开了。

对面的人被她撞得后退了一步，没想到一个女孩子力气还这么大，就多看了明兰一眼，毕竟长得是真好看，不过好像在哪里见过似的。

明兰唉声叹气地和朋友赵晓月说着，她可能嫁不出去了。赵晓月就是不明白，明兰长成这样，为什么这么着急结婚呢？

人家都是恨不得多闯两年，提高名气和身价，然后再结婚，可她倒好。

接着，赵晓月邀请明兰晚上去自己家吃饭。

“不好吧，晚上不是你男朋友要去你家拜访吗？”

“就是因为他来，我才想让你也过来的，撑撑场面。”

明兰晚上准时出现，对赵晓月的男朋友一点都不好奇。两人都已经谈了七年了，七年的时间说长那肯定不是最长的，说短也绝对不是短的，赵晓月今年都三十二了，最好的青春都浪费在她男朋友的身上了，不是他还能是谁？

赵晓月的男朋友下了车，打电话给赵晓月，说自己到了。

人家就这样空着两手前来的，赵晓月高高兴兴地奔了出来，一看自己男朋友的手，就问：“没买东西？”

“我也不知道你爸妈愿意吃什么，就没买，等确定了我再买，这样不浪费。”

赵晓月无话可说。最近一段时间，她越来越有点后悔，不想结婚，隐隐还生出一种想要分手的冲动，但是女人和男人不一样。

和赵晓月一样，赵晓月的男朋友也是上中人，父母条件还算可以。

“你们打算什么时候结婚？”

赵晓月的男朋友回答：“叔叔，我是想娶晓月，可是我现在的条件太差，我不能给她更好的生活，这是我作为男人的失败……”

赵晓月她爸听着这话比较受用，原来是想结婚的，有这话就好。据他所知，晓月的这个男朋友税前工资一万多，虽然不能算高，也不是太低，差不多就行。

“你的条件，我们家也差不多知道，买个房就结婚吧。”

男的没吭声，赵晓月她爸是自己一头兴高采烈的，觉得女儿要嫁出去了，晚上还开了一瓶好酒。

吃饭的时候，明兰就感觉有人盯着自己看，她看过去，发现赵晓月的男朋友立马装作好像没有看她的样子，把明兰给硌硬坏了。因为她长这样，很多人看她的眼神，她都能分辨得清楚，就算是再好看，你都有女朋友的人，看什么？

吃过饭，赵晓月和男朋友要送明兰回家。

“我自己打车就回去了。”

“明兰……”

明兰直接摆摆手就离开了。

赵晓月的男朋友感慨，这样的女人娶回家，谁都直接当成祖宗给供着，长得真好，每天看着都觉得赏心悦目。

“我们结婚，你总得买个房吧。”

赵晓月开了口，他这些年也应该攒了不少钱吧，如果差得少，她就补上。

“我哪里有钱？你也知道我家里的情况，我爸妈都没工作，妹妹也指望着我……”男朋友开始抱怨，他手里就连两万块钱都没有，拿什么买房？

不过说到房子，赵晓月有房他倒是知道。

“我们俩结婚，我的不就是你的？你的也就是我的，先住你的房子。”

闻言，赵晓月有点无语。

“就算是你父母供养了你不容易，我没说不让你给，但你总要留生活费的吧。”她不好说得太过直白，一个男的连房子都不准备？

真的条件差就算了，可他一年到头赚的钱也不少呀。这是打算空手套白狼呢，还是打算空手套白狼呢？

“我一个月留个五六百的就够了，我妹妹家的孩子要吃进口奶粉，他们两口子条件不行，现在奶粉钱都是我掏。”

赵晓月实在不能理解，你妹妹家如果两个人条件不好，为什么要给孩子吃进口奶粉？

别说她站着说话不腰疼，她实在不能理解，也不打算去理解。

“我们上中人，大多数都是男人出婚房，如果由女方出，就会被人讲这个男的没有本事。我的意思就是，你的房子也得写上我名字……”

“你说可笑不可笑？”

明兰给赵晓月拿着啤酒，今朝有酒今朝醉。

“你都和他谈了七年，不知道他是什么样的人吗？”

“那时候想着发展事业，现在事业发展起来了，觉得差不多可以结婚了，他就给我出这种纰漏。换我自已的想法，我现在是越来越不想结婚，可是我爸妈还要脸，这么大的女孩子嫁不出去……”

“你又不是为了你父母活，说清楚了，他们总会体谅的。”

“你说我是分手，还是将就将就？”

闻言，明兰拿了靠垫就扔过去，砸在赵晓月的身上：“傻啊，现在都看清形势了还要继续？不跑还等着留他过年呢！就这样的人，不是我说，他就等着空捡一个老婆呢。”

赵晓月还是有点犹豫，觉得心凉是心凉，虽然有七年的感情，可说起来男朋友还真没给她买过什么，就是他父母也没给过她什么见面礼。七年啊，不短的时间，就这么狠狠心断了？

赵晓月没想好，就不可能对父母讲实话，一旦说了父母对他的印象分一降到底，就不可挽回了。

男朋友这边给老家去了电话，说：“晓月是个好姑娘，她有房，结婚也会写上我的名……妈，我知道的，你和我爸养我不容易……”

他和他妈保证了，以后还是会将工资交给父母管，父母说帮他攒着就是帮他攒，没什么值得怀疑的。

赵晓月和男朋友逛街，明兰的面膜用得差不多了，让她帮着买一些，赵晓月在柜台装着东西，拎在手里，挽着男朋友的胳膊。

“你这面膜也太贵了，一盒就好几百，我妹家的孩子吃的奶粉都没这个贵……”

赵晓月的脸色一僵，说：“这是给明兰买的。”

赵晓月看中一个包，她也给男朋友传递了信息，过两天就是她生日了，说她想要这个，可男朋友就跟没看见那个包一样，却在商场里给他妈买了一件衣服，给她妹买了一个钱包。最让赵晓月生气的是，她男朋友给他妹妹买了一个品牌颇有点名气的钱包，花了一千多。

于是，赵晓月找明兰喝酒，斩钉截铁地说：“分，分定了。”

明兰可怜地看着她，遇上渣男就算了，问题是叫渣男给耽误了这么久。

她们真是同病相怜。

“明兰，你为什么就喜欢那个男人啊？”赵晓月躺在明兰的腿上，她喝多了，现在有点神志不清。

赵晓月会不会和她男朋友分手，明兰不清楚，但她知道包括赵晓月都认为她就是图那个人的钱。明兰喝了一口啤酒，把堵心的事情往下压压。

她为了钱，分手的时候对方让她提要求，她为什么不提？这些事情她能对谁讲？

我爱你，我用尽了全部的感情，但是你却不屑一顾。

明珠说，对方会认为她脑子坏掉了。他会不会这样认为，明兰不清楚，但她至少活了一个明白。

感情就是感情，和金钱无关。

那个男人就像是她的偶像一样，她崇拜着他的一切，他人格的魅力，他自身的涵养，他的风度，他的一切一切。

明兰恨那个人，却仍旧觉得他就是最好的。

赵晓月和父母摊牌了，她妈一点没含糊，分手，绝对分手！想都不用想。这样的人不用考虑，以后结了婚，也不会把你放在心上，这样的男人就是不能要。倒是赵晓月的父亲有点犹豫，现在不就是人家差个房子，家里又有房子，女儿都这个年纪了。

“你别听你爸的话，和他分手，别相处下去了，浪费自己的青春！什么叫都这个年纪了？不到三十五都不算大，不到四十都是年轻，来得及。”

于是，赵晓月约了男朋友见面。她男朋友还来晚了，给他爸妈汇钱去了。

他和赵晓月每天通电话都不见得能超过半个小时，他和他父母、妹妹每个月的电话单子打印出来都吓人。

赵晓月点了一杯奶茶，男朋友姗姗来迟。

“这里也不好吃，又贵。”

不知道从什么时候起，偶尔和她一起吃个饭，吃得好点他就认为贵。

“这顿我请。”

男朋友张张嘴，想说有这个钱都能给他妹妹家的孩子买个玩具了。

“我爸妈说，我们那边拍婚纱照才两千多，拍得也很好，大城市的婚纱照拍的都是名气，动不动就一万多……”

卖的都是广告，非常不划算，回去拍能省不少钱，剩下的钱留给父母，父母该多高兴。

给人家当子女的，脑子里就要时刻都想着父母。

“我有话想和你说。”

“你说。我们到时候坐火车回去吧？买一个硬座一个卧铺，我们换着睡。”

闻言，赵晓月脸上的那点不舍也没有了。曾经有过因为他所谓的省钱计划，她舍不得他坐硬座，这个男人就真的去躺了一夜，让她坐了一夜。

“我不和你回去了，我们俩也不能结婚了。”

“为什么？你父母不同意了？”

“是我不同意。”

男朋友有点着急，赵晓月今年三十二了，不和自己结婚，难道她在外面认识了……还是怎么样？

“之前不是都好好的？”

“之前也不好，只是我没有说而已。”

“那你说，哪里不好？”

“我们谈恋爱七年，你在我的身上花了多少钱？”

“晓月，你什么时候变得这么虚荣了？”

“给自己女朋友买点东西就是我虚荣，那你妈、你妹妹呢？”

“那是我妈和我妹妹……”

赵晓月问自己，是不是看一个人不顺眼之后，他所有的行为举止你看着都会觉得不爽？不然，为什么自己过去没有发现这样的问题呢？

“我们俩价值观不同，我也不想结婚以后委屈自己，贴补你家里。就是因为这个原因，我们结不了婚。我受够了这样的日子。”

男朋友有点蒙，赵晓月现在是不是真的不打算结婚了？

赵晓月的男朋友为这事儿给家里去电话，他妈就问他：“她是不是诈你？大城市的姑娘心眼都多。”

他们这边多少男孩子被女孩子家里给笼络住了，过年过节都跑到女方那边过，扔下自己的父母不管，媳妇吹个枕边风就不知道自己爹妈过去多辛苦了。

“不是，晓月不是那样的人。”

“那买房？可是家里哪里有钱，你舅舅去年出车祸，你给我的钱也没剩多少了……”

男朋友的妈先念叨着自己手里是真的没钱，各种哭穷以后，又说，她从牙齿缝里能挤出来十万块，这十万她谁都没舍得给，就留给儿子了。

“你什么时候要？我给你打过去吧。”

男朋友觉得自己妈也是真不容易，苦了这么多年，还是靠着他才翻身的，结果这才几年，儿子结婚又和家里伸手要钱。

然后，他给赵晓月打电话，没有联系上她，只能登门找人。

男朋友觉得自己家真的已经拿出诚意来了，这十万块是他妈省着抠着才攒下来的，他家里条件一点都不好。

赵晓月的妈妈冷笑道：“小王，你知道现在一个房子的首付需要多少钱吗？”

男朋友表示，房子也有便宜的，现在房子也降价了，房子是为了住，只要能住，差不多就好。

“差不多的地段，距离你们俩单位近一点的现在四万一平方米，你家里拿出十万来……”

剩下的话，她就不说了。

赵晓月是独生女，能看明白一些事情，就不会这么做事儿。

男朋友觉得赵晓月的父母太过于市侩，又说：“叔叔阿姨，我真的是带着诚意而来的。”

“阿姨知道你的诚意，但是我家晓月真的和你不合适。她被我们惯坏了，你家大，人口也多，晓月这孩子不会来事儿，我们当父母的没有把孩子教育好，阿姨也觉得对不起你。你回去吧，东西也带回去。”

男朋友觉得自己被侮辱了，拿着东西就走了。

赵晓月有点难过，结束一段感情怎么会不难过？特别是男朋友在微信里写了一堆乱七八糟的东西，不少共同的朋友来电话问她，不是都要结婚了，现在怎么分了？

男的微信里写的是“另谋高就”，这是说赵晓月劈腿了?

“真的分了？”明兰问她。

“分了。”

明兰觉着分得真好。

赵晓月一直以为自己是被剩下了，或者好的都被人给挑走了，却没料到半年以后她的婚姻就开始了。亲戚给她介绍了一个男人，两个人很快就确定了关系，然后领证结婚。

小王也很快结婚了，因为赌气。当初他和赵晓月分手就是差个房子，这回他狠狠心贷款买了一个房子，找了一个条件也不差的老婆。不过，很快家庭大战就三五不时地发生。没办法，家里有个事儿妈，还有个指望哥哥养活的妹妹，哪个人当他的老婆都不会愿意。

生活就是这样，柴米油盐酱醋茶，更何况三个女人还是一台戏呢?

难得明珠晚上有了一会儿的工夫，陈滔滔陪着她出去转了转，还说他要买东西。转了一圈，他倒是没有空手，明珠却一件没买。

“没有喜欢的？”

一个女人逛街竟然什么都不想买，这不是很奇怪?

“我今天不想花钱。”明珠道。

上面不知道有多少双眼睛盯着她看，以前她在南区的时候，毕竟没有官衔，怎么样也不怕别人说，现在坐在这个位置上，举动就不能过格。

她并不认为警察穿漂亮点就怎么样了，不过换位来想，普通的群众看着她穿得花枝招展的，估计也接受不了。

“一件都不买？”

“你送给我？”明珠开玩笑。

陈滔滔是什么人啊，能舍得送她衣服?

这时，两人正好走到一家店的附近，他指着里面道：“买，去买。”

明珠惊讶地看着他，这是吃错药了?

“我真买了？”

“买。”

陈滔滔大手一挥，明珠就真的不信邪地走了进去，有人埋单，她就真的不客气。

她也从来不知道客气为何物。

“这件，那件……”

店里的售货员围着明珠转，店里挂的都是新款，价格不太便宜。

“这件有我能穿的码吗？”

“有，请稍等。”

柜员去找明珠能穿的号码，陈滔滔站在一边，一脸的风流倜傥。小意思，你买吧，看看能不能把我给买穷了?

明珠一口气买了十条裙子，陈滔滔的表情开始不淡定了。

送一件，他真的连眉头都不会动一下，两件也将就了，现在买这么多，她穿得过来吗？刚刚不是说没有机会穿吗？

明珠缓缓开口：“陈滔滔，你现在后悔还来得及，我自己付。”

“我是那样的人吗？”

明珠点头：“不是。”

然后，她又多买了两件，几乎所有新款她都买了，买得他肉疼。看着他的眼睛时不时地跳跳，肉疼得都要流眼泪了，明珠就觉得爽快。

结完账，陈滔滔提着袋子，明珠走在前面。

出了商场，两人就看见了路对面警车周边的宣传语：

好消息，即日起至年初六参与打架者，即送精美白金手镯一副，并且有机会赢得拘留所十日游；打群架将享受十五日豪华游套餐，出手越重优惠越多，更有看守所新春大礼包，含健康体检，时尚囚衣一套，高清大头贴三张，专车接送，食宿全包，免费精剪时尚发型，还附赠一项实用手工技能哟！我们常年营业，昼夜无休。

“你们的宣传语还挺有意思的。”

陈滔滔觉得没劲。

花钱花得有点多，他肉疼，可惜说出去的话泼出去的水，现在收不回来了。

他有点淡淡的忧伤，很不开心，看见什么都笑不出来。

“回家？”

“回。”

不回家还做什么，还要花钱？

明珠前脚进门，后脚陈滔滔就去查自己的钱到底被刷了多少。当时在店里，他不好意思看小票，觉得如果看了，形象立马就会打折扣。

一笔一笔地对着，他越是看眼皮跳得越厉害，这么贵！怎么就这么贵呢？那衣服看起来好像也不是很值钱的样子，都是骗人的吧，用的什么料？

明珠推门进来，讲着电话：“嗯，我明天给你邮出去，就是照着你的身材买的，那个颜色你穿好看。”

明兰爽利地应着，姐姐给妹妹买衣服，好啊，她全部接收。

“我过来看看你，浑身都疼的样子。”明珠无声地比着口型。

陈滔滔捂着手里的东西，装出来一副云淡风轻的样子，摆出来一个特别潇洒的姿势，脸上带着微笑，扭头。

“我哪里都不疼，我好得很。”

“他在家呢？”

明珠嗯了一声。

“姐夫，我是明兰……”

明兰突然喊了一声，陈滔滔一高兴，隔空和明兰喊着对话。

“你什么时候回来呀？回来我请你吃饭。”

明兰没忍住，笑了出来，这是谁家的傻小子，叫你姐夫，你就当真了？

陈滔滔那样的，可配不起她姐，至少还得高一两个层次的。

在明兰的心里，虽然她觉得明珠没那么好，比自己稍稍差了那么一点点，但是就这样的明珠也配找一个超级好的男人，比如徐太宇那样的。

“你可千万别和他过到最后，他太傻了，把你都带歪了。”

明珠带上书房的门，走到一边才说：“我的事儿你别管。”

明兰翻着白眼，心想别人的事儿你都要管，你的事情就不许别人管，怎么就那么霸道呢？

“我才懒得管你，我是告诉你，他太蠢了。”

明兰又嘟囔了两句，便挂了电话。

“你妹妹过年回来吗？回来的话，我让保姆多准备一些菜……”陈滔滔打开书房的门，探出头看了明珠一眼。

他觉得明兰这么上道，自己这个当姐夫的怎么也不能不表示，回来不回来是明兰的事情，但张罗不张罗是他的事儿。

“你听她乱说，她没有时间回来。”

陈滔滔点点头，又回了书房，桌子上的账单似乎也没有兴趣去查了。

明珠在客厅看新闻，陈滔滔洗好澡就先睡了。

陈滔滔嘴上说明兰不回来就算了，背地里还是让保姆多买了些菜。

这个新年，陈滔滔过得有点……

保姆早上就开始忙，忙里忙外，家里都换了新的被褥和床单、床罩，就连窗帘都换了新的颜色，为了迎接新年。保姆将所有的菜都准备好，只要晚上上锅走一圈就可以了。

“陈先生，不知道她们喝点什么？”

“买点饮料吧，都是女孩子。”

保姆从陈滔滔的嘴里知道明珠可能有两个亲妹妹，大概会来上中一起过年。她在陈滔滔家做事这么多年，就没见他家里人过年回来过，也不知道是做什么大生意的，还是都没了，她没敢问过。

然后，陈滔滔拎着车钥匙，开车去了超市，去了一趟不够又折腾了两次，总觉得有些东西没有备好。

下午三点，明珠压根连影子都没有。他看看自己的手机，一通电话也没有，这是很忙？

陶克戴家准备吃午饭了，晚上煮点饺子就好，他妻子问丈夫：“陈滔滔那里，你是打电话还是不打？”

“今年不是有明珠了？”

“你这人死性，打一通电话过去，来不来是人家的事情，让没让是你的事情。”

陶克戴被自己老婆喷了一通，还是将电话打了出去。

“来不来我家吃口饭？”

“我不过去了，家里都准备好了。”

“家里有了个女人果然就是不一样。”

陈滔滔没有表情地又聊了几句，就挂了电话。保姆问他：“几点准备开饭？我瞧着这人怎么还没来呢？”

“现在做吧，做完你就回去吧。”

说完，陈滔滔就进了书房，包了一个大大的红包，然后放在桌子上——每年的习惯都是如此，给保姆准备的，感谢她这一年以来的辛苦。

保姆忙了一个半小时左右，一切都做好了，她从厨房出来，一桌子的菜，问题是家里就陈滔滔一个人。

“我一会儿再走？”

要是人回来了，菜凉了他们也都不会热吧？

“没事儿，你走吧，辛苦你了。”

于是，保姆马上去换鞋子——手机一直响，家里的孩子一直催她，毕竟是新年。

保姆乘坐电梯离开。她在电梯里叹口气，也不知道这些人怎么回事儿，大过年的，如果不是那么忙就早点过来，这像是什么样子？

明珠因为工作不可能回家吃饭，明兰和明月早早就给她来了电话，估计晚上十二点左右还会有一通。

中午她和下面的人一起吃的午饭，饭菜很丰盛，大家说说笑笑的。

晚上十一点二十五，明月的电话已经等不及打了过来。公公婆婆还有奶奶和她一起过的年，她婆婆今天定了一个规矩，就是女人不下厨，女人不洗碗，一年到头就这么一天，当一天的女皇，让家里两个男人干活。

金晨和他爸分工合作，里里外外的活都是他们干的。反正一年就一次，干就干吧。

“结婚好吗？”

“没觉得不好。”

明珠笑笑，你觉得好，我就放心了。

明月说了一会儿就挂了电话，公公婆婆给她准备了大红包。结婚后的第一个新年，必须是个大包，她婆婆更狠，直接给了五万。

“妈，我们都有钱。”

“你们有钱是你们的，老人给是老人给的。给了你就是私房钱，藏起来买衣服，买零食吃，喜欢吃什么就买什么吃。金晨营养挺好的，你不用管他。”

金晨和奶奶坐在一边看新年联欢晚会，什么事情他就知道笑。

金晨他妈是觉得欠明月的，金晨买那辆车明月拿出这么多的钱，她眼睛不瞎，都看在眼里。儿媳妇有钱那是儿媳妇的，当婆婆的不能算计这个，当时她都没给，但从其他的途径一点一点地补上了。有些便宜能占，有些便宜不能占，特别是儿媳妇的便宜不要随便乱占。说好了当女儿一样的，那你对亲生女儿会不给钱吗？

金晨他爸妈一分钱都没给他，给他媳妇儿了自然就不给他了，他也没什么意见。他俩没有谁说了算，有什么事情都是两个人商商量量地来，有问有答的，很好沟通。

金晨他妈拉着明月一起看晚会，和奶奶时不时聊聊天，笑笑。金晨他妈当初结婚后婆婆对她不是很好，她是过来人，受过委屈，所以说什么也不能让自己的儿媳妇走自己的老路，怎么开明她怎么做。

金晨他妈问他："你给她大姐二姐打电话了没？"

金晨说："还没呢，现在不是包饺子，等着煮饺子吗？吃完好睡觉呀。"

"别包了，去打电话去。"

金晨擦擦手，走到一边先给明珠打电话。

"大姐新年快乐。"

"新年快乐。"

其实彼此并没有什么话好讲的，也不熟悉，金晨问候了两句就挂了电话，又给明兰打。谁让明月是最小的，谁让他娶了明月？这不是堂姐妹，意义不同。

明兰就说金晨这小子，会做人。老婆娶到手，给两个大姨子打电话那是周到，不打别人也挑不出来什么。

陈滔滔独自对着一桌子凉透的饭菜，他不喜欢过年的感觉，特别不喜欢。

这样的日子里，别人家都是人，所有的店铺都打烊了，而他却很孤单，这让他很不开心。

二十三点五十分，他看看手机，觉得明珠是不可能打电话回来了。

"反正我也没等。"

自言自语着，陈滔滔离开桌子，桌子上的菜他一口没碰，全部都倒垃圾桶里了，冰箱里的东西也统统都扔了，然后下楼去倒垃圾。

过什么年？陈滔滔，你变得都不像自己了。

扔了垃圾，陈滔滔趿着拖鞋往家走，外面很冷，冷风刮在脚背上，凉飕飕的，手里握着的手机在震动。

打电话来的人是明珠。

"喂？"

"陈滔滔，新年快乐，恭喜发财，财源广进。"

陈滔滔的脸上看不出来悲喜："吃饭了吗？"

"吃了。"

陈滔滔就站在楼下和明珠通电话。也许这不是示弱，却是她的优点之一，在这样的节日里她并没有避开他。

"你吃了吗？"

陈滔滔回答："没有。"

"没吃？胃口不好？"

"我不过年的。"

可惜，明珠只和他聊了十分钟。

你以为过年人们就都规矩了?

当然不。

零点零五分，这刚刚到了新的一年，就接到了报警电话。

警车开过去，现场都已经打乱套了，地上都是血，有人捂着头，里面还在干架。

“警察来了……”

几个牌友在麻将馆里干起来了，原因是有一个人怀疑其他三个人算计他，一个晚上输了四万，没有办法接受。

“你说我能接受吗？这摆明了就是套我呢！”

明珠看了眼前的人一眼，他捂着自己的鼻子，对面的那个人就惨多了，头被开瓢了。

“都别说了，大过年的也不消停，走吧。”

明珠说完，警察把人都带上了警车。

都说了免费赠送白金手镯，可还是有人不怕。合着都愿意要这白金手镯是吧?

她值了一个晚上班，一会儿这里有事情，一会儿那里有事情，真是一年到头最后和最新的这一天都没消停。凌晨一点多，又得到一条举报，说是发现了逃窜的某嫌疑犯。

明珠是大年初一上午九点多回家的，手里拿着两盒饺子。这是单位给准备的，她没吃，想着给陈滔滔带回来，昨天打电话他就说没吃东西，不知道后来吃没吃。

开门进去，陈滔滔没有动静，她拎着东西进了门，看到陈滔滔在书房里办公呢。

“新年好。”

陈滔滔回头：“你给我拜年，这是打算和我要红包？”

明珠不答话，将饺子拎进厨房里，热了热，找了一个漂亮的盘子，弄了一点辣椒油。昨天她就没休息，一个晚上没闭眼睛，嘴里一点味儿都没有，吃了好准备睡觉。

“滔滔，吃饭。”

陈滔滔从书房离开，手里捏着一个钱包，老太爷似的坐在椅子上，等着她端饭来。

“买的?”

“单位的，早上我没吃，昨天晚上值班一夜，眼睛都没闭，后半夜还接到了举报。”

陈滔滔从她手里接过筷子，吃了一口，觉得味道不是那么好。

“我其实不太喜欢吃饺子。”

把一堆的菜啊肉啊弄到一起去，不是懒人才这样做吗?

反正陈滔滔现在就是看各种东西都觉得不顺眼，脸上都能拧出来水来，处处都不痛快。

“过年就图个气氛吧。不然，你想吃什么？我出去买。”

明珠坐都没有坐，站着等他说，看看他想吃什么，他能点出来，她就真的去买，尽管可能今天东西不好买。

陈滔滔的气，莫名地就觉得顺畅了。

“吃就吃吧，我再尝尝。”

又吃了一个，他觉得味道似乎也没有那么差。

“昨天值班吃了几个菜？”

大过年的，都没休息，她的这个工作啊，付出和收获完全不成正比。

明珠细数着，其实昨天的伙食是真的很好，不过陈滔滔却觉得再好也弥补不了她的损失。

“给你的。”

明珠笑了：“真给红包？我都没给你准备，这怎么办？”

“叫一声哥哥听听。”

“我敢叫，你敢听吗？”

“这有什么不敢听的？叫！”陈滔滔来了兴致。

明珠脆生生地就叫了他一声：“哥哥。”

陈滔滔突然觉得心都酸了，就好像是那股子酸劲一下子顶到了脑门，啪的一下子就将脑浆顶了出去，就是这种感觉——这酸爽。

“好妹妹。”

明珠觉得好笑：“听够没？”

“没，再叫声好听的。”

“叔……”

陈滔滔的脑子里闪过一些不太和谐的画面，可能是重口味，又或者男人有时候是会这样的，浮想联翩，觉得干劲更足了。

于是，他张着大嘴，又吞了一个饺子。

“这样吃，看着挺有福气的样子。”

明珠一直瞧不上陈滔滔吃东西，挑挑剔剔的，比娘们还娘们，你要是林黛玉也就算了，你一个陈石榴，装什么装？

不说大口吃肉大口喝酒吧，但男人就得有点男人样。

“我一直都是一脸的福气。”

明珠点头：“嗯，一脸的胶原蛋白。”

陈滔滔骄傲了：“那是，我看着就像是个二十多岁的小伙子。”

明珠嘴里的饺子差点一口咽下去，第一是因为这个饺子太热了，可能是因为受热不均匀，这一个就特别热；第二是被陈滔滔这句“二十多岁的小伙子”吓到了。

“你这是什么表情？我就问你，你说我们俩床上那点事儿，你自己摸摸良心，你说。”

“真男人。”

陈滔滔扬着自己的小脸，你看看他说什么来着？

第十五章 聪明的小孩儿

“什么情况？”明珠一进警局就问。

今天这日子，怎么还有小姑娘被带进来了？看样子年纪不大，撑死也就十五六岁。

值班的警察叹口气，坐着的那个少女仰着脸看着明珠，眼睛明亮，问：“你是这里官衔最大的？”

“看你怎么说。”

小姑娘笑了笑：“那我就认为你是最大的，长得就像是官最大的。”

值班的警察没忍住笑了出来，闹这么大的事情，还有工夫耍嘴皮子呢？

“你倒是挺有眼光的。”

小姑娘点点头：“那是，英雄联盟之抗韩先锋。”她巴巴地盯着明珠看，“长官，我能跟你进去说吗？就我们俩。”

值班的民警轻轻拍了拍桌子：“怎么回事儿？还有挑人的？”

“那进来吧。”

明珠和小姑娘前后进了她的办公室，她脱掉自己的外套挂了起来。

“说说吧。”

小姑娘叫曹可欣，今年十四岁，长得很可爱，估计父母长相也不会差到哪里去。

曹可欣的父母结婚二十多年，要她的时候也是挺费劲，所以她爸妈都拿她当宝。她父母最近一年感情不好，但当着她的面也不敢争吵，怕会影响到她。

曹可欣昨天守夜睡得晚，今天一早起床就发现她爸坐在沙发上拿着手机和谁聊天，她妈则是阴着一张脸在厨房忙活，家里的气氛怪怪的。

“我爸和谁聊天呢？”

“你小孩儿别管那么多。”可欣的妈妈其实特别想对孩子讲，可话到了嘴边，又硬生生地咽了回去。孩子虽然早熟，但父亲出轨这种事情她也是接受不了的，而且出于当家长的考虑，怕破坏了丈夫在孩子心目当中的形象，丈夫只是对不起她。

“你不说，以为我不知道？有狐狸精缠上我爸了吧。”

“你从哪里听的？”

“别管我从哪里听的，妈，这件事儿你别管，你听我的。”

可欣的妈妈苦笑，孩子再受宠也只是个孩子，男人想出轨，你能把住他第三条腿吗？男人有钱就学坏？身边没有个多余的女人，生怕别人不知道他成功似的。

“你什么都别做，这是我和你爸的事情。”

可欣拧着小眉头：“你能做什么？离婚？离婚你就什么都没了，你傻啊。”

“怎么和妈妈说话呢？”

然后，曹可欣端着饭碗从厨房出来。

她爸一见大女儿端着饭碗，火气又飙升：“孩子昨天睡得晚，告诉你晚点弄饭，你非要早起，折腾得孩子不能睡懒觉。那粥那么烫，你让她端，万一烫了手呢？”

闻言，曹可欣她妈强忍着火气，毕竟大过年的吵架不好。

“爸给你端，你去桌边坐着。”

曹可欣对着她爸笑笑，然后乖乖跑到桌边坐下。等着她爸把粥端了上来，她又指挥自己亲爸，说是想吃砂糖橘，可家里昨天没买。

“孩子爱吃什么，你也不知道！买水果买水果，钱给你了，连点东西你都买不全，你说我要你干什么？”

说完，曹可欣她爸换了鞋，拿着车钥匙就出去了。

然后，曹可欣她妈咣当一声将手里的饭锅直接扣水槽里了，这日子真的没有办法过了，他不停地找碴，处处看她别扭，反正都是她不对。

女人还是要经济独立，别说什么爱不爱的。当初他们感情也很好，她为了家，为了要这个孩子不工作，换回来什么？

可欣她爸爸出去买了砂糖橘回来，说是有人找，外面生意上的事儿，给了女儿钱就离开了，走得毫不眷恋。

屋子里就剩两母女，偌大的房子看起来有点空旷。

“妈，你还想过吗？”

可欣的妈妈坐在一边，她得喘口气，一口气憋在心口就上不来。

“你说还有过下去的必要吗？妈其实不想对你说这些话，可是离婚叫人笑话，真的离了，你将来结婚怎么办？现在单亲家庭的孩子……”说着，她摇摇头，孩子小，还没有到社会上去，她听到了多少因为单亲的问题，被人家挑剔的？

“你爸现在手里有两个钱，自己姓什么都要忘了。”

“那就离婚啊，我不怕。”可欣喝着粥。

当妈的抬头看着女儿，她心中苦笑，孩子还小，家里发生这么大的事情，她还有心情喝粥，现在不怕，可长大以后会怨恨。所以，她说：“不能离。”

“为了我？还是舍不得他的钱？”

当妈的犹豫片刻，然后说：“都是。你瞧不起妈妈？”

“我觉得我妈长得漂亮，离婚了一定很多人追，钱的话，有我在，我爸不会不给的。”

当妈的听了女儿的话十分惊讶："你爸对你不好吗？"

"好啊，他是这个世界上最好的父亲。"

"那你……"

"爸爸是人，妈妈也是人，没有谁必须为谁奉献，合则聚不合则散，书上不也写了？有经济条件，那就不用怕。"

"傻孩子，你爸还能生，叫外面的人给他生个儿子，和你的感情也就淡了……"

"过日子大概也是需要缘分的。"

曹可欣晚上给她爸炖冰糖雪梨，她爸最近有点上火。她爸真的不想回来，可女儿打电话了，他必须得回去。

"不是说今天陪我吗？"

他捏捏小三的脸，亲了一口："我有事情得回去一趟，明天吧。"

"总明天明天的，你家里的那个黄脸婆找你吧？她有完没完？拿着孩子当借口。"

"不是她，真有事情。"

小三送他到门口，黏黏糊糊的，亲了又亲，抱了又抱，还闹了小脾气，小嘴一噘就不高兴，可欣她爸又哄了两句才意犹未尽地离开。和小的待在一起吧，他的脾气就没了，看什么都顺眼了，觉得眼前都敞亮了，和家里的那个待在一起，就满肚子的气。

可欣亲手给她爸端过来的，然后不停地使唤她爸，把人支出去，拿着她爸的手机，密码的话她猜猜就差不多猜到了，开了手机，点开相册。

这手机里只有两个人的照片文件夹，一个叫大宝贝，一个叫小宝贝。

大宝贝里面装的都是曹可欣的照片，小宝贝的就不用猜了吧，肯定不会是她妈。

小三玩着手机，短信一会儿一条的，反正她不高兴那就大家都别高兴："你家黄脸婆让你回去做什么？孩子出车祸了，还是掉下楼了？"

曹可欣喝着牛奶——她妈说女孩子多喝牛奶对皮肤好——按着键盘，笑了笑，低着头就开始打字："孩子是不可能出车祸也不会掉下楼的，不过你明天会不会被车撞这就说不好了。"

小三一激灵就坐了起来，她觉得现在和自己对话的人是大老婆。连续打了十几通电话，对方也没有接，她打可欣就给按掉。

可欣爸爸开车转了一大圈，将近两个小时后才拎着闺女要的糖炒栗子回来，一进门，可欣妈妈在哭呢。

"大过年的，你就哭，我是没给你钱，还是家里死人了？"他就不明白，这人为什么天天触他霉头呢？干的事情没有一件顺心的。

"你看看可欣去吧。"

"可欣怎么了？"

曹可欣在床上躺着，绝食，不吃饭不喝水。

她爸都急疯了，问什么话她就是不说呀。好不容易吭声了，她开口就哭："给你打电话的人是谁？她是谁？她要干什么？"

曹可欣她爸哄女儿哄了很久，不哭了，但是哄不好，可女儿的情绪稳定了，他就出去了，带上了女儿的房门。

“你什么都和孩子说，她那么小你和她瞎说什么？不想过了，你就滚。”

“我滚？曹德森你现在是让我滚了，我跟了你二十多年，你个陈世美……”

两个大人在外面压低声音吵，曹可欣淌着眼泪，和自己的闺密打字聊天，她问闺密她这算不算是鳄鱼的眼泪？她撺掇她妈离婚，她还觉得难过？

夫妻俩真的没有办法过了，男的心根本不在家里，要不是为了孩子，他现在压根不会回家。可离婚的话，这财产怎么分割？孩子怎么办？他不会带孩子，再就是亲妈总比后妈好，他为这事伤透了脑筋——给多了心里不平衡，给少了又怕委屈孩子。

“孩子跟着你……”

曹可欣坐在门板前，听着她爹妈是怎么分配的，诚然她爸一定是爱她的，这点她能感觉得到。

她妈哭，抱怨，为她自己的青春与付出不平，说了很多，估计她爸也没什么心情听。可能女人即将离婚把能想到的委屈都述说出来了吧，让可欣觉得她这样站在她妈身边没做错，因为她妈说了这样一句话：“你给不给钱，孩子我都必须带着，我自己生的，我能负责得了。她是我要的，我当初没后悔，现在不后悔，将来更加不后悔。”

曹可欣给那个小三发了短信：“你得逞了，我爸妈要离婚了。”

小三觉得这信息不太可靠，这孩子怎么会告诉自己好消息呢。

曹可欣将复制到自己手机当中的照片发到了自己的群里，她觉得照片里的那个小区看起来特别眼熟，但一时想不起来是哪里了。

“这是我家住的小区啊。”群里有同学说了一句。

当家长的已经都商量妥当了：孩子的爸爸先给一笔钱，这是抚养孩子的费用，每个月固定再给生活费；以孩子的名头存一些钱，孩子的妈妈不能动，公司的股份也挂一些到孩子名下。

妻子就那样说着过往，可一丝一毫都感动不了他，这个家就是留不住这个人。

曹可欣晚上吹了几个小时的风，着凉了，体温飙升。

她爸妈怕什么？怕的就是她生病，因为她小时候多灾多病的。那时候她父母感情好，她爸总说，她能活下来，挺不容易的，经常大半夜抱着她去医院。

可欣的妈妈给女儿换着毛巾，观察了一会儿觉得情况还是不妙，就给丈夫打电话。

那边小三今天都要被曹可欣气死了，曹可欣不停地给她爸发短信，好不容易她爸才睡着，她就将手机给关机了。

可欣今年都十四岁了，一百多斤，她妈想抱着她，想背着她，都不是那么容易，毕竟她妈体重不到九十斤。这个时间赶的，她拍女儿脸蛋，女儿现在看人都看不清了，一直嚷嚷着冷。

“妈在呢，可欣别怕。”

说着，她妈蹲在床边试着背女儿。曹可欣身上穿着大衣，里面裹着毛衣，她妈怕她着凉。

明珠不是曾经说过吗？有些女人强起来，那是真强，没什么能难倒她们的，困难放在眼前只能翻越过去，因为没得依靠，家里却有人在依靠你。

因为丈夫会开车，她就没学，过去用车给他打一通电话就好，现在她却只能背着孩子站在路边等车。好在运气不是那么坏，很快就遇上一辆空的出租车。

“去哪里？”

可欣的妈妈说去医院，司机看着好像背着的是个孩子，就闲聊，问孩子怎么了，可欣妈妈说孩子生病了。

她守了一个晚上，幸好孩子没有大事情，体温也降下去了。

可欣爸爸早上起床，看着身边躺着小三，满心愉悦——四五十岁的年纪，身边躺个二十多岁的女人，他都觉得跟着有朝气。

腻歪了一会儿，他习惯性地去摸手机，想着昨天他不应该出来，应该让孩子缓缓。但他实在不爱听妻子唠叨，这辈子她天天叨叨叨，就你辛苦，就你付出，赚过一分钱吗？

“我手机怎么关机了？”

“不知道啊。”

可欣爸爸开了机，一大堆的未接电话，小三往他身上腻，干脆就躺在他身上了，摸着他的下巴。这人要是有钱，可能老都是一种魅力，她瞧着他就觉得万分好，看哪儿哪好。

“别闹别闹。”他按住小三的手，打回去，结果知道孩子生病了，立马就什么心情都没了。

“你说今天陪我回家的。”

“可欣生病了，我得去医院看看。你不知道她身体不好，从小就容易生病，病了就不容易好……”

一看小三噘着嘴，可欣她爸亲亲她的嘴儿：“不是那意思。我亲闺女生病，我能不去看看吗？”

“你一天到晚就知道你女儿。”

“我也知道你啊，昨天我不是商量好离婚就来找你了？”

小三闹着要去医院，可欣爸爸也拦不住，就让她在楼下等着自己，他上去看看。

进了病房，看见妻子，他又是藏不住的火：“让你照顾个孩子，你也照顾不了！昨天那情况，你不应该守着孩子的吗？怎么能让孩子生病呢？你也配当妈！”

“曹德森你够了，你没资格对着我指手画脚的……”

可欣妈妈一看就是吵不过丈夫的那种，说来说去就这么几句。她筋疲力尽，二十多年的婚姻瓦解，孩子生病，一个晚上没睡，肿着眼泡，自己原本就够烦的了。

“你少和我讲什么过去，谁不让你工作了？你工作了你能赚什么？还为家付出一切，那不是应该的？我现在没付你工资？就给你工资，让你照顾好孩子，你照顾好了吗？人活成你这样，也是够了……”

“你给我滚……”

“里面躺的是我女儿，我想进去看她，谁都管不了。”

曹德森推门再次进来，坐在椅子上，曹可欣迷迷糊糊地睁开眼睛。

“爸，你会不会不要我？”

曹德森被可欣给哭得心里酸涩。看着女儿这样子，他有些犹豫，那就不离婚了，两个家还不是一样过？可妻子……他真的看够了那张脸。

“不会。”

“我们拉钩。”

可欣生病，精力稍差些，说了一会儿话又迷糊地睡了过去。曹德森人在屋子里的时候，她妈不肯进病房，做了二十多年的夫妻，现在正式成为仇人了。

“孩子你给我看好了。要是孩子有个万一，我和你没完，我弄也弄死你。”你全家我哪个没照顾到？你家哪个人没花过我曹德森的钱？和我讲骨气，你也配。

可欣明明刚刚还一脸的昏昏沉沉，等到她爸一出病房的门，眼睛就睁开了，看着门口，久久出神。

曹可欣的病刚有起色就给曹德森去电话，这次接电话的人却是她爸的小三。

“病好了？你也是大姑娘了，别有事儿没事儿就给你爸打电话。他每天累成那样，你和你妈不心疼我还心疼呢。”

曹德森为了他姑娘那是真舍得，她愿意不愿意也没有办法，管不了。昨天晚上他在医院守了一夜，这才回家眯一会儿，结果他姑娘的电话又打来了，小三的语气有些不善——现在这男人是她的，她说了算。

“他是我爸，还轮不到你来指手画脚的，这是我们父女之间的事情。”

小三气得笑了出来：“你和你爸口中的那个大宝贝，是一点都不一样。”

曹德森说什么他女儿又乖又听话又懂事，为了这个女儿他付出多少都值得。

“你也知道我是大宝贝呢，你一辈子也就能排个老二。”

“我没有时间跟你浪费唇舌。”她不说总行吧，和一个小丫头没有必要斗嘴。

“贱人。”

小三气得说不出来话，曹可欣一句跟着一句的，没有骂得太过分，就是拿对方这个当第三者这个事儿来讲，一句一个小三小三的，刺激得小三实在很恼火。

“这是我和你爸之间的事情，轮不到你一个孩子来管！知道不？”

“有我在一天，你就得受这个气。抢了别人的丈夫是要遭报应的，我就是你的报应。”

小三穿好衣服就去了医院，她就不理解，一个小孩子嘴巴这么毒做什么？你爸妈离婚，难道是我的问题？你妈老了，笼络不住人心，是你妈没本事，你怪到我头上做什么？

她不来还好，一来事儿就闹大了。

曹可欣和她一开始是说话，孩子不温不火的，一点没有电话当中的尖锐，小三觉得这孩子也行，她今天来也不是来找碴的，就是说句公平话，你爸爸对你这么好，即便你父母离婚了，该你有的你依旧还有，别折腾你爸爸了。

曹可欣叹口气，说：“阿姨，我也不想这样，可我妈……”

曹可欣说她妈差点去自杀了，小三被她哄得团团转。反正现在很多小姑娘有钱就是娘，她觉得曹可欣估计是怕她爸以后不给她钱花，满心的得意。

就在这时，可欣妈妈拎着东西进了病房。孩子醒了说要喝粥，点名说就要哪家的粥，她打车跑了半个城市买回来了，伸手拉开门，准备进去。病房的门一被打开，她就看到曹可欣哭得脸上都是泪水，奔着窗台就冲了过去。

“我死了你就不用担心了……”

“可欣……”

可欣妈妈冲过来抱着女儿，她离婚已经成为既定的事实了，问题是现在有人逼她女儿去跳楼，这口气她怎么也不能忍。

“你是谁？”

“她是我爸外面的女人……”

可欣妈妈像疯了似的，差点没杀了小三，这闹到警察局来了，曹可欣就当成笑话一样讲给了明珠听。

“你这么小就这么有心机了？”明珠放在她面前一杯水。

可欣叹口气，说：“阿姨，我也不想当妖怪，有好好的日子谁愿意出幺蛾子？她是谁啊，凭什么来医院看我？搁古代她就是一见不得人的妾，还有脸登门呢？口水淹也淹死她了，我现在也怀疑自己是不是变态。”

曹可欣喘口气，小三被打被杀也好，毕竟她不熟悉，真的一点感情都没有，父母离婚说难受吧也没有想象当中的难受，她可能就是个异类。

“每个人活法不同吧，你挺坚强的。”

曹可欣瞪大眼珠子看着明珠：“阿姨，你能讲出来这话，要么你比我更加变态，要么你就和我是同类。”同类才能理解同类。

“你妈打人这是不对的。”

“我没说她对，我代替她道歉。”

曹德森就睡个觉，结果大小老婆闹上警局了，小的那个哭得和死了爹妈似的，一脸的凄惨，大的这个看都没看他一眼。

夫妻俩办好离婚手续，很快就各过各的了。曹可欣的生活就是这样，不缺钱花。她妈开了一家花店，生意时好时坏的，原本做这个也不是为了赚钱，只是为了消遣。隔了两三年，她那个小妈生了一对龙凤胎，她爸非常高兴。

不过曹德森高兴归高兴，却不敢在大女儿的面前表现出来，怕刺激到孩子，过年过节每逢假日他都亲自带着孩子出门旅游。可欣说了：“你是我爸爸，你总不能对我的人生不负责，我的成长也是需要爸爸参与的。”

反正她用各种溜须拍马的话麻痹她亲爸，这个世界上有个词儿叫捧杀。

可欣的妈妈后来又再婚了，过得还不错，曹德森的生意也一直不错，没有出现所谓的抛弃发妻就丢了运气，还越来越有规模了，曹可欣二十八岁结的婚。

曹可欣和继父的关系很好，好到让小妈以为现在曹可欣都要结婚了，心中的这口气怎么也是要发泄出来的。那个孩子她看得出来，心里对自己、对她父亲充满了怨恨，如果请亲生父亲和继父坐在一起，那就热闹了，她等着看热闹呢。

“我要请我爸爸来，还要请爸爸坐在主婚人的位置上。”可欣提前和母亲打了招呼，无论她父亲和母亲的婚姻关系如何，她爸这些年毕竟对她不差，她爸现在那个老婆也没少受她的气，当然了，钱那女人也没少拿。

曹德森在妻子换了人，又有了一对龙凤胎的情况下，对曹可欣的宠爱这些年屹立不倒，不能说这个孩子一点手段都没有。有些事情她看得很开，比如她爸妈离婚以后，也许很多人会和父亲拉开距离，不花父亲一毛钱，当然那也是一种做法。

“你长大了，妈从来就没想让你不认你爸……”

毕竟曹德森对这个孩子，是真的好。

曹可欣不仅邀请了父亲，结婚的那天更是在言辞之间充满了对父亲的感激，曹德森老泪纵横。他现在的老婆不是没念叨过，龙凤胎也是真的招他喜欢，有些时候，因为再婚了躺在身边的人变了，感情上很大程度也会出现变化，可他稍稍那么动摇一下，那种念头就瞬间消失了，毕竟可欣这孩子很懂事，也是自己的孩子。如果可欣被她妈教得不认自己，对他抱有敌意，也许他和女儿的关系就不会像现在这样和谐。

曹德森去世后，曹可欣分了很大一笔钱，家里乱成一团，龙凤胎和她争，龙凤胎的妈妈也和她争，不过她爸有话在先。

龙凤胎表示不欢迎她出现在葬礼上，曹可欣就去了墓地。

她将手中的鲜花放在地上，蹲在她爸的墓前。

父亲去世了，她和那个家就彻底没有任何关系了，父亲的葬礼她不出现不是因为不孝，只是当时那种情况，她不想叫人看热闹，毕竟她现在来这里看父亲也是一样的。

龙凤胎的妈妈现在到处诉苦，说曹德森眼睛瞎了，疼了这一个孩子，你活着的时候，你手里有钱，人家奔着你钱来，现在你死了，就连葬礼女儿都没出现。

曹可欣看着自己妈妈说这话时扭曲的表情，觉得没必要。

这话是别人传过来的，可欣的妈妈什么都能忍，唯独不能忍的就是欺负她女儿，事实是这样子吗?

“这有什么好生气的？人都不在了，该得到的我也得到了，这些年她也没在我身上占到什么便宜。”

她享受到了父爱，享受到了母爱，跳脚的人也不是自己，龙凤胎的妈妈就算是生一百对龙凤胎，她在她爸那儿还是一样吃香。

“我爸人没了，从今以后跟那边的关系就真的要断了……”

龙凤胎不喜欢她，她也同样不喜欢他们，以后大家见到，也不过是陌生人而已。

“我这里是光明小区，救命啊，有人要炸了全楼……”

警局立即启动应急预案，遇上不打算活的，打算和你同归于尽的人，真是没有什么好方法。

“明局，你不能上去！上面的人情绪很激动……”

他随时都有可能会炸楼，而且你上去也不见得能起到什么好的作用，下面已经联系了燃气公司，已经关闭了这一片的供气。

“谈不拢……”

上面的谈话没有办法进行，不想死的人会想谈，可一心想死的人却压根没有谈的心思。

“我上去。”

明珠进了楼栋，站在外面的王永强都要气死了，这个明珠，说什么都不肯听。

“怎么办？就让明局这样进去？”

怎么办怎么办，我怎么知道怎么办？王永强无语地看着楼栋。

明珠试着和对方进行沟通，可对方压根就不谈，不停地喊：如果再进人，他就要点火，家中已经备了煤气罐。

“你有什么困难可以说。”

其他的警察都在疏散群众，附近楼群的群众全部都被紧急疏散开，要求撤离，楼下消防队员正在等待命令。

“你出去，马上出去……”

“你冷静下来……”

不行，根本没有办法稳定对方的情绪。

“从楼下往上爬，只能采取强攻……”王永强见眼下是这种情况，没得选择，必须强攻。

明珠寻找机会，打算有合适的机会就下手，可对方手里拿着打火机，手边就是煤气罐。

特警已经准备就绪，正打算从后方突破，可惜没有想到的事情发生了。

“明局……”

“这个明珠……”王永强想冲进去，可火势太大了，里面已经炸了，很大的响动，明显听到了咚的一声。

消防队当时已经在架设两支水枪，特警攻入立即向内喷水，照原先的打算，是用水枪把嫌疑人喷倒，然后立即有人冲上去按住嫌疑人。

可惜打算只能是打算，外面的人还没有进入嫌疑人后方的窗台，屋子里已经有了煤气味，他已经拧开了煤气罐。明珠只觉得不好，本能的反应就是扑上去想要制服嫌疑人。老曹见明珠动了，紧跟着就扑了上去，他和明珠按住嫌疑人的一瞬间，煤气罐就炸了。

可能外面的人听见了里面的响声，后面又进来了三个人，却被强大的气浪炸飞了出去。屋子里都是黑烟，什么都看不清，明珠觉得后背火辣辣的疼。

屋子里被点燃的是五个煤气罐，还有两个五十升的油桶，紧接着发生了第二次爆炸，老曹直接就被弹了出去，砸在墙上然后落地。

“能不能走？”

老曹一点知觉都没有，外面的人喊着明珠，进去的人死谁也不能死明珠，毕竟她是局长。

“老曹……”明珠用力去拽老曹。

外面的人想要进来，但是不清楚里面的情况，不敢贸然行动。这个时候进来，会不会有第三次爆炸，这是谁都说不好的事情。已经有五个煤气罐炸了，剩下的五个会不会陆续发生爆炸?

小猫站在门口，事情发生到现在，他其实可以不进去的，但前面进去的人都被炸飞了，看见这种场面，心中会产生一种神圣的使命感，真的是顾不上什么生啊死的——大不了就是一死，他跟着明珠这么久，不能不如一个女的。

小猫刚进去，屋子里又爆炸了，不知道是哪里又炸了，外面强大的水流往上喷，好像有消防员的声音。

老曹被送进了医院。

明珠小时候家里出事情的时候，死了一名警察，那时候她只觉得对不起，但其他的情绪很少。这一刻老曹就躺在里面，明珠现在明白了，为什么明兰当时说，那个人的长官就坐镇医院。

“你进去看看吧……”王永强劝着明珠，心想当时都说不让你进去了，你非要进去。

明珠现在也需要看医生，她的后背当时被火给点着了，脸上也崩出很多水泡。

“联系医生了吗？”

王永强说：“已经联系好了，会全力救治。”

然后，还要和老曹的家人联系，是明珠亲自联系的。

如果不是当时老曹扑过来那一下，可能被炸出去的人就是明珠了，她很清楚这点。

老曹的父母年岁都不小了，他妻子不敢不告诉他们，一旦真的发生什么意外，不能叫公婆见不到丈夫最后一面，虽然忌讳生死，可到了这种关键的时刻……

警察被炸飞了一圈，嫌疑人倒是安然无恙，可能是命大吧。

老曹的父母没有怪过谁，来了以后也只是坐在椅子上等，不想给孩子的领导和单位增加压力，期盼着只要有条命就行，只要有口气就行，只要能活下来就行，哪怕是瘫痪呢。

这种时候，他的父母已经顾不上其他了。

这种时刻，不知道他们此时心中会不会怨恨自己当初怎么就同意孩子考了警校呢。

老曹命也算是很大，不过现在全身被裹着，多处烧伤。

王永强强忍着怒气，他真的很想喷明珠：那种时候你上去根本一点作用都不起，如果都像你这样，那后果不堪设想，总指挥是你，你都挂了，谁还来指挥?

明珠的后背伤得也很重，小猫那腿上不知道被什么刮出来的，血淋淋的一条，直接从大腿中间就给划开了。

“明珠，你简直就是胡搞乱搞。”王永强克制了再克制，终于克制不住，到底还是把怒气喷发了出来。多少人担心你!

从私人感情来说，那种情况他不希望明珠冲在前，当领导的有当领导的作用，不见得事事都需要你冲锋在前的。

“就是因为危险，所以我才要第一个上。”明珠闭着眼睛，说完这句话就不搭理王永强了。

医生说已经剪开了她后面的衣服，王永强也不好继续留下来，只能气呼呼地离开了，到外面去等。他永远说不过明珠。

这次是你命大，不然你被炸得和老曹似的，你一个女人，以后日子还过不过了？

当然，他并不是觉得老曹就应该被炸成这样。

有些时候他也认为自己是不是思想都改变了，现在想问题……永强叹口气，也许是过了拼搏的年纪吧。

事件得到了上面的高度关注，就算是在松山都引起了不小的话题。

警察这个职业没有想象当中的高大上，看起来似乎风光，而藏在风光背后的则是数不清的危险。

王永强联系陈滔滔，他当时正在开会，嬉笑怒骂，和大家开着玩笑，心情看样子还算是不错，大家都笑呵呵的。电话响，他看了一眼，接了起来。

陶克戴还在说话，有其他的人应声。陈滔滔脸上的笑容却掉得越来越快，越来越快，最后就什么也不剩了。

他已经数不清这是明珠第几次出事情了，他知道的就有几次，那不知道的呢？

他能拿她怎么办？他一说不动明珠，二管不了明珠。

“哦。”

王永强顿时来了脾气：“现在你老婆人在医院，被炸了，没听懂吗？哦什么哦？”

“不然呢？你觉得我应该是什么样的反应？她一心一意想壮烈成仁，我是能拦着她，还是能替她去死？”陈滔滔轻声说着，声音越来越温柔。

他的话说罢，会议室里就瞬间安静了下来，陶克戴脸上的笑容僵在脸上。

陈滔滔就觉得奇怪，他也不能代替明珠去死，命是那么宝贵的，那还说什么？

英雄，伟大的英雄，我为你鼓掌。

“散了吧……”陶克戴觉得陈滔滔的心情不是很好，大家现在谁都不敢说话，反正会议什么时候都能开。

“散什么？继续开。”

陈滔滔呵呵笑着，他好像觉得自己讲的话特别的搞笑，一个人笑个不停，其他的人看都不敢看他一眼。

好不容易熬到会议结束，陶克戴也没有凑前，这时候打听显然是太不明智了。

“陈律师的老婆很能干？”

陶克戴犹豫半晌，只说：“看看新闻就知道了。”

松山区这片，很多群众都是很挺明珠的。大部分的女人认为终于有个女人站在上面为我们说话了，我们也算是有了自己人；还有一部分人则是受到过她切切实实的照顾，知道这个女局长并非外界所传闻的那样，是靠关系上位的，这年头能有这样的人，必须赞一声；还有一些人则是听别人传说的，不管真假，反正听见的消息都是很正面的。

会议一结束，陈滔滔就回了自己的办公室。他轻飘飘地推门进去，坐到自己的位置上，然后和自己的当事人通了电话，就案件详情谈了多半个小时，挂了电话，又工作了半天。

电话响了，陈滔滔慢悠悠地接起来。

“我听说你和那个女的关系定了？”

陈滔滔道：“嗯，我们俩结婚了。”

陈滔滔的妈妈立马就说：“这件事情本身，就算是你们打算结婚，正常的程序是不是该先让家里人见见，是不是应该问问我的意见？我上次就说过，那个女人看起来就不像是一个正经人，我不太喜欢她。你上次还说她是保姆……”

陈滔滔揉着太阳穴，太阳穴隐隐地跳，蹦蹦地疼。他突然打断他妈：“妈，你还有事儿吗？没事儿我要挂了。”

“我说的你都当没听见，你这是不拿我当妈妈看了？我知道你小时候，我和你爸爸没有待在你的身边，你心里怨恨我们……”

陈滔滔沉思不语，他妈在电话里越说越委屈，慢慢把陈滔滔的心里话都说了出来——陈滔滔这人很爱面子，他是这样想，可他绝对不会这样说，再说他都长大了，事情也过去那么多年了。这辈子他们就是这样的缘分，他投胎成了这家的孩子，父母没什么欠不欠他的。

他不是他自己的父母，所以他不能认为那样的人生就是错误的。

可是他妈现在说明珠，字字诛心。

“她家里是做什么的？她和你没结婚就同居……”

“那你想怎么样？现在让我和她离婚是吗？她现在人还在医院里躺着呢，你是想让她早点死，然后你好换个儿媳妇是不是？”

陈滔滔妈妈瞬间被惊得失去了言语功能。

陈滔滔越说越激动，他已经够烦的了，能不能不要拿这些事情来烦他？你们做的选择我不挑剔，我的选择也请你们尊重好不好？

他不管谁的家里发生了多少婆媳关系不好的问题，他家里有就不行。

陈滔滔妈妈被儿子的大声吓到了，陈滔滔和她讲话向来都是温和的，她说什么他都不会发火，或许就是孩子刻意将真实的一面隐藏了起来，拿她当陌生人看。

她也不是像嘴上说的那样挑剔明珠，陈滔滔一发火，她瞬间就灭火了。

“婚结都结了，你们就好好过。我就是唠叨一句，就唠叨一句，不行我就改嘛。我会迁就人，我现在就迁就，接受她当我儿媳妇。”

最后，她又问：“人为什么进医院了？”

陈滔滔二话不说就挂了电话。

晚上陈滔滔去医院探望明珠，他什么都没买，这次也没有心情和她斗嘴玩。

他推门进来的时候，明珠病房里有人，小猫坐着轮椅还在病房里和别人讲话呢，嘻嘻哈哈的。

陈滔滔进门的一瞬间，只觉得自己就是多余的。

好不容易病房里就剩他和明珠，明珠看着他问：“又给你去电话了？”

陈滔滔盯着明珠，不说话。

“看我做什么？有话就说。”

“你认为自己死不成吗？”

你现在玩的这个游戏非常危险，你对自己信心十足，站在几千米的绳子上，下面就是悬崖，你认为自己不会掉下去，不会摔死，因为你太有信心了是吗？可一个不注意，就会摔死你啊。

“我也不是超人，当然会死。”明珠淡淡地道。

“我觉得你就是认为自己是超人。”这就是她给陈滔滔的感觉，“这次装得大了点。”

“我不去，别人也会去，干这行就得爱这行。我和你说这些，你也不过是认为我傻。”

陈滔滔摇头：“我从来不觉得你傻，你欠那些人的都已经还了。”

用生命去赔生命，有些事情不是这样算的。

“总是要有人去做的。”

陈滔滔翘翘唇，费了很大的力气才说：“你是个真英雄，那你妹妹呢？不管了？”

“她们长大了，不需要我这个当姐姐的护着了。”

陈滔滔点点头。

挺好的，都安排好了，后事都安排好了，就算是你挂了，我也不用着急上火的。到时候你妹妹们一哭，把你送进火葬场，烧了变成灰，然后对着大海一吹，这就完了，挺好挺好。

“你能干上来，我觉得真是奇迹。”

我要是你的上司，就会认为这个人为了出名不择手段。你明珠现在做的一切，就会让人如此说。

这样想着，他静静地盯着地面。

过了一会儿，他问：“吃东西吗？”

“这回可以吃。滔滔，我的本意并不是这样的，这份职业这是我的选择，我希望你能尊重我。”

陈滔滔给明珠雇了一个看护，他白天上班，晚上过来看一眼，说是自己手头有官司，他没有办法陪床。

这个看护阿姨呢，话比较多，活干得特别麻利，但就是喜欢和别人聊天。

她是女人，明珠也是女人，就劝明珠，要看紧她丈夫。

“女人总不在家，这是很危险的。”

明珠这样放任陈滔滔，说实话她瞧着太放纵了，妻子住院，做丈夫的说不来就不来，忙什么？

看着样子长得那么好，条件也应该不差吧，这样的男人必须看住了，不然到时候被别人拐跑了，你哭都哭不出来。

“你要时不时给他打通电话，撒撒娇……”

明珠动了动，只当没有听见。

陈滔滔他妈是个原则性很强的人，自己儿子怎么样了，她都没有耽误过自己的工作，这次为了明珠，她算是破例了。

说起来也是奇怪，就因为陈滔滔当时一连三句的质问。

她打听到了明珠住的医院，马上就让人送自己到医院。明天一早她就得离开，时间上来说，有点紧。

至于她从哪里打听到的，她自然有自己的方法。

她买了鲜花，问了护士病房在哪里，护士指着："里面一直走，走到头。"

明珠正在看手机呢，她就推门进来了。看护没在病房里，去给明珠洗枕巾了，这人是真勤快，天天洗，反正干得快。

她放下手中的花，想要和明珠招呼一声，可不知道该叫明珠什么。

"衣服干了吗？"明珠没有抬头，问她。

"干了。"陈滔滔的妈妈见暖气上放着的衣服应该是明珠的，就回答了一声。

她的声音和看护一点都不同。明珠试着转头，看清楚了来人就想坐起来。

陈滔滔的妈妈赶紧上前："你别动了，我就过来看看你。"

婆婆和儿媳妇你看看我，我看看你，然后双方陷入尴尬。

两人都没什么话讲，虽然见过一次，不过那次见面的时候好像并不是那么愉快吧，一个是"保姆"，一个是房主他妈。

陈滔滔他妈还是先开了口："我打听别人问到的，就过来看看，不耽误你吧？"

明珠心里叹口气，为什么好好的要来看她？对婆婆这种生物，她是真的没兴趣啊。要怎么相处？她浑身都疼啊。

"不耽误，我也没什么事情。"

说出口的话，她自己都觉得矫情。

看护进门，好不容易能缓解缓解婆媳二人之间的尴尬，至少她话多，还能陪着陈滔滔他妈讲讲话。

看护就说明珠是个好儿媳妇，是个好警察，陈滔滔他妈这才知道自己儿媳妇是干什么的。她心中有千言万语，都卡在喉咙里，不知道该怎么说出来，怎么开口。

她不是真的瞧着明珠不顺眼，不过可能是她思想老旧，认为没结婚之前，那样真的不好。不过年轻人感情到位了，愿意怎么样就怎么样，她现在也能理解。她和儿子的关系都不好，和儿媳妇的关系再不好，那就糟糕了。

陈滔滔他妈现在就是典型的想做小，到医院捧明珠来了。

我儿子愿意，我当妈的就一点意见都没有，他说你好，你就是全天下最好的。

明珠开始以为陈滔滔他妈是个大暴龙，现在看出来了，就是个小白兔。她遇强则强，但遇上这样的，她一点回手之力都没有。你说原本那种居高临下的婆婆，一下子就变成了小媳妇儿似的，可怜巴巴地看着你，你能对她怎么样？

陈滔滔妈妈晚上就在医院休息的，明珠让她去酒店睡，她也不去。

害得明珠不敢大睡特睡。

"你叫明珠是吧？"

明珠点头："对，我叫明珠。"

"你父母都是做什么的？"

"我爸妈都死了。"

闻言，陈滔滔妈妈有点无语。按道理来说，这孩子的命就是有点不好啊，父母双亡。算了，没就没了吧。

"你家就你一个？"

"还有两个妹妹。您有什么话就直接说吧，我和陈滔滔是有点不搭……"

如果老人认为他们两个不合适，明珠觉得就算是没什么稳定关系，也是可以的，她不挑。你用这种小媳妇的眼神瞧了我一天，我懂了。明珠秒懂。离婚是吧？

"不是，你们挺好的，我不是那意思。"

"您这样说话累，我这样说话更累。您对我客气，我有什么话都不敢讲了，这样我觉得太辛苦了。"

闻言，陈滔滔妈妈幽幽地看着窗外。

这是要回忆过去吗？

陈滔滔他妈其实心里觉得对孩子有很大的亏欠，但是她和丈夫都属于有话说不出口的那种人。他们生了孩子不可能不爱他，要是不爱他就不生了，可是生了他又没有完全负责，感情上亏欠了他。

要是现在和陈滔滔讲这些，他妈自己都觉得肉麻。但是她怕孩子心里有想法，明珠毕竟是陈滔滔的老婆，如果陈滔滔有什么想法的话，能不能通过明珠来告知她呢？

说到情深的时候，她都要落泪了，听得明珠更加困了。

所谓的亏欠，就是小时候没有陪伴，这样的事情对明家三姐妹来说，算是个事儿吗？

陈滔滔好歹家里还有个保姆呢，她们家什么都没有。他怎么就活得那么矫情呢？陈滔滔所谓的孤独生活，他摆在明珠眼前的血泪史，那就是个屁。

陈滔滔的妈妈想讲的都讲了：她对明珠没有意见，非常欢迎明珠加入自己这个家庭，她会努力当个好婆婆，希望明珠也别误会。

明珠听得迷迷糊糊的，最后成功睡着了，她觉得有些娇花是必须要怜惜的。

早上陈滔滔来医院看明珠，他妈已经离开了。

"我妈是娇花？你知道她是干什么的？"陈滔滔冷笑，你和我妈摆在一起，说不定谁是娇花呢。

"研究心理学的？"

陈滔滔冷笑："我妈是研究导弹的。就是那种导弹，你没想错。"

我去！明珠真想问问苍天，研究导弹的人为什么是这样的个性？

不过，她还是当着陈滔滔的面为他妈讲了两句好话，毕竟人家在她身上投资了一个晚上的时间。

陈滔滔只说："你先管好你自己吧。"

然后，陈滔滔去医院食堂打了早饭，陪着明珠一起吃。

他们刚开始吃，看护阿姨正好进门，招呼道："小陈来了。"

陈滔滔慢了半拍才反应过来，小陈是叫自己？从来没人这样喊过他，突然有人这样喊，他有点不适应。

老曹已经醒了过来，不过需要一大段时间来恢复，身体和脸最后会怎么样，还讲不好，但上面已经对他进行了表彰。

陈滔滔说："为了一个荣誉，值得吗？"

让他用脸去换，他肯定不换。他也没有打算奉献自己，太亏了。

"每个人想法不同。"

"对，是想法不同，所以发财这种事情也只能我做了。"陈滔滔喝着豆腐脑，回应道。

明珠早餐就吃这，他也只能这样吃，吃得没有挑剔。

看护阿姨还说呢，说陈滔滔这人嘴不挑，什么都能吃，这样的人好养活。

"看着可不像是这么平易近人的人。"

"噢？我像是什么样的人？"陈滔滔来了兴趣，问看护阿姨。

看护阿姨说看着他就像是干大事儿的，那种特别体面的工作，说不好怎么回事儿，但陈滔滔身上有一股气。

"什么气？"

"匪气。"明珠插嘴。

"贵气，脸上有光，和别人就是不一样。"

这看护阿姨也是会讲话，把他夸得都快上天了。偏偏陈滔滔这人就喜欢听别人夸他，他和别人就不一样吧。

"我家里也算是有两个混得挺不错的人，可和你站在一起，就不一样了。"

明珠撇撇嘴。

"阿姨，你说我是不是个性很好？"

"当然好了。"

闻言，陈滔滔满意地笑笑。

然后，看护阿姨拎着明珠的病服去洗——她后背天天上药，容易蹭到病服上。

"我看看你后背。"

明珠说："有什么好看的？"

陈滔滔上手看了一下，别开一个角，认真瞧了瞧，啧啧赞叹着："这下可好了，后背都成烤猪皮了。"

"摸着手感好。"

"你摸着手感好，还是我摸着手感好？"

明珠懒得和他掐，看着时间，觉得差不多了，他应该去上班了，就抬头打算问他，怎么还不走，却见陈滔滔已经闭着眼睛睡着了。

他两天都没睡好了，压根就没怎么睡，一闭上眼睛很快就清醒。他自己也不知道为什么会这样，在医院吧，坐在椅子上，很快就能入睡。他来医院不是为了睡觉，但困意就是这么任性，随时随地找上他。

明珠想张嘴喊他，想了想还是算了，毕竟他那个班，去不去也不要紧的，让他先睡吧。

陈滔滔之前问她的话，她明白，他当时是生气了。说陈滔滔对她没有感情，她是不信的，只不过是装不明白而已，因为她回报不了什么，就算是正常的生活她都不能给。

明珠侧趴着看陈滔滔的脸。

陈滔滔问过她一次，他和徐太宇谁好，当时这个问题她没回答。感情这东西有时候也挺欺骗人的，比如她就认为陈滔滔比徐太宇好，那怎么解呢？

看护进门时有动静，陈滔滔这才醒了，睡了不到十分钟，一激灵就醒了。

"我得上班去，我走了。"

"陈滔滔……"

滔滔回头看她，睡得迷瞪瞪的，眼睛都有点睁不开，双眼迷离。

明珠对着他勾勾手指，陈滔滔走到她病床前。

"低点。"

她趴着呢，他站那么高做什么？

陈滔滔半哈着腰："干什么？中午要吃什么？"

"让你担心了。"

闻言，陈滔滔全身发麻，掉了一地的鸡皮疙瘩。

"你有病吧。"说着，他用一种看神经病的眼神看着明珠。

明珠什么都不表示，酷酷的样子他都习惯了，她突然这样，他倒觉得怪恶心的。

你压根就不是个温柔的女人，装什么装？

他顺顺自己的心口："我早上吃的这点东西，怎么就这么不舒服呢？"

他是讲真的，现在胃里的东西一直往上反，浑身的鸡皮疙瘩一直往地上掉。她这是被什么东西附身了吗？麻死他了。

明珠直截了当地说了一个字："滚。"

陈滔滔出了病房的门，想吐的感觉就没了。他耸耸肩，你看他说什么来的，不要对他温柔，感觉怪怪的，无福消受啊。这样想着，他摇摇头，又抬头看着天空。

他就这命了。

明珠刚刚是真的想对他温柔一点，温柔的情绪还没上来呢，就被他一句话弄得一点心情也没了。

明珠因为住院不能出去，只能委托看护帮她去办个事情，是为了江绮雯。

看护去了江绮雯所在的学校，跑了一圈回来，说学校大门紧闭，她连门都没进去。

"给你的电话号码，打了吗？"

"打了也没用，现在学校不都不上课吗？"

明珠嗯了一声。一开始就不该拜托她的，这是自己的失误。

江绮雯期末的成绩依旧很好，好得叫人不敢相信，也许有的孩子天生适合学习吧。如果不是发生了那件事，她的前途不可限量。

江绮雯的卷子答过以后，狱警会通过网络传给她的老师。老师有些时候比较忙，试卷就通过明珠送，或者她让别人转交一下，所有的人都在为这个孩子努力。

江绮雯的成绩依旧是全年级第一，当然全年级的排名中不再有她，这是老师私下将她的成绩跟学校所有的学生进行比较得出的结果。

少管所的狱警对她非常好，照顾较多，他们也清楚孩子父母的状况。

最近狱警给明珠来电话，说江绮雯的情绪好像受到了某些冲击，以前她不是这样的，书本都扔开了几天。原本，明珠是打算有时间过去看看她的。

对于明珠来说，或许是因为曾经太过于相似的经历，她莫名地就想多照顾那个孩子一点。

她给苗苗老师去了电话，得知苗苗老师正在亲戚家串门。

挂了电话，明珠就从床上起来，去了医生的办公室。

“我什么时候能出院？”

医生说：“出院不是问题，问题是，你回家以后没人护理。你的后背还想要吗？”

“我自己注意一点就可以了是吧？”

医生不太理解：“为什么就一定要出院呢？有什么着急的事情？药是可以开，挂针的话也可以请人登门去挂，现在做什么都挺方便的，可住院总是最好的选择。”

“给我开药吧。”

于是，医生联系陈滔滔。

“出院？她好了吗？”

“现在出院回家，伤口可能会感染。按照现在的情况来看，她的背我们能保证不留疤，如果她回去以后……”

医生不做任何的保证。

“你和她说了，她可以出院？”

陈滔滔下班顺带经过医院，慢悠悠地拎着一个袋子，袋子里面装的都是晚饭。

“医生给我来电话，说你要出院？”他慢悠悠地问明珠。

“嗯，少年管教所那边给我来了电话，说绮雯的情绪有些波动……”

那个孩子在这个年纪，面临着人生的第一次选择，选择对了，未来能少受一点煎熬，选择错了，一脚就迈进了坑里，想要再爬出来就太难了。

陈滔滔太阳穴突突直跳。江绮雯，如果他没记错的话，他记得这个孩子。可她和你又有什么关系呢？

“你要过去做什么？”

你既不是她妈，也不是她爸，站在陈滔滔的角度来说，人家孩子的父母都没有去探望，你一个陌生人瞎操什么心？

“不想让她有个后悔的青春。”

“我去。”

“你去？”明珠挑眉。

“信不过我？”

“那倒不是，你比我会说。”

陈滔滔瞥了明珠一眼，你倒是嘴巧，还挺会说话的。

“我给你地址，路费我给报销。”

“你不给报销试试看。”

陈滔滔晚上和明珠一起吃的饭，她可能有点难受或是怎么了，饭没有吃两口就睡了，留着他一个人站也不是，坐也不是，一个人逛来逛去。

他嘴上又不能说，明珠我担心你，你是疼还是难受，倒是和我讲一声啊。这样的话，就绝对不是他陈滔滔能讲出口的，他一出口一定就是嘲讽的话。

拿着手机玩着微信，他加了明珠的号，一个人坐在一边不知道敲敲打打地按着键盘做什么呢。

第二天凌晨四点陈滔滔就从医院出发，直奔邻省。本省的机票已经卖完了，他只能折腾，因为必须去，不去不行。

下了飞机又辗转折腾了三个多小时，他才到了少年管教所，见到了江绮雯。

江绮雯有些消瘦，过去就不胖，现在更瘦了，倒是让陈滔滔想起一个人来——明月。

明月就瘦得很，两人真的特别像，一样文静，一样成绩好，一样倒霉，不过性质有些不同而已。这下，他多少有点明白明珠的想法了。

“明珠进医院了。”

然后，陈滔滔不带感情地将发生的事情说了一遍，把明珠为什么没有前来解释清楚。

听完，江绮雯的脸上出现了类似于有些难过，然后茫然的表情。

陈滔滔问：“觉得你妈不来看你，受不了了？”

她摇头。

“那是为了什么？”

“陈律师，你能告诉我一句实话吗？”

“你问吧。我这人只是会说实话，不会说假话。”

陈滔滔目光淡淡地扫过江绮雯的脸。他认同这个孩子挺惨的，不过官司帮她打了，他也没有收费，站在另一个立场上，她做了选择，就得去承受，哪怕这个后果很可怕。

“我出去以后，还有未来吗？”

让江绮雯情绪产生巨大变化的就是这个问题，一开始她安慰自己，将来会好的，可慢慢地她觉得茫然了。时间过得这样慢，她脱离了社会，每天生活在这里，她是个犯人，这个认知让她觉得害怕，觉得可怕。

她还有以后吗？

“说实话？”陈滔滔看向她。

江绮雯点点头。

“我觉得你的将来可能会比别人的将来磨难多得多，你应该知道的，你现在是在哪里。”

杀了人，说出去，不管是因为什么，总是容易被当成异类的，而且你又不可能随时随地去喊，我是因为什么杀的人。

江绮雯得到了自己认定的答案，果然如此。

“你觉得自己笨吗？”陈滔滔问她。

“不笨。”她答。

无论是家人还是邻居，同学或是老师都认为她很聪明，她自己也认为自己很聪明。

“笨的人认死理，聪明的人积极地活着。给你讲个故事……”

陈滔滔将明月的事情虚化，你的事情再严重，能严重过明月？那样的孩子，你认为一个想不开随时就会去死的孩子，她活下来了，认真地活着。活着就有翻盘的可能，不活你走到这里就是陌路了，如果想死那就赶紧去死吧。

江绮雯这么聪明的孩子，一听陈滔滔说的这个故事，她就明白了，明白了为什么那个明警官对她这样好。

“可是我怕。”

“没有人不怕，我活着也每天都怕，我怕赚不到钱，我怕明天就破产，我怕倒霉。”

陈滔滔觉得自己时刻都在害怕，让他感觉到害怕的事情多了去了，可他也没去上吊。

“陈律师，我和你不一样……”

“那我是人，你不是人咯？”

江绮雯无奈地抿抿嘴，没有兴致去和陈滔滔犟嘴，她就是觉得自己的未来完了。

“杀个人而已，高兴还能多杀两个，找回来本。你后悔自己杀人了吗？为了你妈杀人，你后悔了？”

江绮雯想说自己后悔了，但陈滔滔又加了一个前提，他问自己后不后悔为妈妈杀人？为妈妈她不后悔，那种情况她如果再遇上，她还是会杀人的。

“和愚昧无知的人待在一起太久，就会被同化，你是聪明人为什么要纡尊降贵和他们一起混？国家规定了，从少管所出来不能高考？还是规定了，从少管所出来不能找工作？”

“但是别人会歧视我，我自己也不清楚我能坚持多久。”

她到底还是个小孩儿，没说上几句，眼泪和鼻涕都淌了出来。

她对未来很茫然。

“别人歧视你，你就站在别人的肩膀上，站在别人的头顶上，弱者才会为自己找借口。恨我的人排成排，我每一秒赚到的钱，可以说是你想象不出来的数字，我站在金字塔尖，谁歧视我？那种时候只有你去歧视别人。”

陈滔滔来这一趟，就是为了开解江绮雯。不过，江绮雯受到的影响不多，倒是旁边的狱警受到的影响良多——他家里也有个青春期闹叛逆的孩子，他想请教请教陈滔滔，怎么才能把孩子养成陈滔滔这个样子。

“身为一个女孩子，活到合适的年纪，不是独身主义，遇上一个三观合得来的人，携手走下去——这个人不见得就一定是男人——成立一个家庭，去体会当一个女人的幸福，孝顺你的父母。他们这辈子靠着自己是翻不了身了，你爸妈第一没文化，第二没脑筋，第三没人脉，要什么没什么，脑门上就贴着一个穷字，这辈子都不会改变了。除非你能改变自己，从而改变这个家庭。

“我听说你是被收养的？”

江绮雯对自己的身世不愿意多谈。

“凉州商会的会长是你的亲生父亲？”

江绮雯眼中的水雾退去，已经慢慢开始恢复镇定。

所谓的亲生父亲就是她的地雷区，即便是她的养父养母都很少提及那个人。

陈滔滔会知道一点，她也不觉得意外，给他一点线索就能查得出来。这世界上有人因为爱而活下来，有人却因为恨而活下来。

怎么选，你自己看。

回到上中，陈滔滔定期给江绮雯写信，江绮雯偶尔向他汇报汇报学习成绩。苗苗老师对江绮雯似乎已经退热了，毕竟再怎么喜欢这个孩子，她现在还有一个班的孩子要带，每天要操心的事情太多，照顾不过来。渐渐地，陈滔滔就接管了江绮雯的学习。

试卷由他这里邮寄出去，然后辗转送到少管所里的江绮雯手上。他还定期叫陶克戴去江绮雯的家里拍些照片回来。

江福海和李小翠的生活，并没有因为少了一个孩子，变得宽裕起来，日子依旧过得紧紧巴巴的。就像陈滔滔所说的，他们的脑门上也许就是刻了一个穷字，无论做什么行当，和这个穷字就是脱离不开关系。

李小翠因为女儿进了少管所，身体一直不见起色，又添了新病，病病歪歪的。江福海要照顾老婆，他没得选择，出去打工根本不行，否则李小翠死在家里恐怕都没人知道。

江福海没有办法，他做的行当必须时间自由，那能做什么呢?

想来想去，他就去捡破烂了，因为松山火葬场后面就是垃圾场，每天无数的垃圾车都会去那里倒垃圾。冬天还好，味道不大，一到夏天，火葬场的味道，还有山上垃圾的味道，汇合到一起……

他们搬家到了松山，怎么说这片都是明珠罩着的地段，真的有什么事情，还能指望指望她。不过，不到万不得已，他也不会去麻烦明珠。

江福海早中晚回家三次，方便照顾李小翠，然后继续出去捡垃圾。他家里养了几头猪，猪就喂捡回来的垃圾，这样还能添一笔收入。

陈滔滔不愿意上去，觉得上面太脏，把车开到这里来，他都觉得胃部有些翻腾。他实在是不能理解，世上有那么多的工作，江福海为什么要做这个。这也许就是所谓的站在高处，看着低处，然后说风凉话吧。

江福海能做什么？他什么都做不了，老婆还需要钱看病，而且这个病是长期的，长期看病吃药，已经几乎拖垮了这个家。

陈滔滔直接说：“你去吧，我不出去了。”

陶克戴就算是嫌弃有味道，但表面上他还能装。这种事情看了，他也会偶尔感动，要么说天底下的父母都是伟大的呢。

江绮雯每个月的试卷费和资料费陈滔滔已经说好了他出，可江福海坚持要自己出，因为他认为他出的那些钱也许就够了。陶克戴没有戳破，陈滔滔这个好人当的，永远都是背着骂名去做好事儿。

陶克戴拍了一些照片，都是偷拍的，要的就是江福海最真实的生活写照。

陈滔滔定期将这些照片寄给江绮雯，看看你的父母吧，如果你不努力，这辈子他们也就这样了。

李小翠的病例，他也邮寄给孩子。

为此，狱警和明珠通了电话，他觉得这样对一个小孩子未免有些残忍。病例这种东西，还有她妈将来如果做手术的话需要的手术费，对一个家徒四壁的家庭来说，几十万那是什么概念？

不过，明珠赞同陈滔滔的做法。她既然让陈滔滔过去看望江绮雯，他做的决定，她就会支持。

之后的一段时间里，江绮雯总是哭，偷偷摸摸地哭，在别人看不见的地方就哭，这是一种无力感。

扛在她肩上的，是压力也是动力。她的人生刚刚开始，她就经历了人生的寒冬，未来迎接她的是什么，她也不清楚。

江绮雯的成绩有一段时间滑落得厉害，成绩单到了明珠的手里，明珠看着那上面的分数有些头疼。难道她站不起来了？

倒是陈滔滔，中午接到成绩单，江绮雯的成绩有专人负责，她平时所做的卷子，所看的提纲，都是陈滔滔请专人来负责的。现在这样的成绩，就这样和他交差？

“你拿出来这种东西给我看？”说着，他将手里的单子扔到桌子上，叫对面的人自己看。

明珠下班回家时，陈滔滔早就已经到家了，好像在玩电脑。

明珠将手里的袋子放到一边，试探着问：“晚上吃涮羊肉？”

涮羊肉方便，菜扔进去就可以了，下次吃的时候再扔就好。她就是图方便，做饭太浪费时间，而且她也不愿意做。

“你说吃什么，我就负责吃。”

明珠洗好了菜，叫陈滔滔出来吃饭，喊了他三次，他才出来，这是客人，你得请。

陈滔滔扔开手里的鼠标。

小丫头挺本事的，这么短的时间，就恢复了？

人嘛，果然压力越强，活得越是顽强。

明珠递给他筷子，陈滔滔接了过来。

“今天这么献殷勤，做什么对不起我的事情了？你就直接通知我一声，你又看上谁了，就行了。”

“献殷勤不好？”

“收到成绩单了？”

明珠点头。

“你是应该谢谢我，你知道我一个人扔进去了多少钱？她做的那些卷子，她平时看的提纲，你知道花了我多少钱？就算是一个高考生，一对一都没这个贵。”

“你不是分分钟就能赚到一个天文数字？”

这是江绮雯写信告诉她的，她是把陈滔滔当成偶像看了。明珠可不希望一个女孩子将来变成这样，那可没得看了。

陈滔滔笑眯眯地道：“我是能赚钱，难道你能否认这个事实？”

明珠点点头，抓过来自己的手机。她今天上微信，罗颖琳联系她，让她上微信，她才上了一次，结果看见了自己的微信竟然有和“套套”的聊天窗口。

“套套”是她给陈滔滔起的外号。

通话的内容是，正月初五还是初几的，陈滔滔给她拜年，然后微信转给她十万块。是的，是十万。

她一开始也以为是一万，数了一会儿，然后确定是五个零，他这是疯了？

最主要的是，她去查看微信绑定的银行卡，竟然是她的工资卡。她自己没弄过，她从来不搞这些的，那搞的人一定就是陈滔滔了。难道他的脑袋被驴踢了？

明珠敲敲自己的手机，问他：“怎么个情况？”

“谁那么稀罕你，还给你打了十万。”

“我一开始以为是一万呢。”

“你数学肯定是体育老师教的。”

“给我钱干什么？”她不记得和他说过自己没钱花，事实上她挺有钱的。

“花的。”陈滔滔明显不愿意在这个话题上多聊。

紧接着，明珠从钱包里掏出来三千块钱给他。

“干什么？”

十万换三千？分期还给他？那利息怎么算？

“家用吧。”

这算是她给的家用。

陈滔滔接了，脸不红气不喘地就接了过来，然后送进书房里藏了起来。

花女人的钱，完全不需要脸红，他这是靠魅力，靠身体换钱花，花得理直气壮。

他这么做有理得很，底气十足。

明珠就觉得她改天应该找个人来看看自己的命，怎么总是有男人给她钱花？难道她脸上写了，自己缺钱花？

如果可以的话，继续保持下去吧，这习惯挺好的。

吃过饭碗筷也是明珠洗的，然后她要出去逛逛。她最近腰有点问题，医生是这样建议的。

陈滔滔有时间就争取陪着她出去转转，去商场看看衣服也好，去超市随便买点没有营养的零食也罢。他跟明珠混得越久，对吃的也越没剩多少挑剔了。现在只要是能入口的，不管有没有营养，有没有添加剂，他都照吃不误。

明珠穿得不多，她体质好，从来不怕冷。

她穿了一双平底的小恶魔厚底乐福鞋，走来走去，走到超市附近，她就进了超市，也不知道是赶上了高峰，还是怎么回事儿，人很多。

陈滔滔眼睁睁地看着有人走路不看路，就要往明珠身上撞，那他能让吗？

如果是他自己的话，他直接就开口喊了，你瞎吗？

他加快步子，走了两步，然后切断那人前进的路。那人被陈滔滔瞪了一眼，自己还不清楚怎么回事儿呢，这是瞪他吗？他什么也没做啊。

推着购物车，陈滔滔和明珠前后脚进了超市，在电器区闲走，因为这块儿人少。旁边就是卖篮球的，明珠就上手拿着球试了试投篮，没进。

陈滔滔站在旁边围观，平静地说："你扔进去，我给你五十块钱。"

明珠翻着白眼，心想你不说，我还能有点兴致，我就差你这五十块钱？

她正准备投呢，感觉有人过来踩了自己一脚。明珠扭头去看，是一个六岁左右的孩子，还上手推她，可能是觉得她妨碍他过来玩了。

明珠很想踩回去，但是碍于身份没有办法，她只能忍住。否则事情真的闹出来，她的脸就不能要了。有些时候为了一些不得不的原因，你就只能忍。

这地方根本不是玩乐区域。

"你躲开，占我的地方了。"

孩子的妈妈就在孩子身后呢，这么近的距离怎么可能听不见呢，但是人家就是一点声音都没出，还在看本子。也许是耳聋吧，陈滔滔如此想着。

那孩子见明珠没动，又上脚踩了明珠两脚，还是连续的。

他鞋底不是很干净，明珠皱着眉头。

紧接着，陈滔滔的皮鞋对着孩子的脚就还回去三脚，一脚不多，一脚不少。

那孩子看着陈滔滔，然后哇的一声哭了出来。

孩子的妈妈马上就赶了过来。

"我说你这个人，怎么回事儿啊？还踩小孩子的脚。"

晚上逛超市的人原本就多，她这么一喊，就有人陆续看了过来。不管陈滔滔是为了什么，虽然现在不清楚事实，但是一个大人欺负一个孩子，他们有点看不过去。

"他踩我老婆的脚，你眼瞎没看见？"

孩子的妈妈找借口："我在那边看东西呢。再说就算是踩了，他这么大的孩子懂什么？"

"我在他这个年纪的时候该懂的都懂了，如果他不懂，我不介意让他懂。"

那妈妈说话就有点叽歪："你简直不是男人，穿成这个样子，跑到超市里来欺负孩子，你要脸不要？"

陈滔滔的嘴皮子也溜，把那个孩子妈妈说得头顶都要冒烟了。

陈滔滔问那孩子："你踩阿姨没有？"

孩子点头。

"那我踩你就是应该的，你这三脚不是故意踩的吗？"

闻言，孩子缩到了妈妈的怀里。妈妈保护着孩子，讲不过，我们走还不行？今天就算是倒霉了，遇上这样的极品，算她倒霉还不行？

"我们走。"

"你别走，自己生的孩子，生了不教……"

这时，陈滔滔就是故意又踩了孩子妈妈一脚，让她体会体会。别说什么年纪小，年纪再小的，他也去追究了，并且追究成功了。

他这人，上敢打九十多岁玩无赖的老人，下敢打五六岁不懂事的孩子。要么你能打过我，要么你能说过我，如果两者都不行的话，那么你就回家哭去吧。

那妈妈最后离开的时候，脸是铁青的。

明珠看着陈滔滔微笑。

他忙说："这里人来人往的，我还要脸呢，你千万别亲我。"

话刚说完，明珠就捧着他的脸给了一个香吻，她就喜欢他这个劲。

陈滔滔这次出手，绝对不是因为对方踩了明珠。要是踩了他，他绝对不仅仅是这样，他还会报复得更加凶狠。他就是这样有仇必报的男子。

后来背后一直有不少人的目光追随着他，肯定不是什么善意的目光，不过他才懒得去理会，骂他的人还少吗？

明珠和陈滔滔从超市出来推了一车零食，都是买了留着回家吃的。

结账后，两个人提着袋子，晃晃悠悠地回家。乘电梯时遇上了住在他们楼下的男人，现在陈滔滔有女朋友的事儿，估计楼上楼下的差不多都知道了，因为坐电梯总是能碰上。

从男人的角度来说，对方实在不太理解陈滔滔的审美观。

他长成这个样子，还娶了一个美女老婆呢，敢问对方长得还算不错，为什么找个这样的女朋友？这是找不到人了吗？

"你觉得我美？"

明珠感觉一直有人盯着自己看，电梯里一共就三个人，不是陈滔滔还能是谁？她不愿意迂回，有问题就直接问出来。

闻言，男人差点站不住。

"讲话含蓄一点，他羡慕你身材好。"陈滔滔多嘴添了两句。

人家也不认识他们，突然被他们这样打趣，当然是有点不自然，到了楼层，马上就离开了。

"暗恋我也没什么。"明珠道。

"全世界男人都暗恋你，你不需要窜天猴儿，自己本身就能上天。"

陈滔滔刚说完，明珠就闹他，脚下绊了他一下，他差点没站稳。然后，明珠勒着他的脖子，就贴上去吻他。

这时正好电梯停了，电梯门打开，站在外面的人眼睛看得直跳，她觉得自己明天也许就会长针眼了。

这俩人可真是迫不及待。就那么等不及，不能回家再亲热吗？

不巧她和陈滔滔有过节，她曾被陈滔滔讹了一笔钱，她儿子把陈滔滔的车给刮花了嘛。很快，整个小区该知道的差不多都知道了，陈滔滔原来就是这样的一个人。

陈滔滔接到了江绮雯的信。江绮雯的英文其实有些拖后腿，她笔试成绩还可以，学校教出来的学生嘛，正常考试就可以了，但陈滔滔的要求更高。他永远都是批评江绮雯的，这个做得不好，那个做得不到位，还说他在这个年纪如何如何。

陈滔滔说的也不是大话，而是他学习确实很有天分，他的脑子摆在这里，就能羡慕死一群人。江绮雯再厉害，和他一对比，那都是小虾米。

陈滔滔洋洋洒洒地写了半篇的批评信，明珠换了睡衣，正好过来，从他手里拿过信来看了看。

“你就不怕把她给刺激得信心都萎了？”

她家明月就不能这样对待，如果这样弄，一个弄不好，明月估计直接去跳楼了。

“这个小丫头比你想象的厉害得多，别看她年纪小。”

明珠哦了一声。

陈滔滔又说他让自己的风水大师帮江绮雯批过八字，她的后福都在后面呢。

“扯来扯去又扯到迷信上面来了。”

陈滔滔说：“这可不是迷信。比如我和你的八字就特别配。”

“你有我的八字？”

她自己都不清楚，敢问他是怎么知道的？

“我算的。”

陈滔滔挑了一个最好的八字贴到明珠的身上，他才不管是不是明珠本身带的呢，反正他现在就认定这八字是明珠的，旺夫。旺的人是谁，还用想吗？

这也行？明珠彻底被他给打败了。

晚上睡觉吧，两个人的姿势有点搞笑，开始的时候是他搂着她，等到早上就变成他的头跑到明珠的怀里去了。反正现在大多数时候，两个人不存在各睡各的情况，大部分都是有肢体交流的。

习惯成自然，慢慢地养成了这种习惯，改也就改不掉了。

陈滔滔有严重的失眠，这是老毛病了，一直都睡不好。但是奇怪的是，只要和明珠躺在一起，他就能很自然地快速入睡，除非是自己不想睡。

他睡觉喜欢踹被子，大长腿压在明珠的腿上。家里实在有点热，明珠半夜爬起来喝水，她刚动了动，他那边就跟着翻身。

“也给我倒一杯。”

明珠就顺手给他倒了一杯水。

两人一起睡的时间越长，提要求也越自然，有时候是明珠使唤他，有时候是他使唤明珠。

陈滔滔坐了起来，喝光了杯里的水把杯子放到一旁。明珠躺下，他就扯着明珠摸摸她的头发丝，很快又入睡了。

喜欢一个人是什么感觉他是不清楚，但摸到这个人的头发丝，他心里都会很踏实。

能让他产生幸福感的人现在还没出现呢，明珠却能让他觉得安稳。

早上五点多，陈滔滔的头就在明珠的胸口拱啊拱的，这是昨天睡得早了，今天就醒得早。

他坚信早睡早起身体好，过去就信，不过他过去晚上睡不着。

明珠揪着他的头发，她那是真揪，陈滔滔的脸上表情有些扭曲，他疼啊。

好不容易明珠松手了，她这是还没睡醒呢，不让陈滔滔闹她，陈滔滔就慢慢地顺着被子往下往下。

明珠到底还是醒了，醒了以后又睡的。

起床后陈滔滔冲了澡，换了衣服，然后下楼去买了早餐，拎回来摆在桌子上，用餐具扣好，保持温度，等她起来还能吃口热乎的。

然后，他就拎着自己的东西离开了。

明珠六点五十才醒，早上被他闹了半天，离开床直接进了浴室里。搞得她一身狼狈，这个该死的，也没说帮她清理清理。

身体一接触热水，似乎疲倦感少了一些。冲完澡，明珠裹着浴巾从里面出来，把家里的温度往上调了调，进了厨房。她原本没什么期望，但是没料到，他还真的去买了早餐，而且还挺丰富的。

于是，明珠坐在椅子上，拿着筷子开动。

陈滔滔现在人在路上，他掐着时间给明珠打电话，打得太早怕她睡不着了。

“起来了吗？上班要迟到了。”

“你买的早餐？”

陈滔滔答：“那是，除了我，家里还会有人买早餐吗？你那么懒，早上又起不来。”

他在等红灯，估计这个灯变了他也过不去，前面还有很多车。

“我是因为谁起不来的？”

“总不可能是因为我，毕竟你也享受到了。”

明珠咬着包子，两口三口吞了下去，反驳道：“你哪里听到我说，我想要了？”

“你的身体告诉我的。”

陈滔滔自认无耻第二，绝对没人敢认第一。什么生冷不忌的话题，他都敢说。

他从来没有大男子主义那些，他认为自己的东西好，那明珠的东西也一定是好的，不存在出现在他身体里那就是好东西，在她身体里那就是不好的东西，这两种东西，一种是白色的，一种是红色的。

明珠反过来嘲讽他：“你那点东西也就你自己认为很好。”

陈滔滔又说："话不能这样说，你为我付出，难道我没有为你付出？"

明珠突然想起之前自己看过的一个帖子，这是一些女性背着男朋友发的，就是讨论男女之间那点事儿。她当时正好翻到了，就多瞧了一眼，现在想起来都想笑呢。

印象最深刻的一句就是有个女人抱怨自己男朋友，把她当成咸鱼似的翻来覆去。

"还没到呢？"

"哪里有这么快，我才出来多久。"

然后，陈滔滔让明珠赶紧起来，洗洗就去上班吧。她那个比命还重要的班，去吧去吧。

现在他也不拦着她了，该你水里死，河里绝对死不成，每天担心她，也担心不过来，索性就不担心了。她命长命短，那都是她自己的事情，他是不操心了。

"亲亲，么么……"

闻言，明珠一脸嫌弃地移开自己的脸，挂了电话。

紧接着，她光着脚去客厅换衣服，家里的窗帘都拉着呢，然后就开车去松山。

一进警局的大门，明珠就不得消停。

就在昨天，松山警局死了两个警察，ICU 里面还躺着两个。

说出来估计都没人相信，就为了三千块钱，当时那人就像疯了似的，看见人就捅，警察都是空手，然后就发生了这个悲剧。昨天晚上明珠没有接到消息，是一早进门，才知道的。

"当时开枪警告了，但是没对准人打。"

"为什么不开枪？"

下面的人支支吾吾的，有些话他们不是明珠，不敢说。

你是局长，我们也知道你过去挺风光的，说开枪就开枪了。但是他们都是小警察，这枪是不能乱开的，一旦开了枪，他们可能会受到处分。上面要求的，谁敢乱来？

别说没有危险，就算是真有危险，警察现在能利用的就是自己的手，用身体和歹徒的武器作斗争。报道中的那些警察，几乎都是这么死的，要么就是执行公务，因为对方拒不配合，直接给撞死的。

明珠解着领口的扣子，她觉得自己说的话也已经够明白的了。

"局长，我们不是你……"

不是每个人都能站在高点的。现在的状态和制度就是这样的，如果不改变，他们只能这样去做。

明珠不语。这说的是实话，所以她竟然无言以对。她不能对下面的人说该开枪你就开枪，因为真的开枪了，她不见得能保住谁。

可是一旦遇上危险的情况，不动用武器，只是用身体去抗衡，她觉得胜算不是那么大。警察也是普通人，他们不是超人。

王永强就劝明珠："这种形式的报告就不需要写了，上面不会愿意看见你写的这种东西。而且，经过上次的事情，你好不容易给上面的人留下了很好的印象。"

"如果我小的时候遇上的警察是你，我一定不会选择干警察。"明珠顶开王永强。

王永强这人没有什么坏心，但是明珠欣赏不来他这样畏首畏尾的做法，她也不想变成这样的人。

开会时她就把这个想法提了出来，会议上大家都没吭声，只是看着她一个人在演讲——这和演讲也差不多了。过去她认为要少去做这些浮于表面的事情，她不想出风头，但是现在她认识到了，只有拿到话语权，她才有资格和更高级的人对话。

王局还是那样，不赞同不反对，他永远都是端着这样的态度。但是，明珠是他的人，这事很多人都是清楚的。

“明珠刚刚说的，你怎么看？”王局和王永强前后进了办公室，他就问小儿子。

闻言，王永强拧着眉头。

他一直认为明珠有些出格，种种行为都是出格的，可能她自己感觉不到，太注重个人主义了，英雄色彩太过于浓厚。

没有人坐在这样的位置上却不想好好坐，没有人。

“爸，我觉得你当初的决定是错误的。”

明珠太莽撞了，如果她死了，她所有的成绩不会有人记得，马上就会有新的人来接替她，这就是现实。

“大哥，找到了那个小丫头住的地方，不过她似乎已经结婚了。”

老K笑了笑，结婚了？没死成还结婚了，命可真是贱。

原本那件事情都过去这么多年了，那个孩子长什么样他都快要忘记了，不过托她姐姐的福，他现在只是忘了那张脸，事情没有忘记。对于男人来说，这不过就是万千风流事中的一桩，但对于女人来说呢？对于一个已婚女人来说呢？

“怎么找到的？”

不是藏得挺深的？

而且，看她那个姐姐的架势，和亲妹妹之间都不走动，防的不就是他吗？可惜了，千防万防愣是没有防住。

说起来中间也是费了一番周折，顺藤摸瓜，还是摸到了线索。虽然浪费了很多力气，但到底是把人给挖了出来。最搞笑的是，跟那个丫头结婚的男人竟然也是上中的。

白脸看着眼前的人，突然笑了笑：“大哥，这事儿可有意思了，当初那档子事儿，上中竟然还有人不知道？！她这丈夫是不知道她陪别人睡过吗？”

“不知道，就让他知道知道。”

“那我把当初的那些报纸，快递给她丈夫。”白脸的声音在后方悠悠地响起。

可惜当初没有拍其他的照片，不然现在取得的效果一定会更好，但千金难买早知道，后悔也晚了！

金晨在单位收到一个快递，却没有拆，出于谨慎所以没拆。他从来不网购，明月也从来不网购，家里父母、奶奶都不会这些，如果是单位的东西，会提前通知他，是不是搞错了？

快递员说，他上午接到的电话，对方让他给送过来，说是着急。

“你确定不是你认识的人发过来的吗？”

“那我再看看吧。”

金晨拿着快递出神，寄错了？还是谁给他发的什么？对了，会不会是明珠？东西是从上中发出来的。

“金晨，不去吃饭？”同事喊金晨。

“你们先去，我看下邮件。”

然后，他拆开包装，包得还挺严实的，心想可能是比较重要的东西吧。

最后的一层拆开，然后里面的东西都掉了出来，散了一地，好像是从报纸上剪下来的，一张一张的，掉得满地都是。

金晨蹲下，伸手去捡，那上面的标题瞬间映入他的眼帘。

“金晨？”同事没有走，而是在外面打了一通电话等他。

金晨蹲在地上，闭了闭眼睛，过了很久才接话：“……嗯，你去吧，我不吃了，觉得不饿。”

同事愣了一下，刚刚还说一起出去的，这才一会儿的工夫又说不饿了，不饿就不饿吧。

金晨拿着手机，他想打给明月。他不清楚这是谁发给他的，就连他单位在哪里，他的手机号都弄得一清二楚，他现在想要确认一下明月在做什么。

“妈，如果有快递寄到家里，不要接。”

金晨他妈觉得很奇怪，就问：“怎么了？”

金晨一句两句也说不清楚，只能说：“有诈骗的，我刚刚就接到了一个。”

“现在的人啊……”

“明月呢？”

“在阳台晒太阳画画呢。怎么了？你找她？她手机没开？”

“我就打个电话问问。”

明珠正在食堂吃午饭，接到了金晨的电话。她有些纳闷，过年他给自己打电话是为了拜年，现在是为了什么？而且，这个号码，明兰和明月从来不会打过来的，金晨为什么往这个号码上打？

“喂？”

“大姐，我是金晨。”

“嗯……”

金晨说着，明珠的脸色已经不太好看了。她放下筷子就回了自己的办公室，并带上办公室的门。

她没料到事情会以这样的形势被扒开，而扒开的那层是明月的肉。

明珠从来不怕别人报复自己，也不怕死，可这一刻她突然很想问问金晨，他打算怎么办。

她心里一点把握都没有。换作自己是男人的话，她可以不在乎，但现在说这样的话，等于站着说话不腰疼。

明月好不容易才过上了正常的日子。

“我想辞职。”金晨说，“我想和明月出国。明月的工作无论在哪里都能做，我的话，慢慢适应也就好了。我们带着父母一起走。”

明珠提醒金晨：“出国并不是你想象当中那样容易的。就算是出去了，将来会面对什么谁都说不好。明月有一定的根基，那你呢？”夫妻相处有时候关系是很微妙的，这些明珠不能不想。

一旦女强男弱，而且差距非常大，如果男人想得开还好，一旦想不开，那种叫作自尊的东西就会开始作祟。毕竟，金晨和明月并不是已经结婚几十年的夫妻。

“……那你说，我们该怎么办？”

金晨确实没有办法去做任何事情，对方是谁，怎么知道他们住在那里的，怎么知道他单位的，是不是下一步就能找到家里去？他可以当作什么都没发生过，可是他的父母呢？如果以后事态扩大到所有的亲朋都知道，他妈那个人他是知道的，虽然大大咧咧的，但是特别要面子。

没有办法。明珠痛恨这种感觉，仿佛又回到了自己几年前的状态当中，那种什么都做不了的状态当中。

她是不可能和老K达成和解的，这仇比天高比海深。

但是，事情最终会有什么结果，她不敢想象。

金晨晚上下班回家，明月和他妈下的厨房，明月最近对学做菜比较有兴趣。金晨换了衣服就在房间里坐着，外面喊了他好几声，他都没有听见。

“金晨吃饭……”

“这个孩子，是不是又在玩电脑？”金晨他妈说了一句。

“我去喊他。”

明月推门进来，探着头说：“吃饭了。”

金晨对明月招招手，明月走了过去。金晨拍拍自己身边的床垫：“坐会儿吧。”

“怎么了？”

“金晨出来吃饭……”

明月对外面回了一句：“妈你们先吃吧，我和金晨说会儿话。”

金晨他妈对他奶奶说：“可能是工作上遇上不愉快了，不管他们，让他们自己处理去。”

明月看着他，眨眨眼睛，问：“这是怎么了？”

金晨其实不想瞒着明月，想和她说说，说了以后让她自己有个准备，但又怕吓到她。他目前都已经受到了惊吓，还有大姐说一定不能和明月提。

真是矛盾。

“怎么了？”

“没事儿，就是想和你坐一会儿。今天画画了？”

金晨虽然不说，但是明月看得出来他肯定是有事情，脸上都是苦笑。不过，他不愿意说，她也就不想追问了。

金晨握着她的手放在自己的腿上，摸着明月的手。

他老婆是个很有才气的人，很聪明很有才华，比他优秀太多。

“嗯，和妈还一起去买菜了，买了很多水果……”明月唠唠叨叨地说着，买个菜她都觉得有意思，一样一样地看过来，她觉得自己很幸福，一直在笑。

金晨看着明月的笑脸，突然之间就什么都不想说了。

“我出国留学怎么样？”

家里勉强还是拿得出来这个钱的，把现在住的房子卖了，再辛苦几年，熬过去就好了。

“在单位干得很不开心？”

“算是吧。”

“我觉得都好，你拿定主意，我尊重。”

金晨摸摸明月的头，揉乱了她的头发丝，微笑着说：“出去吃饭吧。”

金晨在饭桌上提出来想要和明月出国。他爸妈表示非常不理解，就算是现在的这份工作做得很辛苦，很不开心，那换一份就是了，生活都稳定了，现在又要折腾，他们有点闹不明白金晨想做什么。

家里条件是不差，问题是他结婚刚折腾出去一大笔钱，如果出国留学的话，钱上面有点吃紧。他老婆是能赚钱，可丈夫一旦沦落到花妻子的钱了，这不是个好现象。

金晨他妈心里就是这样想的。虽然明月赚得多，但那都是她自己的零花钱，偶尔拿出来给金晨买点什么，这叫情趣，而一旦金晨的全部生活都去依靠明月，那性质就不同了。

于是，他妈直截了当地说：“我不同意。”

“滔滔，你几点回来？”

陈滔滔挑眉，他手上工作还有不少，原本今天肯定是要晚回去的，但让他觉得诧异的是，明珠竟然会主动给他来电话，追问他几点回家，这可真有意思。

“要晚点儿，怎么了？”

“没事儿。”说完，明珠就挂了电话。

思绪混乱，找不到一个正确的方向，她家明月的生活不能再经受一点波动了。

陈滔滔看看自己的手机，她就这么挂了？有事情?

紧接着，他收拾好自己的资料，全部都装在包里，拎着包就下班了，开车回家。

陈滔滔打开房门，站在门口换鞋，唤道：“明珠……”

“不是有事情吗？”

陈滔滔踩着拖鞋，看着明珠的表情，这是遇上难事儿了？

“啊，提前完成了。”

明珠在屋子里走来走去的，陈滔滔开着电脑，好像是在工作，眼珠子跟着她走，她没说他就没问。

陈滔滔觉得凡事都有底线，比如说明珠需要他回来，他回来了，无需对明珠多讲。讲什么我是专程为了你才回来的，腻歪！

明珠有事情和他说，想让他帮着分析分析，那他帮忙。明珠要是不讲，那她就是想将这件事情当作秘密，她不说他就绝对不问。

不一会儿，明珠对陈滔滔说："中午金晨给我打电话，说是收到了别人邮寄给他的报纸，都是当年关于发生在明月身上那件事情的报道……"

陈滔滔拧起眉头，视线离开了眼前的电脑，看着明珠问："他怎么说的？"

"听着那话，是能过。"

明珠不敢细细追问，这件事情她家办得有点理亏，但是真的没有办法在婚前讲出口，她欠金晨的。

陈滔滔一看明珠的那张脸，就知道她心里在想什么，马上打断了明珠的话。

选择结婚，就证明他对这个人是上了心。男人爱女人那是他们两口子之间的事情，你一个当姐姐的能负什么责任？还有一点，这也是陈滔滔一直以来所担心的，反正他永远就是站在小人立场的。

明月能赚钱，这是真的，赚的也是真金白银，他金晨是为了明月这个人，还是为了她的钱？为了人当然好，为了钱的话，也不能说就是一件坏事儿对吧？

为了钱有为了钱的办法去防他，他向来支持女孩子多个心眼，多心眼总比缺心眼强。

陈滔滔的理论……明珠听了片刻，她觉得这样想别人，未免有点低级了。

对金晨所表现出来的举动，明珠是感激的。

"这件事情你现在没有办法阻止，你也阻止不了，他们早晚都会摸到她公婆那边去，你能让她公婆一辈子不回上中吗？能防一辈子吗？年轻人觉得这也许不算什么大事，但老人呢？"

一旦老人知道了，哪怕他们对明月再好，恐怕也不能接受，这是思想观念的问题。换作任何做父母的，遇上这样的问题，那都是劫。

除非明珠现在能把老 K 一网打尽，不然没有办法阻止这件事。

但现在明珠却做不到这一点。老 K 是做了一些非法的事情，可现在去抓还抓不到他的头上，他能逃掉。一个罪名不能按死他，等他出来就能咬死别人。

过去是她们姐妹仨被扔下楼，现在明珠可不希望别人被扔下楼。

陈滔滔又说："当年的事情，如果不是因为你们三个人被扔下楼，也许还有机会……"

明珠觉得头很疼，只能让明兰去说，让金晨换工作，明月全家搬家。至于金晨家里和上中的关系，就以后再说。

金晨和明兰通气，以他跳槽为借口，举家搬迁。

金晨他妈再有意见，儿子要换工作，换一份更好的工作，她没有办法劝儿子继续干现在的这份工作，毕竟他自己也说做得不开心。

明月和奶奶不在，金晨他妈拽着儿子回了房间。

“你们过去是租房子还是买？”

买的话，家里上中的房子就要卖掉，这里的房子也必须卖掉才行，然后她再掏点棺材本，勉勉强强的也能行。

金晨他爸现在也感觉到了压力，有压力的最后结果就是，出去买菜，不像是以前，看见什么都能买，现在花钱要有计划地花。

“妈和你说，要买房子就我们家买，不能让明月掏钱。”

她到最后就坚持一点，绝对不能花明月的钱。这才结婚多久，让亲家那两个姐姐怎么想？就算是人家能想得开，外面的人呢？

人家会说金晨是靠老婆养活的。

“妈，你别担心这个问题，我有办法。”

“你说有办法，妈就相信你。你做的决定，妈也赞成。”

明兰手里有点钱，但是太多她也没有，她什么都买，花销也大。她和明珠商量过后，明珠拿手里的一笔钱，让明兰去买一套房子，然后以朋友出国需要别人看房子为借口，将房子借给金晨和明月住。

房子是明珠买的，当然要写明珠的名字。虽然明月买得起这个房子，但这中间又有一系列的事情两人不想让明月知道，需要绕过她，所以目前只能这样。

装修的钱，明珠就不出了，她已经没钱了，明兰的钱也不够。买个包买个衣服她还买得起，房子装修那笔钱她可掏不出来。

暂时人要先避开，可避总不是办法。

“要是他死了，所有的事情都解决了。”

明兰说着，心想可惜祸害活千年啊，那人就是不死。

“我说这个可没有别的意思，你是当警察的，别误会我的话啊……”明兰脑子一动，突然声明。

刚刚说了那句话，明兰突然就想到了，如果明珠故意害死老 K，是解决了明月的烦恼，不过她就交代进去了。这不值得，明珠也应该没这么傻。

“知道。”

“你说张鲁要是帮明月把这个人给宰了多好。”

明兰开始想象，张鲁这个当爹的，也就这点用处了。

老 K 的妹妹要上诉，帮她上诉的人就是谢璐，很可惜法院驳回了上诉的请求。

谢璐觉得这个案子还是有得上诉，就看用关系怎么去沟通了，她有一定的把握，得多给她一点时间。

老 K 给的钱很让她觉得满意，她也知道这样的人很坏，可人家没坏到自己的头上，自己靠能力赚钱，也不算是缺德吧。

“你如果能帮我大哥的妹妹减刑，提早出狱，我大哥一定不会亏待你。”白脸边说边给谢璐倒酒。

谢璐和他们相处颇为愉快，谢璐喝着酒，和对方称兄道弟的，站在什么样的位置就得做什么样的事情，什么是正什么是邪？

谢璐喝了不少的酒，喝到半截去卫生间抠嗓子，抠了以后回来继续喝。

酒局散了，自己顶着风看着白脸他们摇摇晃晃地上了车，开车走人了，她吐出一口气。

酒驾怎么了？撞死人又怎么了？有钱就可以解决。

谢璐站在寒风当中，旁边的车大灯照在她的身上，她伸手去拦了拦，这是谁啊？不会开车吗？

走了几步，她没着急打车。

她的命还是要紧的，所以她不自己开车，车扔在饭店门口。

从手机通讯录里找了一圈，就没有一个知心的人，手指从姚教授上面滑过，她呵呵笑了笑。

那件事情她不后悔，不是他也会是别人，至少她的学生时代过得不是很辛苦，有个人照顾，日子还是好过，她走了捷径，却没料到得到的结果不是自己想要的。

“结个婚怎么就那么难呢？”

有个成语不是叫洗心革面吗？那为什么，她都洗心革面了，别人还不肯给她一个机会呢？

她也相过亲，但是结交的人让谢璐觉得无语。她是海归啊，怎么说也年轻美丽，个人工作不错，收入不错，她想找个比自己差的难吗？这些个男人，长成那个样子，有资格挑吗？

谢璐相亲回来，几乎每个男士都对她表示出来了强烈的兴趣，可这些不是她想要的，那些人令她作呕。她还没到亏本甩卖的地步。

陈滔滔啊陈滔滔，你为什么就不能原谅我呢？

陈滔滔洗澡呢，他手机响了，手机正好放在明珠的一边，所有存储的手机号他几乎都有写名称，目前显示“令人作呕的前女友”来电。

明珠看了看浴室的大门，她发现，这个男人心眼不是一般的小。

离开床，她踢了一下浴室的门，陈滔滔就关了莲蓬。

“啊？”

他听见有人踢门了，她要上卫生间吗？隔壁不能去吗？隔壁发水了吗？

“你前女友来电。”

“叫她去死。”

于是，明珠接起来电话。

“滔滔，我是谢璐……”

“他让你去死。”说完，明珠立马就挂了电话。

谢璐狐疑地看看手机上拨出的号码，是不是自己打错了？可是，号码显示就是陈滔滔的。

嘲讽地掀掀唇角，这个世界上真的有何以琛这样的男人吗？有的话，为何她从来没有见到过？

陶克戴正在睡觉，手机一闪一闪的，他的手机到了晚上都是静音。他睡着了，他老婆还醒着呢，拿过来手机看了一眼，谢璐？是个女的？这么晚了打电话做什么？

于是，他老婆接了起来。

“克戴，你能出来陪我聊聊吗？”

“他不能。”

陶克戴听见自己老婆讲话，这是和谁讲话呢？一激灵就醒了，只见他老婆挂了电话，瞪着眼睛看着他，把手机送到他的面前来。

“谢璐是谁啊？大晚上让你出去陪她聊聊，郎情妾意是吧？”

陶克戴一听是谢璐，无语地说：“陈滔滔的前女友。”

“陈滔滔前女友找你做什么？叫你去安慰她？”

“我说不清，我怎么知道她为什么打电话来找我？”他冤枉，他比窦娥还冤。

“陶克戴，你现在也是皮紧，觉得我人老珠黄了是吧？我还没老呢。”

陶克戴一夜没睡，没得睡。他这个老婆体贴的时候，那是真的体贴，温柔得能滴出来水，不过凶起来也够人喝一壶的，这个家都是妻子在操持，莫名其妙谢璐打电话给他做什么？搞得他家鸡犬不宁。

“陶克戴，你和那个女的到底是怎么回事儿？”

“真没事儿。”

“陶克戴，我，我问你，你是不是不想过了……”

陶克戴一个小时被喊一次，他老婆一喊他就一哆嗦，他想要找个地方去躲躲。

“陶克戴……”

“滔滔，你过来救救我吧。”

陈滔滔挑眉，你们两口子吵架和我有什么关系？

“没空。”

陶克戴气得鼻孔冒烟，不讲义气是吧？你就是这么对兄弟的？

“我是因为谁？”

“我怎么知道你是因为谁？这件事情你心里不是应该最清楚吗？”

“陈滔滔，我看错了你。”

“看错也没有办法，爱都爱了。”

陶克戴握着手机，死也不肯放手。

“啊？让我过去呀？可是我现在没有时间……那行，我现在马上过去。”

紧接着，陶克戴就逃难一样离开了家，直奔陈滔滔家去了。

陈滔滔拉着一张臭脸，冷冰冰地盯着陶克戴看，看着那个死不要脸的。

陶克戴对着明珠摆手：“我都吃过了。这个时间影响你睡觉了吧，你快睡去吧。”

明珠看看时间，可真是够晚的了。

“我也是顺手，吃点什么？”

“家里有吃的呀？”

“有。”

明珠给热他了一点吃的，自己就回去睡了。

陶克戴就那么一说，哪里饿了，不过人家为了陈滔滔的面子要表示一下，他也不会拦着就是了。

“百闻不如一见。”

陈滔滔真的有人要了，不是亲眼所见，他都觉得是陈滔滔撒谎。

“你死过来做什么？”

“因为谢璐。”陶克戴说起来这个名字，就一脸的蛋疼。

这个时间打电话，就算是朋友也过分了吧？明知道他是成了家的人。还有，陈滔滔和谢璐到底是怎么回事儿？谢璐现在莫名其妙追着他跑，过去也没这样，他对人家做什么了？

“我能做什么？”陈滔滔一脸的无语，他烦她都烦不过来，怎么可能会去招惹她。

“有些话还是讲清楚的好，你现在也成家了，好不容易找到个靠谱的……”

“你等等。”陈滔滔拦住陶克戴，“我听着你这意思，怎么好像我找不到女人似的？我和她……”

陈滔滔指指门里，这不是他说瞎话，他不谈恋爱不是因为找不到女人，而是他有精神洁癖。明珠主动勾搭他的，这谁都知道，他现在想要还原事实而已，话都要脱口了，想了想又闭了嘴。

“你和她怎么了？”

“没什么。”

“谢璐这样的女人养不住，你别犯糊涂，看着漂亮但是不正经。她过去敢往你头顶上戴绿帽子，这样的女人本身品德有问题。”陶克戴可不希望陈滔滔糊涂，他觉得明珠挺好的。

“你睡吧。”

陈滔滔一脸不待见地回了房间，摸上床从后面抱住明珠。

明珠动了动，问：“他睡了？”

“我又不是他妈，管他睡不睡。”

明珠的手拍拍他的手，然后又捏了捏。

他问：“睡不着了？”

陈滔滔就说老陶这人也是，分不清火候，大半夜的就杀过来。他这是时刻准备着捅兄弟两刀。

“为明月的事情担心？”

明珠坐了起来，靠在床头上。她一直以来想要做的事情目标非常明确，但是机会总是稍差一点，现在她远离了南区，想要办老 K 就更加难了。

一个月后的一天夜里，明珠接到了下属打来的电话。

“明局，你来局里一趟吧，出事儿了……”值班的警察也不知道该怎么和明珠说，只能先联系她。

凌晨两点多，在松山某地发现了一具男尸。

于是，明珠坐了起来，套上衣服。陈滔滔听见她的动静，自然也不可能继续睡了。

“我送你。”他边套裤子边说。

“我自己开车过去就行。”

“我送你。”陈滔滔坚持。

陈滔滔送明珠进了警局，看着她进了大楼里，打着哈欠。他记不清是什么时候看过一个片子了，说有个出租司机表示要杀一个警察，那个警察每回办案都不乘坐出租车，但结尾她偏偏就选择了乘坐出租车，结局是开放式的，陈滔滔不知道为何最近就把这个电影想了起来。

“这个人貌似明局是认识的。”

办案的警察将照片递给明珠，走正常的程序，他们需要过问一下，晚上 10 点到 12 点之间明珠去了哪里。

已经有人来认尸了，证实死的那个人是白脸。

明珠接过照片，看了半天，确定是白脸无疑，说：“我认识。”

“明局晚上 10 点到 12 点之间去哪里了？”

“睡觉，家里睡觉。”

“有人证吗？”

“我丈夫在，小区的监控探头也能证明……”明珠详细地说着，下了班她开车回家，然后今天天气不是很好，她就没有出门。

自然会有警察去调查的，至于为什么要先问明珠，是因为有人怀疑，杀了白脸的人就是她明珠。

就在刚刚，全警局的人已经都知道了明局的妹妹身上曾经发生的那件事。

“这只是例行问一句，明局不要多想。”

“我知道。现场有什么发现吗？”

“没有任何的发现。”

就是这样才怪，人好好的怎么会死？对方的家人咬定他没有和别人结仇结怨，对方的大哥则是一口咬定明珠和白脸有过节，当初在娱乐场所直接就用酒瓶敲了白脸的头。

这事儿细追究起来，说大也大，说不大也不大。

白脸的妻子哭着，配合警察调查。

她家没有任何亲戚住在松山，白脸的家人也不住在这边，没有道理他会出现在松山。

“他这人对父母特别孝顺，对我和孩子也特别好……”

警方现在调查出来的结果是，人绝对不是自杀的，死前吞了一些安眠药。这药是他自己吃下去的还是被人灌下去的，死之前见了谁，没有办法推断，现在证据严重不足。

尸体是在北厂区被发现的，但北厂区并不是第一案发现场，顺藤摸瓜已经确定了第一案发现场是南厂区。

明珠坐在椅子上，面前的王永强非常清楚这个人和明家的过节，他看着明珠，转而又转移开了视线。他并不认为明珠会犯这样的错，但是她的妹妹呢？

从动机上来说，有可能。

该问询的一定会问，明月人在哪里，联系方式是什么？

“明月不会这样做的。”明珠开口，“我妹妹不住在上中。”

里面还在开会，王永强和明珠站在门外。王永强一直说话，倒是明珠一脸的冷静。

王永强说了半晌，明珠给陈滔滔打电话，叫他回来。

“让我回去？”

陈滔滔刚刚开到家，大门还没进去呢，你说明珠这时间掐的。

“滔滔，我需要你。”

陈滔滔说：“我马上回去，你别怕，马上到。”

陈滔滔的车开得飞似的，他不想拖延一秒。

明珠又给明兰打电话，明兰没有接电话，可能是睡着了。她打了几次，依旧没人接。

王永强一定要见见明月，明珠要主动避嫌，她不能去见，那一定要有人陪同，这个人她希望是陈滔滔。

王永强告诉明珠，警方之所以会盯上明月，是因为之前白脸给明月发过快递，也给明月的丈夫发过快递，他们都有嫌疑。所以，警方必须要问话，走个过场。

“明珠……”陈滔滔对着明珠招手，明珠站在外面，他问，“怎么了？”

明珠低声说：“这个案子我要避嫌。”

陈滔滔的眉头越拧越紧。他赞成警方的态度，如果是他，首先就是从明月入手，因为明月的变化叫人难以相信，如果她杀了人，他觉得还好理解。至于说为什么不杀老 K，很简单的问题，她接触不到老 K。

“你放心。”

他知道该怎么做。

联系上了明兰，她对着电话喊，对着明珠喊：“这不是开玩笑吗？电视剧呀，她好好的杀什么人，你怀疑自己妹妹……”

怎么可能是明月，杀只鸡她都不敢，还说她杀人！如果警察找上门，想让明月去自杀吗？

警察找上金晨，金晨将能说的都说了出来，包括他接到了快递，快递里装的东西，他不认识对方；明月则是拒签，至于为什么变成了签收状态，这要问快递公司，他们并不清楚。还有案发的当天，明月待在家里，没有出去过，警方不信的话可以查查监控录像，自己开车不是走高速就是国道，坐车的话也会被监控探头拍到的。

金晨希望警方如果没有确凿的证据，不要找明月。

“我太太以前受到过刺激，有些事情不需要我细讲，你们都知道……”

金晨心里没有把握，他不清楚警察会不会坚持要去见明月，也许自己讲的话，他们并不相信。

陈滔滔送金晨出去。

“姐夫，真的和明月没有关系，她不敢的……”

他们俩就睡在同一张床上，他一直有知觉的，如果明月出去过，他不可能没发觉。

就时间上来说，也绝对不可能是明月，晚上九点他们还看了一部电影，十点多就睡了，坐什么车也抵达不了那么快。

“我知道，你该说的都说了，剩下的交给我。”

“姐夫，谢谢你。”

金晨这声姐夫叫得发自内心。

他知道陈滔滔是大律师，一个挺了不起的律师。他们从来没有遇上过这样的事情，如果警方坚持要怀疑，他也不知道该怎么办，电视剧当中也有见过被冤枉的，有嘴讲不清。

还有，他刚刚是不是表现得有些紧张，警察会不会怀疑是他杀人？他连杀鸡都不敢的。

“小事一桩，你回去什么都不要讲。”

金晨点头。

“金晨，我问你一句，你知道这个事情，心里难受吗？”

金晨苦笑着问滔滔：“如果是姐夫呢？”

“我难受。”陈滔滔坦白。

他又不是圣人，难受是一定的。

“我难受，但觉得过一段时间就会过去了。有些事情我不想去想，原本和我也没有多大的关系。”

陈滔滔拍拍他的肩膀，如果金晨今天红口白牙地说，他一点都不在乎，那陈滔滔倒应该对他刮目相看了。

陈滔滔和警方与金晨串好词，才找金晨的父母查证了相关情况。金晨的父母证实了当晚明月和金晨休息的时间，和金晨的口供差不多。金晨则对父母宣称，过去公司的一个同事死了，现在警察怀疑是他杀了人，因为当时他们吵过架。

“吵过架就会杀人了？幸好你离开原公司了……”金晨他妈有点来气。

排除了明月杀人的可能，接下来就是白脸的老婆。她说夫妻关系很好，但她一个人说了不算。

“你们现在马上回来，有新发现……”

警方在监控上终于有所发现。他们查看了白脸所居住的小区的监控录像，当时没有任何发现，白脸的老婆却突然想起来，说白脸在外面还有一个家。

“你们不会怀疑是我杀的我老公吧？”

她怕警察这样认为，但她没有动机呀！虽然丈夫在外面也有个家，不过她压根没把那人放在眼里，自己每个月都有钱拿，丈夫也挺尊重她，她干吗要杀人？她没那么傻。

“对，可能是她杀了我老公……”

“你觉得是她的可能性有多大？”明珠用下巴点点坐在里面的人，她所指的人就是白脸的老婆。

王永强摇头：“不像是她。”

可问题是，白脸外面有个家，一开始他老婆为什么不说？她怕什么？

按照她的交代，现在重新排查监控，果然找到了录像，但是……

扩大人物的脸，车里坐着的人戴了一顶帽子，看不清对方的脸，就连是男是女现在都没有办法判断。也看不清穿着，只能看见一点蓝色。

“你看，出来了……这个时候他的状态应该是很好的……”

监控录像显示白脸从楼里走了出来，然后拉车门上了车，是主动坐上去的，这说明驾车的人他熟悉。

会议室里烟雾缭绕，明珠喝了口茶，盯着屏幕看。

突然，她问：“这个女人像不像白脸的老婆？”

“我觉得有些不像。”王永强开口。

按照他这么多年办案的经验，他觉得一定不是白脸的妻子，因为那个人的反应是发自内心的，不像是装出来的。

现场的刑侦警察大部分觉得那个人也许是为了避开嫌疑，看不到脸，勉勉强强所看见的身形也是模糊的。

白脸的老婆、父母，他的岳父岳母以及其他相关的亲人全部在接受调查，为了不让他们提前串供，警察将这些人分开审讯。

白脸的情人被请了过来接受调查，小猫坐在一边，女人进到里面。

“我什么都不知道。”

她以为白脸是因涉及一些非法的事情被警察抓住了，她只能咬死自己什么都不知道。她原本就只是拿钱而已，对方付钱，她负责付出青春，法律上也没说这样犯法。

“白脸今天去你家了吗？”

女人回答，大概几点白脸到了她的家里，又是几点离开的她家。

“他走的时候，有车等在楼下，你知道吗？”

女人摇头：“我没有看着他走的习惯。”

“他死了你知道吗？”

女人先是不信，然后变得惊慌，好好的说死就死了？警察来审问她了，这是怀疑她吗？她没有做什么让警察误会以为是她杀人的事吧？

她努力稳定自己的情绪，说：“我不知道。”

“你似乎一点也不伤心。”

“伤心，怎么会不伤心呢？他死了，我就断了钱的来源。”

“能说明一下，你和白脸的关系吗？”

“一个年轻的女人，一个上了年纪的男人，他有钱，我有貌，就是这种关系。”

他们是歌舞厅认识的，这里出来的人也不需要她多讲了，外界的人怎么看她不在乎，反正自己捞到钱了，过的生活还不错就挺好。对方结了婚她知道，对其他的一些情况不太清楚，也没打算上位，准备捞几年钱，然后各走各的。现在不都这样吗？

“你倒是挺潇洒的，道德观呢？”小猫表情淡淡的。

这样的人他见得多了，不认为自己做了什么错误的事情，谁有钱就跟谁，什么道德观，什么贞操观通通都没有。

“每个人生活的环境不同。”女人抠着自己的手，她很想抽根烟，但不敢张嘴。

从她这里几乎问不出来有价值的东西，看样子是不知道。

小猫有一搭没一搭地问着，几个房间出来，都问不出更有价值的信息，似乎人死得很奇怪。

某间问询室里。

“我知道明珠在，你们让她出来问我吧。”老 K 靠在椅背上。

他的律师就等在外面，别以为他不懂法，他兄弟死了，现在怀疑他杀的吗？有证据吗？他是过来配合调查的，警察也需要对他客客气气的，你明珠想弄死我，那你得有本事。

过了六分钟左右，明珠推门进来，她将茶缸放在一边。

“死的那个，你应该认识，他挺欣赏你的，当年要不是因为他，你活不到今天。”

明珠伸手指指角落，那儿装有监控，她端起茶缸喝了一口茶水。

“我不怕让别人听见，我又没有做什么。现在他死在你管辖的区域内，我就是好奇，怎么就那么巧，他会死在这里呢？他家明明距离松山这样远，为什么会在这里被杀？你是警察，能给我一个解释吗？”

王永强坐在监控室，屋子里不只有他，还有几个人，大家都披着大衣，紧盯着屏幕看。

从老 K 的表情上，他们看不出什么来。

“例行的问询，晚上十点到十二点之间，你人在哪里？”

老 K 笑了，一脸的轻松，一身的淡定：“打麻将咯，需要人证吗？”

明珠笑笑，不回话。

他们已经找到了他当时去麻将馆的监控录像，事实上，从目前来说，那个时间段里，他是干净的。

“看样子你们是知道我去哪里打麻将了，警察了不起。”老 K 比比自己的大拇指，然后身体往前一探，将那张大脸对准明珠的视线。

他向前的时候，小猫动了，明珠按住小猫。

“警官，你以为我要做什么？”老 K 戏谑地看着小猫，又看回明珠：“这位警官是不是以为我要对你做什么？”

小猫又坐了回来，他刚刚是真的怕对方会出手对明珠怎么样，毕竟有这么深的过节。

“听说你妹妹结婚了？什么时候结的婚？也没说通知通知我。我怎么样也算是和她有过交情，我该包一份大红包的。”老 K 闲闲地说着，故意盯着明珠看。

明珠依旧喝着她手里的茶水，脸上的表情不变：“白天你们见过面吗？”

“她叫明月是吧？今年多大了？那一年很多事情我都没记清楚。她和她的那个同学闹得沸沸扬扬的，说要告我，最后你们全家又都被人扔下楼了，啧啧……谁干的？不过，当年那件事儿你妹妹确实是为了我的钱，可能是因为家里条件不好吧……”

“你闭嘴。”小猫站起警告对方。

“小猫，坐下。”明珠平静地开口。

明珠没有动气，依旧没什么表情。倒是监控室里的王永强拧着眉头，他不太理解，明珠应该警告对方，有些话请对方注意，不要当这里是菜市场，想说什么就说什么。过去那件事儿到底怎么回事儿，他比任何人都清楚。

同时，也是时候叫人把明珠给叫上来了。那次执行公务发生冲突就算了，现在她位置不同了，一旦发生冲突，场面就难看了，到时候舆论也会喷死她的。

明珠又淡淡地问：“白天你们见过面吗？”

“你自己查啊，你们不是很牛吗？”

“你信不信？我今天晚上不让你走出这个大门。”明珠凉凉地道。

“你威胁我？长官，这里有人威胁我，我配合你们调查，我可不是嫌疑犯……”老K突然抬头对着监控探头大声说着。

监控室的王永强将声音调到最小，听而不闻。

“看样子，你们警察还真是一伙的。”

“老K，你干的那些事情，别以为没人知道。”

“你这是吓唬我？你说什么就是什么，何必再问我呢，诈我啊？我就是再傻也知道杀人是犯法的。你这样讲话，我是可以告你诽谤的，我的名誉已经受到了损害，你说得好像我做了什么非法的事情似的。我也是纳税大户，我每年缴纳那么多的钱，总有一点是进了你们的系统吧，这样说来，我还是你们的贵人呢，不是吗？”

“头儿……”

明珠提起老K的领子，小猫出声劝着明珠，一动手，事情就闹大了。

“是你做的，你跑不了。”

然后，老K就被关在里面，警察对他的待遇也很好，只是坐着而已。外面他的律师一直在和警方沟通，但是警察的回答就是官方回答：情况目前不方便透露，还有可能会涉及一些事情，现在不能放人。再问依旧是这样的回答，带着你绕啊绕的，反正不往关键地方上说。

“你们这样是违法的，我的当事人只是过来配合调查……”

可惜警察不搭理他，搭理的人现在就咬死，统一口径，就是这样的回答，有本事你投诉。走投诉的流程他们也不怕，这个流程走下来，事情快的话都可以有结论了。

这个时间温度下降，暖气的热度不够，在外办公的警察都穿着棉衣，只有问询室的警察穿得较少。

白脸的父母和岳父母肯定是问不出什么来，但人暂时还不能放。

王永强对来监控室的明珠说：“吃点东西吧。”

大家都已经吃过了，明珠刚从里面出来。

老K和进去替班的警察闲聊：“你知道刚刚出去的那个人的妹妹吗？亲妹妹，几年以前为了钱和我在一起，对外却说……”

“你闭嘴。”

监控室里的人听得一清二楚，正巧明珠推门进来。老 K 挑衅地看向监控探头，似乎知道明珠此刻会出现在监控室。

“吃点东西。”王永强又看着明珠说着。

明珠淡定地吃着东西，从脸上真的看不出什么情绪来，所以她现在的心情到底是怎么样的，王永强也不知道，但是他该说的话不能不说。

“……你和他绝对不能发生冲突。”

“我知道。”明珠淡淡地道，想激怒她，也得有这个本事。

现场勘查了几圈，附近都找遍了，仍旧没什么线索。

早上八点整，会议室里很安静，没有头绪，一点头绪都没有，一个好端端的人怎么就突然死了。最大的问题是，他不住在松山，为什么会死在松山？

尸体从南厂区绕过松山，然后被人运到了北厂区。警察一晚上连续查看监控录像，看了无数的监控录像，直看得两眼发花。单是松山的监控录像就有这么多，挑出来的路线都看不完，加班加人手还是不行，因为还有上中那边的。

连续办案，熬了一夜的人替换班，为了神志更加清楚，不放过任何的细节。

王永强在办公室靠着椅子已经睡了，才刚刚能闭上眼皮子，便觉得嗓子冒烟。

查看监控录像与现场勘查同时进行，白天警察走访现场附近的店，想试着看看当时有没有人看见这辆车。

因为路线还不能完全确定，范围比较大。

小猫跑了一个上午，中午他们为了节省时间，买了盒饭就在车边吃，把车盖当成桌子，冒着热气的盒饭很快那点热气就消失了。办案的民警，几乎都是连轴转。

但是一点收获都没有，这个地方晚上能经过的人也是有限的。

“邪门了。”小猫嚼着嘴里的饭说。

吃过饭，他们继续开车前行。

这附近有个修理厂，修理厂的老板说那个时间不可能开门的。

“大半夜的开门难道给鬼修车吗？”他觉得警察问话也很奇怪。

这附近能走访的地方都走遍了，收获非常之少。

监控中心这边也是忙得团团转，有警察趴在桌子上刚刚睡了，看了一夜，看得眼睛都花了，身后的人坐到前面开始接手。

“头儿……”

“忙你们的。”说着，明珠将饭盒放到一旁。

已经到午餐时间了，估计是没什么时间休息了，抓紧时间破案要紧。

第十六章 谋杀案的嫌疑人们

大家闲说话。

“我觉得他老婆很有嫌疑啊，老公在外面养了一个女人……”女人是很容易嫉妒的生物，因为这个杀人也不奇怪。

却也有人提出反对的意见：“看看白脸的老婆就知道了，那个女人没有这么大的心计，吓都吓死了，还让她杀人？”

“那会不会是自杀，为了骗保？”

大家翻着白眼，这种可能性几乎是零。白脸靠着非法的生意，他的日子应该过得非常逍遥，这样的人会想不开去死吗？估计别人都死了，他还会顽强地活下去。

明珠坐在椅子上，身边的人操控着监控画面，似乎找到了接白脸的那辆车。全松山分岔路这么多，一点一点追查下来，也累死人了。

“能不能放大画面？”

已经调了一个熟悉操作的人过来，他有方法将画面放到最大，并且画面不会发花。

“这人就是有意识地想躲过我们的视线，坐得非常高，只能看见手……”

“放大手。”

问题是放大手也发现不了任何线索，那人戴着皮手套，全身上下都捂得严严实实的。

有嫌疑的人，现在都排除了，他的所有家人，他的情人，还有明月，案件似乎进了死胡同。

“头儿，电话……”

有人拿着电话喊明珠，说是法医那头打过来的。

“我是明珠。”

然后，明珠和王永强前后进了法医的工作间，明珠戴着手套和帽子。

“明局，王局……”

法医指着拍摄下来的照片，就昨天现场所拍的照片来看，死者死的时候没有经过挣扎，这能说明什么？

也就是说，给他吃了安眠药的人，是他非常熟悉的人，甚至临死的时候，他都没有产生一点的危机感。这个人一定是和他非常熟悉，让他信任的人，就范围来说，很好排除。

“你看呢？”明珠问王永强。

“没有嫌疑人。”

“你说呢？”王永强又看着明珠问。

从他的感官来看，他觉得最有嫌疑的人就是明月，因为其他人没有动机。是明月的话，也很好解释，因为那些旧报纸。

但是，从金晨和他父母的口供，还有当天小区内的监控来看，这个可能性不大。

王永强没有当着明珠面说开，毕竟这件事情，如果真是明月做的，明珠能不避嫌？

“似乎从所有的线索来看，唯一和他有点过节的人就是我妹妹了……”

明珠猜到了会是这种可能性，就因为猜到了，她才让陈滔滔昨天陪着警察过去，她信任陈滔滔，无比信任。陈滔滔去，她就放心。

这件事情，他一定能给捂住。

明珠人在外，会议室里，王永强提出一种可能性，社区的监控录像能说明明月当天晚上没有出去过吗？如果她压根就不在家呢？

说是她创作的时候，不喜欢别人打扰，也有过一个星期一个月不出家门的经历，但这些也只是她家人的说法而已。

有人持反对意见，明月本人他没有见到，但是基本信息他都清楚，太瘦了，还有白脸既然想破坏她的婚姻生活，怎么可能一点防备都没有？这之前两人是陌生的吧，甚至带着血海深仇，白脸怎么会死得那么安详？

里面的人渐渐走了出去，剩下王永强一个人靠在椅背上，闭着眼睛。

他还是认为明月的嫌疑比较大。

有些事情，也许就是故意而为之，为的就是转移目标。

他想亲自去见见明月。

“王局，这样不好吧？”

小猫觉得自己的听力是不是出了问题，为什么他现在又怀疑回去了？不是都已经问清楚了吗？昨天半夜就问清楚了，搞得人心惶惶的，现在还要去问当事人吗？

你如果怀疑，可以调出几天前的监控，对每个进出小区大门的人细细地筛查。这样只是浪费一点时间而已，很容易就可以查清楚。

“你让明珠回来一趟。”

闻言，小猫瞥了王永强一眼。事实上他不太服气王局，王局家里有关系，上面有爹罩着。表面上看着王局是熬了这么多年才爬到这样的位置上，还没明局升得快，但明局的工作他是用眼睛看见的，她如果点子背点，早就死一百次了，哪一次没有冲在前面？

小猫拿着电话，打给明珠：“头儿，王局让你回来一趟……”

王永强的态度很坚决，明珠的态度却出乎小猫的意料。

他以为明珠会激动，他现在多少也能想明白一点，也许是为了保护家人吧，她不是不在乎，相反是因为太过于在乎了。

可现在这是怎么个情况？

“你坚持要走这一趟？”

“我希望你公私分明。”

“你去之前，我来说一说我的想法。”

明珠指指自己对面的椅子，王永强没有坐过去，而是站着。

“我觉得最大的可能性还是老 K。”

“明珠……”

“你不想听听我为什么会有这样的想法？”

“你说。”

“感觉。”

王永强想了想，按捺住想要发火的心情，说：“我想见明月一面，你可以现在打电话通知她一声。”

“好。”

然后，王永强就离开了，小猫翻着眼皮子，手指离开电脑。两个领导之间的对话，按道理来说他是应该避嫌的，不过现在不是特殊时期吗？

“我觉得王局这里有问题。”小猫用手指敲敲自己的脑袋。

“不，我如果是他，我也会怀疑的。”

闻言，小猫耸耸肩。

陈滔滔见了明月，金晨没有陪同，这是陈滔滔要求的。没有金晨还好，有了他，兴许情况就更加糟糕了。

明月死死地咬着自己的下嘴唇，两只手绞着，然后她握住眼前的杯子，死死地抠着。

“你大姐让我来和你沟通，希望你能理解……”陈滔滔用眼角斜扫着明月，按照他的预计，她可能会崩溃，或者哭得一把鼻涕一把眼泪的，再不然就是大喊大叫。

可眼前的明月安静得过分，仿佛没有听见陈滔滔的声音。

明月的内心不平静，她闭闭眼睛，问：“我能吃一片药吗？”

她很久没有碰那个药了，但是现在她觉得自己扛不过去了，她需要有一种东西让她冷静。

明月抖着手从自己的包里拿出药瓶子。她以为陈滔滔找她，是过来顺便看看她，她还给明珠带了衣服，还有一些吃的，是她和婆婆亲手做的。

药片撒了一桌子，陈滔滔按住明月的手：“是药三分毒，我觉得大概你大姐也不想看见你现在的样子。”

明月继续咬着自己的嘴唇，又说：“我已经好多了……”

“我看到了。”

“你说的那个人，我不太确定是谁……”

陈滔滔知道那人是谁，明珠说得很清楚。明月咬着牙，牙齿有些发抖，也许是因为这里的冷气太冷了。

“我一直待在家里，没有出去……”

王永强坐在明月的对面，这是一间特殊的问询室。

“你的情绪没有问题吗？”

明月依旧绞着自己的手，她试着抬头去看看王永强的脸，认出来了。

“没有，你问吧。”

明月回答着，她当天哪里都没有去过，至于王永强说的快递，她没有签收过。

“我丈夫当时说过可能是诈骗的……”明月顿了顿，她的情绪似乎有点不太对劲。

王永强开口：“你丈夫也没有接到任何的快递，快递单的反馈信息，只有你的那份显示签收了……”

“所以你们怀疑人是我杀的？”明月低着头，不知道为什么确定金晨没有收到之后，她松了一口气。

“我是恨不得杀了他……”

明月说，她的日子没有想象当中的好过，曾经她也想赌着一口气，杀死那些该死的人，杀了人可以不犯法的那种。她参考过很多的案例，但是她害怕，她不敢，每每好不容易下定决心了，想起来躺在医院里的大姐，看着照顾自己的二姐，还有心理医生开导她的那些话，她没那样做。

“我不知道你信不信我的说辞，我现在能告诉你的是，我结婚了，我放弃了对过去的执着，我不想惹他们，也希望他们不要来惹我。我就是个小人物，没有太大的梦想，我大姐代替我死了一次，所以我不能死。我如果死了，我大姐会恨我一辈子的……”

她怕明珠恨她。

活在这个世界上，她的精神依靠就是大姐，明珠高兴她就高兴，明珠难过她就难过。因为相信大姐，所以她扛了过来，再难受再难挨，她走了过来。现在她结婚了，将来的日子会过得更好，她自私，她会瞒着金晨一辈子的。

她的成长过程，和很多孩子不同，她从小没受到过父母的影响，看的学的都是大姐二姐。

“我恨他，但是我不会杀他，我甚至不知道他现在在哪里……”

监控室里，只坐着明珠，她手里端着茶缸，里面都是茶水，喝了提神。

她就静静地看着。

医生说她生育方面可能会受些影响时，她没觉得伤心过，别人怎么想她不管，她觉得自己养不了孩子。她是从养孩子这条路上走过来的，现在看监控里的小人儿，她有点欣慰。

这是她妹妹。

明月出乎她的意料，给自己的印象永远停留在一吓就会抽搐的状态。如今猛然一回头，却发现她长大了，自己也有了属于自己的精神世界，有健康的三观，比她好，比明兰好。

明珠跷着二郎腿，盯着屏幕。

明月从里面离开，王永强送她出来的。

“我姐不喜欢我出现在她工作的范围内，没有其他事情我就回去了。”

明月离开得很快。陈滔滔陪着她来的，明月进来他就坐在车里等，她一出来他就送她去车站，然后再坐车送她回家。

其实，明月都这么大的人了，不用他送也是安全的。

“我要叫你姐夫吗？”

她知道自己的想法有些不好，她认为陈滔滔，呃……配不上她大姐。

她所见到的陈滔滔，所听说的，都有点糟糕。

“你怎么喊舒服，就怎么喊。”陈滔滔开着车，已经订好了票，他一会儿亲自送她回家，现在要在路上绕一圈，安全为主。

“我大姐虽然没有二姐漂亮，但她心地善良。”

陈滔滔现在是没喝水，如果喝水，一定会呛死自己的。

明珠善良？最阴最坏的人就是她，她就是个没有底线，没有操守的人。她善良，那世界上就没有坏人了。

不过话说回来了，她这变脸的功夫也是一绝，怎么给她妹妹洗脑的？

挺明白的一个人，搞得和残障儿童似的，大姐好，大姐棒，大姐啊，天天见！

陈滔滔心里恶心地喊着口号，他认为明珠就是给明月洗脑了，并且洗脑成功。她有两把刷子，把亲妹妹都搞成这样，他自认达不到这样的程度。

刷脑珠！

“你……”明月保留了自己的看法。

“无耻，下流，还有什么？”陈滔滔特淡定地说着，明月能想到的形容词他全部都能想到，别人眼中的自己嘛，永远都是那么牛叉。

明月尴尬地笑笑，没见过把损人的话当成夸奖的。

“你把自己的婚姻经营好就好，我和你大姐之间的事情，还轮不到你们伸手来管。”

明月不吭声。听着陈滔滔说话，她还是一点喜欢的情绪都产生不了，他好像有点狂，有点傲，外界对他的评价……反正不好。

陈滔滔取了票，和明月进了车站，别人看着还以为是情侣，明月长得小，这也许就是典型的老夫少妻。

上了车，陈滔滔和明月坐在一起，两个人也没有交谈，明月看着窗外，他买了一份报纸闲闲地看着。

“我现在走不开，也不方便见她……”明珠给他发来了短信。

“有我在，一切搞定，不需要你担心。”他陈滔滔出马，明珠可以放一百二十个心，小意思。

明珠很放心，陈滔滔的人品不说，他办事能力确实很强。

陈滔滔送明月下车，明兰开了车过来接，陈滔滔看着明月上了明兰的车，又打了一辆车跟在后面。

“怎么他送你回来的？大姐呢？”

“我没看见。”

明兰有心想说她两句，都到门口了竟然没看见人！

可一想明珠那个臭脾气，没见就没见吧，她现在说不定发神经发成什么样子呢。看着妹妹，她心里也不是滋味，还没完没了，死了人也能想到她妹妹身上来，问了一通不放心，又问。

“姐让他送你回来的？”

“不知道。”这个明月是真的不清楚。

明兰觉得这人还挺心细的，分数可以拉高一点。

“勉勉强强也能接受他来当我姐夫。”明兰道。

“我觉得他配不上大姐。”

闻言，明兰眼前一黑。

她很想对明月说，亲妹妹啊，你睁开眼睛好好看看吧，你大姐真的就没优秀到那个地步。之前的徐太宇不说了，就是现在的陈滔滔，摆明了是她占便宜好不好？

“呵呵。”

少女，你清醒清醒吧，你心里的神，或许是别人眼中的神经病。

“我上次给大姐打电话，听见了他们说话，好像大姐的工资卡在他手里……”

就因为这个，明月觉得完全不能接受。她大姐不是一个不能管理钱的人，一个男人拿着女人的工资卡，有点难看吧？她没有听差，也没有听误会，肯定就是自己理解的意思。

明兰皱眉：“他这个律师到底是真的还是假的？”

是不是风光了一阵，现在失业了？

以过来人的身份来讲，明兰觉得自己有发言权。她当时谈恋爱，不就是认为自己的感觉是最对的？

明兰扭着脸看着车窗外，反正她觉得徐太宇好。

徐太宇对大姐那么好，这样的人一定能包容大姐。她所了解到的似乎也是大姐不想要徐太宇，但两人曾经在一起过，不喜欢怎么会在一起？

陈滔滔哪里知道前面那辆车子里，那两姐妹讨论他呢。

跟到地方，确定她们都回了家，他才返回。

“你今天跑哪里去了？”陶克戴一直坚持到下午才来电话。

一天没见他，也没有一通电话，陶克戴原本想他上午不出现，中午也会来电话的，结果没有。又怎么了？老婆又被人捅了？还是炸了？

陶克戴觉得明珠也挺神奇的，真的快赶上超人了。

陈滔滔直奔机场，只说：“有点事情要处理。”

陶克戴一听他这话，就知道他没打算细说，作为最知心的朋友，就应该明白一个道理，别人不想让你知道的事情，你千万别问，就是说了也要装听不懂。

“你没事儿我就放心了。”

“嗯。”

“老K？这个嫌疑太牵强了吧。”

小猫也不认同明珠的推断，好像没什么关联，而且他又有时间证人，当时在监控录像上也看到了他，车子里的人看得一清二楚，这没有嫌疑。

“别人都没时间证人，他有。”

“那是为了什么杀人呢？嫁祸明月？”

从自己这点来看，这都说不通，太牵强了。

“明月也许只是后来偶然想到的，运尸体的过程当中，突然想到了明月而已。”

“利益纠纷？”

“也许是呢。”

小猫挑挑眉头，好吧，这样的话你也可以猜出来，没谁了。

明珠越是想，越是觉得窝里反的可能性非常大，白脸跟了老K这么多年，有什么是他不知道的？老K很多事情都是通过他去办的，等于说老K的命脉是有可能被白脸掐在手中的。

“走。”

小猫问：“去哪里？”

“见见白脸的老婆。”

白脸的老婆看见警察，一副见了鬼的表情，怎么又来了？难道还认为她有嫌疑吗？不是都说清楚了吗？

“你们过来是为了……”

她才被放出来没有多久，进了警局她就一直没睡过，也不敢睡，警察那么吓人。

“他平时和老K的关系怎么样？”

白脸的老婆慢慢地回想，似乎不想错过任何一点细节。她说得缓慢，总体来说，老K对他们家是很好的，拿白脸当兄弟看。

突然，她一脸狐疑地看着明珠和小猫：“你们不会以为是他杀了我丈夫吧？就算我杀了我丈夫，大哥也不会这样做的……”

有些话她不好当着警察的面说清楚，他们家能有今天，都是大哥一路带起来的，虽然她丈夫也有付出，不过大哥很有当大哥的样子，出了事情还有下面的人顶替着，有些钱赚得是非常危险，但为了生活，没有办法。

“你倒是对他很恭敬，知道他是做什么的吗？”明珠话题一转。

白脸的老婆一脸的谨慎，这警察太贼了，问着问着就跑题了。等着自己上套呢，是吧？

“我不清楚。他在外面的生意我从来不过问，大哥是做什么的我也不清楚，只知道他和我丈夫关系很好，有些合作。还有，我觉得杀我老公的人非常明显……”

外面的女人一定是为了钱，可能做了什么被她老公撞到了，然后就起了杀心。那个女人和她老公也没有孩子，也没有牵扯，目的非常明确，就是为了钱才和她老公在一起的。死了男人，她痛不欲生的，人家有什么？

“警官，我说真的，她非常有嫌疑，人是从她家离开的，她在外面肯定有事情，我敢保证……”

“您好，我想请问一下，陈滔滔是不是在这里办公？”

事务所楼下来了一位中年妇女，怀里抱着一个小孩儿。小孩儿瞧着好像有点不开心的样子，眼圈是红的，好像随时随地都准备哭出来。

妇女拍着孩子，哄着。

“请问有预约吗？”

“没有预约，但是我是他的家里人。”

前台小姐脸上保持微笑，心里一点都不信，家人用来前台联系吗？就算是亲戚，也是关系比较远的吧。

“没有预约的话，那真是抱歉，陈律师不见生人，请回吧。”

“姑娘，你就帮帮忙，我是带着孩子过来看病的……”妇女说着，她住得比较远，孩子感冒在老家那边就是看不好，这才带出来的，想着上中有一家医院看小孩儿的病效果挺好的。孩子不知道要治疗多久，她就想找个落脚地。

她已经给陈滔滔的妈妈打过电话了，不过对方的态度有些冷淡。不是万不得已，她也不愿意来这一趟。

亲戚和亲戚的关系不见得就是融洽的，人家全家都是高级知识分子，可能瞧不上他们，这些她都能理解，但她这是被逼到份儿上了。

妇女给陈滔滔的妈妈又去电话。

陈滔滔他妈这辈子，就连亲生儿子都没有时间去照顾，大部分的青春和精力都奉献给了国家。她对亲儿子都是这样，更别说是亲戚了，早就忘光了，不常接触，记不住，又是七转八转的关系。

然后，对方联系到了她母亲头上，老人家开口就应了。

陈滔滔欲言又止，拿着电话没出声，他向来不接待所谓的亲戚，他个性就这样。

“妈，就这一次。”

“不是我答应的，是你外婆……”陈滔滔的妈妈拿着电话解释，可惜陈滔滔已经挂电话了。

陈滔滔没下楼，也没把人接上来，而是让陶克戴送人回他家，他则在楼上联系保姆。

“可能需要你住在家里一段时间。”

保姆应了，虽然不知道他为什么提这样的要求，估计是有事情吧。

陶克戴开车亲自送陈滔滔的亲戚，还闹出一场误会，亲戚以为他是陈滔滔。

她努力找着话说，实在是没有共同语言，也不知道该说什么好。

“那个，孩子生病了，没办法……”

“孩子生病，当家长的才头疼呢。”陶克戴看出来对方脸上的尴尬。

“滔滔，你今年多大来着？”

“我不是陈滔滔。陈滔滔出去办事情了，现在没有办法回来，他委托我把你们送到他家里。”

亲戚笑笑，原来是这么回事儿。那陈滔滔家里有人吗？没人的话，就送他们过去，万一丢点什么呢？

陶克戴陪着亲戚坐在陈滔滔家里，等保姆来。

亲戚也算是开了眼界，卫生间的那个马桶是金的？镀金的吧。

“奶奶，我要去那儿上……”

孩子就喜欢那个金马桶，一定要坐在上面上大号，陶克戴微笑的脸有点抽筋。

就陈滔滔这暴脾气，这臭脾气，如果看见了，你就等着吧。

他自己都没这样用，更加不可能允许别人这样用。陶克戴有心提醒一句吧，又显得自己好像多事儿似的，就说这活儿揽的，早知道应该躲出去的，就不会落到自己身上了。

“你要是忙，就先回去吧。”亲戚回头对着陶克戴说。

陶克戴呵呵笑着，说：“我不忙。”保姆不来，他敢走吗？

保姆赶了过来，陶克戴才离开。保姆去卫生间才发现，那金马桶有人上厕所用了，就连一边的马桶套都没用——陈滔滔家的马桶套都是自动换的，你按一下，机器帮着你换。

“那个金马桶不能用。”保姆清洗完，就提醒陈滔滔的亲戚。

她也是好心好意，来别人家做客，你都看出来了，这是金马桶，怎么能带着孩子上大号呢？

亲戚的脸色就有点发白，她没考虑那么多。

“不是假的吗？孩子小也不懂事，她又闹……”

家里有孩子的人都应该明白，这不是她能说了算的。

保姆有点纠结，说是真的，好像有点显摆，但说不是真的，她们下次还会用。

“尽量别用，还有那坐便器上有个按钮，有自动换马桶套的，是塑料的，这样健康，卫生。”

她在这里工作了这么久，除非必要，不然她都不轻易进陈滔滔家的卫生间，男主人不好侍候，事儿那是真多。

亲戚有点委屈，才进门规矩就左一个右一个，还塑料的马桶套，这是怕我们的屁股有毒吗？这不是侮辱人吗？

然后，她看着保姆在屋子里转来转去的，也知道了对方的身份是保姆，心想叫保姆来，是为了监视她们的？

虽然事儿应该这样做，但她心里有点不舒服，真想马上就带着孩子回家，不看病了，何必在这里受这气呢。

陈滔滔晚上十点多进的家门，他回来得晚，晚饭也没有吃，一直在忙，白天浪费了一天的时间。

他一进家门，保姆就听见声音了，但是没有马上走过去。等陈滔滔换了拖鞋进来，她才慢慢地从厨房探出身体。

“吃晚饭了吗？”

“还没呢。”

“你是滔滔吧……”亲戚开口。

陈滔滔和自己爸妈相处都觉得有些尴尬，现在站在眼前的这位亲戚，到底是哪里的，他也不清楚，怎么样个关系也讲不明白。

“来了。”他没有太多客气的话，语气也是冷冰冰的。

然后，亲戚就回了房间。

孩子睡醒了要去卫生间，说：“奶奶，我要坐金马桶。”

当奶奶的就和孩子商量：“这是别人家，别做讨人嫌的事情。这里不是我们自己家，不能这么随便。”

“我就要……”

奶奶肯定不能应，孩子就哭。陈滔滔正在外面吃饭呢，觉得声音有些刺耳。

最大的错误，就是他不应该把人接回家里，在旁边的酒店订个房间就好了。

保姆犹豫地说：“陈先生……小孩子用了你的金马桶。”

“嗯。”陈滔滔动着筷子，声音倒很平静。

明珠第二天早上回来洗了个澡，带了身衣服就离开了，和亲戚总共就说了两句话。她没有时间，她现在很忙，陈滔滔很理解她，都连轴转了两个晚上了。

明珠离开后，陈滔滔过了不一会儿也开车去上班了。

亲戚今天要带着孩子去医院看病。陶克戴在小区门口等着呢，陈滔滔让他过来的。

“你可真行！这是你家的亲戚，还是我家的亲戚？”陶克戴抱怨。

“做这些你擅长。”陈滔滔不咸不淡地说着。

亲戚边抱着孩子往外走，边给家里打着电话。

“夫妻俩都特别冷淡。滔滔？别叫得这么亲切，眼睛里都透露着不屑，懒得看我们一眼，和他说话都爱搭不理的。孩子就用了一次他的卫生间，脸色就不好看了……没见过这样的人。还给马桶上装了用一次换一次的马桶套，你听说过吗？”

哪里有这么奇葩的人？明显就是不欢迎她们。

“……妈，不行你就带着孩子去住招待所吧，我们过两天也赶过去。”

“不用你们来。你们来干什么？昨天我去挂号，这里的医生说能看。住什么招待所？就算是人家不愿意，我也得住着。”

“他怎么就这样呢？都是亲戚里道的，他们家祖辈过去也是住在这里的，现在就连老家的亲人都不认了……”

“认？他老婆可能是听说我们来了，一大早才回家来拿衣服，眼睛长在头顶，看都没认真看我们。真是不是一家人不进一家门。”

不是她挑理，也不是来你家常住，这不是因为有事情吗？

亲戚一直抱怨，陶克戴就在车门前站着，他听得一清二楚，有心想提醒对方一句吧，又怕对方觉得尴尬。

对方很快就发现他了，脸上跟泼了水彩似的，什么颜色都有。

“阿姨，上车吧，滔滔让我过来送你们去医院，已经找人去挂号了。”

亲戚这一脸的尴尬，默默地抱着孩子上了车。她想要问陶克戴听见自己刚刚说的话没有，又不好意思问，毕竟自己也没说什么好话。

“滔滔两口子都忙，个性比较冷，但是心肠都不坏。明珠是松山那边警局的局长，平时工作比较忙，最近那边发生了杀人案，他们得破。”

陶克戴解释的意思，就是替陈滔滔粉饰两句。

陈滔滔就是不愿意弄这些表面的事情，但是你说他没上心，这也是委屈他。他早就安排人去挂号了，又让自己开车过来接，里里外外能安排的都安排了。

亲戚脸上的表情没变，心思却动了，哦，局长啊，挺了不起的。看样子是个挺能干的人，这样的人这样的层次，可能更加看不上她们了。

亲戚带着孩子去了医院，看了病，医生说需要在这儿留一段时间，可能是一个月，也可能是二十天左右。看病就得花一大笔的钱，亲戚就开始头疼了，带的钱不够。

她平时也不用什么卡不卡的，都是用现金，也不会用那个，家里会用卡的人都没来，怎么办？

带着孩子从医院回陈滔滔家，这回送她们的人不是陶克戴了，换了一个人。

她没事儿就想和保姆说说话，反正闲着也是闲着，保姆却总是一脸我什么都不知道的样子，一个保姆还瞧不起她了？

“……我出来的时候，钱也没带够……”

保姆转身就给明珠去了电话，她知道明珠忙，但这不是你们家的亲戚嘛，陈滔滔是肯定不能找的。

明珠也讨厌这样的事情，但为了陈滔滔的脸面好看，不管怎么说，来都来了，不能让人回去诋毁陈滔滔。她则是无所谓，要是她的亲戚，她一个都不欢迎。

于是，她告诉保姆：“书房的抽屉里，有个能打开的，里面有钱，先拿着给她用吧。”

保姆拿了钱给了亲戚，亲戚撇了撇嘴，她知道人家不缺钱。

她反正就是瞅不惯这两口子，钱让个保姆就给递过来了？这是觉得他们就是这个层次的人？

陈滔滔要出差，和保姆打了招呼就飞走了。他出门一连两天，等回来的时候……

他刚出电梯，就看到自己家的大门开着，开着？

里面有吵吵嚷嚷的声音，他拉开门进去，门口的鞋放得到处都是，其实就是三双鞋但是都扔在地板上了，摆放得一点规矩都没有。

明珠脱鞋有时候会这样，但问题是，有陈滔滔做后备，他看不习惯他就摆好。现在这摆得歪七扭八的也就算了，地板上竟然还有脚印子。脚印子？！

保姆给陈滔滔打电话了，但是他没接，给明珠打电话，明珠也是关机，两个人都联系不上。这是陈滔滔的亲戚，她一个做保姆的不能多嘴，只能看着家里的人就多了起来。

“陈先生……”

陈滔滔拎着包进门，就看到客厅里的椅子被人拉出来老远，饭桌旁的椅子现在都被扯到过堂当中来了。有个年轻人坐在上面，跷着二郎腿，旁边坐着一个年轻的女人，屋子里还有人抽着烟。

这绝对不是抽一两支的问题，屋子里的味道都发苦了。

保姆就觉得这家人……摇摇头。

“在家里请不要抽烟，我对这个味道过敏。”陈滔滔笑不出来。

正在抽烟的中年男人一脸尴尬，嘴里叼着烟头，刚想和陈滔滔打招呼，陈滔滔长什么样他都不知道，看看这气派，住这样的房子，结果对方直接冷冰冰地飘来一句。

想了想，他把烟按熄在烟灰缸里。

“我不知道你不抽烟，我以为当律师的也抽烟呢。”

这是孩子的爷爷，他来的第一天，就在屋子里抽烟，抽第一根烟时保姆都没好意思开口提醒。只是这人抽烟太频繁了，一根接着一根地抽，一盒烟很快就没了，她没有办法，才开口提醒：“陈先生不太喜欢家里有异味。”

孩子的爷爷就训斥保姆：“我是他的家人，他怎么样我不比你清楚？你干好自己的活就行了，等滔滔回来我和他说……”

一天他要抽两盒烟，家里孩子生病不让开窗子，就只能开着门，保姆也是有苦吐不出。

然后，陈滔滔回房间里换衣服，发现自己的床明显被动过。他的被子叠成什么样他是很清楚的，明显有人躺过。紧接着，他打了一通电话出去，订好了酒店，就从房间里出来。

“我订了酒店，现在送你们过去吧。”

这一家人的脸色，当时都难看得可以。

那个中年妇女就站了起来，怀里还抱着孩子：“滔滔，你这样……算了，还用你出钱做什么，我们带孩子来看病麻烦你，我自己掏钱……”

这不就是撵他们吗？孩子生病，孩子的父母能不担心吗？过来看看，这也不行？感冒是治好了，可孩子的眼睛需要做个小手术，父母不亲自来也不行啊，这都不能体谅？

他才从外面回来就撵他们走，他们哪里还有脸住下去，走吧。

“已经订好了。”

孩子突然就喊：“我不去住酒店，我就要住在这里……”

这里好玩，什么都有。

“这里是我家，你要住在这里，等长大了自己赚钱买下来。”

孩子爸爸的怒气已经聚集到了头顶，一把抢过孩子：“妈，咱们走。人家都嫌我们，还住什么？赶紧走……”

孩子的妈妈似乎还想圆圆场，可惜丈夫和公婆已经都走了。

家里所有的窗子都打开了，那个味道就是散不去。保姆这回可有活干了，就这么两天家里就被糟践得不成样子了。

“……怎么没给我打电话？”

保姆连忙解释：“我打了，我绝对打了。”

陈滔滔之前看见了未接电话，想发火，现在发不出来。

酒店是他给订的，钱是他出的，结果人家依旧不讲他一句好。

医生原本说孩子的病一个月之内肯定能解决，但是现在又说情况有点复杂，能治疗，手术费明显变高了。一家人愁眉不展，怎么孩子就得了这样的病呢？

医生说是遗传，但孩子的父母都否认自己有这样的病。

孩子的妈妈过去眼睛是有问题，有点斜眼，后来做了手术，就看不出来了。结婚以后，她也没说，当然不可能说的。谁知道这孩子现在被遗传到了，她当初没说，现在就更加不可能说了。

钱都扔进去那么多了，肯定是要治的，不然一个小女孩，以后怎么嫁人?

治疗的话又要头疼了，酒店陈滔滔给交的是一个月的钱，不够的部分怎么办?

“妈，我们带的钱还勉强够。”儿媳妇开口。

凑一凑，还是能做手术的。反正孩子这手术是一定要做的，不然长大以后，情况会越来越重的。

孩子的奶奶知道带的钱勉强凑一凑能够，但是她现在不是不想凑嘛。陈滔滔……很有钱的。

如果一开始明珠不给掏这个钱，她兴许就不会指望陈滔滔了。可明珠把钱拿了出来，她觉得这家人都那么有钱，老婆是当局长的，这一年得划拉多少钱啊。

从保姆口里得知的消息，她是一点都不信。保姆就说明珠看着是风光，但人正直，凡事都是冲在第一位的，这些听别人说也知道了，她家里有几个亲戚都住在松山。

评价这种东西，有好的一面，肯定也有不好的一面。

亲戚就不信保姆所讲的，凡事冲在前，你故事书看多了吧？她堂堂的一个局长，她冲在前面，请问下面那些人都在干什么？闲着?

你扯淡呢。

“我给滔滔打个电话吧……”

儿媳妇是有顾虑的，当初陈滔滔那么做，就说明他已经不在乎亲戚的脸面了，现在又打电话，这不是自找不痛快吗？她的想法是，她和丈夫留下来带孩子，公婆回去，剩下住的问题，他们自己想办法。

公公这烟抽的，太烦人，弄得孩子一身都是烟味。原本孩子就有病，还被他天天这么熏。

“妈，还是别打了，不好。”

孩子的爸爸也说：“不求他。人家眼高于顶的，根本不欢迎我们来，把我们撵出来的，还打电话？”

“给他打。”孩子的爷爷开口，“你们傻啊？陈滔滔有钱，也不看看他爹妈都是做什么的。我们当亲戚的，也没指望借他们什么光，也不打算让他们帮着你们找工作，轻易也不麻烦他们。这不是钱不够了嘛，回去就还。”

孩子的爸爸一听，也就不吭声了。钱是个好东西，自己的钱多剩点，孩子将来念书或者有点什么事情，也不至于方寸大乱不是？这点钱对于陈滔滔家来说，都不算是钱，人家有的是钱。

陈滔滔正在办公，电话进来，他的助理以为他没听见。

“陈律师，你电话响了。”

“我知道。”

陈滔滔已经让人把他的金马桶给拆了，原因？那孩子果然是她爸亲生的，那个当爹的也天天坐在上面方便，可能是觉得新鲜吧。陈滔滔光是用想的，就不能坐上去，现在那个家，他走进去一步，就觉得有点上不来气。

住别人家就算了，还糟践东西，不知道哪里来的理直气壮，做客都是这样做的吗？

地板上被划得一条一条的，明显是被硬物划出来的，不用力都不会划成这样，这是在别人家做客啊！

陈滔滔不理他们，孩子的奶奶又给保姆打电话，她有保姆的手机号码，想要通过保姆联系明珠。

白脸被杀的案子现在还是没有破案，明珠一进门就是一股风，吹得她头疼。这是作什么妖呢？大晚上开着窗子，觉得屋子里太热了？

“陈滔滔……”

陈滔滔从客厅走了过来，解释道：“我家的那几个亲戚，若是联系你，一毛钱都别借给他们，没有。”

明珠一愣，说：“我之前还给拿了一点，他们说钱不够用了。”

为了什么，她没解释。不需要她说，陈滔滔秒懂。他们不是明珠的亲戚，她何必做这个好人呢？按照她的三观，死在她眼前，她都懒得管的。

“什么事情让你这么反感？”

陈滔滔面无表情地说，有些冲击没有办法形容，他本身就存在一定的洁癖，那个卫生间……

明珠点头：“知道了。”

亲戚家联系不上明珠和陈滔滔，又给陈滔滔的妈妈打电话。陈滔滔的妈妈也处在崩溃的边缘了，她哪里有精力总是处理这些事情？而且，她儿子不是已经管了？是不是你们住一辈子，他就得管一辈子？

“我现在有事情要忙，要挂电话。”

那边程序出现错误，一个小小的错误可能引起的问题是巨大的，她马上就把手机关机。这几天他们打电话的次数，比她一年联系儿子的次数都多。

不知道是亲戚他们不走运，还是有谁看他们不顺眼，原本钱勉勉强强是够用的，但现在因为都交了手术费，住的地方就有点尴尬了，酒店不让打白条，他们住在这里还觉得挺好的。

环境什么的挺好的，地方也挺大的，他们还觉得挺满意的，都住了一个月了，怎么不能晚两天给钱？

酒店的前台解释说酒店从来就没有过这样的先例，不交钱是没有办法入住的，虽然觉得很抱歉，但是没有办法。

找陈滔滔他们不敢，毕竟陈滔滔是个男的，不好弄。而找明珠就方便多了，人在松山工作，是公安局的女局长，一打听不就知道了？再说，过去的那笔钱不就是明珠掏出来的？

为了脸面，她也不能不管吧。

明珠这边焦头烂额，门卫说外面有人找她，说是她家亲戚。

“我家亲戚？我没亲戚。”

敢说是她亲戚？她从小一个亲人都没有的，这是哪里蹦出来的亲戚？

门卫又传了一次话，明珠总算知道来的人是谁了。

那见见吧，她坐了这么久，坐得腰疼，也没有头绪。

进了办公室，明珠让他们坐。

“……实在是没有办法了，钱不够用……”

明珠想了想，说：“打电话回家里借。”

难道人缘这样不好？借不到一点钱？

人缘再不好，总不会比她们姐妹仨更招别人厌恶吧？她妈死了以后，夏天家里蚊子都见不到。

亲戚憋了憋气，这怎么有点不按照套路来呢？然后，就使劲往明珠头顶戴高帽。

“……听说你的事迹了，大家都说松山的明珠局长不一样，为大家排忧解难的……”

那酒店住着真是舒服啊，天天还有早餐，早餐应有尽有，房子天天有人给打扫。知道不能住一辈子，也没打算住一辈子，这不是孩子生病了嘛，再住一段时间就要走了。以后再也不打扰你们了，也不来了，不热脸贴你们冷屁股了，现在是走投无路了。

明珠淡淡地道：“之前说钱不够，陈滔滔不是已经给补上了？酒店我没记错的话，他给订了一个月吧……”

“现在医生说，一个月我们走不了。我们在这儿人生地不熟，除了认识你们……”孩子的爷爷开口。

“来的时候，你们就没想过这个问题吗？陈滔滔你们应该之前没见过吧，他和他父母见面的次数估计都是数得过来的……”

“……你也不能这样说，亲戚里道的……”

“亲戚里道，所以我们提供住的地方。卫生间摆的那个马桶陈滔滔是为了看的，他就这点爱好，平时半夜醒了喜欢过去抱着它，觉得有安全感，现在已经拆了，他自己都没真正用过……”

孩子的爸爸撇嘴，装马桶不就是用的？谁知道是金马桶？敢卖弄装腔作势，含着眼泪，你自己也得吞下去这个苦果，谁让你装了？

“地板上出现了很多划痕……”

“我们家人脚底也没有钉子……”这个也能怪到他们头上，真是太冤枉他们了。

强行甩黑锅，他们不背。

进门都是脱鞋的，怎么能划得一道一道的？

就孩子玩了几回玩具，那么小的孩子，可能吗？

“是没钉子，可地板上的痕迹是真真儿的。我原本也不打算说这些，酒店他给订了一个月，现在超出了一个月的范围，我们做亲戚的也算是做到位了。你们能理解呢，谢谢你们，不能理解，觉得我们高冷，我也没有办法。”

没有经过别人的同意，就睡别人的床？盖别人的被子？反正这不是明珠的亲戚。

“还局长呢，就这样还当局长……”

孩子的爸爸叽叽歪歪地站起身。别说了，说那么多有什么用，人家根本就不当你是亲戚，当你是要饭花子。

“妈，走。”

“明珠啊，你看看……”

“你儿子有骨气，我觉得非常好，做人就得这样，慢走不送。”明珠连起都没起。

一家人出了办公室，就嚷嚷着，这还是心怀百姓的领导？都是吹牛的吧，平时不知道贪污多少。这个年纪坐上局长的位置，还凡事冲在前面？上坟烧报纸，你糊弄鬼呢！

就这个德行的，靠什么上位的？现在有几个女的能凭着真正的实力往上爬，当他们不懂呢？

求了明珠没求通，后来办法他们也想出来了，反正也有地方住了，找了一个小旅馆，孩子的爷爷奶奶都回去了，只留下孩子的爸妈。之后，孩子动了手术，情况还挺好的，孩子妈妈也终于松了一口气。

孩子的爷爷奶奶回去，那嘴可没有闲着。

“那本事着呢，眼睛长在头顶，六亲不认啊……当局长，当我们不知道怎么回事儿呢，一宿一宿的不着家，她不说以为别人都是傻子呢？我住那么久，就没看见她回来过。怎么，女局长就不回家睡觉啊？睡在谁的床上……”

大家一笑，当成笑话听。

有些时候，叫人心寒的不是男人觉得女人没有靠真实能力上位，而是身为同性的女人瞧不起女人。她能爬那么高，要么会说话，会麻痹人，要么就是和上面的谁有点桃色的绯闻，这些事情算什么？

“那陈滔滔也不管？”

“他头顶都绿色儿了，靠着媳妇呗，你没见过靠着媳妇外面的人升官发财的？”

传着传着，话就变了味道，明珠的刻薄，明珠的自私，明珠背后的靠山，也许还有干爹什么的。

“最可笑的是——我都懒得说——她家的那个保姆和我吹嘘，说她多么能干，帮了多少人，解决了多少问题，一身正气什么的，夸得她好像神仙似的。还包青天，我呸，按照她的说法，包青天也没这个女的有本事啊！凡事冲在第一线，别人可能都是摆设，都是木头人，怎么就她那么能呢？她是青天大老爷，别人都是俗人，可能百年难遇，才出了她这么一个玩意儿？”

这话，大部分的人都是不信的。

现在这样的社会，这样的事迹听听就算了，可能是有，但不多，凤毛麟角的。这么年轻，按照资历也轮不到她当局长吧，这首先就是不公平竞争了。什么凡事冲在前，谁不爱惜生命？说得和董存瑞似的，现在你找出来一个董存瑞试试看。

有些话宣传宣传就算了，宣传过劲了，反而起到了反作用，反正他们听了就觉得吹嘘得有点厉害。

那是不是你这么牛，你管的地方就特别安全啊？晚上就开着窗子睡觉，不锁门离开，也不会有小偷光临？晚上商场不关门，不安装监控，也没有人去偷呢？

如果没有的话，那装什么?

孩子看好了病回来之后，无论是沾着什么亲，现在打电话联系陈滔滔的外婆，陈滔滔他妈就帮着他推了。根本就不认识，有些人她都叫不上名字，确实也没有什么交往，说是同宗，陈滔滔那里也不是酒店，住什么?

他现在又结婚了，这孩子从小个性就这样，洁癖的程度令人发指。

虽然孩子的爷爷奶奶回来就这么讲，还是有人动了心思。有些人他们怎么想的，你也不清楚，反正就是张张嘴的事儿，万一面子上就过不去同意了呢?

说陈滔滔不好，还是有人办点事情，经过那个城市时，想搭个便脚。

这回，陈滔滔的外婆就直接推掉了。经历过一次还不够?还不长教训?

陈滔滔家里算是安静下来了，也没有亲戚来找了。大家都传，这一家子特别自私，六亲不认的，别说大的也别说小的，都是那味儿。一个碰壁或许还有存在侥幸心理的，但架不住大家都碰壁，这亲戚以后就是不能走了。渐渐地，陈滔滔和明珠的名声，包括陈滔滔外婆一家在老家这里，也算是出名了，被人各种诋毁。

哪怕是有人知道明珠在哪里工作，想要上门试试运气，明珠这人向来不装脸熟，你是陈滔滔的亲戚，你找他去，在我这里，你就是个陌生人。你有事儿说事儿，该办的，能办的，她办，人情债，她不欠。

明珠这人脸上表情寡淡，加上语气冰冷，当警察久了就这样。人家一看，也就不敢在她这里找便宜了。

“头儿，现场有发现……”

明珠站直腰喘着气，小猫突然来电话，她马上奔了过去。

现场很多警察，扩大了搜索与调查范围，这附近的人都被问遍了。

查看监控录像也花费了很久的时间，看着天数长，但每天光是松山有多少路口，多少岔路，全部都得查看，加上上中范围之内的……那是个非常庞大的任务量。而且，开车的人特别小心，所有有关这辆车的监控录像都显示，车里的人捂得严严实实，身体瞧不见，就露出一双戴着手套的手。性别现在警方推论是男人，但没有证据。

王永强听说有新发现，也赶了过来。里面的法医正在工作，王永强也是多一秒都不能等，他想瞧瞧这个凶手，是不是自己认定的那个人。

“明局，已经有结果了……”

老 K 以及白脸的家人、情人都被重新请回了警局，配合警察的问询，问来问去得到的还是那些信息。

白脸的老婆坚持是白脸的情人杀了他，不过警察不肯听她的话，案子现在也破不了。她觉得这些警察也都是酒囊饭袋，不过这话不能说出口而已。

“现在需要你配合做一项检查。”

老 K 的眼睛一闪，瞬间就想到了什么。

“好啊。”

接下来，老 K 非常配合警察的行动。

这边刚取了样送过去检验，还没有出结果，有人就来警局投案自首了：“人是我杀的……”

对方是在律师的陪同下来警局的，不巧那个律师就是谢璐。

这个所谓的杀白脸的人在白脸手底下做事，算是他的兄弟，因为利益起了冲突，所以失手杀了白脸。

“你拿我们当三岁的小孩子耍呢？”

现场找到的烟头上面，化验出来的结果可是显示老 K 曾经出现在第一现场，这能说明什么？

还有，老 K 的时间证人是怎么回事儿？

就算别的证人都是假的，但是监控录像这总不能作假吧？

小猫敲着键盘，抬头看着明珠说：“唯一的解释就是，人是一个人杀的，运尸是两个人接力进行……”

这就解释得通，老 K 为什么有时间证人了。按照他出现在麻将馆的时间，他是完全没有机会将尸体运到北厂区的，但是如果两个人接力呢？

等于说，老 K 杀了人，然后运尸由另外的人接手，这样时间上就存在漏洞了。现在只要找到相关的监控录像，结论就有了。

不过想是想，现在还只是猜想而已。动机呢？为了利益？

白脸跟了他那么久，什么样的利益，能让两个人翻脸？让一个人下狠心除掉自己的心腹？

白脸如果是个张扬的人，他就不可能在老 K 身边待了这么多年，没有人取代他。

“什么律师？现在特流行带着律师到处跑是不是？”

“警方现在正在办案，让她等。”

明珠对着来人又发出声音，这些工作有专人会做，律师叫他们去对付。

“解释解释吧，为什么第一案发现场会有你曾经出现过的痕迹？”

“你是说那个烟头？我想起来了，警官，我忘了和你们说，因为他死了，所以我怕你们会乱怀疑，就没有提，那天晚上我们见了面……”

明珠翘翘唇，继续扯，这次看你怎么脱身。明珠攥攥自己的拳头，没料到啊没料到，竟然得来全不费工夫，但是以谋杀罪抓了他，太轻了。

“当时为什么不讲？”

“我不是已经说了……”

“都这样了，你就老实交代了吧……”旁边问询的警察说。绕来绕去，你根本就是绕不开的。

但老 K 就是准备带着警察一直绕，怎么问还是那几句。

现在又有人投案自首，细节说得非常清楚，甚至警方在他的家里已经发现了那双手套，细节确认无误。

大家都知道这事儿他跑不掉的，但是按不住他，又不能长久地关着他不放，所以必须在最短的时间里让他交代。

老 K 坐在椅子上，他现在是嫌疑人，所以戴着手铐。不过他似乎也不是很怕的样子，态度依旧嚣张，问询的警察都已经换班了。

“你不要以为这次你能跑掉……”

“警官，你这样我是可以投诉你的，警察原来就是这样办案的。”

“松开。”王永强开口。

闻言，问询的警察松开了老 K 的领子。

“来了一个明白人。”老 K 呵呵地笑着。

眼前的人，他认得，更加确切地说是他认得对方的父亲。那几年形势和现在不同，出手也比较方便，找个借口就可以把人扔出上中的界区。那个老不死的脾气又臭又硬，可惜了，他的儿子们没有一个像他的。

如果说这个明珠是那个老不死的女儿，他比较相信。

王永强的生平过往在老 K 的脑子里转了一圈，对付这样的人，他有自己的方法。警察是发现了一些证据，但又能说明什么？他出现过，人就是他杀的？为了避开嫌疑，隐瞒情况的也大有人在。再说，凶手不是已经找到了吗？

王永强和另外一个警察在里面询问老 K，明珠和小猫进了食堂准备开饭。已经过了用餐时间，上面的人都是在上面吃。

食堂里冷冷清清的，大师傅说：“菜都凉了，不然热一下？”

“就这么吃吧，不冷不热吃得多。”

大师傅给他们打了不少的菜，该吃的人都已经吃好了，没下来吃的饭菜也都已经送了上去，剩下的这些估计也是多余的，能吃就给你们。

伙食那是真的不错，菜多种多样的。

“这里的伙食可比南区好多了。”

松山这块儿吧，没有上中发达，但待久了，也是一样的。不过就是地域小了点，但谁每天到处乱转啊？有个一亩三分地，有商场有超市，有吃饭的地方，有玩乐的地方也就差不多了。警局也没有南区那边气派，但胜在伙食好。那叫真好。

小猫跷着一条腿平放在另外一条腿上，动着筷子夹着菜，开口：“不是我说王局……”

明珠看着他，小猫把话咽下去，嚼了嚼菜。其实议论上司是一件挺要不得的事情，不过他和明珠向来没大没小，有些话也不怕犯忌讳。王永强的手段，不是他一个人说，过于绵软无力，性别和明珠换一下，大家会比较容易接受。

“他能坐在这个位置上，别人没坐上来，那就是他的本事。”

小猫答：“有个好爸爸，可比什么都重要啊。”

食堂里真的特别冷清，大师傅早就回后面去了，就他们俩，别人也听不见，说不说的，也就是闲聊。

“吃你的饭吧。”

明珠正吃着呢，手机响了，接起来，对方说那个律师现在在搞事情。

闻言，明珠放下筷子，反正她也吃得七七八八了。她动作快，两碗米饭就是这么迅速吞下去了，当然嚼了，还嚼得挺细，这属于生活节奏问题。

“见什么见？让她外面蹲着去。”

对方苦笑，这话自然不会传到第三个人的耳朵当中，看看咱们局长说话就是这么硬气。

“她想见一见你。”

“不见。”

干脆地说完，明珠就挂了电话。

“吃完了吗？”

闻言，小猫抬头看明珠。他人瘦却特别能吃，胃口好，这几天也实在是太累，一个没忍住就多吃了一碗。

“吃好了。”

“开工！”

王永强坐在里面已经问了半天，就是问不出来什么，怎么问对方就是不合作。突然，外面的门被推开，进来的人在他耳边说明珠要亲自来审。

王永强有他的担心。

明珠进来说：“你们出去歇会儿。”

王永强想对明珠说点什么，看了看她，眼睛动了动，话又咽了回去。

明珠明白，他的意思是“注意点分寸”。

好不容易抓住了，一定不能放了他，如果客气的方式他不配合，那也只能搞点别的了。

监控室里的人，看着明珠和小猫一前一后跟王永强和另一个警察交接。

小猫带上门，然后老K盯着明珠示威地笑笑：“又回来了？哎，我现在挺想见见你妹妹的，要不你打个电话让她过来见见我？我听说前天还是哪天，她好像回上中了是吗？”

“我给你看个面相吧。”

“哎哟，你们警察还允许搞这一套呢？那看看吧。”

紧接着，明珠揪起老K的领子，那边监控室的信号就断了。

上面的人看看王永强：“你看我做什么？出去喝点水吧，线路出问题了，现在什么都看不见……”

对方已经看出来了，这两个高级别的长官是打算这样做了，不成文的规定，这也是有的，他们想了想站了起来，然后开门就出去了。

审讯室里，明珠提着老K的领子，因为他的手就拷在椅子的两侧，哪怕明珠现在有力气能把这个人提起来，但是因为手铐，他也不可能离开座位。

“你想激怒我？”

“那你有没有被激怒呢？怎么，想打我？警察都是这样逼供的？”

老K将脸送到明珠的面前，有本事你就打，打下去之后你试试看。

“你不知道的事情还多着呢，现场为什么会有你抽过的烟头？”

“我解释过了，当时我们是见过面，谈谈感情而已，后来他死了，我怕麻烦，所以没说。

这也犯法？”

“我重新问你一次，那天晚上十点到十二点你在哪里？”

“我在麻将馆，不是已经说了吗？”

“你几点从家里离开的，几点抵达的麻将馆，大概的时间是否记得？”

“我不知道。你们找监控录像啊，不是都能调查出来的嘛。你们是警察啊，要为我们洗清冤屈的。”

“夜里十二点以后，你在哪里？”

“在家睡觉。”

明珠手里的案夹对着老K的头就砸了下去，喊道：“在家睡觉？你怎么不上天呢？”

“你给我买窜天猴儿啊。”老K呵呵地笑，被明珠砸了一下，依旧脸上能笑开花。

里面的气温有些偏高，老K鼻尖上都是汗。小猫穿着便装，明珠反反复复地问，每一次问老K回答的都可以和第一次的回答对上号，不是他记忆过人，就是这人早就将出路想好了。

杀人对他来说算什么？

那天夜里十二点以后老K的车是回了他的家，然后再也没有开出去过，但是警方现在不相信十二点以后他没出去过。

他会不会借用了别人的车？

于是，警察去老K家小区附近走访，同时监视他那些所谓的兄弟。

通过查看监控录像，当晚从老K家小区附近开过的车型号已经被确定，警方决定对松山包括上中以及周边所有出租车全部都进行调查。

“我现在要见我的当事人。你们并没有证据证明他杀了人，我要确定他的人身安全。”

坐在谢璐前面的女警仍旧微笑着，她一直在笑，无论谢璐怎么发威，怎么威胁。

谢璐一会儿要联系记者，一会儿要投诉的，反正坐在对面的人始终一脸的淡定，讲出来的话都是通稿：现在老K有义务配合警察调查，警察自然不会对他怎么样的。你想查证？那抱歉了，你还是走投诉路线吧，或者你去找记者。记者来了，我也是这样说。

通稿的作用就是保证讲话的人不会偏离这个主干道，讲话的人会带着你各种转悠，反正就是不切题，讲一百个小时也是这样。

“我要见你们局长。”

“我们局长很忙。”

“我要见她。”

“也许你可以打局长热线。”

谢璐觉得自己现在很想打人，你们很牛是不是？当警察的很无敌是不是？你们现在做的一切都是没有根据的。

谢璐决定扩大影响，在网络上造势。但是帖子刚发出来没有多久，很快就被删除了，然后被封号。

谢璐试了很久，她有计划有人手有策划，能达到什么预期的效果也很清楚，要的就是她能见到老K，可没料到，她刚出手就被人直接玩死了。

好比一场摩托车比赛，那边倒数计时3、2、1，然后开始，刚开车，后面的人就直接撞死了她。

谢璐敲着自己的电脑，愤怒地看着眼前的人，是她做的对吧?

谢璐知道公安当中有负责这部分的，说好听一点是网络公安，说不好听的那就是黑客。

“……我要告你们。”

小猫敲着键盘，明珠坐在椅子上接电话，老K依旧坐着，不过脸上的笑容已经没了。屋子里有气流不断扫过，老K的面皮抖了抖，阴狠地盯着明珠。

当初就应该弄死这个丫头，都是因为老二办事不力。斩草除根这话是有道理的。

“告我？让她去告，随便去告。”

明珠挂了电话，看着老K，她伸手指了指自己的头:“你请的这个律师，这里是不是有问题？”

上中缉毒组那边上午破获了一个藏货点，抓了很多人，现在正在审讯。现在上中和松山两边是打算按也要按死老K，如果这次让他跑了，下次想抓他就没有这么容易了。

谢璐摔了东西在桌子上，怒问：“我可以和谁对话？”

坐在对面的女警依旧微笑：“你想和谁对话呢？”

“我要见你们局长。”

“局长正在忙。”

陈滔滔停好车，准备到局里瞧瞧。现在怎么说，他也算是家属了吧。想想这些年自己帮着警察干的这些事情，给他颁个奖也是应该的，良好市民奖！无敌拉风市民奖！最帅男律师奖！宇宙无敌霹雳美男奖！

进了局里，看见坐在对面的谢璐，他脸上的那点喜气也就消失得不见踪影了。

“滔滔……这么巧？”

“一点都不巧，我是为了你来的。”

谢璐有点迷茫，为了她来的？什么意思？她没给陈滔滔打过电话，陈滔滔又是怎么知道她在这里的？照陈滔滔之前对她的态度，总不可能是要跟她重修旧好吧。

“这么多年，你倒是没变。”

谢璐保持沉默，这句话是褒还是贬，她现在不能确定。

“你要告我老婆？”

“……那个明珠是你老婆？”谢璐明白了，兜了一圈，现在知道陈滔滔是为什么而来了，心不由得一紧。

其实她早就该想到的，不过这个人她是万万没想到。不说比自己出色，里面的那个女人也就算是个一般人吧，家庭条件很好?

谢璐脸上的笑容慢慢褪了下去。

“法律面前不讲人情，是你老婆我也不能给面子，现在警察扣着我的当事人不放，他们并没有证据……"

"我劝你，我和你讲人话的时候，你最好用人话回答我。"

闻言，谢璐的脸紧绷着。

"你可以走开一下吗？我和过去的朋友有点话要说。"陈滔滔礼貌地看着身边的女警，然后眨了眨眼睛，自认摆出了一副非常有礼貌的样子。

然后，女警离开了椅子。

谢璐想要去追人，陈滔滔又问她："你确定不走？"

"有意思吗？"

谢璐现在确定他结婚了，也就没有其他想法了。陈滔滔对她是一点不念旧情，这样的人她也看明白了。过去茫然的那段时间是她脑子抽筋才想回头的，好在迷雾去得快，又还给了她一片青天。

"有。"

说完，陈滔滔将手里的水瓶拧开，然后把一整瓶矿泉水都浇到了谢璐的头上，谢璐尖叫着。

他过去就是这样的小人，他无耻，他的眼睛里根本就没有所谓的绅士风度。

谢璐和陈滔滔谈恋爱，人是她追的，因为陈滔滔颜值高。她是用过真心将他追到手的，可是这个人……靠近接触之后，她才知道他和所见的那种男神的形象压根不贴边的，什么照顾女友，什么为了女友能付出一切，这些你都不要指望，更甚的是……

谢璐闭着眼睛回忆。

有一次他们一起过马路，不知道那车是怎么开的，奔着她就来了，她当时人都僵硬了，动都不能动。原本站在她身边的陈滔滔，竟然神速地跑到了马路的对面，然后还一脸后怕地拍了拍他的小心脏。

这是男人吗？谢璐咬咬自己的牙。

按照陈滔滔的思维来说，我和你不过才变成男女朋友三天，你就打算我为了你双手奉上性命？他没打算学雷锋，也不打算用一条命去换一面锦旗，就是被撞不死，甚至撞不到他，他也不干。

他没送过她任何礼物，甚至都没请她吃过饭，都是她一直在请他。他就像是个软脚虾，他就像是个小白脸。

陈滔滔解释，有人抢着埋单，他自然是要成全的。她每天约他，请他去吃食堂，他拒绝不了她的热情，而且多少也是能省点钱过生活的，要知道学生时代，大家都是从艰苦生活当中一步一步走过来的。

陈滔滔念书的时候，学费靠的是奖学金，即便他家里很有钱，即便他随便接点活，就赚够生活费了。他脑子转得很快，却依旧不妨碍他装穷，可怜巴巴地过着日子，钞票揣在兜里，恨不得拧出水来。

所以，谢璐现在回想起来这些，觉得和眼前的人分手，也没有什么觉得可惜的。她陪教授睡觉怎么了？教授可以让她出国，陈滔滔能给她什么？

他最大的错就是，他将真实条件瞒着自己。他明明当时条件那么好，他的家庭明明那样好，他为什么不说？

陈滔滔说："我刚打算把你的饭钱还回去，结果你就给我头顶扣了一顶绿帽子，那样油绿绿的，然后又扣了一盆屎到我的头顶。既然被你说成了人渣，那就索性渣给你看。"

"陈滔滔，你疯了吧！"谢璐冷笑。

"疯的那个人肯定不是我。你回来以后没去找姚教授吗？怎么样，我觉得他怎么都会看在过去的份儿上帮你一把的……"

闻言，谢璐目露凶光。

男人可以不绅士，但不能太无耻。过去的事情你总翻出来说，就像个娘们一样。我现在对你没有任何企图，你还这样攻击我，这是男人的行为吗？

"我差点忘了，你和我太太好像还有点亲戚关系呢。姚教授的女儿是我太太的继母，你和姚教授好，那就等于说，你是我太太的继姥姥……"

说着，陈滔滔捂着小嘴偷笑，原来还有这样一层关系，他差点就给忽略了。

叔能忍，婶都不忍了！

于是，谢璐出手了。

下面的人很是淡定地给明珠去电话："你家先生和那个律师掐起来了。目前来看，你家先生落于下风，需不需要帮忙？"

"你们都闲的？"

她一句话打断了大家想出手帮忙的焦急心情。

谢璐打陈滔滔，是被逼的，陈滔滔的嘴太贱了，她哪里疼，陈滔滔就往哪里捅，太小人，五行他就缺德。

陈滔滔呢，打女人他也有方法，专打别人看不见的地方，我还能让你疼，完了你还检查不出来。

谢璐疼得倒吸着气。

他还是个会动手打女人的男人？！过去自己还为他找借口，说什么他是因为太爱自己了，才失去理智的，他压根就是个人渣。

谢璐上脚准备去踹陈滔滔的二弟，陈滔滔立马眼疾手快地一躲。

"谢璐，你当初追我，不就是以为我是个王子，你能当上灰姑娘嘛。"

童话故事不要总看，看来看去就容易脑残。比如眼前的这位。

算计别人算计多了，小心掉坑里。

谢璐在学校算是美女，追求她的人也一大把。她交往过两个男朋友，可以说两个前男友的家庭条件皆非常出色，那这样的一个人是怎么看上陈滔滔的？毕竟陈滔滔都奇葩成这样，抠成这样了。

陶克戴念书的时候脑子也是很好转的，念书期间他就自己买了一套房，全款，这人就是这么有才。老陶呢，和陈滔滔不一样，有什么穿什么，买过一块手表，当时的价格非常不亲民。陶克戴非常喜欢打篮球，技术就暂且不提了，是那种谁都不愿意带着他玩的。就碰巧那天他从外面回来，人手不够喊他来凑，他就把手表扔给陈滔滔了。陈滔滔对这些运动都没有兴趣，戴上以后就离开了，谁知道走路就和谢璐碰上了。至于谢璐是怎么看见他手上那块表的，陈滔滔虽不清楚，但猜也能猜出来一个大概。

有算计，倒也不算是什么大事儿，睁只眼闭只眼就能忍过去的小事情，问题是给他戴绿帽子这种事情就大了。

爱没爱过，现在谢璐自己都说不清楚了，为了什么，以前为了什么，念书的时候记得很清楚，现在在外面周转了这么多年，就算是记得，她也只记得陈滔滔的那些奇葩事迹，其他的都淡忘掉了。

她是真心地爱过陈滔滔，偏巧遇上了渣男，然后这个渣男毁了她的青春岁月，害得她远走国外。

“你这是在恭维我？”王永强苦笑，所谓近朱者赤近墨者黑，他现在已经黑成乌鸦色了。

明珠想了想，说：“你认为是，就是。”

“我就不该接触你。”王永强后悔地说。现在干不干，他都上了明珠这条贼船了，想跳船也来不及了。

现在明、王两人就是打算这样干了，上面的领导找到了王局，气急败坏地进了门。

“……你看看你看看，现在这是要做什么？人已经扣留多少个小时了？外面的人知道，会怎么说我们警方？会说我们逼供的！”

王局喝着茶水，看着眼前的人走来走去，他眼睛有点花。来人这么说不过是因为各种利益，只要不是傻子，大家就都明白。

“你别转了，转得我头疼、明珠就这样回答的？”

“可不是？我刚从松山回来。明珠这是被你给惯的，她现在简直没有纪律……”

王局将手中的茶缸子放下，淡淡地说：“老严啊，不是我说，有些事情宜心照不宣……”

从王局的嘴里，你就别打算听到中听的话，他认同明珠的做法，但他这人滑得很。

“可是现在事情已经闹大了。”

王局点头：“闹大了以后，这也是松山的事情，媒体不会找到你我的头上。如果真有那种情况，到时候你再出面也来得及。”

老严现在是听明白了，眼前这个老狐狸，就是打算放任不管。明珠继续这么弄下去，早晚都会问出来。

然后，他回了自己的办公室，带上门，下午安然无恙地度过了。

晚上，老 K 的妻子接到电话。

按照对方所说的，现在必须要闹，找到媒体大闹特闹。闹的动静越大，引起的关注越多，至少警方会受到一些来自社会的压力。

老 K 的妻子看着自己的婆婆，她一开始没敢告诉老人家。毕竟老人家上了年纪，女儿已经被送进去了，儿子现在又这样，肯定接受不了。可是，她自己拿不定主意。和婆婆老老实实地交代清楚。

“人被抓进去了，警方现在不放人。”

老 K 的母亲目光闪了闪，问：“警方现在掌握到什么证据了吗？”

“从谢律师的嘴里听说的，貌似应该没有……”

老 K 的母亲静静地坐着，儿媳妇就坐在一边等着婆婆发话。她现在该花的钱都已经砸出去了，但是人走茶会不会凉这种事情都是不好说的，现在家里有难，人家会不会把那些钱直接就吞了？

“没有？要是没有，敢把他关在里面这么久吗？我看是没有决定性的证据。”

“妈……”儿媳妇有些吃惊。她以为婆婆会哭，会无措，没想到婆婆竟然是这样的反应，出乎意料之外。

“给你打电话的人是怎么说的？你把原话告诉我，我要听原话。”

老 K 的妻子就叙述，之前谢璐是想通过媒体扩散这个消息，可据说被警察给黑了，消息根本发不出去，警察现在肯定还监控着他们的一言一行呢。

“那他们监控，你就不做了？”

然后，婆婆让儿媳妇把儿子的左膀右臂都找过来，就说她这个老人因为孩子被抓了，已经濒临死的边缘了。

白脸死了，但老 K 身边依旧有不少人，他们陆陆续续地出现在老 K 的家里。

老太太躺在房间里，哪怕现在警方在屋子外面架监控探头，听不见她说出来的话，就不能说人家是装的。她现在马上就要死了，她可怜无辜的儿子被警方扣押在警局四天四夜，至于里面发生了什么，大家去猜吧，有媒体不感兴趣，那有没有媒体感兴趣呢？

这样大的新闻，上中第一位女局长的成长史、一个心狠手辣的女局长，这样的标题够不够引起轰动？

外面的人在持续商量当中，然后各自行事。

“……这个时候，一定要把钱给足，千万不能在金钱上面舍不得。”老太太看得很透彻，风吹鸡蛋壳，财去人欢乐，舍得舍得，有舍才有得。

对比 M 出事时老太太的无辜反应，如今再看，她根本不是当初表现得那么简单。

当然这个话题，没有人可以回答，也许只有天知道。

“我现在也只能指望你了……”

“嫂子，你放心吧，老二是贪心了。”

也许你认为是前车之鉴，却有人认为机会终于来到，准备逆势而上。毕竟越是这种时候，越容易让人记住。

外面老 K 的人都在活动，上中缉毒大队已经得到了消息，可是没办法控制。

原本眼见着有人要反口开咬了，现在所有人却都统一了说辞，将责任揽在了自己的身上。外界的风声是怎么传进里面的？这其中都有谁，又扮演了什么角色？

肯定是内鬼。

“该死的！”

明珠这边已经连续忙了五天，小猫实在已经熬不住了，第四天的时候和别人交接了工作，明珠也是偶尔眯一下。

外界，谢璐也在活动，消息到底被捅了出去，网上闹得沸沸扬扬的。

老K母亲的照片被放到了网上，没有打马赛克，一位老人真实的面容映入大家的视线。整件事找了人出谋划策，怎么样写出来，从什么样的角度来写，什么要写，什么不写，对方看得一清二楚。所以，消息一传播出去，就引起了轩然大波。

群众不明所以，质问警方：到底是因为什么样的原因将人抓了？如果有罪的话，为什么不对外公布？不公布的话，这都已经抓起来五天了，请问警方是不是进行逼供了？

有些人愤怒是因为亲身经历过，不管是冤案错案，还是自己所见的，所有警察都是一个样，现在必须出来给说法。

警察到底有几个是好的？这个话题又重新占据了讨论榜首。

松山警方保持沉默，无论外面怎么翻天，他们集体保持沉默。

媒体出动，想要采访事件的相关负责人，来自全国各地的媒体似乎都将视线聚焦在松山，多家媒体赶了过来，准备做连夜报道。

他们联系相关的部门，人家也是统一口径，说现在不能进行回复。这下，通稿又开始发挥作用了。

网上的群众情绪有些激动。

一面是警方拒不回答，敷衍应对，一方面是老人家即将撒手而去，儿子被冤枉扣押，天理在哪里？

就算是熬资历当上了局长，这样年轻的女人，是否能客观地办案？据说女局长的家人曾经和嫌疑人发生过不太愉快的事情，会不会是迁怒？

女局长的家人和嫌疑犯之间的事情并没有被扯出来，这就是老K一方撰文人的厉害——这样的事情，除非明珠愿意拿出来分享，不然这个哑巴亏你就吃定了。

就算是警方，也绝对不会无缘无故将过去那件事拿出来说，有什么证据？女局长的妹妹的名誉还要不要了？

外面乱了套，网友也向他们施加压力，好在上面对这件事暂时还是处于冷冻状态，电话少之又少。

“王局，记者找……”

“我不在。”王永强靠着椅子说。

然后，他换了衣服，下楼直奔审讯室，推开门让里面的人出来。

明珠无言地看着王永强，他这是着急了，看来感觉出来压力了。

“如果将来你没有工作，我给你介绍一份。”明珠淡淡地说。

“你少来，别盼着我不好。”

老K捂着头：“……我不舒服，我要看医生……”

头都要炸了，他实在承受不了了，必须马上去医院，不然他很可能会死在这里。

“……X号晚上十点到十二点之间，你去了哪里？”

老 K 的头摇着，晃着，他试着将头贴在桌子上。灯突然又照着他打了过来，刺得他的眼睛非常不舒服。

“你们弄死我算了，我要告你们，警察虐待人啊……”他突然蹿了起来，还做了动作。

里面有什么声音也没有人知道，里面发生了什么，外面的人也不清楚，反正两位大头都在里面坐镇，他们只要做好自己手中的活就好了。

明珠的身份突然成为了重中之重，有不少网友抨击，到底是什么样的背景，可以让这样的女人成为局长？

不知道哪里来的照片，明珠过去的穿着突然被提了出来。这就是可刺点，身为一个警察穿成这样，你所带动的是什么样的风气？

颇为嘲讽的是，其中一张照片，是当初明珠去外地在火车站抓犯人的时候被人拍下来的，她穿着很高的高跟鞋。能找到这张照片的人也是本事，竟然可以绝口不提白的，而将事情渲染成自己所想要的黑色。

就明珠的问题，上中这边一开始的态度是保持旁观。现在事件越闹越大，不能解释，只能拿事实说话。

明珠走运就走运在，她是真的豁出去了。她的事儿吧，有些人不信，但有些人是信的，毕竟是亲眼所见。所以，舆论偶尔也会有逆风的声音，说她被人寻仇几次，活下来是她命大，不久之前还被炸飞了出去，当时还有一位警察受伤，现在人还在医院躺着。

这个事情，你觉得不可思议，觉得夸张，觉得是开玩笑，但当时出事的时候有媒体进行过报道的，凡事冲在前面的女局长，靠的是什么，让大众去看。

警方的态度依旧是什么都不提，不提明珠的局长之路，也不对外做任何的解释。如果上面要进行调查，那他们就配合进行调查。

喜欢明珠的人自然不会黑她，不喜欢她的人这个时候就开始上蹿下跳。别人做了什么，王局只当自己眼瞎，他什么都没看见，爱怎么跳就怎么跳。他现在也很想收拾明珠，你看这个事件被她搞得，这下出名了，上中又站在风口浪尖了。但这个女人是靠自己的本事，有本事你们把她拽下来，他没意见。

他是只老狐狸，他的立场就是没有立场。

媒体采访不到明珠，就算是王永强也接触不到。有关部门的电话打了几百次，可回复依旧这样，谁敢在媒体面前乱说？通稿摆出来难道只是摆设？越过这个界限，这就不是私仇的问题了，背后捅黑刀，当面捅红刀，那就是捅自己。

但是，人抓了起来，没有一个说法，这说得过去吗？警察是不是都是这样办案的？

过去的那些错案，冤案，是不是就是这样造成的？因为已经没有行为能力，失去了判断能力，只求自己能离开警局？

抱着这样想法的人群不断扩大。

这个队伍当中，也不乏很多所谓的各行杰出人士，矛头直指松山警方。

上面做冷处理，但事情闹得越来越大，只能和松山警局通话。

现在，事件闹到了上面，也已经引起了上面的重视。

“夫人。”

夫人从车子里下来，裹着自己的披肩，她一贯是雍容华贵的，活得精致，生活的态度也精致。

有人将车门打开，夫人从车上离开，然后快速消失，进了某间包厢。

夫人微微伸出手，保持了一个较低的姿态，请对方坐下。

过了很久，她亲自送那人出去，然后又连续见了几位客人，每一位都是她亲自送出门，送上车。

目送最后一位离开，夫人站在原地，席雅若从里面出来。

“妈。”

“我帮的是谁，你知道？”

席雅若点头，她很清楚。这样还不清楚的话，她就不会和徐太宇结婚，直接和前男友私奔就好了。

“我给爸爸打了电话……”

通过自己家的关系，席雅若已经把婆婆的意思传达了出去，她也认为这样的人留着总是有用。尽管外面的风声很大，不过风声这种东西要看怎么样去引导，一个好的危机公关存在的必要，就是可以将腐朽化为神奇。

对方一定认为自己聪明到了极点，但就她所见，幼稚得很，就算不提过去的事情，也有办法将明珠给洗白。

一个原本就是黑色的人都可以漂白成功，更加不要说，一个随时随地都可以去掉满身泥泞的人了。

她和明珠互不相识，或者说，她和明珠还算是情敌吧，如果一定要这样认为的话。她现在是在帮丈夫把他的旧情人救出泥坑。

席雅若扶着婆婆转身又走了进去。

有些时候，夫人不得不承认自己儿子的眼光不错。她喜欢明珠是真，但明珠比不上席雅若。生长的环境不同，一个在天一个在地，明珠无论多么努力，她也当不成席雅若，而席雅若却可以让别人忘记她那些荒唐的过去。

一个聪明的女人，总是会更招人喜欢一点的。她喜欢和聪明人对话。

至于她还能帮明珠多久，也许某一天，这个人已经不在自己的脑海里了，就算在自己的脚边出事情，她都不会多看一眼吧。不过谁知道呢，没有发生的事情，她不做猜想。

席雅若完全可以告诉父母这些令她不开心的事情，可一个字她都没有讲，相反，她的态度摆得非常正，明珠她要帮。因为大家都是女人，而且这样的女人，她已经很久没有遇上了。

她自己就属于不能自食其力的，怎么样？你不服气？

有几个女人的出身可以和她较量？她就是愿意不争气，有本事你过来打我啊！但这不妨碍她欣赏一个自食其力的女人，一个历程看起来比较牛的女人。

都是女人，女人何苦为难女人，就算是讨论，就算是烦，她应该烦徐太宇才对嘛。

男人总是风流的，总是有钱就可以被包容。嗯，她有钱，所以人们也应该包容她，尽管她道德观差了那么一点点。

席雅若点点头，如此想着。

没错，就是这样的。

老K家，老太太还在躺着，她现在是装病。已经有媒体上过门了，给她做了采访，她该说的都已经说了，接下来就等着看了，这次她就不信不能把这盘臭棋给扭正。

“外面的舆论已经起来了……”

说到底，有些时候他们都同情那些傻子，完全不需要浪费一兵一卒，就可以找到这么多人帮着喷口水，施加压力，他大哥可以不费什么劲就被放出来。只要被放出来的那天，媒体把大哥的脸放到首页上去，松山的警察就别想好了，这位女局长的位子也就坐到头了。

网上议论的帖子在持续的发热当中，甚至有人开始人肉这位年轻的女局长。虽然说这样是会被判刑的，但这个世界上总会有行为过激的人。即便你将来抓了他，他认识到这种行为过火，也会为自己辩解，他只是当时被新闻所蒙蔽了，真正犯错的人是报道错误新闻的人，他当时是好心的。

至于能带来什么影响，他不知道，他不懂法不行吗？

明珠的家庭完完全全地被扯了出来，包括丈夫陈滔滔。

陈滔滔的劣性事迹就完全不需要宣传了，这人活脱脱就是一个负面形象，现在被拿出来说事儿。

“你火了。”陶克戴拿着报纸，出现在陈滔滔的办公室，这次是真的火了。

他也是见识到媒体这张嘴了，网上骂陈滔滔的话就更加不用说了，什么难听的字眼都堆在他的头上。反正他的那些事迹吧，都不需要渲染……

帮着借债的人把担保人直接打破产了，诸如此类的。

陈滔滔有多么招一些人喜欢，就有多么招一些人恨。

这次，陈滔滔被扒得很干净。反正他不知道的，现在看了网络上的帖子，就都知道了，很精彩。

陈滔滔津津有味地看着，他都看了两个小时了。说得他的生活真是不带重样的，他自己也是看过才知道，原来他的人生是这么精彩，这么传奇。

还有他和明珠之间的……

依着这些人的说法，就不是爱情了。奸情满满？

好吧，爱什么情就什么情吧。

“你老婆现在都要被喷成一坨屎了。”

陈滔滔耸肩：“挨点骂而已，她老公什么骂没挨过？没挨过骂的人，说明还不够红，不够火。”嗯，是这样的。

“我们都不担心，你担心什么。”陈滔滔很淡定。

想砍死他的人不在少数，想弄死明珠的人估计也可以排成队，那他们没死成还活得挺好，也不知道那些恨他们入骨的人是不是天天都睡不好。

明珠要是挂了，他还能多拿到她几个月的工资，要是不幸他自己挂了，那明珠可发财了。升官发财死老公，这所有的幸事她都赶上了，比她更幸运的就没谁了。

不过，他要考虑自己挂了以后，头顶的颜色。希望她能保重身体吧，别太乱来了，或者搞一个就是丑鬼，不能帅过他。

陶克戴觉得自己不是和人在沟通，这说的是人话吗？祝你们同时挂，这样就谁都不亏了。

陈滔滔情绪良好，他爹妈看不见这新闻，他长辈看见了，估计还会认真讨论讨论他的糗事，反正不会有人当真的。

这些消息，他是下午看见的。各方都在同时等待事件的进一步发展，警方最后会不会抵抗不了群众的谴责？

明珠站在老 K 的面前，一开始他还能勉强还嘴，问问明月，想故意激怒明珠。但是这个死丫头没什么情绪，他的拳头打在了棉花上。

老 K 给了自己一个期限，如果明天他还没有被放出去，他真的坚持不了了。有些时候他觉得死是解脱，但是现在死都是奢求。

认了也不过就是谋杀而已，还可以请律师，将来案件过去，通过良好表现和其他的途径早点出来。

老 K 想到这里，就稳住自己，等到明天。他有感觉，外面的人已经快成功了。

老 K 的老婆捏着手，大家现在的情绪都比较乐观，就连老 K 的母亲都胸有成竹地在等待好消息。

没想到，只是一个晚上的时间，整个事件就来了一个大逆转，首先是网上抨击明珠的那些言论被一一反驳。

说话的人是谁，发帖的人是谁，没人清楚，但这人绝对是为了保护她。而且，这人没有提及有关老 K 和明月的任何事情。

现在，有很多群众根本不知道网上关于明珠的那些负面言论。单说明珠这人，有恨不得她去死的人，自然也有替她打抱不平的人。有些人不会上网，却愿意替明珠出这个头。

帖子的标题为：这样一个才二十九岁的女局长，是不是应该存在？

有人不信帖子的内容，但慢慢地事件发酵到有很多人站了出来，说是上中谁谁的家人，是松山谁谁的家人，将他们所知道的明局长的为人讲了讲，说这个女人是个青天。

“青天”这样的字眼一扣，自然有人反击。

罗颖琳加班了好几天，跟新闻，等待的就是这一刻，打就打有把握的仗，直接翻身。

罗颖琳的出现，是媒体对媒体的一种战争。

她也渴望新闻，但这种渴望存在底线，她渴望的是真实的，能让人看清迷雾背后真相的新闻。

有人就揪住一点扩大声势，这个女局长的问题且先不提，那就说说案子本身，抓人总需要一个解释吧？现在不能给一个说法？就因为你们是警察，想抓就抓了？这么任性？

警方不会公布任何信息，包括老 K 的那些货的问题。

事件反转得叫人看得眼花，陈滔滔觉得这上面写的人是明珠？这是包青天，和明珠没什么关系吧。

他都不敢睁眼看了，眼睛都要被刺瞎了，太失实了吧？

就说了，网络这种东西，能把一个人捧成神仙，也可以在下一秒将你打进地狱。他是一个字都不信，看看作为消遣就好，旁观者还是冷静点为好。

哎哟，这是脑残粉吗？你亲眼看见了吗？就跟着恭维，多好多好的局长，你看见了？

都说要男女平等，现在又拿性别来说事儿，说她多么不容易。他是没瞧出明珠有多不容易，相反她太容易了，这一路走的，妥妥的就是逆袭手册。

她威胁自己的时候，手一点都没软，可惜了，没人知道啊。人生啊，真是空虚寂寞冷啊。

陈滔滔觉得，这种心境也只能他自己慢慢品味了。外人都觉得明珠是个传奇，他觉得她现在的人生就是个逗号。

他光着脚丫子横在扶手上，闲闲地晃着，脚上挂着拖鞋，手里拿着鼠标，一会儿啧啧啧地皱着眉头，一会儿忍不住笑。他现在都怀疑，里面说的人是不是超人啊？

竟然说明珠被炸出去，是从二十多层楼飞出去的，然后没死。

“被炸出去的是塑料人吧？这太失实了。”

这边，明珠眼睛已经要合上了，王永强推门进来了。

他刚吃了饭，出去抽了一根烟。就这么几天的时间里，他几乎把一辈子的烟都抽光了，他现在算是明白了，为什么警察里有这么多抽烟的。

王永强说：“你先出去吃个饭吧。”

明珠的手托着额头，脑子里面装了什么，她现在都不清楚了。

“我出去一趟，吹吹风。”

说着，明珠就站起来，拉开门走出审讯室。她靠着墙站了一会儿，然后蹲在地上就睡着了，就连门开了都不知道。

有人进去替王永强，他就出来了。王永强原本想出来抽根烟的，实在有些挺不住。他现在就觉得自己当初选择当警察，是个非常错误的决定。

要是能料到有今天，那时候他应该多考虑两秒钟的。

然后，他挨着明珠，靠墙坐着也睡着了。

两个大头现在就在走廊上排排睡，走过路过的警察都会放轻脚步。

这个时候，无论是什么样的原因，你身为松山警局的一名成员，看见这样的一幕，闪过心头的是什么？

是敬佩与骄傲。

我就是警察，我们是警察，我们追求真相。

没人要求他们必须这样熬，他们可以回到办公室里，舒舒服服地躺下，尽管不如家中舒服。但事情到了这个地步，做样子也是要做全的，等问出来了，他们依旧可以将功劳贴在自己的身上。

可局长都是这样式儿的，说出去有人信吗？地上的那俩货，就是我们松山的大头和二头。像吗？

反正谁经过，此刻都是抱着一种心情，很复杂的心情，就像是在火葬场里看见了躺在中间的人，心里没有其他的杂念。

就这样，两个人被下属集体狠狠敬佩了一把。

小猫就觉得，明珠活得是多么粗糙啊，什么样的男人才能和你一起生活？当你老公真是不易。

他现在多少也能理解点陈滔滔了，如果自己是陈滔滔，估计会更加变态。这都是没准的事儿。

洛洛看见网上那些东西了，就过来看看。她没想见明珠，也知道她这个时候没时间来见自己，不过来探望探望小猫也是可以的。

聊起来过去，洛洛就说周格安被调到松山来了。

小猫还真不知道这个消息，问："他现在人在松山？"

洛洛点点头，说："是不久之前的事情。"

老周离开她也能理解，照她的说法，那就是上中太过于人才济济，每个岗位前面都堆满了人，但是松山这地方呢，瞧着是不好，但升职机会巨大啊，靠真本事你就能上来。

好地儿，洛洛都想过来，可惜她靠自己的能力，估计是过不来了，唉！

这是我们上中走出去的人，提起明珠来，你现在问问看，知名度还是挺高的。

"知名度？你指的是什么？靠着墙根蹲在地上睡觉的那个人？"

现在睡得自己是谁都要忘记的那个货?

明珠在洛洛的心里，形象是这样式儿的，是自由女神像，你说这是什么就是什么。但是明珠在小猫的心目当中，现在是这样式儿的，就是黄渤塑造的电影《斗牛》中牛二的形象，一身破棉衣，双手插在袖子里，一嘴的黑牙，然后微笑着……

"呃，这是黑土地养出来的女人啊。"小猫总结道。

推门出来的人看见门口的那两人，摇摇头。

陈滔滔开着车来松山的，手里提着几个袋子，要请大家吃点东西。他还请别人出来帮他提一些上来，一个人提不动，东西太多了。

"警姐夫来了。"洛洛叫着。

陈滔滔瞧着洛洛，说："这个少女长得真是漂亮，一看就是命格超好的那种。我要说得不准，你将来找我。"

洛洛被陈滔滔给夸得都有点脸红了，这说的是自己吗?

小猫在一旁翻着白眼，做着无语状。一丘之貉，说的就是眼前的这两个人。

陈滔滔今天真是大出血啊，买这些东西，花了不少钱呢。不过不要紧，他图的就是一个爽字。

"要见明局吗？"

陈滔滔摆手，见她干什么？那个老女人。眼前不是有个年轻的，这样的多赏心悦目，多看几眼，自己都能美化眼球，心情都跟着飞了起来。

"不见。"

洛洛要回去，陈滔滔表示顺路，可以送她。

这事儿不了解的人呢，也许会多想。但是了解的人，比如洛洛自己，她很清楚，陈滔滔的反常行为是因为什么——那声“姐夫”。

陈滔滔将洛洛送到地方，推开车门，看着她下车。

“以后有事儿找姐夫，打官司姐夫给你打折。”

闻言，洛洛脚下一滑，差点没摔在地上起不来，这个不能有。她和谁打官司啊？这人还盼着她打官司。

陈滔滔又摇了摇自己的手，就开车走了。

小猫拎着盒子上楼，酷酷地站在明珠的身前。他小明珠好几岁呢，也不至于恋上一个比自己年纪大的人，纯粹是现在各种想冷着脸给明珠看。冷脸代表的不见得就是反感，有些时候也是一种喜欢的情绪，干净纯粹的喜欢。

他在考虑要是自己的脚踩在她腿上，能让这人醒醒吗？

这是什么声音？小猫竖起来耳朵，那就是属于猫的耳朵。

此刻折耳猫的脸出现在明珠的前方，他可以玩特技，不眨眼地瞪着大眼睛看着眼前的人，永远都是那副冷酷的小脸，仿佛自己眼前的就是铲屎官。

好想一脚踩下去啊。

不知道是他的碎碎念起了作用，还是明珠睡不踏实，她睁开眼睛，问：“……你这么深情地看着我干什么？”

小猫眼球向上，她从哪里看出来这是深情的眼神？

“你老公送来的。”

明珠有些发愣，实在是她现在脑子昏昏沉沉的，就问：“我哪个老公？”

“请问你有几个老公？”

明珠笑笑。

“局长，电话……”

来人这么一喊，王永强也就醒了，醒了就继续吧。

为什么他们两个人都不离开，守在这里？

因为谁来了，只要他们不发话，这人就领不走。如果他们不在，可能出现的问题就多了，到时候再去追究……

这也是一劳永逸嘛。

明珠活动活动自己的腰，抓着盒子里的鸭舌咬着。就是这个味儿，她怎么就觉得那么提神呢？

王永强觉得看了明珠，他对女人的幻想都破灭掉了。如果女人都活成这样的话，那他还是孤单到老，就当个剩男吧。

“你吃得干净点行吗？”

明珠咬着鸭舌，瞪着眼睛，眼睛里现在都有点混浊了：“我哪里吃得不干净了？”

王永强看着她手套都没戴就这样吃了，叹口气：“我觉得你能嫁出去，真是不易。”

小猫也从盒子里抓出来一块，扔进嘴里，就是这个味儿，嗯。

跟明珠工作久了，永远不缺鸭脖、鸭舌、鸭翅吃，他不知道是这些东西便宜，还是有什么说道，局长大人的老公似乎就喜欢买这些东西来献殷勤。

“谢谢你，我嫁得还是挺容易的。”

王永强开始催她：“吃好了就进来吧。再问不出来，我们就可以站出去负责了，等着接盒饭吧。”

王永强进去以后，明珠又吃了几口，才依依不舍地扔开，味道真是提神啊。

陈滔滔开着车回家，工作结束后就上床睡觉了。他现在可以很安然地入睡，可能是作息正常了吧，离开了明珠，依旧睡得很好，一个梦都没有。

他翻滚着，将身上的被子都扔了出去，自己的手向旁边划拉着。

划拉了半天，好像没摸到什么，然后继续睡，大腿将另外的一半床都占据。

自己睡一个床的感觉……

爽！说不出来的爽。

王永强困得直点头，老K的眼睛都变了，他想着一定要挺到明天一早，但是现在不行了。

“我交代……”

“录口供。”明珠推推王永强。

松山警局上下顿时人心振奋，交代了，终于交代了！

这一夜的成果真是令人激动，这段时间以来做的事情终于顺理成章了。

老K承认杀了人，但他是意外失手。他要见见自己的律师，现在交代了，警察总不能拦着他了吧？

明珠看着里面，冷笑着，他想进去几年，然后出来？

紧接着，警方立刻对外公布，嫌疑人承认谋杀。

老K的家人第二天一早打算去警局接人，就被迎面砸过来的消息砸得满头是包。就差一个晚上，他到底怎么想的？这么多天都挨了过来，最后的一个阶段，怎么没有挺下去？就差这一小步。还是，警察动用了什么手段？

她们现在不服，要见儿子和丈夫，她们的儿子和丈夫是不是还活着？

警方公布了消息，然后回归到走通稿的流程。你问什么，我就是这样回答，其余的不方便透露，详细的经过以后会对外公布的，等吧。

明珠回了办公室，躺在沙发上，就盖着自己的衣服大睡特睡。

王永强也回了自己的办公室，但他这人还是在乎一定的形式的，别人问，他自然要回答，“没什么辛苦的”“这是我们应该做的”诸如此类的。但他心里其实此刻很想骂脏话，因为他困死了，他想马上倒在地上。

谁能来救救他？

参与破案的警察也都睡得东倒西歪的。那些查监控录像的，查得眼睛都成蚊香眼了，看了这么多的监控录像，看数字都带重影的。

第十七章　最佳婆婆

“王局，里面就这样放任不管？”

其他的人就算了，老 K 在上中所结交的那些人，这样对待真的可以?

王永强的手指点着桌子，他抽了几根烟，不是因为烦躁，他也不会抽烟，已经审了三天，老 K 就是不撤口。现在外面有人承认杀人，警察虽然怀疑是老 K 做的，但罪名现在按不死他。

“王局……”

王永强摆手，他要下去吃饭了。

后面的人觉得无语，吃饭这么着急吗?

王永强打了饭菜，思考着。

三天了，已经审了三天，明珠审的。他是继续给明珠时间，还是应该就此打住呢?

外面现在的动静已经有了，总是这么审下去也不是办法。

其实，有些时候想起来，他也觉得挺讽刺的，对于没有本事的人，人关在里面，外界不公布，你们又能怎么样呢？里面到底是个什么情形你也不清楚，但一旦有了背景，对里面做事情的人，就算是已经握住了一点线索，却不能直接按死。

“王局，上面的电话，说找你……”

有人跑了进来，找王永强去接电话，说是那边来电话，显然已经捅上去了。

“你就说找不到我。”

对方差点趴在地上，王局这是打算和明局抱成一团了?

最后，王永强依旧去接了那通电话。明珠现在不直接面对压力，她人在里面，留在外面的王永强就是冲锋陷阵的，各种电话找他。

接通电话以后，他将听筒拿开一点距离。

“……你听见了没有？”

“……这个人，我们现在不能放。”

对方又问了更为私密的问题：“到底上没上手段？”手段这词儿，可解释的范围还可以扩大，再扩大一点。

“没有。”他眼睛眨都不眨地选择撒谎。

人在我们这里扣着呢，外界根本接触不到，你不相信我说的话，我也没有办法，有本事你来打我呀。

王永强现在玩的就是这副腔调。

“王永强……”

审讯室里，明珠抓着灯照着老 K 的脸，说：“你也挺有本事的。”

老 K 已经三天三夜都没有合过眼了，警方不允许他合眼。

明珠穿着衬衫，小猫一直敲着键盘，他穿的也不多，里面的温度实在高得离谱。

“……你让我说什么？”

“那天晚上十点到十二点之间，你去了哪里？”

老 K 的脑子现在已经有些混乱了，勉强还能撑下去，闭紧嘴巴不回答，你们能奈我何？

他就希望外面的人能长点脑子，这已经三天了，还没有想到办法将他弄出去吗？

谢璐在外面紧急联系着能帮得上忙的人，通过老 K 的妻子和母亲，找到了传说当中能帮上忙的人。于是，上面开始施压。并且，第四天，那人就出现在了松山。

打电话，你们不肯办，那我亲自来呢？

不对口的领导，他们一定不会找，人已经关起来四天了。

老 K 的妻子撒了很多钱，钱这个东西有命就能赚到，现在最主要的是把丈夫从里面给拽出来，所以她砸起钱来也是毫不手软。

某正对口的领导两天前母亲过世，领导只是家里人简单地办了办。这种时候，他也不敢大办。老 K 的妻子却不知道哪里得到的消息，马上甩了个大手笔。

“王永强呢？”

“王局现在人不在……”

“给他打电话。”

“……没人接……”

“明珠呢？”

闻言，小猫抬起头。他眼睛都要睁不开了，眼睛现在都是涩的，卡着眼球，他觉得自己都要崩溃了。

“有人找。”

明珠套上自己的外套，带上门。

“……人不能放。”

领导就说：“这件事情，人家都已经反映到我的头上了，有证据，你就直接办了，没有证据，外面有人承认谋杀，你却扣着这个人不放，算怎么回事？现在外面的人不知道里面人的生死，说警察动私刑。”

“这种事情宜心照不宣。”

“明珠啊，我知道你个人非常想抓住他……”但是方式是不对的。

“这都已经四天了，你还想关他多久？是不是想所有的人都知道？到时候松山这块可就出名了……”出了名，要承受的压力，就可想而知了，你明珠是不是能承受得住？

明珠淡淡地说：“我有办法让他张嘴。”

领导的手指敲着桌子，质问她：“你现在到底想做什么？明珠，没有证据你就必须放人……”

她刚送领导出门，王永强就出现了，和明珠往回走。他看着明珠，寻思，她这是扛住还是没扛住呢？

“放人？”

“不放。”

“上面追究起来呢？”

“责任我负一部分，你负一部分。”

王永强：“……”她还真敢说。

“我觉得我的前途都交待在你手上了。”王永强幽幽地看着天空，这辈子我估计是没有办法结婚了，有心理障碍了。

“没有我，你混得也不见得比现在好，真话总是伤人的。”明珠拍拍他的肩膀。

“赶紧回家洗个澡吧，你这头发的味儿……”王永强一脸的嫌弃。

噩梦，明珠就是他的噩梦。

“我娶不到老婆，都是因为受你影响。”

明珠冷笑：“那我没当警察的时候，你年纪也不小了，也是受我影响？”

王永强无语了。

“快走吧。”

“六哥，我们过来看看你。”

“看我？我有什么好看的？”陈滔滔纳闷，突然来瞧他，这是为了什么？

家里的大排行，陈滔滔排第六，他下面还有几个。

人说路过，过来看看陈滔滔，陈滔滔嘴上说着不用来，但还是叫人去把人接了回来。

他这个堂弟，混得不错，他们长得多少有些相似。他进门对着陈滔滔就是一个热情的拥抱，他这人一直都是走热情路线，看见谁都是这样的。反观站在他一边的弟妹，瞧着脸色不是多好。

“程芳看着脸色不是很好，坐车累了？”陈滔滔指指里面，累的话他这里有休息的地方，或者送她去酒店休息休息。

堂弟是自己人，给不给面子都无所谓，弟妹就不同了，这是客人。

程芳连忙摆摆手，眼眶下方有些发青，在眼角的位置，明显是哭过了。

陈滔滔拧着眉头，带着老婆来看他，完了惹自己老婆哭？

虽然程芳人就在这里，他也不方便问。

“我不累……”

“她累什么，就是闲的。”陈贺贺回头对着程芳就是一记眼刀子。

陈滔滔只当作自己什么都没看见，叫助理送程芳去酒店。

等程芳前脚一走，陈滔滔脸上的那点客套也就没剩多少了。他和家里人不亲，和上面的长辈也不亲，但和这个堂弟的关系还算是不错，小时候能玩在一起。

“……哥，你得帮我……”

堂弟这次来，自然是有事情要求陈滔滔的，这事儿陈滔滔也能帮上忙，就是一句话的事儿。

他紧挨着陈滔滔，弯着半截的腰，一脸的笑嘻嘻：“我俩一起玩到大的，你不能不管我。”

“程芳怎么回事儿？”

陈贺贺装傻：“怎么了？她找不痛快。”

陈滔滔冷笑着，找不痛快？就凭程芳的性子？

依着他看，就是程芳对陈贺贺太好了，好过头了。

把陈贺贺夫妻俩安顿好，陈滔滔掐着时间回了家一趟，寻摸着明珠应该要回来了。报纸现在该报道的也都报道过了，网上的新闻也换了新的，反正大众有操不完的心，离了这一件，还有其他的。

回了家，他推开门，果不其然明珠家里呢，好像刚刚洗完澡。

“头发吹干跟我去一个地方，我堂弟夫妻俩过来了。”

明珠点头，去就去吧。

“你几天没洗澡了？”陈滔滔脱了外套，准备换一身衣服，屋子里的味道闻着有点不对。

“记不清了，五六天吧，怎么了？”

“你活得还真是糙。”陈滔滔撇嘴。

“你活得细致不就好了。”明珠答。

她吹干头发换了衣服，陈滔滔踩着拖鞋从衣帽间出来：“你等等……”

他拎着两条裙子在明珠的面前比了比，上下打量着然后扔给她，又转身进去，找了一条差不多可以搭配的项链，点点头，很满意自己的杰作。

“好了。”

明珠淡淡地瞄了他一眼。

酒店里，两个男人在客厅里聊天呢，偶尔会有嘻嘻哈哈的笑声，都是陈贺贺发出来的，这样的男人是真的健谈。明珠和程芳之间就显得有些拘束了，程芳对明珠明摆着就是恭维。

明珠的手指贴着脸，试着叫自己别睡着，否则未免太不礼貌了。都是该死的陈滔滔，他不知道自己刚刚回家吗？她现在就想睡个好觉，他绝对是故意的。

眼睛不由自主地就想合上，想睡觉想睡觉。

“嫂子，你如果困了，就休息一会儿吧。”程芳站起身，此外她也不知道该说什么。

明珠看样子挺累的，而且她听说人家是当警察的，才破了案。她也不了解警察这个行业，总之，累了尽管休息，可以不用管她的。

“没事儿，你坐吧。”

明珠太老爷似的半靠在椅子里，她现在坐不直，都挺不直腰板了。

看着程芳这样战战兢兢的，她也没有表示得更加亲切一点。事实上，她确实挺累的，现在敷衍都觉得难了。按照她以前的个性，这种情况下她根本就不会出现在这里，而是躺在家里的床上睡觉。

没办法，谁让她欠了陈滔滔一次。

“我看你们破的这个案子了……”程芳努力找共同话题。

明珠动动唇，脑子里的瞌睡虫不停地想要找她玩，眼皮实在撑不住了。

“抱歉，我好几天没闭眼睛了，我先躺会儿，让他们聊吧……”

程芳连忙点头。

陈贺贺过来打算和嫂子拍一张照片，见明珠睡了，歪在椅子里，就瞪程芳，怎么就一点眼力劲儿都没有呢？嫂子累成这样，你就坐着围观呢？

“我要你能干什么用？你眼睛是瞎的啊？”

闻言，程芳的眼泪都要掉出来了。

陈贺贺这样大的动静，明珠也根本不可能一点知觉都没有，她努力睁开自己的眼皮子。

没看出来，陈滔滔的家里还有这样的人物。

“给嫂子拿被子和枕头去,这样睡万一感冒了呢？屋子里吹着空调,脖子空着能舒服吗？”

这话呢，按道理来说不算错，陈贺贺这等于是轻拍着明珠的小马屁，想事情是挺周全的，就是他对老婆的这个态度吧……

“滔滔，把被子和枕头给我送过来。”明珠对着里面喊。

陈贺贺挑挑眼睛，叫老六送被子？送枕头？

他打算看热闹。

“来了。”说着，陈滔滔拎着一床被子和枕头就给送了过来，走到明珠躺的地方，将枕头给摆好，被子盖好。

“你们还没盖过是吧？她这几天一直审人来着，没休息好，回家就让我给带出来了。”

程芳说：“没盖过。”

明珠躺下，说：“我借你地方睡一下，实在太困了。”

陈贺贺又批评他媳妇儿：“嫂子要睡觉，你还站在这里做什么？”不会走开啊？木头人一样的，越看越烦。

“陈滔滔，这枕头这么高，我脖子有毛病，你不清楚吗？”明珠斜眼看着陈滔滔。

陈滔滔张张嘴，小声地辩解：“可是酒店里没有其他的枕头啊……”

“不会想办法？”

“想什么办法？”

“你知道我这几天没好好休息过吗？你连个外人都不如，你说想什么办法？”

程芳说：“用被子卷一下垫上。”说着，她就上手帮忙。

陈贺贺的脸上表情有些不太好看，这是他哥，这叫亲哥，是他亲六哥，你是嫂子怎么了？在这里耀武扬威的，你对谁呢？

还有，老六这是干什么啊？一个大耳刮子抽死她。长成这样，你还有理了是吧？

因为情绪不好，鼻子有点歪，陈贺贺看明珠的眼神都变了，明明白白地告诉着明珠，我瞧着你不爽。

陈滔滔知道躺着的那个人的想法，陈贺贺这么对程芳，她看不惯。还有明珠这个所谓的外人在呢，就是啪啪啪地打陈贺贺的脸。

陈贺贺扯着自己的衬衫扣子，咣当一脚踹上了门，盯着陈滔滔："我说，你这也是够出息的了！就听说你结婚了，没听说你娶了一个出身了不起的女人啊，她家里什么状况啊？"

最好能说出来就吓死他，不然牛什么啊？

陈滔滔忍住笑，说："无父无母，下面有两个妹妹，就这么一个人。"

陈贺贺呸了一声，鄙夷道："你是找不到女人还是怎么样？还是她威胁你？你告诉我，我来修理她。不然你为了什么？看看她那张脸……"

陈滔滔的脸骤然沉了下来，陈贺贺这样的人精就不会看不出来，明珠骑在陈滔滔的头上，一个弄不好他六哥这还高兴着呢，觉得骑得好骑得妙，人家这就是贱的。

惹陈滔滔他是不敢，一方面他哥罩着他，另外一方面他怕这个鬼子六。

在陈滔滔的三观里，就没有什么是不可以做的，包括打比自己小的人，比如他。小时候两人干架陈滔滔总削他，完了回头他爸妈还都说是他错了。自己能长这么大，他也觉得是奇迹了。

"我是觉得还没程芳好看呢。"

"你既然觉得程芳好看，总是对她吆五喝六的做什么？"

这是老婆，不是奴才。

陈贺贺的脾气就是这样，对老婆就是呼来喝去的。你说不爱，那不是，不爱结什么婚？他就是这张嘴，不高兴什么都突突，说完了伤了谁的心，他也不会放在心上，别人要是伤他一句试试看。可能老陈家的男人心眼都小，嘴都有点损，个性都普遍糟糕。

"觉得她笨。"陈贺贺嘟囔了一句。

"你精明，精明干出来这种事儿？"

陈贺贺摊摊手，和"鬼子六"他还是什么都别说了，你把我骂成孙子，我也得捧着你，省得你真削我啊。

"我们家可没出过缺大德的人，程芳挺好一姑娘跟了你，就是老婆。"陈滔滔用话去点陈贺贺。

然后，他把话题一转，陈贺贺说的事不算是个事儿，他动动嘴的工夫就能办，老九这人太过于滑头，他真是怕他在外面胡来，男人有钱就变坏，能不能把握住自己，他还真说不好，对着程芳的这个劲倒是像外面有人了。

"我知道，还用你告诉我这个？我平时挺疼她的……你是我亲哥，外面躺着的那个，我给她当孙子都行。不就是折腾我哥吗，下次我就只当眼睛是瞎的，如果她折腾你一个嫌不够，那再加上我。"

陈滔滔瞪他，轻声缓语："你嫂子还轮不到你来说。"

闻言，陈贺贺飞快地道："是，是我多嘴，该打。"说着就自打嘴巴三下。

等明珠睡醒了，他们就要出门去用餐。陈贺贺不吃酒店里的东西，要去吃大排档，撸串就啤酒才过瘾，酒店里有什么好吃的？

“大排档的肉不新鲜，都不知道是什么肉做的……”程芳就劝丈夫找个好点的地方，再说嫂子和哥也一起吃，第一次请嫂子吃饭，怎么能去大排档呢？

陈贺贺刚要发飙，不过对上自己嫂子的视线，他硬是挤出来一抹笑：“我没拿嫂子当外人，才要去大排档的。就我这身份，我吃大排档也绝对是失忆的王子在寻找记忆。”

坐在路边，就是一个言情偶像剧的开始。

不过讲真的，他这个嫂子怎么看都有点女权呢？千万别说不是，他一眼就看出来了，这女的鬼子六弄不过的。

看着鬼子六在他们面前挺牛的，但在爱情这门学科上，他幼儿园还没毕业呢。就单说能把媳妇儿惯成这样，在自己堂弟面前说翻脸就翻脸，说给谁听什么的不重要，这是打你脸啊。换程芳做一个试试看，他会把房顶都给掀了。

“你还是拿我当外人吧。”明珠说。

陈贺贺继续笑，真是不给面子啊，算了，扯下来脸皮自己吃了，吃啥补啥。

程芳和明珠走在前面，程芳属于小鸟依人的那种，温柔得都能拧出来水，这是个百分百的女人。明珠欣赏，但是学不来，她学的话，那就是四不像了，东施效颦。

后面陈贺贺的声音，听起来有些不甘心。

“……不能这样吧，我也没出轨，出去应酬什么的，这不是正常的嘛……”

他的生活干净得很，别看他对老婆这样，他对老婆可是忠贞得很，就是嘴上耍狠。应酬是应酬，不可能不沾女人，但外面是外面，出了那道门他立即就知道自己是谁。

“你娶老婆了，要么就别做，别应酬。”

谁规定的应酬就必须有女人陪？没有女人坐在一边，就不能应酬了？

陈贺贺心里想着，到底是哪个该死的和鬼子六说的？不然陈滔滔也不生活在他的城市，怎么对他的生活这么清楚？还是程芳和老六诉苦了？这女人就是皮紧。

“你不了解外面的行情，我做的这行和你们那行不一样……”

“你是军人是吧？”陈滔滔问他。

陈贺贺点头：“我是军人怎么了？问这白痴问题，你是不知道还是怎么的？”

“不是兵哥哥的形象都挺好的吗，就好成你这样了？”

陈贺贺噤声了。

也不知道什么时候开始的，军人就突然被捧到了一个高度上面来。他也是实话实说，这行和其他的行业都是一样的，好人那肯定是有的，正直的人也很多，不好的也是五五开的，他也知道有家还去撩妹的……

算了，不说了，一说就说多。至少他觉得自己就挺好的，新好男人的代表之一。

“现在的妹子们都有个崇拜梦，我就是那个英雄。”

但是军嫂也不是那么好当就是了，他家程芳别的不说，你看训斥是训斥，但和那些娇娇女比较起来，完全就不是一个级别的。她看着好像挺弱的，实在能扛起天来，也不见得就比嫂子差到哪里去了。

吃饭的工夫，陈贺贺就问明珠，平时是不是她下厨。

“我不会做饭。”明珠倒是回答得嘎嘣脆。

陈贺贺的筷子一顿，瞄瞄陈滔滔，这人才你从什么地方发掘出来的？合着饭都是你做？你原来这么男人？

他怎么记得陈滔滔就连烧水都不会呢？难道是自己记错了？

不可能啊，陈滔滔这个废物点心，从小这些东西都是不碰的，小时候他还经常跑陈滔滔家给他做饭呢，觉得他特可怜嘛。原来他会啊，都是装出来的不会？

“我哥肯定不会，他小时候被热水烫过，打那以后就很少进厨房。”

陈滔滔喝着啤酒，也不说话，笑呵呵地坐着，好像是在听别人的故事。

“学了就会了，他现在做得可好了。”

陈贺贺无语了。

“女人不会做饭也不算是什么缺点，男女平等，谁规定饭就要女人来做了？”程芳是怕明珠尴尬，赶紧帮着明珠找台阶下。

陈贺贺看了一眼程芳，程芳的头又低了下去。

明珠就讨厌陈贺贺这样的，没有原因，就是讨厌。

“你和我哥是怎么认识的？”

“我给你哥跪下了，就这么认识的。”

陈贺贺：“……”

心里对着陈滔滔比着拇指，原来更牛的人坐在这里呢！他虽然吼程芳，可没让程芳下跪过，他不动女人不打女人的，这点底线他还是有的。果然是鬼子六。

“我不也还你了？”陈滔滔看明珠。

“什么时候还的？我怎么不记得？”

陈滔滔保持沉默，是没还回去，但下跪这种事情，他陈滔滔不做，天塌下来他也做不了。

感情归感情，但感情不代表下跪这一项。

至于明珠当初的那个事情，那是她的选择，他的选择是绝口不提。

陈贺贺见气氛有些尴尬，赶紧岔开话题。这个他拿手，左一句右一句的。

金晨换了工作，过去的同学因为毕业太久也没有联系过，加上他后来转过学，这同学算起来都有好几拨了，只有大学的几个同学偶尔会聚一聚。所以，网上闹出来当年明月的案件时，没有人会想到这个明月是金晨的老婆。

本地的论坛上，后半夜不知道为什么突然就杀出来这个帖子，写得很详细，包括过去那件事的一些细节，以及当时法院的审判结果，再次把姚可可给牵扯了出来，还有明月念书的学校、班级等等。

帖子因为是半夜发出来的，到了早上传播得就比较广了。

金晨家里的亲戚很多都是上中人，现在依旧住在上中，从没有离开过上中这片土地。

虽然他们上了年纪不玩电脑，但总有玩的吧？还有家里的孩子玩呢。

金晨他三姨早上全家吃饭，孩子就突然冒出来一句："金晨的老婆叫什么？"

三姨一愣，当初金晨结婚她也挺不理解的，你说家里就他这么一个孩子，这婚结得不声不响，说是出去旅游结婚，家里都没宴客。宴客不仅仅是为了热闹为了收礼金，更是为了联系一家人的感情好不好？那孩子有主意，就要这样干，结了婚也没带老婆回上中，她心里是挑理的，不过她不能说，一个三姨而已，人家亲爸亲妈都还没说什么。

"明月。"

三姨的女儿眼神暗了暗，这事儿说起来太巧了。

"妈，金晨念的中学是哪里来着？"

她没记错的话，就是那所学校，那个班级。因为平时亲戚之间都走动，她更是去接过金晨，去学校找过他，他念哪里自己能不清楚？

三姨就觉得女儿不停地问很烦，问来问去的，她到底要干什么？

"看看吧……"说着，三姨的女儿把电脑转了过来。

她爸倒是看了两眼，她妈不想看，觉得浪费力气。

"又看什么新闻了？整天就知道看这些没用的。"

"是不是没用的，你先看了再说。"

金晨的三姨夫开口："关了吧。"

他看了一个大概，这样的事情就没必要看下去，当成巧合就是了。

"关了？金晨这个傻小子，他现在被人骗啊，他那是什么老婆？现在被帖子扒的，谁不知道这人，就连这人的姐姐、爸爸、继母都被扒了出来……"再以后，可能就是他们。

"和金晨有什么关系？"三姨夫沉下脸，是真的生气了，觉得女儿不懂事。

三姨夫的意思，就只当作什么都没看见。可三姨看见了，就绝对不会敷衍过去，金晨是她外甥，亲外甥。

看完之后，她觉得不可思议，同情不同情的先摆在一边，这结婚之前，那明月说过没有？

她赶紧去找电话。

"你这是干什么？"三姨夫连忙拉三姨的手。

"这是隐瞒，你懂不懂？"

三姨到底还是打了电话过去，金晨他妈一开始没信，说是喊明月，但户口上是叫张月。

"姓张的，怎么会叫明月，这也不可能是小名。她姐姐姓明，她曾经是不是姓过明？"

"姐，你这是怎么了？"

"还怎么了，你家金晨啊，我都不知道说他什么了，看着挺精挺精的。我把网址发给你，你自己看吧……"

这样的媳妇就不能要，得赶紧离了。

金晨妈妈觉得自己姐姐这是有病，打开手机，然后上网。她这不是跟明月天天学嘛，现在学得七七八八的。紧接着，她就把她姐发来的截图点大再看，越看脸色越白，慢慢地一点血色就都没了。

当时事情闹得特别大，据说电视台都出动了，学校一下出名了，就连班主任老师都受到了牵连。因为当年那件事，他们才给金晨转学的，班主任老师是可怜，但觉得这老师一点作用没起，所以给孩子换了一个更好的学校，图心安。

当初金晨说要结婚，她也以为就是普通的恋爱结婚，现在回头来看，他知不知道这事?

“你看见没？你家金晨对你说没说过啊？这个事情可不是小事儿啊，金晨到底是怎么回事儿？他是知道还是不知道啊？明月和你们说没说过啊？这人到底是不是她？这上面写的这么清楚，如果她没说，这是什么性质？”

这丫头就坚决不能要，人品有问题，道德观也不正。

金晨他妈傻坐在沙发里，身上觉得冷，但脑子里想了很多，最后浮上心头的是，这件事情就算真的是发生在明月的身上，怪明月吗?

或者说，她现在根本就不用去猜想，是明月的可能性非常大，就是她儿媳妇，她该是一种什么样的反应?

等等。前阵子有警察来找过他们，警察想问的人是明月吗？怀疑明月杀了人吗?

金晨妈就说自己现在头很疼，要挂电话。

“我说你现在不能这么糊涂啊，论坛上都曝出来了，虽然没明写她姐就是那个女局长，但是现在谁不知道？你可别犯傻……”

“你说的犯傻是什么？我现在应该让他们离婚吗？”

“不离婚，你留着她做什么？”

“姐……如果这样的事情发生在我们的身上，你会怎么做？”

三姨想，自然是大事化小小事化了，能捂住就捂住，到这里停了。不是她们的错，遇上坏人了，还能怎么办?

“……所以呢，你就是不打算让他们离婚？这上面说……”

金晨妈妈在沙发上坐了一天，她脑子是越来越清楚，叫儿子离婚？她做不到。不是因为明月条件好，也不是她贪图明月什么。没有这件事情之前，她和明月相处得就像是亲母女，她说把明月当成亲女儿疼也是真的，更何况这事不怪那孩子。

只是，金晨的想法，她要确认才行。

金晨他妈拿着包，去了儿子的公司楼下。

这孩子心里藏事儿啊，难怪之前非要跳槽，原公司不待了，是不是有人威胁他们了?

“妈妈在楼下呢，你能给我几分钟吗？”

金晨这孩子有些时候也好玩，对着自己妈也会偶尔爱搭不理，问的问题多了，他会觉得烦。

今天母子俩站在江边，金晨他妈问儿子：“你知道不知道？如果不知道的话，现在要怎么办？”

“这件事情也不怪她……”金晨保持沉默，他比他妈高出来一个头，看着江水。

他知道，很早就知道，有些事情知道得不是那么清楚，但该知道的都知道了。

“……明月是真的不记得你了，还是她装的？”

对这一点她抱着迟疑的态度，一个班的同学竟然认不出来?

金晨说："那时候她从来不和男生玩，女生都没几个交好的，除了学习就是学习，是脑子里只有学习的那种女孩子，何况我现在和过去也多多少少有点变化。既然打算结婚，那个时候我就没打算捅开。我后来不是转学了嘛，明月不知道那就不知道吧。她大姐二姐怀疑过，我也圆过去了。

"我觉得我们挺合适的，兜兜转转的，又遇上了，不再是小孩子，感情也成熟，我能为自己的选择负责。就算现在说有人知道了，我也不打算追究。

"我们以后就住在这里了，可能会辛苦爸妈一些。"

"妈知道了。"

然后，金晨妈妈买了菜回家，晚上做了一桌子的菜。

她和老伴说了，以后不回上中，上中的房子要卖掉，就跟着儿子和儿媳妇，给他们当保姆，希望明月别嫌弃他们。卖掉上中的房子在这里租房，估计未来七八年内应该不成问题。等以后，看看金晨有没有能力，有能力的话，再给他们买个小的，不行的话，就一直租房。

金晨他爸就有点不愿意，上中有房子非要卖了，然后来这里租房，这是什么套路？别说租房，就是这里有房子，他都不愿意来，毕竟自己的亲戚都在上中。人不都讲究叶落归根吗，这怎么还反过来了？

"你待你就待，你不待你就走。"

桌子上气氛特别尴尬。

明月就说："我拿出钱来给爸妈买套房。"

她老早就有这想法，但是怕爸妈多想。她婆婆这人的想法她知道，是怕占她便宜，但结婚过日子就不能这样，我的是我们的，你的也是我们的。

"好孩子，妈没白疼你……"

她不在乎买不买房，她就在乎明月这话，这姑娘是好。为了这句话，多大的委屈她也都咽下去，笑一笑，就是过眼云烟。

金晨家捂住了，不打算追究。不管是什么亲戚，人家婆婆、丈夫都不追究，外人凭什么去管？

三姨家也就跟着消停了，自己知道就知道，不可能往外讲。

明月这个儿媳妇，做得肯定到位，但是她婆婆做得更加到位。因为性子的关系，她婆婆很爽快，想笑就大声笑，想哭就痛痛快快地哭，有话就说，绝对不闷在心里，她怎么想的就怎么和明月说。她疼金晨，也疼明月。当然，明月能疼一疼她，她更加感激。

明月根本从头到尾都不知道这个事情。

明珠知道的时候，网站已经被黑了，是谁做的她能不清楚吗？

这就是打算咬死明月了，明珠觉得背有些发凉，她怕什么就来什么。冲着她来，什么阴招她都不怕，可明月那边经受不起一点风波，偏偏就冲着明月去了，就偏偏是明月。

她真是恨不得活剐了老 K。

明珠的气压很低，搞得同事们也不明白怎么回事。人都抓到了，虽然不是想要的罪名，但至少现在他不能出来。剩下的慢慢查，早晚都能查得到，人不可能走运一辈子。

这就是好兆头。

陈滔滔和人保持通话，对方说自己的技术是真的不错，现在任何人想查都查不到的，完全点不开。

这事儿他比明珠知道得早，问他为什么，他有自己的渠道，不过行动还是晚了一步，这得怪自己大意了。

陈滔滔删除通话记录，又将手里的卡换上，开车回家。

明珠和明兰通话，现在她们通话的次数多了起来，但还是要小心。

明兰是冲动，但这在个事情上面她冲动不起来。可能是她们俩把所有人想得都不是那么好，问是不能问的，但有没有别人看见？

金晨那小子，看起来就精。

“我担心什么呢？就怕我们家老三斗不过他，原本她就觉得有点对不起他，以后都顺着他……”这就完了。

说她自私也好，什么都好，她是明月的亲人，不是金晨的亲人。

这才过了多久？

金晨的反应让她们松一口气的同时又提了一口气，害人之心不可有，防人之心不可无啊。

明兰担心的比明珠要多得多，明月这个情况，金晨知道多少？她不是想让明月瞒着，但明月现在就是一座金矿啊，自己要是男人，就专骗这样的女孩子，只要你对她好点，她就会全心全意地对你。

还有，明月要是知道了，她会怎么办啊？

过去她们算是把她给救回来了，现在再救一次？她是不是每次都这么幸运？她自己想不开，别人能帮上什么忙？

金晨是明月的同学，他为什么不说？

陈滔滔凉凉地听着那两个女人之间的谈话，他不是偷听，他是正大光明地听。

“那就是这人傻。你妹妹说人家长得精，这话我得泼点冷水啊……”陈滔滔闲闲地翻着眼皮子喊。

长得精这是褒奖，就金晨那样子，怎么看都是一点精的成分都没有，他这样的才叫精好不好？

就往自己家人脸上贴金子呗？这贴得是不是过于明显了？

陈滔滔隔空喊话，明兰的白眼翻得更加厉害。你是精过头了，只剩下傻了。

“我说姐，你让你家的那个傻子躲开点行吗？女人说话，瞎听什么？”

“就是女人说话我才听的。我听你说话就都是漏洞，将来你要是打官司，看在是我小姨子的份儿上，我给你打个五折……”

明兰冷笑，谁是你小姨子，滚蛋。

突然，明兰来了坏主意，喊：“姐夫……”

于是，明珠把电话扔给陈滔滔。让他们俩直接对话吧，省得自己还得拿着电话，她瞧这两个人挺有共同语言的。

明兰笑得一团和气，说：“我上次去接明月，姐夫你知道明月和我说了什么吗？”

陈滔滔当然知道，他那天那样照顾明月，都把自己给感动了，就算是亲爸都做不到这个地步，他一个姐夫做到了，怎么样？该不该给他一点奖励？

太应该了。

“明月和我说，你配不上我大姐……”

闻言，陈滔滔的笑容突然僵住了。

你配不上我大姐，你配不上我大姐！

明兰的话不断在他脑中回荡。

自始至终，陈滔滔都认为，自己这样的帅小伙，他能瞧上明珠，只能说明珠点子好，运气好，这就好比灰姑娘遇上王子。他比王子差在哪里了？

他这个王子，不就是有点抠吗？但是你要明白，抠是传统美德。

是明珠配不上他，这才是原本应该有的话。

最让他吐血的是，那一天他跑进跑出，为这一家子忙里忙外，这个家最有良心的小丫头，现在竟然说他配不上明珠！

明月的眼睛是歪的吗？

“呵呵，真相总是群众才能看见的，你说是那就是吧。”

“是啊，我和明月这个群众，就认为你配不上我大姐。”

我想抽你！陈滔滔动了动嘴，好在强忍着没发飙，没任性地去喷明兰。

“你那个对象怎么样了？听说他选择了一个老女人。不是我说你，明兰啊，你就应该多读点书，长得美也必须多读书……”

长得美还被一个丑的、年纪大的抢了对象，我要是你，我就直接跳楼。七楼都太矮了，得直接上九十九层，一口气跳下去，什么都不用想了，啪的一声直接变馅饼。

闻言，明兰漂亮的脸蛋越来越臭，越来越臭。

陈滔滔现在是扒她的伤口，然后撒完盐还撒胡椒粉：“怎么不说话了？我伤你心了？哎呀，姐夫真不是故意的。我这人就是嘴太直，其实他不选你，我一点都不意外。姐夫认识挺多上了年纪的人，应有尽有，你需要多大年纪的，和姐夫说，姐夫一定帮你……”

你大爷！明兰气得直接挂了电话。

“你这个妹妹，两句话直接搞定，让她消遣我，哼哼。”陈滔滔冷笑着，回家多读点书吧，总不会吃亏的，长得丑要多读书，长得好看也不能少读。

陈滔滔是真的不招明兰待见。

明兰一直都看不透，就陈滔滔这样的怪咖，虽说有那么一两个优点，但缺点足以盖住所有的优点，明珠是怎么下得去嘴的？

明兰住的地方距离明月家不是很远，准备过去看看。毕竟眼见为实，她到底怎么样，看看就知道了。

金晨家上中的房子已经卖了，金晨爸爸叽歪也没用，儿子老婆没有一个听自己的。当初说不占儿媳妇便宜的人是她，现在占儿媳妇便宜的人也是她。现在还没卧床不起呢，就花儿媳妇的钱，他腰板都不硬气了。

早上他和妻子去早市溜达买菜，没叫上亲家奶奶。她最近身体不是很好，吃得也少，说到底人上了年纪，各种病痛就开始往身上找。

金晨他爸手里拎着菜筐，上楼进了门，给儿子做饭来了。

妻子这就是贱的，人家两口子都会做，她非要天天起个大早过来做饭，最佳婆婆说的估计就是她。

这明月可得好好感激感激她婆婆。

“弄那么大动静。”金晨他妈回头狠瞪丈夫一眼。

大早上的，孩子昨天几点睡的不知道，换作自己一大清早屋子里都是动静，自己受得了受不了？

“妈……”明月开门出来，看样子还没睡醒呢。

“醒了？”金晨妈妈对着明月笑笑，“有你喜欢吃的菜，看看早上愿意吃哪样？不能都做了，买的菜挺多。”

然后，她和明月进了厨房，有商有量的。身为公公的男人站在后面，手里提着菜。

他就闹不明白了，不都说婆媳是天敌吗？不说天天干架，他自然不会盼着她们掐，可好成这样，是不是有点不正常？还是现在的婆婆都变了？

明月说她要出去采风，这回想带着婆婆一起去。金晨他妈愿意去，带她去非洲她也愿意去，她可愿意出门了。和丈夫一起出门吧，两个人说不到一起，她说东他说西，就容易掐起来。她倒是想和儿子一起出门，儿子得有那个耐性啊，指望不上儿子，就只能指望儿媳妇。

这婆媳俩说走就走，明兰打电话的时候，人家都去车站了，没碰上。

明兰认为，婆媳关系能如此融洽，大概有两种可能性，第一种就是两个人都很好，这种的概率大概为30%，太少；第二种就是明月有钱，用钱去买婆婆的欢心，她认为后者的可能性比较大。

无论是哪一种，明月结婚了，她一个当姐姐的不能总操心妹妹的婚姻，指手画脚的。明月已经不是小孩儿了，管得多，人家也许心里还不爽呢，可不管，她担心啊。

金晨他妈是真的不会打扰明月，婆媳一起出门，旅行颇为愉快。明月因为职业的原因，外出的机会多，个人条件也实在优秀，金晨赚得不多但也不少，全家都和和气气的。她公婆到了这个年纪，其实就喜欢出门度假，这里走走那里走走。她也不是专程带他们去旅游，自己出门的时候带上，安排好了，回来公婆提起她来，眼睛都带笑。

奶奶不能跟他们一起出门，她上了年纪，现在走不动，留在家里。金晨对奶奶就特别上心，上班之前去看看奶奶，偷偷给她买一些零食。明月不是不给奶奶买，只是奶奶现在吃零食吃得正餐很少碰，吃饭的时候就说自己不饿，私下总是偷偷摸摸地吃金晨给买的零食，明月都说金晨多少次了。

奶奶就喜欢甜食，越甜越好，一点酸都不能吃，吃到嘴里，受不了。医生说总这样吃太多甜也不是很好，但金晨认为老人家都上年纪了，过八十满打满算还有多少年？当然是可着喜欢的吃，趁着明月看不见就给奶奶买糖，买糕点，买甜的水果。

他爸妈都和明月出门了，他下班就回家报到，然后领着奶奶去吃饭。奶奶远距离不能走，短距离还是可以的。扶着奶奶下楼之后，他开车载她过去。停车位虽然不好找，从家里到店里也就十分钟的路程，但这十分钟奶奶走不动。

明月的这个丈夫，可以说是奶奶先看上的。金晨成为了奶奶的孙女婿，奶奶受益良多，自己孙子也就这样了。

金晨找好位置，扶着奶奶进门，提醒道："脚下滑，您老人家注意啊。"

金晨和奶奶选好位置，今天来吃斑鱼火锅，奶奶挺爱吃的。

服务员就和奶奶闲聊："这是您孙子啊？"

养了一个好孩子，专程陪着奶奶来的，有孝心。

"孙女婿。"

服务员又多嘴夸了两句，说："现在这样的可不多，孙子都做不到，更加不要说孙女婿了，老人家你可真幸福。"

金晨从包里拿出几盒饼干——他有同事出国给带回来的，对方出国很频繁，每次去都会帮他带这个，因为奶奶爱吃，一盒价格也不便宜，都是在袋子里都装好的——推过去。

"买回来了。"

奶奶笑得不见眼，她这辈子啊，没料到老了老了，自己最后竟然会在这两个孩子身上享受到福气。她自己的亲孙女，一个两个的都没管她，亲儿子就更加不要说了。

"叫明月给报销。"

金晨摆手，捂住嘴偷偷地说："和她说，她会闹我的，她不让我总给你吃这么多甜的。"

"那我给你报销。"

金晨笑笑，也不至于把奶奶这话当真。

吃过饭送奶奶回家，他打算晚上就住在楼下，等爸妈回来他再上去住。不然他不放心，怕出事情，尽管家里有照顾的人。

两个人溜溜达达地到了门口，奶奶的手机响了，她掏着自己的手机，手上的肉明显已经松弛了。金晨的手去握奶奶的胳膊，感觉皮和肉好像分离了，怎么吃这么多的东西，却依旧越来越瘦呢？

奶奶脸上的笑容在看清楚手机上的号码时一僵，接了起来："喂？"

张鲁说过来看看自己妈，奶奶有心想说什么，可话到了嘴边还是咽了回去，只淡淡地说："愿意来就来吧。"

张鲁是自己来的，没有带姚可珍，也没有带孩子，这是他第一次见到金晨。

他妈就向他介绍金晨："明月的丈夫。"

金晨知道这个岳父人品不怎么好，但他一个外人，他没有权利对着张鲁怎么样，只能尴尬地从沙发中站了起来，然后尴尬地笑着，想走又不是时机。

张鲁对金晨压根就没有一点热情，哪怕是装出来的热情也没有，只轻轻地点点头，然后目光一扫，聚焦在自己妈的脸上。

“我看着你怎么瘦了？”

不缺钱花，还有什么可操心的？怎么还瘦了？

“我吃得好，睡得好，活得好，人瘦点健康。”

张鲁就说：“我问这话也没别的意思，你看看你说话就总是这样……”

他很想发火，和姚可珍生活的这些年，他的暴脾气已经被养成了。

看见金晨看过来的视线，他才反应过来，现在不是在自己家，就缓和了自己的声音：“妈，我们俩就不能好好说说话吗？”

“我不知道跟你说什么。”

然后，奶奶看向金晨：“孩子啊，你上楼去吧，我和他说会话。”

金晨得到命令一般马上从沙发上站起来，他恨不得借两条腿赶紧跑，根本待不住了。

张鲁就说这些年，他和母亲的过节不管是因为什么，他错了，难道母亲就没有错？现在不说这些，不追究这些，他这次来，是想把母亲接回去的。

“你们家没钱花了？想起我来了？”老奶奶刻薄地说。

这也不是她刻薄，这些年他们像是母子吗？比普通人还不如。她早就绝了念头，只当自己没生过这个儿子。

明珠她妈的事情，她根本没说，可张鲁就是怪她，怪就怪吧。

张鲁喘着粗气，真是没有办法沟通。

老K进去了，他才打算把母亲接回去，想着留在明月这里毕竟不合适，没有一点血缘关系。自然母亲的钱也是要带回去的，不是他缺钱花，而是这笔钱应该平均分给明珠和明兰，他小女儿不需要这些钱。

亲人得分清楚，有血缘和没血缘的差别大着呢。

奶奶眼皮一搭，她知道张鲁现在心中是怎么想的。

“……我的意思就是这样，她们俩不管是谁，你是她们奶奶，她们也应该养着你。她们实在不养我来养，您老回上中吧。”

奶奶说：“我这大孙女是怎么样的你比我清楚，继承你的个性百分百，别说我现在住在明月这里，就是当初我住在上中，她有没有过来看我一眼？她有当我是亲奶奶吗？威胁我的时候，她可想起我来了？老二就是个小混蛋，脑子里面装的都是豆腐脑。”

大的自私自利，老二就是个草包。你看看你多出息，生的两个孩子都是这样的，唯一一个好的孩子还不是你的。

张鲁松松自己的扣子，真不怪他没有办法和母亲住在一起，这个人个性太奇怪了。

“明珠她工作这样的性质，她认你，你能有什么好处？”

“我是看出来了，这才是你的亲女儿。所以，现在把老三利用完了，就该一脚踹开她了？”

“什么叫利用？妈，你说话怎么会这么难听呢？”

计较起来，明月长这么大她吃的是谁的喝的是谁的用的是谁的？明家对她没有恩惠吗？

“我就住在这里，我哪儿也不去。”

张鲁站起来，他真是够了，这也就是自己的亲妈，他早就……

“你愿意怎么想就怎么想吧，我是管不了了，我这个做儿子的不求你能理解。妈，你永远都是这样的，根本不去管别人是怎么想的。”

“我怎么去想你？当初明慧的那个事情，难道是我造成的吗？”

从明慧这个事情出了，他对自己就是这副样子。难道她愿意撞破？要是有后悔药吃，那一天她绝对就不会登门。

奶奶的思绪回到了过去。

那时张鲁一直很忙，忙着钻营，忙着结交有本事的人。明慧就是个家庭妇女，张鲁带着朋友来家里吃饭，久而久之，这人总来，她也就没了戒备之心，毕竟都熟悉了，谁能料到张鲁会结交到这样的朋友？

那一天张鲁去学校了，孩子们也都送去幼儿园了，她正在收拾家里，听见有人敲门。

“谁啊？”

“是我。”

明慧认得这个声音，开了门还觉得纳闷，张鲁不在家，他怎么到家里来了？对方说已经和张鲁联系了，他马上就回来，他们有事情商量。既然是有事情商量，明慧就让人进来了。

谁能料到，这就是错的第一步？

那人进来之后没过多久，就开始对她动手动脚的。明慧是个特别绵软的女人，就连吵架都不会，更加不要说发飙，她让那人放手，说张鲁马上就回来了。可惜她现在已经是人家到了嘴边的肥肉，能吐出去吗？

成不成，事实也就这样了，被按在这里，她动弹不得，也不敢声张，生怕别人知道了，自己就没有办法活了。

最后，她被扔在床上，男的套着裤子。他掐着时间来的，张鲁的这个老婆是什么个性，他也研究明白了。

“你愿意报警就去报，报了也没用，大不了带着你去医院验，你和张鲁还能过？到时候你的孩子们都知道你的事情了，她们都跟着抬不起头……”

明慧就被吓唬住了，不敢声张，她想着就这么一次，以后那人也不敢了。可这人每次都是拿第一次的事情威胁她，说是还录了光盘。有没有她不知道啊，一次又一次的，一直到明月来肚子里报到。她也说不准这孩子到底是谁的，可怀孕都不是她发现的，打掉的话，张鲁会不会怀疑？

一个女人的身上发生这样的事情，她不敢说啊，怕被丈夫瞧不起，然后胆战心惊地挺着肚子。那个时候张鲁虽然也是家里老大，但对明慧还算可以，一直到明月出生。

明月是晚上生的，明慧肚子疼，张鲁送她去了医院。医生说生的是个女孩儿，张鲁的眼睛就暗了暗。

明慧生完孩子就哭了，又是个姑娘，她命怎么就那么苦呢？

哭完她就发现有点不对，张鲁早就离开医院了。住院期间，是婆婆来医院照顾她。出院回家后，张鲁也从来不抱明月。

奶奶也觉得儿子的反应奇怪，不过这事儿也很好理解：张鲁这人有点重男轻女，一心一意就想要个儿子，不然前面都有两个女儿了，不可能还让明慧再生的，他跑了很多的关系这才有明月的这条小命。

明月出生后，张鲁就拒绝和明慧同床，他睡在小床上，把两张床用衣柜隔开，他说自己晚上要看书，明慧会妨碍他。他个性一直这样，明慧也不敢多说，以为就是生自己气了，又生了一个姑娘。

两人这样的关系一直维持到明月三岁,外面传言都已经满天飞了,说张鲁和一个女的好上了。

奶奶站在门口，好像听着里面有男人说话的声音，她儿子在学校呢，现在里面的是谁？

那人就没间断过来找明慧，明慧都给他跪下了，可依旧不好使。他也有老婆，比明慧漂亮得多。

“你就放了我吧。”

那男的早就把明慧看得一清二楚，她不敢声张的。

老婆漂亮不代表他不会向外发展，偷别人的老婆感觉是不一样的，想想都激动。

“……那个孩子是谁的？不会是我的吧？”

他觉得不太可能，也就是那么一猜。娶这样的女人，生的孩子是谁的都是猜不准的事情，张鲁这辈子头顶的绿帽子可开花了。

“你别乱说……”明慧慌了。

奶奶越听火越是往脑门上冲，拿着钥匙就开了门，明慧抱着被单哭，什么都没穿，男的有些尴尬地套着裤子。被人撞破了，他也没有什么好怕的，张扬出去，丢脸的也是你们家。

奶奶冲过去抓着男的打。

男的两把三把就把奶奶给推一边去了，然后扬长而去。张鲁知道了又能怎么样？他就说是明慧勾搭他的，别小瞧家庭妇女，空虚寂寞得很，主动找上他的，这一个巴掌拍不响。

明慧拽着婆婆的裤腿求她：“……妈，你要是说了，我就完了……”

奶奶看着跪在自己眼前的明慧，慢慢地开口：“我是老张家的人，张鲁是我儿子，你让我怎么帮你？”

“我不是自愿的，妈，我委屈啊……”明慧放声大哭，她是被逼的，她能有什么办法？女人遇上这种事情，总是处于弱势。

奶奶一个大耳刮子抽了过去：“我问你，这是第几次了？”

明慧可以咬死不说的，她就说这是第二次第三次，可她说快一年半了，这是什么概念啊？

奶奶不能理解啊，你是死人吗？

“我问你，明月是谁的孩子？”

“我不知道……妈，我不知道……”

奶奶被气得天旋地转，怎么会有这么蠢的女人？生的是谁的孩子她都不清楚，看不出来吗？

出了这样的事情，她肯定不会瞒着儿子。

张鲁的表现出乎意料之外的冷静，他没有动怒，没有发飙，更加没有去打明慧。对于明月可能不是他的女儿，他的表现也过于冷静，坐在自己的小床上，也没提出来离婚。

他只是请奶奶走人，请自己妈回去。

然后，他和明慧说，他现在没想离婚，但明月不是他女儿，他一早就知道。

“你怎么知道的？”明慧哭着问他。

张鲁动动嘴，终究没说话。他对眼前的女人还有什么好说的？怎么知道的？你以为别人都和你一样傻？

就这样又过了几年，张鲁和姚可珍走得越来越近，已经公然出双入对了，外面的声音都盖过天了。有人就劝明慧得把张鲁给看住了，说这就是出轨的前兆。

让明慧看住张鲁？她哪里敢？

她只能加倍地对张鲁好，各种没有底线地好。那个人已经不来找她了，可能张鲁找那个人说了什么吧，她也终于解放了。

张鲁一进家门，她就端着热水送到张鲁的脚前，让他烫烫脚。

“你别忙活了。”张鲁对明慧就是爱搭不理的。

明慧也试着主动爬上过张鲁的那张小床，可张鲁当时把她一脚蹬了下来。他的脸色从来没有那么难看过，却一句话都没说，最后披着衣服就离开了。

后来孩子渐渐大了，多少都明白了。张鲁开始夜不归家，以前她们听说的就只是传闻，现在传闻已经变成真的了。

至少在明珠和明兰的印象当中，这位父亲……可真是渣得很，一渣到底。

再后来，他似乎要将姚可珍迫不及待地转正，因为姚可珍有了他的孩子，他就逼着明慧离婚。再然后，就这样了。

纵观张鲁这一生的活法，他不能戴这个绿帽子，不能让别人知道自己的前妻曾经被朋友欺负，可撞破这件事情的人竟然是他妈！他不能杀人灭口，这个人又不能离开他的视线范围，他能怎么办？

老太太的话越说越顺溜，张鲁的脸色却越来越黑。

诚然他心中就是如此想的，被人毫不留情地戳穿，却不是他想要的。这个钱他不稀罕，但应该分到明兰和明珠的手中，毕竟她们是老张家的人。

“我如果说不呢？”

他生的那两个狼崽子，她一毛钱都不要给她们。

“妈，你说，我如果告诉明月，她妈是个什么样的人，她会怎么样？”

“你这是在威胁我，张鲁，我告诉你，你大女儿现在是个出名的人物，你敢做初一我就敢做十五，不信我们就走着瞧，你敢毁明月，我就毁了明珠。”

“我怕你毁明珠吗？”

他对明珠的态度，不是早就已经摆在了这里，他妈怎么会天真地认为他会为明珠着想？

老太太道：“你是不关心她们，也恨她们不是儿子，可明珠能坐到现在的位置上，你是开心的……”

因为这样的孩子是你生出来的，你觉得光荣，你看她猜得准不准。

张鲁和自己妈的交流以不愉快收场，他就返回上中，途中开车经过松山。

其实回家的那条路怎么也不会经过松山，走松山这条路完全就是绕远，他只是想来看看明珠过得好不好。

他没指望她对自己怎么样，更加不奢求从她的身上得到什么。

但是老太太分析得非常有道理，他为有这样的女儿自豪。

怎么会不自豪呢？这是他的孩子，尽管是他不要的孩子，却依旧如此出色，成为了上中有史以来的第一位女局长。和官职大小无关，这是一种荣耀，他张某人的孩子就是如此出息！他不会刻意告知别人，但熟知他的人都会恭喜他，能生出这样的孩子，比同龄人出息得多。

这种自豪和亲情有关，也和亲情无关。如果明珠哪一天死在办案的路上，张鲁不会觉得太难过，相反他会认为明珠是个真英雄，死得其所，会认真地为她掉一滴眼泪。

她的成长所依靠的是自己，不是他人，和他的成长经历何其相似。

明珠感情的那些事儿，他多多少少也有听说。但张鲁的想法非常开放，她可以和谁在一起那都是她的本事，换了别人试试看，不见得就行。交往过几个男朋友，或者过去有什么不堪的经历，这些他觉得不需要在意。

如果明珠愿意听他的教导，他就会这样说：路要按照你自己的想法去走，完全无需考虑他人的想法。

四个女儿中，除去明珠，张鲁对明兰几乎就是冷淡到底。明兰怎么样了，他毫不关注。明兰小时候，他只看了一眼，就认为那孩子出息不到哪里去。明月他懒得去管，至于姚可珍生的那个，有亲妈在，谁会欺负她？

他正在家里休息，姚可珍接孩子回来了，孩子中午回家吃饭。

“你怎么回来了？”

“嗯。”

孩子走过去，缠着张鲁。张鲁现在对她越来越没有耐性，小时候因为好玩还能带带，长大了成绩不是第一，个性不是绝佳，又不机灵，不太得他的欢心，又不是儿子。

“你别烦你爸，回自己房间去。”

张鲁躺在床上，这么大的家，装修这么好的房子，他的车是换了一辆又一辆，该吃的吃到了，该玩的玩到了，可以说这一生他过得很圆满，要说有点遗憾的，就是生了三个丫头都没生出儿子来。

命这种事情，可真是难说呀。

不过更加难说的是，明慧那样个性的女人，竟然可以生得出明珠来。

“呵呵。”张鲁闭着眼睛笑出声。

想想都觉得可笑，怎么会有这样滑稽的事情呢？姚可珍这样精明的人，竟然生出一个傻丫头。小女儿小时候，他也算是悉心培养了，谁料孩子越长大越平庸。

“有什么高兴的事儿？我听你还笑了。”

姚可珍进来换衣服，见张鲁似乎很高兴的样子，多久都没见过他笑了。

“嗯，挺高兴的。”

他和姚可珍现在也是分房睡，张鲁用的依旧是过去的借口。他这把年纪了，哪里还有心思想别的？他也没有对外发展，晚上写点什么东西，看点书也是方便，省得总有人在他面前走来走去的。

这点姚可珍心中也是清楚的，结婚年头多了就是这样的，除了淡然接受她还能怎么样？

姚可珍坐在他的脚边，看见他裤子上沾了一根头发，可能是刚刚女儿掉的头发丝，就捡起来扔进烟灰缸里。

“不打算分享分享？”

张鲁笑道：“我培养出来一个女公安局长，你说我是不是也挺成功的？”

姚可珍脸上的笑容还那样真切地挂着，可现在怎么看怎么有点滑稽，滑稽到不行。明珠长这么大，和张鲁有一毛钱的关系？

姚可珍尴尬地坐了几秒，然后站起来打算去做饭。但是做饭之前，有些话她也得讲。过去你依靠着我家，不说那时候对我献殷勤，只说现在他们两人的孩子。

“……孩子还小，未来能成什么样都是说不准的……”

照她女儿现在这个劲头看，将来错不了。

姚可珍对这个孩子付出相当多，孩子学跳舞、学钢琴，她每天都接送。当然了，姚可珍的说法也有夸大的部分。比如女儿参加比赛，她会说这个比赛有多重要，是全国选拔赛，她女儿都是屈指可数的。

这些话，张鲁向来不信。不要说小女儿，就算是明珠和他讲她现在这样，不是张鲁亲眼所见，张鲁都不会相信。

也许在所有母亲眼中，自己的孩子都是最出色的。张鲁也不和姚可珍抬杠，你愿意怎么说就怎么说，未来还能看见，走着瞧。

姚可珍做好了饭菜，就叫丈夫和孩子吃饭。孩子吃东西挑挑拣拣的，姚可珍的火气就不打一处来，拿着筷子将孩子的筷子推开。

“爱吃就吃，不吃下去，谁教你这规矩的！要是这样上别人家的桌子，丢人不？”

孩子马上就摔了筷子，然后去姥姥家了。

姚可珍是下午去的娘家。

“她上学去了？”

“你说你也是，孩子吃饭的时候，训她做什么？”

“我哪里是对她？我这是心里有邪火。”

张鲁不干正事儿。她下午闲着没事儿的时候，翻了他的稿子。那上面写的是什么？写对子女教育的心得，字里行间可真把自己写成了一位慈父。

这写的是谁，还用想吗？她家的这个现在还这么小。

她有点受不了。不就是一个破松山区的公安局长吗？有什么了不起的？这要是大女儿再往上爬爬，估计上中都装不下他了。

姚可珍妈妈冷笑，她早说什么来着？自己养的这个孩子就是心眼儿不全，被张鲁给拐带的，人家说一加一等于三，她也认同。现在觉得后悔了？晚了。

过去人家有要靠你的地方，现在还有什么要靠你的?

“他写什么，也不是真的，你有什么好气的？”

她心里想是想，但嘴上不能这样说。过去她和可珍的爸爸有点本事，也不惧张鲁，但是这些年是越来越无力了，镇不住，也就只能哄着。就是哄着人家还不领情呢，成天端着臭架子，完全忘记了自己当初那副低三下四的样子。

现在她只能自我安慰：“就算是个局长，她一个月才赚多少钱？老大一辈子也就这样了，按照她现在办事情的方法，哪天就得死在这工作上。老二呢，那放过去就是个戏子，值得被尊敬吗？至于老三，呵呵……”

有那样经历的孩子，心理都是扭曲的，和正常的孩子不同。

他们家的孩子就不同，从小长在阳光下，接受阳光普照，感受到的都是温暖，心地善良，多才多艺。孩子现在小，还没有机会看出来门道呢。张鲁现在也只能看见他大女儿好，等小女儿将来出息了，他就知道了。

没必要生气。

“我就是不明白，他写这些做什么？如果是他教育的，我也不说什么……”

自己就是不爱掀他的老底，过去他那个三个孩子都要跳楼了，也没见他伸手管。

“是啊,这样的男人你看上他什么了？自己亲生的孩子都不管……”姚可珍妈妈盯着女儿说。

姚可珍又马上改了口吻：“那也不是，那当初逼着我给明珠做假口供……”

姚可珍妈妈叹口气：“你既然心里都这么清楚了，就别和我说了。”

省得惹她生气，怎么生出这么笨的孩子？脑子都不带拐一拐弯的。

“那明珠和她爸联系吗？”

“没什么联系，没听说。但是我听张鲁说过一次，她和陈滔滔结婚了。”

姚可珍她妈拧着眉头。

结婚了？陈滔滔怎么会和明珠搅到一起？不是她说，陈滔滔这个孩子，怎么看都是不可能娶明珠的。

“什么时候的事儿？”

“不知道，我就是那次听他提了那么一句，也不知道他从哪里听来的。”

人家结婚了都没通知这个当父亲的，他还臭美地写什么培养子女的心得，可笑不可笑?

姚可珍又说：“之前我听那个他说的，说徐太宇曾经去找过王局。”

本城估计没有人不认得徐太宇。

这话是从她前夫那边传过来的，说关于明珠的背景，现在依旧有很多人抱着迟疑的态度。她没结婚的时候，人们怀疑她和徐太宇有一腿。现在她结婚了，人们还是认为这只不过是放出来的烟雾弹，不然用寻常的思维去想，怎么都是想不通的。

还有一种说法就是，明珠给徐太宇生了一个儿子，私生子。

姚可珍妈妈沉思，前女婿是个特别沉稳的人，没有把握的事情不会乱说。这明珠现在是不得了啊，又是徐太宇又是陈滔滔的。反观自己家，现在已经距离那个中心点越来越远。过去还有不少人登门，现在求不上，都懒得来家里了，过年过节收的礼物也少了很多。

这种落差，不是很好。

“她生没生过孩子，你看不出来？”

姚可珍撇嘴，这怎么看得出来？

她和明珠就见过那么两次面，当时也没听说又是徐太宇又是陈滔滔的，私生活这么混乱。到底是没妈教的女孩儿，和男人就敢乱来。

姚可珍问她妈：“你觉得有这种可能？”

“如果不是这样，怎么会连徐太宇的母亲都对她颇为照顾呢？这不合理。”

“这个我倒是真的没听说过。那个死丫头心里都恨死她爸了，根本不会主动和我们联系，我肯定不指望沾她的光儿，过去我没有这样的打算，现在也没有。但我对她们姐妹仨还算是不错吧……”

她们会做人的话，是不是应该回来看看妹妹？纵然她这个继母有千般万般的错，她们的妹妹有什么错？她们是打过一通电话，还是买过一次礼物登门来看？

还有那个老不死的，钱就都给明月，她怎么不念着小孙女呢？想起来这个钱，她就肉疼。

“还怪人家不联系你，你联系过人家吗？”

“妈，你……”姚可珍嘴都要气歪了，被人气就算了，就连她妈也气她。

“现在的情况跟过去不同了，孩子多几个姐姐，将来有依靠，关系都是越走越近的。那人不是被抓进去了吗，你婆婆现在也没什么危险，你不主动，她怎么知道你心里有她？”

姚可珍被自己妈的话恶心得半死，她就是穷死，也不往那个死老太太面前凑，她要饭也绝对不会走到那个人的家门前。

“我女儿用不着靠她们，要什么我都给得起，将来她也错不了。”

“没人说她的将来不好，她们仨从你身上拿走的，你不想拿回来？”

如果那三个孩子过得不好就算了，既然过得好，那就得向她们要回报了。特别是明珠还和宇宙集团扯上关系了。姚可珍母亲心中思考着。

“我不想拿回来，我只盼着她们现在和过去一样，她们不来我也不去。”

“你让我说你什么好？”

闻言，姚可珍二话不说，拿着自己的包就离开了。她不爱听母亲讲这些，不就是看明珠现在靠男人翻身了，让她去巴结明珠？

姚光年到处去堵姚可可，现在她根本就不着家，只有没钱花的时候才会回家。前阵子的新闻等于又将她的伤口撕开了，将她不堪的过去摊开在众人面前。

无论是奶奶家还是姥姥家的亲戚，没有一个人拿正眼看她。甚至只要稍稍接触，姚可可就会认为那些人在背后讲她的闲话，她没有办法和认识的人坐在一起。

她妈的钱，她起先是要，后来是骗，再后来干脆就拿出来“我就这样”的态度，你给也得给，不给也得给，不给我就作你。发展到现在，她已经直接对她妈动手了，不给钱就进家里砸，砸完了看什么值钱就带走。

姚可可的妈妈怕丢人，从来不敢说。原本女儿坐过牢，就够让人瞧不起的了，现在又说女儿回来闹腾，那脸就真没有地方放了。

她麻将也不打了，外面的聚会也不参加了。她始终想不明白，她一心一意地对孩子好，现在孩子为什么这样恨她？简直就像是讨债的。

姚光年忍了几回，离婚的话都到了嘴边。可对上妻子的那张脸吧，他们虽然总吵架，但也是从困难的时候一起走过来的……有些时候他真恨自己太重感情，你和她讲感情，她却向你捅刀子。

“她是不是回来要钱了？”

“没有，可可在外面挺好的……”她帮着姚可可编瞎话。

“你就帮着她骗我吧。”

姚光年拿了换洗的衣服，准备出门。他都想过直接退休什么都不做了，不赚钱了，看那个畜生还花什么。

姚可可她妈见丈夫要走,就送他出去。她现在一个人待在家里,也没人说话,她是想留丈夫的，可留他的话，一旦丈夫遇上可可，非打死这孩子不可。丈夫和孩子之间，她只能选择一个。

“你的脸怎么回事儿？”

“能怎么回事儿？我自己摔的。”

“我问你，那个小畜生是不是回家来要钱了？还打你了？”姚光年的火气直接蹿到胸口，这是养了一个什么玩意儿？这哪里是孩子，简直就是豺狼虎豹。

“没有……”

“你还说没有！孩子现在变成这样，你就从来没反省反省？以前惯着她蹲了监狱，现在还等她杀人放火呢？”

“怎么就是我惯的了？我就这么一个孩子，我不对她好，我对谁好？那件事儿要怪只能怪明月，那么小的事情她就折腾……”

啪！姚光年伸手就给了老婆一记耳光。

都到了今天，你还认为是别人的错？

你生的孩子之所以会走到今天这个地步，就是因为有你这样的家长。他当年就不应该去求情，而是应该祈求法官判得更加重一点，让她一辈子都待在里面改造。

“你打我？”

姚可可的妈妈瞬间就和丈夫抓在了一起。她女儿动手打她，她一下都没还手；姚可可拿刀吓唬她妈，说要剁了她，她可信了。姚光年这些年一直供着她吃供着她穿，还得供着女儿败家，她反倒是敢和丈夫对着开打。

姚光年被妻子扇了几耳光，真是被逼到不得已了，就把皮带解了下来。

二十分钟以后，姚可可她妈抱着胳膊腿缩在沙发里，腿被打得太狠，感觉粗细都不同了，姚光年逮住哪里就抽哪里。他们过去虽然也打架,但从来没这样打过。姚光年一发狠,她也就怕了。

“她回来要没要钱？”

“……那我有什么办法？我自己养的孩子……”

她说姚可可拿着菜刀跟她要钱，还砍外面的大门，邻居都知道，她只是不敢跟丈夫说。

“你怎么不剁了她呢？”

姚可可妈妈只是哭，这其中肯定有不甘的情绪，更多的还是爱女儿的心情。虽然女儿做错了，可她能剁了亲生女儿吗？

姚光年拽过衣服，就气呼呼地出门了。他现在也顾不得丢人不丢人了，这个死丫头。

姚可可要钱是和别人一起花，一起潇洒，而且就住在她在外面结识的人的家里，不管人家父母说什么。她长得也不难看，男的把她领回家，现在就是处对象的意思，不过比别人走前了一步而已。

两个人都不上班，每天睡到日上三竿，没钱花就让男人和家里伸手。实在要不出来了，她就开始想办法，回家去和她妈伸手。

现在什么母亲，什么亲情的，已经统统从她的脑子里消失了。

白天他们几乎都是睡觉，晚上才出去玩，反正可玩的地方很多。

男的搂着姚可可，两个人腻腻乎乎地出门，男的父母唉声叹气。摊上这样的儿子，他们没办法，结果还搞了这么一个女的，你说不明不白的就来家里睡，两人天天睡在一张床上，这算是怎么个关系？

儿子不懂事这是还小，指望他找个懂事的女朋友带一带，结果现在摊上这么一个货，家住在哪里也不知道。

“他们就这样睡？”

男孩儿的父亲瞪了妻子一眼，孩子都是你惯的，不这样能怎么样？他去撵姚可可走啊？

“她家是哪儿的？”

“我哪里知道？你看看她那个样子，就不像是什么正经来路的，好像蹲过监狱……”

“这不行，这样的女的，我们家不能要。你和她说，让她走……”

两个人玩好了回来，姚可可在床上睡觉，屋子里扔得到处都是衣服，她从来也不收拾。她睡得正香呢，男孩儿接了一个电话出去了，男孩儿他妈就推了房门进来。

“你先别睡了。”

“干什么？”姚可可从床上坐起来，不太友善地盯着眼前的人。

“你和我儿子这样睡在一起，也不是那么回事儿啊！看你样子也不大，你家里父母就不管你？”

姚可可翻着白眼：“那你得问你儿子，是他求我和他一起睡的。”说完又倒了下去。

男孩儿的妈妈一脸的不敢置信，这是女人能说出口的话吗？

“你别睡了，起来。”说着，男孩儿的妈妈抢过姚可可的被子。

这个丫头如果干净，她都认了。偏偏她一无是处，浑身一点优点都找不到，拿着放大镜都看不到。

“收拾收拾东西，你走吧。”

“你谁啊，就撵我？”姚可可腾的一下子从床上跳了起来，指着女人的脸就开骂，“当我稀罕这里呢？知道我家什么条件不？知道我爸是谁不？”

男孩儿的妈妈被姚可可气得心脏不停地发紧，这是一点尊卑都没有。

“你家有没有钱，你少在我这里吹牛，赶紧拿着你衣服给我走……”

姚可可衣服一件都没要，拿着自己的包就走了。她就不信了，自己会没有地方去。

然后，她就拿着手机给朋友一个一个地打电话，她狐朋狗友特别多。有个朋友让她来自己开的美容院里玩玩，姚可可就打车过去了，又在朋友的美容院窝了几天。

姚光年满大街地找姚可可，发现根本不好找。

他现在放弃在外面寻找，干脆回到家里，就守株待兔，他不信姚可可会一直不回家。

姚可可把手里的那点钱嘚瑟光了，男的又来找她，和她一起窝在朋友的店里。

“这女的挺牛的。”

男的点着网页，就指里面的人说：“一个女的能混成这样，何止是不简单就能形容的？有两把刷子。”

姚可可一眼看过去，她觉得自己没认错人，明珠！你妹妹把我害得这么惨，你们家现在却走狗屎运？

“这人啊，我认识，还挂着亲戚呢。”姚可可撇撇嘴。

男的最近手头也紧，家里掏不出来钱了。他爹妈都是普通打工的，一个月就那么一点钱，还不够塞牙缝的。他憋了好几天了，没有钱的滋味可真难受。

他搂着姚可可，让她坐在自己的腿上，问：“多亲？”

“你应该问，有多恨。”姚可可推开他的脸。

她毁了明月？她现在回头想想，觉得自己当初毁明月毁得还不够彻底，就应该让她活不下去！还是下手轻了。她心里也觉得老 K 不顶用，不是说很牛吗？她爸都怕那个人，他却连玩一个女人都玩不明白？

一盆脏水扣下去，明月哪里还有脸活着？

“我们得去哪里弄点这个花花。”男的捻捻自己的手指，意思是现在缺钱花了。

“上哪里弄？你家穷得和什么似的，我才向家里要完钱多久？银行你敢抢吗？”

男的撇嘴，抢银行，那是活腻歪了吧。不过，银行不能抢，别的来钱的道儿还是有的。

他们这是真的被钱给逼急了，一行五六人晚上抢劫，抢成功了三次，总共抢了不到三千块。这几次得手就像是兴奋剂，让他们觉得还是有戏。没想到，等到第四次作案的时候，他们就被警察给抓了。

南区警局。

“姓名？问你姓名呢！”警察的态度不是很好。

这个姚可可有案底，而且出来以后，就一直事情不断。

姚可可嚼着泡泡糖。

“吐了。”

她翻着白眼。

警察联系了姚光年，姚光年和姚可可的妈妈很快就赶到了警局。

姚可可的妈妈还是想求情，她女儿不缺钱，这样的家庭怎么能去抢劫呢，就是玩，年轻不懂事。

姚光年黑着一张脸，这已经不是第一次了。

“也不知道你们到底是怎么做家长的……”警察训话，上次才放了，这回又重操旧业，这要追究责任的。

姚光年突然就失去了拼搏的力量。

父女俩面对面坐着，他看着姚可可，问：“你觉得我欠你的？”

姚可可正眼都不看她爸一眼。

“我也不知道我欠了你什么，你就非要这样对我。你出来的时候，我和你妈妈心心念念以为你能改，你要做什么，我们都支持，我出钱出力，就是为了不让你走回头路……”

“你和我说这些干什么？”

姚可可现在心中再也装不下爹妈，她就是认为这世界不公平，认为爹妈早点死，她还能早点得到钱，继续过潇洒的日子。

姚光年差点都哭了，无言以对，这是自己的亲生女儿啊！

他无话可说，警察愿意怎么追究就怎么追究吧，对这样的女儿，他无能为力了。

“……先把可可保出来……”姚可可妈妈在他身后催。

姚光年说：“她怎么就没打死你呢？”

然后，姚光年起诉离婚。他没有办法管下去了，真的没有力气了，以后她们母女的生活，由她们自己折腾去吧，他是操不起这个心了。

姚可可的妈妈始终抱着一个念头，孩子就是小，早晚都能学好的。孩子在里面待了那么久，肯定心理上会有变化的，别人能放弃可可，她绝对不能放弃。

可她管不了姚可可，现在姚光年也不管她们了，钱花光就没了。

姚可可知道她爸走了，她觉得这是早晚的事儿，她爸外面能没人吗？

“给我点钱……”

“可可啊，妈求求你了，你这样下去就彻底完了，我们不能这样啊，得翻身。过去的那点事儿都不能算是大事儿，那明月不也活得好好的？你得比她强。”

闻言，姚可可砸了杯子，她听不得明月的名字。

如果不是明月，她会变成今天这样子吗？是谁把她害成这样的？就算当初她暗恋金晨，可那时候她才多大，能有多少真心？明月不来抢金晨，也就不会有这些事情了。

“她千万别被我遇上，不然我捅死她……”

陈滔滔事务所要聚餐，大家有些搞不清楚，那么抠的人，现在竟然说什么聚餐，难道是 AA 制？

没错，一定就是这样的。

助理用文件挡着自己的半张脸，解惑道：“别说我没通知你们，这次他出大血了，你们吃，他埋单。”

怎么可能！

难道陈滔滔得癌症了？发现原来人要死了，钱还没花光？

除了这种可能性，他们真是想不到其他的可能。

陈滔滔嘴里哼着小曲，助理已经包好场了，包了自助餐。因为没有提前预约，多少有些麻烦，好在酒店那边都给解决了，腾出两个半小时的场子，只等待晚上他们光临。

到了下班的时间，大家开着车，酒店已经提前通知到了，反正他们拿到地址的时候，差点被晃得眼睛都瞎了。

要是选个烧烤路边摊，他们都不会意外，陈滔滔自带酒水，他们更加不会意外。现在却要到酒店去，这里面有什么阴谋？是事务所要倒闭，干不下去了吗？还是他要裁员？

这么一想，大家心情有些凝重。

总之，对于老板难得一次的大方，大家表示非常不理解。

陈滔滔将车交给泊车小弟，和陶克戴走了进去。

“你别打算让我结账，我没带钱，事先说好。”陶克戴就生怕陈滔滔来这么一出，他是真的没带钱，没带卡，只带了肚子出来的。

“我是那么抠的人吗？”陈滔滔斜眼看陶克戴。

陶克戴想点头，但觉得实话太伤人了。他认真地想了想，才勉强摇了摇头，这头摇得很不情愿：“你不抠，我抠。”

陈滔滔整理了下西装走进去，陶克戴盯着他的背影，自己都从小鲜肉变成老腊肉了，他怎么还是这样一副身材？是不是单身的时间越长，保鲜越久啊？看来结婚结早了，早知道就晚点结婚。

该来的人都差不多来了，不可能比老板来得还晚吧。不然按照陈滔滔的个性，他绝对记仇，这是不给他面子呀。

明珠遇上堵车，被堵在半路了，有点心烦——上次放他鸽子了，这次说什么都要给补上——手指焦急地敲着方向盘。

大家都开吃了，陶克戴见陈滔滔一直拿着手机，好像在等电话的样子。

“家属来吗？”他问的当然是明珠。

“来不来的，还用我请吗？我让她来，她敢不来？”

那吹胡子瞪眼睛的样子，不知情的人一看，还以为他多有威严呢，家里的老婆恐怕就是个夫管严吧。

陶克戴嘴里的水差点喷了出去，你强！

“打通电话问问吧。”

陈滔滔打了电话出去。

“堵车，我被堵在路上了，估计快了。过去十几分钟就能到……”

人都已经出来了，而且在半路上了，陈滔滔提到嗓子眼的心终于放了下来，说：“你不来也可以，原本就是我们自己人聚餐，别人都不带家属，你非要跟来……”

陶克戴放下杯子，觉得今天这个酒太酸。他向服务员招招手，服务员走了过来，两个人说着什么。很快，外面有人拿着一瓶酒进来，问陶克戴这个可不可以，陶克戴点头。

然后，他对一位同事说："帮我带两块糕点，要甜腻腻的那种，我牙都被酸倒了……"

同事还纳闷呢，吃什么这么酸？

"陶律，你吃什么了？"

陶克戴耸耸肩，被人晒恩爱刺激的。

明珠电话打到一半，前面路就通了，她的车子很快就过了交通岗。

开到酒店，陈滔滔又打了一通，问她到没到。

"在几层？"

"我下去接你。"

陈滔滔带着夫人出现，大家自然得奉献点热情，但见面不如闻名……至少她和他们想象当中的不太一样。

呃，想象当中更加有气质，更加高贵或者漂亮什么的，而进来的这位就真是普通人一枚，有点让他们跌破了眼镜。

"抱歉，路上堵车，我来晚了……"

大家嘻嘻哈哈地聊天，说明珠可真有本事，能搞定陈律师，陈律师是出了名的难搞。

明珠挺给陈滔滔面子的，他吃的那些东西都是明珠拿给他的，他坐在椅子上就压根没动过，和这个聊和那个侃的。

陶克戴只觉得后背发凉，这是刻意秀恩爱啊。

他觉得不以真心出发的爱情，早晚都是要触礁的，比如眼前的这两位。

回家陈滔滔就得跪洗衣板吧？

陶克戴一边喝酒，一边心里暗暗地想着，陈滔滔跪在地上捧着明珠的脚给她揉，对嘛，这种画风才是正确的。

陈滔滔觉得有面子，明珠会来事儿，他丢的那些面子都找了回来。

"你老婆结账？"

陈滔滔颇有些显摆的样子："她说她要付，不过也是，养个女人我还是养得起的，她那些衣服、鞋子、首饰，哪个不是最好的。"

陶克戴推推自己鼻梁上的眼镜，有些话他不能对明珠说，不然就好像是在搞破坏。

陈滔滔送的首饰都应该送去检测，看看是不是真的，也许他会偷梁换柱呢。这种事情别人做不出来，但是陈滔滔太有可能了。

"你在家里还挺有地位。"

"有地位？"陈滔滔的鼻子喷着气，那不是一般的有地位好不好，都是他说了算。

"结好了。"明珠拎着包从里面出来，陶克戴和她招呼了一声就准备回去了，留那两口子在原地晒恩爱吧。

陶克戴上了车，明珠问陈滔滔："还不走？戏还没演完呢？"

"谁演戏了？我喝酒喝多了，告诉你别惹我，不然削你。"

明珠冷笑着问："打一架？"

"我胸口有点闷，散散步，走回去吧，反正也不是很远。"

走回去撑死也就四十分钟的路程，当成散步，她还能减肥，一举多得。

这一餐刷的是明珠的卡，他就是这么任性。

"花了多少钱？"

明珠报了一个数目。这是包场，不是按人头，肯定不会太少的。

陈滔滔点点头，慢慢地走，明珠走的速度就比较快，她这是工作养成的习惯。

"明珠……"

明珠回头看他。

"送你的。"陈滔滔在身上摸了半天，摸出来一个钱包，挺大的，不知道他刚刚放在哪里了。

明珠接了过来，问："心里过意不去了？"

她就觉得这男人矫情都矫情到一定的境界了，那个钱你自己结了不就完了？非让她花，然后再补偿给她，这不等于脱裤子放屁嘛。又不能说，说了就翻脸，那小性子。

"送你的，怎么就那么多的废话？"

正常女人这种时候，不是应该抱抱亲亲的吗，怎么你就这么另类呢？

明珠看了一眼，样式是她喜欢的，他还挺了解自己的喜好的。

她正准备装起来，陈滔滔又出声："你不打开看看？"

惊喜在里面呢，你不打开，怎么会觉得感动？

明珠按照他所说的打开，里面别了一排的卡，还有现金。他所谓的惊喜，可能就是这些东西吧。

这个世界上，唯一不太会让明珠能感觉到惊喜的东西，就是钱。没办法，她妹妹们，还有前男友用钱玩浪漫这种事情都做绝了，一点机会都不留给别人。

"真有钱呢。"她感慨了一声。

"那是，我从来不送人空钱包。"

明珠懒得戳穿他，你是不送空钱包，你送了一个钱包，别人得装满钱然后还给你。

"谢了。"

陈滔滔容光满面，他觉得自己今天形象特高大，地位上升了不止一点点，一瞬间就觉得自己和别人不同了。

心里感激死了吧？

紧接着，明珠就将钱包扔到包里，多一眼都没看，她现在有点累，想回家睡觉。

因为想回家睡觉，所以明珠脚下的速度越来越快。陈滔滔拧着眉头跟在后面，慢慢地就显得有些体力不支了。他是坚持健身的，但是走步不同，而且他现在还喝酒了。

明珠走那么快，她着急投胎吗？

感激、感动的话一句都没听见，她觉得没惊喜？

不会吧？这么大的惊喜，他自己都被吓到了，她能没反应？

他想让明珠慢点走，又不想说出口，就故意拖拖拉拉的，等着明珠发现，看她会不会自己走回家去。

明珠和他的距离拉开到两米左右，她停了停，狐疑地看着他，也没见他喝多少啊？她知道他酒量不小，只是平常不喝而已，装什么呢？

“哟，发现我没在了，还知道回头看我呢？我还以为你一点感觉都没有呢。”

“我走路一向快。”

“看出来了。”

明珠等着他，走三步他就停一停，今天就和她干上了。

“我下班到现在，路上堵车，然后陪你吃饭，这都九点多了，明天我还得早点去单位……”

留给她睡觉的时间才有多少？

闻言，陈滔滔默默地加快了脚步。

别的女人为了爱人偶尔展现的一点浪漫，估计一整夜都睡不着，他的老婆恨不得快点回家睡觉，压根就没把这浪漫给放在心上。他还想带着她去桥边吹吹风，还想给她买点花，合着他做这些都是为了哄自己是吧？

他知道了。

明珠回家就开始洗澡，陈滔滔则带着钱包又出去了，有钱就是这样任性。

“先生，我们要关门了，要买什么吗？”鲜花店的老板有些不解地看着他，都这么晚了，还来买东西吗？

因为前面医院有人和她订好了，所以今天关门有点晚。

“还做生意吗？”

老板点头，自然是做的。

陈滔滔在屋子里扫视了一圈，屋子不大，但租金不便宜，因为正对着医院嘛。他嗅了嗅，屋子里没有异味，都是鲜花的味道。

“都包起来吧。”

老板有些不理解，包哪些？

屋子里剩了不少的花呢，他都要买回去？做什么用？

“没听懂我的意思？”

老板点头，她不明白啊，买这么多的花要做什么？

“这么多的花，送人吗？”

“自己欣赏。”

扔着花瓣玩，不行吗？

老板快速打好包，但陈滔滔自己用手拿的话，没有办法一次性都拿走，老板有些发愁。他算了钱，然后买了一个烤地瓜，又招手打车。从这里到他家，走路的话，也就是七分钟。

出租车停在路边，陈滔滔让司机帮自己把花拿上去，然后他闪身进了门口的超市买了一瓶七喜。

到了小区，两人一起乘坐电梯上楼，司机将花放在一边，又下去了。

陈滔滔掏出钥匙开门，明珠早就洗好了，还纳闷这人跑哪里去了。

“你买这么多花干什么？”

“看着玩。”

烤地瓜就着七喜，他觉得这个气氛特别好，把家里的灯都关掉，点上蜡烛，窗户开着，一阵一阵地吹进来冷风，然后蜡烛的火苗跟着风一闪一闪的，好像要被吹灭，风没有了，蜡烛就继续燃烧，就这样重复再重复。

他自认自己就像诗人一样浪漫，浪漫就是他的血液，可明珠就是个粗糙的，不能理解他的人。

干了这一瓶七喜。

“你没吃饱吗？”

明珠趿着拖鞋看他，她头发干了就准备去睡了，没搞清楚他现在走的是什么路线。

“来一杯？”

明珠走了过去，陈滔滔拿杯子给她倒了一点点，然后自己举起来杯子。

“干……”

明珠很无语。她的手没动，其实她好想说，你有病吧。又不是白酒，干什么干？

陈滔滔一脸喝过白酒之后的表情，咬着烤地瓜。

“我没给你带，想吃的话，自己出去买，别抢我的。”

手里这个烤地瓜还挺甜的，他绝对不和别人分享。

“哦，你自己留着吃吧，我不吃。”

说完，明珠就回了房间。

陈滔滔继续吹着风，吹得很爽。

爽的下场就是，第二天陈滔滔不停地打喷嚏、流鼻涕——感冒了。

一大早，他就戴着墨镜出现在事务所，还穿了一身黑。如果不看脸的话，人们会认为也许是什么保镖之类的；看清楚脸了，会以为这是个盲人。

皮鞋踩在事务所大堂的地上，那鞋子真是一点灰尘都没有。单看腿的话，给一百分，就这两条腿，就够玩一辈子的了。

不看脸的话，给一百五十分。满分是一百分，多给的五十分是不怕他骄傲。

看脸的话，负分！

大家觉得没看头，原来是他啊。

这个“良家妇男”，首先有主了，其次太奇葩，最主要的是抠，看这一身闪亮亮的优点，一般人承受不起啊。

手上再夹个包，而不是拎着包，就像抄电表的。

陈滔滔啊陈滔滔，他在大家心目中的形象到底都跌到哪里去了？

陶克戴正好下楼，看见陈滔滔上楼，他还一愣呢。

这搞什么搞？昨天请吃饭，今天就一身黑，这什么意思？

“滔……”

陶克戴的话还没来得及出口，陈滔滔的电梯门就已经关上了，今天他走的是高冷路线。

助理推开他办公室的大门，他进到里面还戴着墨镜呢，捂着鼻子不停地打喷嚏。

“陈律师昨天后来去哪里了？”

“在家吃烤地瓜喝七喜，怎么了？”陈滔滔鼻子动动，看向助理。

助理头顶的信号区自动覆盖，上面提示，今天老板心情欠佳。

于是，他恭维道：“好高雅的吃法。”

陈滔滔静静地看着眼前的人，他觉得自己身边出来的，没有一个不是人物，这么虚伪的马屁都能拍。

等助理出去，他摘了墨镜，眼睛通红，这就是吹了一夜冷风的结果。

昨晚他先是喝七喜配烤地瓜，后来心情莫名其妙就嗨了起来，控制不住地不想睡觉。于是，他就看了一个案子，越看越是佩服自己，觉得自己怎么就那么牛呢？就这么天才，欣赏不过来，心中过于激情澎湃，所以窗子一直没关。

工作做完了，他又站在窗边扔花瓣，玩玩黛玉葬花的辛苦历程，很辛苦的一夜。

小区里负责打扫的阿姨，一边扫着花瓣，一边操着家乡话大骂，也不知道是谁家的神经病，可能链子没拴住，扔了楼下一堆的花瓣，到处都是。有病吗？

陈滔滔继续打喷嚏。一个喷嚏有人想，两个喷嚏有人爱，三个喷嚏有人骂，那他从出家门到事务所，现在已经打了至少有三十个了吧？这说明什么？

中午他找朋友去看了看，朋友说他着凉了，多喝点热水就好了。

“昨天干什么去了？”

“对着窗子吹了一夜。”

朋友无语地问：“你对着窗子吹什么？”

“心里有点惆怅。”陈滔滔认真地说。

“滔滔啊，你最近是不是有压力？”

“我是惆怅，我为什么就有这样的脑子，我怎么就这么聪明？我长得又好，身材又棒，一个人怎么可以这样完美呢？”

他真想掏出来镜子，认真地打量打量，每天都比前一天更帅，还让不让人活了？

闻言，朋友彻底无语了。

自恋到了这种境界，也是病啊。

明珠看看放在一旁的钱包，她的钱包脏了，也没换，换不换区别不大，因为换新的最后也会脏。她想着陈滔滔昨天纠结的表情，做了什么还需要人夸，和小朋友似的。

然后，她打开钱包，数了数里面的钱，这人出这么大的血，会不会肉痛？

明珠一想陈滔滔肉疼的表情，就忍不住笑了出来。她就是重口味，看着别人割肉，她就觉得爽。

陈滔滔啊陈滔滔，你可真是有一颗少女心。

拿着手机，她勉强发了一条短信出去：谢谢你的礼物，我很喜欢。

陈滔滔捏着鼻子，看着短信，他觉得眼睛好痛，都成蚊香眼了，他要请假回家休养。

然后，他可怜兮兮地让陶克戴送他回家。他昨天没怎么睡，上了车就开始大睡特睡。

陶克戴那边客户还在呢，黑着一张脸，头上都要出角了，黑山老妖要变身。他死死盯着后面的人，把他叫出来开小差，这样合适吗？

“你可得保重啊，不是小年轻儿，要节制……”陶克戴真心建议着。

看看昨天还挺好看的脸，今天就觉得枯萎了，这得被吸了多少精气？

“你把你脑子里的那些东西给我清清干净。就算是那样，我也有体力。你不知道，我这是吹风吹的……”

陶克戴脑中闪现不健康的画面，比如陈滔滔开着窗子，穿着定制的某黑色衣服，外面的风吹啊吹，明珠手里拿着皮鞭，他时不时咬着被子啊啊地喊着。

一大早，罗湖公园有人报警，警方接到报案快速抵达现场。

警方抵达之后就开始了打捞工作，并分析现场。最后，警方觉得最大的可能就是死者不慎掉入湖中溺水死亡，这是一件普通的意外死亡案件。

松山警局办事大厅里面人很多，有来报警的，鸡毛蒜皮的小事儿，邻里之间的纠纷，还有就是追债的，被骗钱的，各种各样。

不同于前面的那些，刚刚已经打算结案的罗湖公园案，死者母亲情绪较为激动。

警察将现场勘查的结果告知家属，这就是意外的死亡案件。

“我觉得不可能……”死者的父母情绪非常激动，且不配合警方，拒不接受调查结果。

今天的值班领导是王永强。他接到电话，就从办公室下来了。他穿的是便装，站在后面。

他一个堂堂的副局长，每天什么破事儿闲事儿都管，他也很纳闷，工作也可以这样做？上了明珠这条贼船，现在想要跳船太难了，他勉强给自己找了个借口，他怕水，那就只能继续航行。

死者家属就是反复强调一点，不可能会发生这样的意外。虽然他们不太会推断，但就是认为不可能。

最终，警方收回了之前给出的意外死亡的结论，开始查案。

调查死亡女子的人际关系，从目前得到的结果来看，该女子结婚半年左右，家属认定嫌疑人就是女子的丈夫。

于是，丈夫被带到警局问话。

丈夫和妻子平时都是用微信聊天，丈夫出具证明，他老婆才买了一辆电动车，不会骑，正在学，当天妻子还和他通过微信聊天，他让妻子早点回家。

丈夫的口供拿到，办案的警察却发现不对了。

骑电动车训练该去哪里？至少会选择空旷一点的地方吧，怎么样也不会选择去公园这种场所。而且，她所选择的这个地方，距离自己家所在的小区足足有五公里之远。

所以，警方现在也将怀疑目标放在了死者丈夫的身上。

作案时间，丈夫是不是具备？警方调查的结果是，该女子的丈夫完全不具备犯案的时间。也就是说，他和这起案子无关。

警方还做了现场模拟，测试了电动车行驶状态下坠落后的距离，最后得出结论：电动车确实是在行驶状态下坠桥的。也就是说，也许是出于什么原因，死者骑着电动车坠了桥。

同时，法医方面经过尸检，发现死者腹中有水藻等物，可以证明死者就是溺水身亡。

所以，警方依旧倾向于认为这是一起意外的事故。

现场模拟已经做了，而且嫌疑人根本不具备作案时间，但家属依旧抱着怀疑的态度，不同意警方结案。

家属不同意警方结案，警方就不能结案吗？这其中有什么说法呢？

自从明珠到达松山以后，对于群众而言，她干了不少的好事儿，当然也做了不少坑下属的事情。就比如现在家属不同意结案，放在过去这没得查了，接受不接受也只能这样了。但现在上面坐着一个明局长，据说办案公开、公正，还有公开的局长邮箱、局长热线，下面的人办事不力，群众可以去举报。谁都知道，什么事情要是捅到领导眼前，那就是现眼了。

这就等于，坑是明珠挖的，他们来接受后果。

家属坚持认为案子存在疑点，警察也没有办法，只能继续查。

这个案件的资料，王永强看了，从正常程序上来看，是没有问题的，看起来就是一桩普通的意外死亡案件，不涉及谋杀。

“家属现在不同意结案……”

法医那边也给出结论了，现场模拟也能说明一些问题，可家属就是死咬着不放。他们也能理解，毕竟好好的一个人说没就没了，不能接受也是情有可原，但毕竟已经排查过了。

于是，王永强批示，继续进行更深一步的调查。

拿着批复的人回到办公室里，冷笑地看着桌子上的东西。上面发话了，他们就得继续干，干就干吧，谁让自己不是大拿呢。

“领导可是批复了，还得继续查。”

警方深入审查，还真的查出了点不同的线索。

通过走访死者小区的住户得知，另外一个人曾经在这对夫妻的家中住过。警方汇集在小区里调查到的信息，发现了解到的情况较为真实，就将怀疑的目光投向了这个 A 某。在对 A 某进行密切的调查后，警方传讯了 A。

A 坐在椅子上接受警方的调查，目光很是坦然。

“案发的当天，你在哪里？”

A对自己的去向没有办法解释，根据警察现在推论出来的结果，案发当天A某和死者在一起。

“没错，我是和她在一起。我和她在搞婚外情，当天她要去练车，我陪同，去了罗湖公园，主要就是因为足够远，不会被人发现。她一定要载我，情人之间做些亲密的事情也能理解的吧，谁知道她水平就这样，我们俩同时掉进了水里。我不会游泳她会游泳，我当时害怕极了，就自己游上岸了，谁知道她……”说着，A 某叹了口气。

“为什么当时没有报警？”

“警官，我和她搞婚外恋啊，难道还要张扬出去？反正你们查着查着早晚都会查到的，我要是出现就比较尴尬了……”

为什么死者的丈夫会同意他住进家中？是因为他和死者的丈夫是发小，有几十年的交情，所以他所讲的尴尬，就是没有办法面对朋友，对朋友说“我勾搭了你老婆”。

这样来看，似乎结论又被推回了原点，这依旧是一桩意外死亡的案件。

既然查来查去都是这样的结果，那就证明一开始的推论就是正确的，这只是一桩普通的案件。

那现在就结案?

家属即便再不同意，现在也没有办法了，该查明的都已经查明了，必须结案了，依旧是以当初所拟定的意外身亡结案。

“王局，你看看。”

王永强扫了一眼，还是当初的结果，看样子是查不出什么来了。对家属，他也只能说：案子进行到这里，他们即便再怀疑，没有任何的证据能表明死者是死于谋害，这只是家属的一种猜测而已。

家属来到警局，警方告知了这几天所排查的结果，包括死者死亡的真正原因。

是，那个人自己跑了没有救死者，似乎从道义上来讲，有点说不过去，可是那人说了他不会游泳，而死者是会游泳的。

家属怎么也没料到查来查去，竟然查出自己女儿有婚外情，她才结婚半年啊。他们坚持一定要警察查，没料到最后查出来是这样的结果，死者的父亲嘴里直念叨着丢人。

“给你们添麻烦了。”死者的母亲握着办案民警的手说。他们也只是怀疑，觉得女儿死得蹊跷，没想到是这样的。

“应该做的。”只要你们能理解就好。

老头老太太才出警局的大门，警方就接到报案，报案的电话几经转接，却转进了罗湖公园案专案组。报警的是保险公司。

死者生前曾经买过保险，现在她丈夫持着保单出现在保险公司，要求保险公司赔付人身意外险。因为这个赔偿的金额较大，保险公司需要慎重调查，并且希望警察再次严格调查。

保险公司只是没有将话说得过于明白，这种买了意外险然后就死老婆的，未免也过于巧合了吧？是不是老天就真的这样帮助你，老婆一死，你就发家了?

死者的丈夫还为死者买过人身意外险?

如果是这样的话，这件案子恐怕暂时还不能结案，还要继续查下去。从警方的角度来说，这很诡异，是不是真的有这么巧的事呢?

“去罗湖公园。”

警方再一次出动，抵达罗湖公园，公园里遛弯散步、强身健体的人很多。

警察开始重新审查各项物证，一一排查探究，发现死者的鞋底有淤泥。

“死者可能曾经在湖中站起来过……”

抵达现场的警察下湖调查，下去的人水性都较好。这样的天说下去就得下去，没办法，毕竟工作职责所在。下湖的警察试着往前动了动，经过死者曾经溺水的地方，得知湖中的水并不是特别深，如果按照A某所说的死者会水性的话，只要稍微挣扎，都不会溺死。

这件案子，似乎真的像是死者家属所怀疑的那样，不是一桩意外溺水身亡案件，背后隐藏着什么秘密。这样一来，就要把死者的丈夫和情人带回来，细细审问了。

于是，办案的警察传讯A某。这次不同于第一次传讯，A某很快崩溃，第二天就交代了犯罪事实。此案系死者的丈夫和A某联合，诈取保险金。

死者的丈夫之前结过一次婚，经过警方询问，死者丈夫的前妻配合调查时说："我认识前夫的时候，他好像很有钱的样子。"

"什么叫好像很有钱的样子？"

前妻冷笑："看起来很有钱，其实就是个穷光蛋。他做生意，不过亏了很多钱……"

现在也就是维持一副有钱人的样子。

她和这个男人离婚，不仅仅是因为他装有钱，她还怀疑前夫曾经想害死自己诈骗保险金。她感觉出有点不妙，很快就撤出战场了，没料到还真是。

"我是命大，当初我就觉得情况不好……"

丈夫给她买人身意外保险，她当时就有点理解不了。如果是老夫老妻，买了也是正常的，有个预防，但新婚的夫妻上来就买人身意外保险，她觉得不靠谱。当时她还被好多人说心眼太多，现在回头来看，是她的多心救了自己一命。

死者的丈夫交代了犯案事实，这个案件是他一手导演的。

他早就料到了警方会发现A的存在，不过不要紧，妻子背着他偷人，而且A某不会游泳不救援也就是道义上难听而已，这笔钱他依然可以拿到手。却没料到，家属和保险公司都这样不依不饶，被警方发现了死者鞋底的淤泥。死者曾经挣扎过，A某惊恐万分，就死按着死者的头部，这样死者的鞋底才有了淤泥。

这下，警方终于可以真正结案了。

"你说他是不是每天不睡觉，盯着自己老婆，心里就想着怎么杀人呢？"办案的警察吃饭时说着这起案子。

能想出这样的方式方法，这男人也是挺愿意动脑筋的，正常人都会觉得累。

果然这有钱人是不能随随便便嫁的，看看这戴着面具的丈夫，可能伸手就要命。

小猫竖着耳朵，动了动，将耳朵变大，正大光明地听着。

明珠进来吃饭，聊天的声音就小了很多。她很纳闷，刚刚还挺热闹的，继续说啊，她又不是母老虎。

王永强吃完最后一口，准备撤退。

明珠却说："永强，你等我一下，有话和你讲……"

人家吃完都离开了，王永强只能羡慕地看着，盯着自己空空的饭碗。他还有事儿要做呢，要不下次见面再谈吧。

"永强……"

王永强苦笑着，其实明珠可以当他不存在的。

“你才下来吃饭啊。”王永强打着招呼。

明珠翻着白眼仁看他，他不知道自己是才下来的？和他约好了中午一起吃，结果她去他办公室时，他却早就下来吃饭了，避开她是吗？

“是啊，你不清楚吗？”

“我清楚什么……”王永强傻笑着，“找我有事儿啊？”

“没事儿就不能和你谈谈了？”

王永强呵呵地笑着，那就谈吧。

两人说来说去就说起来才破的案子，小猫凑了过来，明珠看了他一眼，也没有说话。这就等于是个小孩儿，长得也小，年纪也不大。奇怪的是，只要小猫坐在她身边，她总会有一种类似于当妈的错觉，自动将自己升级。

小猫却冷不丁地说：“很像你家里的那位……”

王永强愣了愣，他家里哪位？

明珠推开小猫的脸，她知道他说的是陈滔滔。

“他是真的有可能哦……”

“你最好闭嘴。”明珠警告小猫，陈滔滔不会那么傻。

“我也觉得很有可能……”王永强摸着下巴，明珠的这个丈夫就是个极品。

紧接着，他又说：“我还有事情呢，我先上去了……”就迫不及待地走了。

“他躲你。”小猫摆出来事实。

明珠当然清楚，不过又不是暗恋她，躲她做什么？

其实王永强去相亲了，他才刚刚说了不久，因为明珠他对女人都失望了，结果相亲成功了，这事儿有点不好意思讲。

他找了一个比自己小很多的女朋友，怕别人会认为里面有点什么。那姑娘家里条件挺好，他也不是为了人家的条件。至于人家为了什么看上他，他认为这是缘分。

下面的人肯定不敢调侃他，但是明珠就不同了，那张嘴有点毒，可别说出来什么老夫少妻的话，尽管这是事实。

可王永强没料到，上午才避开明珠，晚上就撞上了。

他和女朋友逛超市，小女朋友是那种特别体贴的类型，长相打扮都偏可爱，穿着短裙，头上戴着粉色的发带，他瞧着感觉太年轻了。不过人家女孩子还小，这样打扮也不能说错。

两个人在看玩具，要买给朋友家的孩子。

明珠太老爷似的一个人前面逛，陈滔滔在生鲜区买了不少东西，一样一样地看，一样一样地挑剔。反正他走到哪里，几乎都能把哪里的柜台工作人员弄疯。

陈滔滔推着车，看着前面走得特别潇洒的那个人，很想用自己的鞋子去砸明珠的头，活得可真是潇洒。

“我就在前面，给我打电话做什么？”

明珠接到他的电话，觉得这人可真是，前后就几步远，你大喊一声就听见了。

陈滔滔训明珠：“……我上一天班了，累得像狗似的，你就前面走，我推着车，这是你应该做的吗？”

超市来来去去的人不是太多，反正人家瞧着都觉得明珠挺可怜，至于吗？这还在外面呢。

“我推……”

明珠接过来车，陈滔滔的这口气才算是顺了。

然后，他指挥，让明珠买，一边走一边念叨，完了转身就和王永强两个人遇上了。

明珠下意识地就想把腰板直起来，手就要离开推车，陈滔滔也认识王永强，嘴马上就闭上了，而且打算马上接手推车。王永强觉得好尴尬，可女朋友的手还在他胳膊里。

陈滔滔又觉得不对，自己推什么推？他的家庭地位一直很高的，那现在装什么？

王永强对着明珠招呼一声：“明珠……”

“过来逛超市？”明珠淡淡地扫着王永强身边的人，倒是没多想，可能是带着亲戚家的孩子来逛。这女孩儿的打扮太过于青春了，看起来就像是个高中的小女生，长得很娇小。

永强尴尬地应着：“我同事，明珠。”

女孩儿对着明珠一笑，她有两颗虎牙，脸就那么小小的一捧，皮肤还特别好，水润润的，稍微有点刺激人。

明珠是不羡慕人家年轻，但皮肤状态好成这个样子，这未免有点太得天独厚了吧？这小姑娘可不得了。

“你好，我是永强的女朋友……”

陈滔滔默默地把自己被惊掉的下巴捡了起来，安装回去。老牛吃嫩草？

明珠笑得意味深长，王永强说自己还有事情，就带着女朋友离开了。

然后，明珠将视线转移回来。

陈滔滔说：“找个这么年轻的，他是不是有这个嗜好？”亏自己以前认为他是过于正直，或者是因为待在警局太久，见多了男男女女之间的那些事儿看破红尘了，结果在这里等着呢。

“羡慕的话，你也找个年轻的。”

“我口重，就喜欢你这样老的。”陈滔滔答。

“你比我老。”明珠笑笑，这是人人都知道的事实。

席雅若每天很辛苦地去寻找美食，然后保持身材，和朋友玩乐，还要做美容。她觉得自己真的好辛苦，谁能像她这样累？顺带着还要哄婆婆。没有男人了，就要从其他的地方找回乐子。

前男友联系了她几次未果，据说最近也泡上了新女友。爱情这东西就是这样，前一秒说着要生要死，后一秒谁还记得你是谁？

逛街，逛不完的街。她想约徐太宇一起吃个饭。她很少会去徐太宇的公司，探班这种事情不适合发生在她的身上。

她给徐太宇的助理打了电话，才知道徐太宇此刻并不在国内。

“太太……”

“那我自己去吃吧。”

她笑着收了电话，下午去做美容，晚上约了朋友打牌。

第二天一早，她起床的时候，徐太宇已经出现在床边了。席雅若最受不了这个人的神出鬼没，一点征兆都没有，说出现就出现。

她坐起来，招呼道："你回来了？"

"嗯。"很冷漠。

徐太宇的手机扔在床上，他迈开步子离开，可能是去吃早餐了。他的作息非常规律，早餐一定要吃，很少会饿肚子。

席雅若的视线落在床上的手机上，她就想看看，里面有没有那个女人的联系电话。她不是要找碴，也不是为了挑战，只是想看看。对于别人的隐私，她原本是不感兴趣的，不过她现在不是无聊嘛。

拿起手机，她想了想又放下，自己的教养告诉她，这样做不是很好。

徐太宇人在楼下优雅地进餐，他每天吃的东西都是差不多的，对吃的几乎也没有特别的兴趣，吃下去是为了不让自己饿死。

席雅若按开他的手机，以为会遇上密码或指纹一类的，结果什么都没有，特别轻松地就进了他的手机主页。页面比较干净，不像她的手机主页永远都是乱七八糟的东西一堆。

她找到通讯录，发现上面一长串的号码，后面编写的只有姓，好多还有重复的。她很好奇，这样子分得出谁是谁吗？

唯一一个全名的人，叫明珠。

明珠就是那个女人。

情人之间的称呼也是如此？真不浪漫。

将手机放了回去。如果可以的话，她真的很想撮合那个明珠和徐太宇在一起，自己和徐太宇就是联姻，说直白一点就是不夹杂任何感情，就算她和徐太宇将来生一个孩子，也不能说明什么问题。那明珠可以生两个呀，女人不是都喜欢为难女人吗？

快来找她报仇雪恨吧，不然这日子过得太无聊。

徐太宇吃过早餐回来，席雅若下楼去用餐。

"你找我一起用午餐？"徐太宇已经让助理预留了时间出来，今天中午他会和席雅若一起吃午餐。

席雅若点点头，听见他说中午要一起用餐，很想告诉他不必勉强的，但还是点了点头。

中午的时间过得很快，她下午继续逛街花钱。

徐太宇的助理为老板开着车门，徐太宇上车，第二条腿还没有挪进车里。

"徐先生，已经联系了明小姐。"

徐太宇点头，助理将车门推上，后面车子上的保镖快速入车，前后几辆车就夹着中间的车离开。

明兰已经到了事先约定好的地方，对方是通过她的经纪人联系到她的，可以说开出来的条件让她非常感兴趣。

"明小姐，徐先生两个小时以后会到。"

徐太宇的时间安排，现在已经精确到了秒，目前他没有办法来见明兰。至于明兰有没有时间，这并不在他的考虑范围之内。

“好。”

于是，明兰无聊地拿着杂志打发时间。

她睡了一小觉，做了一个美容，又看了两集无聊的肥皂剧，主角终于肯登场了。门被推开，几个人簇拥着徐太宇到门外。他们要确保徐先生的安全，哪怕现在是徐先生的私人约会时间。

徐太宇进门后，大门就被人从外面关上了。

“徐先生……”明兰站起身，她也不知道该称呼对方什么，就跟着大家叫吧。

据说眼前的人是明珠的前男友，可怎么看都不像，气势太强。明兰不太喜欢这种感觉，按道理说她们现在已经混得很好了，不缺钱不愁吃穿，可站在这样的人面前，无形当中不知道为什么还会产生一种自卑感。她并不太清楚这种感觉，姑且称之为自卑吧。气压太低。

“明兰？”

“是，我是明兰。”

徐太宇让她坐。他的坐姿很优雅，是那种难得一见的精致的男人，全身上下都写着一个雅字。可能会有很多女人喜欢优雅的男人，明兰却欣赏不来，这个人坐在自己的眼前，她只觉察到压迫。徐太宇要出钱捧她，她为什么不来呢？

他的话不多，明兰的话也不多。

“徐先生，我今天接到您助理的电话……”

“你和你姐姐不太像。”徐太宇提到明珠，难得温柔了一把。

这种温柔是发自内心的，因为长久以来他只对那个人温柔过，说话就会不自然地流露出来。他活得不算是轻松，赚再多的钱总要有去处才好，钱就应该花在相应的位置上。

“我们姐妹仨一贯不像，我大姐比较……偏男性化。”

徐太宇不想和明兰讨论这个问题，他现在需要明兰和他保证一点，他捧明兰，光明正大地捧，但不会牵扯出自己。他觉得明兰也是个很有潜力的演员。

“那徐先生想从我这里得到什么呢？”明兰努力笑着。

你敢说让我陪着你玩，我就骂死你。我们俩现在的身份，就是前姐夫和小姨子，你到底想干吗？

“我希望明小姐能站在我的一侧，如果有一天，我和令姐真的有机会结合……”

明兰打住他的话：“我做不了我大姐的主。事实上，我现在就认为明珠蠢透了，放着金山不肯要。虽然我看不惯，但我也不是金钱就可以收买的，我想红，天天想，日日想，但不是通过这种途径。”

徐太宇拧着眉头，明兰给他的感觉太糟糕，就好像一个精明的商人和一个蠢透的驴在进行交谈。他迫切地希望马上停止这场交谈。

“我很喜欢明珠。”

“你所谓的结合是指什么？娶她？”

明兰心中叹口气，情圣。明珠啊明珠，你选择错了。

徐太宇不肯回答，他怎么想不需要告知眼前的人，她只需要按照自己所说的去做就好。

“养着她？”

人渣！明兰推翻了自己之前的想法。

不是什么女人都是为了钱而活的，她是讨厌陈滔滔啊，但是陈滔滔至少没臭屁成这个样子。

“明小姐……”徐太宇再次重申，他的耐性所剩不多。

然后，明兰离开会所，上了车，一路到家。

明兰在家中待了两天，两天以后就莫名其妙成为了近期蹿升最快的女星之一，哪怕她什么都没有付出。

送到她眼前的剧本，都是选了又选，挑了又挑以后才会送到家里来。

“……我总觉得不太稳妥。”

明兰隐隐地担忧，这个徐太宇看起来阴沉沉的，是长得好，问题是长得再好她也不来电。明珠的眼光，她真的没有办法去赞同，要么就是极致的冷，能冻死人，要么就是极致的热，扔下去就直接变成熟虾。

“你接你的。”

明兰不知道她姐对徐太宇是否过分相信，一个男人愿意在你的身上花钱，乃至将花钱的范围延伸到你的家人，这就很危险了。还是明珠有其他的想法？

“明珠，你不会是脚踏两条船吧？”她越想越觉得像。

明兰一夜之间就红了，怎么红的，所有人都莫名其妙。反正这张脸是被强硬地安利了，每天是她还是她，演技还说得过去，脸又很新鲜，转眼她就成了炙手可热的一线明星。但距离巨星，还是差那么一点。

以前拍戏，不要说专属的座位，什么身边总是跟着人，轻声细语地问话，她演技好一些，导演还会认为她是抢镜头呢。现在可好，人人见到她都特别谦虚。

明兰有点不太习惯这样的改变，前几天她还什么都不是，只能看着别人大红大紫，自己缩在家里。红不红这种事情羡慕不来，结果今天她就红了。外界传什么的都有，女演员红得莫名其妙，背后总是和富商勾搭在一起的。

想要邀约明兰的节目有很多，她都一一推掉了。她现在不方便说家人，她大姐和小妹哪一个都不适合露脸，至于父母，妈早就死了，爸也和死了差不多。

明月很少看电视剧，难得还追了明兰最近拍的那部，她觉得蛮好看的。只是她真的不太喜欢看这些东西，欣赏不出水平来。倒是她婆婆跟着眼泪一把鼻涕一把地哭，天天等着电视剧的放送时间，然后往电视机前一坐。

金晨的妈妈就觉得怎么可以演得那么传神？看她演戏，你都忘记了她的脸蛋。

“明月，能和你姐要两张签名照吗？”

明月：“……”

应该可以吧。

第十八章 抽象的套套陈

明兰的这次蹿红，已经不同于当初那种人家认得她，却叫不出来名字了。张鲁自然也知道自己的女儿很红，报纸上杂志上刊登了很多关于她的新闻。明兰没有提过自己的家庭，很少接受采访，因为没什么可说。

姚可珍将报纸扔进垃圾桶里，也不知道老天爷为什么这样，明家的那几个小崽子一个接一个地好了起来，打了翻身仗，还是她能看见的好。现在的女演员长得都差不多，怎么就红了她？

“妈，这个女演员好看吧？”

姚可珍的女儿拿着明兰的画报，说自己想去考表演系，她觉得演戏挺好的，看起来多风光，每次看新闻都能看见明兰穿得特别好看。小孩子嘛，看不见背后，只能看见人家风光的一面，觉得这样很好，而且她班上的男生都认为明兰很漂亮。

姚可珍一口气卡在嗓子眼，不上不下的，淡淡地说：“有什么好看的？不就是个一般人。”

“妈你可真会睁着眼睛说瞎话，这叫一般人？她长得和天使一样……”

“你见过天使？就说她和天使一样！”

姚可珍的女儿撇撇嘴，她觉得自己妈现在是到了更年期。

然后，她拿着画报去给张鲁看，张鲁倒是难得地看了，看完以后笑了。

老二也就只能靠着这张脸谋一条生路了。

在张鲁这里，哪怕明兰赚一千万，赚一个亿，将来赚一千亿，这都和他没有关系，能让他感觉到脸上有光的，是明珠那样的。

“听你妈的话，当什么演员？你当演员，我就和你脱离父女关系。”

孩子翻着白眼，怎么父母都这么顽固不化？这都是什么思想？她不乐意地回了自己房间。

没过多久，姚可珍的父母也知道了明兰蹿红的消息，姚可珍的母亲感叹：“谁能想到今天……”

她一点都不希望这电视剧红，可事与愿违，现在身边的人都在看。她觉得内容什么的，没有什么好看的，可大家似乎并不这样认为。

要是知道有今天，当初她就该扶持一把，能花几个钱？现在就到了收回报的时刻，她敢不孝，家里就敢对着媒体撕破她的假面具。

可惜了。

没想到明慧那样的女人，竟然养出三个有出息的孩子。

“可珍你要说说她，这怎么说也是她的继女，她们也长大了，有些事情不应该像小时候那样看待了……”心境不同，有家人和没有家人那是两种概念。

“我说了有什么用？她就是犟，当初那房子动迁，我就说应该打官司……”是你们都在乎脸面，脸面有用还是钱有用？这钱握在手里，不委屈的是自己，现在可倒好，什么都没轮到。

“打什么官司？”还不够丢人的，按照当时张鲁的社会地位，他可能会承受的指责可想而知。

这几个孩子命也是够硬，这样死不成，那样死不成，现在竟然连那个人都给弄进去了。

他倒是小看了明珠。

他有个侄子最近求他一点事情，侄子是松山那边的，偏偏明珠现在就管松山警局，警局有个自己人好办事，是想通过他找找关系。他现在就等着可珍将关系送上门了。

姚可珍的母亲和她说了，姚可珍不能理解父母的做法。既然家里的钱够花，何必去看明珠的脸色？

“我不知道她在哪里办公，我也没有去过。”

姚可珍紧接着就想拒绝，可惜她爸没有给她拒绝的机会。

姚可珍挂了电话，盯着手机出神。

一个两个的都是明珠，明珠。

姚可珍换了衣服，开车去了松山，路上开得较慢。抵达松山警局，车停在外面好久，她都下不了决心进去。她进了这道门，好像就把自己的面子踩在脚下了。

过去她不养这几个孩子，也没打算从她们的身上获得什么。现在她的心境依旧相同，只要她们不来打扰自己的生活，她就不羡慕。

可事与愿违，她们阴魂不散。

想了很久，她还是进去了。

“头儿，有人找你，她说她叫姚可珍。”

王永强和明珠一起吃午餐呢。王永强的记性还算是不错，这个姚可珍，他没记错的话，是明珠后妈？

明珠一愣，姚可珍找她？

“听说你找我？”明珠出现在姚可珍的面前。

曾经这个孩子和她差不多的身高，那个时候挺会耍狠的，她爸都被她玩得团团转。现在这个人比她高了，比她年轻，她的头发都已经白了，明珠还年轻，年轻得让她觉得自己老了。

时间真是一去不复返了，刚和张鲁在一起的时候，她觉得自己还年轻。

“希望你帮我一个忙。”

“要我帮忙？”明珠似笑非笑地看着眼前的人。

“你两个妹妹出国的钱总是我掏的吧。那年如果我不出这钱，你也知道当时你们家的情况……”剩下的她就不说了，说多了没用，有良心的孩子，就应该想想，人家为你付出了多少。

“这干我什么事？若不是因为我两个妹妹登你家的大门威胁你，说你不送她们走，她们就要杀了你女儿吗？”

“明珠，你是个警察。”

“我没说我不是。”明珠回答。

姚可珍无语地看着眼前的人。明珠根本就没变，她以前说话就是这副调调，当了警察依旧是这副调调，这样的人怎么配当警察？

“明珠，我只求你这么一回……”

“有一就有二，这样的事情我见多了。还有，姚女士，如果今天来的不是你，而是张先生，这个面子我也不会给。我们三姐妹不欠你们一点一滴，我们就是这样忘恩负义的东西。”

她活着的准则就是，趁着能压死她的时候，千万要下重手，不然等她翻身，她会翻倍地对付那些人。

“当年你和我父亲闹婚外恋，我母亲可有找过你？”

姚可珍的脸色有点不好，都过去这么多年了，你妈也死这么多年了，还提这个做什么？

明珠笑：“我妈从来没有当着我们姐妹的面提过我爸出轨一句，我也很纳闷，我爸和你在一起，竟然还没有和我妈提出离婚，看来这场爱情比我们想象的温和了一些。”

闻言，姚可珍脸色苍白，目光游离。有些事情现在回头去想，真的就不是自己当初认为的那么回事儿，她和张鲁的这场婚外恋她背负了太多骂名，相反张鲁似乎一路向上。

“你不用挑拨我和你爸的关系。”

“用得着我挑拨吗？”

明珠回到餐厅，多吃了一碗饭。

王永强默默地放下筷子，说：“你一个女人吃了整整两碗冒尖的米饭，真的好吗？”

好像是个饭桶一样。

“你吃三碗的人，说我吃两碗的，大姐笑二姐？”

陈滔滔经过甜点屋，转了一圈找了位置停好车，就推门进去。门上挂了一个铃铛，随着他推门的动作叮叮当当地响了起来。

“先生，请问要买些什么？”售货员上前微笑着问。

店里现在买东西的人不是很多，不过柜台里的一些面包都已经断货了。结账台上有很多贴了便利签的甜点，这都是人家打电话预定的，不对外卖。

“能现场做蛋糕吗？”

“可以的。先生想做什么样的蛋糕？”

“好吃的。”

店员说：“我家店里的蛋糕都非常好吃。”

陈滔滔选着蛋糕的样式，站在柜台前，微微弯下腰。柜台上一排的水晶灯，打照在模型上。外面的天色已经黑了下来，店里一束温暖的光打在陈滔滔的脸上、身上。如果只是这样看，他算是个美男子，既温柔又淡然。

“多放一些水果吧，她比较喜欢吃水果。”

前台的师傅忙碌着，陈滔滔走到柜台去结账。

“需要卡片吗？”

“不需要。”

紧接着，蛋糕就被装进了盒子当中。

“先生，您的蛋糕。”

明珠进家门，发现屋子里都是烛光，没有开灯。

“停电了？”

“没有。”

陈滔滔端着牛排出来，摆放在桌子上。

真是个特别温暖的夜晚。

明珠换了衣服出来，好像闻到煳味了，走到桌子前一看，不是她闻到了，而是牛排就是糊的。

“今天什么日子？又是酒，又是蛋糕，又是牛排的。”

他什么时候生日她不清楚，她自己的生日她从来不过，从小她就这么有个性。

“不是什么日子，就是想做了，牛排煎煳了。”

“挺好的。”不用她弄，煳了也能勉强吃。

陈滔滔邀请明珠入座，将明珠的椅子往里推。

“今天让你享受一把绅士风度。”

哟！

“你平时就挺绅士的，不需要今天体验。”

“你这么夸我，我会骄傲的。”

陈滔滔入座。

今天真不是什么节日，就是想这样吃吃晚饭，然后点几根蜡烛，说说话，完了该掐还掐，该闹还闹。

很多年前，他也没料到会是这样的结果。

他那天嘲笑王永强，其实自己和王永强也是半斤八两。不过当时的他，是真的对明珠一点心思都没有。那个时候的明珠，说实话除了一身的戾气，那一点的骨气，她什么都没有，贫穷得很。

世事无常，谁知道那个小丫头今天就成为了他的枕边人呢，怎么去想吧？

“你觉得八年之前的我，是什么样的？”

明珠放下刀叉，她觉得吃东西就不该讲话，讲话就不该吃东西，喝了一口红酒，她问：“你买的？”

“嗯。”陈滔滔现在就想知道自己当初在她心目中是什么样的形象，毕竟当时他还是帮了明月，虽然最后的结果……那也不能怪他不是？

“这酒挺贵的吧？”明珠的注意力依旧在酒上。

“不贵。”

明珠对上他特认真的双眼，她突然有点不好意思开口："真的要我说，说真话？"

"当然是真话。"

"面目可憎的一个人。"

就这些？！

他当时不是像救世主一样出现了吗？她应该感觉到希望了，难道一点别的也没想？不是因为那个时候多少对他有点欣赏？

那个时候，他还帅着呢，一脸的胶原蛋白……当然了，他现在也不老。

陈滔滔动了动嘴唇："你说说假话吧。"

"没见过这样的男人，没接触过这么优质的男人。"

陈滔滔点点头，还是假话耐听，听真话和假话真的就是两种心情。

陈滔滔切了一块蛋糕，送进嘴里，味道确实不错，难怪出名，也没觉得腻。

明珠挖了一块，尝过之后说："挺好吃的。"

"明天给你叫外卖？"

"好啊。"

第二天，陈滔滔真的叫店里送货去松山警局。当然，光是路费他就要出不少，大大小小的盒子几十个，是店里用面包车拉去的。

车子在警局门口停下，因为要做登记，司机嫌麻烦，问可不可以将东西放在门岗。

几乎人手一块蛋糕，有大的有小的。这么小小的一块肯定起不到什么作用，能吃的人两口三口就嚼了下去。

小猫几口就吞了下去，又慢慢地回味了一下，觉得还挺好吃的，早知道就慢点吃，一口一口品尝了。

在大厅办公的那些警察几口就吞了下去，有些拍拍自己的肚皮，心想，哎呀，跟着局长还借光吃了一把名牌蛋糕。

王永强外出办事，刚刚回来，他的那块还在办公室呢，特意过来和明珠打声招呼。够奢侈的，给这么多人都买了，花了不少钱吧。有钱果然就任性。

"别指望我会还回去，我请不起。"他每个月的工资就那么一点，不像明珠，有个能赚钱的丈夫。

"没指望你请，吃吧。"

"你家活雷锋发财了？"

"可能是心情比较好吧。"

事务所这边也发了蛋糕卷，拿到的人都挺高兴的。愿意自己吃就自己吃，不愿意自己吃可以送人，毕竟这样贵的蛋糕卷送人也挺体面的。

"他脑子是不是受重伤了？"

这么抠的人，怎么就突然想得开了？先是请大家吃自助餐，然后又发蛋糕卷？

"可能被老婆影响的吧。"

爱情这东西很奇妙的。

当年文县出了一个高考状元，远近皆知，动静闹得很大。农村飞出了一个金凤凰，附近的人谁不羡慕古家？附近村落的年轻人，要么出去打工，要么守家种地，还有的做起了生意，不是没有成功的，但古乔却是这方圆几百里的独一份。她考的是名牌大学，现在又要出国了。

古乔是个很出息很努力的孩子，贫穷的家庭并没有成为她的绊脚石，相反成为了她向上的动力。大学毕业，她争取到了出国的名额，想要出去看看外面的大世界，父母却不同意。

用古乔父亲的话说，这个家供养你实属不易，现在你终于出头了，应该尽快工作，然后报答家里，改善家中的生活条件。

古乔大学的学费全部是自己打工所赚。不仅如此，她有额外的时间就去当家教，学生跟着她，是真的进步不少，所以雇佣她的那家人在金钱上没有吝啬。一个传一个，靠着良好的口碑，她的家教工作没有间断过，生活不富裕，但至少也吃得饱念得起书。甚至大学四年当中，她就给家里盖了新房子。

当初人人羡慕古家飞出来一只金凤凰，现在这只金凤凰可能要飞到国外去。古乔的父亲沉默地坐在床头，古乔的母亲唉声叹气地坐在椅子上。

孩子养大了，现在就开始不听话了，让她找工作，她却坚持要出国。说了家里没有办法供她出国，她却说自己会想办法。怎么不为家里想想呢？

名牌大学毕业，工资总不会少吧？她看不见家中现在的状况吗？一个女孩子，怎么可以不体谅父母呢？

父亲终于开口了："我不同意她出国，让她回来找工作。"

母亲说："就算我说，她也不听啊。"

父亲发话："给她打电话。"

古乔被父母的几十通电话催了回来，刚进村子就看见她妈在村头等着她。

"你这个孩子就是不听话，你爸现在生气了。"

"妈，我好不容易争取到的机会……"

"出国能怎么样？你就是不踏实。你要为家里想想，要为你弟弟想想。"

"我不是已经出钱让你们改建了房子？"

她念书的时候是没日没夜地拼命，打工，赚奖学金，过得真没有父母想象的那么轻松，每天只睡那么几个小时，是靠着信念才坚持下来的。给家里盖起了三层楼，她终于松了一口气，觉得使命已经完成。

"那你弟弟结婚，还需要一个房子。"

古乔的妈妈说着，要在旁边盖栋楼，但是手里没钱，只能指靠女儿了。他们都是农民，没有来钱的地方。

"妈，我这个钱怎么赚的，我和你们讲过，我的日子没那么轻松……"

这些钱她都不知道怎么给家里的，她好不容易毕业了，以为身上的担子终于可以放下了，没料到家里是这样的反应。

“你别和我说这些，你一个女孩子一直念书，我和你爸爸也没有反对。”

村里有几个女孩子念书家里会供的？女孩儿就是外姓人，早晚都会嫁人的，供着念书也是便宜别人家了，何必浪费这钱呢。可他们夫妻却当了村里的头一份。现在别人背后都议论他们，换回来的，明显没有付出的多。

古乔想走出去，就是因为她觉得村子里的这种风气落后，在他们这里，女孩子没有地位，甚至很多人认为不应该让女孩儿念书。

母女俩前后进了村里，进了家。古乔的父亲坐在屋子里，古乔很快就和她爸争吵了起来。父女俩争吵的原因很简单，她爸让她现在马上签工作，古乔却不同意。

“我养了你，我说了就算……”

“爸，你那是旧思想……”

“什么旧思想？你念了点书，就不知道自己是谁了？我是你的爸爸，我生了你养了你，你就应该回报。”

“我回报了呀。我念书的这几年要自己赚学费，还要打钱回家里，也给家里翻盖了楼房……”她不是不累，只是和家人说，父母也不能体谅她。念的书越多，不是她自我膨胀，而是看明白了一些事情。

父母总是揪着养育之恩，认为养育之恩比天高比海深，她就是穷尽这辈子都还不清，来压榨她，只要她弟弟有需求，她就必须无私地奉献。她是姐姐，可首先是个人，是个图发展的人。将来她的条件好了，弟弟如果条件不好，她不会眼睁睁地看着不管的，但现在她的条件并没有父母想象当中的好。

读名牌大学看着风光，可多少人毕业以后工作也就是那样？在小山村你是凤凰，到了大城市就是凤尾。古乔不想和父母絮叨她这几年有多辛苦，但不说，父母更是变本加厉。

“所以现在你认为你还完了？古乔，我们养你这么大，你用什么还？不是我和你妈，你能有今天？”古乔的父亲很气愤。

女孩子就不应该送她们去念书，念书多了，心境就变了，原本就是外姓人。不怪古人把女人不当成自家人，这还没嫁人，就和家里算得如此清楚，要是嫁了人，还能有家里什么事儿？

“还还还，你们总是认为我欠你们的，那生我的时候，你们是不是就认为我是来还债的？我是一定要出去的，你同意我要走，不同意我还是要走。”

说完，古乔就回了自己的房间。

她和弟弟的感情原本不错，但弟弟被父母这么一带，现在也认为她欠家里的。

每一次回来，就是一次不开心的旅程。家之所以被称为家，是因为这是孩子可以用来避风的港湾。但是她家就是个屠宰场，要将她生吞活剥，还要算算她的价值，榨干她每一滴汗与血。

躺了一会儿，想了想，她还是打算离开，这个家没有办法住。

古乔的父亲也气得回了房间，愤愤地说：“她现在翅膀长硬了，就不听话了。”

对付女儿，必须折断她的翅膀，叫她老老实实地待在家里。既然她念书不能为这个家带来利益，带来家中所需要的，她心中也根本没有这个家，那就别念书了，也别工作了，赶紧给她找个人嫁了算了。

古乔的母亲也认同丈夫的话，毕竟女儿说的话有些过分。

家中为了养你，付出多少？现在只是叫你回报一点，你就抱怨。盖了一栋楼说得好听，可这楼翻盖才花了多少钱？人家有钱的盖的是几层的别墅，看看自己家的这个房子，里外里才花了不到三万块钱。

“那有什么办法？女生外向，以后谈恋爱了，嫁人了只会更加向外。”

现在都不挂念着家中，可想而知以后会怎么样了。

古乔的父亲躺了一会儿，心中觉得不甘，自己养的孩子竟然不听自己的话，这有违祖辈的传统，谁家的孩子不为家中奉献？十里八村的，孝顺出名的，拿回来大把钱财，给家中父母盖房，为兄弟操持家业，这才算是合格的女儿。

“不能让她走。她现在翅膀硬了，我们就必须折断她的翅膀，叫她不能飞。”

古乔妈有些犹豫。

“指望她？要么她给我写一张欠条，不然别想走。”

古乔的父亲说做就做，马上就将古乔的房门锁上了。古乔听见声音，觉察有些不对，试着拉门，却没拉开。

“妈……”她在屋子里叫着，“妈，你给我开开门。妈，你们这是干什么？妈……”

古乔妈站在门外。对这件事情，她也没办法，自己什么话都说不上，而且她也认同丈夫的话。

“你爸说，你给我们写一张十万的欠条，我们就放你出来。”

闻言，古乔差点背过气去。

冷静下来，她说：“你们关着我，这是犯法的。”

“你别和我说什么犯法不犯法，我是你亲妈，警察来了也管不了我们。”

古乔的亲戚都是住在这一个村儿的，可以说前面走几十米后面走几十米都是亲戚，家里关着一个大活人，不可能别人家没发现，特别是古乔回来的消息大家都得知了。只是，他们认为她被关也实属正常。

一个女孩子，家里拿了钱供你念书，让你成才，你却拒绝为家里带来回报，养你何用？儿子养老，女儿就白吃家中的米？千百年来也没有这样的说法。

古乔拍着门板，她妈跟她谈不妥，又换了她爸来谈。

“我就是要你写一个欠条。还有，你弟弟将来结婚要出的彩礼，你管不管？”

十万只是头盘菜，其后还有彩礼，生了孩子还要管，谁让家中只有她一个人出息呢？一个读了名牌大学的帽子扣下来，就能直接压死你。

古乔只能报警，她趁着外面的人没有防备，回去休息的时间，拿出手机。好在手机没有被没收，不然她现在只能听天由命了。

现代社会，竟然会发生这样的事情，任凭你怎么去想，都没有办法理解。

报警接线员问清楚情况，然后转线。

后来，警察来倒是来了，不过……

“有人报案，说你们非法拘禁，怎么回事儿？”

“救命……”古乔在屋子里喊救命，她父母对着警察解释，只是父母教训孩子，无伤大雅的事情，孩子报警就是无理取闹。

“那也不能这样啊，人得放出来……”

古乔的父亲和警察诉苦，说：“家里培养一个大学生容易吗？这孩子念书那是真好，可心太狠了，不管家里。她还有个弟弟呢。”

这种事情，警察也不会多管，毕竟只是家庭纠纷，不要闹出来太大的动静就好，只能以劝诫为主。于是，警察说：“能谈就谈，不能谈也不能关着人不放啊。把人放出来好好说，毕竟你们是她父母，生了她养了她，她会听的。”

古乔的父母当着警察的面把古乔给放出来了，警察就准备离开了。

“我要和你们一起离开。”古乔提出来。

“你还有完没完了？你还想干什么？闹腾得还不够？天都要被你作破了。”古乔的母亲拍打着女儿。

已经放你出来了，你怎么还要走？话都没有谈完，怎么能让你走？你一句承诺都没有，就这样就走了，万一以后不回来呢？那我们这些年养你，岂不是白付出了？

古乔坚持要和警察一起离开，但警察没有办法带她走，劝她冷静下来和父母好好地谈谈，没有必要制造矛盾。随后，警察就离开了。警察前脚离开，后脚古乔又被她父母锁了起来。这次他们学聪明了，将她的手机没收了。

古乔的父亲和她大伯商量——没有办法，只能惊动亲戚——大伯就表示古乔心狠，这个欠条她必须写，如果不写的话，这样的孩子放出去，以后就不可能回来了。

“她现在觉得自己见识到外面的世界了，心也狠，什么父母兄弟，都不会放在心上。等她走出去，你们再后悔就来不及了……”

古乔的父亲和自己的哥哥多喝了一点酒，躺了半个小时，酒精上脑，还是越想越不甘心，等哥哥离开，他就从床上蹿了起来，冲进古乔的房间，开始殴打女儿。

不只是打，是想打死她。我活活地打死你，叫你不听话。

所以，他无论抓到什么，就都不管不顾地往古乔的身上、脑袋上砸。这个时候，他哪里还有父亲的样子，完全就是个恶魔。

很快，古乔就被砸得满脸都是血，被砸倒在地。她父亲仍旧抡着椅子照着她的头一下一下地砸着，根本不管这样会不会要了她的命。

她爸砸着砸着，可能是因为酒喝多了，站不稳，古乔就趁机跑了出去。

她头都是晕的，看不清楚前面的路，身上也都是冷汗。她不知道自己的身体出了什么问题，但是求生的欲望让她迫使自己往前跑，一定要跑，跑出去，接着跑，不能停。

她妈在后面追，古乔一路跑到村口，她算是幸运的，因为遇上了一辆车。

她努力呐喊着：“求求你，帮帮我……”

那司机距离近了，更近了，他瞧着好像有个女人跑了出来，一脸都是血。原本他不想多管闲事的，毕竟现在的社会，做好事儿，等着你的不见得就是好人好报。可车子开到了古乔的眼前，他还是踩了刹车。

古乔上了车，司机看着她，递给她一条毛巾——不太干净的毛巾，车上没有干净的东西，他送货才回来。

“我这里只有这毛巾，按着能行吗？”

他也不知道这孩子哪里流血了，满脸的血，看起来吓人极了。

“能不能请你送我去警察局？”

然后，司机送古乔到了松山警局。

为什么是松山警局?

附近就有派出所，但古乔坚持不去附近的派出所，司机是顺着松山开的，然后回上中的家，就送她去了松山警局。

他送古乔到了松山警局，在门口放下她。

“你自己一个人能行吗？”

古乔和司机道过谢，歪七扭八地走着，脚下一个无力，直接躺在了地上，头越来越不清晰，眼前的景物越来越晃。

古乔醒来时，她已经在医院了，房间里有警察敲着电脑。

有点不同的意义。古乔见过很多当事人在病房清醒过来，还需要再次联系警察的案例。警察也许是忙吧，所以没有这么多时间守着你，等到他们有时间了，才会出现在医院，然后问你的口供，至少她以前认为警察都是这样工作的。

警察等待古乔苏醒时，她的医生向他详细地说明了古乔的身体状况。

“你现在有什么想说的吗？”

古乔说自己要报警，她的父亲想杀了她，她不敢回所谓的家，她害怕。她如果认命，不是成为家中的提款机，就是成为一具死尸。

警察给她做着笔录。她提到自己曾经报警，但警察只是抵达现场看了一看，让把她放出来，然后就离开了。

“你们可以帮助我的，是吗？”

她现在不需要调解，她甚至担心自己的安全，哪怕那些人是她的亲人，他们却像是魔鬼一样的存在。

“每个成年人都要为自己的选择负责，在松山这里是这样的。”

按照上面的指令，古乔被保护了起来，等到她的伤势好一些，会由警察护送回到家中，再录她家人的口供。

她是一个人，她有权利活着，有权利平安地生活，有权利要求她的家人不能如此待她。

陈滔滔接手了这个案子。

这方面他擅长。古乔的父母对所做的一切都承认了，但拒不认罪——打骂自己的孩子，不要说现在没什么问题，就算是打死了，孩子是他们生的，是这个孩子不孝顺，他们没错。

古乔的母亲试着和警察解释，这个孩子实在是太过分了。

这个过程当中，古乔的弟弟一直低着头，不说话，也不去看姐姐的眼神。他自己没有本事，被父母常年洗脑，他也认为姐姐就应该帮着家里，顾着家里，现在他也认同父母的说法。可姐姐弄幺蛾子，自家的事情竟然还报了警，让别人看了笑话。

“这就是我所认为的，法律上的欠缺。就这样的人，直接告他，不尊重生命，让他倾家荡产，看他以后尊重不尊重。”陈滔滔插话。

没有继续谈下去的必要。

犯罪的代价扩大，当然不会完全没有人犯罪，却可以适当地制止一些人犯罪。毕竟代价太大，做之前总是要考虑考虑后果的。

三思而后行。陈滔滔让古乔先申请保护，其次离开家。对什么样的父母，就该拿出什么样的态度，是人就当成人来对待，不是人，那就用对待兽的方式。既然法律上有硬性规定，那好，等到父母不能动的那天，需要她来赡养的那天，该出多少钱她就负责出多少钱，多一秒也不需要见。

“你怎么能这么讲话？”古乔的妈妈对着陈滔滔喊。她真的不是很喜欢律师这种职业，这说的都是泯灭人性的话，亲人之间怎么可以这样算？

“我就这样讲话，这样讲话都是轻的，伤害他人就是犯罪。”

古乔的父母甚至都认为，这样的打骂上升不到犯罪的程度，毕竟孩子是自己的，属于私有产品。他们怎么也没料到，竟然会有一天上了法庭，他们老老实实了一辈子，竟然被自己的亲闺女告了。

王永强看过这个案件，予以立案就是因为他坚持认为，伤害就是犯罪，不管是不是家人。即便古乔的母亲没有动手，也是同罪。这才应该是法律的底线。

案子有了一点风声，媒体就蜂拥而至。当事人不愿意接受媒体采访，但还是有一家媒体将古乔的名字写了出来，用的真实姓名。可能就连那家媒体自己都没有想到，他们只是报道了一下家庭纠纷，就被法院警告了。

警告的出发点很简单，法院认为媒体用了不当的手法将当事人的姓名推到大众眼前，当事人可以对媒体索要经济赔偿，法院不允许媒体针对此事进行采访、报道。

开庭的当天，古乔的很多亲戚都到了现场，全部都站在古乔父母的一侧，为他们加油助威，认为古乔这个孩子简直就是逆天理，身为子女，却状告父母。

法庭上，法官两次被打断，现场很多的亲戚出声。

“她就是错了！供养一个女孩子多不容易，这在我们村儿也是头一份了，她最后竟然是这样回报父母的……”

“是啊，怎么可以这样，父母养育她花费了多少？现在她回头就告父母，丧尽天良……”

“法院就不该接这样的案子，怎么可以让我们来法庭上呢？自古以来我们国家就是讲究孝道的，如果古乔这个官司能打，孝字岂不是成了可笑至极的存在？”

这些人不能理解，为什么法院会认为这个事件如此严重，真的就到了如此地步吗？

法官进行警告，请他们肃静，如果再有下次，她可能就不会姑息了。

法官是一位女性，讲话的时候非常严肃，年纪应该在四十岁左右。

下面依旧乱糟糟的，古乔的母亲甚至放声大哭。

“庭警，把人带出去。”

“带出去”只是文明的说法，用不文明的说法，就是“现在这里容不下你”。都警告过一次了，不允许喧哗，你们以为这里是娱乐场所吗?

法官的思路格外清晰，她也不认为这是一件小案子。

经过双方的辩论，法官问古乔的父亲是否认罪。

“我哪里有错？孩子是我养的，我又没有太多的要求，我只是提出来她弟弟要结婚了，让她加盖房子而已……”

法官提醒古乔的父亲：“我说的是对打人的事情，你是否认罪？”

古乔的父亲拒不认罪。

等到宣判的时候，这样的宣判结果，估计是谁都没有料到的——古乔的父母共同承担，都拘留十五日。

陈滔滔心中冷笑。

“这是什么判决？怎么可以这样判？没有打人的还能判？”

群众席上的亲戚有人带头闹事，认为女人判案首先就是不公，毕竟女人站在女人的一侧，出言侮辱。

王永强也来了，坐在最后面，他今天就是没事儿，过来旁听的。听到观众席上有人抗议，说女人不女人的问题，他眼睛就抽抽。

果然法官大人特别给力，把大小声的人请了出去，然后宣布判决，带走执行。

古乔告自己的父母，并没有获得轻松，相反她觉得很累，比她这四年打工加在一块都让她觉得累。没有人愿意这样，只是她的家人逼迫着她，让她不得不做出如此决定。

古乔最后还是出国了。虽然法院做出来了判决，但亲情这种东西，它是剪不断，切不断的存在，她出国的那几年，家中也是时不时联系她。想起来她过去所遭遇的事情，她不想管。

母亲却低下了头，诉说着这些年的辛酸，似乎给了她一个台阶。

如果她没有良心的话，她就不会在念书时条件那么困难的情况下，依旧为家里汇钱。

古乔的父亲也曾经给古乔去过电话，他承认了自己的错，希望孩子能有时间回家来看看。

家人的改变，慢慢让她那颗强硬的心一点一点柔软了下来。

古乔人在国外，看起来很高大上，但实际上却是处处谨小慎微的。不是每个人出了国都能混得风生水起，她表面看起来风光，赚的薪水好像很可观，其实她的开销也非常大，哪里都需要用钱，她手里存不下太多的钱，日子也没有想象当中那么宽松。

父母老实了四年，古乔再一次给家中汇了钱。

古乔的母亲从旁打听，得知女儿赚到了钱，和丈夫一说，两个人一夜没睡，美金啊，那是多少钱啊？女儿这就是发了！对于这样的人，生活在这样的环境当中，他们没有办法去想象，赚那么多依旧过紧紧巴巴的生活，仿佛看见了一条康庄大道。

过去他们太冲动，现在他们学聪明了。养了女儿，就不能松开手，要用恩情时不时拴着孩子，她是风筝，父母就是手中的线，不能让她飞走了。

古乔结婚后没有回来，但和父母保持了联系。

生了孩子的第一年，日子过得有点艰辛，哪怕舍不得孩子，她还是想将孩子送回国，让亲人照顾，最佳的人选就是自己的婆婆。

古乔的母亲知道女儿有心想将小外孙送回国，在电话当中几次三番表示，她愿意照顾，也会照顾好的。

“我是你亲妈，你对我还不能放心吗？”

古乔身体一僵，说真的，她还真是相信婆婆多过亲妈。她和亲生父母的关系缓解也才这两年，之前的那一幕就好像是昨天发生过的一样，记忆过于深刻。

她老公是独生子，孩子是婆婆唯一的孙子，婆婆害谁也绝对不会害亲孙子。

古乔没有直接和母亲明言她不放心。

然后，孩子被送回了国内，婆婆开始接手照顾孩子，甚至带孩子所产生的一切花销，都是婆婆主动自己贴。考虑到儿子和儿媳妇的经济条件，在国外生活也不易，她从来不会和儿子主动伸手。

古乔的母亲高高兴兴地挂了电话。

“她把孩子送回来，这不就是给我们台阶下了？过去的事儿都过去了，自己生养的孩子，也不能记仇，之前的事情是警察挑唆的，加上孩子年纪小，她自己现在也当了妈妈。”

“孩子什么时候到？”古乔爸爸问。

孩子他们来养，总要给生活费的吧？女儿女婿加在一起，一年到头赚十几万还是几十万的美金，就按照少的算，拿回来等于多少钱呢！她就这么一个弟弟，父母现在也上了年纪，身体也不行了，她总该表示表示了吧。

“孩子送回来，我就和她算。”

两人等啊盼的，结果孩子很长时间依旧没有送回来，打电话再去问，说是孩子已经送到孩子奶奶那边去了。

吃晚饭的时候，古乔爸没在饭桌上。

古乔妈妈拦着儿子进去：“你爸生气呢，你小心进去他发火到你身上。”

丈夫喝了酒又开始耍酒疯了。以前他虽然也喝，但每次都是点到即止，就从之前那场官司开始，丈夫喝酒越来越严重，一发火谁都不敢靠近他，生怕惹火烧身。

“我养了她，她就是这么回报我的。”古乔的父亲阴沉着脸。

古乔和丈夫又在国外打拼了一年半左右，实在过于想孩子，她的体重越来越轻。想孩子想得不得了，她就想回国将孩子接回去。和丈夫一商量，丈夫也表示同意。于是，古乔和婆婆打了电话。婆婆在电话劝她回国后回家看看。事情她都知道，但毕竟身为子女，还是应该回家瞧瞧，钱多就多扔点，钱少就少扔点，不满足父母提出来的无理要求，但总应该给父母买点吃的喝的，养你确实不易。

古乔回国之前就一直在思考，她到底该不该回去？虽然通了电话，紧张关系也缓解了，但当初受到的伤害太过于刻骨铭心，她也不认为父母的想法会发生改变。

“不回去了吧。”

古乔的丈夫觉得过家门而不入，似乎显得有些薄凉，好像他们真的念书念多了，就一点孝道都没了。他准备买点东西去看望一下，走的时候扔点钱，不说多，少还是有的。

“我们结婚就没有通知二老，他们也没有见过我，还是回去看看吧。”丈夫劝着古乔。

古乔带着复杂的情感，和丈夫踏上了回乡的征程。

按照丈夫的意思，他和古乔先回自己家，然后接了孩子去古乔的父母家，这样也比较正式，毕竟是他拜见晚了。

“不，不带孩子，就我们俩回去，吃顿饭就走。”

古乔的态度出奇的强硬，丈夫也没有办法，只能听她的。

两个人到了国内，买了很多东西，古乔丈夫手里提着满满的袋子，知道古乔父亲喜欢喝酒，特地买了两瓶好酒，就当是孝敬岳父了。

“你在这里等我，我去买点东西。”

“买什么，我陪你去？”

“女人用的东西，你等我就好。”

回到家中，古乔的母亲真的是被吓到了，一脸的惊喜，看见女儿都没敢相信，她会回来得这么突然。

“什么时候到的？”她拉着古乔开始说话。

是别人通知的古乔的父亲，女儿和女婿回来了。他回家的路上，有人调侃：“这回你女儿回来了，你家的日子要红火了。她在国外赚了不少美金吧。”

“她是赚得不少，她丈夫赚得也不少。”

这是古乔爸爸的骄傲，他加快步伐，快速回到家中。

女婿也是一表人才，加上女婿买了两瓶好酒，出手也算是比较阔绰，总体说来，他暂时还是满意的。

结了婚，果然就懂事了很多。

古乔的妈妈准备着午饭，古乔和丈夫在房间里休息。她盯着自己的包看了一会儿，然后撸着袖子出去帮母亲做饭了。

她妈问的问题几乎都是她在国外生活怎么样，是不是经常见大场面，是不是国外的月亮都比较圆？她还说可惜他们没机会出去了，如果以后可以的话，也想出去走走的，回来也能和亲戚炫耀。

古乔不搭话。

“你这次回来，打算给家里多少钱？”

古乔抬起头，心想终于说到了关键的地方。

“妈，我们俩工作没你想象的那么轻松，看着是有房有车，但什么都要花钱。如果经济条件好，我们怎么会把孩子送回来……”

他们都是穷学生，靠的是自己，没有一点额外的助力，钱都是掰着花的。

闻言，古乔妈妈手上的动作一顿。她以为孩子回来了，就是想明白了，盼了这么多年，等了这么多年，她到底是回来了，良心没有被狗吃掉，可回来就说这样的话。

“你这样子，你爸是要说你的。你出去这么久，爸妈一天一天地变老。你表叔家的三驴子，人家还没念多少书呢，现在把父母接到身边孝敬。你弟弟结婚的钱都是人家掏的……”

古乔静静地听着母亲念叨，谁家的谁为了孝敬父母，花了多少钱，怎么样怎么样。

饭桌上，古乔的父亲和女婿喝酒聊天。古乔的丈夫虽然不能喝酒，但岳父倒酒他不能不碰，勉强喝了一口。

也是借着酒劲，他想说说心里话，觉得老婆真是不容易，这样的出身能熬到今天，挺不容易的。虽然过去有误会，但大家互相体谅体谅就过去了。然后，他拿出了七万块钱，这是他坚持要给岳父母的，就当是他和古乔的一点心意。

古乔的父亲低头喝着酒，没有去接，也没有接话，气氛就显得有些尴尬。

古乔的母亲上手接了钱，她看了看丈夫，又看了看女婿，然后开口：“你们在国外赚的都是大钱，再不容易也比我们容易得多。我们都是乡下人，靠地里出钱，这钱出得就更加不易了。我们培养古乔不也花费了很多……”

七万，是不是有点少了？人家都说国外的钱好赚，一年几十万，洗盘子都能发家，回来就身家几百万，怎么她女儿出去都这么多年了，混得还不如一个洗盘子的？

女婿苦笑着，他觉得这是一种不太对的思维，不知道为什么人人都会认为出国就能赚钱。事实上，在国外，赚钱真的没有人们想象当中的那么容易。

“妈，我和古乔出国留学，我中间转了专业，学费要我自己承担，我的家庭条件也是靠不上，古乔成绩很好，有奖学金，但一份奖学金根本不足以支撑我们两个人的学费。当时怀孕又是意外，古乔每天课后都要出去打工，一直到孩子生下来，她月子都没有坐过……”

说着，女婿痛哭失声，这是他的无能。说起来老婆受的苦，他作为一个男人全部看在眼里，但是当时真的别无他法。

这话听到古乔父母的耳中，却是另一种意思。

女儿自己有奖学金，他家没钱是女婿自己的问题，他自己付不出学费还要拖累女儿，难怪女儿总嚷嚷着没钱，合着钱都贴给丈夫了。古乔搭在女婿身上的那些钱，是现在这区区的七万就能算清的？还好意思哭？把钱都拿出来，这样才像是男人的做法。

古乔的父亲开口：“你都知道她这么不容易，就只拿出七万？”

古乔的身体一僵，果然回来还是钱钱钱的问题，就说：“我们俩总要留点钱的，婆婆帮我们带了这么久的孩子，也要给钱的。多了我拿不出来，这钱你们愿意要就要，不愿意要，那就算了。”

闻言，古乔的丈夫拉着妻子的手，他认为有话可以好好说，这样未免显得有些蛮横。

做人子女的，都会心疼父母。他母亲照顾孩子这么久，从来没和他们要过钱，母亲的条件也不是多好，这次回来，他准备的是双份，古乔家里一份，自己家里一份，已经做到了绝对公平。

“没人不让你们留钱，你们每年赚那么多的钱……”

古乔和父亲不欢而散，回房间里和丈夫收拾行李，她的手一直按着随身的一个包。她丈夫倒是没有太多的担心，既然谈不拢，那就索性先回自己家吧，离开的时候再带着孩子到这里来看看。

“你们也别忙着走，先休息休息吧……”古乔的母亲脸色虽然不好，但还是出声挽留了女儿和女婿。

古乔的丈夫碍于面子，应了下来。

古乔的父亲知道这个孩子他是控制不了了，过去控制不了，现在更加控制不了，她的翅膀长硬了。当初就应该灭了她，不留着她，怎么样也不会有今天的事情。脑子里思来想去，他知道杀了女儿，他也好不了，一命换一命，但现在杀了女儿和女婿的念头已经塞满了他的脑子。

古乔拉着丈夫要马上走，丈夫奇怪地问：“你到底是怎么了？为什么急着要走？”

古乔冷着脸说：“现在不走，我怕一会儿会闹出人命来。”那种感觉越来越强烈。

两个人刚走到门口，古乔她爸拿着斧头就冲了过来。古乔的丈夫用背替妻子挡了一下，根本没有预料到这种情况。古乔从自己的包里抽出什么东西对着父亲就是一捅，她父亲就躺在地上不能动了。

她妈看见自己老伴躺在地上，玩命地喊着：“杀人了，杀人了……”

松山警局，警察在做笔录。古乔的父亲是被电晕的，警察自然要对古乔手中电棍的来路进行调查，她说是自己之前预定的，买来就是为了防父亲用的。

警察有些不太明白她的逻辑，既然要回家，何必买电棍呢？既然父母是这样的，为何还回家呢？

古乔的丈夫进了医院，被砍了一斧子，情况不是很乐观。

闻讯，古乔的婆婆带着孙子赶到了松山。这是她的独生子，丈夫已经过世很多年了，是她独自将儿子拉扯大的，儿子顺顺利利地上了大学，出国娶妻生子。如今看见儿子躺在医院，她的心情，形容不出来。

她没有怪儿媳妇，毕竟是她让儿媳妇先回娘家的。幸好幸好，这孩子没带回去，如果带了回去，她现在都不敢想后果。

古乔的父亲被警察抓了起来，审讯的时候他依旧说，有什么罪就判，没什么觉得好可惜的，他后悔自己没有动作更快一点。

这样的案件，要看当事人打算怎么处理，警察询问过古乔的意思。

古乔现在对自己所谓的家，已经彻底寒心。

几年前的那一幕，几天之前的那一幕，这就是她的家，这就是她的父母，他们永远都不会改变。

“头儿，吃饭去？”小猫招呼道。

明珠点头，这个点不吃饭还能做什么？

“里面有人？”

小猫点头，明珠往里面扫了一眼。古乔的父亲一点悔意都没有，这次和他上次毒打女儿不同，性质更为恶劣，如果起诉也许是会被判刑的。

小猫拿着进度表递给明珠，现在想要请姐夫来打这场官司。

“你找他吧。”

陈滔滔认为自己的记性不会差到这个地步，这个名字他眼熟。

他详细了解过案件经过，然后等待法院开庭。

官司不是太难打，古乔的父亲被判了刑，她的娘家需要负责她丈夫住院的费用。她娘家自然是拒绝执行的，要钱没有，要命一条。

这个女儿算是白养了，以后就恩断义绝。几年之前将自己的父母送去拘留，现在更厉害，让自己的父亲去蹲监狱，他们没有这样的女儿。

古乔对这个家已经没有任何感情了，感情是经不起挥霍的。她家不是不同意给钱吗？那就拉东西，把房子拍卖。

搞得人仰马翻，古乔的母亲到底还是给了钱，声声诅咒着古乔。

古乔等丈夫康复得差不多就回去了。之后夫妻两人一起努力，生活越来越好，她取得了很多的成就，丈夫是她的精神支柱，一直支持她的事业。

他们再也没有回过古乔的娘家，再也没见过那里的任何一个人。

古乔的父亲在里面蹲了几年，出来以后天天酗酒。有次吃饭他和人打架，把人打死了，又进去了。

古乔的妈妈就是个家庭妇女，除了地里的那点活，干其他的都不行，她以前靠丈夫，现在丈夫倒了就靠儿子。偏偏儿子觉得母亲是个累赘，干脆跑出去打工了，跑得不见影子。

古乔的妈妈就只能每天蹲在家门口，想要找女儿，却没有女儿任何的联系方式。

或许到死，这对父母都不会明白，为什么孩子培养成功了，她赚的钱却不能成为他们的。他们明明付出了那么多，不是吗？他们始终坚持认为，一切的错都源自女儿的不孝顺和她的狠心，她对这个家松开了手，她放弃了对父母的孝顺，将来她会遭天打雷劈的。

“姐夫这官司打得很炫哦……”说着，小猫往陈滔滔的身边蹭。

很多案件他都是免费接手，就这点来说，他觉得陈滔滔还是很善良的，不管出发点在哪里，这都值得表扬。

松山警局里的人没几个不认识陈滔滔的，连送快递的小哥都知道这是警姐夫。

警姐夫的钱估计少赚多了，他不能细算那些数字，不然会觉得活着都是没有意义的，一个激动，弄不好就从二十楼跳下去了。

他唯一觉得满足的是，明珠的工资卡一直放在他腰包里。

但他这笔买卖做得是不是有点亏？她的工资就这些钱，自然不能额外出生活费，全部用来生活肯定是不够的。还有，他要偶尔送她一件半件的小礼物，时不时创造一把浪漫。这样算来，他是亏的呀！都亏得他内出血了。

陈滔滔这样一想，脸都变形了，心好酸。

“姐夫来了……”

陈滔滔跟大家打过招呼，就上楼进了明珠的办公室。明珠让他坐，她正在接电话。

可能又有什么事情，见她拧着眉头，一副不好解决的样子，陈滔滔竖起耳朵听着。

明珠挂了电话叹口气，说："来了。"

"嗯，有什么事情不好解决？"

需要他出马，也不是不行，反正他现在都成了警局的御用大状，没钱的来找他就对了。但是，这次不能这样轻轻松松答应，他必须得抬高自己的身价。

明珠要撒娇来求求他，或许他就同意了呢，不撒娇不管。

明珠绕过陈滔滔的问话，说："工资晚上你开出来。"

今天是发工资的日子。

明珠一脸的愁容，她如果主动说，陈滔滔肯定不会上套。偏偏左问右问她就是不提，陈滔滔急了。他是怕她不顾身体豁出去，天天加班，是超人也扛不住啊。

这怎么说呢？他可能天生犯贱，天生被她克，就折她手里了，她自己不可怜自己，但是他必须可怜她。

"有什么问题，和老公说，老公给你解决。"

"还是算了，你打了这么多不要钱的官司，每次都心疼得半夜起来嚼花瓣……"

上次他嚼红玫瑰的场景，明珠还历历在目呢。不知道那花是染了色，还是玫瑰就是这样的，他一嘴的血红，她差点没给他直接扔楼下去，让你大半夜的不睡觉，在这里吓人。

陈滔滔拍着胸脯说："我身家厚啊，你说，能办的，我就办。"警姐夫也不是白叫的是吧？

鱼儿上钩了，明珠挑挑眉头。

陈滔滔压根不是她的对手，陈滔滔撅撅屁股，明珠就知道他要放什么味的屁。虽然这样说很粗俗，但两个人在一起太久，就渐渐地同化了。陈滔滔这人就是卖弄一张嘴，一张嘴不饶人，其实心就是豆腐脑做的，拿着勺子一搅就散，外号叫陈黛玉。

倒是王永强，觉得陈黛玉这个名字过于文雅，干脆给他改名，叫陈带鱼。这样来看，就比较贴切了，翻白眼的陈带鱼。

明珠慢慢说，没多久陈滔滔就充满干劲地离开了。

小猫正好要进来，还纳闷警姐夫这样就走了？有时候他真的觉得不落忍，认为头儿就是骗傻小子呢。

"他答应了？"

一个堂堂大律师，钱都是按照秒赚的，现在让他总打这些不赚钱的官司，小猫都觉得惭愧。惭愧归惭愧，但是没有办法，陈滔滔的口才太好，关系太溜，有些案子必须他出马，才能得到想要的结果。

"答应了。"

小猫说："晚上回去给姐夫买个蛋糕吧，我出钱。"

男人有时候也是要哄的，被你骗成这样，怎么样也得下点血本了吧？

局里人特别有意思，不知道怎么搞的，最后干脆就变成了众筹。

王永强狠狠出了一把血，出了五十块钱，让明珠买个好点的名牌的蛋糕去哄哄陈滔滔。每个人都出血了，这蛋糕钱看起来已经凑足了。

明珠今天准时下班，下班的时候每个人都意味深长地让她千万别忘了。

明珠开着车去蛋糕店，就是陈滔滔经常去的那家——他对自己足够好，吃的用的都是顶尖的。明珠点了他喜欢的蛋糕，就坐着等。

然后，明珠给陈滔滔打电话，问："你人呢？今天准时下班吗？"

陈滔滔正在市场买菜呢。

饭菜依旧是保姆来做，但菜他要自己来买。他认为明珠能这么经得住捅，被人捅了这么多次还没有挂，得亏了他平时的照顾，从饮食下手，是自己赋予了她第二条生命，所以他的买菜任务很重大。

接到明珠的电话，他回答："准时，我现在买东西呢，大概一个半小时以后能到家。"

陈滔滔收了线，又买了点海鲜，明珠喜欢吃。

"今天的好不好？"

每天都能看见他，穿成这样来逛菜市场的估计也只有他了，绝对另类当中的另类。不过，他一定是个十足的好男人，谁家姑娘嫁给这样的男人，这一辈子得多幸福。

"绝对新鲜，我给你挑一些？老婆要回家吃饭了？"老板和他打趣。

因为他经常买，经常聊天，这里的大叔大婶都知道他的老婆是个警察。按照陈滔滔的形容，是那种很威风，是专治各种不服的警察。

"是啊，刚刚打电话，要回来吃饭了。都几个月了，第一次准点下班。"

大叔麻利地上称，然后递给陈滔滔。

陈滔滔付了钱，拿过袋子。

"小心衣服。年轻人，你每天都是这么帅。"大叔很羡慕陈滔滔，少年仔很帅气哦。

"那是，我老婆就图我的颜值。"

买了一路，聊了一路，他简直就是妇女之友。

不知道为什么，可能是和警局合作的时间越长，他越倾向于管理妇女会，他觉得自己去做那样的工作，肯定比女人做得都好。

将菜放到后面，他啧啧了两声，这么贵的车子，装菜，可惜了。

这么贵的男人，每天来菜市场买菜，可惜了。

紧接着，他上了车，系上安全带，开往家中。

明珠有了陈滔滔，不说陈滔滔对她有多好，两个人互补嘛，生活上彼此照顾。她讲良心话，她进厨房的次数，屈指可数，从这点来讲，她得感谢陈滔滔。

她进家门锅里一定是有饭的，永远都是温的，家里永远会为她亮着一盏灯，也许他是在工作，也许他是在睡觉。他没抱怨过，从来没有，更加没有因为这些鸡毛蒜皮的事跟她吵过架。

陈滔滔吵架的重点只会放在钱上，比如这个月他亏了多少钱，然后郁闷得大半夜不睡觉。开着窗子吹风。

陈滔滔提着菜上了电梯，和保安见面也会打招呼："忙呢。"

保安隔几天就会感觉自己被雷劈了又劈。

从菜市场转一圈出来，他的皮鞋依旧是那么亮，浑身带着范儿，他就对着电梯里的镜子照着自己的脸。

抵达楼层出去，进家门换鞋，他弯腰准备把自己和明珠的鞋子放起来。明珠永远都是这样的，她的鞋子就摆在门口，而且不整齐。他也习惯了，进门就给她放鞋，放整齐了。

“回来了，买了你喜欢吃的蛋糕。”明珠说。家里的灯都被她关掉了。

陈滔滔说：“谁又不过生日，买蛋糕做什么？”这人可真是奇怪。

明珠无语，这人的点子为什么永远都是对不上的呢？

陈滔滔拿着手机拍了桌子上的食物，然后发到朋友圈。没错，他开始涉足朋友圈了，朋友圈每天都被他晒恩爱占据着，很多人每天都表示眼瞎。

最可恨的是，回到事务所，点赞的人他都会记得，所以现在搞得大家跟盖楼似的，每个人都抢着点赞。其实大家都不愿意这样做，这和新闻联播似的，到点就得去点赞，可没有办法，谁让他是上司呢。

“以为我会高兴？讨好我？那你们就想错了，她的工资每个月都放在我这里，她哪里来的私房钱买这么贵的蛋糕？”

陶克戴刚想点赞，看见今天的主题内容，他口里的水都喷了出来。

“陈滔滔，你是我的英雄！”这么肉麻的词儿，这蛋糕是他自己去定做的吧？肯定是一个人去了蛋糕房，然后叫人写上这样肉麻的字，最后来晒。这种事情，他绝对能干得出来。

大家都在议论这个蛋糕，觉得非常像是陈滔滔自己去定做的，一定没错的，就是这样的。为了可怜他，为了安慰时刻在想着怎么晒恩爱的人，点赞吧。

陈滔滔看着自己朋友圈下面一圈的点赞，他觉得自己的人缘真好，他就是这么受欢迎。

“陈律也是挺可怜的，据说他老婆每天都加班……”

“就是啊，他随时都有可能会变成孤家寡人，晒个恩爱怎么了……”

看在这些的份儿上，也必须表示羡慕啊，羡慕瞎了。

“你不问我钱是哪里来的？”明珠也很好奇。

她现在花钱都是受控制的，陈滔滔每天会给她固定的零花钱，其他的不需要她来操心。不够用的话，那就只能暂时借钱。偶尔也出过这样的纰漏，她和王永强借过钱。王永强表示对明珠的人生观产生了怀疑。就连零花钱都没有？那你还好意思穿这么贵的鞋子？

“我干吗要问，偷的抢的和我也没有关系。如果真的是偷的抢的，我就帮你打官司，把它们合法化。”

进了他的嘴里，就是他的。

陈滔滔是故意在朋友圈那样说的，他的目的很简单，就是为了晒恩爱，刺瞎别人的双眼。

“这蛋糕的味道一定特别好。”明珠缓缓说道。没花钱，白来的，一嘴的便宜味，吃着一定爽。

陈滔滔认为这个蛋糕非常好吃，还多吃了两块。

“是不是有一股便宜味？”明珠打趣他。

陈滔滔堵了她一嘴，什么味的，你自己尝尝不就知道了，问能知道吗？

“别伸舌头，恶心死了……”

明珠推开他的脸，她觉得恶心死了，他刚刚这是干什么呢？

陈滔滔的身体一僵，整个人处在冰冻状态。如果现在拿着锤子对着他一击，估计就会变成碎片碎一地。他这么浪漫的人，她竟然说恶心！

于是，他拿着蛋糕狠狠咬了一口，然后继续堵她的嘴，弄得她脸上到处都是，叫你嫌弃我。你知道菜市场的大叔大妈都是怎么形容我的吗？

明珠又说：“来，伸舌头……”

然后，明珠对着他的舌头就是狠狠一咬，陈滔滔用力忍着，他才不喊疼呢。

最后两人就滚成一团了，他还抓着套子。即便医生说过明珠的身体问题，他还是坚持用套，陈滔滔一直都认为自己是个非常有格调的男人。

他不要投机取巧，如果真的有一天，他们两个人达成统一意见，想要个孩子，明珠占主动地同意之后，他才会不用，这是对明珠的尊重。至于她能不能生，他觉得问题真是不大，生出来教育也是个问题，她就别指望了，自己带孩子玩吗？

他可不想要个奇葩的孩子。

明珠摸着他的脸，有时候她真的觉得他特别可爱，这个男人是真的很尊重她，尊重得都让她有点心软了。

“陈滔滔，我有那么一点点的喜欢你……”

陈滔滔嘁了一声，说：“我用不着你喜欢，你还是继续喜欢我的身体吧。”

你喜欢我能出大米吗？能出花生油吗？既然都不能的话，那我要你喜欢有什么用？

明珠抱着他的头，揽着他的脖子，说：“你很有魅力，真的……”

他已经被刻画进了她的脑海里，就像是一幅画，虽然抽象，但靠着想象，这幅画可以变得很美，很壮观。随着她脑子里的东西不同，画就不同，是随着她变而变的。习惯了他，很多东西都变了，接触才会了解，比想象当中的，要讨人喜欢。

“你到底做不做？你一直叨叨叨……”陈滔滔问她。

明珠：“……”

这个男人，他就是一头不解风情的猪，死猪！

“斗地主呢？”陈滔滔从厨房出来，刚刚洗完了碗，手上的水迹还没干呢。

他瞧着明珠好像拿着手机斗地主呢，走到她的身后，就问了一句。明珠是刚刚玩，闲着也闲着，原本她要去洗碗，可陈滔滔非要奉献，她想当个好女人都没机会。

“叫地主。”

明珠按照他说的去叫了，然后手快地确定了叫地主。

陈滔滔就一句话没跟上，无语地看着她叫了地主，埋怨道：“让你叫地主，是撩撩他，看看大家都是什么牌，你还真的叫了，这牌能打吗？”

抓了一手的大烂牌。

“不是你让我叫的？”

“我让你去死，你怎么不去死呢？”

明珠盯着手机屏幕，他站在后面，见明珠打牌也没有个章法，时不时伸手来指挥。

“打三啊……”他的手从她的肩膀经过直达屏幕，指着上面的牌。

一步一步地指挥，一把烂牌他也能打赢，这就是本事。要么能每天照镜子，镜子都要照碎了嘛，没办法，他太杰出了。

这完全就是陈滔滔在打牌，有他在明珠就赢，他去倒水，明珠就输。

“就你这个臭手，你还打牌呢。”他推开明珠，“闪一边去。”

明珠让开位置，这还来瘾头了，给你给你，然后自己转了两圈就准备去洗澡。

“没有一天不让我说的时候，才吃完饭就去洗澡，你不能等一会儿？”

“我没这个讲究。”说着，明珠带上浴室的门。

这不借着她的手机玩斗地主嘛，肯定屏幕就不用再次进入了，也就是说，不用密码，方便了。

退了出来，看着通讯记录，陈滔滔有些犹豫。

看还是不看？看的话，好像显得自己没什么自信的样子。就算是明珠跑了，有什么呀？

不看的话，自己岂不是当了傻子也不知道吗？所以还是应该看的，他越发肯定这种想法。

还是不能看，应该互相尊重的，偷看人家的手机，这并非大丈夫所为。

心里有另外一道声音，你原本就是不走寻常路的人，现在讲究这些做什么？看还是不看？纠结了半晌，手机锁屏了，他想要重新按开，可惜不知道密码，他也没有问过，他不是一个喜欢八卦的人。

“我怎么这么笨呢？”

自己唾弃了一把自己，然后淡然地坐在一边开始看书。

明珠叫他帮自己搓背，陈滔滔手里提着一本书，正看得津津有味，实在是不想放下手里的东西。

浴室里都是雾气，他稍稍开着门，受不了这个温度。他进来洗那就不一样了，多大的雾气都成，问题是他现在不想洗。

明珠半坐着，她从滔滔的手里将书抽了出来，看了一眼，是灵异一类的书籍。

把还给他，她对着陈滔滔眨眼睛：“滔滔……”

陈滔滔的手在她的脸上搓啊搓，明珠照着他的手背给了一下，这人就是故意的。

“你别这么对我说话，我受不了，我浑身都是鸡皮疙瘩。‘陈滔滔你给我滚过来’，这才是你风格……”

明珠：“……”

陈滔滔坐在浴缸旁边，穿得一身的清凉，给明珠搓着澡，脑海里突然想起来了一个画面。

“你看过《倚天屠龙记》吧？”

明珠点头。

“你说张无忌给女人疗伤的时候，为什么女人都是脱衣服的呢？而男人就是直接上阵疗伤？这中间差了点什么？”

“差你知道得太多了。”

陈滔滔将书放在明珠的头顶，很严肃地说：“别把我的书掉进水里，不然和你玩命。”

明珠翻着白眼，他这样和她聊天，就当作为她疗伤了。

陈滔滔跟明珠闲侃：“就上次的那个，亲爹砍女儿的，换了你，你能把你爸炖了不？”

不是陈滔滔想得凶狠，他就敢说这事儿是没放在明珠身上，不然张鲁会不会变成人肉叉烧包，这都不好说。

“你能问我点好事儿吗？”

“别摇，人摇福薄……我的书不能掉水里，晚上还得看呢。”

搓得差不多了，他拿着水瓢从她的头顶一浇，拍拍手就算完工。

“你自己冲吧。”

然后，他从明珠的头顶将书拿走，顺手带上浴室的房门，一边走一边翻着页。

明珠洗好出来，他人已经在床上了，却开着灯不睡，大半夜的就一直看一直看，看入迷了。他也提醒自己早点睡，可睡不着，就想一个晚上都看完，心就踏实了。

陈滔滔睡得有点少，脑子有点混乱，但早上到点就起了，要给她热早餐。没人要求他这样做，明珠更加没要求过。

陈滔滔迷瞪瞪地进厨房，点火。结果今天早上的煤气不知道搞什么鬼，嘭！嘭！嘭！连发三声，然后就是没火。声音挺大，他有点哆嗦，以前他从来不碰这玩意的，本着不动就不会出事儿的理念活到现在这么大。

第二次试依旧响了起来，他就不信了，自己还弄不明白一个煤气？关了火，他探头去看，究竟毛病可能出在哪里。

然后，他把那个管子重新拧了拧，貌似是这里的问题，一脸的自信，别看他不经常用，他就是能找到问题所在。

明珠正好起来上卫生间，关门的时候顺手了，那门砰的一声就带上了。陈滔滔都被这声音吓突突了。

你想这响了两次，他好不容易找到问题所在了，这次开火是真的没声音，正准备放锅子呢，那边砰的又是一声，他差点没躺在地上，认真地盯着火看，伸出的手抖啊抖的，不会出人命吧？

明珠从卫生间出来，陈滔滔的锅已经架上去了。

“你能不能不吓人？”

“我怎么了？”明珠一头雾水，她做什么不可饶恕的事情了？

“我……算了。”说着，陈滔滔就踩着拖鞋回房间平复心情去了。太吓人了，以后还是用电磁炉吧，用电的比较安心。

明珠洗漱好了，衣服也换好了，陈滔滔在厨房摆碗筷呢。

“你最近勤奋得让人觉得很不安稳。”明珠坐下，准备开吃。

“我没瞧出来你有什么不安稳的，你这屁股还是这么沉，坐下不就等着吃吗？”陈滔滔嘲讽她。

“我不坐下，难道站着？你不是已经弄好了吗？”

“你要是想弄，可以抢在我前面。晚上定个闹钟，早上不就起来了？”

“我没让你弄啊。”

“吃饭。”说着，他将三明治递过去，一只手将碗抓了起来，从空中运到她的眼前，又放在她面前。

“辛苦了。”

“少来这么虚伪的。”陈滔滔边说边用汤匙挖着粥吃。

他这是抽风似的勤快，哪一天也许又突然懒了，这都是说不好的。让他天天给人奉献，他觉得挺亏的。

“晚上陈贺贺两口子要过来，他过生日。”

明珠嗯了一声，问：“需要我做什么？配合什么？买什么？”

她一般负责的角色都是出钱出力。

“你……不用了。”

陈滔滔原本想让明珠去买个蛋糕的，他们两口子被人请吃饭，对方生日，什么都不带，似乎也不太礼貌。可脑中闪过一个念头，他觉得还是自己来买比较好。

陈滔滔这个小抠儿……陈贺贺这辈子都没过过这样的生日，他觉得自己过生日找鬼子六，那就是找虐。

程芳眼皮抽了抽，实在是没料到陈滔滔能这么干，不过传说中的抠，果然名不虚传。

陈滔滔想，自己吃的虎皮蛋糕卷挺好吃，而且不浪费，一个大蛋糕买回来了，全家能吃几口？吃不了，第二天也没法吃。他干脆就买了两个虎皮蛋糕卷，一个奶油的，一个巧克力的，然后两个叠在一起，还和蛋糕店要了蜡烛和帽子。

不知道蛋糕店是怎么拿给他的，反正他是把东西都带来了。

“把帽子戴上，一年一次的，快戴上。”

戴你妹！陈贺贺很想爆粗口。

明珠微微发囧，她现在算是明白了，早上陈滔滔为什么阻止她去给陈贺贺买生日礼物。这样的礼物，她肯定是送不出手的。

“这就很奢侈了，我小时候过生日，哪里有蛋糕吃……”

陈滔滔小时候，不是家里买不起蛋糕，而是他爸妈记不住他的生日。他打小也厉害，家里的保姆是想帮他过生日，可是他说自己不过生日。每年到了那一天，他就让保姆早上买一个大馒头，大大的那种，然后上面点个红点，再点上一炷香，口中还念念有词：“让我大发，让我发得稀里哗啦。”

这也不知道算不算是许愿成功了。

陈贺贺点头，阴阳怪气地说：“我哥一直和一般的人类都是不同的……”

他妈碰上过一次，回来就把他给削了，说他不懂事，哥哥那么难过，过生日插根香，这明摆着就是诅咒自己呢，他当弟弟的怎么不给哥哥准备点小礼物什么的？

这辈子和鬼子六当兄弟，他是倒了血霉。他的苦难史，讲都讲不完。他就是别人口中传说的那个扑克，陈滔滔的快乐就是吃饭睡觉打扑克，他就是从这样悲催的青春当中，一步一步走到了现在。

“嫂子，我是不明白，你为什么跟了我哥……”

明珠忍住笑，说：“我吃蛋糕都是吃整个的。”

陈贺贺脸上的苦容龟裂，鬼子六娶的这个老婆也不是个好饼，不是一家人不进一家门，原来这话是真的。

正吃着饭呢，明珠的电话响了起来，是局里的电话。

“头儿，有事要做了。”

“我马上回去。”

明珠抱歉地看看程芳，她现在必须走，有事情要做。

陈滔滔送她到酒店门口，嘱咐道:“自己开车过去，路上当心，别着急。晚上记得吃消夜。”

明珠吃饱了才有力气，就是打人，吃饱了也才能踹得远啊。她这人比较虎，什么事情都敢冲，吃饱了总是没错的。

“你回去吧。”

陈滔滔看着她的车开得没影子了，才回来。

“这是十八相送去了？我还以为你跟着她走了呢。”

“走是不可能了，我还得吃你这顿饭呢。”

陈滔滔还说，他没什么好担心的，活着回来，说明倒霉的人肯定不是她，被抬回来了，他给收尸就是了。也许哪天她造化就不好了，他早就做好心理准备了。

陈贺贺无语了。这是亲夫妻吗？死不死的就这样讲出口了？

程芳也算是开了眼界，她觉得死这个字算是忌讳吧，正常人都不会挂在嘴边的，可陈滔滔说得就是这么自然。

“我嫂子大小也是个局长吧，死手下也不至于死她啊……”挡在她前面的人多的是，怎么也轮不到她死。

陈滔滔优雅地动着刀叉，说：“那是你没见过她工作的样子，这人这里有点问题……”他比比自己的脑子，“脑子秀逗了，当自己是无敌超人呢。”

明珠的车抵达现场，推开车门下来，小猫已经在现场了。

“怎么个情况？”

“凶手自己报的警……说是杀人了，把儿媳妇给杀了。”

两个人乘坐电梯上了楼，里面法医已经开始工作了，犯罪嫌疑人已经被带走了。据说有个孩子亲眼目睹母亲被杀的，现在人在警车上。警察已经联系了死者的丈夫以及父母。

“明局……”法医和明珠打着招呼。

负责勘察现场的警察向明珠简单介绍着现场，并叙述了杀人者所说的原因：就是因为寻常的一些鸡毛蒜皮的家庭琐事，一冲动就杀了儿媳妇，杀了以后也没有办法挽回了，只能打电话自首。

“没有打斗过的痕迹？”

负责现场勘查的警察摇头。就孩子刚刚所说的，他妈不能动，是被他爸给打的。等于受害人是活活被掐死的，因为身体受伤的原因，根本挣扎不了。

“这家人也够狠的，有什么仇怨，先是丈夫把媳妇儿打成不能动，然后公公又出马把儿媳妇给掐死？”

感慨完，明珠又问法医：“你怎么看？”

法医的话很少，她微微笑了笑，这个世界上就不存在所谓的了无痕迹的杀人，当他们法医都是吃素的？是不是这么回事儿，她早晚都会知道的。

“现在，我恐怕没有办法给明局结论。”

明珠点头。

嫌疑人被带回警局，孩子的情绪有些不稳定。

很快，死者的丈夫以及死者的父母，就全部出现在警局当中。

死者的父母哭着，擦着眼泪，强烈表示他们只有一个念头，那就是要追究到底，不能轻饶凶手。杀人犯法，他们绝对不能原谅，死也不能。

“就你所知，你女儿和女婿的关系如何？”

死者的母亲说：“还可以。过日子还不就是那样，不可能不存在口角，我们一辈子都是这样过来的。”

孩子的情绪被小猫渐渐地稳定了下来，开始回答警察的问话。

这是一个只有六岁的小孩子，他说他亲眼看见了爷爷上手去掐妈妈，妈妈翻白眼了。妈妈叫他，让他打电话，他拿椅子砸爷爷了。最后，妈妈越来越平静，然后就死了。

“你拿椅子砸过你爷爷？”

警察又问孩子：“爷爷为什么掐死你妈妈？”

孩子摇头：“我不知道。”

他只是个小孩子，你不能怪他，同在一个屋檐下为什么不知道这些事情。他还天真，如果不是亲眼看见，他也绝对不会相信，这样的事情会发生。

杀人者反复重复着，他是气得失去理智才上手掐死了死者，他并不是故意的。他知道自己错了，他主动投案就是希望警方能对他宽大处理。

他反复强调着宽大处理。

死者的丈夫又说自己的妻子平时真的是耀武扬威，就因为这个，他们夫妻的关系出现了裂痕，还搅得父母不能安宁，这是做人子女的不孝。

“你妻子曾经被你打到骨折不能动？”

丈夫辩解：“我因为什么打她？她不尊重我父母，我不知道现在的社会怎么了，这些女人脑子里都在想些什么，既然不能负责，就不要嫁人，不要结婚，结了婚又计较得那么清楚，父母是长辈，怎么可以这样对待？”死者的丈夫又列举了很多妻子不孝顺的事情，包括他妻子对自己的父母非打即骂，还说他爸这次是气狠了，才会出手的。

“你妻子这样的为人，有人知道吗？我是指邻居之类的。”

丈夫说：“这是家丑，家丑怎么可能外扬呢？我一直强忍着，毕竟都有了孩子，不然还能怎么办呢？”

闻言，负责审讯的人点点头。

外面的人已经开始调查死者和死者丈夫的社会关系，所有接触来往的人群，事情到底是怎么样的情况，一查便知。

死者的婆婆也一口咬定死者对他们不恭敬，屡次冒犯，根本不配当儿媳，丝毫不顾虑长辈的感受。

“你能举例说明一下吗？”

死者的婆婆话说得很顺溜，这口气应该是憋了很久。

“她是个博士，念过很多书，工作很好，赚的钱也多，想法很另类，有点自私，不把丈夫放在眼里，也没见她做过什么家务……”

说起来，这就是回归传统女性角度的问题，希望妻子又能赚又能做家务，又能孝敬公婆。

婆婆说着说着，突然就闭上了嘴巴：“我不说了，反正就是这些事情，她打过我……”

警察再次引导，可惜这婆婆似乎已经打定了主意，什么都不讲了。

刚刚她讲得这样顺溜，明显就是憋不住所为，那来之前是不是有谁曾经在她耳边讲过什么呢？

“你说因为儿媳妇骂你，你想让她闭嘴，所以才上手去掐了她的脖子对不对？”

死者的公公点头，强调他动手是因为儿媳妇开口骂他，而且骂得很难听。

“死者已经死了一个小时以后，你才报警的对吗？”

死者的公公突然激动了起来：“你们这是什么意思？我没杀过人，当时吓傻了，我总要想想要不要报警的吧……”

警察点点头。

死者的公公一直盯着警察看，他总觉得这些警察眼睛里好像是藏着什么，心里打算警察再问什么，他就要先想清楚再回答，想很久之后才回答。

另外的审讯室里，六岁的孩子说着自己某天偷听到的话：“爷爷奶奶还有爸爸说，要把妈妈接回来，然后掐死妈妈……”

如果孩子所说的话属实，那这就不是一起突发的杀人案，而是蓄谋已久的。可惜孩子太小，这个口供真的上了法庭，法官也要考虑孩子说话的可信度。

孩子的爷爷否认，说完全没有这么回事儿，是孩子的妈妈教孩子这些的。

“她提前知道自己会死？然后教了孩子说这些？”

“她平时就是这样带孩子的，让孩子不要和我们亲，瞧不起我们……”

明珠下楼，正巧王永强也准备出去办事，两个人撞在了一起。这案子，有很明显的动机，法医那边已经出结果了，要通知死者的父母。

“……死者的胃里一点东西都检测不出来……”

也就是说，她死之前已经被饿了很久。在什么样的情况下，她没有一点东西吃，却不叫自己的孩子帮她呢?

两个人带着死者父母去了法医那边，法医的话一出口，死者的父母就崩溃了。

“这是谋杀啊……”

现代这样的社会，竟然会发生这样的事情，怎么可以呢!

他们的孩子是活生生的人，被丈夫打到不能动，然后就这样被饿死，被掐死！她有什么错，你不和她过了就是了，为什么要弄死她啊?

死者的母亲拽着明珠的裤腿，哭喊：“我女儿死得冤枉啊……”

不管案情是怎么样的，如果上庭，首先对方的律师一定会考虑一点，那就是死者的公公系主动自首，按照正常情况来说，一般都会酌情减轻处罚。这个官司是一定要打的，不过官司谁来打?

想来想去，似乎可能的人选就是那么一个，但……王永强轻咳，他现在都不好意思提陈滔滔的名字，人家简直就成了警局的义务兵。

“你们有没有想过请谁来打这场官司? ”

死者的父母摇头，他们都是守本分的人，哪里认识什么律师不律师的，平时也没有机会找律师打官司，暂且只能看情况再说。

陈滔滔手上有案子，所以没接。

这件案子他倒是知道，但不归自己业务范围之内，他也不关心了。毕竟请他打官司的人都很糟心，不糟心也不打官司。

死者的公公请了律师，第一次开庭，对方的律师在庭上的所有言论主要秉承了一种观点：一个巴掌拍不响，公公有错，那儿媳妇就没有错?

他的当事人是因为受到了死者的言语侮辱，才会出手教训死者，在此案当中，死者也应该承担一定的责任。而且，死者的公公行为不能算是直接故意杀人，他因为儿媳妇挑起战火，随即情绪激动失常，并且随后报警自首，足以证明他是间接故意杀人。

两方律师掐了很久。

就警方现在所掌握到的证据来说，是不是全家密谋故意杀人另说，死者的丈夫外面有一个相好的，而且外面的女人已经怀孕六个月。这件事，死者的丈夫并未对警方交代。

后来警方询问，死者的丈夫才又说，这和本案不存在直接关系。他和妻子的关系已经降到冰点，他是准备起诉离婚的，正因为如此，他才没有照顾妻子，而是让父亲代为照顾。没想到最后会发生这样的惨案，他搭进去了父亲，早知道就早点离婚了。

“我是陈滔滔……”

陈滔滔讲着电话，眼见着十二点了，他都没时间去歇一歇。事情真的太多，赚钱赚到手软。

有些钱看着很好赚，伸伸手就可以碰到，但他现在没有这么多的时间。有些时候，陈滔滔也想，自己如果能分身多好？那这些钱他都赚。

有一对老夫妻进来大厅。

“我们想找陈律师。”

“有预约吗？”

“没有。”

“那抱歉，陈律师的约已经排到了三年后……”

就是这么夸张，现在开始排队，未来三年都是没什么机会的，如果能等那就等吧。

律师这一行也是这样的行情，干的旱死，涝的淹死，陈滔滔明显就是灌溉过剩的那种。

老夫妻想了想，都已经想走了，看看这里的装饰，觉得就不像是事务所，这里的律师费他们可能没有办法承担得起。老太太转身又转了回来，对前台的人说：“松山有个明局长，她让我们来找陈律师的……”

陈滔滔尊重明珠，所以明珠必须同等地尊重陈滔滔，她可以耍小手段，但不能要挟。她只能让对方打着自己的旗号前来，至于陈滔滔会不会接，她无能为力。

前台的接待眨了眨眼睛，说：“好的，二位请到一旁坐一下，我打一通电话。”

陈滔滔的助理说他现在正在接电话，下午的时间也排满了，就算是明珠介绍来的也没有办法。

陈滔滔中午都没有出去用餐，而是叫了外卖，在办公室吃。全楼的律师现在好像都很忙的样子，不知道现在是不是大家都有官司要打。

陈滔滔离开办公室，准备去卫生间。

“陈律……”助理快速走到他面前，说，“楼下有两位是太太介绍来的，是见还是不见？”

还真是会见缝插针。

陈滔滔觉得自己现在都要累挂了，明珠没有明说，是不想难为他，可挂着明珠的牌子，他就不能不管，就说：“叫人上来吧。”

案件资料他没详细看，因为时间上真的来不及，二十分钟以后他就要出门。简单地扫了一眼，他觉得这样的案子可以打的人其实很多，但打出来的结果，差不多。

按照现在判的水平，结果是差不多的。

陈滔滔端着杯子想要喝水，发现杯子里没有水，时间也差不多了，他就将外套从椅子上拿了下来。

“大致的我已经看过了，你们回去等我消息吧……”

陈滔滔离开办公室，下楼上了车，就启动车子离开了。老夫妻只能望着他的车，觉得希望不大，因为这律师看起来很不好请。

陈滔滔跑了一天，跑得自己嗓子都冒烟了，晚上进了家门就说：“明珠，给我倒杯水。”

在路上他就想买水了，他不知道自己今天怎么了，喝了很多水还是觉得渴。

明珠踩着拖鞋给陈滔滔倒了一大杯水，他站在门口就一口干掉了。

“家里有带汽儿的饮料吗？”突然很想喝带汽儿的东西。

“没有，想喝？”

“那算了。”

说完，陈滔滔就进屋子里换衣服。听见关门的声音，他出来一看，果然她出去了。

明珠拿着钱包下了楼，去门口的超市给他买饮料，买了很多，各种各样的，也不知道他喜欢喝哪种。

陈滔滔扯开脖子上的领带，扔到一边，明天他要出门，可能四五天后才能回来。

“克戴，插一个案子进来……”

陶克戴就说:“现在官司已经打不完了,中间再插,那后面的案子就要各种推,这样不好吧?”

“我老婆求我的，我能怎么办？”

陶克戴点头，说：“知道了。”难怪他能答应得这么痛快。

陈滔滔翻着案卷，这是上午那对老夫妻留下来的，他也就这个时间才能看看，晚饭也还没吃呢。

明珠打开门，换了鞋将东西递给他，问：“吃晚饭了吗？”

“没。”

之后明珠再问什么，他几乎都没听见，他的注意力都在案卷上面。

明珠给他做的三明治，知道他现在肯定不能吃热饭，也没有这个时间，这几天他一直是这样的状态。

陈滔滔抓着三明治，很快就都吃光了。

后半夜他没觉得饿，喝空了一罐雪碧，就将易拉罐扔进垃圾桶里。这才想起来，哪里来的三明治？明珠做的？

他的行李还没有收拾，资料还没有准备好，怎么会有这么多的事情要做？

进房间发现明珠已经睡熟了，他站在床边看了她一会儿，转身去拖行李箱，然后一样一样地装着东西。

陈滔滔一夜都没睡，早上陶克戴来接他，在车上他依旧在看案卷。

“什么案子，这么上心？”

陶克戴看了一眼，摇摇头，现在有太多的相似案例，法院判的不能说有错，只是有鼓励杀老婆的嫌疑。

“怎么打？”

“合谋。”

陶克戴耸耸肩，说：“那你可有的忙了，这样的案件不是很好打。”

陈滔滔没有回应，翻看着手中的文件。

他忙起来根本顾不上明珠，她只能自己照顾自己。他相信，没他的话，她也能活得好好的，明珠没他想象当中那么离不开他就是了。

陈滔滔一直忙一直忙，就连看女人的时间都没有。去外地，人家为了感谢他，专程请了很漂亮的女人过来陪客，陈滔滔的心思压根没放在那上面。

说实话，对他而言，漂亮不漂亮不重要。再漂亮也没用，他既然觉得自己是这个世间最好的，那眼里还能容得下其他人更漂亮？

有些男人会认为女人能调剂生活，他则认为和愚蠢的人类相处太久，会拉低自己的智商。他和明珠一起生活的结果，就足以说明了。

倒是陶克戴，在欣赏美女，纯正的欣赏。人人爱看美女，也仅止于看看而已，他家里有娇妻，不会动真格的。

“陈律师似乎对美人无动于衷，家里有更好看的美人？”

“我家里的是霉人，玩过肩摔，一摔一个饼的那种。”陈滔滔抽空抬头说了一句。

陈滔滔的话，是很由衷的……

明珠此刻正在追人呢，她怎么出脚的，反正王永强是看清了。他恨不得捂住自己的眼睛，太血腥了，太暴力了，哪能就这么一脚踹过去？

她将整个人的重力都倾注到了那条腿上，跳起来去踹的，当时被追的人就趴在地上了，脸直接朝地。不知道的还以为这是有什么仇怨呢，出手太狠了。

明珠的这个狠劲……

王永强喊了半天叫对方站住，还说如果不站住的话如何如何。可惜，对方压根不理他。

明珠上前扭着趴在地上的人的手臂，斜着眼看王永强：“我建议你，下次直接上手。”

王永强喘着粗气，没说话。

明珠调侃他：“你这肺活量也不行啊。”

“是没你强。”

王永强觉得明珠永远都像是喝了兴奋剂似的，一有案子，她就高兴，也不知道高兴个什么劲，浑身的细胞都沸腾起来了，就像是发情期的公牛。反正他就这么认为的。她好像有跑不完的力气，使不完的劲，不知道她妈怀她的时候都吃了什么。

和她一比，什么男人都得甘拜下风。

一个大写的服。

晚上王永强回了家，还问自己妈：“妈，你怀我的时候吃什么了？”

王永强他妈愣了愣，然后想了好半天，说：“吃了不少的冻梨。那时候也没有什么其他的水果可吃，只有冻梨，也挺好吃的。”

“难怪我不如一个女的。您吃什么冻梨啊，要吃点跑得快的。她插上翅膀就能直接上天，这样的女人，怎么就和我分配在一起？”

“我看着永强是不是黑了，也壮了？”

王局低着头看报纸，闻言唇角向上扯扯，这是显而易见的变化，外在的变化而已。现在他的小儿子已经不是当初的那个小儿子了，人家说起他来也不再是“王局的儿子王永强”了，他已经是独立的个体了。他也知道了永强和明珠干的那件事儿，把老K就愣是钉死在警局里。

王永强出门时和自己大哥大嫂在门口碰了面，他嫂子朝他笑着说道：“永强要走了？”

“嗯。嫂子，我得回去了，有工作。”

“你站着。”王永辉唤住弟弟，有些话想对他说。他最近这是怎么搞的？人家乱来他就跟着乱来？

王永辉的妻子扯扯丈夫的袖子，想让丈夫不要管那么多的事儿，虽然永强是他弟弟，但永强都这么大了。她当嫂子的心里明白，那兄弟俩的感情超过了和老大的感情，永辉是付出还不得好。

她嫁的人是王永辉，自然是和丈夫一条心的。偶尔她也会挑拨公婆，挑拨下面的两个小叔子，你们感情好抱成团，就把你们哥哥给孤立了，是对不起你们了，还是抢了你们的什么？

“你进去吧。”王永辉让妻子进去，他和永强说话，用不着她在这里听着。

“哥，你有事儿啊？没事儿就改天聊，我局里还有事情要做呢……”

王永辉冷笑着：“我听说你这班上得挺忙的，大部分的时间都在加班。”

传出来的话那就精彩极了，离开警局都是后半夜，想干什么啊？该得罪不该得罪的人，你都得罪了，这是不想好了吗？你上面有父母，下面有侄子，一个人活就不管不顾了？怎么活得和小孩子似的？你还是刚上学的小学生？

“你在松山能干几年？走个形式，过几年就调你回来了，你乱来什么？她不怕死，反正她的命贱，你和她一条河里搅什么？”

王永强有点反感王永辉的话，也反感他高高在上的态度。

老大走的是什么路子，他又不傻，还能不知道？整天陪人吃吃喝喝，玩着算计，扯着面子。这样的生活他觉得累，他又没有那三寸不烂之舌，他现在觉得生活挺好的。

“那个明珠，你离她远点。没有徐太宇，她连自己怎么死的都不知道。徐太宇能护她多久？人家现在结婚了，娶的是门当户对的女人，她算什么……”

“你这样八卦一个人不好吧？她都结婚了，和徐太宇又有什么关系？”

这哪儿跟哪儿啊？

王永辉慢慢道：“她的那点破事儿，别以为别人都不知道。结婚怎么了？你见有几个女人能爬得这样快的？还不是因为后面……”

“哥，你没事儿我真的走了，我局里真有事情。”

讲句不好听的，王永强宁愿待在松山，他和局里的那些人混熟了，比亲兄弟都亲。这样说也不见得就是他和王永春的关系僵硬，都长大了，各自有一摊子的生活，没必要天天腻一块，又不是要结婚。

“你现在一个月开多少钱？”

活得那么傻那么天真。又不是雷锋，这年代哪里还有学习雷锋的。从什么方面都要为自己找最大的好处，有些钱不能拿，但要看怎么处理，不拿钱我还能拿到关系，拿到别的，这都是动动脑子分分钟的事情，你过去也当了很久的副局长了吧，你干出来什么名堂了？现在还和明珠一起胡闹，两个人和过家家似的，愚蠢，幼稚！

“我真有事儿，我先走了。”王永强扬扬手就跑了。

他觉得和王永辉起争执没有必要，因为他也讲不过他哥，说了等于白说。

王永辉的老婆进门，提着几样礼品，这都是别人送的，挺好的东西，才给公婆拎来的。因为平时公婆不太喜欢他们买东西，大部分都往娘家搬。

公公非要玩公正清廉，那她不往家里带就是了，这些东西还怕没人要吗？

“不是不让你拎东西吗，怎么又拎？”当婆婆的拧着眉头说。

家里有个老顽固，一会儿就得发话，到时候又和老大两口子闹得不愉快。有些时候她也认为老头过于谨慎了，这怎么说也是孩子的孝心。可老头儿讲的话也是，她就没有一天不担心永辉的，说不定什么时候就被人盯上了，下面那两个小的还好。

“妈，永辉说你前些日子一直咳嗽，脸色也不怎么好，去医院看了吗？”

“看了，没什么毛病，就是季节病。东西一会儿拿走，不然你爸又要出声了。”老太太后面压低声音说。

儿媳妇点头，让拿走就拿走吧，不要就不要吧。

“妈你留着，这是干什么？我买不起这些东西给你吗？”王永辉进门，正好听见母亲的话，立马出声。

他就觉得自己的父亲是当了婊子还要立牌坊，这样更让人觉得恶心。很多事情要么就一条路黑到底，可父亲似乎也并不是这样做的，还留有余地，那现在摆出来这副姿态给谁瞧呢？给自己家人瞧？

亲儿子儿媳妇能害你们吗？

“你买得起，你一个月开多少的工资？我倒是想问问你，你用什么买得起的？”王局突然开嗓。

燕窝？他们还真吃不起。

“爸，我们带走，下次再也不买了。”儿媳妇赶紧回话。

她是当儿媳妇的，当着公公的面，怎么样也不能表现出站在永辉一侧。不要就算了，明天拎回娘家去，给她妈吃，她妈喜欢吃。

“爸，你……”王永辉要说话，老太太拼命地对他眨眼睛，可别说了，说了又要炸锅，好不容易安静一点，你说这回来又干架，她都要愁死了。人说儿多热闹，她看着是儿子多了，就找病。

“你的那点事儿你自己门清，我也懒得说你。”说完，王永辉就摔了门离开了。

他妻子又和公婆说了两句，才去追丈夫。

“你这是何必呢，他这样也不是一天两天……”

龙生九子还各有不同呢，每个人对待生活的态度都是不一样的。这永辉两口子也没什么吧，你自己要清廉，那老二老三不是学你了，这样还不满足？

非得见面就掐，见面就掐。

“你们就不能让我有个消停的日子过。”老太太往屋子里去。

她都这把年纪了，真不在乎吃什么，家里有多少钱，谁来看她，带什么礼物。她就盼着，一家人好好的，和和气气的，兄友弟恭，老头子别脾气这么大。你说他在外面脾气都不大，怎么回家就对着儿子这样呢？

不是她私下说，这老头子偏心，偏老三偏得厉害。对她来说，手心手背那都是肉啊，哪一块肉被戳了她都会觉得疼。

“消停日子？你那大儿媳妇就没打算让你过消停日子。她总往她父母家跑，总送东西，你以为别人眼睛都瞎呢？看不见？早晚有一天连本带利都得被人追回来。”

讨这么一个老婆，早晚有得瞧的。

王永辉两口子回了车上，他老婆劝他消消气："爸就是那样的脾气，下次不带就是了，都怪我，总觉得空手来不好。"

谁家的公公婆婆不希望儿媳妇和儿子回来的时候买点东西？偏偏她公公婆婆玩的就是另类，这么高尚的也没谁了。

"他就是老做派，总认为自己做的一切都是对的，傻不傻？现在都什么年代了？好不容易爬上来，就为了当一个清官？"

说他傻，他还不认，把下面的那两个都带歪了，永春永强早晚都得折老爷子手里。一点形势都分不清楚，这样活着，累死你们。

王永辉的老丈人和丈母娘住在本城最高档的小区里，房子反正没花钱，姑娘说了给他们住，还月月给送东西。家里的东西应有尽有，保健品还是水果的，吃不完要么送人，要么就摆着等着放坏。

上个月不知道谁送的车厘子，家里十多箱，吃得他们最后碰都不愿意碰了，干脆就送亲戚，亲戚也是有数的，不行就送邻居了，反正养个好女儿就是各种好。她女儿工作单位也好，丈夫也好，什么都好，父母满意得很。

"……昨儿我和永辉回去，我公公又是一通教训……"

"你公公呀，就是当官当的，时不时要训一个人。偏心嘛，这事儿正常，谁家的手指头一样长？永辉不招他们待见，招我待见，我姑爷我稀罕，晚上叫永辉来家里吃饭……"

就算是附近的邻居，谁不知道这家的女婿是王永辉，是求不到他去办什么事情，但知道这个人就知道他走的是什么路子了。

陈滔滔正在办公，助理进来给他换水。

"给我一杯热的。"

陈滔滔的胃有些不舒服，最近时间有些紧，他吃东西不应时，有时候吃有时候不吃，慢慢地毛病就出来了。养病不容易，添病是很快的。

助理接了水递给他，刚刚还想打趣打趣他，才不抠了几天就又恢复过来了。

公司员工的生日福利，原本是没有的，现在添了，之前都是送蛋糕券的，那么贵的也送。这让大家好一通期盼，觉得也许会有超出意料之外的惊喜。今天有人过生日，喜是没了，惊来了。

不知道他脑袋瓜子里面是不是每天都在想，怎么去省钱。当时所有的同事都看傻眼了，大家还想着分一块吃，沾沾喜气，结果蛋糕送过来，全傻眼了。

两块蛋糕摆在一起，然后插了一根蜡烛，点上你自己吹灭，就算是给过生日了。

没有这么晃人的，他怎么没买几个豆沙包放在一起呢？

助理幸亏没调侃他，人家以为陈滔滔可能想过这样干的，不过得出的经验是豆沙包一袋七块多，个数不是很好听，他如果送就一定要送成双的数字，等于说要掏出去十四块多，虎皮蛋糕卷就不同了，看起来高大上，两个才十块多。

“我看着你脸色不是很好，最近是不是案子接得太多了？”

“没事儿，你出去吧。”

陈滔滔晚上十点才下班，他累，陶克戴也跟着他累。不过老陶跟他是过命的交情，绝对不可能说什么，体贴陈滔滔他绝对是第一人，有些时候比明珠想到的还要多。陈滔滔不是讲过嘛，陶克戴不是女人，他要是女人，自己一定娶他。

陈滔滔上了车，自己翻着眼皮滴眼药水。

“眼睛不舒服了？”

他看了一天的卷宗，看得眼睛都花掉了，还得抓紧时间地看。

“到地方喊我。”

“你这是不是身体哪里不舒服？要不去医院看看？”陶克戴很纳闷，过去有点风吹草动就认为自己马上要挂的人，现在怎么这么能挺呢？

陈滔滔说：“不用，累的。”

陶克戴送陈滔滔回家的路上，还去给他买了点吃的，怕明珠晚上不回来。陈滔滔这么懒的人，他是不可能下厨的。

有些时候作为朋友来讲，陶克戴真的认为陈滔滔应该和自己一样，找个能照顾家的女人，至少这样什么都不用你来操心。

陶克戴把陈滔滔送到楼下，陈滔滔提着袋子往里面走，陶克戴就开车回去了。路上，他还是给医生去了一通电话。

陈滔滔刚打开家门，就接到朋友的电话了。

“听说你眼睛不舒服？我闲着也是闲着，要不你就过来看看。”

“看东西看的时间有点长，回去睡一觉就好了。”

“过来吧，打车钱我给你出。”

陈滔滔无语了。

陈滔滔换了鞋，今天实在是没力气了，鞋子也没有摆，就径直进了房间里。灯也没开，他上了床直接抓过被子一盖，西装都扔地上了，没有力气去挂，明天叫保姆送去洗吧。

闭着眼睛就睡着了，他缺觉。

他回来得晚，明珠回来得也不早。她去医院看了看老曹，老曹的情况……让人焦心。

活是活下来了，情况也没有想象当中好。这种事情看着很难受，所以她最不喜欢的就是去探病。对个人不说，对家属那就是一种伤害，可这样的伤害，她见得太多了。说不定哪一天，就轮到自己的身上来了。

王永强送她回来的，顺路嘛。到小区门口把她放下，王永强就开车走了。

明珠上了电梯，回到家里，按开灯，奇怪地看着地上的鞋——从来没有过这样的情况。

陈滔滔一直活得很有原则，也就是说，他今天要么身体不舒服，要么是有什么事情了。

明珠把他的鞋子放起来，进了客厅，屋子里一点光都没有，她没开灯，借着门口的灯光还是可以看清楚屋内的格局。然后，她推开卧室的房门，走了进去，站在床边。

“身体不舒服？”

“觉得累。别管我了，让我睡一觉就好了。”

明珠撸起袖子，用胳膊试试他头的温度，稍稍有点高。

她出去，带上了房门，陈滔滔就又睡了过去。

明珠去厨房煮粥了，有些时候觉得自己的手艺都要不存在了，都要忘光了，现在一上手，该有的还是有，技能这种东西，想要捡起来估计认真两三秒就可以了。

他现在这情况，只能吃点清淡的。忙活了半天，她端进去叫他起来吃，陈滔滔就有点嫌她烦，身体不舒服什么都不想做，非要叫他干什么？你想吃，你就都吃了，你想睡你就睡，非要折腾我做什么呀？

他腾的一下从床上坐了起来，一脸的鸡粑粑味，反正看着就是要发飙的样子。明珠也瞧出来了，他就是发飙她也忍了，生病了嘛，就当照顾儿童了。

“拿来啊。”

不是让他吃吗？他赶紧吃了好睡觉，别折腾他了，她就是他的活祖宗。叫他一天给她上三炷香，他也同意，只求别来烦他了。

明珠想告诉他很烫，结果陈滔滔几口都就喝进去了，带着赌气的味道，把空碗递给明珠，拉着被子又躺下了。明珠接过空碗看了半晌，默默带上门就出去了。

反正陈滔滔睡得有点不爽，中间明珠又折腾他一回，让他起来吃药，给他喝了汽水。喝了汽水心里觉得舒坦多了，他也就没再摆脸色。

早上起来的时候，陈滔滔已经神清气爽，彻底好利索了，觉得浑身都是劲，没有地方可以施展。他在家里找了一圈，明珠可能去上班了，厨房有饭。陈滔滔觉得闲着也是闲着，没什么事情可干，就擦了一圈的地。

保姆来上工，看着家里的地板，她就想问问，这是谁擦的？还不如不擦呢，擦得都花了，等于增加她的工作量，恨恨地蹲在地上重干了一遍。

陈滔滔进了事务所，见他脸色亮了，不再发黑了，终于有人问出了心头的疑问：“陈律，买馒头不是更省钱？”

说的是那个生日礼物，省钱我们大家一起帮你省呀，馒头一元钱三个呢。

“我觉得你应该多读书。”陈滔滔扔下一句话就上楼了。

买馒头，然后插蜡烛过生日吗？

上庭之前，死者的父母没有单独再找过陈滔滔说什么。现在这个案子，他们也不知道最后会怎么判，但他们希望对杀人、合谋的人一个都不能放过。

外孙子他们已经准备养了，至于说年纪的问题，他们都一大把年纪了，外孙子还小，这也是没有办法当中的办法，绝对不能将孩子交给其父亲去抚养。

对方的律师认为孩子的话不可信，因为孩子的母亲有引导之嫌疑。

陈滔滔一方将死者的尸检报告递了上去。对方又说死者的公公报案自首，属于有悔过情节的，应该酌情轻判。陈滔滔一侧又将当时报警中心所接到的报警电话以及死者的公公口述他大概是什么时候报警的递了过去。

反正对方律师说什么，这边就是各种递资料。今天陈滔滔似乎表现得很少有话说的样子，这有点不符合他的风格。

对方的律师也知道自己干不过陈滔滔，但这样就有点侮辱人了，是对他不屑吗？所以话都不说，他只要一开口，对方就是各种递资料，有那么多的资料要递交吗？

死者的公公说儿媳对他们经常打骂乃至动手，但从死者周围的人以及朋友圈，同事乃至邻居了解到，死者是一位非常温和的女性。

对方负责说，这方负责打脸，你说什么，我就能拿出来和你的说法完全相反的资料，来证明你说的都是放屁。陶克戴觉得陈滔滔也是够毒的，一般人早就被他玩疯了。

他手里有那么多的资料，却不肯一口气拿出来，人家说什么，他拿什么。就好像打麻将他贴着人家打，这是让对方觉得很不爽的一种方式。

“我只强调一点，死者的丈夫婚内出轨在前。”

“反对……”

陈滔滔翻着白眼，我管你反对不反对，他继续说着自己想说的话：“死者丈夫婚外情的对象现在已经临产。还有，我要重申一点，现在死者父母所居住的房子乃死者所买，包括她丈夫现在所居住的房子也乃死者所买，大约两个月之前，死者的丈夫还要求变更房子的所有人。”说着，陈滔滔又递交资料。

“当时死者六岁的儿子曾经亲耳听闻，爷爷奶奶以及爸爸密谋，要将母亲骗回来，然后打残，随后爷爷动手掐死母亲……”

“反对……”

“事实上，这个爷爷也确实当着孙子的面亲手掐死了他的母亲。一定要判的话，我觉得应该是五马分尸，完了再剁剁剁，剁完了喂狗……”

“对方律师请注意你自己的言行……”

这次开庭，法庭基本上否决了对方所提出来的什么儿媳需要负责的说法。至于说合谋，就目前来看，证据就是一个小孩子的口供，这……

死者的丈夫铁青着脸，他没料到陈滔滔竟然会关注房子的事情。这房子是妻子买的，妻子现在过世，就应该属于他不是吗？难道还要归还吗？

死者的父母原本也没想起来这个房子，但律师一说，他们宁愿送给社会，也绝对不能便宜那个白眼狼。法官会不会相信孩子的证言啊？会怎么判啊？这已经是第二次诉讼了，如果依旧不是想要的结果……

法庭这边也很难做出抉择，陈滔滔说得有理，问题是证据方面还是欠缺了一点。从人道上来说，法官是力挺陈滔滔的说法的，但是……

“……我是陈滔滔啊，想和您一起吃顿饭。”

“可别，陈滔滔，我们现在一点都不合适见面。”

“怎么会呢？”陈滔滔笑着说。

所谓千穿万穿马屁不穿，这马屁也是要看谁来拍，别人拍的话，一准就是拍在马蹄子上。

陈滔滔说有些东西他想要给对方看看，人到底还是出来了，不过对方很谨慎，什么都没有说。这场饭局原本就是不应该存在的，好在陈滔滔选择的地方隐秘。

死者的婆婆盯着儿子看，问出声："现在你爸一个人扛不下这罪名吗？"她怎么听着对方律师的意思，还要把自己儿子牵扯进去？

死者的丈夫黑着脸，都怪这该死的陈滔滔，将银行账户也冻结了，房子对方也是打算走诉讼这条路要回去，那岂不是自己最后什么都得不到？

"只要我爸咬死了，没有问题的，他都这把年纪了，我们国家的法律对待老人是有缓情一说的……"身体不好，将来还可以慢慢地活动活动，也许最后就不了了之了。只要到时候没人盯着看，什么事情不能发生？

当时是三个人密谋。为什么密谋？就是因为儿媳妇太过于有主见，完全不听他们摆弄。儿媳妇是提出过离婚，但你一个女人说离婚就想离婚？是我们家不要你的，嫁进这个家，没有为这个家付出过、奉献过，现在想拿着钱就走？

没等他们商量出来结果呢，陈滔滔那边已经行动起来了。先是属于女方的房产，这显然不属于婚后财产，全部都是婚前财产；至于双方夫妻的婚后财产，所消费情况，陈滔滔大概也有了了解。死者的丈夫经济条件是可以，但没达到可以随心所欲花钱的地步，这几个月当中他所消费的那些金钱，陈滔滔怀疑这属于夫妻财产。

死者的父母不想闹，就想等着法院宣判，但陈滔滔的想法却不是这样的。有些事情，对方是什么样的人，就需要怎么样对待。

有些事情需要专业的人员去做，比如搬家这种事情。陶克戴负责监工，这是何必呢？

他们把东西一样一样地往外扔，对方报警，警察也赶来了。但符合正常程序，警察最多也就是劝一两句，没有理由拦着不让人家扔。

"这是做什么啊？"

"做什么？杀了人，还住着人家买的房子，你们也不怕晚上死者来找你们报仇……"

现场都是壮丁，据说都是女方的堂弟堂兄们，到底是不是，这谁也说不好。突然之间冒出来这么一大堆的人，是谁看着都眼花。这边东西扔得到处都是，不是一包一包地扔，而是拆开，一件一件地扔。整张床就摔了下去，下面还有人负责哭，人就是死在这张床上的，被公公活活给掐死的。

这边婆婆和丈夫见情况不好，不管怎么说，小区里进进出出的人一多，听八卦的人多，指责的声音就大。

他们俩没好，那边给死者丈夫怀孩子的女人也没好到哪里去。不知道人家从哪里得到地址，就找上她了，在她单位大闹特闹，说她与情夫合谋害死人了。她是有苦说不出，捂着自己的肚子，就想说，她现在怀着孕呢，总不能欺负孕妇吧？

她是不该抢别人的丈夫，但他们的感情不是已经破裂了？还有，她现在这情况，是不是有错也不应该这样对待她？不然一尸两命，谁能负责？

"少和我提一尸两命，你死了都是应该的……"

反正无论你怎么说，对方都有词儿回答。这女的原本想装柔弱，她捂着肚子是想吓唬眼前的这些人，现在他们这么一闹，搞得自己以后怎么上班？

谁知道捂来捂去的，她就真的动胎气了，肚子真的疼上了。

“我肚子疼……”

那些人依旧不管，等到她打了120，他们又闹了十分钟左右，该说的都已经说完了，传单贴得到处都是，单位所有的楼层都发布到了，然后拍拍手走人。管你肚子疼不疼的，你生不生也不是人家的孩子。

合谋杀人到底是真是假？这没人知道。抢人丈夫这点也不说，只说婚内出轨的这件事情是坐实了，这边怀孕了，然后那边妻子就被杀，怎么就那么巧呢？

“应该不会吧？那边不是已经生了儿子了？”

“生儿子有什么用？看你不顺眼，你生一百个儿子也没用。她能是无辜的？这件事情就算她不知道，也不见得里面没有她的推波助澜……”

女的进了医院，生孩子，可是找不到任何人。那边手机已经关机了，为了防止别人骚扰，因为有很多记者想要采访他们。现在的记者也不知道怎么回事儿，过去是将死者的资料全部披露出来，现在不走这个形式了。

罗颖琳看着手里的报纸，满意地敲了敲。

男人的名字虽然被隐去，但工作单位等一些重要的细节全部被披露了，还有他的家庭，父母，报道的都是男方的情况，杀人者的情况，对死者一个字都没有提过，姓名也好工作单位也罢，一个字都没提，就好像这人没存在过一样，这是媒体对死者的尊重。至于死者丈夫外面的情人，不好意思得很，现在社会是开放自由了，但你这样的行为，就是破坏家庭罪，离了婚在一起，不会有一个人讲一个不字，婚内出轨，那就是大错特错，更加不要说，现在扯上人命官司了。

来自各方的指责，现在的网络传播速度比想象当中的要可怕得多，人们变得冷静是因为媒体起了一些推波助澜的作用，但一旦确定了确实的消息，网上的传播速度还是很可怕的。

谴责，抨击。

不属于你们的，通通拿回来。

丈夫殴打妻子到不能动，全身多处骨折，只判九个月？死者胃里竟然检测不出一点食物的痕迹，这是什么罪？

第二次开庭，陈滔滔喝着水，慢悠悠地喝着水，对方的律师瞧着他这副样子，扭开头，他不和这人一般见识。

但今天的庭上，陈滔滔拿出了所谓的证据，不知道哪里搞来的，所谓密谋杀人的录音。

“我反对，录音这种东西可以作假……”

如果有的话，一开始为什么不拿出来？

死者当时的情况是不存在录音的能力，孩子那么小，这个东西哪里弄出来的？

这要谢谢事件影响的扩大。

孩子因为太小，很多事情不能理解，他的爷爷不让他见妈妈，天天饿着他妈妈，他也不知道。很久之前，就在一家人商量密谋的时候，小孩子曾经拿着手机不知道按到了哪个键，然后不知道怎么就发了出去。原本的并不是一段录音，而是一段视频，视频上摇摇晃晃的，三个人说着话，时而大声，时而小声，但足以说明一个问题，那就是，死者的丈夫绝对不是无辜的，包括死者的婆婆。

这段视频呢，孩子错发给了亲姑姑，也就是说发给了死者的大姑子，亲大姑子，这件事情闹得这么大，大姑子想了很久，犹豫了很久，毕竟是自己的父亲，自己的弟弟，现在已经有人负责了，她辗转反侧，夜夜难眠，觉得自己不能那样做，一旦做了，她这个当女儿的，是不是就要等着天打雷劈呢？她不敢和任何人讲，没有对丈夫讲过，没有对弟弟和母亲讲过，独自一个人受着煎熬。

然后到事件发酵，她的弟弟否认，她的母亲否认，她的父亲认罪。来自四面八方的网友骂着，查找着证据，她弟弟出轨已经是很久之前的事情了，包括一些网友不知道从哪里弄出来的数据，将她弟弟的工资，弟妹的工资对比。

陈滔滔来找过她，找过她很多次，她也避开了很多次，可还是被他给堵到了。最后，她将这段视频给了陈滔滔，陈滔滔转换了形式，现在它以一段录音出现。

现场庭上的人哗然，真的是合谋？未免心肠太狠了。

法官几个人对视一眼，然后休庭，公安机关逮捕嫌疑人，有了证据一切就好办了，坦白从宽，抗拒从严。从片面得到的口供，里面有这样的一段对话。

死者的婆婆说，女人杀男人会被判得很重，男人杀女人就不一样了，因为法律就是这样的。当时问询的警察问她，你这是从哪里看见的法律？她说电视上都是这样演的，听见的报道也是这样的，女的杀了男的会被立即执行，男的杀了女的，是不会的。

警察嘴上没说，心里想着：看看你丈夫是不是会被立即执行死刑就知道了。这次你们真是作死了。

法庭上宣判，这是一起情节较为严重，影响较为恶劣的案件，死者被丈夫和公婆三人合谋有计划有目的地杀害，在死者的儿子面前，爷爷亲手掐死了孩子的母亲。法律上人人平等，杀了人就要负责，而合谋害人也是需要负法律责任的。

警局的人从座位上离开，来的时候也没料到会判得这样重。

所以说，千万别存害人的心思，不要以为看见谁谁谁杀了老婆被判得轻，轮到你指不定就是怎么回事儿呢。所谓天网恢恢疏而不漏，过不下去可以离婚，不要动杀心，不属于自己的，千万不要贪恋，和谐社会，和谐生活。

合谋的这三位，公公死刑缓刑两年执行，婆婆和丈夫被判有期徒刑十三年。

官司打得对方律师脸都绿了，死刑这个没有可说的，他来的时候就预料到了，毕竟都出了人命，缓刑两年也等于是维持了原来的判决，但婆婆和儿子同时被判了十三年有期徒刑，这是什么鬼？

合谋也分主次，明显主为公公，主已经承担了全部的责任，死刑，为什么次还会判从犯十年以上有期徒刑呢？正常的案例，从犯都分情节也是要从轻判决的，最高也不过十年，哪里来的十三年？这是怎么判的？

一家三口直接都傻眼了，一个要去死，两个要蹲十三年，十三年后出来，他们还有以后吗？特别是婆婆，她这把年纪了，进去蹲监狱？

不公平啊。

“我冤枉啊……”

不就死了一个女人嘛，女人这么多，嫁到她家，命就属于她家的，她儿子不追究不就好了？为什么要打官司？

可惜法律面前人人平等，每一条命都是鲜活的，是有权利存活的，非法剥夺他人生命，是要付出代价的。做事之前，要考虑再三。

陈滔滔伸伸手，打着哈欠，看着蓝天。他就不会那么蠢，去杀老婆，如果不想过了，又是在这样的情况下，他认为去诱导，让对方犯错就好。这样想着，他点点头，自己就是这样聪明。

转着椅子过来，他对陶克戴说：“克戴啊，有一天你要杀老婆之前告诉我一声，我教你一个方法……”

陶克戴吐掉口中的热水，哎！谁告诉你我要杀老婆了？你就不能想点好的？我过得好好的，为什么要杀老婆？

“陈滔滔，你有病！”

“我有药！”

陈滔滔打开药盒，拿了两粒药，嘎巴嘎巴地嚼着，像嚼糖豆一样嚼着，觉得味道还挺好的。吃的次数多了，他对这个味道也习惯了。这是医生开的胃药，时不时吃上一粒保身体平安的。

“你这是……”王永强瞧着前面走的人像是明珠，但没敢把这个时不时敲敲自己后背的人和明珠联想到一起。

穿着内裤的女超人一类的形象，比较合适明珠，现在这有些弱的……贴不上边吧。

明珠一边走，一边用拳头砸砸自己的后背。不知道是老了还是怎么了，以前没这样过，现在来例假后背会觉得酸，麻烦死了，还伴随着一丁点的不舒服。要是出去办事吧还好，这种难受可以忽略不计，不出去的话，坐在办公室，就找上门了。

她上午一直没休息，午饭也没来得及吃几口，来来去去地一直有人找她。结果这些人都走了，她这身体就开始矫情上了。

试着挺直背，她才勉强觉得舒服了一点。

“背酸？”王永强调侃道。不会吧，放在别人身上他信，放在明珠身上他不信。开开玩笑就算了，他不至于闹过头，“不舒服就多歇一会儿。”

到了自己办公室，王永强就推门进去了。紧接着，明珠也回了自己办公室。

下午她又出去折腾了一趟，晚上九点多才下班，也没开车，王永强顺路送她回来。

王永强住在松山这边有一阵子了，可能是不打算折腾了，毕竟开车来来回回还要时间。但现在因为交女朋友了，再麻烦他也得折腾。

“你得找个时间去医院看看。”

“自带的。”明珠道。

王永强点点头，得，自己白操心了，忘记了坐在身边的也是个女的。总是容易忘记她的性别，你说说这事儿。

把人平平安安地给送到小区的门口，他就开车回家了。

明珠等电梯过程中试着挺直腰板，可这不是挺直不挺直的事情，就是难受。你说疼吧还不是疼，说酸也不像是酸，就是找病就对了。电梯下来，她就进去了。

到家一推门，她大脑有点没跟上——家里一堆的人。陈滔滔过去从来不往家里招人，今天这是怎么了？

“回来了……”

明珠认识几个人，上一次吃饭时见过，点着头打着招呼。

陶克戴带头闹他，非要来他家里坐坐，说什么都不干就来坐坐。陈滔滔是从来不会邀请别人进他家门的，陶克戴好不容易抓住一次机会，自然要好好利用。

明珠回房间里换衣服。她现在就特别想往床上一躺，饭都不想吃了，可外面还有人。人活着嘛，就得活个面子。

她从房间里折腾完出来，陈滔滔出去不知道做什么了，反正五六分钟以后才进门，手里提着袋子。

明珠在厨房沏茶，她一只手扶着墙壁，身体半靠着墙，盯着水壶，等水开呢。

陈滔滔从厨房的门边经过，扫过来一眼，看到的是背影。其实是看不出什么的，明珠的脸他都没瞧见，就是看见她靠着墙壁，一只手撑着墙。

然后，他就踩着拖鞋进了客厅，淡淡地说：“看过了，也坐过了，现在就走人吧。”

“别呀，这一杯茶还没喝上呢。”陶克戴打趣他。来都来了，你这个台阶也给了，就索性给到底吧。

“外面没卖茶的？我家又不是酒店……”陈滔滔半真半假地说着。

主要是他这人大家都比较了解，有些人屁股就坐不住了，这明显就是有叽歪的味道，陈大律师原本就是这么任性的，说翻脸就翻脸。主人都不欢迎了，还坐什么？赶紧撤吧。

“陶律师，我们回去吧……”

大家开始往门外撤，穿鞋的穿鞋，说客套话的说客套话。

明珠端着茶水出来，这怎么要走了？不是要喝茶水吗？

“怎么都要走了？”

“下次来做客……”

大家对明珠还挺不好意思的，说是要喝茶，明珠说陈滔滔有好茶，就给沏了茶，结果他们又闹着要走，好像耍人家似的。

“滔滔，你同事要走了……”

陈滔滔就和没听见一样。

这个样子大家都熟悉，他翻脸不翻脸，不存在其他的问题，原本家就属于隐私。于是，大家的表情更加尴尬，心想：陶律师提的时候就不应该附和，这下好了。谁嚷嚷着要来的？糗大了。

“陈滔滔，你邀请人来你家，然后又用臭脸把人撵走了？”

“我的事儿不用你管。”说着，他特潇洒地留给明珠一个背影。

明珠也懒得管，你的事情你有权利做主，随便。

家里安静下来，没有人她还需要客气什么，进了屋子就一躺。

其实按照她的个性，就算是家里来人她也不会招呼的，毕竟自己每天累得半死。可能是和一个人生活太久，就传染上他的生活气息了吧，她竟然会主动去招呼客人，不敢想象。

陈滔滔开着窗子释放屋子里的味道，把东西都整理好，盯了一会儿卧室的门，就去办公了。

明珠睡了一小觉，原本起来是为了上卫生间的，胸部以下，小腹以上这一块儿就是难受，特别难受，真想剁了。

进了厨房，见锅里好像冒着热气，她就打开盖子。哎哟，她能说陈滔滔是她的蓝胖子吗？

明珠从上面的橱柜里找出一个碗，用勺子盛了一些，是玉米糊，滚烫滚烫的，黄灿灿的，糯糯的，里面好像还有小珍珠。现在看见这个，她别提心情多好了，好像另外世界的大门瞬间就被打开了。

“醒了？”陈滔滔进厨房，看见她，似乎还愣了一下，手里拿着碗，明显这是他给自己煮的。

他厨艺也没这么高，是冰箱里原本就有的，倒进锅里加热就好。他只是不停地用小火一直咕嘟咕嘟着，想喝的时候拿出来喝，喝一身的热汗，还是挺舒服的。

“你煮的？”

“不是我，难道还有别人？不然是你半睡半醒起来煮的？”

明珠喝了心情都变好了，赞叹陈滔滔：“你现在就和蓝胖子似的，掏掏口袋什么都能变出来。我这腰这一天难受的……”

沉滔滔不太感兴趣地嗯了一声，疼不疼的似乎和他也没有多大的关系。明珠也没指望他能感同身受，端着碗就回房间了。

陈滔滔看看那锅，又将自己碗里的玉米糊倒了进去。他没有喝，他也不喜欢喝这种东西，原本就火旺，再喝热热的东西，弄一身的臭汗图什么？

他每次都盛半碗拎到自己的桌子边，等到变凉了，再端进厨房来，为的是看火，省得烧干锅了。这次进来，是因为他听见明珠开门了。她怎么回事儿，他也知道了，看看卫生间的垃圾桶不就知道了。

我弄了，你爱喝你就喝，不爱喝那就滚回去睡觉。指望我安慰你？不好意思，他说不出口，也不觉得这有什么值得安慰的，全天下的女性都是这么过来的，别矫情啊。

他打开冰箱拿出一瓶饮料喝了一口，冰凉凉的才合他的胃口。

反正这么几天，不用明珠多说，他能干的就先干了。基本常识他有，别碰凉的就是，吃点热乎的。

这不是说心疼什么的，有什么好心疼的？他还是那句话，女人都这么过来的，他只是觉得吧，要利用就得延长保修期。要不彻底用坏了，到时候修都修不起来，买新的还费钱，不划算。

明珠晚上睡着了自己不知道，因为不舒服，来回翻身，腿都放不平，要弯曲着，这样才觉得舒服，滔滔给她掖被子就掖了好几次。反正他现在睡得晚，顺带着就做了。

早上，陈滔滔又把刷牙水给她倒好。明珠看见了他从自己牙缸里把水倒进她洗漱杯，但她不在乎，能用就行。没有她就直接用凉的，有的话，那就顺便用了，还不用浪费力气拧水龙头了呢。

“早饭在桌子上呢，我上班去了。”

“你今天这么早？”明珠问他。

“有事情要做。我走了。”

早上明珠吃的也是比较热的稀粥，不知道滚了多久，都已经煮飞了。但吃过之后，那种酸的感觉已经消失了，和昨天简直就是天壤之别，舒坦。

于是，到了局里，她今天走路也不那样了。

王永强心里摇头，果然是每月一日啊，女超人也有的一日。

就那么一次，事务所的人肯定不会有人再提议去陈滔滔家坐坐了，哪怕真的经过他家门前，躺在地上走不动了，爬也得爬开，不然去看他脸色啊。

陶克戴就问他：“昨天怎么回事儿？”

好好的就撵人，出去一圈回来就变脸，这是什么套路？

“我不喜欢别人来我家，你又不是不知道。”

陶克戴无语了。来都来了，就热闹热闹，你何必扫兴呢？

“以后这样的事儿，别安排。”

“我怎么瞧着，是明珠回来以后才不对呢？”老陶觉得这里面不太对。

陶克戴也算是有眼色的人，就算陈滔滔情绪变化得快，拎着东西回来的时候还没这样呢。真的说起来，也就是他进了屋不到五分钟之间发生的变化。那时候明珠干什么了？

陈滔滔斜眼看着陶克戴：“你的意思是，我陈滔滔因为怕一个女人，她不喜欢我的同事来家里，我就把同事撵走？”

紧接着，他又用非常不屑的口吻说：“这样的男的活着还有什么意思？爱女人也没这样爱的……”

陶克戴狐疑地盯着陈滔滔，也对，这人向来自大。

总之，结论就是，陈滔滔的情绪变化太快，叫人有些捉摸不定。

“什么情况？”

“捞出来一个编织袋，里面的尸体已经高度腐败，人体特征已经模糊……”

现在能知道的是，这里面装着的是一个人，其他的目前不知晓。

因为不知道浸泡了多久，看了捞出来以后的场面，有些警察脸也变色了。小猫胃里的食物已经抑制不住地上翻，好在他有一定的定力，没有当场吐出来。他总认为自己如果吐了出来，说不定明珠会让他更后悔的，所以忍不住也得忍。

从现场来看，根本没有办法辨认，只能调集法医进行解剖。

但是，松山现在的法医做不了这个，要从外省外市申请调集多位顶级法医。

解剖发现，这是一名大概二十岁的女子，腹腔中有一个八个月大的男胎。

“编织袋中有大量的衣物，应该属于情杀或者仇杀，多半与怀孕有关。”

同时，法医将死者的死亡时间大致确定了下来。

警察要做的就是，按照法医提供的大致时间，对松山当时所有的孕妇进行排查，逐一确定是否有孕妇失踪被害。做永远比说要难，查询一无所获，毫无进展，警方又对发现尸体附近一定范围内的小区进行租户排查，依旧是了无进展。

有些案子，到了这里就是没有办法了，毕竟能用上的手段都用尽了，什么都查不到。你也不能说他们没尽力，出动大量的警察花费不少时间去查，依旧是一无所获。最后，警方也只能将胎儿的 DNA 上传到数据库，作为最后一点微弱的希望。

中午吃饭，说起这个案子，王永强也是无力，能想的都已经想到了，但苦于没有线索。

“这是吃的什么？”永强看着明珠掏出一个小瓶，倒出两颗药丸一样的东西，扔进嘴里咔吧咔吧就给嚼了。

“钙片，来一片？”

王永强对这些东西都是敬谢不敏的，他认为正常地吃饭就可以补充上了，根本没有必要吃这个。

“这是你家老陈给你买的？”

“嗯。”

陈滔滔某天下班扔了一瓶这样的东西给明珠，他的原话是这样说的：“你这老胳膊老腿的，不补补钙，我怕你哪一天抓坏人的时候，一个骨质疏松，就挂在栏杆上了。身体要壮壮的才好踹人，踹人的时候也比较有力气，直接干倒……”

“我瞧着就像是他的风格。不是我说，你家老陈太惜命了。”

吃的那些东西，他一个外人，能见陈滔滔几次？他都能感觉到，可见陈滔滔惜命的事迹人人知晓。

“惜命不是挺好的？”

“你呀，都让他给带坏了。”说着，王永强起身。他还有事儿要去做，就不陪她在这里吃钙片了。

走了没两步，他又返身回来，站在明珠的面前。

“什么东西忘记带了？”明珠问他。

王永强轻咳，然后开口：“你就没打算要小孩？”

明珠一脸无语地看着他，他什么时候变成居委会大妈了？

“我这不是无的放矢啊，你这年纪已经不轻了……”早生早了，如果打算生的话。

虽然说陈滔滔这样不好那样不好，可毕竟条件在这里摆着呢。他倒不是担心明珠被甩，可每个家庭都有每个家庭的形成，早考虑总比晚考虑强。

“你比较像是我爸爸。”

闻言，王永强瞪了明珠一眼，就走了。

明珠没把王永强的话放在心上，现在的事情这么多，生什么孩子？养孩子还没养够呢？她从小就等于当妈。你问问当过妈的，有几个还愿意重头来过的？好不容易脱离苦海了，再一头扎回去？

不过王永强说了，她回去得和陈滔滔沟通一下，家是两个人的，商量也应该是两个人谈，而不是一个人决定。再有，她这身体……

陈滔滔一口水喷了出来，他用手擦擦，看着明珠：“我刚刚没听清，你说什么？能重复一遍吗？”

“有人提醒我，说我年纪大了，再不生就生不出来了……”

陈滔滔摆手，他现在不好奇明珠为什么说这话，他就好奇，是谁这么无聊和明珠说这个？

医生说的话他早就忘光了，瞧瞧明珠现在的状态，比那黑牛还强壮呢，自己和她干一架都不见得能打过她，就这样的身体状态，她能生不出来孩子？

“你想生？”他有点犹豫地问出口，就完了。

陈滔滔觉得人活着就得自私，他现在的想法就是这样的，活一天高兴一天，养个孩子，他负担不起。不是经济上的，而是思想上的，什么“不孝有三，无后为大”那种观念，在他这里没有，他就打算自己潇潇洒洒地活着，以后的事情他现在不考虑。不行的话，等老了死了叫人把他扔海里，挺好的。

“你希望我生呢，还是不生呢？”看出来陈滔滔有点害怕这问题，她就逗着他问，心想原来还有你怕的事情。

“你有两个妹妹，她们将来都是要生孩子的，你把她们养大了，她们的孩子不就是你的孩子……”他拐着弯地说着，你不需要生。

“可是，妹妹的孩子是妹妹的啊……”

“这思想就不对，我来给你捋捋……”

活到现在没有一个小孩儿，让他觉得似乎这种感觉还不坏。再听话的孩子他也不大喜欢，他就连自己都是不喜欢的，更加不要说一个陌生人。明珠这已经是例外中的例外了，在陈滔滔的感情观里，他对待自己的父母都是不冷不热的。

两人商量的结果就是，以后再说，目前不提——她养不了孩子，他更加不能养。

他们不急，总会有人急的，急的这个人就是陈滔滔的母亲。

升级当了婆婆，不管这儿媳妇是不是自己喜欢的，陈滔滔的态度已经表达出来了，人家两口子的事，她一个老太太没资格跟着指手画脚。但她偶尔也会想见见自己的孙子辈，不管是男孩儿女孩儿，只要有一个，她也满足。

她想归想，却从来没问过，不敢问。陈滔滔对她的意见大，她心里清楚得很。

姥姥想的似乎就没这么多了，在电话当中问陈滔滔：“结婚了，生儿育女是不是就该提上日程了？”

陈滔滔最烦别人对他的生活指手画脚，生不生这是他们两个人的事，不涉及其他人。要是生个和他似的孩子，他觉得不如不生。他个性不好，他这样的人活着其实对社会也没有多大的意义，所以他就别继续再生一个出来害人了。

连转圜的余地都没有，他直接开口就说：“我们没打算生孩子。”

姥姥纳闷，这是明珠不打算生？

老人考虑问题总是考虑得比较远，姥姥又说：“将来你们生了病，没有孩子在身边，总是会显得孤单的，靠养老院吗？这不靠谱。养老院有自己的孩子好吗？”

挂了电话，陈滔滔脾气有点躁。

“为什么就一定要别人接受他们的生活观呢？”

“站着不累吗？”明珠没接着他的话说。陈滔滔在屋子里走来走去的，嘟囔了半天，反正就是不爽。

明珠看着自己的电影，他说他的，她看她的，偶尔点头敷衍一下，扮演着垃圾桶的角色。

等到他终于稳定了下来，她才凉凉地开口：“不想理会就不去理会好了，老人家说说，你就当成耳旁风听过算了，偏要自己和自己较劲。”

住一起这么久，明珠发现陈滔滔有偏激扭曲的一面，只要是碰触上家人这个关节，他大部分经脉都是不通的。

“去洗个澡吧。”

“你觉得我神经吗？”陈滔滔问她。

明珠想了想，说：“没发觉。”

陈滔滔进了浴室，把话吐出去心中就舒坦多了。

姥姥这通电话打完也不舒服，她只是表达自己的想法，没说一定要让他按自己的想法去做，结果陈滔滔就激动了。

于是，她和陈滔滔的妈妈通电话：“我也不知道自己说错了什么。以后我也不会关心他的事情，不该说的我不说了，招人烦的话我何必讲这个呢……”

快快乐乐地当个长辈，谁不知道这样做是最好的？

陈滔滔的妈妈心中虽然也是这样想，但她绝对不会开口，她的想法属于自己，陈滔滔的想法归个人。如果陈滔滔告诉她，他们打算丁克，并且一直丁下去，她会认为这样不好，但不会干预孩子。

然后，她给明珠去了电话。

有些事情没有办法解释，也解释不清楚。有因才有果，但这个因她没后悔过，只是愧对孩子。陈滔滔现在形成这种个性，她也知道和自己当初放任不管有很大的关系，但已经形成了，更改不了了。

希望明珠能多多体谅体谅陈滔滔吧。

“生活是你们一起过，我没有指手画脚的资格，我们的想法是我们的想法，你们的想法才是最重要的。我说希望你体贴滔滔，也不是妈妈要求……”

明珠听着自己婆婆大人掐着字眼说话，她都觉得累得慌。

生个孩子，还得考虑说的话会不会伤害到他？还是她那个爹活得比较随心所欲。

第十九章 她不服，他来治

“妈妈，你帮我联系联系我姐嘛。”孩子摇着姚可珍的手臂。

“你姐也帮不上你。”她指的是自己和前夫的女儿沈薇，但明显小女儿说的人就不是沈薇。小女儿要考艺校，这样的念头越来越强烈，觉得做演员很风光。

“我说的不是沈薇姐，是我二姐，明兰。”

孩子不懂大人的世界，就知道自己有三个姐姐，更不知道那么多过往的事，她现在就想去认明兰。因为明兰是大明星，她好多同学都认识，她也迷明兰姐，觉得偶像是自己亲姐姐，那种感觉很爽。

“你没二姐。”姚可珍冷淡地说。

孩子拉着姚可珍的袖子，非要让她给明兰打电话。

姚可珍对自己女儿，从来没红过脸，这是第一次，气得她恨不得给孩子两巴掌。

人家根本就不认为你是她妹妹，用热脸去贴冷屁股这种事情，她姚可珍怎么会去做？是自己的孩子，就该争点气，知道什么该做，什么不该做，连这点分寸都没有？

可孩子还小，她不管妈妈同意还是不同意，反正她就是要去做。她在学校和别人说了，明兰是她姐姐，但没人信。

明兰现在足够火，有人自称是明兰的妹妹，很快娱乐小报的人就找上姚可珍的女儿了。孩子肯定没多少心眼，自己知道什么就说什么。人家想要新闻，比如说继母现在的条件不好，明兰却冷眼旁观一类的。

等到姚可珍知道的时候，想挽回都来不及了。她现在可真是有心掐死自己女儿，丢人都丢到那几个死孩子面前去了。

新闻爆出来后，明兰不可能不被问到这样的话题。被人挡了几次，但还是有人反复把这事拿出来说，说她红了以后，对家人冷眼旁观一类的。

经纪公司很快就对失责的报道进行了回应，前因后果不需要说得太过于清楚，不过实事求是：父亲另寻真爱，重新组建家庭，对孩子不闻不问，现在孩子好不容易熬出头了，继母却兴风作浪？

这件事情原本就不是姚可珍闹出来的，她看着那些新闻，内伤得都能吐出来一口血。

姚可珍带着一肚子气回家，说来也巧，正好张鲁也在家。

有些话听了以后吧，就不可能当作没听见过一样。明珠当初说那话是为了挑拨还是为了离间她不清楚，但现在她就想问问张鲁，叫她死也得死个明白。

张鲁当初拖着不离婚，是因为什么？或者换个话题，他和自己结婚是为了什么？

过去她一心一意认为是因为感情，现在来看完全不是那么回事儿，就算为了她的家庭，她也认了。毕竟这也是优点，放在任何男人身上，不见得就是没有这种想法，也没什么，都过这么久了，她还有什么不能忍的？

孩子正好不在家。

“你先别回房间躲着我，我有话想问你。”

姚可珍坐在沙发上，多少年她都没有这样过了，起范儿得很。

张鲁狐疑地盯着她，这是吃什么吃得不对劲了，说话的态度都变了？

“我之前为了我家里的事情去松山找明珠了，我去求她了。你女儿和我讲了这样的一番话……她说你和我一起之后还是没打算离婚，那最后为什么你们俩离婚了？”

张鲁的脸色越来越差，只要提起明慧他就会这样。姚可珍过去认为他是厌恶一个女人厌恶到了极点，现在来看，就算是自己，讨厌一个男人也好女人也罢，会达到这样的程度吗？根本不会的。

“你想从我这里得到什么答案？”

“你为什么和她离婚？”

“这个问题,你不是应该问问自己？当初你为什么要怀孕,为什么要告诉我你怀的是儿子？”

张鲁颇为不屑地翘翘唇，脸上的刻薄表情一览无遗。

姚可珍无言地张张嘴，怀儿子这个话她是说过，因为当时觉得自己怀的就是个男孩儿。怀孕的反应、肚子的形态以及找了人看，那就是男孩儿，谁知道后来怎么就变成女孩儿了？

“你接下来是不是要问，我张鲁和你结婚是不是因为你的家庭，而我借着你的家庭上了位，现在却对你不好呢？”

姚可珍敢说一个是字，张鲁就敢马上把家里砸了。

现在这个家，靠的人是他，是姓张的，和你姓姚的没多大的关系。你爹妈过去是有本事，但现在他们不过就是两个没用的老头老太太。你想离婚吗？如果想的话，我奉陪。

张鲁这辈子，爱女人？他估计没爱过，不知道为什么自己的运气就是这样，反正没有一个能让他爱到不行的。和明慧那是年龄到了，和姚可珍这怎么说？喜欢不是没有，但绝对达不到喜欢得忘记了自己是谁的程度。

他自私，活得很清醒，老婆孩子都好，关键时刻谁的命都不如他的命重要。不涉及危险的话，就要看谁能为他带来面子——他自认的面子，那他心里就是多多少少有些喜欢谁的，比如明珠。

姚可珍没有问，她又不是真想离婚。张鲁一发脾气，她心里的那点邪火都被压下去了。她就说明珠不是个好东西，那个死丫头挑拨离间，见不得别人好。姓明的都憋着坏，她问一句，张鲁肯定得记恨她半个月。

姚可珍给明珠打了电话，话说得很清楚：她没打算和明家这三个有出息的孩子有什么纠缠，过去那点钱她想不想给都已经给了，以后她绝对不来求明珠。但求明珠也别看着她不顺眼，来破坏她的生活。又吧啦吧啦地说她和张鲁怎样怎样的。

明珠傻愣愣地盯着手机，怎么说得她好像是个恶毒女配似的，时时刻刻恨不得把继母挖坑给埋了？莫名其妙！

明珠下班回到家，开始收拾屋子。陈滔滔最近忙，家里的保姆又请假了，说是叫车刮了一下，这几天都不能照常过来，陈滔滔还给对方包了个大红包。

没人收拾，家里一乱陈滔滔就会没事找事儿，处处刺你，典型的找碴。

她今天有假，索性干了，洗了一上午的衣服，腰都要直不起来了。嗖嗖嗖的一上午就过去了，问题是她还没做什么。

"你在家里做什么呢？"

陈滔滔打电话回来，顺带问了她这么一句，主要是他打算把明珠的房子卖了。

他是不想动明珠的东西，但现在这些明珠都交到他手上来办。他觉得这样挺好，就征求她的意见，如果以后他们分开，房价涨了上来，他赔中间差价，不占明珠便宜。

"收拾房间呢，还能做什么？一上午，我竟然洗了一上午的衣服。"

陈滔滔翻着手里的文件，他没有时间和她讨论洗不洗衣服的事情，问了明珠的意思，然后就叫人去办。

晚上回家，陈滔滔还是有点叽歪，比如他能看见地砖上面有水痕。这个水痕呢，就是抹布没有拧得干干的就去擦，擦过以后留下的痕迹。正常不趴在地上看，明珠觉得是看不出来的。

"家里又不是没有保姆，谁让你献殷勤……"

明珠一听，得，这是在外面遇到什么事情了？陈滔滔的情绪是这样的，稍微不痛快，心情郁闷，谁做了叫他不爽的事情，他就会浑身长满刺，不管谁在他面前，做了什么，那都是错的。

"你家保姆不是受伤了吗……"

"那也没人要求你来做，你又做不好。"

明珠被气笑了，献殷勤也是错，下次不干了。

"你不要动我的衬衫……"陈滔滔打开自己的衣柜，然后恨恨地将东西都拿了出来，顺序错误，他的衣服不是这样摆的。

就明珠来看，所有的衬衫只要差不多挂在一起也是能理解的吧？不这样挂，还要怎么挂呢？

"陈滔滔，你够了，我忍你好久了，你进门就开始挑我的刺。"

明珠不说自己辛苦了一天，因为这是她自愿做的，没人逼她。

陈滔滔向她一笑："我心情不大好。"

这个神经病，前一秒对你发脾气，后一秒对你微笑，明珠真的很想撕烂他的嘴。

"滚滚滚。"

明珠摆摆手，陈滔滔就自动滚进了书房。他关着门，偶尔有打电话的声音，声音飙高。

他做什么明珠也不问，吃饭也是自己吃，不叫他也不问他。人都有这个劲，等过去了，他自己气就顺了。

晚上九点多，他这个劲过去了，身上的毛都顺了。明珠看杂志，他往人家身边凑，她坐在靠近窗子边的沙发上，就那么大的地方，他黏黏糊糊地往上贴，从旁边搂着明珠。

“什么杂志？”

“自己没眼睛？”

“我有眼睛，不过想你告诉我。”

明珠推开他的脸，就讨厌他这样，生气都坚持不到一天，太没个性了，说疯就疯。

“生气了？”陈滔滔贴着她的耳朵吹气，他这不是有生活压力嘛，应该体谅理解一点。

他家明珠就这点好，让她滚的时候，她滚得特别远。你想让她滚回来的时候，呃，这个有点难，那就他自己滚过来就是了。

反正都是一样的。

他抓着明珠的手往自己的心口上放：“你看看我这心，都酸了，和酸梅子似的。”

明珠强板着脸，她就好奇他妈怀他的时候到底吃了什么，才能生出这么个怪咖？她应该继续冷下去，可她吃这套。他总嚷嚷着自己是甜的，浑身都是甜的，现在怎么又酸了？

“你哪里酸，我看看……”说着，明珠就上手去掐他。

陈滔滔让她陪自己出去吃个饭，说不想吃家里的饭，吃不进去，看见就饱了。

“不去，我都吃过了。”

她都吃饱了，还折腾什么？你饿就自己去吃。

“去吧，我给你买东西。”

陈滔滔也不知道自己为什么这样，他在乎钱的时候就特别在乎，但是他想让明珠陪着他出去干什么，一旦明珠表示了强烈的不愿意之后，他知道商量是肯定没用的，干脆就直接上钱收买。

比如我给你买个卡地亚，带钻的？或者给你买件漂亮的衣服？说吧，想要什么就送什么。

他自己都觉得贱，可到这个关头，脑子里除了这就什么都想不到。

“我不去，我也不要。”

她没什么缺的，买了也用不上，摆着看又有点浪费。

“去吧，给你一万块钱。”

陪着出趟门，就给一万块，这样来说，是不是很划算？明珠现在犯懒，在家里折腾了一天，然后这个神经病回来还阴阳怪气的，又是这个时间，出去就要开车，不爱走。

“你吃什么，刷我的卡，不然你给陶克戴打电话。”

你们俩坐在一起，谈谈案子什么的，多好，明珠认为这就是绝配。

“去吧，给你三万，一口价，走吧。”

明珠无语地看着他，人家都这样她求了，就去吧。想吃饭就自己吃，有这么麻烦吗？

明珠换上衣服和他出门，结果他光找店就找了一个小时。明珠就烦他这点，这个不吃那个不吃，嘴里还嚷嚷着饿了想吃东西。如果不是他在开车，她真恨不得一拳把他打飞出去，省得他在车子里硌硬人。

好不容易找了一家店，他又开始发黏，坚持要明珠陪着他吃。

明珠手里的筷子动了动，几乎是看着他吃，她不饿呀。

“你现在是不是特别想打我的脸？”

明珠没好气地瞪着他：“你觉得呢？”

“一点情趣都没有！你可以把这当成是我在撒娇。女人能对着男人撒娇，男人也能对女人撒娇……”

明珠真是一点脾气都没了。

她当初选人的时候，就应该稍稍再了解一下。可当初她也了解不到这些啊，住一起这么久，陈滔滔才露出这面来。明珠现在相信有骗婚一说，有些事情隐藏个三四年完全不费劲。

她就让这个神经病给骗了，知道他是这德行，当初说什么她也绝对不会找上他，现在肠子都悔青了。

“讲真的，明珠你不认为我是个挺合格的丈夫吗？”陈滔滔和明珠探讨人生，觉得自己各方面都很优秀。

“你吃饱了吗？”明珠不往他的话题上答。

陈滔滔就是想要她一个回答，列举出来几条他的优秀之处，比如陈滔滔这点好那点好一类的。

“吃饱了呀。”

“那走吧。”明珠叫人结账，陈滔滔翻着大白眼。

所以说，当女人抱怨觉得自己不够幸福的时候，老天爷就应该把她们拖进更加不幸的生活当中，叫她们亲眼见识见识，什么叫作不幸。

明珠这样的，干脆让她遇上个让她痛不欲生的，烦死的人，看她到时候还会不会这样。

徐太宇秘密地进了医院，不要说外界，就连家中都无人知晓，这还是被媒体偶然拍到放出来的。原本媒体是跟踪明星的，谁能料到把徐太宇给拍到了。

有钱人新闻都很多，喜事悲事反正总会有点事儿，落到他的头上。这个男人却很邪门。

男人混到这个程度不管自己本身长什么样子，资本已经有了，有钱就变坏，这似乎已经成为某种规律。但这个徐太宇竟然一点花边新闻都没有，是真的不风流，还是藏得深？

“徐太宇，宇宙集团的，曾经他在网球场上和一个女人被拍到过……”这都已经是过去的新闻了，如果真的要找，这样的新闻不该找不到的。可邪门的是，就是找不到了，一点线索都没有，好像没有发生过一样，好像这一切都是刻意而为之。那个女人和他是什么样的关系？

记者也是辗转打听了好久，才得到一丁点的消息，说是被拍到过，那个是前女友，就是一般的女友，后来因为家里不同意就分手了。

可谁分手会像什么都没发生过？这里面有什么秘密？

“我是有小道消息，来源不能肯定，据说现在正当红的那个女明星明兰，是他捧起来的……”

“你的意思是……”

“我可什么都没说。一个有钱，一个有貌，这种交易在这个圈子还少吗？”

说好听的那是谈恋爱，说不好听的是一个愿买一个愿卖。不过据他估计，这明兰和徐太宇的关系也是到头了，不然之前那么多年不温不火，一下子就蹿红了，这不说明，她得到了分手礼物嘛。

有钱人的想法，可能你永远也搞不懂，就是不想让自己的女人太红。

记者反复拿着明兰的照片看着，不对，不是这个人，没有这么漂亮。

明兰戴着帽子和墨镜的照片，他也拍到过，不是这样的感觉。

夫人也是从新闻当中才得知自己儿子进医院了，什么毛病？席雅若问过徐太宇的助理，但是助理用冠冕堂皇的话搪塞她，说得很明白了，徐先生的事情他不能透露半分，哪怕这个人是席雅若。

夫人问席雅若："他进了医院？"

席雅若微笑，她也不知道这个时候自己应该摆出什么样的态度。

"我打电话问过他的助理，但是对方说他也不知道。"

这话就是搪塞人的，夫人怎么可能不清楚？她看看席雅若，最终没有说什么。指责席雅若做得还不够好吗？明明是自己的儿子更加有问题。有些时候她觉得自己都不太了解徐太宇，不了解他的精神世界。

人活着总要有一好，但是他现在好的这个，夫人没瞧出来。她亲自打电话问，助理也是点到即止，说得含含糊糊的，到底为什么去了医院，依旧没有说出来个一二三。夫人都被气笑了，她一个当母亲的，想知道自己儿子为什么进了医院，竟然还不能问？！

"妈……"席雅若叫了一声，夫人抬头看她。

有那么一瞬间，席雅若真的想让婆婆去劝劝徐太宇，喜欢谁，你就把对方养了，不能娶还能养，偷偷的，不让别人知道就行。

不然她做点什么，自己都觉得不好意思，徐太宇这是打算拖死她，女人是需要爱情滋润的，不然会枯萎。总憋着伤身体呀，喜欢谁就去追嘛，这样的男人站在女人面前，她就应该尖叫了。

"说呀。"

"我是觉得吧，他挺辛苦的，每天都辛苦赚钱……"她皮笑肉不笑的，不知道他赚那么多钱有什么用。

"雅若啊。"夫人看着席雅若开口。

"妈，你说。"

"结了婚有些事情能做，有些事情可不能做了。"

席雅若被惊得无语了。难道她脸上写字了吗？

每个人的爱好不同，她欣赏不来徐太宇这种，偏偏命运捉弄，他们俩就得绑在一起，估计离婚也得等二十年以后。不会叫她等二十年，然后再去恋爱吧？

不要啊，那时候她都已经老了，很多事情有心无力的。

她对着婆婆点点头，一副好儿媳的样子。

席雅若做了美容，逛了街，和朋友闲聊，晚上回家，难得的是徐先生今天竟然回家了。

席雅若正在看电影，屋子里黑漆漆的，她正看得津津有味，抬头就看见他了。

马上关掉，开灯！他回来了，她就没有继续看下去的兴趣了。

"我给你的助理打过电话，妈也知道你进医院了……"

徐太宇皱着眉头，将外衣搭在腿上，坐了下去，这人可能就连坐姿都是特定的，一分不多，一分不少。

“只是例行的身体检查而已。”

如果不是恰巧被媒体拍到了，也不会搞出来这么大的阵势。

“嗯，知道了。”席雅若点点头，不是大病就好。

徐太宇坐着没动，席雅若看看他，对方一丁点动的意思都没有，那需要她回避?

她不太想和他待在同一个空间内。

“那我回去睡了。”

徐太宇没有吭声，席雅若走了两步，回头看他，徐太宇迎着她的视线，眉头微微蹙起。

可能迷这种类型的人，就仅仅是他一个皱眉头的动作都会尖叫，但席雅若只觉得自己很想用电熨斗把他的脑门熨烫整齐，别整天一副苦大仇深的样子。有钱花这是一件多么值得庆幸的事情，又不需要和别人去争家产，又不需要去讨别人的喜欢，万幸中的万幸。

“你其实可以去找她。”

“你现在是在搞笑吗？”

闻言，席雅若噌噌噌就上楼了，她觉得徐太宇虚伪。谁不知道谁的那点破事儿似的，装得一副正人君子的样子。

其实她也闹不懂，按照徐太宇现在的位置，他娶不娶自己，她认为真的没有差别。她是有点用，但没达到这么有用的地步，你看她多有自知之明?

徐太宇是胃部的毛病，一直就有，这次发病比较厉害。助理劝了几次，他终于排出时间去了一趟医院，没料到还被人偷拍到了。

第二天早上助理来接徐太宇，他为徐太宇开着车门，等到徐先生上车，就推上车门。前后车的人都已经准备就绪，车子缓缓启动起来。

徐太宇在开会，他的私人手机响了起来，助理就拿着手机推门进来。这是很少见的情况，他开会不要说助理，就连他妈有事也绝对不会挑这个时间进来，公是公，私是私。

“徐先生，明小姐的电话……”

徐太宇接了电话，站起身，会议室里的人一个接着一个地离开，最后只剩下他一个人。

“我是徐太宇。”

“听说你生病了。”

“从哪里听说的？从他口中听到的？”

明珠叹气，对方也是好意。不当情人也可以是朋友的，身体要紧，钱是次要的，他现在已经拥有了这么多。

只是她不能劝，没有资格也没有立场来劝。

“最近好吗？”

应该算是挺久未见了吧，也没有人告知他关于她的消息，有些事情他知道不能做，但开了头就不能草草结束，明珠之于他就是这样的存在。就好比你问他现在是否后悔娶了席雅若，他的回答一如当初。

做什么事情，他分得清清楚楚，但爱情这个东西不随人脑控制，喜欢就是喜欢了，他盼着她的消息，盼着她好，盼着见到她。

“应该算好吧，心腹大患不是已经送了进去……”明珠轻描淡写地说着。

当初抓老K，白脸死亡的真正原因其实他们都知道，但没有证据。里面涉及的事情太多，从得到的线索看，是因为白脸的工厂出了很多货，抢了老K的市场。货出得越多风险越大，而一个地方能出多少货，都是固定的，白脸这样做，肯定会触及老K的底线。估计一直到他死，他都不可能想到，他的大哥一声招呼都没有打，就结束了他的性命。对外公布的原因，说出来都可笑，是因为一些口角纷争。无论别人信不信，反正明珠是不信的。

“现在不忙吗？”

他应该挂电话，还有事情等待他去处理，可徐太宇现在抓着这通电话，舍不得挂断，想要多听两秒。他们也不是总通电话，偶尔为之，不算过分。

“还好。”

“你呢，还好吗？”

明珠不提席雅若，因为提了才是过，毕竟那是属于别人的生活。

“挺好的。”

徐太宇莫名地想起了他初见明珠的时候，那时候他还没有接手全部家业，一个人背着包去爬华山。

那一天有雾，一大早他乘坐景区内的索道斑驳车，从西峰上去，明珠从北峰上的。

明珠背着包，包里装的都是吃的，温度不算高也不算低，她原本打算爬上去的，但查了攻略，据说一天的时间不够用，她也不想半夜都在爬山。徐太宇背着包从大厅出发，这样的人走在这样的地方，不可能不被人注目，至少明珠认为他不是来爬山的，而是来撩妹的。

明珠一眼就盯上他了，道理很简单，帅哥人人爱，何况是个身材很赞的帅哥，有两条大长腿。当时偷看的也不仅仅是她一个人，大家都在光明正大地瞄。就是可惜，她要上北峰，心里叹口气，早知道就买上西峰的索道票了。北峰要比西峰的索道票便宜一些，谁能料到会活生生错过帅哥呢。

至少徐太宇的穿衣打扮，看起来不像是来登山的，比较像是来走秀的。上车的时候因为身高太高，他微微低着头。车上已经坐了一多半人，一些大妈都在看他，这是谁家的孩子，长成这样就放出来了，看着多赏心悦目，不过打眼一看，就知道这人家庭不错，一般人家估计养不出这样的孩子，浑身透着贵气两个字。

明珠上了索道，不巧没人和她坐在一起，自己一车。外面都是雾气，什么都看不到，索道送上去，她下车就慢慢向着西峰走去，走得有点累有点喘，距离也不是很近。

她走到金锁关，对面徐太宇慢慢欣赏着风景，他和周遭的一切都是不搭调的，融入不进去，就是很突兀的存在。明珠远远地看着，觉得就是他。

金锁关有卖锁头的，旁边的人叫卖着，徐太宇只是看了看。那人问他要不要买一个，他没有回话，脸上的表情变也没变，就继续向前走。

他对明珠之前是一点印象都没有，因为明珠不是能一下子就把别人吸引住的类型，他对别人爱慕的目光也习惯了，自己就长成这样。只是觉得有什么人盯着他一直看，他看过去，对上她的视线，觉得这人应该收敛一些了。

明珠正大光明地看，一会儿过去就没机会看了。

正好徐太宇的手机响了，明珠心里感叹，这手机信号还是不错的嘛。

徐太宇故意讲着日文，不知道为什么当时就那样做了。明珠一脸的可惜，这就没办法了，如果是同胞还能用言语勾搭勾搭，这回没戏了，她水平不够啊，用手势比画，未免太傻。

徐太宇站了多久,她就盯着他看了多久,有偷看的,但没有这样一直看一直看的,她是第一个。他回头去看她，她就一副无所谓的表情，好像看的是她家的一亩三分地，一点歉意都不带的。

他错身走过明珠的身边，将视线从她的身上收回。

“前面过去的那个帅哥，需要女朋友吗？我可是挺好的哟，我很不错。”明珠是调侃，她的声音不大。

徐太宇的步子顿了顿，对他表白的女人，应该说不少，各种各样的，比她漂亮的有，比她丑的没有，可能那样的都不好意思张嘴吧。所以，他一直认为自己当时停下脚，是好奇明珠的自信到底是哪里来的?

“叫我吗？”他回头看她。

正常人的反应是不是应该脸红？人家竟然是同胞，该不好意思了吧?

但不好意思对明珠来说，不存在，谢谢。

“对，是你，需要女朋友吗？”

“你在这里兜售自己？”徐太宇想了半天，想出这词，不然好好的为什么跑到这上面来找男朋友？还是见到谁都会说这样的话呢？或者就是为了泡他?

“兜售这词儿不太好听，这叫缘分。”

两个人结伴走了一路，他是要去北峰的，结果被她带得从西峰上的又从西峰下。

一直到今天，他再也没有去过华山。

那时候的明珠不是现在的这样，那是脸上还有稚气，在他身边会撒娇，会摇着他的胳膊，还会咬他的手。

徐太宇没有谈过恋爱，不是没机会，而是总觉得差点什么，后来遇上了她，也许之前差的就是个主动的人吧。

他们谈恋爱的时候什么都不涉及，她知道他是这样的家世也仅仅哦了一声，之后根本不会和他抢着埋单，外出吃饭看不懂菜单就让他点。他在她的身上看不出她有任何的自卑，她活得很淡定。

他的母亲非常喜欢明珠，甚至一度希望明珠成为她的儿媳。她把青春和快乐都给了他，他却没能给她什么。她和自己在一起的这些年，从来没提过婚姻，现在她却成为了别人的太太。

徐太宇知道，婚姻对明珠来说也是可有可无的。人活着总要有目标的，过去他的目标是希望自己能做个合格的继承者，现在他活着的目标是，他想让明珠有朝一日回到他的身边，哪怕她不离婚，他身边有太太。

他突然很想见见她，见上她一面，远远地看上一眼也行，迫切地想要这样去做。只是看见她，却不想和她对话。

徐太宇和明珠并没有讲太久的电话，很快就挂断了，手机却被他一直拿在手中，他的心有些不平静。

然后，他推掉了下午的会议。一直到车开了出去，他才有点后悔自己的冲动，他还有那么多的事情要做。推掉这种事情不像是他的风格，因为下午有几个重要的会议。

而现在他人已经在机场了，半个小时以后飞机就会起飞，飞向凉州。他还需要从凉州去上中，最后抵达松山，只是为了见明珠一面。

助理将机票递给徐太宇，然后接到电话，走到一旁，悄声回答着，看了一眼徐太宇，他说："徐先生已经上飞机了，现在没有办法接电话。"

徐太宇突然推掉了重要的会议，夫人很快就知道了这个消息，不需要别人来说，她就知道儿子去了哪里。

只是现在她已经没有办法站在儿子的一侧了，事情已经到了这个地步，不可能再回转的。他和明珠没办法破镜重圆，除非明珠愿意当一辈子无名无分的人，舍弃她的工作，舍弃她的骄傲。可夫人知道，明珠肯定是不愿意的。

"给太宇打电话，叫他回来。"

"夫人……"用人开口喊了一句。

"就连你都认为他这样的行径是正常的？"

她尊重明珠，所以她坚持要把儿子请回来。

用人没有办法，只能给徐太宇去了电话。等了半晌，夫人望着她，用人才缓缓开口。

"是助理接的，说……"

徐太宇根本就没接电话，他此刻已经上了飞机，飞机已经起飞，叫不回来了。

夫人从位置上站起，缓缓上了楼。其实孩子大了都是会这样的，其他的事情可以左右，唯独感情的事儿，谁都不能左右。因为爱情发疯的人多了去了，她默默挂了电话，将电话摆回原位。

徐太宇抵达松山的时候落雪了，明明最近天气都回暖了很多，谁知道今天就降雪了，雪似精盐一样洒了下来。

阳光普照，坐在屋子里一定会认为外面暖和和的，真正的气温只有你走出去才能感受得到。徐太宇让人把车停在路边，说不出来自己想做什么，他只是想来，便来了。

明珠捧着杯子，要说心有灵犀这东西，她是不信的，只是看见了，从她办公的位置恰巧就能瞧到路边。

司机看着徐太宇，外面走过来的人，他轻轻道："徐先生……"

在松山这里，她是主，他则是客。他并未表明自己是为了什么而来，她似乎也不好多说什么。

明珠订了餐厅。

徐太宇对着身边的人说些什么，很快身边的人就消失了，提前去和餐厅打招呼，徐先生用餐不希望有人打扰。对所造成的后果他们愿意负责，在这个时间段里，希望附近不要有其他的客人。

陶克戴的老婆提前已经预定了位置，却被告知今天餐厅出了一些问题。餐厅为了表示歉意，则表示今后可以折上折。陶克戴不为钱所动，他来这里吃饭吃不起吗？好好的就说不营业了？

“叫你们经理出来……”

他老婆拽拽他的手，谁都有个不方便的时候，既然都道歉了，也补偿了，就算了，她不一定非要今天吃。

“算了吧，回去吧。”

“什么算了吧？这都是被你们给惯出来的毛病。”

他老婆翻着白眼，反正找一个律师当老公就是这点好，嘴皮子溜得很，往往真理最后都是在他这一侧就对了。

经理也出现了，说照目前的情况没有办法安排座位，如果不介意的话，可以两个小时以后用餐。详细的状况也解释了，确实存在自己的难处，希望能理解。

最终，陶克戴和妻子在楼下吃的，也是属于这家的店。两人刚入座，对方就献上鲜花，为了表示对他们的歉意。

“行了行了，我都不追究了，你还追究什么？吃什么不是吃？明天还有呢。”

她以后还要来呢，闹得太僵不好，觉得老公似乎太较真。陶克戴喝着水，他就觉得这些女人，没有办法说，傻不拉几的，叫人一哄就忘了自己的初衷。

徐太宇和明珠结束用餐，下电梯。陶克戴和他老婆正巧在等待电梯，因为按了，电梯到了这一层且做了停留。

电梯门打开，里面的员工抱歉地做了一个不能进入的动作：“请乘坐下一趟，谢谢。”

然后，电梯门就合上了。

老陶傻愣愣地看着，这是明珠？他老婆一脸的激动，徐太宇，肯定是徐太宇没错！原来徐太宇真是长这样的，在电脑上看见和现实里看见完全就是两种感觉，刚刚的那个人竟然是徐太宇，他竟然在上中！老天爷啊，他为什么会在这里呢？

老陶关心的可不是徐太宇不徐太宇的问题，他关心的是……

“徐太宇，讲句实话，真的气场太足了。”

是女人都会选择这样的男人，没得说。如果当初这样的人摆在她的面前，让她来选，她当然会选择徐太宇。不是说她见异思迁，这是完全没有理由的选择，任何一个女人都是如此。

这样的男人，简直就是极品。她没见过一个男人可以把西装穿得这么帅，好像他出生的时候就是带着这套衣服来的。

陶克戴翻着大白眼：“你已经说了半个钟头的徐太宇了……”请尊重一下他这个丈夫兼司机好吗？

“滔滔，是我……”陶克戴讲着电话。

陶克戴的老婆拿着手机赶紧刷着朋友圈。可惜没有拍到照片，如果拍照就好了，当时怎么就没想起来拿手机呢？

陈滔滔欣赏着外面的雪景，心里有点不爽。明珠还没有回来，而且看样子是连一通电话都不打算打回来。

明珠此刻正在和徐太宇一前一后走在楼宇间，她小时候住的地方。

这一块儿现在看起来更加脏乱不堪，后面挨着路边的楼已经动迁了，就最后的那几栋楼，前面的这些还光秃秃地保留着。原本这附近也不是富人区，地上的垃圾到处都是。所有的垃圾都堆在楼门口，有些垃圾袋则被捡垃圾的人掏开了，手纸一类的散了一地。

楼下比较安静，这个时间楼上几乎家家开着灯，有些可能是才下班在进餐，有些可能是准备出去上班了，还有些可能是孩子正在写作业家长在旁边陪同着，顺便唠叨两句。

“这里。”她站定脚步指指楼上。

这个地方她们几个住了很多年，闭着眼睛她都可以走回来。

“不回家不会有问题？”他淡淡地问了一句。

他的举动似乎格外矛盾，他自己说想过来看看，却问明珠不回家，后方会不会起火。

“我和他沟通没有问题。”陈滔滔不会理这些事情的。

“几楼？”

明珠数着，徐太宇顺着她的手看了上去，没有办法想象，她竟然是在这样的环境中成长的。他活这么大，长到现在，没见过这样的房子，更没住过。他就是所谓的含着金汤匙出生的人，出生的时候家里条件就比较好。

雪还在继续飘，后面有人站得远远的，原本是要为徐太宇举伞的，但明显徐先生现在是不需要的。

他站在这里，站在一个不属于自己的地方，他竟然会觉得轻松无比，心情顺畅。

“那时候日子难过吗？”

明珠的声音隐隐地传入进后面人的耳中：“比想象当中好。因为那时候年纪小，对生活状态不会抱怨，也没见识过更好的，守着自己的一亩三分地，有得吃，还能吃饱，就是一件幸福的事情。”

现在回头想，她也没觉得自己的童年不幸，吃饱喝足有个地方容身，真的就很不错了。别人穿新衣服，穿什么好衣服，她都不会羡慕，一样都是裹体的，好点差点有什么分别？

如果放在现在，她就不知道还能不能保持初心了，毕竟现在绝大多数家庭各方面条件都更好一些。她小的时候，家里能装个电话的都稀罕，谁家有个电脑那更是条件了不得，不会也没有什么好自卑的，因为大家都不会，更不存在父母带着全世界游玩的。

徐太宇的唇角向上，他认识的明珠一直以来就是这样的，挺容易满足的。

“徐先生要伞。”徐太宇的目光只是往后面瞧了瞧，助理就推推拿着伞的人，提醒他。

徐太宇都不打伞，他们就自然不能打。见他有举动，那人立即把伞送了过去。

徐太宇撑起伞，他个子高，明珠没有办法效劳。

“你学校也在附近吗？”

“想去转转？”

“希望你不会觉得我烦。”

“怎么会呢。”

明珠走在他的身侧，徐太宇撑着伞，即便这样看起来，他们也不是完全相配的。徐太宇和席雅若走在一起像是一幅画，他和明珠走在一起呢，怎么看都像是一个有钱有势的堂哥，带着一个从乡下进城没见过世面的堂妹，反正给人的感觉就是如此。

没人会觉得他们像是恋人。

明珠的学校还在，这些年她也没有回来过。探望老师？她从来不会感恩任何教过自己的老师，她认为自己活到今天，应该感谢的人是她自己和粮食。

学校的大门上了锁，明珠站定在门外看这所学校，并没有太浓厚的感情——这里也不过就是她当初念过书的一个场所而已。

“我一直问自己，是不是因为我的选择，弄丢了你。”徐太宇开口，他一脸的平和表情，“我甚至怀疑这是否与不甘心有关。也许我的骨子里就是希望即便你离开了我，也没有其他的人代替我存在在你的周围，可现在突然出现了这样一个人，他并没有让我觉得不舒服。”

明珠笑了起来：“可能是因为我比较特别吧。”

“不是，因为我喜欢你。”

因为他从来没喜欢过别人，这是一件特别可怕的事情。可怎么办才好呢？

他不是没有去试过，但他没有时间，也没有其他这样的人出现过。

“喜欢也是会改变的，你的生活太单调了。”

“你对我没有留恋是吗？”

徐太宇想不明白。虽说他是个不及格的情人，但对明珠，他自认还是勉强能及格的。

明珠的薄唇轻扯着，说她没良心吧，她确实觉得没多大的回头余地，爱不爱的，在她生命当中占据的位置太小。至于喜欢不喜欢，别人越是让她做的事情，她反倒不愿意去做。

分手了就是分手了。

“是。”

徐太宇脸上的笑容收了起来。

这是真实的明珠啊，真实得让他觉得真是凉薄，刻薄。

一丁点的留恋都没有，一丁点的机会都不肯给他。

“说不定有一天我想把你抢回去呢。”

“抢回去当一个情人？”明珠反问他。

徐太宇没有说话。除了这个，他给不了她其他的。徐太太的位子，至少席雅若是坐稳了。无论她身上发生任何事情，徐太宇会保证自己和席雅若的婚姻。再爱明珠，他也不会去动摇自己的婚姻。所以，他认为自己也是凉薄，刻薄的人。

“你需要名分吗？”

明珠心里叹口气，又绕回了这个话题上。她需不需要他也不会给，她更加不会去想这样的问题，这是多余的。徐太宇知道她的心思，所以他有此一问。两个人相处久了，真的就过于了解了。

明珠只当他是有口无心。

“我结婚了。”她没想到，有一天结婚也可以变成挡箭牌。

徐太宇道："你结过多少次婚，和我没有任何的干系。"

他看上的是这个人，就算她和一百个男人保持不正当的关系，他也无所谓的。他并没有别人认为的那样，要求女人如何，相反，他觉得自己的思想是很开放的。

"抱歉，我接通电话。"

电话是陈滔滔打来的，陈滔滔在电话里兜着圈子，他其实就是想问明珠现在人在哪里，可又觉得问出来自己面子里子都掉光光了。不问他又觉得不安心，这是典型的老婆和她前男友一起出去约会，把他置于何地啊？

就是相信明珠，他才没有动火的，不然这就是往他头顶戴绿帽子。

"想问什么，你就问。"

"你身边有人？"

明珠嗯了一声，等着他来问在她身边的人是谁。

可陈滔滔却突然收声了，不问了，主动挂了电话。

"你背着你丈夫出来和我见面，他真的不会有任何的意见？"

徐太宇突然想到了一件好玩的事情，他听过这样的故事，假的传着传着也就真了，最后会变成真的。他希望这是真。

基于自己所帮她的，明珠现在不可能不和他见面，他太了解明珠的个性了。

明珠回到家，陈滔滔还没有睡，在客厅里敲着电脑呢。她进门他连头都没有抬，明珠也没有任何的解释。

"克戴说遇上你和徐太宇了。"

"嗯，我请他吃了一顿饭。"

"他去松山找的你？"陈滔滔问。

"是。"

"你不认为这有不妥吗？"陈滔滔换了一条腿跷着，他觉得明珠的思想有问题。

"不妥？"明珠过了很久又道，"因为怕你误会，所以我不能见任何的男性？"

陈滔滔敲着键盘的手顿了顿，他觉得明珠现在说这话是强词夺理，他是这个意思吗？

"你结婚了，你和你的前男友还保持着联系，我认为这很不妥。"

明珠很自然地看向他，她竟然觉得无话可说。她现在和陈滔滔的想法是不一致的，如果当初……算了，现在说"如果当初"也晚了，有错误，其实就可以把错误扳正。

"明珠，我现在看着你，突然心中有了一个滑稽的想法，你就像是个风流的人，我守在家里吃醋。这样没意思。"

"我也认为没有意思。"

陈滔滔不想继续谈下去，没有必要，拉低了自己的格调。他陈滔滔怎么也是个高尚的人，为了这些鸡毛蒜皮的事争论，他觉得有些丢人。

于是，他问："你走还是我走？"

总得走一个人，这样两个人待在一个房间里，没有办法继续谈下去，情况只会越来越糟。

这是陈滔滔第三次撵明珠。

明珠终于体会到谁有房子谁做主的感觉了,他真的是说起话来随心所欲,想怎么干就怎么干。

“我走。”

明珠收拾好自己的衣物，陈滔滔想潇洒地送她，可惜吃了一鼻子的门灰，明珠根本没打算让他送。大门关上了,他手里还拿着车钥匙,僵硬地站在原地,觉得她这样真是一点都不潇洒。他也没有生气，只是认为他们现在不适合待在一起，她这算是什么意思？还摔门?

明珠回了家，然后又回了警局。家里太久没有住人，到处都是灰，因为房子要卖，所以里面有些乱，她没有办法待下去。好在警局也是家，折腾了好几圈，她躺下就睡了。

陈滔滔第二天也是神清气爽地出现在事务所,陶克戴还以为他家里会发生世界大战呢,毕竟有谢璐的例子在先。

有些时候他也不认同陈滔滔的想法。陈滔滔就是典型的，我心悦你，我绝对不和外面的女性有一丝一毫的瓜葛，也不见得结了婚就必须这样吧。

“没吵架?”

“你以为我是你？”陈滔滔不屑地扫了对方一眼，自己是那种有点风吹草动就会自乱阵脚的蠢货吗?

“看出来了。”

“我知道她前任不是个省油的灯，心里的算盘清楚着呢，希望我和她分开。”

徐太宇敢出现在他面前，是想让他离开明珠，自己不是早就知道了？这个男人的自信已经膨胀得没有边际了，是谁给了他这样的自信陈滔滔不清楚，但他自己活得明明白白，还轮不到他来指手画脚。

“……”陶克戴觉得不可能吧，这说的是徐太宇?

你把你家明珠看得很重要，不见得人家徐太宇就真的差女人吧。虽然说两人有过交往，也许只是正常的见面，他昨天就不应该给陈滔滔打那通电话。

想让他离开谁，任何人都没资格，只有他自己愿意，他不想，别人别想勉强他。

“你和明珠还好好的?”

“我让她先离开我家，结果她摔门走了。”陈滔滔耸耸肩。他还特别有风度地拿了车钥匙准备去送她，结果她不领情，这就不能怪他了。

陶克戴看着陈滔滔那张认真的脸，突然就有了一种，傻帽儿就在我眼前的错觉。

“你撵她?”

陈滔滔摇头，这怎么能算是撵呢？他就是觉得两个人都应该冷静地想清楚。他不喜欢这样，但明珠不认为这有什么问题，两个人现在达不成共识，那是不是应该冷静地分开，保持一段距离呢?

是不是离婚，还是彻底分手，他总有资格要求这个吧?

“我这叫撵？我是很理智地想和她都冷静冷静。”

陶克戴撑着自己的头：“你几点想让她冷静冷静的？”

“大概十点多吧。”

“这不是半夜？漆黑无人的夜晚，你就让她自己走了？”

“她强起来比男人都强，有什么好不放心的？抢劫的、劫色的遇上她，倒霉的是对方好不好？”

任何一个犯罪的人，上辈子一定是干了什么缺德的事情，这辈子才会遇上明珠，落她手里。

“你还说徐太宇对明珠有想法，你现在这样的做法，不就是推着明珠去他身边……”你就是个大写的傻子。还知道对方的心思？完了，要按照人家的剧本前进？

陈滔滔看外星人一样看着陶克戴，他觉得陶克戴的想法……庸俗。

叫陈滔滔觉得郁闷的事情，还有后续。

席雅若不知道从哪里弄到了陈滔滔的联系方式，把电话打了进来。

“谁？”

陈滔滔鼻子都要气歪了，谁谁谁的妻子找他干什么？这两口子可真是有点意思，闲着没事儿就为了看着别人夫妻过日子玩？

“我没有时间和你见面……”

席雅若听出来他似乎很不情愿，心中觉得可惜，见见面，和她谈谈多好。

陈滔滔以为这是避开了，结果她又找上了门。

席雅若出现在事务所的大厅，并且成功见到了陈滔滔。别人说见陈滔滔很难，见的过程也确实是有点难，但席雅若就是这样轻而易举地见到了他。

“哪位？”他记得现在应该进来的人是个老头子，换人了？

席雅若摘掉自己的墨镜：“我是徐太宇的妻子。”

陈滔滔坐直，往后靠了靠，这夫妻俩可真是有意思，都找上门来了。

“我记得我和你通过电话的，我没说过欢迎你。”

席雅若见陈滔滔的第一面，觉得这个男人太有想法了，活得很自我的那种，不好沟通。

“陈先生，我这次来，是为了徐太宇和明珠。”

陈滔滔的助理端着咖啡进来，陈滔滔瞪了他一眼，怎么，咖啡买多了，谁来都给倒着喝？

“我这里的咖啡比较贵，五百块一杯，喝吗？”

席雅若无语地看着他，原来还是个钱串子。

助理手上的咖啡抖了抖，明明就是超市十几块钱一盒的，什么时候比较贵了？还五百块一杯，你可真黑。

席雅若打开自己的手包，将钱摆在桌子上。来都来了，她是一定要和对方谈的。

“剩下的就当作是小费了。”

助理的眼睛闭着，觉得这次丢人丢到家了，太丢人现眼了，人家拿钱砸你啊。

但很明显的是，不管是陈滔滔的助理还是席雅若，都明显高估了陈滔滔的下限，多给五百块就当小费了？

“我的时间都是论秒算钱的，你有问题吗？”

席雅若的脸抽了抽，无语地看着他。

“说吧，浪费时间等于浪费金钱。”

“你和明珠是因为相爱结婚的吗？”

“我们俩相爱？”陈滔滔不屑，说是有需要更为贴切一点。

“那你能不能把明珠还给徐太宇？”

陈滔滔吐掉口里的咖啡，吐进自己眼前的杯子当中，擦了擦嘴，然后一脸优雅地看着席雅若：“你刚刚说什么了？再说一次？”

席雅若的手流连在自己的鼻子附近，她觉得眼前的人太没有教养了。

“你是徐太宇的太太？”跑这里来和他开玩笑吗？

“我和徐太宇之间的事情你不需要管，你只要回答我的话。我会给补偿。”

陈滔滔笑：“徐太宇真是娶了一个好老婆，帮着他来拉皮条？”

“陈先生，徐太宇可以提供给明珠更好的保护不是吗？几个月之前的事情，我想不用我说，你也是记得的。那个时候，如果没有徐太宇……”

陈滔滔将手里的文件照着席雅若的面前就砸了过去，吼道：“你来之前有没有调查过我的家庭？”

席雅若拧着眉头，不了解他为什么这样说。她来得是有些唐突，但她觉得大家都是文明人，是能进行沟通的。

“你这话是什么意思？”

“没查过我的家庭，你就跑到这里来说这话，是不是有点搞笑？这位太太，你了解我的出身吗？你父母是做什么的？你爷爷奶奶、爷爷的爷爷奶奶又是做什么的？”来和他拼家底？

席雅若愣了愣，老实地回答：“我父母是生意人，我爷爷奶奶、爷爷的爷爷奶奶也都是生意人，怎么了？”

“我爷爷的爷爷是红军，我全家都是当兵的，你却跑到这里来和我说，让我把老婆让出来？”说着，陈滔滔扯扯自己的领子。你来之前是不是应该调查一下，然后再说话？

不把钱砸出来，不代表他家里没有钱，他陈滔滔如果真的跺跺脚，不见得这里就是不能动的。

“陈先生，我为今天的举动抱歉，打扰了。”席雅若起身，然后站定脚步，“钱过些天我会让人打进来的，我的话你听听就算了。”

“我不知道你们这些有钱人的婚姻是什么样的，但我一介布衣，对待婚姻是真诚的，我不会拿着老婆去换荣华富贵。真的砸钱，不见得我就砸不过你们，就算砸不过，我也可以换成硬币去砸。”陈滔滔点点头，是的，没错，就是这个样子。

席雅若摇摇头，没查过他的家世，这是她的失误。但陈滔滔这样的人，奇葩！完全是个极品！

他和徐太宇完全是两种人，徐太宇是令人震惊的精品，这个则是劣品。

“徐太太……”陈滔滔叫住她，“有些话，我想对你说。”

席雅若站定脚步，等待着他说，她很好奇这个人能说出来什么。

“我的妻子明珠，她是个渣中极品，她睡过一个人，分了就不可能走回头路。不仅仅是对徐太宇，对我也一样。你明白吗？”

席雅若淡淡地笑，她是没见过这样的女人，如果说的是她，她还容易理解一点。

“我妻子比你更加有个性，尽管没有你漂亮，但魅力胜过你……”

席雅若出门的时候，她觉得自己刚刚被调侃了吗？这样的人，如果提前知道的话，她是一定不会来的，拉低了自己的身份。

陈滔滔出来倒水，陶克戴上来听八卦。

“徐太宇的老婆跑到我的办公室里来铺钱。”

陶克戴比较关心的是：“铺了多少钱？是不是让你管住明珠？不要让明珠再去勾搭徐太宇了？”电视剧里都是这么演的。

“她让我劝明珠和徐太宇在一起。”

陶克戴的椅子向后仰，整个人就翻了过去，是他耳朵出毛病了吗？是他听错了吗？

“是想让明珠离开徐太宇吧？”

“她想让明珠给徐太宇当情人。”

陶克戴终于爬了出来，难以置信地问：“她跑到这里来，铺钱让你劝你老婆和她老公在一起？”

“她来的意思就是这样的。”

陶克戴觉得，真是天下之大，无奇不有，竟然还有这样神奇的事情。怎么没人拿钱来砸他呢？

“完了，你就让他砸了？”

“我问候了她爷爷奶奶。”

陶克戴有些不太理解：“啊？”

“你和明珠真的要离婚？”

“谁说我们要离婚了？我们好着呢！”

好着呢？好的象征就是半夜把人家给撵出门了？

明珠还没到下班的时间，陈滔滔就过来接她了。他空着手来的，坐在外面的椅子上，等着下班时间。

小猫晃了过来，向他打招呼：“姐夫……”

“上班呢。”陈滔滔一脸的和气。

小猫受宠若惊，他觉得陈滔滔现在是越来越接地气了，问：“你来接头儿下班？”

陈滔滔点头：“我昨天把她撵出门了，今天特地来道歉的。”

小猫：“……”

明珠准备下班，之前在江边发现的编织袋女尸的身份有了眉目，外省的警察打电话过来，说追踪到了与她腹中胎儿相似的DNA。松山这边是高兴的，案子终于有进展了。

明珠准备带着人奔赴外省，抓到谁就是谁了。小猫没逃掉，算他倒霉，他正在和陈滔滔哈拉，被明珠抓了一个正着。

“你怎么来了？”明珠有些不待见地看着陈滔滔。

“我过来……”

“头儿，现在走吗？”

“走。”

几个人直接无视掉了陈滔滔，现在要去外省，好不容易有线索了。

开车直奔外省，被抓到的人承认自己认识死者，但只是一起住过，也不算是谈恋爱。睡在一起这种事情就是你情我愿的，他又没有强迫对方，至于死者肚子里的孩子为什么是他的，他怎么知道？

“警官，我不会闲得没事儿去杀人玩的，而且我和她分手真的很久了。”

这人是做特殊职业的，警方扫娱乐场所的时候把他给扫了回来，据说死者也是特殊职业从事者。警方无功而返，查清楚了，那个人说的话是真话，案发当天他陪着一个富婆在国外游玩。

线索又断了，还是要从人际关系上查下去。

好在，这次真的是找到了人，经过审问，对方很快就交代了。死者说怀了他的孩子，和他要钱，他给了一次又一次，实在不堪重负。他只是花了钱出来风流风流，却没料到被讹上了，最后只能铤而走险把人杀了，扔进江里。他之所以杀人，就是因为死者腹中的孩子。

警察告诉他，死者腹中的孩子并不是他的，而是一个干这行的人的，当时嫌疑犯就傻了。

如果不是他的孩子，他动什么手？

“明珠……”明珠上了车，陈滔滔快速跑了过来，敲敲车窗。

明珠降下车窗，看着他：“干什么？”

“我给你道歉来了。”

“道歉？”明珠一脸无语。

他又吃错药了？不然好好的道歉做什么啊？

“陈滔滔，我……”

“我希望你能理解我，毕竟我被前女友戴了绿帽子……”陈滔滔眨着眼睛。这种丑事我都愿意说出来了，你总不能继续和我置气了吧？

明珠：“……”

“姐夫还没走呢？”有人和陈滔滔打着招呼。

这怎么还在外面站着呢？车都没上去？于是，人家出声助陈滔滔一臂之力，毕竟是姐夫嘛。

“啊，马上就走了。”

明珠开了车门，陈滔滔借机上车，带上车门。

“今天徐太宇的老婆来找了我。”

明珠启动车子，开了没有多久，车头就直接对着大门撞了上去。陈滔滔紧紧拽着扶手，明珠看着自己的车头。看大门的人出来看了一眼，这是怎么了？

“明局？”

明珠双手依旧扶着方向盘：“她找你说什么了？”

“你没听错，虽然我也认为我听错了。她说给我补偿，让我和你离婚，让你和徐太宇生活在一起。她也愿意退居幕后，成全你们。”

明珠：“……”

“不是我找事儿，你说正常人过日子有这样的吗？三番两次地出现挑衅者，换你，你难道不觉得心累？昨天他给我气受，今天他老婆就主动上门，过来帮着老公拉皮条……”

明珠实在不愿意听见这三个字，说：“没你想的那么龌龊。”

“那换个清高的说法，他想泡你，而你不想被他泡，现在我泡着你，我们是这样的关系吧？”

“你想说什么？”

“和好吧。”

“我有生气吗？”

“克戴说，我太没有男人气概了，大半夜的让你自己出门，很危险。我就说了，我家明珠猛起来比男人还猛呢，摔我都是一摔一个准的，放她出去，倒霉的也是别人。你看劫色的话，这准备劫的人，未免眼神有点不好，就算是眼神好了，他也得不了手……”

“陈滔滔……”

“我的意思就是，我们俩将就将就得了。”

“我没记错的话，你昨天和我讲，我们俩得走一个。”

“我当时是想我自己走，但我这模样的走出去，大半夜的不安全，真的被非礼，你颜面上也过不去。我是为了你着想，但是呢，我这种举动伤害到了你。我已经准备把房主改成你，这样以后我撵你走，你也不会认为我是因为有房子，所以任性。”怎么样，够体贴吧，够大方吧？

明珠拿眼梢扫着他，说：“他们都夸你，算盘打得特别好，我怎么觉得你就那么二呢？你爱我啊？爱到不行了，离不开了？”

陈滔滔：“……”见过自恋的，那人就是他。

“我这人就是纯，别人说什么我信什么，心地善良，小时候就这样，死个蚊子我还能笑上两天。这纯属习惯问题，不是什么爱不爱的，请你下次说我爱你的时候，随时带着一个镜子，说这话之前，照照镜子。”你哪里来的自信？自恋是病，得治。

“改房主没必要，我的房子我不打算卖了，以后呢，你愿意就住在我家，不愿意那就算了，我们两面住。”

“我没意见，谁的房子我都能住。”

住进去以后也当成自己的一样，下次想撵你的话，我依旧会撵。

“这车要送去修吗？”

明珠看着车头，说：“都撞成这样了，不修怎么办？”

“我先声明，我身上没有带钱。”陈滔滔捂着自己的口袋，修车她自己掏钱吧。

“你知道我看见你，就想起什么吗？”明珠问他。

有些时候他觉得这人是真的蠢，大钱你都花了，房子都要过户给我了，修车的钱掏不起？哪个钱多，哪个钱少？怎么感觉他分辨不出来呢？

就陈滔滔个人而言，他揣在兜里的，哪怕就是一毛钱，如果丢了，他都会难过好几个小时；而房产那种，又不是现钱，所以给不给的，至少目前他不会心痛。

“明珠，我正式问你一句话，你来回答我。”陈滔滔认真地盯着明珠。他不开玩笑，不耍贫，只要她认认真真地回答一句。

“如果有一天，徐太宇让你一定给他一个机会，你会怎么做？”陈滔滔的表情淡淡的，却很严肃。

明珠和徐太宇的过往他了解，不准备去关注，也没打算翻旧账。他只是知道一个很浅显的道理，那就是真的说爱，她不见得爱的就是自己，感激的人更加不会是他。那如果有一天两个男人站在她的面前，让她选一下，她会怎么选？他不至于输得太惨是不是？

明珠对陈滔滔说：“你知道的，我欠他的。”

不管是利用，还是感情亲情什么情都好，她没得推。有些话她不想说得过于明白，那样对谁都不公平，真相永远都是这样赤裸裸的。

陈滔滔点头，说：“我知道了。”

“开车吧。”

徐太宇回到自己的办公室，见到了明珠他的心情平静下来了，但越是平静就越是觉得空虚。这种空虚几乎将他现在的生活包裹着，让他觉得被束缚了。人活着，总要有个喜好的，他现在的喜好，就是明珠。

他要明珠!

“帮我订机票。”

助理说：“徐先生，下午推掉的会议……”

助理好半天都没说出后面的话，这不是徐太宇，这完全不是徐太宇的行事风格。觉得徐先生闷得太久，他瞒着夫人，陪着徐先生去了松山，见了明珠，以为他回来会开心些的，却没料到是这样的结果。助理隐约已经明白，有些事情自己是掌握不住了。

向来以克制出名的徐太宇，现在丢掉了克制。

“去订机票。”

助理带上办公室的大门，他隐约觉得不好，非常不好的感觉。他没能料到是这样的结果，如果一早料到现在的情况，他绝对不会那样做了，这样的后果他负责不了。

他不明白这中间发生了什么，明珠嫁人早就嫁了，和徐先生分手也早就分了，徐先生如果真的舍不下，是应该早就舍不下的，现在这是……

“订机票。”

秘书诧异地看着助理，不是刚刚回来？又要走？

那么多的会议，有很多电话找徐先生，之前有不少电话都打不通，耽误了很多的事情，这样子……

“订。”

徐太宇侧着椅子望着窗子，久久出神。

早就应该出手了，是他行动晚了。他还有爱的冲动，他必须把明珠抢回来。

“徐先生现在……”助理拿着电话讲着，对方认真听着。徐太宇已经上了车，车子已经启动离开，他快速进入第二辆车。前面的车一马当先地离开集团大厦，后面保镖的车立刻就跟了上去。

夫人已经躺下了，可还是被用人叫了起来。

用人隐隐感觉不好，总觉得要出事，心情稳定不下来。这是她带大的孩子，和她亲儿子也没什么差别，千万不要出事儿啊！

“夫人……”

夫人应了一声，似乎还不清醒。

“夫人，徐先生又去了松山。”

夫人坐了起来，穿上睡袍。那拖鞋不知道怎么搞的，竟然翻了过去，用人蹲在地上帮夫人将拖鞋翻过来，套在夫人的脚上。夫人没有睡醒，如果站得着急，会摔倒的。

“几点走的？”

“刚刚。”

明明才回来，按照她以为的，他至少也会多开心几天，这次却没有。

夫人不希望儿子这样做。冲动不克制，这并非是她儿子徐太宇，他从小就非常冷静，再喜欢的东西他也可以逼着自己转身离开，偏偏一个明珠……

她是女人，她觉得这样不对，也不认同儿子的看法。席雅若是他自己要的，婚是他要结的，现在这样做，不是等于自打嘴巴吗？

可那是她生出来的孩子，他那么喜欢明珠，作为一个母亲来讲，她现在没有办法叫人去把太宇拦住。

作为一位母亲，作为一位有私心的母亲，如果明珠能接受，她只能放任不管，她只能对雅若说一声抱歉。

“徐先生……”

机场的工作人员才打算将机票递给徐太宇，他已经快速接了过去然后登机。对方似乎有些没反应过来，他从来没有见到过徐太宇这样的表情。

明珠和陈滔滔到家还没有一个小时，徐太宇就出现了。他本人出现在了陈滔滔和明珠家的大门口。

“谁大半夜的敲门？”陈滔滔趿着拖鞋抱怨。千万是有事儿来找他，不然别怪他喷脏话。

他拉开了大门，两个男人对望着，一个穿着睡衣，一个穿着正装。

“我找明珠。”说着，徐太宇迈腿前进。

陈滔滔横在他的面前。这样就过分了吧？跑到他家，来找他老婆？当他是死的？

“这里是我家，我不欢迎你，出去。”

徐太宇后退了一步，对着陈滔滔就上了脚。他的腿长，陈滔滔反应也不慢，躲避开了。他无语地避让开，这人脑子秀逗了是吧？就直接抡拳头过去。

为了一个女人打架这种糗事，他陈滔滔不干。今天是有人欺人太甚，登门来打他，不还手，自己就是孬种。

他抱着徐太宇的腰往门板上撞去——门板上的锁是突出来的，陈滔滔当然知道被这个东西撞到后腰是什么样的感受，不巧他就撞到过那么一次——用力推，徐太宇闷哼了一声。

明珠上个卫生间，等到出来，看见的场面就变成了眼下这样的。

徐太宇抡拳头，陈滔滔的脸被打偏了过去，他又还手。

“要去外面打吗？外面地方比较大。”明珠开口。

闻言，徐太宇住了手。陈滔滔确定徐太宇没有动手之后，又抡了对方一拳，他从来不认为自己是君子，徐太宇的脸自然被打偏了出去。

“我有话对你说。”

“我没有话说。”明珠对视着他的眼睛回答。

“明珠，我不是征求你的意见。如果你不想回到我的身边，那好，我不勉强你。但是我现在需要你离开这里，这点能做到吗？”

“你放屁！”陈滔滔又要上手，却发现明珠站在徐太宇的面前，他要动手势必会碰到她。

陈滔滔闭上眼睛，尽力保持着呼吸的顺畅，太叫人恼火了。

他太想踢椅子了，太想摔东西了。可真行，晚上刚问过，现在就给表态了。

“我要你这样做。”徐太宇重复道。他不在乎明珠嫁人了，也不在乎明珠的身边有没有人，但是这是唯一能把眼前的两个人分开的办法。于公于私，明珠都欠了他不是吗？

“她是我老婆。”陈滔滔的睫毛抖着，他指着眼前的这个女人说。

“我在楼下等你。”说完，徐太宇就转身离开了。

陈滔滔摔上了门，盯着明珠看。道理什么的他都明白，但是现实是现实，幻想是幻想，现实和幻想摆在一起，这口气没有办法忍。

“明珠，你想好了，如果你跟他走，就永远别回来……”

离婚，这日子是没办法过了。他活得太窝囊了。

明珠回到房间里，陈滔滔的心脏怦怦地跳着，他真的怕她去收拾行李。

无关于面子，如果这个关头她选择徐太宇，那自己算什么？自己做的这些算是什么？岂不都是笑话？他陈滔滔就是个大写的傻子。

拜托，拜托！

明珠没有收拾行李，陈滔滔松了一口气，可明珠拿了自己的包。

“你这是……”

明珠没办法说，她欠徐太宇的，欠夫人的，走到今天她欠的太多，如果徐太宇要她这么做，那好，她可以这样做。他不能逼迫她去离婚，她去爱任何人，但是他可以提出要求。她可以按照他的要求去做，至于最后是什么样的结果，她接受。陈滔滔是这出戏的观看者，她知道对不起他，但目前也只能这样了。

“这是我欠他的。”

陈滔滔失望了。

欠？你不如直接告诉我，你就是舍不得他，你对他还有留恋，你打算和他复合，何必说得这么曲折呢？何必他亲自上门来接呢？帽子变成绿色的也就算了，还要亲手给他戴在头顶？

“走吧，走……”陈滔滔指着大门。

他有尊严的，他不会开口留人，这不符合他的行事风格，他不要。

明珠走到门口，陈滔滔从后面抱住她，抱得死死的，把脸埋在她的后背上。不走不行吗？这个欠的人情，需要多少钱还？我还不行吗？一定要这样吗？

明珠,你如果走了,我们就没以后了。没以后了,听起来很凄惨的样子,你就要这样撇下我吗?

“你自己想清楚，你长得又不好看，受了那么多伤，说不定哪天就死了……”

我能满足你很多的要求，你不想做的，我都可以不让你做，一定要走吗？

明珠，你想清楚，我不好哄的，真的不好哄。

“滔滔，我不爱他。”

陈滔滔摇头，他现在不想听这个，爱不爱不重要，能不能留下来才是重要的。

“别等我了。”

陈滔滔的心是凉的。

他记得有个雪糕的名字叫透心凉，是冰夹着奶油。现在他尝到了这个滋味，真凉啊。他不能输，他不能哭。

陈滔滔笑着：“我算不算是被人挖了墙脚？算不算是被人抢了老婆？”

明珠站在那里，淡淡地说：“不算。”

“走吧，高高兴兴地走，别多想，欠的就还上。欠我就算了，别欠他那样的人，不然被人时时刻刻念叨，怪不好受的。欠债还钱这是天经地义嘛，我懂。不过你回来的时候，也许我都爱上别人，泡别人了，那你只能给人家腾地方了……”

明珠动了一步，陈滔滔依旧没有松手。他将自己的自尊长长地拖着，他舍不得松手。

“我的面子都丢光了，别指望我会去接你，走……”

陈滔滔推她。如果你想回来，就自己用腿走回来，我不会去接。今天你怎么走向他的，明天你就给我怎么走回来。

明珠离开，正好电梯下来，她走了进去，没有掉眼泪，她不会哭。她早就不会哭了，只是心口微微有点难受，她还是有想去爱他的冲动。这种感觉对徐太宇是没有的。

陈滔滔推上了门，背靠着大门。

挺好！洒脱。自己的表现可以打一百分，一百分……

陈滔滔站在窗前，亲眼看着明珠一步一步走出他的地盘，亲眼看着她上了外面的车，看着那些车离开。

假洒脱。

他的手摸着玻璃，外面的天气还是有些凉，手怪凉的。你欠我的，明珠。

明珠依旧每天到松山警局上班，她现在住在松山，徐太宇出钱买的小公寓。她说自己不想住大的房子，她没有办法收拾，他提议说请个用人，她说自己不喜欢家中有陌生人进出。

徐太宇无言。

他很忙，依旧很忙，.却强抽出时间回到松山陪她，陪着她进餐，陪着她去逛街，给她准备礼物。

对徐太宇的反常，没有人开口。席雅若只是静静地做着她的徐太太，依旧过着过去的那种生活。夫人也没有说过儿子一句，哪怕她知道徐太宇强硬地把明珠和陈滔滔分开了。

徐太宇觉得不快乐。

这种不快乐，甚至不比从前的那种郁闷，明明她就在身边，他却感觉不到任何快乐。可他不认为自己做错了，他已经错过一次了，这次应该扭转过来，没有错，他没错。

警局里再也见不到陈滔滔了，这个警姐夫就好像突然消失在了松山一样，再有案子只是走正常的程序，没有人去联系陈滔滔。背后有人猜，也许是明珠和陈滔滔的感情出现了问题。

小猫却不这样认为，他亲眼看见明珠下班的时候，有车来接，就停在路口等她，也亲眼看着她上了车。他认得这辆车，车牌很熟悉，在南区的时候，他曾经见过几次。

陈滔滔依旧打官司，当个闲闲的流氓律师，他不按照常理来，说话越发刻薄。他就这样，受不了就走人。

有些时候就连陶克戴都受不了，觉得他是变态的。

比如事务所的待遇越来越差，工资不变，只是他抠得越发厉害了，发下来的东西明显不如从前。今天也是有人倒霉，只是调侃了一句，不巧被陈滔滔给听见了，叫人收拾包袱卷立马滚蛋。

小姑娘都哭成了泪人儿，她只是觉得陈滔滔很奇葩，随意说了一句。

“陶律师……”

陶克戴只能上楼，他屁股还没坐热，陈滔滔就准备撵人了。

“看不惯，你们都可以走，我无所谓的。”

走光了，他可以重新找人，他不信有钱找不到人。没有能力的，他可以培养训练，早晚都可以独当一面的。只因为他是陈滔滔，他有狂傲的资本。

“滔滔……”陶克戴和他认识这么多年，当朋友这么多年，有些话他认为怎么说其实无所谓的，但是有些话不能越过底线，不然太容易伤感情。

“你想走，你也可以走。”陈滔滔就连头都不肯抬。

陶克戴也是有脾气的人，这些年，是他故意配合也好，是他嬉皮笑脸怎么样都好，因为交情摆在这里。他不生气是因为陈滔滔把他当作自己人，可现在陈滔滔拿他当外人。亲兄弟明算账这点他知道的，既然已经到了这样的地步，他离开就是了。

陶克戴正在接洽其他的事务所，他的老婆知道了以后，劝过他，不过这次丈夫的脾气较大，不知道怎么邪火那么盛。

换个环境就换个环境吧。

陈滔滔的助理挂了电话，抬头看着陶克戴。陶克戴过去哪里需要让他打内线，从来都是推门就进的。两人真的是生分了。

“陈律师正在休息。”

不是他想难为陶克戴，陈滔滔已经好几天没离开事务所了。他总觉得陈律师最近有些不对劲，可陈律师自己不说，别人怎么知道到底怎么回事？

陶克戴叹口气，这是故意做给他看的吗？好，他等。

他今天就是来递辞呈的。

陶克戴就在门外等了一个多小时，按照时间来说，这休息也应该休息好了吧？

“还在休息吗？”

助理打了内线进去，却没人接。这证明陈滔滔还在休息，因为人就在里面，也不可能出现什么意外。

陶克戴将辞职信放在助理的桌子上：“请你转交吧。”

助理起身：“陶律师……”

里面似乎有什么声响，助理拉住陶克戴：“陈律师可能醒了，陶律师你等等……”助理打内线进去，结果依旧没人接。他觉得情况有点不对，他刚刚明明听见了声音。

“陶律师，有点不对……”助理离开自己的位置，去推陈滔滔办公室的大门。

“滔滔……”

陶克戴笨拙地奔了过去，他跪在地上，想伸手去抬陈滔滔的头，可他不敢伸手，他现在不知道是哪里出了问题，他有点乱。

朋友可以不当，但陶克戴不至于盼着陈滔滔出事情，他的身体一直那么好。

“陶律师……”

“打电话叫救护车，打电话啊……”

陶克戴拿着手机，他觉得应该百度一下紧急抢救的步骤，都该怎么做来着？捶胸口吗？

不不不不，这样不行。

于是，他给朋友打电话，朋友让他镇定，去摸陈滔滔的脉搏。

“怎么样？”

“……”

陶克戴坐在地上，坐在自己的脚上，他有些胖，肚子被皮带勒得死死的。他坐着还好，蹲着的话，肚子向前挤，他觉得难受，因为肚子没有地方可放。

“怎么样啊，克戴？”

陶克戴坐着，手指搭在陈滔滔的手腕上。

他不是学医的，他摸不到也是正常的对不对？

救护车赶来，用担架将人抬了下去。

平时的陈滔滔多么耀武扬威？他恨不得就站在别人的头顶。可现在他只能躺在担架上，一动不动。

刚刚哭泣的小姑娘已经离开了，她害怕死了。虽然不知道陈滔滔变成这样和她有没有关系，但她怕担负责任，毕竟陈滔滔的嘴……赖到她的身上，她都是讲不清的。

陈滔滔被送到距离最近的一家医院，医生争分夺秒地对他实施抢救。在抢救期间，陈滔滔的心脏接连三次停跳。

没心跳了？医生不得不数次用电击去纤颤器对他的胸部进行电击，试图让他的心脏恢复跳动。

医生从里面出来，说他已经尽力了。作为家属的陶克戴，一开始还能冷静地听医生说话，可这说的都是什么啊？

陈滔滔的心脏完好，他根本从来没有得过心脏病，现在心脏病是哪里跑出来的？你给贴上的吗？

“我有认识的医生，你这样不负责，我是可以告你的……”

他是律师，对，他是律师。

陶克戴去联系朋友，让他推掉一切手术，现在必须赶过来。

这医生和医院都疯了吧？会不会看病？说什么疯话呢？他们竟然说滔滔有心脏病。

里面的医生真的已经尝试了一切的方法，试图去挽救陈滔滔的生命，甚至采取冷冻疗法，用冰块降低他的体温，从而刺激他大脑复苏，然而陈滔滔却毫无生还的征兆。

“联系家人。”

命在旦夕，现在一个家人都没有出现，这样不行，必须联系上家人。

于是，陶克戴联系陈滔滔的家人。他能联系谁？他想去联系明珠，可该死的，他没有明珠的号码！他竟然没有明珠的手机号，怎么办？他怎么没有呢？

他只能联系陈滔滔的母亲，他和陈滔滔的母亲说，医生说让他们赶过来见陈滔滔最后一面，如果还来得及的话。

陈滔滔的家人中最先赶来的竟然是陈贺贺，因为他的其他家人距离实在是太远了。

“你放屁！我哥好好的，你却跟我说他要死了，你觉得我长得特别好骗是不是？他要是死了，你这家医院也别开了……”

陈贺贺打着电话，还有没有更靠谱的医生？里面的都是庸医，庸医。全部都该拉屠宰场里去，不能看病留着做什么？

程芳红着眼圈，她能明白陈贺贺的心情，但是现在都这样了，你威胁医生能起什么作用？

“贺贺……”

“你多说一句，信不信我抽你？”

闻言，程芳多一句话也不敢讲了。

很奇怪，这样的场合竟然缺了明珠，可竟然没人觉得不对，没有人想到似乎还有人没有来。也许是因为应该来的人都还没来吧。

入院十七个小时当中，陈滔滔没有任何可检测到的脑电波产生。主治医生说，已经没有丝毫征兆表明陈滔滔具备神经功能。陈滔滔的家人都赶到了医院，但各种迹象都表明陈滔滔正在死亡，他的身上已经没有丝毫生命的迹象，他的皮肤开始变硬，双手和双脚趾也蜷曲了起来。

陈滔滔的母亲靠着墙，哭得不成声音。她已经站了十五个小时，她没有办法去休息。陈滔滔的父亲刚刚回了病房休息，儿子正在死去的消息对他的刺激太大。

“明珠呢？”

对了，没有看见明珠。

她知道明珠很忙，也知道这个时间明珠也许正在追哪个犯人，她表示能理解。但明珠能不能过来医院一趟呢？

3月23日晚上八点二十分，明珠接到了陈滔滔母亲的电话，老人恳求地问她，能不能请个假来医院一趟。九点十分，明珠站在了医院的走廊上，陈滔滔在里，她在外。

陈滔滔的母亲握着明珠的手，她强忍着，握着明珠的那只手抖啊抖。没人怪明珠竟然出现得如此晚，大家的注意力都放在了里面的人身上。

24日凌晨一点，陈滔滔最后一次心脏停搏后，医生从里面出来，正式宣布陈滔滔已经死亡。

“滔滔啊……”

很少能看见陈滔滔的母亲哭成这个样子，她想要冲进去，只是被人拦着，她进不去。

她想看一眼，看看她儿子，从小她就对不起儿子。

医院的工作人员征求家属的意见，因为人现在已经死亡，要关闭维持陈滔滔生命的呼吸机等仪器设备，这个决定必须要得到家属的同意。

“不不不，不关……”

“我签。”说着，明珠接过工作人员递过来的手续，签了字。

陈滔滔的母亲抓着明珠的手，顺着明珠的腿坐了下去，身上一点力气都没有。

“不行啊，这样不行啊……”

不行，她不能接受，她好好的孩子，怎么说死就死了？她不能接受，完全不接受。

“妈……”

“不行啊……”滔滔的母亲只是反复地重复着这句话。

陈贺贺扶起滔滔的母亲。他知道没有办法挽回了，医生都宣布已经死亡了，尽管心都碎了，但是他认为明珠的做法没错，毕竟他哥已经没有心跳了。

明珠决定将陈滔滔的器官捐赠他人。陶克戴推推自己的眼镜，男人不哭不是因为不会哭，只是未到伤心处。

多狠的人哪！你没有第一时间出现，没人怪你，你忙，你有原因。但是陈滔滔他活着的时候就没这么伟大，你现在竟然要把他的器官捐了？！你自己为什么不捐？

因为明珠明确表示，要将陈滔滔的器官捐赠他人，所以医生并未将他送入太平间，而是将他送入了一个恒温手术室，并且即将做手术摘除他身上所有可用的器官。

明珠站在手术室的外面，不哭不代表她不心痛。因为爱了，所以她没有哭，没有痛。她也想问为什么。

陈贺贺出去了一圈，回来就对明珠直接动手了。要不是陶克戴说，他根本不知道。

陶克戴也是给陈滔滔家中的保姆去电话，保姆说已经很久没见明珠了，陈先生说他们已经分居了，这才知道的。

你到底怎么折磨滔滔？他一个没有心脏病的人，搞到现在死于心脏病？这是害命啊。

程芳去拉陈贺贺的手，她觉得里面有误会，夫妻之间偶尔有争吵也实属正常，不能因为这个就过去质问。这个时候，大家都很难过，她怕陈贺贺激动，他的脾气太急。

但她拽也没拽住。

“老六死了，你满意了？”

陈贺贺在外面闹，他不同意捐赠器官，他不同意，他大写的不同意！把人给我抬出来，谁敢动一下试试看。

外面吵吵嚷嚷的，陈贺贺上手去推明珠。

“我已经签字了，我是他太太，我有权利做决定。”

“给我滚蛋，你算哪门子的太太？你自己老公怎么死的，你清楚吗？我哥是怎么对你的？在你面前他就连一条狗都不如，这样你还觉得不满意？我问你，这些天你跑哪儿去了？”

保姆听说的事情多了，虽然邻居之间都不走动，但他们还是听到了风声，那一天的事有很多人看见了。

“我现在不想回答你的问题。”

陈贺贺上手去扯明珠，明珠没还手。不是打不过，她现在只想静静地坐着。

“贺贺……”程芳连忙拽着丈夫喊。

里面医生准备动手术，可……

“诈尸了。”里面突然有护士跑了出来，疯了似的跑了，她这么一嗓子，外面的人都安静了。

陈滔滔身上的生命支持系统被拔掉十分钟以后，他竟然恢复心跳，苏醒过来了，先是动了动胳膊和双脚，然后开始咳嗽，又睁开了眼睛。

陈滔滔刚动了动，医生以为这是正常的死者反射现象，但随即他做出了更多的动作，心电监护仪也显示他恢复了心跳。

更不可思议的是，苏醒以后的陈滔滔说话了，他问医生：“明珠在哪里？”

他好像听见了明珠的声音。

陈滔滔对自己昏迷以后的事情一点都不知道，只记得之前的事情。他记得自己在休息当中，然后听见电话响了，再然后，他记不得了。

陈滔滔的父亲现在在医院里躺着，原本躺下是因为唯一的儿子莫名其妙死了，现在又说他莫名其妙地活了，以为是别人为了安慰他们。

陈滔滔能吃能喝，似乎也没有什么别的不舒服的地方，甚至他表示现在的感觉很好，比前几天的感觉要好。

陈贺贺：“……”

你骗了我一筐的眼泪，说不死就不死了？你还我眼泪来。

他当时就差趴在地上抱着程芳的小腿哭了，以为鬼子六死了，结果死半截他又缓过来了，哪里有这样的?

陶克戴默默地把自己的辞职信撕了，望望天，吐口气。

然后，他给事务所里去电话，说人没死，还好好地活着。

陈滔滔拉着明珠的手，笑眯眯的：“祸害活千年的。”

明珠突然低下头抱着他，陈滔滔有些吃惊，她是被吓到了吧?

如果是自己，也会被吓到的。

他觉得那些医生说的有吓唬人的成分，什么死了又活的，他根本没死好吧？

要是死过一次，他能一点不舒服的感觉都没有吗？他现在明明比正常人都像正常人。

“明珠，回去吧。”

他让明珠走，这次他看着她走，送她走。

属于他的，永远都是属于他，他现在明白了。所以，他放手让她走，哪怕他是假洒脱，哪怕谁都知道他多不舍得。

因为爱，所以他舍不得让她为难。徐太宇提要求也只能提这么一次，他拆不散他们，他也就只有羡慕的份儿。

明珠回去了，回松山了。她没有再来医院，只是中间发过一条短信给陈滔滔。她猜测着他差不多应该出院了，那个时候他们正在追踪犯人，吃着盒饭，她突然就想他了。

想人这种滋味，她第一次尝到。

她没想过过世的母亲，没想过父亲，哪怕那么多年没有见两个妹妹，她也没有想过她们。但是，她现在想陈滔滔了。

明珠优秀，她一直都很优秀，她是可以将生命置之度外的，她赞同陈滔滔的那句话，她也许命就是很短的。

徐太宇见到明珠，他希望明珠和陈滔滔分开，明珠做到了。他现在是近水楼台，可他一点都感觉不到自己的优势。

她忙，她很忙，她总是在忙的路上，她玩命地去追犯人。她是个合格的局长，却不是个合格的情人。

他以为自己付出了，总会收到回报，原来并不是这样的。

记得从前，她也曾埋首在他的胸前，也曾彼此都温暖过。

感情的付出和回报也许就不是能成正比的吧。

徐太宇问为什么。

“你传了简讯给他？”

这并不符合开始他们的约定，明珠违约了。

明珠只是静静地看着他，她保持沉默。

徐太宇笑了。

他站起身，伸出手，明珠依旧没有动，他的手落在了她的头顶，摸了摸明珠的发顶。

谁忘了？

我已经不是你的快乐。

他要的是那个会抱着他的腰，对着他微笑，是那个可以和他一起做梦，是自顾自走着还回头看他的那个明珠。

那个曾经他记得要给她温柔的明珠。

徐太宇收回自己的手。

他舍不得，可一切都变了，她变得不再是自己的。

很早以前就都变了。

无论他多么不舍得，一个人若连敷衍都不愿意了，拖着只会让彼此尴尬。

可是那个明珠，不久之前就在他的怀里，现在却被他给弄丢了。

弄丢了。

他还记得怀中的温度。谁记得？谁又忘了？

这条爱情的路，已经变得曲折。他只能选择放手。

“明珠。”徐太宇开口。

“嗯。”明珠应他。

徐太宇不恨她，一点都没有恨，相反他还是那么喜欢她，还是有想让她重新回到自己怀里的想法。她不欠自己的了，她自由了。

“我有没有对你说过，我做得最错的选择就是我太过于自负？”不是放开了她的手，而是败给了自己的自负。可惜他现在认识到这个问题，已经太晚了。

明珠没有回答，只是默默地看着他。

“和陈滔滔说一句，我祝他早点死。还有，千万别生女儿。”徐太宇笑了笑就离开了。

助理为徐太宇开车门，他依旧站在那儿盯着里面，爱情这个东西，没有办法衡量的。

后来，车子缓缓离开。

明珠是自己走回陈滔滔家的。她打电话说晚上她会回来，陈滔滔没去接，他只是让保姆多准备了两个菜，还买了她喜欢的鸭脖子，准备陪着她一起啃。你走我不送，你回来我不接，但是我欢迎你回家。

还完债了，我们无债一身轻了。

陈滔滔开着大门，盯着电梯，见电梯上来——他眼看着明珠进的楼门，知道差不多就是这时候了——带上门。

明珠按着密码锁，门响了一声打开，她推门进去。陈滔滔就抱住了她。

“吓我一跳。”

“欢迎回家。”

家里的保姆换了。明珠觉得纳闷，家里的保姆好像都照顾陈滔滔很久了，怎么换了？

陈滔滔回答：“一个花钱请来的人而已，想换就换了。”

真正换掉的原因是……陶克戴问陈滔滔，是不是明珠做什么了，所以他才会那样？中间他差点连命都丧了。保姆说明珠已经很久没回家了，和一个男人走了。

这里是他陈滔滔的家，明珠是他老婆，他愿意说，他有权利去说，他有资格。他不愿意说，别人就没有资格去说，去指手画脚。

不要说根本就没有传的那点事儿，就算是有，他不吭声，别人都没资格。你可以不尊重我陈滔滔，没什么关系，但是你不能不尊重明珠。因为她是我太太，女人的面子就是男人的面子，说她不好就等于是说我不好。该计较的，他还是会计较。

比如……

“我生病住院，折腾了那么久，怎么也算是因为你生病的吧，这钱应该你出……”

医生说了，他有心脏病。他以前都是好好的，这也是因为明珠有的，她得对他负责，得照顾他，不能气他。要疼他宠他呵护他！

陈家的人不见得对明珠就没有任何看法，就算陈滔滔的母亲不知道，总会有知道的人，但没人吭声则是因为，有一座大山横在前面。女人总说，最好的男人其实就是能摆平自己老妈和老婆的男人。陈滔滔不见得能摆平明珠，也不见得能摆平自己老娘，但他能摆平其他的人。

这个女人归我所有，她是香的是臭的，她干不干活，她赚多少钱，她傻不傻，这都是我承包的。我傻我二，我就愿意娶她。你敢指手画脚，我就敢剁掉你的手指头。

对于明珠过去的那点事儿，包括明珠在陈滔滔住院期间的事情，陈贺贺的妈妈很看不惯。她不知道别人家的儿媳妇都是怎么样的，但如果这是她自己的儿媳妇，她一定不要，再好也不要。

可偏偏陈滔滔就中邪了，像没见过女人一样。她背后也只能讲，他这是被明珠给麻痹了。

结婚一年两年明珠肚子都没大起来过，起先是没人关心，渐渐亲戚都坐不住了，因为下面比陈滔滔年纪小的，孩子都满地跑了。这忙也得有点分寸吧？明珠都这个岁数了，再不生就生不出来了。于是乎，各种科学的意见多了起来。

陈贺贺真的就是随便提了一句。他也知道老六这人和别人不一样，但不一样也得要孩子呀。

“你能生的那天，你再来要求我。”

陈贺贺：“……”他要是能生，陈滔滔不也能生了嘛！

陈滔滔就这么一个老婆，看着不漂亮，也没觉得有什么特殊的本事，嘴不甜，不会来事儿，看来看去就愣是找不出一个优点。于是，陈贺贺玩命地对家里人说，这女的就是脑子被驴踢了，这陈滔滔到底被她哪里给迷住了？

陈贺贺的妈妈也就是替陈滔滔抱不平，当着陈滔滔的面说了一句，陈滔滔以后就再也不来了。人家是没说什么，但是以行动表示了。虽然不是自己的亲儿子，但她也被伤得够呛。

“男人就是这样，有了媳妇儿忘了娘。这不是娘，也忘得差不多了。还不许说，这是准备打板给供起来。”

陈贺贺：“……”

他是不敢背后议论明珠了，家里有个有底气的男人太重要了。陈滔滔自己都不觉得难受，那就这么过吧，他何必小人之心呢。

明珠呢，她和陈滔滔换了小区。这次房子是明珠出钱购买的，为的就是以后生气的时候，半夜她可以发脾气把陈滔滔撵走，站在自己的地盘上就是这么有底气。至于买房子的钱，其实都是陈滔滔出的。

陈滔滔这辈子最后悔的事，就是娶了明珠。

娶了这个女人以后，他的银行账户就再也没有宽裕起来，很多钱都是他求着明珠要的，比如出去一起散个步，比如一起看个电影，一起吃个饭。这个女人最让人恨得牙痒痒的是，她是真的不愿意陪你出门，你出小钱她看不上，出大钱也不见得就是看上钱了。

用明珠的话说，是可怜他。

陈滔滔每个月进钱之际，就是明珠发财之时。他拿着钱，才接了一个官司，手头又宽裕了起来，觉得腰板都硬气了，午休时给明珠去电话。

“吃饭了吗？”

“正准备吃。”

“出来吧，我去接你，我们一起逛逛。”

明珠：“……”

她是真的烦陈滔滔这样，去哪里必须她跟着，不然他好像会走丢似的，下楼去买瓶汽水都恨不得叫上她，她又不是他妈。

“我下午还有会呢。”

“我心脏的毛病吃的那个药……”陈滔滔说他要去买药，他脑子只能记住和官司有关的，和身体有关的记不住，得明珠去记。

明珠换了衣服，出门和王永强打了一个照面。

“出去吃？”永强问她。

“嗯，我家的那个在门口呢。”

王永强点点头：“去吧。”陈滔滔看得可是够紧的了，总能看见他出现。

明珠上了车，陈滔滔显摆显摆放在前面的袋子，里面装了一袋子的钱，赚了多少钱他都感受不到快乐，一定要提现。比如现在这样手里拎着五十万，他时不时扫过去一眼，看上一眼，心里美滋滋的。

人活着就得有追求，比如摸钱。

“去哪里？我时间可能有点紧。”她下午还有事情，不能和他走得太远。

陈滔滔说：“就在附近吃一口。”

“不是去买药吗？”

“嗯，你给他打电话。”

明珠打着电话。谁知道他这心脏病是怎么添的，现在这人就真的有了这毛病，有毛病就好好养着吧。大多数时候她不和他一般计较，毕竟他身体不好，上次差点就挂了。不是每次都是那么幸运的，万一下次醒不过来，那就被解剖了。

说起来陈滔滔还觉得这就是缘分呢，死了就得送太平间啊，明珠却一心一意要把他分解了，结果他还活过来了。你能说这不是天意吗？天生一对。

明珠打电话，他就时不时扫过去一眼，等她打好了电话，再时不时和她斗嘴，有时候就是故意气明珠，看着她生气，他就高兴，这也当成是爱的一部分吧。

“我刚取了五十万，给你啊？”

“我没有地方花。”

不是矫情，她活到现在，不缺钱花，讲真的就是，真的有好多人捧着钱送上门来给她花，明兰、明月外加一个陈滔滔。

陈滔滔觉得没劲，他就喜欢别人和自己一样，摸到钱就高兴，摸到黄金就觉得幸福。

家里睡的那张床，床底下他摆了整整一床的金片，金条睡起来可能会硌得慌，他换了金片。之前谁都不知道，后来是明珠偶然一次挪床垫发现了，说陈滔滔现在等于是有陪葬的了。

他书房的柜子里，凡是带锁的，里面装的都是金元宝、金条。他就这点爱好，入夜没人的时候，不拉窗帘然后堆上一桌子，自己摸着玩，能笑一个晚上。然后，他做的梦都是甜的。

“到前面去吃点饭吧。”

请明珠吃了饭，陈滔滔又陪着她去商场，想给她买点东西。

有些时候人的际遇就是不同，有些恨不得丈夫天天送钱给自己花，偏偏丈夫计较得和什么似的，这边是人家时不时主动送钱，但收钱的人就不以为意。

陈滔滔觉得消费是能带来快乐的，比如买很多很多的鞋子衣服，然后占满手，拎都拎不动，花钱买一个高兴，也值得了。

两个人逛逛逛，逛了半天明珠对任何东西都不来电，她没有想买的欲望。

家里的衣服能堆成山。妹妹现在条件好，明兰是真的红起来了，混得风生水起的，一部戏跟着一部戏地接，一个广告接着一个广告地拍。她的愿望就是把明珠家的更衣间都堆满，不穿就摆着看，摆着高兴，要的就是这个心情。

好不容易进了一家店，陈滔滔觉得可以大杀四方了。他陈律师准备消费了，准备好，他要刷自己的黑卡了。

售货员请准备好！

明珠看了一眼，当时是冬天，售货员正在整理货，是从其他店拉过来的，现在让她们卖，都是夏天的凉鞋。她一双一双地整理呢，明珠第一眼就瞧上那鞋了。

“有码吗？”

售货员找了明珠想要的码子，牌子不算响亮。

陈滔滔随手拿起旁边的一双鞋，也是单鞋，售价大概在一千四百元，他觉得勉勉强强吧，开了张还怕花不出去钱吗？不行多买一双，再不行就把店里的鞋一样来一双。

明珠试穿了鞋踩在地上，后面又进来一对男女。女的瞧着明珠脚上的鞋也挺好看的，表示想要试试。

明珠那鞋是高跟的，需要扣扣，她刚准备弯腰去扣，陈滔滔自动自觉地就蹲下了，上手直接给她扣。她倒是挺淡定的，不淡定的是站在旁边的人，店员和顾客都在看。

旁边的女人瞪着眼睛，看看人家这丈夫。明珠站起身走了一圈，觉得挺稳的。

“这鞋多少钱？”

“现在是打特价，199 块。”

陈滔滔想吐血了。闲得没事儿你们打什么特价？正价呢？就按照正价卖啊！

旁边的女人也试了试，很衬皮肤，显得脚很白。

“现在这天气有点回暖得厉害，反正上班也有暖气，下班也有人接，明天我就穿这鞋算了……”

“臭不要脸是不是？自己什么情况不知道？脚我给你剁了！你怎么不上天呢？”

女的嘴里嘟囔：“你给我窜天猴儿，我就上天。”

男的横了她一眼："刚刚在那家看见的那双不是挺好的？"

女的说："就买它了。差不多的样式，有 199 的干吗买 1990 的，这不是浪费吗？看我会过日子吧。"

售货员跟着出声，觉得真会过，男的可不领情。

"早上我给了你两万，让你去换外币，现在兜里的这两万也花得差不多了吧。"

女的无言以对。

她平时花钱都是受限制的，因为到手里的钱就马上花光光。

明珠又换了一双别的颜色的，陈滔滔满嘴的赞叹："好看，这鞋子好看脚也好看，主要还是咱们的脚好看。要不一个颜色买一双？"

明珠看了他一眼，陈滔滔自动消声。不说就是了，看他干吗？他可是有心脏病的人。

现在心脏不舒服了，你再看我，我就躺地上，你信不？

靠着心脏病，陈滔滔终于过上了大吃二喝的好生活，在家里的地位看涨。偶尔真的吵架，虽然以前他就打不过明珠，但现在你问问，明珠敢不敢碰他一下？

陶克戴答："人家就懒得碰你好不好？"

"你问问她敢不敢碰我，手指头碰我一下试试，我给她剁了。"

陶克戴叹气："人没在眼前你就吹吧，反正回家跪搓衣板的人也不是我，心脏病大侠。"

"不是我吹，我家明珠看见我板着脸她就得抖三抖，小样的，我还制不了她，治不了她我陈字倒过来写。"

"她现在打你就和碰瓷似的，干吗碰你啊？"陶克戴说出了真相。

陈滔滔现在是易推倒的对象，他随时都有可能倒下，倒下就指着你碰了他。玩无赖他敢说自己是第二，谁人敢称是第一？

陈滔滔嘴上挂着的是，明珠怕他怕得已经都肝颤了。真的假的不知道，反正在外人面前，他现在腰板硬得很。

有一次，他们和陈贺贺夫妻一起共进晚餐。

"去给我接杯水去，要带汽儿的。"

程芳就说："我顺便去倒吧。"

"不用你，让她去。闲着也是闲着，我娶她不是为了摆设。"

陈贺贺咳了一声，吃东西呛到了。这是老六吗？最近吃啥药了，硬气得厉害。

程芳看看明珠，明珠对着程芳笑笑，站起身，给陈滔滔找带汽儿的去了。

"说说，咱们哥俩交流交流，她怎么突然就让你给压制成这样了？"陈贺贺好奇地问。

陈滔滔呵呵笑着，自从喝了带汽儿的饮料，他就觉得自己说话越来越硬气，导致他现在时不时都要喝上一两口，提升一下自己的男子气概。

偶尔提升男子气概的方法，还有另外一种，比如……

半夜十二点，陈滔滔穿着睡衣睡裤打开窗子，对着窗外的月亮闭着眼睛打坐。

下场就是，通常第二天他爬不起来，因为生病了。

明珠给陶克戴去了电话，陈滔滔今天又放挺了。

“又晒月亮了？”

明珠嗯了一声。

“你也是挺辛苦的，养这么一个二百五，比养个儿子都累。”

明珠看看房间的门，她冷笑着，就这命了。躺在里面的人哆哆嗦嗦地搂着被子，他冷，特别冷。

明兰做指甲的工夫给自己大姐打过去一个电话。

老K这几年可能点子背，起先是因为杀人被抓了，然后警察貌似问出了什么，现在他可就惨了，据说两个月以后就要执行死刑了。

解恨？明兰认为该死的人早晚都会死，她没有多余的时间去关注不相干的人。

“我姐夫呢？”

“家里躺着呢。”

“又晒月亮了？”

不知道哪里来的理论，陈滔滔信得不得了，时不时都要抽抽风，明兰真是同情自己大姐。陈滔滔当初那一病让明珠心里产生了愧疚，陈滔滔这是投机取巧，哪里就能那么巧，好好的说死就死了，弄不好就是他和医院串通好的。

“你家的这个犯二的姐夫……”

“明兰……”

明兰收声：“我真的觉得陈滔滔就是负责搞笑的。”

她和明月都觉得陈滔滔跟明珠不是那么合适，每次见他也是使劲地欺负，反正是姐夫，总不能和她们一般见识，有什么气就忍了吧。

明兰和明月不知道的是，陈滔滔是忍了，不过他在金晨身上都找了回来。

比如和金晨打扑克，打麻将，他把金晨兜里的那点钱统统都赢了过来。

别人喜欢不喜欢，没那么重要，重要的是明珠喜欢。

身边的人孩子都满地乱窜了，陈滔滔和明珠两个人的家里依旧是他们俩，皇帝不急，太监就算是急死也没用的。陈滔滔的母亲干脆放弃了想法，随他们去吧，他们高兴就好。

医生也说过，明珠这个身体要孩子可能会存在点麻烦。

没想到，意外产生了。

那是个美丽的夜，可能窗纱被风轻轻吹了起来，陈滔滔自认可能是自己吸月亮的精气吸得太多了，完了闯祸了。戴了套，还能怀孕？

医生不是说她怀孕很难的吗？既然这样，为什么现在会怀孕呢？谁能告诉他？

明珠今年三十九，按照生育的年龄来说，真的晚。检查完身体，确认是怀孕了，这里的医生也认识明珠，就问她：“打算怎么处理，是要还是不要？”知道他们两口子是要丁克的。

“要吧。”

明珠从里面出来，陈滔滔接过她手里的大衣，帮她拿着，顺手把她的包递给她。

“什么时候做手术？”

明珠看着他，说：“可能我准备生。”

陈滔滔点点头：“那天我开车送你过来。你和单位说好，小产也是挺要命的，得养养吧。我知道你不信这些……”

明珠迈开步子，陈滔滔跟在她身后嘟嘟囔囔的。

好半天之后，他才反应过来，准备生？生什么？生孩子吗？

他还没做好准备呢，这样不好吧？他不是很喜欢小孩儿，听见别人家孩子哭，他就想削那孩子，他烦死这些小孩子了。现在自己要当孩子头了？咳咳。

“……我是想，我是觉得，现在吧，不是时候……”

“我生。”明珠言简意赅地答。

陈滔滔闭上嘴，打开车门，请女王大人上车吧。你生难道我就不管了？到时候祸害的人还不是我？

就她这个不要命的劲，这把年纪生孩子，想想他都觉得自己没有活着的希望了。现在孩子掉了，他也没什么感情；以后养大了，你说掉了，他肯定会难受的。

明珠怀孕的这一年当中，基本就是平平静静的，真的遇上了危险，她得为肚子里的这个负责，她只能当一年的普通人，不再那么冒进。不要是不要，真的打算要了，她以后负责不负责那是以后的事情，但目前是要负责的。

怀孕前三个月她没有任何反应，该吃吃，该喝喝。后三个月胃口就变得不怎么好了，看见饭完全不想吃，一天一顿饭不逼着，她都可以接都忽略了。

怀孕八个月她还在上班，陈滔滔是车接车送，早上把人送到局门口，晚上自己再来局门口接，拎包拎水，能拎的他都拎。明珠怀孕，他认为自己才是最累的，晚上睡不好，白天担心得要死，就怕她说不定哪根筋抽了，又去挨刀。

好不容易说要生了，到了预产期，孩子却一点动静都没有，医院建议剖。

“剖？”陈滔滔听着这个字有点瘆得慌。

他没生过，也不知道怎么样才算是最合适的，就把朋友给拉来，一起听听，到底怎么样才是最安全、最合适的。

朋友原本下午有手术，还以为明珠是出了什么事情呢，结果根本就不是。

“医生说当初就跟你们说了的……”

陈滔滔选择暂时失忆，他记不得了，忘了，忘光了。

朋友：“……”

明珠选择剖的那天，走廊上站着一排陈滔滔的朋友，都是被他喊来的。反正是各种关系托关系，人都在这里站着呢，真的有什么事情，马上能找到人，为了以防万一。

大夫出来得挺快，可能知道外面的人不能继续等下去了吧。

“明珠家属。”

陈滔滔往前一冲，说：“我是。”

“女孩儿……”

医生说着体重、出生时间以及身体状况，又说大人还在里面，估计还需要一点时间，一会儿就会推出来了。

陈滔滔的女儿，叫陈明剑。

孩子小一点的时候还好，因为不知道，不理解。等到长大一点，孩子就不愿意听到自己的名字了，她为什么名字里面带了一个剑字？多难听！

“爸爸，我是怎么生出来的？”

陈滔滔拉着小公主的手，看看蓝天，半晌后幽幽地叹了一口气：“雷劈出来的。”

明剑：“……”

别的小朋友，名字里带个敏字可以叫敏敏，带个悦字可以叫悦悦，都很好听的。她的名字里带个剑字，难道要叫她小剑剑吗？

于是乎，五岁的孩子和爸爸严肃地提出抗议，她要改名。

陈滔滔看着报纸，就说生这个孩子，就是为了埋葬他的青春的。孩子妈妈没有时间负责孩子，从小他一把屎一把尿带着她，下班到了时间就带着出去玩，累得跟狗似的，回到家还得当牛做马，趴在地上给女儿当摇椅骑着玩。大点了，终于能走了，还是一个人都指靠不上。

指望他妈？哼哼。

指望明珠？呵呵。

有句话送给天底下苦命的老爸们，指望谁都不如指望自己。他现在就是盖个黄金屋他都笑不出来，带个孩子多难啊，多辛苦啊。

“我要改名。”

“好啊，陈建明，陈建华，陈德华，陈学友，陈星驰，陈祖蓝，你选吧。选好了，我带你去改。”

小公主认真想了想，她觉得哪个都不好听。可是可是……好像有哪里不对。

“想好了吗？我现在去拿车钥匙，你穿好衣服。”陈滔滔一脸的温柔。

小公主不想去了，她哀怨地盯着自己爸爸，她不去了。

“做人呢，就得有诚信，说去就必须去。乖女儿，去穿好衣服。叫陈德华也是挺好听的，不过更男人一点而已……”

小公主哇的一声哭了出来。

五岁半，小公主又闹着要改名，这次陈滔滔衣服已经穿好了。

“陈雪花，陈步步。你小猫叔叔的名字你不是喜欢吗？陈小猫、陈小猪都挺好听的。陈火、陈醋……”

小公主终于忍受不住，抱着父亲的大腿再次哭了出来。她不要当陈醋，太酸了，她甜，她浑身都甜。

“我甜……”

明剑小朋友可能到现在都没有明白过来，她为什么就是改不了名字呢？名字为什么越改越难听呢？

五岁的陈明剑小朋友，已经有些青出于蓝的架势，她总认为有刁民想害她，于是乎吃饭成了难题。在家里吃饭，要父母都吃过，确认无毒，她才会下嘴。

在幼儿园没有父母帮她试毒，这可怎么办呢？

饿着。

于是，她抱臂在胸前静静地坐在窗边，看着那些愚蠢的人类大口大口地吃饭。

陈滔滔来接小公主放学，明珠接孩子的次数，可能五根手指中的两根都没用得上。

小公主饿得有些头晕眼花，走路是斜线，伸着手："爸爸，你再来晚一会儿，你女儿我就要奔月了。"

闻言，陈滔滔拧着眉头。

老师一见情况不好，要说这些孩子的家长当中，最让她打怵的人就是眼前的这位。她听说过他的名号，人送外号"流氓律师"，她不敢惹啊。

"明剑中午不和大家一起吃饭……说是怕被人下毒……"

陈滔滔的手撑了撑自己的头。

老师看了他一眼，想了想还是说了出口："不能带孩子看太多的电视剧……"

事实上明剑这项本事是与生俱来的，生下来自动自觉地就这样认为。别的叔叔阿姨和她说句话，她就小脸冷飕飕的，一副"你要拐卖我"的谨慎眼神。陶克戴来幼儿园接过她一次，差点没被她给弄哭，回来就和陈滔滔说："你养的这个孩子，别人肯定骗不走。"

"你又没吃饭？"

"爸……我要饿死了。"

"那就挂吧，你看是挂树枝上，还是挂树杈上？不然下水道？"

陈滔滔抱起女儿，单手抱着，他抱孩子的姿势一看就是驾轻就熟。这辈子他可不想要第二个孩子了，烦死他了。

"……呜呜呜呜……我饿……"

"饿着吧。"不吃饭，那就饿着吧。

明兰回来看明剑，她就稀罕这小丫头，抱着没完没了地亲。

陈滔滔淡定地将视线从自己眼前的报纸上移开："亲两口就差不多了，亲得嘴都肿了，小心把你们抓起来。"

"饿着我外甥女。"明兰对陈滔滔表示了严肃的抗议，这是虐女罪。

实际情况真的就是明兰所看见的？

明剑这个小丫头她磨人，折腾人的时候，能把人给折腾疯了，浑身有使不完的劲。

陈滔滔从来没认过老，但是在这个孩子的面前，他觉得自己真的是老了。生孩子就是年轻人的事儿，他一把老骨头还被这样折腾，真的有点扛不住了。

睡觉她说睡不着，已经夜里十一点了，他有工作却不能做。

"那你告诉我，你怎么能睡着？"

明天他还要上庭，一点活都没干呢，家里的小祖宗闹腾啊。

“我要出去看月亮……”

陈滔滔忍了忍，最后没忍住，对着月亮比了比中指。

然后，他背着明剑出门了。小丫头光着脚，好在现在是八月，两只手夹着她的小腿，来来回回地溜达。

越溜达她越精神，听她爸背《刑事诉讼法》。他不会讲故事，讲的都是实例。反正他女儿就是在这样的环境里生长的。

十一点背下去的，十二点半她才睡着。陈滔滔这老腰老腿的，他怕孩子睡得不踏实，背后给她盖一个被单，在小区里来回地走着。“移动的被单”都是那些妈妈背后称呼他的。

直到凌晨一点，他才背着孩子上楼，把她送回房间。

两点多，老婆才进了家门。

“回来了，厨房里有粥。”

“睡了？”

“嗯，睡了。你洗个澡快点睡吧，都几点了。”

这个家就是这样的，女主人有和没有差不多，她的那点心都用在了别人的身上。不过陈滔滔不生气，别人也就只能背后说说。

陈滔滔没对明珠抱怨过一个字。他带孩子，他领孩子，他陪着孩子，他花大量的时间去养明剑，偶尔也会觉得小孩子不好带，他却没对外人叽歪过。

父女俩出门就是一道风景线。明剑背着小包，穿着小礼服。

她身上的这条裙子就几万，陈滔滔有本事给孩子买这么贵的裙子穿。

他认为这些都不是事儿，可偏偏有人总想来教育他，认为一个小孩子没有必要穿这么贵的衣服，不然孩子养着养着就给养歪了。

明剑前面走，他后面跟着，手里捧着报纸。

在他们这个家，妈妈不是在抓犯人的路上，就是在踢犯人的路上，要么就是在追踪犯人的路上，反正她是不可能在回家的路上就对了。

明剑对她妈没有太多的要求，从小也没人培养她这样的习惯。她知道的是妈妈养家，妈妈回来给个抱抱。她不缠着妈妈，妈妈也不好玩，问妈妈问题妈妈也回答不上来，爸爸懂得多，是移动的词典，爸爸有意思。每天晚上给妈妈写封信，不过写的是什么，她自己也不清楚，对付着看吧。

陈滔滔打开车门，明剑上了车，拿着地图认真研究着。这是她爸给她画的，很详细。因为她想要爸爸的手机，爸爸的手机里有导航，可爸爸说她太小了，于是给她画了这个。

陈滔滔还真不是糊弄自己女儿，所有的街道上面都有，绝对清清楚楚，弄这么一个玩意儿他花费了老多的时间和精力。没办法啊，就说他上辈子没干好事儿，摊上这对母女了。这和年糕似的，也甩不掉了，那就只能带着了。

明剑小朋友认真研究着，指挥着自己爸怎么开怎么开。陈滔滔这暴脾气的人，他就能听一个小孩儿指挥，你说开我就开，你说停我就停，反正违法停车到时候罚款，把你存钱罐里的钱都掏出来。

明剑领着她爸去下饭馆，她请客。

服务员都没把她当盘菜，因为她实在太小了，就问陈滔滔要点些什么。

陈滔滔的下巴动动，说："你问她，这是花钱的主儿。"

明剑就问服务员，自己想要的都是怎么做的，用什么做的。

最主要的是不能浪费，吃剩的打包回家。

父女俩吃完饭，陈滔滔陪着女儿去公园转转，她走在前面，他走在后面。

因为这孩子实在太讨喜了，时不时有人回头来看，觉得这小孩儿有点意思。家长是跟在后面的那个吗？和童话书里跳出来的似的。

两人溜达完，把吃的消化消化就回家了。

小姑娘在里面洗澡，门口放着一个小板凳，板凳上面放着她的睡衣内裤什么的，都是走卡通风，少女系嘛。

小时候她不懂，爸爸给洗就爸爸给洗了。现在她长大了，明珠没有时间，陈滔滔只能在门外等。小姑娘洗得挺认真的，一个星期洗四次，家里洗三次，另外的一次陈滔滔带着她去外面洗。总得有人打理打理，不然就是小孩子身上也脏啊。

洗完，她把用脏的毛巾统统都放在一个盆里，脱下来的衣服分门别类地放好。然后，她伸手够着自己的衣服穿好，拉门出来，开着门通风，蹲在地上找头发。

这完完全全就是个翻版的陈滔滔，有洁癖。

"我洗好了。"

陈滔滔伸手，明剑就回了房间从存钱罐里拿出来钱，把二十块钱放到爸爸的手里。

她现在还小，自己不会洗衣服，也洗不干净。爸爸说他老了，洗衣服也是很费力气的事情，所以她得出钱，他来洗。将来等他老了，她要加倍还。

"将来我老了，你得给我洗脚。"陈滔滔对女儿说。

明剑点点头："我现在也可以给你洗。"

陈滔滔叹口气，当个合格的家庭妇男就是这么不易，他自己都没洗过自己的衣服，现在要给孩子洗，说出来都是一把眼泪。当初他就说，生了这孩子，一定就是给他生的，你看看，你看看，现在这成真了吧。

小孩的衣服不能送去洗，洗得再好，再熟识，他也不放心。他洗着小公主的草莓套装。她现在就喜欢草莓，内衣绝对是彩虹色，各种各样的，不过图案是一样的。陈滔滔叹口气，从小就专一，这可不是个好毛病。

你说她未来的丈夫现在人在哪里？倒是滚出来啊，你老婆的衣服你来给洗洗啊！何必麻烦你岳父呢，你岳父很忙。

他认命地搓着。

明剑蹲在她爸爸的脚下，给她爸揉腿。她爸说了，他是老寒腿，很辛苦的，洗一件衣服就会少活好几秒。

明珠进门，就看到那父女俩忙着呢。

“放着吧，我洗。”

陈滔滔马上停手，他就喜欢听这话。

明珠洗衣服，就没见女儿来给自己揉腿。

“明剑……”

“到。”明剑小朋友跑了出来，跑到妈妈的面前，“妈，你叫我？”

“你怎么不给妈妈揉腿呢？”

“妈，你也是老寒腿吗？”

明珠：“……”她不是老寒腿。

她把衣服洗好了晒起来，就见陈滔滔给女儿洗脑呢。

“……爸爸身体不是很好，有心脏病，特别严重的那种，稍微被吓一下，可能就过去了。你也不想自己这么小就没父亲了吧，所以你得对我好，别让爸爸累到……”

明剑眼圈里都是泪。

明珠翻着白眼。糊弄小孩子有意思吗？

“我乖。”

“这就听话了，你是爸爸的小棉袄。”

这个年纪的孩子，普遍爱玩爱闹，明剑小朋友似乎就不属于这些范畴之内的，她永远都是这样稳健。小姑娘长得不能说超漂亮，容貌方面还有点像妈妈，那张小脸，怎么瞧着都有点撩妹的技能。

陈滔滔事务所的这些员工，恨不得见到这孩子，身上有什么就给什么，喜欢，喜欢得不得了。每次明剑来，她都得准备个小书包，回家时里面装的都是礼物。

陈滔滔的包那么沉，就让明剑小朋友拎。她爸说了，我为你妈拎了这么多年的包，现在好不容易我有孩子了，你爸爸我这老胳膊老腿的，你得帮爸爸，不然爸爸趴在地上就起不来了。

陶克戴就不忍心，那么好的小姑娘，怎么就摊上这样的爸爸了？

陈滔滔的那个包有多重，他还不知道吗？于是，他帮着明剑提了过来，抱起孩子。

“明剑什么时候来的？陶叔叔都没看见你。”

“你看见我了就好。”陈滔滔出声。

陶克戴瞧都懒得瞧他。事务所所有人都很担心一个问题，就怕陈滔滔把一个女孩子带得喜欢钱，喜欢数钱。你能想象这么好的一个小姑娘，一脸的财迷样吗？光是想想就觉得浑身冒冷汗。

“陶叔叔请你吃饭好不好？”

“去啊，省一顿饭钱。”陈滔滔继续出声。

“你女儿还在这里呢。”陶克戴叹气，能不能给做个正面的榜样？

要说明珠也是心大，竟然放心你来带孩子，摇摇头。

陈明剑捧着陶克戴的脸亲了一口，陶克戴就觉得还是把她那个拖油瓶爸爸一起带上吧。

“小宝贝，你把手里的东西放下，放下……”

陈贺贺试图压低自己的声音，他见明剑自己去碰热的东西，陈滔滔这是搞什么呢？

他小时候被热水烫过，就应该万分注意，才这么大点的孩子，万一被烫了怎么办？

“你爸呢？”

“屋子里躺着呢。”明剑认真地回答。

陈贺贺端起明剑刚刚端着的小锅，里面装的是一个梨，蒸的，看样子是孩子为了表达自己的心意，特意给陈滔滔炖的。陈贺贺的眼泪都差点跑出来，真孝顺啊。

完全就不像是陈滔滔的孩子。

“蒸给你爸吃的？”

明剑点点头：“是。”

陈贺贺往厨房看了一眼，她这个身高就连炉台都碰不到，还要踩着一个小板凳。陈滔滔这是半身不遂了，还是生活不能自理了？

然后，陈贺贺端着梨，居心叵测地进了屋子。陈滔滔在床上躺着，和大爷似的。

“生病了？”

陈贺贺迟疑，可能真是生病了。这个家啊，不是他说，就守着那么一个女人，有好才怪呢，她什么时候把家当成家了？

这辈子她过得不委屈，活得真是潇洒。

“你生病了？”陈滔滔看起来精神状态非常之好，生病的人肯定不是他。

陈贺贺气不打一处来：“你没生病，那么小的孩子，踩着小板凳去给你蒸梨，那东西有热气……”真的碰到，你不心疼？这是后爹吧？

陈滔滔当然知道蒸汽这个东西非常危险，不过这已经是演练了几百遍以后，才让明剑去做的，自己的孩子自己心里有数。

“我养她这么大，也该轮到她来回报我了……”

陈贺贺：“……”

他觉得陈滔滔就是个奇葩啊，自己以前怎么没发现呢？

“明剑，你进来和你叔叔说说，陈家家训。”

陈滔滔叫女儿，明剑就迈着小短腿跑了进来，规规矩矩地站在陈贺贺的面前，开口：“我爸生我养我不易，我要报答，疼着他宠着他，不叫他伤心。”说完还点点头。

陈贺贺咂咂嘴。你陈滔滔够绝，你老婆你打不过欺负不过，生个女儿合着就是为了弥补这一点的是吧？

看出来了。

陈家决定事宜，一般都是需要举手投票的。别看明剑人小，手上拥有一票，这一票还是挺关键的。不过因为她妈很忙，所以她妈手中的那一票相当于没有，两人对决，如果各持一票该怎么办呢？

明剑摇着头：“爸爸的话就是对的。陈家家训，听爸爸的话，别让他受伤。”

陈滔滔很得意，原来生女儿都是这样幸福的。

陶克戴试着引导明剑："你爸爸的话也不见得就都对。"

"我爸说了，我妈在的时候，以我妈的话为最高指示，我妈不在，就以他的话为最高指示。"

"你觉得你爸说的话都对？"

明剑摇摇头："不全是对的。"

当然不都对了，比如这个不让吃，那个不让碰，她觉得很不爽；又比如自己喜欢一个玩具，爸爸不给买，她没钱，每次爸爸给她洗衣服都要伸手和她要钱，她的钱都被爸爸骗光了；再比如每次她爸爸生病，吃多少的药都不好，她拿出来自己的私房钱爸爸就会好得快点。

明剑一年收到的压岁钱特别多，来自长辈的。可是没过几个月，她就发现手里没什么钱了。她有钱的时候，她爸就总生病，她没钱了，她爸也不生病了。

她不见得就是不懂爸爸装病，但爸爸差点死了。这个差点死了，她一直记着，她宁愿被爸爸骗光钱，也不愿意看着爸爸生病。

"那你还听？"

"没办法，我摊上这样的爸爸了，我得照顾他。家里能依靠的人，就只有我了。"说着，明剑拍拍自己的胸口。

陶克戴："……"

陈滔滔你到底给你女儿灌输了什么观念？

遇贼记

陈滔滔带着女儿回来得有点晚，孩子闹着要散步回来，背着小书包走在前面，他跟在后面。有孩子就没话语权，说什么尊重爸爸，也得看她心情好不好的。这个孩子到了晚上就精神，不知道是不是属夜猫子的。她还喜欢走小路，哪里黑她喜欢走哪里。

没走两步，突然出来一个人。

"抢劫。"

明剑的小嘴成了一个句号，她回头看着陈滔滔，说："爸，抢劫的。"

陈滔滔表现也很淡定："抢劫就抢劫，你告诉我干什么？这种时候我们各人顾各人，我也顾不上你了。"

劫匪："……"

他就没见过这么没父爱的，他现在不是搞笑，他是出来打劫的。

"钱、手机……"

"要节操吗？"明剑认真地问劫匪。她爸说节操很重要，打劫的都要最贵的东西，她全身最贵的东西就是小草莓了。

明剑说的是自己的小内衣裤，是脱还是不脱？心想抢劫的这么厉害，还是脱了吧，就准备脱。

"你干什么呢？"陈滔滔瞧着女儿的动作有些不对，你要干什么？

"给他节操。"明剑说着。

陈滔滔："……"

陈滔滔手里原本是提了两个榴莲的，他不喜欢这东西，味道怪大的，也不吃，架不住那娘俩喜欢吃，遇上抢劫之前那榴莲还是挺好的，明剑没开口之前东西也是挺好的。

"你转过去，闭上眼睛。"

"你废话，我打劫的……"劫匪以为是让他转身，我不和你瞎闹，拿出你的钱来！

明剑认真地转过去捂上耳朵，闭上眼睛……

陈滔滔将手里最后一个榴莲的刺都砸平了，光溜溜的拿着袋子装着，也不用自己掰开了，也不用怕扎手了，都解决好了。

明剑拉着她爸的手，问："爸，你为什么打他？他都哭了。"

明剑回头去看，怪可怜的，那人的脸这是被毁容了吗？

"你爸的节操很贵，不能随便被人劫，这辈子被你妈劫一次就够亏本的了……"

关于家庭地位

家里虽然是陈滔滔说了算，但他是个讲原则的男子，好脾气的爸爸。

比如，女儿要染头发怎么办？

这么大点的孩子就要染发？揍她？训她？教导她？如果上面那三种做法效果都不好呢？

"你说过尊重我的。我有自主权，我有一票，这一票不是废纸。"明剑眼圈里含着泪，欲掉不掉的。

"真的要染？"慎重起见，陈滔滔问。我这样开明的爸爸，是一定会倾听你的心声的。

"要染。"

陈滔滔点头，既然你如此一意孤行，别说当爸的没劝过你。发型师坐在椅子上看着陈滔滔，他觉得这样不好吧？才这么大的孩子就染发？

"真的染吗，陈先生？"

"陈小姐要染，给她染。"

明剑心中的想法是那样的，染出来是个精灵小公主。陈滔滔明显也是知道女儿的心里想法。公主？我让你变成怪物史莱克。发型师心里叹口气，这坑女儿的爹。

等到染好，明剑悄悄地睁开眼偷看了一眼，然后哇一声哭了出来。

"爸爸没骗你吧，你现在小，弄成这样子，你觉得走在街上别人要用什么样的眼光看你呢？"

"爸爸救命……"这一头不知道多少个色儿，明剑彻底崩溃了，小姑娘的审美也接受不了，和色板似的。

"都剃了吧。"

发型师："……"

"这是给你一个教训，什么事情小孩子能做，什么事情小孩子不能做……"

发型师："……"不是让我喷吗？现在就都剃了？

陈滔滔拉着小公主……呃，是小和尚。小和尚哭丧着脸跟在爸爸的身后，好像霜打过的茄子一样，已经蔫了。

当爸爸的雄赳赳气昂昂地走在前面，欺负女儿已经欺负出瘾头来了。

关于陈滔滔爱不爱明珠的问题

“我爱她？开玩笑。我只是将就。现在的生活就是这样，人一辈子哪里就那么巧，能遇上所谓的爱。”陈滔滔闲闲地说着，一脸的忧伤，你看他就是个没有爱情的男子。

明兰翻着白眼，她实在是不想笑出来，说：“你发个誓来听听，如果你说的是假话，明珠出门就被车撞。”

明剑：“……”二姨，那是我亲妈，你这样说，我……

陈滔滔斜眼看着明兰：“你一个老姑娘，到现在还没把自己嫁出去，哪里有你说话的地儿？”

明兰冷笑：“哈，我嫁不出去？我要身材有身材，要脸蛋有脸蛋，追我的人能从这里排到巴黎。”

说着，明兰甩甩自己的头发，她就算是五十岁了，你看看她嫁得出去还是嫁不出去。

陈滔滔抱起乖女儿，明剑已经有些困了，头搭在爸爸的肩头上，准备入睡了。陈滔滔的手摸着女儿的头发，准备抱她进去，陪她一起午睡。

“是啊，追你的人从这里排到巴黎，结果人家去追一个要身材没身材，要脸蛋没脸蛋，只有内涵的人。”

明兰红着眼睛。这事儿都过去多少年了？再这样，她真的会翻脸的。

“陈滔滔，你别太过分了。”

陈滔滔挖着耳朵：“那你疼了没？是不是觉得心都淌血了？赶紧找个地方舔舔伤口吧。我就说让你多读点书，你看你也不听我的，都这么多年了。听人劝，吃饱饭。”

明兰觉得胃疼，浑身哪里都疼。她想剐了陈滔滔。

“明珠，陈滔滔说一点都不爱你……”明兰实在拿这个姐夫没办法，只能和姐姐打电话告状。

恰巧那边她大姐抓人呢，黑着脸接着电话：“你有正事没有？我不管你的生活，你也给我差不多点……”

陈滔滔的手横在唇边，等到明兰挂了电话，他就歪着头对着小姨子笑：“你现在是不是特想打我？你来打我呀。”

明珠进家门，侍候女儿睡着了以后，自己躺在床上迷糊糊的准备入睡。

“陈滔滔他不爱你。”

明兰这几天抽风，固定一天一通电话，将自己的录音发给明珠，试图破坏这对夫妻的关系。明珠是要睡了，被她电话这么一打扰，一点睡意都没了，但不是因为这话。

陈滔滔上了床，给老婆扯扯被子。

“你到底怎么着明兰了？她这么天天磨叽我……”

陈滔滔翻身起来，双手捧着明珠的脸，大大地香了一口。

“她是嫉妒我们夫妻关系好，她要身材有身材要脸蛋有脸蛋，结果人家就是不要她，去泡一个什么都没有的女人……”

明珠强忍着：“你也差不多点，那是我妹妹，你都拿这个笑话她多少年了？我要是她，我都不登你家的大门。”

陈滔滔倒是放心得很：“她讨厌不讨厌我没关系，谁让她喜欢我家里的两个女人呢。”

说起来家里的另外一个女人，明珠的表情很纠结。

“孩子染发你同意的，怎么还骗她呢？要么就不染，要么就别骗。”

“你女儿和我要话语权，我给不给？”陈滔滔问明珠。

他是最最公平不过的老爸了，这个世界上还有他这么好说话的爸爸吗？

“你就是这样给的？”

估计以后明剑再也不会想折腾头发了。

“讲不过我，心眼玩不过我，行动能力拼不过我，那她活该倒霉。”

明珠愣了好半天才无语地问出口：“你生女儿就是为了坑的吗？”

关于爱

明珠和同事在街上做宣传活动，大过年的，那套标语都拿了出来。

陈滔滔带着女儿去扫年货，两个人没少买，小姑娘头顶顶着鹿角，一闪一闪的，穿着漂漂亮亮的大衣，牵着爸爸的手。

“只有我可怜你，陪着你出来购物。爸爸，我好吗？”

陈滔滔点点头：“嗯，你很好。”

明剑瞧着车边站着的人是她妈，眼睛都亮了起来。

“妈妈，我爱你噢。”小姑娘站在路对面对着自己妈妈一直玩飞吻，飞眼。

陈滔滔也对着对面摇手：“老婆，我也爱你哟。”

路人：“……”

怎么好好的一对父女，都疯了呢？

关于撞车

一路那母女俩就听着她老公（她老爸）吧啦吧啦个没完没了。

“车是这样开的吗？就往上撞，就撞，你开车怎么是这个样子的呢？”

明剑拉拉妈妈的手，抬头看看妈妈，脸上闪过一抹不理解，是她错了吗？

“开车竟然一点安全意识都没有……”陈滔滔还在激动地吧啦着。

明剑握着妈妈的手更加紧了。

“陈滔滔，你也给我差不多点，碰碰车不撞有意思吗？”

明剑点点头，她玩得很开心很高兴，但爸爸说她开车疯狂。

陈滔滔：“……”

忘记了是陪孩子来玩碰碰车，这要怎么收场呢?

他思考着，最后决定不说话，玩高深莫测，叫那母女俩去猜吧。

“妈妈，我好喜欢爸爸。”明剑和明珠去洗澡堂洗澡，难得妈妈有一天的时间，可以陪陪女儿。小女儿坐在自己的草莓椅子上，时不时伸伸手去摸摸妈妈的腿，摸摸妈妈的手，她觉得很好玩。

“抬手。”明珠叫女儿把小手举起来，又问：“为什么喜欢？喜欢你爸唠叨？”

明剑端着小脸，说：“我爸才不唠叨呢。”是因为你回来了，他没话找话说。

二姨和三姨就说爸爸是装的，装不在乎，其实“哈”她妈“哈”得要死。虽然她不太理解什么是“哈”，可能和哈士奇有点联系吧。二姨说，爸爸就是二哈。

“我爸长得帅，个子高，又阳光又有美貌，心地善良，一身正气。”

明珠叫女儿打住，问：“你爸心地善良？”

“我爸说他爱我。”

明珠看看女儿，原来爱你就叫善良？好吧，她又被陈滔滔刷新了下限。

“他是爱你。”对这一点，明珠不否认。带个孩子，陪着她成长并不是一件轻松的事情。

“我也爱妈妈。”明剑笑眯眯的，拿着盆装着水往自己的身上泼着，小手在妈妈的脚边腿上忙活着。她怕妈妈着凉，时不时撩点水，让妈妈也暖暖。

“妈妈也爱你。”

换个场景，陈滔滔带着女儿去买菜，为了提前让她体会一下劳动人民的生活。

“要吃什么菜？”

明剑点着。自己点的菜，不好吃含着眼泪也必须吞下去，这是陈家的家训。

“我想吃鱼，吃鱼会聪明。”

陈滔滔吐槽女儿：“那完蛋了，你肯定没你爸爸我聪明，怎么吃也没用的。不过现在补还来得及，至少可以当个第二聪明的人。”

陈滔滔挑着鱼，明剑拉着他的大手。一个大手一个小手，她看着看着突然笑了出来，亲亲爸爸的手背。陈滔滔回头看看女儿，摸摸女儿的头。

“爸爸今天晚上给你做个好吃的鱼。”

“爸爸，你说我是这个世界上最可爱的人吗？”

“不，你不是，你爸爸我才是。你勉勉强强只能算是小可爱。”

明剑点头：“妈妈也说你是小可爱。”

陈滔滔表示赞同：“你妈的眼光一直就是这么好。”

她把他骗到手，骗了半辈子，以后可能是一辈子。他上辈子一定是挖了明珠家的祖坟，所以这辈子才会来还债，不然解释不通的。

对了，他还挖了陈明剑家的祖坟，不然怎么会给她当牛做马的?

番外 1 爸爸和女儿

关于浪费粮食问题

陈滔滔和女儿去吃早餐，明剑每样都想尝尝，眼睛湿漉漉的，盯着爸爸。她觉得自己一个眼神，爸爸就懂。

陈滔滔拒绝接收女儿的眼电波，懂归懂，谁规定必须明明白白表达出来了？

他要了自己能吃的量，就等着看明剑到底会不会浪费。

明剑点餐，老板娘夸着她长得可爱。

“我要一个包子，要一杯豆浆，要一个馅饼，还要一个豆包。”

“你能吃这么多呢。”老板娘以为是孩子和爸爸一起吃，也就没多问，转身去准备。

然后，她将食物端到桌子上来。

明剑的胃就那么大，要全部都吃光对她来说太难了。

她吃了半个豆包、一个馅饼，包子是无论如何都吃不掉了，就用眼神求助于爸爸，可惜陈滔滔只当自己是瞎子。

“快吃，爸爸赶时间。”

“爸爸，我吃不了了。”明剑推推自己手边的包子。

“你吃不了，为什么要点那么多？”

明剑对对手指：“我想要每样都吃一点点。”

“可这个世界上哪里有每样都可以吃到的人？你点了这么多，你只能自己负责，哪怕你现在觉得肚子饱饱，含着眼泪也要吞掉。”

明剑用小手摸摸自己的小肚肚，她是真的吃不下了，也了解到了，她爸是绝对不会帮她吃的。

脑子一转，她问：“我可以打包然后留着中午吃吗？”

中午吃掉不算是浪费吧。

“可以。”

陈滔滔叫来老板娘打包，提着袋子领着女儿回事务所上班。

中午的时候，明剑早上剩下的那个包子，就真的被热了热端到她眼前来了。

明剑上手去抓，一口一口吃着。爸爸规定不能浪费粮食，自己做出来的决定，就是馊了也得吞下去。

陈滔滔此刻正在拿着电话卖萌：“你过来吃一口吧，叫了很多，我一个人吃不了。”

明珠正在办公，问：“吃不了买那么多，明剑呢？”

“吃早上剩的包子呢。”

明珠：“……她真的是你女儿吗？”

想象女儿一个人吃包子的场景，她就觉得心酸。就这样，明剑还认为她爸是心地善良呢。

“是啊，亲生的。”

“我不过去了，时间不够用。”

陈滔滔剩了很多吃的，他让助理把东西收拾收拾，然后背着明剑扔掉。

助理犹豫着，问：“我看明剑还吃早上剩的包子呢，她说不能浪费粮食。”

“没错啊，她是不能浪费。一个小孩子怎么可以活得那么滋润？”

助理无语了。

助理扔了袋子以后回来，看着孩子认认真真地吞掉最后一口包子，他莫名地觉得心酸。明剑上辈子一定没做什么好事情，不然怎么会这辈子给陈滔滔当女儿呢，太悲剧了。

幼儿园趣事一二三

明剑正在玩耍，旁边的小朋友捂着屁股去找了老师，很快老师给小朋友换了一条裤子。

乐乐换了裤子回来，就发现明剑一直盯着她瞧，她不解地看过去。

“明剑，你看我做什么？”

明剑摇头。

可她时不时就盯着乐乐看，没一会儿就盯着老师看，以眼神示意老师，你懂的。

老师拒绝接收明剑的电波，一个锅底拍了回来，明剑不放弃，继续加足电力。

你懂的，你懂的!

明剑把屋子里的所有窗户都推开了，其他的小朋友现在已经不玩了，因为好冷，冷风吹了进来。

乐乐放下手中的玩具，问：“你是不是觉得我臭？”

明剑依旧只是看看乐乐，又看看老师，老师和乐乐同时举手告饶。

“我现在带着乐乐去洗一洗。”

老师领着乐乐去洗了，明剑小脸上露出了笑容。

晚上陈滔滔来接明剑，老师没忍住，对陈滔滔吐槽：“……我每天要负责这么多的事情，幼儿园也没有淋浴，真的洗感冒了，我们也负责不了，这是我打了一盆水给她洗的……”

陈滔滔牵着女儿的手。

“你让老师给乐乐洗澡了？”

“她拉裤子里了，有味道。”

“你把教室所有的窗子都推开了？”

“这样老师就带着她去洗了。”

陈滔滔：“……”

明珠洗完澡从浴室出来，明剑拧着小眉头进了浴室，然后蹲在地上一根一根地捡妈妈掉的头发。等到把里面都捡干净了，她跑出来，跑到陈滔滔的耳边说了一句。

“给钱。”陈滔滔对着明珠伸手。

“什么钱？”明珠纳闷。

“你女儿说，你不讲究卫生。这是罚款。”

明珠苦笑，打开钱包将钱给了女儿。

没过一秒，陈滔滔就装着心口疼的样子叫明剑。

“我这心口有点疼……”

明剑拿着才从妈妈那里罚来的几百元悄悄放在爸爸床边，然后去客厅里一边玩玩具，一边用小眼神盯着爸爸看，她觉得爸爸拿到钱身体就好了。

果不其然，陈滔滔将钱数了数，然后就生龙活虎地离开了床。

“你这是干什么？”明珠无语地瞪着自己丈夫。

“她欺负你，我就欺负她。”陈滔滔傲娇地说着。女儿我也不放过。

番外2 我爱你

明珠七十五岁左右的时候生了一场病，好了以后糊涂得厉害，记不住自己家住在哪里，也记不住以前的事情。

陈滔滔现在全力进入照顾妻子的角色当中。

家中有他的学生进进出出，他的个性糟糕却不妨碍他落了一个好人缘，喜欢他的人不在少数。大家围坐在一张桌子前，明珠就坐在陈滔滔的身边，他要时不时用余光去关注明珠。

明珠坐不住，她这辈子就不习惯总坐着，年轻的时候她威风凛凛的，多少少男、中年妇男被她迷得不要不要的。

明珠站起来，朝着大门走了过去。

“明珠？”滔滔叫她。

明珠已经换了鞋子离开了，陈滔滔和大家笑笑。

“就到这里吧，她可能是待闷了，想要出去走走。”

陈滔滔追逐着明珠跟了出去，他出来得着急，脖子上的围巾都没有来得及戴。

“我觉得老师真可怜。”

屋子里的好多学生看着陈滔滔的生活就是这样的，摊上这样一个老年痴呆的老婆，才七十五岁就已经这样了，如果继续活个几十年，估计烦都要烦死了。

“我也觉得陈老师超可怜的，我家里也有长辈糊涂。”

真的是叫人觉得厌恶，这个记不得，那个记不住，同一件事情反复地问，会一直问到你崩溃为止。

“是啊是啊。”

他们都太年轻了，所以没有办法静下心来，去理解，去安抚。

陈滔滔追上明珠，去拉她的手，问：“想去公园吗？还是要去看明剑？”

明珠摇头。

她的个性很古怪，不愿意说话的时候，你问她一百句，她也不理你。她现在就是这样一种又老又什么都记不得的状态。

“你想去哪里？”

明珠依旧不说话。

陈贺贺就和程芳吐槽过，他认为明珠这辈子就是来折磨陈滔滔的，年轻的时候折磨，到老了就越发严重。

陈滔滔招手去拦车，他这把年纪了，已经开不动车子了，孩子太忙，又不能麻烦孩子。

上了车，司机回头问老头老太太准备去哪里，明珠继续保持沉默。

“先开着吧。”

司机嘟囔：“先开着吧？这俩老人可真有意思。”

陈滔滔退休以后去某大学当了客座教授，也许是为了不让自己清闲下来吧，他不能接受家里蹲的生活。事实上明珠生病之前他一直都是上午出去，下午回来，明珠生病之后他则是彻底退回到了家庭生活当中。

陈滔滔问她冷不冷，帮着她整理领子，还问她饿不饿。

司机心里吐槽，多大年纪了，还跑到车上来晒恩爱了，他瞧着那个老太太是痴呆吧？

陈滔滔让司机开着车去松山，车子经过松山，明珠的情绪明显有了波动。

她在这个地方工作了几十年，在这里她曾经拥有“三亿”——记忆、回忆以及不容易。

陈滔滔拉着妻子的手，他们俩就站在外面，远远地看着，他紧紧握着明珠的手，握着。

“想这里了，我们就回来看看。”

两个人回到家已经天黑了。

明剑被事情耽搁了，打电话回来，询问母亲今天心情是否很好。

“好得很。”

陈滔滔和女儿讲了两句就挂断了电话。关心明剑留着让她丈夫去做吧，他现在全部的精力都在眼前人的身上。

陈滔滔在厨房准备着饭菜，一出来，发现明珠又没有影子了。他赶紧关了火，然后下楼去找她。

他楼前楼后地找，找了很久，久到他以为自己需要打电话报警了，才发现她就坐在喷水池的一边，似乎在欣赏夕阳。

陈滔滔叹口气，走了过去，坐在她的身边，陪着她看。

他的手握着她的，他们的手都已经老了，皱皱巴巴的。

“下次出门的时候喊我一声，你这样就走了，我怕找不到你。”

明珠却不回答他。

住在这附近的人都夸陈滔滔的脾气好，好得不得了。

“你看看陈老师多可怜，上辈子也不知道做错了什么，娶了这样的老婆。都这把年纪了，她还任性得可以，说走就走，丝毫不考虑别人的感受。痴呆成这样，早点死了，陈老师才能享点福。”

“是啊，看着挺可怜的，老婆到处跑，一个没注意到，人就没影子了。陈老师脾气可真好，从来不对她发脾气。就我们家的，我敢这样，他早就觉得烦了，还找你？”

陈滔滔是这附近出了名的好男人，所谓的好，就是指他对明珠的态度。

年少时候，一个男人对一个女人多好都不算是好。到了这把年纪，容颜老去，剩下的就是病了，如果一个男人还愿意为你操心，说明这个男人的心里有你。

陈滔滔的好，就衬着明珠的不好，这个人……

“年轻的时候据说是当警察的，个性古怪得可以，年轻的时候可出名了……”

有人记得明珠，她风头出了不少。这样的女人吧，听着还好，要是做自己老婆，她丈夫就讲过，倒贴一百万也不娶，不敢娶这样的回家。现在老了，你看看，遭殃了吧。

陈滔滔转身的工夫，明珠又不见了。这次他找了很久，没有找到，急得嗓子都有点疼了。

他上火就是这么快，马上有感觉。

于是，他给明剑打电话：“你妈找你去了吗？”

然后，明剑放下手边的一切工作，开着车去找母亲，到母亲可能去过的所有地方去找。她并不在松山办公，她妈也没有去松山。

那人去哪里了？

家里人通通出去找，满大街地找，甚至还通知了她二姨。明兰表示自己马上就买机票飞回来。

明兰住在国外，嫁了一个外国帅哥，过得很幸福。

“你先别着急，应该是去附近转了。千万要找到啊，你妈现在糊涂……”

明兰的心提着，她一秒钟都坐不住，又给明月去了电话，姐妹俩都表示要回国。

明剑没有找到她妈，陈滔滔却找到了。

在哪里找到的？

在他曾经办公的事务所外。

明珠就坐在那个台阶上，遥望着对面，她只是静静地看着，似乎是在等待谁，脸上闪过一抹红晕。

陈滔滔急得不行，突然脑中闪过一个念头，叫学生开车送他去事务所。

“师母总是这样乱跑吗？”学生问。

大家都知道老师有个不让他省心的妻子，到处乱跑，然后就不停地需要别人来找。

陈滔滔坐在车上张望着，老远看着坐在台阶上的那个人就是明珠，确定是明珠无疑。

自己的老伴，他怎么会认不出？

“停车，停车。”

学生赶紧停了车，陈滔滔马上推开车门下车。

他被车流拦截在马路的这边，对着明珠招手：“明珠……”

明珠看了过来，却似乎觉得他有些陌生，她又将视线转了回去，盯着大楼。

她最爱的男人就在这栋楼里办公。

陈滔滔觉得眼睛发酸。

他想赶过去，可是车太多了。他想让这些车停下，让他过去，他的妻子就站在对面。

学生看着陈滔滔这副样子，推开车门就冲了过来，横在马路中间，把车子拦截下来，然后让陈滔滔通过。

后面的车里司机探出头骂着人，有些人则是不理解，这是找死吗？

陈滔滔顾不得那些，他只是快速跑了过去。他老了，腿脚也不利索了。

“明珠……”

明珠看看陈滔滔，目光继续盯着大楼。

“我是陈滔滔啊。”

明珠看看陈滔滔，表示狐疑。

陈滔滔拉起明珠的手，放在自己的胸口上，脸贴在她的手背上。

他没有料到明珠会来这里，他还以为……也许明珠是去找徐太宇了，她却来了他曾经办公的事务所大楼外。

“你来找陈滔滔吗？”

明珠点头。找陈滔滔，没错。

“他是个什么样的人？”

明珠回忆着，微笑着，流露出不属于她这个年纪的羞涩，她觉得陈滔滔是个好丈夫。

“我嫁给陈滔滔了，你知道吗？”

陈滔滔的学生就那样远远地望着，他不能理解这种感情，也许是因为他还年轻的缘故吧。老师那样不顾安危地跑过去，拉起妻子的手，老师似乎哭了。

相濡以沫也许并不只是一句话而已。

“噢，你嫁给他了呀，可是我听说他脾气很糟糕啊……”

他的个性太糟糕了，明剑都说了，被自己的亲爹坑了一辈子。她玩不过她爸，就只能被坑。曾经，明剑最大的心愿就是离她爸爸远远的。

明珠点头：“嗯，他阴险……”

陈滔滔拍拍妻子的手。

明剑给二姨三姨去了电话，让她们宽心。

“人是在哪里找到的啊？”明兰着急地问。这就得记下来，省得以后再找不到。

“我爸曾经办公的地方。那附近我妈都记不住了，不知道怎么走过去的，她身上又没有钱……”

就算揣钱了，她也不记得怎么样去用。

明兰一辈子都认为陈滔滔配不上她大姐，直到昨天她都认为自己的想法没错。可是这一刻，她觉得也许事实并不是自己所想的那样。

陈滔滔领着妻子沿途走回家，经过一家甜品店，给明珠买了一个甜筒。

他用纸巾包好，然后递给明珠：“拿着吃，好吃的。”

他就看着明珠吃，时不时看她手脏了，就帮她擦擦。最后，明珠吃不掉了，他就拿过来一口吃掉。

夕阳之下两道人影被慢慢地拉长，那两只手一直没有放开过，一直交缠着。

其实，我爱你，有些时候就是这样简单。

陈滔滔否认了他一辈子只爱一个女人的事实，却用行动证明了这一辈子，他只爱她。

（全文完）